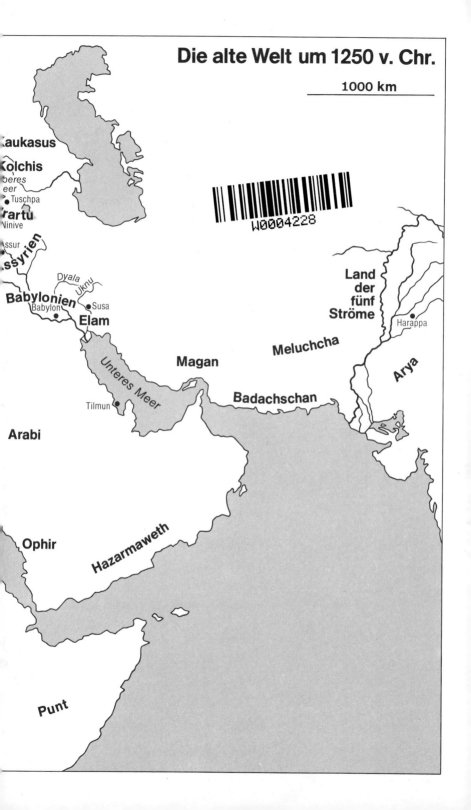

Josef Nyáry · Ich, Aras, habe erlebt . . .

Josef Nyáry

Ich, Aras, habe erlebt...

Ein Roman aus archaischer Zeit

Meyster

2. Auflage 1982
© 1982 Meyster Verlag GmbH, München
Schutzumschlag: Zembsch' Werkstatt, München
Karte: Huber + Oberländer, München
Satz: Bauer & Bökeler Filmsatz GmbH, Denkendorf
Druck und buchbinderische Verarbeitung:
Franz Spiegel Buch GmbH, Ulm
ISBN 3-8131-8201-0
Printed in Germany

INHALT

Kapitel I · Sthenelos 9

Kapitel II · Hermione 69

Kapitel III · Sesostris 141

Kapitel IV · Bias 201

Kapitel V · Perisade 261

Kapitel VI · Tukulti-Ninurta 337

Kapitel VII · Gathaspar 411

Kapitel VIII · Gilgamesch 469

Kapitel IX · Diomedes 543

Die Götter-Könige, die einst lebten,
Ruhen in ihren Pyramiden.
Die Edlen und Weisen sind versunken
In ihren Gräbern.
Die einst Häuser bauten – ihre
Stätten sind nicht mehr.
Was ist aus ihnen geworden?

                Lied des Harfners, Ägypten

I
STHENELOS

Ehre sei dir, Aristides, König von Rhodos, Sohn des Tlepolemos und Nachkomme des vergöttlichten Zeussohns Herakles! Gern gedenke ich der großen Taten deines Ahnherrn, der zum Himmel aufstieg und von dort aus über dich und dein Geschlecht schützend die Arme breitet. Preisen will ich auch die Kühnheit deines Vaters, der als hochgerühmter Held, furchtlos im Kampf, vor Troja sein Leben gab, für Achäa und seinen zornigen Stolz. Noch in fernen Zeiten werden mannigfaltige Legenden von der Stärke deiner Ahnen künden, aber auch von deiner Kraft; denn als Herrscher der Roseninsel bist du den Feinden ein furchtbarer Gegner, den Freunden aber ein sicherer Hort.

Darum bitte ich dich jetzt um ein gnädiges Ohr und einen gerechten Schiedsspruch.

Als ich heute den Strahlen der Morgensonne von meinem Haus auf dem Berg hinab zum volkreichen Hafen folgte, wie es schon seit vielen Jahren meine liebste Gewohnheit und die einzige Freude meines Alters ist, da hörte ich an der Säule Apolls vor dem Markt die Stimme eines Erzählers. Er gab der staunenden Menge Bericht von den Schlachten am Simois und am Skamander, vom Ringen der Söhne Ilions mit den Danaern.

Anfangs hörte ich mit Freude zu, denn es tut dem Einsamen wohl, wenn er vertrauten Gedanken nachhängen kann; die Erinnerung ist ihm oft wie ein wärmender Herd in der Winternacht und erquickt ihm die Seele, die in Verzweiflung erstarrte.

Nach einer Weile aber packten mich Unmut und Grimm, denn der Fremde sprach von Diomedes, und Lügen troffen aus seinem Mund.

Jeder, der in diesem Krieg gekämpft hat, weiß, daß Diomedes und sein Freund Odysseus nachts aus Trojas Mauern das hehre Palladion raubten, das unschätzbar wertvolle Standbild der Göttin Athene. Denn nach dem Willen der Götter durfte die wehrhafte Festung nicht fallen, solange in ihr jenes heilige Abbild der Zeustochter stand. Der fremde Sänger auf deinem Markt, Aristides, behauptete nun, das kostbare Bildnis sei nach schon geglückter Heimkehr des Diomedes vor Argos vom Schiff in das schäumende Meer gestürzt; nur deshalb habe der Held danach so viele Jahre umherirren müssen. In Wahrheit aber hat nicht der König von Argos, sondern der schlaue Odysseus das Weihbild auf eins seiner Schiffe verladen und später an einem fremden Strand zu seinem Unglück verloren. Wenn Diomedes nach Trojas Sturz soviel Mühsal hinnehmen mußte, dann nicht etwa als eine Strafe der Götter, sondern als Prüfung seiner unsterblichen Seele.

Auch stellte es der Erzähler so dar, als sei Diomedes am Ende den Kriegern italischer Völker erlegen; auch das ist falsch und erlogen, denn niemals wurde der König von Argos von einem menschlichen Gegner besiegt. Wie du ja sicherlich weißt, Aristides, hat Diomedes selbst mit dem Kriegsgott gekämpft, und die unsterbliche Aphrodite traf er mit seinem Speer an der Hand, daß ihr ambrosisches Blut hell auf den Erdboden sprang. Noch viele andere Lügen und Falschheiten gab dieser Sänger von sich, bis ich voll Zorn vor ihn hintrat und sprach:

»Vor Troja willst du gefochten haben, Betrüger? Fürchtest du nicht die Rache der Toten, wenn du ihr Andenken frevelnd mit Lügen besudelst? Entferne dich schnell und reinige deine niedere Seele durch Reue, wenn dich nicht der Zorn der Götter treffen soll!«

Der Fremde aber zeigte keine Einsicht, sondern beharrte auf seinen Falschheiten und warf am Ende mit Steinen nach mir. »Was willst du, graubärtiger Alter?« rief er, »soll meine Faust dir die klappernden Kiefer zerschmettern? Mache dich fort! Ich drohe nicht, wie du, mit Göttern oder Toten, sondern ich werde dich mit Ohrfeigen und Fußtritten vertreiben. Wahrlich, ich hätte schon damit begonnen, aber bisher reizte mich deine Jammergestalt nur zum Lachen.«

Da folgten mir spottende Gassenjungen bis zu meinem Haus, und seither begleiten mich Hohn und Gelächter der Unwissenden auf meinen Wegen. Darum ließ ich meinen zyprischen Schreiber Tusche nach Art der Ägypter mischen und Stücke gebleichten Leders kaufen. Du, Aristides, sollst meine Rechtfertigung prüfen und danach entscheiden, ob ich wirklich der Träumer und Wirrkopf bin, als den mich der Pöbel verspottet.

Aber nicht um meinen eigenen Namen bin ich besorgt: Wer so viel erlebt hat wie ich, der achtet weder auf Beifall noch Tadel. Lobesworte klingen schal und abgeschmackt in meinen Ohren, der Auswurf des Spotts und der Mißgunst weckt nur Verachtung in mir. Ich ertrug zuviel, als daß ich jetzt noch Schmerzen fühlen könnte, und stolz zu sein habe ich längst verlernt.

Wenn ich dir also nunmehr die wahre Geschichte des Diomedes erzähle, dann nur, um das Andenken dieses Helden zu schützen, wie es mir zukommt als einem Mann, der viele Jahre lang der vertraute Gefährte des Tydeussohns war. Ich, Aras, habe die Länder der Welt an der Seite dieses ruhmvollen Fürsten durchmessen, mit ihm seine Feinde bekämpft und seine edle Freundschaft genossen. Ich, Aras, wurde Zeuge seiner großen Taten, die so viele Völker staunen ließen, und der Erbe seiner Rache, die ihm die Unsterblichen verweigerten, die so oft gerade dem Besten die schwersten Qualen bereiten. Ich, Aras, sah das glanzvolle Leben des Königs von Argos, und ich stand ihm bei in seiner Todesstunde. Ich, Aras, hörte sein Vermächtnis, das der Abschied einer großen Zeit gewesen ist.

Ich, Aras, habe mit Diomedes die Kämpfenden Wälder durchquert und die Schwarzen Berge erobert. Wir folgten der mordenden Schlangengottheit in ihren Tempel unter den See und schwammen zur sagenumwobenen Insel der Lachenden Vögel. Wir schritten durch das Tor der Götter und waren den Himmlischen nahe. Doch auch die Unterwelt blieb mir nicht fremd, und ich sah ihre Schrecken.

Einundzwanzig Könige sind uns begegnet, darunter sechs Pharaonen, die unter allen Herrschern die mächtigsten sind; aber selbst diese waren nur arm und gering gegen die drei weisen Magier, deren Schüler ich war. Ich, Aras, machte Lebende stumm und sprach mit den Toten. Ich, Aras, hielt Unsterblichkeit in meinen Händen und stand an meinem eigenen Grab. Ich war blind, solange ich sehend war, und begann zu sehen als ein Blinder. Ich habe von allen Tellern gegessen, aus allen Kelchen getrunken und endlich den bitteren Becher der Wahrheit geleert.

Ich war zwischen Menschen und Göttern geboren; Himmel und Erde rangen um meine Seele wie Tag und Nacht, Sonne und Schatten, Licht und Finsternis. Doch davon will ich nur deshalb berichten, damit du das Schicksal des Diomedes besser verstehst, denn dieses war mit dem meinen untrennbar verbunden. Lies meinen Bericht, Aristides, der in derselben Stadt Troja beginnt, vor der einst dein Vater im Heldenkampf fiel. Lies und urteile selbst! Nicht nach Ruhm strebe ich, sondern allein nach der Wahrheit.

1 Städte sterben viele Tode, ebenso wie Menschen. Hunger oder Überfluß, Schwäche oder Stärke, Wissen oder Unverstand können die Gründe sein, oft auch ein Fluch der Götter.

Im Sandmeer ferner Wüsten sah ich Mauern, festgefügt aus Stein, als wollten sie den Ewigkeiten trotzen. Die Stadt jedoch, die sie einst schützten, war schon lange Zeit versunken, den Tod des verirrten Wanderers sterbend: So wie ein Mann unter heißer Sonne verdurstet, wenn er nicht rechtzeitig zum rettenden Wasserloch gelangt, so war diese Stadt durch eine mächtige Wanderdüne vertrocknet, die sich unaufhaltsam auf die kühlen Quellen wälzte.

Andere Städte starben den Tod des Seefahrers, den im Sturm schäumende Wogen verschlingen. Ihre Reste sah ich an den Ufern großer Ströme, die einst Nahrung und oft Reichtum zu den Siedlern trugen, dann aber Verderben brachten, wenn ihr Wasser nachts, von Regengüssen angeschwollen, aus dem Flußbett stieg und das Gefilde überspülte.

Ich sah Ruinen reicher Handelsstädte, die wie verhungernde Bettler zugrunde gegangen waren, weil weitreisende Karawanen plötzlich andere Wege nahmen – aus Angst vor einem Räuberstamm oder Geboten eines fremden Gottes folgend. Ich sah die Reste anderer, die den Tod des von Neidern erschlagenen Prassers starben, weil ihre armen Nachbarn gegen sie das Schwert erhoben.

Viele Städte starben aus Schwäche: Wie Krüppel und Lahme dem Löwen am leichtesten zum Opfer fallen, so wurden auch sie bald die Beute eines Stärkeren. Anderen Metropolen wiederum gereichte ihre Macht zum Untergang, denn ihre Nachbarn schlossen sich aus Angst vor Unterdrückung gegen sie zusammen, so wie Hirten den versprengten Räuber vorsorglich mit ihren Stöcken erschlagen, bevor er ihnen ein Unrecht zufügen kann.

Manche Stadt starb auch den Tod des Weisen, dem Kerkermeister mit Gewalt seine Geheimnisse entreißen wollen. Diese sah ich in Asien, Steinhaufen mitten im Urwald, einstmals Stätten uralten heiligen Wissens, zerstört von abergläubischen Wilden. Andere Städte starben wie blinde Toren, die den Abgrund nicht vor ihren Füßen erkennen. Das waren Siedlungen, die ich auf Kreta fand. Ihre Bewohner erlagen einst Völkern, die sie seit vielen Jahren kannten und so lange nicht als Feinde ernstgenommen hatten, bis der Brand in ihre Hallen flog.

Manche Stadt starb den Tod des Fieberkranken, wenn eine Seuche in ihr wütete und ihre Kraft allmählich erlahmte; andere Siedlungen erlitten das Geschick eines Gesteinigten, wenn ein Erdbeben ihre Häuser und Türme zerschmetterte. Sodom im Land der Kanaanäer starb den Tod des Verbrechers, der durch seine Gottlosigkeit den Zorn des Himmels auf sich zieht.

Harappa im Land der Arya starb den Tod des Feiglings, der kampflos im Stich läßt, was seine Väter erbauten.
Troja aber starb den Tod des Kriegers.

2 Wie ein Mann, der, seinen Feinden preisgegeben, nicht um Gnade fleht, sondern sterbend mit blutiger Faust sein Schwert umklammert, um so viele Gegner wie möglich mit sich in den Hades hinabzureißen, so kämpfte diese Stadt, in der meine Geschichte beginnt. Brände wüteten in allen Häusern der stolzesten Zitadelle von Asien; Flammen hüllten ihre Türme ein, und in den Straßen tobte das Morden. Es war ein so schrecklicher Anblick, daß ich die Augen nicht abwenden konnte und alle Gefahren vergaß.

Ich starrte in den Feuerschein, der überall die Nacht erhellte, sah das Gemetzel um mich her, hörte das Stöhnen der Verstümmelten, das Kreischen der geschändeten Weiber, das Keuchen ihrer Bezwinger und die lauten Rufe, mit denen die Sieger einander anfeuerten, keinen Trojaner am Leben zu lassen. Es war wie ein riesiges Schlachtfest, wenn Diener eines hohen Fürsten zur Hochzeit seines Sohnes allen im Frühjahr geborenen Lämmern den Dolch in die Kehle stoßen – in Troja aber wurde die Vermählung der Rachegöttin mit dem Herrscher der Unterwelt gefeiert, mit einem Gastmahl, dessen Köche als Tischwein Ströme vergossenen Blutes und zum Mahl Berge zerstückelter Leiber reichten.

Ich sah, wie kräftige Männer feige das Antlitz im Mantel verbargen, wenn spitzes Eisen auf sie niederstieß. Andere griffen tapfer zu Beilen und Bratspießen, um sich zu wehren. Mächtige Krieger fielen hilflos, benommen von dem nächtlichen Gelage, mit dem die Trojaner zuvor den vermeintlichen Abzug der Feinde gefeiert hatten – und den Gewinn des hölzernen Pferdes, aus dessen gewölbtem Leib dann nachts vieltausendfacher Tod gekrochen war. Schlafende Säufer blieben manchmal bei dem Gemetzel verschont, weil sie selbst noch im größten Lärm regungslos liegenblieben und von den Achäern, wohl auch wegen der Rotweinflecken auf ihren Gewändern, für tot gehalten wurden.

Ich sah, wie lachende Krieger sich Säuglinge wie Spielbälle zuwarfen, sie aber nicht mit den Händen fingen, sondern im Flug mit den Schwertern durchbohrten. Andere schlachteten in den Häusern nicht nur die Menschen, sondern auch die Tiere ab, bis das Blut von den Wänden troff, in den Zimmern wie im Stall. Ich sah, wie sich Trojaner gegenseitig erschlugen, weil einer von ihnen die Rüstung und Waffen eines getöteten Griechen erbeutet und angelegt hatte, darin aber von seinen Freunden nicht erkannt wurde. Andere griffen die Feinde mit Zähnen und Klauen an, bis sie wie tolle Hunde zusammengehauen wurden.

Das schlimmste Geschick aber traf jene Frauen, die mit dem Leben auch ihre Ehre verloren. Manche schöne Fürstentochter gab sich willig den Achäern hin, in der Hoffnung, sich dadurch retten zu können. Aber wenn die Griechen genug von ihr hatten, stießen sie ihr das Schwert durch den

Leib und höhnten: »Gern haben wir von deinem Reiz gekostet, nun aber erfreue auch die Schatten in der Unterwelt!« Nur ein paar Schritte neben mir aber sah ich, wie sich die junge Frau eines armen Tuchwebers dem Griff eines Feindes entwand und ihm den Dolch ins Gedärm stieß.

So wie diese Frau, deren Haupt kurz darauf von der Streitkeule eines anderen Griechen getroffen wurde, kämpften und starben die meisten Trojaner in den Trümmern ihrer verlorenen Stadt. Nur wenige sah ich ins Dunkel der mondlosen Nacht entfliehen. Da löste sich meine Erstarrung, und ich rannte über den Platz hinweg zum Tempel des Zeus, der sich neben dem Königspalast erhob. Am Altar des Göttervaters kniete ein alter Mann mit weißen Haaren und grauem Bart. Mit lauter Stimme rief er den Himmelsbeherrscher an, aber er bat nicht ums eigene Leben, sondern um das seiner Stadt und ihrer Kinder. Auf dem Dach des Palastes erblickte ich Andromache, die Witwe Hektors. Ihren Sohn Astyanax hatten die Plünderer schon den Armen der Mutter entrissen und von den Zinnen hinab in die Tiefe geschleudert. Ihr selbst aber verweigerten die Achäer den Tod, so sehr Andromache auch darum flehte.

Plötzlich stand einer der von den Trojanern am meisten gefürchteten Helden der Griechen vor mir, Neoptolemos, Sohn des Achilles. Seine Rüstung war über und über mit Blut bespritzt, auf der Klinge in seiner Hand funkelte der Widerschein der Flammen. Meine Kehle wurde trocken, ich suchte verzweifelt nach einem Fluchtweg – da merkte ich, daß der gewaltige Krieger mich gar nicht gesehen hatte – Sein Blick galt dem Graubart, der vor dem Götterbild kniete, und mit Triumph in der Stimme sprach Neoptolemos zu dem Greis: »Vergeblich flehst du hier um deine todgeweihte Stadt, Priamos, vergeblich bettelst du um das verwirkte Leben deiner Kinder! Niemand soll der gerechten Strafe entrinnen, die Zeus deiner Heimat zugedacht hat, das schwöre ich beim Andenken an meinen glorreichen Vater!«

»So töte mich denn, Sohn des Achilles«, versetzte der Knieende mit fester Stimme, »warum soll ich noch länger das Licht der Sonne erblicken, nachdem ich so schreckliches Unheil habe erleben müssen!«

»Du mahnst mich zu tun, wozu mein Herz mich treibt«, versetzte Neoptolemos und hieb Priamos das Schwert in den Nacken. Der Kopf des Königs rollte in den Sand. Der Achäer lief weiter, um neue Opfer zu finden. Links und rechts seines Weges fällte er Trojaner, wie ein Schnitter auf trokkenem Kornfeld die schwankenden Halme mäht.

Plündernd und mordend zogen die griechischen Helden durch die verhaßte Stadt, die sie so lange belagert hatten. Sie scheuten sich nicht, selbst die Tempel der Götter zu schänden, in denen sich viele Trojaner verbargen. Ajax, den Sohn des Oïleus, sah ich sogar in das Heiligtum der Athene eindringen, die doch den Griechen wohlgesonnen war. Dort zerrte der wilde Lokrer die Tochter des Königs, Kassandra, an ihren Haaren die Marmorstufen hinab. Noch viele andere Greueltaten waren zu sehen; das Feuer enthüllte Göttern wie Menschen die Frevel dieser Nacht. Mancher siegreiche Held, jetzt noch ein Günstling des Schicksals, mußte bald erkennen, daß böse Taten die Zuneigung der Himmlischen schnell in Abscheu verwandeln können.

Doch daran dachte keiner der Eroberer im Rausch des langersehnten Sieges. Die Zahl der Trojaner, die sich noch wehrten, wurde immer geringer; die meisten Männer waren schon tot, nur einige Frauen und Kinder blieben am Leben. Schließlich zernagte der Brand die hölzernen Stützen des Königspalasts; das hohe Gebäude stürzte mit lautem Krachen zusammen und begrub die Menschen, die in seinen Mauern Schutz gesucht hatten, unter seinen Trümmern. Balken und Steine prallten auf die Straße. Überall lagen verstümmelte Leichen, und vor dem Flammenschein hoben sich immer mehr dunkle, zyklopengleiche Gestalten von Griechen ab, die in dieser Stadt kein Leben mehr dulden wollten. Die Elemente selbst erhoben sich zum Vernichtungswerk: Ein Sturm blies in das Feuer und verbreitete es überallhin, bis ganz Troja wie ein Scheiterhaufen brannte. Rauch stieg mir in die Nase, meine Augen begann zu tränen, und die Schreie der Sterbenden gellten in meinen Ohren.

Da erwachte ich endlich aus meiner Erstarrung und suchte nach einem Weg, mein Leben zu retten. Weil ich sah, daß alles, was sich bewegte, von den Achäern sogleich erspäht und niedergehauen wurde, beschloß ich, mich so lange zu verbergen, bis der Blutdurst der Eindringlinge gestillt und ihre Kraft erlahmt sein würde. Doch als ich mich hinter eine Säule schlich, blickte ich auf einmal direkt in die funkelnden Augen eines wilden, schwarzbärtigen Kriegers.

»Auch den letzten von eurer verdammten Brut werde ich noch aus seinem Rattenloch zerren!« rief der Fremde und hob sein Schwert. Da dachte ich, daß es doch besser sei, als Feigling zu entrinnen, denn als Tapferer sinnlos auf fremder Erde zu sterben. Ich schleuderte dem Angreifer eine Handvoll Erde ins Gesicht und rannte unter seiner niedersausenden Klinge davon.

»Bleib stehen, du Hund«, schrie mein Gegner und eilte mir, Erdklumpen ausspuckend, nach. Hastig stürzte ich in das nächste Haus, das von den Flammen noch verschont geblieben war, und verriegelte mit zitternden Fingern die Tür. Doch der Grieche trat so kräftig gegen das Hindernis, daß die Bretter mit lautem Krachen zerbarsten und ich in der Falle saß.

Das Schwert in der Hand, kam mein Verfolger näher. Blut lief über seine Stirn, Schweiß glänzte in seinem Gesicht, hinter seinem schwarzen Bart blitzten raubtierhafte Zähne. Erst jetzt merkte ich, daß eine goldene Rüstung seinen gewaltigen Brustkorb umspannte, und dachte, es handele sich wohl um einen besonders bedeutenden Fürst der Achäer, der mich jetzt niederhauen würde. Doch das war nur ein schwacher Trost.

Den Weinkrug, den ich gegen ihn schleuderte, wehrte mein Feind mit dem Schild ab wie eine lästige Fliege. Genauso erging es der hölzernen Schüssel, die ich als nächstes warf. Da entdeckte ich an der Wand ein Seil mit einem Lot, wie es Bauleute brauchen. Es ähnelte einem Gerät, mit dem die Männer meiner fernen Heimat im sausenden Ritt wilde Pferde einfingen, ohne sie zu verletzen. Ich schleuderte das Gewicht gegen die Füße des

Kriegers, und als das Seil sie umschlang, zog ich mit beiden Händen. Vor Überraschung brüllend stürzte mein Verfolger zu Boden und hieb mit seinem Schwert wie rasend auf das Hanfseil ein. Schnell war er wieder auf den Beinen, aber der Zeitgewinn hatte genügt, um an ihm vorbei durch den Türrahmen zu schlüpfen.

Kurz darauf aber hörte ich schon wieder seine Schritte: Er hatte den Schild weggeworfen und verfolgte mich nur mit dem Schwert in der Hand. Ich entschloß mich, mein Glück ein zweites Mal in einem der noch erhaltenen Häuser zu suchen, um dort vielleicht ein besseres Versteck zu finden oder an Schätzen vorüberzukommen, die meinen Feind ablenken mochten.

Als ich durch eine halboffene Tür rannte, traf mich ein Hieb am Kopf, daß ich benommen zu Boden stürzte und die Welt wie durch einen Schleier sah. Das Blut rauschte in meinen Ohren, mein Kopf dröhnte wie die Bronzescheiben der Priester, wenn sie die Gläubigen zum Opfer rufen. Ich wußte, daß meine Flucht zu Ende war, und wartete, daß jetzt scharfes Eisen meinen Nacken durchbohrte. Doch nicht Triumphgeschrei, sondern Gelächter drang nun an mein Ohr. Zaghaft blickte ich auf und sah den Schwarzbart vor mir stehen. In seinem Schwertarm hielt er ein junges Mädchen, in dem ich Hermione erkannte, die Sklavin eines Weinhändlers aus unserer Straße. Die Linke aber preßte der Fremde auf seinen Bauch, als wühle brennender Schmerz in seinen Gedärmen. Es war aber nur Lachreiz, der ihn schüttelte, und als sich sein Zwerchfell wieder beruhigt hatte, sagte der Grieche:

»Dem größten Helden aller Achäer bist du entronnen, um dann dem Bratgeschirr einer minderjährigen Sklavin zum Opfer zu fallen! Wenn ich dich so in den Schmutz gestreckt sehe wie ein krankes Schaf, möchte ich kaum glauben, daß du mich noch vor wenigen Augenblicken mit einem gefährlichen Zauber erschrecktest, als du lebendige Schlangen nach mir warfst!«

Das Mädchen wand sich in seinem Griff und schrie: »Töte mich, elender Mörder, ehe du meine Unschuld verdirbst. Hätte ich mich doch schon in die Flammen gestürzt!«

Ich hörte ihr Zetern kaum, denn dazu hatte ich selbst zuviel Angst und antwortete: »Das waren keine lebenden Schlangen, und ich bin kein Zauberer. Mit solchen Seilen fängt man in meiner Heimat Pferde, aber das ist sehr weit von hier, wohl sieben Wochen auf dem Schiff und ebensoviele zu Lande.«

Da musterte mich der Krieger und sagte: »Ich sehe, du bist kein Trojaner und obendrein noch fast ein Knabe. Wenn du mir folgst, will ich dein Leben schonen. Du sollst mein Stallknecht sein; ich schätze Leute, die etwas von Pferden verstehen. Du brauchst keine Angst mehr zu haben. Das Morden ist vorüber; jetzt gilt es, die Truhen mit Gold zu füllen.«

»Ich will dir vertrauen«, antwortete ich, »denn ich glaube nicht, daß ein Held wie du einer Lüge bedarf, um einen armseligen Gegner wie mich zu besiegen.«

»Schmeichelworte sind bei mir verschwendet«, versetzte der Schwarzbärtige,»aber ich will dir sagen, daß ich Diomedes bin, der Sohn des Tydeus und König von Argos. Ich habe mit vielen Helden und auch mit Göttern gekämpft. Im Heer der Achäer lebt keiner mehr, der von sich behaupten könnte, mir an Kraft ebenbürtig zu sein.«

So erfuhr ich, daß ich einem der größten Helden dieses Krieges gegenüberstand. Ich bewunderte seine prächtige Erscheinung, die der des Schlachtengotts glich, wie ich ihn manchmal auf heiligen Bildern gesehen hatte. Das Mädchen aber, das immer noch an seinem muskelstarken Arm zerrte und seinen zierlichen Körper gegen ihn stemmte, schimpfte:»Ein tapferer Held bist du, Diomedes! Einer schwachen Jungfrau wie mir Gewalt anzutun! Bestimmt wirst du davon berichten, wenn du am Siegesfeuer mit Großtaten prahlst!«

Da ließ Diomedes das Mädchen los und sagte lächelnd:»Magere Hühnchen, wie du eines bist, sollen mir nicht das Feldlager wärmen. Und das Schwert gegen schutzlose Frauen zu schwingen, das überlasse ich denen, die den Kampf mit Männern nicht wagen. Außerdem würde ich dich schon allein deshalb verschonen, weil du mich lachen gemacht hast, zum erstenmal seit langer Zeit. Seit dieser Krieg begann, sind Späße und lustige Dinge selten gewesen.«

Damit verließ er das Haus und lief auf die Straße, wo er mit lauter Stimme seine Gefährten aus Argos rief. Bald eilten sie von allen Seiten herbei, blutbeschmierte, finstere Gesellen, und umringten ihren Führer. Das Mädchen und ich drängten uns dicht an Diomedes, als wir den wilden Haufen sahen. Der Fürst aber gab uns einen Stoß, daß wir nach vorn taumelten, und erklärte:»Die beiden sind mein Eigentum. Daß keiner wagt, frech Hand an sie zu legen! Bringt sie ins Lager. Sthenelos soll bei mir bleiben. Wir wollen sehen, ob wir nicht die Schatzkammer des Priamos entdecken. Dann sollt ihr alle euren Teil erhalten. Denn ich sehe an euren Wunden, daß ihr nicht faul gewesen seid, während ich mein Schwert mit Trojanerblut färbte.«

Die Krieger jubelten. Sthenelos, ein stattlicher Mann mit hellem Haar, in Eisen und Leder gepanzert, folgte Diomedes in die Dunkelheit. Die anderen zogen mit uns zu einem Haus an der Stadtmauer, wo drei Krieger einen großen Haufen mit Beutestücken bewachten. Da lagen goldene Becher und silberne Platten, Edelsteinmesser, kostbare Statuen aus Obsidian, Waffen aus Eisen und Bronze, Schilde aus Kupfer und Zinn, Felle von Löwen und anderen Tieren, kunstvoll gewebte Wandbehänge, Zaumzeug aus Gold und Teller aus Ebenholz. Mit Eisen beschlagene Kisten bargen Barren edler Metalle, auch kostbare Ketten, Ohrgehänge und anderen Schmuck aus den Schatullen der Trojanerinnen.

Schwerbeladen zogen wir durch die Nacht. Hermione, ich und andere Gefangene mußten die Beute schleppen; die Krieger trieben uns mit ihren Schwertern an. Noch stundenlang erhellte Feuerschein die Nacht. Als der Morgen graute und wir endlich am Meeresufer standen, sahen wir hinter uns unter riesigen Rauchwolken nur noch Ruinen. So grausam hatten die Achäer ihre Rache in Asiens Erde gebrannt.

3 Im Lager der Griechen herrschte die gleiche freudige Erregung wie in einem Haufen Seeleute, die nach langer Irrfahrt endlich das rettende Ufer erreichen, oder in einem Zug frommer Pilger, die nach ihrer Wanderung durch Wildnis und Wüste plötzlich ein grünes Tal vor sich sehen.

Zehn Jahre lang hatten die Krieger unsägliche Mühen auf sich genommen. Jetzt rannten sie fröhlich schreiend durcheinander, daß man kaum das eigene Wort verstehen konnte. Über den Lärm hinweg aber hallte die Stimme des Agamemnon, des höchsten Fürsten der Griechen, der die anderen zur Ratsversammlung rief.

Die Männer aus Argos wollten uns auf ihre Schiffe treiben, da tauchte Diomedes wieder auf. Sein Gesicht war rußgeschwärzt. Sthenelos folgte mit ernster Miene. Diomedes warf wütend den Helm zur Erde, wo der Kopfschutz klirrend davonrollte, und schüttete sich einen Krug Wasser über das Haupt. Dann polterte er:

»Nichts als blicklose Leichen sind im Haus des Königs zu finden, obwohl wir selbst in den tiefsten Gewölben wie Maulwürfe wühlten und uns Feuer auf die Köpfe regnen ließen. Gewiß hat die Hexe Kassandra das Gold in Steine verzaubert, damit es uns nicht in die Hände falle. Ich hoffe, Freund Ajax gibt ihr dafür die Rute zu kosten!«

Die Männer aus Argos murrten enttäuscht. Sthenelos fügte hinzu: »Wahrlich, für so geringe Beute hat sich unser Feldzug nicht gelohnt. Zehn Jahre unseres Lebens haben wir geopfert und dafür nur diese armselige Krämerware erhalten, die ich am liebsten sogleich ins Meer werfen würde!« Dabei stieß er mit dem Fuß gegen einen goldenen Becher, der weit durch die Luft flog. Die Augen des Helden aber funkelten, denn in Wahrheit waren die Beutestücke kostbarer als alle Schätze von Argos, und er wollte mit der gespielten Übellaunigkeit nur seine Krieger prüfen. Diese riefen sogleich: »Nicht doch, edler Sthenelos, verschone diese wertvollen Dinge, wir wollen gern damit zufrieden sein und dich wie unseren Herrn Diomedes stets in unsere Gebete einschließen!«

»Das freut mich«, antwortete Sthenelos, »wir wollen ja auch nicht vergessen, daß wir vor allem für Griechenlands Ehre kämpften.« Dabei lächelten er und Diomedes einander zu, wie es Hirten tun, wenn sie widerspenstige Ziegen mit List ins Gatter gelockt haben. Der König von Argos wandte sich nun mir zu und sagte:

»Wenn du nicht an die Ruderbank gekettet werden willst, Jüngling, sondern es vorziehst, dich während der Überfahrt um meine Pferde zu kümmern, dann nenne mir sogleich deinen Namen, berichte von deiner Herkunft und sage mir, was du erlernt hast. Wage nicht, mich zu belügen! Wenn du dir größere Fähigkeiten zurechnest, als du besitzt, werde ich schnell dahinterkommen.«

Ich hatte nun nicht mehr soviel Angst. Während die Sonne sich langsam über die Gipfel des Idagebirges erhob und mit ihren Strahlen die Kälte der Nacht und des Todes vertrieb, begann ich:

»Der Wagen des Sonnengottes zieht über die fernsten Teile der Welt, so weit sich diese erstrecken. Du, Diomedes, bist über ein großes Meer hierhergekommen. Noch weiter entfernt wohnt Idomeneus, der König von Kreta, der sich dort hinten in seinem Lager mit Wein und heißem Fleisch erquickt. Und noch viel weiter von Troja regiert Odysseus die fruchtbare Insel am Rand des Westmeers. Ich aber komme aus einem Land, das so weit von der Mitte der Weltscheibe liegt, daß sich selbst Helios manchmal scheut, seine feurigen Rosse dorthin zu lenken, aus Angst, in den Abgrund zu stürzen, der die Erde umgibt. Wenn alljährlich der weiße Schnee auf das Land fällt und die Tiere des Waldes schlafen, sieht man den Sonnengott nur wenige Spannen über den südlichen Himmelsrand fahren, und schon ein paar Stunden später weicht er wieder zurück.

Das Land, aus dem ich stamme, liegt dort, wo die sieben Ochsen allnächtlich um den nördlichen Himmelspol kreisen und das Wasser des Regens aus ihm schöpfen, das sich über alle Länder ergießt. Im Süden grenzt es an jenes große Gebirge, das ihr den Kaukasus nennt. Prometheus bot, an Felsen geschmiedet, dem Adler dort die Leber dar. Die Mitte meiner Heimat ist flach wie das Meer, bedeckt nur von wogenden Gräsern. Im Norden aber wächst ein dunkler Wald, soweit das Auge reicht; am Rand dieser Wildnis wohnte mein Volk.

Mein Name ist Aras. Mein Stamm nannte sich ›Die Söhne des Windes‹, denn dieser war der einzige Gott, den wir verehrten. Der Wind ist der Herrscher der Steppe; schneller als er sind nur die rassigen Pferde, die ihm geweiht sind. Der Gott des Windes lehrte meinen Stamm, Rosse zu fangen und so zu zähmen, daß sie sich durch den Druck der Schenkel lenken lassen. Denn unsere Krieger kämpfen nicht aus Wagen wie ihr, sondern vom Rücken der Pferde.«

»Wie das?« rief Diomedes erstaunt. »Keiner kann doch vom schaukelnden Rücken des Hengstes herab seinen Speer treffsicherer ins Ziel schleudern! Ich würde mich weitaus lieber zu Fuß gegen einen solchen Reiter stellen, ihn mit der Lanze zu erlegen, ehe er auf seinem schwankenden Sitz das Schwert ziehen kann, als daß ich mich gegen ein gepanzertes Streitgefährt wagen wollte, das ganz aus Eisen daherrollt!«

»Wir haben andere Waffen«, erklärte ich, »den Bogen, der uns am wichtigsten ist, und kurze Schwerter, die man leicht und schnell führen kann. Lasse mich nun fortfahren, ruhmvoller Fürst, damit du erkennst, daß auch ich nicht von niedriger Abstammung bin. Ist doch mein Vater ebenfalls König gewesen. Ein grausames Schicksal hat ihn schon vor langer Zeit zu den Schatten und mich in die unbekannte Fremde geführt.«

Tränen stiegen mir in die Augen und ich glaubte, es könne wohl keinem Menschen ein schlimmeres Schicksal beschieden sein als mir. Das dachte ich aber nur, weil ich noch unerfahren war. Diomedes und Sthenelos schwiegen, und die Krieger von Argos schauten mich mitleidig an. Sie dachten wohl an ihre Heimat und ihre Söhne, die sie so lange Zeit nicht mehr gesehen hatten.

»Es waren fremde Krieger, die mich entführten«, erzählte ich, als ich mich wieder gefaßt hatte, »Krieger, wie ich sie niemals gesehen hatte. Sie trugen spitze Helme und einen Panzer wie ihr, aber sie ritten auf Pferden und kämpften wie wir, und sie waren viel zahlreicher als die Männer unseres Stammes.

Mein Vater starb mit einem Pfeil in der Kehle, halb bedeckt von den toten Leibern seiner Gefährten. Meine Mutter, die schreiend zum Waldrand floh, holten die Fremden ein und schleiften sie hinter sich her, bis sie ihr Leben aushauchte. Ich rannte mit einem hölzernen Speer gegen sie, doch ich war ein Knabe, und sie trieben ihren Spott mit mir, bis sie meiner überdrüssig wurden und einer von ihnen mich mit einer Keule niederschlug. Als ich erwachte, fand ich mich an meine Schwester Baril gefesselt. Unsere Zelte waren verbrannt, nur wenige Menschen unseres Volkes hatten den Tag überlebt. Mit ihnen ging ich in die Sklaverei. Ich mußte zusehen, wie die Männer nachts meine Schwester mit Schlägen fügig machten, bis sie sich endlich ihren Gelüsten ergab. Ich schwor, sie zu rächen.

Wir wanderten viele Wochen nach Süden, bis endlich der düstere Kaukasus vor uns lag. Wie eine Wand ragte er in den Himmel. An der Küste kamen wir ins Land der Kolcher. Dort verkauften die Fremden Baril an einen Fürsten, der sie als Sklavin begehrte. Auch von den anderen Gefangenen wurde ich getrennt. Die Räuber schleppten mich weiter, vorbei an den Dörfern der Chalyber, die Tag und Nacht in ihren erzreichen Bergen wühlen und keine andere Freude kennen, als in der Glut der rauchenden Essen das kostbare Eisen zu schmelzen. Hinter dem Thermodon-Delta, wo Amazonen wohnen, wateten wir durch den schlammbraunen Halys und erreichten jenes Land, das bei den Griechen Paphlagonien heißt. Dort lag die Heimat der Räuber. Ihre Stadt erhob sich auf einer Klippe am Meer; im Hafen schwamm das Schiff eines kretischen Kaufmanns.

Dieser Händler stammte aus einem uralten Geschlecht und wußte von dunklen Dingen. Seine Vorfahren hatten schon vor vielen Jahren auf der Halbinsel Tauris im Norden des Schwarzmeers gesiedelt, vielleicht als Flüchtlinge, vielleicht als Verbannte, vielleicht auch, weil sie die Zukunft erahnten. Denn auf diese Weise entgingen sie der Vernichtung, der ihr Volk anheimfiel, und retteten jenes geheime Wissen, das einst den Kretern die Herrschaft über die Meere verschaffte. Sogar eure Städte, Fürst Diomedes, mußten damals dem Minotaurus alljährlich Tribut entrichten, bis Theseus das Ungeheuer besiegte. Doch davon wißt ihr sicher mehr als ich. Ich erzähle euch nur deshalb davon, weil der kretische Händler mich kaufte, als Spielgefährten für seinen Sohn, der so alt war wie ich. Über das Meer nahm mich der Kreter mit nach Norden.

In seinem Haus gab er mir die gleiche Erziehung wie seinem Sohn, denn er wünschte, daß dieser sich stets mit mir messen und lernen sollte, mich zu übertreffen. Auf diese Weise sollte er sich früh an die Kämpfe des Lebens gewöhnen. Sein Sohn und ich wurden Freunde. In dieser Zeit erfuhr ich zum erstenmal von euren Göttern und Helden, und auch von denen der anderen Völker. Ich hörte von den vergangenen Zeiten und lernte die Kunst, Worte in Ton zu ritzen und wieder zu lesen. Ich übte mich mit den Zahlen und versäumte darüber auch nicht die Schulung mit Schwert, Schild und Speer. Meine Rache vergaß ich nie.

Den Namen des Mannes, der meinen Stamm ausgelöscht hatte, kannte ich nicht. Sein Gesicht aber hatte sich unauslöschlich in mein Gedächtnis gebrannt. Vier Jahre vergingen, da sah ich ihn wieder. Er kam zu Schiff von Süden über das Meer und wollte in der Steppe einen neuen Raubzug unternehmen. Mein Herr lud ihn zu Gast. Der Fremde hatte mich wohl längst vergessen, denn er beachtete mich nicht. Nach Mitternacht schlich ich in sein Zimmer und stieß dem Schlafenden ein Messer in den Hals.

In einem Fischerboot floh ich aus Tauris. Auf dem Meer holte mich ein Handelsschiff ein. Der Kapitän nahm mich an Bord. Er wußte nichts von meiner Tat und band mich an ein Ruder. Er steuerte an der Mündung des Ister vorbei, wo die Vögel des Kriegsgottes wohnen, die ihre Federn wie Pfeile verschießen, und nahm Kurs durch die Meerenge, die ihr Symplegaden nennt. Dann segelten wir an der Küste Mysiens entlang bis nach Troja, wo mich der Lederhändler Gormos kaufte. Seitdem sind nur wenige Wochen vergangen. Mein einstiger Besitzer liegt nun tot in seinem Keller. Ich aber floh, und wo du mich gefunden hast, König von Argos, das weißt du selbst.«

Damit endete ich und zog zum Zeichen der Trauer den Zipfel meines Gewandes über den Kopf. Doch tat ich das auch deshalb, weil ich nicht wollte, daß jemand meine Augen sah. Denn damals floß mir die Lüge noch längst nicht so glatt aus dem Mund, und ich hatte zwei Dinge verschwiegen, weil ich es nicht für ratsam hielt, den Achäern davon zu berichten. Die Griechen erschienen mir als ein sehr abergläubisches Volk, und wie sehr sie Zauberei fürchteten, hatte ich bei Diomedes gesehen, der mein Seil für eine Schlange hielt. Deshalb hatte ich ihm verheimlicht, daß mein Herr auf Tauris noch immer die alten Götter seiner Heimat angebetet und vor ihren Bildern viele seltsame Dinge getan hatte. Wenn der Kreter es auch stets vor mir verbarg, hatte ich doch bemerkt, daß er die Zauberkunst beherrschte und übersinnliche Kräfte besaß. Er konnte Menschen mit einer bestimmten Handbewegung sprechend oder stumm, wach oder schlafend machen. Als ich mich später einmal aus Neugier hinter einem Vorhang verbarg, sah ich mit eigenen Augen, wie der Kreter seine ahnungslosen Gäste, Männer und Frauen, in Tiere verwandelte, daß sie wie Schweine grunzend oder wie Hunde bellend auf allen Vieren durch den Saal krochen. Als er sie wieder in Menschen zurückverwandelt hatte, klopften sich die Ahnungslosen verwundert den Schmutz von den Kleidern und mancher fragte verschämt: »Hat mich etwa der Wein übermannt, daß ich zu Boden gesunken bin? Und was war das für ein Traum, der mich quälte? Wahrhaftig, ich scheue mich, offen darüber zu sprechen, aber mir war, als hätte ich mich wie ein Schwein gesuhlt.«

Solche Künste beherrschte der Kreter, der ein verschlossener, wortkarger Mann war. Seinen Sohn lehrte er alles, was er wußte, denn er wollte ihm Macht über Menschen verleihen. Der junge Kreter aber gab manches Mal in heiterer Laune bescheidene Fertigkeiten an mich weiter, obwohl ihm das von seinem Vater streng verboten worden war.

›Was ist schon dabei, Aras‹, pflegte mein Freund zu sagen, wenn er sich wieder einmal über das Wort seines Vaters hinweggesetzt hatte, ›ich zeige dir ja nichts Gefährliches, sondern nur etwas zur Unterhaltung, wenn ich dir beibringe, welche Stoffe man in das Wasser schüttet, damit es sich rot färbt wie Blut und auch so riecht. Oder, wie man Männer zum Einschlafen bringt, indem man einen Stein vor ihrer Nase schwingen läßt. Das sind belanglose Dinge, mit denen du dir wohl einmal einen Spaß machen kannst.‹

So hatte ich vieles erfahren, was den meisten Sterblichen verborgen bleibt, und kannte von dieser Zeit an auch jene geheimen Zeichen und Winke, mit denen sich Zauberer in allen Ländern einander zu erkennen geben und unbemerkt verständigen. Denn die geheimen magischen Mächte umspannen die Welt wie ein Netz.

Das zweite aber, das ich Diomedes verschwieg, war das Geheimnis meiner Geburt, das ich selbst nur zum Teil kannte. Denn ich fürchtete, daß er mich sonst nicht mehr für den rechtmäßigen Sohn eines Königs, sondern für den Balg eines entlaufenen Sklaven halten würde.

Nachdem ich verstummt war, schwiegen die Achäer eine Weile. Endlich sagte Sthenelos: »Wir kennen dich nicht, Fremdling, und deine Augen sind seltsam. Es ist schwer, durch sie auf den Grund deiner Seele zu schauen. Trotzdem glaube ich, daß du die Wahrheit sprichst. Vielleicht fühle ich mit dir, weil du schon vieles durchlitten hast, auch wenn du noch ein Jüngling bist. Ich bin ja selbst der Sohn eines Königs und ebenfalls früh zum Waisen geworden. Starb doch mein Vater zusammen mit dem des Diomedes beim unglücklichen Kampf der Sieben gegen Theben!«

»So ist es«, sprach Diomedes, »aber später waren uns die Götter hold; wir durften unsere Väter übertreffen und die Stadt erstürmen, der sie unterlegen waren. Jetzt können wir sogar als Sieger über Troja heimkehren. Es wird den Himmlischen gefällig sein, wenn wir das Glück, das wir empfingen, an dich als einen vom Schicksal getroffenen Menschen weitergeben.«

»Und außerdem«, schloß Sthenelos lächelnd, »brauchen wir dringend einen Stallknecht.«

Danach brachen die beiden Fürsten zur Ratsversammlung der Griechen auf. Mir wurde ein Platz bei den Troßleuten angewiesen; ich warf mich neben dem Feuer auf die Erde und sank sofort in traumlosen Schlaf.

Die Mittagszeit war vorüber, als ich erwachte. Die Fürsten berieten noch immer, und von einem der Argiver, der den Heerführern als Mundschenk diente, hörte ich, daß sich die Könige über den Zeitpunkt der Heimreise stritten. Denn während die meisten sofort aufbrechen wollten, hatte Kalchas, ihr weisester Wahrsager, dringend geraten zu warten: Seine Seherkraft habe ihn erkennen lassen, sagte er, daß den Achäern schwerstes Unheil drohe. Viele Götter seien wegen der Schändung ihrer trojanischen Tempel empört. Darum hatte Kalchas die Fürsten dazu aufgefordert, den Göttern erst zu opfern und dann so lange zu warten, bis ihr Zorn vergangen sei.

Der Erzähler, ein kleiner, flinker Speerkämpfer namens Stigos, berichtete, Diomedes habe sich dafür eingesetzt, diesen Rat zu befolgen. Alle anderen Heerführer aber, auch Sthenelos, hätten den Worten des Kalchas nur wenig Beachtung geschenkt und den sofortigen Abzug gefordert. Als Diomedes und Sthenelos zurückkehrten, stritten sie immer noch, während ihre Leute sich um sie scharten, um den Stand der Dinge zu erfahren.

»Ein Narr bist du, Sthenelos, wie alle anderen«, schimpfte der König, »ich hätte dich für klüger gehalten. War es denn nicht dein Vater Kapaneos, der sich vermaß, dem Willen der Götter zu trotzen, und der deshalb auf Thebens Mauern von Zeus mit einem Blitz erschlagen wurde? Auch jetzt droht uns Unheil, wenn wir nicht auf die Worte hören, mit denen uns Kalchas die Wünsche der Himmlischen mitgeteilt hat!«

»Kalchas wird alt, und seine Sehergabe läßt in jenem Maße nach, in dem seine Habgier wächst«, versetzte Sthenelos ungerührt, und ich erschauerte vor soviel Respektlosigkeit in heiligen Dingen. Sthenelos lächelte, als er das bemerkte, und sprach weiter: »Kalchas ist es doch, der die schönsten Opfergaben an sich nehmen darf, damit sein Tempel stets unter dem Schutz der Götter stehe. Um von Vergangenem zu reden: Auch dein Vater Tydeus mußte vor Theben verbluten, obwohl er doch so gottesfürchtig war und sich niemals erkühnt hätte, den Donnerer herauszufordern.«

»Zehn Jahre liegen wir jetzt schon an diesem Strand«, rief Diomedes hitzig, »kommt es denn da auf ein paar Tage an?«

Sthenelos aber antwortete kühl: »Gerade weil es nun schon so lange her ist, daß ich die geliebte Heimat zum letztenmal sah, sehnt sich mein Herz so sehr nach ihr, daß ich keine Stunde mehr vergeuden möchte. Schon gar nicht einem habgierigen Zauberer mit wirren Träumen zuliebe.«

So haderten sie weiter, bis sie zu ihrem Zelt gekommen waren, und drinnen setzten sie den Streit mit wachsender Lautstärke fort. Ich stand auf und wandelte ziellos durch das Lager. Ich hatte vergebens gehofft, daß mir die Götter einen Traum schicken würden, aus dem ich mein künftiges Schicksal erfahren konnte. Darum wußte ich jetzt nicht, wohin ich meine Schritte lenken sollte.

Der Weg zurück in die Heimat schien mir zu weit und zu gefährlich, um ihn allein bewältigen zu können; einen Gefährten aber hatte ich nicht. Mit Diomedes nach Argos zu ziehen, verlockte mich ebensowenig, denn dort kannte ich keinen Menschen. Die Flucht aus dem Lager der Griechen schon hier in Asien zu wagen, erschien mir nicht ratsam, denn soviel wußte ich von diesem Land, daß Menschen nur an seinen Küsten lebten, und das waren Leute, die Fremden gegenüber sehr mißtrauisch waren und sie oft gleich erschlugen. In der Mitte des Landes aber warteten Wüsten und wilde Tiere. So verzagte ich immer mehr und dachte, es könne wohl kaum ein anderer Mensch unter der Sonne so einsam und verzweifelt sein wie ich. Da spürte ich plötzlich eine Hand auf meinem Arm und sah Hermione vor mir stehen.

»Was bietest du für ein Jammerbild, Aras?« fragte sie. »Freust du dich nicht, am Leben geblieben zu sein? Selbst ich bin nicht allzu traurig darüber, im Lager der Griechen zu wohnen, bin ich doch auch in Troja nur eine Sklavin gewesen und kenne kein besseres Los. Immerhin haben die fremden Krieger nicht meine Beine auseinandergezwängt, da Diomedes mich zu seinem Eigentum erklärte, ebenso wie dich. Wie ich gehört habe, brauchst du auch nicht auf der Ruderbank zu sitzen; der edle Sthenelos selbst war dein Fürsprecher und wird sich wohl auch künftig deiner annehmen. Also preise die Unsterblichen und lasse nicht den Kopf hängen.«

Das sagte sie, um mich zu trösten; aber ihre Augen füllten sich mit Tränen, sie schlang ihre Arme um meinen Hals und ich merkte, daß sie sich selber einsam und schutzlos fühlte.

»Du kennst mein Schicksal«, sagte ich, »also brauchst du mich nicht zu beneiden, selbst wenn mir Sthenelos die Freiheit schenken sollte. Denn ich bleibe trotzdem ein Heimatloser, fremd unter allen Menschen; ich freue mich aber, daß du einen so edelmütigen Herrn gefunden hast.«

So trösteten wir uns gegenseitig wie zwei Kinder. Die Krieger, die vorüberkamen, spotteten: »Wahrlich, wenn wir ein so hübsches Mädchen im Arm hielten, wüßten wir Besseres zu tun, als wie ein hilfloser Säugling zu weinen! Wir würden wohl sogleich das Tier mit den zwei Rücken spielen.«

Hermione wurde rot vor Wut. Ich aber sagte zu ihr: »Du brauchst keine Angst zu haben, ich werde dich nicht unschicklich behandeln. Die Männer meiner Heimat dürfen sich keiner Frau nähern, ehe sie nicht zwölf Pferde besitzen; so befiehlt es das Gesetz. Aber selbst wenn ich von jetzt an nur noch die Gebote der Griechen befolgte, würde ich dennoch nicht wagen, etwas gegen deinen Willen zu tun, denn du bist schön wie eine Göttin.«

Hermione legte ihre Hand auf die Beule an meiner Stirn und lächelte: »Es tut mir leid, Aras, daß ich dich mit meinem Bratgeschirr verletzt habe. Ich dachte, du wärst ein griechischer Krieger, der mich überfallen und meine Weiblichkeit erproben wollte. Ich erkannte dich erst, als du am Boden lagst. Ich hoffe, du wirst mir verzeihen!«

»Ich bin dir dafür sogar dankbar«, antwortete ich, »denn dein Schlag hat mir das Leben gerettet. Das werde ich dir nicht vergessen.«

Dann eilte ich in das Lager zurück, denn plötzlich glaubte ich zu wissen, was zu tun war.

4 Nur wenige Menschen beherrschen die Kunst, die Zukunft vorauszusehen, und selbst die Götter wissen nicht alles, was ihnen bevorsteht. In meinem Volk hatten keine Wahrsager gelebt; mein Vater meinte, es liege nicht im Wesen unserer Gottheit, vorauszubestimmen, was erst in fernen Tagen geschehen solle. Der Wind sei ein Wanderer, der selbst nicht wisse, wohin er sich am nächsten Tag wenden werde. Doch bei den Griechen sagten nicht wenige, daß sich vor ihren Augen die Zukunft enthülle, und wenn es auch häufig falsch war, was sie prophezeiten, so gab es bei ihnen auch welche, deren Ahnungen Wirklichkeit wurden. Von diesen genoß Kalchas den höchsten Ruhm; zu ihm wollte ich gehen, mir raten zu lassen.

Daher legte ich meine Lebenskette um, die ich hütete wie meine Augen und auch durch die Zeit der Gefangenschaft retten konnte, denn sie besaß nur Wert für mich und nicht für andere. Danach bemalte ich meine Augenlider, die Linien meiner Hände und die Innenseite der Knie mit blauer Farbe. Modeus, der Troßverwalter von Argos, band einem Lamm die Füße zusammen und legte es mir auf die Schultern – er glaubte wohl, daß ich bald die Gunst des Diomedes gewinnen könnte, und meine heilige Bemalung weckte fromme Scheu in ihm. So trat ich ins Zelt des Sehers, der mit seinen Dienern bei Tisch saß und überrascht aufblickte.

Ich habe gelehrte Priester und kreischende Geisterbeschwörer, heilige Männer und gottlose Ketzer, mächtige Magier und plumpe Betrüger beim Umgang mit Kräften des Jenseits erlebt. Ich sah den Propheten von Ninive Schafsleber prüfen und Priesterfürsten von Memphis unter dem See jene Riten vollziehen, die der Schlange gebühren. In Ländern über dem Meer sah ich fürchterliche Dämonen vor ihren Meistern erscheinen, von Menschenblut herbeigelockte Ausgeburten von entsetzlicher Gestalt. Selbst dem unsterblichen Gathaspar, Diener des Einzigen Gottes und Herrn aller Geister, bin ich begegnet. Verglichen mit ihm, der mit ein paar Worten die tapfersten Männer in zitternde Kreaturen verwandelte, verglichen auch mit den gelbhäutigen Todesmönchen im Sand der gefrorenen Wüste oder mit dem namenlosen Einsamen vom schwarzen Berg Torimptah war Kalchas nur ein Unbedeutender. Damals aber erschien er mir machtvoll, und immerhin sprach manchmal göttlicher Wille aus seinem Mund.

Kalchas war ein hochgewachsener Mann mit vollem, dunklem Haar, obwohl er angeblich schon zu den ältesten Feldzugsteilnehmern zählte. Ein schlichtes, weißes Leinengewand umschloß seinen Körper, und um seinen Hals hing eine Kette aus goldenen Platten, mit den Symbolen olympischer Götter verziert. Ich grüßte ihn mit der erhobenen Rechten, so wie es Zauberer tun, indem ich die Finger spreizte, bis je zwei von ihnen zusammen das linke und rechte Horn des Stiers formten. Er antwortete mit dem Zeichen für Abwehr, indem er zwei Finger gegen mich stieß. Hastig umfaßte ich nun zum Zeichen der friedvollen Absicht den Daumen der linken Hand mit der Rechten, denn die Linke verursacht die Unglückstaten; daher muß man sie festhalten, wenn man sich in gefährlicher Lage befindet. Kalchas verschränkte blitzschnell die Finger und gab mir ein Zeichen bedingten Willkommens. Dann schickte er seine Diener hinaus und winkte mich zu sich. Im Schein des Herdfeuers sah er, daß ich noch ein Jüngling und weder Trojaner noch Grieche war. Da sprach er:

»Du bist mit der Farbe Poseidons bemalt, des Gottes der Meere, aber du sprichst mit den uralten Zeichen der Vorzeit, als noch weit ältere Götter den Himmel regierten. Stammst du etwa aus dem Land, in dem Kronos haust? Wenn ja, brauchst du keine Angst zu haben. Verrate mir nur, wo sich sein Versteck befindet!«

Ich kannte das Schicksal des Kronos, des alten Gottes der Zeit, der seine eigenen Kinder verspeiste, damit ihm kein Sohn zum Rivalen erwachse, und der dann doch überlistet und von Zeus verjagt worden war. Ich wußte auch, welche Mysterien Griechenlands Zauberer immer noch mit dem Namen des einstigen Himmelsbeherrschers verbanden, obwohl niemand wußte, wo Kronos sich vor Zeus verbarg. Wer die Zuflucht des entthronten Gottes kannte, besaß nach dem Glauben der Griechen das kostbarste Wissen, denn um dieses Geheimnis zu erfahren, würde Zeus jeden Wunsch erfüllen. Schon ein paar Worte hätten genügt, Kalchas neugierig zu machen und seine Gunst zu erwerben. Aber ich war gekommen, um Wahrheit zu hören, und die erfährt man nicht, wenn man selber lügt. Darum antwortete ich ihm:

»Nein, ich kenne das Versteck dieses Gottes nicht und bin niemals in seiner Nähe gewesen, obwohl ich trotz meiner Jugend schon viele Länder durchwandert habe. Mein Volk wohnte weit von hier im Land des Windgotts, und ich habe mich mit blauer Farbe bemalt, um seiner heiligen Erscheinung zu gleichen. Bei euch Achäern besitzt er vier Namen, einen für jede Richtung, aus der er kommt. Bei uns aber ist er namenlos, denn der Wind braucht kein Zeichen. Das Roß ist sein heiliges Tier, denn ohne die kräftigen Hufe des Pferds ist der Mensch in der weiten Steppe verloren; auch ein Halbgott könnte sie nicht zu Fuß durchmessen. Darum weiht man dem Windgott die Augen, das Pferd zu erspähen, die Hände, es zu fangen, und die Knie, es zu lenken.«

Ein Ausdruck von Enttäuschung erschien auf den Zügen des Sehers. Dann erhob er sich plötzlich und sagte nach einer Weile:

»Du scheinst in der Tat von weither zu kommen, Jüngling, denn von so einem Volk habe selbst ich noch niemals gehört. Gib mir ein Wort, damit ich dich besser erkenne.«

Ich wußte nicht, was er meinte, und schwieg. Da sagte er: »Es wird doch wohl nicht so sein, daß du selbst nichts über dich weißt? Du beherrschst die geheimen Zeichen, die nur den Geweihten bekannt sind. Wer hat sie dich gelehrt?«

Da sagte ich ihm, was ich Diomedes und seinen Leuten berichtet hatte, und erzählte danach auch von dem Kreter auf Tauris. Kalchas staunte immer mehr und rief schließlich aus: »Deine Ankunft ist ein Wink der Götter!«

Aber das rief er mit einer so schmerzlichen Miene, daß ich zu fürchten begann, er könne mich hassen. Ich fragte ihn nach dem Grund seines Kummers, aber er wollte ihn mir nicht verraten und sagte schließlich:

»Gewiß bist du nicht ohne Grund zu mir gekommen. Nenne mir also deinen Wunsch; ich will ihn erfüllen, sofern es in meinen schwachen Kräften steht.«

»Nur wenige Menschen wissen vor der Zeit, was ihnen bestimmt ist, weiser Kalchas«, antwortete ich, »vielen aber kann der kundige Seher helfen, die Zeichen des Schicksals zu deuten, lange bevor sie sich auch dem einfachen Mann entschlüsseln. Ich bin gekommen zu erfahren, was mir bevorsteht und wohin ich meine Schritte lenken soll. Dieser Schmuck mag dir dabei helfen, denn in ihm ist eingeschlossen, was in meinem Leben Wert besaß.«

Damit gab ich ihm meine Kette, die ich seit meiner Geburt trug und in der zu dieser Zeit achtzehn Symbole, eines für jedes Jahr, nach dem Brauch meiner Ahnen Zeugnis von meiner Vergangenheit ablegten.

Die ersten sieben Symbole hatte, der Überlieferung folgend, mein Vater für mich ausgewählt. Die Mitte der Kette bestand aus dem breiten Zahn eines Hengstes, dem Zeichen des frommen Herrschers, denn ich war der einzige Sohn des Königs und also sein Erbe. Im zweiten Jahr meines Lebens fügte mein Vater ein Plättchen aus Eisen hinzu, damit mir dieses Metall die Stärke des Kriegers verschaffe. Im dritten Jahr folgte ein Würfel aus Gold, in schwarzes Harz gebettet als Zeichen der Zuversicht, die auch in dunklen Zeiten schimmern soll. Das vierte Symbol war ein roter Kiesel vom Strand des südlichen Meeres, ein Beispiel in sich ruhender Beständigkeit. Die Bogenspitze des fünften Jahres versprach mir die Gabe der Schnelligkeit, der Feuerstein aus dem sechsten Jahr sollte mir das Gefühl der häuslichen Geborgenheit auch auf einsamer Wanderung erhalten. Das letzte Geschenk meines Vaters aber war ein Ring aus Silber, der Talisman für unbekannte Pfade.

Als ich ins achte Jahr gekommen war, folgten die Gaben, mit denen mich meine Mutter auszeichnen wollte. Zuerst hängte sie ein Herz aus schwarzem Obsidian an meine Kette, das Zeichen ewiger Elternliebe. Ein Splitter von heiligen Baum unseres Stammes sollte mir bei der Suche nach Wasser in trockener Einöde helfen. Schlauheit und Mut hoffte sie mir durch den Eckzahn des Wolfs zu verschaffen. Im elften Jahr fügte sie einen silbernen Nagel ein, das Zeichen der sittlichen Festigkeit. Das fünfte Geschenk meiner Mutter wurde ein eiserner Ring, das Zeichen der treuen Freunde, die sie mir wünschte. Das sechste war ein gelber Stein, welcher ein kleines Tier umhüllte. Er stammte vom Strand eines westlichen Meeres und sollte mir den Schutz des Himmels sichern, so wie das Tier durch diesen Stein vor jedem Zugriff sicher war. Die letzte Gabe meiner Eltern kam, als ich zum Jüngling reifte. Es war ein kleiner Stab aus Gold zum Zeichen der Manneskraft und Frauenliebe.

Danach wurde es meine eigene Aufgabe, in meine Lebenskette zu flechten, was ich im abgelaufenen Jahr für bedeutungsvoll hielt oder mir noch erhoffte. Zuerst war es nur eine Locke von meinem Haar, denn ich war ja zum Sklaven geworden und bar jeden Besitzes. Im zweiten Jahr fügte ich eine kleine eiserne Scheibe ein, die mir der Sohn des Kreters schenkte – »wer diesen Zauberschutz trägt«, sagte er, »kann nicht lange in Gefangenschaft gehalten werden.« Die Kralle des Raben wählte ich zum Zeichen meines Wissens um die Zauberkunst. Zuletzt, erst vor wenigen Monaten, hatte ich den Beweis meiner Rache an meine Kette gehängt: Einen Zahn meines Todfeinds, herausgelöst mit dem Griff meines Messers.

So hatte ein jedes von diesen seltsamen Dingen für mich eine besondere Bedeutung, über die ich aber schwieg, weil ich fürchtete, Worte könnten die Kraft des Amuletts mindern. Kalchas stellte keine Frage. Seine Hände aber zitterten, als er den Hengstzahn berührte; beim Anblick des schwarzen Herzens seufzte er tief, und ebenso bei dem hölzernen Splitter. Als er jedoch die Kralle des Raben entdeckte, erschrak er so sehr, daß er die Kette fast aus den Händen verloren hätte.

Ich fragte ihn noch einmal nach dem Grund seiner Trauer, aber er gab keine Antwort und starrte mich nachdenklich an, wie jemand, der sich gegen die Wahrheit wehrt.

Lange saß er so da, mit im Feuerschein seltsam verzerrter Miene. Erst sehr viel später begriff ich, daß ich hier zum erstenmal ein Zeichen jener Macht erhielt, die mir ein so seltsames Schicksal zugedacht hatte. Hier ragte die erste Landmarke für mein Lebensschiff empor, das sich anschickte, ein stürmisches Kap zu umsteuern. Hier stand der erste Wegweiser auf meinen Lebenspfad, der mich noch so weit durch Wüsten und Einöden führen sollte, doch dieser Wegweiser war in einer Sprache beschriftet, die ich damals noch nicht verstand.

Plötzlich erhob sich der Seher, nahm das gefesselte Schaf, legte es auf den Altar und schnitt ihm die Kehle durch. Dann goß Kalchas Wein in vier Krüge verschiedener Größe und Farbe, entzündete Lichter aus Wachs und verbrannte heilige Kräuter. Sogleich zog Wohlgeruch durch das heilige Zelt. Zuletzt verschloß der Seher seine Behausung: Niemand sollte ihn stören, wenn Götter durch seinen Mund sprachen. »Nicht jeder darf zu mir kommen, sich aus der Zukunft weissagen lassen«, erklärte er mir, »doch du bist von edler Geburt – und ein Bote göttlichen Willens, auch wenn du vielleicht nichts davon ahnst.«

Dann leerte er seinen größten Krug, der blau wie ein sonniger Herbsthimmel und mit weißen Linien geschmückt war, auf den gestampften Boden. Während der Wein in alle Richtungen floß, murmelte Kalchas: »Seid meinem Herzen gnädig gestimmt, ihr himmlischen Götter, gebt mir den Mut zu erkennen!«

Danach goß Kalchas den Inhalt des zweiten Krugs aus, der rot wie ein Sonnenuntergang auf dem Meer war, und betete: »Schärft meine Sinne, ihr Götter der Erde, öffnet mir die Augen zu sehen, das Ohr zu hören, und den Mund zu sprechen!«

Zuletzt nahm er seinen dritten Krug – er war klein und von glänzender Schwärze – und sprach: »Stärkt meine Seele, ihr Götter der Unterwelt, nehmt mir die Angst, die Wahrheit zu sagen!«

Dann breitete er die Arme aus und rief alle olympischen Götter an, zuerst Zeus und Hera, dann Apoll und Athene, schließlich die anderen, gab mir aus dem vierten Krug, der aus unbemaltem Ton bestand, zu trinken und nahm auch selbst einen Schluck. Einen Moment später schloß er die Augen und erstarrte auf seinem Sitz wie ein aus Stein gehauenes Standbild.

Der kräftige Wind rüttelte an der Zeltbahn, Funken sprühten aus der Feuerstelle, deren Widerschein sich in den Weinpfützen spiegelte, bis das Trankopfer versickert war. Mich fröstelte, als ich die roh gemeißelten Götterbilder betrachtete, die jetzt noch strenger erschienen als zuvor. Die Haare meines Nackens sträubten sich, als ein kalter Luftzug an meinem Rücken wie die Hand eines Gottes entlangstrich. Ich fürchtete mich so sehr, daß ich am liebsten davongelaufen wäre, doch in diesem Moment löste sich die Erstarrung des Sehers, er öffnete seine Lider und sah mich nachdenklich an.

»Was hast du gesehen, Kalchas?« fragte ich ängstlich, »was schaust du mich so an? Du machst mir Angst. Gewiß hast du mir Schreckliches zu prophezeien!«

So jammerte ich und schlug mir mit den Fäusten an die Stirn. Kalchas aber sagte:»Was das Schicksal dir bringt, ist unabänderlich, und nicht einmal die Götter könnten es verhindern. Aber du sollst nicht mutlos sein, denn du hast auch Freunde unter den Unsterblichen. Einer der Götter steht dir sogar noch näher als ein Freund, doch warum das so ist, vermochte ich nicht zu erkennen. Auf deinem Leben ruht ein Geheimnis, das in deiner Geburt begründet liegt, und es ist ein Geheimnis, daß sich vor meinen Augen verbirgt. Ich kann es nur ahnen.«

Da erinnerte ich mich zum zweitenmal an diesem Tag eines merkwürdigen Gesprächs, das ich mit meiner Schwester Baril geführt hatte, als uns in Kolchis die Stunde des Abschieds schlug.»Lebe wohl, Aras«, hatte sie damals gesagt,»mögen die Götter helfen, daß wir uns noch einmal wiedersehen! Denn ich weiß etwas von deiner Geburt, das dein Leben bestimmen wird, und darf es dir jetzt noch nicht sagen, weil ich dir sonst mehr schaden als nützen würde.«

Das erzählte ich Kalchas. Der aber schüttelte nur den Kopf und sagte: »Ich kann dir nicht helfen. Wenn es so ist, wie du sagst, mußt du selbst versuchen, dieses Geheimnis zu ergründen. Doch ich bin nicht sicher, ob die Götter wünschen, daß du das erreichst. Nun aber höre, was ich von deiner Zukunft träumte.

Ich wanderte über ein weites, grünes Feld, auf eine ferne Stadt mit hohen Türmen und goldenen Dächern zu. Doch je schneller ich ging, desto weiter entfernte sich diese Stadt von mir, und der Boden unter meinen Füßen verwandelte sich erst in Sand und dann in Asche. Auf dieser Wanderung begegnete ich drei Männern, die ähnelten einander wie Brüder. Der erste war ein Krieger, der eine Schlange erschlug. Doch als die Natter tot vor seinen Füßen lag, verwandelte sie sich plötzlich in ein Lamm. Der zweite war ein Kaufmann, der seinen Wagen anhielt, um einem Bettler am Straßenrand Nahrung zu geben. Doch als der Bettler gegessen hatte, wurde sein Gesicht plötzlich schwarz wie das eines Vergifteten, und er starb in Krämpfen. Der dritte Mann aber war ein Bauer, der am Feldrand sein Saatgut verbrannte, um sich die Hände zu wärmen. Mehr kann ich dir nicht sagen; du magst selbst erkennen, was dir vorbestimmt ist.«

Damit öffnete er mir den Vorhang und ließ mich hinaus. Ich hörte noch, wie er einen Diener zu Diomedes schickte.

Ich kehrte nicht gleich in das Lager zurück, sondern suchte mir eine ruhige Stelle am Strand. Dort betete ich zum Gott meiner Heimat und flehte ihn an, mich erkennen zu lassen, was die Worte des Sehers bedeuten sollten. Waren mir Glück, Ruhm und Macht bestimmt, wie sie ein Krieger ersehnt, oder Reichtum, wie ihn ein Händler sich wünscht? Oder würde ich meine Hände mit Bluttaten und Verbrechen besudeln, als Dieb oder Mörder? Waren die Gottheiten stärker, die mir gnädig gewogen schienen, oder jene, die mein Verderben wünschten? Und wer waren sie? Auf keine dieser Fragen konnte ich Antwort finden, und ich wurde immer mutloser, bis ich am Schluß ärgerlich dachte, daß Fragen an einen Wahrsager nicht Aufschlüsse, sondern nur weitere Rätsel ergaben.

»Dein Schicksal ist unabänderlich«, hatte Kalchas gesagt, und das war der einzige nützliche Hinweis: Ich beschloß, mich in das, was mir vorbestimmt schien, zu fügen und bei Diomedes und seinen Leuten zu bleiben. Inzwischen war die Sonne schon fast eine Handbreite tiefer gesunken; da hörte ich plötzlich Schritte und sah Diomedes und Sthenelos aus dem Zelt des Sehers treten. Ohne mich zu bemerken, gingen sie in ihr Lager zurück.

»Du hast es geahnt, Sthenelos, daß dieser Jüngling die Wahrheit sprach, als er behauptete, mehr zu sein als ein Sklave«, sagte Diomedes, »und jetzt bin ich froh über meinen Entschluß, ihn nicht nur am Leben zu lassen, sondern auch in die Reihen meiner Männer aufzunehmen. So bestürzend auch klang, was Kalchas sagte – der Junge ist ein Bote der Götter!«

»Glaubst du das wirklich?« fragte Sthenelos zweifelnd. »Es könnte doch ebensogut Zufall sein, daß die Stücke seiner Lebenskette mit den Träumen des Sehers übereingestimmt haben.«

»Der Zahn eines Hengstes als Zeichen der wütenden Meeresrosse, der hölzerne Splitter als Sinnbild versunkener Schiffe, die Kralle des Raben, der das von den Göttern gewollte rächende Unheil verheißt, ist das nicht deutlich genug?« entgegnete Diomedes. »Großes Unheil wird die Schiffe der Achäer treffen, die sich nicht dem Rat des Sehers fügen. Nein, Sthenelos, dieser Jüngling ist, auch wenn er selbst nichts davon ahnt, der Warner, der uns von den Himmlischen gesandt ist. Darum soll er nicht Stallknecht sein, sondern mein freier Gefährte, denn ich habe große Ehrfurcht vor dem Willen der himmlischen Mächte.«

Mehr konnte ich nicht verstehen, denn ihre Schritte entfernten sich rasch von mir. Als ich endlich zum Lager zurückkehrte, kam mir Modeus entgegen. »Wo treibst du dich herum, Aras?« fragte er. »Ich soll dich sofort zu Diomedes bringen!«

5 Diomedes war inzwischen mit Sthenelos zum Siegesmahl der griechischen Fürsten auf den Versammlungsplatz gegangen. Dieser öffnete sich an der Meeresseite des Lagers und besaß die Form eines Dreiecks, an dessen Winkeln sich die Zelte des Agamemnon, des Diomedes und des oïlischen Ajax erhoben. Die mit Schilf gedeckten Hütten des Odysseus standen an der Stirn des großen Triangels; Nestor und Menelaos hatten ihre Behausungen an den beiden anderen Seiten errichtet, umgeben von anderen namhaften Fürsten und ihren Völkern. Inmitten des Platzes loderte ein großes Feuer, in dessen Flammen die Diener Ochsen und Schweine brieten. Dort saßen die mächtigsten Krieger der Griechen im Kreis; dahinter folgten die weniger berühmten Kämpfer und an den Rändern des Platzes und in den Gassen zwischen den langen Reihen der Zelte und Hütten schloß sich das einfache Kriegervolk an, schmausend, trinkend und begierig zu lauschen. Der Tag ging schon zu Ende, und gegen die untergehende Sonne zeichnete sich das Vorgebirge Sigeion ab, auf dem Achilles begraben liegt, der größte Verlust der Griechen vor Troja. Ihn nannte gerade Kalchas beim Namen – der Seher stand mitten im innersten Kreis der Könige und sprach mit lauter Stimme zu ihnen wie auch zum übrigen Volk der Achäer:

»Achilles möge mein Zeuge sein, denn er hat es zu Griechenlands Trauer am eigenen Leibe erfahren, daß auch den Stärksten die Kraft seiner Arme nicht schützen kann, haben die Götter erst einmal seine Vernichtung beschlossen. So wie Achilles vor Troja dem tückischen Pfeilschuß Apollos erlag, steht nun auch den anderen Helden tödliches Unheil bevor. Denn die Götter zürnen uns wegen der Freveltaten in Trojas Tempeln, in denen viele unserer Krieger große Schuld auf sich geladen haben. Zur Warnung wurde mir ein schwerer Traum gesandt. Vergebens beschwor ich die Fürsten heute in der Versammlung, sie mögen die Heimkehr, so sehr sie ersehnt wird, noch so lange aufschieben, bis wir die Himmlischen durch Opfer ausgesöhnt haben. Doch die Führer haben keine Ehrfurcht mehr vor meiner Seherkraft, und manche nannten mich gar einen Schwätzer. Jetzt aber haben uns Götter, die es noch gut mit uns meinen, ein letztes Zeichen der Warnung gesandt!«

In der Menge des griechischen Heeres wurden erregte Stimmen laut. In diesem Moment erspähte mich Kalchas, nahm mich an der Hand und zog mich in den Kreis.

»Kaum einer von euch wird diesen Jüngling kennen«, rief er, »denn Diomedes fand ihn erst heute nacht und brachte ihn zum Glück hierher, statt ihn zu töten. Er ist kein Trojaner, sondern stammt aus einem weit entfernten Land. Daß ihn göttliche Mächte zu uns sandten, um uns vor unüberlegten Taten zu warnen, erkannte ich an den Gaben, die er bei sich trug. Denn diese entsprachen auf wunderbare Weise dem Traum, der mich mit solcher Sorge erfüllte. Es waren: Der Zahn eines Hengstes als Zeichen Poseidons, der seine Schaumrosse gegen unsere Schiffe jagen will; ein hölzerner Splitter, den ich im Traum auf Meereswellen treiben sah, als das letzte, was von unseren Schiffen zurückblieb; eine Figur aus Obsidian, wie man sie Toten ins Grab legt; und die Kralle jenes Raben, der in meinem Traum als Unheilsbote über uns schwebte. Nun prüfe ein jeder für sich, ob ihn diese Unglückszeichen nicht überzeugen! Denn wie verstockt die Herzen der Fürsten auch sein mögen: Ihr Krieger selbst, ihr Männer aus Sparta und Argos, Athen und Mykene und allen anderen Städten, ihr selbst sollt entscheiden, ob ihr meinen Rat befolgen oder euch mit euren Führern blindlings ins Verderben stürzen wollt.«

So sprach er, und unter den Kriegern entstand großer Lärm. Unsicher blickten sie einander an und begannen schließlich heftig zu streiten. So gern sie schnell die Heimfahrt angetreten hätten, plötzlich hielt Furcht sie zurück, denn bisher war stets eingetroffen, was Kalchas prophezeit hatte: die zehnjährige Dauer des Krieges ebenso wie sein glückliches Ende durch eine List des Odysseus.

Nun erhob sich der oberste Feldherr aller Achäer, der mächtige Agamemnon, von seinem goldumrandeten Schild, auf dem er gelagert hatte. Er war ein gewaltiger Mann, nicht ganz so groß wie Diomedes, aber ebenso breit in den Schultern und königlich wie ein makedonischer Löwe. Mächtige Muskeln schwollen an seinen gebräunten Armen; sein schwarzer Bart war von silbernen Fäden durchzogen. Die beiden gleichlaufenden Narben auf seiner Wange verrieten die Tapferkeit des Feldherrn, der seine Krieger nicht nur mit Worten zum Kampf anspornt, sondern sich selbst mit Schild und Schwert in vorderster Linie bewegt. Die Falten unter seinen Augen zeigten, wie sehr er in den vergangenen Jahren nicht nur unter den Anstrengungen des Kampfes gelitten, sondern darüber hinaus an tiefer Sorge um das Gelingen des Feldzugs getragen hatte. Jeder Achäer, der sein Leben für Griechenlands Ehre ließ, jeder Tag, der seine Männer von ihren Familien fernhielt, war in Agamemnons Antlitz zu lesen wie Spuren auf einem von zahllosen Füßen zerfurchten Strand.

Als der Mykener in die Mitte des Kreises trat, um zu seinem Heer zu sprechen, verstummten die Krieger wie auf ein geheimes Zeichen. Der Feldherr rief mit hallender Stimme:

»Keiner wird von mir sagen können, Kalchas, daß ich vor dem Himmelsvater nicht demütig wäre, und gleiches gilt auch für jeden anderen Fürsten des Heeres, das nun schon so lange vor dieser verfluchten Stadt liegt. Habe ich nicht vor zehn Jahren bei unserer Ausfahrt in Aulis meine geliebte Tochter Iphigenia eigenhändig dem Opfertod überantwortet, weil du es mir nach dem Willen der Götter so befahlst? Wie oft habe ich mir später gewünscht, ich hätte meine Hände nicht mit dem Blut meines eigenen Kindes besudelt! Doch da uns die Himmlischen endlich den Sieg geschenkt haben, will ich nicht länger trauern.

Eines aber mußt selbst du zugeben, Kalchas: Es ist nun wahrlich genug der Mühen, die wir um Griechenlands Ehre, aber auch um seiner Götter willen auf uns genommen haben. Du selbst hast uns damals berichtet, daß Hera und Athene es waren, die Trojas Vernichtung beschlossen – wir haben ihnen als Werkzeug gedient. Darum ist es nur recht und billig, wenn wir nun auf der Stelle und ohne weitere Widrigkeiten nach Hause entlassen werden; wir haben mehr für die Götter getan als für uns selbst. Das Gold der Trojaner wiegt die Verluste nicht auf, die wir in unseren Reihen erlitten – nur Menelaos, mein Bruder, kann sich glücklich preisen, denn er hat Helena zurückgewonnen. Freilich mußte er dafür auch in den vergangenen Jahren mehr als die anderen leiden. Jetzt soll ein Ende sein! Die Götter, deren Wünsche wir erfüllten, werden uns in die Heimat geleiten und die anderen Bewohner des Olymp, die auf Seiten der Trojaner gestanden haben, daran hindern, uns zu vernichten. Ich fahre beruhigt nach Hause. Mag sich mir anschließen, wer will – ich werde jeden mit mir nehmen, von welchem Stamm, von welcher Stadt er sein mag!«

Da erhob sich gewaltiger Jubel: Die Krieger sprangen auf und schlugen ihre Waffen gegeneinander, daß man kein Wort mehr verstehen konnte. Doch ebensoschnell ebbte der Lärm wieder ab, als sich nun Diomedes erhob.

Der König von Argos hatte sich nicht, wie Agamemnon, in ein Festgewand gehüllt, sondern trug noch immer die Rüstung, seiner Gewohnheit entsprechend, auch in Zeiten der Ruhe stets gewappnet und bereit zu neuem Kampf zu sein. Er war der größte der lebenden griechischen Helden und hatte auch früher weder Achilles noch den telamonischen Ajax gefürchtet. Nach dem Tod dieser beiden Recken gab es keinen mehr, der Diomedes zum Kampf herausfordern mochte. Mit großer Achtung lauschten die griechischen Scharen nun den Worten des Königs von Argos.

»Nur große Opfer zeugen große Taten«, begann Diomedes, »und vor den Sieg haben die Götter die Mühsal gesetzt. Wer von euch aber wollte nicht um solcher Ehre, solchen Ruhmes willen die Zeit der Leiden noch ein zweites Mal bestehen? Sind wir denn spielende Kinder, die nach Hause eilen, weil es dunkel wird und die Mutter ruft? Oder faule Sklaven, die zu lange am Brunnen geschwatzt haben und nun in Furcht vor der Peitsche des Herrn heimwärts hasten? Noch sind wir Männer freien Willens. Vor den Göttern aber zählt besonders die Last, die man ohne Zwang auf sich nimmt.«

Die Männer scharten sich enger um ihre Anführer und hörten nachdenklich zu. Diomedes fuhr fort:

»Auch ich vermag nicht zu leugnen, daß sich mein Herz danach sehnt, die Luft der Heimat zu atmen und meine Königin zu umarmen, die ich schon so lange entbehren muß. Aber haben wir nicht alles, was wir in diesem Krieg erreichten, dem Rat des Kalchas zu verdanken? Sind wir nicht deshalb Sieger geblieben, weil wir uns stets dem Willen der Götter beugten? So wollen wir es auch diesmal halten. Mag in ein ungewisses Schicksal davonsegeln, wer will! Ich jedenfalls werde, so schwer es mir fällt, nicht gleich in die Heimat zurückkehren, sondern zuvor noch andere Meere befahren, wo es vielleicht noch weitere Heldentaten zu vollbringen gibt. Mehr will ich euch nicht sagen; ich führe besser das Schwert als die Zunge. Nur eines noch: Der Jüngling, in dem unser Seher den Boten der Götter erkannte, ist frei. Er mag sich wenden, wohin er will; bei mir sollen stets ein Dach und ein Krug auf ihn warten. Wage es keiner, ihn anzurühren! Wer Aras beleidigt, beleidigt auch mich.«

So sprach er und kehrte an seinen Platz zur Rechten des Feldherrn zurück, denn an der Schwertseite Agamemnons zu sitzen, war stets das Vorrecht des stärksten Achäers. Einst war diese Ehre Achilles zuteil, bis sich der Myrmidone mit Agamemnon zerstritt und allen Beratungen fernblieb.

Als Diomedes geendet hatte, begannen die Griechen laut durcheinanderzureden, denn sie waren sich uneins und wußten nicht mehr, welchem Ratschlag sie folgen sollten.

Da sprang Neoptolemos auf, der Sohn des Achilles, obwohl es ihm geziemt hätte, andere vorzulassen: Zwar wurde er schon zu den Tapfersten der Achäer gezählt, aber es gab im Heer noch Fürsten, deren Stern weit heller strahlte. Doch Neoptolemos, der sich selbst Pyrrhos nannte, war von dem Ehrgeiz besessen, seinen von Göttern und Menschen gepriesenen Vater noch zu übertreffen. Er war zwar hochgewachsen, erschien jedoch längst nicht so mächtig und stark wie Ajax, Odysseus und Philoktetes, Idomeneus oder selbst Menelaos. Indessen, die anderen Fürsten ließen es ohne ärgerlichen Zuruf geschehen, daß sich der Jüngste aus ihrem Kreis zum Wort drängte, und hörten ihm schweigend zu.

Ich fing einen Blick des Odysseus auf, der mich spöttisch musterte, als sei ich ein Betrüger, den man schon längst der Lüge überführt habe, und Kalchas mein wortreicher Anwalt, der sich vergebens bemühte, die Richter zu täuschen. Denn der König von Ithaka hatte schon viele Prophezeiungen bezweifelt. Er hegte wie Sthenelos den Verdacht, der schlaue Kalchas bringe manches Seherwort nicht ohne Eigennutz unter das Volk und wolle vor der Abreise noch versuchen, den Fürsten listig einen Teil der Beute abzujagen. Obwohl Odysseus in der Kunst des Redens jeden Griechen übertraf, zog er es nun jedoch vor, zu schweigen. Denn dadurch konnte er diesmal mehr erreichen als durch wohlgeformte Sätze. Er wußte, daß sich außer Diomedes kein anderer Fürst auf die Seite des Sehers schlagen würde, so daß die Heimreise in jedem Fall ohne Verzug vonstatten gehen konnte; denn Krieger folgen gewöhnlich den Fürsten wie Schafe. Sollten die Götter jedoch wahrhaftig zürnen, so mochten sie, meinte Odysseus wohl, ihre Wut an denen auslassen, welche die Warnungen ihres Priesters mißachtet und ihm widersprochen hatten.

So wie Neoptolemos, der jetzt begann: »Kalchas, in dir schlägt nicht das Herz eines Kriegers, und so wirst du vielleicht schon dann lähmende Furcht empfinden, wenn ein tapferer Mann noch nicht einmal Sorge verspürt. Auch Götter können uns nicht vernichten, solange ihr oberster Herrscher, Zeus selbst, seine schützende Hand über uns hält. Und weil wir in Troja nur seinen Willen erfüllten, wird er uns jetzt wohl kaum seine Gnade entziehen. Darum wollen wir uns nicht verzagt in unsere Zelte schmiegen wie ängstliche Weiber, sondern frei und mutig allem entgegenfahren, was das Schicksal noch für uns bereithält!«

Das waren die rechten Worte für eine vom Wein bereits erhitzte Kriegerschar. Die Achäer jubelten laut, schrien dem Redner zustimmende Worte zu und schlugen dröhnend die Schwerter gegen die Schilde. Dabei kreuzte sich mein Blick zufällig mit dem des Achillessohns. Aber Neoptolemos hatte mich damals nicht gesehen, als er den König von Troja erschlug, obgleich Priamos am Zeusaltar kniete. Der Griechenfürst war wohl davon überzeugt, daß niemand bemerkt habe, wie er den Tempel entweihte. Doch wenn ich den Griechen nun davon berichtet hätte, hätte mir niemand geglaubt. Der Jubel der Krieger hallte so laut, daß Kalchas verzweifelt den Mantel über sein Haupt zog und voller Bitterkeit rief:

»So fahrt denn in euer Verderben, ihr Narren! Nichts anderes habt ihr verdient, wenn ihr dem Jüngling mehr Glauben schenkt als dem erfahrenen Mann, und dem einfältigen Krieger mehr als dem wissenden Seher! Ich werde hierbleiben, bis sich der Zorn der Götter gelegt hat. Jetzt aber will ich mit meiner Trauer allein sein, denn ich glaube, daß ich keinen von euch wiedersehen werde.«

Diese düstere Ahnung des Kalchas sollte Wirklichkeit werden, wenn auch auf andere Weise, als der Priester meinte. Die Krieger hörten jedoch nicht auf zu lärmen und zu schreien, obwohl diese Worte sie eigentlich hätten nachdenklich machen sollen; schließlich wandte Kalchas sich ab und verschwand in der Dunkelheit.

Da sprang der lokrische Ajax auf, fuhr sich mit der Hand über seinen vom Wein durchnäßten Bart und schrie: »Geh nur, du feiger Hasenfuß! Seht, er watschelt wie ein altes Weib und dünkt sich klüger als selbst die edelsten Fürsten Achäas! Mich sollen die Götter nicht hindern, die Heimat wiederzusehen, und sollte sich mir selbst Athene, die mir vielleicht wegen dieser Hexe Kassandra gram sein mag, in den Weg stellen – ich würde den Kampf mit der Göttin nicht fürchten!«

So prahlte Ajax, ein untersetzter Mann mit dichtem Haarwuchs an Brust und Schultern. Der Lokrer war stark wie ein Bär und wild wie ein pfeilwunder Eber. Mir schauderte bei diesem Frevel, doch die betrunkenen Krieger verstanden nicht mehr viel vom Inhalt der Rede und spürten nur die Entschlossenheit ihres lokrischen Helden, die ihnen über die Maßen gefiel. Denn so gottesfürchtig die Krieger oft vor dem Kampf sind, nach einem Sieg verliert das Heilige für sie schnell an Wert. Die meisten von ihnen sind ohnehin nicht fromm, sondern nur abergläubisch; sie hoffen auf allerlei schützende Zaubermittel, obwohl diese doch für den Unkundigen völlig wertlos sind. Die Griechen dankten dem Lokrer mit lautem Beifallsgeschrei, nur Diomedes und Odysseus schwiegen – Athene war ihre Schutzherrin, und sie nahmen Ajax die Herausforderung übel.

Danach begann ein gewaltiges Zechen, und die Helden begannen, von alten Ruhmestaten zu erzählen und ihre Abenteuer voll seliger Erinnerung noch einmal zu durchleben. Nicht nur ihrer toten Gefährten gedachten sie dabei, sondern ebenso ihrer gefallenen Gegner, des mächtigen Hektor, der Amazone Penthesilea und des Äthiopiers Memnon.

Neben Sthenelos saßen Odysseus, Ajax, Nestor und Neoptolemos. Sie sprachen über die Abenteuer ihrer Väter und Großväter, die einst als Argonauten mit Jason das Goldene Vlies aus Kolchis geraubt hatten. Links von Agamemnon lagerten Idomeneus, der Kreter, und Philoktetes, der noch Herakles selbst, den größten griechischen Helden, in Abenteuer und Kämpfe begleitet hatte. Idomeneus und Philoktetes als zwei von den ältesten Fürsten durften am Schildarm des Heerführers sitzen, und diese Ehre hätte nach alter Sitte auch Nestor, dem König von Pylos, gebührt. Doch Nestor war Philoktetes noch immer gram, weil dieser vor fast einem Menschenalter zusammen mit Herakles Krieg gegen Pylos geführt und dort Nestors Vater Neleus und zwölf seiner Söhne erschlagen hatte. Bei Idomeneus, dem eisgrauen Kreterkönig, der trotz seines Alters noch ein gefürchteter Faustkämpfer war, saß Menelaos; der König von Sparta hielt sich stets bescheiden zurück, wenn es um Ehrenplätze ging, weil er den anderen auf diese Weise seine Dankbarkeit bezeugen wollte. Denn es war die Gattin des Spartaners, Helena, für die Achäas beste Krieger hingesunken waren. Neben dem ebenso tapferen wie kunstreichen Helden Epeios, der das hölzerne Pferd erbaut hatte und dann als letzter in dessen hohlen Bauch gestiegen war, tranken Eurypylos, der als Wagenlenker berühmte König von Orchomenos, und Akamas, der Sohn des Theseus. Außerdem lagerten Agenor und Meriones, Antimachos und Podaleirios im innersten Kreis, allesamt Männer, die tags zuvor das quälende Warten im hölzernen Pferd auf sich genommen hatten. Nur Agamemnon und Nestor hatten dabei gefehlt – Nestor wegen seines Alters, Agamemnon aber, damit den Griechen, sollte die List mißlingen, wenigstens einer ihrer Fürsten blieb.

Freundlich reichte mir Diomedes einen Pokal. Da blitzte etwas vor meinen Augen, und ich sah an der Rechten des Königs einen seltsam geformten Ring. Das silberne Schmuckstück zeigte den Kopf eines Ebers, denn dieses Tier führte einst Tydeus, der Vater des Diomedes, im Wappen.

Der König von Argos sah mein Erstaunen und sagte: »Diesen Ring haben mir die Thebaner gesandt, nachdem sie ihn meinem toten Vater vom Finger gezogen hatten. Sie hofften mich dadurch wohl immer an Thebens Macht zu erinnern und mich davon abzuhalten, meine Rachepflicht zu erfüllen. Aber sie erreichten das Gegenteil: Denn durch diesen Ring wurde ich täglich von neuem an meine Aufgabe gemahnt und habe schließlich zusammen mit Sthenelos Theben zerstört.«

Der Ring war die Arbeit eines berühmten Künstlers: Zunge und Hauer des Ebers waren mit roten und weißen Edelsteinen ausgelegt, die kleinen Augen des Tieres funkelten schwarz. Gutgelaunt zog Diomedes das Schmuckstück vom Finger und steckte es mir zur Probe an, aber es war viel zu groß, und verlegen gab ich den Ring wieder zurück.

Die anderen Fürsten besprachen indessen die Heimkehr und was sie als erstes planten. »Ich werde zuerst die Schar meiner Nachkommen zählen«, verkündete Ajax unter dem Gelächter seiner Gefährten, »damit ich weiß, wieviele während meiner Abwesenheit hinzugekommen sind!« Danach warf der Lokrer schwungvoll das Schulterblatt eines Ochsen, das er abgenagt hatte, hinter sich, wo sich kläffende Hunde balgten, und setzte den Weinkrug so lange an, daß ich meinte, er würde ihn auf einen Zug leeren.

Die anderen johlten vor Vergnügen. Odysseus jedoch, der sich über Ajax ärgerte, weil dieser Athene beleidigt hatte, versetzte: »Erst solltest du dir aber Bart und Haupthaar scheren, Prinz von Lokris, sonst werden deine Leute dich nicht für einen heimgekehrten Fürsten halten, sondern für ein wildes Schwein, das grunzend aus dem Urwald bricht. Zumal du überdies nicht nur aussiehst, sondern auch zu speisen beliebst, als lägst du bäuchlings vor einem Trog.«

»Halt's Maul, Odysseus!« gab der Lokrer übermütig zurück, »freilich, wir leben zu Hause nicht ganz so fein wie in Ithaka, wo man die Muscheln samt der Schale schluckt, um sich die Finger nicht am Fleisch zu nässen!«

Philoktetes fügte mit einem Seitenblick auf Odysseus hinzu: »Dafür gibt es noch einen anderen Grund, lieber Ajax. Denn wie du weißt, braucht man zum Öffnen großer Muscheln starke Hände. Mit Reden allein erreichst du nichts, die Meeresfrucht bleibt geschlossen, selbst wenn du mit der Zunge der Sirenen singst!« So sprach er, weil er Odysseus haßte, denn der König von Ithaka hatte zehn Jahre zuvor beim Übersetzen nach Troja die anderen Fürsten überredet, den damals von einer Krankheit geschwächten Philoktetes am wüsten Strand der Insel Lemnos auszusetzen, damit sein Anblick nicht die Stimmung des Heeres verderbe.

Odysseus nahm die Beleidigung mit einem Lächeln auf und gab zurück: »Es mag freilich einfacher sein, den Mund nur zu nutzen, um Nahrung in ihn zu stopfen, wie es das liebe Vieh tut. Vermutlich wird man im bergigen Lokris Männer und Ochsen kaum voneinander unterscheiden können!«

»Doch!« warf Sthenelos ein, »die Ochsen sind die mit den klugen Augen!«

Da lachten die Fürsten und tranken einander zu, denn die Achäer lieben es, sich in Wortgefechten zu reizen und dann zu sehen, wer sich als erster beleidigt fühlt. Ajax goß Wein in seine Kehle, bis ihm der Rebensaft über die Brust rann, rülpste dann kräftig und versetzte: »So ist es, Sthenelos, genauso ist es. Deshalb verkaufen wir unsere Kinder häufig für schweres Gold an andere griechische Stämme, bei denen sie für die höchsten Ämter benötigt werden.«

Nun verschluckte sich Idomeneus und hustete laut. Philoktetes hieb ihm auf den Rücken und fragte: »Nun, Fürst, wolltest du etwas bemerken?« »Nein, nein«, wehrte Idomeneus ab, aber nun erinnerten sich die anderen, daß der König von Kreta einen Stierkopf auf seinem Schild führte, und zeigten lachend mit Fingern auf ihn.

So spotteten sie, aßen und tranken, bis schließlich die Hälfte der Nacht verstrichen war. Da erhob sich Agamemnon, und alle verstummten, während er anfing zu sprechen:

»Ist es nicht traurig, daß wir nun zum letztenmal am Feuer sitzen, alle die edlen Fürsten und Helden Achäas? Ist es denn wirklich der Wille der Götter, daß wir nur gegen Troja einig gewesen, in Zukunft jedoch wieder untereinander zerstritten sein sollen? Warum stehen Griechenlands Stämme nur in den Zeiten größter Bedrängnis zusammen, während ansonsten der Nachbar den Nachbarn erschlägt? Wahrlich, säßen wir immer so einträchtig beieinander wie jetzt, umgeben von unseren Völkern, nicht Zypern und nicht Asien könnte uns widerstehen, und ich wagte selbst gegen Ägypten zu ziehen.«

Da schwiegen die anderen nachdenklich. Agamemnon blickte sich um und wartete auf ein zustimmendes Wort. Ich verstand nicht, worum es dem Fürsten ging – erst später wurde mir klar, daß er den Sieg über Troja ausnutzen wollte, um alle achäischen Stämme für immer zusammenzuschmieden, und Hauptstadt sollte Mykene sein. Die anderen Fürsten schwiegen und blickten den Feldherrn abwartend an.

»Zehn Jahre hindurch hat sich Troja, die mächtigste Burg dieses Erdteils, gewehrt«, fuhr Agamemnon fort, »aber sie konnte sich doch nur deshalb so lange behaupten, weil sie bei allen benachbarten Völkern Verbündete fand. In Wirklichkeit haben wir also nicht nur eine Stadt in die Knie gezwungen, sondern das ganze westliche Asien. Größer als je zuvor ist heute die Macht der Achäer!«

Stolz aufgerichtet stand Agamemnon am Feuer, ein wahrer Herrscher, würdig nicht nur der Krone Mykenes, sondern der Herrschaft über ganz Griechenland. Die anderen Fürsten aber wichen dem Blick des Feldherrn nun aus und schauten statt dessen einander verstohlen an, um an der Miene des Nachbarn zu erkennen, ob dieser von der gleichen Sorge um die Unabhängigkeit bedrückt sei.

Das merkte auch Agamemnon, doch er versuchte noch ein drittes Mal, die Fürsten zu überzeugen. »Soweit unsere Schiffe auch segeln«, rief er, »von überall werden wir reiche Beute nach Hause bringen, tausendmal mehr als alles, was wir in Troja erwarben. Welche Stadt, welches Volk könnte uns den Tribut verweigern? Ich nehme selbst Libyen und die Phönizier nicht aus; bis zu den Inseln des Äolus, bis nach Kolchis werden wir die Herren sein!«

So rief er, scheinbar im Überschwang seiner Gefühle; dabei betrachtete er aufmerksam die Gesichter seiner Gefährten. Was er in ihren Mienen las, ließ ihn wohl erkennen, daß das Volk der Griechen noch nicht reif für solche Pläne war. Denn die Augen der anderen Fürsten wurden jetzt schmal, sie kniffen die Lippen zusammen und man konnte sehen, wie sie um ihre Kronen bangten.

Da ließ Agamemnon die ausgebreiteten Arme sinken, blickte sich um und sagte: »Und doch, ich fühle es in meiner Brust, nur wenige würden mir folgen, wollte ich jetzt versuchen, Achäas Macht noch weiter auszudehnen. Ach, Griechen sind wohl nicht dazu geschaffen, fremde Völker zu beherrschen, denn sie haben zuviel Angst um die eigene Freiheit, die sie dann zum Nutzen der Gemeinschaft aufgeben müßten. Denn ein Reich muß Kriege führen, will es seine Macht erhalten, und nur einer kann befehlen, wenn der Angriff der Streitwagen rollt. Darum bleibt mir nur, euch Dank zu sagen für die treuen Dienste in zehn Jahren. Von eurem Schwur, meinen Befehlen zu gehorchen, entbinde ich euch nun. Fahrt, wohin es euch beliebt, ich gebe meinen Feldherrnstab zurück und trete ein in euren Kreis als Gleicher unter Gleichen.«

Da brauste lauter Jubel auf, die Könige hoben dem Feldherrn die Becher entgegen, und Odysseus rief: »Höchste Ehre dir, Agamemnon, für deine Taten! Wahrlich, nur deine Selbstlosigkeit hat diesen Feldzug gelingen lassen. Uns hast du den Ruhm gegönnt, dir selbst nur die Sorge. Würden wir wieder gemeinschaftlich kämpfen, dann nur unter dir oder deinem Sohn!«

Alle waren erleichtert, denn sie hatten insgeheim befürchtet, der Feldherr würde ihren Eid nicht lösen und auch zukünftig ihre Gefolgstreue fordern. Denn die Griechen lieben nichts so sehr wie den eigenen Willen und können sich keinem anderen unterordnen, so edelmütig dieser auch sein mag.

Neoptolemos aber wollte sich noch ein zweites Mal hervortun und verkündete mit schon vom Wein gehemmter Zunge:»Diesmal, Agamemnon, sollst du nicht wieder derjenige sein, der ein Opfer darbringen muß, damit uns die Götter Wind schicken, wie damals in Aulis. Ich selbst will meinem Vater Achilles das kostbarste aus meiner Beute senden, damit er bei Zeus für uns spricht. Der edelste Schatz aber ist, wie jeder zugeben wird, Polyxena, Prinzessin von Troja. Wie das Blut des Vaters, soll morgen zur Abfahrt auch das Blut des Kindes von meinem Schwert tropfen.«

Ich war erschüttert, die anderen Heerführer aber dankten dem Sohn des Achilles mit lautem Beifall – vor allem wohl deshalb, weil sie froh waren, nicht etwas aus ihrer eigenen Beute hingeben zu müssen. Nestor rief sogar: »So jung du auch bist, Neoptolemos, an Edelmut gleichst du doch schon deinem unvergeßlichen Vater!«

Als Polyxena aber erfuhr, welch Schicksal ihr zugedacht war, stieß sie sich einen Dolch in die Brust. Sie war schon verblutet, als Diener sie fanden und Neoptolemos davon in Kenntnis setzten. Da wurde es im Kreis der Fürsten still.»Das Opfer ist also schon geschehen!« rief der Achillessohn mit gekünstelter Fröhlichkeit. Aber den Königen war nicht nach Scherzen zumute. Einer nach dem anderen stand auf und verließ wortlos den Kreis, über den auf einmal der Schatten eines Verhängnisses schwebte.

Später wurde von vielen Sängern behauptet, die Königstochter habe sich einst in Achilles verliebt, als sie ihn von den Zinnen herab beim Kampf beobachtete. Daher habe sie nicht gezögert, zu dem Helden in die Schattenwelt zu steigen. Ich aber glaube das nicht. Die griechischen Fürsten jedenfalls sahen am Ende dieses Festes nicht wie Männer aus, die ein gutes Omen empfangen hatten, wie es ein Tod aus Liebe gewesen wäre.

6 Am Tag der Abfahrt von Troja blies ein kräftiger Wind vom Land her, und die Griechen rannten jubelnd zu ihren Schiffen. Ausrüstung und Beute, Tiere und Waffen wurden eilends verladen, und manches weniger Wertvolle ließen sie liegen, so sehr brannte die Sehnsucht nach der Heimat in ihren Herzen. Als erster jagte der wilde Ajax mit seinen Männern dem Horizont und seinem Schicksal entgegen, gefolgt von Agamemnon, der noch am meisten Schiffe bemannen konnte. Die Verluste der Griechen vor Troja waren so hoch, daß manches Boot verlassen am Ufer zurückblieb.

Diomedes und Sthenelos hatten sich darauf geeinigt, daß sie zwar gleichzeitig mit den anderen aufbrechen, aber einen anderen Kurs einschlagen wollten. Während Agamemnon nur kurze Zeit nach Süden fuhr, vorbei an den Inseln Tenedos, Lesbos und Chios, um sich dann nach Westen über das offene Meer zu wagen und bei der Insel Euböa das feste Land zu erreichen, zog Diomedes es vor, noch weiter an Asiens Küste entlangzusegeln und erst tief im Süden die Brückenpfeiler der grünen Kykladen zur sicheren Heimkehr zu nutzen. Durch diese Trennung von allen anderen Griechen hoffte der König von Argos dem Verhängnis zu entgehen, das der weise Kalchas vorhergesagt hatte.

Ich segelte auf dem vordersten Schiff bei den Rossen, die Diomedes vor Troja dem Helden Äneas entrissen hatte, dem einzigen der trojanischen Fürsten, der fliehen konnte und der dem Tydiden nach vielen Jahren noch einmal begegnet ist. In den Augen der schwarzen Hengste glomm Kampfeswut wie ein schwelendes Feuer. Nie zuvor hatte ich solche Tiere gesehen; viele Krieger empfanden abergläubische Furcht vor diesen Pferden, weil sie oft ausschlugen und nach den Männern bissen, die ihnen zu nahe kamen. Manche behaupteten, daß die trojanischen Hengste ihren neuen Besitzer haßten, aber in Wirklichkeit konnten sich Diomedes und Sthenelos ihnen stets ohne Vorsichtsmaßnahmen nähern. Denn in Gegenwart der beiden Fürsten blieben die edlen Tiere ruhig wie Lämmer, als ahnten sie, daß sie Männer vor sich hatten, die ihrer würdig waren. Um so mehr staunten Diomedes und Sthenelos darüber, daß auch ich die wilden Rosse vom ersten Tag an berühren konnte und sie nicht nach mir schnappten, sondern zutraulich ihre Nüstern an meiner Schulter rieben, als ob wir alte Bekannte wären. »Du hast eine gute Wahl getroffen, Diomedes«, sagte Sthenelos, »wenn ich auch allmählich glaube, daß er nicht nur uns, sondern sogar dem Kalchas mehr verschwiegen als erzählt hat.« Da ich nicht wußte, was der Seher von mir berichtet hatte, tat ich so, als hätte ich nichts gehört.

Der Seeweg nach Süden war selten befahren und deshalb gefährlich, denn nur wenige Griechen kannten die Klippen und Strömungen dieser Küste. Unser Schiff aber besaß einen Steuermann, dem diese fremden Gestade vertraut waren wie einem Krieger der Weg zur nächsten Schenke, in der seine Freundin die Krüge trägt. Außer den Schiffen des Diomedes gehörten noch die des Menelaos zu unserer Flotte, denn der Spartaner hatte sich den Argivern angeschlossen – allerdings wohl nicht aus Furcht vor der Rache der Götter, sondern um mit seiner wiedergewonnenen Gattin noch einige Zeit in Ruhe der Liebe pflegen zu können, ohne sogleich wieder von seinen königlichen Geschäften in Anspruch genommen zu werden. Er ahnte nicht, daß es noch viele Jahre dauern sollte, ehe er nach Hause zurückkehren konnte. Der edle und tapfere Mann war mit den Banden der Liebesgöttin gefesselt: Demütig und bescheiden lag Helena ihm in den ersten Tagen zu Füßen, doch bald schon gewann sie von neuem Gewalt über ihn, so daß sie aufrechten Hauptes auf dem Schiffsdeck umhergehen und sogar Befehle erteilen konnte, ohne befürchten zu müssen, von ihrem Gemahl gezüchtigt zu werden. So sehr liebte der König von Sparta seine Gemahlin, die sich doch zehn Jahre zuvor nicht ungern von dem Trojaner Paris hatte entführen lassen.

Mit drei Schiffen folgte Menelaos unserem Kiel, denn er hatte nur seine treuesten Krieger mitgenommen; die anderen Männer aus Sparta bogen bei Chios nach Westen und segelten mit Agamemnon über das offene Meer.

Auch Diomedes, der einst mit zweitausendfünfhundert Männern auf achtzig Schiffen nach Troja gefahren war und nach zehn Kriegsjahren nur noch siebenundfünfzig Boote bemannen konnte, schickte die meisten Argiver auf kürzestem Weg in die Heimat; nur fünf Schiffe mit seinen besten Gefährten folgten ihm freiwillig auf die längere Strecke. Mit weniger als zweihundert Kriegern stieß unsere kleine Flotte nach Süden vor, geführt von dem kundigen Steuermann Zakrops.

Dieser geheimnisumwitterte Mann war mehr als sechs Fuß groß und besaß breite Schultern und kräftige Arme, aber nur noch ein Bein. In seiner Jugend, so hieß es, plünderte er als Seeräuber Asiens Küsten. Bei den Achäern erzählte man sich, kein Grieche habe Troja und seine Bewohner so gehaßt wie er. Denn die Trojaner hatten ihn einmal gefangen, als sie die Strände bis Rhodos von feindlichen Schiffen säuberten. Zakrops wurde zum Tode verurteilt und in einem steinernen Kerker ans Eisen geschmiedet. Er konnte sich nur befreien, indem er sich mit einem Messer den rechten Fuß abschnitt. Den blutenden Stumpf hinter sich herziehend, floh er nachts aus dem Verlies und segelte in einem gestohlenen Fischerboot über das thrakische Meer, bis er mehr tot als lebendig ans Ufer Thessaliens kam. Nach weiteren Abenteuern strandete Zakrops in Argos, wo Diomedes ihn in seine Dienste nahm, erfreut, einen Steuermann für die gefährliche Fahrt nach Troja gefunden zu haben.

So kehrte Zakrops zwei Jahre nach seiner Flucht zum Hellespont zurück. Vor Trojas Mauern mitzukämpfen, blieb ihm auf Grund seiner Verstümmelung verwehrt. Dennoch erschlug Zakrops einmal mit eigener Hand sechs Trojaner – in jener Nacht, als Hektor bei einem Ausfall bis zu den griechischen Schiffen stürmte und sie in Brand stecken wollte. Da packte Zakrops ein drei Ellen langes, mit Eisen beschlagenes Ruder, sprang damit von Boot zu Boot und schlug den emporkletternden Trojanern auf Hände und Köpfe.

»Es klang, wie wenn ein Bauer Pfähle für einen Zaun in die Erde treibt«, schilderte Modeus, der Troßverwalter, »die Trojaner glaubten, Hephästos selbst, dem rußigen Gott der Schmiede, gegenüberzustehen, so mächtig drosch Zakrops dazwischen. Einmal aber traf er in der Finsternis den Falschen, und zwar den tapferen Sthenelos. Der Fürst schrie daraufhin erbost: ›Zakrops, wenn du so stark wärst, wie du blöde bist, könntest du mit deinem Holz ganz Troja in Klumpen hauen!‹ Das sagte Sthenelos aber erst zwei Stunden später, als er wieder aufgewacht war.«

Zakrops sprach nur selten über seine Vergangenheit; es müssen schlimme Verbrechen gewesen sein, die seit seiner Seeräuberzeit seine Seele beschwerten. Dafür unterhielt sich der Steuermann um so lieber über die Kunst, Schiffe zu lenken. Ich verbrachte manche Stunde bei ihm am Ruder, das er nur nachts aus der Hand legte, wenn die Flotte am Ufer vor Anker ging. Zakrops zeigte mir die verschiedenen Landmarken, die den Seefahrer an Asiens Küste geleiten: das Vorgebirge Lektor, das aussieht wie ein abgehauener Hundeschwanz, und die Berge der Inseln Lesbos und Chios. Er machte mich auf gefährliche Strömungen aufmerksam, die man an der Farbe des Wassers erkennt, und verriet mir, wie man aus Form und Anzahl der Wolken das Wetter des nächsten Tages errät. Bei Nacht sprach er von den Sternen, denen der Steuermann folgen kann, wenn er das Ufer nicht mehr bei Licht erreicht hat.

Dabei behauptete Zakrops, daß die sieben Sterne, die sich allnächtlich um den nördlichen Himmelspol drehen, keineswegs sieben Ochsen am Schöpfbrunnen darstellen, sondern vielmehr die Gestalt einer großen Bärin umreißen: »Zeus hatte sich einst in die schöne Nymphe Kallisto verliebt«, erklärte mir der Steuermann. »Hera verwandelte das arme Mädchen daraufhin in eine Bärin. Kallistos Sohn Arkas war ein berühmter Jäger und traf eines Tages, ohne es zu ahnen, auf seine verzauberte Mutter. Schon legte Arkas den Pfeil auf die Sehne, da griff der Göttervater ein: Um den Muttermord zu verhindern, versetzte Zeus seine einstige Geliebte als Sternbild an den Himmel. Hera ärgerte sich darüber sehr und bat ihre Eltern Tethys und Okeanos, die alten Götter des Meeres, ihrer Rivalin Kallisto das tägliche Bad im Wasser zu verwehren. Darum darf sich Kallisto in aller Ewigkeit nie mehr in kühlen Wellen erfrischen – du wirst nie erleben, daß diese sieben Sterne einmal so tief zum Horizont hinabsteigen, daß sie ins Meer tauchen.«

»Wir wollen dem Vater der Götter danken, daß er sich nicht um Treue schert«, ertönte da Sthenelos' spöttische Stimme, »denn sonst könnte man nur wenig am Himmel erspähen, was Seefahrern den Weg durch die Nacht erleichtert. Auch die Hyaden wären wohl kaum zu der Ehre gekommen, in Sterne verwandelt zu werden, hätten sie nicht Dionysos aufgezogen, der ebenfalls einem Seitensprung unseres Himmelsbeherrschers entstammt. Ansonsten will ich nichts gegen Dionysos sagen – er scheint mir von allen Göttern noch der vernünftigste zu sein.«

»Daß du den Wein höher schätzt als Weisheit und Tugend, ist mir seit langem bekannt«, hörte ich nun Diomedes, der unbemerkt zu uns getreten war, sagen, »aber auch dein Dionysos wird dir kaum helfen, wenn du mit deinem Lästern die Götter gegen dich aufgebracht hast. Du scheinst nicht zu wissen, daß keineswegs lediglich Andenken an verbotene Liebesbeziehungen unseren Himmel bestirnen. Der Drachen ist noch heute so um den Himmelspol geschlungen, wie ihn meine Schutzherrin Athene vor Zeiten im Kampf der Titanen emporgeschleudert hat. Man braucht auch nur an die Bilder zu denken, die an die großen Taten des Herakles erinnern, an die Hydra oder den Krebs, den nemäischen Löwen, den erymanthischen Bär und die stymphalidischen Vögel.«

»Ich weiß gar nicht, was du gegen die Liebe hast, Diomedes«, versetzte Sthenelos, »haben nicht viele Helden gerade aus zarten Gefühlen heraus die größten Taten vollbracht? Dort oben am Himmel kannst du Perseus sehen, der bestimmt kein Weichling war; doch die schöne Andromeda vor dem Ungeheuer Poseidons zu retten, dazu gab ihm erst Liebe die Kraft. Würdest du dich nicht freuen, wenn sich eines Tages Seefahrer von einem Sternbild des Diomedes lenken lassen würden?«

»Wenn es nach der Anzahl der Liebschaften ginge, würde wohl nur ein winziges Himmelseckchen an mich erinnern«, gab Diomedes zurück, »während man dir, Sthenelos, die gesamte Milchstraße einräumen müßte.«

»Mag schon sein«, grinste Sthenelos und zog einen Krug Wein hervor, »mancher erreicht den höchsten Punkt seines Ruhms schon im Leben, während man die Verdienste anderer erst nach dem Tode schätzen lernt.«

Damit reichte er Diomedes den Krug. Der König von Argos nahm einen kräftigen Schluck und antwortete: »In der Tat, du hast rechtzeitig vorgesorgt, daß viele dich noch lange preisen werden. Ich brauche nur an deine zahlreiche Nachkommenschaft zu denken, die überall aufwächst, wo wir jemals Kriege führten.«

Sthenelos lachte und sagte: »So habe ich immerhin etwas geschaffen, was mich überdauern wird. Auch wenn ich leider nicht die Möglichkeit besitze, all die braven Mädchen, die mich erfreuten, zum Dank als Sternbilder ans Firmament zu erheben.«

»Das wäre auch nicht ratsam«, sagte Diomedes, »sonst würden die betrogenen Ehemänner merken, was ihnen bisher verborgen blieb. Im Geist sehe ich schon die Heerscharen der Gehörnten zum Sturm auf Argos blasen!«

Inzwischen war der Krug bei Zakrops gelandet, der einen mächtigen Zug tat und dann erklärte: »Selbst deine eigenen Leute, Diomedes, werden sich dann auf die Seite der Gegner schlagen. Sofern nur die Hälfte von dem stimmt, was ich über die nächtlichen Streifzüge deines Gefährten auch in Argos hörte.«

Danach bekam ich den Krug zu fassen, während Sthenelos sich mit gespieltem Ernst verteidigte: »Es entspricht meinen Pflichten als Stütze des Throns, dafür zu sorgen, daß in Argos möglichst viele wackere Kämpfer heranwachsen. Ich wüßte nicht, wer für diese Aufgabe besser geeignet wäre. Du jedenfalls nicht, Zakrops, denn bei deinem Anblick laufen die Mädchen kreischend davon, und ich glaube kaum, daß du ihnen mit deinem Holzbein flink genug nachsetzen kannst.«

Der Krug kreiste ein zweites Mal, und ich merkte, daß der Wein meine Glieder mit neuem Leben erfüllte. Zakrops sagte indessen: »Ein Mann wie ich bedarf keiner Verfolgungsjagd, um sich das Lager zu wärmen. Im Gegenteil, ich beklage meine Behinderung lediglich deshalb, weil ich mich oft nicht schnell genug vor den vielen Verehrerinnen retten kann, die sich um mich scharen, um meine Muskeln zu betasten und meine Manneskraft zu erproben.«

Sthenelos lachte: »Das dürfte auf die Dunkelheit der schmutzigen Kaschemmen zurückzuführen sein, in denen du dich herumtreibst, Zakrops; denn in der Finsternis kann es schon leicht geschehen, daß die betrunkenen Hafenweiber, bei denen du dir die Freuden der Liebe erhoffst, versehentlich dein Holzbein zwischen die Finger bekommen und jubeln, weil sie meinen, ein starkes Glied zu umfassen.«

Der Sohn des Kapaneos schwankte leicht, rülpste, blies mir seinen übelriechenden Atem entgegen und sprach dann weiter: »Wahrlich, so ein hölzernes Gerät habe ich mir schon oft gewünscht, wenn ich vom Liebeskampf ermattet lag, allein die Götter verwehrten es mir und schenkten es lieber dem Zakrops, der daher viel glücklicher sein muß als ich.«

Damit warf Sthenelos den leeren Krug über Bord und zog einen zweiten hervor, den er geräuschvoll öffnete. Diomedes trank als erster und sagte dann mit schwerer Stimme: »Als Krieger unterhalte ich mich gern mit Gleichgesinnten, die im Kampf ihre Erfüllung finden, wenn ich auch andere Gegner bevorzuge, als ihr sie sucht. Denn während ihr vor Freude jauchzt, wenn es euch gelungen ist, ein schwaches Weib auf den Rücken zu werfen, fühle ich mich in der männermordenden Schlacht zu Hause und freue mich eher über Köpfe, die unter dem Schwert davonrollen, als über solche, die nur vom Wein gelockert sind.«

»Mag sein«, antwortete Sthenelos, »aber du kannst mir glauben, daß unsere Art zu kämpfen bei weitem mehr Befriedigung verschafft. Denn während du hinterher müde und blutbefleckt zurückkehrst, fühle ich mich nach jedem Bettgefecht stark wie ein junger Gott.«

»Eben hast du noch das Gegenteil behauptet«, meldete sich Zakrops. »Ich merke, daß der Wein dir schon den Kopf umnebelt.« »Wieso?« verteidigte sich Sthenelos, »ich sehe keinen Widerspruch! Dem Krieger kann es leicht passieren, daß er zwar unversehrt, sogar noch frisch und munter aus dem Kampf hervorgeht, seine Waffe aber beschädigt oder gar zersplittert ist. Du brauchst nur Diomedes zu fragen, wieviele Speere er schon an den Schilden seiner Gegner zerbrochen hat.«

»Da empfiehlt sich wohl«, sagte ich, »zu jedem Gefecht mehrere Lanzen mitzunehmen.«

Die anderen schwiegen einen Moment verblüfft. Sthenelos öffnete den Mund, ohne etwas zu sagen und schaute Diomedes an, der die Augenbrauen hob und zu Zakrops blickte. Dann fingen alle drei an, brüllend zu lachen, schlugen sich auf die Schenkel und klopften sich gegenseitig auf die Schultern. »Bei allen Göttern!« ächzte Sthenelos. »Das wäre zu schön! So jung du bist, Aras, deine Worte zeugen von großem Verstand. Aber leider hat die Natur noch keinen Mann mit solchen Vorzügen bedacht.«

So sprach er, und alle lachten wieder. Zakrops aber gab mir den Krug und sagte: »Laß dich nicht vom Pfad der Tugend abbringen, junger Freund, auch wenn unsere Herren gelegentlich lockere Reden führen. Sie meinen es ja nicht so, und aus ihren Worten spricht eher die Sehnsucht als die Erfahrung.«

Diomedes lachte schallend, Sthenelos aber antwortete: »Warte nur, bis wir nach Argos kommen, Zakrops, du Holzkopf! Dann wirst du schon sehen, ob ich nur prahle – natürlich nur, sofern dir inzwischen einige hübsche Töchter herangereift sind.«

Da lachten sie wieder, bis Diomedes schließlich sagte: »Aras muß einen schönen Eindruck von griechischer Sitte erhalten, wenn er uns hier so schwatzen und trinken sieht! Aber wir sind nun einmal nicht nur ein kriegstüchtiges, sondern auch ein fröhliches Volk und schätzen die Kraft des Weines und der Worte ebenso wie die des Schwertes. Du brauchst dich nicht zu schämen, Aras, wenn du noch etwas schwächlich bist; du wirst bestimmt noch wachsen. Mit Wein und Worten umzugehen, hast du bereits gelernt. Nun nimm noch einen Schluck; du befindest dich hier unter Freunden.«

Er reichte mir den Krug, und ich antwortete dankbar:»Ich werde dir stets ein treuer Diener sein.« Dann setzte ich das Gefäß an die Lippen und ließ den starken Wein rinnen, bis mir der rote Rebensaft aus den Mundwinkeln lief.

Danach sprachen wir über die Heldentaten der Griechen vor Troja, und Sthenelos lobte Zakrops, obwohl dieser ihm doch damals das Ruder über den Kopf gehauen hatte. Aber der Fürst war nicht mehr böse darüber, sondern in versöhnlicher Stimmung, wie es Männer werden, wenn sie einander schon seit vielen Jahren kennen und gemeinsam beim Trunk alten Erinnerungen nachhängen. Das ging so lange, bis mir schließlich die Augen zufielen; ich sah nur noch, wie die drei sich umarmten und Lieder von vergangenen Zeiten sangen – sie klangen nicht schön, aber laut. Dann schlief ich ein. Irgend jemand warf ein Schaffell über mich. Später hörte ich Sthenelos ein Gedicht an die Mondgöttin vortragen, in dem er besonders die sanften Rundungen des schwellenden Nachtgestirns pries. Zum erstenmal seit langer Zeit fühlte ich mich geborgen und schlief glücklich ein.

7 Am nächsten Morgen ließ Menelaos an seinem Mast einen roten Stoffwimpel flattern, zum Zeichen, daß wir auf ihn warten sollten. Sein Schiff legte neben unserem an, und der König von Sparta kam an Bord, gefolgt von Helena und Hermione, die von Diomedes an den Spartaner verkauft worden war und mir nun fröhlich zuwinkte. Der Fürst von Argos begrüßte die Gäste, nur nicht Hermione, bis Helena zu ihm sagte:»Es verletzt deine Ehre nicht, Diomedes, wenn du die Handwurzeln meiner Freundin berührst, denn sie ist keine Sklavin mehr, sondern freigelassen und dient mir jetzt aus eigenem Entschluß.«

Ich freute mich, als ich das hörte, obwohl ich damals noch nicht verstand, wie das so schnell geschehen konnte. Menelaos ergriff Diomedes am Arm und zog ihn zum Bug des Schiffes, um ungestört mit ihm sprechen zu können. Man sah, daß den König von Sparta schwere Sorgen drückten, und bald waren die beiden Fürsten in ein ernstes Gespräch vertieft. Helena und Hermione spazierten inzwischen über das Deck und sprachen mit Zakrops, um in Erfahrung zu bringen, wann sie die schwankenden Planken des Schiffes endlich wieder mit festem Boden vertauschen würden.

Dann kamen die beiden Frauen zu mir, und Helena sagte:»Du also bist Aras, von dem ich schon viel gehört habe. Jedoch siehst du recht kräftig aus; man möchte kaum glauben, daß dich Hermione in Troja mit einer Bratpfanne zu den Träumenden schicken konnte.«

Ich aber achtete nicht auf den Sinn ihrer Worte, sondern hörte nur ihre Stimme, denn sie umfing mich, als ob jemand meine frierende Seele in warme Wolldecken hüllte. Es war die Stimme einer Göttin, jung wie das Glück und alt wie die Trauer der Welt; in ihr schwangen der helle Jubelton des Vogels, der über blühenden Feldern schwebt, und das dunkle Summen der Amme, die ihr krankes Kind in den Schlummer wiegt; das Lachen der jungen Mädchen, die sich zum Bad im Fluß mit Kränzen schmücken, und das rauhe Flüstern gebärender Frauen, die ihren Kindern den Segen der Götter erflehen. Der Stolz der Schönheit, die Demut der Liebe, die Hoffnung des schwangeren Weibes und die Einsamkeit der Enttäuschten klangen in dieser Stimme, und ich hörte aus ihr die Milde einer Mutter zugleich mit dem Trost einer Schwester und der Begierde einer Geliebten. Darunter aber zitterte wie der Klagelaut eines Tieres der dunkle Ton, der aus der Erde selbst zu kommen scheint und den man nicht hören, nur fühlen kann; der dem innersten Teil des Menschen entstammt und bedeutet, daß alles Irdische vergänglich ist. In Helenas Augen tanzten goldene Punkte, und während ich sie mit Blicken verfolgte, erzählten sie mir von Dingen, die ich noch niemals gefühlt hatte und jetzt erst zu ahnen begann. Das Blut rauschte in meinen Ohren, die Welt um mich erstarrte; der schwarze Spiegel ihrer Augen öffnete sich und zog mich hinab wie in einen tiefen Brunnen, so daß ich im immer schnelleren Wirbel unerkannter Sehnsucht versank.

Da riß mich eine spöttische Stimme aus meinen Träumen: »Warum erprobst du deine Schönheit an diesem unerfahrenen Jüngling, göttliche Helena? Siehst du denn nicht, daß er schon zittert, daß ihm die Zunge aus dem Maul hängt und Geifer über seinen Kiefer tropft? Wahrlich, du könntest stärkere Männer als ihn in stammelnde Kinder verwandeln. Aber nun komme mit mir, denn Diomedes und Menelaos wollen sich mit uns beraten.«

Es war Sthenelos, der so sprach, und Helena wandte sich von mir ab, nicht ohne dabei meine Brust mit ihrer nackten Schulter zu streifen – wegen der Hitze trugen die beiden Frauen Arme und Schenkel entblößt und hatten nur Busen und Lenden mit weißen Tüchern verhüllt. Ich erschauerte, obwohl die Berührung nur zufällig schien, und blickte der Fürstin nach, während neue, seltsame Gefühle in mir keimten und meine Hände zu feuchten Schwämmen wurden. Die Schiffsleute aber, die uns beobachteten, stießen einander an und spotteten: »Seht, unser Kälbchen schnauft schon wie ein Stier! Bald wird ihm auch ein Hörnlein wachsen.«

Hermione war bei mir geblieben; sie schaute mich an und sagte gekränkt: »Nun, Aras, mein Leidensgefährte? Freust du dich nicht, mich wiederzusehen? Ich weiß ja, daß ich neben der strahlenden Fürstin nur wie ein dürrer Stecken erscheine, den man achtlos zur Seite stößt, aber so deutlich wie du hat mir das noch keiner gezeigt!«

Da faßte ich sie am Arm und sagte, um sie zu beruhigen: »Nicht doch, Hermione! Ich war doch nur neugierig. Immerhin habe ich heute zum erstenmal mit der Fürstin gesprochen, um die so viele Helden kämpften. Deine Gestalt, Hermione, gleicht ganz und gar nicht einem Stecken – ich wüßte kaum, was ich lieber täte, als dich jetzt wieder so in die Arme zu nehmen wie damals im Lager der Griechen, als wir einander trösteten.«

»Dann tue es doch, du Dummkopf!« antwortete sie, erhob sich blitzschnell auf die Zehenspitzen und küßte mich auf den Mund. Überrascht trat ich einen Schritt rückwärts, stieß mit den Kniekehlen gegen die hölzerne Schiffsumrandung und stürzte kopfüber ins Meer.

Ich hörte noch einen lauten Schrei, dann umfing mich Poseidons Element, und ich schlug mit den Armen, um wieder nach oben zu kommen. Als ich endlich Luft bekam, glitt schon das Heck des Schiffes an mir vorüber, dann aber klatschte ein Seil neben mir ins Wasser. Ich zog mich wieder auf die sicheren Planken und sah, daß einzig Diomedes Geistesgegenwart besessen und mich ohne langwieriges Wendemanöver gerettet hatte. Die anderen boten ein äußerst merkwürdiges Bild: Menelaos hatte den Kopf in seine Armbeuge gelegt und stützte sich, am ganzen Körper bebend, auf Sthenelos. Zakrops schlug die Hände vor das Gesicht und Tränen liefen in seinen Bart, als ob er größte Trauer empfände. Modeus, der Troßverwalter, krümmte sich auf dem Deck wie ein Fisch. Andere wälzten sich auf dem Boden, und zwei hingen am Bordrand, der eine hustend und halb erstickt, der andere ihm heftig auf den Rücken schlagend. Das Gelächter war so heftig, daß unser Schiff aus dem Kurs lief und eine Schwenkung machte, die von den Steuerleuten der anderen Boote sogleich nachvollzogen wurde.

Sthenelos schrie: »Du bist wahrhaftig ein feuriger Liebhaber, Aras, wenn dich der erste Kuß schon so erhitzt, daß du im Wasser Kühlung suchen mußt!« Da lachten die anderen noch lauter, und es dauerte eine Weile, bis sie sich beruhigt hatten. Das Schiff ging wieder auf Kurs, und der Rest der Flotte ebenfalls.

Nur Hermione lachte nicht, sondern stand zornrot vor mir. Ich sagte: »Verzeih mir, liebste Freundin, die Planken sind schlüpfrig und ich bin ausgerutscht, nun aber will ich mich gern weiter mit dir unterhalten.«

Hermione aber versetzte mir einen klatschenden Schlag auf die Wange und schritt grußlos davon. Unser Schiff, erneut in eine Woge brüllenden Gelächters gehüllt, geriet zum zweitenmal aus dem Kurs und zog eine Kurve, wiederum gefolgt von allen anderen Booten der Flotte, deren Steuerleute lauthals fluchten, weil sie sich den Zick-Zack-Kurs durch nichts erklären konnten.

8 Am achten Tag unserer Reise trieb Boreas, wie die Griechen den Nordwind nennen, unsere Schiffe kräftig voran. Die Wellen schäumten, und Zakrops rief: »Seht nur, wie Poseidons Rößlein springen! Es wird nicht mehr lange dauern, dann kommt Delos in Sicht. Laßt uns den Göttern danken – daß sie uns gnädig sind, zeigen auch die Delphine, die uns begleiten.«

Fünf oder sechs dieser seltsamen Tiere schwammen dicht neben unserem Schiff. Sie zogen nicht ruhig ihre Bahn durch das grünlich schimmernde Wasser, sondern wirbelten durcheinander wie übermütige Hunde, schnellten sich in die Luft und tauchten dann wieder ins Meer, entschwanden in die Schatten der Tiefe und stießen nur wenige Herzschläge später an einem anderen Ort wieder hervor, daß mir ganz schwindelig wurde. Zakrops lachte und erklärte: »Sie sind verspielt wie junge Fohlen auf der Weide, aber sie besitzen Kräfte wie ein ausgewachsenes Pferd. Ich habe sogar einmal einen gekannt, der auf einem Delphin ritt. Er war nachts über Bord gefallen, weil er zuviel Wein getrunken hatte, und niemand hörte seinen Hilferuf. Bis zum Morgen schwamm er um sein Leben, aber er fand kein Land. Schließlich verließen ihn die Kräfte. Da betete er zu Poseidon; plötzlich kam ein Delphin, schwamm unter den Leib des Ertrinkenden und trug ihn ans rettende Ufer. Ich weiß nicht, ob diese Geschichte wahr ist oder ob der Mann, der sie erlebte und erzählte, sich einen Scherz mit mir erlauben wollte. Vielleicht hat ihn der Wein Dinge sehen lassen, die es nicht gibt. Bei allen triefäugigen Wasserwesen, wieviele Jahre sind vergangen, seit ich mit diesem Mann zuletzt die Krüge brach und Würfel rollte! Höchstwahrscheinlich haben ihn längst die Fische gefressen.«

Dann versank Zakrops in trauriges Schweigen, wie es viele Männer tun, wenn ihnen Erlebnisse früherer Tage in den Sinn kommen. Denn die Erinnerung ist wie ein süßes Getränk, das um so besser mundet, je länger die Tage zurückliegen, an denen es gebraut worden ist. Allzuleicht vergißt der Mensch die bösen Stunden, die er durchlitten hat, und denkt nur noch an glückliche Momente, bis er schließlich meint, daß früher alles besser gewesen sei. So berauschen die Sterblichen sich an der Vergangenheit, und die Gegenwart erscheint ihnen schal und leer.

Der Sonnengott hatte die feurigen Rosse schon über den Scheitel des Himmels gelenkt, da ragte vor uns die Insel Delos empor. Schroffe Felsen hoben sich aus dem Meer, das sich plötzlich glättete, so als ob die Wellen sich scheuten, die Insel zu schlagen. Delos war das größte Heiligtum aller Achäer, seit diese gelernt hatten, über die Meere zu fahren. Während wir in den Hafen einliefen, erzählte mir Zakrops von der Bedeutung des Eilands.

»Ich weiß selber, Aras, daß diese Legende recht merkwürdig klingt«, sagte er, »aber schließlich ist sie mir schon von vielen heiligen Männern erzählt worden. Hat Vater Zeus nicht auch schon Berge aufeinandergetürmt und ganze Länder versenkt? Delos ist ein weiterer Beweis seiner göttlichen Kräfte. Denn diese Insel war früher nicht, wie alle anderen, im Boden des Meeres verwurzelt, sondern schwamm wie ein treibendes Schiff auf dem Ozean. Eines Tages gelangte Leto, die Geliebte des Zeus und Mutter von Artemis und Apollo, auf ihrer Flucht vor der eifersüchtigen Hera nach Delos. Die beiden göttlichen Kinder ruhten noch in Letos Leib; keine der vielen Inseln, auf die sie zuvor geflüchtet war, gönnte ihr einen Platz zum Gebären. Delos aber fürchtete Heras Rache nicht und nahm die Verzweifelte auf. Daraufhin befestigte Zeus den Ort, an dem seine Kinder das Licht der Sonne erblickten, mit Ketten am Meeresgrund. Apollo hat später auf dieser Insel sein größtes Heiligtum errichtet.«

»Du solltest Aras lieber mit den Erfahrungen des Seemanns füttern, statt ihm Ammenmärchen zu erzählen«, tönte da die spöttische Stimme des Sthenelos vom Mast her, »zu wissen, wie man das Steuer im Sturm führt, wird ihm mehr nutzen, als dieser Klatsch über Liebeshändel des Zeus. Hätte der Göttervater tatsächlich so viele Weibergeschichten erlebt, wie ihm seine

Priester andichten, wären ihm wohl seine Donnerkeile schon längst aus kraftloser Hand scheppernd zu Boden gefallen!«

Diomedes fuhr zornig dazwischen: »Schämt ihr euch nicht, an heiliger Stätte von solchen niederen Dingen zu reden? Wenn ihr Alten den Zorn der Götter nicht fürchtet, so nehmt wenigstens Rücksicht auf unseren jungen Gefährten, der im Gegensatz zu euch noch unverdorben ist und auch ohne eure Hilfe noch früh genug mit dem Laster in Berührung kommen wird.«

Dann legte mir Diomedes die Hand auf die Schulter und sagte: »Höre nicht auf solche Reden, Aras. Die Achäer sind Leute, die über göttliche Dinge leider oft spotten. Glücklicherweise sind unsere Götter jedoch nicht so stolz und eitel wie die der Barbaren, sondern gütig und milde.«

Auf Delos leben nur wenige Menschen. Denn die Schiffe, die hier anlegen, kommen nicht, um Handel zu treiben, sondern weil ihre Herren ein Gelübde abgelegt haben, das Orakel befragen oder eine Schuld tilgen wollen. Auf der Insel liegt die Stille wie ein feiner Schleier. Hoch über den schlichten Häusern, die sich unter die steilen Hügel ducken, ragt der weiße Marmor des Heiligtums wie ein Tor zu einer anderen Welt empor, umrankt vom warmen Grün des Lebens und vom kalten Blau der Ewigkeit. Nicht einmal Sthenelos konnte sich dem feierlichen Ernst entziehen, mit dem der Anblick dieses Tempels die Herzen der Menschen erfüllt. Schweigend kleidete er sich, wie Diomedes, in ein schlichtes Leinengewand. Dann stiegen die beiden Helden waffenlos ans Ufer, und Diomedes sagte zu mir:

»Sthenelos und ich wollen uns in den heiligen Wassern des Berges von Delos reinigen, bis Besinnung Einkehr in uns hält. Wenn unsere Herzen für den Spruch des Gottes reif sind, werden wir zwischen die marmornen Säulen treten und die Worte des Unsterblichen empfangen. Du, Aras, sollst den schönsten Widder auf die Schultern nehmen und für uns zum Tempel bringen. Denn du trägst, wie wir, die Male eines Edlen – ich zweifle nicht, daß Kalchas die Zeichen richtig gedeutet hat – und darfst dich dem Heiligtum nähern, wenn du auch noch zu jung bist, es zu betreten.«

Die beiden Fürsten waren schon zwischen den Häusern verschwunden, als ich bemerkte, daß die anderen Männer mich neugierig anstarrten. Verlegen sagte ich: »Ich dachte, wir machen hier nur halt, um frisches Wasser an Bord zu nehmen. Ich wußte nicht, daß Diomedes ein Orakel befragen will.«

»Dann bist du der einzige, der das nicht wußte«, antwortete Zakrops, »hast du denn nichts von seinem Gespräch mit Menelaos gehört?«

»Kein Wort! Warum? Ich habe nur gemerkt, daß die Fürsten sehr geheimnisvoll taten. Um so mehr wundert mich, daß trotzdem alle außer mir Bescheid zu wissen scheinen.«

»Ein Schiff hat viele Ohren«, lächelte Zakrops. »Aber ich erinnere mich, daß du zu dieser Zeit von süßem Liebeswahn umfangen warst!«

Die anderen lachten. Zakrops fuhr fort: »Freilich, wer Wasser in den Ohren hat, kann nicht gut lauschen.« Dann wurde seine Miene ernst, und er sagte: »Jedenfalls ist Menelaos gestern auf unser Schiff gekommen, um von düsteren Ahnungen zu berichten.«

Ich schwieg bestürzt. Zakrops musterte mich und sagte: »Die Götter sandten Menelaos einen Traum. Er sah darin die Helden der Achäer hilflos in den sturmgepeitschten Fluten treiben; um seinen Bruder Agamemnon war das Wasser rot wie Blut. Doch was uns am meisten bedrückt: Auch die Gesichter unserer Fürsten von Argos will der Herr von Sparta in dem Traum gesehen haben.«

»Nicht jede schlimme Ahnung wird Wirklichkeit«, wandte ich ein, »oft spiegeln Träume nicht die Zukunft sondern längst Vergangenes. Ist das Orakel von Delos mächtig genug, darauf eine Antwort zu geben?«

»Ich weiß nicht, was Diomedes fragen will«, sagte Zakrops, »aber wenn auch nur wenige Menschen den Mut haben, nach ihrer eigenen Zukunft zu forschen – Diomedes hat ihn bestimmt. Es ist nicht Sitte, darüber zu sprechen, was man von den Göttern zu wissen begehrt. Aber ich kann es mir an den Finger abzählen, daß Diomedes hören will, ob er jetzt in die Heimat zurückkehren darf oder ihr noch länger fernbleiben soll.«

»Aber was habe ich dabei zu schaffen? Warum habt ihr mich so merkwürdig angesehen, als Diomedes mir befahl, den Widder zu bringen? Es scheint mir ein rechtes Stück Arbeit zu sein, so ein schweres Tier den steilen Hang hinaufzuschleppen.«

So sprach ich, weil ich noch ein Jüngling war. Zakrops belehrte mich zornig: »Mancher von uns würde vieles darum geben, mit dir tauschen zu dürfen, einfältiger Bursche! Ich weiß zwar, daß du kein Achäer bist und nicht einmal ein Trojaner, sondern daß deine Mutter dich irgendwo in der Wildnis der Barbaren fallen ließ! Aber immerhin hast du doch behauptet, bei einem Kreter erzogen worden zu sein – daher solltest du eigentlich etwas mehr von den heiligen Dingen wissen.«

»Verzeih mir, aber von den Gebräuchen auf Delos weiß ich so gut wie nichts.«

»Den Dummen lieben die Götter«, seufzte der Steuermann, »höre also: Gern würde sich Diomedes den Widder selbst auf die Schultern laden; denn je mehr Anstrengung ein solches Opfer bedeutet, desto wohlgefälliger ist es den Göttern, und deswegen pflegten in alten Zeiten die Fürsten sogar die rasenden Stiere erst mit den Händen zu bändigen, ehe sie ihnen den Dolch in die Gurgel stießen. Mancher tapfere Krieger wurde dabei von spitzen Hörnern aufgespießt. Aber wer den Tempel von Delos betreten will, muß sich zuvor im heiligen Wasser der Quellen am Fuß des Berges waschen und darf sich danach nicht mehr durch die Berührung mit einem anderen Lebewesen beflecken. Deshalb muß sich ein König, der zum Heiligtum emporsteigt, seine Opfergaben stets von einem Freund nachbringen lassen.«

»Will Menelaos nicht ebenfalls zum Orakel gehen?« fragte ich. Zakrops antwortete: »Soviel ich hörte, sagte er, die Auskunft, die sein Freund erhalten würde, solle auch ihm selbst genügen. Man soll die Götter nicht zu häufig besuchen. Ich habe noch von keinem gehört, der öfter als dreimal in seinem Leben ein Orakel befragte.«

Das schien mir damals vernünftig. Heute allerdings, nachdem ich ein alter Mann geworden bin und viele Rätsel des Lebens offen vor meinen Augen liegen, glaube ich eher, daß der König von Sparta sich damals von seiner Gemahlin überreden ließ, auf einen Götterspruch zu verzichten – Helena fürchtete wohl, er könne ein ungünstiges Orakel erhalten, was seine Ehe und die gemeinsame Zukunft betraf.

Wir brachten die Tiere an Land, wie jeden Abend, denn die Griechen lieben es nicht, auf See zu übernachten. Obwohl ihre Schiffe mir damals sehr groß und seetüchtig schienen, waren sie doch nur Nußschalen gegen die mächtigen Fahrzeuge der Zyprer und Phönizier. Ich mühte mich, die Rappen des Diomedes ans Ufer zu führen. Die anderen Männer hüteten sich, den Tieren zu nahe zu kommen; Polymerios aber, ein kleiner, sehr kräftiger Krieger, bemerkte uns nicht, als wir auf die schmale Rampe kamen, auf der er stand und Krüge mit Wein zum Nachtessen auslud. Eines der Pferde schlug aus und traf den Krieger ins Gesäß, sodaß Polymerios samt seiner Last im hohen Bogen ins Wasser fiel.

Die anderen brüllten vor Lachen. Ich konnte die Hengste gerade noch halten und auf festen Boden führen. Da kam Polymerios auch schon, bebend vor Wut, aus den Wellen gerannt und schrie:»Unverschämter Bursche, kannst du mir nicht mit Worten sagen, daß du den Steg für die Pferde benötigst? Du glaubst wohl, weil dich Diomedes beschützt, kannst du mit seinen Kriegern umspringen wie mit Krüppeln oder Narren? Ich lasse mir von keinem in den Hintern treten! Bleib stehen, damit ich dir deinen Hochmut austreiben kann!«

Ich aber eilte davon, denn Polymerios schien weder Erklärungen noch Entschuldigungen zugänglich zu sein. Der Krieger stieß laute Verwünschungen aus und eilte mir nach.

In diesem Moment schritt eine festliche Prozession junger Frauen von den Häusern her auf uns zu, um unsere kleine Flotte nach griechischer Sitte willkommen zu heißen. Sie trugen grüne Zweige und sangen ein feierliches Lied. Zu ihnen lief ich nun, in der Hoffnung, meinen Gegner abschütteln zu können. Als ich das vorderste Mädchen erreichte, wollte ich mich hinter ihm verstecken. Doch Polymerios warf sich brüllend vor Wut in den festlichen Zug wie ein Habicht in einen Hühnerschwarm, strauchelte dabei und wälzte sich mit zwei Jungfrauen, hilflos in weiße Tücher verstrickt, auf dem Boden.

Die Mädchen kreischten; darauf kamen zahlreiche Männer gelaufen und schlugen, nicht wissend, was geschehen war, mit Stöcken auf Polymerios ein. Dabei riefen sie:»Welcher ruchlose Frevler verletzt den Frieden unserer Insel? Wahrlich, wir werden dir die Geilheit aus den Knochen treiben!«

Nun griffen auch unsere Krieger ein und bewarfen die Männer von Delos mit Steinen; es hätte einen blutigen Kampf gegeben, wäre nicht Zakrops dazwischengesprungen.»Ein Irrtum, ein Mißverständnis, Männer von Delos!« rief er laut,»niemand wird eure Mädchen entehren, das gelobe ich! Der Unglückliche, den ihr da prügelt, ist nur ausgerutscht, weil er es so eilig hatte, dem Heiligtum des Apollo seine Verehrung zu zeigen.«

Polymerios erhob sich, spuckte zwei Zähne aus und knirschte: »So ist es, werte Männer! Niemals hätte ich daran gedacht, mich an euren Töchtern zu vergreifen. Ich bin nur deshalb so in Eile gewesen, weil dieser Knabe mir zuvorkommen und am Strand das erste Gebet zu den Göttern sprechen wollte. Ich versuchte, diesen unreifen Jüngling zu überholen und bin dabei leider in euren Reihen gestolpert, ihr ehrenwerten Bürgerinnen!«

Dabei verzog er sein rotes Gesicht zu einem verbissenen Lächeln und blickte zu mir herüber, wobei ich in seinen Augen lesen konnte, daß er mit mir noch eine Rechnung zu begleichen gedachte. Zakrops sagte zu mir: »Ich rate dir, mache dich jetzt schleunigst auf den Weg und bringe Diomedes den Widder. So hast du mehr Zeit für den Aufstieg, und vielleicht hat sich Polymerios bis zu deiner Rückkehr beruhigt.«

Meine Schultern schmerzten, als ich den heiligen Säulen aus weißem Marmor näherkam. Bald traten Wächter auf mich zu und prüften, ob ich Waffen trug. Zwar hätte kein Volk gewagt, die Insel zu überfallen, denn das hätte alle griechischen Stämme sogleich zum Rachefeldzug vereint. Aber es gab zwischen den Inseln viele Piraten, die schlimme Verbrechen nicht nur gegen Menschen, sondern auch gegen die Götter begingen, und vor diesen Räubern galt es stets auf der Hut zu sein.

Hinter den Wächtern kam ein hochgewachsener, schlanker Mann mit glattrasiertem Gesicht auf mich zu, gefolgt von einigen Dienern. Er berührte mich mit seinem Stab und sprach: »Bist du Aras, der Freund des Diomedes?«

»Der bin ich«, antwortete ich, und Freude über die Ehre, als Freund dieses Helden bezeichnet zu werden, durchfuhr mein Herz.

»So gib deine Last den Dienern«, sagte der Priester, »du darfst hier warten, bis dein König zurückkehrt. Wage jedoch nicht, dich näher zum Tempel zu schleichen!«

Die Diener nahmen den Widder und ließen mich allein zurück. Die Sonne brannte und ich legte mich in den Schatten eines Felsens. Ich vernahm Stimmen, doch konnte ich die Worte, die sie sprachen, nicht verstehen. Die Luft flimmerte vor Hitze, und ich begann schläfrig zu werden. Da hörte ich den Todesschrei des Widders und sah, daß Diomedes allein zwischen den Marmorsäulen stand.

Ich war zu weit entfernt, um seine Worte verstehen zu können. Doch als er geendet hatte, vernahm ich einen mächtigen Klang, als ob jemand durch ein eisernes Rohr sprach, und wußte, daß das die Stimme des Gottes Apollo sein mußte. Sie sagte: »Solange das Meer um die grünende Halbinsel wogt, wirst du auf ihr geborgen und sicher sein.«

Der Nachhall dieser Worte hing noch lange zwischen den Felsen. Ich sah einen Adler über dem Gipfel kreisen. Dann hörte ich, daß Diomedes eine weitere Auskunft begehrte. Diesmal dauerte es jedoch länger, bis die Antwort erklang. Dann rief die eherne Stimme: »Herrschen werden dort, solange ich ein Gott bin, die Söhne jenes Mannes, der die schwarzen Hengste lenkte.«

Dann füllte tiefes Schweigen die Täler. Ich stand auf und machte mich auf den Rückweg, voller Freude über den göttlichen Spruch, der Diomedes und seinen Nachkommen für alle Zeiten die Macht über Argos und die Peloponnes verhieß, so daß seiner baldigen Heimkehr nun nichts mehr im Weg stand.

Übermütig sprang ich über die Felsen und rannte durch das hohe Gras, das mir die Waden kitzelte. Da hörte ich hinter zwei Tamarisken plötzlich Stimmen, und als ich neugierig näher schlich und die Zweige auseinanderbog, sah ich in einer sanften Mulde zwei Frauen liegen, in denen ich Helena und Hermione erkannte.

Das Mädchen aus Troja lag im Schoß der Königin, die sanft Hermiones Haar streichelte und sie mit Worten liebkoste. Da trat ich auf ein dürres Holz, und die beiden Frauen fuhren auseinander.

»Schämst du dich nicht, Aras, uns so zu erschrecken?« rief Helena ärgerlich und mit glühenden Wangen, »das Herz ist mir fast stehengeblieben!«

Verlegen wandte ich mich ab, da rief die Königin: »Nein, bleib hier und warte auf uns. Wir können gemeinsam zu den Schiffen gehen.«

Ich wartete höflich mit abgewandtem Gesicht, bis die beiden Frauen ihre Kleidung geordnet hatten. Dann faßte Helena mich am Arm und sagte: »Sei mir nicht böse, Aras, daß ich dich eben so anfuhr – ich war sehr erschrocken, weil es auf diesen Inseln Räuber geben soll. Willst du mir nicht ein wenig von deiner Heimat erzählen?«

Sie atmete heftig, und kleine Schweißperlen hingen in dem zarten blonden Flaum ihrer Schläfen. Hermione trat an meine andere Seite. Ihr hübsches Gesicht war gerötet, und ein paar schwarze Haare klebten auf ihrer Stirn. Ich sagte: »Auch ich freue mich, edle Königin, dich und deine reizende Dienerin wiederzusehen. Es tut mir leid, wenn ich euch erschreckt habe.«

So spazierten wir zu den Schiffen zurück, während Helena allerlei schwatzte. Bevor wir den Hafen erreichten, sagte die Königin: »Ich wäre dir dankbar, Aras, wenn du Menelaos nichts davon erzählen würdest, daß du mich und Hermione dort oben am Berg gesehen hast. Er könnte mir zürnen, weil ich mich ohne Wächter so weit von den Schiffen entfernte. Männer haben leider nur wenig Verständnis dafür, daß Frauen auch einmal unter sich sein wollen.«

»Du kannst versichert sein, daß ich darüber schweigen werde«, versprach ich, »vielleicht kann ich damit einen Teil der Schuld abtragen, die ich auf mich lud, als ich dich, eine Königin, ungewollt in solche Angst versetzte.«

»Du bist wirklich ein sehr höflicher Jüngling«, lobte Helena lächelnd und legte mir ihre Hand auf den Arm, »wer weiß, vielleicht wirst du dich selbst bald wie ein König fühlen!«

Damit drehte sie sich um und ging zu ihren Schiffen. Hermione aber blieb bei mir; nebeneinander schritten wir über den Sand.

Ich sagte: »Es tut mir leid, Hermione, wenn ich dich vorgestern auf unserem Schiff gekränkt habe; es war bestimmt nicht meine Absicht. Im Gegenteil, ich bin stets froh, wenn du in meiner Nähe bist, und ich freue mich, daß du in der Gunst deiner Fürstin so hoch gestiegen bist.«

»Es war nicht leicht, dorthin zu kommen«, sagte Hermione und blickte mich nachdenklich an, »nun aber ist sie wie eine Schwester zu mir. Du aber bist mir nicht wie ein Bruder, sondern wie ein Fremder, der überdies anscheinend immer davonlaufen will, wenn er mich sieht.«

»Ganz im Gegenteil«, versicherte ich. Hermione nahm mich bei der Hand und sagte:»Wir sollten nicht immer am Strand auf und ab laufen, unter den spöttischen Blicken der Schiffsleute. Hast du niemals den Wunsch verspürt, mit mir allein zu sein?«

»Doch«, antwortete ich, »aber ich weiß nicht, ob das die Schicklichkeit erlaubt.«

»Die Schicklichkeit verliert dort ihre Macht, wo niemand ist, sie einzufordern!« lächelte Hermione, »und außerdem: Was ist denn schon dabei, wenn wir Diomedes ein Stück entgegenwandern, um als erste zu erfahren, welche Botschaft ihm die Götter sandten.«

Ich kam nicht mehr dazu, ihr zu sagen, daß ich das Orakel selbst mitangehört hatte, denn sie war schon vorausgeeilt und plötzlich zwischen den Büschen verschwunden. Eilig lief ich hinterher, um sie nicht zu verlieren, da stolperte ich plötzlich und lag im Gras.

»Vielleicht wirst du einmal ein gefürchteter Krieger, Aras«, lachte Hermione und trat hinter einem Ölbaum hervor, »jetzt aber habe ich dich schon zweimal zu Fall gebracht, einmal mit dem Bratgeschirr und nun mit dem Fuß. Willst du nicht versuchen, ob du das auch einmal schaffst?«

Mir brummte der Kopf und ich dachte, es würde sich mit meiner Ehre als Freund des Diomedes wohl kaum vertragen, wenn mich ein Weib verspotten durfte. So setzte ich flink meinen Fuß hinter ihre Fersen und drückte den anderen gegen ihr Knie, bis sie mit einem Schrei nach hinten auf die Wiese stürzte. Bevor sie sich wieder erheben konnte, lag ich auf ihr und drückte sie nieder. Sie wehrte sich aber nicht mehr, sondern schlang mir den Arm um den Nacken. Himmel und Erde versanken um mich, ich trank ihren Atem wie sie den meinen und badete in ihrer Hitze.

Danach strich Hermione mir über die Stirn und sagte: »Nichts anderes wollte ich, Aras, als einmal mit dir vereint zu sein, auch wenn du mir niemals gehören wirst. Wie sollte sich der Schwan mit einer Ente paaren! Bin ich doch als rechtlose Sklavin zur Welt gekommen, und wenn man mir auch die Freiheit schenkte, ein Edelfräulein wird niemals aus mir. Du aber bist der Sohn eines Königs, auch wenn du aus weiter Ferne stammst, und Diomedes wird dich gewiß bald zu seinem Vertrauten erheben.«

Ich sagte eifrig:»Warum fährst du nicht mit mir nach Argos? Wenn Helena dich gehen läßt, wird Diomedes dich sicher gern aufnehmen. Dann können wir zusammensein, so oft wir wollen.«

Da schaute sie mich empört an, ihre Augen füllten sich mit Tränen und sie rief erbost:»Soll ich mich dir nunmehr zu Füßen werfen und dankbar sein ob deines Edelmuts, du liederlicher Mensch? Selbst wenn du mich gebeten hättest, deine Frau zu werden, wie es sich für einen Mann von Ehre geziemte, hätte ich lange gezögert, denn womit wolltest du mich und unsere Kinder ernähren? Etwa mit deinen Kriegskünsten? Da könnte ja eher ich zum Söldner werden, wenn ich mit meinem Bratgeschirr zum Feldlager liefe! Daß du mir aber zumutest, dir nachzufolgen wie eine billige Beischläferin, die man mit einem Kupferring abspeist, zeigt mir, daß du mich nicht im geringsten liebst, auch wenn du vorhin so getan hast. Ja, du hast Liebe geheuchelt, nur um mich zu Boden zu werfen und meine Beine auseinanderzuzwängen!«

Sie brach in Tränen aus, und als ich erschrocken nach ihrer Hand griff, riß sie sich los und rannte schluchzend davon.

Da wurde ich traurig, denn sie war einer der wenigen Menschen, die ich von Herzen gern hatte. Ich verfluchte mich wegen meiner Tölpelhaftigkeit, grübelte über die Liebe nach und kam zu dem Schluß, je schöner das Glücksgefühl sei, desto größer sei hinterher die Enttäuschung.

Langsam wanderte ich zu den Schiffen zurück, bei denen nur ein einziges Feuer brannte; an ihm saß Modeus mit finsterer Miene. Die Sonne war untergegangen. Der Troßverwalter ruhte faul auf einem Futtersack und schrak zusammen, als ich plötzlich neben ihm stand.

»Ach, du bist's, Aras«, sagte er, »was fällt dir ein, hier herumzuschleichen wie ein Räuber oder Dieb? Fast hätte ich dir meinen Speer zwischen die Rippen gejagt!«

»Wenn ich wirklich ein Räuber gewesen wäre, würdest du jetzt mit durchgeschnittener Kehle hier liegen«, antwortete ich. »Bist du denn ganz allein?«

»Du sagst es«, versetzte Modeus verdrießlich, »immer habe ich das Pech, daß mein Los als erstes aus dem Helm springt, wenn ein Dummer für die Wache gesucht wird.«

»Und die anderen?« fragte ich.

Modeus deutete stumm mit dem Daumen hinter sich auf die Häuser, von denen fröhlicher Gesang herüberschallte. »Dort feiern unsere Männer mit den Bewohnern von Delos ein Versöhnungsfest«, knurrte er, »einen ganzen Ochsen haben sie dafür geschlachtet, noch dazu, ohne zuvor Diomedes um Erlaubnis zu bitten! Der Fürst ist vorhin zu Menelaos gegangen und noch nicht zurückgekehrt. Die Könige feiern Abschied, denn Menelaos will morgen nach Kreta aufbrechen.«

»Und Sthenelos?« fragte ich.

»Der sitzt natürlich ebenfalls in der Schenke«, antwortete Modeus, »ich habe ihn noch nirgendwo solche gastlichen Plätze auslassen sehen. Diesmal gibt es sogar einen besonderen Anlaß zum Feiern: Wir machen uns nämlich schon morgen nach Argos auf.«

»Hat Diomedes das gesagt?« rief ich überrascht.

»Du hast wohl die ganze Zeit schlafend im Gebüsch gelegen?« fragte der Troßverwalter und faßte mich näher ins Auge. »Jetzt sehe ich auch, daß du reichlich verwahrlost aussiehst. Du hast ja lauter Dreck an Knien und Ellenbogen! Sind das etwa Grasflecken? Wäre Delos nicht eine heilige Insel, so müßte ich denken, du habest dich mit einem Weib im Wald gewälzt!«

»Was fällt dir ein!« verwahrte ich mich. »Sage mir lieber, was geschehen ist!«

»Nun, unsere Fürsten haben zum Glück sehr günstige Orakel erhalten. Diomedes war bester Laune und rief uns schon von weitem zu, daß es jetzt endlich nach Hause geht. Die Götter hatten ihm nämlich erklärt . . .«

»Weiß schon«, unterbrach ich ihn, »und Sthenelos? Ich wußte nicht, daß auch er Apoll befragen wollte.«

»Das wollte er allerdings, und zwar noch furchtloser als Diomedes. Dieser fragte nur nach seiner Zukunft und der seiner Erben. Sthenelos aber forderte Auskunft über seinen Tod.«

»Über seinen Tod?« fragte ich, »und wie lautete die Antwort?«

»Genau bringe ich es nicht mehr zusammen«, antwortete Modeus. »Göttersprüche sind oft kompliziert. Sinngemäß aber hieß es ungefähr, er werde dem gleichen Feind erliegen wie sein Vater. Nun rätselt Sthenelos, ob damit die Thebaner gemeint sind oder etwa die Götter selbst. Es gehört viel Mut dazu, nach so etwas zu fragen. Ich für meinen Teil verzichte lieber darauf.«

»Wie lange mußt du denn noch Wache halten?« fragte ich.

»Bis das Sternbild Poseidons über der Mastspitze steht«, antwortete Modeus mißmutig. »Wenn du mir einen Gefallen tun willst, dann löse mich wenigstens für ein paar Augenblicke ab. Die Zunge klebt mir am Gaumen, und meine Lippen sind trocken wie Steine in der Wüste. Außerdem ist es nicht gesund für einen alten Mann, so lange im Freien zu sitzen.«

In diesem Moment kam Sthenelos aus dem vordersten Haus, um einem menschlichen Bedürfnis nachzugehen. Er spähte zu uns herüber, erkannte mich im Licht der Flammen und rief: »Heda, Aras! Komm her! Ich will dir einen Krug in den Rachen schütten!«

»Beim Hades!« fluchte Modeus, »es sieht aus, als hättest du jetzt Besseres zu tun, als mich hier zu vertreten.«

»Allerdings«, sagte ich erleichtert, denn die Aussicht, die Schiffe zu bewachen, hatte mich wenig gelockt. So eilte ich zu Sthenelos, der inzwischen sein Wasser abgeschlagen hatte.

»Fein schaust du aus«, begrüßte mich der Fürst und schwankte, denn er war schon ziemlich betrunken, »du paßt gut zu denen da drinnen, die sich wie Schweine benehmen.«

»Ist Polymerios auch da?« fragte ich ängstlich.

»Ach so!« lachte Sthenelos, »ich habe schon gehört, wie ihr beide auf Delos die feinen griechischen Sitten eingeführt habt. Aber sei unbesorgt. Er ist ganz friedlich. Einige junge Damen haben sich von ihm einladen lassen, um zu zeigen, daß sie ihm nichts übelnehmen. Es hat den Mädchen doch recht leid getan, daß er von ihren Brüdern so geprügelt worden ist. Kurzum, jetzt ist er Hahn im Korb und wird dir dafür dankbar sein.«

Beruhigt trat ich ein, wenn auch zunächst noch hinter Sthenelos' Rücken verborgen. Der Fürst wurde von den Kriegern mit lauten Zurufen empfangen, und ich merkte daran, daß er fast noch beliebter war als Diomedes. Denn Krieger bevorzugen häufig Anführer, die ihre derben Sprüche schätzen und verstehen. Ehrerbietung aber bringen sie andererseits eher dem Herrn entgegen, mit dem sie noch nicht nach langem Gelage den Inhalt des Magens zu Boden gespieen haben.

Sthenelos setzte sich auf seinen Platz; dadurch wurde ich sichtbar, und Polymerios sprang sogleich auf, rollte die Augen und rief:»Was? Du wagst dich vor mein Angesicht? Hast du nicht Angst, daß ich dir die Fäuste zu kosten gebe?« So polterte er und zog die beiden Mädchen an sich, die kichernd links und rechts von ihm saßen und mit den Fingern seine schwellenden Muskeln liebkosten. Ich merkte, daß er mir nicht mehr böse war, sondern nur seine Nachbarinnen beeindrucken wollte. Daher versetzte ich:»Du darfst nicht vergessen, wackerer Polymerios, daß ein Seemann nach langer Fahrt unter den Achseln und auch an anderen Körperteilen nicht eben angenehm duftet. Wenn er sich also in feine Gesellschaft begeben will, empfiehlt sich ein Bad, wozu ich dir verholfen habe; darum solltest du mich eher loben als tadeln.«

Die anderen johlten vor Vergnügen, Polymerios aber war viel zu selig in den Armen seiner Gefährtinnen, um noch länger zu grollen, und antwortete:»Dann will ich dir also verzeihen, denn heute ist ein Tag der Versöhnung, nicht wahr, meine Täubchen? Du aber, Aras, bist mir unheimlich: Obwohl du nur ein schwacher Jüngling bist und keinerlei Muskeln besitzt, hat sich dein Fuß an meinem Hintern angefühlt, als hätte mich ein Pferd getreten.«

9 Eurus, der vom Osten bläst, trieb unsere Schiffe schnell der Küste von Achäa zu. Wir zogen an Syros und Kythnos mit seinen schmerzlindernden Quellen vorüber und schließlich auch an Hydra, wo die geschicktesten Seeleute wohnen. Danach bogen wir endlich in den Golf von Argos ein und sahen die Zyklopenmauern von Tiryns emporragen, vertraut und schutzversprechend für jene, die dieses Land ihre Heimat nannten, furchteinflößend aber und drohend für mich als Fremden. Als wir zur Mündung des Inachos steuerten, an dessen Nebenfluß Charadrus eine Wegstunde vom Meer die Hauptstadt Argos liegt, wurde Zakrops plötzlich von einer seltsamen Unruhe befallen. Er seufzte tief und rutschte auf seiner Bank hin und her, als säße er auf einem Ameisenhaufen. Die Brandung zeigte sich schon als weiße Linie am Horizont, da hielt es den Steuermann nicht mehr länger. Er drückte mir das Ruder in die Hand und trat vor Diomedes.

»Die Küste ist nahe, edler Fürst«, sagte er, »und bald wirst du als Sieger deinen feierlichen Einzug halten. Gestatte daher einem treuen Gefolgsmann, daß er sich dir jetzt mit einem Wunsch nähert, der leicht zu erfüllen ist.«

»Nur zu«, lächelte Diomedes, »wenn es nichts Unfrommes ist, will ich es dir gern gewähren, denn wir haben dir ja unsere glückliche Heimfahrt von Troja zu danken.«

»So erlaube mir«, bat Zakrops, der Mut geschöpft hatte, »das Ruder aus der Hand zu legen, sobald wir die Brandung durchquert und das flache Ufergestade erreicht haben. Dort will ich meinen Beuteanteil nehmen und das Schiff verlassen, sofern du damit einverstanden bist.«

Der Fürst zog überrascht die Brauen hoch und fragte ärgerlich: »Hast du mir so viele Jahre zur Seite gestanden, um dich dann in der Stunde des Triumphs davonzustehlen? Willst du es mir nicht gönnen, dich als einen meiner treuesten Gefährten vor den Augen aller Bürger von Argos auf dem Festplatz zu entlohnen, wie auch die anderen Gefährten? Muß das denn hier geschehen, wo niemand Zeuge meiner Großzügigkeit sein kann außer glotzäugigen Krebsen? Wenn du dich hier wie ein Dieb davonschleichen willst, so nenne mir den Grund dafür!«

»Ungern nur, höchst ungern, Diomedes«, seufzte Zakrops eingeschüchtert, »aber du läßt dich wohl sonst nicht erweichen. Wisse also, daß ich zu meinem großen Verdruß noch vor der Abfahrt aus Argos ein Weib genommen habe. Sie ist zwar nicht so schön wie Helena, aber ein Mann von meiner Erfahrung geht nicht nach äußerem Schein. So handelt nur der unreife Jüngling, der zum erstenmal einem Mädchen ins Auge sieht und dann sogleich am ganzen Leib zu zittern beginnt. Ich aber kenne die Schönheit und Liebeskünste von Frauen aller Hafenstädte der Welt.«

»Du schweifst ab, Zakrops«, mahnte Diomedes.

»So will ich mich kurz fassen«, sagte der Steuermann schwitzend und kratzte sich mit der Linken den Bart, »um die Wahrheit zu sagen, bei meiner Gattin handelt es sich um ein Weib von großer Häßlichkeit. Doch ist nicht Schönheit viel weniger wichtig als Herzensgüte und Charakterfestigkeit? Schon Paris hat ja den Fehler begangen, den Apfel der Aphrodite zu schenken, von ihrem strahlenden Antlitz betört, während er Hera und Athene vergaß.«

»Willst du nicht endlich zur Sache kommen?« fragte Diomedes.

»Geduld«, bat Zakrops verlegen, »es fällt mir nicht leicht, darüber zu sprechen. Bei meinem Weib ist's leider so: Es mangelt ihr nicht nur an Schönheit, sondern auch an Herzensgüte. Lediglich Charakterstärke, ja, die besitzt sie zur Genüge. Du wirst verstehen, daß die Zeit an ihrer Seite nicht erfreulich war, wenn auch zum Glück nur kurz, da wir ja bald darauf nach Troja in den Krieg gezogen sind.«

Diomedes musterte seinen Steuermann streng, da fuhr dieser hastig fort: »Ihr Sinn zeigt sich stets dann besonders fest, wenn es um Geld und Silber geht. Kurzum, sie ist ein Weib, bei dem sich Haß und Mißgunst paaren und den Geiz zum Kinde haben.«

Diomedes begann zu verstehen. Sein Mund verzog sich zu einem Lächeln, und Zakrops fügte ermuntert hinzu: »Darum besteht nur wenig Hoffnung, daß ich meinen Beuteanteil vor ihren Klauen in Sicherheit bringen kann. Hat sie das Gold erst einmal entdeckt, wird sie es samt und sonders in den Keller schließen, der mit einem festen Schloß gesichert ist, und mich dann noch beschimpfen, daß ich nur wenig zurückgebracht hätte nach so vielen

Jahren. Darum lasse mich hier mit meiner Habe an Land, ich will mir an der Küste ein Häuschen kaufen und mit meinen Freunden die Heimkehr feiern, ehe ich meinem Weib unter die Augen trete.«

Da tönten Rufe wie »Wohlgesprochen!« und »Ein kluger Kopf!« über das Schiff, und es meldeten sich noch andere, die Zakrops begleiten wollten, weil sie zu Hause die gleiche Not befürchteten. Diomedes lachte und versprach: »Sobald die Schiffe am Ufer vertäut sind, kann meinetwegen gehen, wer will, so lange mir genügend Männer bleiben, den Troß nach Argos zu schaffen. Alle, die mich vorher verlassen, sollen auf der Stelle einen reichlichen Beuteanteil erhalten. Denn das scheinen mir die Männer zu sein, die mir auch künftig folgen werden, da sie nur wenig an die Heimat bindet.« So scherzte er und konnte nicht wissen, wie bald seine Worte Wirklichkeit werden würden.

10 Wie ein Messer die Kruppe des Hammels durchschnitt nun der Kiel des Schiffes die Brandungswelle, von Zakrops geschickt in die Mündung des Flusses gelenkt, so daß der Wein kaum in den Krügen schwappte. Dort stieg der Steuermann von Bord, gefolgt von acht anderen Männern. Diomedes gab ihnen eine hölzerne Kiste mit allerlei Gerät aus edlen Metallen. Strahlend hob Zakrops den Schatz auf seine mächtigen Schultern und stapfte mit seinem Holzbein auf die nur ein paar Stadien entfernten Häuser eines kleinen Fischerdorfes zu. Wir blickten ihm nicht lange nach, denn wir hatten alle Hände voll zu tun, die Schiffe zu entladen. Diomedes packte mit an, als die kostbaren Rosse an Land geführt wurden, und achtete auf seinen Streitwagen, damit er nicht beschädigt werde. Es war eine schwere Arbeit nach den Tagen der Ruhe, und bald schmerzten mir die ungeübten Arme. Doch schließlich hatten wir Waffen, Geräte und Beute auf unsere Wagen verteilt und zogen am Ufer entlang, bis die Türme und Zinnen der Stadt von Argos in Sicht kamen.

Argos zählte zu dieser Zeit mit Mykene und Tiryns zu den bedeutendsten Burgen Achäas; viele große Helden lebten einst in dieser Stadt: Adrastos, Großvater des Diomedes von Mutterseite her; und Amphiaraos, der berühmte Seher; Parthenopaios, der Sohn Atalantas, der Freundin der Göttin Artemis; und Kapaneos, Sthenelos' Vater. Sie alle und viele andere tapfere Männer hatten die Stadt in der fruchtbaren Ebene, die man die Argolis nennt, mächtig gemacht.

Wie von Titanen aufeinandergetürmt, ragten die riesigen Mauern empor, gefügt aus gewaltigen, roh behauenen Quadern von wechselnder Größe und Form. Die untersten waren höher und breiter als ein Pferdegespann, und selbst die kleinsten auf der Krone des Walls waren noch immer so schwer, daß zwei starke Männer zugleich sie nicht hätten anheben können. Die Mauer war fast achtzehn Ellen hoch, und alle zehn Schritte öffnete sich in ihr ein Fenster für Bogenschützen.

Der Schutzwall zog sich bis zum Fluß hin und umschloß die Stadt auf drei Seiten; an der vierten strömte das Wasser entlang. Das wichtigste Tor zeigte nach Norden und trug, wie auch das Haupttor Mykenes, auf seinem Türsturz das steinerne Bild zweier aufgerichteter Löwen. Die Säulen darunter, die aber nicht wirklich stützten, sondern nur als Zierde den Reichtum von Argos bewiesen, waren aus farbig bemaltem Holz und mit Ornamenten von feinem Gleichmaß geschmückt. Die Torflügel waren mit eisernen Nägeln beschlagen, und an ihren Kanten kündeten silberne Masken der ruhmreichsten Fürsten von Zeiten des früheren Glanzes und von ihrem jetzigen Ruhm.

Durch dieses Tor war einst Tydeus geschritten, als er vor einem Menschenalter aus dem fernen Kalydon entkam und nach zielloser Wanderung in Argos Zuflucht fand. Der Tydeussohn wollte nun durch dasselbe Tor einziehen wie der Vater. Darum umrundete jetzt unser Zug die ganze Stadt. Diomedes trug dabei die goldene Rüstung, die ihm der lykische Heerführer Glaukos vor Troja geschenkt hatte. Glaukos focht für die Trojaner und zögerte nicht, den Kampf mit dem König von Argos zu wagen. Als sich die Helden gegenüberstanden, erinnerten sie sich jedoch, daß ihre Großväter einst Gastfreunde waren, und tauschten statt Hieben doch lieber freundliche Worte und schließlich großzügige Gaben. In seinem lykischen Panzer sah Diomedes aus wie der Sonnengott selbst, als er mit Sthenelos auf seinem Streitwagen stand.

Das Tagesgestirn spendete nur noch wenig Licht; ebenso schwach war der Jubel, der dem heimkehrenden König entgegenschallte. Die Torwächter schlugen nicht fröhlich auf ihre Schilde, sondern standen stumm und mit verschlossenen Gesichtern am Eingang, während ihr König vorbeifuhr. Nur ein paar alte Männer riefen laut den Namen des Helden, wie man es eigentlich von allen Bewohnern der Stadt hätte erwarten dürfen. Die Jüngeren aber schwiegen und blickten fast feindselig drein.

Nach einer Weile sagte Diomedes ungehalten: »Fürwahr, meine Diener scheinen von meiner Rückkehr nicht sehr begeistert zu sein! Hoffte ich doch, vom Jubel aller Bürger dieser Stadt zum Königspalast begleitet zu werden! Statt dessen folgen uns nur ein paar dürre Greise mit zittrigen Stimmen, während die Masse des Volkes nicht mehr zu wissen scheint, wer ich bin.«

»Vergiß nicht«, beschwichtigte Sthenelos, »daß du sehr lange fortgewesen bist. Wenn die Leute von Argos die Beute sehen, werden sie deinen Namen um so lauter preisen, denn nichts lockert bekanntlich die Zunge so schnell wie die Gier nach Gold.«

»Du magst recht haben«, versetzte Diomedes, »daher will ich großmütig sein und über die Unhöflichkeit hinwegsehen, mit der man in Argos den König empfängt, der überdies der stärkste Held Achäas ist und selbst mit den Göttern gekämpft hat.«

Die beiden Fürsten, gefolgt von weniger als hundert Männern, rollten nun vor den Königspalast. Auch dessen Tore waren geöffnet. Wir ließen die Wagen stehen und schritten in guter Ordnung hinein.

Da lief ein weißhaariger Greis auf uns zu. »Zurück, Diomedes!« schrie er, »fliehe, wenn dir das Leben lieb ist! Überall lauern Krieger mit Waffen, sie wollen dich wie Agamemnon erschlagen!« Schon schwirrte eine Wolke von Pfeilen heran. Einer drang dem Alten in die Kehle, er stürzte zu Boden und hauchte sein Leben aus. Ein zweites Geschoß fuhr Modeus durch den Leib, daß der Troßverwalter blutigen Schaum spie; ein dritter Pfeil traf Diomedes in die linke Schulter. Von allen Seiten rannten Männer mit Speeren und Schwertern herbei, und ein fürcherliches Gemetzel begann.

Denn nur wenige von uns trugen Waffen – die meisten hatten ihre Schwerter arglos auf den Wagen gelassen. Die Krieger des Diomedes starben als mutige Männer, indem sie die Feinde mit bloßen Händen anfielen und versuchten, ihnen die Schwerter zu entreißen. Nach kurzer Zeit waren die meisten der treuen Kämpen gefallen. Diomedes aber in unserer Mitte kämpfte nicht mit voller Kraft, sondern eher wie ein Träumender, als wisse er nicht, was um ihn geschah.

Sthenelos stand vor Diomedes und deckte ihn mit seinem Schild. Ich hatte einem erschlagenen Feind die Waffe entrissen und mich an den Rücken des Königs gestellt. Die wenigen seiner Gefährten, die noch am Leben waren, drängten sich um uns wie Schafe um ihre Hirten. Sthenelos rief:

»Zurück, Diomedes, wir schaffen es nicht! Fliehe, solange noch Zeit ist!«

»Niemals!« schrie Diomedes erbittert und schlug auf die Feinde ein, die sich mit großen Schilden deckten. »Hier ist mein Haus, und niemand soll es mir entreißen!«

»Es ist nicht mehr dein Haus, begreifst du nicht?« schrie Sthenelos, »rette nun wenigstens dein Leben, damit du eines Tages zurückkehren kannst, um jene zu rächen, die sich für dich in Stücke hauen lassen!«

Ich stieß einem Krieger, der hinter uns das Tor verriegeln wollte, die Lanze in den Rücken. Er wollte sich umdrehen, um mir mit dem Schwert zu antworten, aber ich hielt den eisernen Schaft fest in beiden Fäusten und drückte ihn kräftig nach unten, daß er vor Schmerzen brüllend in die Knie sank. Voll Qual wandte er seinen Kopf nach mir und klagte: »Ein Jüngling noch, und doch haben die Götter ihm erlaubt, mich zu besiegen, auf eine so schimpfliche Weise!«

»Nimm es als Strafe für deinen Verrat!« antwortete ich und drückte ihn in den Staub, wo er blutspeiend starb. Dann zog ich den Spieß wieder aus seinem Leib, wobei ich den Fuß fest gegen seine Schultern stemmen mußte.

Mehr von Sthenelos gezogen als seinem eigenen Willen folgend bewegte sich Diomedes nun wieder durch das Tor. Mit kräftigen Hieben hielt er sich seine Verfolger vom Leib. Aber noch schrecklicher als Diomedes kämpfte Sthenelos, der zugleich immer noch den Schild vor seinen König hielt. Schließlich waren nur wir drei übrig, mit dem Rücken gegen die Außenmauer der Burg gedrängt und von den Mördern umzingelt.

Da endlich erkannte der König, daß ihn kein Traum erschreckte. Seiner Brust entrang sich ein Schrei, der alle erstarren ließ, ein Schrei der Wut und Qual, der Rache und des Todes. Mir lief es kalt über den Rücken, so fürcherlich hallte sein Ruf, und auch die Feinde erbebten. Dann aber drangen sie vor lauter Angst noch heftiger auf uns ein, denn sie wußten, daß sie den König töten mußten, wenn sie ihr weiteres Leben nicht in ewiger Furcht vor seiner Rache fristen wollten.

Da hörte ich durch den Lärm einen fernen Laut als Antwort auf den Schrei des Tydiden, und Sthenelos rief Diomedes zu: »Ich habe die Stimme des Zakrops gehört!«

»Versuchen wir, den Ring zu sprengen und die Wagen zu erreichen«, antwortete der König und stürzte sich mit doppelter Kraft auf die Feinde, so wie sich ein Eber den Weg durch die Meute der Hetzhunde bahnt.

Diomedes und Sthenelos kämpften nun Rücken an Rücken, ich aber war der dritte in ihrem Bund. Doch obwohl ich noch zwei der Verräter erschlug, bevor mich ein Pfeil in den Schenkel traf, war mein Kampf doch nur wie das Spiel eines Kindes gegen das grausige Wüten des Diomedes, der um sich schlug wie ein verwundetes Raubtier, und gegen das stumme Töten des Sthenelos, der kühl und geübt die Feinde erlegte, wie ein Opferpriester zum Wohl der Gläubigen Lämmern die Halsschlagader durchschneidet. Da ertönte plötzlich das Trappeln von eiligen Hufen, ein Streitwagen raste heran und neigte sich in einer Kurve so weit auf die Seite, daß er fast umgestürzt wäre. Die Zügel hielt Zakrops; der Steuermann stieß in die Mörderschar wie ein Falke in einen Taubenschwarm.

»Zakrops! Dich haben die Götter gesandt!« jubelte Sthenelos. Die beiden Fürsten sprangen zu dem Mann auf den Wagen, ohne daß dieser anhalten mußte, und ich kletterte auf eins der Pferde. Es war wohl noch nie geritten worden, denn bei den Griechen beherrschten nur wenige Männer diese Kunst. Darum glaubten die Achäer früher, wenn sie auf Streifzügen im Norden auf berittene Krieger trafen, sie hätten Geschöpfe mit Menschenköpfen und Pferdeleibern vor sich – sie nannten sie »Zentauren«.

Aus dem Hof des Palastes rollten sofort ein Dutzend Kampfwagen hinter uns her. Unser überladenes Gefährt kam nur langsam voran, und die Häscher holten schnell auf.

Diomedes blutete stark und konnte den linken Arm kaum noch bewegen. Sthenelos sah, daß wir so keine Aussicht hatten, unseren Verfolgern zu entkommen. Als wir in rasender Fahrt durch das Tor in der Stadtmauer kamen, sprang der Kapaneossohn aus dem Wagen. Ehe noch Diomedes die Zügel ergreifen und unser Gefährt zum Stehen bringen konnte, hatte sein Freund von innen die hölzernen Flügel verriegelt.

Diomedes sprang nun gleichfalls vom Wagen, Zakrops aber rief: »Zurück, König! Du kannst ihm nicht mehr helfen. Wenn du jetzt aber mit Sthenelos stirbst, machst du sein Heldentum zunichte!« Da schwang sich Diomedes mit düsterem Blick wieder zurück auf den Wagen, und wir eilten weiter.

Erst viele Jahre später hörte ich vom letzten Kampf des Sthenelos: Vier Wagenkämpfer stach er von der Plattform, bis Bogenschützen ihn trafen. Der Held gab sein Leben, um einen noch größeren Helden zu retten.

Als wir die Küste erreichten, hatten die acht am Hafen entlassenen Krieger des Diomedes sein Schiff schon vom Strand in die Wellen geschoben. Ich fiel vom Pferd, Zakrops trug mich an Deck; als die Verfolger herangeeilt waren, konnten sie uns nur noch Pfeile nachschicken. Dann wurde es Nacht um mich.

Als ich aus meiner Ohnmacht erwachte, funkelten Sterne über uns. Ein fester Verband umhüllte meinen Schenkel, mein Kopf lehnte an der blutigen Schulter des Diomedes. Gegenüber, am Ruder, saß Zakrops, und Polymerios reichte mir Wein, der meine Schmerzen linderte und mir die Kälte aus den Gliedern trieb. Diomedes sprach traurig:

»Nicht nur dem tapferen Sthenelos danke ich meine Rettung, sondern auch dir, Zakrops. Aber es wäre mir lieber gewesen, du hättest nicht mich, sondern meinen Gefährten lebend zum Schiff zurückgebracht. Dennoch werde ich nicht vergessen, was du für mich getan hast. Nun aber berichte mir, warum ich in Argos nicht wie ein geliebter König begrüßt, sondern wie ein verhaßter Feind davongejagt worden bin. Schone meine Gefühle nicht; ich kann die Wahrheit ertragen.«

»Nicht nur du mußt unglücklich sein, Diomedes«, antwortete Zakrops, »wir sind es in gleicher Weise, und mit uns alle aufrechten Männer Achäas. Ach, die großen Helden, die edlen Fürsten der Griechen, wie schrecklich hat sie der Zorn der Götter getroffen! Agamemnon und Ajax sind tot, Odysseus und Philoktetes verschollen, Neoptolemos und Meriones Heimatlose wie du, und niemand weiß, ob Menelaos glücklich nach Hause zurückkehren wird. Von deinen Männern jedoch, Diomedes, leben jetzt nur noch wir. Denn deine anderen Schiffe, die du mit Agamemnon geschickt hast, sind am kapharischen Vorgebirge zerschellt.«

»Tot – all meine tapferen Männer!« stöhnte der König und schlug die Hände vors Gesicht. »Kalchas, Kalchas! Warum haben die Griechen dir nicht geglaubt!«

»Am Hafen erfuhr ich von diesem schrecklichen Unglück«, fuhr Zakrops fort, »denn in der Schenke meines Freundes Thalippos traf ich einen Mann, der mich so entgeistert anstarrte, als sei ich von den Schatten wiedergekehrt. Er behauptete, mich zu kennen, und erzählte mir, daß er aus Mykene stamme und nach Kreta wolle.

Er habe zum Heer Agamemnons gehört und sei seines Lebens nun auf der Peloponnes nicht mehr sicher. Von ihm erfuhr ich, was sich zutrug in der Nacht, als Menelaos schwere Träume hatte:

Ajax, der Lokrer, hatte als erster die felsige Küste Euböas erreicht und schon sein Seefahrerglück gepriesen. Noch aber stand ihm im Süden der Insel das Vorgebirge im Weg, an dem oft schwere Stürme toben. Dort wollten die Götter den Fürsten vernichten. Die Winde wurden zum Orkan, der die lokrische Flotte – und dann auch die Schiffe der anderen Fürsten – auf die kapharischen Klippen warf.

Am nächsten Morgen sah Phrixos – so heißt dieser Mann aus Mykene –, im Wasser nur noch zerbrochene Planken. Lediglich Agamemnon war noch ein Teil seiner Flotte geblieben. Doch das soll dir nun Phrixos erzählen.«

Damit winkte Zakrops einen vierschrötigen Mann mit zahlreichen Narben herbei. Die Nase des Fremden war platt und verbogen wie die eines altgedienten Faustkämpfers, was ihm ein tückisches und verschlagenes Aussehen gab. »Er sieht aus wie ein Verbrecher«, sagte Zakrops, als er unsere Blicke bemerkte, »aber er ist ein ehrlicher Mann und hat mir von Dingen berichtet, die nur wissen kann, wer vor Troja mitgefochten hat.«

»Ich richte mich nicht nach Äußerlichkeiten«, antwortete Diomedes, »denn die meisten Menschen tragen eine Maske, um die anderen daran zu hindern, in ihre Seele zu blicken. Darum urteilt man besser nach Taten, denn diese geben ein besseres Zeugnis. Nun also, Phrixos, ich höre.«

Der Mykener streckte ehrfürchtig die Hände aus und sprach: »Ich hoffe, du wirst mich nicht für die schlechte Nachricht bestrafen, Fürst. Tust du es dennoch, wirst du meinen Schmerz nur wenig vergrößern, denn etwas Schlimmeres als der Tod meines Königs kann mir nicht mehr zustoßen. Mit Mühe entkamen das Schiff Agamemnons und noch zehn andere dem Sturm – sie wurden nach Asien zurückgetrieben. Doch Agamemnon sah nicht ein, daß dies ein Götterzeichen sei. Ach, wäre er doch noch viel weiter in die Fremde verschlagen worden, hätte er niemals wieder den Kiel auf die Heimat gerichtet!«

Tränen schimmerten in den Augen des Mykeners, doch er faßte sich bald und setzte seine Erzählung fort: »Die Götter wünschten wohl Agamemnons baldige Heimkehr, damit sich der Fluch der Atriden erfülle. Hat nicht sein Urgroßvater Tantalos den Himmlischen seinen eigenen Sohn zum Mahl vorgesetzt? Wurde Agamemnons Vater Atreus nicht zum Mörder, indem er seine zwei Neffen schlachtete, die Söhne seines Bruders Thyestes, und dann den nichtsahnenden Vater zu Tisch lud, aus Rache, weil dieser ihm seine Gattin entfremdet hatte? Ihr wißt doch, daß Agamemnon den alten Fluch vertreiben wollte, indem er die Herrschaft über Mykene für die Dauer des Kriegs gegen Troja dem Aigisthos gab, dem jüngsten Sohn seines Onkels Thyestes. Alle Bewohner Mykenes begrüßten diese Entscheidung als Vorzeichen einer friedvollen Zukunft.

Nun aber hört, wie Aigisthos dem Vetter dankte: Zuerst verführte er Klytämnestra; und als die Ehebrecher erfuhren, daß Troja erobert war, beschlossen sie, den König zu töten, damit ihr Verbrechen nicht ruchbar werde. Ahnungslos ging Agamemnon seinen Mördern in die Falle: Als er im Bad seine Rüstung ablegte, warfen Aigisthos und Klytemnästra ein Netz über ihn und erstachen ihn mit Dolchen.«

»Der höchste Fürst dahingeschlachtet wie ein Tier!« stöhnte Diomedes, »haben die Götter die Vernichtung Griechenlands beschlossen?«

»Nicht nur Agamemnon, auch seine Gefährten mußten sterben«, fuhr Phrixos fort. »Durch alle Straßen zogen bewaffnete Knechte und schlugen die Getreuen tot. Mir allein gelang die Flucht, denn ich wohnte am Stadttor und kannte einen geheimen Weg über die Mauer. So kam ich in diesen Hafen – und hörte, daß dir Diomedes, ein ähnliches Schicksal wie Agamemnon bereitet werden sollte.«

»Heraus damit!« schrie Diomedes schmerzerfüllt. »Was weißt du über Argos?« Doch als der König sah, daß Phrixos Angst bekam, fügte der Tydeussohn beherrscht hinzu:»Ich werde die Hand nicht gegen dich erheben, sollte deine Botschaft auch noch so schmerzlich sein!«

Phrixos antwortete zögernd: »Deine Gattin, Diomedes, hat dich auf die gleiche Weise verraten. Ein Abenteurer aus Theben war der Verführer. Als die beiden von Agamemnons Ende erfuhren, planten sie für dich einen ähnlichen Tod.«

»Ein Thebaner«, stöhnte Diomedes, »oh Sthenelos, dein Orakel!«

Phrixos fuhr fort:»Wenn Zakrops mich auch nicht kannte, ich kenne ihn wohl, ist er doch der berühmteste Steuermann Griechenlands seit Lynkeus, dem Argonauten. Allerdings dachte ich, er sei vor Euböa untergegangen, und wunderte mich sehr, als er in der Schenke plötzlich vor mir stand.«

»Phrixos berichtete mir von Agamemnon und warnte, du seist in Gefahr«, fügte Zakrops hinzu, »da sammelte ich die Gefährten und befahl, unser Schiff reisefertig zu machen und mit dem Rest der Beute zu beladen. Ich aber eilte mit einem Wagen zur Stadt.«

Nun schleppten die anderen Männer die Kiste herbei, die sie von Diomedes erhalten hatten, und Zakrops sagte:»Wir folgen dir, Diomedes, wohin dein Weg dich führt, denn du bist unsere Heimat. Nimm uns wieder zur Seite, denn ohne dich sind wir wie Spreu im Wind und wie Schafe ohne den Hirten in einem Wald voller Wölfe. Unseren Anteil an der Beute legen wir dir zu Füßen; unser Eigentum soll dir gehören, wie es immer war.«

Diomedes starrte schweigend vor sich hin. Dann sagte er:»So war es also ein falsches Orakel, daß mir Apoll in Delos verkünden ließ, und der Fluch der Götter hat auch mich getroffen. Obwohl ich keine Schuld auf mich lud, habe ich mein Königreich verloren, dazu meinen besten Freund und viele treue Gefährten.«

Ehrfürchtig ließen die Männer von Argos nun ihren trauernden König allein. Als auch ich mich davonmachen wollte, hielt mich Diomedes zurück und befahl:»Bist du in Troja der Mund der Götter gewesen, der uns die Rache der Himmlischen ankündigte, so sei diesmal ihr Ohr, damit ich den Unsterblichen die Seele des Sthenelos empfehlen kann!«

Dann erzählte er mir lange von seiner Kindheit, in der ihm Sthenelos Bruder und Vater zugleich war, und von den vielen Abenteuern, die der Tydeussohn und sein um zehn Sommer älterer Freund in den tierreichen Wäldern Arkadiens, den zerklüfteten Bergen Messeniens und an den felsigen Stränden der Argolis erlebten. »Sthenelos, Sthenelos!« rief er. »Warum versagten die Götter uns den gemeinsamen Tod, wo wir doch so oft gemeinsam siegten? Vater und Mutter verlor ich als Knabe, meine eigene Frau wollte meine Mörderin sein, nichts aber schmerzt mich so sehr wie dein Tod!«

Danach berichtete er vom zweiten Zug der Sieben gegen Theben, bei dem Sthenelos und er den Tod ihrer Väter gerächt und die Stadt zerstört hatten. Dazu trank er Wein, wie um sich zu betäuben, und schlug sich mit der Faust so heftig auf die Rüstung, daß seine Wunde aufbrach und Blut durch die

Ringe sickerte. »Laß dich verbinden, Diomedes, was sollen wir tun, wenn du verblutest?« bat ich. Er aber antwortete zornig: »Alles geschieht nach dem Willen der Götter, die mir den Freund genommen haben. Wenn sie meinen Tod wünschen, warum sollte ich dann versuchen, diesem Schicksal zu entgehen?«

Danach sprach er wieder von seiner Kinderzeit in Ätolien, bis ich merkte, daß Blutverlust und starker Wein seine Gedanken durcheinanderbrachten. Ich verstand nicht mehr viel von dem, was er sagte, denn meine Lider wurden zu Blei und meine Wunde schmerzte mich immer mehr. Einige Male hörte ich Diomedes laut seufzen, und schließlich ergriff er einen goldenen Becher, füllte ihn mit Wein und rief: »Nimm diesen Trank mit in das Totenreich, Sthenelos! Nimm ihn und warte auf mich. Ich folge dir, wenn mein Schicksal erfüllt ist. Bis dahin aber werde ich nicht ruhen, deinen Ruhm zu verkünden!«

Dann preßte er den Becher zusammen und schleuderte ihn in das nächtliche Meer.

II
HERMIONE

Liebe macht den Jüngling zum Mann, den Mann aber oftmals wieder zum Jüngling. Liebe schenkt Sterblichen himmlisches Glück, Himmlischen aber bereitet sie manchmal irdische Pein. Liebe herrscht über Götter wie über Menschen.

Stolz, Demut, Unrast und Zufriedenheit sind die Begleiter wahrer Liebe: Der Stolz eines Eroberers, der mit Kraft oder List erwirbt, was anderen verwehrt blieb; die Demut des Bedienten, der dem fremden Wunsch gehorcht, weil er darin Erfüllung findet; die Unrast des Enterbten, der in fernes Land verschlagen ist, wo er sich jeden Morgen neu behaupten muß; und die Zufriedenheit des reichen Königs, der auf dem Sterbebett keine Tat bereut.

Doch folgen Aphrodite auch vier böse Weggefährten, die für den Jüngling oft unsichtbar sind, während der reife Mann sie später um so schmerzlicher verspürt: Angst, Übermut, Mißtrauen, blinde Zuversicht. Die Angst des Wucherers, der nachts sein Haus umschleicht, damit kein Dieb und Räuber nahe; der Übermut des Siegers, der noch einen Feind bedrängt, der lange überwunden ist; das Mißtrauen des Herrschers, der aus Furcht vor Verrätern in der Treue seiner Freunde nur Verstellung sieht; die blinde Zuversicht des Opferlamms, das sich vom Streicheln einer Hand, die bald zum Messer greifen wird, beruhigen und täuschen läßt.

Liebe gab Orpheus Mut, zur Unterwelt hinabzusteigen und den Schattengott um Gnade für Eurydike zu bitten. Doch Liebe war es auch, die jenem Sänger plötzlich Furcht einflößte, so daß er auf dem Rückweg aus dem Totenreich sich trotz Verbots nach der Gefährtin wandte und sie so verlor.

Liebe gab Kephalos die Kraft, seiner Gemahlin Prokris treu zu bleiben, als ihn die Morgenröte, Eos, buhlerisch umgarnte. Dann aber zerstörte Liebe sein Glück, weil er seine Gattin, die ihn in ihrer Eifersucht selbst noch im Wald beim Jagen belauschte, hinter Büschen für ein wildes Tier hielt und mit seinem Speer durchbohrte.

Liebe erweckte Pygmalions Elfenbeinstatue zum Leben; Liebe machte Alkestis zum Sterben bereit, den Tod des Gemahls zu verzögern. Am Nil glaubt man, daß Isis, die Göttin der Fruchtbarkeit, nur durch die Kraft der Liebe ihrem toten Gemahl Osiris neuen Atem geben konnte, nachdem der Gott von seinem Bruder Seth getötet und zerstückelt worden war. Im Zweistromland sagen wiederum die Priester, daß die Lebensgöttin Ischtar nur aus Liebe zu dem toten Tammuz jährlich winters in die Unterwelt hinabsteigt, wo sie von ihrer Schwester Ereschkigal dann erniedrigt und gefoltert wird, bis schließlich die anderen Götter am Ende des Jahres Ischtars Befreiung erzwingen, damit im Frühling neues Grün auf Erden wächst. So stark wie die Liebe der Götter dünkte mich auch die meine zu Hermione.

Leidenschaft schwindet meist mit der Schönheit, doch daran dachte ich damals noch nicht. Jedesmal, wenn ich im Traum Hermione sah, strömte mein Blut in mein Fleisch und ließ mich nach Zärtlichkeit hungern. So angenehm es war, auf Delos Hermiones Süße zu erforschen, so traurig machte mich nun die Erinnerung daran, denn ich wußte ja nicht, wann ich sie wiedersehen würde und ob die Götter nicht beschlossen hatten, unsere Wege für immer zu trennen.

Viele Jahre später habe ich manchmal vor Freunden gescherzt, es gehe wohl den meisten jungen Männern so, daß sie das erste Mädchen, das sich ihnen hingegeben hat, für ihre große Liebe halten. Denn als reifer Mann habe ich weitaus mehr Wollust genossen, als ich mir in jungen Jahren hätte vorstellen können. Heute jedoch, als verachteter Greis, denke ich wieder oft an Hermione und weiß, daß sie die Frau gewesen ist, bei der ich am glücklichsten war.

So ähnelt die Liebe des Jünglings der Liebe des Greises, obwohl für jenen Erfahrung bedeutet, was diesem erst Hoffnung ist, und obwohl die Weisheit am Ende des Lebens über so vieles anders urteilt als am Anfang des Lebens die Neugier.

1 Am Morgen nach der Flucht aus Argos hing der Himmel schwer wie Eisen nieder. Die Dünung schaukelte das Schiff nur schwach. Bald aber kräuselten sich die Wellen, ein Wind von Süden frischte auf und hemmte unsere Fahrt. Diomedes hieß uns rudern, weil er glaubte, daß in Argos Schiffe ausgelaufen seien, um uns zu verfolgen. Das graue Vlies, das sich der Himmelsgott Uranos in der Morgenkühle häufig um die Füße windet, riß gegen Mittag auf, und als danach der Westwind Eurus kraftvoll in das Segel blies, begannen wir auf unser Glück zu hoffen.

Doch abends, als die ersten Sterne zwischen Wolkenfetzen blinkten, da türmte sich am Horizont die schwarze Wolkenwand, aus der Äolus seine schlimmsten Winde auf die Meereswasser hetzt. Poseidons Rosse, die uns bisher sanft getragen hatten, wandelten sich zu Ungeheuern, die uns schäumend ihre Rachen zeigten. Ihr Geifer schlug uns ins Gesicht, ihr Schweiß durchnäßte alle Kleider, und ihre Wut ließ unser Schiff erbeben wie einen hölzernen Karren, der ohne Lenker auf steinigem Weg immer schneller einen Berg hinabrollt. Der Sturm nahm mir den Atem. Ich sah, wie Zakrops seinen ganzen Körper auf das Ruder warf, bis seine Adern schwollen und sich aus der Haut erhoben wie die Windungen des Wurmes im Schlick des seichten Flusses. Mit schrecklicher Gewalt bestürmten alle Luft- und Wassergeister unser Schiff, um es aus Menschenmacht zu lösen und dann mit allen Männern zu verschlingen, wie schon so viele andere, die es kühn wagten, das trügerische Nereiden-Reich so fern vom Land zu überqueren.

Ich hatte noch nie einen Sturm auf dem Meere erlebt und war den Gefährten daher keine Hilfe. Die Männer von Argos bargen hastig das Segel, schöpften mit ihren Helmen das Wasser, das mit jeder Woge über die Bordwand schlug, banden sich mit starken Seilen zusammen und wickelten schließlich auch mir ein Tau um die Hüfte, damit die Brecher mich nicht von den Planken spülten. Mir aber wäre ein solches Ende in dieser Stunde nicht etwa als Unheil erschienen, sondern im Gegenteil als Erlösung. Denn mein Magen hatte sich in meinen Mund geschoben, und ich spie alles aus, was ich verzehrt hatte, bis ich schon meinte, meine Eingeweide zu verlieren.

»Fühlst du dich etwa nicht wohl?« schrie Zakrops mir durch diesen Tanz der Wassergeister zu, »du siehst aus, als lägest du schon seit Tagen als Leichnam in einem Teich!«

»Ich habe sicherlich schon sämtliche Gedärme euren Meeresgöttern geopfert«, ächzte ich, »und trotzdem will mein Körper diese Wasserwesen weiterhin beschenken, wenn ich auch nicht mehr weiß, womit!«

»Du wirst dich wundern, was sich noch in deinem Innern findet«, rief der Steuermann zurück, »wenn dieses Lüftchen erst zu einem Wind geworden ist!«

»Bei allen Göttern!« stöhnte ich, »ich fühle mich schon jetzt so leer wie ein vertrocknetes Gefäß, in das die Spinnen ihre Netze weben!«

»Dann fülle dich mit neuer Speise«, brüllte Zakrops, »damit du nicht den Meeresgott durch deinen Geiz verärgerst! Sonst könnte er noch wütend werden und uns Stürme schicken!«

»Ich muß mich wundern, Zakrops«, keuchte ich gekränkt, »daß du in solcher Not noch Zeit zum Spaßen findest. Du tätest besser, deine Seele den Himmlischen zu empfehlen, statt über mein Leiden zu spotten, das ohnehin doch bald der Tod beenden wird.«

So sprach ich, denn ich glaubte, daß Thanatos mich nunmehr in das Schattenreich entführen wolle. Zakrops höhnte: »Es mag schon sein, daß dir der Lebensfaden reißt. Doch wird das nicht geschehen, weil Atropos, die Schicksalsgöttin, es so beschlossen hat. Sondern weil du ihn selber durchgeknabbert hast, mit deinen Zähnen, die ich selbst durch diesen Lärm noch dauernd klappern höre. Das klingt ja, als ob eine Ziege den Darm auf das Fell einer Trommel entleerte! Gib also diesem kleinen Hauch, der uns nach harter Arbeit das vom Schweiß bedeckte Antlitz kühlt, nicht die Schuld an deiner Schwäche! Äolus konnte doch kaum ahnen, daß auf diesem schönen Schiff ein wasserscheuer Bauernlümmel fährt, sich leichtsinnig ins Feuchte wagend, wo es beherzte Männer braucht und nicht verweinte Knaben.«

Noch oft in dieser Nacht glaubte ich, in den gähnenden Rachen des Orkus hinabgeschleudert zu werden und in den schwarzen Fluten des Styx zu verschwinden, aus denen es keine Rückkehr gibt. Denn mächtige Wogen nahmen das Schiff auf die Rücken und schleppten es eilends davon. Die mächtigen Ruderschläge des Zakrops beeindruckten diese rollenden Wasserberge nicht mehr als Stiche lästiger Fliegen den rasenden Stier. Der Himmel schien in das wütende Meer hinabgezogen zu werden, und in der sprühenden Gischt verschwanden die Grenzen zwischen unten und oben. Die Göttin des Mondes verbarg sich hinter den Wolken wie auch alle Sterne, so daß man in dem Schiff nicht das Gesicht des nächsten Nachbarn sah und einander nur an der Stimme erkannte.

Doch auch diese schreckliche Nacht wurde schließlich von einem neuen Tag vertrieben, und nach bangen Stunden rollte der Sonnenwagen langsam auf die Krümmung des Horizonts. Sein fahler Glanz erhellte die Gesichter der erschöpften Männer, die in tiefen Schlaf gesunken waren, wie ihn nur Menschen kennen, deren Kräfte verbraucht sind wie Scheite im verglommenen Feuer.

Die Schmerzen in meinem Schenkel hielten Morpheus, den Gott des Schlafs, von mir fern. Außer mir wachte nur Diomedes, der Zakrops am Steuer abgelöst hatte. Wie ein ehernes Götterbild saß der König von Argos im Heck, den Blick in die Ferne gerichtet. Neben ihm lag Zakrops; er hatte seinen mächtigen Leib quer über die Planken gestreckt, wie ein aus tiefem Meer gespülter Delphin sich auf der Düne breitet. Der rothaarige Polymerios schlief dagegen mit dem Rücken am Mast, mehr sitzend als liegend. Ich erinnerte mich, daß er mir einmal erzählt hatte, er könne auf ebener Erde nicht ruhen, sondern müsse Haupt und Schultern stets an einen Baumstumpf oder eine andere Erhöhung betten, sonst würde der Schlummer ihn meiden.

»Ich bin selbst schuld daran«, hatte er damals gesagt, »denn als Knabe wollte ich unbedingt einmal Morpheus dabei erspähen, wie er hereinkam, um mir Schlaf zu bringen. Darum legte ich mich abends nicht auf mein Lager, sondern blieb darauf sitzen, um den Moment nicht zu verpassen, an dem der Gott ins Zimmer trat. Denn wie du weißt, hält Morpheus sich nicht lange auf, wenn er dir nachts die Augen schließt: Er schwebt flugs durch die Tür herein, oder auch durch das Fenster, und einen Herzschlag später schon schickt er dich in das Reich der Träume. Seit meiner Kindheit warte ich nun schon darauf, den Augenblick, an dem Morpheus erscheint, wenigstens einmal zu erleben. Denn ich möchte zu gern wissen, ob der Gott wirklich nur ein graues Gewand trägt, um die Wirklichkeit zu verhüllen, wie meine Mutter mir sagte, oder ob sein Mantel nicht vielmehr in allen Farben schillert wie die Träume, die er bringt. Das behaupten nämlich viele Priester und übrigens auch die gefangenen Trojaner, die ich danach befragte. Dieses Rätsel plagt mich schon seit dreißig Jahren, und ich habe noch keinen getroffen, der Morpheus selbst gesehen hat.«

»Auch ich kann dir leider nicht helfen, Polymerios«, hatte ich damals zur Antwort gegeben, »gewiß hat diese Gottheit Grund, sich vor den Menschen zu verbergen. Ist nicht der Schlaf der Bruder des Todes? Und könnte nicht einer, wenn er Morpheus gesehen hat, danach auch Thanatos erkennen und dem Totengott dadurch entkommen?«

»Die Götter dachten darüber wohl so wie du«, hatte da Polymerios traurig gesagt, »denn sie straften mich für meine Neugier. Zahllose Nächte verbrachte ich früher sitzend im Zwiegespräch mit den Gestirnen, doch Morpheus ließ sich nie überlisten, und jedesmal fand mich die Morgenröte schlafend, ohne daß ich gesehen hätte, was ich wollte. Im Gegenteil, der Gott trieb seinen Spott mit mir: Heute kann ich im Liegen überhaupt nicht mehr schlafen – Morpheus wartet geduldig, bis ich mich setze. Erst dann erlöst er mich.«

Polymerios war zwar in Argos geboren, jedoch in Messenien großgeworden, der waldreichen Landschaft im Westen der Peleponnes. Als vierzehntes Kind eines Taglöhners wartete ein trostloses Dasein auf ihn. Doch seine Eltern wollten ihn nicht, wie viele Arme es taten, als Sklaven verkaufen, sondern ihn, sei er auch arm, in Freiheit aufwachsen lassen. Darum schickten sie ihn, als er noch Milch der Frauen trank, zu Verwandten ins Bergland. Sie sahen ihren Sohn nie wieder: Bald darauf verbrannten sie in den Flammen des Feuers, das damals den westlichen Teil von Argos zerstörte. Seher behaupteten später, Zeus selbst habe den Brand mit einem Blitz entflammt, weil die Argiver bei der Totenfeier für die im Krieg gegen Theben gefallenen Helden auch dem von Zeus betraften Lästerer Kapaneos geopfert hatten.

Polymerios erfuhr vom Tod seiner Eltern erst, als er schon zum Jüngling herangereift war und begonnen hatte, das schwere Handwerk des Spießjägers zu erlernen. Der Spieß ist die schwerste Waffe der Jagd, und wer ihn trägt, darf niemals ängstlich sein noch zaudern, ist die Gefahr auch noch so groß. Denn der Spießjäger geht stets zwei Schritte hinter dem Fürsten und tötet das waidwund geschossene Wild. Er wehrt aber auch dem rasenden Raubtier: Manchmal wird der fürstliche Jäger von einem verwundeten Löwen zu Boden gerissen, so daß sich Mensch und Tier verstrickt als Ziel darbieten, einmal für einen rettenden, einmal für einen mordenden Stoß. Polymerios lernte schnell, die Waffe auch im Laufen durch das Auge ins Gehirn von Ur und Eber zu befördern, neunmal bei zehn Versuchen, wie es an jedem Fürstenhof von Spießjägern gefordert wird. Denn nur ein Mann, der das beherrscht, wird in das Jagdgefolge aufgenommen und darf nach jeder Hatz seinen gerechten Beuteanteil auf dem Markt verkaufen.

»Zwei Fürsten Messeniens habe ich auf der Jagd das Leben erhalten«, hatte mir Polymerios erzählt, »sie waren von Hauern wütender Keiler so stark an den Schenkeln verletzt, daß ihr fürstliches Blut mit jedem Herzschlag aus der Wunde spritzte. Sie hätten sich wohl nicht vor diesen Ungeheuern retten können, wenn ich die Bestien nicht mit meinem Spieß so gut und schnell getroffen hätte, daß selbst die Jagdgöttin Artemis daran hat Freude haben müssen. Doch ich war noch ein Jüngling und vermaß mich, diese Taten meiner Tüchtigkeit zuzuschreiben und nicht meinem Glück. Daher vergaß ich Artemis zu opfern, obwohl doch jeder weiß, wie eifersüchtig sie stets wird, wenn Jäger ein gefährliches Getier zur Strecke bringen und so den Ruhm der Göttin zu verdunkeln drohen. Das haben schon Griechenlands edelste Helden erfahren: die Männer, die den kalydonischen Eber besiegten, wobei übrigens Meleager, der Onkel unseres Diomedes, den tödlichen Stoß führte; und auch der unsterbliche Herakles selbst, als er im waldreichen Arkadien die heilige Hirschkuh mit dem Goldgeweih erhaschte.

Dem Glück folgt oftmals Unheil; so war es auch bei mir. Es geschah mir recht, daß ich beim dritten Jagdunglück nicht mehr den Kopf des Löwen traf, der sich aus einem Busch auf meinen Fürsten stürzte, sondern den Leib des Herrn, der sich zur Seite retten wollte. Es war der König von Öchalia, der unter meinem Stoß starb, und mit dem letzten Atem forderte er seine Söhne auf, sein Blut an mir zu rächen.

Ich floh, verfolgt von den Öchaliern, die glaubten, daß es nicht die Hand einer Göttin gewesen wäre, die meinen Spieß lenkte, sondern ich selbst. Denn kurz vor dem Unfall hatte mein Herr mich mit Peitschen schlagen lassen, weil ich seine Tochter am Ufer des Flusses beim Baden belauschte. Sie war wunderschön.

Zum Glück sind die Fürsten Messeniens zwar zahlreich, aber an Macht nur gering unter den Herrschern Achäas. Mit unserem Herrn Diomedes können sie sich so wenig messen wie Ratten mit einem molossischen Rüden. Keiner von diesen Messeniern hat über mehr Land Gewalt, als er an einem Sommertag zu Fuß umrunden kann, und oft reicht das Wort eines solchen Fürsten nicht weiter als bis zur Spitze seines Speers. Die Messenier besitzen auch viel weniger Eisen als unsere Fürsten und bewaffnen sich daher noch immer mit Kupfer und Bronze wie Leute von gestern. Dennoch verfolgte ihr Rachezug mich bis nach Argos, wohin ich eilte, um mich hinter Diomedes zu verbergen. Der Tydeussohn hörte sich meine Erzählung erst stirnrunzelnd an, dann aber zeigte er sich in seiner Rüstung vor den Toren der Stadt, worauf die Messenier schnell ihre Streitwagen drehten. Denn zu einem Zweikampf mit Diomedes hatte keiner von ihnen den Mut, und alle zusammen hätten sie gegen die Stadt so wenig vermocht wie ein Schwarm von Sperlingen gegen den Horst eines Adlers.«

So trat Polymerios in die Dienste des Königs von Argos und segelte wenig später mit Diomedes nach Troja. Jetzt aber war dieser Mann, wie auch ich selbst, zum zweitenmal auf der Flucht. Er saß, den Kopf tief auf der Brust, im grauen Morgenlicht am Mast und schaukelte auf wieder sanften Wogen einem ungewissen Schicksal entgegen.

Vier Tage dauerte es, bis wir mit Rudern wettmachen konnten, was uns Poseidons Wut gekostet hatte. Sturm und Wogen hatten uns so weit nach Sonnenuntergang getrieben, daß Zakrops schon vermutete, jene nebeligen Berge, die ans Wasser grenzten, in der Ferne zu erspähen. Die anderen aber meinten, er sähe nur Wolken über dem Wasser.

Diomedes mochte den Streit nicht entscheiden, obwohl seine Männer ihn um einen Schiedsspruch baten. Der König sagte den ganzen Tag kaum ein Wort, sondern grübelte darüber nach, ob der Sturm ein Zeichen der Götter gewesen sei und wenn, was es bedeute. Er wußte nicht, ob die Himmlischen etwa wünschten, daß er nach Argos zurückkehren solle, damit sich dort sein Schicksal erfülle; oder ob die Winde ihn vielleicht vor Unheil warnen sollten, das ihm auf Kreta bevorstehen mochte. Zakrops schlug vor, ein Opfer zu feiern und nach dem Flug der Vögel zu schauen, die Zeus ja oft zu Kündern seines Willens machte. Doch der König von Argos war noch zu enttäuscht vom Orakel auf Delos.

Dennoch erhielten wir plötzlich ein günstiges Zeichen: Zur Mittagsstunde schwebte ein großer, weißgefiederter Vogel hoch über unserem Mast. Wir bestaunten sein ruhiges Gleiten, da faltete er plötzlich die Schwingen, stach wie ein Speer in die Wogen und kehrte sogleich wieder in die blauen Höhen zurück, einen zappelnden Fisch im geschwungenen Schnabel. Da riß der Bogenschütze Agenor, der seinen Namen nach berühmten Helden trug, rasch seine Waffe hoch und schickte einen Pfeil empor, der die Brust des Räubers durchbohrte. Mit einem lauten Klageschrei stürzte der weiße Vogel weit vom Schiff ins Meer. Der silberglänzende Fisch glitt aus dem Schnabel, und es mußten, so meinte Zakrops, die Hände von Göttern gewesen sein, die seinen Sturz so lenkten, daß der Fisch genau vor Diomedes' Füße fiel.

Da brauste lauter Jubel auf, und die düstere Miene des Fürsten hellte sich auf. »Dank euch für diese Gabe, Götter«, rief er, »ich sehe, daß ich nicht von allen Himmlischen verlassen bin! Doch will ich das Geschenk dem Meeresgott verehren, in dessen Macht wir uns befinden. Nimm gnädig wieder, göttlicher Poseidon, was dir der Räuber just entriß!«

Mit diesen Worten schleuderte der Fürst den Fisch mit Schwung über die Brüstung, und ich glaubte nicht, daß es ein Zufall sei, als sich danach Zephyr und Boreas vereinten, um unser Schiff mit straffem Segel fortzublasen, nach Kreta, der schönsten und mächtigsten Insel der Meere, auf der nach dem Glauben der Griechen die Wiege des Zeus, des Vaters der Götter, stand.

2 Meine Pfeilwunde heilte schnell; bald zeigte sich eine längliche Narbe am Schenkel. Wie viele kamen später noch hinzu! Heute erscheint mir die Haut meines Körpers wie Rinde eines vom Blitz zerschmetterten Baumes, der schwarze Äste in den Himmel reckt. Damals jedoch war ich ein Jüngling; die Spur meiner ersten Verletzung machte mich stolz, so daß ich sie bald beifallheischend Zakrops zeigte; der aber fing sogleich zu spotten an:

»Was willst du mit dem Kratzer da beweisen? Soll ich dir erst mein Holzbein um die Ohren schmettern, damit du merkst, was eine wirkliche Verwundung ist, wie sie ehrliche Krieger ziert? Was du da Narbe nennst, erscheint mir wie die Spur eines Unfalls, den du erlitten hast, als du dich in den Busch begabst, um deine Notdurft zu verrichten, und dabei deine zarte Haut an einem Dorn ritztest!«

Da lachten alle, doch Diomedes wollte nicht, daß ich gedemütigt wurde, und sprach:

»Spotte nicht, Zakrops, denn es sind wahrlich keine geringen Verdienste, die Aras sich erworben hat! Hätte er nicht in Argos verhindert, daß sich das Tor hinter uns schloß, wer weiß, ob wir dann noch lebend hinausgelangt wären.«

Dieses Lob glitt mir hinunter wie Honig und machte mich gegen alle Spottreden gefeit, wie warmes Öl dem Ringer erlaubt, sich selbst aus festesten Griffen zu winden. Polymerios fügte hinzu:

»Ganz recht, edler Fürst, Aras hat sich dies Ehrenzeichen redlich verdient. Und wären auf Delos nicht ein paar Weiber dazwischengekommen, so würde heute nicht nur sein Bein, sondern auch sein Gesicht aussehen wie das eines in vielen Schlachten erprobten Kriegers. Dafür hätte ich schon gesorgt, aus Freundschaft zu unserem Aras und um seinen Ehrgeiz zu stillen.«

»Nur schade, daß du dich von diesem löblichen Vorsatz hast abbringen lassen«, warf nun Eurymachos ein, »denn als du die Weiber erblicktest, da trieb dich plötzlich nicht mehr der Zorn des gereizten Löwen, sondern die Geilheit des brünstigen Ebers.«

Eurymachos hatte meine Wunden gepflegt; er war ursprünglich nicht Arzt, sondern Bildhauer, und stammte von der Insel Amorgos, einer der Kykladen. Seeräuber hatten ihn einst verschleppt und auf dem benachbarten Kos an einen heilkundigen Priester verkauft. Kurze Zeit später war Eurymachos geflüchtet und zu den Achäern vor Troja gestoßen, weil diese Krieger ihn brauchten und nicht nach der Herkunft eines Mannes fragten. Er war hochgewachsen, aber zu dürr, um in der Schlacht mitzukämpfen. Machaon, der weiseste Arzt der Achäer vor Troja, machte Eurymachos daher zu seinem Gehilfen und lehrte ihn zahlreiche Künste: zum Beispiel, wie man mit Stecken gebrochene Glieder stützt, damit sie in der rechten Weise zusammenwachsen, und welche Kräuter man für schmerzlindernde Salben benötigt. Ein Pfeilschuß kostete Eurymachos das linke Auge. Daraufhin meißelte er sich aus Marmor ein künstliches Sehorgan, so daß er, wenn er zu den Weibern ging, nicht mehr so abstoßend erschien wie vorher mit der leeren Augenhöhle.

Die restlichen Männer unserer kleinen Schar waren Phrixos aus Mykene, der Troßverwalter Stigos, die Brüder Polkos und Polyphas, der Bogenschütze Agenor und sein Sohn Kaliphon, der angeblich von einer asiatischen Amazone zur Welt gebracht worden war – das behauptete jedenfalls sein Vater. Damit habe ich alle genannt, bis auf jenen schrecklichen Mann mit dem blassen Gesicht, von dem ich später noch zu erzählen habe.

Das reiche Kreta mit hundert Städten gilt vielen als größte Insel der Welt, wenn Zakrops auch erklärte, daß Zypern Kreta ebenbürtig sei, und Diomedes wiederum behauptete, Kreta stehe an Umfang weit hinter Sikulien zurück, einer Insel beim Land der Italer. Ich konnte das kaum glauben, denn wir segelten über zwei Tage lang an der felsigen Küste Kretas entlang, bis wir endlich zu jener uralten Stadt kamen, die Knossos genannt wird und seit jeher Sitz des Kreterkönigs ist.

Dem Schiffer zeigt diese Insel zwei Gesichter: Im Süden drohen zerklüftete Berge und lassen alle Strände äußerst ungastlich erscheinen. »Nicht umsonst ist dort Talos, der eherne Riese, durch eine Felszacke gestorben«, berichtete der alte Agenor, »denn als er den Argonauten die Landung verwehrte, sandte die Hexe Medea ihm Müdigkeit in die Lider, so daß er schlafend niedersank und dabei den Knöchel, die einzig verwundbare Stelle seines aus Eisen geschmiedeten Leibes, an einem dieser spitzen Steine ritzte, so daß er jämmerlich verbluten mußte.« Agenor erzählte auch, er habe die Argonauten noch mit eigenen Augen gesehen, als sie in seiner Heimat Thrakien hielten, um frisches Wasser an Bord zu nehmen.

Die Gestade im Norden von Kreta und auch die im Osten dagegen besitzen sehr liebliche Buchten, in denen man auch ein großes Schiff bequem an Land ziehen kann. Daher glauben manche, daß diese Insel zuerst von Asien her besiedelt worden sei. Denn sie war ja nicht immer von den Achäern beherrscht, sondern gehörte vor noch nicht langer Zeit dem Volk der Minoer, von dem aber heute nur noch wenige leben und meist an weit entfernten Orten, wie auf Tauris.

An die minoische Zeit erinnern auf Kreta noch heute Paläste von riesiger Größe, in denen aber meist niemand mehr wohnt, weil die Achäer in ihnen die Gräber uralter Götter vermuten und sich scheuen, ihre dunklen Keller zu durchdringen. Denn zahllose Treppen und Gänge ziehen sich dort tief unter der Erde und sind für den Fremdling so unentwirrbar, daß sich in ihnen schon mancher neugierige Grieche verirrte und nie mehr ans Licht der Sonne zurückfand. Selbst der Held Theseus konnte nach seinem Sieg über den Minotaurus nur dadurch wieder ins Freie gelangen, daß er ein Knäuel Garn auflas, das er zuvor am Eingang festgemacht und hinter sich abgerollt hatte. So erzählen es die Griechen. Ich aber bin selbst in diesen Palästen gewesen und weiß, daß man den Weg dort sehr leicht finden kann, wenn man nur die geheimen Zeichen kennt, die sich an allen Wänden finden.

Es muß ein kluges Volk gewesen sein, das damals über diese Insel herrschte, und Kretas Schiffen gehörte in jener Zeit alles Meer zwischen Osten und Westen. Seine Flotten brachten edle Metalle aus allen Teilen der Welt: Gold und Silber, um Kretas Wohlstand zu mehren, dazu Kupfer und Zinn, auf welche sich die Macht des Kriegers stützt, denn Eisen kannten die Völker des Ostens damals noch nicht. Bis zu den nebelverhangenen Inseln der Hyperboräer sollen die Kreter damals gelangt sein; wenn die Achäer sich rühmen, dieses einst mächtige Volk schließlich besiegt und geknechtet zu haben, so erfuhr ich doch später, daß es nicht Menschen, sondern Götter gewesen sein müssen, die Kreta zerstörten. Denn auf der ganzen Insel findet sich kein Bildnis der Olympier aus jener Zeit, und daraus schloß ich damals, daß die alten Kreter fremden Göttern dienten und dafür am Ende bestraft worden sind. Doch davon sollte ich später erfahren.

Knossos liegt nahe der Küste in einem engen Tal. Der riesige Königshof stammte aus alleraltester Zeit. Das bewies seine Größe, denn selbst die Paläste von Troja und Argos wirkten dagegen wie ärmliche Hütten. Erst in Ägypten und Babylon sah ich Bauten, die jene auf Kreta noch übertrafen. Der Königspalast von Knossos war auch die einzige von den kretischen Burgen, die von den Achäern nach ihrem Sieg zum Teil erhalten und neu mit Leben erfüllt worden war. Allerdings hatte Poseidon seither schon zweimal die Erde erbeben lassen, so daß viele Mauern eingestürzt waren. Denn die Götter, so meinen die Griechen, verfolgen die Insel noch heute mit ihrer Wut, obwohl die Achäer ihnen viele reiche Opfer bringen.

Im Hafen schenkte uns niemand Beachtung; das kam Diomedes gelegen, denn er wollte nicht erkannt werden, bevor er mit König Idomeneus gesprochen hatte. Darum nahm er auch keinen Begleiter mit, als er zur Königsburg emporstieg.

Wir anderen sprachen inzwischen mit Seeleuten und Lastträgern im Hafen, der rege Betriebsamkeit zeigte, denn Kreta war immer noch ein bedeutender Platz in der Weite des Meeres nach Afrika oder Asien. Die Insel bündelte den Verkehr, wie ein Stein im Wasser den Schritt des Wanderer trägt, der das Flußbett nicht mit einem Sprung durchqueren kann. Dabei erfuhren wir, daß auch auf Kreta nicht alles zum besten stand: Auch hier hatten sich Verräter gegen den Fürsten verschworen, jedoch kehrte Idomeneus nicht, wie Agamemnon und Diomedes, mit wenigen Männern zurück, sondern zum Glück noch an der Spitze einer starken Flotte, die kein Sturmwind zerstreut hatte. Außerdem hatte ihn kurz vor seiner Ankunft Poseidon im Traum vor Verschwörern gewarnt, worauf Idomeneus dem Gott versprach, ihm zum Dank das erste zu opfern, was ihm nach seiner Landung auf Kreta begegne. Das aber war sein eigener Sohn, den Idomeneus, um sein Gelübde zu erfüllen, daraufhin mit seinem Schwert erschlug.

Danach wurde er mit Leichtigkeit Herr über die Verräter, die er lebendig einmauern ließ, um nicht die Ehre seiner Waffen durch verräterisches Blut zu mindern. So jedenfalls erzählten es die Kreter.

»Jetzt führt der Fürst ein strenges Regiment«, berichtete Kelimoros, der Wirt einer Schenke, »und leider hat er sogleich alle Abgaben angehoben, weil er der Meinung ist, daß Menschen um so weniger murren, je mehr Zeit sie aufwenden müssen, ihr Brot zu verdienen. Ich bin davon aber zum Glück nicht betroffen, im Gegenteil! Denn für einen Becher Wein haben Männer in Notzeiten sogar noch eher ein Kupferstück übrig, als wenn sie mit satten Bäuchen zu Hause liegen. Und außerdem füllen mir nicht nur Männer von Kreta die Kassen, sondern auch Fremde wie ihr, die nach der Fahrt durstig sind und nach meinen Schankmädchen schielen!«

Das sagte er voller Offenheit und lachte fröhlich dazu, denn er kannte die Schiffsleute, die sich zu Lande nichts stärker ersehnen, als gastliche Häuser aufzusuchen, in denen man sich mit Rotwein laben und käufliche Lenden betasten kann.

Doch ehe sich meine Gefährten einem solchen Treiben hingeben konnten, schickte uns Stigos zuerst samt Waffen und unserem Schatz in eine Herberge. Denn wie Zakrops zur See das Wort über die Mannschaft führte, so führte es Stigos zu Lande. Vor Troja war er zum Mundschenk des Diomedes geworden; jetzt, nach dem Tod des tapferen Modeus, zum Troßverwalter des Fürsten und Hüter seines Besitzes.

Stigos galt als der gewissenhafteste von den Männern aus Argos und war überdies ein Gefolgsmann, der aus Liebe zu seinem Fürsten in den Krieg zog und nicht nur aus Gier nach Beute. Sein Vater schmiedete Waffen und Schmuck in Myloi, einer kleinen Hafenstadt bei Argos, und Stigos war seiner Familie einziger Sohn und Erbe. Schon im Jünglingsalter hatte er sein Zuhause verlassen, um bei Diomedes in Dienst zu treten und Abenteuer zu suchen, auf zahlreichen Fahrten zu anderen Städten Achäas und den verstreuten Inseln im Meer. Stigos hoffte dabei auch zu lernen, was ihm hinterher als Goldschmied nützlich werden konnte. Denn wer nicht alle Zeit auf einem Acker schwitzen möchte, sondern sein Brot durch Handwerk oder gar Handel verdienen, der tut gut daran, sich auch in anderen Ländern umzuschauen.

Bald aber merkte Stigos, daß die Schicksalgöttin Lachesis, die jedem Menschen seinen Faden spinnt, sein Leben Stück für Stück in fremde Bahnen lenkte. Aus dem Jüngling wurde ein geübter Krieger, der soviel Spaß am Waffenhandwerk fand, daß er bald nicht mehr davon lassen konnte. Mit Diomedes zog er nach Theben und Troja, focht fast jeden Tag in Kämpfen auf Leben und Tod und diente seinem König durch fünfzehn Sommer und Winter. Die Narben auf seiner Stirn bewiesen seine Tapferkeit vor Göttern und Menschen, und ebenso die Stümpfe der beiden ersten Finger an seiner Rechten, die ihm Deïphobos einst abgehauen hatte, als er den Bruder Hektors vom Streitwagen stoßen wollte und dabei seine Hand zu weit über den Schildrand hob. Stigos war kleiner als Polymerios, auch weniger kraftvoll und nicht so üppig behaart; er wirkte weit jünger, als er in Wirklichkeit war, weil er sich stets am Kopf wie auch am Kiefer scherte. Am meisten schätzte ich seine stets heitere Stimmung. Auch wenn er mir zu Anfang nicht als Ebenbild der Zuverlässigkeit erschien, als ich ihn im Schiffslager bei Troja traf, so wußte ich doch bald, daß von den Argosleuten keiner besser für den König wachte als der Mann aus Myloi.

Als wir die Herberge erreicht hatten, suchte Stigos nach einem Freiwilligen für die Wache. Jeder von uns mühte sich redlich, diese Ehre einem anderen zu überlassen, indem er sich hinter dem Rücken eines Nebenmannes verbarg, bis schließlich jener blasse Mann, von dem ich während dieser Fahrt noch nicht ein Wort vernommen hatte, nickte und schweigend blieb.

»In solchen Häfen lauern gewiß Gefahren an allen Ecken«, sagte ich später zu Zakrops, der in der Schenke voller Genuß den Bart mit Rotwein näßte, »hätten wir zur Bewachung unserer Habe nicht besser den starken Polkos zurücklassen sollen?«

Da sahen mich die anderen an wie ein Kind, das sich vergeblich bemüht, den Gedanken von Erwachsenen zu folgen, und Zakrops antwortete: »So wie du kann nur jemand reden, der nichts von Bias weiß. Das scheint bei dir ja auch der Fall zu sein. Außerdem ist deine Zunge offenbar schneller als die Gedanken in deinem Kopf. Darum will ich dir sagen, daß ich mein Geld niemandem auf der Welt ruhiger anvertrauen würde als diesem Mann – mit Ausnahme natürlich unseres Königs. Denn bei Bias, den du offenbar für einen Schwächling hältst, ruht jedes Kleinod sicher wie im Grab.«

»Wie im Grab!« fiel Polymerios ein, »das hast du treffend gesagt.«

Da konnte ich meine Neugier nicht länger zügeln und fragte: »Wer ist denn dieser Mann? Er wird mir allmählich unheimlich – er hat Augen von Fischen, und ich sah ihn noch niemals lächeln.«

»Das mußt du Diomedes selber fragen«, antwortete der Steuermann, »wir wollen lieber schweigen. So schrecklich das Geheimnis dieses Mannes ist, wir Männer von Argos kennen und schätzen ihn seit vielen Jahren und wollen nichts aus der Vergangenheit erwecken, was er wohl lieber tief begraben wünscht. Vielleicht wird dir Diomedes einmal über Bias berichten.«

»Laßt uns doch endlich von dem Rotwein trinken«, murrte nun Polkos, »bevor uns dieser Knabe die Stimmung verdirbt. Weißt du noch, Polyphas, wie unser Freund Eurymachos vor Troja so betrunken war, daß er den schrecklichen Achilles vor allen Leuten lallend zum verliebten Reigentanz bat?«

»Und wie der ihn mit kühlem Wasser übergoß, bevor er ihn mit Tritten durch das Lager jagte?« rief Polyphas begeistert, »wahrlich, wie könnte ich diesen Anblick vergessen!«

Eurymachos versetzte ärgerlich: »Ich kann mich aber auch noch gut daran erinnern, Polyphas, daß du danach im Übermut dein Wasser in den Becher deines Bruders fülltest; und später hast du dann behauptet, ein streunender Hund sei der Übeltäter gewesen!«

»Du also hast mir das getan!« wütete Polkos, »wahrlich, sind wir nicht von denselben Eltern gezeugt? In einem Zug habe ich damals diesen Becher ausgetrunken, erhitzt und mit lechzender Zunge, hatte ich doch zuvor das Lied an den Schlachtengott vorgetragen, das ich, wie ihr wohl wißt, sehr wohltönend zu singen weiß. Bei allen Göttern der Unterwelt, wie habe ich damals gespieen! Jetzt lachst du auch noch, du Bastard! Warte, das werde ich dir austreiben!«

Polkos und Polyphas waren zwei Brüder von sehr ungleicher Gestalt und Art. Polkos verfügte über schier unerschöpfliche Kräfte, so daß er selbst mit Diomedes zu wetteifern wagte, wenn es um das Heben von schweren Hölzern und Steinen ging. Im Ringkampf allerdings vermochte dieser Hüne nichts gegen den Fürsten auszurichten, denn Diomedes beherrschte diese Kunst besser als alle anderen Griechen, Odysseus vielleicht ausgenommen. In der Schlacht kämpfte Polkos mit einer Axt, mit der er die dicken Balken der Tore zerstörte, so daß das Kriegsvolk hinter ihm sich in die Stadt ergießen konnte wie ein Sturzbach in die Lücke zweier Felsen.

Sein Bruder Polyphas war dagegen recht schmächtig geraten, weshalb er den Kampf mit der Schleuder betrieb. Mit dieser Waffe ließ er noch aus weiter Ferne treffsicher Steine gegen die Köpfe der Feinde prallen, so daß den Gegnern schwarze Nebel vor den Augen schwebten und sie häufig hilflos in die Knie brachen. Das erreichte Polyphas jedoch nicht etwa durch seine Kraft, sondern durch seine Geschicklichkeit. Denn er hatte sich schon als Knabe täglich mit der Schleuder geübt, wenn er die leere Speisekammer seiner Eltern mit schmackhaften Vögeln und Kleinwild füllte.

Flink wie mit der Schleuder war Polyphas auch mit den Worten und mit dem Verstand, wodurch sich bei den Brüdern Kraft und Witz vereinten. Darum besaßen sie auch mehr Freunde als Feinde. Denn Menschen verspotten den Dummen zwar ebenso gern wie den Schwachen, dem Schlauen und dem Starken jedoch begegnen sie mit Respekt, und wo der Hirtenhund sich mit dem Stier verbündet, muß selbst der Löwe höflich sein.

Die Wiege der beiden Brüder stand in Adrianoi am Fuß des Berges Kithairon, auf dem der junge Herakles einst seine erste Heldentat vollbrachte: Auf dem dichtbewaldeten Gipfel erlegte der Halbgott den Löwen, der vormals die ganze Umgebung raubend und mordend durchzogen hatte. Der Vater von Polkos und Polyphas war ein Gefolgsmann des Polyneikes, Sohn und Erbe des Ödipus. Nach dem Tod seines Vaters stieg Polyneikes auf Thebens Thron, wurde jedoch von seinem jüngeren Bruder Eteokles vertrieben und flüchtete nach Argos, gefolgt von seinen besten Männern und deren Familien. So waren damals auch Polkos und Polyphas auf die Peleponnes gekommen.

In Argos traf Polyneikes auf Tydeus, den Vater des Diomedes, und kämpfte mit ihm, bis der König von Argos, Adrastos, die Streitenden trennte und ihnen seine Töchter gab. Beim unglücklichen Feldzug gegen Theben fielen dann alle diese tapferen Helden durch Verrat.

Als Diomedes und Sthenelos viele Jahre danach zum zweitenmal gegen Theben fuhren, zogen auch Polkos und Polyphas mit. Sie rächten das Blut ihres Vaters und erwarben sich viele Verdienste. Danach aber sehnten die Brüder sich nicht an den Ort ihrer Geburt zurück, obwohl sie dort fortan als Herren hätten siedeln können, sondern kehrten nach Argos wieder zurück, wo sie sich heimisch fühlten. Denn dort hatten sie ja den größeren Teil ihres Lebens verbracht.

So einig sie sich sonst immer waren, die Worte des Eurymachos schienen nun doch Streit zwischen ihnen auszulösen, denn Polkos setzte über den Tisch, den Bruder zu packen.

Polyphas aber war schon von der Bank gesprungen. Sein Bruder lief hinter ihm her, stolperte aber über das ausgestreckte Bein des Stigos und prallte auf die Erde wie ein feister Frosch, der von hoher Mauer auf steinernen Gehplatten landet.

Darauf sagte Kaliphon: »Es ist ein Unrecht, Stigos, daß du dich an diesem Streit beteiligst, denn diese Sache geht nur die Betroffenen etwas an.« Damit goß er dem Troßverwalter den Inhalt seines Bechers über den Kopf. Doch während er das Trinkgefäß noch in die Höhe hielt, um es bis auf den letzten Tropfen auszuleeren, klatschte ihm ein Stück von weichem Schafskäse in das Gesicht, das Polymerios auf ihn geschleudert hatte. Der Rothaarige rief dazu: »Nur weiter, Kaliphon, ich bin auf deiner Seite. Doch stärke dich zwischendurch auch mit schmackhafter Nahrung!«

Das ärgerte nun Agenor, den Vater des Kaliphon, der Polymerios diese Tat nicht durchgehen lassen mochte. Der Alte hob daher seinen Stuhl und schlug ihn dem lachenden Rotschopf ohne ein weiteres Wort auf den Schädel. »Wollt ihr euch wohl vernünftig benehmen?« rief Zakrops mahnend dazwischen und hieb Agenor rügend mit einem Krug auf das ergraute Haupt. Bevor sich die Gefährten nun aber ernstlich gegeneinander empören konnten, sprang der Wirt zwischen uns und rief wütend:

»Sind das die gepflegten Sitten von Männern aus einer ruhmvollen griechischen Königsstadt? Ich glaube eher, daß ihr dem verwahrlosten Schweinekoben eines von Göttern und Menschen verlassenen Häuslers entkrochen seid! Wenn ihr eure Kräfte erproben wollt, dann belästigt damit nicht ehrliche Bürger, sondern macht euch davon in die Berge, wo ihr niemanden stört außer Schlangen und Molche!«

So schalt er uns in Zornesröte. Polymerios, den der Hieb mit dem Stuhl nur wenig erschüttert hatte, antwortete in versöhnlichem Ton: »Laß deine Galle nicht überfließen, du edler Meister der Gastfreundschaft! Wir wollten uns ja nur ein wenig Bewegung verschaffen, obwohl deine kränkenden Worte uns nun eigentlich erzürnen müßten. Aber wir sind friedliche Männer, die sinnloser Streit mit Abscheu erfüllt.«

Dabei versetzte er Kelimoros einen Stoß vor die Brust, während der riesige Polkos, noch immer am Boden, von hinten das Bein gegen die Wade des Wirtes streckte, so daß dieser stolperte und mit Getöse auf die mit Krügen und Geschirr gefüllten Tische anderer Gäste stürzte.

Sogleich tobte nun in der Schenke ein Kampf wie zwischen Hunden im Zwinger, wenn ihnen ein Stück bluttriefenden Fleisches zugeworfen wird.

Die anderen Gäste, an Zahl uns weit überlegen, wollten nicht ungesühnt nehmen, was Polymerios ihnen als Vorspeise zugedacht hatte. Sie drangen wütend auf uns ein, mit dem vor Überraschung und Wut brüllenden Wirt an der Spitze. Die Kreter stürzten sich auf uns wie hungrige Wölfe, die plötzlich im Wald ein Rudel weidender Rehe erspähen. Meine Gefährten jedoch schmiegten sich nicht etwa wie Knaben ängstlich in Winkel und Ekken, sondern sie stürmten den Kretern entgegen wie dürstende Löwen der Tränke.

Polkos, der Hüne, klemmte die Köpfe zweier Angreifer unter seine Achseln und rannte mit ihnen gegen die Mauer, so daß seine Gegner mit ihren Schädeln gegen die Steine prallten und stöhnend zu Boden sanken. »Habt ihr nun gelernt, daß man sich höflich verbeugt, wenn man Männern aus Argos begegnet?« rief er dazu mit mächtigem Lachen, das aber sogleich wieder erstarb, denn einen Augenblick später fiel ihm ein Weinfaß auf den Kopf. Der Bogenschütze Kaliphon, der sich den Schafskäse aus den Augen gerieben hatte, aber immer noch anzusehen war wie ein Dämon des Frostes, schwang ein abgebrochenes Stuhlbein im Kreis, während sein Vater Agenor einen kupfernen Leuchter ergattert hatte. Sie bekamen es mit drei Kretern zu tun, die eine Sitzbank vom Boden rissen und gegen die beiden Argiver warfen, so daß sie polternd unter einen Tisch geschleudert wurden. Bevor die Angreifer ihnen Schlimmeres zufügen konnten, stürzten sich Polymerios und Stigos auf sie, und auf dem Boden bildete sich ein wirres Knäuel. Neben den Kämpfenden aber stand Zakrops und schlug mit einer Stange drein, sobald ein Kopf sich hob. »Hör auf damit, verfluchter Narr«, hörte ich Stigos' schmerzerfüllte Stimme, »allein die Götter wissen, warum du immer den Falschen erwischst!«

Phrixos, der Mann aus Mykene, lag derweil auf Kelimoros, dem Wirt, und schrie: »Weil ich selbst nicht aus Argos komme, so hast du zwar nicht mich, aber meine Freunde beleidigt!« Mit beiden Fäusten drosch er auf sein Opfer ein, bis er von zwei Kretern fortgerissen und nun seinerseits geprügelt wurde. Daraufhin eilte Agenor dem Mykener zu Hilfe, während Kaliphon auf allen Vieren wie eine ermattete Winterfliege auf dem Boden kroch. »Hast du noch Schlaf in den Augen?« brüllte sein Vater in der Begeisterung des Kampfes, »erhebe dich endlich, damit sich meine Lenden nicht verdächtigen lassen müssen, einen Schwächling gezeugt zu haben!«

Der kluge Polyphas hatte sich derweil hinter den Schanktisch gerettet und warf von dort tönerne Krüge durch den Saal, wobei jedoch manches Geschoß den Gegner verfehlte und am Kopf eines unserer eigenen Männer zerschellte. Doch Polyphas war so im Kampfeseifer, daß er sich durch solche Mißerfolge nur noch weiter angestachelt fühlte. Überhaupt gerieten unsere Männer erst jetzt allmählich in Zorn und stürzten sich mit solcher Wut auf ihre Gegner, daß alles zuvor dagegen nur wie das Balgen spielender Knaben erschien. Polkos und Polymerios hoben einen Eichentisch bis zu den Schultern empor und drückten damit vier Kreter gegen die Wand, daß sich die Gesichter der Einheimischen blau verfärbten und Schaum auf ihre Lippen trat. Sie wehrten sich mit Tritten und trafen Polkos dabei im Leib, so daß der Hüne den Tisch fallen ließ, worauf sich die sechs in einem Haufen am Boden wanden.

Kaliphon hatte sich wieder in das Getümmel gestürzt, Stigos und Polyphas aber räumten die Schränke leer, so daß die Kämpfer bald mit jedem Schritt auf spitze Scherben traten. Auch mir begann jetzt das Herz schneller zu schlagen, und ich wollte mich ebenfalls in das Faustgefecht stürzen, um mir die Achtung der Argiver zu erwerben. An unserem Sieg bestand schon jetzt kein Zweifel mehr, denn unsere Gegner waren zwar allesamt kräftige Hafenarbeiter, aber sie kannten die tückischen Kniffe des Männerkampfs bei weitem nicht so gut wie meine Gefährten, die sich als Krieger täglich darin übten.

Daher hätten sie wohl das gastliche Haus in eine nur noch bei Füchsen und Mäusen beliebte Ruine verwandelt, wenn wir nicht plötzlich von der Tür die schneidende Stimme des Diomedes vernommen hätten. Der König von Argos füllte in seiner herrlichen Rüstung den hölzernen Rahmen, hatte erstaunt die Brauen hochgezogen, die Fäuste in die Seiten gestemmt, und grollte:

»Bei Zeus, plagt mich ein Trugbild, oder ist's die Wirklichkeit, wovor ich meine gequälten Augen am liebsten verschließen würde? Hättest du mir doch lieber noch weitere Feinde gesandt, du mitleidloser Schicksalslenker, anstatt mir solche Freunde beizugeben! Jeder von ihnen erfüllt mich mit weitaus größerer Sorge als eine ganze Schlachtreihe von Gegnern. Denn bei jener weiß ich, was auf mich zukommt, während diese hier stets tun, was man am wenigsten erwartet, bei allen Geistern der Unterwelt!«

Die Worte des Fürsten ließen alle Kämpfer sogleich innehalten, als seien sie plötzlich zu Bildern erstarrt. Meine Gefährten wurden bleich, doch auch ihre Gegner verharrten stumm und wagten nicht, sich zu rühren, während Diomedes fortfuhr:

»Wahrlich, der Hirte wäre selber schuld, wenn er in seiner Gutmütigkeit die dummen Schafe frei auf der Wiese herumlaufen ließe, statt sie einzeln anzubinden, und seine Tiere daraufhin geradewegs zum nächsten Abgrund laufen würden, um sich dort hinabzustürzen. Doch so ein Mißgeschick könnte selbst einem mit Blindheit geschlagenen Hüter nicht widerfahren, hat doch jeder Hammel wenigstens soviel Verstand, daß er sich eines solchen Fehltritts von selber nach Kräften enthält. Ihr aber seid wohl noch blöder als selbst die Schafe! Wenn die auch sonst nichts anderes können als fressen und ihren Kot fallen lassen, soviel wissen sie immerhin, daß sie sich ohne ihren Hüter nicht davonmachen sollen, und ohne Säumen ins Gatter zurückkehren müssen, wenn er auf seiner Flöte pfeift!

Ich kam nach Kreta, um Trost und Hilfe zu finden. Ihr aber müßt die erste Spelunke, deren Besitzer so töricht ist, euch seinen Wein vorzusetzen, wie Rüpel in Scherben schlagen, damit die Bewohner der Insel sogleich erfahren, wer angekommen ist, und sagen: ›So ein Pack, diese Argiver, sie sollen nur zusehen, daß sie so bald wie möglich wieder verschwinden!‹

Ich kam nach Kreta, um tapfere Männer zu finden, die sich mir als Gefolgsleute anschließen wollen, um für Gold nach meinen Befehlen zu kämpfen. Ihr aber habt keinen besseren Einfall, als jene, die ich gnädig aufnehmen will, roh mit Fäusten zu schlagen, so daß sie wehklagend sagen:›Ein feiner Fürst muß Diomedes sein! Wenn seine Leute schon so wenig Höflichkeit besitzen, dann wird es uns bei ihm wohl schlecht ergehen; wir wollen daher lieber auf den Sold verzichten und gemütlich auf dem Strohsack liegen!‹ Ich kam nach Kreta, um nach einem großen Unglück Ruhe zu finden. Ihr aber gönnt sie mir nicht, sondern laßt mich euch im Hafen suchen wie einen Händler seine entlaufenen Sklaven, die hinter Kisten heimlich ihre Würfel rollen lassen! Bin ich euch nicht wie ein Vater seinen Kindern gewesen, so verstockt ihr euch auch immer betragen habt? War ich euch nicht wie ein mildgesinnter Wohltäter heulenden Bettlern? Wie ein starker und edelmütiger Krieger zu hilflosen Weibern, die sich hinter seinem Schild vor den Räubern verkriechen? Doch auch meine Geduld hat einmal ein Ende. Nur Aras hat mich nicht enttäuscht: Er dünkte sich mit Recht zu schade, in einer solchen Kaschemme mit fremden Leuten Nasen zu drücken und Arme zu biegen. Ihr anderen aber werdet sogleich den Schaden beheben, den ihr angerichtet habt, und zwar mit euren eigenen Händen, wenn ich euch nicht mit Geißelhieben gestäupt zum Schiff zurücksenden soll!«

So schalt er; der geschädigte Gastwirt sank furchtsam vor ihm auf die Knie und bat:»Mildere deinen Zorn, Herr, es ist doch alles nicht so schlimm! Die Mägde werden bald aufgeräumt haben, und für zerbrochene Stühle beschäftige ich aus alter Erfahrung einen tüchtigen Tischler. Laß dir einen Erfrischungstrunk kredenzen, edler Fürst, damit sich deine Leber beruhigt!«

Doch Diomedes würdigte den Wirt keiner Antwort, sondern packte mich am Arm und zog mich hinter sich her. Die anderen blieben eingeschüchtert zurück. Sie ließen sich auch tatsächlich nicht davon abhalten, den Schaden eigenhändig zu beheben, und opferten ihr Kupfer als Ersatz für die zerbrochenen Krüge. Denn sie hatten große Angst, daß Diomedes sich später vielleicht erkundigen könne, ob sein Befehl ausgeführt worden sei. Ihre vormaligen Gegner aber halfen den Argosleuten dabei, wie es in Wirtshäusern Sitte ist, wo meist die plötzlich gute Freunde werden, die sich zuvor gegenseitig mit Fäusten schlugen. Es muß danach noch recht gesellig zugegangen sein, denn die Gefährten kamen erst am Nachmittag zurück und schwankten dabei wie das biegsame Rohr des Schilfes im Wind. Wie ich später von ihnen erfuhr, hatten sie mit den Kretern das Fest der Versöhnung gefeiert, wobei der riesige Polkos zum König und Schutzherrn des Hauses gewählt worden war. Denn er hatte den staunenden Kretern sein selbstgedichtetes Lied an den Kriegsgott gesungen und dafür großen Beifall erhalten, obwohl ihm sein Bruder auch diesmal den krönenden Abschluß verdarb. Denn Polkos pflegte in dieser Hymne zuerst die Tapferkeit des Schwertkämpfers, dann die Geschicklichkeit des Wagenlenkers und zuletzt die Zuverlässigkeit des nächtlichen Mauerwächters zu preisen, wobei er mit schönem Baß stets endete:»Immer dachte er / an Ruhm und Ehren, / wenn er nachts auf Posten stand!« Polyphas aber fiel an dieser Stelle mit heller Stimme ein: »Immer dachte er / an die Hetären, / wenn ihm nachts der Pfosten stand!«

3 Idomeneus reiste häufig nach Phaistos, der größten Stadt Kretas, die unweit der südlichen Küste auf einem niedrigen Höhenzug liegt. Von dort sollte er, so hatten Diener zu Diomedes gesagt, noch am selben Tag zurückkehren. »Sein Haushofmeister wird uns einen Boten senden, sobald der König den Palast betritt«, sagte der Tydeussohn. »Wir wollen beim Schiff auf ihn warten. Du aber, Aras, sollst mich dann zur Burg begleiten, da du mir vom Schicksal beigegeben bist. Liegt doch in dem Unglück, das ich erlitt, seit ich dich traf, vielleicht eine Prüfung der Götter. Hat nicht auch Herakles Qualen erdulden müssen, ehe ihn Zeus zu den Olympischen erhob? Zwar kann ich mich weder an Herkunft noch an Stärke mit dem Halbgott messen, obwohl ich ja immerhin selbst mit dem Kriegsgott gekämpft habe und Aphrodite mit meinem Speer in die Handwurzel stach. Doch will ich Herakles zum Vorbild nehmen, im Kampf, in der Enthaltsamkeit und auch im Dulden.«

Er hatte kaum geredet, da entstand im Hafen plötzlich ein Tumult: Wie Raubtiere zwischen friedlich grasende Schafe stürzen, stürmten Bewaffnete herbei, drängten die Menge der Fischer, Händler, Träger und Seeleute auseinander und zeigten dabei nicht höflichen Anstand, sondern prügelten mit Stöcken auf die Unglücklichen ein, die sich zu langsam fortbewegten. Manche wurden sogar ins Wasser gestoßen, wenn sie nicht rasch genug zur Seite wichen. Die Bewaffneten trugen zwar keine Rüstungen, aber Speere und Schwerter, und ihr rasches Vordringen zu unserem Schiff erfüllte den König von Argos mit Sorge. Dann aber stieß er einen Ruf der Freude aus, denn er hatte in der Kriegerschar seinen Freund, den König von Kreta, entdeckt.

Lächelnd schritt der große Idomeneus auf uns zu. Ein grobes, mit Blutspritzern übersätes Gewand aus grauem Leinen umschloß seinen Leib. In der Linken trug er zwei hölzerne Speere, die er fallen ließ, um Diomedes zu umarmen. Die Kreter jubelten, als sich die Fürsten an den Händen faßten, wie es nur gute Freunde tun, wenn sie sich lange nicht gesehen haben.

»Ich grüße dich, Diomedes«, rief Idomeneus und ein Lächeln teilte seinen eisgrauen Bart. »Dank den Göttern, daß ich jenen Mann so bald schon wiedersehen darf, den ich als tapfersten Helden Achäas verehre! Ohne mich umzukleiden, bin ich von der Jagd hierher geeilt, sobald ich von deiner Ankunft erfuhr. Denn Ungeduld stach mich wie mit Nadeln und machte jeden Augenblick zur Qual, der noch verstrich, bevor ich dich begrüßen konnte!«

Die Fürsten umarmten sich ein zweites Mal, wieder bejubelt von den bewaffneten Männern, von denen die meisten vor Troja gefochten hatten; denn Idomeneus umgab sich nur mit erprobten Kämpen. Dann fiel der Blick des Inselkönigs auf mich; er stutzte und fragte dann lächelnd: »Ist das nicht Aras, der nach jedem Kuß gleich über Bord zu gehen pflegt?«

»Ja«, antwortete Diomedes, »das ist der berühmte Frauenverführer aus der Steppe des Nordens. In seinem Innern lodert solche Glut, daß er befürchten muß, die Weiber könnten sich verbrennen, wenn er sich zwischendurch nicht ständig kühlte.«

»Ich bin ausgerutscht«, sagte ich gekränkt, »die Planken waren so glatt.«

»Er ist ausgerutscht«, wiederholte Diomedes, »die Planken waren so glatt.«

»Ausgerutscht!« sagte Idomeneus, »glatte Planken! So etwas kann gefährlich sein.«

Da zeigte sich Erstaunen auf den Zügen des Argivers, und er rief: »Wie aber hast du das erfahren, Idomeneus? Ist Menelaos schon bei dir?«

»So ist es«, antwortete Idomeneus, »vor zwei Tagen sind seine Schiffe gelandet; in meinem Haus wirst du ihn und Helena noch heute wiedersehen. Doch ich stehe und rede hier wie die Wellen des Meeres und habe noch nicht einmal Wein angeboten. Folgt mir, damit wir uns reinigen können, bevor wir von den alten Tagen sprechen und den Sorgen, die dich zu drücken scheinen.«

Der Knossospalast ragte zehn Mannslängen hoch in den Himmel und war ganz aus Steinen erbaut. Eine kunstvoll gefügte Brücke mit neun Bögen überspannte den kleinen Bach vor der äußeren Mauer. Dahinter erhob sich die Halle, in der Kretas Könige die Gesandten anderer Völker aus allen Teilen der Welt empfingen. Ich bestaunte die vielen bunten Gemälde, deren bunte Farben an den Wänden noch immer leuchteten, als wären sie erst gestern aufgetragen worden, obwohl die Männer, die sie mischten, längst im Hades weilten. Da sah man Rebhühner, Falken und Adler, so täuschend gemalt, daß man versucht war, mit Pfeilen auf sie zu zielen. Noch mehr aber wunderte ich mich über die zahlreichen Badebecken, die aus der alten Zeit erhalten waren und von Kretas Königen und ihren Gästen zur Reinigung benutzt wurden: Da gab es kleine Wannen zum Waschen der Füße, aber auch große Tröge aus Marmor, in denen sich selbst ein erwachsener Mann von hoher Gestalt ohne Mühe ausstrecken konnte. In der Mitte stand ein großer Kessel mit kleinen Rinnen nach allen Seiten, so daß man das Wasser nicht für jede Wanne gesondert anwärmen mußte, sondern in mehreren Becken gleichzeitig baden konnte. Am meisten erstaunte mich jedoch, wie die Kreter ihre Notdurft verrichteten: Sie brauchten sich nämlich dazu nicht in die Büsche des Gartens zu schleichen oder gar dem Gestank eines Kellerraums auszusetzen; sondern sie ließen die Schlacke des Darms in fußbreite Becken fallen, wo sie sogleich von einem steten Wasserstrom hinweggespült wurde. Da dachte ich, es sei wohl kein Wunder, daß diese Insel einst die Meere beherrschte, wenn ihre früheren Bewohner selbst zu so alltäglichem Behuf noch solche Konstruktion erfanden.

»Hier mögt ihr euch zunächst in heißem Wasser laben«, sprach Idomeneus, »denn so sehr mich auch die Neugier plagt, es ziemte sich nicht, euch nach dem Grund eures Besuchs zu fragen, solange euch das Salz des Meeres noch die Haut zerfrißt und Unrat zwischen euren Zehen krümelt. Auch sollen euch erst meine Dienerinnen pflegen und mit Wein erquicken. Vielleicht woll ihr euch erst noch am Körper einer jungen Sklavin freuen, bevor wir uns zum Gastmahl treffen. Denn ich weiß, daß man nach langer Seefahrt seine Gedanken nur schwer zu lenken vermag, wenn der Körper noch zu viele Rechte einzufordern hat.«

Die beiden Fürsten ließen mich im ersten Zimmer zurück, in dem eine schöne Wanne aus Ton bis zum Rand gefüllt meiner harrte. Ich streifte mir die Kleider vom Leib und setzte mich in das duftende Wasser. Genußvoll fühlte ich, wie sich der Schmutz von meinem Körper löste und die Haut glatt und geschmeidig wurde. Da legte sich auf einmal von hinten spielerisch eine Hand auf meine Augen.

Ich dachte an die Bademädchen, die uns der Fürst versprochen hatte, und lobte innerlich die Sitten dieser Kreter, die mir äußerst nachahmenswert erschienen. Sogleich griff ich nach dieser kleinen, warmen Hand, um sie von meiner Stirn zu lösen und die Besitzerin in Augenschein zu nehmen. Doch ich konnte den Griff nicht lösen, ohne gewaltsam zuzupacken, was ich als unpassend empfunden hätte. So forschte ich lächelnd mit meinen Fingern nach dem Liebreiz ihrer Gestalt, bis ich dorthin gelangte, wo man endgültig weiß, daß man ein Mädchen kost: an dem weichen Stoff entlang, der schlanke Glieder umhüllte, über die straffe Rundung fester Brüste und schließlich, schon in wohliger Erregung, über den flachen Bauch hinab zum Flausch der weichen Lenden. Da klatschte plötzlich eine Hand an meine Wange, und eine wohlbekannte Stimme rief:

»So einer bist du also! Das erste Mädchen, das in deine Nähe kommt, willst du zu deiner Lust gebrauchen, ohne zu wissen, wen du vor dir hast! Wie konnte ich nur deinen Lügen glauben, als du mir Liebe vorgeheuchelt hast und Treue schworst, während du doch nur deine Männlichkeit erproben wolltest! Wäre ich dir doch niemals begegnet! Und wage nur nicht, jetzt etwa zu behaupten, du hättest mich mit deinen Fingern erkannt!«

Ich drehte mich erschrocken um und sah Hermione an der Wanne stehen. Sie hatte sich heimlich in die Badestube geschlichen, um mich auf die Probe zu stellen. Ich war über dieses unverhoffte Wiedersehen so erfreut, daß ich mich nicht um ihr Gezeter scherte, sondern nach ihren Armen griff und sie mit einem Ruck zu mir ins Wasser zerrte.

»Nein«, schrie Hermione wütend, »rühre mich nicht an, du Lüstling! Untreue Wünsche haben dich erhitzt, und nun suchst du bei mir Kühlung! Ich bin jedoch kein Bademädchen, das man vom Hausherrn zum Geschenk erhält und nach Genuß des Reizes mit zwei Kupferstücken lohnt!« So schrie sie und rang mit mir, aber ich drückte meinen Mund auf ihre Lippen und streichelte sie so lange unter dem Kleid, bis sie sich schließlich ergab, die Hände in meinen Haaren vergrub und flüsterte: »Oh Aras, wie könnte ich mich denn gegen dich wehren! Du weißt ja genau, wie du es anfangen mußt, um meinen Sinn zu verändern und meinen Zorn in Zärtlichkeit zu wandeln. Aber ich will nicht ärgerlich über meine Hilflosigkeit sein, sondern jeden Herzschlag mit dir genießen, denn du ahnst nicht, wie du mir gefehlt hast!«

»Doch, Hermione«, sagte ich glücklich. »Auch ich hatte große Sehnsucht nach dir. Jetzt weiß ich, daß uns Eros mit dem Pfeil verwundet hat, als wir uns im zerstörten Troja trafen.«

»Es war kein Pfeil, es war eine Pfanne«, lächelte Hermione, und wir mußten beide lachen, wie übermütige Kinder, die für kurze Zeit der Aufsicht strenger Eltern entronnen sind.

»Meinetwegen auch eine Pfanne«, gab ich zurück, »es ist ja ganz gleich, Hermione; nur, daß wir uns wiedergefunden haben, ist wichtig. Wie sehr ich dich liebe, habe ich erst erkannt, als du fern von mir warst und ich nicht wußte, ob ich dich je noch einmal sehen würde. Nun aber wollen wir uns nie mehr trennen. Noch heute werde ich Diomedes bitten, für mich zu Menelaos zu gehen, um seine Zustimmung zur Hochzeit zu erbitten.«

Da verdunkelten sich Hermiones Augen, sie erhob sich aus dem Wasser und setzte sich auf den Rand der Wanne; das nasse Gewand haftete eng an ihrem Körper und enthüllte mehr als es verbarg. Doch sie schien keine Scham zu fühlen, sondern blickte mich nachdenklich an und sagte:

»Ich wünsche mir von Herzen, deine Frau zu werden; nichts könnte mich glücklicher machen. Aber ich kann nicht mit dir leben, ehe du nicht alles weißt, was du von meinem Schicksal wissen mußt.«

Ihr Ernst bestürzte mich, doch ich sagte entschlossen: »Was es auch sein mag, das du mir anvertrauen willst, es wird meinen Entschluß nicht ändern. Ich will nicht mehr ohne dich sein. Ist das nicht genug?«

»Du bist von edler Abkunft«, sagte Hermione traurig, »und obwohl du in deinem Leben schon viele Klippen meistern mußtest, dein Geist ist rein geblieben wie dein Körper, der bis jetzt nur eine kleine Narbe zeigt, über die du mir nachher erzählen sollst. Ich aber bin als Sklavin aufgewachsen, und so schmerzlich es auch für mich ist, Aras, es dir zu sagen: Ich bin anders, als du dir wohl deine Gemahlin vorgestellt hast. Denn ich bin schon vielen Männern zu Willen gewesen, die mich Rechtlose auf ihr Beilager zwangen; und auch die Liebe ihrer Frauen erduldete ich, um nicht gezüchtigt zu werden.«

Sie verstummte, ich aber suchte nach Worten des Trostes und sagte schließlich voll Mitleid:

»Da du dazu gezwungen wurdest und keine Schuld daran trägst, habe ich dir auch nichts zu verzeihen. Laß uns also tun, als wäre nichts geschehen.«

»Nein«, antwortete Hermione, »ich könnte dir nicht in die Augen sehen, solange ich als Ehefrau noch ein Geheimnis vor dir hätte. Und darum sollst du alles hören.

Ehe ich vierzehn wurde, kam mein Vater nachts zu mir und unterwarf mich seiner Männlichkeit. Als ich das meiner Mutter klagte, gab sie mich einem Sklavenhändler, der mich an einen Kaufmann aus Phönizien verschacherte. Bei diesem Kaufherrn lernte ich, wie man den Männern Lust bereitet. Da ich mich anfangs wehrte, nahm er mir die Kleider fort, fesselte meine Hände auf den Rücken und band mir eine silberne Kette um den Hals, damit ich nicht entfliehen könne. Wenn er mit seinen Freunden beim Gelage saß, mußte ich nackt an seinem Tische knien. Bald siegte Hunger über meinen Stolz, und ich nahm Bissen, die er fallen ließ, mit meinem Mund von seinem Schoß. Danach gab ich es auf, ihm Widerstand zu leisten. Im Gegenteil, ich versuchte, ihm Freude zu bereiten, damit er mich nicht wieder hungern ließ.

Der Kaufmann hatte, wie es bei Phöniziern Sitte ist, mehrere Frauen. Sie wollten meine Jugend ebenfalls genießen und baten ihren Herrn, mich auszuleihen. Sie liebten es, die Winkel meines Leibes zu erforschen, und lehrten mich die Frauenliebe. Am meisten brachte sie in Hitze, wenn sie sich dort von mir liebkosen lassen konnten, wo sie von ihrem Mann erst kurz zuvor verlassen worden waren. Dann lobten sie mit Seufzern mein Geschick.

Erst nach drei Monden hatte ich soviel Zuneigung meines Herrn gewonnen, daß ich es wagen durfte, ihn um ein Kleid zu bitten. Er lachte und ließ einen Schneider kommen. Der Meister maß mir ein Gewand aus dünner weißer Seide an, damit ich mich von Kopf bis Fuß bedecken könne. Doch als ich es überstreifte, bemerkte ich, daß drei kreisrunde Löcher in den Stoff geschnitten waren – zwei dort, wo sich mein Busen hob, das dritte, wo sich meine Schenkel schlossen. Das hatte sich mein Herr gewünscht, damit ich ihm auch weiterhin jederzeit zugänglich sei.

Mein Herr pflegte mich nur zu nehmen, wenn wir zu zweien waren. Seine drei Söhne aber, alle nur wenig jünger als ich, kannten kein größeres Vergnügen, als mich zu dreien zu umarmen, wobei dann jeder eine andere Öffnung meines Leibes wählte. Sie führten mich auch oft ihren Freundinnen vor, blutjungen und bildhübschen Mädchen aus edlen Familien Phöniziens. Auch diese reisten gern mit Fingern durch die Heimlichkeiten meines Körpers, und sie gerieten dabei manchmal so in Hitze, daß sie ihre Gewänder hoben und sich von den Söhnen meines Herrn und auch von mir zufriedenstellen ließen. Denn die reichen Phönizier sind verwöhnte Menschen und finden Wohlbefinden nur, wenn sie tun dürfen, was gewöhnliche Menschen nicht einmal träumen.

Eins dieser Mädchen, ein zierliches, schwarzhaariges Geschöpf von höchstens dreizehn Jahren, band sich sogar künstliche Männlichkeit aus einem Tempel Baals um seine knabenhaften Lenden und drängte sich damit in mich, während der jüngste der drei Söhne meinen Mund besaß. So wurde ich allen ein Werkzeug der Sinnlichkeit, und da ich dir all dieses sage, damit dir nichts von mir verborgen bleibt, so will ich dir nicht verhehlen, daß ich selber Lust dabei empfand, dem fremden Willen zu gehorchen. Denn es ist Schwäche, was Frauen bereit macht, und sie unterwerfen sich gern, wenn sie es auch oft nicht gestehen wollen.

So waren alle Teile meines Körpers, die für die Liebe geschaffen sind, viele Tage und Nächte lang im Besitz fremder Menschen, die sich an ihnen vergnügten, ohne mich fragen zu müssen. Und ich, die ich mich anfangs doch so verzweifelt gewehrt hatte, öffnete mich nun bereitwillig jedem Griff, der mich koste, und nahm gelehrig in mich auf, was man mir gab.

Eines Tages aber verloren die Phönizier die Freude an ihrem Spielzeug und verkauften mich auf Trojas Sklavenmarkt. Wohin ich dann kam, weißt du wohl. Aus Scham schwieg ich darüber, jetzt aber habe ich dir alles erzählt, denn lieber würde ich auf dich verzichten, als mir deine Liebe mit Lügen erkaufen.«

Da zog ich sie wieder ins Wasser, bettete ihren Kopf an meine Brust und sagte, während mich ein Gefühl inniger Liebe durchströmte: »Das alles ist nicht deine Schuld gewesen, Hermione. Wie hättest du dich denn dagegen wehren können? Nun aber soll ein Ende sein. Mit meinem Schwert werde ich jeden töten, der dich anzurühren wagt, sei er Fürst oder König!«

Hermione seufzte und sagte: »Wie froh ich bin, daß du das sagst, mein Geliebter! Wenn Diomedes wirklich schon dein Freund geworden ist, so kannst du ihn nunmehr getrost zu Menelaos senden. Du weißt wahrscheinlich nicht, daß wir vor Tagen noch auf Rhodos waren, wo Helena zwei Zwillingsschwestern kaufte. Es sind schöne Mädchen mit bronzefarbener Haut und blauschwarzem Haar; sie stammen von der Kupferinsel Zypern, die im Sonnenaufgang liegt, und sollen künftig Zofen der Spartanerfürstin sein. Die Zyprermädchen verstehen sich auf alle Künste so gut, daß Helena meine Dienste leicht wird entbehren können.«

»Dann wollen wir keine Zeit verlieren«, sagte ich und wollte mich erheben, doch da stieß Hermione mich zurück, und wieder lagen wir im wohlig warmen Wasser, wo wir uns dann zum zweitenmal umarmten.

Der Thronsaal von Knossos war kleiner, als ich ihn mir nach der Größe des Palastes vorgestellt hatte. Die alten Kreter waren Menschen, die stets mehr auf den Zweck der Bauten gaben als auf ihren Eindruck, so wie tüchtige Kaufleute nicht den schönsten, sondern den kräftigsten Esel zum Tragen ihrer Ware mieten und nicht in der teuersten Herberge wohnen, sondern dort, wo sie am sichersten sind.

Idomeneus saß auf einem Eichenstuhl; an die Wand hinter ihm waren seltsame, furchterregende Tiere mit den Körpern von Löwen, aber den Köpfen und Schwingen von Adlern gemalt, wie ich sie nie zuvor gesehen hatte. Zu seiner Rechten saß Menelaos, der mir freundlich zunickte, auf der anderen Seite die schöne Helena. Als Diomedes und ich eintraten, erhob sich der König von Kreta und sprach:

»Stolz preise ich den Tag, an dem zwei von den größten Helden der Achäer dieses Inselreich besuchen; denn nie zuvor ward mir solche Ehre zuteil. Wiewohl mein Land die größte aller Griecheninseln ist und Zeus in diesen Bergen auf die Welt kam, begrüßen wir doch selten Gäste hier. Denn Kreta liegt vom Land der Ahnen weit entfernt, und jede Reise von den Festlandhäfen nach hier ist ein gewagtes Unterfangen. Doch nicht nur deshalb heiße ich euch froh willkommen, sondern auch, weil ich eurer Taten vor Troja gedenke, wo Schlachten uns zu Brüdern machten. Auch habe ich manches mit euch zu bereden, worüber ich sonst mit niemandem sprechen kann; denn in der Heimat besitze ich nicht mehr viele Freunde. Wir wollen ein großes Fest feiern, um allen Kretern die Liebe vor Augen zu führen, die ihren König mit denen von Argos und Sparta verbindet. Doch ich ahne schon, daß du nicht zum Feiern gekommen bist, Diomedes. Dein Antlitz ist düster umwölkt, der Schmerz großen Leidens trübt deine Augen; sage mir, ob ich in dem Kummer, der dein Heldenherz umfängt, Trost spenden kann.«

»Von allen Fürsten, Idomeneus, bist du doch am meisten zu bewundern«, antwortete Diomedes, »denn obwohl das Alter dir schon lange Bart und Haare bleichte, deine Kraft ist ungebrochen und dein Anblick gibt mir neuen Mut. Ich stütze mich an dir, wie ein Sohn sich am Vater aufrichtet und ein Knabe am älteren Bruder. Wären doch alle Fürsten so glücklich wie du! Doch die Zahl der Gefährten ist klein geworden, und mancher, der mit uns vor Troja focht, wandelt jetzt bei den Schatten.«

»So ist es wahr gewesen, was Kalchas uns geweissagt hat?« rief Idomeneus erschrocken, und Menelaos fragte: »Wer ist es, der das Leben lassen mußte? Sprich, Diomedes, denn mich quält eine schreckliche Ahnung!«

»Ajax aus Lokris war der erste von den Helden, den die Erynnien für seine Frevel straften«, berichtete der Herr von Argos düster, »sein Schiff zerbarst im Sturm, und er ertrank im Meer. Dein Bruder aber, Menelaos, starb nur zwei Tage später, von seiner Gemahlin und dem Verräter Aigisthos ermordert.«

Da sprang Menelaos von seinem Sitz, sein Gesicht verfärbte sich, seine Hände zitterten, und er rief: »Agamemnon! Mein Bruder! Oh grausamer Fluch! Werden wir Tantaliden deiner niemals ledig werden? Ach, hätte sich der Zorn der Götter doch an mir entladen statt am geliebten Bruder, der doch soviel besser war als ich! Habt ihr Agamemnon um seine Größe beneidet, ihr Götter? Oh Zeus, wie teuer mußten die Achäer deinen Sieg bezahlen!«

Tränen stürzten ihm in die Augen, er schlug die Fäuste vor das Gesicht und begann zu schluchzen wie ein Kind. Helena aber kratzte sich mit ihren Fingernägeln die Wangen, bis sie bluteten, und klagte: »Ach, ich allein bin schuld an diesem Unglück! Hättest du mich doch den Hunden vorgeworfen, Menelaos, statt mich gnädig wieder aufzunehmen; vielleicht hätte so ein Opfer die Götter versöhnt! Ich will sterben, bevor noch weiteres Unheil geschieht!« Mit diesen Worten riß sie Idomeneus den Dolch aus dem Gürtel, und hätte der König von Kreta nicht rasch ihre Arme ergriffen, so hätte sich Helena die Klinge in die Brust gestoßen. Idomeneus hielt die Königin fest und sagte mit starker Stimme:

»Schwer sind die Prüfungen, die uns die Götter auferlegen. Aber nur Schwache und Verräter sterben von eigener Hand. Vergiß nicht deinen Adel! Die Tochter des Helden Tyndareus muß mehr Schmerz ertragen können als ein Sklavenmädchen.«

»Ich habe noch nicht alles Unheil geschildert, das die Achäer ereilte«, fuhr der Tydeussohn fort und starrte finster in die glimmenden Scheite des Feuers. »Odysseus und Philoktet sind verschollen. Nur Helios in seinem Sonnenwagen kennt den Ort, an den sie von der Wucht des Sturmes geschleudert wurden; vielleicht ist auch ihnen das Meer zum Grab geworden. Neoptolemos und Meriones fanden Feinde in ihrer Heimat und irren nun durch die Wälder wie Waisen, machtlos und bar aller Hoffnung. Und doch erging es beiden besser als mir. Denn wie Agamemnon verlor ich in Argos die Krone und meine Gemahlin. Wie Agamemnon sollte auch ich von meiner Königin und ihrem Buhlen hingemordet werden. Zwar hemmten die Götter den Lauf des Verbrechens und ließen mich gnädig entkommen, aber nur um den Preis, daß Sthenelos sein Leben gab. Nur deshalb stehe ich jetzt hier.«

»Sthenelos, mußtest auch du zu den Schatten!« rief Helena erschüttert, während die anderen in düsteres Schweigen versanken. Im blassen Gesicht des Spartaners funkelten schwarze Augen wie Kohlen im Schnee. Tiefe Falten kerbten das Gesicht des Kreters. Es dauerte lange, bis Menelaos schließlich die Stille brach und sagte:

»In Tagen meines höchsten Glücks traf mich das schlimmste Unheil. Die Götter scheinen mir keinen Frieden zu gönnen. Eben noch wohnten Liebe und Seligkeit in meinem Herzen, jetzt wütet dort die Gier nach Rache. Ich werde nicht ruhen, bis ich das Blut meines Bruders an seinen Mördern vergolten oder selbst mein Leben hingegeben habe.«

»Nichts anderes habe ich aus deinem Mund erwartet«, antwortete Diomedes. »So laß uns denn gemeinsam gegen die Verräter fahren, um Argos und Mykene den Verbrechern zu entreißen, oder meinetwegen auch erst Mykene und dann Argos, ganz wie es dir beliebt. Denn meiner Rache werden die, die ich vernichten will, ganz sicher nicht entgehen, mag auch dein Feldzug den meinen verschieben. Doch wir können unser Ziel nur gemeinsam erreichen; einzeln vermögen wir das nicht. Reiche mir deinen Arm und lasse uns wie Brüder sein, nicht Streit noch Eifersucht soll zwischen uns entstehen wie einst zwischen Agamemnon und Achill, wir wollen zueinander halten, bis wir unseren Schwur erfüllt und der Verbrecher Blut vergossen haben.«

Da ergriff Idomeneus das Wort und sagte: »Wahrlich, ihr seid die edelsten der Helden, die heute noch die Griechenvölker schirmen, und ich wünsche mir nichts sehnlicher, als euch auf diesem Rachezug mit meinen Kriegern zu begleiten. Laßt uns jedoch, auch wenn der Zorn kein Zögern dulden will, nicht unvernünftig handeln. Unsere Feinde sind mächtig, wir aber sind vom Krieg mit Troja ausgeblutet und geschwächt. Wieviele Schiffe führst du noch, Freund Menelaos? Und du, Freund Diomedes, wieviele Männer? Ich selbst bin wahrlich nicht mit allen heimgekehrt, die einst mit mir nach Asiens Küsten zogen. Und auch ich selbst fand hier nicht den erhofften Frieden, sondern eine Verschwörung, die ich zerschlagen mußte, um meinen Thron zu retten, wie ihr vielleicht schon wißt. So bin auch ich vom Unglück getroffen. Ich will euch nichts verheimlichen: Mein Sohn verlor sein Leben nicht als frommes Opfer an Poseidon, wie man es überall auf Kreta hört, sondern als Opfer meines Zorns und meiner Rache. Denn er ist es gewesen, der mir die Macht entreißen wollte. Nachts wollte er zum Mord bestellte Knechte in mein Schlafgemach senden. Nur einem treuen Diener danke ich die Rettung: Er warnte mich so flehentlich, daß ich am Ende meinen Sohn ergreifen und in Fesseln legen ließ. Er leugnete den Anschlag, redete von Lügen böser Menschen und von seiner Liebe zu mir. Ich schob ihm einen Knebel in den Mund und legte ihn statt meiner auf das Lager. Mich selbst verbarg ich hinter einem Vorhang. Und als das Kleid der Nacht das Land bedeckte, drangen Bewaffnete in mein Gemach, stachen mit Speeren durch den Leib, den sie für meinen hielten, und priesen meinen Sohn als neuen Herrscher aller Kreter. Wie groß war ihr Erschrecken, als ich sie von meinen Kriegern fangen ließ und sie erkannten, daß sie den Auftraggeber hingeschlachtet hatten! Ich aber ließ sie nicht niederhauen, denn das wäre eine zu milde Bestrafung gewesen. Denn in meinen Augen waren sie nichts anderes als wilde Tiere; so sollten sie auch sterben: eingemauert und ohne Nahrung, bis sie einander die Kehlen zerrissen. Noch viele Tage lang hörte ich ihre verzweifelten Schreie, aber sie konnten mein Herz nicht erweichen, denn es war zu Stein geworden durch den Verlust meines Sohnes, der mein einziger Erbe gewesen ist; außer ihm zeugte ich nur mit niedrigen Weibern Nachkommen, die mir nicht auf den Thron folgen dürfen. Dem Volk jedoch, das meinen Sohn sehr liebte, ließ ich ein frommes Märchen erzählen, damit die Wahrheit nicht dem Ansehen des Herrscherhauses schade.«

Als der Kreter verstummte, sprach Helena voller Mitleid: »So haben die Götter auch dich mit Unheil geschlagen, Idomeneus, der du doch stets die reichsten Opfer brachtest, niemals Tempel beraubtest und heiligen Männern stets Ehre erwiesen hast!« Diomedes jedoch, der nur an seine Rache dachte, sagte: »Dein Sohn, Idomeneus, war ein Verräter; ihn zu bestrafen war deine Pflicht. So sehr ich deinen Kummer nachempfinde, noch mehr beeindruckt mich deine Entschlossenheit. So wollen wir auch jetzt nicht zaudern; die Bande des Bluts, so fest sie auch sind, dürfen den König nicht fesseln, wenn er sich des Verrats erwehren muß. Sonst wäre jeder Herrscher hilflos seinen Neidern ausgeliefert, und ohne ihre Hirten würden alle Völker sich zerfleischen. Wer Schicksale von Städten oder Ländern lenkt, ist anderen Gesetzen unterworfen; das Recht der Rache steht am höchsten.«

»Wenn ich auch diesen Kampf um meinen Thron gewann und mir jetzt keiner mehr zu trotzen wagt«, versetzte Idomeneus, »es wäre doch nicht klug, würde ich jetzt mein Volk schon wieder verlassen und nach so kurzer Zeit erneut zu Felde ziehen. Bricht nach dem Abmarsch noch ein zweiter Aufstand aus, so müßten wir dann alle drei wie Bettler durch Achäa irren, des letzten Horts beraubt, der uns noch Zuflucht bot. Darum hört meinen Rat, zumal ich auch der älteste von uns bin: Wir wollen erst die Winterstürme toben lassen. In dieser Zeit ist ohnehin zum Reisen nicht zu raten, und alle Schiffe ruhen bald im Schutz der Häfen. Bist du nicht selbst in einen Sturm geraten, Diomedes, als du aus Argos flohst? Dabei ist jetzt erst Herbst. Um vieles schlimmer aber sind die Winde, die im Winter auf die Wasser peitschen! Laß diese Stürme ihre Unheilskraft verbrauchen, bis Meer und Himmel wieder heiter sind. Dann könnt ihr nicht nur eine leichte Überfahrt erwarten, sondern habt auch genügend Zeit, ein Heer aus meinen Kretern aufzustellen, dem Argos nicht und nicht Mykene widerstehen sollen. Ich aber werde dann an eurer Seite fechten.«

»Der Rachedurst raubt mir den Schlaf. Ich kann nicht an mein Unglück denken, ohne daß Zorn mir Tränen in die Augen treibt«, sprach Diomedes, »die Ungeduld quält mich mit tausend Messern. Aber ich weiß, es ist ein guter Ratschlag, den du uns gegeben hast. Darum will ich mich fügen und von nun an ruhelos die Tage zählen, bis meine Hoffnung sich erfüllt.«

Und Menelaos sprach: »Auch wenn der Schmerz um meinen Bruder mir das Herz zusammenpreßt wie mit ehernen Klammern, ich werde mich gedulden, bis die Zeichen günstig sind. Bis dahin will ich täglich um die Hilfe aller Götter flehen.«

Dann speisten wir und tranken Wein, und die Fürsten sprachen mit mir wie mit einem der ihren, weil sie mir glaubten, daß ich von edler Abstammung sei, und mich zudem für einen Götterboten hielten. Diomedes sagte schließlich zu mir: »Das Schicksal hat mir den besten Freund genommen. Seither war ich einsam unter den meinen. Nun aber haben die Götter mir einen neuen Gefährten bestimmt. Darum sollst du dich jetzt sogleich im Wagenkampf und Speerwurf üben, Aras. Denn wenn unser Kriegshorn zum Angriff bläst, sollst du mit mir auf dem Streitwagen stehen.«

Danach erzählte er, was er nach Trojas Untergang erlebt hatte, und klagte mit bitteren Worten Apollos Orakel auf Delos an, das ihm sein Unglück verschwiegen und Falsches verheißen habe. Doch Idomeneus hielt ihm entgegen: »Wenn auch Apollo stets auf Seiten der Trojaner stand, so ungerecht kann doch sein Zorn nicht sein, daß er, nur um sein Ilion zu rächen, das uralte Gesetz bricht, nach dem jeder Götterspruch Wahrheit enthalten muß. Auch deine Verheißung, Diomedes, wirst du vielleicht noch einmal als wahr ansehen, auch wenn du sie jetzt nicht verstehst.«

Danach berichteten Helena und Menelaos von ihren Abenteuern auf Rhodos, der von Kariern besiedelten Insel nahe der Küste Kleinasiens. Schließlich kamen die Helden auch wieder auf ihre Kämpfe vor Troja zu sprechen, so daß die Zeit vorüberflog wie ein jagender Falke, bis sich Idomeneus schließlich erhob und sagte:

»So schlimme Nachrichten du uns gebracht hast, Diomedes, die Freude, dich wiederzusehen, lindert unseren Schmerz über dein Unglück. Sei mein Gastfreund und wohne mit mir im Palast! Auch Aras möge das tun. Für deine anderen Männer will ich sorgen, damit sie kein Unrecht erleiden.«

»Ich danke dir für deinen Großmut«, antwortete Diomedes, »aber bevor du uns alle zu deinen Gastfreunden machst, will ich dir sagen, daß mir noch immer jener Mann Gefolgschaft leistet, den du zu deinen Feinden zählst.«

»Bias!« stieß Idomeneus hervor, »hat auch er den Überfall in Argos überlebt? Wohl tausendmal habe ich seinen Tod gewünscht und hundert Nächte wachgelegen, vor Kummer und vor Gram, dieses Verbrechers wegen, der meiner Rache unerreichbar blieb!«

»Bias?« rief Helena erstaunt, »ich kenne keinen solchen Mann. Wer ist es, Idomeneus, der dir solche Qual bereiten darf?«

»Du kannst ihn nicht kennen, Helena«, antwortete Diomedes, »warst du doch zu jener Zeit schon längst dem räuberischen Paris in die Hände gefallen und aus Achäa verschleppt. Bias ist einer von meinen Männern, und es gibt keinen zweiten, der soviel durchlebte und durchlitt.« Und dann erzählte der König von Argos uns die Geschichte des seltsamen Mannes mit dem merkwürdig blassen Gesicht und den leblosen Augen, der mich so oft mit Angst erfüllte, obwohl er niemals unrecht tat.

»Aras hat wohl schon einmal gesehen«, begann Diomedes, »daß Bias ein seltsam geformtes Messer an seinem Gürtel trägt. Sein Griffstück ähnelt dem Leib einer Schlange, die aber den Kopf eines Hundes besitzt und dazu vier Beine. Ich selbst habe solche Tiere noch niemals gesehen, doch in Ägypten sollen sie sehr zahlreich sein, und am Nil auch hat ein kunstfertiger Schmied diese Waffe geschaffen.

Bias entstammt meiner Heimat, dem schönen Ätolien mit seinen wolkenumkränzten Gebirgen. Doch wurde er nicht im Süden geboren, wo mein Großvater Oineus in Kalydon über das Land regiert, sondern im Norden bei den Wäldern, in denen gefährliche Barbaren hausen, die noch wildere Krieger sind als selbst die Riesen Lykiens. In vielen Kämpfen gegen diese Waldleute wurde Bias zu einem gefürchteten Streiter. Doch als er um die Tochter seines Königs warb, verspottete sein Herr ihn wegen seiner Armut und ließ ihn von den Hunden aus dem Burghof jagen.

Bias verdingte sich, wie damals viele junge Männer meiner Heimat, als Söldner nach Ägypten, das stets Krieger braucht: für seine Kämpfe gegen die schwarzen Kuschiten und auch für Feldzüge gegen die Wüstennomaden des Westens, die sich Libyer nennen. Diese Piraten des Sandmeers kämpfen am liebsten nachts; dann schleichen sie mordend ins Lager ihrer Feinde und schälen ihren Opfern mit den Messern oft so schnell die Kehle aus dem Hals, daß die Ermordeten nicht schreien und die anderen so auch nicht warnen können. Bias wurde von den Libyern gefangen, doch weil er kein Ägypter war, ließen ihn die Wüstenkrieger am Leben und lehrten ihn sogar ihre Kunst, bis er ihnen schließlich entfloh und nach vielen Strapazen wieder den Nil erreichte.

Das Messer, das er heute trägt, zog Bias einem Fremden aus der Brust, den er vor einer Schenke sterbend fand. Der Mann, dem es gehörte, war der Anführer jener Verbrecher, die heimlich die Gräber der Toten berauben. Denn die Ägypter schicken, wie ihr wißt, ihre Verstorbenen stets mit viel Gold und Silber auf die Jenseitsreise. Der Mann, der durch sein eigenes Messer starb, schien über seinen Tod seltsamerweise froh zu sein; sein letztes Wort war: ›Endlich!‹.

Denn an diesem Messer klebt ein Fluch. Die Ägypter glauben, daß viele Dinge, die man aus Grabkammern entwendet, den Dieben großes Unheil bringen. Am Anfang spürte Bias nichts davon. Als reicher Mann, mit Gold beladen, zog er nach sieben Jahren heim. Sein König ließ sich nun sehr gern zur Hochzeit überreden.

Doch schon nach einem Ehejahr starb Bias' Frau im Wochenbett. Der Vater nannte seinen Sohn Melander, zog ihn auf und schickte ihn, bevor er mannbar wurde, an Böotiens Königshof. Er gab ihm nicht nur Gold, sondern auch jenes Schlangenmesser mit, ohne zu wissen, welchen Fluch er dadurch auf Melanders Haupt beschwor. An den waldreichen Flanken des Parnass gesellte sich Melander noch ein zweiter Jüngling namens Kairon aus Thessalien zu. Er hatte das gleiche Ziel und die gleiche Hoffnung, nicht aber den gleichen Besitz. Der Neid verführte seine Hand: Im Wald stürzte der Fremde Bias' Sohn in eine Schlucht und zog mit Gold und Messer weiter.

Das Orakel von Delphi hatte Böotiens König Periander geweissagt, er werde seine einzige Tochter mit einer vierfüßigen Schlange vermählen. Seit dieser Zeit bedrückten den Böotier schwere Sorgen. Als Periander nun den Jüngling mit der Bias-Waffe sah, war er erleichtert über diese Fügung, nicht wirklich ein Tier, sondern doch einen Mann zum Schwiegersohn zu bekommen, und gab seine Tochter dem überraschten Fremdling zur Frau. So erntete der Mörder, was die Himmlischen Melander zugedacht hatten.

Als Bias nichts von seinem Sohn hörte, machte er sich selbst ins Land Böotien auf. Dort mußte er erfahren, daß Melander niemals eingetroffen war. Doch Bias hörte auch von dem anderen Jüngling mit dem Schlangenmesser, das Bias sogleich als sein eigenes erkannte. Nachts schlich er in den Palast und fing den Mörder. Er schnitt Kairon die Zunge ab, damit der Jüngling niemanden zu Hilfe rufen könne, hängte sein Opfer in den Hundezwinger und stach ihn mit seinem ägyptischen Messer, bis die von Blutgeruch rasende Meute den Mörder in Stücke riß. Als ihr Gebell die Diener weckte, war der Rächer schon davon.

Bias wollte jedoch nicht nur den Mörder, sondern auch dessen Samen tilgen, wie es seit jeher in Ätolien Sitte ist und, wie ihr wißt, in Sparta und Messenien ebenso. Ein Kind hatte die Tochter Perianders zwar noch nicht geboren, doch trug sie einen Sohn, nicht wissend, daß er die Frucht eines Mörders war. Von Schmerz und Rachedurst verblendet, stieß Bias auch dem Mädchen sein verfluchtes Messer in den Leib und floh.

Nach dieser zweiten Bluttat mochte keiner der Achäerfürsten Bias vor Periander schützen. Überall fand der Ätolier verschlossene Türen; manche Könige versuchten sogar, ihn zu ergreifen und den Häschern auszuliefern. So eilte Bias nach Troja zu Kalchas, der die Götter befragte und Bias dann riet, jenen Mann um Hilfe zu bitten, dessen Großvater Bias im fernen Ätolien einst als Gefolgsmann diente. Damit war ich gemeint, ich, Diomedes. Denn mein Ahn Oineus hatte damals im Krieg gegen die Barbaren des Nordens Bias als Schildträger mit sich geführt. Darum nahm ich den Flüchtling, dem Willen der Götter folgend, unter meinen Schutz. Er hat sich durch Tapferkeit viele Verdienste erworben. Sein Messer aber, so hat uns Kalchas berichtet, darf er zur Strafe nie mehr aus den Händen lassen, mag es ihm künftig auch noch so viel weiteres Unglück bescheren.«

Damit beendete Diomedes seine Erzählung, und wir schwiegen wie Richter, die zuviel Widersprüchliches hörten, um ein Urteil fällen zu können. Schließlich sprach Idomeneus:

»Ihr wißt ja wohl, daß Perianders Frau die Schwester meiner eigenen war, die Thanatos schon vor so langer Zeit aus meinem Hause in den Hades führte. Und darum waren es auch mein Großneffe und meine Nichte, die dein

Krieger mordete, Fürst Diomedes. Schon in Troja habe ich dir gesagt, daß ich meine Rache nur so lange aufschieben werde, wie sich der Mörder auf dein Wort beruft. Denn er verdient es nicht, daß sich um seinetwillen zwei Könige ans Leben gingen. Darum mag er auch bis zur Abfahrt unseres Heeres auf der Insel weilen. Doch bitte ich dich, ihn mir nicht unter die Augen treten zu lassen, damit ich nicht meinen Vorsatz vergesse und schändlich das heilige Gastrecht verletze!«

4 In der Nacht hatte ich einen seltsamen Traum. Ich sah meinen Vater, wie er die Hände nach mir ausstreckte, als wolle er mich zu sich holen. Doch als ich näherkam, begann sein Körper heller und immer heller zu leuchten, bis der Glanz meinen Augen so unerträglich wurde wie das gleißende Feuer des Sonnenwagens. Auch die Hitze konnte ich fühlen. Ich merkte, daß meine Haut zu brennen begann und mein Hals sich verengte wie der eines Mörders in Libyen. Dort nämlich wickeln die Priester Verurteilten nasse Lederriemen um den Nacken, die sich beim Trocknen zusammenziehen, so daß der Schuldige qualvoll erstickt, vom Sonnengott selber gehenkt. Meine Pein war so schrecklich, daß ich schon zu sterben glaubte und der Schweiß mir über alle Glieder rann. Doch trieben mich seltsam eindringliche Töne, die tief aus der Erde zu kommen schienen, immer weiter voran. Obwohl ich schon zu fühlen glaubte, wie mir die Hitze Wimpern und Brauen versengte, schritt ich meinem Ziel entgegen, als wäre ich ein Salamander, den kein Feuer verzehren kann.

Die unsichtbare Trommel schlug immer den gleichen Takt und lenkte meine Schritte wie die einer Puppe. Schon fühlte ich, wie die Flammen Besitz von meinem Körper ergriffen. Ich wollte schreien, doch aus meiner Kehle drang nur ein heiseres Krächzen. Durch den Glanz sah ich das Antlitz eines Mannes, der mein Vater war und dann doch wieder ein Fremder, und er lächelte mir zu. Dann wurde es plötzlich dunkel, und ich erwachte.

Am ganzen Körper naßgeschwitzt, warf ich die Decke beiseite, starrte in die Finsternis und dachte erschrocken, daß die Götter mir mit diesem Traum gewiß ein Zeichen geben wollten. Da merkte ich plötzlich, daß die Trommel nicht verstummt war, und ich noch immer jenes dumpfe Schlagen hörte, obwohl ich doch erwacht und bei Besinnung war. Neugierig entflammte ich an der Glut des Kamins eine Fackel und trat hinaus auf den Gang.

Das Dröhnen der Trommel schien aus einem tiefer gelegenen Teil des Palastes zu kommen. Ich nahm daher noch eine weitere Fackel, ging aber nicht nach rechts zu der breiten Treppe, über die wir unsere Gemächer erreichten, sondern dem Schall nach in die entgegengesetzte Richtung, zu dem verschütteten Teil des Palastes. Bald hatte ich jenen Bereich der Königsburg, der von Idomeneus instandgesetzt worden war, verlassen. An den Wänden klafften überall breite Risse, die aufgebrochen waren, als Poseidon zweimal die Erde erschütterte, um, wie die Kreter glaubten, die verhaßten Götter der

Urwelt für immer in ewiger Dunkelheit zu begraben. Am Ende des Ganges führte eine kleinere Treppe nach unten. Auch hier hatten die griechischen Baumeister nichts ausgebessert, denn diese Räume waren seit der Vorzeit unbewohnt.

Von dort aus der Tiefe drangen die Schläge der Trommel empor und schienen lauter zu werden, je weiter ich mit den Fackeln hinab in die Finsternis stieg. An den Wänden erblickte ich Reste seltsamer Malereien: Männer mit verzerrten Gesichtern waren darauf zu sehen, als ob sie auf der Flucht vor Ungeheuern wären, und ich sah Tiere mit Körperteilen von Menschen. Im Schein der brennenden Kiene entdeckte ich in verwirrender Vielfalt kunstvoll gezeichnete Ornamente aus Linien und Kreisen, dazu seltsame Muster in eigentümlichen Farben, die sich zu ändern schienen, wenn ich vorüberging. Darüber staunte ich sehr. Eine Trommel aber konnte ich nirgends entdecken, obwohl ich mich bald schon im untersten Gewölbe des Palastes glaubte. Dann aber sah ich, daß es noch tiefer einen Keller gab, der später wohl von den Achäern zugemauert worden war. Denn ich entdeckte plötzlich zu meiner Linken zwei Stufen und dahinter eine Wand, die ganz aus rohen Quadern gefügt war und längst nicht so trefflich gebaut schien wie die älteren Mauern der Burg.

Ich beschloß, den Gang bis zum Ende zu gehen. Die Platten unter meinen Füßen hallten hohl; es klang, als ob es unter ihnen weitere Gewölbe gab. Plötzlich bemerkte ich auf meinem Weg von weitem einen Schatten, und als ich näher kam, sah ich, daß der Boden eingebrochen war.

Ich leuchtete mit einer Fackel hinein; in schwarzer Tiefe funkelten dort Lichter wie kleine Perlen. Ich hielt sie für die Augen von Ratten und Mäusen, weil sie sogleich wieder verschwanden. Das Schlagen der Trommel jedoch kam nun plötzlich doppelt so laut wie zuvor.

Da ich vier Jahre bei einem mächtigen Magier gelebt hatte, der überdies von dieser Insel stammte, vielleicht sogar aus diesem Palast, empfand ich keine Furcht vor fremden Göttern und Dämonen. Überdies trieb mich die Neugier. Zwar bedauerte ich für einen Moment, daß ich nicht meine Lebenskette trug, denn diese konnte mich auch gegen stärksten Zauber schützen. Aber ich hatte sie vor dem Einschlafen neben mein Bett gelegt und dann vergessen. Ich wollte das Rätsel der seltsamen Trommel aber auch ohne Talisman lösen und warf einen losen Stein in das Loch. Er prallte auf den Boden, kaum daß er meine Finger verlassen hatte. Ich schloß daraus, der Gang dort unten könne kaum viel höher sein als der, in dem ich mich befand. Schnell löste ich meinen Gürtel, der aus ledernen Riemen geflochten war, wand diese entzwei und band sie längs zusammen, bis ich ein Seil erhielt. Die eine Fackel stieß ich in eine Lücke zwischen zwei Quadern und knotete daran die Leine. Die andere nahm ich zwischen die Zähne; dann ließ ich mich ins Dunkel hinab.

Der untere Gang lag tiefer, als ich angenommen hatte. Denn als ich endlich den Boden berührte, erhellte die zurückgelassene Fackel nur noch schwach das Loch an der Decke. Dennoch war ich sicher, jederzeit den

Rückweg finden zu können. Ich beschloß, nicht lange in dem Gang zu bleiben, denn in der Dunkelheit mochten giftige Schlangen hausen. Die Trommelschläge dröhnten immer lauter an mein Ohr, je weiter ich voranschritt. Während die Schwärze ewiger Nacht vor meiner Fackel wich, gelangte ich in einen Saal, der so groß war, daß der Lichtschein nicht bis an sein Ende reichte. Unter meinen Füßen entdeckte ich Bilder, und plötzlich erkannte ich auch die Zeichen der uralten Schrift, die mich der Zauberer auf Tauris gelehrt hatte.

Ich deutete die Worte »Grab« und »Blut« und konnte auch die Siegelmale des gebundenen Königs, der Nesselpflanze und der säugenden Göttin erkennen. Im gleichen Augenblick begriff ich ihren Sinn: Die Zeichen auf dem Boden bewahrten die Namen der toten Geschlechter, die seit Urzeiten unter diesen Platten ruhten. Die Körper dieser Kreter mußten schon in Tagen zu Staub zerfallen sein, als diese alte Schrift noch jung und ungebärdig war. Denn die Zeichen, die ich hier sah, waren längst nicht so zierlich geformt wie jene, die ich auf Tauris gelernt hatte. Sie unterschieden sich davon, wie sich die ungeübte Schrift des Kindes von dem wohlgeformten Text des altgedienten Schreibers unterscheidet.

So enthüllten sich vor meinen Augen die Namen der ältesten Herren von Kreta, der Söhne des Minos, und mir war, als ob sie ihre Macht mit sich ins Grab genommen hätten. Die heiligen Symbole waren ihre Wappen und wiesen zugleich den Weg zu ihren Grüften. Von dem runden Saal zweigten viele Gänge ab, und jeder führte zu einer anderen Kammer. Die einen ruhten für immer unter dem Zeichen des Schwertfischs, der Fischer bedroht und ihnen die Netze zerreißt. Die anderen lagen am zufluchtverheißenden Schild des Beschützers, der Schwache und Hilflose vor der Verfolgung bewahrt. Dem guten Zeichen der Leier, die zwischen alle Menschen Freundschaft sät, stand das schreckliche Mal des fleischfressenden Flügeldämons gegenüber, der tückisch Blut aus Mensch und Tieren saugt. Noch viele andere Zeichen waren zu sehen.

Da merkte ich plötzlich, daß die riesige Trommel verstummt war, als ob es ihre Aufgabe gewesen wäre, mich nur zu wecken und hierher zu locken. Dann wallte etwas Weißes aus dem Dunkel auf mich zu, wie Nebel in der Morgendämmerung. Der Geruch von faulendem Fleisch stieg mir in die Nase, und plötzlich erklang eine unsagbar tiefe Stimme. Sie dröhnte hohl wie die des Gottes auf Delos und hatte keine Ähnlichkeit mit der eines Menschen, als sie sprach:

»Du bist gekommen, Jüngling, und hast deine Angst vergessen. Was willst du von den Toten? Störe sie nicht bei ihren Geschäften, damit sie dich nicht bestrafen!«

»Ich will niemanden stören«, antwortete ich hastig und spähte suchend ins Dunkel, »ich bin zum erstenmal in diesem Raum und wußte nicht, was hier zu finden sei. Bist du ein Gott, der zu mir spricht, oder narrt mich ein neuer Traum? Wo ist die Trommel geblieben?«

Statt einer Antwort hallte dröhnendes Gelächter an mein Ohr. Dann sagte die seltsame Stimme: »Eine Trommel hat es hier niemals gegeben. Das Schlagen deines Herzens hat deine Ohren getäuscht und dich nach meinem Willen hergelockt. Doch wer ich bin, mußt du schon selbst erraten, Sterblicher! Am schnellsten wirst du es erkennen, wenn du die Fackel löschst.«

»Wagst du dich nicht ans Licht?« fragte ich, »dann scheinst du kein besonders mächtiger Gott zu sein. Selbst Hades, der Herrscher der Unterwelt, empfindet vor der Sonne keine Angst, wenn sie ihm auch nicht besonders behagt. Komm also her und zeige dich!«

Da tönte erneut das schreckliche Lachen durch den gewaltigen Saal. Ich spürte einen kalten Hauch im Rücken, und als ich mich umwandte, sah ich etwas Weißes heranschweben wie einen Schleier. Es war ein langes Gewand am Körper eines uralten Mannes, der plötzlich vor mir stand. Die Last der Jahre hatte seine Schultern gekrümmt. Das Haar von Haupt und Bart hing grau herab, und seine Hände umklammerten einen seltsam gebogenen Stab. Sein Gesicht aber war von einer silbernen Maske bedeckt, und von neuem erklang seine schreckliche Stimme:

»Fliehe nicht, Jüngling, du kannst mir ja doch nicht entkommen. Ein Wort von mir genügt, dich für die Ewigkeit an diesen Platz zu bannen. Gäste sind selten an diesem Ort, darum sollst du mir ein wenig die Zeit vertreiben.«

»So sage mir, was ist das für ein schreckliches Gewölbe?« fragte ich mit klopfendem Herzen, denn tief in meinem Inneren warnte mich ein Gefühl der Gefahr. Wie dünkelhaft und eingebildet war ich doch, daß ich in jungen Jahren glaubte, ich könnte mit Mächten scherzen, die aus der Rinde dieser Erde stammen und Stärkere vernichteten als mich!

»Das ist der Saal des Schweigens«, antwortete der unheimliche Mann, »in dem ein jedes Wort zum letzten werden kann. Hier ruhen die wirklichen Herren von Kreta vereint mit ihren Göttern. Die Zeichen, die du auf dem Boden siehst, führen zu ihren Gräbern. Links liegen jene, die zu den Göttern des Himmels flehten und für Kreta Wohlstand und Ruhm erwarben. Rechts aber siehst du die, die sich von den Mächten der Finsternis leiten ließen und Kreta Weisheit und Zauberkunst brachten, weshalb sie schließlich auch siegen werden. Denn die weißen Götter des Lichtes sind tot, die schwarzen der Schattenwelt aber schlafen nur und warten auf ihr Erwachen. Wenn sich die wandernden Sterne einmal alle im Bildnis des Stieres vereinen, dann wird ihr Schein die dunklen Götter wecken, die Herrschaft anzutreten über Kreta und die Welt.«

»Und du bist ein Diener so schrecklicher Götter?« fragte ich mit bebender Stimme.

»Schrecklich sind sie nur für ihre Feinde«, gab der Unheimliche zurück, »und überdies sind Worte von Menschen leeres Geschwätz in unsterblichen Ohren. Die Toten, die einst Kreta Macht und Reichtum schufen – du würdest sie wohl edel nennen und meinen, daß sie auch nach ihrem Tod belohnt sein müßten für solch gute Taten. Ich aber nenne diese Menschen dumm und frevlerisch, denn sie haben dem Schwachen gegen den Starken geholfen, dem Reichen geschadet, den Armen aber verwöhnt und so den Willen des Schicksals verkehrt. Darum müssen sie nun in der Finsternis liegen. Sie werden vielleicht bald schon jenen ausgeliefert sein, die sie einst betrogen. Und diese, die schwarzen Götter der Nacht, pflegen sich grausam zu rächen. Jene Menschen aber, die zu Lebzeiten stets zurückstehen mußten, diejenigen, die ihre Menschenopfer an die schwarzen Götter schließlich sogar heimlich feiern mußten, die sich mit Gift und Feuer, mit Zauberkunst und anderen für dich unfaßbaren Mysterien mühten, Angst und Schrecken auszusäen, die würdest du wohl böse und unmenschlich nennen. Ich aber nenne sie ehrfürchtig und fromm, denn sie haben die Menschen gedemütigt und erniedrigt, um die Himmlischen zu erhöhen, und die Sterblichen gepeinigt, weil Schmerzen und Qualen von Menschen für Götter wie eine wohlschmeckende Speise sind.

Lange herrschten die Himmelsgötter über Kreta, doch die Mächte der Finsternis warteten geduldig auf ihre Zeit. Dann stellten sie sich zum Kampf. Die Schlacht der Götter spaltete die Erde und das Meer. Rutlik und Purl, die Könige der Tiefe, ließen das Land erbeben, daß die Diener der weißen Götter in ihren Häusern erschlagen wurden. Krilik und Kefelti, die Herren der Himmelshöhe, schleuderten Feuer herab, das viele von den unseren verschlang. Am Schluß begruben Feuer und Erde gemeinsam die Welt, so daß es am Tag finster wurde wie in der Nacht und glühende Asche das Land bedeckte. Selbst das Himmelsgewölbe brach ein. Die weißen Götter starben bei diesem Sturz. Die schwarzen aber fielen nur in tiefen Schlaf wie Männer, denen Felsen auf das Haupt geschlagen sind und die sich wenig später wieder erheben und lächelnd die Schläfen reiben. Von den Menschen aber leben nur noch die Nachkommen jener, die sich in tiefen Höhlen verbargen.

Doch heute, nur zwei Menschenalter später, haben schon viele vergessen, was damals geschah. Und wieder gibt es Narren, die ihre Arme zum Himmel erheben und flehend Gebete dorthin schicken, wo doch keine Götter mehr wohnen. Auch du hast dich wohl gegen unsere Macht entschieden, Fremder, weil du das Licht so ängstlich zu bewahren suchst!«

»Ich diente selbst einem Kreter, der einem uralten Geschlecht entstammte«, antwortete ich, »er war ein mächtiger Zauberer und hielt mich vier Jahre lang wie seinen eigenen Sohn.«

Da schnellte die Hand des Alten plötzlich unter dem Umhang hervor und krallte sich mit überraschender Kraft in meine Schulter, so daß ich mich nicht befreien konnte, so heftig ich mich auch wand. »Ich weiß, wer du bist«, sagte der Mann mit der Maske, »glaubst du, daß ich ganz ohne Sinn und Ziel Atem und Kraft an dir verschwende? Du wärst nicht zu mir gekommen, wenn nicht ein schreckliches Verbrechen auf deiner Seele lastete. In deinen Augen flackert Furcht vor der gerechten Strafe!«

Da mußte ich an die Nacht meiner Flucht aus Tauris denken, und an die Rache, die ich zuvor am Mörder meines Stammes genommen hatte, obwohl er doch unter dem Schutz des Gastrechts stand. Daher sagte ich: »Ich habe nur Gleiches mit Gleichem vergolten. Die Blutgesetze zwangen mich dazu.«

Die furchtbare Stimme schwieg, doch der Griff an meiner Schulter wurde immer fester. Keuchend rang ich mit dem Unheimlichen und rief: »Wer bist du, daß du dich zum Richter machst? Bist du ein Dämon, von den Reitern aus der Steppe gesandt? Oder hat dich mein Herr aus Tauris geschickt, weil ich ihm entflohen bin? Enthülle mir dein Gesicht!«

»Mein Gesicht?« antwortete da der furchtbare Alte, und wieder schallte sein schreckliches Lachen durch den Totensaal, »das wirst du erst erblicken, wenn du stirbst. Doch wer ich bin, sollst du schon jetzt erfahren: Ich bin vor dir und hinter dir, ich lähme und beflügele dich, ich lasse dich leben oder sterben. Selbst Götter gehorchen meiner Gewalt, kein Sterblicher kann mir entrinnen: Ich bin, was man Gewissen nennt!«

Seine Stimme war leiser geworden: ich konnte den Blick von seinen Augen nicht lösen. Dumpf und unheimlich begann nun wieder die Trommel zu schlagen, und ich vergaß, mich gegen den Griff des grausigen Alten zu wehren. Da sah ich in den Augenwinkeln aus den Gängen langsam seltsame Gestalten kommen, mit ausgestreckten Händen, als ob sie nach mir greifen wollten. Endlich erkannte ich, was mir geschah, schlug meine linke Hand vor die Augen und vollführte mit der rechten jene magischen Gebärden, mit denen man sich davor schützt, dem Willen eines anderen zu unterliegen. Denn nichts anderes hatte der Alte versucht, als meinen Verstand auszulöschen und mich zu seinem wehrlosen Opfer zu machen. Der in meine Schulter gekrallten Klaue entriß ich mich, indem ich meine Fackel nach dem Alten stieß, worauf er schreiend wich.

Schnell schwang ich nun die Flamme im Kreis, doch die düsteren Gestalten kamen immer näher. Da empfahl ich meine Seele den Göttern und brach durch die Schar der Verfolger, wie ein in die Enge getriebener Rehbock die kläffende Meute durchdringt.

Die Männer liefen mir nach und stießen in rasender Wut entsetzliche Schreie aus. Sie trugen wallende Gewänder, ihre Hände glichen den Klauen von Sperbern und ihre Zähne den Fängen von Wölfen. Sie waren nur wenige Schritte hinter mir, als ich zu dem Loch in der Decke gelangte. Im Sprung erfaßte ich das Lederseil und zog mich hoch, während der vorderste meiner Verfolger meinen Fuß ergriff und versuchte, mich wieder hinunterzuziehen. Dabei riß das wollene Band, das meine Sandale hielt, der Griff des Mannes löste sich, und ein paar Atemzüge später war ich in Sicherheit. Zwar hatten nun die Männer ebenfalls das dünne Seil gepackt, um sich daran emporzuziehen, aber ich riß die Fackel aus ihrer Verankerung und schleuderte sie in die Tiefe. Dann lief ich rasch den Gang zurück, der mir um vieles länger schien als auf dem Hinweg, rannte mit bebender Brust die steinernen Stufen der Treppe hinauf und stürzte in das Schlafgemach des Tydeussohns.

»Steh auf, Diomedes«, rief ich, »unser Leben ist in Gefahr! Schreckliche Männer dringen aus dem Keller des Palastes!«

Der König von Argos sprang auf wie ein Feldhase, dem der Schatten des Adlers die Sonne verdunkelt, riß sein Schwert an sich und stürmte zur Tür.

Dann stutzte er, sah mich an und sagte zweifelnd: »Wie, Aras? Hier in diesem Haus? Seltsam! Ich höre keinen Waffenlärm!« »Aber sie kommen«, beteuerte ich, »und sind so schrecklich anzusehen wie die Männer des Antäus, die sich nachts in Wölfe verwandeln. Schnell, wecke die anderen, bevor es zu spät ist!«

»Antäus? Der ist doch lange tot«, antwortete der Fürst und faßte mich näher ins Auge. In diesem Moment brach Idomeneus, der mein Schreien gehört hatte, wie ein kampflustiger Eber durch eine Seitentür. Diomedes sagte: »Verzeihe uns, edler Fürst, daß Aras deinen wohlverdienten Schlummer störte. Er sah im Traum Gespenster aus dem Keller deines Hauses klettern.«

»Nein, Idomeneus«, rief ich rasch, »das war kein Trugbild! Die Augen sollen mir aus dem Kopf fallen, wenn ich nicht selbst gesehen habe, wie mir finstere Gestalten folgten, um mich in die Finsternis hinabzuziehen.«

»Du brauchst dich nicht zu verteidigen, Aras«, antwortete Idomeneus und lächelte mich freundlich an, »ich hege doch keinen Groll gegen dich, weil du uns geweckt hast! Zu deiner Beruhigung will ich sogleich ein paar Wächter nach unten schicken.« Auch Diomedes wunderte sich nun über die Eile, mit der Idomeneus seine Krieger versammelte. Die Kreter hasteten alsbald herbei und liefen mit ernsten Gesichtern hinab in den Keller.

Dann sagte Idomeneus zu uns: »Legt euch getrost wieder auf euer Lager. Es droht keine Gefahr. Selbst wenn ich glauben soll, daß es kein Spukgebilde war, das Aras in solche Angst versetzte, sondern daß er vielleicht wirklich vor Wesen aus Fleisch und Blut erschrak – nun, es kommt in diesem Riesenhaus nicht selten vor, daß sich einmal ein Bettler nachts hineinverirrt und dann nicht mehr den Ausgang findet, oder sogar mit Absicht bleibt, um Wind und Kälte zu entgehen.«

Doch ich schlief trotzdem nicht ruhig, sondern hielt mein Schwert umklammert und spähte oft zu der mit Sorgfalt verschlossenen Tür. Später kamen mir Zweifel, ob ich wirklich nicht geträumt hatte, und ich beschloß, mich anderntags davon zu überzeugen. Ich glaubte auch tief unter mir Hammerschläge und das Gepolter von Steinen zu hören, ehe Morpheus endlich Sand in meine Lider streute.

Am nächsten Morgen berichtete ich den anderen ausführlich von meinem Abenteuer. Sie hörten mir aufmerksam zu, und Diomedes erklärte: »Auch ich habe mich erkundigt, was dich in solchen Schrecken versetzen konnte. Die Wächter unseres Gastgebers haben mir versichert, daß sich manche Teile des Palastes so weit unter das Land erstrecken, daß manchmal verirrte Wanderer nachts in Erdspalten stürzen und dann im Labyrinth der unterirdischen Gänge qualvoll verhungern. Ihre Schreie sind manchmal weithin zu hören, doch es ist sinnlos, nach ihnen zu suchen, denn dabei würde man nur noch weitere Männer verlieren. So können die Gestalten, die du gesehen haben willst, sehr gut Verirrte gewesen sein, die der Hunger um ihren Verstand gebracht hat.«

»Aber warum«, fragte ich, »habe ich denn als einziger diese seltsame Trommel gehört, während ihr anderen ruhig weiterschlafen konntet?«

Menelaos sagte freundlich: »Könnte es nicht tatsächlich so gewesen sein, daß du nur das Rauschen deines Blutes hörtest, das ein besonders heftiger Schlag deines Herzens trieb?«

»Das aber«, meinte Helena, »würde noch immer nicht erklären, warum dieser geheimnisvolle Mann von einem schrecklichen Verbrechen sprach! Vielleicht lastet ein Fluch auf Aras? Sollte man nicht einen Seher fragen?« Das sagte sie, weil sie mir übelnahm, daß ich Hermione ehelichen wollte.

Ich antwortete: »Das Blut, das ich vergoß, war das des Mörders meiner Sippe. Und wenn ich damit auch das Gastrecht meines Herrn auf Tauris brach: sollte er wirklich so schnell zum Grab seiner Ahnen gereist sein, um dort in dunkler Tiefe meinen Namen zu verfluchen? Ich glaube eher, der schreckliche Alte wollte mich nicht für eine Tat auf Tauris strafen, sondern dafür, daß ich die Ruhe seiner Götter störte.«

»Vielleicht bist du gar unter jene verruchten Männer gefallen, die sich gegen Idomeneus verschworen und deshalb lebend eingemauert wurden«, sagte Menelaos, »wie ich hörte, soll einer ihrer Führer ein alter Priester gewesen sein, den man der Ausübung verbrecherischer Riten zieh!«

»Nein«, sagte Idomeneus von der Tür her, durch die er eben trat, »das war in einem ganz anderen Teil des Palastes. Ich glaube eher, unser Freund wurde von einem Traum gepeinigt. Zwar weiß ich, daß in manchen Teilen des Königspalastes früher Dinge geschahen, die nicht leicht zu erklären waren. Ich selbst ging nie nach dort unten. Aber mein Vater führte, nachdem er Knossos erobert hatte, einmal einen Trupp Männer dorthin, um Schätze zu suchen. Er kehrte mit leeren Händen zurück und hat niemals erzählt, was er dort sah. Sei dieser Zeit sind auch die Pforten vermauert, und nach dem zweiten Erdbeben habe ich alle Risse von neuem verschließen lassen, damit sich kein Unheil zu uns schleiche. In deinem Fall jedoch, Aras, bin ich davon überzeugt, daß seit deiner Tat in deiner Seele schwere Kämpfe toben. Denn du hast zwar recht gehandelt, bist aber noch sehr jung! Die Zeit wird dir Frieden bringen. Wer war es eigentlich, den du in Tauris niederstachst?«

»Den Namen habe ich nicht erfahren«, antwortete ich, »doch sein Gesicht werde ich nie vergessen. Er war der Mörder meines Stammes.«

»So hast du eine heilige Pflicht erfüllt«, sagte Idomeneus, »auch wenn ich es für bedenklich halte, einen Mann zu töten, dessen Namen man nicht kennt. Denn wie soll man sich dann vor den Erinnyen rechtfertigen? Kommen die Rachegeister geflogen, vom Blut des Erschlagenen angelockt, und du kannst nicht den Namen deines Opfers in die Lüfte rufen und die Gründe deiner Tat, dann packen dich die Dämonen und reißen dir das Herz aus der Brust!«

»Was ist ein Name«, verteidigte ich mich, »gegen die Tat! Was vermögen Worte gegen Blut, Gefühle gegen Pflichten! Ich weiß, daß ich kein Unrecht beging, und fürchte die Erinnyen nicht.«

Die anderen blickten mich nachdenklich an, und ich merkte, wie sehr ich mich in meinem Ärger verstiegen hatte. Aber wie frevlerisch meine Rede wirklich war, erkannte ich erst viel später.

Am selben Morgen stieg ich noch einmal in den untersten Teil des Palastes hinab, konnte aber nicht mehr in den Gang mit dem Loch im Boden gelangen, denn eine gewaltige Mauer versperrte mir den Weg. Ich sah, daß sie soeben erst in Hast errichtet worden war. Ledergürtel und Sandale fand ich nicht wieder.

5 Die glückliche Zweisamkeit mit Hermione vertrieb bald alle düsteren Gedanken. Wir feierten Hochzeit nach griechischem Brauch, und Diomedes nahm Hermione unter seinen Schutz. »Mögest du viele Söhne mit diesem liebreizenden Mädchen zeugen«, sprach er zu mir, »und mögen diese Söhne dann Taten vollbringen, derer sich noch deine fernsten Nachkommen rühmen! Wer weiß, vielleicht gründest du mit dem Segen der Götter sogar ein neues Heldengeschlecht, nachdem sich die Unsterblichen dir schon in jungen Jahren so gnädig erweisen. Denn nicht anders kann ich mir dein Glück erklären, als daß Aphrodite selbst die Hand ihrer schönsten Tochter in deine plumpen Pratzen legte!« Dabei blinzelte er mir zu, und Hermione wurde rot vor Stolz und Freude über das Lob des Fürsten. Doch hätte es der Worte nicht bedurft, die Anmut meiner Frau hervorzuheben, die mich stets neu mit Begierde erfüllte.

Den Winter durchlebten wir in Phaistos, wo Idomeneus eine neuerbaute Burg bewohnte. Auch hier ragte drohend ein uralter Riesenpalast über der Stadt in die Höhe, doch wurde er von den Achäern gemieden, weil nach dem Glauben ihrer Priester in seinen verwüsteten Mauern ein besonders schreckliches Verhängnis liegen sollte. Manche erzählten sogar, daß dieser Fluch jeden Fremden, der sich in seinen Bannkreis wagte, mit übernatürlichen Kräften gefangenhalte, so wie der starke Theseus aus Athen im Hades an einen Felsen gefesselt wurde, als er die Göttin Persephone rauben wollte.

Die Gefährten aus Argos genossen am Anfang das Wohlleben sehr, lagerten auf bequemen Fellen und vertrieben sich die Zeit mit Glücksspielen und Gelagen. Besonderes Geschick im Werfen der Würfel besaß der stets nüchterne Stigos. Da die Freunde nur wenig Besitz bei sich trugen und deshalb die Summen, um die es ging, nicht wirklich auf den Tisch legten, wie es in allen Schenken der Welt üblich ist, sondern nur auf Tonscherben ritzten, war der Mann aus Myloi nach dieser Rechnung schon lange ein schwerreicher Mann. Er hätte mit seinen Gewinnen ganz Kreta erwerben können, auch Rhodos und einige kleinere Inseln dazu. Denn allein Zakrops schuldete ihm nicht weniger als vier Wagenladungen Gold, und auch der rothaarige Polymerios hatte mehr von dem glitzernden Metall verloren, als zwei Männer heben konnten. Der riesige Polkos und sein Bruder Polyphas hatten dem Troßverwalter bereits ihren Sold für drei Menschenalter abtreten müssen. Trotz dieser riesigen Summen, die mich am Anfang nicht wenig erschreckten, blieben die Männer von Argos jedoch gute Freunde. Nur einmal gab es Streit, als Agenor, vom Würfeln fast um den Verstand gebracht, dem Stigos seinen Sohn Kaliphon als Sklaven verkaufen wollte, um weiter mitspielen zu können. Der Sohn wollte dem trunkenen Vater deshalb den Weinkrug entreißen. »Nur mein weiches Vaterherz hindert mich, dich für diese Unverschämtheit zu züchtigen!« wetterte Agenor darauf. Kaliphon antwortete hitzig: »Den Göttern sind Männer mit verwirrtem Geist heilig. Die Himmlischen mögen mich daher zurückhalten, damit ich mich nicht gegen dieses Gebot vergehe!« Zakrops aber beruhigte: »Kein kluger Mann kauft einen Hengst, ohne den Stall zu kennen. Bevor du also Kaliphon statt Kupfer nimmst, verehrter Stigos, schau dir lieber mal den Vater an!« Da löste sich der Streit in brüllendes Gelächter.

Der einzige, der sich an diesem Spiel nicht beteiligte, war Bias. Als ich den blassen Mann nach dem Grund dafür fragte, antwortete er: »Zu solchen Einsätzen reicht mein Besitz nicht aus.« »Aber du kannst deinen Verlust doch stunden lassen«, sagte ich darauf. Da blickte Bias mich mit seinen hellen Augen nachdenklich an und versetzte: »Du weißt wohl nicht, daß ich noch niemals etwas schuldig blieb. Ich zahle stets sofort zurück, was es auch immer sein mag, und dabei soll es bleiben.« Da lief mir ein Schauer über den Rücken, und fortan mied ich seine Nähe.

Nach langen Tagen des Überflusses, an denen auch die aphroditischen Künste der Kreterinnen erprobt worden waren, wandten sich meine Gefährten jedoch plötzlich mit Verdruß vom weichen Lager. Faulheit und Schlaffheit sprangen von ihnen ab wie die tönernen Schichten von der in der Erde gegossenen Bronze, die im Sonnenlicht funkelt, während zuvor nur eine schmutzige Kruste zu sehen war. Die Argosleute griffen geschlossen zu Schwertern und Lanzen und übten einander im Waffengefecht, das sie schließlich auch den Kretern antrugen, die sie noch von gemeinsamen Kämpfen vor Troja kannten. Dabei geschah es, daß Polkos beim Ringkampf versehentlich seinem Gegner das Rückgrat brach. Die Verwandten des Toten eilten bewaffnet herbei und verlangten das Leben des Riesen. Es wäre gewiß zum Kampf gekommen, wäre Stigos nicht bedacht genug gewesen, nicht nur beredsam die Unschuld des Polkos zu schildern, sondern der Verwandtschaft des Toten auch eine hohe Entschädigung zu versprechen, die Diomedes dann ohne zu zögern bezahlte. Denn er wollte Polkos nicht mit einem Kreterdolch im Rücken finden.

Im Frühjahr begann Idomeneus Söldner zu werben, ohne jedoch das Ziel des Feldzugs zu verraten. So wie der erfahrene Jäger nicht grölend durchs Unterholz trampelt, sondern sich behutsam und nach allen Seiten spähend gegen den Wind an die Hirschkuh heranpirscht, so wollten auch die Fürsten ihr Wild erlegen, das Argos und Mykene hieß.

Ich hatte mich den ganzen Winter über im Speerkampf und Lenken des Wagens geübt, so daß ich die wilden Rosse schon bald geschickt zu bändigen wußte und Diomedes mich lobte: »Du verstehst dein Handwerk recht gut, Aras, und sollst darum in der Argolis meinen Streitwagen lenken, auch wenn du noch lange kein Sthenelos bist!« Bei diesen Worten trübten sich seine Augen, und er wandte sich schnell ab, so sehr schmerzte ihn die Erinnerung an seinen toten Freund.

Ansonsten kümmerte ich mich nicht viel um die Gefährten, denn meine Tage gehörten Hermione, mit der ich oft durch Felder und in die Berge wanderte. Riesige Schafherden weideten dort, so groß, wie ich sie nirgends auf der Welt gesehen habe: Sie schienen mir der Grund für den Reichtum der Kreter zu sein. Denn aus der Wolle webten sie so feine Tücher, daß sie damit in den Städten Asiens und Ägyptens die höchsten Preise erzielten und schweres Gold zurück in ihre Heimat brachten, die selbst arm an Metallen war. Bei einer solchen Wanderung mit Hermione, die uns weit fort von allen Menschen führte, geschah es auch, daß wir uns nebeneinander erhitzt über eine Quelle beugten und ich auf glatter Wasserfläche plötzlich mein Spiegelbild sah. Dabei entdeckte ich in meinen Augen goldene Punkte, wie ich sie einst auch in Helenas Augen erblickt hatte. Ich war darüber erstaunt, doch Hermione sagte zu mir: »Hast du das wirklich nicht gewußt? Es war das erste, was mir an dir aufgefallen ist! Du verstellst dich wohl nur, um Schmeichelworte zu hören! Aber du hast in der Tat die schönsten Augen, die ich je bei einem Mann gesehen habe.«

»Nicht Schönheit, sondern Stärke und edle Abkunft sind die Zierde des Mannes«, antwortete ich verlegen. Hermione erwiderte: »Man sagt, daß Menschen mit solchen Augen die Abkömmlinge von Göttern sind.« Ich antwortete gekränkt: »Du scherzt wohl? Welches Spiel treibst du mit mir? Willst du mich an der Nase herumführen wie ein Hirte den dummen Schafbock?« Da lachte Hermione und rief: »Sei doch nicht gleich böse, Geliebter! Vielleicht ist es auch nur die Sonne, die sich in deinen Augen spiegelt.«

In diesem Winter auf Kreta verlebte ich meine glücklichsten Tage, und als der Stern des Bärenhüters über den Rand der Weltenscheibe stieg und dies den Beginn des neuen Jahres anzeigte, fügte ich eine Locke Hermiones in meine Lebenskette ein.

Meine Gefährten konnten den Tag des Aufbruchs bald kaum noch erwarten. Aber noch größere Ungeduld plagte die Fürsten, die sich immer häufiger zu geheimen Beratungen trafen, von denen selbst Helena und ich ausgeschlossen blieben. Das wenige, das wir hörten, erfüllte uns mit Sorge: Menelaos war im Traum zum zweitenmal sein Bruder Agamemnon erschienen und hatte zu ihm gesagt: »Mein Blut wird einen Rächer finden, doch du wirst es nicht sein.« Seither zweifelte der König von Sparta am Gelingen des Feldzugs. »Doch selbst wenn ich bald zu den Schatten muß«, versprach er, »ich werde meine Pflichten erfüllen.« Auch dem Tydeussohn wurde ein ungünstiges Vorzeichen gesandt: Eines Abends sah Diomedes einen Adler, der vom Boden aufstieg, eine Schlange in den Klauen. Die Natter aber wand sich und biß, so daß der Vogel sie fallenließ.

Die Könige wollten sich jedoch trotz solcher Ahnungen und Zeichen nicht von ihrem Vorsatz trennen. Denn sie vertrauten auf die Kraft ihrer Arme und die Zahl ihrer Männer, obwohl sie doch noch aus den Kämpfen um Troja wissen mußten, daß die Unsterblichen selbst dem stärksten Helden den Erfolg verwehren können. Denn die Menschen, so sagten die Weisen der Griechen, sind in den Händen der Götter wie glattgeschliffene Steine vom Rande des Meeres in Händen von übermütigen Knaben, die sich beim Spiel damit vergnügen, sie hin und her zu werfen. Sind diese Steine auch einmal größer und einmal kleiner, sind sie auch von der verschiedensten Farbe und Form, eines haben sie alle gemeinsam: Sie sind wehrlos in der Hand des Werfers wie des Fängers, und der, den ein Übermütiger am höchsten in die Lüfte schleudert, muß danach am tiefsten fallen. Herr oder Sklave, Mann und Frau, Greis oder Jüngling wiegen unterschiedlich schwer, doch hilflos bleiben sie alle.

Auch Diomedes mußte das erfahren. Denn obwohl er reiche Gaben opferte, als die drei Fürsten endlich mit mehr als zweihundert Schiffen von Kreta ausfuhren, hatte der Himmelsgott beschlossen, den Tydeussohn nicht in seine Heimat zurückkehren zu lassen: Kaum hatten wir die Küste aus den Augen verloren, da zerstreute ein furchtbarer Sturm unsere mächtige Flotte. Die Winde bliesen noch stärker als auf der Hinfahrt nach Kreta. Nur wenige Stunden lang sahen wir die Schiffe des Idomeneus und des Menelaos noch neben dem unseren. Dann zersplitterten unser Mast und das Ruder, wobei Zakrops sich zwei Finger brach, und unser Schiff wurde als hilfloses Spielzeug Poseidons nach Osten getrieben.

Diomedes wollte nicht glauben, daß sich das Schicksal von neuem gegen ihn wandte. Verzweifelt rief er uns an die Ruder, doch es war sinnlos, sich gegen einen solchen Sturm zu wehren. Der König selbst griff mit schwellenden Muskeln die Stangen und schlug mit ungeheurer Gewalt in das tobende Wasser. Dabei spähte er immer wieder nach Westen zurück, ob sich nicht ein Silberstreif am Himmel zeige. Doch das schwarze Gewölk der Winde wallte nur immer stärker, und als das Ruder unter Diomedes' Händen brach, wurde dem unglücklichen Fürsten klar, daß die Flotte verloren war und wir die Götter preisen mußten, wenn es uns wenigstens gelang, in diesem Wüten das Leben zu retten.

Laut rief Diomedes Zeus und Athene an und flehte, sie sollten ihm nach all dem Unheil, das ihm von Troja gefolgt sei, das Werk der Rache nicht mißgönnen. Doch seine Götter schwiegen, und schließlich schlug Diomedes in rasender Wut mit seinem Schwert in die tosenden Wellen und forderte Poseidon zum Zweikampf heraus. »Tauche hervor, du ungerechter Gott, der du den Griechen nur noch Unheil bringst, seit wir in Troja siegten!« rief er mit einer so mächtigen Stimme, daß seine Worte sogar das Heulen des Sturms übertönten. »Du sollst mich weder schrecken noch verderben! Wo verbirgst du dich, den man den Erderschütterer nennt? Die Wassergeister schickst du gegen mich – warum trittst du nicht selbst hervor, damit ich sehe, ob ich dich nicht bezwingen und mir den Weg freikämpfen kann, den du mir mißgünstig versperrst!«

So eiferte er und hieb mit der Waffe ins Wasser. Wir anderen aber zogen die Köpfe ängstlich zwischen die Schultern. Denn Poseidon gilt den Griechen nach dem Himmelsvater als stärkster aller Olympier und ist wohl niemals einem Gegner erlegen, so daß wir Schlimmes befürchteten. Doch der Gott blieb unter den Wellen und nahm den Kampf nicht auf, so sehr der

Fürst von Argos ihn auch schmähte. Da dachte ich, wie eigensüchtig, blind und grausam diese Götter seien, und manchmal auch noch feige. Denn wenn sie schon dem stärksten Helden der Achäer nicht vergönnten, was sein Herz ersehnte, und ihn den Treuebruch der Königin nicht rächen ließen, so hätten sie ihm wenigstens den Ruhm zumessen können, nach seinen beiden Götterkämpfen am Skamander einen dritten auszufechten.

Als unser König merkte, daß der Gott der Meere sich nicht stellen mochte, versank er in ein fürchterliches Schweigen. Zwei Tage lang stand er am Vorschiff, den Blick in die Ferne gerichtet, und nahm weder Speise noch Trank zu sich. Seine Augen glommen wie die Küstenfeuer, mit denen die Räuber im Osten Euböas nachts die Handelsschiffe auf die gefährlichen Klippen am Rand ihrer Insel zu locken versuchen. Wir anderen verloren allen Mut; ich konnte mich nur damit trösten, daß Diomedes mir gestattet hatte, Hermione mit auf unser Schiff zu nehmen. So hatte ich sie diesmal nicht verloren, wenn auch keiner von uns wußte, welchem unbekannten Schicksal wir entgegentrieben.

Erst nach drei Tagen legte sich der Sturm, und vor uns hob sich unwirklich und fremd die Küste eines unbekannten Landes. Sogar der weitgereiste Zakrops und auch Bias wußten nicht, wo wir uns nun befanden. Doch da erblickten wir ein Fischerboot, und Diomedes rief:»Laßt uns die Männer fragen, sie können uns gewiß verraten, wohin es uns verschlagen hat.«

Die Fischer warteten jedoch nicht auf uns, sondern griffen bei unserem Anblick sofort in die Ruder und drehten ihr Segel in den Wind, um zu fliehen. Zakrops bemerkte:»Die Männer hier scheinen nicht sonderlich zutraulich zu sein! Wahrscheinlich herrscht hier große Furcht vor Piraten, obwohl ich doch noch niemals hiergewesen bin.« Wir lachten, weil Zakrops diese Bemerkung entschlüpft war, während er sonst über seine Vergangenheit sorgfältig schwieg. Der Steuermann klagte daraufhin bitter über die mangelnde Ehrfurcht der Jugend vor dem grauen Haupt.

Inzwischen waren wir der Brandung schon gefährlich nahe gekommen und hätten die Fischer wohl kaum mehr erreicht, wenn nicht Agenor und Kaliphon zwei Pfeile auf die Sehnen ihrer Bogen gelegt hätten. Der Vater verfehlte sein Ziel, der Sohn aber traf den älteren der beiden Fischer in den Hals, daß er entseelt ins Meer sank. Der andere ließ daraufhin sein Ruder fallen und preßte sich in Todesangst auf den Boden des Bootes, das wir wenig später mit Stangen an unsere Bordwand zogen.

Polymerios packte den Fischer und zerrte ihn auf unser Schiff. Dort warf sich der Fremde sogleich Diomedes zu Füßen, umklammerte mit den Händen die Knie des Fürsten und stieß hastig Worte in einer Sprache hervor, die zunächst keiner von uns verstand. Nach einer Weile aber sprach Zakrops: »Er redet so ähnlich wie die Karer im südlichen Teil von Kleinasien, den ich in meiner Jugend häufig bereiste.« Dabei blickte sich der Steuermann drohend um, ob etwa einer der Gefährten wieder zu lachen wagte. Wir aber blieben ernst, und Zakrops fuhr fort:»Auch auf Rhodos sind Karer zu finden, und auf mancher anderen Insel.«

»So rede mit ihm«, befahl Diomedes, »frage ihn nach dem Namen dieses Landes. Außerdem möchte ich wissen, ob sich Feinde hinter der Küste verbergen.«

Zakrops sprach langsam und eindringlich auf den Gefangenen ein. Der Fischer blickte ihn erst erstaunt, dann erfreut an und antwortete mit einem Schwall von Worten. Danach war es an Zakrops, verwundert dreinzublikken, und schließlich sprach der Steuermann zu Diomedes:

»Wahrlich, es ist schon richtig, was manche Gelehrte behaupten, daß nämlich im Kopf eines Menschen Diebe wohnen, die nach und nach alles wieder wegstehlen, was man sich mit der Zeit an Wissen erwirbt; und daß diese Diebe um so fleißiger werden, je mehr Jahre ihr Opfer zählt. Denn jetzt erfahre ich: Dieses Land ist kein anderes als die Insel Zypern, auf der ich früher oft gelandet bin! Nur eine Stunde südlich von hier liegt die feste Stadt Paphos, in der Achäer und Phönizier an einem schönen Hafen wohnen.«

Dann redete Zakrops erneut auf den Gefangenen ein, der hastig Antworten gab. Der Steuermann legte das Gesicht in verdrießliche Falten und übersetzte:

»Leider scheint sich seit den glücklichen Tagen meiner Kindheit auf dieser reichen Insel manches gewandelt zu haben. Dieser Mann berichtet nämlich von schwarzgepanzerten Kriegern, die erst vor kurzer Zeit zu Land nach Paphos vorgedrungen sind. Sie haben diese schöne Stadt erobert, genauso wie zuvor auch Amathus und Kittim fern im Osten, so daß sie jetzt den größten Teil des Inselreichs beherrschen.«

»Ich ahnte doch, daß uns nicht Braten und Schmausen bevorsteht, sondern blutiges Fechten, wenn wir auf einer Insel landen, die von alters her meiner Todfeindin Aphrodite gehört«, antwortete Diomedes, »ist nicht die Liebesgöttin, die mich mit ihrer Rache überall verfolgt, an dieser Küste aus dem Meeresschaum erstanden? Doch Aphrodite soll mir nicht verwehren, den Fuß in ihrer Garten zu setzen! Erkunde nun, Zakrops, ob diese seltsamen Krieger noch immer in Paphos hausen, wie zahlreich sie sind und welche Waffen sie tragen.«

Nach einem weiteren Gespräch mit dem Fischer erklärte Zakrops bedrückt: »Obwohl in der Stadt zahlreiche achäische Händler von allen berühmten Stämmen unseres Volkes leben, haben sie gegen die Eindringlinge weder Mut noch Tapferkeit bewiesen, sondern sind ihnen fast ohne Gegenwehr unterlegen. Die siegreichen Krieger stammen von einem großen Reich im Norden, das ebenso mächtig sein soll wie das des Königs von Ägypten, und in Paphos allein befinden sich mehr von diesen furchtbaren Kriegern als Fische im Netz dieses Mannes. Sie sind sämtlich in Eisen gepanzert und nennen sich Hethiter. Sie kennen keine Freundschaft zu anderen Völkern, sondern mühen sich unablässig, ihre Nachbarn zu unterjochen. In den Hafen von Paphos fahren jetzt nur noch die Schiffe ahnungsloser Fremder; jeder Segler, jedes Boot wird von den schwarzen Kriegern sofort beschlagnahmt und seiner Fracht beraubt. Die gefangenen Seeleute müssen in die Dienste der Hethiter treten, wenn sie nicht mit ausgestochenen Augen Mühlsteine drehen wollen. So groß ist die Gier der Schwarzgepanzerten nach allen seetüchtigen Booten, daß sie den Küstenbewohnern hohe Belohnungen zahlen, wenn diese auf dem Meer ein Schiff erspähen und es den Hethitern dann gelingt, es aufzubringen.«

Da verdüsterte sich das Antlitz des Tydeussohns, und auch der Fischer begriff seinen Fehler. Denn nach dieser Auskunft hätte kein Fürst, der die Verantwortung für seine Männer trug, das Leben eines Fremden schonen dürfen, der uns an die Schwarzgepanzerten verraten konnte. Der Zyprer sprang mit einem Schrei über Bord und schwamm mit kräftigen Stößen davon. Agenor und Kaliphon liefen nach ihren Bogen, aber sie wären wohl zu spät gekommen und der Fischer hätte sich in die Brandung gerettet, wenn nicht plötzlich ein Messer durch die Luft geblitzt wäre. Einen Herzschlag später färbte sich das Wasser um den Schwimmer rot. Schon war Bias neben ihm und zog sein Schlangenmesser aus dem Leichnam.

Ich staunte über die Kraft und Zielsicherheit dieses Wurfs und sagte das Bias, aber der blasse Mann wehrte mein Lob wie etwas Lästiges ab und wusch stumm das Messer im Meer, bevor er es in seinen Gürtel steckte. Denn er empfand das Töten als Pflicht dem König gegenüber und wollte dadurch nicht Ruhm noch Ehre gewinnen, sondern dem Tydeussohn nur seine Treue und Dankbarkeit beweisen.

Diomedes befahl, das Schiff in einer kleinen, gut geschützten Bucht auf den Strand zu ziehen und dort nur lose zu vertäuen, damit wir das gefährliche Gestade notfalls schnell verlassen konnten. Dann rief er uns zusammen und erklärte:

»Es sind keine guten Nachrichten gewesen, Gefährten, die uns der fremde Fischer brachte. Ihr habt ja selbst gehört, welcher Feind hinter jenen Hügeln auf uns lauert. Ich weiß, ihr denkt, es wäre das Beste, wir würden uns jetzt schleunigst davonmachen und an ein friedlicheres Fleckchen fliehen. Ich aber habe es anders beschlossen. Denn wenn die Götter wünschen, daß mein Herz nicht länger schlagen soll, dann will ich nicht in feiger Flucht, sondern in ehrenvoller Schlacht vom Licht der Sonne Abschied nehmen. Unser geschundenes Schiff wird uns ohnehin nicht mehr weit tragen, und es geziemt sich nicht für einen Krieger, demütig im Sand zu hocken, bis der Feind ihn erspäht. Ihr sollt euch daher auf der Stelle entschließen, ob ihr mit mir in Paphos Ruhm erlangen wollt oder als Namenlose in der Fremde sterben.«

Da blickten wir einander an, und Zakrops war es schließlich, der sagte: »Du weißt doch genau, Diomedes, daß wir ohne dich verloren sind wie blinde Welpen ohne die Zitzen der Mutter! Welch grausames Schicksal uns nun auch zugedacht sei, wir wollen mit dir ziehen. Denn wir sind deine Gefährten und wollen deines schützenden Schwertes niemals entbehren!«

Da lächelte Diomedes und sprach: »Ich höre deine Rede wohl. Beweist mir nun, daß sie auch wahr ist! Als erstes will ich Kundschafter aussenden, die in Erfahrung bringen sollen, ob wir in Paphos nicht mit Hilfe der Achäer jene Schwarzgepanzerten vernichten können. Denn so schrecklich die Fremden auch kämpfen mögen, bisher hat keiner meinem Schwerte widerstanden, habe ich doch vor Troja sogar mit dem Kriegsgott gekämpft und Aphrodite, die Herrin dieser Insel, am Handgelenk geritzt, daß ihr göttliches Blut rot auf den Rasen sprang!«

Wir schwiegen ehrfurchtsvoll, und unser Fürst fuhr fort: »Du, Stigos, gehst mit Agenor, denn Weisheit nützt jetzt mehr als Stärke. Dir, Aras, gebe ich Bias bei, weil er die Sprache der Ägypter kennt und so vielleicht mit den Phöniziern in Paphos reden kann. Nehmt Goldstücke mit, als ob ihr fahrende Händler wärt, und sagt, daß euer Schiff gesunken sei und ihr euch als einzige ans Ufer retten konntet. Sprecht mit den Griechen, ob sie sich nicht unter meiner Führung gegen ihre neuen Herrn empören wollen. Nimm meinen Ring, Aras, damit sie dir glauben. Du aber, Bias, sollst versuchen, auch bei den Phöniziern Bundesgenossen zu finden. Kommt wieder, wenn die Sonne das Meer berührt. Seid ihr bis dahin nicht zurück, werde ich nach euch suchen.«

Waffenlos wanderten wir durch die Hügel die Küste entlang. Ich war von bösen Ahnungen befallen, denn ich glaubte nichts anderes, als daß die Hethiter uns sogleich in Stücke hauen würden, um uns das letzte Gold zu rauben, das Stigos und ich in zwei Lederbeuteln unter den Gewändern trugen. Ich muß gestehen, daß es blanke Feigheit war, die mir die Füße hemmte. Meine Gefährten jedoch schienen keine Angst zu empfinden, sondern scherzten laut, und Stigos rief:»Heute bin ich der glücklichste Mensch, denn ich werde schon bald in einer wohlsortierten Schenke vor gewürztem Wein sitzen, und die gutgewachsenen Töchter des Wirts werden mit schlanken Fingern meine Achselhaare kraulen!«

So kamen wir schließlich ans Stadttor. Die Mauer war niedrig und an manchen Stellen beschädigt. Die schwarzgepanzerten Wächter riefen uns in einer unbekannten Sprache an. Bias antwortete auf ägyptisch, und einer der Hethiter verstand genug, um unsere Geschichte anzuhören. Er sorgte sich nicht einmal, ob wir Waffen trugen, und ließ uns ohne Prüfung ein. Die Hethiter waren so von ihrer Stärke überzeugt, daß sie ihre Gegner häufig unterschätzten und nicht glaubten, daß jemand sie bezwingen könne. So waren sie zwar in der Schlacht von ungeheurem Heldenmut und wichen nie zurück; Kriegslisten aber waren sie oft hilflos ausgeliefert, und Verstellung durchschauten sie nur schwer.

In der Stadt schlug Stigos vor:»Agenor und ich wollen uns in der Schenke Nachrichten verschaffen. Denn an welchem Ort könnte man mehr Neuigkeiten erfahren? Ihr beide aber sollt zum Hafen eilen, denn wenn unsere hiesigen Landsleute Händler sind, dann dürften sie am Meer zu finden sein.«

Damit verschwanden die beiden im Gewirr der Gassen. Bias und ich schritten zum Hafen hinab. Dort lagen zahllose große und kleinere Schiffe von gänzlich verschiedener Bauart und Form, denn sie waren von Seefahrern aller Völker zusammengeraubt und gestohlen. Weil wir griechisch sprachen, drehte sich mancher nach uns um, doch wenn wir diese Neugieri-

gen dann begrüßten und auf sie zugingen, taten sie so, als ob sie uns nicht verstünden. Ich ärgerte mich darüber sehr und begann die Männer laut zu schmähen, weil sie ihre Muttersprache so verrieten, und meinte, es gebe auf der Welt wohl nicht noch einmal ein so feiges Pack wie die Achäer von Paphos. Da schallte es plötzlich auf griechisch zu uns herüber:
»Hütet eure Zunge, ihr Söhne von streunenden Hunden, damit ich euch nicht meine Faust zu kosten gebe!«
Ich fuhr herum und sah auf einem kleinen, felsigen Vorsprung des Hafens einen Mann von ungewöhnlicher Größe. Er trug ein langes graues Leinengewand, das lose von seinen Schultern fiel und seine mächtigen Muskeln nur unzureichend verbarg. Er schien noch jung, doch tiefe Falten des Schmerzes und der Ruhelosigkeit durchzogen sein edles Gesicht. Seine Gestalt erschien mir königlich, und ich sagte verblüfft:
»Es war nicht meine Absicht, dich zu kränken, der du gewiß von edler Abkunft bist. Aber daß deine unwürdigen Nachbarn hier ihre Heimat verleugnen, hat mich empört. Wir sind Sendboten des Diomedes, des Königs von Argos. Gewiß wird er erfahren wollen, welchem edlen Landsmann wir begegnet sind. Ich bitte dich, vertraue uns daher deinen berühmten Namen an!«
Da verkleinerten sich die Augen des Fremden, und mißtrauisch antwortete er: »Der Tydeussohn soll jetzt auf Zypern sein? Das ist ja kaum zu glauben! Wie lange habe ich ihn nicht mehr gesehen, und alle die anderen Helden dazu! Vor Troja saß ich selbst in ihrem Kreise, so daß ihr mich eigentlich kennen solltet! Da ihr aber offenbar nicht wißt, wer ich bin, glaube ich eher, daß ihr Betrüger, Aufwiegler oder Spione im Dienste der Hethiter seid und herausfinden wollt, wer von uns den Umsturz plant!«
Da zog ich den Ring des Diomedes hervor, trat auf den Fremden zu und zeigte ihm den Eberkopf. Der Grieche packte mich an der Schulter, starrte mir in die Augen und sagte: »Ja, das ist der Ring des Tydiden, es gibt keinen zweiten von dieser Art. Erkläre mir, wie du an ihn gekommen bist! Wo hast du ihn gestohlen?«
Schnell berichtete ich, was in den letzten Tagen geschehen war, und auch, was sich in Troja, Argos und auf Kreta zugetragen hatte. Der Fremde hörte mir mit schmerzerfüllter Miene zu, und als ich meine Erzählung beendet hatte, meinte er: »Vieles davon habe ich schon erfahren, denn hierher kommen häufig Handelsschiffe der Achäer und bringen Nachrichten aus ferner Heimat. Ach, ewig unerreichbar ist Achäa nun für mich! Doch kommt in mein Haus, hier können zuviele fremde Ohren hören.«
»Wir würden dir gern folgen«, sagte ich, »doch wir haben von Diomedes strengsten Befehl, zum Schiff zurückzukehren, bevor die Sonne sinkt. Wer bist du, edler Herr?«
Da spürte ich die harte Hand des Bias auf der Schulter, und mein Gefährte sprach: »Du konntest ihn nicht kennen, Aras, ich aber weiß, welch edlem Fürsten wir begegnet sind, obwohl ich anfangs ein wenig unsicher war; denn sein Antlitz hat sich sehr verändert und ist von der Last großen Unheils

gefurcht.« Dann wandte er sich dem Fremden zu und sagte ehrerbietig: »Trotz allem kannst du, edler Fürst, es nicht verbergen, daß du Teuker bist, Sohn des Telamon, Prinz von Salamis und Bruder des unbesiegbaren Ajax. Ich verneige mich voller Ehrfurcht vor dir.«

»Teuker!« entfuhr es mir. »Viel hörte ich von deiner Tapferkeit! Wie bist du denn in dieses fremde Land verschlagen worden?«

»Darüber werde ich mit Diomedes sprechen«, versetzte der Prinz von Salamis, »bringt ihm nur diese Botschaft: Die Griechen hier in Paphos taugen nicht zum Waffengang; sie halten es lieber mit den Unterdrückern, statt ihr Wohlleben aufs Spiel zu setzen. Will der Tydide diesen Feldzug aber dennoch wagen, dann stehen jetzt die Zeichen gut. Denn Fürst Kerikkaili, der die Hethiter auf der Insel führt, hat gestern Paphos mit dem größten Teil der Schwarzgepanzerten verlassen, um auch den Süden Zyperns zu erobern, nachdem sich hier kein Widerstand mehr regt. Kaum mehr als vierzig Krieger sind zurückgeblieben. Wenn Diomedes aber zaudert, kann es leicht geschehen, daß Kerikkaili zurückkehrt, ehe Paphos befreit ist. Darum beeilt euch! Auch ich werde mit meinen Knechten zu den Waffen greifen. Doch führt der Fürst von Argos sicher ein so großes Heer, daß er meiner Hilfe nicht bedarf.«

Ich schwieg bedrückt, denn wir waren doch nur wenige Männer auf einem einzigen Schiff. Teuker aber mahnte mich:»Träume nicht, Jüngling, sondern bringe Diomedes schnell Nachricht! Ich hoffe, ihn bald als Sieger begrüßen zu können!«

Daraufhin verließen wir den Helden und suchten unsere Gefährten in der Schenke auf. Dort konnten wir nur mit äußerster Mühe zu ihnen vordringen, denn eine dichte Menschenmenge versperrte uns den Weg. Angehörige der verschiedensten Völker redeten durcheinander, wie es in allen Städten üblich ist, wenn etwas Ungewöhnliches geschieht. Die Schenke war mit Hethitern gefüllt, die dort in ihren Eisenpanzern saßen, und mitten unter ihnen sah ich Stigos schwitzend einen Würfelbecher schütteln.

Zwölf hochgewachsene Krieger drängten sich um ihn und feuerten einander lauthals an. Auf dem Tisch häuften sich Goldstücke, Kupferringe, eiserne Waffen und Schmuck in großer Menge. Plötzlich stand Agenor bei mir und blickte mich mahnend an.»Was ist geschehen?« fragte ich entsetzt. »Ist Stigos wahnsinnig geworden, mit unseren Feinden die Würfel zu rollen? Feiert ihr ein Versöhnungsfest mit den Tyrannen? Mir ist bekannt, wie fest der Würfeldämon Stigos in den Klauen hält. Aber daß er noch nicht einmal bei einem solchen Auftrag davon lassen kann, dafür habe ich kein Verständnis!«

»Nicht Stigos ist des Spielerwahnsinns Opfer«, versetzte Agenor, »sondern die Schwarzgepanzerten, die von den Würfeln erst seit heute wissen. Denn in ihrer Heimat sind sie unbekannt. Nur zwei von den Hethitern saßen anfangs in der Schenke, als Stigos seine Würfel zog, um sich bei ihnen einzuschmeicheln. Dann aber kamen immer mehr der Schwarzgepanzerten; nie habe ich das Glück des Stigos so verwünscht wie heute! Denn er gewinnt fast immer, Berge von den edelsten Metallen liegen schon auf seinem Tisch, und seine Gegner sind in solcher Hitze, daß sie ihn nicht mehr aufhören lassen wollen und sogar ihre Waffen einsetzen.«

»Das kann kein gutes Ende nehmen«, raunte ich Agenor zu, »man weiß ja, daß der Sieger eines Spiels in Hafenschenken später oft im Hinterhof gefunden wird, nackt und beraubt. Ich verstehe nicht, warum ihr euch nicht schon längst davongemacht habt!«

»Wie denn, du Schlaukopf?« giftete Agenor. »Sie lassen ihn doch nicht mehr aus den Augen, so sehr sind sie vom Spiel besessen! Ich glaube, es drängen sich jetzt schon sämtliche Krieger aus der ganzen Stadt in dieser Schenke, auch die Torwächter. Derzeit sind sie gering an Zahl, weil ihr Feldherr die meisten Hethiter auf einen neuen Kriegszug nach Süden geführt hat.«

»Das haben wir auch schon gehört«, gab ich zurück, »aber wie wollen wir unseren Freund aus dieser Lage befreien? Mir scheint, ihm macht das Spiel selbst keine Freude mehr; ihm steht der Angstschweiß auf der Stirn, und er befürchtet wohl zu Recht, daß ihm bald Schlimmes widerfährt und seine Spielgefährten statt der Würfel seinen Schädel über den Tisch rollen lassen.«

»Das glaube ich kaum«, versetzte Agenor, »denn erst vor kurzer Zeit sah ich, wie einer der Hethiter sich betrogen glaubte und Stigos mit dem Schwert erschlagen wollte; woraufhin ihn seine eigenen Gefährten überwältigten und meinten, er solle nicht ihr Spiel zerstören, das ihre einzige Abwechslung in der Fremde sei. Ich sorge mich nur, daß Stigos vor lauter Angst nicht mehr genug Geschicklichkeit besitzt, absichtlich zu verlieren, ohne daß es jemand merkt; das wäre seine einzige Rettung. Denn solange er immer gewinnt, werden die Hethiter ihn nicht entlassen, mag auch die Sonne längst vom Himmel verschwunden sein.«

Diese Bemerkung erinnerte mich an den Befehl des Diomedes und ich sagte: »Dann soll er eben alles auf dem Tisch liegenlassen und sich mit einer höflichen Entschuldigung zu einem dringenden Bedürfnis auf den Abtritt schleichen! Wir müssen zurück, der König wird schon ungeduldig sein.«

»Glaubst du im Ernst, daß ich nicht selber schon an diesen Ausweg dachte?« fragte Agenor mißmutig. »Denkst du, ich bin ein dummer, noch mit dem eigenen Kot besudelter Knabe? Schon lange gab ich Stigos diesen Rat. Jedoch, als er die Schwarzgepanzerten um eine Pause bat, wollten sie diese nicht gewähren. Ja, einer von ihnen zog sogar den Helm und ließ den Stigos dort hinein sein Wasser leeren, während er immer weiter würfeln mußte. Die Hethiter sind wie von Sinnen, wenn es ums Glücksspiel geht.«

Da fiel mir kein Ausweg mehr ein, und ich sah uns in meiner Verzweiflung schon mit den Köpfen nach unten von der Stadtmauer baumeln. Da sagte Bias kühl: »Nicht nur das Glücksspiel, auch der Wein scheint diesen Schwarzgepanzerten hier mächtig zu gefallen! Wenn euch nicht Todesangst das Wasser in die Augen triebe, hättet ihr längst erkannt, daß viele dieser harten Eisenmänner schon recht wackelig erscheinen. In ihrer Heimat fehlt es wohl nicht nur an Würfeln, sondern auch an Reben.«

Auch ich bemerkte jetzt, daß die Hethiter von den Säften des Dionysos schon recht benebelt waren, so daß oft der eine den anderen nicht mehr verstand. Der Gedanke, der mir daraufhin durch den Kopf schoß, schien mir jedoch wahnwitzig zu sein, und ich wagte nicht, ihn weiter zu verfolgen. Bias aber hatte gespürt, was in mir vorgegangen war, und ermunterte mich mit den Worten: »Findest du es nicht an der Zeit, Aras, dich nicht mehr nur im Glanz einer edlen Abstammung zu sonnen, sondern Tapferkeit mit Taten zu beweisen?«

Diese Worte trafen mich wie die Hiebe des Fuhrmanns den störrischen Esel. Daher zog ich meinen Beutel mit den Goldstücken hervor, trat zum Tisch des Stigos, tat jedoch, als ob ich ihn nicht kennen würde, und warf ein paar Scheiben des edlen Metalls auf die Platte, so daß sie klirrend nach allen Seiten rollten.

»Mit Bewunderung sehe ich euer Spiel, edle Krieger«, sagte ich dabei zu den Hethitern, »darum verwehrt es mir bitte nicht, am Würfeln teilzuhaben, ich will euch dafür gern den Wein bezahlen!«

Als der Wirt den Fremden meine Worte übersetzte, brüllten die Schwarzgepanzerten begeistert auf. Denn sie hofften jetzt nicht mehr nur Stigos, sondern auch mir viele Goldstücke abzujagen. Auch kann überhaupt jeder, der Kriegern in der Schenke einen Trunk verschafft, sich damit häufig ihre Freundschaft erwerben, wenn auch meist nur für kurze Zeit.

Stigos sah mich mit dem Blick eines Mannes an, der kurz davor steht, tobsüchtig zu werden und um sich schlagend und geifernd mit der heiligen Krankheit zu Boden zu sinken. Von neuem rollten nun die Würfel. Die Traube der Spieler wurde immer dichter, und der Wirt mußte den Knecht zu Hilfe rufen, weil er den Wein nicht mehr schnell genug nachschenken konnte. Ich erhöhte den Einsatz ein um das andere Mal, so daß die Spielwut der Hethiter weiter wuchs, sie noch mehr tranken und nach jedem Wurf laut durcheinanderschrien wie Männer, denen Götter den Verstand verdunkelt haben. Stigos jedoch beschwor nacheinander sämtliche Himmlischen, die er kannte, und es waren manche dabei, deren Namen ich zum erstenmal vernahm. Der kleine Mann aus Myloi starrte mich dabei finster an, denn er war überzeugt, daß ich mir auf seine Kosten einen üblen Scherz erlaubte und mich an seiner Not erheitern wollte.

Inzwischen sorgte Bias unbemerkt dafür, daß die von den Hethitern gewonnenen Waffen verschwanden, und wenn einer der Schwarzgepanzerten ihn dabei sah, sagte der bleiche Mann mit unschuldiger Miene: »Ich schaffe doch nur Platz fürs Spiel, sonst finden ja die Würfel keine Bahn mehr!«

Die Sonne war schon untergegangen, als den Hethitern die Köpfe schwer wurden. Die am längsten in der Schenke gesessen hatten, sanken nun allmählich auf die Bänke und begannen zu schnarchen. Nur die eifrigsten Spieler, nicht mehr als ein Dutzend, eiferten noch immer um die Gunst des Glücks. Stigos war dem Zusammenbruch nahe, denn er hatte fast ständig gewonnen. Doch wenn er Anstalten machte, das Spiel zu verzögern oder gar eine Pause anzustreben, verdüsterten sich sogleich die Mienen seiner Gegner, und sie machten uns durch den Wirt mit ihrer zischenden Sprache klar, daß sie nicht eher aufzuhören gedachten, als bis sie ihr gesamtes Geld zurückgewonnen hätten und unseres dazu. Sich mit Gewalt zu nehmen, was sie begehrten, wäre ihnen nicht in den Sinn gekommen, denn sie entstammten einem Volk, das Dieben und Räubern noch weniger Achtung entgegenbrachte als selbst den aussätzigen Bettlern. Die Hethiter waren so ehrlich, daß sie sogar, wenn sie etwas von Wert auf der Straße fanden, erst laut fragten, wem es gehöre, statt es schleunigst einzustecken, wie es bei allen anderen Völkern als vernünftig gilt. Darum wollten uns diese Männer nicht mit den Waffen, sondern mit den Würfeln besiegen. Sie eiferten dabei so sehr, daß der eine dem anderen heftige Vorwürfe machte, wenn er beim Wurf versagte, obwohl es doch in keines Menschen Händen liegt, ob die Glücksgöttin Tyche sich gnädig erweist oder nicht.

Schließlich sprang einer der Würfel unmittelbar vor den Füßen des Bias zu Boden. Einer der Hethiter ließ sich auf die Knie nieder, um nach dem Spielzeug zu forschen. Plötzlich begann er zu röcheln, bäumte sich auf und faßte sich an den Hals. Dort, wo sich zuvor seine Kehle befunden hatte, klaffte ein blutiges Loch.

Ehe die Feinde begriffen, was geschah, hatte Bias bereits zwei weitere Hethiter mit seinem Schlangenmesser umgebracht. Dann erst begannen die anderen aufzuschreien. Agenor warf dem verblüfften Stigos und mir zwei Schwerter zu. Damit stürzten wir uns auf die Schwarzgepanzerten, die, vor Wut und Überraschung brüllend, gleichfalls ihre Waffen packen wollten. Als sie diese nicht mehr fanden, griffen sie zu Stühlen und Krügen. Die anderen Gäste flüchteten auf die Straße, wo ein großer Tumult entstand.

Nun begann ein schreckliches Morden. Agenor stand mit einem erbeuteten Bogen hoch auf den Balken, die das Dach abstützten, und sandte seine Pfeile auf die Schwarzgepanzerten. Stigos und ich schlugen mit Schwertern auf sie ein. Am entsetzlichsten aber wütete Bias, der wie ein blutiger Dämon des Todes von einem der betrunkenen Hethiter zum anderen sprang und ihnen die Kehlen durchschnitt, bevor sie erwachen konnten. Aber bevor diese Henkersarbeit zu Ende geführt war, stürzten weitere Hethiter herbei, vorzeitig zurückgekehrte Kundschafter des Heeres, die den Lärm und die Schreie ihrer Gefährten gehört hatten. Damit hatte ich nicht gerechnet, und ich erkannte, daß zu einem tüchtigen Heerführer mehr als Mut gehört: Wer Schlachten siegreich leiten will, bedarf der Klugheit nötiger als der Stärke, und der Voraussicht mehr als des blinden Kampfeseifers. Unser Plan war fehlgeschlagen; uns blieb nur die Flucht. Verfolgt von mehr als zwanzig Hethitern hasteten wir durch die Gassen wie Rehböcke, wenn sie das heisere Bellen der Hetzhunde hören. Da rief eine höhnische Stimme:

»Nun, ihr Achäer? Hat euch das Heimweh übermannt, daß ihr wie Wiesel davoneilt? Oder glaubt ihr es eurer Gesundheit schuldig zu sein, die vom Faulenzen und Prassen schlaff gewordenen Glieder durch Bewegung mit neuen Kräften zu füllen? Vorhin glaubte ich, ihr wolltet die Hethiter zum Schwertkampf fordern. Nun aber sehe ich, daß ihr sie zum Wettlauf geladen habt, in dem ihr gewiß siegen werdet, denn eure Füße berühren kaum noch die Erde!«

Es war Teuker, der uns so verspottete. Schwerbewaffnet eilte er mit sechs Knechten aus dem ummauerten Hof seines Hauses auf die Straße und stellte sich dort unseren Verfolgern in den Weg. Da schöpften wir wieder Hoffnung und wandten uns um. Aber wir konnten den Schwarzgepanzerten nicht standhalten. Zum Glück sind die Gassen in Paphos so eng, daß darin nicht mehr als vier Männer nebeneinander zu fechten vermögen. Doch hätte nicht Teuker so gewaltig dreingeschlagen, daß wir Diomedes zu erblicken glaubten, dann wären wir den Hethitern bald allesamt zum Opfer gefallen. Denn die Schwarzgepanzerten waren furchtbare Kämpfer und voller Wut über den Anschlag auf ihre Gefährten.

Agenor wurde als erster verwundet; mit einem blutenden Schnitt am Schenkel schleppte er sich aus dem Gefecht. Stigos, Bias und ich erlitten bald zahlreiche kleinere Wunden. Nur Teuker war noch unversehrt, denn seine Kraft und Fechtkunst überstieg die unsere bei weitem. Doch als schließlich drei Hethiter zugleich auf den Fürsten eindrangen, hörte ich ihn fluchen:

»Bei allen nacktärschigen Teufeln des Baal, wo bleibt euer König, Achäer? Keucht Diomedes etwa noch brünstig am Busen einer wohlfeilen Beischläferin, während wir uns hier im Schwertkampf plagen? Oder leert er noch am Abtritt gemächlich den Darm, statt uns schleunigst mit Schild und Speer zu Hilfe zu eilen? Sonst kommt er doch immer als erster gelaufen, wenn irgendwo ein Schlachtgetümmel tost, und Blut riecht er doch auf größere Entfernung als selbst ein hungriger Wolf!«

Kaum hatte Teuker geendet, da hörte ich von hinten einen mächtigen Kriegsruf erschallen, und als ich mich umwandte, sah ich unser kaum noch seetüchtiges Schiff, tief im Wasser liegend, mit prall gefülltem Segel durch die Hafeneinfahrt kommen. Am Bug stand Diomedes in seiner herrlichen, goldumrandeten Rüstung. Zakrops machte sich nicht die Mühe, das Fahrzeug sorgsam anzulegen, sondern setzte es mit knirschendem Kiel so heftig ans Ufer, daß das Vorderschiff krachend zerbarst und Diomedes mit einem gewaltigen Satz mitten unter die verblüfften Hethiter sprang, mehr durch den Aufprall geschleudert als durch die Kraft seiner Beine.

In Sorge um uns war der Fürst, so erfuhren wir später, mit dem notdürftig instandgesetzten Schiff nach Paphos gesegelt, weil wir nicht zur verabredeten Zeit zurückgekehrt waren. Dank einer glücklichen Fügung traf er gerade noch rechtzeitig ein, um dem schon aussichtslos gewordenen Gefecht eine Wendung zu geben. Denn obwohl die Hethiter nicht wankten und sich erbittert wehrten, erlagen sie nun doch den mächtigen Streichen der beiden achäischen Helden und ihrer Gefährten.

Phrixos, der Mann aus Mykene, und Polymerios rammten ihren Gegnern Wurfspieße durch die Leiber, daß diese brüllend ihre Gedärme mit den Händen erfaßten und starben. Kaliphon, der Bogenschütze, deckte seinen verwundeten Vater mit dem Schild, von Stigos und dem bleichen Bias unterstützt. Der kleine Polyphas aber geriet in schwere Bedrängnis: Ein riesiger Hethiter rang ihn zu Boden und wollte ihm den Dolch in die Kehle stoßen. Da eilte unserem Gefährten im letzten Augenblick sein Bruder Polkos zu Hilfe und schlug dem Schwarzgepanzerten seine Streitaxt zwischen die Schultern, daß Blut emporspritzte und Polkos an Brust und Armen besudelte wie einen Schlächter. Zakrops hieb von Bord des langsam versinkenden Schiffes mit seinem langen Ruder dazwischen, wobei er aus Versehen den Telamonier traf, der daraufhin schmerzerfüllt wütete: »Was hast du für Männer mitgebracht, Diomedes, Blinde oder gar Wahnsinnige? Sage diesem ziegenbärtigen Holzfuß, er möge sich gefälligst an die Schwarzgepanzerten halten!« Zum Schluß lagen alle Hethiter leblos am Strand, und wir beraubten sie ihrer Waffen. Diomedes und Teuker jedoch, die beiden ruhmvollen Helden, kümmerten sich nicht um die wohlverdiente Beute, sondern umarmten einander wie Brüder.

»Teuker!« rief Diomedes erfreut. »Welch Glück, daß ich dich wiedersehe, noch dazu an einem Ort, an dem ich einen so berühmten Krieger nicht vermutet hätte. Wahrlich, von den Achäern hat es damals keiner mehr bedauert als ich, daß du nach dem Unglück, das deinen Bruder Ajax traf, das Heer der Griechen vor Troja verlassen hast. Dich hier in der Fremde wieder umarmen zu dürfen, bedeutet mir mehr als die Eroberung dieser armseligen Stadt, deren Beherrscher wir binnen so kurzer Zeit allesamt in den Hades hinabstürzen konnten!«

»Wie, Diomedes?« staunte Teuker, »weißt du nicht, daß wir noch kaum den zehnten Teil der Feinde überwunden haben? Es war doch nur ein kleiner Rest der Schwarzgepanzerten, der sich uns hier entgegenstellte. Vierhundert schwerbewaffnete Hethiter aber sind zu einem Feldzug in den Süden unterwegs und können täglich von dort wieder zurückkehren! Haben dir deine Kundschafter davon nichts berichtet? Wahrlich, es scheinen wirklich Blinde in deinem Gefolge zu sein, und Taube noch dazu, denn ich habe ihnen doch alles genau erklärt! Spute dich also, mein Freund, und hole dein Heer in die Mauern, damit sich deine Krieger in der Festung eingewöhnen, ehe wir den Hethitern ein fröhliches Willkommen entbieten!«

Nun war es an Diomedes zu staunen. »Mein Heer?« fragte er verwundert; dann begann er zu lachen. Er lachte so laut, daß die Achäer von Paphos aus ihren Häusern gelaufen kamen, doch es war ein Lachen voller Bitterkeit. »Mein Heer, lieber Teuker?« rief Diomedes am Ende. »Es steht doch schon vollzählig hier! Denn diese wenigen Männer sind alle, die mir in meinem Elend blieben!«

Da warfen sich die Achäer von Paphos, die eben noch die Leichen der erschlagenen Hethiter angestaunt hatten, wie auf ein Zeichen heulend zu Boden, rauften sich Bärte und Haare und rissen ihre Gewänder entzwei, wie es Trauernde tun. Der Stadtälteste schmierte sich Straßenschmutz in das Gesicht und rief wehklagend die Götter an. Diomedes sah erst mit Verwunderung, dann mit Unwillen zu und rief schließlich zornig:

»Was jaulst du da, Alter, inmitten deiner wohl geistesverwirrten Freunde wie ein getretener Hund? Von Fremden seid ihr überwunden worden, weil ihr fern eurer Heimat und des Schutzes eurer Brüder wart. Nun aber haben die Götter euch einen Befreier gesandt, der die Sklavenfesseln von euch löste. Ich, Diomedes, König von Argos, habe euch in meiner Güte gerettet und eure Unterdrücker bezwungen. Darum laßt uns feiern und den Göttern ein Dankopfer bringen, damit sie uns auch künftig wohlgesonnen sind. Denn obwohl ich schon vieles von ihnen erdulden mußte, diesmal sind sie mir gnädig gewesen!«

Da jammerten die Achäer noch lauter, und der Stadtälteste erwiderte: »So mögen sie sich auch uns gnädig erweisen! Freilich, sie liegen tot am Boden, unsere Unterdrücker, die uns bis aufs Blut gepeinigt haben. Wer aber soll uns schützen, wenn ihre Brüder zurückkehren, die viel zahlreicher sind als ihr und den Mord an ihren Gefährten blutig rächen werden? Kannst du uns denn mit so wenigen Männern verteidigen, Diomedes? Oder du, Teuker, mit deinen Knechten, von denen du schon zwei verloren hast? Nein, nichts wird uns dieses Schicksal ersparen, wenn wir nicht rasch viel Gold an Kerikkaili senden und versuchen, uns damit von der Blutschuld freizukaufen, die unsere unwissenden Landsleute auf sich und uns geladen haben!«

Da runzelte Diomedes die Stirn und sagte finster: »Es gibt wohl kein undankbareres Volk als das der griechischen Krämer! Schweig, Alter, wenn ich dir nicht meine Faust in die Zähne schmettern soll! Ihr werdet meinen Sieg mit eurer Feigheit nicht zerstören! Denn ich gedenke diese Stadt gegen jeden Feind zu halten, mag er auch noch so heftig gegen diese Mauern stürmen. Ihr aber, meine Freunde aus Paphos, werdet mir dabei helfen, wenn ihr nicht wollt, daß euer Blut von meiner Lanze trieft!«

»Wohl gesprochen«, lobte Teuker, während die achäischen Händler zitternd vor uns lagen, »sendet uns eure Söhne, die vielleicht mutiger sind als ihre vom Wohlleben verweichlichten Erzeuger. Sagt ihnen, daß sie ihr Spielzeug mit unseren Waffen vertauschen sollen. Auch eure Knechte sollen kommen! Wen ihr uns zu verbergen sucht, der wird, sobald wir ihn erspähen, als erster zu den Schatten eilen.«

Dann wandte er sich zu Diomedes und sprach: »Du aber, Fürst von Argos, komme in mein Haus, denn mich dürstet nach einem erfrischenden Trunk und der Erinnerung an alte Zeiten!«

Zuletzt schwor Stigos mit erhobener Stimme: »Solange ich lebe, werde ich meine Würfel nie wieder anrühren, bei Zeus! Das habe ich gelobt, als ich einsam und verloren unter den Schwarzgepanzerten saß und mir der Angstschweiß auf der Stirn stand. Meinen Gewinn aber, und auch das, was ihr mir noch aus unseren Tagen auf Kreta schuldet«, fuhr er unter dem Jubel der Gefährten fort, »wollen wir ohne Verzug dem Dionysos opfern, denn schließlich war er es ja im Grunde, der uns durch seinen süßen Wein aus der Gefahr errettet hat.«

6 Zypern ist nach dem Glauben seiner Bewohner noch größer als Kreta und heute ebenso reich, denn außerhalb der zerklüfteten Berge erstrecken sich überall fruchtbare Weiden, auf denen Rinder und Schafe in großer Zahl grasen. Noch reicher sind die Zyprer durch das Kupfererz, das sie aus der Erde graben und mit hohem Gewinn an alle Völker verkaufen. Oft veredeln sie das rote Metall mit Zinn zu kostbarer Bronze. Aus diesem Stoff wurden früher überall auf der Welt Waffen und allerlei Geräte gefertigt. Noch heute ziehen manche Völker Bronze dem Eisen vor, weil letzteres sehr teuer ist. Der dritte Grund für Zyperns Reichtum schließlich ist seine günstige Lage im östlichen Meer, das die Zyprer das Zyprische, die Syrer das Syrische, die Phönizier aber das Phönizische nennen, weil jedes von diesen Völkern es für sich beansprucht und meint, schon vor den anderen hier gesiedelt zu haben. Doch wie dem auch sei, die großen Handelsschiffe aller Völker machen stets auf Zypern halt, wenn sie vom Nil Getreide nach Kleinasien bringen oder Wolle und Tuch von Kreta nach Phönizien. So viele Völker verrichten auf Zypern ihre Geschäfte, daß es wohl niemanden wundert, wenn diese Insel verschiedene Namen besitzt: Die Ägypter nennen sie Kittim, so wie die erste Stadt, die ihr König, der dritte Thutmosis, dort vor fünf Menschenaltern stürmen ließ, als er das Land erobern wollte. Bei den Kretern heißt die Insel Kition, bei den Phöniziern Alaschia und bei den Assyrern Jadnana.

Kittim, die älteste von den drei größeren Städten der Insel, liegt gegen Sonnenaufgang an ihrem äußersten Saum, gegenüber von Asien. In diesem Ort leben vor allen Phönizier und Achäer. Amathus ist die größte Stadt Zyperns, obwohl sie erst von Thutmosis gegründet wurde. Dort leben hauptsächlich Ägypter. In Amathus wohnte einst auch der oberste Herrscher von Zypern, der sich König von Alaschia nannte und so mächtig war, daß er es sogar wagen konnte, den Pharao in Briefen keck als »Bruder« anzureden. Paphos ist zwar die kleinste von diesen drei Städten, doch bei den Griechen die bekannteste, denn sie ist nach dem Sohn Pygmalions benannt. Jener König hatte sich so sehr in die von ihm selbst geschaffene Elfenbeinstatue eines Mädchens verliebt, daß Aphrodite das Kunstwerk schließlich mit ihrem Götteratem zum Leben erweckte. Sie nannte das Geschöpf Galatea und gab es Pygmalion zum Weib. Der Nachkomme der beiden Liebenden, Paphos, gründete dann diese Stadt. Doch seit diesen Tagen ist schon so viel Zeit vergangen, daß ich diese Erzählung schon damals für ein Märchen hielt, obwohl gerade die Liebesgöttin nach Meinung der Griechen zu den erstaunlichsten Taten fähig ist. Für die, die solchen Berichten leicht Glauben schenken, ist Paphos ein Ort inniger Gebete, wenn ein Mann keine Frau finden kann oder ein Mädchen keinen Gemahl. Darum haben die Griechen der Liebesgöttin in Paphos schon vor urdenklichen Zeiten einen herrlichen Tempel erbaut.

Bei einem ausgiebigen Mahl berichteten Diomedes und Teuker einander von ihren Erlebnissen. Der König von Argos erzählte, wie er mich in Troja gefunden hatte. »Weil dieser Jüngling«, sagte der Tydeussohn zu Teuker,

»als Bote der Götter nach Troja kam, habe ich ihn an Sthenelos' Stelle zu meinem Gefährten und Wagenlenker gemacht.«

Teuker blickte mich freundlich an und sagte: »Wenn ich dir auch am Hafen harte Worte gab, den Sieg haben wir nicht zuletzt deiner Tüchtigkeit zu verdanken. Oder soll ich sagen, deinem Leichtsinn? Wahrlich, ich hätte es wohl kaum gewagt, mich mit nur drei Gefährten einem solchen Feind zu stellen!« Das sagte er aber nur, um mir eine Freude zu machen. Denn während ich nur Betrunkene und Waffenlose überfallen hatte, war Teuker kampfbereiten und in ihrer Rachsucht fürchterlichen Kriegern in den Weg getreten.

Diomedes warf ein: »Es war wohl göttliche Fügung, Teuker. So seltsam es auch scheinen mag, daß Zeus mir die Rache verwehrte, obwohl doch alle Zeichen günstig schienen, um mir dann hier auf Zypern einen leichten Sieg zu schenken, mit dem ich niemals rechnen konnte. Meine Schicksalswege sind so verschlungen, daß ich hoffe, die Himmlischen senden mir bald einen Traum oder sonst ein Zeichen, damit ich weiß, was meine Aufgabe sein soll auf meiner weiteren Wanderung über die Weltenscheibe.«

Danach berichtete Teuker von seinem Schicksal. Nach dem Tod Achills vor dem Skäischen Tor hatten Ajax von Salamis und Odysseus im Schlachtgetümmel den Körper des Helden samt seiner prächtigen Rüstung beschützt und geborgen. Jeder der beiden erhob damals Anspruch auf diese herrliche Wappnung, die nach altem Brauch stets dem als Ehrengabe zusteht, der den Körper des vormaligen Besitzers vor der Schändung durch den Feind bewahrt. Dieses Verdienst hatte sich vor allem Ajax erworben, doch Odysseus vermochte seinen eigenen Anteil an dem Rettungswerk so beredt zu schildern, daß der Rat der Fürsten die kostbare Rüstung schließlich dem König von Ithaka zusprach. Ajax war darüber so erzürnt, daß er sich in der gleichen Nacht, vom Wahnsinn geblendet, in sein Schwert stürzte, so daß die Griechen an einem Tag zwei ihrer stärksten Helden verloren.

Teuker konnte an Odysseus nicht die Blutrache vollziehen, denn die Schuld trug der Rat der Fürsten, und dieser stand über dem Gesetz. Aber der jüngere Bruder des toten Ajax mochte auch nicht mehr neben dem Mann kämpfen, dessen gewandte Zunge der eigentliche Urheber des Unheils war. Die anderen Heerführer sorgten sich, Teuker könne versuchen, sich heimlich an Odysseus zu rächen. Als Teuker davon hörte, beschloß er heimzukehren, um seinen hochbetagten Vater Telamon um Rat zu fragen. Dieser berühmte Argonaut hatte Troja einst an der Seite des Herakles selbst einmal erobert. Telamon machte seinem Sohn heftige Vorwürfe, weil er seinen Bruder nicht gerächt hatte, und weigerte sich, Teuker bei sich aufzunehmen. Daraufhin segelte Teuker mit wenigen Getreuen von Salamis, der schönen Insel im athenischen Meer, nach Osten und kam nach Zypern, wo er sich niederlassen wollte.

»So bist du wie ich ohne Schuld zum Heimatlosen geworden«, sagte Diomedes. »Bei Zeus, die Götter lassen uns den Sieg über Troja teuer bezahlen. Aber wir wollen nicht jammern wie Weiber, sondern darüber nachdenken, wie wir uns die Hethiter vom Hals halten können. Sie scheinen mir Männer zu sein, die man nicht mit ein paar von der Mauer herabgesprochenen Worten verjagen kann, sondern die wacker Sturmleitern anlegen und nicht eher ruhen, bis wir oder sie selbst den dunklen Styx erreichen.«

Doch schon bei den ersten weiteren Worten über die geplante Schlachtordnung verloren die Fürsten sich wieder in alte Gedanken, so daß sie es schließlich aufgaben, schon jetzt einen Plan zu entwerfen. Statt dessen ließen sie lieber Wein kommen und sprachen von gemeinsamen Erlebnissen, während die Dunkelheit über die Stadtmauern sank.

Am nächsten Morgen sandte Diomedes zehn Kundschafter aus. Er befahl ihnen, sofort zurückzukehren, wenn sie den Feind entdeckten. Danach stellten sich der Tydide und der Telamonier auf den Versammlungsplatz in der Stadtmitte, traten die hölzernen Stände der Marktfrauen roh mit den Füßen um und übten die jungen Achäer von Paphos, Waffen zu gebrauchen.

Dabei nahm Diomedes ein Schwert verkehrt in die Hand und erklärte den staunenden Jünglingen:»So zu fechten, ist Art des höflichen Mannes. Denn es bedeutet nichts anderes als: ›Nur zu, lieber Hethiter, packe den Griff und stoße mir die Spitze in die Brust, denn du bist der ältere von uns beiden und verdienst den Vorrang!‹ Wenn ihr eure zarte Haut jedoch ohne Löcher zu euren Vätern zurücktragen wollt und zu den hübschen Sklavenmädchen, bei denen ihr euch wohl gestern noch herumgetrieben habt, dann packt das Schwert gefälligst am richtigen Ende und laßt es euch nicht wegnehmen!« Danach ergriff Diomedes einen Speer, hielt sich die Spitze an den Bauch und rief:»So zu stoßen, ist die Art des tüchtigen Kaufmanns. Denn er liebt es nicht, das kostbare Metall hinwegzugeben, sondern fängt es lieber mit dem Körper auf. Ihr aber sollt umgekehrt verfahren und für die Schlacht den Beruf eurer Väter vergessen, denn beim Kriegshandwerk ist im Gegensatz zum Krämertum das Geben seliger als das Nehmen.«

Nur wenige seiner Zuhörer hatten schon einmal Kriegsdienst geleistet, denn Zypern war die meiste Zeit ein Ort des Friedens. Von den knapp tausend Griechen der Stadt wußten nur vierzig, wie sich eine Bogensehne anfühlt, und nur zwanzig, wie man die Zügel von Schlachtrössern hält. Die Phönizier aber, aus denen die andere Hälfte der Bewohner von Paphos bestand, weigerten sich, am Kampf teilzunehmen. Sie behaupteten, daß die Hethiter über ihre phönizischen Heimatstädte zwischen Gebal und Ugarit herrschten und sich dort an ihren Eltern und Verwandten rächen könnten.

So kamen am Ende nur zweihundert griechische Krieger zusammen, und ich wunderte mich nicht mehr, daß die Bewohner von Paphos beim ersten Angriff der Hethiter so wenig Widerstand geleistet hatten. Die wenigen, die sich schließlich auf dem Platz versammelt hatten, beklagten laut ihr Schicksal, wenn Diomedes sie im schnellen Lauf die steilen Treppen an der Mauer hinauf und hinunter hetzte, wenn er sie zwanzigmal hintereinander die eisernen Wurfspieße schleudern oder die schweren Schilde schier endlos lange über ihre Köpfe heben ließ, um ihre Muskeln zu stärken. »Erbarme dich, schrecklicher Fürst«, jammerten die Achäer, »die Arme fallen uns vom

Rumpf, wir spüren unsere Beine nicht mehr, und der Atem pfeift durch unsere Lungen. Gönne uns eine Pause!« Doch Diomedes blieb unnachgiebig und höhnte: »Wollt ihr so etwas auch zu den Hethitern sagen, wenn sie mit ihren Schwertern vor euch stehen? Glaubt ihr, daß euch die Schwarzgepanzerten zum Reigentanz laden? Wenn ihr die Waffen nicht mehr halten könnt, werden sie euch die Zungen aus dem Mund schneiden und euch die Augen ausstechen, weil sie euch noch als Sklaven gebrauchen können; euren Vätern aber werden sie die Köpfe abhauen und damit Fangball spielen. Denn die Hethiter sind keine Leute, die man nach dem Mord an ihren Gefährten mit ein paar freundlichen Worten besänftigen kann!«

Zu Teuker aber sagte der Tydeussohn: »Große Hoffnung besitze ich nicht, dieses Treffen zu unseren Gunsten zu wenden. Sieh dir nur diese fetten Krämerwänste an! Laß uns schnell eine List ersinnen und den Hethitern lieber mit Geschicklichkeit begegnen als mit Kraft, an denen es diesen Achäern hier durchweg gebricht.«

·»Du hast recht«, antwortete Teuker, »ich werde mit den Bogenschützen hinter dieser Mauer stehen. Das Tor wollen wir öffnen, als ob alles friedlich wäre. Zu beiden Seiten werden wir zwei Männer in schwarzen Rüstungen aufstellen, als seien sie Hethiter. Dann wird Kerikkaili ahnungslos bis in Schußweite unserer Pfeile fahren. Du aber, Diomedes, sollst dich mit allen Streitwagen, die wir besitzen, vor der Stadt hinter jenem Hügel verbergen, der dort hinten bis ans Meeresufer reicht. Haben wir dann auf die Hethiter geschossen und Verwirrung gestiftet, dann stoße aus dem Hinterhalt auf sie wie ein Falke zwischen die Tauben. Die restlichen Männer aber vertraue meiner Obhut an; sie sollen hinter den Torflügeln stehen. Siegst du, will ich dir mit ihnen zu Hilfe eilen. Unterliegst du jedoch, dann rette dich hinter die Mauern. Ich werde dann das Tor mit jenen Kriegern so lange offenhalten, bis deine Wagen in Sicherheit gefahren sind. Das schwöre ich beim Andenken an meinen Bruder!«

»Wohl gesprochen, Teuker!« rief Diomedes erfreut. »Doch wie ich höre, werden die Hethiter mit mindestens achtzig Wagen fahren, während wir kaum zwanzig besitzen. Darum will ich quer zur Mauer starke Pflöcke in den Boden schlagen und mit Schnüren verbinden, zwischen denen sich einige Gassen öffnen. Wenn ich den ersten Angriff gefahren habe, eile ich längs der Mauer ins Freie wie zur hastigen Flucht. Die Hethiter werden mich verfolgen und sich in den Seilen verfangen. Dann stürze mit deinen Männern hervor und schlage ihnen das Hirn aus dem Schädel, wie Bauern auf dem Feld das Korn aus dem Getreide dreschen.«

7 Die Schlacht von Paphos begann in der Mittagsstunde des folgenden Tages, und wenn ich sie als Schlacht bezeichne, so deshalb, weil sie das erste große Gefecht meines Lebens war und mir damals gewaltig erschien. Später habe ich tausendmal mehr Männer einander erschlagen sehen, so daß mir unser Krieg auf Zypern heute fast wie ein Geplänkel erscheint, verglichen mit dem Schlachtgewoge in den Schwarzen Bergen oder am Merwersee, wo das Blut der Erschlagenen Sand und Wasser färbte, so weit das Auge reichte.

Diomedes und Teuker besahen sich eben die Schiffe im Hafen, um zu entscheiden, welche am besten geeignet erschienen, um einen Überfall von See her abzuwehren. Da bogen nacheinander sechs der zehn nach Süden gesandten Kundschafter hinter schweißbedeckten Rossen durch die engen Straßen und meldeten den nahenden Feind. Kerikkaili hatte, wie wir später erfuhren, nach Zypern eingedrungene Banden der Arzawa aus dem Süden Kleinasiens besiegt, eines Volks, mit dem die Hethiter schon seit undenklichen Zeiten in Fehde liegen. Mit nur geringen Verlusten kehrte der Feldherr nun zurück, auf der kunstvoll gebauten Straße, die von Paphos ostwärts nach Amathus führt.

Der Feldherr der Schwarzgepanzerten war vorsichtig genug, dem Heer zwei Streitwagen vorauszuschicken. Doch diese blieben stehen, als sie das Tor geöffnet sahen; die Späher wagten es nicht, ihrem Herrn die Ehre zu nehmen, nach dem erfolgreichen Feldzug als erster in die Stadt einzuziehen. Denn dieser Vorzug gebührt nicht dem einfachen Krieger, sondern stets nur dem höchsten Fürsten der siegreichen Truppen.

Hinter dem Hügel versteckt, stand ich neben Diomedes auf unserem schweren, aus Holz und Bronze gefertigten Wagen. Mit schweißnassen Händen hielt ich die Zügel umklammert, so daß Diomedes es für angebracht hielt, mir aufmunternd zuzulächeln. Links neben mir sah ich Polkos und seinen Bruder Polyphas auf ihrem Wagen, rechts den kleinen Stigos und Phrixos, den Mann aus Mykene, der leise den Geist Agamemnons beschwor. Die anderen Wagenkämpfer hielten in Keilform hinter uns. Agenor und Kaliphon hatten sich wie die anderen Bogenschützen mit Teuker hinter der doppelmannshohen Mauer verborgen. Der Vater hatte trotz seiner Verletzung den Sohn nicht allein ins Gefecht ziehen lassen wollen. Bei ihnen befanden sich auch Zakrops mit seinem riesigen Paddel und der Arzt Eurymachos mit einer scharfzackigen Knochensäge. Bias führte die Fußsoldaten, die sich hinter den geöffneten Flügeln des Tores versteckten.

Nach einer Weile sahen wir durch die Zweige der Sträucher, die uns verdeckten, den Feldherrn der Schwarzgepanzerten auf seinem Streitwagen kommen. Kerikkaili war ein stattlicher Fürst mit blondem, bis zu den Schultern fallendem Haar und rötlichem, eckig gestutztem Bart. Seine Bewegungen wirkten jugendlich und kraftvoll. Ein aus Eisenringen geschmiedetes Hemd bedeckte seinen Leib; sein Helm war spitz wie ein Stierhorn und mit Gold und Silber beschlagen. Er lenkte seinen Streitwagen selber; mit der Linken hielt er die Zügel, mit der Rechten zwei Speere. Sein Kampfgefährte stand mit einem Schild neben ihm, um seinen Heerführer gegen Geschosse zu decken. Die beiden Achäer, die wir in hethitischer Rüstung vor das Tor gestellt hatten, begannen nun laut mit den Schwertern an ihre Schilde zu schlagen, als jubelten sie dem heimkehrenden Feldherrn zu; das hatte ihnen Teuker befohlen. Kerikkaili trieb daraufhin seine Rosse an und strebte, von den anderen Wagen gefolgt, in schneller Fahrt dem Stadttor zu.

Als der Hethiter die Mauer schon fast erreicht hatte, erscholl auf dem Wall plötzlich Teukers Kriegsruf. Der Telamonsohn hielt die Sehne seines gewaltigen Bogens ans Auge und erschien den Achäern in diesem Moment wie Apollo selbst, der göttliche Fernhintreffer. Links und rechts von ihm wuchsen andere Bogenschützen aus den Zinnen und sandten eine Wolke von Pfeilen nach den überraschten Hethitern.

Viele der Schwarzgepanzerten sanken getroffen zu Boden; Teukers Geschoß aber prallte vom eisernen Harnisch Kerikkailis zurück. Verwundete Pferde scheuten, und einige Streitwagen wurden umgeworfen. Da rief Diomedes laut Zeus und Athene an und hieb mir krachend auf die Schulter, so daß ich erschrocken den Pferden die Zügel auf die Rücken schlug und unser kleiner Trupp zum Angriff raste wie eine Schar von Erinnyen, die nach langer Zeit wieder ein Opfer erspähen und sich an seinem Blut weiden wollen. Ehe sich die Hethiter zum Gefecht ordnen konnten, waren wir unter ihnen wie Hechte unter den jungen Karpfen und mähten die Schwarzgepanzerten nieder wie Köhler das dürre Geäst, das ihren Meiler heizen soll.

Zweimal prüfte Diomedes dabei den Feldherrn Kerikkaili: Mit der gewaltigen Kraft einer Sturzsee drang der Tydeussohn auf seinen Gegner ein, doch dieser widerstand ihm wie der Felsen des Riffs und schleuderte unserem König beim zweitenmal seine Lanze so heftig entgegen, daß sie die vier Schichten des ganz aus Bronze gegossenen und mit einer dicken Stierhaut bespannten Schildes des Tydiden durchschlug, als sei er nur aus Holz geschnitzt. Selbst Diomedes staunte über solche Kraft und rief mir zu:»Wende die Pferde, Aras! Bevor wir diesen Helden nicht bezwingen, wird der Sieg nicht unser sein!«

So drehte ich unseren Wagen noch einmal den Feinden entgegen. Diesmal warf Diomedes seinen aus dem Ast einer Esche geschnitzten und mit einer eisernen Spitze verstärkten Speer. Doch Kerikkaili wich diesem Angriff mit großer Gewandheit aus und zog sein Schwert. Klirrend schlug nun Eisen gegen Eisen; die beiden Fürsten prallten aufeinander wie zornige Waldeber, die ihre Hauer wetzen wollen.

Die anderen Schwarzgepanzerten hatten sich ebenfalls von ihrer Überraschung erholt und bewiesen, daß die Hethiter kein Volk von Feiglingen waren: Als ob sie Teile eines einzigen Körpers seien, verbanden sich die kampferprobten Wagenlenker nun zu einer Schlachtreihe und jagten uns nach, während die anderen Krieger, die beim Beginn des Überfalls zu Fuß auf der Straße marschiert waren, nun in die Breite ausschwärmten und mit lautem Kriegsgeschrei gegen die Mauern stürmten.

Es wäre uns daher wohl übel ergangen, hätte nicht Diomedes seine List vorbereitet: Vorsichtig fuhren wir nun auf unserem Wagen durch die engen Gassen zwischen den kniehoch gespannten Stricken an der östlichen Mauer von Paphos entlang. Unsere Verfolger, die im Eifer des Kampfes mit Speeren nach unseren Rücken zielten, rollten geradewegs in die Falle. Wild stiegen die Rosse hoch, als sie die Hindernisse bemerkten, aber ihr Schwung war zu groß, als daß sie noch zum Stehen kommen konnten. Andere Tiere bemerkten die Seile sogar noch später und stürzten wiehernd und mit gebrochenen Beinen zu Boden. Fast alle Kampfwagen der Hethiter fielen um, und die Schwarzgepanzerten wurden hoch in die Luft und hart zu Boden geschleudert. Sogleich stürmte Bias mit seinen Männern hinter den Toren herbei und begann unter den hilflosen Feinden zu wüten.

Wir aber schlugen nun einen Bogen und rollten gegen die Fußtruppen der Hethiter, die entsetzt dem Ende ihrer Wagenkämpfer zugesehen hatten und unserem Angriff nun schutzlos preisgegeben waren. Sie wehrten sich tapfer, aber zu Fuß können nicht einmal zehn Krieger zugleich einen rasenden Streitwagen hemmen, und überdies hielten Teukers Bogenschützen von hoher Mauer aus blutige Ernte. So war die Schlacht bald entschieden. Nur etwa achtzig Hethitern gelang die Flucht über steile Hügel, von ihren Streitwagen entkamen nur zehn.

Die Achäer von Paphos erhoben ein großes Jubelgeschrei, als sie sahen, daß ihre Söhne noch lebten und die Stadt dem Ansturm widerstanden hatte. Alte und Weiber rannten kreischend aus dem Tor und hieben mit Feldsteinen auf die verwundeten Hethiter ein, die betäubt und wehrlos auf dem Boden lagen. Die schwarzen Krieger aber, die noch bei Bewußtsein waren, wehrten sich bis zuletzt, und wenn sie die Arme nicht mehr heben konnten, baten sie dennoch nicht feige um Gnade, sondern ertrugen ihr Schicksal wie tapfere Männer. Als die Meute der Achäer auch zu Kerikkaili kam, der besinnungslos unter seinem umgestürzten Wagen lag, stellte sich Bias, vom Kopf bis zu den Füßen blutbespritzt, den Mördern entgegen und sprach mit einer Stimme wie brechendes Eis:

»Diesen Mann werdet ihr nicht berühren, Freunde, wenn ihr euch nicht mit mir auf Tod und Leben messen wollt!« Da wagten die Männer von Paphos nicht, in Kerikkailis Nähe zu kommen. Bias hob den Streitwagen des Hethiters mit schier unglaublicher Kraft auf die Räder, lud den leblosen Fürsten auf und rollte langsam durch das Tor bis zu Teukers Haus, wo Diomedes ihn erwartete. Denn der Tydeussohn hatte dem treuen Gefährten vor der Schlacht heimlich befohlen, im Fall des Sieges den Führer des feindlichen Heeres mit seinem eigenen Leben zu schützen.

8 Auf meiner Wanderung durch die Welt habe ich viele tapfere Männer gesehen, mit manchem ruhmvollen Gegner in Ehren gekämpft und die meisten großen Krieger meiner Zeit gekannt. Nur wenigen von ihnen ist Unsterblichkeit zuteil geworden; die Namen der meisten verschwanden im Fluß der Jahre, und keines Menschen Sinn hat sie bewahrt. Dabei ist die Erinnerung an ein tapferes Herz, mag es das eines Freundes sein oder das eines Feindes, wie ein kostbarer Schatz für den, der wahres Mannestum bewundert. Zu den größten Helden, deren Weg ich kreuzte, zähle ich auch Kerikkaili.

Diomedes und Teuker reinigten sich und kleideten sich in leichte Gewänder, labten sich dann mit Speise und Wein; den Hethiter betteten sie auf ein

Lager. Bias, Agenor, Zakrops und ich bewachten den Gefangenen, denn uns als die am weitesten durch die Welt gefahrenen Männer wollte der König bei seinem Gespräch um sich haben, weil er nicht wußte, wie gut Kerikkaili der Achäersprache mächtig war.

Als Kerikkaili die Augen aufschlug und sich in den Händen seiner Feinde sah, sprang er auf wie ein Panther, um uns eine Waffe zu entreißen und sich erneut zum Kampf zu stellen. Diomedes aber streckte ihm zum Zeichen des Friedens die offenen Hände entgegen und sagte:

»Ich hoffe, daß du unsere Sprache verstehst, Hethiter. Denn ich will nicht mehr mit dir kämpfen, sondern reden. Wisse, daß ich Diomedes bin, der Sohn des Tydeus und König von Argos, und daß ich dir das Leben schenken werde, wenn du mir sagst, was ich zu wissen begehre.«

Der fremde Fürst verstand die Worte unseres Königs und antwortete in leidlichem Achäisch:

»Nur der gewaltige Wettergott Teschup kann über mein Leben gebieten, denn ihm als dem höchsten Herrscher des Reichs ist dieses seit langem geweiht. Mag er es mir nehmen! Du wirst mich nicht furchtsam sehen, Fremder. Ich bin nicht deiner Stärke, sondern deiner List erlegen, weil deine Männer es nicht wagten, sich mit den meinen in einem ehrlichen Gefecht zu messen.«

»Du kannst beruhigt sein, niemand wird dich berühren«, sagte Diomedes. »Es ziemt sich nicht, den Wehrlosen zu metzeln, der unbesiegt blieb, solange er Waffen trug. Doch berichte uns nun von deiner Herkunft und der deines Volkes, denn ich habe noch nie von den Hethitern gehört.«

»So mußt du aus einer Wüstenei am finsteren Rand der Weltenscheibe stammen, in die das Licht der Sonne nur recht spärlich dringt!« antwortete der Fremde mit ehrlichem Erstaunen. »Weißt du denn wirklich nicht, daß meinem Volke das mächtigste aller Reiche gehört? Nicht Assyrien noch Babylon, nicht Urartu und nicht einmal Ägypten kann sich mit uns vergleichen. Seit mein Volk in grauer Urzeit vom Himmelsdach niederstieg und im Herzen Asiens seine hochragenden Burgen erbaute, zittern die Völker der Erde vor unseren Speeren. Denn wir überwältigten die Städte im Umkreis wie Löwen mit ihrer Pranke das Rind, häuften Staub auf ihre Türme und nahmen Hab und Gut mit uns. Ihren Sklaven aber nahmen wir die Hände vom Tagwerk, lösten ihre Hüften und setzten sie unter dem Himmel in Freiheit. Auch ließen wir auf unseren Feldzügen nicht den Rauch brennender Häuser zum Wettergott steigen, sondern taten den niedrigen Menschen nichts Böses. Nur die Führer unserer Feinde straften wir, und ihre Könige spannten wir vor die Wagen des Tabarna, der über unsere Heere befiehlt. Selbst den König Ägyptens hat unser großer Muwatalli besiegt, damals bei Kadesch in Syrien, als ich noch ein Knabe war. Jetzt ist Tutchalija unser Herrscher, der vierte seines Namens. Er überzog die Völker im Norden und Süden, im Westen und Osten im Krieg, die Kaschkäer und Pala am Südrand des nördlichen Meeres, die Wiluscha, Karkischa und Lukka, die in der Sprache der Achäer Lykier heißen, im Westen. Im Süden unseres Reiches bekriegte Tutchalija die Mascha und die Arzawa, die Kizzuwatna und jetzt auch die Zyprer, so daß du leicht ersehen kannst, welche unbezwingbaren Kämpfer bald mein Blut an euren Häuptern rächen werden!«

Diomedes bewunderte diese mutige Rede, doch die Geringschätzung des Gefangenen verdroß ihn, und er antwortete mit gerunzelter Stirn: »Wenn ihr hier vor Paphos auch nur eine kleine Zahl von Hethitern wart, die unsere war noch viel geringer, und dennoch haben wir das Feld behauptet. Es sind also keine feigen oder erbärmlichen Männer, denen ihr unterlegen seid. Ich selbst habe damals vor Troja sogar mit dem Kriegsgott gekämpft, und die mächtige Aphrodite am Handgelenk geritzt, so daß ihr unsterbliches Blut rot auf den Rasen sprang!«

Da blickte Kerikkaili ihn erstaunt an und fragte erregt: »Wie? Vor Troja habt ihr gekämpft, du und deine Männer? Dann hast du doch sicherlich auch von Penthesilea gehört, die jener Stadt im Namen Tutchalijas zu Hilfe eilte! Wie ist der Feldzug ausgegangen? Zwei Jahre lange lebe ich nun schon auf dieser abgelegenen Insel und habe seither nur wenige Neuigkeiten erfahren. Sag schnell, was kannst du über sie berichten?«

»Ja, ich habe Penthesilea gekannt«, antwortete Diomedes. »Sie war nicht unsere Verbündete, sondern unsere Feindin. Sie hielt zu den Trojanern, während ich für die Achäer kämpfte. Sie war eine Königin der Amazonen aus einem fernen Land im Osten; sie berichtete den Trojanern, sie hätte auf der Jagd versehentlich ihre Schwester Hippolyte getötet und hoffe nun, durch einen den Göttern wohlgefälligen Kriegszug den Rachegeistern zu entgehen. Zwölf edelmütige Gefährtinnen folgten ihr aus dem Amazonenland, die alle tapfer kämpften.«

»Amazonen?« fragte Kerikkaila verwundert. »Ich kenne dieses Wort nicht. Was wollt ihr damit bezeichnen?«

»Nun«, antwortete Teuker, »wie jeder weiß, sind diese Amazonen ein Volk von kriegerischen Weibern, die keine Männer bei sich dulden. Es wird berichtet, daß sie sich einmal im Jahr mit ihren Nachbarn, den Gargareern, zum festlichen Beilager treffen. Von den Kindern, die sie danach gebären, behalten sie nur die Mädchen; die Knaben geben sie ihren Vätern. Doch wenn du von Penthesilea sprichst, mußt du die Amazonen doch kennen! Sie leben an der Mündung des Flusses Thermodon.«

Agenor fügte hinzu: »Ich habe sie selbst gesehen, als ich noch in der Blüte meiner Jahre stand. Auf einer Beutefahrt von Thrakien an die Ufer des nördlichen Meeres, dort, wo die steilsten Berge aus dem Wasser ragen, wurde ich selbst von jenen Männinnen gefangen. Ein Jahr lebte ich bei ihnen. Auch am Beilager nahm ich teil, doch als mein Kind ein Knabe war, wollte die Mutter ihn mir nicht überlassen. Da verbarg ich den Säugling unter meinem Mantel und floh. Dieser Knabe ist mein Sohn Kaliphon, den ihr wohl alle kennt. Heute ist er die Stütze meines Alters, damals jedoch wäre fast sein Blut vergossen worden, denn es ist durchaus nicht immer so, wie Teuker sagt. Die Amazonen geben nicht alle Söhne den Vätern, sondern opfern manche ihren entsetzlichen Göttern!«

Da erschien ein Lächeln auf Kerikkailis edlem Gesicht, und er sprach:»Ihr Achäer scheint Männer zu sein, die man mit Schauermärchen ängstigen kann. Wisset, daß diese Frauen, die ihr Amazonen nennt und offenbar für Ungeheuer haltet, in Wirklichkeit nichts anderes sind als die Priesterinnen der Sonnengottheit von Arinna. Sie dienen dem strahlenden Tagesgestirn, das unserem König den Adler Scharumma beigab und ihn so über alle Fürsten erhob. Die jungen Frauen, die der Sonnengottheit gehören, sind allerdings Kriegern wie euch durchaus ebenbürtig, denn sie lernen von frühester Jugend an, Bogen und Schwert zu gebrauchen und auch den schweren Eisenspieß zu schleudern. Am liebsten kämpfen sie mit der doppelten Axt. Doch würden sie niemals hilflose Kinder ermorden, es sei denn, sie wären zu schwach für ein Hethiterleben. Richtig ist aber, daß sich die Jungfrauen von Arinna nicht wie alle anderen Mädchen mit Männern verbinden; sie müssen ihr Leben lang keusch und unberührt bleiben. Ach, wie grausam ist diese Verpflichtung, wie schrecklich rächt die Gottheit jeden frevlerischen Wunsch! Der Fluß aber, den ihr Thermodon nennt, muß jener sein, der bei uns Kumeschmacha heißt, denn dieser umspült im Norden das große Heiligtum der Sonnengottheit. Es liegt dort, wo unser Reich an das Gebiet der räuberischen Kaschkäer grenzt.«

Da strömte plötzlich die Erinnerung in mich zurück, wie sich ein wilder Bach, vom Regen des Herbstes geschwollen, in trockene Schluchten ergießt. Bilder aus meiner unglücklichen Kindheit zogen in rasender Eile an mir vorüber, und ich fragte mit zitternder Stimme:

»Sie heißen Kaschkäer, die Männer am südlichen Ufer des Meeres? Sage mir, Fürst, sind es eisengepanzerte Krieger mit abgeschnittenen Schwänzen von Tieren an ihren Helmen, die auf Pferden kämpfen und deren Hauptstadt auf einer Halbinsel liegt?«

»Du scheinst schon einmal bei ihnen gewesen zu sein, Jüngling«, antwortete Kerikkaili verblüfft.»Es ist, wie du sagst. Zwölf verschiedene Stämme zählt dieses Räubervolk, das vor zehn Menschenaltern aus der Steppe Asiens brach und seither an unseren Grenzen die Dörfer und Höfe brandschatzt. Ich selbst habe oft gegen diese Mörder Krieg geführt und sie in sieben Schlachten geschlagen. Aber ihr Führer entkam in die östlichen Berge von Naïri, so daß wir keinen Frieden fanden.«

»Ihr Führer?« fragte ich voller Angst, und eine furchtbare Ahnung stieg in mir hoch.»Ist er denn nicht zuvor auf einem Beutezug nach Norden ums Leben gekommen?«

»Das war sein Bruder Chuzzija, ein Priester Teschups«, antwortete mir der Hethiter, und ich spürte, wie mir das Blut in den Adern stockte. Kerikkaili musterte mich erstaunt und fuhr fort:»Er kehrte von einer Reise nach Tauris nicht zurück, und einige Kaschkäer, die wir später gefangennahmen, behaupteten, diesem Unglück allein hätten sie ihre Niederlage zu verdanken. Denn bei Kämpfen gegen einen starken Feind sei der mit Zauberkräften begabte Priester wichtiger als selbst der Führer des Heeres. Sie berichteten auch, daß Chuzzija meuchlings von einem ihrer einstigen Sklaven ermordet worden sei. Ich glaube aber, er hält sich in Wirklichkeit nur vor uns versteckt und wird eines Tages wieder in seine Heimat zurückkehren. So wie sein Bruder Pithunna, der Fürst dieses Räubervolks, von dem ich hörte, daß er in den Bergen gegen Sonnenaufgang wieder neue Banden sammelt. Denn seine früheren Gefährten habe ich unter Steinen begraben und mit ihrem Blut die Bäche zum Überlaufen gebracht. Aber woher weißt du so viel über jenes Land, Jüngling? Die Achäer hausen doch, soviel ich weiß, weit im Westen und nicht im Norden!«

Aber ich konnte ihm nicht antworten, denn die Unwissenheit löste sich von mir wie eine Binde aus schwarzem Tuch von den Augen. Die Zeit schien stillzustehen, als sei selbst sie vom Unheil gelähmt, und ich sah, deutlich wie auf eine tönerne Tafel geritzt, den Grund des Unglücks, das mich seit Tauris verfolgte, und die, die ich liebte, dazu. Jetzt kannte ich den Fluch, der auf mir lag: Es war der Fluch unschuldig vergossenen Blutes, der Racheschrei einer Mordtat; der heiße Atem der Erinnyen streifte mich. Ich hatte also in dem düsteren Haus des Kreters auf Tauris den Falschen ermordet, und noch dazu einen heiligen Mann! Einem Unschuldigen hatte ich tückisch den Dolch in die Kehle getrieben, einem Fremden, der nur der Bruder des Verhaßten war, den ich vernichten wollte!

»Was bist du so blaß, Aras?« fragte mich Diomedes, und auch die anderen Gefährten blickten mich forschend an. Doch ich wagte nicht, ihnen die Wahrheit zu sagen, sondern log: »Die Aufregung der Schlacht hat mich geschwächt.«

Dann schwieg ich, während Diomedes seinen Gefangenen weiter befragte. Schreckliche Gedanken durchzuckten mein Gehirn. Ein paar Worte hatten mich vom Ehrenmal des gerechten Rächers hinabgestoßen in die vergiftete Grube eines gemeinen Verbrechers, den Götter und Menschen verachten. Ich blickte zum Himmel, ob ich dort nicht die scharfgezackten Schwingen der Erinnyen rauschen hörte, und preßte angstvoll meine Hände vors Gesicht. In meinem Inneren aber hörte ich wieder die dumpfen Klänge jener unheimlichen Trommel auf Kreta, und ich erkannte daran, daß meine Seele offenbar schon seit langem geahnt haben mußte, was mein Verstand jetzt erst erfaßte. Jetzt wußte ich, daß schwere Schuld auf mir lag, und daß die Götter das Unglück, das uns in letzter Zeit getroffen hatte, offenbar nicht Diomedes, sondern auch mir zugedacht hatten. Pithunna, der Mörder meiner Eltern, lebte irgendwo am Rand der Welt, und meine Rachepflicht an diesem Mann war nicht erfüllt. Chuzzija aber, der unschuldige Diener eines fremden Gottes, lag tot in Tauris. Wie Könige manchmal einander flüchtige Verbrecher ausliefern, glaube ich, so konnten wohl auch die unbekannten Götter dieses Reitervolks von den Olympiern Achäas mein Blut gefordert haben, und vielleicht sogar von den schlafenden Göttern der Minoer.

Lange saß ich wie erstarrt auf meinem Platz; die seltsamsten Empfindungen durchrasten mein Gemüt. »Ich bin doch eigentlich frei von Schuld«, versuchte ich mich zu besänftigen, »wie hätte ich denn ahnen können, daß mein Todfeind einen Bruder besaß, der ihm wie ein Spiegelbild glich?« Doch eine

Stimme in meinem Herzen antwortete mir: »Dennoch trägst du allein die Schuld an dieser Tat, so unglücklich sie auch war!« und ich dachte an die Worte des Idomeneus nach jener Nacht auf Kreta: » . . . auch wenn ich es für ein wenig bedenklich halte, einen Mann zu töten, dessen Namen man nicht kennt. Denn wie soll man sich vor den Erinnyen rechtfertigen?«

»Ich werde reiche Sühneopfer bringen und viele wohlgefällige Werke tun«, versuchte ich mich zu beruhigen, doch meine innere Stimme entgegnete: »Kann denn den Göttern etwas wohlgefällig sein, das den Händen eines Mörders entstammt? Der noch dazu nicht seinen Racheschwur erfüllte?«

»So werde ich Pithunna suchen und mein Rachewerk an ihm erfüllen«, sagte ich mir, doch wieder zerstörten Zweifel diesen Trost, und ich dachte: »Welcher Gott wird mir dabei helfen, wenn die Himmlischen noch nicht einmal dem edlen Diomedes seinen Wunsch erfüllten, den Tod des Sthenelos zu sühnen?«

So groß war mein Kummer, daß mir Tränen in die Augen traten und ich dachte, nichts könne mich davor bewahren, ehrlos und von allen Menschen verachtet über die Erde zu fliehen. Bald aber sollte ich hören, daß ich keineswegs der einzige war, der unter einem schweren Schicksal litt. Denn bald erbat ein anderer, ungleich edler als ich, den Tod, zerschmettert von der schlimmsten Botschaft, die ein Liebender erhalten kann.

Dieser Mann war Kerikkaili, von dem ich zuvor gedacht hatte, hinter seinem Harnisch schlage ein ehernes Herz.

»Nun weißt du, in welche Welt du eingedrungen bist, Fürst der Achäer«, sagte der Hethiter, »und welche Völker hier im Umkreis wohnen, auch, wer sie beherrscht. Du wirst es wohl jetzt nicht mehr wagen, dem mächtigen Tutchalija zu trotzen, sondern mit deinen Männern so weit fliehen, wie dich dein Schiff zu tragen vermag. Dennoch wird dich nichts vor unserer Rache bewahren. Mein Los wird an dir vergolten werden, wenn du dich auch jetzt edel gezeigt hast, weshalb ich dir glauben will, daß du ein König bist und nicht nur der Anführer eines Räuberhaufens. Aber nachdem du von mir erfahren hast, was du wissen wolltest, verrate nun auch mir, was du versprachst. Was weißt du wirklich von Penthesilea? Oder hast du mich etwa belogen, um mir zu entlocken, was du zu erfahren begehrtest?«

Da seufzte Diomedes und sagte: »Hätte ich es doch lieber getan, Fürst der Hethiter, mir wäre wohler zumute! Doch ich habe die Wahrheit gesprochen. Ich habe nicht die Absicht, dein edles Blut auf die Erde fließen zu lassen, sondern du sollst mit allen Ehren zu den Deinen heimkehren, um dort von der Tapferkeit der Achäer zu berichten. Die Niederlage braucht dich nicht zu schmerzen; es gibt Schmachvolleres, als dem Sohn des Tydeus zu unterliegen. Aber was Penthesilea betrifft, so ahne ich, daß ich dir große Qual bereiten muß.«

»So sprich doch endlich, Fürst!« rief Kerikkaili erregt. »Was folterst du mich noch mit Ungewißheit? Sorge dich nicht um mich, wir Hethiter können mehr Schmerzen ertragen als alle anderen Männer, denn wir werden von Kindheit an darin geübt. Hast du Penthesilea gesehen? Und wo lebt sie heute? Wisse, daß mich ein grausames Schicksal mit ihr verbindet, so daß ich ein Recht darauf habe, alles von ihr zu erfahren. Ja, ich habe sie geliebt, damals am Kumeschmacha, als ich die Kaschkäer besiegte und sie mir dabei als Priesterin beistand; aber sie konnte mich nicht erhören, ohne das strenge Gebot ihrer Göttin zu brechen. Doch sie muß mir sehr zugetan gewesen sein, denn sie floh vor ihren Gefühlen und zog aus freiem Willen mit ihren engsten Gefährtinnen nach Troja, dem Wunsch unseres Königs folgend. Ich habe sie niemals wiedergesehen. Denn schon kurz nach dem Sieg im Norden sandte Tutchalija mich nach Zypern. Ich hoffte, auf diesem Feldzug den Tod zu finden, denn ich weiß, die Sonnenkönigin von Arinna entläßt niemals eine Dienerin aus ihrem Kreis, und so werde ich Penthesilea niemals besitzen. Doch wäre ich glücklich, von ihr noch einmal zu hören.«

Da sagte Diomedes traurig: »Es hilft wohl nichts, dir länger zu verschweigen, was du wissen mußt. Und trotzdem schmerzt es mich, du edler Fürst, dir nun berichten zu sollen, daß Penthesilea schon seit langer Zeit im Hades bei den Schatten wandelt. Ich selbst sah sie sterben, damals in der Schlacht am Skamander. Sie war die tapferste Heldin, die sich Achäern je stellte. Viele meiner Gefährten starben durch ihre Hand, zum Schluß aber fuhr sie gegen Achilles und Ajax zugleich, zwei von den Stärksten unseres Heers, und Achill war es, der sie mit seiner Lanze tödlich traf. Ich selbst habe zwei von ihren Gefährtinnen erschlagen. Ajax, Idomeneus und Meriones besiegten die anderen, und an den Namen dieser berühmten Kämpfer magst du ersehen, daß es keine geringen Männer waren, die eure Priesterinnen uberwanden. Die tapferste von diesen Jungfrauen war Penthesilea, und Achilles hat mir später gestanden, daß er mit seinem Schicksal hadere, weil es ihm diese Frau als Feindin und nicht als Gemahlin zugedacht hatte.«

Nach dieser Nachricht blieb Kerikkaili lange Zeit stumm. Wir ahnten die Stürme, die in seinem Herzen tobten, doch in seinem Antlitz regte sich kein Muskel, und seine Augen blieben klar. Nach einer Weile blickte er Diomedes an und sprach: »Ich danke dir, Fürst, daß du mir Gewißheit gegeben und nicht verschwiegen hast, was ich erfahren wollte. So sind wir am Ende des Redens, und keiner von uns ist etwas schuldig geblieben. Verschaffe mir nun den Tod, mögen ihn auch Foltern begleiten! Ich kenne die Gebräuche der Achäer nicht, aber beginne nun unverzüglich damit, wenn du deinen Edelmut beweisen willst. Größere Schmerzen, als ich sie jetzt empfinde, kannst du mir nicht bereiten. Ich sehne mich nach der Unterwelt und mag nicht mehr das Licht der Sonne schauen.«

Da sprang ich erschrocken auf und rief: »Du wirst doch diesen edlen Mann nicht töten, Diomedes? Verschone ihn, ich bitte dich! Sende ihn nach seiner Heimat zurück, er verdient kein so elendes Ende!«

Auch die Gefährten bestürmten den Fürsten mit Bitten und sagten: »Laß diesem Helden sein Leben, Diomedes, wir wollen uns nicht mit seinem Blut beflecken!« Und Bias fügte leise hinzu: »Stets habe ich deinen Befehlen ohne Bedenken gehorcht, König. Diesmal aber bitte ich dich, mache mich nicht zum Henker an diesem Mann.«

Doch bevor Diomedes antworten konnte, hob der verletzte Hethiter den Kopf und sagte verächtlich zu uns: »Nur um euer Gemüt zu besänftigen und euer Gewissen reinzuhalten, wollt ihr mir die Qual aufbürden, mit der Nachricht vom Tod der Geliebten und als Verlierer dieser Schlacht weiterleben zu müssen? Wahrlich, ich hätte bessere Feinde verdient!« Dann wandte er sich Diomedes zu und sagte: »Du darfst mir die Erfüllung meines Wunsches nicht verweigern, König. Wisse, daß ich mich selbst in mein Schwert stürzen würde, wenn dies von unseren Göttern nicht als fluchwürdiges Verbrechen angesehen würde. So bitte ich dich, leihe mir deinen Arm und befreie mich endlich von diesem Leben!«

Mit diesen Worten sank er zu Boden und umfaßte die Knie seines Bezwingers. Da hielt es den Sohn des Tydeus nicht mehr. »Nimm dein Messer, Bias«, befahl er mit düsterer Stimme. »Es ist unsere Pflicht, diesem Helden Gehorsam zu leisten, so grausam auch ist, was er fordert. Doch tue draußen, was getan werden muß! Ich kann es nicht mitansehen.«

Da seufzte der schreckliche Bias tief auf, und in seinem bleichen Gesicht zuckte es wie Wetterleuchten im hohen Gebirge. Der Hethiter aber erhob sich mit einem Jubelruf und sagte: »Wahrlich, ich bin von einem wirklichen Helden überwunden worden. Ich werde deinen Namen in der Unterwelt preisen! Wenn wir uns dort wiedersehen, sollst du an meiner Seite sitzen, und wir werden Freunde sein.« Mit diesen Worten zog er Bias mit sich in den Garten. Danach haben wir den Gefährten zwei Tage lang nicht mehr gesehen. Erst später erfuhren wir, daß Bias die ganze Zeit im Zeustempel gebetet hatte, um seine Seele zu reinigen.

Nun wußte ich, was Kalchas im ersten Teil der Weissagung für mich gesehen hatte: Der Krieger, dem er in seinem Traum begegnet war, war ich selbst; die Schlange, die sich nach ihrem Tod in ein Lamm verwandelte, war mein unglückliches Opfer Chuzzija, das ich für bösartig gehalten hatte, wo es doch völlig unschuldig war. Aber ich sprach zu keinem Menschen über diese Entdeckung, denn ich fürchtete, daß die Erinnyen sonst auch Hermione und die anderen Gefährten, die ich liebte, überfallen könnten. Sechs Tage lang wohnte ich mit meiner Frau in Teukers Haus, meine Wunden und die Liebe pflegend. Dann kam ein Handelsschiff aus Kreta in den Hafen.

Diomedes und Teuker ließen sogleich den Schiffsherrn holen, um Neuigkeiten aus der alten Heimat zu hören. Dabei erfuhren wir, daß die Rache der Götter nach Troja sich nun auch an Idomeneus erfüllt hatte. »Ihr wißt wahrscheinlich nicht, edle Herren«, erzählte der Seefahrer, der Diomedes und Teuker nicht kannte, »daß unser König kurz nach seiner Rückkehr auf Kreta dem Meeresgott seinen eigenen Sohn opfern mußte, um der Insel auch in Zukunft Glück und Segen zu erhalten. Wir Seeleute sind ihm dankbar gewesen, denn lebte Kreta nicht stets aus dem Meer? Die Stadtbewohner und die Hirten aber zürnten dem König, denn sie hatten den jungen Prinzen sehr geliebt, weil er ihnen während der Abwesenheit seines Vaters die Steuern zur Hälfte erlassen und dazu erklärt hatte, mehr Einkünfte benötige ein König nicht, wenn er in Frieden zu regieren gedenke und sich nicht ständig an fremden Kriegen beteiligen wolle. Deshalb gab es sogar einen Aufstand, den Idomeneus aber niederschlug. Dennoch hat sich unser König schon bald zu einem neuen Feldzug entschlossen, weil ihn zwei achäische Fürsten um Hilfe baten. Doch kaum war die kretische Flotte ausgesegelt, da erhob sich ein gewaltiger Sturm und zerstreute alle anderen Schiffe. Die beiden achäischen Fürsten sind seither verschollen, doch Idomeneus kehrte mit wenigen Kriegern nach Kreta zurück. Als seine Feinde dort sahen, daß dem König nur noch eine Handvoll Männer folgte, erhoben sie sich zum zweitenmal gegen ihn, und nur mit knapper Not konnte sich der einst so mächtige König mit einem einzigen Schiff aufs Meer zurück retten. Seitdem hat keiner mehr etwas von Idomeneus gehört, obwohl wir Kreter doch sämtliche Ozeane befahren.«

Auch aus dem Osten Zyperns erreichten uns Neuigkeiten: Boten des Königs Niqmepa von Amathus brachten Nachricht, daß die Hethiter sich plötzlich aus Alaschia zurückgezogen hatten. Mit Männern, Pferden, Wagen und Waffen hatten sie von einem Tag zum anderen die Insel Zypern wieder verlassen. Das sei in großer Eile geschehen, hieß es, und man habe in Erfahrung gebracht, daß das Reich Tutchalijas einen Angriff neuer, unbekannter Feinde aus dem Westen abzuwehren hätte. Diese fremden Völker nannten sich Schirdana, Zeker und Pulusatu und schmückten ihre Helme mit Vogelfedern oder Rinderhörnern. Keiner von uns hatte jemals die Namen dieser Völker gehört. Nur Zakrops erinnerte sich, Schirdana schon früher auf Inseln bei Chios und Lesbos getroffen zu haben. Die anderen Stämme konnten nur von Norden zugewandert sein, nachdem das mächtige Bollwerk von Troja, das Asien viele Jahrhunderte lang vor dem Angriff der wilden Barbaren des Nordens bewahrt hatte, zerbrochen war.

Daraufhin beschloß Diomedes, nach Ägypten zu segeln, ohne Teuker, mir und den anderen zunächst einen Grund dafür zu nennen. Keine drei Tage gab er uns Zeit, unsere Habe zu verstauen und das Schiff seetüchtig zu machen, das er gekauft hatte. Es war ein schöner, phönizischer Segler. Vom Bug bis zum Heck wie ein Bogen gespannt und aus feinsten Zedern gefertigt, besaß es einen mächtigen, reich mit Schnitzereien verzierten Mast und zwanzig Ruder auf jeder Seite. Mehr als zwei Dutzend junge Achäer aus Paphos wollten uns auf dieser Fahrt begleiten. Sie waren vornehmlich dritt- und viertgeborene Söhne, die keine Hoffnung auf das väterliche Erbe hegen konnten und nun mit uns auf Beute fahren wollten. Mit blitzenden Waffen standen wir auf dem Schiff. Ich legte den Arm um Hermione, die nicht klagte, obwohl Frauen nichts lieber besitzen als einen Herd und sie nicht einmal wußte, was der Grund für diesen plötzlichen Aufbruch war. Diomedes trat an einen mächtigen Altar und ließ den Göttern von den Priestern der Stadt reiche Opfer an Ziegen und Schafen darbringen, dazu viel Wein und ganz am Schluß zwei starke Stiere, denen er selbst die Kehlen durchschnitt. Dann wandte er sich zu den Männern von Paphos und sprach:

»Als Flüchtling bin ich an euren Strand verschlagen worden, Zyprer; als Sieger ziehe ich wieder von dannen, dem Willen der Götter folgend, die mir neue Aufgaben stellen. Denn die Hethiter sind besiegt und verschwunden. Alaschia ist von Feinden frei, so daß es meines Schwertarms nicht mehr bedarf. Darum entbinde ich euch von eurem Schwur, mir zu folgen und mir eure Söhne zur Seite zu stellen. Doch tue ich das nur, um euch in die Hände eines anderen zu geben, der euch fortan anführen soll. Teuker von Salamis ist auserkoren, auf Zypern Großes zu vollbringen; er wird eure Geschicke lenken. Ich erbitte für euch den Segen der Götter!«

So sprach er, stieß das Schiff vom Land ab und sprang als letzter hinein, während wir eifrig zu rudern begannen. Teuker winkte uns nach, während der Rauch des Opferfeuers wie eine Säule zum Himmel stieg, dann aber plötzlich zerstob; denn die Himmlischen hatten die Gabe gnädig angenommen und uns dafür einen günstigen Wind geschickt. Wir ließen die Ruder sinken, Diomedes rief uns zu sich, blickte uns in die Augen und sprach:

»Obwohl keiner von euch murrte und mir mit Fragen lästig fiel, weiß ich doch, daß ihr zu erfahren begehrt, warum ich so hastig zum Aufbruch rief. So hört denn, daß ich ein Zeichen der Götter erhielt, dem ich mich zu beugen habe. Oft habe ich mich voller Herzensqual gefragt, warum mir die Himmlischen das Werk der Rache verweigerten, wo doch alles auf ein gutes Ende deutete, die große Anzahl unserer Schiffe ebenso wie die hilfreiche Hand des Idomeneus. Und warum die Himmlischen mir andererseits auf Zypern einen unverhofften Sieg verliehen, wo ich doch nichts als einen ehrenhaften Tod erhoffen durfte. So unerfindlich sind die Wege des Schicksals.

Daß unser königlicher Freund Menelaos verschollen auf dem Meer umherirrt und Idomeneus, aus seiner Heimat vertrieben, über fremde Strände wandern mag, das sind Zeichen dafür, daß Zeus den Achäern noch manche schwere Prüfung auferlegen will. Ich will der Probe nicht entfliehen, sondern ihr mutig entgegenfahren. In Argos Rache zu nehmen, bleibt mir verwehrt. Denn im Traum erschien mir mein Vater, um mich davon abzuhalten, weil es nicht dem Willen der Götter entspreche. Die Himmlischen wollen Achäa vernichten, mir aber stehen noch viele Abenteuer in der Fremde bevor, und damit auch euch, zu eurem Ruhme. Der Sinn des Orakels von Delos wird sich mir enthüllen, wenn die Zeit dazu reift. Freilich, soviel weiß ich bereits, daß es voreilig war, zu frohlocken, als Apoll von einer Halbinsel sprach; gibt es nicht noch andere Länder, die das Meer von drei Seiten umspült? Wo meine Söhne herrschen sollen, das werden die Götter mir erst verraten, wenn meine Bestimmung erfüllt ist.

Ja, mein Vater Tydeus, der schon vor vielen Jahren zu den Schatten sank, ist mir vor drei Nächten erschienen; ihr seid die ersten, zu denen ich davon spreche. Er weckte mich mit scheltenden Worten und rief:›Diomedes, mein Sohn, gibst du dich schon in jungen Jahren nur noch der Erinnerung an alte Taten hin? Frisch, mache dich in neue Länder auf! Vor die Unsterblichkeit haben die Götter die Mühsal gestellt, und dein Scheffel ist noch lange nicht gefüllt!‹ So sprach er; in seinem Gürtel aber trug er das Schlangenmesser des Bias, und daran erkenne ich, daß er mit neuen Ländern zuerst Ägypten meinte.«

Da jubelten alle Gefährten auf, denn dieses Land war für seinen unermeßlichen Reichtum bekannt, und sie erhofften sich wertvolle Beute. Außerdem freuten sie sich darüber, daß die düstere Stimmung des Fürsten, den sie über alles liebten, von ihm endlich abgefallen schien, und er wieder kraftvoll an ihrer Spitze schritt. Mich aber beschlichen Bedenken. Denn ich war überzeugt, das Messer des Bias bedeute nicht das Land Ägypten, sondern vielmehr die Forderung, Rache zu nehmen. War dieses Messer nicht stets ein Werkzeug der Vergeltung gewesen? So meinte ich, Tydeus habe den Sohn nicht etwa von seiner Rache abgehalten, sondern ihn sogar dazu auffordern wollen. Erst später erkannte ich, daß ich bei meiner Deutung des Traums ebenso einer Täuschung erlegen war wie Diomedes. Den anderen Gefährten, die jetzt begannen, ebenfalls von Träumen zu berichten, und dabei die wunderlichsten Dinge behaupteten, glaubte ich jedoch kein Wort. Zu deutlich sah ich in ihren Augen Goldgier leuchten.

III
SESOSTRIS

Vor Zeiten lagerte ich auf den Trümmern Harappas am Feuer Gathaspars, des mächtigsten Magiers der Erde; uns nahte die Stunde des Abschieds. Brände glommen in der Ferne, und die Tiere der Karawane witterten voller Scheu das Unheimliche, das auf der dunklen Ebene am Rand des schwarzen Flusses lag. Da fragte ich nach den Göttern, und der unsterbliche Magier antwortete mir:

»Wisse, daß es seit ewigen Zeiten im Himmel nur einen einzigen Gott gibt, der über Sichtbares und Unsichtbares herrscht, das Wasser von der Erde schied und Licht vom Dunkel.

Aber den Menschen der Urzeit fehlte der Geist, Gott zu erkennen, denn sie besaßen nur den Verstand von Kindern. Fällt es gewöhnlichen Sterblichen nicht auch heute noch schwer, Gottes Allmacht zu begreifen?

Darum erschien Gott den ersten Menschen in verschiedenen einfachen Formen. Damit sie ihn leichter erkannten und sich nicht vor ihm ängstigten, wählte er dazu Gestalten, wie sie jedem Menschen aus seiner Familie vertraut sind: Vater, Mutter und Kinder.

Als Vater erhielt Gott von den Völkern neun ehrenvolle Namen: Der Himmelskönig; der, dem die Unsterblichen huldigen; der, der alles erbeben läßt; der den Krieg entfesselt; der starke Stier; der Landverwüster; der Vater von Gut und Böse; der Blitz; der gestirnte Löwe.

Als Mutter der Menschen wurden ihm sieben Titel zuteil: Die nasse Erde; die fruchtbare Hindin; die Hüterin des Feuers; die den Samen bewahrt; die Grünende; die lieben kann; die den Wasserkrug trägt.

Fünf Zeichen fanden die Menschen für Gott in seiner Erscheinung als Sohn, der über das Leben gebietet: Den die Sonne bescheint; der gewaltige Schöpfer; der, zu dem die Menschen aufsehen; der Wetter und Wasser beherrscht; der Adler vor der Sonnenscheibe.

Gleichfalls fünf Zeichen gaben die Gläubigen Gott schließlich auch in der Erscheinung des Sohnes, der den Tod bringt: Der nachtdunkle Vernichter; der den Frieden beschert; den nur die Götter nicht fürchten; der Herrscher der lichtlosen Tiefe; der Schlangenköpfige.«

Fröstelnd zog ich das Wolfsfell um meine Schultern, um den Wind abzuwehren, der aus der unermeßlichen Weite des schlafenden Erdteils zu den flüsternden Wellen des verbotenen Flusses drang, und fragte: »Warum aber wird Gott von den Völkern oft in so verschiedener Gestalt angebetet?«

Der Alte blickte mit weiten Augen durch meinen Körper in Tiefen, die nur er zu ergründen vermochte. »Zu gewaltig«, sagte er dann, »waren Gottes Gestalten für dauerndes menschliches Sehen; selbst ich kann ihren Anblick nur mit Mühe länger ertragen. Darum fertigte Gott in jeder Erscheinung ein Bildnis von sich an und sandte es den Sterblichen zu seiner Verehrung.

Als Vater gab er seinem Standbild ein Haupt aus Kupfer, denn dieses ist das älteste aller Metalle. Die Augen machte er aus rotem Karneol, der aus der Tiefe der Erde kommt. Aus Marmor, dem edelsten Stein, fügte Gott die Brust. Die Füße schuf er aus glänzendem Zinn, das sich mit dem Kupfer zur Bronze verbindet.

In seiner Erscheinung als Mutter wählte Gott Silber fürs Antlitz, denn dieses ist stoffgewordenes Licht. Als Augen nahm er zwei Smaragde, grün wie das keimende Leben. Aus dem Holz der duftenden Zedern schnitzte er einen Panzer. Die Füße formte er aus Ton.

Eisen, das härteste aller Dinge, nahm Gott als Sohn des Lebens für ein kriegerisches Gesicht. Die Augen ließ er aus gelbem Bernstein erglühen, den die Achäer Elektron nennen, weil in ihm Bewegung festgehalten ist. Den Harnisch schmiedete er aus flüssigem Feuer. Die Füße aber flocht er aus Halmen, denn immer sollte das, was den Händen der betenden Menschen am nächsten war, am wenigsten gefährlich für sie sein.

Das Bildnis des Todes erhielt für den Kopf das Gold, das wertvollste aller Dinge, weil auch der Tod das Wertvollste nimmt; an die Stelle der Augen fügte Gott Steine aus Lapislazuli; aus Alabaster meißelte er den Leib wie den eines Leichnams; die Füße jedoch band er aus Schilf, weil der Tod leise geht.

So erhielten die Menschen vier Bilder Gottes, denen sie opfern konnten. Aber die Sterblichen vermehrten sich so schnell, wie der Sturm die Körner des Sandes vorantreibt, und bald konnten sie nicht mehr gemeinsam vor den vier Standbildern knien. Da sprach Gott: ›Wandert den vier Winden nach; ein jeder Stamm soll eines der Bilder mit sich führen. Vergeßt jedoch nie, daß dies die einzigen Bilder sind!‹ Das gelobten die Menschen.

Die mit der Sonne westwärts zogen, nahmen das Bild des Vaters mit sich. Die der Sonne nach Osten entgegen wanderten, trugen das der Mutter. Die sich nordwärts in die Kälte wandten, forderten für sich das Bild des Lebens. Die nach Süden in die Hitze zogen, waren mit dem Tod zufrieden. Darum sind die Völker des Westens so kriegerisch, die Länder des Ostens so fruchtbar; darum steigt vom Norden her seit alter Zeit stets neues Leben aus den Bergen; die Menschen im Süden aber sind die, denen der Tod am vertrautesten ist.

Doch nach zahllosen Jahren wurde der Platz vor den Bildern von neuem zu eng. Da baten die Menschen: ›Wir wollen uns noch weiter über die Erde verstreuen!‹ Gott antwortete ihnen: ›Teilt eure Standbilder unter euch auf, so daß jeder ein Stückchen davon erhält und keiner mit leeren Händen davongehen muß. Vergeßt aber nicht, daß ihr alle Teile zusammenfügen müßt, um das Ganze zu erkennen!‹

Da nahmen die Tarscher die Füße vom Bildnis des Vaters und trugen sie nach Iberien, wo sie seither das kostbare Zinn aus der Erde graben. Aus der Brust des Standbildes wuchsen den Achäern die marmorreichen Inseln der Kykladen. Die Leute von Kittim und von Alaschia brachten das Haupt des Vaters nach Zypern, das so zur Heimat des Kupfers wurde.

Das Bildnis der Mutter teilten die Völker des Ostens: Das Silber schafften die Mächtigen von Urartu in die Schwarzen Berge, die ihr das Dach der Erde nennt. Die grünen Augen aus Smaragden behielten die reichen Minäer am Ufer des Roten Meeres. Die Phönizier erwarben den hölzernen Harnisch, dem heute die Zedern des Libanon entsprießen. Aus den tönernen Füßen erbauten die Völker von Sumer und Akkad ihre hochragenden Tempel und Türme.

Den Völkern des Nordens gab das eherne Haupt des Lebensgotts Eisen für Waffen und Panzer; man kennt sie als die kunstfertigen Chalyber vom Fuß des Kaukasus. Die gelben Augen entführten die Hyperboräer an ihr eisbedecktes Meer, das seit jenen Tagen die reichlichste Quelle des wertvollen Bernsteinschmucks ist. Der Panzer aus flüssigem Feuer erstarrte zum eisenharten Gestein inmitten des kleineren Asiens, aus dem die mächtigen Hethiter ihre Stärke schöpfen. Die geflochtenen Halme der Füße schließlich wuchsen sogleich zu den endlos wogenden Gräsern der nördlichen Steppe, auf der sich die Stämme der Aschkener tummeln.

Die Völker des Südens teilten sich in das Bild des Totengottes: Das güldene Haupt nahmen die Nubier, die blauen Augen die Kuschiten, den Leib und die Füße jedoch die Völker des Oberen und Unteren Ägyptens. Darum besitzen die Nubier soviel Gold, die Kuschiten als einzige den unvergleichlichen Lapislazulistein, die Menschen Oberägyptens den Alabaster, die aus dem Nildelta den nützlichen Papyrus.

Als die Völker auf diese Weise die Bilder Gottes zerteilten, floß Blut aus ihnen hervor und bedeckte weithin das Land. Das Blut aus dem Bildnis des Vaters wurde zum Meer, das aus dem Bild des Lebens zum Regen. Dem Bild des Totengottes entsprang der gewaltige Nil. Der Statue der Mutter schließlich entquollen Purattu und Idiglat, die beiden Riesenströme des Ostlands, die man auch Euphrat und Tigris nennt.

Die ältesten Völker waren zufrieden. Die jüngeren Stämme aber, die später entstanden, riefen: ›Wir sind betrogen!‹ Da schuf Gott für jedes Standbild noch eine Krone aus vielen anderen Kostbarkeiten und verteilte diese neuen Schätze der Erde unter die Klagenden. So erbten die Leute von Ophir den schwarzen Porphyr, die von Hazarmaweth die funkelnden Perlen, die von Punt das Elfenbein, die von Saba die rote Koralle, die von Tilmun den schwarzen Basalt, die von Melos den scharfkantigen Obsidian, die von Magan den grünen Kupferspat, die von Arya gebogene Muscheln. Darum kann heute kein Land von sich sagen, ärmer zu sein als das andere, denn alle besitzen gleich viel, und es liegt nur an seinen Bewohnern, seine Vorzüge zu nutzen.«

»Warum sind die Menschen dann niemals zufrieden?« fragte ich und blickte zu den zitternden Sternen empor, die mit durchscheinenden Fingern nach der Erde griffen. Da sprach Gathaspar zu mir:

»Die Erdbewohner hielten sich nicht lange an ihr Wort, sich immer der ursprünglichen vier Statuen zu entsinnen. Bald kam die Zeit, in der sie zu glauben begannen, jene Dinge, die sie vor Ewigkeiten davongetragen hatten, seien nicht Bilder Gottes, sondern die Götter selbst. Sie hielten das Einzelne für das Ganze. Darum beten heute viele Menschen Götter an, die es nicht gibt, und huldigen häufig demselben Bildnis Gottes unter verschiedenen Namen, verwirrt durch ihre eigene Vergeßlichkeit. Den Vater nennen die Achäer Zeus, die Hethiter Teschup, die Ägypter Ammon, die Arya Dyaus, die Assyrer Assur, die Babylonier An, die Minäer Belsamin. Gottes Erscheinungsform als Mutter heißt bei den Sumerern Nintu, die Chaldäer sagen Ischtar zu ihr, die Achlamu Atergatis, die Kanaanäer Astarte, und andere Stämme haben noch andere Namen für sie. Osiris, den die Pharaonen als Totengott preisen, ist kein anderer als der Hades der Griechen, der Nergal von Babylon oder der Ninlil von Ur. Der Lebensgott heißt Vata in den Veden, Enlil in Nippur, Adad im Land der zwei Ströme und Baal bei den Amurru und hat außerdem noch viele andere Namen, die alle denselben bezeichnen.

Die Statuen sind zerstört, die Menschen aber haben vergessen und können die Teile nicht mehr zusammenfügen, solange Feindschaft und Zwietracht unter ihnen herrschen. Darum bleiben die Sterblichen verblendet und taub für das wirkliche Ziel allen Lebens. Denn wozu nutzen sie Gottes Gaben? Kupfer und Zinn mischen sie zu tödlichen Waffen. Eisen formen sie im Feuer zu Schwertern und Lanzen. Mit Gold und Silber lockten sie die Mörder ihrer Nachbarn. Die funkelnden Edelsteine sehen sie nicht mit Freude, sondern mit Geiz, Neid und Gier. Aus dem Gestein aber schlagen sie Statuen nur noch zum eigenen Ruhm. So ist die Welt in ein Dunkel gefallen.«

1 Fünf Tage lang segeln ägyptische Schiffe vom Nil bis zum Inselreich Zypern, denn in dieser Richtung reiten sie auf günstigen Strömungen im Meer. Entgegengesetzt aber müssen die Segler mehr als den doppelten Zeitraum berechnen, denn dann drückt der Fluß des Wassers hemmend gegen ihren Bug. Darum kamen wir nur sehr langsam voran. Aber wir kümmerten uns nicht darum und scheuerten uns auch nicht die Hände an den Rudern wund, denn wir hatten keine Eile. Wir fühlten uns auch sicher vor Feinden, soweit man das kann in Zeiten, in denen der Bruder den Bruder erschlägt und der Sohn seinen Vater. Diomedes gedachte in Ruhe die weiteren Prüfungen zu erwarten, die ihm die Götter aufzuerlegen planten. Darum sahen wir unseren Fürsten zum erstenmal seit Troja wieder heiter und gelassen. Die Gefährten genossen das Wohlleben auf einer friedlichen Reise, und auch den schweren zyprischen Wein, von dem sie große Mengen mit an Bord genommen hatten. Nur ich blickte oft voller Unruhe zurück; Furcht vor den Furien der Rache verfolgte mich in meinen Träumen.

Drei Tage blieb das Meer fast leer. Am vierten gelangen wir in belebtere Gewässer: Immer häufiger begegneten uns nun hochbordige Gebalschiffe. Nach dem phönizischen Hafen Gebal sind nämlich alle Fahrzeuge benannt, die Zedernholz vom Libanon holen. Die Segler dagegen, die hauptsächlich nach Kreta reisen, heißen im Land der Pharaonen Keftischiffe, denn Kefti oder auch Kaphtor ist der ägyptische Name dieser Insel. Die Schiffe jedoch, die in den tiefsten Süden nach Punt fahren, was als die mutigste Tat eines ägyptischen Seefahrers gilt, heißen Weihrauchschiffe, nach der kostbaren Fracht, die sie zum Nil zurückbringen, um Ägyptens Götter zu erfreuen.

Das Meer leuchtete grün und blau zugleich wie Türkis aus den Bergen von Sinai. Sonnenstrahlen bräunten uns die Haut, und meine Nächte waren glücklich, weil ich Hermione in den Armen hielt. Wenn sie sich jedoch schlafend von mir löste, drangen Schreckensbilder in meinen Geist und peinigten mich, bis ich schreiend erwachte. Darum trank ich jeden Abend mehr Wein, als es sich für einen Jüngling ziemte, dessen Kräfte noch wachsen sollten und der ein berühmter Krieger zu werden hoffte.

Meine Gefährten übten sich fleißig im Würfelspiel. Außer dem Fürsten, der diese Tätigkeit als eines Helden unwürdig erachtete, weshalb auch ich darauf verzichtete, blieb nur der kleine Stigos der fröhlichen Runde fern. Der Mann aus Myloi mühte sich, stets in die andere Richtung zu blicken, wenn die anderen ihr Glück erprobten, und tat, als ob er nicht wisse, was hinter seinem Rücken geschah. Die lauten Begeisterungsrufe der Gewinner gab er ebenso zu überhören vor wie die Schmerzensschreie der Verlierer. Das hielt er zwei Tage lang aus, dann verlor sein Gesicht allmählich die Farbe, seine Hände begannen zu zittern und er biß sich die Lippen blutig. Sein

Anblick weckte das Mitleid seiner Gefährten. Zakrops legte dem Troßverwalter schließlich den Arm um die Schulter und sagte in väterlichem Ton:

»Ich kann gut verstehen, Gefährte, daß es nicht leicht ist, den Schwur zu halten, den du Zeus in Paphos gabst. Es fällt dir sicher schwer, auf das unterhaltsame Würfelspiel zu verzichten. Aber gibt es denn nicht noch viele andere schöne Dinge im Leben? Warum sitzt du nicht fröhlich auf den Planken und schnitzt aus hölzernen Stecken gefälliges Spielzeug für deine künftigen Kinder in Myloi? Glaube mir, dies ist stets eine segenbringende Beschäftigung, dazu abwechslungsreich und beruhigend, und auch nicht so anstrengend wie das Würfeln! Du darfst aber auch, wenn du dich langweilst, gern einige Zeit auf meiner Bank sitzen und das Steuer übernehmen, damit ich mich mit voller Kraft der Prüfung meines Glücks ergeben kann. Dann hast du einmal etwas Wichtiges zu tun, was dir gewiß Freude bereitet.«

Stigos verdroß diese Rede so sehr, daß er dem Spottenden gegen den Unterschenkel trat, wobei er allerdings vergaß, daß Zakrops ein Holzbein hatte, und sich daran die Zehen blutig schlug. Die Gefährten brüllten vor Lachen, während Stigos sich vor Schmerzen krümmte wie ein Holzspan in der Feuersglut. »Nur zu, wackerer Stigos«, riefen die Argosleute, »bestrafe dieses Lästermaul! Trete aber beim zweitenmal fester zu, denn deinen ersten Tritt scheint Zakrops nicht so recht gespürt zu haben!«

Am gleichen Abend hörten wir Stigos lange zu den Göttern beten. Er warf auch eine Opfergabe ins Meer, allerdings so flink, daß keiner von uns, die wir ihn alle beobachteten und belauschten, erkennen konnte, was es gewesen sein mochte. Es schien den Göttern jedoch wohlgefällig gewesen zu sein. Denn als sich die Gefährten am nächsten Morgen wieder zum Spiel versammelten, erschien der Troßverwalter mit fröhlicher Miene und sagte: »Ein Wunder ist geschehen, meine Gefährten! Zeus hat meine Gebete erhört. Er sandte mir in der vergangenen Nacht einen seltsamen Traum, über den ich euch sogleich berichten möchte.«

»Laß uns erst raten«, unterbrach ihn Zakrops höhnisch. »Kamen in diesem Traum etwa kleine Steine mit Punkten vor, die man gemeinhin als Würfel bezeichnet?«

Stigos musterte ihn erstaunt und sagte: »Du hast es erraten, Zakrops! Ich kann mir nicht erklären, woher du das weißt.«

»Ach«, antwortete Zakrops, »das ist nur so eine plötzliche Eingebung gewesen.«

»Wie dem auch sein mag«, fuhr Stigos unbeirrt fort, »es hatte mit meinem Schwur in Paphos zu tun, den wohl keiner von euch überhört haben dürfte und zu dem ich mich auch heute noch bekenne.«

»Das ist aber traurig, Stigos«, fiel ihm nun Polyphas ins Wort, »du weißt doch, wie gern wir immer gerade mit dir gespielt haben, weil du in edler Weise stets die Bürde des Gewinnens auf dich ludst. Denn was gibt es Peinlicheres und Unangenehmeres für einen ehrlichen Mann, als den eigenen Freunden das Geld aus dem Beutel zu ziehen? Einer aber muß bei diesem

Spiel der Sieger sein, und du hast dich diesbezüglich stets selbstlos geopfert. Seit du aber nicht mehr dabei bist, müssen wir uns so einrichten, daß einmal der eine, dann wieder der andere gewinnt. Denn keiner von uns besitzt die innere Stärke, die traurigen Pflichten des Siegens auf Dauer zu übernehmen. Ach, Stigos, du ahnst nicht, wie sehr wir dich vermissen.«

Dabei lachte Polyphas fröhlich und die Gefährten stimmten lauthals ein, wobei sie ihre Würfelbecher schwenkten und riefen: »Klingt das nicht wie Trommeln und Flöten und liebliches Saitenspiel dazu?«

Stigos ließ ebenfalls ein kurzes Lachen hören, das aber nicht fröhlich klang, sondern ziemlich gequält. Dann fuhr er fort: »Darüber will ich ja gerade berichten, Gefährten. Hört: Heute nacht ist mir der flügelbehelmte Hermes erschienen, der göttliche Bote. Ich fiel schauernd auf die Knie. Er aber hob mich auf und sprach: ›Nicht also, lieber Stigos! Nicht Angst zu bringen, kam ich zu dir, sondern im Gegenteil, um deinen Kummer zu lindern. Den Schwur, den du geleistet hast, haben die Götter wohl vernommen und kennen ihn gut. Doch hast auch du selbst noch deine Worte im Ohr? Denke nach, dann wird sich deine Pein bald lindern!‹ So sprach der Gott und schwebte von hinnen.«

Der Troßverwalter lachte und klatschte übermütig in die Hände. Nun war es an seinen Gefährten, unsicher dreinzublicken, denn ihnen schwante wohl, was jetzt bevorstand, und diesmal waren sie es, deren Lachen unecht klang.

Stigos fuhr lächelnd fort: »Nun, nach langer Überlegung fand ich die Lösung des Rätsels: Als ich in Paphos schwor, ich würde keinen von diesen Würfeln mehr berühren, solange ich lebte, da galten diese Worte, wie ihr mir zugeben werdet, doch nicht etwa für sämtliche Würfel der Welt! Sondern nur für jene, mit denen ich damals in der Schenke spielte, als die Schwarzgepanzerten mich umringten. Daher kann ich als frommer Mann sehr wohl auch künftig die Knöchel rollen, solange ich nur meine eigenen Würfel nicht mehr berühre.«

»Bist du dir dessen so sicher?« zweifelte Agenor in dem Versuch zu retten,« was nicht mehr zu retten war. »Weißt du denn so genau, was die Olympier denken?«

»Das, Gefährten, ist ja gerade das Wunder«, rief der kleine Stigos nun fröhlich, »denn hört: Meine eigenen Würfel sind seit dieser Nacht spurlos verschwunden! So gaben mir die Götter selbst ein Zeichen, daß ich mit meiner Überlegung auf dem rechten Weg geschritten bin.«

Da schwiegen die Gefährten betrübt, Stigos aber setzte sich munter zwischen sie und ließ wie in alten Tagen die Würfel rollen. Niemand glaubte ihm, daß er tatsächlich einen solchen Traum geträumt hatte, sondern alle waren überzeugt, daß Stigos schändlich log, weil er nicht länger auf das Spiel verzichten, aber auch nicht die Achtung seiner Gefährten verlieren wollte. Seine Würfel jedoch hat keiner mehr gesehen, obwohl die Argiver heimlich die Habe des Troßverwalters durchsuchten. Ich glaubte nun auch zu wissen, was es war, das Stigos am Vorabend dem Meer geopfert hatte.

Doch so schlau sich Stigos aus der Schlinge gezogen hatte, die Glücksgöttin nahm sich viel Zeit, bevor sie sich mit ihm aussöhnte. Zwar konnte unser Troßverwalter schnell die ersten Runden an sich bringen, so daß die Gefährten schon zu murren begannen. Dann aber nahte ihm das Verhängnis in Gestalt Hermiones. Sie kam vorbei und fragte: »Was ist das denn eigentlich für ein Geschäft, um das ihr so viel redet?«

»Das ist kein Spiel für hübsche und edle Damen«, antwortete Stigos ehrerbietig, aber nicht eben einladend, »sondern nur etwas für einfache und grobschlächtige Kerle, wie wir es nun einmal sind.«

Doch Hermione zog daraufhin ein prachtvolles Armband vom Handgelenk und fragte unschuldig: »Setzt man dabei nicht Kostbarkeiten ein, auf daß man sie vielleicht verdopple?« Da siegte bei meinen Gefährten die Gier über den Verstand und sie riefen mit plötzlichem Eifer: »Nimm Platz in unserer Mitte, liebste Freundin, wir werden dir gern die Regeln erklären.«

Nur die Götter wissen, warum die glückbringende Tyche stets jenen zulächelt, die ihre Gunst am wenigsten zu verdienen scheinen. Jeder Mensch aber kennt das Gesetz, daß stets der den fettesten Fisch ans Ufer zieht, der zum erstenmal angelt, und stets der die prächtigsten Früchte ernten darf, der zum erstenmal sät. Auch Hermione gewann bald ein Spiel nach dem anderen, und da die Gefährten wieder begannen, Gewinn und Verlust auf tönerne Tafeln zu ritzen, wovon sie eine ungeheure Menge mitgeschleppt hatten, besaß Hermione bald soviel Gold wie der König Ägyptens, der doch von allen der reichste ist. Als Diomedes mir Hermiones Erfolg mit witzigen Worten schilderte, entgegnete ich jedoch, ich könne mich darüber kaum freuen. Denn erstens sei es für einen Mann nicht eben ehrenvoll, von seinem Weib übertroffen zu werden. Zum zweiten aber nützten die erreichten Schätze nichts, denn der Gewohnheit der Gefährten zufolge würde davon nicht ein einziges Kupferstück zur Auszahlung gelangen.

Immerhin bewirkte Hermione, daß den Gefährten nach drei Tagen die Lust am Würfelspiel verging. Sie waren es leid, sich von einer Frau andauernd besiegen zu lassen. Darum begannen sie, sich mit läppischen Entschuldigungen zurückzuziehen, wenn Hermione in ihre Nähe kam, und schließlich gingen sie so weit, daß sie lieber ihre Waffen mit Öl und Wolle pflegten, weil Eisen auf dem Meer schnell rostet, als weiter zu würfeln. Diomedes lobte Hermione dafür und schenkte ihr ein goldenes Halsband, wobei er sprach: »Du hast mir erspart, den Gefährten das Spiel zu verbieten, was ich sonst bald hätte tun müssen. Das hätte sie sicher mißmutig und wenig kampfeseifrig gemacht. So ist es viel besser.«

Bald begannen wir auch immer öfter über Ägypten zu sprechen. Ich bat Bias: »Bist du nicht schon einmal dort gewesen? Erzähle uns doch ein wenig von diesem ruhmvollen Volk.« Bias antwortete aber: »Über das Reich des Pharao weiß jeder hier Bescheid. Willst Du, daß ich nun in Erinnerungen wühle, die für mich schmerzvoll sind?«

»Laß diesen Griesgram«, mischte sich Zakrops ein, »es gibt doch wahrlich schon genug Berichte über dieses Land. Ich beispielsweise kann dir sagen, daß ihre Könige einst von einem Skorpion geboren wurden, und außerdem verehrt dort jede Stadt ihren eigenen Gott.« »Ja«, fügte Polymerios hinzu, »die Ägypter sind ein merkwürdiges Volk. Man sagt, daß sie nur drei Jahreszeiten kennen, den Sommer, den Winter und die Zeit der Überschwemmungen an Stelle von Frühling und Herbst.« »Verrückt sind sie!« ließ sich der alte Agenor vernehmen, »den Toten errichten sie größere Häuser als den Lebenden. Und vor nicht langer Zeit soll ihnen Silber wertvoller gewesen sein als Gold, obwohl es bei allen anderen Völkern seit Urzeiten umgekehrt ist. Einen Seefahrer auf Rhodos habe ich erzählen hören, daß die Ägypter allen Priestern die Schädel kahlscheren, damit sie die Worte der Götter besser verstehen. Wenn sie beten, schlagen sie einander die Köpfe blutig, ist es nicht so, Bias?«

Doch der bleiche Mann antwortete nicht, sondern starrte schweigend ins Wasser. Da meldete sich Phrixos, der Mann aus Mykene. »Verrückt oder nicht«, meinte er, »sie haben erstaunliche Wunder geschaffen. In Troja hörte ich von einem Gefangenen, der einst als Söldner in Ägypten diente, daß sie dort einen ganzen See in die libysche Wüste verlegten und dazu einen neuen Fluß erschufen. Und weil du von Kahlköpfigen erzählst, Agenor: Die Ägypter sollen künstliche Haare besitzen, die sie wie Helme aufsetzen. Man kann sie nicht von echten unterscheiden.« »Und wenn der König stirbt, der Kronprinz aber noch zu jung ist, um zu regieren, setzt sich die Königin auf den Thron«, berichtete Polkos, »und damit man ihre Weiblichkeit nicht sieht, hängt sie sich einen Bart aus Wolle um; so hat jedenfalls unser Vater berichtet.«

Da mußten die anderen lachen, am lautesten aber lachte der einäugige Arzt Eurymachos und rief: »Das war wohl, als er dir vor dem Einschlafen Märchen erzählte!« Der hünenhafte Polkos gab gekränkt zurück: »Ihr könnt mir ruhig glauben. Es heißt auch, daß die Ägypter für jeden Körperteil eigene Ärzte besitzen: Für den Schädel, die Augen, die Zähne, den Bauch und so fort, und nicht nur für alles zusammen einen derartigen Pfuscher, wie du es bist, Einauge!«

»Das seltsamste aber«, sagte nun wieder Zakrops, »sind die schwarzhäutigen Männer, die in Ägypten als Sklaven dienen. Man sagt, daß ihre Haut verbrannte, als Zeus einmal im Zorn seinen Sohn Hephästos, den Gott des Feuers, samt seiner Schmiede aus dem Olymp schleuderte. Hephästos flog so weit, daß er erst in Äthiopien zu Boden fiel, und dabei wurde es so hell, daß dort seit dieser Zeit nur noch Menschen mit schwarzverbrannter Haut geboren werden.«

Da lachte ich und sagte: »Ihr könnt mir ja viele Märchen erzählen, Gefährten! Ein Skorpion als Vater von Königen, Silber teurer als Gold, künstliche Haare und Bärte! Du, Bias, wirst darüber gewiß lächeln.«

Aber der bleiche Mann blickte mich mit seinen wasserhellen Augen nachdenklich an und versetzte: »Fast alles, was du hier gehört hast, ist wahr. Aber das sind längst nicht die größten Wunder in diesem Land, das unermeßlich reich an allen Dingen ist. Wenn du dort einmal so lange gelebt hast wie ich, wirst du erkennen, daß hundert Jahre nicht genügen, alle Wunder Ägyptens zu schauen.«

Dann wandte er sich wieder dem Meer zu, sein Gesicht wurde reglos wie aus Stein gehauen, und er schwieg. Ich ging besorgt zu Diomedes und fragte ihn leise: »Ich weiß, Bias ist anders als andere Männer. Jetzt aber scheint er noch seltsamer als zuvor. Kannst du dir einen Grund dafür denken? Alle anderen steuern doch so fröhlich und mit Zuversicht dem Ziel entgegen.«

»Alle, bis auf dich selbst, nicht wahr, Aras?« gab Diomedes lächelnd zurück. »Aber ich will nicht in dich dringen und versuchen, den Grund für deine Unruhe zu erfahren. Ich weiß, du wirst es mir sagen, wenn ich dir helfen kann. Von Bias aber will ich dir jetzt berichten, was sonst keiner der Gefährten weiß. Vor vielen Jahren, als er noch für Sold in Ägypten kämpfte, hat Bias sich dort einer Schlangengottheit zugeschworen, deren Priester in mondhellen Nächten namenlose Riten vollziehen. Der Schlangengott verleiht dem Mann, der zu ihm betet, Macht und Reichtum. Auch Bias kehrte ruhmbedeckt und als wohlhabender Mann nach Ätolien zurück. Aber es heißt auch, daß der, der dem geheimnisvollen Götterdienst der Schlangenpriester einmal zuschaute, eines Tages in Ägypten sterben muß, damit er der Schlange nicht entgehe, mag er bis dahin auch noch so viele andere Länder bereisen.«

»So zahlreich die Völker, so vielfältig der Aberglaube«, versetzte ich. »Glaubst du, daß so etwas im Ernst geschehen kann? Es wohnen fremde Götter in Ägypten, Bias jedoch ist Grieche und nur Zeus untertan.«

»Wer sagt, daß ich an Schlangenpriester glaube?« entgegnete Diomedes. »Bias aber tut es und tat es schon früher. Du hast vielleicht gehört, daß ich einst mit dem mutigen Odysseus nachts allein nach Troja schlich und mich in tödliche Gefahr begab, um unseren Feinden das Standbild der Pallas Athene zu rauben. Fast hätte dieser Ausflug uns das Leben gekostet, denn im Tempel der Athene trafen wir eine Betende an. Wir glaubten, sie werde sogleich nach den Wachen rufen. Doch glücklicherweise war es Helena, und sie verriet uns nicht. Denn in ihrem Herzen blieb sie auch während ihrer trojanischen Zeit stets eine treue Tochter Achäas, weshalb ich sie immer in Ehren halten werde. Ich erzähle dir davon, um darzutun, daß unser Ausflug kein Balgen von übermütigen Knaben war, sondern ein Abenteuer auf Leben und Tod. Danach verspürte ich nie wieder Lust, mein Leben leichtsinnig aufs Spiel zu setzen; auch den Griechen wäre wenig geholfen gewesen, wenn sie ihre besten Krieger durch solche Mutproben verloren hätten. Bias aber ist nicht nur einmal, sondern im ganzen dreimal in Troja gewesen, zur Nachtzeit und immer allein. Er hat dort viele tapfere Krieger erschlagen und kannte dabei keine Furcht. Er hat auch nie mit seinem Mut geprahlt; ich allein sah ihn abends gehen und morgens blutbefleckt zurückkehren. Mir sagte er damals, daß er nichts zu fürchten habe, was außerhalb Ägyptens liege. So erfuhr ich vom Schlangengott. Jetzt aber kehrt er nach Ägypten zurück, um dort zu sterben, denn er ist seines Lebens überdrüssig. Er bat mich, bald zum Nil zu fahren, und das war auch ein Grund für unseren eiligen

Aufbruch. Zu den Gefährten mußte ich darüber schweigen, dir aber darf ich es verraten. Das hat mir Bias freigestellt, weil du der Führer dieser kleinen Schar bist, wenn ich falle. Ich habe mich seinem Wunsch gefügt, denn Bias war mir stets ein treuer Gefährte.« Da schwieg ich erschüttert, und Bewunderung für den schrecklichen Mann erfüllte mein Herz.

Nach zehn Tagen färbte sich das Wasser braun. Gräser und Schilfhalme trieben in den Wellen, und zur Mittagsstunde zeigte sich Ägypten als schmaler Streifen Land hinter der Dünung. Der Boden an der Mündung des Nil ist sehr flach, so daß man die Küste erst spät entdeckt. Nachdenklich schauten wir auf die fremde Erde hinüber und rätselten, welche Gefahren uns dort bevorstehen mochten. Da tönten plötzlich Schreie aus der Luft zu uns herab, und als wir überrascht nach oben blickten, sahen wir einen Zug Kraniche über das Meer nach Norden schweben. Wir jubelten laut zu den vertrauten Vögeln empor, denn sie schienen uns ein glückliches Zeichen zu sein, und Diomedes rief:

»Ich grüße euch, ihr gefiederten Wanderer, die ihr jetzt wieder nach der Heimat kehrt! Sind wir doch Brüder auf unseren Fahrten, und wie ihr stark und kriegerisch jeden Winter die sonnendurchglühten Länder der Zwerge heimsucht und dort eure Feinde bezwingt, so wollen auch wir mit Hilfe der Götter in der Hitze des Südlands Ruhm und Beute erringen! Und wie ihr euch dann im Frühjahr stets wieder der Stätte eurer Geburt erinnert und flügelrauschend dorthin zurückkehrt, so wollen auch wir das Land unserer Väter immer im Herzen bewahren und seiner Götter niemals vergessen. Das gelobe ich feierlich!« Danach opferte unser König voller Freude über diesen glücklichen Empfang zwei Krüge Wein und einen schönen Hammel. Knochen, Fell und Unschlitt verbrannte er für die Götter, das schmackhafte Fleisch verteilte er an die Gefährten, wie es bei den Achäern Brauch ist.

Der Nil ist der mächtigste Strom der Erde. Er fließt aus so unermeßlicher Ferne herbei, daß niemand seine Quelle kennt und viele meinen, daß er den Wasserkrügen der Götter entspringe. Wo er ins Meer fließt, teilt er sich in acht mächtige Arme, von denen jeder einzelne viel breiter war als jeder andere Fluß, den wir zuvor gesehen hatten. Der Wasserlauf, auf dem wir fuhren, war allein so gewaltig, daß wir von einem Ufer das andere nur mit Mühe ausmachen konnten. Polymerios fragte erstaunt, ob wir denn wirklich schon auf einem Fluß fuhren oder nicht etwa noch auf dem Meer. Bias kannte, obwohl er seit dreißig Jahren nicht mehr in Ägypten gewesen war, noch genügend Worte, um die Bauern und Fischer am Ufer nach dem Weg fragen zu können. Die Ägypter zeigten keine Furcht, denn seit undenklichen Zeiten hatte sich kein Feind mehr ins Nilland gewagt. Und sie verstanden nicht, was Polkos mit schönem Baß vom Kriegsgott sang, sondern hielten das Lied wohl für eine Hymne der Freundschaft. Kaliphon begleitete den Sänger auf der Leier, die er wohltönend wie kein zweiter schlug. Polyphas aber wagte diesmal nicht, seinem Bruder die letzte Strophe zu verderben, denn Diomedes duldete es nicht, wenn einer seiner Männer Götter verhöhnte. Am nächsten Morgen landeten wir in Pi-Ramesse, der wundersamen

Ramsesstadt, der neuen Königsburg des ägyptischen Reiches, die sich in der fruchtbaren Landschaft Gosen erhebt.

2 Söldner gibt es viele im Land des Pharao. Denn so tüchtig und kunstfertig die Ägypter auch sind, deren Priester die gelehrtesten, deren Handwerker die geschicktesten, deren Bauern die fleißigsten sind – wobei letztere in glücklichen Jahren nicht nur einmal wie bei allen anderen Völkern, sondern gleich zweimal säen und ernten –, so weichlich und ohne Kampfesmut sind diese Menschen in Schlachten. Sie taugen daher nicht zum Kriegerberuf. Wenn der Feind ihre Grenzen bedroht und Rauchfahnen über den brennenden Dörfern des Nillandes stehen, dann schließen sich auch die Ägypter zusammen und schöpfen Tapferkeit aus ihrer Angst, so wie das in die Enge getriebene Tier stets am gefährlichsten ist, wenn sich kein Ausweg mehr öffnet. Wenn es aber darum geht, in fremden Ländern Ruhm und Beute einzuheimsen, dann bleiben die Männer Ägyptens lieber am Herd und sagen: »Wozu sollen wir uns fern der Heimat Hände und Füße abhauen lassen? Man kann sein Kupfer doch auf viel angenehmere Weise verdienen. Wenn sich der Pharao die Kammern mit den Schätzen anderer Leute füllen will, dann soll er doch mit kampfdurstigen Fremden zu Felde ziehen, die sich für ein paar Deben hauen und stechen lassen. Wir bleiben lieber in bequemer Hütte sitzen.«

Für den Stolz eines narbenbedeckten Kämpfers haben die Männer Ägyptens kein Verständnis, sondern sie höhnen: »Was nützt ihm denn sein Ansehen am Königshof, wenn ihm demnächst die Streitkeule eines Nomaden den Schädel zertrümmert? Und sollte er noch so viele Schlachten lebend überstehen, wer wird sich später noch ehrerbietig vor ihm verneigen, wenn er als Krüppel bettelnd an der Straßenecke hockt? Nichts verhallt schneller als der Klang eines Namens, und die Erinnerung an Heldentaten sättigte noch keinen Bauch!« So reden die Ägypter, und wenn sie gealterte Kriegsleute dennoch stets höflich behandeln und ihnen oft ein Kupferstück geben, so raten sie dabei doch ihren Söhnen jedesmal, den Pflug dem Schwert vorzuziehen.

Darum holt sich der Pharao seine Kämpfer stets von benachbarten Stämmen, denn diese sind furchtlos und wagen nicht selten ihr Leben für einen Beutel Getreide und einen Krug Bier am Tag. Meist sind es Schwarzverbrannte aus den Ländern der heißen Sonne, aus Nubien, Kusch und Dongola, mit denen die Ägypter abwechselnd in Krieg und Frieden leben. Aber auch abenteuerlustige Völker des Nordens, wie die Achäer, Schirdana, Lykier und Zeker, hoffen, in den satten Städten am Nil leichter Reichtum und Ehre zu finden als unter den kriegerischen Stämmen ihrer schneereichen Heimat. Aus dem Osten eilen manchmal Syrier und Phönizier, Amurru oder Kanaanäer herbei; obwohl sie selbst aus reichen Ländern stammen, zwingt sie häufig ein Thronwechsel oder ein Verbrechen zur Flucht. Die ärmsten von allen Söldnern des Pharao aber sind die Maschwesch, Tehenu und Libyer aus dem Westen, die Völker der Wüste, und diese sind auch am meisten gefürchtet. Ich habe gesehen, wie einer von ihnen die eigenen Brüder erschlug, als sie ins Nilland einfallen wollten, und manchmal durchbohrte der Sohn dem Vater die Brust. So treu dienten die Libyer dem Pharao.

So ruhig Ägypten auch in seinem Inneren ist, nach außen hat es stets blutige Kriege zu führen. Damals störten vor allem die ruhelosen Räuberbanden der Chabiru und die tapferen Nomadenstämme der Schasu aus der östlichen Wüste das Land der Pharaonen in seinem Frieden, so wie blutsaugende Flügeltiere den fetten Stier auf der Weide umschwirren. Darum wurde unsere kleine Schar in der Ramsesstadt äußerst höflich empfangen, als die Beamten beim Fragehaus am Hafen erfuhren, daß wir als Krieger in den Solddienst treten wollten.

Diomedes staunte ebenso wie wir beim Anblick der himmelhoch ragenden Bauten, der riesigen Kolosse aus Stein, die alle den Pharao verherrlichten, der endlosen Säulengänge und der gewaltigen Obeliske, der Tausendschaften aus allen Völkern und Ländern, der farbig gepflasterten Straßen, der mit Gaben aus fernsten Erdteilen gefüllten Märkte, der in gleißenden Panzern marschierenden Soldaten, der unübersehbaren Masse der Sklaven, von denen viele so prächtig gekleidet waren wie die reichsten Kaufleute Achäas, der goldenen Götterbilder und der himmelhoch ragenden Tempel, und schließlich sagte der Tydeussohn: »Wahrlich, jetzt erkenne ich, daß Troja längst nicht die prächtigste Stadt der Welt war, wie mir früher schien, sondern nur ein ödes Bauerndorf, verglichen mit dem Reichtum dieser Burg, die einem Sitz der Götter ähnelt. Wenn ich auch selbst ein König bin, so habe ich doch einen solchen Glanz noch nie gesehen. Es drängt mich daher, den Herrscher dieses Landes als meinen Bruder zu begrüßen.«

Die Hofbeamten, die uns empfingen und der Griechensprache mächtig waren, lächelten ehrerbietig und sagten: »Alle Fürsten der Welt dürfen sich der großen Familie unseres Pharao zugehörig fühlen, wenn er auch nicht ihr Bruder ist, sondern vielmehr ihr gütiger Vater. Denn er ist der König der Könige, der alle Völker der Erde beschützt und ihnen Ratschlag gibt. Der Pharao bedauert, daß er euch nicht selbst begrüßen kann, denn er liegt, vom hohen Alter geschwächt, auf seinem Lager und bedarf der Ruhe. Doch ihr braucht nicht enttäuscht zu sein: Prinz Merenptah, der Sohn des Ramses, vor dessen Namen wir uns verneigen, wird euch gleich empfangen. Wir wollen euch daher zu ihm geleiten.«

Danach zogen wir durch die herrliche Ramsesstadt. Erst viele Jahre später, in Babylon, habe ich ähnlichen Reichtum gesehen. Doch die Hauptstadt der Babylonier ist die älteste auf der Welt. Weise Männer behaupten sogar, der große König Nimrud habe dort einen Turm errichtet, der bis an den Himmel reichen sollte. Denn er habe die Götter besiegen wollen, was ihm aber nicht gelungen sei. Es ist wohl kaum verwunderlich, wenn eine so alte und mächtige Stadt wie Babylon unermeßliche Schätze besitzt. Die Ramsesstadt aber war damals noch jung. Denn wo sich Pi-Ramesse erhebt, hausten noch vor wenigen Jahren nur Eidechsen und Frösche in morschen Ruinen.

Der große Pharao hatte die Hauptstadt erst vor kurzem erbaut, auf den Resten einer zerstörten Burg, aus der einst fremde Eroberer Ägypten beherrschten. Man nannte sie Hyksos; sie waren die einzigen, denen es jemals gelang, das Nilreich zu unterwerfen. Sie blieben dort Herren für lange Zeit; am Ende vertrieb sie ein Aufstand. Um den Sieg Ägyptens über jene Unterdrücker zu besiegeln, beschloß der große Pharao, auf die niedergebrannte Festung der Feinde eine neue Burg zu setzen, wie der Jäger mit seinem starken Fuß das Haupt der giftigen Schlange im Sand verreibt. Als wir das gehört hatten, staunten wir um so mehr über die Schönheit dieser jungen Stadt, an der noch immer mehr Sklaven bauten, als sie Einwohner besaß. Denn Pi-Ramesse sollte noch immer herrlicher und prachtvoller werden, zum Ruhm Ägyptens und seines Königs.

Diese Sklaven waren ein sehr unruhiges Volk. Unter ihnen lebten Wahrsager, die behaupteten, die Sklaven gehorchten einem mächtigeren Gott als alle anderen Menschen. Dieser Gott habe die Geknechteten zu seinem Volk erwählt und werde es bald in die Freiheit führen. Darum nannten diese Leute sich die Auserwählten und ihren Gott den Einzigen, in ihrer Sprache: »Jahwe«. Wir erfuhren, daß ihre Väter vor Zeiten aus westlichen Wüsten nach Gosen eingewandert waren und von den Chabiru abstammten, die sich selbst Hebräer nennen. Damals waren sie nicht Diener, sondern Freunde der Ägypter. Andere behaupteten, die Auserwählten seien Abkömmlinge der Hyksos, und ich glaube, daß auch der Pharao so dachte, denn er behandelte diese Menschen nicht wie Sklaven, sondern wie Feinde. Darum gab es oft Aufstände unter ihnen. Die Eisenfaust, die diese Ruhestörer stets von neuem niederdrückte, war der Sohn des Pharao, Prinz Merenptah, den man den Blutigen nannte.

Als uns die Hofbeamten zu ihm führten, staunten die Argiver über den verschwenderischen Reichtum, den sie in allen Straßen fanden. »Seht nur, dort wird ein Tempel getragen!« rief Polkos beim Anblick einer zierlich beschlagenen Sänfte, die vier hochgewachsene Nubier schleppten. »Welcher Gott mag darin wohl Verehrung finden?« Schon wollte er mit seinen plumpen Händen den gestickten Vorhang auseinanderzweigen, da hielten ihn zum Glück unsere Begleiter davon ab, während von drinnen schon ein heller Schreckensruf ertönte. Denn es handelte sich um die Sänfte einer vornehmen Dame, und es hätte gewiß Verwicklungen gegeben, wären die Höflinge nicht eingeschritten. Denn vornehme Ägypter lassen nur ungern zu, daß sich ihre Frauen den Blicken Fremder aussetzen, wenn die Sitten bei ihnen auch längst nicht so streng sind wie bei den Assyrern, wo ein neugieriger Blick den Kopf kosten kann.

Polyphas, der kleinere der zwei ungleichen Brüder, richtete seine Augen nach den in allen Straßen feilgebotenen Waren. Als er ein paar besonders schöne rotgefärbte Früchte entdeckte, ergriff er eine davon zur Probe, wie es auf allen achäischen Märkten Brauch ist, biß herzhaft hinein und meinte schmatzend zum Händler: »Köstlicher können nicht einmal die Äpfel der Hesperiden munden; gebt mir noch einen!«

Der Kaufmann kannte die griechischen Sitten, nach denen ein Käufer die angebotenen Waren versuchen darf, nicht und ließ einen Schwall von Worten erklingen, aus denen wir deutlich seine Erbitterung hörten, obwohl wir ihn nicht verstanden. »Gemach, mein Freund!« rief Polyphas daher. »Sind das denn deine Früchte oder deine Töchter? Sind's Töchter, würde ich's verstehen, daß sie der Mann, der sie probiert, danach auch kaufen muß. Sind's aber Früchte, kann ich nicht begreifen, daß du mich jetzt schiltst. Es sei denn, du selbst hieltest deine Äpfel für köstlicher als deine Weiber!«

Da mußten wir alle lachen. Die Höflinge warfen dem Händler ein Kupferstück zu und gaben jedem von uns einen saftigen Apfel, dem hocherfreuten Polyphas aber noch einen zweiten. Während wir wohlgelaunt weiterschritten, stolperte der alte Agenor plötzlich über einen winzigen Hund, der seltsamer war als alle anderen Hunde, die wir bisher gesehen hatten. Denn er begann nicht zu bellen, wie es diese Vierbeiner meist tun, wenn sie getreten werden, sondern weinte wie ein kleines Kind. Bias, der diese Tiere kannte, berichtete uns, diese ägyptischen Hunde gehörten einer besonderen Rasse an. Sie seien so eigentümlich, daß sie sich den anderen Arten von Hunden nicht mehr verwandt fühlten, sondern im Gegenteil ihre erbittertsten Feinde seien. Sie könnten auch Füße und Augen verändern, indem sie die Krallen einziehen, wenn sie leise gehen wollen, und die Pupille zu einem schmalen Schlitz werden lassen, wenn sie in helles Tageslicht schauen, welches ihnen unbehaglich ist. Denn sie seien sehr lichtempfindlich und lebten daher vornehmlich in Dunkelheit, wo sie Mäuse jagen. Mir schienen sie kleinen Löwen zu ähneln. Den Ägyptern sind diese Tiere heilig.

Schließlich kamen wir an einen prächtigen Palast. Steinerne Löwen hüteten seine Pforten, und vielfältiges Schmuckwerk kündete vom Reichtum seines Besitzers. Hohe, kunstvoll verzierte Säulen mit verschlungenen Inschriften trugen ein Vordach aus schwarzem Holz und rotem Kupfer, das kühlen Schatten spendete. Vor dem Tor lud ein sprudelnder Brunnen zum labenden Trunk. »Wahrhaftig«, ließ sich Polyphas vernehmen, »der Sohn des Pharao wohnt königlich!« Da stießen unsere Begleiter einander an, lächelten und sagten: »Nein, liebe Freunde, wir sind noch nicht am Ziel. Das ist nur die Unterkunft der Wächter.« Diomedes stutzte und sagte erstaunt: »Mein eigenes Haus in Argos ist nicht so prächtig wie das Gebäude, in dem der Sohn des Pharao seine Krieger wohnen läßt.«

Durch enggepflanzte Tamariskenbäume, vorbei an zierlich geputzten Gärten, in denen Blüten in allen Farben leuchteten, schritten wir durch den Innenhof zu einem noch viel größeren Haus. Vor seinem Tor lagen zwei Löwen aus Alabaster. Die Türflügel waren weit geöffnet und trugen silberne Beschläge. Die Säulen ragten noch mächtiger als zuvor in die Höhe, und Malereien leuchteten an allen Wänden. Wir bestaunten diese Pracht, und Polyphas erklärte wichtigtuerisch: »Ich war ein Narr, das gleichwohl recht hübsche Gebäude dort hinten für die Burg des Prinzen zu halten. Jetzt erkenne ich, daß Merenptah viel reicher ist.« Die Ägypter aber lächelten wieder und sagten: »Nur Geduld, verehrungswürdige Gäste, wir sind nunmehr schon zum Haus des Verwalters gelangt, in dem Merenptahs Diener wohnen.« Da staunten wir noch mehr, und Diomedes sagte verwundert: »Das hohe Haus des Königs Priamos in Troja kann sich nicht mit dem Gebäude messen, in dem der Prinz Ägyptens seine Sklaven schlafen läßt!«

Danach säumten hochgewachsene Palmen unseren Weg. Zwischen ihnen sprangen frische Quellen aus marmornen Blöcken, so daß es wie liebliches Vogelgezwitscher klang. Reich gekleidete Mädchen fächelten uns mit bunten, aus Bast geflochtenen Matten Kühlung zu, und das Haus, zu dem wir schließlich kamen, ragte höher als zwanzig Männer empor. Die Löwen vor seinem Tor bestanden aus purem Gold. Polyphas schwieg, und die Beamten erklärten: »Hier wohnt Prinz Merenptah, der Sohn des Pharao.«

Wir durchschritten eine mächtige Halle. Riesige Stützen, reich mit Bildern und Zeichen bemalt, trugen das Dach. Darunter war es kühler als in den schattigen Bergwäldern Kretas. Die Decke reichte so hoch über unsere Häupter, daß wir uns wie Ameisen fühlten, wenn sie unter dem Tisch nach Brotkrumen forschen. Der Saal, in dem uns Merenptah empfing, war von zahlreichen Menschen der unterschiedlichsten Völker gefüllt. Lange, hölzerne Platten bogen sich unter der Last der dargebotenen, seltenen Speisen.

Merenptah, der dreizehnte von zwanzig Söhnen des Pharao, von denen allerdings nur noch zwölf am Leben waren, saß neben seiner jungen Gemahlin Esenofre auf erhöhtem Stuhl, als ob er selbst der Herrscher von Ägypten wäre und nicht nur der Führer der Söldnertruppen von Ramsesstadt. Obwohl er so gut wie keine Aussicht auf den Thron besaß, weil noch immer vier Brüder in der Erbfolge über ihm standen und ihr Vater schon älter war als fast alle anderen Menschen Ägyptens, wurde der blutige Prinz wie ein König behandelt: Unsere Begleiter warfen sich vor ihm auf die steinernen Platten und wagten nicht mehr, die Köpfe zu heben. Wir aber blieben stehen und verneigten uns höflich, wie es in Griechenland Sitte ist. Das schien dem Königssohn nicht zu gefallen, denn er hob mißmutig die Brauen und sprach ein paar Worte. Daraufhin erhoben die Beamten sich wieder, und ihr Ältester sagte zu uns:

»So spricht der Gebieter: Mächtig ist Merenptah, der Sohn des Pharao. Die Völker der Ramsesstadt zittern vor seinem Zorn. Doch er ist auch gnädig und nimmt Flüchtlinge und Verbannte in seinen Schutz, dem Pharao und Ägypten zu dienen. Für Bittende ziemt sich jedoch Bescheidenheit! Den Stolz von Sklaven pflegt der Herrscher mit der Rute zu brechen.«

Diese Begrüßung verdroß den Tydeussohn sehr. Er faßte den jungen Prinzen, der hochmütig sein Kinn in die Hand stützte, scharf ins Auge und versetzte mit lauter Stimme: »Nicht um Scheltworte zu vernehmen, kam ich hierher, Jüngling! Ich bin der König von Argos und stehe im Rang über dir. Auch kam ich nicht, um Schutz und Hilfe zu erflehen, sondern ich bin nach Ägypten gefahren, um dem Pharao für den Kampf gegen seine Feinde meinen starken Arm zu leihen, nicht als Diener, sondern als Gefährte!«

Unsere Begleiter machten entsetzte Gesichter. Es dauerte lange, bis ihr Ältester die Worte des Tydiden übersetzte. Prinz Merenptah nahm übel auf, was er da hörte: Sein Gesicht verzog sich vor Überraschung und Wut, und er antwortete mit noch schrofferer Stimme. Dann sagte sein Dolmetscher zu uns:

»So spricht mein Gebieter: Merenptah kennt nicht das Land, in dem du König sein willst. Ein solches Land kann deshalb nicht viel Macht besessen haben. Dem schäumenden Hengst stößt Merenptah seinen Stock in die Weichen, wenn er nicht Gehorsam leistet, und dem allzu wilden Stier nimmt er mit dem kupfernen Messer die Hoden und spannt ihn als braven Ochsen vor seinen Pflug. Der Pharao von Ägypten bedarf zum Schutz seines Throns nicht des Häuptlings eines vom Schicksal herbeigewehten Räuberstamms, dessen Männer mißgeborene Zwerge und Einäugige sind oder gar schlappe Fettwänste, die noch dazu klappernd auf einem Holzbein daherkommen.«

Da wäre der heißblütige Polyphas am liebsten nach vorne gestürmt, doch der besonnene Zakrops und der Arzt Eurymachos hielten ihn zurück, obwohl sie gleichermaßen beleidigt waren. Diomedes unterdrückte seinen Zorn, denn seinem Auge war nicht entgangen, daß die Wachen des Prinzen drohend die Hand auf ihre Waffen legten. Dennoch nahm der König von Argos die Beleidigung nicht hin. Er blieb aber würdig wie ein Fürst, als er versetzte:

»Es ziemte sich wohl nicht für Edelleute, sich nur mit Worten zu messen wie die Händler auf dem Markt, wo stets der den Sieg davonträgt, der sein Maul am weitesten aufreißt. Wir sind keine streitenden Knaben, sondern Männer! Willst du meine Kraft erproben, so versehe dich schleunigst mit einem Schwert. Nützen wird es dir allerdings nichts, denn ich habe vor Troja sogar mit dem Kriegsgott gekämpft und die unsterbliche Aphrodite am Handgelenk geritzt, daß ihr Blut duftend wie Rosenwasser auf den Rasen sprang!«

Der zitternde Höfling brachte vor Angst kaum die Worte hervor, als er übersetzte. Das stolze Gesicht des Prinzen lief dunkelrot an. Ich tastete nach meiner Waffe, um mich zum Ausgang durchzuschlagen. Doch als der Name Troja fiel, veränderte sich plötzlich Merenptahs Miene. Überraschung malte sich auf seine Züge, seine grünen Augen weiteten sich, und er fragte voller Wißbegier:

»Wie, Fremder? Vor Troja hast du gekämpft? Wisse, daß mir diese Stadt wohlbekannt ist. Denn vor einigen Jahren kam eine Gesandtschaft von dort mit vielen Geschenken zum Pharao, um gegen einen schrecklichen Feind um Hilfe zu bitten. Erzähle mir von diesem Krieg! Auf wessen Seite hast du gestanden?«

Diomedes berichtete ihm das Wichtigste, wobei er die Namen der Helden nannte, die dort in den männermordernden Schlachten die Schwerter geführt hatten. Er zählte die Völker Achääs auf und danach auch die Hilfsvölker der Trojaner aus allen Teilen der Welt. Merenptah lauschte ihm aufmerksam. Als der Name Memnons fiel, des Königs der Äthiopier, wie ihn die Griechen nannten, als er ihnen vor Troja mit seinen dunkelhäutigen Kriegern entgegentrat, da glomm in den grünlichen Augen des Prinzen ein

Funke. Merenptah schloß schnell die Lider, als suchte er das zu verbergen, aber ich ließ mich nicht täuschen.

Als Diomedes geendet hatte, nahm uns der Prinz mit freundlichen Worten an seinem Hof auf. Heute kenne ich den Grund, der Merenptah an jenem Tag bewog, den unhöflichen Empfang plötzlich in ein herzliches Willkommen zu verwandeln. Damals aber waren wir darüber sehr verwundert und sagten danach, der Sohn des Pharao gleiche dem Wetter in der Frühlingszeit, wo der heftigste Regen oft im Nu der heißesten Sonnenglut weicht. Darum beschlossen wir, auf die wechselhaften Launen dieses Fürsten nichts zu geben.

Merenptah ließ uns bei seinem Palast ein schönes Haus zuweisen, wo ich mit Hermione eigene Gemächer und Diener erhielt. Diomedes wohnte allein in der Mitte des geräumigen Gebäudes; im anderen Flügel zogen die Gefährten ein. Hermione war sehr glücklich darüber, daß wir nun endlich zur Ruhe gekommen schienen. Nach der Gewohnheit der Frauen begann sie sogleich unsere Wohnung zu schmücken, als ob wir für alle Zeit dortbleiben wollten. Während Diomedes und ich mit den Gefährten, den Männern aus Paphos und den mehr als zweihundert in der Ramsesstadt lebenden Achäern täglich Waffenübungen vollzogen, wobei uns Merenptah häufig besuchte, lief Hermione durch die zauberisch schönen Gärten des Palastes und hatte mir jeden Abend neue Wunder zu schildern.

Bei einem solchen Spaziergang geschah es auch, daß sie einen weinenden Knaben bemerkte, den zwei große Hunde umkreisten. Sie zupften mit ihren scharfen Zähnen an seinen Kleidern, als wollten sie den Hilflosen verspeisen. Schnell raffte Hermione Steine vom Boden und trieb die bellenden Tiere davon. Den verängstigten Knaben nahm sie fürsorglich auf den Arm, um ihn zu trösten. Da kamen von allen Seiten Wächter gelaufen, und hinter ihnen eilte atemlos Esenofre herbei, Merenptahs schöne Gemahlin. Denn das Kind war niemand anders als ihr Sohn Sethos, den sie sechs Sommer zuvor unter Schmerzen geboren und später nach seinem Urgroßvater genannt hatte. Von einem anderen Teil des von vielen Mauern und Hecken umfriedeten Gartens hatte sie ihren Sohn weinen gehört, ihn aber nicht finden können und schreckliche Angst ausgestanden. Esenofre dankte Hermione von Herzen für ihre Hilfe und lud sie zu sich ein. Das war der Beginn einer Freundschaft, der ich viele Jahre später eine furchtbare Erkenntnis verdankte.

Sethos war Merenptahs einziger Sohn und hatte eine jüngere Schwester mit Namen Twosre. Mädchen sind häufig im Kindesalter entschlossener und verständiger als Knaben; so war es auch bei diesen Kindern. Sethos war schmächtig und besaß einen übergroßen Kopf. Seine Augen blickten unruhig und oft wie im Fieberwahn. Seine Schwester dagegen war wohlgestaltet mit rundlichen Armen und Beinen, schön wie ihre Mutter und voller Selbstsicherheit, wie man es bei Kindern dieses Alters selten sieht. So wirr und unverständlich oft die Worte aus dem Jungen sprudelten, der überdies schon so hochmütig wie sein Vater war, so überlegt und treffend sprach die kleine Twosre; oft glaubte man, eine Erwachsene zu hören. Heute, nach so vielen

Jahren, erinnere ich mich besonders gut an dieses Beispiel: Als Sethos seiner Schwester einmal im Spiel mit den weißen und schwarzen Kugeln unterlegen war, rief er zornig aus:»Wenn ich König bin, werde ich jeden töten, der mich überwinden will!« Seine Schwester antwortete mit ihrer hellen Stimme:»Wenn du König wirst, werde ich auch Königin!« Wir lächelten über diese Worte, denn von solchen Hoffnungen konnte kaum die Rede sein. Merenptah aber verzog keine Miene, sondern blickte seine Kinder mit seinen grünen Augen sinnend an. Erst später habe ich erkannt, welche Gedanken sich damals hinter seiner glatten Stirn verbargen.

Merenptah ähnelte seinem Vater von allen Söhnen des Pharao am meisten. Weil er von kleiner Gestalt war und überdies durch einen verkrüppelten Fuß behindert, so daß er nicht am Schwertkampf teilnehmen konnte und seinen Streitwagen von einem gepolsterten Sitz aus lenken mußte, quälte ihn der rasende Ehrgeiz des von der Natur mit mißlichen Gaben bedachten Mannes, der alles daran setzt, seine Mängel wettzumachen. So übte sich der Prinz täglich im Speerwurf und im Bogenschießen und jagte auch oft in der Wüste, wo er sich furchtlos an Löwen und Auerochsen wagte. An Tatkraft und Entschlossenheit stand er seinem gewaltigen Vater nicht nach und unterschied sich dadurch sehr von den meisten anderen Söhnen des Königs. Denn viele Prinzen gaben sich nur dem Wohlleben hin, wie es weibische Männer tun. Man erzählte sich in Pi-Ramesse sogar, daß zwei der Prinzen gestorben seien, weil ihre Körper die Nahrung nicht mehr verdauen konnten, die sie in sich hineingestopft hatten. Einem dritten Prinzen stürzte auf dem Beilager mit einem Sklavenmädchen plötzlich Blut aus Mund und Nase, und er gab seinen Geist auf. Doch unter den Söhnen des Pharao befanden sich auch tapfere Helden wie jene, die in den Feldzügen gegen die Libyer und in anderen Kämpfen gefallen waren, und wie vor allem der edle Sesostris, von dem ich noch viel zu berichten habe.

Wegen seiner Verunstaltung mußte Merenptah sich damit begnügen, die Wachmannschaft von Ramsesstadt zu führen, mit der er die Sklaven niederhalten sollte. Das tat er mit so großer Härte, daß sich jeden Tag neue Beispiele dafür häuften, daß man ihn zu Recht den Blutigen nannte. Die Söldner führten unter ihm jedoch ein äußerst angenehmes Leben. Sie durften sogar die Frauen der »Auserwählten« prügeln und ihnen die Schenkel auseinanderzwängen, wann immer sie Lust dazu verspürten; Strafe deswegen brauchte niemand zu fürchten. Den Ägyptern allerdings war die Vermischung ihres Samens mit dem Blut der fremden Sklavenweiber unter schlimmsten Drohungen verboten. Denn der Pharao wünschte nicht, daß die Sklaven durch so entstandene Bastarde an Kraft und Verstand gewännen. Darum bestanden die Wachen meist aus Söldnern, denn das Blut von Männern fremder Stämme schätzte der König Ägyptens ebenso gering wie das seiner niedrigsten Diener.

Diomedes empfand es freilich als unwürdig für einen Helden, das Schwert gegen aufsässiges Gesinde zu erheben. So verbrachte der Fürst seine Tage auf weiten Fahrten in die östlichen Gebirge, wo er seine Geschicklichkeit bei der Jagd mit Speer und Bogen erprobte, während ich seinen Wagen lenkte. Immer wenn er mit Prinz Merenptah zusammentraf, der gern von den Kämpfen der Achäer vor Troja hörte, drängte unser Fürst den Ägypter mit scharfen Worten, uns endlich einen Dienst zu geben, der wahrer Krieger würdig sei. Diomedes drohte gar, selbst zum Pharao zu gehen oder das Nilreich zu verlassen. So unfreundlich Merenptah bei unserer Ankunft gewesen war, so sehr bemühte er sich nun, Diomedes bei Laune zu halten. Schließlich sagte der Prinz: »Es wäre doch schade, Fürst, wenn du dein Leben und das deiner wackeren Männer im Gefecht mit irgendeinem Räuberstamm verlieren würdest. Übe dich lieber im Warten, zumal es dir doch an nichts fehlt! Bald wirst du soviel Ehre erlangen, daß dich selbst die toten Helden der Urzeit darum beneiden.« Wie das aber vonstatten gehen sollte, verriet Merenptah nicht, und er sagte auch nichts darüber, daß angeblich ein neuer großer Feldzug geplant sei wie vor einundvierzig Jahren, als der Pharao nach Syrien gegen die Hethiter zog.

So lebten wir fast ein Jahr in Ägypten, lernten die Sprache dieses mächtigen Volkes und dachten nicht allzuoft an die Heimat; ich war der einzige, den manchmal schwere Träume plagten.

Es geschah nicht viel Berichtenswertes während dieser Zeit, doch einige Ereignisse kamen mir höchst seltsam vor. So bestahl ein Dieb nachts unbemerkt die Gefährten und raubte unter anderen Dingen den schrecklichen Schlangendolch. Am nächsten Morgen fand man den Übeltäter verblutet auf dem Boden – der Unselige war in der Dunkelheit auf der Treppe gestürzt und hatte sich dabei zu seinem Unglück das Messer in die Brust gestoßen.

Polyphas und der flinke Stigos lernten von den ägyptischen Jägern die Kunst, mit dem Wurfholz im schwankenden Schilf des Nil wohlschmeckende Vögel zu erlegen. Polyphas behauptete, die Jagd mit dem Holz sei zwar anfangs schwieriger, aber nach kurzer Eingewöhnung treffe man viel sicherer als mit der Schleuder. Sein Bruder, der starke Polkos, erschlug im Streit einen Ägypter und mußte sich verborgen halten, bis Diomedes mit Merenptah Straffreiheit ausgehandelt hatte. Bias, der blasse Mann mit den schweren Lasten auf der Seele, verschwand für einige Zeit, ohne daß wir wußten, wohin er gegangen war. Wir vermuteten, daß er den Tempel des unheilbringenden Schlangengottes aufgesucht hatte, um sich diesem dunklen Herrscher erneut zu versprechen.

Polymerios und ich retteten Diomedes das Leben, als wir von Binsenbooten aus gewaltige Wasserrösser bekriegten. Diese furchterregenden Tiere sind mit ihren armlangen Zähnen so kampfesmutig, daß sie in größter Wut selbst Boote mit mehreren Männern angreifen und sie mit ihren Leibern umstürzen, um ihre Opfer zu ertränken. So widerfuhr es beinahe auch uns: Der Überfall des dickhäutigen Riesen geschah so plötzlich, daß Diomedes mit dem Kopf auf einen Stein am Ufer schlug und die Besinnung verlor. Das Ungeheuer eilte herbei, den Fürsten zu zermalmen, da faßte der wackere Polymerios seinen Spieß und stieß ihn wie in seinen alten messenischen Tagen dem Riesentier in den Rachen, während ich Diomedes an den Armen vor den stampfenden Füßen des Kolosses davonzog.

Der Arzt Eurymachos besuchte die Häuser des Todes. So nennen die Männer vom Nil jene Bauten, in denen die Körper der Toten ausgeweidet werden. Denn bei den Ägyptern ist es Sitte, die Verstorbenen so zu bestatten, daß sie nicht etwa stinkend verwesen, sondern zur Ehre ihrer Nachkommen in Schönheit erhalten bleiben. Dazu werden ihnen alle Organe entnommen, und zugleich ziehen die Meister des Todes den Leichen mit Zangen das Hirn aus der Nase. Denn der Schädel darf nicht geöffnet werden, wenn man das Antlitz des Verstorbenen nicht entstellen will. Die äußere Hülle bleibt auf diese Weise unversehrt erhalten, und wird danach mit vielerlei Salben und Säften behandelt und schließlich mit weißen Binden umwickelt. Die Ägypter wünschen sich diese Art der Bestattung so sehr, daß viele ihr ganzes Leben lang nur zu dem Zweck sparen, daß sie möglichst prächtig ins Grab gelegt werden können. Sie glauben, daß sie nach ihrem Tod in gleicher Gestalt wieder auferstehen und im Totenreich ein neues Leben führen dürfen.

Eurymachos wollte indessen keineswegs die schwierige Kunst der Erhaltung von Leichnamen lernen, sondern sagte zu uns:»Ich gehe dorthin, weil Leichen nichts anderes sind als Körper von Lebenden, die gestorben sind.«

Und als wir ihn ob solcher Weisheit höhnisch lobten und spotteten:»Gehe nur, du tüchtiger Gelehrter, vielleicht wirst du noch mehr derartig überraschende Erkenntnisse sammeln!« antwortete der Einäugige gekränkt:»Ihr seid unwissend wie Kinder, aber ich will dennoch versuchen, euch zu erklären, was ein Arzt an einem Toten lernen kann: Nur an einem Leichnam kann man Nachricht über Ort und Aussehen verschiedener Organe erhalten und den Platz der Eingeweide kennenlernen, wie auch den der Sehnen, Knochen und Gedärme. Dann kann ich euch künftig besser helfen, wenn ihr wieder einmal aus Versehen das Schwert an der Schneide angefaßt habt oder betrunken aus einer Wirtsstube gefallen seid.«

Phrixos, der Mann aus Mykene, sprach oft mit den Auserwählten über deren Gott und berichtete uns, die Führer dieser Sklaven seien mächtige Zauberer. Einer von ihnen habe sogar seinen Stab vor den Augen des Pharao in eine lebende Schlange verwandelt. Die Achäer lachten ihn aus, denn so ein Märchen konnte, meinten sie, kein vernünftiger Mensch glauben. Wunder wie dieses würden niemals einem Sterblichen gelingen, sagten sie, nur Götter seien zu so etwas imstande. Diomedes blickte mich dabei gleichwohl etwas nachdenklich an.

Hermione besuchte Prinzessin Esenofre oft, um ihr von fernen Ländern über dem Meer zu erzählen. Dabei begann meine junge Gemahlin ein wenig fülliger zu werden, wie überhaupt den Frauen das Wohlleben wenig bekommt, weil sie dadurch Spannung und Reiz ihrer sanften Rundung verlieren und ihre schmalen Hüften sich schon bald zu einem feisten Wanst verformen. Doch als ich sie deshalb rügte, wie es einem Ehemann zukommt, brach sie in Tränen aus, schalt mich einen Dummkopf und schlug die Tür hinter sich zu. Ich verstand den Sinn ihrer Worte nicht, denn ich hielt mich durchaus nicht für einen Dummkopf, sondern vielmehr für einen aufmerksamen und besorgten Gatten, und sagte mir empört, schließlich habe ja das Weib am meisten darunter zu leiden, wenn die Liebe des Mannes erlischt, und nicht umgekehrt. Ich fand, es sei eine sehr rücksichtsvolle Tat gewesen, Hermione darauf hinzuweisen, daß ihr Leib sich zu verändern begann.

Seltsam war auch, daß ich bei einem Spaziergang durch Pi-Ramesse einem Priester des Sonnengottes Rê begegnete, der plötzlich auf mich zutrat, mir in die Augen starrte und laut rief: »Er hat goldene Punkte, er hat goldene Punkte!« Dann sank er vor mir auf die Knie. Ich hielt ihn für einen Verrückten und packte ihn an den Schultern, worauf er aufsprang und floh. Später blickte ich in das spiegelnde Wasser eines Brunnens, aber die Sonne schien nicht mehr, und ich konnte nichts Auffälliges entdecken. Aber ich behielt etwas zum Andenken an jenen Tag zurück, nachdem der seltsame Priester geflohen war: Er hatte vor Schreck einen kleinen Stein fallengelassen, den ich als Zeichen der Ungewißheit in meine Lebenskette flocht. Denn es war der Tag des Bärenhüters, und Ungewißheit war die Macht, die nun schon seit so vielen Jahren mein Leben am meisten bestimmte. Der Stein bestand aus rotem Karneol und besaß die Form eines Käfers, den die Ägypter als Gott verehren. Denn dieses Volk sieht in zahlreichen Tieren himmlische Mächte: im Falken, im Hund, im Schakal, in der Löwin, dem Stier und der Kuh, im Geier und in der Schlange.

Schlangen sind in den feuchten Niederungen des mächtigen Stroms sehr häufig anzutreffen. In Ägypten bemerkte ich auch zum erstenmal, mit welch entsetzlichem Haß Diomedes diese geschuppten Tiere verfolgte. Als wir einmal am Ufer des Nil entlangfuhren und er ein ganzes Knäuel der Nattern am Wegrand erspähte, befahl er sogleich anzuhalten, sprang vom Wagen und hieb mit seinem Schwert auf das zuckende Bündel ein, bis alle Schlangen zerstückelt am Boden lagen. Danach erklärte er mir, von den Abkömmlingen einer Schlange sei einstmals auch die verfluchte Stadt Theben gegründet worden, und deshalb töte er diese Tiere, wo immer er sie finde.

Sethos und Twosre, der Sohn und die Tochter Merenptahs, kamen uns häufig besuchen, denn sie liebten Hermione sehr. Meine Frau vermochte sich in erstaunlicher Ruhe geduldig mit Kindern zu beschäftigen, während Diomedes und ich dann stets das Haus verließen. Denn das Geschrei von Kindern, auch wenn es die eines Fürsten sind, klingt lästig in den Ohren von Helden. Nur wenn auch die schöne Esenofre uns besuchte, blieben wir. Denn dann wäre es gar zu unhöflich gewesen, sich davonzumachen, und überdies kam dann zumeist später noch Prinz Merenptah, so daß wir vieles über den Pharao und dessen Vorfahren erfuhren. Über nichts berichtete der hinkende Königssohn nämlich lieber als über seine Ahnen und deren große Taten.

Von seinem Vater sprach der blutige Prinz nur mit größter Ehrfurcht. Wir hörten, daß der große Ramses schon seit sechsundvierzig Jahren herrschte und ein Mann in sehr, sehr hohen Jahren war, weshalb er auch keinen Feldzug mehr auf sich nehmen konnte, wie er es früher oft getan hatte. Viele steinerne Säulen kündeten von seinen Siegen, wenn ich auch später bemerkte, daß die ägyptischen Pharaonen in ihrer Eitelkeit selbst solche Kämpfe als Triumph hinstellten, in denen sie die Feinde nicht bezwungen, sondern ihnen lediglich standgehalten hatten, wie zum Beispiel in der ungeheuren Völkerschlacht von Kadesch gegen die Hethiter. Über diesen Kampf hörte ich später ganz andere Berichte als jene, die in der Ruhmeshalle des Pharao zu Karnak am oberen Nil verzeichnet sind.

Seit die Kraft aus den Armen des Königs gewichen war, führte sein Sohn Sesostris die Heere Ägyptens, von denen es vier gab, benannt nach den wichtigsten Göttern des Landes: dem Himmelbeherrscher Ammon, dem Schöpfer Ptah, dem Sonnengott Rê und dem schrecklichen Seth. Sesostris war ein wackerer Kämpfer; die Hoffnungen des Volkes ruhten auf ihm. Seine Brüder waren bei den Bewohnern der Nilländer weniger angesehen, weil sie nicht tapfer, sondern tückisch und grausam waren und sich überdies nicht in guten Taten übten, sondern oft nur im Prassen und bei Völlereien.

Doch so edel Sesostris auch war, sein Vater Ramses liebte Merenptah mehr, denn dieser glich ihm wie ein Wiedergeborener. Darum beherzigte der Pharao oft den Rat des verkrüppelten Prinzen und dessen Freundes, Bai, der alle königlichen Gespräche mit anhören durfte. Vielleicht ließ auch die Angst des Alters Ramses fürchten, daß ihm Sesostris bald Thron und Leben mit Gewalt entreißen könne, was in Ägypten schon einige Male geschah, obwohl doch die Pharaonen von sich behaupten, unsterbliche Götter zu sein.

Das seltsamste Geschehnis während dieser Zeit erlebten wir, als wir den Kampf eines Kindes mit zwei wütenden Löwen beobachteten. Dieses Wunder ereignete sich in der östliche Wüste, wohin Diomedes und ich kurz vor Beginn unseres zweiten Jahres in Ägypten gefahren waren, um zu jagen. Zwischen heißen Felsen, auf denen unbarmherzig das Licht der Sonnenscheibe glühte, hörten wir plötzlich Fauchen und Gebrüll. Schnell drehte ich die Pferde, um das Fahrzeug in die enge Schlucht zu lenken, in der wir Raubtiere vermuteten. Diomedes nahm voller Kampfeslust einen Pfeil auf seine Sehne, dann aber ließ er verblüfft den Bogen sinken, und auch ich war so verwundert, daß ich kein Wort über die Lippen brachte.

Denn im Sand vor uns lagen ein umgestürzter Wagen und ein prächtig gekleideter Krieger in ägyptischen Gewändern. Vor dem Bewußtlosen stand ein Knabe, der kaum mehr als zehn Sommer erlebt haben mochte, und wehrte mit einem Speer zwei zottige Löwen ab, die, beide noch zögernd, den Jungen umkreisten. Diomedes sandte sein Geschoß so glücklich ab, daß es dem vordersten Raubtier den Nacken durchbohrte und ihm das Leben nahm. Das andere hetzte mit gewaltigen Sprüngen auf uns zu, doch mein Gefährte hob die Lanze und stieß sie dem Löwen in dem Augenblick durch den Leib, als er durch die Luft auf uns zuflog. Diomedes war ein kluger und geschickter Jäger, und mit solchen Raubtieren zu kämpfen, hatte er schon in seiner frühesten Jugend in Thessalien und auf der Peleponnes zur Genüge gelernt, wenn auch die griechischen Löwen etwas kleiner sind als die in Ägypten.

Der Knabe blickte uns dankbar an, hielt aber den Speer noch weiter umklammert, denn wegen unserer fremdartigen Kleidung wußte er nicht, ob wir Freunde oder Feinde seien. Als Diomedes mit offenen Händen auf ihn zuging, bedrohte der Junge ihn mit seiner Waffe. Der König von Argos packte jedoch mit schnellem Griff den Schaft, riß den Speer an sich und sagte dann freundlich:

»Du brauchst keine Angst vor uns zu haben, du mutiger Knabe, denn wir sind Krieger, die es als schmachvoll empfinden würden, ein schutzloses Kind zu überfallen. Wer bist du, und wer ist dein Begleiter?«

Da schlug der gestürzte Krieger die Augen auf und stöhnte. Der Junge warf sich mit einem Jubelruf auf ihn und sagte: »So bist du noch am Leben, und ich dachte schon, daß du bei diesem Unglück deine Seele ausgehaucht hättest! Oh, wie dankbar bin ich den Göttern dafür! Sage den Fremden hier schnell, wer du bist, damit sie uns zur Ramsesstadt begleiten. Denn wenn sie deinen Namen hören, werden sie es nicht wagen, Hand an uns zu legen.«

Der prächtig gekleidete Krieger setzte sich auf und musterte uns voller Erstaunen. Dann schweifte sein Blick in die Runde, er bemerkte die beiden toten Löwen und fragte: »Was ist geschehen? Ich weiß nur noch, daß meine Hengste plötzlich scheuten und unser Wagen stürzte. Waren die Löwen der Grund dafür?«

»Ja«, antwortete der Knabe, »sie sprangen vom Felsen herab, die Pferde aber zerrissen die Deichsel und stürmten davon. Die beiden Fremdlinge kamen zur rechten Zeit; ihnen verdanken wir unsere Rettung.«

»Aber nicht nur wir haben dir das Leben erhalten«, versetzte Diomedes mit Bewunderung in der Stimme, »sondern am Anfang ist es allein dein junger Begleiter gewesen, der sich mit seinem Speer den Tatzen der Räuber entgegenwarf, was selbst viele Erwachsene nicht ohne weiteres wagen würden. Nun sollst du auch erfahren, daß ich Diomedes bin, König von Argos im Land der Achäer, der Kampfgenosse des Pharao und seines Sohnes Merenptah. Neben mir steht mein Gefährte Aras, der mit mir schon manches Gefecht bestand und sogar die Schlachtreihen der gefürchteten Hethiter durchbrach.«

Der Krieger erhob sich, und als er den Staub von seinen Kleidern klopfte, sahen wir, daß er ein bedeutender Fürst sein mußte. Wie bedeutend er aber tatsächlich war, hörten wir gleich aus seinem eigenen Mund, denn er blickte uns lächelnd an und sagte: »Wisset, daß ich Sesostris bin, der Sohn des großen Pharao und sein Nachfolger auf dem Thron Ägyptens. Aus den östlichen Wüsten kehre ich ruhmbedeckt von vielen siegreichen Schlachten gegen unsere Feinde zurück und bin meinem Gefolge vorausgeeilt, denn mich dürstet gewaltig nach dem erfrischenden Wasser des Nil. Der Knabe neben mir ist Setnachte, der Sohn des tapferen Puti, Befehlshaber in der Festung Tjel an der Grenze. Er entsendet sein Kind nun an den Hof des Pharao zur besseren Erziehung, wie es dem Recht des tapferen Kriegers entspricht, auch wenn er niederer Abstammung ist. Nun aber nehmt uns auf den Wagen und bringt uns zur Ramsesstadt. Dort will ich euch belohnen.«

So lernten wir den berühmten Sesostris kennen, und er ließ uns nicht nur prachtvolle Geschenke überreichen, sondern danach auch häufig in seinen Palast kommen, um mit uns über seine oder unsere Erlebnisse zu sprechen. Denn Sesostris schätzte Diomedes über die Maßen und bot ihm schließlich seine Freundschaft an. Auf diese Freundschaft führten wir es auch zurück, daß er uns eines Tages Boten sandte und befahl, vor Ramses zu erscheinen, der kampftüchtige Männer für ein neues, unerhörtes Unternehmen suche.

Ramses, der zweite seines Namens, saß auf dem hohen Thron Ägyptens in der Riesenhalle des Palastes, von dem aus er die Völker lenkte. Heerscharen fremder Rassen standen um den goldenen Sitz: Nubier und weißhäutige Hethiter, schwarzbärtige Assyrer und goldhaarige Achäer, Libyer mit hüftlangen Locken und Kuschiten in Leopardenfellen, federbekränzte Schirdana und Zeker mit Stierhörnern an den Helmen, buntgekleidete Sendboten Babylons und adlernasige Churriter aus den urartäischen Bergen, dazu Vertreter noch vieler anderer Stämme und Reiche, die am Hof des Pharao als Augen, Ohren und Stimmen ihrer Fürsten lebten. Ramses war der siebenundsiebzigste König Ägyptens; seine Titel waren reich an Zahl und wogen schwer an Bedeutung: Herrscher des Oberen und Unteren Landes, Sohn des göttlichen Falken, Sieger über Syrer und Amurru, Kanaanäer und Chabiru, Bezwinger von Phönizien und Basan, Eroberer der Länder Moab, Ammon, Gilead und Edom, Zerstörer der Städte Hazor, Hamath, Merom, Dibon, Sumur und Damaskus, Sieger der Völkerschlacht von Kadesch und Erbauer der Tempel von Pi-Ramesse, Abydos, Karnak und Theben. Sein Leib war in Tücher mit Edelsteinen gehüllt. Das straffe Antlitz des Herrschers wirkte fast schwarz unter dem gleißenden Gold der Kronen, die sein Haupt bedeckten. Die Köpfe des Geiers und der Schlange, der Sinnbilder des Oberen und des Unteren Reiches, ragten aus seiner Stirn. Seine knochigen Hände umfaßten Krummstab und Geißel, die heiligen Zeichen der Macht, mit denen der Pharao Völker hütet und züchtigt, schirmt und bestraft. Hinter ihm erhoben sich die höchsten Götter, deren oberster Priester er war.

Als Sesostris Diomedes und mich bemerkte, winkte er uns zu sich an die rechte Seite des Throns. Gegenüber stand Merenptah mit den anderen Königssöhnen. Erst nach geraumer Zeit, als jeder seinen Platz gefunden hatte, hob Ramses die Hand. Der Schlag eines Schlegels gegen eine Bronzescheibe ertönte. Höflinge, Priester und Wächter erstarrten. Langsam schlossen sich die gewaltigen Tore aus Stein.

Sesostris stand hocherhobenen Hauptes auf seinem Platz. Neben ihn hatte sich, königlich an Wuchs und Haltung, trotz seiner zweifelhaften Geburt, der junge Amenmesses gestellt. Man erzählte sich von ihm, er sei einst als Säugling in einem Binsenboot auf dem Nil in die Gärten der Fürsten getrieben worden. Denn die armen Frauen Ägyptens versuchen nicht selten, ihren Kindern durch ein solches Wagnis eine bessere Zukunft zu verschaffen, als sie ihrer Herkunft nach erwarten dürfen. Sie bestreichen ein aus

Schilf geflochtenes Körbchen mit Pech, damit es wasserdicht sei und nicht versinke, legen den Säugling hinein und lassen das kleine Gefährt möglichst nahe an den Badebezirken der königlichen Frauenhäuser schwimmen. Manchmal sind die Prinzessinnen so entzückt, daß sie das Kind an sich nehmen. Auf die gleiche Weise sollte, wie ich damals erfuhr, auch ein Führer der Ramsessklaven, die sich die »Auserwählten« nennen, ein Mann namens Moses, in der Familie des Pharao aufgewachsen sein.

Amenmesses war von der Prinzessin Tachat gefunden worden, einer Tochter des großen Ramses, die wenig später gestorben war. Böse Zungen behaupteten, der junge Mann sei in Wirklichkeit der Prinzessin leiblicher Sohn, Frucht einer frevelhaften Liebe. Die Wahrheit habe ich erst später erfahren.

Auf der anderen Seite des Throns, neben Merenptah, stand der verschlagene Bai, an Barttracht und Kleidung als Syrer kenntlich. Er beriet den Pharao in allen Fragen, die fremde Völker betrafen. Der Syrer war wohlbeleibt, bewegte sich aber erstaunlich behende und besaß viel Geschick in der Wahl seiner Worte. Er ließ seinen kleinen Sohn Irsu mit den Kindern Merenptahs erziehen, dessen bester Freund er war.

Die steinernen Tore hatten sich schon fast geschlossen, da öffneten sie sich plötzlich wieder, und zwar überraschend schnell und wenig feierlich. Eine Flut unverständlicher Worte ertönte, und einer der Wächter, der sich gegen das Tor gestemmt hatte, stürzte rücklings in den Saal. Über ihn trat ein alter, jedoch noch sehr kräftiger Krieger hinweg in den Saal, keuchend und in großer Eile. Ein wilder grauer Bart umwogte sein Gesicht, das strähnige Haar reichte ihm bis zum Gürtel, Tierfelle umhüllten seine mächtigen Muskeln, und eine silberne Platte füllte seine rechte Augenhöhle. Es war Schekel, der Fürst der Schirdana, die sich selbst Scherden nennen. Vor einundvierzig Jahren hatte er in der Schlacht von Kadesch auf der Seite der Hethiter gegen Ramses gekämpft. Schekel war damals noch fast ein Knabe. In der Schlacht verlor er ein Auge und wurde gefangengenommen. Danach schwor er dem Pharao die Treue. Seitdem zählte er zu den Stützen des Throns. Er stellte sich neben den Syrer. Danach begann Ramses zu sprechen:

»Höret die Stimme des Pharao, denn seine Worte sind heilig und sollen euch nähren. Vernehmt die Gedanken des Pharao, denn seine Beschlüsse lenken das Schicksal. Folgt dem Zeichen des Pharao, denn sein Finger weist euch den Weg. Die Völker im Erdkreis sind mir untertan, und ich bin ihr Hirte. Die Länder unter der Sonnenscheibe sind mein Garten, ihre Könige meine Diener, ihre Städte meine Wohnung. Die Berge sind mein Thron, die fruchtbaren Äcker mein Lager, die Flüsse der Waschkrug meiner Füße, denn ich bin Pharao.

Welchem Hilflosen habe ich Zuflucht verweigert? Welchem Hungernden nicht Nahrung gegeben? Welchem Dürstenden den Trank verwehrt? Sehet, ich säe und ernte für jene, die sich unter meinem Mantel verbergen; ich bin ihnen Schutz und Hafen, Sonne und Regen, Hilfe und Trost, denn ich bin Pharao.

Welchen Feind habe ich nicht bezwungen? Welchen Gegner nicht unterworfen? Welchen Trotzenden nicht zerbrochen? Seht, ich töte und vernichte alle, die sich meinem Speer entgegenstellen; ich bin ihnen Angst und Schrecken, Sturm und Hagel, Rache und Sorge, denn ich bin Pharao.

Geknechtet habe ich meine Feinde und meinen Fuß auf ihren Nacken gestellt. Mit ihrem Antlitz liegen sie vor mir im Staub und wagen nicht, die Häupter zu erheben. Die Räuber schlug ich an den Pfahl, den Dieben schnitt ich die Hände ab, den Betrügern und den Verrätern zerstach ich die Augen. Friedlich durchpflügen schon seit vielen Jahren die breiten Schiffe der Kaufleute das Meer im Norden und Osten. Unbehelligt queren die Züge der Händler die Wüsten im Westen und Süden. In dem Tempel brennt Weihrauch in reicher Menge den Göttern zu Gefallen. Nie ist ein Herrscher mächtiger gewesen.

Eines nur bleibt noch zu tun, des Königs der Könige würdig: Weiter als je zuvor will segnend ich meine Hand nach dem ausstrecken, was unbekannt ist und jenseits der Grenzen liegt. Zur Wiege des göttlichen Nilstroms selbst sende ich heute meine Diener, weit hinter Nubien und Kusch, weiter noch als selbst das unermeßlich ferne Punt. Bis zum Rand der Weltenscheibe sollt ihr ziehen. Dort stellt mein Bildnis auf und kündet zur Freude der Menschen: ›Wir sind die Boten des Pharao!‹«

So sprach er und versank in tiefes Schweigen. Nach einer Weile ergriff der Held Sesostris das Wort, wie es sein Recht als Erstgeborener war. Herrlich stand er in seiner funkelnden Rüstung am Thron, sein edles Gesicht leuchtete und er sagte:

»Ihr habt den Spruch des Pharao vernommen, der unser aller Lenker ist. Ich aber bin sein Arm, der seinen Stecken in die Häuser seiner Feinde pflanzt, und ich bin sein Fuß, der seinen Willen dorthin trägt, wohin er zielt. Darum werde ich euch an die Enden der Erde führen, zum Ruhm des großen Königs, dessen Sohn ich bin. Ihr sollt dabei meine Gefährten sein.«

Danach sprach Merenptah; die grünen Augen des blutigen Prinzen glühten in seinem hageren Antlitz. Er heftete den Blick auf Sesostris und sagte: »Auch ich bin vom Samen des Pharao, sein Arm und sein Fuß. Dem Älteren gebührt der Vorrang. Darum werde ich dein Schatten sein, Sesostris, und auf dieser Fahrt deine Stelle vertreten, so wie du die Stelle des Königs vertrittst. Vergiß nicht, daß wir vom selben Blut sind!«

Da maßen sich die beiden ungleichen Brüder mit Blicken. Sesostris blieb unbeweglich wie ein Riese der Vorzeit, kein Muskel rührte sich in seinem steinernen Gesicht, und er stand seinem Bruder gegenüber wie ein Stier dem Rivalen, der in seine Herde eindringen will.

Der schlaue Syrer Bai trat schnell einen Schritt vor und sagte mit sanfter Stimme: »Glücklich ist der göttliche Pharao ob solcher prächtiger Söhne, die selbst wie Könige sind. Nur einer kann in der Schlacht befehlen: Denn wo viele Feldherrn reden, sind die Krieger verwirrt und wenden sich am Schluß oft gar gegeneinander. Doch der, der die Macht besitzt, braucht einen Gefährten an seiner Seite, der für ihn handelt, wenn der Starke einmal ruhen will.« Dabei lächelte er in dem Bemühen, die streitenden Brüder zu versöhnen, doch es war das Lächeln einer Schlange, die ihre Zähne zum tödlichen Biß entblößt.

Da schlug der Pharao seinen goldenen Stab so heftig gegen die Lehne des Throns, daß er klirrend zerbrach. Der Syrer verstummte. Unwillen war auf der Miene des Königs zu lesen; er blickte seine Söhne an und sprach:

»Fürchtet ihr meinen Zorn nicht mehr? Ängstigt ihr euch nicht mehr vor meiner Kraft? So, wie ich diesen Stab zerbrochen habe, kann ich auch euch vernichten! Du, Schekel, der du mir vor einundvierzig Jahren gegenüberstandest in der Ebene vor Kadesch, du kennst vielleicht am besten die Gewalt, mit der ich Unbotmäßige bestrafe. Darum streitet nicht um Macht, die ich allein besitze, und buhlt nicht um Gaben, mit denen ich euch beschenke!«

Der graubärtige Scherde verneigte sich geschmeichelt, weil der Pharao ihn beim Namen gerufen hatte, und versetzte: »Nur dir diene ich, Pharao, denn unter dem Schutz deines Schildes bin ich geborgen. Ohne deine Waffen aber wäre ich wie ein kleines Kind im Sand der öden Wüste mitten unter blutrünstigen Tieren.«

Der König Ägyptens erhob sich, streifte einen Ring vom Finger und gab ihn Sesostris. »Ziehet dahin, meine Boten!« sprach er dazu, »Du, mein Sohn, sollst sie mit Mut und Weisheit führen. Höre: Zwei Speere brechen nicht so leicht wie einer, solange sie nebeneinander stehen. Kreuzen sie sich jedoch, so können beide zerschellen. Dir, Merenptah, sage ich: Wie der Vater den Sohn beschützt, so sei es auch zwischen dem Älteren und seinem jüngeren Bruder! Ich brachte nicht Frieden in den Völkerreigen, damit der Hader nun in meinem Haus beginne! An Heldentaten, nicht an Geltungssucht, sollt ihr vor meinen Dienern wetteifern und große Taten vollbringen.«

So sprach der Pharao, straffte seine königliche Gestalt und schritt in seine Gemächer davon, begleitet von den frommen Gesängen der Priester, die ihn schon lange als Gott verehrten. Ich wunderte mich ein wenig über die Worte des Königs – nicht allein, weil er sich als Beherrscher aller Länder und die anderen Könige als seine Sklaven bezeichnet hatte, wo es doch genügend Fürsten auf der Weltenscheibe gab, die dem König des Niltals trotzten, sondern auch, weil er seine Hände segnend und seine Boten freudebringend genannt hatte, wo er doch in Wahrheit ein Heer von schwerbewaffneten Kriegern zu keinem anderen Zweck aussandte, als fremde Völker zu überfallen und auszuplündern.

Es war Diomedes, der sich nun als erster vernehmen ließ. Der Tydeussohn wandte sich zu Sesostris und fragte:

»Was ist das für ein Land, in das wir gehen sollen, Prinz? Wahrlich, selbst das Schattenreich könnte mich nicht schrecken, wenn es der Wunsch des Pharao wäre, daß ich mit meinen Männern dorthin ginge. Denn ich zittere vor keinem Feind. Doch ich bin meinen Gefährten Aufklärung schuldig. Denn bei den Achäern ist es nicht Sitte, Krieger hinter sich herzuführen wie eine Herde von Hammeln, ohne ihnen das Ziel des Feldzugs zu verraten, jedenfalls, sobald er begonnen hat.«

»Punt«, antwortete Sesostris, »ist ein Land im tiefsten Süden, dort, wo die Mittagssonne an keinem Stab mehr Schatten wirft. Es liegt an der Küste des unteren Meeres, von Ägypten durch riesige Wüsten und schier undurchdringliche Wälder getrennt. Auch himmelhoch ragende Gebirge und reissende Flüsse hemmen dort den Fuß des Wanderers, und nicht viele, die dorthin auszogen, sind zurückgekehrt.«

»Wahrlich, das klingt wenig verlockend«, meldete sich nun der einäugige Scherde, »hat doch der Pharao, solange ich ihn kenne, es bisher nur höchst selten angestrebt, in strauchloser Wüste oder hitzedurchglühtem Gebirge Ruhmestaten zu vollbringen. Sonst zog er es stets doch immer vor, in reiche Städte und wohlbegüterte Fluren einzubrechen.«

»Von fremden Erdteilen scheinst du nicht viel zu wissen«, sagte der Syrer Bai, »sonst wäre dir bekannt, daß Punt eines der reichsten Länder unter der Sonnenscheibe ist, aus dem die Ägypter schon von alters her die kostbarsten Waren holten.«

»Während du noch zwischen den feisten Brüsten einer syrischen Hafenhure schaukeltest, werter Freund Bai«, versetzte der Scherde erbost und ohne Rücksicht auf den Ort, an dem er sich befand, »bin ich schon auf allen nördlichen und südlichen Meeren gefahren. Wenn ich also den Namen ›Punt‹ nicht sogleich verstand, dann lag das nicht etwa daran, daß ich nicht wüßte, was das sei, sondern vielmehr an meinen vom Schlachtenlärm vieler Jahre geschwächten Ohren. Denn ich bin im brüllenden Kampfgetümmel zu Hause und nicht im schmeichlerischen Geflüster der Schranzen!«

Der Syrer wurde dunkelrot vor Wut. Sesostris schritt zwischen die Streitenden und sagte: »Hüte deine Zunge, Bai! Vor dem Zorn des Scherden könnte selbst ich dich nicht schützen. Du aber, Schekel, höre, daß der Syrer die Wahrheit spricht: Seit den ältesten Zeiten sandten die Pharaonen Schiffe und Männer in dieses Land Punt und holten von dort Gold und Elfenbein, Ebenholz und Weihrauch für die Götter, Felle der seltsamsten Tiere, Federn von riesigen Vögeln, Perlen und Sklaven dazu. Die Augen werden euch übergehen, wenn ihr den beschwerlichen Weg durch die Steppen und unwirtlichen Wüsteneien erst einmal hinter euch habt.«

»Warum aber«, fragte Diomedes nun als echter Achäer, »müssen wir auf den Füßen über weglose Einöden schreiten, wenn dieses wunderbare Land, wie du vorhin sagtest, an einer Meeresküste liegt? Wollen wir nicht lieber unter flatternden Segeln dorthin eilen?«

»Vor vielen Jahren«, antwortete Sesostris, »sind die Ägypter auch zu Schiff in dieses Land gefahren. Weil sich aber an unserer östlichen Küste kein Hafen befindet, mußten sie den Nil hinaufrudern und von der festen Stadt Koptos auf einem langen Kanal nach dem Unteren Meer vorstoßen. Dieser Kanal ist jetzt jedoch vom Sand der Wüste zugeschüttet. Hunderttausend Sklaven könnten ihn nicht wieder aufgraben.«

»Glaubst du?« warf Merenptah ein. »Gäbe mir unser Vater den Befehl, ich wollte das ganze Gebirge dort umstürzen mit meinen Sklaven. Und sollten noch so viele von ihnen dabei im heißen Staub der Wüste ersticken!«

»Darum«, fuhr Sesostris unbeirrt fort, »haben die mutigsten Männer Ägyptens später versucht, von Koptos aus Holz durch die Wüste zu tragen und dieses dann an der Küste zu Schiffen zusammenzufügen. Aber es gibt dort zahllose Stämme von Räubern, so daß man jedem Seemann zwei Krieger an die Seite stellen mußte. Dies alles hat den Pharao bewogen, es jetzt auf einem anderen Weg zu versuchen, indem wir auf dem Nilstrom südwärts fahren bis zu seinem Ende und sehen, ob wir von dort das Goldland schneller als zuvor erreichen können.«

»Wobei ich, mit Verlaub gesagt, von diesen Plänen nicht sehr überrascht bin«, meldete Bai voller Eitelkeit, »denn Merenptah und ich sind es gewesen, die dem verehrten Pharao, bei dessen Namen ich mich verneige, dieses Ziel nahebrachten. Wobei wir nicht zu sagen vergaßen, daß du, edler Sesostris, der geeignetste Führer für einen solchen Feldzug wärst und zugleich der, der diese hohe Ehre als erster verdiente.«

»Dennoch kann ich dafür nicht dankbar sein«, versetzte Sesostris, »denn ich bin nicht begeistert von diesem Plan, der die besten Krieger des Reiches für lange Zeit in unbekannte Weiten führt, während ich lieber in der Nähe meiner Heimat Räuberstämme und Nomaden ausgerottet hätte. Denn ich ahne, daß sich Ägyptens und meine Bestimmung an den Grenzen im Norden und Osten des Reichs erfüllen sollte, während mir im Süden ein ungewisses Geschick bevorsteht. Aber wie dem auch sei, der Thronfolger Ägyptens scheut sich nicht vor einer unbekannten Zukunft, und wenn er von ihr spricht, zeigt das nur seine Weisheit.«

Danach erklärte Sesostris, wie viele Männer er mit auf den Feldzug zu nehmen gedachte, wer an der Spitze und wer im Rücken des Heeres dahingehen solle, was man an Waffen und Gerät, Nahrung und anderen Dingen brauche. Schließlich legte er den Aufbruch auf den Tag des nächsten Mondbeginns, so daß uns nur kurze Zeit blieb, um unsere Angelegenheiten zu ordnen und uns durch eifrige Waffenübungen von den Zeiten des Wohllebens zu trennen.

Der Abschied von Hermione fiel mir schwer, denn sie war sehr traurig, als sie von unseren Plänen erfuhr. »Wirst du denn niemals zur Ruhe kommen, Aras?« fragte sie voller Bitterkeit. »Hält denn das Schicksal kein Glück von Dauer für mich bereit? Sind uns nur wenige Tage der Zufriedenheit beschert, und danach wieder viele der Sorge und Einsamkeit?«

Ich nahm sie in die Arme, aber sie schluchzte laut und wollte sich nicht beruhigen lassen. Tröstend sagte ich zu ihr: »Meine Pflicht bindet mich an Diomedes, dessen Gefährte ich bin. Doch mit Hilfe der Götter werde ich vielleicht schon bald wieder heimkehren, mit reichen Schätzen beladen. Dann sollst du leben wie eine Fürstin, und unsere Söhne sollen wie Prinzen gehen.«

Da seufzte sie und sprach: »Ich weiß, Aras, daß du noch ein Jüngling bist, der im ungestümen Vorwärtsstreben keinen Blick für das hat, was so naheliegt und viel kostbarer ist, als alles, was er in der Ferne zu finden erhofft.«

Ich verstand jedoch nicht, was sie damit meinte, und sagte zu ihr: »Ich werde dein Bild stets im Herzen bewahren. Keine andere Frau soll dich daraus verdrängen, das schwöre ich bei meinem Leben. Denn du bist für mich wie der warme Herd, nach dem sich der Frierende sehnt, und der kühle Quell, nachdem der Verdurstende lechzt.«

Daß ich aber nicht nur aus Treue zu Diomedes diesen Feldzug auf mich nahm, sondern ebenso aus Angst vor den Rachegöttinnen, verschwieg ich ihr. Denn wenn ich den furchtbaren Geistern seit meiner Bluttat auf Tauris auch ausgeliefert sein mochte, hoffte ich doch noch immer, ihnen zu entgehen, wenn ich mich weit genug von Achäa entfernte.

Hermione und ich schmiegten uns bis zum Morgen aneinander. Aber ich hatte nur wenig Freude daran, so sehr Hermiones Umarmung mir sonst stets gefiel. Denn obwohl mein Herz wild pochte und das Blut durch meine Adern raste, Hermiones Tränen machten mich traurig, und insgeheim verfluchte ich die Unrast, die mich trieb. Meine Frau aber sagte, als wir uns erhoben und wuschen: »Ich weiß nicht, ob ich dich je wiedersehen werde. Aber ich werde dich niemals vergessen und dir noch im Schattenreich die Treue halten, das gelobe ich. Nie werde ich aus freiem Willen die Hände eines anderen Mannes an meinem Körper dulden, noch fremde Lippen auf meinem Mund, magst du auch noch so lange fernbleiben oder gar in der Fremde deinen Atem verhauchen. Denn ich bin als armes Sklavenmädchen ohne Vater und Mutter aufgewachsen, nicht Bruder und nicht Schwester wiesen mir den Weg und teilten mein Los. Du bist der einzige Mensch, der mir je nahe war.«

Am nächsten Morgen rüstete ein mächtiges Heer am Nilufer in Ramsesstadt zum Aufbruch. Soldaten aller Völkerschaften luden Waffen, Brot und Wein, Schlachttiere, Kampfwagen und viel Gerät auf die riesigen Schiffe, die nur auf dem Nil verkehren können, weil die Wogen des Meeres solche breiten Kähne schnell in Stücke schlagen würden. Auf dem Ozean kann nur ein Boot bestehen, das auf den Wellen reitet, so daß die Wucht des Wassers nicht die Bordwand bricht. Auf dem Nil jedoch gibt es keine gefährlichen Wogen, und deshalb sind dort die Schiffe größer als anderswo auf der Welt. Dabei können sie allerdings nur selten segeln, und dann nur stromabwärts. Gegen das Treiben der Fluten jedoch müssen sie gerudert und oft auch mit Seilen vom Ufer aus gezogen werden.

Diomedes und seine engsten Gefährten sollten auf einem der vordersten Schiffe reisen, wie auch die beiden Prinzen, der einäugige Scherde, der junge Amenmesses und die übrigen Heerführer. Unsere Streitmacht umfaßte sechstausend Krieger, darunter siebenhundert Schirdana und dreihundert Achäer aus Ramsesstadt. Die anderen Männer entstammten der Heeresabteilung des Ammon und bestanden je zur Hälfte aus Ägyptern und aus Schwarzverbrannten aus Nubien, die sich auf ihre Heimat freuten, wenn sie auch als erfahrene Krieger wußten, daß ihnen nicht Prassen und Saufen bevorstand, sondern Hungern und Dürsten, wie es auf einem solchen Feldzug üblich ist.

Während unsere Argiver das Schiff beluden, sah Diomedes Polkos auf einem hölzernen Steg gerade die Bordwand überschreiten, heftig atmend und tief gebeugt unter der Last eines riesigen Sackes aus Leinen, dessen Gewicht selbst diesem Hünen die Adern an Hals und Armen hervortreten ließ. Diomedes trat auf den Riesen zu und fragte: »Nun, mein Gefährte, was wuchtest du da Geheimnisvolles an Deck? Sind das deine Essensvorräte, die freilich von ungeheurer Größe sein müssen, oder willst du etwa ein paar junge Beischläferinnen in den Kammern verstecken?«

»Nicht doch, edler Fürst«, wehrte der Riese verlegen ab und wollte sich davonmachen. Da schlitzte Diomedes mit seinem Schwert die Enden des Sackes auf. Ein leises Klirren ertönte.

Wir sahen, wie unsere anderen Männer, die aufmerksam zu uns herüberschauten, auf einmal ängstlich erstarrten, wie Schafe, wenn Zeus im Gewitter grollend seine Donnerkeile auf die Erde niederschleudert. Dann lösten sich die Bindungen des seltsamen Gepäcks, das Leinen klaffte auseinander, und polternd ergoß sich auf die Planken eine ungeheure Flut von tönernen Tafeln.

Da begannen die Achäer aus Paphos und Ramsesstadt brüllend zu lachen. Sie hieben sich auf die Schenkel, preßten ihre Fäuste an die Stirn und riefen: »Seht nur, wie sorgsam dieser Riese seine Schätze hütet! Freilich, so kunstvolle tönerne Tafeln sind es gewiß wert, daß man sie nicht etwa zu Hause zurückläßt, wo sie vielleicht ein Dieb entwenden könnte, sondern überall mit hinträgt! Hast du vielleicht auch noch ein paar hübsche Feldsteine eingepackt, Polkos? Wer weiß, vielleicht tauschst du in fremden Landen eitel Gold und Silber dafür ein!«

So höhnten sie, Polkos aber schluckte verlegen und vermochte nichts zu sagen. Da sprang sein mundfertiger Bruder Polyphas herbei und sagte zu Diomedes:

»Mit größter Ehrerbietung möchte ich dir erklären, edler Fürst, daß du doch sehr wohl weißt, wie gern wir uns hin und wieder der harmlosen Beschäftigung des Würfelspiels hingeben, wie es übrigens die Krieger in fast allen Ländern tun. Denn es vermehrt die Aufmerksamkeit und schärft auch die Sinne, was beides Dinge sind, in denen sich ein Kämpfer ständig üben sollte. Da uns aber die Götter davor bewahren mögen, daß wir uns mit dem Würfeln etwa gegenseitig teures Kupfer aus der Tasche ziehen, denn das wäre der Kameradschaft wohl wenig förderlich, haben wir beschlossen, Gewinn und Verlust nur zum Schein auf tönerne Tafeln zu schreiben, zur besseren Stütze der Erinnerung.«

Diomedes begann zu schmunzeln, und schließlich antwortete er: »Daß ihr niemals um Kupfer spielt, vernehme ich mit Freude, wenn ich auch kein Wort davon glaube. Und wenn du mich doch nicht belogen hast, schnellzüngiger Polyphas, so höchstens deshalb, weil es bei euch in Wirklichkeit um Gold und Silber geht. Aber soll ein gütiger Vater seinen Kindern das Spielzeug rauben? Sagt mir nur eins: Warum plagt ihr euch mit so schwerem Schreibzeug ab, wo die Ägypter doch genauso gut und noch besser auf dem Papyrusstoff malen, der viel leichter und bequemer zu tragen ist?«

Der kleine Polyphas holte Luft, aber sein Bruder kam ihm zuvor. »Du hast doch selbst erzählt, Diomedes«, sagte der Riese treuherzig, »daß wir in jene Länder fahren, aus denen die Schwarzverbrannten stammen. Wenn aber dort die Sonnenscheibe so heiß glüht, daß sie selbst Menschen die Haut verkohlt, um wieviel leichter würde sie den trockenen Papyrusstoff entflammen, auf dem ich dann vielleicht gerade einen hohen Gewinn für mich eingetragen hätte? Meinen tönernen Tafeln jedoch kann selbst ein Backofen nicht schaden.«

Da mußten alle ein zweites Mal lachen, auch Diomedes. Schließlich sagte der König zu Polkos: »Die Glücksgöttin wird dich gewiß reich dafür beschenken, daß du um ihretwillen solche Opfer auf dich nimmst!« Und nach einer kurzen Pause fügte er, zum großen Entsetzen auch der übrigen Würfelspieler, hinzu: »Wer weiß, vielleicht lassen sich eure Tafeln, wenn der Feind gegen uns stürmt, auch als nützliche Wurfgeschosse verwenden.«

3 Die Ramsesstadt liegt am zweiten Mündungsarm des Nil, von Osten her gesehen; man nennt ihn den Mendesischen. Auf ihm fuhren wir südwärts, lange gefolgt von vielen Männern und Frauen, die Sesostris zujubelten. Einen Tag später kamen wir an der schönen Stadt Pi-Beseth vorbei, zwei Tage danach erreichten wir die Stelle, an der sich der große Strom teilt. Dort liegt das mächtige On, auch Annu geheißen, die Burg, die dem Sonnengott heilig ist. Wieder einen Tag später gelangten wir in die größte Stadt der Welt, nach Memphis, die Waage der beiden Reiche.

Memphis ist der heiligste Ort der Ägypter und auch ihre älteste Hauptstadt. Der Skorpionkönig selbst soll sie gegründet haben, und bis vor drei Menschenaltern regierten dort die Pharaonen. Die Waage der Länder heißt diese Stadt, weil dort das Untere und das Obere Reich zusammenstoßen. Alle mächtigen Götter besitzen Tempel in Memphis, und darum wollten die Führer des Heeres dort von ihnen ein glückliches Gelingen des Feldzugs erbitten.

Sesostris zog mit seinem Gefolge zum Heiligtum der Sothis, die als strahlender Stern am südlichen Horizont die Nilschwelle kündet. Die Griechen nennen dieses Gestirn Sirius. Merenptah sagte: »Ich will dem gewaltigen Ptah ein Opfer bringen, dem Töpfer der lebenden Wesen, der alle Menschen und Tiere erschafft, denn von ihm trage ich meinen Namen.« Der junge Amenmesses begab sich zum Tempel des Ammon, des höchsten Himmelsbeherrschers. Schekel, der einäugige Scherde, huldigte den Göttern seiner barbarischen Heimat. Am Ufer des mächtigen Nilstroms, an dem wir eine halbe Wegstunde südlich von Memphis unser Lager aufgeschlagen hatten, steckte er hölzerne Latten kreisförmig in die Erde. In ihrer Mitte entflammte er auf einer zwölfeckigen Kupferplatte ein Feuer, in dem er unter lauten Gebeten einen Teil seines Barthaars verbrannte. Die Achäer errichteten Zeus zu Ehren einen Altar, denn sie wollten auch in der Ferne ihre griechischen Götter nicht vergessen, und obwohl ich in einem anderen Land geboren war, ehrte ich damals die Herrscher des Olymp und unter diesen besonders Athene, die meines Fürsten Schutzherrin war.

Als wir das Opfer beendet hatten, sahen wir den schweigsamen Bias beim Troß einen Wagen anschirren. »Wohin, mein Gefährt?« fragte ihn Diomedes, »suchst du Zerstreuung in einer Schenke oder gar unter den Liebesmädchen der Stadt? Dann empfiehlt es sich, zu Fuß zu gehen, denn vom Wein berauscht hat sich schon mancher rettungslos in die Zügel verstrickt und ist von den stampfenden Rossen zu Tode geschleift worden. Überdies wäre es klüger, so einen Ausflug nicht allein zu unternehmen sondern in der Gesellschaft vieler Freunde. Denn allzuoft plündern diebische Wirte den Einsamen aus, der sich gegen die Knechte des Betrügers allein nicht zur Wehr setzen kann.«

Da blickte der bleiche Mann Diomedes aus seinen wasserhellen Augen an und versetzte: »Du kennst mich doch gut genug, Fürst, um zu wissen, daß mir nichts an Vergnügungen solcher Art liegt. Nein, nicht ins Schankhaus eile ich, sondern zum Tempel meines Gottes. Denn wenn alle anderen Krieger hier zu ihren Schirmherren beten, möchte auch ich zu dem meinigen ziehen, dem hier ganz in der Nähe ein großes Heiligtum gehört.«

»So willst du zum Schlangengott?« fragte ich neugierig. »Willst du mich nicht mitnehmen? Du tätest mir damit einen großen Gefallen!«

»Das größte Unglück würde ich dir damit zufügen, Jüngling«, gab Bias mit beschwörender Stimme zurück. »Laß ab von diesem Wunsch, du weißt nicht, was du verlangst! Damals, als ich noch so jung war wie du, dachte ich in der gleichen Weise, daß ich alles kennenlernen müßte, was Himmel und Erde dem Menschen bereithalten. Ach, hätte mich doch ein anderer ebenso eindringlich gewarnt, wie ich dich jetzt warne! Niemand kann sich dem Bann entziehen, wenn er einmal das Fest der Schlange gesehen hat, und ich möchte dir ersparen, ein ähnliches Schicksal erleiden zu müssen wie ich!«

»Bias, Bias!« rief Diomedes lächelnd, »wie soll denn unser junger Gefährte ein Held und tapferer Krieger werden, wenn er vor fremden Göttern Furcht empfindet, die uns Griechen doch nichts bedeuten! Wahrlich, ich selbst werde deinen Schlangengott besuchen. Dann wird sich zeigen, ob er mehr Macht besitzt als Ares, der Gott des Krieges, dem ich vor Troja den Speer in die Weiche jagte, daß er davonstob, brüllend wie zehntausend Stiere!«

»Nein, Fürst!« antwortete der bleiche Mann entsetzt. »Verlange nicht, daß ich dich zu ihm führe, ich bitte dich! Furchtbar ist die Macht des Geschuppten, er duldet keine fremden Götter neben sich.«

Diomedes aber sagte barsch: »Die strahlende Athene dürfte sich wohl kaum von deinem Götzen aus meinem Herzen vertreiben lassen. Ist sie nicht die Tochter des Zeus und mit dem Ägisschild gewappnet? Gib mir die Zügel, mir bangt nicht vor Gespenstern noch Dämonen!«

Wir fuhren in die Wüste hinaus, mehr als zwei Wegstunden weit, bis wir das künstliche Gewässer erreichten, das die Ägypter den Merwersee nennen. Den breiten Kanal, der dieses Wunder speist, soll in den grauen Tagen der Vergangenheit ein Mann namens Joseph gegraben haben, einer der

Stammväter jenes Sklavenvolkes, die sich die Auserwählten nennen. Am Ufer des Merwersee stand ein niedriges Haus ohne jeglichen Zierrat, nur mit zwei Köpfen jener vierfüßigen Schlange geschmückt, die ich vom Dolch des Bias kannte. Die steinernen Ungeheuer reckten sich links und rechts an der Pforte empor. »Wie?« fragte Diomedes erstaunt, »das soll das große Heiligtum deines Gottes sein, Bias? Davor willst du uns Angst einjagen? Wahrlich, wenn diese schauerlichen Schlangenköpfe nicht wären, würde ich glauben, vor der kargen Hütte eines bescheidenen Landmanns zu stehen!«

Bias schwieg. Wir spannten die Pferde ab und gaben sie weißgekleideten Dienern. Dann schritten wir durch das Portal in das Haus. Dort warteten wir, während Bias sich mit einem hochgewachsenen Mann in grünem Gewand besprach, dem höchsten Priester des Heiligtums. Eine weiße Narbe in Form eines dreistrahligen Sterns hob sich von der dunklen Haut seiner Wange ab. Er musterte uns mit kalten Augen, und ich bemerkte sogleich die heimlichen Zeichen, die er den anderen Priestern gab, indem er rasch die Stellungen seiner Hände und Finger wechselte. Ich konnte das Signal der freudigen Überraschung erkennen, das offenbar Diomedes als einem der wichtigsten Heerführer galt. Danach zeigte er das Zeichen der Vorsicht, weil er meine Blicke bemerkt hatte und wohl argwöhnte, daß ich die Sprache der Geweihten kannte. Von da an gab er keine Botschaften mehr. Ich sagte Diomedes nichts davon, denn ich wollte nicht, daß er von meiner Zeit bei dem kretischen Zauberer auf Tauris und von dem Unheil, das dort geschehen war, erfuhr.

Schließlich winkte Bias uns zu; sein blasses Gesicht nahm den grünlichen Schimmer der seltsamen Fackeln an, die in dem Haus brannten. Wir folgten ihm zu einer Wand, die sich in ihrer Mitte spaltete und den Blick auf eine breite Treppe freigab; ihre Stufen führten hinab in die Dunkelheit.

Bias nahm eine Fackel und schritt voran. Wir stiegen ein Stück hinunter, etwa so tief, wie ich fast zwei Jahre zuvor in das Labyrinth von Knossos eingedrungen war. Als wir den untersten Grund erreichten, wanderten wir lange Zeit durch einen aus mächtigen Quadern gefertigten Gang, bis ich meinte, daß wir uns schon mitten unter dem See befinden müßten. Schreckliche Fratzen grinsten uns von den Wänden entgegen, dazwischen erschienen unheilige Worte und entsetzliche Namen, und schließlich begriff ich, daß den Anhängern dieses frevlerischen Kultes das Abstoßende schön erschien und nicht häßlich, das Grausame aber gut und nicht böse, so wie das Feuer der Priester grün war und nicht rot.

Die Luft roch feucht und verbraucht. Keiner von uns sprach ein Wort, bis der Priester schließlich das Ende des Ganges erreichte; dort erhob sich eine unüberwindliche Mauer. Unser Führer sprach einige Worte in einer unverständlichen Sprache, und die schweren Steinblöcke schwangen auseinander. Als wir hindurchgegangen waren, schlossen sie sich hinter uns mit einem dumpfen, hallenden Laut, der mich frösteln ließ.

Vor uns erstreckte sich ein gewaltiger Raum, größer sogar als der Thronsaal in der Ramsesstadt, gefüllt mit grüngekleideten Priestern und Gläubigen aus allen Völkern und Rassen, die der gemeinsame Dienst zu Ehren des schrecklichen Gottes verband. Mitten unter ihnen sah ich zu meinem Erstaunen den blutigen Prinzen Merenptah. Der Sohn des Pharao schien unser Eintreten nicht bemerkt zu haben. Er starrte wie verzaubert auf die gegenüberliegende Wand, in deren Mitte sich eine gewaltige Höhlung öffnete. Davor füllte schwarzes Wasser, glatt wie Öl, ein halbrundes Becken, das goldene Stangen wie einen Käfig begrenzten.

Die Plätze der Betenden ragten im Rund hoch über den düsteren Teich. Mitten im Becken erhob sich eine winzige Insel, mit undeutbaren Bildern versehen. Auf dieser Plattform kauerten ein kräftiger Mann und ein schönes Mädchen, beide vollkommen nackt. Ich staunte über diese seltsame Form des Gottesdienstes und flüsterte Bias zu: »Was soll denn dieses Paar dort unten tun?« Der bleiche Mann sah mich daraufhin mit einer seltsamen Mischung aus Trauer und Mitleid an und schwieg.

Nun begannen Priester fremdartige Lieder zu singen. Schwaden von Weihrauch und Dämpfe duftender Kräuter durchzogen den Saal. Die Grüngekleideten hoben ihre Arme über den Kopf. Der kahlgeschorene Mann, den wir als obersten Diener des Götzen erkannt hatten, warf eine Handvoll Körner in das große Feuer, das am Becken brannte. Plötzlich züngelten die Flammen doppelt so mächtig empor wie zuvor. Immer lauter wurde der Gesang der Gottesdiener; der Brand beizte uns Nase und Hals. Immer heftiger schlugen die schwarzhäutigen Sklaven auf ihre fellbespannten Trommeln ein. Prinz Merenptah und die anderen starrten wie verzaubert auf die kleine Insel inmitten des Wassers, und das grüne Licht spiegelte sich unheimlich in den Augen des Ramsessohns.

Die junge Frau hinter den goldenen Stäben war hellhäutig und höchstens siebzehn Sommer alt. Langes Haar fiel ihr über Brust und Rücken, mit den Händen hielt sie den Arm des Mannes umklammert, und in ihren Zügen las ich Angst und Verwirrung. Ihr Gefährte besaß die kräftigen Muskeln eines Mannes, der schwere Arbeit gewohnt ist. Er war dunkelhäutig und mit schwarzen Haaren bewachsen. Suchend spähte er in die Runde, als ob er irgendwo etwas Gefährliches erwartete.

Plötzlich stand der Hohepriester neben dem Becken. Seine Narbe leuchtete matt. Mit seinem langen, goldenen Stab rührte er das Wasser auf, bis die Wellen leise gegen den Eingang der riesigen Höhle schlugen. Mit hallender Stimme rief er dabei auf ägyptisch: »Zeige dich deinen Sklaven, mächtige Gottheit der Schlange! Erscheine vor denen, die zu dir beten, du machtvoller Herrscher des Stroms! Gib deinen Dienern die Gnade, dich zu schauen, um dich für immer in ihren Herzen zu bewahren!«

Mir war, als ob sich ganz hinten im Schatten der Höhlung etwas bewegte. Die Trommeln und die Gesänge der Priester waren verstummt, tiefste Stille hatte sich ausgebreitet. Ich hörte ein merkwürdiges Geräusch, als ob etwas Schweres über den Boden geschleift wurde, und dazu ein dumpfes Tappen von Füßen, die keinem Menschen gehören konnten. Dann schob sich ganz langsam eine Gestalt in das grünliche Licht des Feuers, die ich erst kaum zu erkennen vermochte. Denn meine Augen und mein Verstand weigerten sich einzugestehen, daß dort wirklich ein Wesen dieser Welt aus dem Schutz der Dunkelheit trat.

Es war ein Wesen, wie es die abwegigste Phantasie eines Menschen nicht grausiger hätte ersinnen können. So fürchterlich war der Anblick des riesigen Körpers, der sich nun ganz allmählich aus der Höhlung schob, umgeben von dem widerwärtigen Gestank menschlicher Leichen, daß mir das Blut in den Adern stocken wollte. Und schließlich erblickte ich vor mir in voller Größe das abscheulichste, ekelerregendste, widernatürlichste Monstrum der Erde.

Furchteinflößend wie die gräßliche Chimäre, grausig wie die namenlosen Mißgeburten der Titanen, voll lähmender Bedrohung wie die brüllenden Drachen der Vorzeit wälzte sich das gewaltige Untier heran, und ich erschrak vor seiner ungeheuren Größe. Von den gewaltigen Kiefern bis zum Ende seines mächtigen Schwanzes maß es mehr als fünfundzwanzig Schritt. Seine Füße waren noch dicker und unförmiger als selbst die Beine der gewaltigen Wasserrösser, seine Augen größer als die Weinschalen eines Königs. Das Entsetzlichste aber waren die armlangen Zähne, die wie scharfe Lanzenspitzen aus dem Mund des Gottes ragten. Das Unreine, das Unheimliche, das Ungeheuerliche einer versunkenen Zeit, das eine barmherzige Erde besser für immer den Blicken der Menschen entzogen hätte, zeigte sich in dieser monströsen Mißgestalt. Grauen hielt mich umfangen, meine Augen vermochten sich nicht zu lösen von der magischen Kraft der gelben, leuchtenden Augen und vom Anblick dieses makabren, abnormen, bösartigen Geschöpfs, das schwer auf seinem aufgeblähten Bauch nach vorn kroch, keuchend vor Gier, geifernd vor Erregung, ein wahnwitziger, lästerlicher, seelenvernichtender Anblick des Abstoßenden, des Bösen, des fleischgewordenen Entsetzens aus einem längst vergessen geglaubten Abgrund vormenschlicher Vergangenheit. Ein Hauch von Tod und Verwesung entströmte dem schuppigen Körper, und verschlagene Grausamkeit leuchtete aus den Augen des Gottes, als er aus der Höhlung in das schwarze Wasser tauchte und auf die kleine Plattform mit den beiden Opfern zuschwamm.

Der nackte Mann starrte mit wilden Augen um sich. Er ergab sich nicht furchtsam in sein Schicksal, sondern stürzte dem Ungeheuer entgegen und versuchte, den Hals des Gottes mit den Armen zu umspannen, um ihn so vielleicht zu erwürgen. Doch die Bestie schüttelte den Angreifer ab wie ein Hengst die lästige Fliege. Dabei geriet der Unglückliche mit seiner Rechten zwischen die Kiefer des Monstrums, das ihm knirschend den Arm aus der Schulter riß. Ein paar Herzschläge später versank der zerfetzte Körper des tapferen Mannes im Wasser, das blutige Blasen bedeckten.

Da erkannte ich endlich die magische Kraft, die mich bannte, machte das heilige Zeichen der Abwehr mit beiden Händen und sprang auf, um wenigstens das Mädchen vor dem Dämon zu retten. Doch in diesem Moment flogen von links und rechts zwei Schnüre herbei und schlangen sich so fest um meinen Hals, daß ich den Schwertgriff fahren lassen und mit beiden Händen die Schlingen ergreifen mußte, um nicht zu ersticken. So sehr ich meine Muskeln auch anspannte, den Druck vermochte ich nicht zu verringern, und aus den Augenwinkeln sah ich, daß links und rechts von mir zwei Grüngekleidete an den Enden der Schnüre zogen, so daß ich zwischen ihnen gefangen hing wie ein Vogel im Netz seiner Jäger.

Nun fuhr auch die Hand des Diomedes zum Schwert. Bias warf sich mit seinem ganzen Gewicht auf den Fechtarm des Königs und rief auf Achäisch: »Nein, Diomedes, beginne keinen Kampf an dieser Stätte! Sie werden unserem Gefährten nichts tun, solange er sich ruhig verhält!«

So stand ich und starrte auf das Becken, in dem das Mädchen schreiend zu den Gitterstäben schwamm. Doch noch bevor es sie erreichte, stieß es einen schrillen Laut hervor und wurde in einem Wirbel blutiger Gischt nach unten ins Schwarze gezogen.

Übelkeit würgte mir in der Kehle. Die anderen aber, bis auf Diomedes und Bias, jubelten vor Freude. Merenptahs grüne Augen funkelten. Da kreuzten sich plötzlich unsere Blicke. Überraschung und Sorge malten sich auf die Züge des Prinzen.

Der Priesterfürst erhob seine Arme und rief: »So gehet dahin, die ihr das heilige Opfer gesehen, und denket immer an eure Verpflichtung! Ziehet davon, die ihr Zeugen des göttlichen Mahles gewesen, und hütet euch vor Verrat. Wendet euch, die ihr den Herrscher der Schlangen geschaut habt, und laßt diesen Anblick niemals aus euren Sinnen!«

Die Trommeln begannen wieder zu schlagen, die Priester murmelten neue Gebete in ihrer fremdartigen Sprache, die Schlingen um meinen Nakken lockerten sich, und als ich den Kopf seitwärts drehte, sah ich, daß die Enden lose am Boden lagen. Die Männer, die sie gehalten hatten, waren verschwunden. Schnell riß ich mir die Schnüre vom Hals. Dann liefen Diomedes und ich zum Ausgang, während Bias zu dem heiligen Becken eilte, um seine Stirn mit dem vom Blut zahlloser Opfer durchsetzten Wasser zu benetzen.

Am Eingang stießen wir auf Merenptah, der uns, umgeben von seinem schwerbewaffneten Gefolge, nachdenklich musterte.

»Ich grüße dich, edler Prinz«, sprach Diomedes. »Ich bin erstaunt, dich hier zu sehen. Wolltest du nicht den Tempel des Ptah besuchen, den ihr den Töpfer der lebenden Wesen nennt und nach dem du deinen Namen trägst?«

»Du hast richtig gehört, Achäer«, versetzte der blutige Ramsessohn. »Aber auch Seth, der Schlangenkönig, zählt zu meinen Beschützern und denen meiner Sippe.«

»Wie?« fragte ich verwundert, »dieses entsetzliche Ungeheuer soll Seth sein, der Gott des Krieges und des Kampfes, dessen Tempel in Pi-Ramesse ich selbst schon einmal besuchte? Das kann ich nicht glauben, denn in Ramsesstadt sah ich nicht solche grausamen Opfer wie hier!«

»Nennst du es grausam, Jüngling, wenn der Starke den Schwachen vernichtet, um seine eigene Macht zu erhöhen?« fragte der hinkende Prinz spöttisch. »Was gilt das Leben zweier Namenloser gegen die herrlichste Gottheit des Nillands? Seth ist gut und Seth ist böse, Seth hilft und schadet, erzeugt und vernichtet. Was du vorhin erblicktest, war nur eine von zahllosen Formen seiner Erscheinung, allerdings jene, welche der Wahrheit am nächsten kommt.«

Mir schauderte. Diomedes sprach: »Auch wir Achäer kennen das Opfer des Menschen, den Göttern zu Gefallen. Hat nicht Agamemnon in Aulis vor unserer Ausfahrt nach Troja sogar seine eigene Tochter den Himmlischen geweiht? Aber bei uns werden diese Riten in würdiger Art vollzogen, und nicht auf so entsetzliche Weise wie hier. Wahrlich, diese ekelhaften Schlangen, ob sie nun Füße haben oder nicht, waren mir schon von jeher verhaßt, und ich pflege ihnen die Köpfe abzuschlagen, wo immer ich sie finde.«

Merenptahs Augen zogen sich zusammen, und er sagte: »Bösartig ist Seth nur gegen seine Feinde. Seinen Freunden verhilft er zu Reichtum und Macht. Auch du, Diomedes, gehörst nun zu unserem Kreis. Schweigt aber darüber, daß ihr mich hier gesehen habt! Ich will nicht, daß mein Bruder Sesostris davon erfährt, denn er verehrt die mächtige Schlange längst nicht so innig, wie es sich für den Thronfolger von Ägypten geziemte.«

Wir hielten uns an diese Weisung, weil wir nicht wünschten, daß noch mehr Unfrieden zwischen den Prinzen entstand. Denn wo die Feldherrn hadern, wendet sich das Schlachtenglück, und die Krieger kehren mit abgehauenen Händen zurück, wenn nicht sogar ihre Häupter in den Sand fallen und von den Feinden mit Füßen über den Kampfplatz gestoßen werden. Aber wir schwiegen gegenüber dem edlen Sesostris auch deshalb, weil wir ohnehin nur mit dem größten Widerwillen an das zurückdachten, was wir unter dem Merwersee gesehen hatten.

4 Sesostris trafen wir erst in Theben wieder; er war auf dem schnellsten Schiff vorausgeeilt, um die Weiterfahrt des Heeres auf anderen, kleinen Fahrzeugen jenseits der Stromschnellen von Syene vorzubereiten. Denn diese Wasserwirbel sind für Schiffe unüberwindlich, so daß man sämtliche Lasten zu Lande an ihnen vorbeitragen muß.

Wir aber reisten Tag um Tag ohne Hast auf dem gewaltigen Nil durch das Land, das hinter Memphis zu einer engen Gasse wird, so nahe treten die steilen Berge von beiden Seiten an den fruchtbaren Fluß heran. Auf den Feldern sahen wir Gerste, Spelz und Weizen; es war Erntezeit. Bohnen und Linsen, Lauch und Zwiebeln, Kürbisse und Melonen füllten die sorgsam gepflegten Gärten der Bauern. Rinder, Esel und Schafe weideten an den Ufern, Ziegen und Schweine brüllten aus hölzernen Ställen, vor den Häusern flatterten Gänse und Enten, Tauben und zahme Kraniche durcheinander, und am Ufer stand in langen Reihen der nützliche Flachs. »Lasse die Augen schweifen«, sprach Diomedes zu mir, »was du hier siehst, ist der wahre Reichtum Ägyptens, der nicht im Gold seiner Tempel, sondern im Fleiß seiner Bauern besteht.«

Zwischen den Äckern wuchsen strauchige Tamarisken und dickstämmige Sykomoren, schirmende Akazien und schlanke Dattelpalmen, fruchttragende Apfelbäume und ölreiche Moringa. Dort aber, wo der hölzerne Pflug nicht mehr den Boden durchzog, wo die nackten Füße der Bauernweiber nicht stampften und in den verwirrenden Wüstentälern die Wildnis begann, hausten Löwen und Leoparden, Auerochsen und Steinböcke, Gazellen, Antilopen und Hirsche, dazu Schakale und seltsame Stacheltiere und noch viele andere Lebewesen, wie ich sie nie zuvor gesehen hatte. Im Schilf des Nil verbargen sich furchterregende Wasserrösser neben wilden Schweinen, heiligen Ibisvögeln und den schrecklichen vierfüßigen Schlangen, die man in Ägypten Krokodile nennt.

Der Nil ist die Lebensader dieses Landes und das Band, das seine Völker verbindet; der Gürtel um den Leib Ägyptens und die Brücke zwischen seinen Klüften; die Schnur, die das Obere und das Untere Reich zusammenknüpft, und die Quelle, aus der die Fruchtbarkeit strömt, und auch die Straße zwischen Süden und Norden. Alles, was in Ägypten geschieht, hat seinen Ursprung in diesem Fluß. Ist der Nil gnädig, dann blüht das Land auf und seine Nachbarn ducken sich in den Staub. Zürnt er aber, dann hungern die Männer und sind zu schwach, die Waffen zu erheben, so daß Fremde eindringen und schwere Beute in die fernen Wüsten schleppen können.

Zahllose Lastkähne schwammen auf diesem Strom. Sie brachten Holz, Sklaven und Tiere aus Nubien zur Mündung hinab und auf der Rückfahrt Wein und Früchte aus der Mareotis hinauf in die trockenen Steppen. Die meisten Schiffe jedoch fuhren kostbare Steine für die himmelhoch ragenden Bauten des Pharao, der sein Reich verschönte wie kein König zuvor. Weißer Kalkstein aus dem Tal der weißen Wände, brauner Sandstein aus Edfu an den Wasserfällen und roter aus dem Roten Berg von Memphis, leuchtender Alabaster aus Hatnub am Nil, schwarzer Basalt aus den östlichen Bergen von Koptos und grünlicher Diorit aus dem Land Wawat reisten in mächtigen Blöcken und Platten stromabwärts nach Pi-Ramesse zum immer größeren Ruhm des Herrschers.

Wir fuhren viele Tage lang, vorbei an den Städten Scharuna, Hardai, Hebenu und Amarna, das vor nicht langer Zeit die Hauptstadt des Landes gewesen sein soll, erbaut von dem ketzerischen Pharao Echnaton, der die alten Götter Ägyptens bekriegte und an ihrer Stelle die Sonnenscheibe als einzige Himmelshoheit anbetete. Diese nannte er nicht, wie sonst im Nilland üblich, Rê, sondern Aton. Danach kamen wir nach Assiut, Matmar, Ahmim und Abydos, wo Polkos ein seltsames Abenteuer erlebte.

Der Riese spazierte gerade mit den Gefährten durch diese Stadt, als eine ungeheure Menschenmenge zusammenströmte. Die Männer und Frauen waren allesamt festlich gekleidet, sogar die Sklaven. Sie jubelten und tanzten ausgelassen im Kreis, Weinkrüge und duftende Stücke gebratenen Fleisches schwenkend. Mitten unter ihnen sah Polkos einige Priester in gelben Gewändern; sie trugen einen heiligen Schrein, geschmückt mit Krummstab und Geißel, den Zeichen des Gottes Osiris. Während sie fromme Gebete murmelten und dazwischen wieder laute Gesänge erschallen ließen, stürzte plötzlich hinter einem großen Haus mit lautem Kriegsruf eine Masse rotgekleideter Männer hervor. Sie warfen sich auf die betenden Gelben und prügelten mit Fäusten auf sie ein.

Das mochte Polkos nicht tatenlos mitansehen. »Wollt ihr dulden, daß diesen braven Gottesdiener solche Schmach hinnehmen müssen?« rief er den Gefährten zu. »Auf, mutig vorgestürmt, daß wir das feige Pack einmal am eigenen Leibe lehren, wie Hiebe schmecken!« Mit diesen Worten warf er sich in die Menge der Angreifer und schlug so gewaltig drein, daß bald zehn oder mehr Rotgekleidete fluchend am Boden lagen und sich die schmerzenden Kinnladen rieben.

Doch zu der nicht geringen Überraschung der Gefährten dankten es die Gelben dem Polkos nicht, daß er ihnen geholfen hatte, sondern begannen noch lauter zu fluchen als selbst die Roten. Ja, sie hoben am Ende ihre Hirtenstäbe und droschen damit auf den verdutzten Polkos ein, als ob er nicht ihr Freund, sondern ihr ärgster Feind sei. Mit Mühe konnten die Gefährten Polkos davor bewahren, von der wütenden Menge verprügelt zu werden. Sie drängten seine Verfolger zurück und schirmten den fassungslosen Riesen mit ihren Schwertern. Dann ordneten sich die Gelben erneut zu ihrem feierlichen Zug, die Roten aber verschwanden wieder hinter dem Haus, um danach zum zweitenmal hervorzustürmen und mit noch lauterem Geschrei die Priester des Osiris zu bedrängen, wobei sie aber weniger auf ihre Opfer schauten, sondern auf Polkos, ob er sich etwa ein zweites Mal einmischen wolle. Der Riese verspürte jedoch keine Lust mehr dazu.

Der junge Amenmesses lachte schallend, als er diese Geschichte erfuhr, und sagte: »Wahrlich, ihr Achäer seid ein äußerst kriegstüchtiges Volk! Zum Glück hält bei euch die Weisheit nicht mit der Kampfeswut Schritt, sonst wäre Ägypten wohl schon lange nicht mehr das mächtigste Land der Welt. Aber ich möchte euch nicht beleidigen. Hört also: Was ihr in dieser Stadt gesehen habt, waren nicht wirkliche Kämpfe, sondern nur heilige Spiele, die dort alljährlich zu Ehren des Totengottes veranstaltet werden. Die gelben Männer sind die Priester des Osiris, die den Schrein ihres Gottes gegen die roten Angreifer verteidigen. Je mehr Schläge sie dabei einstecken müssen, desto höher steigt ihr Ansehen vor ihrem Herrn. Darum kann ich mir gut vorstellen, daß sie böse geworden sind, als euer Riese dazwischensprang.«

In Abydos liegt der erste Ramses begraben, der Vater des Sethos, der wiederum den zweiten Ramses zeugte. Sethos hatte vierzehn Jahre lang regiert und seinem Vater in Abydos einen prächtigen Totenpalast erbaut. Als nächste Städte folgten Denderah, Negade und Koptos, bevor wir endlich das hunderttorige Theben erreichten.

So wie Pi-Ramesse die prächtigste Stadt von Ägypten und Memphis die volkreichste ist, so ist das gewaltige Theben seit altersher die mächtigste. Noch immer steht hier der Thron des Oberen Reiches, und bis vor kurzem regierte der Pharao seine Völkerschaften von hier. Zahlreiche Herrscher liegen bei jener uralten Stadt begraben, in den reichen Millionenjahrhäusern auf der anderen Seite des Nil. Der große Skorpion selbst soll Theben einst gegründet haben. In den nahen Tempelburgen von Karnak und Theben kündeten weite Hallen vom Ruhm der Pharaonen, und in Karnak widerfuhr uns auch ein seltsames Erlebnis, das uns viel zu denken gab.

Es war kurz vor Sonnenaufgang; die Flotte rüstete zur Weiterfahrt, da kamen Schekel, Diomedes und ich auf einem Spaziergang an zwei gewaltigen Standbildern vorbei, deren Züge Edelmut und stolze Trauer zeigten, unveränderlich durch alle Zeit. Schekel berichtete Diomedes von seinen Abenteuern in der Kadeschschlacht, als der erste Strahl des Tagesgestirns aus dem bewölkten Himmel leuchtete und den gewaltigen Steinkoloß neben uns traf. Da ertönte plötzlich ein mächtiges, tiefes Seufzen, und der steinerne Riese vor uns erbebte, als wäre er aus Fleisch und Blut.

Wir starrten uns erschrocken an. Auch Schekel, der schon so lange in Ägypten lebte, schwor, nicht zu wissen, woher dieser Laut gekommen sei. Zwar befühlten wir nun den Leib des kühlen, reglosen Riesen, und in einer Inschrift entdeckten wir den Namen »Amenophis«, aber wir fanden in dem glatten Stein weder Leben noch Wärme und vermochten das Rätsel nicht zu lösen.

Am Abend lud Sesostris uns zu sich in einen prachtvollen Königspalast am Ufer des Stroms. Außer den beiden Prinzen, Diomedes und mir war Schekel gekommen, gefolgt von seinen beiden Unterhäuptlingen. Der junge Amenmesses fehlte, weil er im Ammontempel betend die Nacht verbringen wollte. So jung Amenmesses war, er war von allen ägyptischen Heerführern der Frommste.

Sesostris ließ gebratenes Gänsefleisch reichen, das nach thebanischer Art mit Apfelscheiben garniert war. Dazu schenkte der Erbprinz süßen mareotischen Wein in unsere Gläser, den die drei Scherden allerdings verschmähten. Denn diese wilden Gesellen schätzen mehr das Bier, das die Ägypter aus Hirse brauen. Schekel und seine Gefährten sogen dieses schäumende Getränk durch lange Schilfrohre aus großen Humpen, wobei sie kräftig rülpsten.

Der Duft der Stadt, der schwere Geruch der schwelenden Dungfeuer und der an Stöcken gebratenen Fische zog zu uns in den Garten, während die Abenddämmerung niedersank. Da erzählte Diomedes von unserem Erlebnis und schloß: »Ihr kennt mich lange genug, um mich nicht für einen Schwätzer zu halten. Doch es war gewiß keiner von uns, der diesen seltsamen Seufzer von sich gab, und es war auch kein Fremder hinter dem Standbild versteckt. Im übrigen könnte ein solcher Laut auch kaum einem menschlichen Körper entschlüpfen. Er klang wie das Seufzen eines Gottes.«

Die Wirkung auf seine Zuhörer war unterschiedlich. Die Söhne des Pharao musterten Diomedes mit großer Aufmerksamkeit, wobei sich auf der Miene des Sesostris Verwunderung abzeichnete, auf der des Merenptah jedoch Besorgnis. Schekel, der Scherde, verteidigte sich wütend gegen seine beiden Unterführer, die ihn höhnisch fragten, ob er etwa neuerdings schon am frühen Morgen so viel Bier zu sich zu nehmen pflege, daß er die Steine husten höre. Da sagte Sesostris zu uns:

»Tatsächlich habt ihr ein großes Wunder gesehen, meine Freunde, das uns Ägyptern allerdings, obwohl wir seine Ursache nicht kennen, schon seit langem vertraut und geläufig ist. Denn diese Statue zeigt das Bild des großen Pharao Amenophis, des dritten seines Namens und dreiundsiebzigsten Herrschers des Reichs, der vor vier Menschenaltern regierte. Jeden Morgen scheint sein Standbild auf die gleiche Weise den Sonnengott zu begrüßen, dessen treuester Diener er war. Ich wundere mich aber, daß ihr Achäer davon überhaupt nichts zu wissen scheint!«

»Wie könnten wir, edler Sesostris«, wandte ich ein. »Zwar haben wir auf der Statue unter den zahllosen Zeichen auch den Namen entziffert, den du uns nanntest, aber wir haben noch nie von diesem Herrscher gehört. Bedenke, daß wir erst seit einem Jahr im Nilland leben und zuerst auch noch eure Sprache lernen mußten.«

»Nein, nein!« versetzte Sesostris. »Ich glaube, ihr versteht mich nicht. Amenophis ist nicht nur der Name von Königen, sondern auch von Prinzen, Fürsten, Heerführern und hohen Priestern. Denn er stellt einen der edelsten Namen Ägyptens dar und bedeutet nichts anderes als ›Ammon ist gnädig‹. Auch einer meiner Brüder trug diesen Namen. Er starb in einem fremden Krieg in einem fremden Land, und eben deshalb wundert es mich sehr, daß ihr den Namen nicht zu kennen scheint. Denn wenn ich mich recht erinnere, hat euch doch Merenptah für diesen Feldzug hauptsächlich deshalb vorgeschlagen, weil ihr einst vor Troja unter diesem meinem Bruder Waffendienst geleistet habt.«

»Es tut mir leid, wenn wir dich enttäuschen, Sesostris«, antwortete ich, »aber wir haben diesen Namen noch nie gehört.«

Sesostris blickte uns nachdenklich an, dann schweifte sein Blick zu Merenptah; plötzlich glitt ein Lächeln über die Züge des Erbprinzen, und er sagte: »Freilich, ich habe vergessen, daß manche längeren Worte unserer Sprache für Männer aus dem Nordland oft recht schwierig auszusprechen sind. Die Achäer in Ramsesstadt haben, soweit ich mich entsinne, meinen Bruder Amenophis deshalb einfach ›Memnon‹ genannt.«

Da fiel es uns wie Schuppen von den Augen, und Diomedes rief: »Memnon, der König der Äthiopier, war dein Bruder? Wahrlich, wer sollte von diesem mächtigen Helden nicht gehört haben? Es hieß, er sei ein Sohn der Eos gewesen, der Göttin der Morgenröte; fast hätte er Troja gerettet, so gewaltig vermochte er zu fechten!«

»Da hast du recht!« lächelte Sesostris wieder. »Ihr Achäer seid jedoch wohl das abergläubischste von allen Völkern! Tritt einer an Mut, Kraft oder Weisheit unter den anderen Menschen hervor, so meint ihr gleich, daß er von göttlicher Abstammung sei. Ein Sohn der Morgenröte! Mir scheint, daß einmal ein Landsmann von euch in der Morgendämmerung betrunken an dem Standbild des Amenophis lehnte, dessen Namen er vielleicht so eben noch entziffern konnte, wenn er nicht gar an dieser Statue wie ein Waldesel sein Wasser abschlug. Als dann der merkwürdige Ton erklang, hat er sich wohl vor Schreck die Kleider bepißt, und als ihn seine Gefährten daraufhin verhöhnten, sagte er wohl voller Scham, ein Gott müsse zu ihm gesprochen haben oder zumindest der Sohn einer Himmelsgestalt; und wenn dann noch ein Morgenrot den Himmel färbte, war die Fabel fertig. Habt ihr noch mehr solche Märchen? Ich kann euch jedenfalls sagen, daß mein unvergeßlicher Bruder, der vor mir Erbprinz dieses Reiches war, zwar von einer anderen Mutter geboren wurde als ich, daß diese aber durchaus sterblich war; sie war nämlich eine Fürstentochter aus dem Land Kusch, das ihr Äthiopien nennt. So seid ihr Achäer wohl auch darauf gekommen, Amenophis oder Memnon König von Äthiopien zu nennen. Er war tatsächlich viel dunkler als ich.«

»Das ist mir nicht unbekannt!« antwortete Diomedes, und in seiner Stimme lag aufrichtige Bewunderung. »Ich habe ihn schließlich selber gesehen und sogar einmal mit ihm die Klingen gekreuzt, bevor uns die tobende Flut der Schlacht wieder trennte. Er raubte dem jungen Antilochos das Leben, dem blühenden Sohn des weisen Helden Nestor, und erschlug noch viele andere tapfere Männer, bis er endlich dem göttergleichen Achilles erlag, dem mächtigsten Kämpfer des griechischen Heeres.«

Als Diomedes das erzählte, spiegelte sich plötzlich Überraschung in der Miene des Erbprinzen. Er blickte erstaunt zu Merenptah, auf dessen glattem Gesicht sich kein Muskel regte. Die Scherden hatten ihren Streit beendet; Schekel, ihr Führer, sah uns aufmerksam an. Sesostris sagte schließlich:

»Wie, Diomedes? Mein Bruder Amenophis und du, ihr seid Gegner gewesen und nicht Kampfgefährten? Du bist gegen die Stadt gestürmt, die er verteidigte, und nicht, wie ich bisher glaubte, auf hoher Mauer an seiner Seite gestanden?«

»So ist es, edler Prinz«, versetzte Diomedes. »Zwar habe ich, wie ich schon sagte, seine Waffen nur einmal berührt; Achilles war es, der ihn schließlich besiegte. Doch obwohl wir Feinde waren, dein Bruder und ich, empfand ich für ihn als Kämpfer wie auch als Heerführer stets die größte Hochachtung.«

»Wie willst du mir erklären, Merenptah«, wandte sich Sesostris nun mit erhobenen Brauen an den jüngeren Prinzen, »daß du vor unserem hohen Vater, als du zusammen mit deinem schlauen syrischen Freund diesen Feldzug vorschlugst, behauptet hast, die Achäer seien einst die Kampfgefährten des Amenophis gewesen? Jetzt muß ich hören, daß sie meinem toten Bruder keine Freunde, sondern Feinde waren! Hätten der große Pharao oder ich das damals gewußt, wären die Achäer doch niemals mit mir auf diesen Feldzug geschickt worden!«

»Wohl sind wir damals Gegner gewesen, Memnon und ich«, sagte Diomedes darauf, und Unwillen schwang in seiner Stimme, »wir aber, Sesostris, sind Kampfgenossen! Konntest du jemals an meiner Treue zweifeln? Warum hast du mich denn nicht früher nach den Ereignissen von Troja gefragt, wo du doch wußtest, daß ich dort gestritten habe? Wenn du nicht willst, daß ich an deiner Seite fechte, verlasse ich dein Land auf der Stelle. Ein Mann, wie ich es bin, bedarf nicht der Bitten. Denn mich dürstet nicht nach reicher

Beute, sondern ich will mein Schwert in das Blut von Feinden tauchen, weil ich den Krieg liebe, für den ich geboren bin. Du magst mir glauben, Prinz, daß ich dazu auch in anderen Ländern Gelegenheit zu finden vermag!«

Als er geendet hatte, ertönte die tiefe Stimme des Scherden Schekel, der sagte:»Es mutet schon recht seltsam an, daß zwischen edlen Männern ein so törichter Streit entstehen kann. Wenn Diomedes Memnon nicht mit eigener Hand getötet hat, mit welchem Recht willst du, Sesostris, dann an dem Fürsten Rache nehmen? Und wenn du dich, mein Prinz, getäuscht glaubst, weil du erst jetzt und durch einen Zufall die Wahrheit erfahren hast, so forsche doch zuerst einmal nach, wer es denn war, der dich betrog! Diomedes jedenfalls scheint mir kein Mann zu sein, dem die Worte jeden Tag anders aus dem Munde fliegen.«

Merenptah warf dem graubärtigen Scherden einen giftigen Blick zu und stieß hervor:»Diese frechen Worte hättest du dir sparen sollen, Einäugiger! Wenn du auch hoch in der Gunst meines Vaters stehst und darum deine Zunge nicht zu hüten brauchst, so denke einmal daran, wer dich schützen wird, wenn dein Gönner einst in sein Millionenjahrhaus zieht und ein anderer den Thron erklimmt!«

»Willst du etwa einem alten Mann wie mir drohen?« fragte Schekel spöttisch.»Ich werde wohl kaum noch so lange die Sonne schauen, um den Tod des großen Pharao mitzuerleben. Mag er auch älter sein als ich, er kennt die Kunst, das Leben zu verlängern. Wenn ich aber erst einmal gestorben bin, Merenptah, dann magst du meinen Leichnam ruhig schinden und mit Füßen treten. Wir Scherden sind da nicht so empfindlich wie ihr Ägypter!«

»Ich möchte von dir wissen, Bruder«, sagte Sesostris, »wie es dazu kommen konnte, daß du unserem Vater Falsches berichtet hast? Wenn ich nicht irre, hat auch dein Freund, der Syrer Bai, gelogen!«

Merenptah musterte seinen Bruder mit unbewegter Miene, aber in seinen grünen Augen schimmerte Haß, als er sprach:»Läßt du es zu, Sesostris, daß ich hier vor deinen Heerführern beleidigt werde? Freut es dich, daß ich behandelt werde, als sei ich ein einfacher Lanzenknecht? Es kann wohl sein, daß ich die Griechen damals nicht so recht verstanden habe, als sie von ihrem Feldzug in Asien berichteten; denn damals haben sie noch nicht unsere Sprache gekannt. Vielleicht hat sich mein Dolmetscher verhört, den ich gleich auspeitschen lassen werde. Bai hat sein Wissen von mir. Ist das wirklich so wichtig? Wackere Kämpfer sind diese Griechen allemal, das wirst du sehen. Mir aber erspare künftig solche Demütigungen, wenn du nicht willst, daß ich dein Heer verlasse!«

Da sagte der edle Sesostris versöhnlich:»Nicht doch, mein Bruder! Wir wollen uns nicht entzweien. Ich war nur zornig, weil Amenophis mir stets der liebste unter allen Brüdern und mein Vorbild war. Ich kann mich auch noch gut daran erinnern, daß du es damals warst, zusammen mit diesem scheeläugigen Syrer, der unserem Vater damals riet, Amenophis zu jenem schlimmen Feldzug auszuschicken. Nach Troja, zum Schutz dieser fremden Stadt, mit der wir doch nur wenig Handel hatten. Eigentlich wäre es für

Ägypten völlig gleichgültig gewesen, ob dieses Troja lebte oder starb. Seit ich geboren bin, habe ich unter keinem Unglück mehr gelitten als unter dem Tod meines Bruders in diesem bedeutungslosen Krieg, obwohl ich dadurch Erbprinz wurde und nach dem Tode meines Vaters über beide Reiche herrschen werde.«

Da kehrte wieder Friede ein. Die Heerführer tranken einander zu und vergaßen die Götter nicht. Mich aber befiel nach diesem Gespräch eine schlimme Ahnung, und ich fühlte mich wie eine Puppe, die ein Mann an Fäden zieht, ohne daß sie sich wehren kann. So wie diese Puppen ihre geschnitzten Köpfe nach links oder rechts wenden, wie es ihr Herr befiehlt, und doch nicht wissen, daß man sie lenkt, so sah ich auch mich und die anderen von unsichtbaren Schnüren befehligt. Doch wer es war, der uns wie Puppen führte, sollte ich erst viel später erfahren, als schon das Unglück über uns hereingebrochen war. Dieses Verhängnis geschah, als wir Nubien durchquert hatten und in die Kämpfenden Wälder gelangten.

5 Nubien ist so reich an Gold, daß es das »Goldland des Ammon« genannt wird, denn was aus den Bergwerken des Südens fließt, gehört allein dem Pharao und den Göttern. So unerschöpflich aber dieses kostbare Metall aus dem Schoß des Landes quillt, so armselig und gering an Zahl sind dessen Bewohner, und öde Steppen breiten sich aus, wo einst tüchtige Bauern fruchtbare Felder bestellten.

Auf der Insel Elephantine nach der Stadt Syene steht mitten im Nil ein bedeutendes steinaltes Heiligtum. Dort mißt seit undenklichen Zeiten alljährlich ein Priester den Wasserstand des gewaltigen Stroms und sagt dann voraus, ob Nässe oder Dürre, Wohlstand oder Hungersnot bevorstehen. Sesostris beschenkte den Tempel mit zwanzig schöngehörnten Widdern und vierzig Scheffeln wohlduftenden Weihrauchs. Da sagte der uralte Priester zu ihm: »Bald setzt die Zeit der Überschwemmung ein, mein Prinz, und großer Überfluß wird überall im Nilland herrschen, denn die Zeichen stehen günstig. Das Wasser wird weder in zu geringer Menge durch das Stromtal fließen und die Äcker austrocknen lassen, noch wird es in zu großer Flut das Land durchstürzen und die schwarze Erde davonspülen. Nur siebzehnmal in einundvierzig Menschenaltern, in denen meine Sippe schon auf dieser Insel wacht, war die Vorausschau so günstig. Doch hüte dich! Dreizehnmal folgte auf so ein fruchtbares Jahr eine schreckliche Trockenheit in Ägypten, und Menschen und Tiere mußten verhungern; viermal aber blieben die Wasser stehen, und viele Plagen befielen das Land, Seuchen und Krankheit, Fäulnis und zahlloses Schadgetier!«

Wir wechselten unsere Schiffe an den ersten Stromschnellen, zwei Tagesreisen südlich von Syene; vor Zeiten haben die Pharaonen dort einmal einen Kanal durch die Felsen gegraben, der aber schon seit langer Zeit zerstört ist. Da man die riesigen Lastkähne nicht über Land tragen kann, stiegen wir hier auf schmale, sehr wendige Boote um. Hinter den Städten Kubban, Korosko und Aniba erreichten wir die zweite von den sechs Stromschnellen, die den ruhigen Lauf des Nilflusses stören, und danach die feste Stadt Semne. Siebzehn Türme mit spitzen Zinnen ragen dort am Nilufer empor; die Mauern sind höher als zwölf Männer, und wer die Burg umrunden will, muß mehr als tausend Schritte gehen. Seit Semne erbaut worden ist, hat die Welt schon sechshundert Jahresläufe durchzogen.

Unser Feldherr Sesostris trug den Namen dreier berühmter Pharaonen, deren letzter in ganz Nubien als Gott verehrt wird. Dieser Herrscher soll auch der Gründer von Semne gewesen sein; er warf die Stadt als Wall gegen die Völker des Südens auf. Unser Feldherr brachte seinem Ahnen in dessen Tempel reiche Opfer an Weihrauch und Myrrhen dar, und dabei berichtete er von den Feldzügen dieses Königs, welcher der eigentliche Eroberer Nubiens war. »Er durchzog das Land vom einen zum anderen Ende«, berichtete der Erbprinz voller Ehrfurcht, »die Festungen Ikkur und Kubban erbaute er zum Schutz der Goldminen in der Wüste, die Burgen von Semne und Kumne als Mauer gegen die kriegerischen Stämme der Schwarzverbrannten, wie ihr sie nennt; denn damals waren die wilden Kuschiten nach Nubien eingedrungen und stürmten mächtig gegen den Norden an. Für den Handel jedoch errichtete mein Ahnherr die Stadt Kerma, in der Edelholz und Arbeitssklaven, dunkelhäutige Tänzerinnen und dickgehörntes Vieh, Leder und Pantherfelle, ja sogar Straußeneier und Giraffenschwänze, Affen und viele andere seltene Tiere von den Schwarzen zum Tausch angeboten wurden. Die Ägypter gaben ihnen dafür Waffen, Nadeln, Messer und anderes Gerät aus Metall, an dem sie großen Mangel haben. So war Sesostris für Nubien wie eine segnende Hand und wird hier zu Recht als Gott angebetet. Später aber haben andere Herrscher das Land grausam verwüstet, die Wälder abgeholzt, den Bewohnern das mühsam dem Boden abgerungene Getreide geraubt und ihre Frauen und Kinder als Sklaven verschleppt. Schließlich verdingten sich die jungen Männer dieses Landes in ihrer Verzweiflung als Söldner nach Ägypten, andere verschwanden als Nomaden oder Räuber in den Wüsten, die Bauern flüchteten in den Süden zurück, und eine entvölkerte Einöde breitete sich aus, wo sich einst blühendes Land erstreckte.«

Hinter Buhen, der ärmlichen Hauptstadt von Kusch, und der kleinen Ortschaft Tombos folgte der dritte der Wasserfälle, und das Land wurde immer wüster und öder. Wenig ansehnlich lagen die Städte Kerma, Dongola, Napata und Nuri an unserem Weg. Kurz vor den fünften Stromschnellen lasen wir voller Ehrfurcht die riesige Felseninschrift von Kurgus, die dort der dritte Thutmosis, der kriegerischste der Pharaonen, einst in den Berg meißeln ließ, um für die Ewigkeiten festzuhalten, daß er weiter in den Süden vorgestoßen war als jemals ein Herrscher Ägyptens vor ihm. Ihn wollte Prinz Sesostris übertreffen, und wir waren stolz, des Thronfolgers Weggefährten zu sein.

Nach dem fünften Wasserfall schließlich erhob sich das geheimnisvolle Meroë am Ufer des Nil. Dichtgedrängt standen die niedrigen Lehmhütten nebeneinander, enger selbst als in der Altstadt von Theben, in der sich jeder

Fremde verirrt. Manche Meroër begnügten sich mit einer Behausung aus Palmblättern; in den winkeligen Gassen wimmelte es von Menschen, unter denen nur noch wenige hellhäutig waren. Sesostris erlaubte nicht, daß seine Krieger am Abend die Stadt aufsuchten, um sich mit Getränken zu berauschen, wie es gewöhnlich die liebste Beschäftigung des einfachen Kriegsmannes ist. Denn unser Führer befürchtete Ärger mit den Eingeborenen, die uns feindselig musterten.

Seit unserem Aufbruch in Pi-Ramesse waren bereits mehr als hundert Tage vergangen, und nach weiteren fünf Tagen, als wir die sechsten und letzten Stromschnellen erreichten, setzte die Schwellung des Nilflusses ein. Der Strom wälzte sich brüllend in seinem Bett und wuchs mächtig an, die Wasser färbten sich blau und beschleunigten ihre Fahrt, bis sie schließlich reißend dahinfluteten wie die Gebirgsbäche Kretas nach einem Gewitter. An Schiffahrt war nicht mehr zu denken; Sesostris beschloß, von hier zu Fuß weiterzuziehen.

Der Prinz schickte fast alle Fahrzeuge in die Heimat zurück. Nur die Besatzungen von fünf Booten, zusammen weniger als fünfzig Männer, ließ er am Wasserfall warten, weil er mit ihnen nach gelungenem Feldzug vor dem Heer nach Norden zurückkehren wollte. Diomedes legte Zakrops, der uns gesteuert hatte, die Hand auf die Schulter und sprach:

»Für das Wasser bist du geboren, Zakrops, nicht für die Wüstenländer oder Steingebirge, die uns jetzt bevorstehen mögen. Darum sollst du nicht mit uns weiterziehen, sondern hier auf mich warten. Ich sage dir das nicht, weil ich meine, daß es dein Holzbein dir schwermachen wird, mit uns Schritt zu halten, wenn es keinen Weg mehr für die rollenden Streitwagen gibt. Sondern ich sage das, weil ich mich auf diesem Strom nur sicher fühle, wenn du mein Ruder hältst, und weil ich dich auf keinen Fall verlieren möchte. Schon gar nicht durch einen tückischen Pfeil aus dem Hinterhalt! Du bist mir stets ein treuer Diener gewesen. Gelobe mir, daß du hier auf mich wartest, bis ich zurückgekehrt bin oder du Nachricht von meinem Tod erhältst!«

Da umfaßte der Steuermann die Handgelenke des Fürsten und sprach: »Solange Blut durch meine Adern rollt, König, will ich stets deiner Worte eingedenk sein, und sollten sich auch noch so viele Jahre runden. Denn du bist stets meine Heimat gewesen, die ich niemals verlassen werde. Auch wenn du fern von mir bist, werden deine Worte stets in meinen Ohren wohnen. Das schwöre ich bei den Göttern Achäas.«

Dabei flossen Tränen in seinen Bart, er weinte wie ein Kind und umarmte jeden der Gefährten, die von Bord gingen. Als der kleine Würfelkünstler Stigos an die Reihe kam, schluchzte Zakrops noch lauter als bei den anderen, raufte sich den Bart, kratzte sich mit den Fingernägeln die Wangen und rief: »Daß ich auch dich davonziehen lassen muß, Stigos, ohne dich weiter beschützen zu können! Gerade von dir hoffe ich, daß die Götter dich gesund und wohlbehalten zu mir zurückgeleiten mögen. Denn wie du ja sicherlich weißt, hast du beim Spiel mit den Würfeln bereits schon wieder eine beachtliche Menge Gold von mir gewonnen, sofern unsere tönernen Tafeln nicht lügen, die ich hier gern für dich verwahren werde. Wisse, daß mir diese Ehrenschuld schwer auf der Seele lastet und ich gerade deshalb allersehnlichst deine glückliche Rückkehr erflehe, damit ich meine Verpflichtung treulich erfüllen kann.«

Stigos blickte jedoch unmutig drein, schüttelte die mächtigen Arme des Steuermanns ab und sprach: »Wahrlich, du rührst mich zutiefst in meinem Herzen, Zakrops! Indessen kannst du dich getrost darauf verlassen, daß ich selbst aus der Unterwelt zurückkommen werde, um meinen Gewinn von dir einzustreichen. Die tönerne Tafel aber, auf der diese Summe verzeichnet ist, behalte ich lieber bei mir. Du darfst nicht vergessen, daß du mit deinem Holzbein leicht stolpern könntest, und dann wäre es doch für dich das schlimmste Unglück, wenn die Tafel dabei zerschellte, so daß du deine Ehrenschuld nicht tilgen könntest.«

Diomedes bemerkte dazu: »Wenn ich auch aus der Heimat verstoßen bin und durch die fernsten Länder irren muß, dem Willen der Götter zufolge, eines haben mir die Unsterblichen doch gelassen, und das ist die Ehrlichkeit und Lauterkeit meiner Gefährten.«

Auch mir war das Herz schwer, als ich dem Steuermann Lebewohl sagen mußte, der nun schon seit so langer Zeit neben uns durch Stürme und Schlachten gefahren war. Wir waren auch nicht getröstet, als Sesostris uns und die anderen Heerführer zu sich rief und erklärte: »Blickt nicht so traurig, wir werden den hilfreichen Strom nicht verlassen, auch wenn wir künftig nicht auf schwankenden Planken reisen werden, sondern auf der rollenden Achse der Wagen, und vielleicht auch bald auf den Sohlen unserer Sandalen. Weit kann es nicht mehr sein. Man sieht ja gegen die Sonne schon jene mächtigen Berge hochragen, hinter denen, wie die alten Schriften in unseren Tempeln berichten, der Ursprung des großen Stromes liegt.«

»Ich kann mir nicht recht vorstellen«, zweifelte Diomedes, »daß ein Fluß, der hier so mächtig ist, sich schon auf einer derart kurzen Strecke bis zu seiner Quelle zurückverfolgen ließe. Der Nil erscheint mir an dieser Stelle ungefähr halb so breit wie in Theben, so daß wir wohl noch einmal die gleiche Entfernung zurücklegen müssen, bevor wir ihn als Rinnsal sehen.«

»Das wäre an sich richtig«, wandte Amenmesses ein, »aber der Nil besitzt keine Quelle wie die anderen Flüsse. In den Tempeln wird gelehrt, daß dieser Strom bereits an seinem Ursprungsort so breit und mächtig ist wie andere Gewässer erst an ihrer Mündung. Fern im Mittagsland entsteigt er einem tiefen Abgrund zwischen den Bergspitzen Krophi und Mophi, an jener Stelle, an der Hapis, der segenspendende Gott, der Sohn der Sonne und der Wolke, vom Himmel niedersteigt.«

»Darum scheint es mir zum Ziel nicht mehr weit zu sein«, erklärte Sesostris. Schekel, der graubärtige Scherde, fügte hinzu: »Der Sohn der Sonne und der Wolke wird gewiß an dem Gebirge dort zu finden sein, denn auf meinen vielen Fahrten habe ich mehr als einmal beobachten können, daß sich die Himmelsschleier vornehmlich um hohe Gipfel winden.«

»Ganz so einfach wird es nicht werden«, ließ sich nun wieder Amenmesses vernehmen, »denn in alten Legenden wird erzählt, daß sich der große Strom nach seinem Ursprung erst durch weite Sümpfe quälen muß. Danach haben böse Mächte ihm versengte Wüsten und mächtige Berge in den Lauf gelegt, und wenn ihm nicht der hurtige Gazellenfluß zu Hilfe käme, würde er wohl nicht einmal die Mondberge erreichen, in denen ihn neue Sturzbäche speisen und die ihr dort hinten am Rand des Himmels erspäht. Das heißt, daß wir erst weit hinter jenem Wall von scharfen Zacken finden werden, was der Pharao von uns erhofft.«

»So wollen wir nicht zögern«, sagte Sesostris und beendete die Beratung. Der Feldherr ließ den erfahrenen Schekel mit seinen Scherden an der Spitze marschieren. Diese wilden Krieger waren mit Lanzen, Äxten und Keulen bewaffnet. Danach folgten wir Achäer, ausgerüstet mit Schwertern und Speeren. Dreitausend Krieger bildeten die Hauptmacht unter Sesostris. Sie bestand je zur Hälfte aus nubischen Bogenschützen und aus Ägyptern mit Schilden und Lanzen, die sorgfältig geordnet in langen Kolonnen nebeneinander dahinzogen wie beutebeladene Ameisen auf dem Heimweg in ihr Nest. Merenptah folgte dem Bruder mit tausendfünfhundert Männern. Die Sicherung zur Linken, weit draußen in der Wüste, übernahm der junge Amenmesses, der die meisten unserer fünfzig Streitwagen befehligte. Zur Rechten schützte uns der göttliche Strom selbst.

Wir wanderten viele Tage durch die glühende Hitze, bis unsere Lippen rissig wurden, und unsere Haut fast so schwarz gebrannt war wie die der Eingeborenen; bis unsere Füße schwollen und zu bluten begannen, und unser Kampfeseifer der Ermattung und Erschöpfung wich. Am vierten Morgen gabelte sich der mächtige Fluß in zwei gleichgroße Arme, so daß Sesostris nicht wußte, welchem er folgen sollte. Daher opferte er ein weiteres Mal den Göttern und verbrachte die ganze Nacht im Gebet. Am nächsten Morgen erklärte er uns: »Wir wollen den östlichen Zweig des Stromes wählen, denn dieser ist es doch, den die fruchtbare Erde bläulich färbt, während sein Bruder weiß ist wie ein Fluß im unfruchtbaren Geröll.«

Wer will die Strapazen beschreiben, die Krieger mit so schweren Lasten unter der gleißenden Sonnenscheibe auf einem schier endlosen Marsch durch die ausgetrocknete Steppe erdulden müssen? Viele stürzten mit bebender Brust und zuckenden Schläfenadern nieder und gaben die Speise von sich; ihre Gefährten mußten sie weiterschleppen. Andere blieben zurück und kamen erst lange nach dem Heer am Abend zum Lager, wenn sie nicht vorher von wilden Tieren angefallen und zerfleischt worden waren. Denn Raubtiere trafen wir auf dem Marsch durch die Hitzeglut in großer Zahl, und manche von ihnen waren so seltsam, wie ich sie nie zuvor gesehen hatte. So gab es außer mächtigen Löwen und grimmigen Leoparden den schrecklichen Gräberhund, der so heißt, weil er sich nicht scheut, Leichen aus ihren Ruhestätten zu scharren. Die Ägypter nennen ihn »Hyäne« und glauben, daß dieses Tier menschliche Stimmen so täuschend nachahmen kann, daß es sich nachts vor die Hütte eines Mannes setzt und dort laut dessen Namen ruft. Tritt der Genannte dann arglos hervor, stürzt sich die Hyäne auf ihn und zerreißt ihn. Die nubischen Söldner in unserem Heer berichteten uns auch von noch entsetzlicheren Tieren, wie der grausamen Martikhora, die den Körper eines Löwen, das Gesicht eines Menschen, aber mit drei Reihen scharfer Zähne im Mund, besitzen soll, und dazu den Schwanz eines Skorpions, aus dem sie nach Belieben Stacheln abschießen könne wie ein Jäger seine Pfeile. Ein anderes Tier nannten sie Lamia und berichteten, diese habe den Körper einer vierfüßigen Bestie, aber den Kopf einer sehr schönen Frau; sie sauge nachts den Kindern das Blut aus. Diese beiden Tiere habe ich aber niemals mit eigenen Augen erblickt. Dagegen sah ich zum erstenmal einen Elefanten, der das stärkste aller Lebewesen ist und nicht einmal den Löwen scheut. Er hat einen riesigen Kopf, aber seine Augen sind kleiner als die eines Pferdes, und seine Ohren sind wie Eulen- oder Fledermausflügel geformt. Seine Nase reicht bis zum Boden; seine Waffen sind zwei mächtige Zähne, die aus seinem Oberkiefer hervorwachsen wie zwei Lanzen. Die Nubier erzählen, daß diese Tiere um ihre Angehörigen wie Menschen trauern und den Mond als heilig verehren. Wenn die Himmelssichel wächst, brechen sie mit ihren Rüsseln Zweige von den Bäumen und halten sie zu Ehren der Königin der Nacht in die Höhe. Wenn die Mondsichel dann zur Scheibe gewachsen ist, ziehen die Elefanten in riesigen Herden mit der untergehenden Sonne zu einem Fluß namens Amelos in Afrikas Westen, wo sie sich feierlich reinigen und mit Wasser besprühen. Ich glaube allerdings, daß diese Berichte erfunden sind, ebenso wie jene, die ich über das gewaltige Einhorn hörte, das ich einmal in der Ferne hinter einigen Büschen entdeckte, den riesigen Leib quer zu uns gestellt, so daß der fürchterliche Spieß auf seinem Haupt sich deutlich gegen die Sonne abhob. Dieses Horn, so wollten die Nubier mich glauben machen, helfe als Pulver zu längerem Liebesgenuß und schütze überdies als unfehlbares Mittel gegen jedes Gift. Wir sahen auch das häßliche Kamel, das einer buckligen Hirschkuh gleicht, aber viel größer ist und äußerst abstoßend aussieht. Es heißt, daß es beim Trinken aus einem Gewässer stets Sand und Staub aufwirbele, um nicht sein eigenes Spiegelbild sehen zu müssen.

Nach fünfundzwanzig harten Tagesmärschen durchschritten wir endlich die enge Pforte in das Gebirge, ließen die trockene Steppe hinter uns und traten in die Kämpfenden Wälder ein. Diese haben ihren Namen nach der mörderischen Verbissenheit, mit der dort nicht nur die Tiere, sondern auch die Pflanzen miteinander ringen. Wir sahen viele sterbende Bäume, die von anderen aus dem Licht der Sonne gedrängt worden waren und nun im Schatten vermodern mußten. Die Sieger aber waren gleichfalls schon vom Tod gezeichnet, weil tückische Schlinggewächse sich wie Schlangen um ihre Stämme wanden und ihnen das Leben abschnürten. Darum herrschte überall der Geruch von Tod und Verwesung. Kadaver säumten unseren Weg, der immer noch am Ufer des Nil entlangführte. Ewiger Regen tropfte von dem schier undurchdringlichen Blätterdach auf uns herab. Hoch im Geäst schwangen sich weißgesichtige Affen durch die Luft; buntgefiederte Vögel sprachen mit schrecklichen Stimmen, und es zeigten sich riesige Schlangen, die Diomedes mit wachsender Wut verfolgte. Zwanzig Tage lang zogen wir durch diesen grausamen Wald, ohne ein menschliches Wesen zu sehen, obwohl wir oftmals meinten, von fremden Augen beobachtet zu werden. Manchmal glaubte auch der eine oder andere von uns, im Gewirr der Äste und Blätter ein wildes, buntbemaltes Gesicht zu erspähen. Doch wenn er seine Gefährten rief und diese herbeieilten, war die Erscheinung längst wieder verschwunden, und wir glaubten, daß es sich nur um einen der weißköpfigen Affen gehandelt haben könnte, die den Menschen ähnlicher sehen als alle anderen Tiere. Dann aber kamen von den sechs nubischen Kundschaftern, die wir dem Heer stets vorausschickten, drei nicht wieder zurück; dumpfe Trommelschläge tönten plötzlich von allen Seiten, und wir wußten, daß ein Kampf bevorstand.

6 Am nächsten Morgen sandte Sesostris vierzehn Späher voraus. Acht von ihnen kehrten am Abend zurück, einer mit einem Pfeil in der Brust, so daß er bald darauf starb. Die anderen erzählten voller Angst: »Fürchterliche Völker rüsten dort in den Wäldern zum Angriff, Prinz! Wilde, bemalte Krieger mit scheußlichen Fratzen tanzen oben in den Bergen um lodernde Feuer und trinken das Blut unserer Gefährten! Schauerlich ist ihr Anblick, unermeßlich ihre Zahl, fürchterlich ihre Wut! Keiner von uns wird entkommen, wenn wir nicht schnell aus diesem verfluchten Land fliehen!«

»Gemach!« lächelte Sesostris, »habt ihr etwa geglaubt, daß diese fremden Stämme uns zum Freundschaftsfest laden? Daß unsere Feinde Wein und Bier zum Gelage herbeischleppen, damit ihr euch laben könnt? Daß sie dann fröhlich mit euch tafeln, ihre Kostbarkeiten in eure Taschen stopfen und euch am Schluß noch ihre hübschen Frauen und knusprigen Töchter zuführen? Nein, ihr Hasenfüße, hier müßt ihr Mut beweisen! Darum hört auf, mit den Zähnen zu klappern, und sagt mir endlich, wo sich die Feinde versammeln, wie viele es in Wirklichkeit sind und womit sie sich bewaffnet haben!«

»Ihre Zahl ist so gewaltig«, sagte einer der Kundschafter, »daß wir sie nur schätzen konnten, aber es müssen ungefähr zehntausend Männer sein; die meisten sind mit Speeren bewaffnet, manche auch mit Pfeil und Bogen. Im ganzen Umkreis herrscht Aufruhr, und auf vielen Gipfeln züngeln hohe Flammen. Überall schlagen die schrecklichen Trommeln. Das Lager der Feinde liegt in einem breiten Tal, sechs Stunden von hier entfernt. Dort tanzen die Schwarzverbrannten um ihre Feuer und singen sich mit schrecklichen Liedern in Kampfesrausch.«

»Rausch, sagst du?« fragte Sesostris. »Hast du auch gesehen, ob sie etwas tranken?«

»Sie tranken das Blut unserer Gefährten, denen sie die Herzen aus den Leibern schnitten« antwortete der Gefragte, von Grauen geschüttelt, »doch wenn ich richtig gesehen habe, tranken sie auch eine gelbe Flüssigkeit aus großen Fässern. Ich möchte keinem von uns wünschen, lebend in die Hände dieser Dämonen zu fallen; denn wie sie unsere Gefährten verstümmelten, vermag ich dir nicht zu schildern, so grausam war dieser Anblick.«

Nun zeigte sich die große Feldherrnkunst des Erbprinzen. Kaum hatte Sesostris diese Worte vernommen, rief er alle Heerführer zusammen und sprach:

»Was uns bevorsteht, habt ihr gehört, meine Gefährten. Bevor wir den Ansturm der Feinde erwarten, die sich zu diesem Zweck auch noch die günstigste Stelle aussuchen könnten, wollen wir lieber selbst den Angriff wagen, der bekanntlich die beste Art der Verteidigung ist. Wenn unsere Gegner jetzt tanzen, feiern und sich mit Bier berauschen, dessen Wirkung wohl auch dir nicht fremd ist, lieber Schekel, dann empfiehlt es sich für uns, keine Zeit zu verlieren. Wir wollen sofort aufbrechen, damit wir ihnen morgen in der ersten Frühe gegenüberstehen, wenn ihnen noch der Schlaf die Augen verklebt und der übermäßig genossene Trank ihre Glieder schwächt. Darum will ich noch in dieser Nacht bis zu dem Tal vorstoßen. Beim ersten Licht des Tages stürzen wir uns auf den Feind; dann müßten sich uns schon die Götter selbst entgegenstemmen, wenn wir nicht siegreich bleiben sollten.«

So zogen wir durch die Dunkelheit, die in diesem Land so plötzlich niederfällt wie ein Blatt vom Baum, und mühten uns, dabei möglichst wenig Geräusche zu verursachen. Die Streitwagen hatten wir am Ufer des Flusses zurückgelassen, denn im dichten Wald sind sie wertlos und behindern nur die eigenen Krieger. Wir benötigten viel mehr Zeit für den Weg, als der Kundschafter uns vorausgesagt hatte, aber der Vollmond leuchtete über uns und Diomedes gelobte Selene, der Göttin des Nachtgestirns, nach unserer Rückkehr für ihr Licht ein reiches Dankopfer darzubringen. Noch ehe die Morgennebel dem Boden entstiegen, gelangten wir zum Eingang des weiten Tals, das wir später das Tal der blutigen Wände nannten. In der Ferne erblickten wir zahlreiche niedergebrannte Feuer. Da sprach der edle Sesostris:

»Auch für den Löwen, der das wehrlose Wild überfällt, empfiehlt sich Vorsicht; er muß stets auf der Hut sein, damit er nicht etwa den Köder einer Falle erhascht, an der die Jäger lauern. Und ein vorsichtiger Kapitän wird sich nicht ohne Rettungsanker auf das reißende Wasser wagen. Hört also meinen Plan: Du, Schekel, sollst links am Rand des Tals vorwärtsschleichen, mit deinen Männern die Felsen erklimmen und prüfen, ob sich dort oben noch weitere Feinde verbergen. Siehst du solche, dann halte sie auf. Falls dort niemand ist, sollst du mir dennoch nur im Notfall zu Hilfe eilen, ansonsten aber die Flanke sichern. Du, Diomedes, sollst das gleiche auf der rechten Seite tun. Dir, Amenmesses, gebe ich den schwersten Auftrag, denn du sollst im Kreis um den Gegner gehen und von hinten zwischen seine Männer fahren wie ein Wolf in die Herde der Schafe. Ich aber werde mich in der Mitte meines Heeres auf die Schläfer stürzen. Erwachen die Feinde zu früh und schlägt die Angriffswelle um und mir entgegen, dann sollst du, mein Bruder Merenptah, mein Notanker sein und mit deinen Männern auf mein Zeichen das Gefecht zu meinen Gunsten wenden.«

Als er das sagte, trafen sich die Blicke des Diomedes und des graubärtigen Schekel, und ich las Zweifel in ihren Augen. Ich konnte mir keinen Grund dafür denken, denn der Plan unseres Feldherrn schien schlau und erfolgversprechend zu sein.

Ohne Zögern eilte Diomedes mit uns an der rechten Seite des Talkessels entlang. Die Hälfte seiner Gefährten schickte er den steilen Hang empor, wo sie sich verbargen, um Feinde abzuwehren, sollten sie plötzlich von dort oben kommen. Mit den anderen wollte er sich in das Schlachtgetümmel stürzen, sobald das Angriffshorn erklang. Auf der anderen Seite sahen wir die wilden Scherden durch die weißen Nebelschwaden schleichen. Von dem jungen Amenmesses und seinen Leuten sahen wir nichts. Da ertönten plötzlich laute Schreie, und wir wußten, daß der Kampf begonnen hatte.

Wie Fleischhauer im Frühjahr die schlachtreifen Tiere zusammentreiben und blutig niedermetzeln, so stürzten sich nun der ruhmreiche Sesostris und seine dreißig Hundertschaften auf die schlafenden Wilden, von denen viele starben, bevor sie die Augen aufschlagen konnten. Doch ihre Todesschreie und der Waffenlärm weckten bald ihre Gefährten, und schon kurz nach dem ersten Ansturm war das ganze Tal in Aufruhr. Die Feinde griffen zu den Waffen, und wir erkannten zu unserem Schrecken, daß ihre Zahl weit größer war, als unsere Kundschafter berichtet hatten. Sie übertrafen uns an Zahl nicht weniger als fünfmal.

Darum prallten die Stoßkeile des Sesostris bald auf einen undurchdringlichen Wall schwarzer Leiber. Nur die große Waffentüchtigkeit der nubischen und ägyptischen Krieger, die auch im dichtesten Schlachtgewühl sorgfältig auf die Ordnung ihrer Reihen achteten, bewahrte unser Heer davor, wie ein mürbes Tuch im Sturm zerrissen zu werden. Denn immer mehr Angreifer brachen mit entsetzlichen Schreien aus den Waldstücken und Büschen hervor, in denen sie geruht hatten, und der Anblick ihrer fürchterlichen, weißgestreiften Gesichter, der wehenden Federn und der Menschenköpfe, die von ihren Gürteln baumelten, ließ mir fast das Blut in den Adern gefrieren. Wir durften nicht mehr zögern einzugreifen, denn schon stießen die Schwarzverbrannten zwischen uns und den Männern des Erbprinzen vor und trennten uns voneinander. Von den Kriegern des Amenmesses war immer noch nichts zu sehen.

»Frisch und unverzagt, Achäer!« hallte die mächtige Stimme des Diomedes durch den Lärm. »Zeus und Athene mögen unsere Waffen lenken!« Dann brandete unser griechischer Kriegsruf auf, und die Gefährten stürmten wie wütende Stiere zwischen den Felsen hervor. Ein gewaltiges Morden begann; am schrecklichsten wütete Diomedes, vor dessen funkelndem Schwert die Gegner, die sonst mit rasender Wut kämpften, furchtsam zurückwichen. Ich schloß, wie es mir befohlen war, mit den Gefährten die Lücke nach links und verband meine Krieger mit denen des Sesostris, während Diomedes mit seinen Achäern rechts am Rand des Tales blieb. Genauso handelten auf der anderen Seite der Scherde Schekel und seine beiden Unterhäuptlinge, so daß unsere Schlachtordnung sich nun bog wie eine gewaltige eiserne Klammer, der nur noch der junge Amenmesses fehlte, um sie zum tödlichen Ring zu formen. Doch von dem jungen Ägypter war nichts zu hören.

Darum vermochten die Feinde nun auch immer heftiger vorzustürmen, denn sie hatten den Rücken frei, und es geschah, wie Sesostris es vor der Schlacht bedacht hatte: Die Welle des Angriffs schlug auf ihn zurück. Ich war erleichtert zu wissen, daß er vorgesorgt hatte. Noch hielt er zwar allein dem Ansturm stand, doch bald mußte sein Bruder Merenptah auf dem Schlachtfeld erscheinen.

Wolken von Pfeilen durchschwirrten die Luft. Blut färbte die Erde, der Kriegsgott hielt reiche Ernte. Ägypter und Nubier kämpften mit großer Tapferkeit, doch auch die Wilden waren in ihrer Wut schreckliche Fechter. Für jeden von ihnen, der sein Leben aushauchte, sprang ein anderer in die Bresche. So wurden die Truppen des Prinzen bald immer enger zusammengedrängt und am Ende von uns getrennt. Da erklang dreimal das mächtige Horn des Sesostris, wie es als Zeichen für Merenptahs Eingreifen vereinbart worden war.

Ich erwartete nun jeden Moment die ausgeruhten Kämpfer des blutigen Prinzen aus dem Wald stürmen zu sehen. Doch nach ein paar Herzschlägen kroch Entsetzen in mir hoch, denn an dem Platz, an dem sich Merenptah bereithalten sollte, wehte kein Helmbusch, blinkte kein Speer, schnellte kein Pfeil aus den Büschen. Öde und verlassen war die Stelle, von der doch nach dem Plan jetzt frische Truppen das Gefecht zu unseren Gunsten entscheiden sollten.

Wieder und wieder erklang das Horn des Erbprinzen. Dann hörte ich seine gewaltige Stimme, die selbst den Schlachtenlärm übertönte: »Merenptah! Merenptah! Warum kommst du mir nicht zu Hilfe?«

Als keine Antwort kam, rief der tapfere Sesostris ein zweites Mal über alles Getöse hinweg, diesmal von Schmerz und Trauer erfüllt: »Merenptah! Merenptah! Willst du deinen Bruder verraten?«

Immer kleiner wurde die Schar, die den Erbprinzen deckte, da hob sich seine mächtige Stimme ein drittes Mal aus dem wogenden Lärm, und diesmal klang helle Verzweiflung in ihr, als er rief »Merenptah! Merenptah! Gib mir meine Krieger, du sollst die Krone haben!«

Plötzlich stand Diomedes vor mir. Blut troff ihm von Gesicht und Händen, lief in Bächen über seine Rüstung und von seinem Schwert, so daß er grausig anzusehen war wie der Kriegsgott selbst. »Befehl hin, Befehl her!« schrie er. »Ich kann meinen Platz an den Felsen nicht halten, mögen die Feinde uns denn auch gefährlich umzingeln! Die Schlacht ist ohnehin verloren, wenn wir den Feldherrn Ägyptens nicht retten.« Dann rief er mit lauter Stimme: »Folgt mir, Achäer, zur Mitte! Ich habe den Schrei des Sesostris gehört!«

Mit schrecklichem Schlachtgebrüll stürzten die Griechen nun ihrem Anführer nach, und es war, wie wenn sich an einem lauen Herbstabend plötzlich ein wütender Wirbelsturm erhebt. Wir schlugen blutige Gassen durch die dichtgedrängten Leiber der Feinde; von der gegenüberliegenden Seite aber hallten unsere Schreie zurück wie ein Echo, und wir merkten, daß auch Schekel, der Scherde, mit seinen Kriegern aufgebrochen war, um das Leben des Prinzen zu retten.

Wie sich Sturzbäche durch loses Erdreich wühlen, pflügten wir nun durch die Menge der Feinde, dem Feldherrn entgegen, den die vielfache Übermacht unserer Feinde wirbelnd umgab. Diomedes wütete wie ein Schlächter, der einäugige Schekel aber stand ihm nicht nach, und wie der eine mit dem Schwert dreinhieb, schwang der andere das blitzende Kriegsbeil. Aber trotz aller Tapferkeit kamen die treuen Heerführer zu spät. Denn als Diomedes den Erbprinzen Ägyptens erreichte, lag Sesostris schon in seiner prächtigen Rüstung am Boden. Zwei Pfeile steckten in seinem Hals, und der Schatten des Todes lag auf seiner Stirn.

Diomedes bettete das Haupt des Helden auf sein Knie und hielt es mit den Armen fest. Da schlug unser Feldherr die Augen auf und sagte mit schwerer Stimme:

»Mein eigener Bruder hat mich verraten! Der Fluch der Götter komme über Merenptah, der mir zum Mörder wurde, um sich selbst auf den Thron Ägyptens zu schwingen. Jetzt erst erkenne ich sein Spiel und das des schurkischen Syrers. So wie sie meinen Bruder Amenophis in den Tod geschickt haben, indem sie dem Pharao vorgaukelten, die Trojaner seien übermächtig und ihre Feinde schwach, wo es doch in Wirklichkeit genau umgekehrt war, so haben sie nun auch mich zur Seite geschafft. Nur noch drei Söhne des Pharao stehen zwischen Merenptah und den Kronen der Reiche, und von diesen Prinzen sind zwei nur schlaffe Säufer, und der dritte ist ein weibischer Schürzenjäger. Ach, daß ich nicht früher bemerkte, welchem Verräter ich vertraute!«

»Ja«, sagte Diomedes und blickte dabei Schekel an, der schweratmend und blutbespritzt neben ihn trat, während Achäer und Scherden einen ehernen Ring um ihre Heerführer schlossen, »schon seit unserem Gespräch über deinen Bruder Amenophis in Theben hatte ich eine böse Ahnung. Du wohl auch, Schekel, das habe ich dir angesehen.«

»Du hast recht, Achäer«, antwortete der Scherde bedrückt, »und als ich den Schlachtplan hörte, war mir längst nicht so froh zumute wie sonst vor einem Kampf. Hätte ich gewußt, wie stark unser Feind in Wirklichkeit ist, hätte ich doch niemals zugelassen, daß du Merenptah vertraust! Waren es nicht auch Krieger aus seiner nubischen Leibwache, die sich freiwillig als Kundschafter meldeten? Und noch bevor ich zu deiner Linken ausrückte, habe ich gehört, wie Merenptah dem jungen Amenmesses einen seiner Männer als Boten nachsandte. Wer weiß, vielleicht hat er ihm eine gefälschte Nachricht geschickt und damit vom Kampfplatz gelockt?«

»Ja«, antwortete Sesostris, und ein Schwall von Blut ergoß sich aus seinem Mund, »es ist ein schlauer Plan gewesen, den ich nicht durchschaute; ich lief in die geschickt gestellte Falle, weil ich die Bande des Blutes für stärker hielt als die magische Kraft des Throns! Aber ich sterbe nicht ohne Hoffnung auf Rache. Sagt Amenmesses, wenn ihr ihn wiederseht, was mir im Tal der blutigen Wände geschah, und daß er für mein Leben das des Merenptah nehmen soll.«

»Amenmesses?« fragte Schekel zweifelnd. »Ist er nicht zu jung für einen solchen Auftrag? Wer ist dieser Jüngling, in dessen Hände du deine Rache legst?«

»Amenmesses«, antwortete Sesostris, und der Schatten des Todes umwölkte sein edles Gesicht, »ist kein gewöhnlicher Jüngling, sondern mein leiblicher Sohn; dies ist in vielen Jahren mein größtes Geheimnis gewesen. Die schöne Prinzessin Tachat war seine Mutter; sie war die einzige Frau, die ich je liebte. Aber nur Pharaonen dürfen ihre Schwestern ehelichen, darum beschlossen wir zu schweigen. Nach Tachats Tod habe ich zu keinem Menschen mehr davon gesprochen. Jetzt aber, ehe mein Herz vor Osiris gewogen wird, vertraue ich euch an, was nicht einmal mein Sohn gewußt hat. Berichtet ihm von seiner Herkunft, sagt ihm auch, daß er der Mensch gewesen ist, den ich seit Tachats Tod am meisten liebte. Zu niemandem sonst sollt ihr darüber sprechen.«

Wir schwiegen erschüttert. Nach einer Pause versprach Diomedes: »Dein Sohn Amenmesses wird erfahren, wen er im Tal der blutigen Wände verlor, sofern wir hier mit dem Leben davonkommen sollten, das gelobe ich dir.«

»Und sagt ihm auch«, bat Sesostris mit schon verlöschender Stimme, »er möge meinen Leichnam mit sich in die Heimat führen und dort in ein prächtiges Millionenjahrhaus legen, damit nicht Schakale an meinen Knochen nagen und ich dereinst wiederauferstehen kann wie ein würdiger Held Ägyptens. Ich werde ihn dafür segnen, so wie ich euch segne, die ihr meine treuesten Heerführer wart!«

Danach fuhr ihm in einem langen Seufzer das Leben aus. Schekel schloß ihm mit ruhiger Hand die Augen und sagte leise: »Solange ich lebe, Sesostris, werde ich deinen Leib mit meinem Körper decken, damit sich kein Feind an ihm vergreife!«

Dann stellte sich der graubärtige Scherde zur Linken des toten Erbprinzen auf, Diomedes aber zur Rechten und ich zu seinen Füßen, umringt von Scherden und Achäern, die nicht wankten noch wichen, solange die Sonne am Himmel stand, mochten die Feinde uns auch noch so wütend bedrängen. Doch allmählich wurde unsere Zahl immer kleiner, und als die Nacht niederfiel, erhielt ich einen Keulenhieb auf den Schädel, so daß mir schwarz vor Augen wurde und ich das Bewußtsein verlor.

Als ich wieder erwachte, war es schon wieder heller Morgen; ich sah die grünen Wipfel mächtiger Bäume über mir, und dann eine dicke, hölzerne Stange, an der ich mit gefesselten Händen und Füßen hing wie ein erlegtes Tier. Die blutigen Wände waren verschwunden, statt dessen umgab mich dichter Wald. Vor mir und hinter mir aber liefen lachend und schwatzend die Schwarzverbrannten, deren Gefangener ich war.

IV
BIAS

Der Tod ist ein trennender Wall aus undurchdringlichen Steinen, der sich am Rand der volkreichen Straße des Lebens erhebt und den Wanderer von ihr hinweg zu den stillen Plätzen der Einsamkeit und des Vergessens geleitet. Niemanden hat der Herrscher des ewigen Friedens jemals vergessen; seit Anbeginn der Zeiten sind ihm alle Menschen untertan.

Für den Jüngling an der Schwelle des Lebens ist der Schattengott noch ein Fremder. Den Sohn des reichsten Kaufmanns von Samarra sah ich aus dem schnellen Wagen stürzen, den sein Vater ihm einst schenkte; mit gebrochenem Genick auf harte Felsen gebettet, flüsterte der Jüngling seinen Freunden zu: »Eilt heim zu meinen Eltern und holt Gold, damit ich mich freikaufen kann, wenn der Tod mich holen will!« Aber sein Reichtum, der ihm im Leben alles verschaffte, mußte vor dem Tod versagen.

Dem alten Mann jedoch ist der Tod längst ein Vertrauter, und nach den Stürmen des Lebens wendet sich der Greis oft gern den Schatten zu. Denn das Wandeln auf der Welt lehrt den Hochbetagten die Erkenntnis, daß es keine Flucht vor dem Tod gibt, mehr noch: daß das Wissen um seine Sterblichkeit der Preis ist, den der Mensch dafür bezahlen muß, daß er Gott ähnelt. Den Priesterfürsten Babylons sah ich auf seinem Sterbelager liegen, das schweißbedeckte Antlitz den Gestirnen zugewandt, und während seine Diener um sein Leben flehten, sagte er mit fester Stimme: »Habe ich nicht genügend Gunst der Götter gekostet, die mich mehr als einhundert Jahre Mond und Sonne sehen ließen? Ich fürchte mich nicht vor dem Tod; jeder Mensch muß einmal zurückgeben, was er sich lieh, als er geboren wurde.«

Viele betrachten den Tod als grimmigen Feind; sie hassen ihn wie einen Räuber, der ihnen Hab und Gut entreißt, und wie einen Dieb, der ihren größten Schatz entwendet. Darum verfluchen sie den Tod und geben ihm böse Namen, solange sie leben. Wenn sie sterben müssen, befällt sie Verzweiflung; sie hadern mit ihrem Geschick und kämpfen bis zum letzten Atemzug um das, woran sie stets am meisten hingen. Ich sah Kilischu, den berühmten Feldherrn der Assyrer, vor den Mauern von Babylon sterbend das Schwert erheben, um den Tod damit herauszufordern. »Zeige dich«, rief er ihm zu, »wenn du es wagst, dich mit mir im Zwiekampf zu messen!« Doch Thanatos blieb unsichtbar und führte ungerührt die Seele dieses Helden fort.

Manche Menschen begrüßen den Tod wie einen Freund, der ihnen Erlösung von Leiden des Körpers oder der Seele bringt. Es sind Menschen, die ein langes Siechtum quält, oder die schmerzende Wunden ertragen müssen, wie Chiron, der berühmte Arzt; er konnte nicht mehr von dem Gift genesen, das er versehentlich vom Pfeil des Herakles empfing, und gab am Schluß seine Unsterblichkeit zum Opfer, um nicht länger Schmerzen erdulden zu müssen. Es sind auch Menschen, die ihre Lieben verloren haben und daher jeden Tag als neue Pein empfinden; wie Jason, als er seine Kinder von der grausamen Medea hingemordet sah.

So wie diese Helden mag auch jener Mann empfunden haben, dem sein Leben nichts mehr bedeutete, und der nach Ägypten zog, um zu sterben; jener Mann, der sich dem Schlangengott verschwor und für das Glück, das er empfing, mit Leid bezahlen mußte; jener Mann, den ich zu meinen tapfersten Gefährten zähle und dessen Andenken ich ehren will: Bias.

1 Schon nach wenigen Tagen wünschte ich nichts sehnlicher als meinen Tod. Denn meine Qualen wurden immer größer, je länger mich die Schwarzverbrannten durch den Regen schleppten. Nicht einmal zur Nachtzeit lösten sie die Fesseln an meinen Händen, und meine Füße befreiten sie schließlich nur, um mich nicht länger tragen zu müssen, nachdem ich wieder zu Bewußtsein gekommen war. Meine Handgelenke waren schon bald geschwollen, die ledernen Riemen durchschnitten meine Haut, und aus dem wunden Fleisch sah ich die Maden wachsen. Doch wenn ich in meiner Not zu den Göttern flehte, schlugen die Schwarzverbrannten mir mit den Fäusten auf den Mund. Nur wenige Männer zogen mit mir durch die Kämpfenden Wälder; wo die anderen Krieger nach der Schlacht geblieben waren, wußte ich nicht. Die Männer, die mich ohne Schonung vorwärtsstießen, schienen in großer Eile zu sein, denn sie blickten sich häufig um, als ob sie mit Verfolgern zu rechnen hätten. Eines Nachmittags sah ich tatsächlich weit hinter uns auf dem Kamm eines Hügels eine Gestalt, deren Umrisse mir bekannt erschienen: Ich glaubte, Diomedes zu erspähen. Dann aber war die Erscheinung verschwunden, und ich meinte, daß es mit mir nun bald zu Ende gehen würde, wenn mich schon solche Truggebilde narrten.

Wir hatten längst das Niltal verlassen und strebten über mächtige Berge der Sonne entgegen, als eine andere Schar von Schwarzverbrannten zu der unseren stieß. Dabei entdeckte ich, daß ich nicht der einzige Krieger des ägyptischen Heeres war, den die Sieger gefangengenommen hatten: Außer mir waren noch zwei verängstigte Nubier in die Hände der Feinde gefallen, dazu ein Scherde und ein Libyer namens Maraye, der behauptete, ein Sohn des Stammeshäuptlings Did aus der westlichen Wüste zu sein.

Wieviele Tage wir durch die Kämpfenden Wälder wanderten, weiß ich nicht mehr, denn der Fieberdämon umschlang meine Brust wie mit ehernen Klammern, und wenn ich abends keuchend niedersank, hockte er sich auf meinen Körper und preßte mir den Atem aus dem Leib, daß ich glaubte, ersticken zu müssen. Nach langer Zeit erwachte ich in einem dunklen Verschlag; von außen drang das Gewirr fremder Stimmen herein. Der Scherde blies mir auf die schweißbedeckte Stirn; wir waren noch immer gefesselt. Als ich die Augen aufschlug, erblickte ich das von frischen Wunden entstellte Gesicht des Libyers Maraye, der mich aufmerksam musterte und sich sehr um mich sorgte, obwohl er selber schwer gelitten haben mußte.

Ich erkannte ihn nicht gleich und fragte:»Wo bin ich? Habe ich schon das Tor zur Schattenwelt erreicht? Sind das die Stimmen der Toten, die mich bereits erwarten? Oder höre ich nur das unheilverkündende Rauschen des Styx, an dem es keine Umkehr gibt? Wahrlich, der Tod ist mir eine Erlösung, und selbst die Rachegeister können mich jetzt nicht mehr erschrecken.«

»Was faselst du da, Achäer?« antwortete Maraye grob. »Wir sind keineswegs Geister oder Dämonen, sondern Gefangene wie du, wenn wir auch noch besser bei Verstand zu sein scheinen. Zur Unterwelt werden wir allerdings schon in Kürze reisen, wenn wir uns nicht bald an unsere Befreiung machen. Du als einer der Heerführer solltest uns einfachen Kriegern daher lieber neue Zuversicht und frischen Kampfesmut einflößen, anstatt in Jammer und Verzweiflung zu versinken. Auf, wir wollen uns beraten, wie wir unser Schicksal wenden können!«

»Das wird nicht leicht sein«, warf der Scherde ein, der sich Pulu nannte, »wir befinden uns mitten im Lager der Feinde. Wo immer man hier durch die Ritzen der Hölzer späht, überall stehen Schwarzverbrannte in großer Zahl beieinander, als ob sie zu einem gewaltigen Fest zusammengekommen wären, bei dem wir wohl zur Unterhaltung beitragen sollen.«

Ich blickte mich um und sah vor der Hütte viele grellbemalte Krieger aus den Kämpfenden Wäldern stehen; sie waren bewaffnet wie für eine Schlacht und farbenprächtig geputzt wie für ein Fest. Federn, Knochen und goldene Bänder schmückten ihre Köpfe; Muscheln, Perlen, Krallen und Zähne von Tieren trugen sie um Hals und Arme; Kränze von farbigen Blüten um Hüften und Füße. Sonst waren sie, wie schon in der Schlacht, vollständig nackt. Sogar die Frauen und Mädchen scheuten sich nicht, Brüste und Lenden entblößt zu zeigen, wie es bei anderen Völkern gewöhnlich nur käufliche Dirnen oder Priesterinnen der Liebesgöttin tun, und selbst diese nur in den Höhlen ihres Lasters oder in den abgeschlossenen Bezirken ihrer heiligen Tempel. Ihre Haare hatten die Frauen der Schwarzverbrannten zu mächtigen Hauben geformt; an den Armen trugen sie Ringe aus Elfenbein und Spiralen aus Silber.

Maraye, der junge Krieger aus der Wüste, betrachtete unsere Feinde mit der entschlossenen Miene eines Spielers, der erkennt, daß jetzt nur noch der kühnste Einsatz alles retten kann. Pulu, der blonde Scherde, zeigte die Ruhe eines altgedienten Kämpfers, der seine Angst zu bezwingen vermag, weil er den Tod schon oft auf sich zuschreiten sah. Die beiden nubischen Krieger jedoch lagen wimmernd und schluchzend am Boden, denn sie waren feige Männer; in ihrer Todesangst verrieten sie uns auch, was ich schon längst vermutete und was, wie ich später erfuhr, auch Schekel angedeutet hatte: Daß der tückische Prinz Merenptah sie mit einer falschen Nachricht ausgesandt hatte, um seinen Bruder zu verraten. Denn nach der letzten Beratung der Heerführer hatte Merenptah die beiden Nubier zusammen mit anderen Männern dem jungen Amenmesses nachgeschickt und ihm im Namen des Feldherrn befohlen, sogleich umzukehren und zum Lager zurückzueilen, da Sesostris unglücklich gestürzt sei und den Angriff deshalb verschoben habe. Nun hatten die verräterischen Nubier keine Hoffnung mehr, sondern preßten heulend die Fäuste vor ihre Gesichter und wälzten sich im Staub, wie es nur erbärmliche Feiglinge tun.

Draußen begannen mächtige Trommeln zu dröhnen. Die Menge der Schwarzverbrannten wurde immer dichter. Sie hielten Schilde aus Elefantenhaut und lange Speere in den Händen. Die Spitzen ihrer Lanzen waren nicht aus Metall, sondern aus Knochen von Tieren. Viele Krieger waren am ganzen Körper von Narben bedeckt, die so regelmäßig die Haut durchpflügten, als seien sie mit Absicht zur Verzierung eingeschnitten worden. Fremde Völker kennen oft erstaunliche Gebräuche, und was dem einen Schmerzen bereitet, gilt anderen als Vergnügen und Glück.

Die Schwarzverbrannten wiegten sich im Takt der Trommeln und tranken aus hölzernen Krügen schäumendes Bier und noch ein anderes Getränk, das, wie ich später erfuhr, aus Honig hergestellt war. Essen sah ich keinen von ihnen; den Grund für diese Enthaltsamkeit erfuhr ich bald auf entsetzliche Weise.

Der mutige Maraye sagte unverdrossen:»Laßt sie ruhig feiern, Gefährten, bis ihnen die Lider schwer werden und sie in tiefen Schlaf sinken. Dann wird der Riegel draußen unserem Ansturm nicht standhalten, und ich möchte nicht der mißgeachtete Bastard meines trunksüchtigen Vaters sein, wenn ich dann nicht die Freiheit wiedererlange!«

Die beiden gefangenen Nubier jammerten bei diesen Worten noch lauter und stießen unbekannte Worte ihrer heimatlichen Sprache hervor. Immer lauter schlugen die Trommeln. In ihr dumpfes Dröhnen mischte sich nun auch das Kreischen von gespannten Sehnen aus geflochtenen Därmen und der schrille Lärm aus Holz geschnitzter Pfeifen. Schneller und schneller wurde der Tanz der Schwarzverbrannten auf dem weiten Platz zwischen zahllosen runden Hütten mit spitzen Dächern. Plötzlich loderte vor unserem Gefängnis ein mächtiges Feuer empor. Daneben standen zwei Männer. Der eine verbarg sein Gesicht hinter der furchterregenden Maske eines Dämonen; Pantherfelle umschlangen seinen gedrungenen Körper, und ein dreieckiges Messer aus Stein funkelte in seiner Hand. Von seinem Gürtel baumelten Menschenschädel, und die Kette um seinen Hals war aus den Fangzähnen von Raubtieren gefertigt. Neben diesem unheimlichen Mann, der als Priester die Riten der Waldmenschen lenkte, stand wie aus Stein gehauen die hohe, kriegerische Gestalt des Königs der Schwarzverbrannten; er war nackt wie seine Untertanen.

Der Mann mit der Maske hob seinen Stab, von dessen Spitze die Schwänze fremdartiger Tiere hingen, und stieß einen heiseren Laut hervor, der wie das Bellen eines angriffslustigen Hundes klang. Sogleich erschallte von allen Seiten auf die gleiche Weise die Antwort der tanzenden Krieger, die immer wilder die Waffen schwangen, wie in einem Rausch der Wut und Mordlust.

Das Trommeln, Kreischen und Pfeifen ertönte noch stärker, das Stampfen der zahllosen Füße ließ den Boden erbeben. Zum zweiten Mal hob der Maskierte den Stab und schrie seinen Kampfruf hinaus, und wie das Echo von engen Talwänden widerhallt, kam der Antwortschrei seiner Krieger, die einander mit den Speeren ritzten, bis das Blut hell über ihre schwarzen Leiber floß.

Plötzlich gellten noch lautere Schreie über den Platz; die wilde Menge teilte sich, und mit gefleckten Fellen bekleidete Männer trugen mit von Schweiß überströmten Gesichtern ein riesiges, viereckiges Gebilde herbei, das ganz von bunten, wollenen Tüchern verhüllt war. Da ertönte zum dritten Mal der Kampfruf des maskierten Priesters, und die Krieger brachen in langanhaltenden Jubel aus.

Mit langen Schritten eilte der schwarze König nun dicht an das lodernde Feuer, gefolgt von dem heiligen Mann mit der Maske. Die Sonne stand jetzt genau über ihren Häuptern. Der Priester warf eine Handvoll Körner in das Feuer, und dichte Schwaden beißenden Qualms verbreiteten sich über den Platz. Mir schien, als ob sich die farbigen Tücher bewegten. Als der Rauch verflog, waren die wollenen Bahnen verschwunden, und mein Magen wand sich, als ob ihn die eherne Faust eines Dämonen zusammenpreßte: Denn was ich für ein Heiligtum gehalten hatte, war in Wirklichkeit ein gewaltiger Käfig, und aus seinem Inneren starrte mich der entsetzliche Gott der Kämpfenden Wälder an.

Was mich erschreckte, war nicht allein das Abscheuliche am Anblick dieses Geschöpfes, sondern mehr noch die seltsam verzerrte Ähnlichkeit, die das Schreckenswesen mit einem Menschen besaß. Der runde Schädel des Gottes formte sich zu einem Gesicht wie dem eines sehr grobschlächtigen Mannes, mit zwei kleinen, rötlichen Augen unter der niedrigen Stirn, kleinen Ohren, einer großen, platten Nase und wulstigen Lippen. An seinem monströsen Körper sah ich zwei Arme und Beine mit Händen und Füßen und Fingern und Zehen daran. Ein dichtes Fell bedeckte den massigen Leib, der sich vergeblich gegen die dicken Pfähle des Tempels stemmte. Riesige weiße Zähne blitzten auf, als der Tiermensch schrill seinen Kampfschrei hervorstieß und sich mit beiden Fäusten auf die mächtige Brust trommelte, so daß es klang wie das Schlagen von Äxten gegen schwarzes Ebenholz.

Mit seinen überlangen Armen und den seltsam verformten Füßen, die wie ein zweites Paar Hände erschienen, ähnelte der gewaltige Dämon ein wenig den kleinen, possierlichen Tierchen, die sich die reichen Frauen im Nilland gegen die Langeweile halten und die man Affen nennt. Doch was bei jenen zierlichen Geschöpfen anmutig wirkte, erschien bei dem schrecklichen Gott der Kämpfenden Wälder bedrohlich, und was die Affen Ägyptens an spielerischer Leichtigkeit zeigten, besaß der gewaltige Dämon an unermeßlicher Kraft. Mit seinen mächtigen Hauern, schwellenden Muskeln und schrecklichen Pranken erschien er uns als Ausgeburt vernichtender Gewalt, die alles zerstört, was sich in ihren Bannkreis wagt.

Auf eine Handbewegung des maskierten Priesters hin kamen sechs der in gefleckte Felle gekleideten Diener auf unser Gefängnis zu. Maraye spannte seine Muskeln gegen die dicken Fesseln, aber die Leopardenmänner kümmerten sich nicht um ihn, sondern packten einen der beiden Nubier und zerrten ihn an den Füßen nach draußen.

Laut heulte der Unglückliche auf; unbarmherzig schleppten die Götzendiener ihn zur Mitte des Platzes. Dort öffneten sie rasch die Käfigtür und stießen den schreienden Nubier hinein.

Auch der furchtbare Gott mit dem Tierleib schrie nun; er schrie in wütender Begierde, und mit dem Schlagen der Trommeln, dem Kreischen der geflochtenen Därme und der geschnitzten Pfeifen, mit dem Stampfen der vielen tausend Füße und dem Jubel der berauschten Krieger mischte sich der Ruf des Waldgottes zu einem markerschütternden Getöse. Ein Gitter teilte den Käfig in zwei Hälften und trennte den Gott von seinem Opfer, denn sonst hätten es die Schwarzverbrannten wohl kaum gewagt, die Tür zu öffnen. Nun aber zogen Männer auf dem Dach des Tempels mit Seilen das Gitter in die Höhe.

Was nun folgte, war so entsetzlich, daß es mich noch viele Jahre später in Alpträumen quälte. Mit wenigen schnellen Schritten eilte der Waldgott auf den Unglücklichen zu, der vergeblich versuchte, sich durch die engen Stäbe zu zwängen. Der Dämon umfaßte sein Opfer mit mächtigen Pranken, so daß wir laut die Knochen bersten hörten; dann schlug der Waldgott seine Eckzähne in das Fleisch des Nubiers und tötete ihn auf der Stelle.

Die Schwarzverbrannten jubelten bei diesem schrecklichen Anblick laut auf. Der Tiergott ließ sein Opfer liegen und verspeiste es nicht, sondern trottete langsam zurück, bis sich hinter ihm das Trenngitter senkte. Dann traten die gefleckten Opferdiener hastig in den Käfig, hoben den Nubier auf, steckten ihn auf eine hölzerne Lanze und brieten ihn über dem Feuer, um ihn danach zerstückelt an die Krieger zu verteilen, die ihn mit allen Zeichen hohen Genusses verzehrten.

Da fiel ich in tiefste Verzweiflung, denn ich sah keinen Ausweg mehr. Die Todesangst ließ meine Hände schwitzen, so daß sie sich anfühlten wie Schwämme; Mund und Hals aber trockneten aus wie Steine der Salzwüste Schur. »So wird sich hier in der Fremde mein Schicksal erfüllen«, dachte ich, »und die Rachegöttinnen haben mich nun doch noch eingeholt. Wer soll Hermione beschützen, wenn ich jetzt zu den Schatten muß?«

Da fiel mir die kleine, eiserne Scheibe ein, die mir der Sohn des kretischen Magiers einst auf Tauris geschenkt hatte und die in meine Lebenskette eingeflochten war. Als ich die Ränder des Plättchens befühlte, spürte ich, was ich zuvor nie beachtet hatte: sie waren scharf und voller Zacken. Hastig kroch ich zu Maraye und zeigte ihm das Scheibchen; der junge Libyer zögerte nicht. Er wandte mir den Rücken zu, tastete mit seinen gefesselten Händen nach meiner Kette und rieb das Eisenplättchen so schnell und geschickt an seinen Handgelenken entlang, daß sich die Fasern der Schnüre bald lösten.

Schnell befreite Maraye danach auch den Scherden und mich. Doch als er zu dem Nubier kriechen wollte, sahen wir die Leopardenmänner erneut in unser Gefängnis kommen. Der tapfere Libyer spannte seinen sehnigen Körper zum Sprung, doch Pulu warnte ihn leise: »Siehst du nicht die Speere in den Händen dieser Götzendiener, du verdammter Wüstensohn, dem wohl vor gar nichts bange ist? Wenn du mit deinem Bauch gegen die Knochenspitzen rennen willst, so gönne ich dir diese Freude ohne Neid. Ich für meinen Teil will aber lieber auf eine bessere Gelegenheit warten. Weißt du überhaupt, ob uns wirklich ein so grausames Schicksal zugedacht ist? Vielleicht ist dieses fürchterliche Opfer schon beendet!«

Da ließ der junge Libyer seine Muskeln wieder erschlaffen. Die schwarzverbrannten Männer in ihren gefleckten Fellen kümmerten sich auch diesmal nicht um uns, sondern ergriffen den zweiten Nubier, der vor Angst und Entsetzen wie ein Tier aufheulte, und zerrten ihn zu dem lodernden Feuer, wo sich das grauenvolle Schauspiel wiederholte.

Daraufhin sagte Maraye zu dem Scherden: »Nun, Pulu? Hältst du noch andere gute Ratschläge bereit? Wie lange willst du denn noch warten auf das, was du eine bessere Gelegenheit nennst? Wenn dein Blut erst von den spitzen Zähnen dieses schwarzen Teufels rinnt, dürfte es für kluge Belehrungen zu spät sein. Einer von uns dreien wird der nächste sein. Wollen wir jetzt kurze und lange Hölzer aus der Faust ziehen, um festzustellen, wer als erster gehen soll? So wie es furchtsame Schüler tun, wenn sie der Lehrer zur Bestrafung ruft? Oder wollen wir uns nicht endlich darauf besinnen, daß wir Krieger des ägyptischen Königs sind, und Männer aus kampferprobten Völkern?«

»Recht hast du, Maraye«, sagte Pulu, »wenn wir schon sterben müssen, soll mein Tod jedenfalls nicht der eines blökenden Opferlamms sein. Ich hoffe, euch im Reich des Donnerers wiederzusehen, wo wir miteinander Bier trinken werden, bis unsere Bäuche dem häßlichen Wanst dieses Riesenviehs dort drüben gleichen!«

So sprach der Scherde in aller Ruhe. Als die Leopardenmänner zum dritten Mal in unsere Hütten traten, stürzte Pulu sich wie ein gereizter Löwe auf sie. Maraye aber lief an den drohenden Spitzen vorbei wie ein Hase und warf den Priester mit der Maske in den Staub. Flink entwand der Libyer seinem überraschten Gegner das Messer, und bevor die anderen Schwarzverbrannten eingreifen konnten, setzte er dem Zauberer die Klinge an die Kehle.

Die Krieger der Schwarzverbrannten rannten von allen Seiten herbei, während Pulu und ich mit sieben Leopardenmännern rangen. Der tapfere Scherde schonte sein Leben nicht und starb, von einer Lanze durchbohrt, unter wilden Flüchen und lauter Anrufung seiner heimischen Götter. Dem Libyer Maraye aber wagten die Krieger nicht näherzukommen, denn ihr Priester hielt sie mit beschwörender Stimme zurück. Ich wehrte mich mit einem Speer, den Pulu den Leopardenmännern entrissen hatte, verzweifelt gegen die anderen Götzendiener. Da ließen diese auf einmal ihre Waffen sinken, und auf dem Festplatz kehrte plötzlich eine bedrückende Stille ein.

Der Kreis der grellbemalten Schwarzen öffnete sich, und aus der Gasse schritt ein hochgewachsener Mann von unbestimmbarem Alter. Sein Haar war lang, glatt und tiefschwarz, seine Haut war die bronzefarbene des Südländers, sein Gewand mit heiligen Zeichen verziert wie das eines Magiers. Acht Zwerge mit kurzen Wurflanzen umringten ihn. Sie reichten ihrem Herrn nur bis zum Ellenbogen und waren doch seine Wächter, vor denen die Schwarzverbrannten mit allen Zeichen der Furcht zurückwichen. Um den Hals trug der Fremde eine Kette aus gewaltigen Vogelkrallen; sie waren so groß, daß ich bei dem Gedanken an ihre einstigen Besitzer erschauerte.

Der Unbekannte ließ seine Blicke langsam über den Festplatz wandern, und als sie mich erreichten, warf ich meinen Speer auf die Erde und gab mit den Fingerspitzen blitzschnell das geheime Zeichen der Bitte um Hilfe. Zu meiner Freude legte er die rechte Faust in seine linke Hand, was vorläufigen Schutz bedeutete. Dann schritt er auf Maraye zu und nahm ihm wortlos den Dolch aus der Hand. Der wackere Wüstenkrieger rührte sich nicht; der Fremde hatte ihm mit der Kraft seiner Gedanken den Willen geraubt, so wie ein erfahrener Tierbändiger ohne Mühe selbst über Löwen und Elefanten gebietet. Danach führten die Leopardenmänner den Libyer und mich wieder in unser Gefängnis zurück.

Ich hoffte, daß wir fürs erste gerettet seien. Darum schickte ich ein Dankgebet zu Athene und sagte zu mir:»Wie erbärmlich sind doch diese beiden nubischen Krieger gestorben, weil sie feige vor ihrem Schicksal fliehen wollten! Maraye aber hat sein und mein Leben gerettet, weil er tapfer kämpfte. Vielleicht habe auch ich meinen Freunden nur deshalb soviel Unglück gebracht, weil ich vor meiner Bestimmung davonlaufen wollte. Darum will ich von nun an auf mich nehmen, was mir als Strafe für meine Tat auf Tauris zugedacht ist, und fortan mein Schicksal tragen wie ein Mann.«

2 Kurze Zeit später traten die Leopardenmänner erneut in unser Gefängnis, packten mich an den Armen und zerrten mich über den Platz in das größte der hölzernen Häuser, in dem ihr König wohnte. Dort schleuderten sie mich auf den gestampften Boden. Als ich aufblickte, sah ich die narbenbedeckte Riesengestalt des Häuptlings vor mir. Neben ihm stand der Zauberer in dem gefleckten Fell; er hatte seine Maske abgesetzt und war ein überraschend junger Mann. Zwischen den beiden Schwarzverbrannten blickte der hochgewachsene Fremde auf mich herab. Er hatte die Hände zum Zeichen befristeter Sicherheit ineinander verschränkt; ich antwortete mit der geheimen Gebärde des Dankes, indem ich meine Zeigefinger kreuzte. Daraufhin begann der Unbekannte zu reden, zu meiner Überraschung in ägyptischer Sprache. Seine Stimme klang wohltönend und fest; seine Augen bohrten sich in die meinen, und er sprach:

»Alljährlich häutet sich die Schlange; aber so oft sie sich auch bemüht, ihre Gestalt zu verändern, sie bleibt doch, was sie ist, und wird vom Jäger schnell wiedererkannt. Genauso ergeht es den Menschen, die ihr Innerstes vor mir verbergen wollen. Ihre Worte können mein Ohr nicht täuschen, und vor meinem Auge öffnet sich jedes Versteck. Wage es daher nicht, mich zu belügen! Denn ich schaue nicht nur in die Gesichter der Menschen, sondern auch in ihre Herzen.«

Der Ton seiner Stimme machte mir Angst. Ich wagte nicht, mich zu erheben, und antwortete hastig:»Ich habe nichts vor dir zu verbergen!« Er aber hob sogleich die Hand, damit ich schweigen sollte; erst nach einer Weile, in der mir war, als zerteile sein Geist wie mit unsichtbaren Fingern meine Gedanken, fuhr er fort:

»Du sprichst Ägyptisch und stammst dennoch nicht vom Nil; das sehe ich an deiner Haut. Du trägst die Kleidung eines Kriegers, doch dein Geist scheint der eines Kundigen zu sein; das erkenne ich an deinen Zeichen. Aber wirft die Ziege nach zehn schwarzen Jungen nicht manchmal auch ein weißes, und könnte so etwas nicht auch bei einer Frau vom Nil geschehen sein? Man weiß auch, daß der Affe gern menschliche Haltung und Gebärden nachahmt, ohne ihren Sinn zu verstehen. Solltest auch du von einem Höheren nur zum Spaß im Spiel mit geheimen Zeichen unterrichtet worden sein? Wer bist du, Jüngling, und in welchem Land hast du den Mutterschoß verlassen?«

»Man nennt mich Aras«, antwortete ich mit äußerster Vorsicht, »ich bin im Land des fernen Nordens aufgewachsen. Nach Ägypten zog ich als Gefährte meines Königs, der jetzt wohl erschlagen im Tal der blutigen Wände liegt. Die Sprache der Geweihten lehrte mich ein Zauberer am nördlichen Meer, bei dem ich vier Jahre lang lebte, ehe mich ein seltsames Schicksal in die Länder des Südens verschlug. Wer aber bist du, der du mehr Macht zu besitzen scheinst als selbst der König dieses kriegerischen Volkes?«

Der Fremde blickte mich nachdenklich an. Dann versetzte er: »Der Starke ist nur mächtig, bis ein Stärkerer erscheint. Der Leopard weicht vor dem Löwen, der Widder vor dem Stier. Aber du irrst, wenn du die Länder dieses Waldes für ein einziges Reich und diesen Häuptling für seinen König hältst. In Wahrheit wohnen viele verschiedene Völkerschaften in diesen Bergen, wilde Stämme, die einander oft bekriegen. Denn die Kämpfenden Wälder lieben den Frieden nicht. Dringen aber Fremde ein, dann stehen alle Waldvölker zusammen wie Pfähle am Rand des Krals gegen raubende Tiere. So sehr das einzelne Schilfrohr auch in Wind und Wasser schwankt: Wenn viele Schilfrohre zusammengeflochten werden, halten sie selbst den Wellen des Sturmes stand. Sage mir nun jedoch, Jüngling: Wer war jener Mann aus dem Norden, den du einen Zauberer nennst? Und warum bist du nicht bei ihm geblieben, wo du doch in diesen vier Jahren gelernt haben müßtest, daß die Weisheit mehr vermag als die Kraft und der Kundige mächtiger ist als der Krieger?«

Die drei Männer blickten mich an, und obwohl ich nicht sicher war, ob die beiden Schwarzverbrannten diese Worte verstanden, fühlte ich mich doch wie ein Angeklagter, der vor seinen Richtern steht und seine Unschuld beweisen muß, bevor man ihm das Haupt vom Körper trennt. Daher antwortete ich bedachtsam: »Diesem Mann diente ich nicht als Schüler, sondern als Sklave. Was ich von seinen geheimen Künsten erfuhr, erlernte ich ohne sein Wissen und gegen seinen Willen. Daß ich nicht bei ihm blieb, hat einen Grund, den nur die Götter kennen. Seid gnädig und laßt mich darüber schweigen.«

»Der Blinde läuft Gefahr, den Löwen für eine Kuh zu halten, wenn er den Schwanz befühlt und nicht die Zähne«, sagte der Fremde mit zornig erhobener Stimme. »Begehe nicht den gleichen Fehler, Jüngling, der du trotz deiner Kenntnis der geheimen Zeichen nicht zu wissen scheinst, vor wem du stehst. Es wird für mich sehr leicht sein, dir die Zunge mit Gewalt zu lösen, wenn du mir nicht freiwillig offenbaren willst, was ich zu wissen begehre. Sprich also, ehe ich erzürne!«

Der düstere Blick seiner Augen machte mich beklommen; ich senkte die Lider und gab rasch zur Antwort: »Mein Leben liegt in deiner Hand, darum will ich dir nun die Wahrheit sagen. Ich bin es ohnehin müde, vor meinem Geschick immer weiter zu fliehen. Wisse also, daß ich bei einem kleinen Volk in der Steppe des Nordens aufwuchs; fremde Krieger töteten meine Eltern, als ich noch ein Knabe war, und schleppten mich dann in die Sklaverei. Ein Zauberer aus altem kretischem Geschlecht, der lange schon auf Tauris wohnte, kaufte mich seinem Sohn als Spielgefährten. Den Namen dieses Magiers habe ich niemals erfahren, denn er hütete ihn als sein größtes Geheimnis. Er fürchtete wohl, daß seine Feinde, die sehr zahlreich waren, diesen Namen erfahren und damit Macht über ihn gewinnen könnten. Vier Jahre zogen vorüber, dann kam der Mann, den ich für den Mörder meines Vaters hielt, als Gastfreund in das Haus meines Herrn. Noch in derselben Nacht stieß ich ihm meinen Dolch in die Kehle und floh. Erst Jahre später, von einem Hethiter auf Zypern, erfuhr ich, daß ich nicht meinen Todfeind, sondern dessen Bruder hingemeuchelt hatte, der überdies ein Priester war. Seitdem verfolgen mich die Rachegöttinnen, und haben mir schon soviel Unheil gebracht, daß ich meines Lebens überdrüssig bin.«

Als ich geendet hatte und den Blick wieder hob, bemerkte ich plötzlich Erstaunen auf den Zügen des Magiers. Er hob seine buschigen Brauen, schaute mir tief in die Augen und fragte dann:

»Wie hieß der Mann, den du getötet hast, und wie sein Bruder, den du treffen wolltest? Berichte mir auch, wie du dann in diesen Wald gekommen bist! Deinen Namen, Jüngling, habe ich schon einmal gehört, und deine Erzählung rührt eine vom Staub der Zeit bedeckte Erinnerung in mir.«

»Der Priester entstammte dem Volk der Kaschkäer am Südrand des nördlichen Meeres«, antwortete ich, »sein Name war Chuzzija. Sein Bruder, der meiner Rache entging, heißt Pithunna und ist der König dieses Stammes. Nach meiner Unglückstat, die ich jedoch für ein Werk gerechter Rache hielt, floh ich nach Troja. Über Argos, eine Stadt der Griechen, über Kreta und die Kupferinsel Zypern reiste ich ins Land des Pharao; der aber sandte uns nach Süden, als Boten seiner Macht, die so gewaltig ist, daß ich niemals geglaubt hätte, ich würde sie jemals dahinschwinden sehen, wie es nun in diesen schrecklichen Wäldern geschah.«

Der Unbekannte atmete tief, als er die Namen hörte, die ich nannte. Aber er schwieg über ihre Bedeutung. Seine Spannung löste sich und er blickte wie in Gedanken verloren durch mich hindurch in weite Ferne. »Im Wasser verlischt das heißeste Feuer«, sagte er schließlich, »und schnell verweht der Wind der Wüste selbst die tiefste Spur, Mächtig ist der König Ägyptens nur vor den Menschen, die ihm gehorchen und sich vor seinem Schwert ducken.

In diesen Wäldern aber gilt sein Name nichts. Sank seine Streitmacht nicht dahin wie Gras unter der Sense des Schnitters? Niemals werden die Pharaonen die Quelle des Nilstroms erreichen; so ist es vom Himmel bestimmt. Niemals werden sie die Kämpfenden Wälder siegreich durchqueren, niemals das Ende der Weltenscheibe für sich gewinnen, mögen sie auch noch so viele Krieger auf den Feldzug schicken. Oft genug haben sie es auch schon versucht. Jetzt aber soll die Wucht des Angriffs auf sie selbst zurückgeschleudert werden. Furcht und Not sollen herrschen im Land der Ägypter. Verderben will ich die Wasser des Nil, daß er sich stinkend und ekelerregend in seinem Bett wälze. Frösche und Läuse, Heuschrecken, Fliegen und Spinnen, alles Ungeziefer der Welt will ich hinab ins Stromland senden. Die Pest den Tieren, die Blattern den Menschen Ägyptens, damit ihr König endlich ablasse von seinem Übermut. Mit dem Schwert kann man nicht Felsen spalten, und wer das trotzdem versucht, zerschlägt seine Waffe in Stücke!«

Mich schauderte bei diesen Worten, und ich sagte voller Ehrfurcht: »Du mußt ein Gott sein, daß du den Wassern befiehlst, und auch den Tieren und Krankheitsdämonen dazu! Nur Unsterbliche besitzen solche Macht. Bist du etwa dem Himmelsgewölbe entstiegen, um die Menschen dieses Waldes an Ägypten zu rächen? Hast du sie zum Kampf gegen unser Heer geführt, hast du vielleicht sogar Verrat ins Herz des Prinzen Merenptah gesät, damit wir unterliegen?«

»Es gibt nicht nur weiße und schwarze Gesteine«, antwortete der Unbekannte, »sondern zwischen ihnen noch viele in anderen Farben. Genauso verhält es sich mit Himmlischen und Menschen. Manche Sterbliche stehen dem Himmlischen näher als andere, und sie besitzen daher größere Macht als ihre Brüder. Aber nur drei Erdgeborenen auf dieser Welt ist die Gabe ewigen Lebens geschenkt. Einer von diesen dreien bin ich, den die Völker der Kämpfenden Wälder als ihren Hüter verehren; in ihrer Einfachheit halten sie mich für göttlich, obwohl ich fleischgeboren bin wie sie selbst, allerdings vor dreißig Menschenaltern. Ja, so sehr dich auch erstaunen mag, was deine Ohren hören: Ich lebte schon auf dieser Welt, als es noch keines von den Reichen gab, die du jetzt kennst, bis auf Ägypten. Als ich geboren wurde, breiteten sich andere Imperien aus, die heute längst begraben sind im Schutt der vergessenen Zeiten.

Die Weisheit und Erfahrung aus so unermeßlich langer Zeit gibt mir die Macht zu tun, was anderen unmöglich wäre.

Viele halten natürliche Geschehnisse dieser Welt für Wunder, weil es ihnen unmöglich ist, ihre Ursache zu begreifen. Aber wird das Wasser eines Flusses nicht bald schlammig und übelriechend, wenn darin viele faule Blätter schwimmen, angereichert mit dem Sud giftiger Pflanzen? Mehren sich nicht die Frösche ungleich stärker als sonst, wenn Jäger mit Pfeilen im Nilsumpf die großen Vögel ausrotten, die Störche und Reiher, die sonst die erbittertsten Feinde der quakenden Wasserbewohner sind und für ein natürliches Gleichgewicht der Froschbevölkerung sorgen? Die Gier nach meinem Gold wird nun an allen Ufern des Nilstroms die Wurfhölzer zehnmal häufiger fliegen lassen als jemals zuvor; ein hoher Lohn für jedes Beutestück wird alle Jäger anspornen, immer mehr Federgetier zu erlegen. Fehlen die Vögel, können sich auch Mücken und Läuse, Fliegen und anderes Geschmeiß umso leichter vermehren und die Lüfte erobern, den Menschen und Tieren zur Plage.

Schweigsame Männer hüten in den arabischen Wüsten jenseits des Meeres die Heuschreckenbrut, damit sie der Wind zur Erntezeit auf die satten Weiden Ägyptens trage. Ließe ich der Natur ihren Lauf, würde die Sonne Arabiens die Larven dieser gefräßigen Flügeltiere vertrocknen. Nun aber besprengen meine Vertrauten die Täler der Wüste beständig mit Wasser, damit sich die Heuschrecken daraus bald in wolkengleichen Schwärmen erheben, Ägypten zum Schaden. Andere Männer führen heimlich auf verbotenen Pfaden kranke Tiere ins Land und mischen sie unter die Herden des Pharao, damit die Seuche sich unter dem Vieh und den Menschen verbreite wie der Brand im hohen Gras der Steppe. Ich brauche keine Krieger, keine Heere! Tiere und Pflanzen mache ich zu meinem Werkzeug, das Blut des Nilreichs zu verströmen und seine Kraft zu brechen. Am Ende aller Qualen aber wird sich die Sonne über dem Nilland verdunkeln, und eine große Finsternis wird Angst und Schrecken nach Ägypten bringen. Wie ich dieses vollbringe, werde ich dir jedoch nicht verraten, denn dieses gehört zu den Geheimnissen, die allein den Unsterblichen vorbehalten sind.«

Ich erschrak über das Unheil, das dem Reich der Pharaonen drohte. Denn wenn ich in diesem Land auch nicht das erhoffte Glück und noch weniger eine Zuflucht vor den Rachegeistern gefunden hatte, erschien mir Ägypten doch als das reichste und schönste Land auf der Erde, und es dünkte mich grausam, daß die Menschen darin für die Taten ihres Pharao, an denen sie keine Schuld trugen, so grausam bestraft werden sollten. Darum fragte ich: »Du gehörst nicht zu diesem Volk und entstammst gewiß auch nicht den Kämpfenden Wäldern. Warum verteidigst du dann diese Männer mit solchem Zorn, wo sie doch nichts anderes sind als grausame Mörder, die nicht einmal davor zurückschrecken, das Fleisch von Menschen zu verzehren?«

Der Häuptling der Schwarzverbrannten verstand offenbar, was ich sagte, denn er rollte wütend die Augen und stieß eine Flut unverständlicher Worte hervor. Der Magier brachte ihn jedoch mit einer Handbewegung zum Schweigen, bot mir Honigwein und Speisen an und sprach:

»Sind die Gebräuche der Völker nicht häufig unverständlich für Fremde? Der Richter urteile nicht nach dem äußeren Schein! Wüßtest du überdies, was in manchem Tempeln Ägyptens geschieht, wo man verbrecherisch der Schlange huldigt, dann würdest du vor Scham verstummen.«

Da seufzte ich, denn das Schreckensbild des Schlangenopfers in dem Tempel unter dem Merwersee erschien vor meinen Augen, und ich sagte leise: »Wahrlich, was ich dort mitansehen mußte, war noch entsetzlicher als selbst das Opfer an den Waldgott dieser Völker hier. Niemals möchte ich einen so grausamen Gott dienen müssen, wie es der Schlangenköpfige ist.«

»Wie?« fragte der Zauberer überrascht. »Du hast dieses Opfer mit eigenen

Augen gesehen? Die plumpe Raupe wandelt sich zum farbenreichen Schmetterling, und die unscheinbare Nachtigall ist doch der beste Sänger! Lügst du mich auch nicht an? Sage mir, hast du bei jenem Fest, dem du einst beigewohnt haben willst, Männer gesehen, die du mir als Zeugen nennen könntest?«

»Damals war nur mein Gefährte Diomedes bei mir«, antwortete ich; als ich in seinem Antlitz keine Regung bemerkte, fuhr ich fort:»Wenn du diesen Helden nicht kennst, wird dir auch der Name des Bias nichts besagen, der uns in diesen Tempel führte. Einen anderen aber, den ich dort in diesem Tempel sah, kennst du gewiß: den Sohn des Pharao, Prinz Merenptah.«

Das Antlitz des Fremden blieb unbewegt, als er das hörte. Er faßt mich noch schärfer ins Auge und fragte:»Diese Männer könntest du vom Schlachtfeld oder einem anderen Ort her kennen. Worte von Fremden sind wie streunende Hunde: Wer ihnen vorschnell traut, kann leicht Enttäuschungen erleben. Darum will ich dich noch ein weiteres Mal befragen: Hast du in diesem Tempel nicht einen Mann gesehen, der das Opfer vollführte und unter allen Priestern das höchste Ansehen genoß?«

Ich erinnerte mich und gab zur Antwort:»Ich danke dir, daß du mir gestattest, meine Ehrlichkeit zu beweisen. Ja, ich sah diesen Hohepriester. Er trug ein grünes Gewand; auf seiner rechten Wange fiel mir eine Narbe auf, sie besaß die Form eines dreistrahligen Sterns.«

»Kator!« entfuhr es dem Magier; plötzlich klang Haß in seiner Stimme. Aber er hatte sich gleich wieder in der Gewalt und erklärte:»Der, den du dort gesehen hast, ist der oberste Priester des schlangenköpfigen Seth, dem die Pharaonen Ägyptens seit dem ersten Ramses dienen und der ihnen dafür die Herrschaft über das Reich und den Erdkreis versprach. Mit Feuerbränden, mit Mord und Zerstörung sollen sie ihre Macht erweitern, bis die Völker im Kreis vor Ägypten und der Gewalt des Geschuppten erzittern. Doch aus Asche wächst kein Getreide, und aus Menschenblut wird nicht Wein: Schon seit vielen Jahren stemmen sich die drei Unsterblichen dem Schlangengott entgegen, sooft sein Leib die Erde zu umschlingen sucht.«

»Sesostris, der den Thron Ägyptens erben sollte, war kein Diener der Schlange«, rief ich. »Im Gegenteil, er haßte und verabscheute sie. Merenptah aber, sein tückischer Bruder, betete den Schrecklichen unter dem Merwersee an. Wenn du ein Feind der Schlange bist, warum mußte dann der tapfere Sesostris sterben, während Merenptah ungehindert von dannen ziehen durfte?«

»Du bist noch jung und kannst die Lüge nicht so leicht durchschauen«, sagte der Fremde. »Wisse daher, daß die Familie der Pharaonen, die seit drei Menschenaltern den Thron des Nillandes besitzt, in Wirklichkeit nicht aus Ägypten stammt, sondern aus Syrien, demselben Land, das einst die Heimat der Hyksos war. Ja: Dieselben Männer, die mit angeblich so grimmigem Haß von jenen fremden Unterdrückern aus dem Osten reden, gehören in Wahrheit selber zu ihnen und halten ihre Herkunft nur deshalb geheim, damit sie das Ägyptervolk auch künftig knechten können Die Bewohner des

Nillands glauben, die Fremden schon vor vielen Jahren aus dem Land gejagt zu haben, und ahnen nicht, daß dort seit dem ersten Ramses doch wieder Männer aus dem Hyksosland als Pharaonen herrschen.«

»Umso weniger kann ich verstehen«, entgegnete ich, »daß in den Kämpfenden Wäldern eben jener Mann verderben mußte, der auf Ägyptens Thron mit eurer Hilfe zum Feind und vielleicht zum Bezwinger dieser Schlangengottheit werden konnte.«

Der Magier schwieg und sah mich lange an. Dann sagte er:»Was dich so tief erschüttert hat, ist nur ein kleiner Stein des großen Bildes, das den äonenalten Kampf zwischen dem Guten und dem Bösen zeigt. Der Hirte kennt nur sein eigenes Volk, der Steuereintreiber jedoch das Getier des gesamten Landstrichs; wieviele Ochsen, Kühe, Esel und Schafe aber das gesamte Reich besitzt, weiß nur der König allein. Du, Jüngling, bist wie ein Hirte, der in Tränen ausbricht, weil sein letzter Widder starb. Der König aber kann deine Trauer nicht recht nachempfinden, denn er hätte mit einem einzigen Tier nur einen ganz geringen Teil seiner Habe verloren.«

Im Blick des Magiers spürte ich das Wissen eines Menschen, der alle Fragen des Lebens gestellt, alle Zweifel durchlitten, alle Wahrheiten erfahren hat, dem nichts von den Geheimnissen der Welt verborgen blieb. Und dennoch hatten die zahllosen Jahre nur wenige Spuren in sein edles Antlitz gegraben, das noch immer das eines blühenden Mannes in den Jahren seiner höchsten Kraft war. In seinen Augen aber schimmerte uralte Weisheit wie dunkles Wasser am Grund eines tiefen Brunnens.

»So wie die Wellen des Meeres gegen das felsige Ufer prallen und jede von ihnen eine andere Gestalt besitzt«, sagte er schließlich, »so verhält es sich auch mit den Menschen. Die Woge, die sich aus dem Ozean erhebt, gleicht einem Kinde. Wenn sie sich bricht, wird der Jüngling zum Mann, der mit ungestümer Kraft vorwärts dringt. Aber ihre Macht währt nur kurz; schnell ist ihre Stärke verbraucht, und rückwärts flutend vom schrägen Gestade schwindet sie fort wie das Leben des Greises. Könnte so eine Welle einen Gedanken ersinnen, so dächte sie wohl: ›Vergeblich war alles, was ich tat. Unverändert lasse ich den Strand zurück, nicht die geringste Spur des Kampfes, der mich so ermattete, bleibt übrig.‹ Doch nach zahllosen Wellen, nach vielen Menschenaltern, hat das Meer dennoch die Küste verformt, neue Buchten geschaffen, Steine geschliffen und sogar Felsen zertrümmert. So ist auch der Geringste unter den Menschen wichtig, ohne es selbst zu wissen. Sesostris, den ich kannte, wiewohl er nichts von mir ahnte, trug einen Teil meiner Hoffnung; aber er wandelte den falschen Pfad. Wenn ich dir, Jüngling, jetzt erklären wollte, was auf der Welt geschieht, im großen Ringen zwischen Dunkelheit und Licht, der Schlange und dem Adler, zwischen Tod und Leben, Süden und Norden, Ägyptern und Hethitern und anderen Völkern dazu, du könntest es jetzt doch noch nicht begreifen, obwohl du selber ebenso ein Stein in diesem Spiel bist wie einst dein Vater, dessen Mörder und auch dein Opfer Chuzzija; wie jene, die in Troja kämpften, wie Sesostris und Merenptah und viele andere, von denen du nichts weißt.«

»Wer bist du?« fragte ich voller Ehrfurcht vor diesem gewaltigen Mann, dessen Worte meinen Geist sehend machten wie Fackeln das Auge. »Nie zuvor hat jemand so zu mir gesprochen. Hast du das nur getan, weil sich mein Leben ohnehin zum Ende neigt? Oder kann ich noch auf Rettung hoffen?«

Doch noch bevor ich zu Ende geredet hatte, begann der Mann im Leopardenfell mit Worten auf den Magier einzudringen. Der Zauberer antwortete dem Schwarzverbrannten in derselben Sprache; dann blickte er zu mir und sprach: »Bei jedem Spiel sind Steine zu gewinnen und auch wieder zu verlieren. Soll man um jeden einzelnen trauern? Du wirst von deinem Schicksal früh genug erfahren. Eines aber höre: Niemals soll ein Mann verzweifeln, wenn noch Blut in seinen Adern rollt und Atem seine Brust bewegt. Stets versuche er zu tun, was er im Innern als gerecht empfindet. Du hast noch nicht vollbracht, deine Herkunft zu enträtseln und auch die Sohnespflicht an deinem toten Vater nicht erfüllt, über den ich dir jetzt noch nichts weiter sagen kann. Von mir aber sollst du wissen, daß ich der drittgeborene von jenen drei Unsterblichen bin und den Süden der Weltenscheibe bewache. Engel sind meine Gefährten, die Länder sind meine Gatter, die Menschen darin meine Herden. Sie nennen mich Baltasarzan.«

Mehr erfuhr ich nicht von ihm, denn auf seinen Wink kamen die Leopardenmänner herbei und schleppten mich in das Gefängnis zurück, wo sie mich so fesselten, daß ich nicht mehr zu dem Libyer kriechen konnte. Inzwischen war es vollständig dunkel geworden. Nur die großen Sterne jenes fernen Landes erhellten die Nacht. Maraye war aus seiner seltsamen Betäubung wieder erwacht und fragte voller Wißbegier: »Wer war dieser seltsame Mann, der plötzlich aus der Menge trat und mich mit Blicken lähmte, als ich den Maskenmenschen an der Kehle kitzeln wollte? Wahrlich, unter seinem Blick war mir, als sei mein Körper plötzlich ganz und gar zu Stein geworden. Bei allen heulenden Wüstengespenstern, so schwach und unbeweglich habe ich mich noch niemals gefühlt, selbst dann nicht, wenn ich nach einem ausgedehnten Gelage mit Wespen im Schädel erwachte.«

Ich berichtete meinem Gefährten, was ich erlebt hatte, verschwieg jedoch, was mich selbst betraf und was der Magier Ägypten an Plagen zugedacht hatte. Denn damals hielt ich den Libyer für einen Mann mit schlichtem Verstand und meinte, daß er das Übersinnliche nicht begreifen und mich für einen Lügner halten werde. Als ich von Merenptah und der Schlangengottheit erzählte, begann Maraye lästerlich zu fluchen und rief: »Die beiden Nubier, die von den Menschenfressern hier geschlachtet worden sind, hatten den Verrat bereits gestanden, aber damals glaubte ich noch, die Todesangst habe ihre Sinne verwirrt und dazu verleitet, alles zu bejahen, was du sie in deinem Zorn fragtest. Jetzt aber erkenne ich, daß es wirklich Merenptah ist, dem ich mein trauriges Geschick verdanke. Wahrlich, das schwöre ich bei allen Göttern: Wann immer mir dazu Gelegenheit vergönnt sein wird, werde ich mich an ihm rächen.«

Ich aber dachte nicht an Rache, sondern versuchte meine Angst zu bezwingen, denn ich befürchtete noch immer, daß uns das gleiche Los bevorstand, wie es die beiden Nubier erlitten hatten. Zwar hoffte ich auf einen Aufschub, weil unsere Hütte nicht mehr von den Kriegern der Schwarzverbrannten, sondern von den Zwergen des Magiers bewacht wurde. Dann aber waren diese gefürchteten Todbringer plötzlich verschwunden, und ich glaubte schon, daß uns nun endgültig die Henker holen würden. Wenig später hörte ich wirklich ein Rascheln vor unserem Gefängnis, das langsam näherkam. Es war kurz vor Mitternacht, als sich plötzlich eine große, kräftige Hand durch die Stangen der Hüttenwand schob. Ein Messer funkelte in ihr; langsam tastete sie sich an meinen Körper heran. Maraye schaute mit aufgerissenen Augen herüber. Ich beschloß, mich bis zum letzten Atemzug zu wehren, öffnete meinen Mund, um meine Zähne in diese schreckliche Hand zu schlagen, da blitzte es vor meinen Augen auf und staunend entdeckte ich den Silberschmuck mit dem Eberkopf, den ich als Ring des Diomedes kannte.

3 Ich sah die weißen Zähne, die rote Zunge und die schwarzen, vor Kampfeswut funkelnden Augen des Ebers, und einen Moment lang durchzuckte mich der schreckliche Gedanke, daß es nicht Diomedes sei, der nach mir griff, sondern ein Krieger der Schwarzverbrannten, der meinem königlichen Gefährten diesen unverwechselbaren Ring vom Finger zog, als der König von Argos tot in seinem Blut lag. Dann aber trieb das Flüstern einer tiefen Stimme alle Zweifel fort, die sprach: »Bist du das, Aras, der dort ängstlich schnauft wie eine Kuh beim Schlachter? Warum sagst du nichts? Bist du vielleicht zu müde und willst lieber erst noch ein Nickerchen machen, statt dich schon jetzt befreien zu lassen? Sage mir, wo du dich befindest, denn wir haben uns hier nicht zum kindischen Versteckspiel versammelt!«

Bei diesen Worten fuchtelte er mit seinem Messer vor meinem Gesicht herum. Ich drehte mich schnell um, schob die gefesselten Hände der Schneide entgegen und antwortete: »Den Göttern sei Dank, Diomedes! Nicht allein, weil ich gerettet bin, sondern vor allem, weil du noch lebst. Denn ich hielt dich für tot, und dieser Gedanke ließ mich tiefer trauern als mein eigenes Geschick.«

Der König von Argos trennte mir rasch die Fesseln durch. Dann nahm ich das Messer aus seiner Hand und befreite den jungen Maraye. Diomedes lockerte den Türriegel; wir krochen aus unserem Gefängnis und schlichen geduckt durch die Dunkelheit davon. Plötzlich stolperte ich über etwas Weiches, und als ich in die Finsternis spähte, erkannte ich die Leichen der zwei Zwerge, die tot vor unserer Hütte lagen. Am Hals der beiden klaffte eine blutige Höhlung.

»Bias!« entfuhr es mir, und im gleichen Moment entdeckte ich die hagere Gestalt des blassen Mannes mit dem Schlangenmesser. »Ja«, sprach Diomedes, »Bias verdankst du deine Rettung ebenso wie mir. Nun aber laß uns eilen, denn hier ist nicht Gelegenheit zu einem Plauderstündchen!«

Hastig machten wir uns nun davon, Diomedes an der Spitze, Bias am Schluß, und liefen viele Stunden lang durch die Nacht, bis der Morgen dämmerte und wir uns erschöpft in einem Gebüsch verbargen.

Nun erzählte mir Diomedes, wie er und der tapfere Schekel im Tal der blutigen Wände den Leichnam des Prinzen Sesostris bis zum Abend verteidigt hatten. Der einäugige Scherde gab dabei sein Leben hin, aber dieses Opfer war nicht vergeblich, denn in der Dunkelheit tauchte plötzlich der junge Amenmesses mit seinen Kriegern auf und half, den toten Feldherrn zu bergen. »Er ahnte gewiß nichts von dem Verrat«, berichtete Diomedes, »und ebensowenig davon, daß Sesostris sein Vater war. Denn das wußten nur Schekel und wir beide, Aras. Der Scherde aber war tot, du warst verschwunden, und ich selbst hatte keine Zeit, Amenmesses aufzuklären, sondern machte mich sogleich auf, deine Entführer zu verfolgen. Bias hatte nämlich gesehen, wie sie dich davonschleppten, und berichtete mir davon. Zwei Monde lang bin ich dir nachgesetzt, bis zu dem Fest dieses dämonischen Gottes, das wir von den Büschen am Rand des Dorfes aus sahen.«

Diomedes sprach griechisch mit mir, denn er kannte Maraye nicht und wußte nicht, wie weit dem Libyer zu trauen sei. Später kam Bias mit einer schönen Hirschkuh, die wir brieten und zerteilten, wobei ich laut die Götter pries, und unter diesen vor allem Athene.

Ich gelobte den Olympiern reiche Opfer, wenn sie uns glücklich zum Nil zurückkehren ließen; bis dahin sollten jedoch noch viele Tage verstreichen. Solange wir in den Kämpfenden Wäldern weilten, waren wir keinen Tag sicher, und hinter jedem der riesigen Bäume mochten uns neue Gefahren bedrohen. Aber ich freute mich meiner Freiheit und war meines Lebens froh, das ich schon verloren geglaubt hatte. Voller Entzücken begrüßte ich jeden Strahl des Sonnengestirns und genoß seine Wärme auf meiner Haut, wenn wir tagsüber in sicherer Deckung lagen und auf die Dunkelheit warteten. Nachts aber erschien mir jedes Flackern der Sterne zu unseren Häupten ein himmlisches Zeichen zu sein, und ich sah den Schein des Mondes mit derselben Dankbarkeit, mit der ein verirrter Schiffer das Leuchtfeuer seines heimatlichen Hafens begrüßt. Später trank ich mit dem lauen Steppenwind den Duft der großen Gräser, wie ein Verdurstender am frischen Quell die Lippen netzt. Das Summen bunter Flügelwesen und das Brüllen fremder Tiere in der Ferne aber hörte ich mit der gleichen Freude, die ein in der Einsamkeit Verzweifelter empfinden mag, wenn er vor seiner Höhle plötzlich Stimmen alter Freunde hört, die überraschend zu Besuch gekommen sind. Am meisten freute ich mich darauf, Hermione wiederzusehen und ihre Liebe von neuem zu kosten. So begann ich die Tage zu zählen, die mich noch von ihr trennten, und redete auf Diomedes ein, er möge Ägypten mit uns auf dem schnellsten Weg wieder verlassen. Der Fürst entgegnete jedoch: »Erst wollen wir die Pflicht erfüllen, Aras, die Sesostris uns als seinen Freunden aufgetragen hat, und über seinen Tod die Wahrheit melden.«

Ich brachte meine Freunde noch einmal in große Gefahr, denn das Fieber kehrte zurück, fuhr mit Macht in meinen geschwächten Körper und schmetterte mich zu Boden, wie der Blitz den Baum zur Erde schleudert. Die anderen versuchten mich zu tragen, aber auch Maraye war von der Gefangenschaft noch nicht wieder erstarkt; schließlich befahl Diomedes schweren Herzens, in einem kleinen Seitental ein Lager aufzuschlagen. Dort blieben wir, wie ich später erfuhr, bis der Mond einmal vom Himmel verschwunden und wieder zur vollen Rundung angewachsen war. Bias und Maraye wachten abwechselnd an meinem Lager, während Diomedes im Wald jagte, denn keiner vermochte den Pfeil so treffsicher abzusenden wie der mächtige Tydeussohn. Ich weiß nicht mehr viel aus jener Zeit, denn mein Geist drang nur selten aus den wilden Strudeln der Fieberträume in die luftige Freiheit des klaren Bewußtseins empor. Diomedes erzählte mir später, ich hätte häufig wirres Zeug geredet, von Zauberei und anderen geheimnisvollen Dingen.»Ich konnte den Sinn deiner Worte nicht verstehen«, sprach mein Gefährte, »aber ich weiß ja schon seit jenen Tagen auf Kreta und Zypern, daß es in deinem Leben etwas gibt, das du mir beharrlich verschweigst. Ich will jedoch nicht weiter in dich drängen; allerdings hoffe ich sehr, daß du eines Tages genügend Vertrauen zu mir faßt, mir dein Geheimnis zu enthüllen. Denn so, wie ich dich aus den Kämpfenden Wäldern gerettet habe, werde ich auch dein Helfer in jeder anderen Notlage sein.«

Aber ich besaß nicht den Mut, dem Fürsten alles zu erklären, und sagte ihm nichts von dem Magier Baltasarzan. Statt dessen antwortete ich:»Mich haben schwere Träume gequält, Diomedes. Ich kann in meinen Worten selber keinen Sinn erkennen und weiß nicht mehr, was meinem Mund entrann.« Da schaute mich Diomedes nachdenklich an und sagte:»Du bist ein Jüngling, Aras, und weißt noch nicht, was Treue ist. So wie ich dich aus den Händen der Schwarzverbrannten befreite, wie es die Pflicht des Königs ist, der um seiner Gefährten willen selbst den Tod geringschätzen muß, so wirst auch du eines Tages deine Furcht vor Schmerzen oder Schande, Schlägen oder Schimpf vergessen, um deinem Freund und Fürsten aufrichtig zu dienen. An diesem Tag wirst du beginnen, ein Held zu werden.«

Als ich wieder gesund geworden war, zogen wir weiter nach Westen. Zweimal rundete sich der Mond, ehe wir endlich wieder den Nilstrom erreichten. Nun erfüllten neue Kräfte meine Glieder, wir fürchteten keine Feinde mehr und zogen fröhlich an den Ufern des göttlichen Flusses hinab bis zu jenen Stromschnellen, an denen wir den Stützpunkt fanden, den unser Feldherr Sesostris dort ein halbes Jahr zuvor hatte anlegen lassen.

Unsere Hoffnung, dort Menschen oder ein Fahrzeug zu finden, erfüllte sich nicht, denn das Lager war leer und verödet. Auch Zakrops, unser treuer Steuermann, den Diomedes hier zurückgelassen hatte, war verschwunden. Prinz Merenptah, der alle für tot halten mußte, die nicht mit ihm aus den Kämpfenden Wäldern zurückgekehrt waren, hatte unsere Gefährten mitgenommen. Statt ihrer fanden wir am Ufer des Stroms eine mächtige Inschrift, die in einen grauen Felsen gehauen war, und als wir nähertraten, erkannten wir, daß wir unser eigenes Grabmal erblickten. Denn in griechischen Lettern standen dort im Stein die Worte:

»Ich erhob mich unter den Menschen zur Ehre meines Geschlechts. Ich baute und zerstörte, schirmte und vernichtete, ich war die Geißel meiner Feinde und der Schutzwall meiner Gefährten. Keinem unterlag ich im Kampf; selbst Götter flohen vor mir. Dies spricht Diomedes, Sohn des Tydeus, König von Argos im Lande Achäa, dessen Ruhm die Ewigkeiten überdauern wird. Dies spricht Diomedes, der Theben niederwarf und Asche häufte auf das stolze Troja. Dies spricht Diomedes, vor dessen Grabmal, Fremder, du hier stehst.«

Darunter folgte in kleineren Zeichen der Satz: »Aras und Bias, zwei Männer, denen unsere Achtung gebührt.«

Wir bauten uns ein kleines Floß aus Baumstämmen und geflochtenen Pflanzen und reisten mit ihm auf den Wassern des Nil Tag und Nacht flußabwärts, bis nach Meroë. Dort erwarben wir ein Boot, in dem wir nach Kurgus, Nuri, Napata, Dongola, Kerma und immer weiter nach Norden fuhren. Wasserrösser und Krokodile kreuzten unseren Weg, so daß wir noch manches gefährliche Abenteuer bestanden, und einmal verfolgte Diomedes eine riesige Schlange, die sich jedoch in den Sumpf retten konnte. Tombos, Buhen und Semne, die Stadt des Sesostris, flogen vorbei wie auch Aniba, Korosko, Kubban und Syene, aber nirgends fanden wir eine Spur von unseren Gefährten. Überall sagte man uns, daß vor geraumer Zeit Prinz Merenptah mit den Resten des geschlagenen Heeres vorübergezogen sei. Aber die Menschen maßen dem unglücklichen Ausgang des Feldzugs nur wenig Bedeutung bei, denn inzwischen hatten sich im Land weit schlimmere Geschehnisse ereignet: Alles war eingetroffen, wie es der Magier Baltasarzan vorausgesagt hatte.

Die Wasser des Nilstroms hatten sich in Blut verwandelt, so daß es rot und faulig dahintrieb; Menschen und Tiere ekelten sich, davon zu trinken, ein entsetzlicher Gestank verbreitete sich im Tal und alle Fische starben. Danach stiegen ungeheure Mengen von Fröschen aus dem Strom und ergossen sich über alle Länder. Sie überfluteten mit ihren Leibern die Felder und Straßen, die Scheunen und Häuser, so daß kein Ägypter mehr einen Schritt gehen konnte, ohne auf kalte, glatte, schleimige Körper zu treten. Im Korn und in den Krügen fand man die schlüpfrigen Wasserbewohner, aber auch in Truhen, Schränken und Betten, und selbst in Suppe, Wein und Kuchen, so daß es den Ägyptern grauste.

Dann machten Mücken, Läuse, Fliegen und alle anderen Arten von Ungeziefer den Menschen das Leben zur Qual. Sie umschwirrten Mann, Weib und Kind mit giftigen Wolken, krochen ihnen in Augen, Nase und Ohren, und füllten den Äther mit ihren Leibern, daß man nicht mehr von einem Haus zum andern sehen konnte. Die Menschen verbargen sich zur Tagzeit in verschlossenen Zimmern, die Tiere aber mußten die Pein schutzlos erdulden. Als die lästigen Flügeltiere endlich wieder verschwanden, sanken Pest und schwarze Blattern auf die Lebewesen nieder. An den Ufern des Stroms schwelten die Scheiterhaufen, auf denen die Leichen zahlloser Tiere verbrannten und die Luft mit dem süßlichen Geruch des Todes erfüllten. Ich allein wußte, wer dem Nilreich solche Übel sandte, aber ich schwieg, denn ich fürchtete, daß die verstörten und bis auf das Blut gepeinigten Bauern mich, wenn ich von Baltasarzan erzählte, als Feind ansehen und vor Wut in Stücke reißen würden.

Als das neue Jahr begann, kamen wir nach Theben.

Von dieser Stadt aus wollten wir auf einem Handelskahn nach Süden reisen, deshalb suchten wir im Hafen die Schenke der Schiffsherren auf. Da sahen wir plötzlich am Ufer eine prächtige Barke anlegen, die das Zeichen des königlichen Hauses trug. Ich schaute neugierig hinüber, konnte aber zunächst nicht erkennen, wer dort angekommen war; denn der offenbar hochgestellte Besucher ließ sich in einer verhüllten Sänfte auf das Gestade niedersetzen. Doch dann trieb ein Windstoß die Schleier für einen Moment auseinander, und ich blickte in die erschrockenen Augen einer schönen Frau, in der ich Esenofre, Merenptahs Gemahlin und Hermiones liebste Freundin, wiederzuerkennen glaubte. Doch im nächsten Augenblick verhüllten die Tücher wieder ihr Antlitz, und ich meinte, mich getäuscht zu haben; denn ich dachte, daß uns die Prinzessin, wäre sie es wirklich, gewiß sogleich zu sich gerufen hätte.

Es gelang uns, ein Schiff zu finden, dessen Besitzer versprach, uns anderntags auf die Fahrt nach Pi-Ramesse mitzunehmen. Frohgestimmt betraten Maraye, Bias und ich eine kleine Schenke, während Diomedes den Tempel des Ammon besuchte, um dort Sesostris ein Opfer darbringen zu lassen. Wir begannen, Wein zu trinken, aber unsere Heiterkeit verwandelte sich bald in Zorn, denn der kahlschädelige, dünnlippige Schankwirt, der uns sogleich als Fremdlinge erkannte, versuchte, uns mit saurem Rebensaft zu betrügen. Das brachte Bias und mich so in Wut, daß wir beschlossen, den Glatzkopf zu ergreifen und mit Hieben zu bestrafen. Da hielt uns Maraye zurück und sagte: »Gemach, Gefährten! Gibt es nicht noch eine bessere Sühne, die man dem Geizhals auferlegen kann, wenn er dem Gast ein ehrliches Getränk nicht gönnt? Laßt mich versuchen, ob ich ihm zur Strafe für seine Tücke nicht etwas raube, das ihm noch kostbarer ist als sein Wein, und ihm etwas zufüge, das ihn stärker schmerzt als Prügel.«

So sprach der junge Libyer, denn seine Blicke hatten sich am Anblick eines schlanken, hübschen Mädchens festgesaugt, das des Wirtes Tochter war und unter den mißtrauischen Augen des Vaters die Gäste bediente. Der Wirt verfolgte jeden Schritt des schönen Kindes so genau, daß es kaum einer seiner Kunden wagte, das reizende Geschöpf in Schenkel oder Arm zu kneifen, wie es doch sonst in allen Wirtsstuben der Welt das Vorrecht eines großzügigen Gastes ist. Erst kurz zuvor hatte der Wirt vor unseren Augen einen jungen Flußschiffer mit Scheltworten und Fußtritten aus der Schenke getrieben, weil dieser seiner Tochter keck ein Kupferstück als Liebespfand geboten hatte. Wir konnten den Jüngling gut verstehen, denn das Mädchen besaß die reizvolle Gestalt eines jungen Stutenfohlens und die geschmeidigen Bewegungen der jungen Löwin. Ihre feste Brüste ragten steil aus dem weichen Gewand hervor, so daß man deutlich die purpurnen Spitzen erkennen konnte, und zwischen ihren langen, schmalen Schenkeln formte sich das weiche Tuch zu erregenden Mustern. Dabei blickte sie unschuldig wie ein Lamm aus großen, dunklen Augen unter langen Wimpern hervor und zeigte beim Lächeln oft die weißen Zähne in ihrem rosigen Mund, so daß selbst mich, der ich stets nur an Hermione dachte, ein Prickeln überlief.

Maraye rief dieses von seinem Vater so eifersüchtig gehütete Geschöpf nun mit höflichen Worten an unseren Tisch, nachdem er draußen einen Finger mit Pech beschmiert hatte. Als das Mädchen vor uns erschien, lobte der Libyer mit lauter Stimme den Wein, obwohl wir ihn doch nur mit größtem Widerwillen getrunken hatten, und bat, unsere Krüge von neuem zu füllen. Dann nahm seine Miene den Ausdruck plötzlichen Erstaunens, schließlich sogar Entsetzens an, und mit schmerzerfüllter Stimme rief er aus: »Wie! Ist die schreckliche Seuche schon bis hierher gedrungen? Droht die Krankheitsgeißel aus dem Süden nun auch schon der schönsten Stadt des Reichs? Ach, daß es immer die Edelsten sind, die ihr als erste zum Opfer fallen! Sage mir, Kind, verspürst du denn schon Schmerzen?«

Das Mädchen schaute unseren Gefährten voller Verblüffung an, öffnete und schloß mehrmals den Mund, leckte sich mit ihrer rosigen Zunge die Lippen, was uns höchstes Entzücken bereitete, und stammelte schließlich: »Was meinst du damit? Willst du mir Angst machen? Ich fühle mich ganz gesund! Wie kommst du auf so schreckliche Gedanken?«

»Das fragst du noch?« entgegnete Maraye mit Bitterkeit in der Stimme. »Die schwarzen Flecken in deinem Gesicht sind es, die dem kundigen Arzt deine schwere Krankheit verraten. Ach, wie bedauere ich deinen armen Vater, daß er das Kleinod seines Alters schon so früh hergeben muß!«

Nun war die Wirtstochter vollständig verwirrt. Das Blut stieg ihr zu Kopfe, sie lutschte nachdenklich an einem Finger, so daß wir nur schwerlich zu verbergen vermochten, wie gut sie uns gefiel. Schließlich sagte das Mädchen: »Aber von den schwarzen Flecken, die du sehen willst, habe ich noch gar nichts bemerkt!«

»Das ist ja eben das Entsetzliche an dieser Krankheit, daß sie so plötzlich wie ein Vogel herbeifliegt«, erklärte ihr der schlaue Maraye mit trauriger Miene. »Eben noch scheint sie fern, doch schon einen Augenblick später greift sie mit Macht ans Herz ihres Opfers und bringt es zum Stillstand. Eben noch fühltest du dich wie neugeboren, doch kurze Zeit später verunstalten schon die finsteren Siegelmale des Verhängnisses dein Antlitz. Schau dich einmal im Spiegel an! Hier auf der Stirn, auf der Wange, dem Kinn und der Nase hat sich die schlimme Seuche bereits angekündigt!«

Bei diesen Worten tupfte er ihr mit seinem Zeigefinger Pech in das hübsche Gesicht, so daß das Mädchen an den beschriebenen Stellen bald wirklich von schwarzen Flecken bedeckt war. Sogleich eilte der Wirt herbei und stellte sich wie ein kampflustiger Büffel vor unseren Gefährten. Maraye wies ruhig auf das verunzierte Antlitz des Mädchens und sagte leise:

»Bedauernswerter Mann! Bald wirst auch du dein Kind zur Leichenfeier tragen. Sieh nur, wie die Seuche schon von ihr Besitz ergreift! Ja, die Götter halten schwere Prüfungen bereit. Sei stark, mein Freund, wenn wir dich auch nicht trösten können, denn für solche Schmerzen gibt es keine Linderung!«

Da brach der erschrockene Wirt in lautes Jammern aus, raufte sich Bart und Haare, riß sein Gewand entzwei und rief mit lauter Stimme: »Ammon! Ammon! Habe ich dir nicht immer reiche Opfer gesandt, damit du mein Haus beschützest? Warum muß ich solche Pein erdulden? Was habe ich getan, daß mich die Götter strafen? Ach, würde doch die schreckliche Krankheit lieber mich dahinraffen an Stelle meines einzigen Kindes, das doch die Stütze und der Trost meines Alters sein sollte!«

So weinte und haderte er, denn er hielt die Flecken aus Pech für die bestürzenden Zeichen der Krankheit. Maraye jedoch übertönte ihn noch, indem er rief:

»Wahrlich, wieviel lieber wäre auch mir, wenn der Tod einen anderen Menschen an Stelle deines unschuldigen Kindes ereilte! Deine Tochter besitzt solchen Adel, solche Anmut in ihrer Gestalt, daß ich versucht bin, mich selbst dem Tod als Faustpfand anzubieten, denn ich bin häßlich und mißgestaltet im Vergleich zu ihr. Allein, es ist selbst mir als einem hochberühmten Arzt nicht möglich, solches zu tun, und überdies zwingt mich der Befehl des göttlichen Pharao, mein Leben zu behüten; denn wir sind weise Männer aus Pi-Ramesse, und nach Süden gesandt, um dort einen Schutzwall gegen diese Seuche zu errichten.«

»Wie?« fragte der hagere Wirt, und neue Hoffnung zeigte sich auf seinem Gesicht. »Ärzte seid ihr? Ihr kommt aus der Hauptstadt und seid vom Pharao gesandt? So müßt ihr berühmt und von hoher Kunstfertigkeit sein! Wahrlich, ich habe gleich bemerkt, daß ihr Fremdlinge seid, doch ahnte ich nicht, so hochgestellte Besucher vor mir zu sehen! Wenn ich auch keine Schätze besitze, so verspreche ich doch den reichsten Lohn, wenn ihr meinem Töchterlein helft. Denn wenn der Tod sie mir entreißt, was nutzen mir dann Gold und Edelsteine!«

»Du dauerst mich, du armer Mann«, versetzte Maraye nach einer kurzen Zeit des Nachdenkens, »darum will ich gern versuchen, ob mir nicht auch hier gelingt, was ich in Ramsesstadt schon manches Mal vollbrachte, nämlich einen jungen Menschen aus den Klauen der tödlichen Seuche zu erretten. Verschaffe uns dazu jedoch den besten aller Weine, denn wie das Feuer Wasser haßt und der Verbrecher Furcht vor dem Gesetz empfindet, so weicht die Krankheit vor dem edlen Heilmittel aus Reben und ihre Kraft schwindet mit jedem Schluck dahin wie Salz im Maul eines Ochsen.«

»Alles soll sogleich geschehen, wie du wünschst, du edler Meister der Heilkunst!« rief der Wirt und wischte sich den Schweiß von seinem fettigen Gesicht. »Sage mir, wie ich dir helfen kann. Rettest du mein Kind, wird meine Dankbarkeit niemals enden!«

»Du täuschst dich, Wirt, wenn du vermeinst, daß du dabei sein darfst, wenn ich im Körper deiner Tochter gegen ihre Krankheit kämpfe«, sagte Maraye voller Würde. »Was ich in den geheimen Tempelschulen lernte, ist zu heilig, als daß ich gewöhnliche Menschen darin einweihen dürfte. Ich muß in einem verschlossenen Raum beten und deine Tochter ohne Zeugen behandeln; selbst die Kranke darf mir dabei nicht zusehen, sondern ich muß ihre Augen verbinden. Ich kann dir nur soviel verraten, daß ich ihre Haut mit Arzneien einreiben und ihren Leib danach mit göttlichen Säften erfüllen werde. Bewirte indessen meine Gefährten!«

Danach verschwand Maraye mit dem Mädchen, dem er Mut zusprach, so daß es nicht mehr zitterte, sondern sich voller Vertrauen an ihn schmiegte, in einem Nebenraum. Wir mußten sehr an uns halten, nicht in Gelächter auszubrechen, während der Wirt große Krüge des besten Weins auf den Tisch stellte, die wir kaum zu leeren vermochten. Dazwischen rannte er immer wieder zur Tür der Kammer, hinter der Maraye als falscher Arzt die Behandlung des Mädchens vollzog. Sie dauerte ziemlich lange, und als der junge Libyer schließlich wieder aus dem Zimmer trat, atmete er schwer und seine Stirn war schweißbedeckt. Der Libyer sah wirklich aus wie ein Mann, der sich nach Kräften bemüht hat. Er wehrte den Ansturm des Wirts mit ruhiger Gebärde ab und meldete nicht ohne Stolz mit leiser Stimme: »Nicht Tod, sondern Leben wird in dein Haus treten, Freund, denn ich kam gerade zur rechten Zeit. Jetzt ist deine Tochter jedoch sehr ermattet. Sie muß bis zum Abend ruhen. Wir aber wollen weiterziehen, denn noch viele andere Kranke warten auf unsere Hilfe.«

Der Gastwirt sank auf die Knie, aber sogleich siegte schon wieder sein Geiz, und er rief, während er die Hände unseres Gefährten küßte: »Ach, ihr ahnt nicht, wie dankbar ich euch bin, ihr weisen Diener des Pharao. Wie gern wollte ich euch alle Schätze Ägyptens für eure Güte vermachen! Allein, ich besitze nicht mehr, als ich an meinem Leib trage, denn in solchen Zeiten mästet sich kein Gastwirt, und die Schenken stehen leer. Nehmt aber den Druck meiner Hände und den Kuß meiner Lippen als Dank und wisset, daß ich zu den Göttern beten und euch Heil erflehen werde!«

Wir hatten es nun eilig, ungeschoren davonzukommen, und Maraye antwortete großzügig: »Mache dir ob deiner Armut keine Gedanken, mein Freund! Wisse, daß uns deine Dankbarkeit, und mehr noch die deiner Tochter, überreich entlohnte. Denn wir streben nicht nach Gold, sondern nach Wissen!« Dabei versuchten wir die Hände des Wirts von unseren Gewändern zu lösen, als sich die Tür zur Straße öffnete und Diomedes eintrat. »Ach, hier seid ihr«, sagte er, »in zwanzig Schenken habe ich euch schon gesucht. Es ist ein Bote gekommen, Aras, der dich zu sprechen wünscht.«

»Gehörst du auch zu diesen großzügigen Weisen?« fragte der Wirt ehrerbietig, während sich mir die Nackenhaare sträubten, denn ich ahnte Schlimmes. »Großzügig? Weise?« fragte der König von Argos lächelnd, »das kommt darauf an, was du damit meinst. Großzügig sind wir, was das Verteilen schmerzhafter Hiebe betrifft, und weise hauptsächlich mit Schwert und Schild, so wie es wackeren Kriegern gebührt!«

»Kriegern?« fragte der Wirt verständnislos. »Seid ihr nicht Ärzte des Pharao, zum Schutz gegen die tödliche Seuche des Südens gesandt?«

Bias, Maraye und ich versuchten nun langsam, der Tür näherzukommen, während Diomedes schallend lachte:»Ärzte des Pharao? Was haben dir meine Gefährten denn da für Märchen erzählt? Tapfere Krieger und weitgereiste Männer sind sie wohl, aber Ärzte! Das könnten sie höchstens behauptet haben, um besseren Wein von dir zu erhalten oder bei einem hübschen Mädchen Eindruck zu machen!«

Da schoß dem Wirt das Blut ins Gesicht; er erkannte, daß er betrogen worden war, und schrie mit sich überschlagender Stimme:»Diebe! Mörder! Das sollt ihr mit dem Leben büßen! Wo ist die Hündin, die mir solche Schande brachte?« Fluchend und vor Wut brüllend rannte er zu der noch immer verschlossenen Kammer und trat die Tür mit den Füßen ein. Drinnen hörten wir ihn schelten:»Du Närrin! Betrügern bist du aufgesessen! Was hat der Schurke mit dir gemacht? Sprich, bevor ich die Worte aus dir herauspeitsche!«

»Ich weiß es doch nicht«, wimmerte das Mädchen erschrocken,»er hat mir doch die Augen verbunden! Dann sagte er, daß er mir einen Einlauf machen müsse, und diese Behandlung hat auch wirklich wohlgetan. Zum Schluß rieb er mich mit einer seltsamen Arznei ein; sieh doch, die Flecken sind verschwunden!«

»Wohlgetan«, eiferte der genasführte Wirt,»wohlgetan, das glaube ich, du Törin, aber ihm noch wohler als dir! Die Götter allein wissen, mit welchem Betrug er dir die Flecken verschaffte, es mag wohl schwarzes Pech gewesen sein, und die Arznei wohl nichts anderes als Butter aus der Küche, womit man solche Spuren gemeinhin beseitigt, wie jede Hausfrau weiß!« Dann stürzte er aus der Kammer wie ein zorniger Löwe und sah Bias mit zwei Krügen schon auf die Straße verschwinden, während Maraye gerade erst der Tür zustrebte.

Mit dem tiefen Gebrüll eines gereizten Stiers packte der Gastwirt nun ein großes Fleischhauermesser und stürzte mit mächtigem Anlauf auf den Libyer zu. Maraye tat so, als ob er den Angreifer nicht bemerkte. Erst als ich ihm schon eine Warnung zurufen wollte, trat der Libyer plötzlich schnell einen Schritt zur Seite. Sein Verfolger, der geglaubt hatte, er könne sein Opfer überraschen, rannte durch den Schwung seines Laufes nun an seinem Gegner vorbei und durch die offenstehende Tür, die Bias im gleichen Moment jedoch gelassen mit dem Fuß zustieß, so daß der Wirt mit dem blanken Schädel gegen die Bretter prallte und stöhnend niedersank.

Gemessenen Schrittes verließen wir nun die Schenke, unbehelligt von den anderen Gästen, die zurückzuhalten allein der Anblick des Diomedes genügte. Draußen lachten wir, bis uns die Tränen kamen. Als wir Diomedes erzählten, was geschehen war, mußte auch der König von Argos schmunzeln; er sagte:»Nun, es ist zwar wahrer Helden wenig würdig, einen Narren derart zu betrügen. Doch immerhin bringt diese Sache auch für den Verlierer Gutes. Denn wie ich unseren Maraye kenne, wird jener Wirt noch dieses Jahr mit einem Enkelkind gesegnet sein, das ihm einmal sehr nützlich werden dürfte, sofern es die Verschlagenheit und Schlauheit seines Vaters erbt.«

Da lachten wir wieder, setzten uns auf die Hafenmauer und tranken Wein, als plötzlich, wie aus dem Stein gewachsen, ein alter Mann vor uns stand und Diomedes zu mir sagte: »Hier ist der Grund, weshalb ich nach dir suchte, Aras. Dieser Mann ist von Prinzessin Esenofre gesandt und beauftragt, dich sogleich zu ihr zu führen.«

»Esenofre?« fragte ich, und meine Fröhlichkeit wich einer seltsamen Beklemmung. Ich musterte den Alten und dachte, daß ich mich also doch nicht getäuscht hatte, als ich durch die Schleier der kostbaren Sänfte spähte. »Die Gattin Merenptahs weilt in Theben?«

»So ist es, Jüngling«, antwortete der Fremde. »Sie reiste hierher, um den Göttern ihrer Heimat zu opfern; denn ihre Familie stammt aus dem Oberen Reich. Sie hat dich gesehen, Achäer, und mich zu dir geschickt, damit du mir sogleich nachfolgen sollst, allein und ohne Waffen.«

»Allein?« fragte ich, und Mißtrauen stieg in mir hoch. »Ohne Waffen? Ist nicht auch Diomedes geladen? Was planst du für ein Spiel, Ägypter? Ich denke nicht daran, mich von meinen Gefährten weglocken zu lassen, von einem Fremden, von dem ich nicht weiß, wohin er mich führt.«

»Vergiß nicht, daß es die Gemahlin Merenptahs ist, die dir das gebietet!« sagte der Alte mit drohend erhobener Stimme. »Was maßt du dir an, Achäer, der edlen Prinzessin und ihrem obersten Diener zu mißtrauen! Auf, verliere keine Zeit, damit du nicht für dein Säumen mit Peitschenhieben bestraft wirst!«

Diomedes schwieg zu diesen Worten, so ungebührlich sie in seinen Ohren klingen mußten. Denn er wünschte wohl, daß ich mich allein entschied, was ich zu tun gedachte. Er schien gekränkt, weil ich noch immer Furcht davor empfand, ihm die Wahrheit über den Inhalt meiner Fieberträume zu sagen. Ich antwortete dem Boten: »Wer bist du, daß du mir befehlen willst? Dort steht mein Herr, der König von Argos, der mir als einziger gebietet. Du magst meinethalben nun also zurückkehren und deiner Fürstin sagen, daß ich mich nicht allein und schutzlos einem Fremden anvertraue!«

Da geriet der Diener Esenofres in Wut und rief: »Oh, du verstockter achäischer Hund, der du die Hand beißt, die dich füttern will! Wenn du wüßtest, welche Nachricht dich erwartet, würdest du den Stolz begraben; Schmerz und Verzweiflung würden deine Hoffart hinwegspülen!«

Als ihm diese Worte entfahren waren, biß er sich schnell auf die Lippen, aber es war zu spät. In meinem Körper verbreitete sich ein Gefühl großer Kälte, als ob ich nach einer schweißtreibenden Wanderung schutzlos dem kühlen Wind eines hohen Berggipfels ausgesetzt wäre. Ich packte den Alten an seinem Gewand und herrschte ihn an:

»Was sind das für Nachrichten, die du mir verschweigst? Was soll mich schmerzen und verzweifelt machen? Heraus damit, ich will nicht länger warten! Sagst du mir nicht auf der Stelle, was du weißt, so zerschlage ich dir alle Knochen, und stehst du noch so hoch im Dienst der Prinzessin!«

»Dort werde« ich nicht mehr lange sein, wenn ich dir jetzt verrate, wovon sie dir nur selbst berichten will«, wimmerte der Alte in Todesangst. Ich drückte ihm mit beiden Daumen auf die Kehle, daß seine Augen weit aus ihren Höhlen traten. Er röchelte, dann schrie er schließlich halberstickt: »Halt! Laß mich los, du Unglücklicher! Einmal mußt du es ja doch erfahren. Die Nachricht, die dir Esenofre geben will, handelt von deiner Gemahlin, die du vor mehr als einem Jahr in Ramsesstadt zurückgelassen hast.«

»Hermione?« schrie ich voller Qual. »Was ist mit ihr? Sprich, was ist geschehen?« Dabei drückte ich noch fester zu.

»Laß mich leben«, röchelte der Alte; sein Gesicht war purpurrot und schweißbedeckt. »Ich trage keine Schuld an deinem Unglück. Hermione, die stets eine gute Freundin meiner Herrin war, sie starb . . . das aber sollte ich verschweigen, bis du selbst bei Esenofre warst . . . die Götter mögen mir verzeihen, daß ich aus Todesangst diesen Befehl mißachtet habe.«

»Tot!« schrie ich voller Entsetzen. Die Welt um mich schien zu erstarren wie auch mein eigener Körper, und ich merkte nicht, daß meine Hände sich immer enger um den Hals meines Opfers schlossen, bis sie schließlich seine Kehle zerbrachen. Um mich entstand eine große Leere, in die ich tauchte wie ein Kieselstein in das Meer. Ich sah weit draußen auf dem Fluß ein kleines Boot mit zwei Segeln vor der Sonne fahren, in dem ein ungewöhnlich dicker Mann saß, und einen riesigen Vogel mit weißen Schwingen, der langsam dem Himmel entgegenschwebte. Ich fühlte mein Inneres verbrannt wie die Asche des Herdes und kalt wie Steine am Grund eines Baches, der in schattiger Schlucht ohne Sonne dahinfließt. Ich spürte weder Schmerz noch Tränen – sie flossen erst später. In diesem Augenblick empfand ich keine Trauer, denn meine Gefühle waren gefroren und leblos wie die Wellen eines winterlichen Weihers.

Erst nach schier endloser Zeit spürte ich die Hände meiner Gefährten, die an mir zerrten. Nur Diomedes besaß genügend Kraft, mich von meinem toten Opfer loszureißen. Die Gefährten versteckten den Erwürgten im Uferschilf, mich aber brachten sie noch in derselben Stunde heimlich auf das Schiff, das am nächsten Morgen die Taue vom Ufer löste. Was in den folgenden Tagen und Monden geschah, habe ich erst später erfahren.

4 »Du warst die erste Frau, die ich liebte, Hermione; wie leichtfertig gab ich dich auf! Schön war jeder Augenblick mit dir; auf wieviele habe ich töricht verzichtet! Unwiderbringlich verloren ist unser Glück; nie wieder werde ich deine Arme spüren. Allein und in der Fremde mußtest du sterben, Hermione, einsam unter den Menschen und fern von mir. Hätte ich dich doch niemals verlassen!

Zerbrochen ist das irdene Gefäß, das deine Seele bewohnte, die jetzt wohl nach dem Ratschluß des Himmels zu den Sternen eilte. Verloren ist deine Schönheit, die mich so oft entzückte, und die Erinnerung an sie bringt keinen Trost, sondern nur Schmerzen. Zerstört sind alle Hoffnungen, die uns verbanden, und nichts wird in Erfüllung gehen von dem, was ich für dich plante. Wäre ich doch niemals von dir gegangen!

Verzweifelt läßt du mich zurück, Hermione. Das Leben bereitet mir keine Freude mehr, und ich sehne mich nach dem Tod. Wüßte ich, wo ich dich wiederfinden könnte, ich wollte jeden Pfad beschreiten, jeden Grat erklimmen, jeden See durchqueren, nicht Sumpf noch Wüste scheuen, das wilde Meer so wenig fürchten wie die Mauern der höchsten Gebirge, nicht wilden Tieren noch den stärksten Kriegern weichen. Grausam ist es zu wissen, daß ich dich niemals wiedersehen werde, denn vor dem Tod erlischt jede irdische Macht. Warum bin ich nicht bei dir geblieben!«

So grübelte ich und haßte Himmel und Erde, am meisten aber mich selbst, denn ich allein trug die Schuld an diesem Verhängnis. Mit meinen eigenen Händen hatte ich die kostbare Schale unserer Liebe zerbrochen, weil ich unreif und unwissend war wie ein Narr.

»Ja, ein Narr bin ich gewesen, Hermione, und die schmerzvolle Weisheit des Unglücks kommt für mich zu spät. So vieles hast du mir gegeben, und so wenig erhieltst du von mir! Die Erinnerung an dich ist wie eine schwärende Wunde in meinem Herzen. Kein Arzt kann sie heilen, und selbst die Zeit wird meinen Kummer nicht lindern. Ich habe in meiner Liebe zu dir versagt und verschenkt, was mein Glück war.

Nun gibt es keine Brücke mehr zwischen uns, Hermione; der Abgrund der Ewigkeit trennt uns für immer. Kein Wort vereint unsere Seelen mehr, ja nicht einmal ein Gedanke, der mehr als Sehnsucht wäre. Könnte ich noch ein einziges Mal in deine Augen sehen, deinem Flüstern lauschen und den Druck deiner Hände spüren! Aber ich verdiente so ein Wunder nicht, hätte selbst der Tod einmal Mitleid.«

So dachte ich und haderte mit meinem Schicksal, während wir nilabwärts schwammen, einer Zukunft entgegen, an der mir nichts lag, weiter und immer weiter im wüsten Strudel der Zeit, in dem es keine Umkehr gibt. Wieviele Tage und Nächte ich schweigend verharrte, das nasse Gesicht dem Wind und den zitternden Sternen zugewandt, weiß ich nicht mehr. Erst später erfuhr ich, daß meine Gefährten mich abwechselnd bewachten, weil sie befürchteten, ich könnte mich aus Verzweiflung in die Wellen stürzen; tatsächlich habe ich mehr als einmal an diesen Ausweg gedacht. Dann aber spürte ich jedesmal die schwere Hand des Diomedes auf meiner Schulter. Bias und Maraye flößten mir mit sanfter Gewalt Nahrung ein, denn ich verspürte weder Hunger noch Durst.

Ich merkte auch nichts von dem, was während dieser Zeit um mich geschah, obwohl es wunderliche Dinge waren. Mitten in der Erntezeit, als wir schon kurz vor Memphis waren, verdunkelten plötzlich riesige Schwärme von Heuschrecken den Himmel, fraßen Weiden und Felder kahl und brachten Hunger und Not unter Tiere und Menschen. Und schließlich verschwand, wie Baltasarzan vorausgesagt hatte, mitten am Tag die Sonne vom Firmament, so daß eine schreckliche Finsternis hereinbrach und unsere ägyptischen Seeleute heulend auf den Bäuchen lagen. Mir aber bedeuteten diese Ereignisse nicht mehr als der Schmutz unter meinen Sohlen, und ich schwieg über das, was ich wußte.

Für den Schmerz der Seele ist jeder Tag ein besserer Arzt als der vorangegangene, und schließlich begann die Wunde in meinem Herzen zu heilen. Neben der Spur, die der Tod meiner Eltern dort hinterlassen hatte, bildete sich nun eine zweite Narbe. Oftmals brach sie wieder auf, so daß ich zu rasen begann und die Gefährten mich nur mit Mühe bändigen konnten. Aber allmählich wuchsen ihre Ränder immer fester zusammen, und ich erkannte vor meinen Augen allmählich wieder das ernste Antlitz des Diomedes, das blasse Gesicht des Bias und das heitere des Maraye, die mich aufmuntern wollten. Ich merkte wieder, wo ich mich befand, und meine Gedanken enthoben sich dem Abgrund wühlenden Schmerzes. Und endlich vermochte ich auch den zweiten Teil jenes Orakels zu enträtseln, das mir Kalchas einst vor Troja gab. Darum begann ich auf dem Vorschiff zu beten, während die Ägypter furchtsam vor mir zurückwichen, und rief schließlich Diomedes zu mir.

Der König von Argos umfaßte meine Handgelenke wie ein Vater. Mit ruhiger Würde setzte er sich neben mich und blickte mich lange an. Er sprach kein Wort, obwohl ihn gewiß viele Fragen bedrängten, und forderte mich auch nicht auf, daß ich mein Schweigen brechen solle. So dauerte es lange Zeit, bis ich mich endlich faßte, ihm in die Augen sah und sagte:

»Mein Glück ist nun dahin, Diomedes, und es gibt nichts mehr, was mich ans Leben bindet. Kein Schmerz kann mich noch schrecken, und ich fürchte nichts. Darum sollst du jetzt endlich die Wahrheit erfahren, die ich vor Troja verschwieg. Du magst mich bestrafen oder verachten, verstoßen oder vernichten – ich verlange von dir nichts außer deinem Ohr für die Zeit, in der ich meine Seele öffnen werde.«

Diomedes gab keine Antwort; seine mächtigen Hände lagen ruhig auf den gescheuerten Planken des Schiffes. Ein Sonnenstrahl gleißte auf seinem silbernen Ring und brach sich im Griff seines Schwertes. Ich fuhr leise fort:

»Drei Dinge sind es, die ich dir stets verheimlicht habe, weil ich Angst davor hatte, sie einzugestehen. Jetzt aber will ich sie dir nennen. Das erste ist das Geheimnis meiner Geburt, das zweite ist das Geheimnis meiner Erziehung, das dritte schließlich das Geheimnis des Fluchs, der mich verfolgt und alle, die mir nahestehen.

Wisse also zunächst, daß ich zwar der Sohn eines Königs bin, wie ich dir damals vor Troja erzählte. Dennoch liegt über meiner Geburt etwas Dunkles, das ich noch nicht zu erhellen vermochte. Nicht nur, weil ich weder meinem Vater noch meiner Mutter und am wenigsten meiner Schwester Baril ähnelte. Sondern weil Baril beim Abschied zu mir sagte:›Ich weiß etwas von deiner Geburt, das dein Leben bestimmen wird, und darf es dir jetzt noch nicht sagen, weil ich dir sonst mehr schaden als nützen würde.‹ Darum scheute ich lange Zeit davor zurück, dieses Rätsel zu lösen, von dem auch Kalchas ahnte. In den Kämpfenden Wäldern traf ich einen Magier; sein Name war Baltasarzan, er kannte meinen Vater, meinen Stamm und seine Gebräuche, als wäre er einer von uns. Woher er dieses Wissen besaß, verriet er mir nicht; aber er sagte:›Du hast es noch nicht vollbracht, deine Herkunft zu enträtseln, und auch die Sohnespflicht an deinem toten Vater nicht erfüllt.‹ Das also sind die beiden Aufgaben, die ich bewältigen muß, bevor der Fluch sich von mir lösen kann.«

»Hast du mir aber vor Troja nicht erzählt, du habest den Mörder deines Vaters schon gerichtet?« fragte Diomedes erstaunt.

»Das dachte ich zu jener Zeit«, gab ich zur Antwort, »doch in Wirklichkeit war meine Tat kein rechtmäßiges Rachewerk, sondern verbrecherischer Mord. Der Mann, den ich treffen wollte, war Pithunna, ein König der Kaschkäer, die mein Volk vernichtet hatten. Den ich jedoch auf Tauris tötete, das war ein anderer, dem ersten ähnlich, denn sie waren Brüder. So meuchelte ich statt des Mörders einen Unschuldigen, der überdies ein heiliger Mann war; er hieß Chuzzija. Das habe ich aber erst viele Jahre später erfahren, in unserem Gespräch mit Kerikkaili auf Zypern, jenem schwarzgepanzerten Hethiter, an den du dich gewiß erinnern wirst.«

»In der Tat«, sprach Diomedes, »denn er kämpfte nicht nur wie ein Held, sondern starb auch als solcher. Ich merkte damals, daß du sehr erschüttert warst, dachte jedoch, dich rührte jene Tapferkeit, mit der Kerikkaili zu den Schatten ging. Erst auf der Weiterfahrt ins Nilland habe ich erkannt, daß es noch mehr sein mußte, was dein Herz so quälte.«

»Damals enthüllte sich vor mir der erste Teil des Zukunftsspruchs, den Kalchas mir vor Troja gab«, berichtete ich. »Der Seher sagte mir von einem Krieger, der eine Schlange erschlug; doch als die Viper tot vor seinen Füßen lag, verwandelte sie sich in ein Lamm. So ist auch das Opfer meiner Rache in Wahrheit unschuldig gewesen. Das zweite aber, das Kalchas erkannte, war ein reicher Kaufmann, der einen Bettler speiste; kaum hatte dieser die Nahrung zu sich genommen, als sein Gesicht sich schwarz verfärbte und er mit schaumbedeckten Lippen starb. So bin auch ich ein Mann, der nur Unglück bringt, selbst wenn er Gutes tun will. Hat nicht alle, die ich liebte und verehrte, das schlimmste Schicksal ereilt? Auch du, Diomedes, mußt, seit du mich aufgenommen hast, unter dem schrecklichen Fluch leiden, den die Götter auf mich schleuderten.

Als drittes Götterzeichen sah Kalchas in seinem Traum einen Bauern, der am Feldrand sein Saatgut verbrannte, um sich die Hände zu wärmen. Die Bedeutung dieses Orakels habe ich noch nicht enträtselt. Vielleicht wird das mir gelingen, wenn ich meine Herkunft kenne, und diese zu erforschen, hat mir wie Kalchas nun auch Baltasarzan aufgetragen.«

»Warum aber«, fragte der König von Argos, »haben sich so weise Männer deiner angenommen? Wie konntest du, gefangen von den Schwarzverbrannten, überhaupt zu jenem Magier dringen, um ihn zu befragen?«

»Dadurch, daß ich einst selbst die Zauberkunst erlernte«, sagte ich, »und das ist das dritte Geheimnis, das ich dir jetzt enthülle.«

Da versteinerte sich das Antlitz des Diomedes; seine Augen begannen wie Kohlen zu glühen, und ich erkannte jetzt, wie gut ich damals vor Troja getan hatte, dieses Erlebnis vorerst zu verschweigen. Denn der Haß des Tydeussohns gegen die finsteren Mächte wurzelte so tief, daß er mich damals, als er mich noch kaum kannte, wohl ohne Zögern niedergehauen hätte. Jetzt aber, wo uns schon soviel verband, hielt er seine Hand vom Schwertgriff zurück, fand seine Beherrschung wieder und sagte mit gepreßter Stimme:»Erzähle mir davon, du brauchst keine Angst zu haben, soviel Schlimmes du auch schon getan haben magst!«

»Ich bin nicht sehr weit in die Reiche des Übersinnlichen vorgestoßen«, fuhr ich rasch fort,»denn ich war damals noch ein Knabe. Dennoch lernte ich manche geheimen Künste. Mein Lehrer war der Sohn jenes Mannes, der mich damals als Sklaven kaufte und den ich dir als einen Händler aus Tauris schilderte. Nun, in Wahrheit ist dieser Mann ein Zauberer aus altem kretischem Geschlecht gewesen, und gegen meinen Wunsch und Willen lernte ich, wie sich die Magier in allen Ländern mit geheimen Zeichen unterhalten. Ich weiß, wie man Wasser in Blut verwandelt und Männer zum Einschlafen bringt, indem man einen Stein vor ihren Augen pendeln läßt. Das aber sind nur harmlose Spiele, verglichen mit dem, was wahre Zauberer vermögen.«

Diomedes schwieg lange; ich merkte, wie in seinem Herzen Güte und Verachtung kämpften. Dann aber siegte sein Heldentum, er faßt mich an den Schultern und sagte:

»Ich bin dein Gefährte, Aras, und freue mich, daß du mir endlich deine geheimsten Gedanken anvertraut hast. Darum will ich dir weiter meinen Schutz leihen. Im übrigen halte ich es auch für sehr gut möglich, daß du diese Abenteuer nicht wirklich erlebt, sondern erträumt hast, in Zeiten großer Anstrengungen oder eines Fieberwahns. Hast du doch trotz deiner Jugend schon soviel Schlimmes erdulden müssen! Versprich mir aber, abzulassen von solchen verbotenen Künsten, falls du sie wirklich beherrschst; denn ich hasse und verachte sie, weil sie die Menschen verwirren und zum Bösen verleiten. Vermesse dich niemals zu tun, was allein den Göttern vorbehalten ist, damit meine Frömmigkeit mich nicht eines Tages zwingt, das Schwert gegen dich, meinen liebsten Gefährten, zu erheben.«

»Deine Freundschaft, Diomedes, ist das einzige, was mir noch etwas bedeutet«, gab ich zur Antwort.»Ich wünschte, sie möge immer bestehen. Vergiß aber nicht, daß wir alle nur Spielsteine von Mächten sind, die wir oft nicht zu erkennen vermögen, so daß der Schein oft trügt und mancher zu Taten gezwungen ist, die nicht seinem eigenen Willen, sondern dem Plan eines undurchschaubaren Schicksals entstammen.«

»Die Götter wollen, daß Menschen irren«, sprach Diomedes darauf, und ein flüchtiges Lächeln zerteilte sein Antlitz.»Als Jüngling, der du noch bist, brauchst du mir nicht zu erklären, daß man auf den ersten Blick oft Falsches sieht, so wie in den Schatten hinter dem Feuer, wo das harmlose Spiel kindlicher Finger an der hellen Wand oft die schrecklichsten Ungeheuer hervorbringt. Ich bin ja selber oft genug solchen Truggebilden erlegen. Ist nicht sogar mein Orakel auf Delos Täuschung gewesen? Nun weiß ich auch, was jener Traum bedeuten sollte, den mir die Himmlischen auf Zypern sandten. Ich habe dir erzählt, daß mir damals mein Vater Tydeus erschien, mit dem Schlangenmesser des Bias im Gürtel. Damals glaubte ich, dies sei ein göttliches Zeichen für mich, den Wunsch des Bias zu erfüllen und mit ihm nach Ägypten zu ziehen. Jetzt aber erkenne ich, daß ich mich irrte. Denn das verfluchte Messer deutete nicht auf Bias, sondern es war nichts anderes als ein Sinnbild der Rache, die ich für dich vollziehen soll; dies ist die nächste Aufgabe, die mir die Götter stellen.«

Ich atmete tief, denn jetzt wußte ich, daß ich jenen Mann endgültig zum Gefährten gewonnen hatte, der als einziger die Kraft besaß, mir bei meinem Rachewerk zu helfen. »Wer«, dachte ich, »könnte dem Schwert des Diomedes widerstehen, der mich sogar aus den Händen der Schwarzverbrannten zu befreien vermochte?« Der König von Argos fuhr fort:

»Reiche mir deinen Arm, Aras, von nun an bist du mein Bruder, wie es einst Sthenelos war. Ich werde dein Schild und dein Schwert sein, so wie du für mich. Ich will durch alle Länder ziehen, um die Pflicht deiner Rache mit dir zu erfüllen, und um deine Herkunft zu enträtseln, bis wir das hohe Ziel erreichen und die Götter mir neue Wege weisen. Das gelobe ich dir, wie ich einst auch dem edlen Sesostris gelobte, ihm den Rächer zu senden, den er selbst sich wünschte.«

Danach opferten wir auf dem schwankenden Vorschiff den Göttern einen kräftigen Stier, während wir weiter flußabwärts glitten, der Ramsesstadt und der Rache entgegen. In meine Lebenskette aber flocht ich einen Zahn des Opfertieres ein, zum Zeichen der Verpflichtung, die Diomedes und mich nun für alle Zeiten verband.

5

Bald lag auch Memphis hinter uns, und wir fuhren der Hauptstadt entgegen. In unsere Herzen zog Unruhe ein, wie sie einen Krieger am Vorabend einer Schlacht häufig befällt, wenn er an seine Ehre denkt, und an den Tod, der ihm bevorstehen mag, an das Leben seiner Gefährten und schließlich an jene, die zuhause auf ihn warten und ihm nahe stehen; wenn er inbrünstig zu den Göttern fleht, ihm den Sieg zu verleihen, und noch einmal erwägt, was ihn zu diesem Kampf getrieben hat; wenn er sich längst vergangener Gefechte entsinnt und der Männer, die an seiner Seite starben; wenn er schon vor langer Zeit besiegte Feinde vor sich sieht und alte Wunden von neuem spürt. So fühlten auch wir; unsere Worte wurden kürzer, unser Schweigen länger. In jedem Blick der Gefährten las ich die gleichen düsteren Gedanken: Daß die Zeit der Rache gekommen war und wir, die letzten Überlebenden der Schlacht im Tal der blutigen Wände, dem tückischen Prinz Merenptah für den Verrat an seinem Bruder Vergeltung bringen mußten.

Diomedes verbrachte viel Zeit damit, sein Schwert mit öligen Lappen zu putzen und an grauem Granitgestein zu schärfen, bis es, ins Wasser des Flusses gehalten, mit Leichtigkeit die wolligen Flocken zerschnitt, die neben dem Schiff dahertrieben. Bias und Maraye wetteiferten im Wurf mit dem Messer, und so kunstfertig der junge Libyer auch zielte, der blasse Achäer übertraf ihn doch ein um das andere Mal; denn Bias vermochte auf zwanzig

Schritte ein Tau zu durchschneiden, das um den Mast geschlungen war. Die ägyptischen Schiffsleute staunten sehr und wagten es nicht, uns nahe zu kommen. Wir fügten ihnen aber kein Unrecht zu, sondern Diomedes gab ihrem Herrn am Ende den als Preis für die Reise vereinbarten goldenen Armreif, den letzten, den der König von Argos besaß; denn den Betrug haßte Diomedes fast ebenso sehr wie die Feigheit.

Unter allen Bewohnern Ägyptens herrschten Wut und Erregung, denn die schrecklichen Plagen quälten Menschen und Tiere nun schon seit vielen Monden, und im Land des Nilstroms lebte kein Mann mehr, der nicht Weib oder Kind, Vater oder Mutter, Bruder oder Schwester zu betrauern hatte. Es gab kein Gehöft, auf dem nicht wenigstens die Hälfte aller Ochsen, Kühe, Ziegen, Schafe und Esel dahingesunken war. Die Scheuern standen leer, denn alles Korn war zur Beute der gefräßigen Heuschrecken geworden. Kahl oder öde lagen Wiesen und Äcker unter der Sonne, und in den Städten herrschte solche Not, daß viele ehrliche Bürger, die vorher keinen Bettler verjagt, keinen Steuereinnehmer betrogen und kein Gesetz übertreten hatten, über Nacht zu Verbrechern wurden, die sich die Hände mit Menschenblut besudelten, um ihre Kinder nicht verhungern sehen zu müssen. Darum hielten in allen Straßen Krieger des Pharao Wache, wobei wir erstaunt bemerkten, daß sie fast ausnahmslos aus Ägypten oder Nubien stammten, und sich unter ihnen nur wenige Libyer und Syrer befanden, während Achäer und Angehörige anderer Völker völlig fehlten. In den Tempeln brannte überreich Weihrauch zu Ehren der Götter und des Pharao.

Zu meinem Erstaunen schien niemand im Nilreich den Grund der schrecklichen Plagen zu ahnen und zu wissen, daß dieses Unheil als Strafe eines fernen Magiers für die Freveltaten Pharaos und seines Sohnes Merenptah gesandt war. Wir hörten vielmehr, daß die Ägypter glaubten, jenes Sklavenvolk, das sich die »Auserwählten« nannte, sei an allem schuld. Die Führer jener aufständischen Knechte, Moses und sein Bruder Aaron, sollten vor den Pharao getreten sein, um ihm zu sagen, daß ihr Gott, der »Einzige«, das Nilland nur dann retten werde, wenn der Pharao die »Auserwählten« aus seiner Knechtschaft entlasse.

Obwohl ich mit dem Magier Baltasarzan nicht über die Ramsessklaven gesprochen hatte, schien es mir nun, als handelten sie im Einvernehmen mit dem Unsterblichen. Später erfuhr ich, daß die drei Magier so schnell über die Erde zu reisen vermögen, daß jener Moses möglicherweise kein anderer als Baltasarzan selbst war, der die unglücklichen Ramsessklaven aus der Gewalt ihres Herrn befreite, so wie dieser Magier zuvor die Bewohner der Kämpfenden Wälder vor der Unterdrückung durch den Pharao bewahrte. Ramses hatte den »Auserwählten« daraufhin notgedrungen freien Abzug versprochen; er hoffte, dadurch weiteres Verderben abzuwenden, und wußte nicht, daß die Plagen ohnehin mit der Finsternis zu Ende gehen sollten. Als wir nach Pi-Ramesse kamen, lag der Auszug der Sklaven erst fünf Tage zurück, und der Pharao bereute offenbar inzwischen seinen Entschluß: Denn vor seinem Palast hatte sich die Heerschar des Sonnengottes Rê versammelt. Auf dem weiten Platz standen mehr als zweihundert Streitwagen wohlgeordnet in der Morgensonne, bespannt und mit gefechtsbereiten Kriegern besetzt. Im Thronsaal saß Ramses über Prinzen, Priestern und Heerführern; alle blickten überrascht auf, als Diomedes die Wächter zur Seite drängte und auf den Pharao zutrat.

Mehr noch als im Jahr zuvor, als ich Ramses zuletzt gesehen hatte, glich der König einem Gott. Seine Augen lagen tief unter fast haarlosen Brauen und sandten Blicke aus, die zu durchschauen schienen, was Sterblichen verborgen bleibt. Wie Klauen eines Löwen krallten sich die dürren Greisenfinger des Herrschers um die Zeichen seiner Macht. Seine gebogene Nase hob sich wie der Vordersteven eines Totenschiffs aus dem kühnen Gesicht, dessen Haut straffer gespannt war als Leder auf dem Schild eines Nubiers. Sein Mund, gewohnt, Großes zu sprechen, blieb geschlossen und stumm, als er uns sah.

Links neben ihm stand, mit dem Rücken zu uns, der verräterische Merenptah. Als er die Blicke der anderen bemerkte, flog sein Kopf zu uns herum, wie der Schädel der biegsamen Natter auf das angriffslustige Wiesel zuschnellt. Seine Augen funkelten, seine Brust hob und senkte sich hastig, und seine Rechte tastete nach dem Griff seines Schwertes. Wie der Prinz, konnte auch der Syrer Bai seine Überraschung nicht verbergen; sein glattes, bartloses Gesicht zeigte jedoch weder Angst noch Sorge, sondern er schaute uns entgegen, wie ein stattlicher Stier voller ruhiger Kraft den Rivalen erwartet. Den jungen Amenmesses konnten wir nirgends entdenken. Die anderen Höflinge verblaßten vor unseren Augen wie Sterne neben dem Mond, so daß ich mich an keinen von ihnen erinnere. Die schwerbewaffneten Wächter umstanden uns wie die Bäume des Waldes.

Ein hochgewachsener Mann in grünem, reichverziertem Gewand führte das Wort; seine Haltung und Stimme weckten eine unbestimmte Erinnerung in mir. »Darum behaupte ich, Pharao«, sagte er laut, »daß es nicht eine Sklavengottheit war, die unser Land so quälte, sondern ein fremder Zauberer, mit dem Seth schon seit langer Zeit in Fehde liegt, und den er bald samt seiner Freunde zerschmettern wird. Darum hole die entlaufenen Sklaven zurück, denn ihr Gott vermag dir nicht zu schaden! Aber beeile dich, denn wie ich höre, streben sie schon der undurchdringlichen Wüste entgegen.«

Jetzt erst bemerkte der grüngekleidete Mann, daß die anderen nicht auf seine Worte hörten, sondern uns anstarrten, als ob sie Tote wiedersähen. Er wandte sich ebenfalls um; im gleichen Moment erkannte ich die dreistrahlige Narbe auf seiner Wange und wußte, daß wir vor Kator standen, dem obersten Diener des Schlangengottes. Diomedes sprach mit hallender Stimme:

»Vom Rand der Weltenscheibe kehre ich zurück, zu künden, was dein Sohn Sesostris mir auftrug, Pharao, als ihm fern im Tal der blutigen Wände die Augen brachen. Verrat brachte den Prinzen um Ruhm und Leben, und wir sind seine Zeugen dafür!«

Im Thronsaal erhob sich nach diesen Worten sogleich ein wildes Durcheinander, wie im Nest der Honigbiene, wenn der naschhafte Bär mit gieriger Pranke nach schmackhaften Waben greift. Durch den Lärm drang Merenptahs wütender Ruf: »Ihr seid also noch am Leben, ihr Mörder, die ich längst tot und zu Staub zerfallen wähnte! Haltet sie fest, diese Verbrecher, die sich keck an ihre Richtstatt wagen! Dies sind die Männer, göttlicher Pharao, denen du das Unglück deines Feldzugs zuzuschreiben hast!«

Die Wächter wollten sich auf uns stürzen; wir zogen rasch unsere Waffen, da erklang der scharfe Ton des Königsstabs, den Ramses gegen die Lehne des goldenen Thrones schlug, und alle verstummten. In dem starren Antlitz des Pharao regte sich kein Muskel und erschrocken gewahrte ich, daß der Herrscher fast erblindet war. Seine Augen blickten durch uns hindurch, als sähe er uns nicht, und seine Hand streckte sich uns wie suchend entgegen. Dann ertönte seine Stimme, und sie war noch jetzt voller ungebrochener Kraft, als er sagte:

»Wer spricht da? Ist das nicht der Achäer, dessen Tod mir längst gemeldet wurde? Was ist die Botschaft, Diomedes, die du bringst, nachdem du anscheinend aus der Unterwelt zurückgekehrt bist? Man lasse den Achäer berichten; das Ohr des Pharao begehrt zu hören!«

Diomedes faßte den blutigen Merenptah kühl ins Auge, ertrug mit Ruhe dessen haßerfüllten Blick und sagte: »Schmerzlich ist es, dem Vater mitzuteilen, was den Sohn ums Leben brachte. Es mag dir jedoch ein Trost sein, Pharao, daß dein Sohn, der stärkste Held Ägyptens, nicht aus Schwäche starb; auch nicht durch Krankheit, Unglück oder eine verlorene Schlacht. Denn im Tal der blutigen Wände erstrahlte sein Ruhm wie der Abendstern in grauer Dämmerung. Nein, Pharao, dein Sohn Sesostris starb durch gemeinen Verrat, und es wird dich schmerzen zu hören, daß es dein anderer Sohn ist, Merenptah, der die Schuld an diesem Unheil trägt. Ja, seinem Bruder zu vertrauen, war des edlen Sesostris einziger Fehler auf diesem Feldzug; er kostete ihn das Leben.«

Ein Schrei der Entrüstung hallte durch den riesigen Saal. Merenptah rief mit gerötetem Antlitz: »Wie lange darf dieser Fremdling mich hier noch verleumden, mein Vater? Willst du, daß sich mein Ansehen in Asche verwandle? Erlaube mir, dem Frevler endlich den Mund zu stopfen und ihn der gerechten Strafe zuzuführen!«

Der Pharao hob erneut seinen Stab, so daß alle wieder schwiegen, und sprach: »Ich weiß noch gut, was du mir einst berichtet hast, mein Sohn, von jenem Unglück in den Wäldern; und alle anderen wissen es ebenso. Dennoch will ich zu Ende hören, was der Achäer zu sagen hat. Das Beil des Henkers wird ihn noch früh genug treffen.«

Ein Gefühl lähmender Angst kroch in mir hoch. Ich begann am ganzen Körper zu zittern und dachte: »Wie grausam müssen sich die Götter gegen uns verschworen haben, wenn wir nun hier als Angeklagte enden sollen, wo wir doch als Kläger kamen, um unser Gelübde zu erfüllen!« Auch Diomedes war überrascht, aber er fuhr unbeirrt fort:

»Du wirst die Wahrheit erkennen, König Ägyptens, wenn ich dir berichtet habe, was sich in der Schlacht, in der Sesostris starb, in Wahrheit zugetragen hat. Wisse, daß dein Sohn dem Scherden und mir den Schutz der Flanken befahl, Amenmesses aber in den Rücken der Feinde schickte, während er selbst in der Mitte zu fechten begehrte. Merenptah sollte sich verborgen halten, um auf dem Höhepunkt der Schlacht hervorzubrechen. Aber er zog sich heimlich zurück und ließ seinen Bruder ins Verderben ziehen. Damit hat er nicht nur Sesostris verraten, sondern auch dich, Pharao; denn hätte Merenptah nicht dieses Verbrechen begangen, hätten wir Punt und auch den Rand der Weltenscheibe deinem Reich hinzugefügt!«

Von neuem erklangen unter den Zuhörern Rufe des Zorns und der Entrüstung; Merenptah schrie in höchster Wut: »Das lügst du! Die Wahrheit verkehrst du, um deinen Kopf zu retten! Du selbst bist es doch gewesen, der Sesostris zu dieser Unglücksschlacht verleitete, und wir hätten gewiß gesiegt, wäre nicht unser Feldherr unter deinem Pfeil verblutet, den du ihm tückisch aus dem Hinterhalt zugesandt hast!«

Da lachte Diomedes, und es war ein grimmiges Lachen. »Ich selbst soll es gewesen sein, der deinen Bruder meuchelte?« sagte er dann. »Oh, du feiger Wurm, der du dich hinter den Schilden deiner Wächter verbirgst, anstatt mir offen entgegenzutreten! Wer ist es denn gewesen, der schon in diesem Saal, als es zum Aufbruch ging, Sesostris seine Feldherrnmacht beschneiden wollte, krank vor Neid und Eifersucht? Wer hat den Kundschaftern befohlen, dem Führer die wahre Anzahl der Feinde zu verheimlichen, damit er arglos in die Falle gehe? Wer war es schließlich, der dem jungen Amenmesses die gefälschte Botschaft sandte, damit er den Kampfplatz vorzeitig verlasse? Schekel und ich haben den Leichnam des toten Prinzen mit unseren Leibern gedeckt. Das mag als Beweis für meine Unschuld genügen!«

»Wie?« fragte der große Ramses. »Mit Trug und Lüge wäre Merenptah zum Mörder geworden? Falsche Kundschaft soll er dem eigenen Bruder vermittelt haben? Nie hat es Ähnliches unter den Prinzen Ägyptens gegeben!«

»Und nie hat jemand Ähnliches in diesem Saal behauptet!« mischte sich der Syrer Bai ein. »Unter jenen göttlichen Gaben, unvergleichlicher Pharao, die deinen ewigen Ruhm begründen, wird viel zu selten die Gnade deiner gütigen Geduld genannt, die du selbst noch Räubern und Mördern schenkst, bevor du über sie gerechtes Urteil sprichst. So möge uns denn auch dieser nichtswürdige Fremdling hier erklären, was er an Beweisen für seine Behauptungen zu besitzen vermeint.«

»Beweise?« fragte Diomedes erstaunt. »Ich selbst bin Zeuge jenes Schlachtplans gewesen, auf den sich der Verrat des Merenptah begründete, und auch mein Gefährte Aras hat alles mitangehört!«

»Das Wild will selbst zum Jäger werden«, lächelte der Syrer spöttisch, »und der Beklagte schwingt sich selbst zum Richter auf! Was sind das für Zeugen, die nur an das eine denken, nämlich wie sie ihren Hals aus der Schlinge ziehen können! Glaubst du, von solchen Männern die Wahrheit zu erfahren, Pharao? Habt ihr Achäer, außer euch selbst, noch einen einzigen Zeugen, dessen Wort uns etwas gelten könnte?«

»Ja«, rief ich schnell, »Amenmesses! Er war dabei, als wir mit Sesostris den Plan berieten. Aber ich kann ihn hier nicht entdecken.«

Da lachte der Syrer, zeigte mit dem Finger auf mich und rief: »Sie verraten sich selbst, die Achäer. Ausgerechnet Amenmesses anzurufen, wo doch jeder weiß, daß er schon seit drei Monden in der westlichen Wüste gegen die Libyer im Felde steht und nicht vor Jahresfrist zurückkehren wird! Aber freilich, der Lügner hat sich hier ja auch lange genug umgesehen, damit er sich nicht aus Versehen einen Zeugen wähle, der ihn auf der Stelle widerlegen könnte!«

»Du sprichst, als hättest du selbst den Verrat geplant, du lügnerischer Syrer!« entgegnete Diomedes erbittert. »Bist du nicht auch der engste Freund Prinz Merenptahs, dem der Tod des Sesostris als einzigem nützt, weil er ihn auf dem Weg zum Thron voranbringt? Jetzt entsinne ich mich auch eines Gespräches, das wir mit Sesostris und anderen Heerführern hatten, damals, in Theben, als offenbar wurde, daß Merenptah seinen Bruder schon früher einmal getäuscht und belogen hatte. Als er nämlich ihm und auch dir, Pharao, uns Achäer als frühere Kampfgefährten deines Sohnes Amenophis empfahl, den die Griechen Memnon nennen, und der in Wirklichkeit unser Feind gewesen ist.«

Im Antlitz des Königs rührte sich kein Muskel; der schlaue Bai aber rief triumphierend: »Jetzt ist es heraus! Ja, Feinde des edlen Amenophis waren sie, Pharao, Gegner dieses heldenhaften Prinzen, den du einst nach Troja schicktest. Uns gegenüber behaupteten diese Männer jedoch, sie seien Freunde des Amenophis gewesen. Wer weiß, wieviele Achäer Amenophis in seiner Tapferkeit vor der Stadt Troja erschlug, daß seine Feinde von damals jetzt sogar Meuchelmörder nach Ägypten entsandten, um sich an deinem Haus zu rächen! Vielleicht sind sogar Verwandte dieser Männer hier dem Schwert des Amenophis erlegen, weil sie Sesostris jetzt so zielstrebig Verderben brachten!«

Verblüfft stand Diomedes da. Endlich enthüllte sich uns das listige Spiel des blutigen Prinzen und seines syrischen Freundes um die königliche Macht. Jetzt wußte ich, warum uns Merenptah vor zwei Jahren plötzlich so freundlich aufgenommen hatte. Erbost rief ich aus:

»Niemand versteht die Wahrheit besser zu verdrehen als ein Syrer! Aus Fürsten macht er mit Worten Bettler, und Mörder wandelt er in Richter um! Es war sein Plan, uns auf den Feldzug nach Punt mitzuschicken, um uns danach als ränkevolle Rächer darzustellen und uns die Verantwortung für Merenptahs Verrat anlasten zu können.«

»Schweig, du Hund!« fuhr Merenptah dazwischen. »Dein Körper soll zerstückelt von der Mauer hängen, nachdem ich dich lebendig abgehäutet habe. Habt ihr mich nicht frech belogen, als ihr sagtet, ihr wärt die Kampfgenossen des Amenophis gewesen? Habt ihr Sesostris nicht die Wahrheit bis zum Schluß verheimlicht? Selbst wenn der junge Amenmesses jetzt zur Stelle wäre, er könnte seinem Pharao nichts anderes berichten!«

»Ja«, rief ich laut, »weil er an jenem Abend in Theben nicht zugegen war, als Diomedes Sesostris die Wahrheit über Troja und Memnon erzählte! Nur der alte Schekel und seine beiden Unterführer saßen damals mit uns bei Tisch; die Scherden sind alle tot, wie du gut weißt!«

»Tote Zeugen, stumme Beweise«, höhnte der Syrer, »wer wagte da zu widersprechen! Fein habt ihr das ausgeklügelt, Achäer; doch die Lüge kam ans Licht. Nun hast du wohl keinen Anlaß mehr, großmütiger Beherrscher Ägyptens, noch länger diese Mörder anzuhören.«

Der grünäugige Prinz forderte mit zorniger Stimme: »Wie lange dürfen diese Männer hier noch das Gift der Lüge verspritzen, göttlicher Pharao? Erspare mir die Demütigung, mich kläffenden Hunden entgegenzustellen zu müssen, die man besser von seinen Sklaven vertreiben ließe. Ich fordere Rache für meinen Bruder Sesostris!«

Da schlug der Pharao erneut seinen Stab gegen den Thron und sprach: »Ich habe euch geduldig angehört, Achäer, so schwer es mir auch fiel, nach dem Verlust des einen Sohnes hinzunehmen, daß der zweite so verleumdet wird. Ich habe auch dieses ertragen, denn der Richter spreche nicht das Urteil, ohne die Beklagten zu vernehmen. Ihr aber habt die Spur eures Verrats nicht verwischen können, die den geschärften Geist zum Versteck eurer Niedertracht führt. Ich habe dir Vertrauen geschenkt, Diomedes; dein Name sei verflucht, nun sollst du deinen Frevel mit dem Leben büßen.«

Ein eisiger Hauch strich mir über den Rücken, als ich diese Worte hörte und den Triumph in den Augen des Prinzen und seines syrischen Freundes aufblitzen sah. Ich bangte jedoch nicht nur um mein eigenes Leben, sondern noch mehr um das meines königlichen Gefährten; und mit Bestürzung dachte ich, wie schnell ehrliche Männer als Verräter verurteilt werden, und wie schwer es sein kann, das Vermächtnis eines Toten zu erfüllen, wenn es sich gegen Lebende richtet, die soviel Macht besitzen.

Doch Diomedes zeigte keine Angst. Er besaß ein so unerschütterliches Vertrauen zu seiner Schutzherrin Athene, die ja auch die Göttin der Gerechtigkeit ist, daß er unverzagt sagte:

»Mein Ägyptisch ist schlechter als das deines Sohnes, Pharao, und meine Zunge spricht längst nicht so glatt wie die deiner Ratgeber vor dem Thron. Wenn du falschen Worten glauben und deinen Stab über uns brechen willst, so magst du das getrost tun, denn mich bangt nicht vor dem Tod. Doch eines sage mir zuvor: Wenn wir die Mörder deines Sohnes waren, warum sind wir dann aus freiem Willen vor dein Angesicht zurückgekehrt, wo alle uns doch längst für tot hielten und uns niemand mehr nachgestellt hätte, wenn wir friedlich in unsere Heimat zurückgekehrt wären?«

Nachdenklich musterte der Pharao den Tydiden, und neue Hoffnung keimte in mir auf wie ein grünes Blatt am Strunk des längst verdorrt geglaubten Baumes. Aber der Syrer Bai sagte sogleich mit hinterhältigem Lächeln: »Darauf gibt es eine einfache Antwort, göttlicher Pharao. Diese Achäer haben wohl geglaubt, dich nach der Mordtat an Sesostris noch ein zweites Mal täuschen zu können. Sie wollten den Verdacht auf deinen Sohn Merenptah lenken, in der Hoffnung, daß du diesen dann im Jähzorn ohne weiteres Nachdenken hinrichten würdest! Dadurch hätten sie dich noch eines weiteren Kindes beraubt. Wahrlich, schlau und tückisch sind die Griechen. Wer weiß, wie sie noch in deinem Haus gewütet hätten, edler Pharao, hätte nicht Merenptah ihr Verbrechen aufgedeckt, wenn auch leider für Sesostris zu spät.«

»Betrug und Lüge herrschen im Ägypterland!« rief Diomedes nun empört und zog sein Schwert, um sich gegen die Wächter zu verteidigen, die nach einem Wink des Pharao von allen Seiten auf uns zueilten.

Da trat der blasse Bias vor, hielt sein Schlangenmesser in die Höhe und rief: »Halt, König! Strafe nicht diese unschuldigen Männer! Ich bin es, der Sesostris tötete und für seine Opfer Rache nahm!«

»Nein, Bias! Du lügst! Warum?« schrie Diomedes. Wieder hob Ramses seinen Stab, und alle verharrten auf ihren Plätzen. Der blasse Mann aber trat bis unter den Thron des Pharao, hob seinen fluchbeladenen Dolch zum Pharao empor und erklärte:

»Ja, König, aus Rache mordete ich deinen Sohn, weil er einst einen meiner Gefährten im Zorn so heftig schlug, daß sein Opfer starb. Sesostris war ein grausamer und ungerechter Herr! Diese Greueltat verübte er am Anfang unseres Feldzugs nach Süden. Darum brauchte ich nicht lange zu warten, bis sich Gelegenheit zur Rache bot. Ich habe bisher noch zu keinem darüber gesprochen, nun aber sollst du die Wahrheit erfahren!«

»Das ist nicht die Wahrheit! Kein Wort davon darfst du glauben, Pharao!« stieß Diomedes hervor. Der blasse Mann aber blickte uns schweigend an. Wieder erklang der Stab des Pharao, und dann hörten wir seine Stimme. Zum ersten Mal zitterte sie, wie auch der Stamm des stärksten Baumes im Sturmwind bebt, und der König sagte:

»Wegen eines toten Kriegers hast du den Erben Ägyptens gemeuchelt! Oh ihr Götter, wieviel Unheil sendet ihr zum Nil! Verwelken mußten die schönsten Blüten Ägyptens, verhungern die prächtigsten Tiere, sterben die edelsten Menschen, und ich verlor meinen Sohn aus einem so nichtigen Grund!«

»Ergreift die Achäer, Wachen!« ertönte nun schneidend Merenptahs Ruf, doch Bias heftete ruhig seine wasserhellen Augen auf unseren Gegner und sagte: »Hoffe nicht, mich töten zu können, blutiger Prinz! Die Schlange wird tun, was ich schon so lange ersehne.« Mit diesen Worten stieß sich der treue Gefährte das Messer bis zum Heft in den Hals, so daß sein Blut über den Schlangengriff strömte und er röchelnd zu Boden sank.

»Bias!« schrie Diomedes und stürzte nach vorne, zwischen den Wächtern hindurch, wie sich der starke Eber den Weg durch die Meute der Hetzhunde bahnt. Maraye und ich bemühten uns, ihm zu folgen, und ich erhaschte einen Blick des blutigen Merenptah, dessen Gesicht, wie die Miene des Syrers Bai, neue Besorgnis verriet. »Bias!« schrie Diomedes ein zweites Mal und warf sich auf den Gefährten, der sein Leben für das unsere gab. »Warum hast du das getan?« Der blasse Mann aber röchelte nur: »Die Schlange . . .«, und starb, mit der Spur eines Lächelns auf seinem bleichen Gesicht.

6 Trauer verzerrte die edlen Züge des Diomedes, als er seinen treuen Freund so jammervoll von Erden fahren sah. Im düsteren Gesicht des Bias aber, das vorher stets innere Anspannung und schwere Seelenqual verraten hatte, schien jetzt endlich Friede eingekehrt. Von neuem drangen die Wächter gegen uns vor, und ich rief voller Zorn:

»Die Schlange ist es, von der alles Unheil kommt! Sie will die Weltenscheibe umspannen und erstickt jeden, der sich ihr entgegenstellen will. Oh, würde das grausame Ungeheuer doch endlich vom Antlitz der Erde getilgt!«

So rief ich und wehrte mich mit aller Kraft gegen die Wächter, die uns zu Boden zu reißen versuchten. Doch plötzlich ließen die Bewaffneten von uns ab; ich fühlte den Blick eines Mannes auf mir, und als ich mich umdrehte, sah ich genau in die düsteren Augen des Priesters Kator, vor dem die Wächter scheu zurückgewichen waren.

»Jetzt erst erkenne ich dich, Jüngling«, sagte der Priester mit einer Stimme, die, obwohl sie leise war, noch in die fernsten Winkel des Saales zu dringen schien. »Warst du nicht jener Vorwitzige, der Seth das heilige Opfer im Tempel unter dem See mißgönnte?«

»Das heilige Opfer!« höhnte ich voller Schmerz um den Tod unseres Gefährten. »Was ich in deinem Tempel sah, war kein Opfer, sondern grausamer Mord! Wahrlich, Bias hatte recht, als er erzählte, daß der Schlangengott seinen Dienern am Ende stets das Leben abverlangt! Das einzige, was mich noch trösten kann, ist das Wissen, daß es auf Erden Mächtigere gibt als den unheilbringenden Geschuppten!«

»So?« fragte Kator höhnisch. »Glaubst du denn etwa, daß deine heidnischen Götter gegen Seth das Geringste vermögen?«

»Ich denke dabei nicht an Zeus und Athene«, versetzte ich trotzig, »sondern an Menschen, die fleischlich geboren wurden und dennoch Unsterbliche sind und mehr Gewalt besitzen als das Schreckenswesen, das du Gottheit nennst. Ich meine jene Männer, die dem Nilland schon seit vielen Monden diese Plagen senden. Ja, ich weiß, wer Schädlinge und Ungeziefer schickte, Blut aus Wasser werden ließ, Blattern und Pest ins Nilland brachte und die Finsternis verursachte, die eure Völker so verängstigt hat.«

Der Hohepriester blickte überrascht zum Pharao, dessen Gesicht jetzt höchste Anspannung verriet, und forderte mich auf: »Erzähle! Was hat sich dein Barbarenschädel ausgedacht, um uns zu täuschen?«

»Ich brauche mir nicht auszudenken, was man auf den kahlen Feldern sieht, im Haß der Menschen fühlt, und riechen kann im Rauch der Scheiterhaufen«, gab ich zur Antwort; »du selbst hast vorhin gemeint, es sei nicht der Gott der Auserwählten gewesen, der all dies Unheil nach Ägypten sandte. Offenbar kennst du, wie ich, den Zauberer, der Ägyptens Plagen bewirkte und mir auch deinen Namen verriet, Kator! Es ist jener Unsterbliche, der den Süden der Weltenscheibe bewacht: Baltasarzan!«

Da zuckte der Hohepriester wie unter einem Peitschenhieb zusammen und Ramses rief voller Erregung: »So ist es wahr, was du mir sagtest, Kator, und ich habe meine Sklaven ohne Grund davonziehen lassen.«

»Ja, in diesem Punkt spricht der Achäer die Wahrheit«, versetzte Kator, »schon als der Sklave Aaron seinen Stab zur Schlange werden ließ und wir das gleiche taten, seine Schlange aber die unseren verspeiste, sagte ich dir, daß uns ein Stärkerer entgegenstünde, als es der Gott eines Volkes von Dienern sein könnte. Ich kenne Baltasarzan wohl, er gehört zu Seths schlimmsten Feinden! Überlasse mir diese drei Männer, damit ich sie befrage und alles erfahre, was ihre Zunge mir noch verschweigt.«

Ramses schenkte diesen Worten jedoch kein Gehör, denn der Gedanke, betrogen worden zu sein, versetzte ihn in Wut und Raserei. Er erhob sich von seinem Thron, streckte mit zitternder Hand seinen Herrscherstab aus und rief:

»Frevler sind alle Fremden, Lügner und Betrüger alle, die nicht von einer ägyptischen Mutter geboren wurden und aus anderem Geschlechte stammen als die Söhne des Nil! Sie danken mir nicht die Güte, ihr gnädiger Schirmherr zu sein, sondern versuchen mich zu belügen und sich von meinem Antlitz zu schleichen. Strafen will ich jene, die mich so schamlos täuschten, vernichten alle, die in der Not des Nilreichs nur auf ihren eigenen Vorteil sinnen, so wie diebische Bettler das Haus ihres kranken Wohltäters plündern! Rasch, zu den Wagen! Keiner soll mir entkommen. Du aber, Merenptah, binde die Führer der Sklaven an deine Achsen und schleife sie zurück vor meinen Thron!«

»Willst du zuvor nicht jene strafen, die deinen Heldensohn ermordeten?« rief Bai, und Merenptah fügte hinzu: »Die Sklaven werden mir nicht entkommen. Schrecklicher als ihr Verbrechen ist jedoch das der Achäer!«

Aber der Pharao schleuderte seinem Sohn in glühendem Zorn seinen goldenen Stab vor die Füße und schrie: »Der Pharao Ägyptens weiß allein, was seine Pflicht gebietet! Wollt ihr mich etwa belehren? Der Mörder meines Sohnes hat sich selbst gerichtet, wie ihr gesehen habt. Seine Gefährten aber können wohl ihr Urteil noch erwarten. Oder sind euch etwa drei Menschen wichtiger als zehntausend? Eile dich, Merenptah, damit ich es dich nicht büßen lasse, wenn du ohne die Sklaven zurückkehrst, die den Weltenherrscher so schamlos belogen!«

Schaum tropfte von seinen Lippen, und seine Stimme überschlug sich vor Haß. Im Thronsaal entstand größte Verwirrung. Diomedes packte mich am Arm und sagte: »Rasch, nach draußen zu den Wagen! Im Aufbruch wird sich keiner um uns kümmern, und haben wir erst die Sklaven eingeholt, wird sich gewiß jeder Ägypter auf sie stürzen, und wir können unbemerkt entkommen!«

Wir liefen schnell zwischen Heerführern, Kriegern und Wächtern dahin, die gleich uns aus dem Thronsaal stürzten, und gelangten durch die hohen Eingangstore auf den Vorplatz. Der junge Maraye folgte uns, war dann aber plötzlich verschwunden. Vor dem Palast stieß Diomedes den vordersten Wagenlenker mit einem mächtigen Fußtritt von der Achse, so daß dieser überrascht und fluchend auf die Erde rollte; ich ergriff die Zügel und rief dem Heerführer Neferhoteb, der die Vorhut befehligte, zu: »Schnell, ruhmvoller Schlachtenfürst, der Pharao schickt dich den Sklaven nach. Du kannst dir große Ehre gewinnen!« Die Eile, mit der andere Soldaten und Heerführer zu den Wagen hasteten, verwirrte Neferhoteb; er wünschte sich auszuzeichnen und raste uns mit seinen hundert Streitwagen nach wie Wolken des Sturmwinds.

Ich sah noch, wie Prinz Merenptah aus den gewaltigen Toren eilte, mit den Fingern auf uns zeigte und etwas rief, das ich im Lärm der fahrenden Wagen nicht mehr verstand. Dann aber geschah etwas viel Gefährlicheres: Plötzlich fühlte ich fremden Willen in den meinen dringen. Es schien mir auf einmal, als ob mir in dem Palast des Pharao keine Gefahr mehr drohte, sondern daß dieser im Gegenteil der verlockendste Platz auf Erden sein müsse, weshalb ich besser daran tun würde, sogleich vom Wagen zu springen und in den Thronsaal zurückzukehren. Kühler Trank und reiche Speisen würden mich dort erwarten, dazu die Liebe der hübschesten Mädchen und zugleich die Gunst des Herrschers selbst, der mir für meine Dienste große Ehren schenken und mich gar zu seinem Sohn und Erben machen würde. Als ich schon die Zügel fahren lassen wollte, merkte ich, daß es der Schlangenpriester Kator war, der mich selbst aus der Ferne noch mit den Kräften seiner Gedanken zu bezwingen versuchte. Mir schauderte vor solcher Macht. Schnell betete ich die heilige Formel, mit der man die Lösung von geistigen Zügeln erzwingt, und im gleichen Augenblick glitten die unsichtbaren Haken, die mich fangen sollten, von mir ab wie Klauen von Wölfen von glattem Gestein.

Dicht hinter Neferhoteb, der nun an der Spitze fuhr, jagten wir den Spuren der fliehenden Sklaven nach. Zuerst eilten wir nach der kleinen Stadt Sukkot im Osten, dann weiter nach Etham am See des bitteren Wassers; denn an dieser Stelle konnten die Entlaufenen die Grenze nach der Wüste am leichtesten überqueren. Als wir in Etham angekommen waren, stellte Neferhoteb fest, daß jene »Auserwählten« die Verfolgung durch die Truppen Pharaos vorausgesehen hatten. Denn am Ufer des Gewässers, das einen Teil des Roten Meeres bildet, fanden wir nicht einmal zwei Dutzend Männer; der große Treck der Flüchtlinge aber versuchte, das Reich weiter nördlich zu verlassen, durch eine Furt im sumpfigen Schilfmeer. Daher ließ Neferhoteb zwei Boten für die Hauptmacht des Heeres unter Merenptah zurück und raste mit den Wagen den Flüchtenden nach.

Das Schilfmeer trägt seinen Namen nach den Pflanzen, die in großen Mengen seine Ufer säumen; an manchen Stellen ist es kein wirkliches Meer, sondern ein See, über den man mit geringer Mühe hinwegschauen kann. Auch ist sein Wasser nicht besonders tief. Zwei Wegestunden östlich von Sukkot wird es sogar so flach, daß sich quer durch das Wasser ein Streifen fast trockenen Landes zeigte; denn der kräftige Wind blies an dieser Stelle die Wellen davon. Durch diese Furt waren die fliehenden Sklaven mit ihren Frauen, Kindern und Herden gezogen. Als wir die Stelle am Abend erreichten, sahen wir die letzten »Auserwählten« das jenseitige Ufer erklimmen.

Der starke Wind flaute ab, aber das Wasser reichte uns dennoch nicht einmal bis zur Achse. Daher fuhr der mutige Neferhoteb ohne Zögern als erster über den Strand, um die ungehorsamen Diener des Pharao doch noch einzuholen. Die »Auserwählten« begannen am anderen Ufer laut zu schreien und sammelten sich mit Äxten, Stöcken und Stäben, um sich zu wehren. Wir hatten das Meer schon zur Hälfte durchquert, als der Wind plötzlich umschlug und gleichzeitig wieder auffrischte. Im Wasser und im weichen Sand kamen wir nur noch langsam voran, und die Wellen schienen mir plötzlich höher und höher zu werden; da spürte ich plötzlich den harten Griff des Tydiden an meinem Arm und hörte ihn erschrocken rufen: »Aufgepaßt, Aras! Sieh, wie dort drüben die Wasser herbeirasen!«

Ich drehte den Kopf und ließ vor Entsetzen die Zügel aus den Händen gleiten. Denn von Süden her rollte mit furchtbarer Schnelligkeit eine gewaltige Flutwelle auf uns zu, höher als ein Haus, mit grauen Flanken und weißen Häuptern wie ein Rudel bösartiger Hengste, brüllend und bedrohlich wie ein ungeheures Tier, das alles zu verschlingen sucht.

Diomedes packte mich am Gürtel. Im nächsten Moment wirbelten wir durch die tobenden Wasser wie Späne im Tanz des Herbstwinds. Wir sahen weder Himmel noch Sonne und ebensowenig den Boden des Meeres, sondern fühlten nur die grausamen Peitschen Poseidons, die uns mit mächtigen Schläge durch das Reich des Meeresgottes trieben. In meinen Ohren schallte das grausame, dumpfe Stöhnen der riesigen Meeresrosse; ich fühlte den Druck ihrer harten Leiber an der Haut meines Körpers; ihr salziger Schweiß drang mir in Mund und Nase, daß ich zu ertrinken glaubte. Dann fühlte ich einen kräftigen Griff an meinen Haaren, und plötzlich stach mir greller Sonnenschein in die Augen. Meine Lungen sogen Luft, und ich erblickte neben mir das vor Anstrengung verzerrte Gesicht meines Gefährten, der mich mit dem Arm aus den Fluten hob.

Von unserem Heer war nichts weiter übriggeblieben als ein paar im Wasser treibende hölzerne Schilde, Splitter zerbrochener Wagen und Leichen vom Joch gerissener Tiere. Die Krieger waren von ihren schweren bronzenen Rüstungen auf den Grund des Meeres hinabgezogen worden und fast sämtlich ertrunken. Nur wenigen war es geglückt, sich rechtzeitig von ihren Panzern zu befreien; sie waren jedoch erbärmliche Schwimmer, und ihre Klagerufe füllten die Luft, ehe Poseidon sie schließlich zu sich in die Tiefe hinabzog. Weit hinter uns sahen wir Merenptah, der jetzt erst mit der Hauptmacht des Heeres ans Ufer des Schilfmeeres gelangte und mit drohender Gebärde das Schwert gegen die entlaufenen Sklaven schüttelte. Die »Auserwählten« kümmerten sich jedoch nicht darum, sondern spähten aufmerksam in die Fluten, und wenn ein Ägypter daraus hervortauchte, erschlugen sie ihn mit ihren Stöcken. Darum wagten wir uns ebensowenig zu den »Auserwählten«, wie wir zu den Ägyptern zurückkehren konnten, und schwammen in den Strudeln der Wasser lange Zeit nach Norden, bis sich endlich die Dunkelheit niedersenkte und wir erschöpft ins Schilf des östlichen Ufers sanken.

So verließen wir Ägypten.

7 Schweratmend lagen wir zwischen den Sträuchern des Sumpfes. Die Kühle der Nacht und die Erschöpfung machten mich zittern. Wild tanzten Gedanken durch meinen Kopf, sie wirbelten wie Mücken im Licht der herbstlichen Sonne. Diomedes sagte: »Gewiß werden Merenptahs Männer morgen auf Booten das Meer überqueren, um die Sklaven zu verfolgen. Dann möchte ich ihnen nicht gern begegnen, denn wir haben zwar unsere Rüstungen gerettet, aber nicht unsere Waffen, und zum ersten Mal, seit ich ein Mann wurde, besitze ich weder Lanze noch Schwert. Wahrlich, das ist ein eigenes Gefühl. Aber zieht hier nicht in mäßiger Entfernung die breite Wüstenstraße nach den Ländern der Kanaanäer vorbei?«

»Ja«, antwortete ich, »aber ist es nicht zu gefährlich, auf ihr zu reisen? Merenptah schickt gewiß schon mit dem ersten Morgenlicht Boten nach den Festungen des Ostens, um allen Flüchtlingen den Weg zu versperren, und wenn uns ein Ägypter auf schnellem Wagen erspäht, sind wir verloren.«

»Nein«, entgegnete der Tydeussohn, »im Gegenteil! Das ist genau der Grund, weshalb ich nach der Straße fragte. Denn ich bin ein König und nicht zum Wandern auf bloßen Füßen geboren. Kommt mir ein Streitwagen in die Quere, empfinde ich nicht etwa Furcht, sondern Freude; denn ich gedenke dieses Fahrzeug dann sogleich in Besitz zu nehmen, als Entschädigung für den Lohn, den mir der Pharao Ägyptens noch für meine Taten schuldet.«

Bei diesen Worten lächelte er grimmig, dann aber wurde er wieder ernst und klagte: »Ach, daß ich auf dieser Unglücksfahrt zum Nilland soviele Gefährten verlieren mußte! Schon zwei der edelsten Männer gaben ihr Leben für mich, erst Sthenelos in Argos, nun Bias in der verfluchten Ramsesstadt! Auch die anderen liegen nun wohl erschlagen unter dem Sand dieser Wüste, und du bist der einzige, der mir geblieben ist, der ich vor dreizehn Jahresläufen noch mehr als dreitausend Gefährten besaß!«

Auch ich dachte voller Trauer an die Männer aus Argos. Vor meinen Augen erschien das Bild des riesigen Steuermanns Zakrops, an dessen Knochen jetzt vielleicht die Fische des Nilstroms nagten; des alten Bogenschützen Agenor und seines Amazonensohnes Kaliphon; des hünenhaften Polkos und seines schnellzüngigen Bruders Polyphas; des flinken Würfelspielers Stigos und des schweigsamen Phrixos aus Mykene; des einäugigen Arztes Eurymachos und des trinkfesten Spießjägers Polymerios, deren Schädel wohl schon längst gebleicht an einem fremden Strand im Spiel der Wellen rollten. Verloren waren sie für uns, wie Bias, dessen Blut nun auf den Fliesen unter dem Thron des Pharao trocknete, wie wohl auch der tapfere Lybier Maraye, von dem wir nicht wußten, wo er nach unserer Flucht aus dem Thronsaal geblieben war. Am stärksten aber umhüllte die Trauer mein Herz, als ich an Hermione dachte. Ich begann zu weinen und schämte mich meiner Tränen nicht. Schließlich sprach Diomedes: »So bitter es auch ist, so viele edle Menschen einzubüßen, es wäre doch sinnlos, würden wir nun auch selbst unser Leben lassen. Fasse dich, wir haben keine Zeit zu verlieren!«

Die Sterne beschienen unseren Weg, und wirklich erreichten wir schon nach kurzer Zeit die Straße, auf der die Karawanen der Ägypter von Memphis und On nach Osten über Pithom durch die Wüsten Schur und Zin bis in die Länder der Kanaanäer ziehen. Diese Straße ist auf sehr kunstfertige Weise erbaut und manchmal zwei Doppelschritte breit. Sie besitzt eine feste Decke, auf der Wagen auch bei schlechter Witterung dahinrollen können, und zieht sich durch Berge und Wüsten wie die gewundene Spur eines Wurmes im Sand des weichenden Meeres. Hinter einem hohen Felsen blieb Diomedes stehen und sprach:»Hier will ich mich verbergen, bis der erste Wagen kommt. Statt meines Schwertes mag mir nun ein Stück dieses Baumes dienen. Du aber verstecke dich im Geäst! Leicht und gewandt wie du bist, sollst du dich dann von dort oben wie ein Vogel auf die Feinde stürzen!«

Mit diesen Worten verschwand er hinter den Steinen; ich kletterte auf die Spitze des Felsens und rutschte von dort auf einem kräftigen Ast voran, bis ich über der Straße hockte. Schon in der ersten Dämmerung hörten wir in der Ferne das Dröhnen eiliger Hufe, und wenige Herzschläge später bog zwischen den Hügeln der bronzene Wagen eines königlichen Melders hervor.

Zwei Männer, beide in Rüstung und Waffen, standen auf der rüttelnden Achse und trieben ihre Pferde mit lauten Zurufen an. Plötzlich scheuten die Hengste, stießen einen schrillen Angstschrei hervor, stiegen mächtig empor und schlugen mit den Vorderhufen aus. Was die Tiere so erschreckte, war Diomedes, der plötzlich hinter dem Felsen hervortrat. Furchterregend und nackt wie ein Riese der Vorzeit, bewaffnet mit einer gewaltigen Keule und brüllend wie der Kriegsgott selbst, stürzte der Tydeussohn den Ägyptern entgegen und schlug so gewaltig zu, daß der eine sogleich kopfüber aus dem Wagen stürzte. Der andere zog sein Schwert, da erwachte ich endlich aus meiner Erstarrung und ließ mich auf den Gegner fallen, so daß der Aufprall ihn zu Boden warf. Schnell rollte ich mich dann zur Seite, den Streichen meines Gefährten zu entgehen, der mächtig ausholte und beide Ägypter wie tolle Hunde erschlug.

Während der König die Toten ihrer Waffen und Rüstungen beraubte, beruhigte ich die Pferde und hielt die Zügel fest. Wenige Augenblicke später jagten wir auf schleuderndem Wagen der Sonne entgegen.

»Siehst du«, rief Diomedes strahlend, während er die Schwerter der Ägypter in seinen Riesenfäusten wog, »so soll es allen ergehen, die sich uns entgegenstellen! Ich danke dir, Athene, daß du mir heute einen so leichten Sieg verliehen hast. Auch in den fernsten Ländern waltest du über mein Schicksal, du herrliche Tochter des Zeus; darum sollst du meiner Frömmigkeit stets sicher sein!«

Sechzehn Tage lang fuhren wir durch die syrischen Länder, die noch mit Ägypten verbündet sind, ehe wir die Grenze erreichten, an der die Macht des Pharao erlischt, weil dort die schwarzgepanzerten Hethiter herrschten. Ich weiß nur noch wenige Namen von Städten, weil wir sie allesamt in großer Eile durchquerten.

Der erste Ort hinter den Wüsten hieß Beerseba. Dort tauschten wir die Waffen des zweiten Ägypters gegen neue Pferde und Nahrung ein. Dann verließen wir die ägyptische Fahrbahn und zogen nach Osten, der mächtigen Königsstraße entgegen, die sich durch die Länder von Edom, Moab, Ammon, Gilead und Basan zieht. Dort fühlten wir uns sicher, weil die Könige dieser kleinen Reiche zwar Diener des Pharao sind, in ihren Ländern jedoch nur wenige Ägypter und keine Krieger des Nilreichs beherbergen.

Hinter der kleinen Stadt Zoar wurde die Luft auf einmal drückend, Schweiß brach uns aus allen Poren, und wir mußten rasten, weil unsere Zugtiere zu erlahmen drohten. Vor unseren Augen erstreckte sich spiegelnd das Wasser eines großen Sees, den man das Salzmeer nennt; sein Wasser ist weder für Menschen noch Tiere genießbar. Die Hitze raubte uns fast den Atem, und wir starrten schweigend durch die wie in Fieberträumen schwankende Luft. Da vermeinte ich plötzlich Türme, Mauern und Häuser einer großen Stadt zu erspähen, und als ich näher hinsah, erkannte ich in der Ferne plötzlich Dächer aus Gold, mit Edelsteinen gepflasterte Straßen und darauf reichgekleidete Menschen in buntem Gewühl. Fuhrwerke karrten Schätze und Kostbarkeiten heran, und auf den Märkten der Stadt häuften sich wohlschmeckende Früchte; wohlgerundete Rinder weideten vor den Toren, golden und silbern gepanzerte Krieger bewachten die prächtigen Mauern, und künstliche Brunnen schwängerten die Luft mit Feuchtigkeit. Die schönen, hochgewachsenen Menschen zwischen den prächtigen Häusern waren nicht in Arbeit vertieft, sondern schienen sich nur dem Müßiggang hinzugeben. Immer wieder sah ich junge, kräftige Männer nach zierlichen, lachenden Mädchen greifen, die sich nicht gegen Zärtlichkeiten wehrten, sondern sich ihnen glücklich ergaben und von selbst die Kleider lösten, wenn die Hitze der Liebe sie erregte. Wenn aber zwei auf diese Art Gefallen aneinander gefunden hatten, dann bildeten die anderen einen Kreis um sie und feuerten sie an. Aus den Fenstern der benachbarten Häuser schleuderten Jünglinge und Mädchen Schmuckstücke wie zum Lohn auf die Liebenden herab und rissen sich später selber die Kleider von ihren bronzehäutigen Leibern, um sich ebenfalls in Wollust zu erquicken. Ich staunte über solche Freiheit der Sitten, stieß Diomedes an und sagte: »Das ist fürwahr eine lasterhafte Stadt dort unten, wo sich die Menschen wie Tiere auf offener Straße zum Ergötzen aller anderen Bewohner paaren. Ich glaube, wir sollten einen großen Bogen um dieses sittenlose Treiben machen.«

»Wie?« fragte Diomedes verdutzt. »Hat dir die Sonne das Gehirn verdorrt? Von welcher Stadt faselst du da? Ich kann nichts erkennen außer Sand und Staub und den spiegelnden Wassern des Sees!«

Überrascht schaute ich zu meinem Gefährten hin, denn ich meinte, daß er in die falsche Richtung blickte. Aber er sah ebenso nach Osten wie ich, und als ich ihm mit der Hand die Richtung angeben wollte, flimmerte die Luft wie in Wellen, und plötzlich sah auch ich nichts mehr außer Felsen und Steinen. Erschrocken rief ich:»Sind hier Dämonen am Werk? Wollen die Götter mich meines Verstandes berauben? Was ist geschehen?«

Diomedes antwortete grimmig: »Es waren Dämonen der Wüste, die dich wohl verleiten wollten, die falsche Richtung einzuschlagen, damit wir jämmerlich verdursten sollten. Sesostris erzählte mir einstmals davon, als er mir von seinen Abenteuern im Krieg gegen die Beduinen vom Stamm der Schasu berichtete. Wegen dieser Dämonen ist es im ägyptischen Heer Vorschrift, daß immer zwei Männer als Kundschafter durch die Wüste fahren, denn die Dämonen können nicht zwei Menschen auf einmal täuschen, vor allem wenn diese von unterschiedlicher Körpergröße sind. Warum das aber so ist, vermochte Sesostris mir nicht zu erklären.«

Viele Jahre später habe ich erfahren, daß es die Stadt Sodom war, die ich an diesem toten See zu sehen glaubte, und daß diese Stadt einst wirklich dort stand. Vor undenkbaren Zeiten war Sodom die reichste und mächtigste Burg Kanaans, und in ihren Mauern herrschte Überfluß, bis ihre Bewohner die Götter vergaßen und die entsetzlichsten Frevel begingen. Da erschütterte Gott die Erde und zerstörte Sodom wie auch die Nachbarstadt Gomorrha mit Blitz und Feuer. Die Reste der Ruinen verschlang der salzige See, und die Stelle, wo dies alles geschehen ist, liegt an seinem südlichen Ende, das man das Tal von Siddim nennt.

Danach gelangten wir nach Kir-Moab, Ar und Dibon, eine Festung, die der große Ramses einst erstürmte, als er durch Syrien gegen die Hethiter zog. Nach Hesbon, Rabath-Ammon und der alten Riesenhauptstadt Aschtaroth, in der vor Zeiten angeblich Giganten hausten, gelangten wir nach Damaskus im Land Upe, das herrlich unter dem weißen Gipfel des nahen Berges Hermon liegt und reich an Obst, Wein und Getreide ist. Dort herrschten bereits die Schwarzgepanzerten, und Diomedes erklärte erleichtert: »Wenn wir mit diesen Leuten auch auf Zypern nicht eben Freundschaft gepflogen haben, so kennt uns hier doch keiner von ihnen, und wir scheinen daher vorerst in Sicherheit zu sein. Dennoch laß uns nicht zögern, weiter vorwärts zu eilen, denn mich drängt es, jene Länder zu bereisen, in denen du deine Herkunft enträtseln und endlich Rache nehmen kannst. Weil uns das aber schwerlich gelingen wird, solange wir Männer ohne Gold und Waffen sind, wollen wir uns erst noch weiter nach Norden wenden. Dort, an der Küste der Phönizier, liegt die reiche Stadt Ugarit, in der sehr viele Griechen aus Mykene wohnen. Dort können wir vielleicht Nachricht erhalten, wie es dem tapferen Teuker nach unserer Abfahrt von Zypern erging.«

Am Fluß Orontes erreichten wir einen Tag später das Schlachtfeld von Kadesch, auf dem vierundvierzig Jahre zuvor im größten Gefecht seit Menschengedenken über das Schicksal der Welt entschieden worden war. Pharao Ramses, damals kaum älter als dreißig Jahre, hatte zu Land und über das Meer ein Heer von zwanzigtausend Kriegern nach Syrien geführt. Seine gewaltige Streitmacht landete in Gebal, vereinigte sich dort mit dem zu Fuß heranmarschierten Heeresteil, zog dann über das Zederngebirge nach Osten und stieß schließlich im Tal des Orontes nach Norden vor, um die Stadt Kadesch zu erobern, die sich mit den Schwarzgepanzerten verbündet hatte. Der Pharao fuhr mit seiner Leibgarde an der Spitze; ihm folgten die vier nach den wichtigsten Göttern Ägyptens benannten Heeresteile.

Nahe dem Dorf Schabtuna setzte Ramses von der rechten Seite des Flusses auf die linke über, da kamen zwei Beduinen und warfen sich vor dem Pharao in den Staub. »Unser Fürst hat uns zum Waffendienst für die Hethiter gepreßt«, erklärten sie, »wir aber sind geflüchtet, weil wir Ägyptens Sieg wünschen.« Der Pharao nahm sie gnädig auf und fragte sie: »Wo steht das Heer der Feinde, wie groß ist ihre Zahl?«

»Nur wenige Krieger sind König Muwatalli gefolgt«, berichteten die Beduinen. »Er hatte daher große Mühe, ein Heer aufzustellen, das er euch entgegenwerfen könnte. Darum hält er sich weit von hier in einem festen Lager auf, noch hinter der Stadt Chalpa, und wird wohl erst in sieben Tagen hier erscheinen können.«

Da beschloß der Pharao, die Gunst des Tags zu nutzen und Kadesch ohne Zögern anzugreifen, damit die Stadt bereits in seinen Händen sei, wenn Muwatalli aus dem Norden käme. Der Sonnenwagen hatte die höchste Himmelshöhe erklommen, da eilte Ramses mit nur wenigen Kriegern dem Heer durch das Tal des Orontes voraus, um bei der Stadt sein Lager aufzuschlagen und dort den Rest seiner Streitkräfte zu erwarten. Das Heer des Ammon hatte den Fluß ebenfalls bereits hinter sich gelassen, während die Abteilung des Rê gerade durch die Furt zog; die beiden anderen Truppenteile waren noch weiter entfernt.

Während Ramses ungeduldig auf das Eintreffen seiner Streitmacht wartete, wurden plötzlich beim Lager zwei Späher der Hethiter entdeckt. Der Pharao ließ sie sogleich mit Stöcken prügeln, da verrieten die Gefangenen, daß der listige Muwatalli in Wahrheit längst nicht mehr bei Chalpa stand, sondern sein Heer bereits in die Nähe von Kadesch geführt hatte, und daß dieses Heer nicht etwa aus nur wenigen Kriegern bestand, sondern daß seine Zahl die der Ägypter fast um das Doppelte überstieg. Die beiden Beduinen waren verschwunden. Ramses sandte schnell Boten zurück, um den Vormarsch seiner Heere anzutreiben, aber es war schon zu spät: Wie Raubvögel flatternd auf den kranken Büffel zueilen, der wehrlos im Gras der Steppe liegt, so stürzten sich die Hethiter plötzlich mit ihrer gesamten Macht auf die Heeresabteilung des Rê, deren Kämpfer im Fluß von dem Angriff der Feinde viel zu überrascht waren, um ernstlich Widerstand zu leisten.

In zügelloser Flucht liefen die Ägypter nun auf das befestigte Lager des Pharao zu, um sich darin zu verbergen, und trugen damit Verwirrung in die Reihen des Heeres Ammon, das sich hastig zur Schlacht ordnete. Dreitausendfünfhundert Streitwagen der Hethiter rasten über das ebene Feld und brachten Tod und Verderben; nur der Pharao selbst wagte es, sich ihnen mit seiner Leibwache entgegenzustellen. Dann kam Muwatalli und fiel über die flüchtenden Ägypter her wie ein Panther über ein Rudel Gazellen. Nur weil seine Krieger, nachdem sie die Wälle des festen Lagers durchbrochen hatten, angesichts der herrlichen Schätze aus allen syrischen Städten das Kämpfen vergaßen und sich der Plünderung hingaben, konnte der König des Hethiterreichs seinem Feind nicht den tödlichen Schwerthieb versetzen. Denn der Pharao zog sich rasch nach Süden zurück und sammelte dort seine Scharen. Muwatalli aber mußte zusehen, wie der größte Teil seiner Wagenkämpfer aus Gier nach Beute anhielt, und konnte die Schlacht nicht mehr fortsetzen. So brachte Goldhunger die Schwarzgepanzerten um die Früchte ihres größten Sieges; denn hätten sie Ramses und seine Heere damals bei Kadesch vernichtet, hätte wohl niemand das Nilreich mehr davor bewahren können, zum zweiten Mal von fremden Kriegerscharen erobert zu werden. Das alles berichteten uns altgediente Krieger der Hethiter, die einen Tempel auf dem Schlachtfeld bewohnten. Muwatalli hatte das Heiligtum errichten lassen, um darin das Andenken an seinen großen Sieg für immer wachzuhalten. Der König stiftete diesem Tempel viel Gold, denn die Hethiter umsorgen ihre aus dem Dienst geschiedenen Krieger weit besser als alle anderen Völker. Wir kannten die Verlogenheit der ägyptischen Höflinge zu Pi-Ramesse nun zur Genüge und wunderten uns nicht weiter, daß die Lobredner des Pharao ihre Landsleute heute noch glauben machen, ihr Herr sei bei Kadesch Sieger geblieben. Diomedes sprach lange mit den Hethitern und sagte zum Schluß verächtlich: »Es ist leicht, unbezwungen zu bleiben, wenn man Niederlagen durch Lügen in Siege verwandelt. Aber mag ein solcher Betrug auch vor Menschen gelingen, die Götter wissen, was wirklich geschah, und noch keiner konnte sich durch solche Täuschung die Unsterblichkeit erschleichen!«

Nach Hamath, der großen Fürstenstadt im Flußtal des Orontes, überquerten wir die Berge und hatten endlich wieder das schäumende Meer vor den Augen, das ich freudig begrüßte, während Diomedes mit gerunzelter Stirn auf die Wogen starrte und sagte: »Was würde mich wohl erwarten, wollte ich wieder auf diesen Wellen reiten, Aras? Poseidon wird wohl nicht vergessen haben, daß ich ihn damals zum Kampf herausforderte. Hat er nicht auch im Schilfmeer versucht, mich mit nassen Armen zu ersticken? Wir werden daher nicht selbst nach Zypern reisen, sondern Teuker aus Ugarit einen Boten schicken, damit er uns hier aufsuche und mir überdies die Schätze wiedergebe, die ich vor drei Sommern in seiner Obhut zurückließ. Denn ich wünsche in der Hafenstadt wie ein König zu erscheinen und nicht wie ein Bettler mit Eselskot zwischen den Zehen!«

Diomedes verschwieg zunächst seinen Namen und seine Herkunft, als wir in einem Gasthaus Ugarits zwei Zimmer mieteten. Der Wirt, ein Achäer namens Perötes, empfing uns vorsichtig und äußerst höflich, denn die Gestalt und Miene meines königlichen Gefährten ließen dem Hausherrn Zuvorkommenheit geraten erscheinen. Wir stärkten uns mit Braten und Wein, den der Schankwirt uns in reicher Menge vorsetzte; denn er hatte vor seiner Tür unseren Streitwagen aus Bronze und die beiden Pferde gesehen. Wir freuten uns, wieder griechische Worte zu vernehmen; von allen Fremden in dieser Stadt waren die Achäer am zahlreichsten. Außer Griechisch und Phönizisch wurde in Ugarit aber auch noch Akkadisch, Ägyptisch, Hethitisch, Syrisch und Zyprisch gesprochen, so daß oft die verschiedenartigsten Worte an mein Ohr drangen und ich glaubte, daß keiner den anderen verstand. Diomedes mühte sich nicht, selbst einen Boten zu suchen, sondern rief den dickbäuchigen Perötes zu sich und sagte:

»Ich habe eine Nachricht nach Paphos auf Zypern zu senden, sofern diese Stadt noch besteht, was ich dringend hoffen will. Bringe mir also einen zuverlässigen Achäer, der diese Reise unternehmen kann; und beeile dich, denn mich plagt große Ungeduld!«

»Gern, hoher Herr«, entgegnete Perötes, »doch wird er manches Kupfer für die Überfahrt benötigen; die Schiffsherren nehmen in diesen bewegten Zeiten nicht gern Fremde an Bord!«

»Um Kupfer brauchst du dich nicht zu sorgen, Fettwanst«, versetzte der Tydeussohn und runzelte unwillig die Stirn, »der Bote wird seine Belohnung schon erhalten, denn ich gedenke ihn nicht zu irgendeinem geizigen Krämer, sondern zu dem Helden Teuker zu entsenden, der über Paphos gebietet, wie du wohl wissen dürftest. Daran magst du erkennen, daß ich kein Bettler bin, der Dienstboten nicht zu entlohnen vermag!«

»Beruhige dich, hochedler Gast«, bat Perötes hastig, »an so etwas habe ich gar nicht zu denken gewagt! Ich selbst will deinem Boten Kupfer für die Überfahrt geben, damit ich mir dein Wohlwollen erhalte. Es macht mir lediglich Kummer, daß es in diesen schlimmen Zeiten nur so wenige zuverlässige Männer gibt, denen man einen wichtigen Auftrag anvertrauen kann.«

»Wie?« fragte Diomedes zweifelnd. »Gibt es denn nicht genug Achäer in der Stadt? Willst du mir sagen, daß sie alle Lügner und Betrüger sind? Es müssen doch auch ein paar ehrliche Männer unter ihnen zu finden sein!«

»Wohl, wohl«, entgegnete der Schankwirt schwitzend, »allein, um aufrichtig zu sein, ehrliche Männer kehren bei mir nur selten ein. Du weißt es ja, hochedler Herr, oder darf ich gar König sagen? In Herbergen wie dieser wohnen meistens Fremde, von denen man nur selten etwas weiß. Die aber, die täglich bei mir sind, sind wilde, rücksichtslose Kerle, die nichts weiter kennen als den Trunk und das verfluchte Würfelspiel. Man kann ihnen kein Kupfer anvertrauen, ohne daß sie sogleich die beinernen Knöchel darum rollen lassen, und wenn du sie auf See schickst, mögen sie ihre Botschaft schon beim ersten Wurf vergessen haben.«

»Ach was«, versetzte Diomedes, »es ist mir selten vorgekommen, daß ein Mann vergaß, was ich ihm sagte. Nicht, Aras? Beruhige diesen besorgten Mann, du weißt ja, was ich von dem kindischen Würfelspiel halte. Sage dem Wirt, daß es nicht ungefährlich ist, mich lügnerisch zu hintergehen, solange ich noch ein Schwert an der Seite trage.«

»Dennoch, edler Fürst«, sagte Perötes nun zitternd, »auch die, von denen ich soeben sprach, sind sehr kampftüchtige Männer, und sie scheuen keinen Gegner. Einer von ihnen ist ein wahrer Riese mit Armen wie Eichenwurzeln; dennoch kann sich der nächste durchaus mit ihm messen, wenn er auch ein Holzbein trägt. Die anderen sind zwar geringer an Größe, aber flink und im Kampf wohlgeübt; sie stürmen wie wütende Löwen gegen jeden an, der sich ihnen in den Weg stellt oder sich gar vermißt, mit Worten über ihr geliebtes

Spiel zu lästern. Ich denke daher vor allem an deine Gesundheit, hoher Herr, wenn ich dich bitte, solche Reden vor diesen schrecklichen Männern lieber zu unterlassen.«

Diomedes blickte mich verwundert an und sagte: »Hast du das gehört, Gefährte? Wahrlich, wenn mich nicht schon so viele andere Trugbilder getäuscht hätten, würde ich glauben, der Finger eines gnädigen Gottes habe uns dieses Haus gewiesen!«

»Ich danke dir für deine Freundlichkeit, edler Fürst«, erklärte Perötes geschmeichelt, denn er verstand nicht, was Diomedes meinte, »jetzt will ich dir zur Vorsicht noch die Namen dieser wüsten Trinker, Spieler und Raufbolde nennen, die mich leider schon in wenigen Augenblicken wieder heimsuchen werden, wie sie es jeden Abend tun: Der größte und wildeste von ihnen heißt Polkos; der mit dem Holzbein ist Zakrops. Hüte dich auch vor Stigos, der ein Schoßkind der Glücksgöttin Tyche ist und mir schon manches Goldstück raubte. Das sind die drei gefährlichsten. Als Boten kannst du keinen dieser schlechten und unzuverlässigen Achäer verwenden. Laß mich lieber versuchen, ob ich dir nicht morgen aus der Stadt einen ehrlichen Bürger zuführen kann.«

Als wir das hörten, schoß das Blut uns schneller durch die Adern, Freude zog in unsere Herzen ein. »Zakrops! Stigos! Polkos!« jubelte ich, aber Diomedes unterbrach mich, zwinkerte mir zu und sagte zu Perötes:

»Ich danke dir für deine Warnung, Schankwirt! Wir werden vorsichtig sein, wenn wir mit diesen Männern sprechen. Inzwischen wollen wir in unseren Kammern ruhen. Wir sind sehr neugierig auf deine Gäste.«

8 Kurze Zeit später hörten wir in unseren Zimmern aus der Gaststube ein großes Poltern und Rumoren. Übermütige Rufe und laute Flüche drangen zu uns herauf. Dann hörten wir die tiefe Stimme des Polkos sagen: »Was glotzt du uns denn an wie ein kastrierter Ochsenfrosch, Perötes? Haben sich etwa seit gestern unsere Gesichter verändert, so daß du vielleicht meinst, Fremdlinge vor dir zu sehen? Täusche dich nicht, wir sind noch dieselben Argiver wie immer, und wenn du uns nicht sogleich reiche Mengen von Wein auftischst, werden wir dir den Blick mit Backenstreichen schärfen!« Zakrops brummte verdrossen: »Wahrlich, wir haben den Wirt verwöhnt. Der Kerl scheint über Nacht noch fetter und fauler geworden zu sein; ich glaube, wir täten gut daran, ihm mit Stößen und Tritten ein wenig Bewegung zu verschaffen!« »Wollt ihr denn damit eure Zeit vertrödeln?«, rief der kleine Stigos unmutig, »aufgepaßt, schon bringen uns die Würfel neues Glück!« »Aber hoffentlich auch einmal einem anderen als dir!« hörten wir Polyphas. »Bei allen Göttern, wie soll ich denn je Reichtum um mich häufen, wenn Tyche niemals mir, sondern stets dir die Glückshand reicht!« So lärmten sie und verrückten Tische und Bänke; dann hörten wir mächtige Krüge schwer auf hölzerne Platten dröhnen und, wie in alten Zeiten, hell die Würfel rollen. Da freute ich mich wie ein Verirrter, der nach ausgedehnter Wanderschaft zurückkehrt und die lange vermißten Geschwister um sich schart, und sagte: »Dank sei den Göttern, Diomedes, wir haben unsere Gefährten wiedergefunden! Wundersam verschlungen sind die Pfade des Geschicks, und wir Menschen beschreiten sie wie Blinde mit hölzernen Stecken! Warum zögerst du, die Gnade der Unsterblichen jetzt dankbar zu genießen? Laß uns schnell zu den alten Kampfgenossen gehen, um sie mit Jubelrufen zu begrüßen!«

Diomedes lächelte und antwortete augenzwinkernd: »Was für ein zügelloser Haufen ist aus meinen einst so züchtigen Gefährten geworden! Wahrlich, das Lotterleben tut dem Kriegsmann niemals gut. So sehr ich mich auch freue, meine Argiver wiederzusehen, ich will ihnen dennoch eine kleine Lehre erteilen!« Nach diesen Worten schickte Diomedes eine Dienstmagd nach dem Wirt und sagte, als der fette Perötes schweratmend ins Zimmer trat:

»Wer sind diese lästerlichen Raufbolde? Könnten das etwa jene Männer sein, vor denen wir uns deinem Rat nach fürchten sollen? Wahrlich, ich kann nichts besonderes an ihnen entdecken, außer daß sie Trunkenbolde und Prahlhänse sind, denen ich sogleich die Köpfe aneinanderstoßen werde, wenn sie nicht sofort Ruhe geben!«

»Nicht doch, mein edler Herr«, rief der Wirt erschrocken und spähte furchtsam durch die Ritzen der Tür zur Schankstube hinab, »versuche lieber nicht, dich mit diesen Leuten zu messen! Ich sehe wohl, daß du ein Mann von Kräften bist und sicherlich ein erfahrener Krieger. Bedenke aber, daß diese Leute euch an Zahl weit überlegen sind und dazu schlimme Gesellen, die nicht den ehrlichen Zweikampf lieben, sondern die lose Prügelschlacht mit Stühlen, Bänken und Krügen.«

»Glaubst du, dem Löwen bangt vor kläffenden Hunden?« fragte Diomedes mit gespieltem Zorn. »Du wirst auf der Stelle zu diesem aufgeblasenen Gesindel gehen und ihm sagen, daß es mit seinem lästigen Gequake meine Ruhe stört! Sie sollen sich schleunigst davonmachen, bevor ich sie mit Tritten zur Tür hinaustreibe.«

Der Wirt wußte kaum, vor wem er sich mehr fürchten sollte, vor Diomedes, der wie in größter Wut die Augen rollte, oder vor den anderen, die draußen laut die ersten Würfe feierten. Mit schweißbedeckter Stirn schlich er davon, und kurz darauf hörten wir ihn beschwörend sagen:

»Könnt ihr euch nicht ein wenig mäßigen, hochedle Freunde? Dort oben in der Kammer ruht ein weitgereister Fremder, der sich von euch gestört fühlt. Ich flehe euch an, seid ein wenig leiser; bei eurem Geschrei könnten ja Tote erwachen!«

Er hatte kaum zu Ende gesprochen, da stießen unsere Gefährten laute Rufe der Entrüstung aus. »Das wagst du uns zu sagen?« fragte Polkos mit drohender Stimme, und durch die Ritzen der Tür sahen wir, mit Mühe ein Lachen unterdrückend, wie unser Freund den Wirt mit seiner Riesenhand derb am Gewand erfaßte. »Wer ist der Frechling«, brüllte Stigos, »der uns so unverschämt behelligt?« »Eine aufgeblasene Krämerseele«, rief Polyphas,

»die sicherlich Verdauungsschmerzen plagen!« Eurymachos ergänzte: »Er soll nur nicht vor uns erscheinen, wenn er nicht meine Fäuste kosten will!« Zum Schluß erklärte Zakrops, unser treuer Steuermann, mit schon vom Wein beschwerter Zunge: »Wenn dieser Fremde nicht beizeiten Ruhe gibt, so will ich ihn kopfüber in den Trog der Schweine tauchen und danach beuteln wie einen nassen Sack, damit er sich besinne, wem er gegenübersteht!«

Diomedes freute sich über diese Reden, die ihm den ungebrochenen Kampfesmut seiner Gefährten verrieten, und langsam dämpfte sich sein Unmut über das Würfelspiel. Er schickte sogleich ein zweites Mal nach dem Wirt, der zitternd die Treppen hochkeuchte, und sprach mit erhobener Stimme: »Ich habe die Beleidigungen wohl gehört, zu denen sich deine Gäste verstiegen. Sie sollen nicht ungesühnt bleiben. Sag diesen Lümmeln, daß ich sogleich zu ihnen niedersteigen werde. Sie sollen inzwischen schon ihre Rücken von den verdreckten Lumpen befreien, die als Gewänder zu bezeichnen meine Zunge sich sträubt. So unansehnlich und kotbefleckt diese Fetzen auch sind, sie scheinen noch das wertvollste an den verfaulten Kadavern dieser Bettler zu sein, so daß ich sie nicht weiter beschädigen will, wenn ich die Unbotmäßigen mit Geißelhieben in die Gosse sende.«

Mit rotem Gesicht und sehr langsam kletterte Perötes nun wieder die Stiege hinab. Als er im Schankraum die Worte des Diomedes verkündete, brach ein wütendes Geheul aus den Kehlen unserer Gefährten, als ob ein Tierfänger eine Meute hungriger Wölfe im Zwinger mit Steinen reizte. Der riesige Polkos hieb mit seiner Faust auf die Platte des Tisches, daß alle Krüge seitwärts sprangen und sich der rote Wein über das helle Holz ergoß. Der einäugige Arzt Eurymachos sprang auf und schrie: »Mir hat es niemals an Geduld und Verständnis gemangelt, Freunde, doch eine solche Dreistigkeit lasse ich mir nicht bieten!« Polyphas fügte mit sich überschlagender Stimme hinzu: »Wer hat die Stirn, uns ehrlichen Argivern so zu drohen? Wenn dieser eitle Fant dort müde ist, so wollen wir ihn rasch aufs Lager betten, aber auf eins aus Schweinemist!« Zakrops schließlich eilte mit seinem Holzbein die Stiege empor und brüllte mit erhobener Faust: »Heraus mit dir, du Mißgeburt! In welchem Stinkloch hast du dich verkrochen? Ich werde dich schon ans Tageslicht zerren, du großmäuliger Bastard einer übelriechenden Kloakenratte!«

Da öffnete Diomedes die Tür und trat mit zwei großen Schritten hervor. Wie sich die Sonnenglut plötzlich vermindert, wenn unversehens eine Wolke schattenspendend vor die Strahlenscheibe tritt, so wichen Lärm und Eifer der Gefährten einer atemlosen Stille. Angst und ungläubiges Staunen spiegelten sich in den weit geöffneten Augen unseres Steuermanns, unverständliche Worte entrangen sich seiner Brust. Der riesige Polkos schlug die Hände vors Gesicht und spähte furchtsam zwischen den Fingern hervor. Eurymachos und Polyphas schluckten wie Grundlinge, die ein Sturmwind auf trockenen Sand geschleudert hat. Stigos blickte stumm zwischen Diomedes und mir hin und her und öffnete und schloß ständig die Augen, weil er wohl glaubte, daß ihn ein Spukbild trüge; dazu atmete er wie nach einem schnellen Lauf. Der untersetzte Polymerios tastete sich rückwärts bis zur Wand und wischte sich mit dem Ärmel über das Gesicht, aus dem alles Blut gewichen war. Perötes, der Schankwart, stand hinter dem Tisch, eine Keule in der Rechten, mit der er sich zu verteidigen gedachte, weil er glaubte, daß nun gleich der Kampf entbrennen müsse. Nur der junge Bogenschütze Kaliphon behielt die Fassung und rief: »Diomedes!«

»Diomedes!« schrien da auch alle anderen entgeistert. Zakrops sank nieder und streckte vorsichtig die Hand nach den Knien des Königs aus, um sich davon zu überzeugen, daß Diomedes wirklich vor ihm stand. Kaliphon, Stigos und Polyphas eilten hinauf, um ihren Fürsten zu umringen; sie betasteten seine Arme und Schultern und zupften an seinem Gewand. Auch Polkos und Polymerios traten näher, wenn auch mit zögernden Schritten, während der Schankwirt verwirrt seinen Knüppel sinken ließ. Nur der Arzt Eurymachos blieb fern und wimmerte: »Oh, ihr Götter, helft mir doch! Nun hat mir der Geist des Weines endgültig den Verstand geraubt!«

Lächelnd schüttelte Diomedes die Hände seiner Gefährten ab und sprach: »Soll ich euch mit der flachen Klinge meines Schwertes beweisen, daß ich wirklich euer Heerführer bin? Laßt ab von mir, ich bin kein Geist. Noch mußte ich nicht zu den Schatten sinken, obwohl ihr das wohl alle inbrünstig gehofft habt, weil ihr dann auf ewig ungestört dem Würfelspiel frönen könntet! Nun fängt das rauhe Kriegerleben wieder an; denn ich bin Diomedes, euer Herr, und weder ein Gespenst noch eine Mißgeburt und auch nicht der Bastard einer Kloakenratte!«

»Vergib uns, edler Fürst«, wimmerte Zakrops und fiel vor Schreck der Länge nach auf die Stiege, so daß sein Holzbein klappernd gegen die Stufen schlug, »böse Dämonen haben unsere Gedanken verwirrt!« »Ja«, setzte Stigos mit bittender Stimme hinzu, »strafe uns nicht allzu grausam dafür, König, daß wir so üblen Verführern erlagen, wie es der Wein und das Würfelspiel sind.« Diomedes aber lächelte milde und sagte: »Ihr braucht euch nicht zu fürchten, Gefährten. Der Schreck, der euch so mächtig in die Glieder fuhr, mag als Strafe für euren Übermut genügen. Die bösen Dämonen jedoch, Zakrops, die kann ich dir nennen: Trunksucht und Spielleidenschaft waren es, die deine Gedanken durcheinanderbrachten! Du, Stigos, hast dabei den geringsten Grund, die Göttin des Glücks als Verführerin zu schmähen, denn dich bedenkt sie ja stets mit den gefälligsten Gaben!«

»Was gilt dies gegen das Glück, dich lebend wiederzusehen, Fürst!« antwortete Stigos in überschäumender Freude, und in der Schenke brach ein Lärm und Jubel los, daß Perötes erneut zu seiner Keule griff, weil er meinte, uns hätten sich nun endgültig sämtliche Sinne vernebelt. Aber wir setzten uns einträchtig an die Tische, und Zakrops rief: »Jetzt zeige dich als Meister der Geschwindigkeit, Perötes! Wein und Braten herbei! Der Mann, den du jetzt in unserem Kreise bewirten darfst, ist niemand anders als der unbesiegbare Held Diomedes!«

So fanden wir unsere Gefährten wieder und brachten viele Stunden mit Erzählen zu. Erst gab Diomedes den staunenden Männern seinen Bericht von meiner Befreiung aus den Händen der Schwarzverbrannten, von unserer Reise nach Ramsesstadt und der Tücke des Merenptah, der wir am Ende fast erlegen wären. Als er vom Tod des tapferen Bias und vom Verlust Hermiones sprach, schimmerte Trauer in den Augen der Freunde, und sie versanken in düsteres Schweigen. Dann sagte Zakrops:

»Auch wir haben manches durchlebt und durchlitten, und Bias ist nicht der einzige der Gefährten, der in dem verfluchten Ägypten sein Leben ließ.«

»Ja«, fügte Stigos hinzu, »wir beklagen auch den trefflichen Schützen Agenor, der im Tal der blutigen Wände als heldenhafter Kämpfer zu den Schatten fuhr. Er starb durch einen Pfeil, der ihm das Herz zerspaltete, und nannte noch mit letztem Atem deinen Namen, Diomedes; denn er war allezeit dein treuester Gefolgsmann.«

»Agenor«, seufzte Diomedes, »er war schon der Gefährte meines Vaters! Wie aber seid ihr anderen den Kämpfenden Wäldern entronnen?«

»Merenptah«, schilderte Zakrops, »zog mit großer Eile davon, und löste sich schon am obersten Wasserfall von den Resten des Heeres. Er glaubte wohl, daß ihn die Schwarzverbrannten verfolgen könnten, und fürchtete sich ohne den starken Arm seines Bruders. Jedenfalls segelte er auf dem ersten Boot nach Ägypten. Uns sagte er, daß ihr von den Feinden erschlagen worden wäret. So bauten wir ein Grabmal, um euer Andenken zu ehren.«

»Den wackeren Agenor verbrannten wir noch in der Nacht nach seinem Tod feierlich auf geweihtem Holz«, fügte Polymerios hinzu, »dann machten wir uns auf den Rückweg. Aber in Ägypten waren wir nicht mehr willkommen. Die Bauern wollten uns mit Stöcken prügeln, weil sie meinten, die Fremden seien an dem Unheil schuld, das ihnen Vieh und Ernte raubte. So flohen wir nach Syrien und zum Schluß nach Ugarit. Nun aber haben wir dich wieder, Diomedes; wir wollen dir folgen wie eine Schar Lämmer dem Hirten!«

So sprachen wir miteinander, lachten und weinten, fielen uns in die Arme und schlugen einander auf Schultern und Schenkel, und ich hörte mit großem Vergnügen, wie Zakrops sagte: »Wahrlich, daß auch Aras wiederkehrte, erfüllt mich mit großer Freude!« Doch als er merkte, wie ich stolz die Luft in meine Lungen sog, fügte er schnell hinzu: »Denn über wen kann ich sonst so viel lachen?«

Auch Phrixos, der Mann aus Mykene, fehlte in unserer Runde, obwohl er noch am Leben war. »In der Schlacht hat er gekämpft wie ein Löwe«, berichtete Kaliphon, »aber dabei verwirrte sich anscheinend sein Verstand. Denn am nächsten Morgen warf er sein Schwert in den Fluß und sagte, daß Waffen den Menschen nur Unheil brächten. Dabei sind doch Waffen gerade der beste Schutz gegen alles Unrecht! Phrixos aber wollte nichts mehr davon hören, und später schwor er sogar den achäischen Göttern ab, um sich den ›Auserwählten‹ anzuschließen und mit ihnen in ein ›Gelobtes Land‹ zu ziehen, von dem keiner weiß, wo es liegt. Schade um ihn. Wir haben ihn alle sehr geschätzt, obwohl er kein Argiver war. Jetzt bleichen seine Knochen wohl im Sand einer fernen Wüste.«

Noch manches andere aus unserer Erinnerung erzählten wir, und Perötes schleppte Krug um Krug herbei, bis die Nachtgöttin ihren dunklen Sternenmantel über das Himmelsgewölbe breitete. Daraufhin steckten wir Fackeln an, denn wir wollten uns längst noch nicht trennen, und wieder brachte Perötes Krug um Krug, bis die graue Morgendämmerung das Firmament erbleichen ließ. Da erhob sich Diomedes und sprach:

»Laßt uns zum Tempel des Göttervaters gehen, Gefährten, und in der Freude des Wiedersehens nicht sein Opfer vergessen, und auch nicht das für meine Schutzherrin Athene. Dabei will ich euch sagen, was unser nächstes Ziel sein soll, denn meine Pläne werden die euren sein.«

Die kühle, klare Morgenluft trieb schnell alle Schwäche aus unseren Gliedern, die Gedanken flogen wieder frei wie Vögel, die sich aus dem Netz der Fänger lösen, und wir wanderten ernst und doch voller Freude bergan, bis wir den großen Tempel der Achäer erreichten. Die Priester begrüßten uns mit ausgesuchter Höflichkeit, als sie den Namen des Diomedes vernahmen, und brachten uns Opfertiere, Messer und Schalen. Wärme umhüllte mein Herz, als ich unseren König vor dem Altar stehen sah, umringt von den treuen Gefährten. Vor dem Bild des Göttervaters in der friedvollen Stille des einsamen Tempels fand ich für ein paar Augenblicke die Ruhe, die der Mensch sich abfordern muß, wenn er die Fragen des Lebens stellt.

Diomedes opferte zwei zusammengebundene Widder, danach ein Lamm und zum Schluß einen riesigen Stier. Kraftvoll durchschnitt er mit dem Opfermesser die Kehlen der Tiere, so daß sie sich nicht erschrocken oder gar brüllend aufbäumten, was ein schlechtes Vorzeichen gewesen wäre, sondern ruhig und friedvoll dahinschieden, wie es die Gottheiten wünschen. Wir aßen alle von dem rohen Fleisch der Tiere, bis Mund und Hände blutig tropften. Dann trat Diomedes vor uns hin und sprach:

»Mächtiger Himmelsbeherrscher Zeus, du Vater der Götter! Dankbar stehe ich vor dir. Aus den Händen der Feinde sind meine Gefährten errettet; neue Kräfte füllen meine Arme, wie Regenwasser die vertrocknete Zisterne belebt; neuer Kampfesmut beseelt mir die Brust, wie frischer Wind das schwellende Segel erfüllt. Selbst in den fernsten Ländern hat mich deine Güte huldreich geschirmt. Doch gabst du mir nicht Schutz allein, sondern zugleich auch einen neuen Auftrag, um meine Frömmigkeit und Ehre nachzuweisen vor den Göttern und den Menschen.

Denn was ist heiliger als treue Freundschaft? Und was ist ehrenhafter als die edle Pflicht, dem hilfesuchenden Gefährten beizustehen? Die Tapferkeit der Kampfgenossen freudig zu belohnen ist ebenso ein Teil des Heldentums wie Mut und Stärke. Dem König ziemt es, dem Geringeren seine Gefolgschaft mit der gleichen Treue zu vergelten, wie es dem Vater gebührt, die Sohnesliebe zu erwidern, und wie es der Gottheit gefällig ist, die Demut der Sterblichen zu belohnen.«

Die anderen schwiegen voller Ehrfurcht, während die Sonnenscheibe allmählich am Himmelsrand erschien. Lauter und immer lauter hallte der Jubelgesang der buntgefiederten Vögel. Diomedes fuhr fort:

»Stark und unbezwungen bin ich nicht allein durch meine Kraft, sondern ich schöpfe Stärke auch aus den Armen meiner Gefährten, die mir mehr als einmal das Leben retteten. So bin ich wie ein aus vielen Schnüren geflochtenes Seil, das auch der stärkste Sturm nicht zu zerreißen vermag. Hielte ich aber meine Krieger nicht stets in strenger Ordnung, würden sie bald auseinandergezweigt wie dünne Fäden und schon vom leisesten Windstoß gefährdet. So gibt der Herr den Dienern Schutz und Sicherheit, während er ihnen Treue und Gehorsam abverlangt.

Zwei starke Stränge sind nicht mehr in unser Tau verwoben: Ich trauere um Bias, der mir nahestand, und um den treuen Agenor, zwei Männer, die mir viel bedeutet haben. Sei ihnen gnädig, dunkler Gott des Totenreichs, in dem sie jetzt für immer wandeln. Ich, Diomedes, Sohn des Tydeus, kann ihren Mut und ihre Ehrlichkeit bezeugen. Sie starben wie zwei Helden, und aller Dank, den ich noch geben kann, ist mein Gebet an euch, ihr unsterblichen Götter.«

Der junge Kaliphon weinte, als er an seinen toten Vater dachte; Zakrops legte tröstend den Arm um die Schulter des Freundes. Die anderen blickten stumm auf Diomedes, der nach kurzer Besinnung weitersprach:

»Verloren habe ich diese zwei treuen Freunde in einer Fremde, in die mich ein unheilvolles Schicksal trieb. Machtlos rollen die Menschen vor den Füßen der Götter über die Strände der Zeit, und selbst ich, der ich mit Ares kämpfte und mit Aphrodite, und mit deiner Hilfe, strahlende Athene, beiden standhalten konnte, vermag mich den Unsterblichen nicht zu entziehen. Doch es ist tröstlich zu wissen, daß wir nicht blind gegen unser Geschick sind wie die Tiere, sondern daß wir die Richtschnur des Verstandes besitzen, um zu erkennen, was die Himmelsmächte von uns fordern: Frömmigkeit und Mut, Tapferkeit und schließlich Vertrauen zu den Göttern und uns selbst.

Darum wollen wir nicht zögern, neue Wege zu beschreiten, die uns weiterführen auf die Gipfel des Ruhms und der Ehre. Der großen Helden wollen wir gedenken, deren Beispiel uns die Pfade der Tugend und der Reinheit, des wahren Glücks und am Ende vielleicht der Unsterblichkeit weist, wie sie sogar der göttliche Herakles erst nach so vielen Mühen erlangte. Du, Himmelsvater, hast mir einen Fingerzeig geschenkt, mir neue Taten vorgeschrieben, die ich nun ohne Säumen zu vollbringen trachte. Euch, ihr Gefährten, will ich nun verraten, wohin wir unser Schiff jetzt steuern werden: Weg von den flachen Häfen schlaffen Müßiggangs und weit hinaus in hohe Wogen neuer Kämpfe, in denen unsere Schwerter die Ruder sein sollen, die Rachepflicht des Aras aber unser Steuer.«

Da blickten mich die Gefährten an, die Zuneigung in ihren Augen wärmte meine Seele, wie glühende Kohlenstücke die Kälte in den klammen Händen des Jägers im Gipfelschnee lindern. Diomedes winkte mich zu sich, legte mir seine Hand auf den Arm und sprach:

»Ihr könnt nicht wissen, welche schweren Lasten diesen Jüngling drücken, der uns viele Jahre so bescheiden folgte. Denn er hat nie ein Wort darüber seinem Mund entfliehen lassen. Erst der Tod seines geliebten Weibes löste die Klammern seiner Verschwiegenheit, und er öffnete mir sein Herz. Er mag euch später selber mehr davon berichten. In diesem Heiligtum sollt ihr nur soviel erfahren: Beim Rachewerk, das er, wie ihr vor Troja hörtet, auf der fernen Halbinsel Tauris vollbringen wollte, blendete ein Dämon seine Augen, so daß er unwissentlich den Falschen erschlug. Seitdem verfolgen ihn die Rachegeister, und das schwerste Unheil strafte ihn. Zwei Taten hat er, so verhießen ihm Seher, jetzt zu vollbringen, damit sein Fluch sich löse: Die erste ist, das Rätsel seiner Herkunft zu erhellen, die ein dunkles Geheimnis verbirgt. Die zweite ist, die Sohnespflicht an seinem toten Vater zu erfüllen, an dem Mörder, der heute in den himmelhoch ragenden Bergen des Sonnenaufgangs lebt. Dieser Verbrecher herrscht dort über wilde Völkerschaften, und nur mit einem Heer kann er bezwungen werden. Dem Aras dieses Heer zu sein, das ist, Gefährten, unsere Verpflichtung.«

In den Mienen der Argiver las ich erst Erstaunen und Verwunderung, dann aber Zustimmung und schließlich neuen Kampfeseifer. »Selbst in die Unterwelt wollen wir dir folgen, Fürst!« sagte Zakrops mit rauher Stimme, »und so treu, wie wir dir sind, wollen wir nunmehr auch Aras sein, den du vor uns an deine Seite nahmst.« »Ja«, fügte Polymerios hinzu, »keiner von uns soll ohne Hilfe bleiben, wenn ihn die Pflicht der Rache ruft!« »Rache!« rief Stigos, und Kaliphon sprach leise:»Auch um der Ehre meines toten Vaters willen, der in meinem Herzen weiterlebt, werde ich stets der erste hinter euch sein, ihr Fürsten!«

Der König von Argos hob langsam die Arme, als die ersten Strahlen des Sonnengestirns auf seinem kühnen Antlitz leuchteten, und er rief: »Schärft eure Waffen, Kampfgefährten! Ihr aber, Götter der Achäer, schenkt uns gnädig Kraft für dieses Werk! Nehmt unser Opfer freundlich an und steht uns stets zur Seite! Kein Feind wird uns je widerstehen, wenn ihr nur unsere Waffen lenkt.«

Jubel erhob sich nun unter den Gefährten, sie faßten einander an den Handgelenken und riefen laut Zeus und Athene an. Dann steckten wir den Scheiterhaufen in Brand, aßen ein zweites Mal vom Fleisch der Opfertiere und gaben auch den Priestern ihr Teil. Zum Schluß reinigten wir uns mit dem klaren Wasser einer heiligen Quelle. Diomedes blieb allein zurück, um zu seinem Vater Tydeus zu beten. Wir anderen verließen den Tempel voller Zuversicht, denn die Vogelzeichen waren so günstig wie das Bild der Wolken, und wir warteten ungeduldig auf den Tag des Aufbruchs.

V
PERISADE

In der ältesten Zeit, als es noch keine Städte und Könige gab, als die Menschen noch nackt gingen und ihre Nahrung roh aßen, lebte im Meerland ein Fischer, der eine Tochter von großer Schönheit besaß. Diese begehrte der Dämon des Feuers zur Frau; er erschien als flammende Säule vor dem Fischer und sprach:

»Dein Schwiegersohn zu werden, bin ich hergekommen, Erzeuger dieses schönen Menschenkinds. Gib mir deine Tochter, denn ich will sie als meine Gemahlin in das Reich des Feuers führen.«

Der Fischer erschrak vor diesem entsetzlichen Freier, denn er fürchtete, daß seine geliebte Tochter jämmerlich verbrennen müßte, wenn sie in die Nähe der flammenden Säule gerate. Damals kannten die Menschen das Feuer noch nicht; sie wußten nur, daß es Zerstörung bringt, aber nicht, wie man das Feuer beherrscht, damit es Segen spende. Darum antwortete der Fischer:

»Große Ehre bringst du meinem Haus, du Herr der Flammen, aber wir Menschen sind arm und Göttern nicht ebenbürtig. Wenn du meine Tochter also zur Frau nehmen willst, so enthülle uns erst das Geheimnis des Feuers, damit wir es uns dienstbar machen und die Scheu vor ihm verlieren; dann will ich dich als Schwiegersohn umarmen.

Da lachte der Gott übermütig und sprach: »Schlau wollt ihr Menschen sein, doch eure Listen sind so einfach zu durchschauen! Wollte der Göttervater euch die Gabe des Feuers gönnen, hätte er sie euch doch schon bei der Schöpfung verliehen. Vermesse dich also nicht, das Unerreichbare zu fordern!«

Ärgerlich sagte darauf der Fischer: »Wenn du den Brautpreis nicht erlegen willst, so kommst du nicht über meine Schwelle, und meine Tochter wird sich einen anderen Freier erwählen.«

Wütend raste der Feuerdämon von dannen; erleichtert folgte der Fischer mit den Augen dem Flug des unheimlichen Gastes. Doch am nächsten Tag, als der Vater weit von seiner Hütte den wasseratmenden Schuppentieren nachstellte, kehrte der flammende Gott heimlich zurück und fuhr mit solcher Macht in das schlafende Mädchen, daß es zu Asche verbrannte.

Voller Trauer und Schmerz schwor der Fischer dem Feuergott Rache. Doch konnte er des Feindes nicht habhaft werden, denn Menschen hatten damals keine Macht über Dämonen.

Die Nachbarn, die der Vater um Hilfe bat, antworteten daher: »Wage nicht, die Überirdischen herauszufordern! Vergiß deine Tochter, dir wird eine neue erwachsen.«

Die niedrigen Götter des Hauses und der unbelebten Dinge sagten zu ihm: »Mag dir auch Unrecht geschehen sein, die Menschen sind nun einmal die Diener der Unsterblichen und müssen hinnehmen, was diese ihnen zufügen wollen.«

Die höheren Götter der anderen drei Elemente, des Wassers, der Erde und der Luft, verspotteten den Unglücklichen sogar und riefen: »Wer bist du, Staubgeborener, daß du dich erkühnst, unserem Bruder, dem Blitz, entgegentreten zu wollen? Nur seiner Gleichgültigkeit verdankst du es, daß er dich nicht schon längst ob deiner Frechheit zermalmte!«

Schließlich warf sich der verzweifelte Mann vor den Thron des Göttervaters und flehte: »Vergönne mir das heilige Recht der Rache, Himmelsbeherrscher! Denn das Blut meiner Tochter schreit jede Nacht vor meiner Tür nach Vergeltung.« Der König der Götter antwortete ihm: »Die Rache ruhe in Gerechtigkeit!«

Da kehrte der Vater nach Hause zurück und formte aus Lehm ein Abbild seiner toten Tochter. Viele Jahre wartete er geduldig, bis der Feuerdämon wieder sein Haus überflog und voller Verwunderung bemerkte, daß dem Fischer wiederum ein wunderschönes Mädchen herangereift schien; denn er hielt den Lehmklumpen für lebendig.

Erneut trat er als Feuersäule freiend vor den Vater, und alles geschah wie beim ersten Mal. Doch als der Dämon wiederum voll Wollust in den Leib des Mädchens fuhr, brannte seine Glut den weichen Lehm zu hartem Ton, und der hohle Mädchenkörper wurde zum Gefängnis, aus dem der Flammengott sich nicht befreien konnte.

Wütend und gepeinigt rief der Feuerdämon nun seine Brüder herbei. Auch diese befragten zuerst den Vater der Götter; auch sie erhielten zur Antwort: »Die Rache ruhe in Gerechtigkeit!« Da fuhren sie alle drei zum Haus des Fischers, um den Gefangenen daraus zu befreien.

Als erster eilte der Dämon des Wassers herbei; mächtige Wogen rollte er gegen die Hütte, um ihre dünnen Wände hinwegzufegen. Der Fischer aber zog eilends Gräben und schüttete Wälle auf, so daß die Wellen sein Haus nicht zerschmetterten, aber auch nicht mehr zurückweichen konnten, sondern in großen Teichen gefangen blieben, in denen es vor Fischen wimmelte.

Daraufhin raste der Dämon der Lüfte heran, das Haus des Fischers mit Winden davonzublasen. Doch die Wände widerstanden diesem Ansturm. Der Fischer aber fing den Wind mit Tüchern ein, daß er darin gefangen blieb und, statt Schaden anzurichten, seinem verhaßten Bezwinger Nutzen brachte, weil dieser die Tücher als Segel auf sein Ruderboot spannte.

Als letzter stellte sich der Dämon der Erde zum Kampf. Doch auch er unterlag; denn aus den Leibern seiner gefangenen Brüder formte der Fischer das scharfe Eisen, indem er es mit Luft und Feuer erhitzte und dann im Wasser kühlte. Damit zerschnitt er dem Dämon der Erde pflügend die Haut, sodaß der Geist vor Schmerzen brüllte. In den Wunden entstanden fruchtbare Äcker; so wurden die Söhne des Fischers zu Bauern.

Da wandten sich die besiegten Dämonen erneut an den Göttervater und klagten: »Warum hast du den Menschen den Sieg über uns geschenkt? Dem Fischer hast du das gleiche zur Antwort gegeben wie uns, doch seinen

Wunsch nach Vergeltung hast du erfüllt, während du uns die Rache versagtest!«

Der oberste Gott aber sprach: »Dem Fischer wie auch euch sagte ich: ›Die Rache ruhe in Gerechtigkeit!‹, und so soll es auch bleiben. Denn nur der, dem ein Unrecht widerfahren ist, soll dafür Vergeltung erlangen, wie jener Mensch, der sein geliebtes Kind verlor. Wer aber selbst Unrecht tut und dafür Strafe erleidet, der besitzt kein Recht auf Rache. So mögt ihr euren Übermut büßen!«

Auf diese Weise lernten der Fischer und seine Nachkommen, die Elemente zu beherrschen und jene zu Dienern der Menschen zu machen, die früher die Menschen beherrschten. Im Herd spendet heute das Feuer den Menschen Wärme, das Wasser verschafft ihnen Nahrung und Trank, die Winde treiben ihre Fahrzeuge an alle Küsten, und aus den Früchten der Erde schließlich stillen die Menschen ihren Hunger. Manchmal bäumen sich die gefesselten Dämonen gegen den Menschen auf; dann rasen Stürme über das Land, toben die Wogen gegen die Ufer, Feuersbrünste vernichten die Ernte und die Erde erbebt.

Ein heiliges Werk der Rache hat also den Menschen Macht über die Elemente gegeben; denn nur weil der Fischer nicht demütig hinnahm, daß ihm der Dämon das Liebste entriß, wurde die Kraft der Natur für immer gebändigt. Wer aber die Vergeltung vergißt, wird niemals frei sein.

So erzählen es die geheimen Mythen des Stromlands.

1 Noch vor der Mittagsstunde bestieg der junge Kaliphon in Ugarit ein Schiff nach Zypern, um den Fürsten Teuker aufzusuchen. Er kehrte mit dem Telamonier erst zehn Tage später zurück und sagte zu Diomedes: »Ich habe mich weder dem Trunk ergeben noch käuflichen Weibern gewidmet, König; strafe mich also nicht, auch wenn du sicher schon sehr ungeduldig bist. Denn an dieser Verspätung trage ich keine Schuld. Als ich in Paphos anlangte, hörte ich, daß der edle Teuker zwar noch immer diese Stadt beherrsche, aber schon seit langer Zeit im Osten Zyperns wohne, wo er einen neuen Hafen gegründet habe.«

»So ist es«, lächelte Teuker und faßte Diomedes freudig an den Händen, »es soll der größte Handelsplatz für Kupfer werden, dort, wo es nahe zu den Häfen Syriens ist. Benennen werde ich die Stadt nach meiner Heimat Salamis, nach der ich mich so sehne. Jedes Jahr sende ich neue Boten zu meinem Vater Telamon, aber er wird mir wohl niemals verzeihen, so daß ich bis ans Ende meiner Tage hier mein Leben fristen muß. Aber ich bin nicht gekommen, um dir mein Leid zu klagen, sondern um dir zu geben, was dein ist. Die schönsten Schätze der Stadt Paphos, die ich treu für dich verwaltete, liegen in jener Truhe; du wirst sie gut gebrauchen können, wenn du, wie ich schon hörte, einen neuen Feldzug planst, der dich in ferne, unbekannte Länder führen soll!«

Die beiden Fürsten umarmten sich wie Brüder. Dann winkte Teuker vier Träger herbei, die mit großer Anstrengung auf ihren Schultern einen schweren hölzernen Kasten schleppten und vor Diomedes niedersinken ließen. Als sie ihn öffneten, funkelten vor unseren Augen in überreicher Menge goldene Ketten und silberne Ringe, Edelsteine, Prunkgeschirr und kostbare Waffen aus der einstigen Hethiterbeute; der Sohn des Tydeus sagte wohlgefällig: »Ich danke dir für deine Treue, Teuker! Du gibst mir hier aus freiem Willen mehr, als ich von dir verlangen könnte. Nun aber laß uns den Staub von den Lippen spülen; ich begehre, mit dir von vergangenen Zeiten zu reden!«

Perötes, der Schankwirt, eilte mit Wein, Brot und Fleisch herbei, und Diomedes schilderte unsere Abenteuer im Nilland und wie wir durch einen glücklichen Zufall in Ugarit unsere treuen Gefährten wiedergefunden hatten. »Der Zufall ist der Nothelfer des Schicksals«, sagte der König von Argos, »er kommt, wenn sich der vorgezeigte Pfad anders nicht mehr beschreiten läßt. Die Götter haben mir vorausbestimmt, daß ich noch lange durch die Fremde irren soll. Als Lohn für meine Frömmigkeit gaben sie mir getreue Männer bei. In Ägypten verlor ich sie, dann aber lenkten die Götter meine Schritte nach Ugarit, und ich fand meine Kampfgenossen wieder. Was uns oft überrascht, ist von den Himmlischen meist schon seit langer Zeit vorausbestimmt.«

Teuker hörte staunend zu und sagte schließlich:»Wahrlich, viele Wunder hast du gesehen und viel Leid ertragen müssen! Aber dir ist gewiß Großes beschieden, Diomedes, denn deine Abenteuer scheinen Prüfungen zu sein, wie sie die Götter nur einem Mann auferlegen, der sich Unsterblichkeit erwerben soll.«

Danach schilderte der Sohn des Telamon, was sich in den vergangenen drei Jahren auf der Kupferinsel und in Griechenland zugetragen hatte, und sprach:»Die Götter sind Achäa seit dem Sturz von Troja nicht mehr wohlgesonnen: Mord und Krieg herrschen im Land, und an den Grenzen wüten die Barbaren; neue, unbekannte Völker rücken aus den schneebedeckten Bergen des Nordens heran. Wärst du nur einen Mond früher gekommen, hättest du bei mir den tapferen Menelaos und seine liebreizende Gattin Helena angetroffen. Ja, sie sind beide noch am Leben und überstanden den Sturm, der nach eurer Ausfahrt von Kreta die Flotte zerstreute. Die Schiffe des Königs von Sparta wurden nach Rhodos getrieben, dann an die Gestade Kleinasiens und schließlich ins Phönizierland. Von dort segelten sie nach Paphos und staunten sehr, mich auf Zypern anzutreffen. Als sie von deiner Fahrt zum Nilstrom hörten, hielt es sie nicht länger, und sie eilten dorthin, um dich zu finden. Aber selbst wenn du ihnen begegnet wärst, hättest du Menelaos wohl kaum zu einem neuen Rachefeldzug gegen Argos und Mykene überreden können. Denn der König von Sparta berichtete mir, daß ihm kurz nach der mißglückten Ausfahrt nachts ein weiteres Mal sein Bruder Agamemnon erschienen sei und ihm verkündet habe:›Mein Blut wird seinen Rächer finden, Menelaos, und das Schwert des Todes schwebt schon über meinem ungetreuen Weib. Doch die Götter haben sich entschlossen, daß nicht du es führen sollst, sondern daß ein anderer aus unserem Geschlecht das heilige Vergeltungswerk vollbringen soll. Lasse also ab von deinen Plänen und füge dich dem Willen der Unsterblichen!‹ So sprach Agamemnon zu Menelaos im Traum. Seitdem weiß der König von Sparta, der ein frommer Mann ist und sich Himmlischen niemals entgegenstellen wird, daß er von seiner Rachepflicht entbunden ist; mehr noch, daß er, wenn er dem Götterwort zuwiderhandelte, selbst Schuld auf seine Schultern laden würde.«

»Und Idomeneus?« fragte Diomedes. »Hast du auch von ihm etwas gehört, dem unglücklichen König von Kreta, der, wie ich, aus seiner Heimat fortgejagt wurde?«

»Nichts Bestimmtes«, antwortete Teuker, »weitgereiste Seefahrer erzählten mir, daß sich ein schon an Haar und Bart ergrauter Fürst mit wenigen Achäern im Gefolge an der tiefsten Spitze jenes Landes angesiedelt habe, das im Westen Griechenlands am Rand des Meeres liegt; seine Bewohner nennen sich Italer, aber ich konnte nichts Näheres erfahren. Auch aus Achäa dringt nur wenig Kunde auf die Kupferinsel. Kalchas, der Seher, soll nicht wieder heimgekehrt sein, sondern jetzt an der Küste Kleinasiens leben. So könnte sich auf seltsame Weise erfüllen, was er euch, wie du berichtet hast, beim Abschied vor den rauchenden Ruinen Trojas sagte: Daß er wohl keinen von euch jemals wiedersehen werde.«

»Ich dachte damals, dies bedeute, daß wir alle jämmerlich ertrinken müßten, wenn wir gegen seinen Rat den Strand so schnell verließen«, sagte Diomedes. »Heute aber weiß ich, daß Orakel und Vorahnungen von Sehern zwar stets in Erfüllung gehen, aber oft auf gänzlich andere Weise, als man zunächst glaubt.«

»Vielleicht trifft dies auch auf dein delisches Orakel zu«, erklärte Teuker. »War darin nicht von einer grünen Halbinsel die Rede? Nun, das ferne Westland, in dem Idomeneus jetzt wohl wohnt, ist ebenfalls auf drei Seiten vom Meer umspült; so sagten es mir jedenfalls die Schiffer. Wer weiß, vielleicht ist dieses ferne Land die Halbinsel aus deinem Götterwort; vielleicht aber ist noch ein anderes Land gemeint, denn Halbinseln gibt es viele am Rande des Meeres.«

»Eines Tages wird sich dieses Rätsel klären«, sagte Diomedes, »zunächst muß ich jedoch, wie du wohl weißt, Taten der Freundespflicht vollbringen. Du wohnst auf einer Insel des von weither kommenden Handels – was hast du von den fernen Bergen hinter dem Hethiterreich gehört? Wir wollen dieses wilde Land bereisen, denn wir hoffen, dort die Spur des Mannes zu finden, dessen Blut mein Gefährte Aras zu vergießen wünscht.«

»Darüber kann ich nur wenig erzählen«, antwortete Teuker. »Dieses Land besteht aus ödem Gebirge und abgelegenen Tälern und Schluchten; sie werden von den verschiedenartigsten Völkern bewohnt, deren Namen ich nicht kenne. Aber südlich von diesem Bergland erstreckt sich das gewaltige Assyrerreich; dorthin solltest du dich wenden. Die Assyrer sind erprobte Krieger, den Hethitern gleich, und sie wissen mutige Kämpfer stets zu schätzen; sie werden dich in Ehren empfangen. Nur sieben Tagesreisen östlich von Ugarit liegt ihre feste Stadt Charran; so weit sind sie schon nach Westen vorgedrungen. Sie führen gegen alle Völker Krieg, selbst gegen die Hethiter. Wer weiß, vielleicht ziehen sie bald auch in jenes himmelhoch ragende Gebirge hinauf, in dem sich euer Feind verborgen hält, so daß du ihrer Hilfe gewärtig sein kannst, euren Gegner zu vernichten.«

»Dann werden wir diese Assyrer besuchen«, entschied Diomedes, »denn wenn wir versuchen, durch das Hethiterreich zu jenen Bergen vorzudringen, werden sich die Schwarzgepanzerten vielleicht erinnern, wer es war, der ihnen einst vor Paphos die Köpfe blutig schlug; sie werden dann gewiß nicht freundlich zu uns sein, während die Assyrer uns für diese Tat sogar loben werden. Doch soviel Gold, wie du mir brachtest, kann ich nicht verwenden. Ich nehme mir davon nur, was ich brauche, um meinen Kampfgefährten neue Waffen, Wagen und Gespanne zu verschaffen. Den Rest, Freund Teuker, führe getrost mit dir nach Zypern zurück. Wer weiß, ob ich nicht eines Tages von neuem deiner Hilfe bedarf.«

»Du brauchst mich nur zu rufen«, versprach Teuker und blickte dem Tydeussohn ernst in die Augen. Da freute sich Diomedes wie ein unter schweren Lasten gebückter Träger, dem unversehens ein anderer zu Hilfe eilt, und sagte: »Die Götter, Teuker, mögen dich für soviel Ehrlichkeit und Treue belohnen!«

Ugarit war eine Stadt des Handels, in der sich Güter aus den fernsten Ländern sammelten. Aus allen Teilen der Weltenscheibe kamen hochbordige Schiffe und lange Karawanen herbei und brachten den Menschen Reichtum. Gold aus Nubien und Silber aus Urartu, Kupfer aus Zypern und Zinn aus Tarschisch, Tuch aus Kreta und Edelsteine aus Äthiopien häuften sich in den Kammern der Kaufleute, die dort so mächtig waren, daß es selbst der König nicht wagte, sich ihrem Rat zu widersetzen. Salz, Öl und Getreide, Waffen und Pferde, feines Gewebe aus gelbem Flachs, Würzstoffe und die begehrte Purpurfarbe, die sie aus winzigen Schnecken gewinnen, gaben die Leute von Ugarit im Tausch. Darum war diese Stadt eine der reichsten unter der Sonne und von solcher Pracht, daß man vermeinte, im Königssitz eines mächtigen Reiches zu stehen, obwohl Ugarits Grenzen kaum eine Wegstunde von der Stadtmauer entfernt verliefen.

Wenn man das Waldgebirge überquerte, das den Orontes vom Mittelmeer trennt, die Haine der Pinien, Zypressen und Zedern hinter sich ließ, dann blickte man von einer anmutigen Höhe auf die gelbe Landspitze hinab, die man das Kap des Fenchel nennt. Denn diese Pflanzen blühen dort in so großer Zahl, daß sie weithin das Land färben wie Dotter den Bart des hastigen Essers. Die Menschen an dieser Landzunge sahen das Wachstum des Fenchel als Gabe der Götter an, denn sie gewannen aus diesem Kraut wohlriechende Salben, Heilmittel und Gewürze.

Zwei Arme eines tosenden Wildbachs umschlossen die Stadt mit ihren prächtigen Häusern; darum mußte Ugarit niemals Mangel an Feuchtigkeit erleiden, sondern besaß Wasserbecken in allen Straßen, dazu breite Kanäle und viele Badehäuser. Die Leute von Ugarit priesen ihre Heimat weit über alle anderen Häfen Phöniziens und sagten, daß gegen ihre Stadt selbst Arwad, Gebal, Sidon oder Tyros, mehr noch Sumur und Ullazu, Berytus und Akko nur wie arme Dörfer seien. Darum fühlten sich die Männer von Ugarit auch nicht als Phönizier, sondern sagten, wenn man sie nach ihrer Heimat fragte: »Ich bin ein Bürger der Weltenscheibe«, so, als ob sie überall zuhause wären. Sie hielten sich auch für das klügste Volk auf der Erde und behaupteten, daß sie als erste die Kunst erfunden hätten, mit Buchstaben Worte auf Ton oder andere Stoffe niederzuschreiben. Dabei hatten sie, wie ich später erfuhr, nur die Schriftzeichen der Babylonier, die in Wahrheit die Erfinder dieser Wissenschaft sind, gestohlen und geringfügig verändert; so wie ein Mann, der den Schmuck seines Nachbarn entwendet, diesen nicht selten verbiegt oder gar einschmilzt, damit sein früherer Besitzer das Diebesgut später nicht wiedererkenne. So lügnerisch waren die Leute von Ugarit auch in anderen Dingen, und vor allem in der Staatskunst; denn sie hielten es immer mit dem, dessen Heer ihren Mauern gerade am nächsten stand. Zog dieser dann wieder ab, dann waren sie gleich seine Gegner und verbündeten sich mit seinem Feind. Wenn man sie nach den Gründen für ihr Doppelspiel befragte, antworteten sie unwirsch: »Wir sind Kaufleute und keine Krieger; sollen doch die anderen einander die Schädel zerschmettern, wir benutzen unsere Köpfe lieber, um gute Geschäfte zu machen. Haben die

Götter denn das Haupt zum Hort der Gedanken gemacht oder etwa nur zur Stütze eines kriegerischen Helmbusches erschaffen?«

Darum dachten sie auch nur ungern an die Zeit zurück, in der Ägyptens landhungrigster Pharao, der dritte Thutmosis, die Stadt eroberte und seinem Reich einverleibte. Um sich aus dieser Knechtschaft zu befreien, wandte Ugarit sich den Hethitern zu und schaukelte seither zwischen den beiden Mächten hin und her. Darum mußten seine Bewohner auch kaum einen Angriff befürchten, höchstens Überfälle der räuberischen Amurru oder Amoriter aus der Wüste, die sie aber mit Gold von ihren Mauern fernhielten. »Das kommt uns viel billiger«, behaupteten die Phönizier, »als ständig Heere teurer Söldner zu bezahlen, die überdies in Friedenszeiten lästig sind und unseren Frauen nachstellen.« Diomedes sagte zu mir, als er das hörte: »Die dummen Hammeltreiber in der Wüste zu bestechen, mag leicht sein und die Stadt noch lange vor Schaden bewahren. Aber wie will Ugarit sich wehren, wenn ein starkes Kriegervolk an seine Küsten kommt? Dann sind die Männer ungeübt und wenig waffentüchtig; sie fallen dem entschlossenen Feind anheim wie damals Paphos den Hethitern.«

Ihre Götter verehrten die Leute von Ugarit in reichen und prunkvollen Tempeln, und wenn sie ihnen auch andere Namen geben, als es die Achäer taten, so waren die Angebeteten doch häufig dieselben. Nur nennen die Phönizier den Himmelsvater Baal statt Zeus und den Totengott Mot statt Hades. Athene heißt bei ihnen Anat, Hera Aschera und Aphrodite schließlich Astarte, und diese Göttin verehren sie auf sehr seltsame Weise. In ihren Tempeln geben sich nämlich die schönsten Mädchen Ugarits gern jedem Fremden hin und pflegen mit ihm der Liebe. Das Entgelt, das sie dafür erhalten, dient zum Opfer an die Göttin, und die Priester erwerben dafür die kostbarsten Güter. Aber durchaus nicht alle Dienerinnen Astartes wohnen aus freien Stücken in den Lusthäusern der Göttin: Oft kaufen Tempelherren auf dem Sklavenmarkt Mädchen aus fernsten Ländern ein, die sie dann mit der Peitsche zwingen, den frommen Besuchern zu Willen zu sein. Meist wählen sie zu diesem Zweck nicht Niedriggeborene aus, sondern stolze Töchter reicher Herren, die vielleicht auf einem Schiff untergegangen sind und hilflos und allein an Land gespült wurden, wo sie dann ihren Häschern in die Hände fielen. Manchmal sind es auch Töchter von Fürsten oder Königen, die auf einem Kriegszug überwältigt wurden und mit ihren Kronen auch ihre Familien verloren. Für eine Prinzessin zahlen die Astartepriester den höchsten Preis; denn sie glauben, daß es die Freude der Göttin erhöht, wenn eine Edelgeborene um ihretwillen zur Liebe gezwungen wird. Solche unglücklichen Mädchen pflegen die Tempeldiener dann auch nicht mit Schlägen gefügig zu machen, sondern sie binden sie nackt und mit gespreizten Schenkeln auf hölzerne Gestelle, damit sich jeder an ihnen vergnügen kann, solange es ihm beliebt; denn meist steigert es noch die Lust der Diener Astartes, wenn sich ihr Opfer zu wehren versucht und ihnen voller Haß in die Augen starrt, die gefesselten Hände zu Fäusten geballt. Dann loben die Priester laut den Mut dieses Mädchens und streicheln seine empfindlichsten

Stellen mit weichen Federn, um zu sehen, ob sich die reizvolle Wut nicht schließlich doch in Wollust wandle. Haben sie aber wirklich erreicht, daß die Unglückliche im Widerstand nachläßt und selbst in Glut gerät, dann schlagen sie plötzlich mit Stöcken auf sie ein, damit sich ihre Hitze wieder kühle, zum neuen Anfang ihres frommen Spiels. Auf diese Weise zerstören die Priester den Willen ihrer Opfer, bis die Frauen und Mädchen ihren Stolz und ihre Herkunft vergessen und sich von jedem Mann gebrauchen lassen, mehr noch, bis sie dabei Lust und Wonne empfinden.

Als wir einen solchen Tempel besuchten, brachten die Priester uns zu Ehren ein besonders edles Mädchen aus reichem kaukasischem Fürstengeschlecht zum Opfer dar; es trug seine blonden, zu langen Zöpfen geknoteten Haare anmutig um das stolze Haupt geschlungen. Die Glieder der jungen Kaukasierin waren wohlgestaltet wie die einer Göttin, und ihre Haut erschien rosig und weich wie die eines Apfels vom Idiglat. Sie wußte nicht, was ihr bevorstand, und sah uns mit dem Stolz der geborenen Fürstin entgegen, die es gewohnt ist, ihre Diener vor ihrem Zorn zittern zu lassen. Obwohl sie wohl kaum mehr als achtzehn Sommer gesehen hatte, strahlte sie die Selbstsicherheit einer ebenso schönen wie klugen Frau aus. Wie sehr änderte sich dieses Bild, als sie erkannte, welches Opfer ihr Astarte abverlangte!

Die Priester bildeten einen großen Kreis um die junge Fürstin; dann trat aus einem Nebengemach eine hochgewachsene, starke Schwarzverbrannte hervor. Die Äthiopierin besaß feingeschnittene Züge, feste Brüste und weiblich gerundete Lenden, ihre schlanken, sehnigen Arme und langen Beine zeigten jedoch die straffen Muskeln des Kriegsmanns, die man sich als Frau nur durch ständige Übung mit schweren Gewichten aneignen kann. Sie trat auf die Kaukasierin zu, löste den Kranz ihrer Haare, bis eine blonde Flut bis auf die Hüften ihres Opfers wallte, und begann dann, sie zu entkleiden. Als die Gefangene gewahrte, was ihr bevorstand, versuchte sie sich zu wehren; aber die starke Äthiopierin lächelte nur, hielt die Widerstrebende fest und entblößte mit schnellen, geübten Griffen den schönen Körper der Kaukasierin, bis die Gefangene nackt und bebend vor uns stand. Die junge Fürstin versuchte, ihre Nacktheit mit Händen und Haaren zu verbergen, aber die starke Äthiopierin packte ihr zierliches Opfer an den Armen und zwang sie, diese weit über den Kopf zu strecken, so daß den Zuschauern kein Geheimnis ihres Körpers verborgen bleiben konnte. Dann hob die schwarze Tempeldienerin die junge Fürstin hoch, trug sie zum Altar, setzte sich dort mit dem Gesicht zu uns zwischen Schalen aus duftendem Weihrauch und zwang den Kopf ihres Opfers zu sich herab, während die Priester ihre Gewänder öffneten und sich der Knienden näherten. So wurde die Kaukasierin zugleich von einer Frau und vielen Männern bezwungen. Sie schluchzte und wollte sich noch immer wehren, aber nach einer Weile wirkte der Zauber Astartes: Die junge Fürstin krümmte sich nicht mehr vor den Hüften der Priester, sondern reckte sich ihnen entgegen und die Äthiopierin konnte den Druck ihrer Schenkel bald mildern, denn ihre neue Geliebte blieb freiwillig bei ihr. Später führten die Priester uns vor, wie sich auch Mädchen und Knaben mit der Kaukasierin vergnügten; die phönizischen Mädchen liebten die Fürstin dabei zu mehreren nach Art der Frauen, während die Knaben mit ihren noch kindlichen Körpern abwechselnd an die Lippen der Geopferten drangen. Bei diesem Anblick wandten wir uns ab, und als wir von den Priestern aus dem Tempel geleitet wurden, atmete Diomedes tief und erklärte: »Ich weiß, bei anderen Völkern herrschen andere Sitten; aber wenn ich Aphrodite schon in der Heimat nicht sonderlich schätzte – hier mißfällt mir ihr Zauber noch mehr!« Ich schwieg, denn ich dachte an Hermione, und ich wäre am liebsten in das Heiligtum zurückgekehrt, um den Priestern ihr Opfer zu entreißen; aber der Tydeussohn hielt mich zurück und erklärte: »Du bist noch zu jung, um dich gegen Götter zu stellen. Außerdem änderst du nichts. Oder meinst du, wir könnten allein ganz Phönizien bezwingen? Mäßige deinen Zorn, auch wenn diese Riten dir grausam erscheinen; wer weiß, vielleicht hat jene Fürstin aus Kaukasien einst an ihren Dienerinnen ebenso gehandelt, wie man jetzt mit ihr verfuhr.«

In den düsteren Tempelhöhlen Ugarits sollen manchmal auch Sklaven und Kinder zu Ehren der Götter getötet worden sein, doch dabei ließen die Phönizier keine Fremden hinzu. An Sklaven herrschte kein Mangel in der Stadt des Weißen Hafens, wie Ugarit sich nannte. Denn jeder von den fünftausend Bürgern der Stadt besaß mindestens ein Dutzend Diener. Die Gesetze Ugarits waren milde: Ein Brandstifter mußte zum Beispiel lediglich den Schaden wiedergutmachen, den sein Feuer angerichtet hatte, und für die Toten neue Sklaven kaufen; dann blieb er frei und unversehrt. Für Ehebruch wurde ein Bürger nur bestraft, wenn er die Frau eines anderen mit Gewalt genommen hatte.

So weitgereist und allem Neuen aufgeschlossen die Männer vom Fenchelkap auch waren, vor einem hüteten sie sich sehr: Nämlich davor, allzuviele Männer fremder Völker in ihre Mauern einzulassen. Darum durften Achäer, Syrer und Ägypter zwar in Ugarit wohnen, aber darin keinen Fußbreit Land käuflich erwerben. Seit sich dort immer mehr Griechen ansiedelten, forderten viele Bürger von ihrem König sogar, er solle alle Fremden aus Ugarit ausweisen. Denn die Einheimischen befürchteten, allmählich in die Minderzahl zu geraten. Vor allem haßten sie Fremde, wenn diese tüchtiger waren als sie selbst; das wäre dem Schankwirt Perötes fast zum Verhängnis geworden.

Dieser Achäer, der aus Kreta stammte, hatte nämlich einen Nachbarn namens Palnipur, der gleichfalls eine Schenke besaß. Während Perötes sich in seinem Haus, das er »Zum kranken Krokodil« genannt hatte, stets eines großen Zulaufs erfreute, stand sein Feind Palnipur oft tatenlos vor seiner Tür und bohrte in den Nasenlöchern, weil ihm die Gäste fehlten. Dabei war seine Stube sauber und sein Wein mindestens ebenso gut wie der des Kreters, den ich überdies schon verdächtigte, daß er zwar uns stets seinen besten Tropfen gab, die anderen jedoch mit wässerig verpanschtem Wein betrog; besonders jene, die schon zu betrunken waren, um noch einen Unterschied zu merken. Als Palnipur davon erfuhr, beschloß er sich des Gegners dadurch zu entledigen, daß er Perötes vor den Richter brachte. Der Phönizier hoffte, der Beamte werde den Achäer prügeln und aus der Stadt jagen lassen. Denn so sehr die Leute von Ugarit den Betrug selbst liebten, weil sie ihn für das Merkmal des tüchtigen Kaufmanns hielten, so sehr verabscheuten sie den, der sich dabei ertappen ließ, denn der überführte Gauner galt als dumm und als eine Schande für den Krämerstand in einer so berühmten Handelsstadt.

Wir kehrten gerade von einer Ausfahrt an die nördliche Küste zurück, da sahen wir, daß Palnipur die Absicht in die Tat umsetzte: Vor der Schenke »Zum kranken Krokodil« hatte sich eine wütende Menge versammelt. In ihrer Mitte, die Glatze glänzend vor Schweiß, stand zitternd unser kretischer Stammwirt, gehalten von vier kräftigen Wächtern. Mit lauter Stimme rief er Zeus und Dionysos an, auch Hermes, den Gott der Kaufleute, danach alle phönizischen Götter und auch die von Ägypten und Babylon, wie sie ihm gerade in den Sinn kamen. Dann fiel sein Blick auf uns, er streckte uns die gefesselten Hände entgegen und rief:

»Unschuldig bin ich wie ein neugeborenes Zicklein und möchte lieber das Augenlicht verlieren und als Bettler auf Erden wandeln, herumgestoßen von bösen Menschen, als jemals zu tun, was diese hier mir ungerecht zum Vorwurf machen. So helft mir doch, meine lieben Gefährten, oder soll mein Blut hier in den Sand fließen, fern von den Altären unserer Götter und meiner meerumspülten Heimat?«

Vor ihm stand Palnipur; er spie dem Kreter ins Gesicht und schrie: »Glaubt seinen Schwüren nicht, denn ich selbst habe gesehen, wie er seinen sauren Wein mit Wasser versetzte, als könne er uns anders nicht schnell genug das Kupfer aus der Tasche ziehen, das wir uns mühsam durch harte Arbeit erwerben. Gibt es doch nichts Schändlicheres als einen betrügerischen Wirt und einen lügnerischen Kreter dazu. Doch wie sich die giftige Schlange auch im hohen Gras verbirgt, einmal erspäht sie doch der scharfe Blick des Adlers!«

»Nun wohl, das Schwert heraus und nicht lange gezaudert«, sprach Diomedes, »laß uns dem Landsmann beistehen und versuchen, was unsere Waffen zu seiner Rettung vermögen. Denn höchstens die vier Wächter werden sich unseren Hieben entgegenstemmen, während ich diesen ›stolzen Adler‹ samt seines stinkenden Pöbelhaufens durch einen bloßen Tritt meines Fußes zu zerstreuen gedenke.«

Ich mahnte jedoch: »Hier gilt dasselbe, was du mir vorhin am Tempel sagtest. Bedenke, daß wir Gastfreundschaft genießen und keine fremden Räuber sind, die nur deshalb die Gesetze Ugarits verletzen können, weil sie danach sogleich in ihre Wüsten zurückfliehen können! Wenn wir dem Zorn des Königs ausgeliefert sind, wohin sollen wir uns dann wenden? Wenn wir dem Schankwirt helfen wollen, dann lieber mit List und ohne Gewalt, die alles nur noch schlimmer machen würde.«

»Recht hast du«, sagte der Sohn des Tydeus und stieß sein Schwert ins

Wehrgehenk zurück. »Wahrscheinlich hat der Kreter wirklich oft genug den Wein verfälscht. Ich kann mich erinnern, wie ich einmal versehentlich vom Becher eines Nachbarn nippte, der schon ins Traumreich aller Zecher hingesunken war. Nach einem Schluck würgte mir Brechreiz in der Kehle, als hätte ich das saure Wasser eines in den Kot gestreckten Bettlers genossen. Für diesen Trunk mag der Kreter getrost ein wenig Unbill erleiden. Uns selbst hat er freilich stets vom Besten vorgesetzt, das muß man ihm lassen. Darum will ich jetzt meine Augen abwenden, damit ich beim Anblick dieses Haufens nicht doch noch in Zorn gerate.«

Damit trat er in das Innere des Hauses, während die Soldaten den heulenden Kreter davonschleppten. Ich ging zum Ausschank, öffnete den vordersten Weinkrug und warf eine Handvoll Goldstücke hinein. Dem staunenden Diomedes erklärte ich:

»Du weißt doch, wie eifrig hierzulande Richter nach Herkunft, Familie und vor allem nach dem Vermögen jedes Angeklagten fragen. Laß uns deshalb prüfen, welche Schlüsse der Richter unseres Freundes zieht, wenn er beim Probetrunk am Grund des Kruges sieht, was ihm zum Vorteil gereichen kann.«

Es verging nur kurze Zeit, dann kehrte Palnipur zurück, von zwei Gerichtsdienern gefolgt. Er war hochgestimmt, weil er hoffte, sich nun endlich an Perötes rächen zu können; doch als er uns erblickte, wandelte sich seine Fröhlichkeit in Furcht und er sagte:

»Zürnt mir nicht, Achäer, wenn ich euren Landsmann seiner gerechten Strafe zuführe. Denn ich besitze Beweise, denen auch ihr glauben werdet, wenn ihr auch selbst vielleicht nicht zu den Betrogenen gehöret.«

Diomedes mühte sich um eine freundliche Miene und versetzte: »Wohlgetan, wackerer Palnipur! Gehören doch gerade wir Achäer zu den größten Verehrern edler Weine und sehen es jedem Wirt, einem Landsmann noch mehr als einem Fremden, übel an, wenn er uns den Trunk verderben will!«

Erleichtert ergriff der Phönizier nun den vordersten Krug aus dem Schrank als Beweisstück und eilte davon. Wir folgten ihm gemessenen Schrittes, so wie der Jäger der Hirschkuh nachsetzt, wenn er weiß, daß er mit seinem Pfeil bereits ins Ziel getroffen hat und sich sein Opfer nicht mehr weit entfernen kann.

Richter Kuzinakulta, Stütze der königlichen Gerechtigkeit, Empfänger göttlicher Eingebungen und weiser Lehren teilhaftig, wohnte in einem prächtigen Steinhaus nahe der Straße in die östlichen Berge. Ein künstlicher Bach durchfloß seinen sorgsam gepflegten Garten, in dem zierliche Gewächse aus fernen Ländern in Pracht und Schönheit wetteiferten. Als wir das reichgeschmückte Portal durchwandelten, wurde uns deutlich, daß dieser Inhaber des richterlichen Ehrenamts sich wohl zu nähren wußte. Müde, doch mit gutgelaunter Miene, denn eben war ein reiches Mahl vorausgegangen, saß der Sprecher des Rechts auf seinem erhöhten Stuhl, vor dem Perötes seinen Fettbauch in den Staub geworfen hatte.

Der Richter, der an Leibesfülle dem Angeklagten durchaus ebenbürtig war, wischte sich die fettigen Finger, die eben noch eine schmackhafte Hammelkeule umschlossen haben mochten, am Ärmel seines reichbestickten Kleides ab. Denn wenn auch Ugarit zur reichen Handelsstadt emporgestiegen war, so herrschten dort selbst in vornehmen Häusern noch lange nicht so feine Sitten wie in Memphis oder Babylon.

»Die Schuld, die du auf dich geladen hast, wiegt schwer«, sagte Kuzinakulta dann zu dem Kreter. »Wenn sich als wahr herausstellt, was dein Ankläger hier vorgetragen hat, wirst du mit fünfzig Stockhieben und fünf offenen Wunden dafür büßen, das Volk am Wein betrogen zu haben. Und deine Güter werden eingezogen, weil du ein Fremder bist. Doch werde ich nicht richten, ohne zu prüfen, was an diesem Vorwurf wahr ist. Bringt mir den Krug aus der Schenke des Kreters!«

Palnipur erhob sich eilfertig mit zwei Tongefäßen in den Händen, reichte eines davon dem Richter und sagte: »Möge deine Weisheit noch lange die Gestirne überstrahlen und deine Gerechtigkeit dem Volke Ugarits für immer Frieden schenken! Doch bevor du deinen Körper mit dem Getränk dieses Scharlatans gefährdest, koste erst einen Schluck von dem Wein, den ich in meiner Schenke feilbiete. So wirst du am ehesten den Unterschied erkennen zwischen dem würzigen, unverfälschten Rebensaft, den meine Gäste gleichwohl zu billigen Preisen genießen, und dem schändlichen Gemisch, mit dem dieser Kreter seine ahnungslosen Besucher vergiftet.«

»Klug gesprochen«, bemerkte der Richter, dem eine Neigung zu flüssigen Köstlichkeiten deutlich anzusehen war; denn seine Nase rötete sich bereits, obwohl sein Haar noch voll an beiden Schläfen stand. »Gib mir zuerst von deinem Wein, dann will ich den des Kreters prüfen!«

Mit diesen Worten hob der Richter Palnipurs Krug an die Lippen und setzte zu einem mächtigen Schluck an, mit dem er das irdene Gefäß fast völlig leerte. Denn das würzige Fleisch seines Mahls hatte ihn durstig gemacht, und vorher war nicht Zeit genug gewesen, den Gaumen ausreichend zu kühlen. Der Wein floß ihm seitlich zum Mund heraus, so gierig trank er ihn. Dann nahm das Gesicht des Richters den Ausdruck heiterer Zufriedenheit an, und seine Augen glänzten.

»Fürwahr«, erklärte er schweratmend, nachdem er wieder abgesetzt hatte, »dein Wein ist ganz vorzüglich, lieber Palnipur. Gern will ich einmal selbst in deine Schenke kommen, um zu sehen, welche Schätze dein Keller sonst noch birgt. Nun aber werde ich den Wein des Kreters versuchen.«

Darauf nahm er den zweiten Krug und hob ihn an den Mund. Doch schon als die ersten Tropfen seine Zunge benetzten, rötete sich seine Stirn, seine Brauen senkten sich auf die Nasenwurzel und seine Augenlider wurden vor Ekel und Abscheu schmal. Er trank nicht weiter, sondern setzte den Krug wieder ab und musterte Perötes, der zitternd und leichenblaß vor ihm kauerte und den Blick nicht zurückzugeben wagte.

Da trat ich vor die Versammlung und sprach: »Vergib mir, edler Hüter des Rechts, wenn ich das Wort ergreife. Nicht wegen dieses Mannes hier, der demütig im Staub vor dir kniet, tue ich das; denn sein Schicksal bedeutet mir weniger als der Straßenkot unter meinen Sohlen. Sondern wegen dir selbst will ich sprechen, da du ein wahrer Freund edler Genüsse auch aus fernen Ländern zu sein scheinst. Wisse darum, daß kretische Weine eine besondere Eigenschaft besitzen, die ich deshalb so gut kenne, weil ich selbst Achäer bin. Was die Bauern dieser fernen Insel keltern, erregt zwar beim ersten Schluck Argwohn, weil es fremden Gaumen oft ungewohnt schmeckt. Aber schon der zweite Schluck wird Zweifler überzeugen; und wenn man erst den ganzen Krug leert, jedoch mit offenen Augen, um die Schönheit der Farben in diesem göttlichen Getränk zu erkennen, dann steigert sich die Glut des Kreterweins, bis man glaubt, himmlischen Nektar zu kosten.«

»Daß der zweite Schluck stets besser schmeckt als der erste, scheint mir bei jedem Wein der Fall zu sein«, antwortete der Richter, »denn das liegt nicht etwa an der Sorte des Getränks, sondern am Hirn des Zechers, der nach ein paar Krügen auch sonst nicht mehr alles richtig erkennt und sich selbst für den stärksten Mann, seine käufliche Dirne aber für eine Königin hält, und seine letzten Kupferstücke für die Schätze Nimrods. Aber weil du von Gestalt und Worten ein Edelmann bist, will ich dir gern beweisen, daß der Richter dieser Stadt auch seinen Abscheu überwinden kann, wenn es um eine höchst gewissentliche Prüfung geht.«

Nach diesen Worten setzte er den Krug des Kreters ein zweites Mal an die Lippen und zog den verwässerten Wein mit kräftigem Schluck in seine Kehle. Erst malte sich das gleiche Zeichen mühsam unterdrückten Widerwillens auf sein Gesicht. Dann aber sah er die Goldstücke auf dem Grund des Krugs schimmern, und auf seinen Zügen zeigte sich erst Überraschung, dann staunendes Erkennen und schließlich aufrichtige Freude.

»Wahrlich, es ist so, wie du sagst, Fremder«, sagte er, zu mir gewandt, »schon jetzt fühle ich, daß dieser Trunk mit jedem Mal besser mundet. Ein großes Wunder scheint in diesem Krug zu liegen. Kein Tagelöhner, verdiente er sein Kupfer auch noch so schwer, ja nicht einmal ein Fürst könnte sich Besseres wünschen!«

Und ohne sich noch lange aufzuhalten, sprach er sein Urteil über Perötes, der nicht wußte, wie ihm geschah: »Eile nach Hause, wackerer Kreter, du bist frei von jeder Schuld, und in deiner Schenke warten gewiß schon wieder viele Gäste auf dich! Deinen Krug aber ziehe ich als Beweismittel ein. Er mag in den Kammern des Gerichts noch Bürgern ferner Zeiten von der Weisheit künden, mit der im reichen Ugarit das Recht gesprochen wurde.«

2 Wir beteten noch einmal im Tempel des Göttervaters, dann brachen wir auf und verließen die Stadt. Ein kurzes Stück reisten wir nordwärts an der Küste entlang; dann wandten wir uns dem Sonnenaufgang zu, durchquerten steile Berge, fuhren bei Qarqa durch den Orontes und rollten dann über die flachen Hügel des Landes von Chalpa. Längst hatte die glühende Sonne des Sommers das Grün der Bäume und Büsche gebleicht; wir sahen nur wenige Menschen und Tiere. Die sanften Hänge folgten einander wie die Wellen des Meeres, und wir kamen so schnell voran, daß wir schon nach sechs Tagen den großen Fluß Purattu erreichten. Wir überwanden ihn in einer seichten Furt; er führte so wenig Wasser, daß wir uns wunderten, wie er im Süden später so mächtig werden konnte, daß man den ganzen Erdteil nach ihm und seinem Bruder Idiglat das Zweistromland nannte.

Diomedes und ich fuhren an der Spitze; uns folgten Stigos und Zakrops. Inmitten des Zuges lenkte der einäugige Arzt Eurymachos den Wagen mit unserer Habe, mit Stücken kostbarer Metalle, mit Mänteln und Decken für die Nacht, mit Waffen und Geräten, mit gesalzenem Fleisch und Fladenbrot, und mit großen tönernen Krügen voll Wasser und Wein. Auf dem nächsten Gefährt rollten Kaliphon und Polymerios einher; den Schluß bildeten die Brüder Polkos und Polyphas. Alle genossen den Anfang der neuen Kriegsfahrt sehr; übermütige Rufe schallten zwischen den Streitwagen hin und her.

Polkos beklagte sich laut über den Staub, den er als letzter durchfahren mußte, und schalt mit erhobener Stimme: »Bindet doch Reisigbündel an eure Achsen, ihr rücksichtslosen Kerle, damit der Schmutz die Lüfte noch dichter erfülle! Dann seid ihr mich wenigstens bald los, denn ich bekomme schon jetzt keinen Atem mehr!«

Da wandte sich Polymerios grinsend um und rief zurück: »Wie wäre es, wenn du den Weg vor uns mit deinem Wasser besprengtest, Polkos? Bei deiner Körpergröße und der ungeheuren Menge Wein, die du seit heute morgen in dich hineingeschüttet hast, müßtest du ebenso ausdauernd pissen können wie ein Waldesel!«

Alle lachten, der wackere Spießjäger vergaß dabei jedoch, auf den Weg zu achten, und lenkte sein Fahrzeug unversehens in eine Vertiefung, sodaß es krachend umstürzte und er mit Kaliphon im hohen Bogen auf die Erde prallte. Da freute sich Polkos, und während die beiden Gefährten sich fluchend die schmerzenden Schwellungen rieben und hustend den Staub von den Rädern des Riesen schluckten, höhnte dieser: »Pflegst du immer so abzusteigen, Polymerios, wenn es dich nach einer Rast verlangt? Freilich, diese Art, den Wagen zu verlassen, wirkt kunstfertig und sehr geschickt, doch scheint sie mir bisweilen etwas unbequem zu sein.«

Hinter dem Fluß Purattu erstreckt sich weithin unbewohntes Land. Nur selten waren Zelte wandernder Hirten in der Ferne zu sehen, von deren Feuern dünner Rauch in den Himmel zog. Danach breitete sich bald völlige Einsamkeit aus. Plötzlich gellten schrille Laute durch die Stille, hell wie die Tempelhörner Babylons, und hinter einer Biegung sahen wir zwischen großen Felsblöcken die Reste eines umgestürzten Wagens, vor dem die schrecklich zugerichteten Kadaver zweier Pferde lagen. Das furchtbare Gebrüll kam aus dem Maul eines gewaltigen Elefanten, der mit seinen riesigen Zähnen die hölzernen Wände des Wagens krachend zerbrach und mit klobigen Füßen tobend Räder und Achsen zertrat.

Wie aus der glühenden Asche durch starken Luftzug die züngelnde Flamme entsteht, erwachte sogleich die Jagdlust in Diomedes. Noch während wir fuhren, schleuderte er seinen hölzernen Speer in die graue Flanke des Tieres; dann sprang er vom Streitwagen, während die Pferde scheu in die Höhe stiegen, schüttelte seine bronzene Lanze in der Faust und stürmte dem Ungeheuer entgegen.

Mit wilden Schreien wandte sich der Elefant dem neuen Gegner zu und drang auf Diomedes ein; der Tydide sprang schnellfüßig aus der Reichweite des drohend erhobenen Rüssels und zielte mit der Waffe nach den Augen seines Gegners. Ich schlich mich inzwischen von hinten an den Koloß heran und durchtrennte ihm, wie ich es bei den Ägyptern und Nubiern gelernt hatte, mit schnellen Hieben meines Schwertes die Sehnen seiner Hinterbeine. Brüllend stürzte das Ungeheuer in den Sand; Diomedes stieß ihm die Lanze durch das Auge tief ins Gehirn.

Als wir die Reste des Wagens durchsuchten, fanden wir zwischen kunstreich gewebten Vorhängen und kostbaren Tüchern den leblos erscheinenden Körper einer jungen Frau, die bald darauf die Augen aufschlug und mit allen Zeichen großer Überraschung viele fremde Worte zu uns sagte. Erst nach geraumer Weile merkten wir, daß sie Akkadisch sprach, die uralte völkerverbindende Mundart aller Könige, Priester, Krieger und Kaufleute des Zweistromlands, die wir in Ugarit zu erlernen begonnen hatten, nach unserem Entschluß, das Land Assyrien zu bereisen.

»Wer seid ihr?« fragte die Fremde. »Wo bin ich? Was ist geschehen?«

Ich faßte nach ihrer Hand, um sie aufzurichten, doch Diomedes stieß mich grob beiseite, bettete den Kopf der Unbekannten in seine Armbeuge und sagte in holperigen Sätzen: »Der Zufall führte uns vorbei. Wir sind Krieger aus einem fernen Land am Oberen Meer. Ein Elefant zerstörte deinen Wagen. Meine Lanze raubte ihm das Leben. Doch wer bist du? Fährst du etwa ganz allein durch dieses gefährliche Land?«

Die Fremde strich sich eine Strähne ihrer langen, schwarzen Haare aus dem schönen Antlitz, blickte den Sohn des Tydeus verwundert an und sagte: »Ich weiß nur, daß ich plötzlich laute Schreie hörte und dieses schreckliche Ungeheuer auf uns zustürzen sah. Meine feigen Diener liefen davon und ließen mich schutzlos zurück. Du mußt ein mutiger Mann sein, Fremder, daß du es wagtest, dich dem Schreckenswesen ganz allein in den Weg zu stellen, und ein gewaltiger Kämpfer dazu, weil du es besiegen konntest, ohne selbst Schaden zu nehmen.«

Diomedes lächelte voller Freude, und ich merkte, daß sich in seinem Herzen zu dem Stolz über dieses Lob auch Wohlgefallen an dem Liebreiz gesellte, den die junge Frau verströmte. Denn ihre Glieder, durch den Sturz vom strengen Gewand enthüllt, waren wohlgestaltet; ihr Leib besaß die sanfte Spannung eines kretischen Standbilds, ihr Gesicht die reine Anmut einer achäischen Göttin. Noch benommen von der Bewußtlosigkeit, legte sie ihren Kopf an die Brust des Tydiden, der in immer besserem Akkadisch erklärte:

»Nicht ich allein habe dieses Untier besiegt, schönes Kind, als es dich vernichten wollte; sondern mein wackerer Gefährte stand mir bei. Ich bin Diomedes, König von Argos im Land Achäa; dies ist mein tapferer Freund Aras.«

Die Fremde schaute mich aus großen, dunklen Augen an, in deren Tiefen mich die Ahnung unbegreiflich süßer Geheimnisse erzittern machte; ihr Blick traf mich, wie ein Hieb der holzgeschnitzten Keule das Kalb auf der Schlachtbank erschüttert; ihr Lächeln ließ mich Hitze und Aufregung des Kampfes vergessen, meine Sinne flogen davon wie Späne im Wirbel des Herbstwinds; ich wollte sprechen, aber ich brachte nur ein heiseres Krächzen hervor und beneidete meinen Gefährten, der dieses herrliche Geschöpf so lange in seinen Armen halten durfte. Da sagte die Unbekannte:

»Diomedes heißt also mein Retter; was für ein seltsamer Name! Gewiß stammst du aus einem weit entfernten Reich; daß du ein König bist, verraten mir deine Sittsamkeit und Güte noch mehr als die Kraft, die deinen Armen innewohnt. Auch ich bin von hoher Abkunft; man nennt mich Perisade, und ich streifte auf einem Ausflug durch die Umgebung der heiligen Stadt Charran, als uns das Ungeheuer überfiel.«

»Nach Charran führt auch unser Weg«, versetzte Diomedes, »wir wollen dich gern dorthin geleiten, wenn du es wünscht. Bist du auch nicht verletzt? Wir haben einen kundigen Arzt bei uns.«

Inzwischen waren die Gefährten herangekommen. Eurymachos eilte mit einem Wasserkrug herbei, aus dem die Fremde mit hastigen Zügen trank. Dann erhob sie sich, von Diomedes sorgsam gestützt, und wir staunten über ihre hochgewachsene, göttergleiche Gestalt; denn sie reichte dem Tydeussohn fast bis zur Schläfe und war somit ebenso groß wie ich und größer als die meisten Gefährten. Mit einem leisen Schmerzensruf klammerte sie sich gleich wieder an die Schulter des Königs und sagte mit ihrer hellen Stimme: »Mein Fuß hat wohl doch Schaden genommen, als der Wagen umstürzte und ich zur Seite fiel!«

»Darf ich dich tragen?« fragte Diomedes höflich; die schöne Fremde nickte ihm lächelnd zu und legte ihre schlanken Arme um den Hals des Fürsten. Der Tydeussohn hob sie auf wie ein Kind und trug sie zu unserem Gefährt, wie ein Adler seinen Raub dem Horst zuführt. Ich folgte den beiden hastig, doch als ich die Zügel ergreifen wollte, nahm Diomedes sie mir aus der Hand und erklärte: »Fahre lieber hinten bei Eurymachos mit, Aras, dann haben wir mehr Platz!« So mußte ich hinten inmitten des Staubes reisen; der einäugige Arzt sagte kichernd zu mir:

»Wahrlich, ein hübsches Täubchen hat er sich da aufgelesen, unser Diomedes! Ich dachte schon, daß er nie mehr an einem Weib Gefallen finden würde, seit ihm seine Gemahlin Ägialeia die Treue brach. Doch solchem Liebreiz kann ein rechter Mann nicht widerstehen, mag er auch noch soviel Groll und Kummer im Herzen tragen. Wer könnte es dem König auch verübeln, wenn er sich nach so langer Enthaltsamkeit wieder einmal das Lager wärmen ließe, noch dazu von einem so schönen Weib, für das ich ohne Zögern meine rechte Hand geben würde!«

»Halt's Maul, Eurymachos! Gib lieber acht, daß du nicht dein rechtes Auge hergeben mußt!« rief ich voller Wut, und es war wohl schon eine Art Eifersucht, die mich so grimmig reden ließ. »Dann ist es nämlich aus damit, daß du dich vom Liebreiz fremder Damen zu Gelüsten anregen läßt, du alter Ziegenbock!«

Eurymachos schwieg gekränkt, und auch ich sagte kein weiteres Wort, solange wir durch die staubige Einöde rollten. Endlich entdeckten wir in der Ferne die Türme und Mauern des heiligen Charran, der westlichsten Festung des Reiches Assyrien. Die Torwachen ließen uns ohne Zögern ein und hoben sogar grüßend die Waffen, worüber wir sehr erstaunten. Den Grund dafür erahnten wir erst später, als Perisade unseren Fürsten den Weg zum Palast des königlichen Statthalters einschlagen ließ, wo sie mit größter Ehrerbietung empfangen wurde. Dort sagte die schöne Fremde:

»Ich muß dir danken, Diomedes, daß du mein Leben gerettet hast, doch will ich dies nicht nur mit Worten tun. Erlaube mir, daß ich dich und deine Gefährten hier als meine Gäste aufnehme; es soll euch an nichts fehlen. Nach Sonnenuntergang will ich euch an eine Festtafel laden, damit ich den Assyrern zeigen kann, wem ich mein Leben verdanke.«

Das nahm Diomedes gern an; er dankte Perisade, und die schöne Fremde verschwand im innersten Teil des Palastes. Unsere Gefährten wurden sogleich von Dienern und Sklavenmädchen in Empfang genommen und zu den Bädern geleitet. Diomedes ergriff mich am Arm und sagte:

»Wahrlich, lange Zeit ist vergangen, seit ich zum letzten Mal einer solchen Frau begegnete. Seit jenem Unglückstag von Argos haßte und verachtete ich alle Weiber. Heute aber sehne ich mich wieder nach einer Gefährtin, mit der ich mein Geschlecht fortführen kann; denn wie du weißt, besitze ich noch keinen Sohn. Wer anders als Perisade wäre würdiger, die Mutter meiner Heldenkinder zu werden? Sie ist von hoher Abkunft, das erkenne ich auch aus der Ehrfurcht ihrer Diener. Sie hat mir zwar nichts Näheres verraten, aber sie ist gewiß eine Fürstin oder zumindest eine hohe Priesterin; denn sie erzählte mir, daß sie von Assur, der Hauptstadt des Reiches, nach Charran gefahren sei, um dort das große Heiligtum des Mondgottes aufzusuchen, den sie von allen Himmlischen am meisten verehrt. Ich habe von diesem Gott noch niemals etwas gehört, aber er soll stark und mächtig sein. Nun, heute abend werden wir mehr erfahren.«

Nie zuvor hatte ich Diomedes so reden gehört, und ich merkte, daß er in Liebe zu entflammen drohte. Da regte sich Neid in meinem Herzen, und ich sagte schroff:

»Dann ziemte es sich wohl für uns, Fürst, wenn wir nicht als Bettler erscheinen, die der Fürsprache Perisades bedürfen, sondern wenn dann bereits getan ist, was wir uns vorgenommen haben, nämlich in die Waffendienste der Assyrer einzutreten.«

»Recht hast du«, sagte Diomedes erfreut, denn er merkte nichts von meinem Unmut. »Laß uns sogleich zur Festung der Assyrer schreiten, sobald die Pferde ausgespannt sind, und sehen, wie waffentüchtig ihre Krieger sind und ob es sich lohnt, ihren Sold zu nehmen.«

Als wir die Pferde versorgt hatten, wanderten wir zur Festung, die mitten in der Stadt lag und mit einer Mauer das Ufer des Flusses Balich begrenzte, der sich vier Tagesreisen südwärts in den Purattu ergießt. Die meisten Krieger der Garnison dösten im Schatten vorspringender Dächer oder vertrieben sich die Zeit im Glücksspielen, wie es Kriegsleute aller Völker tun, wenn ihnen der Dienst Zeit zum Müßiggang läßt.

Nur ein kleiner Trupp Speerkämpfer mit hohen Schilden und schmucklosen Helmen rannte über festgestampfte Erde hin und her, denn diese Abteilung mußte strafexerzieren. Den roten, schweißnassen Gesichtern der Assyrer war nur wenig Begeisterung abzulesen, während ihre Kameraden von bequemer Lagerstatt aus höhnisch riefen: »Wahrlich, das ist der echte Eifer, der die Krieger Assurs über alle anderen erhebt. Seht, wie hurtig diese Männer dort den Angriff üben, während wir uns weichlich Ruhe gönnen! Gern geben wir zu, daß sie weit tüchtigere Kämpfer sind als wir, die wir hier faul im Schatten liegen. Darum mag ihnen unser Feldherr auch getrost den Ehrenplatz in der vordersten Schlachtreihe zuweisen, wenn es wieder gegen den Feind geht.«

So sprachen sie und schlugen sich vor Lachen auf die Schenkel, während ihre Gefährten unter der Knute des Anführers stöhnten, der sie unbarmherzig von der westlichen Mauer zur östlichen und wieder zurück eilen ließ.

Diomedes schritt zum ersten der im Schatten liegenden Soldaten, warf ihm zwei Kupferstücke zu und forderte ihn auf: »Führe uns zum Befehlshaber dieses traurigen Haufens, damit wir ihm unsere Aufwartung machen. Denn wenn ich auch mit Mißvergnügen sehe, wie schlapp und schlecht geübt die Truppen des Assyrerkönigs sind, und auch, daß sie Fliegeneier in den Augenwinkeln und Geschwüre an den Beinen haben, so will ich dennoch in Assurs Dienste treten. Denn mich gelüstet, wieder den Klang von eisernen Schwertern zu hören, wo das auch immer sein mag und welcher unglückliche Feind sich meinen Hieben entgegenstemmt.«

»Solche verächtlichen Worte könnten dir großen Ärger bereiten«, versetzte der Angesprochene, »sind doch Assyriens Krieger überall gefürchtet, und niemand kann ihnen widerstehen. Aber dein Kupfer wird mir heute abend die trockene Kehle befeuchten; so folgt mir denn, ich werde euch zu unserem Heerführer bringen, auch wenn er Störungen zur Ruhezeit nicht schätzt. Gleichwohl kann er stets neue Krieger gebrauchen, und er wird mich vielleicht sogar belohnen. Nur bitte ich euch, eure Zunge zu zügeln, wenn ihr ihm gegenübersteht. Denn er ist jähzornig, und wenn er euch den Stock zu kosten gibt, erhalte vielleicht auch ich davon meinen Teil!«

Diomedes packte den Assyrer mit einer Hand am Brustriemen, hob ihn spielerisch leicht auf die Beine und sprach: »Den Stock wird keiner an Diomedes versuchen, solange noch Blut in diesen Armen rollt. Aber ich will meine Kraft nicht an dir erproben. Gehe voran, deinen jähzornigen Herrn werde ich schon besänftigen.«

Der Krieger führte uns in das Haupthaus; dort hieß er uns warten. Wenig später kehrte er zurück, gefolgt von einem kleinen, rundlichen Mann in silberdurchwirktem Harnisch. Dieser musterte uns geringschätzig, denn wir trugen wollene Umhänge über der Rüstung, um uns vor Staub und Hitze zu schützen, und sahen nicht aus wie Helden aus einem fremden Land und einem fernen Krieg.

»Möge euch Assur die Kraft verleihen, überhaupt unsere ehernen Waffen zu heben, Fremdlinge«, sprach der Festungshauptmann. »Wisset, daß ihr Elinnu gegenübersteht, dem Sohn Tikalteps, des glorreichen Eroberers von siebzehn Städten der Nuzi in den östlichen Bergen. Würden uns nicht die Amurru, diese verfluchten Hammeltreiber, hier soviel zu schaffen machen, wäre ich nicht darauf angewiesen, hergelaufene Bettler wie euch in meinen Dienst zu nehmen. Aber ihr seid ohnehin nur ein paar Kupferstücke wert, die ich ohne Mühe entbehren kann.«

Diomedes runzelte die Brauen und entgegnete: »Höflichkeit ist nicht die Stärke der Assyrer, wie ich sehe; dieses Land scheint überhaupt ein Ort zu sein, an dem die Gastfreundschaft auf Krücken hinkt, während die Hoffart auf rasenden Pferden eilt. Wisse, daß ich Diomedes bin, der Sohn des Tydeus, und Bezwinger großer Helden beim Kampf um Troja, der stolzesten Stadt Kleinasiens, und daß das Blut schon vieler Feinde rot von meiner Klinge tropfte. Neben mir steht mein Freund Aras, der mit mir die Schlachtreihen der Hethiter und vieler anderer Völker durchbrach und niemals den Schild auf den Rücken warf, um sich zur Flucht zu wenden.«

Elinnu warf ein paar Kupferstücke auf den Tisch und erklärte: »Eure Namen sagen mir nichts, und von dieser Stadt Troja habe ich noch niemals gehört. Nur die Hethiter sind mir bekannt; sie sind in der Tat keine schlechten Krieger. Freilich kommen nicht selten Leute zu uns, die behaupten, vor Zeiten und in fremden Weltgegenden gefürchtete Kämpfer gewesen zu sein, und sogar berühmte Fürsten. Ich frage mich nur, weshalb sie dann nicht dortgeblieben sind, anstatt hier in dieser verdammten Wüste Garnisonsdienst leisten zu wollen, bei schlechtem Wein und trockenem Fladenbrot. Hast du also tatsächlich über zahlreiche Feinde gesiegt, so hat es sich bei diesen Gegnern wahrscheinlich um eine Herde hilfloser Lämmer gehandelt, die dir zugetrieben wurde, als du noch als Diener irgendeines fetten Prassers das ehrbare Fleischerhandwerk ausübtest.«

Diomedes geriet über diese anmaßende Rede in Grimm und versetzte: »Am liebsten würde ich dir selbst eine Probe meiner Heldenkraft zuteil werden lassen, auch wenn ich dadurch dein Ansehen vor den Kriegern herabsetzen würde, denn es wäre schlecht für die Disziplin, wenn deine Leute dich wie einen geprellten Frosch vor meinen Füßen herumkriechen sähen. Wisse, daß ich sogar dem Kriegsgott selbst meinen Speer in die Weiche sandte; und die Göttin Aphrodite ritzte ich am Handgelenk, daß ihr unsterbliches Blut rot auf den Rasen sprang!«

»Das müssen schwache Götter sein«, versetzte Elinnu, »wenn sie sogar von Sterblichen Schaden erleiden können. Unser Gott Assur könnte die ganze Menschheit auslöschen, durch einen einzigen Tritt seines mit sieben eisernen Sohlen beschwerten Fußes! Wenn ihr jedoch darauf versessen seid, will ich euch gern Gelegenheit geben, die Klingen mit einem meiner assyrischen Krieger zu kreuzen, damit ihr ein wenig Respekt vor den Waffen des Königs gewinnt. Dieser Kampf soll so lange dauern, bis einer tot am Boden liegt, das schwöre ich bei meinem Haupte. Denn wir sind nicht spielende Knaben mit Holzschwertern, sondern Krieger, die das Blutvergießen zum Handwerk erkoren haben. Wer von euch den Zweikampf wagen soll, das mögt ihr selbst bestimmen.«

So sprach er und glaubte, uns Angst einjagen zu können. Ich bat Diomedes daher: »Laß mich es versuchen, mein Gefährte; ich habe das Gefühl, etwas Bewegung könnte mir guttun.«

Diomedes schalt: »Willst du mich etwa meines Vergnügens berauben? Ich bin der Ältere von uns beiden, also stehe du zurück! Du darfst mir aber hinterher Wein zur Erfrischung reichen.«

»Willst du etwa deine Kräfte an einem so schwachen Gegner verschwenden?« versetzte ich, »das wäre doch, als wenn sich der Stier mit dem Ziegenbock mäße!«

»Ich lasse mir den Kampf nicht nehmen«, gab Diomedes zurück, »halte mich also nicht auf. Danach wollen wir dann zum Mahle schreiten, denn ich bin hungrig.«

»Genug!« rief Elinnu, der während unseres Streits verblüfft von einem zum andern geschaut hatte. »Ich weiß nicht, ob die Sonne euch das Gehirn ausdörrte oder ob ihr zu jenen Bedauernswerten gehört, denen die Götter die Gabe des Verstandes von Geburt an verweigert haben. Euer Gezänk beleidigt mein Ohr; also wollen wir losen, wer von euch zu sterben hat.«

Mit diesen Worten nahm er einen elfenbeinernen Würfel vom Tisch, versteckte die Hände hinter dem Rücken und führte sie dann geschlossen wieder nach vorn. Diomedes aber versetzte ihm einen so kräftigen Hieb auf beide Hände zugleich, daß der Würfel klirrend auf den Steinboden sprang. So hatte er das Los gewonnen.

Da freute sich der Sohn des Tydeus wie ein Berglöwe, der gleich vor seiner Höhle einen feisten Hammel entdeckt, wenn er, vom langen Schlaf hungrig, in der Abenddämmerung den ersten Raubzug beginnt. »Schaffe ihn mir herbei, den Unglücklichen, den du zu meinem Gegner wählst«, rief er und riß sich mit einem Ruck den wollenen Umhang vom Leib, der bis dahin die goldene Rüstung verdeckt hatte. Strahlend wie ein olympischer Gott stand er vor Elinnu, der überrascht zurückprallte.

3 Es fiel dem Truppenführer schwer, nun noch einen Assyrer zu finden, der sich dem Tydeussohn entgegenstellen mochte. Zwar begrüßten alle assyrischen Krieger den Zweikampf, von dem sie sich ein wenig Abwechslung erhofften und auf den sie hohe Wetten abzuschließen gedachten, mit lauten Zurufen. Sie überhäuften uns mit Schmähungen und versicherten, selbst der Schwächste von ihnen werde uns beide zugleich an den Haaren durch den Kot zerren und unsere Leichen dann den Geiern zum Fraß vorwerfen. Aber wenn Elinnu dann einen der Krieger beim Namen rief, zeigte dieser mit gespieltem Ärger auf eine frische Narbe oder zog plötzlich ein Bein nach und murrte: »Schade, daß ich mich gerade jetzt so schlecht bewegen kann und um den freilich geringen Ruhm gebracht werde, diesen Bettler von deinem Angesicht zu schaffen, Elinnu! Aber mein Nebenmann ist sicher jederzeit dazu bereit.« So ging es fort, bis der Festungshauptmann schließlich voller Zorn seinen Helm zu Boden schleuderte und ausrief: »Wahrlich, ich verdiente, ein mutigeres Kriegsvolk anzuführen, als ihr es seid. Also werde ich selbst den Kampf wagen, im Namen Assurs, der mir hoffentlich den Sieg verleiht, wenn es auch sonst eher meine Aufgabe ist, die Schlacht von hinten zu lenken. Denn nicht die rohe Kraft, sondern vielmehr die Feldherrnbegabung sichert den Sieg.«

Da hörten wir plötzlich lautes Gelächter hinter uns. Es stammte von zwei Männern auf einem prächtigen Streitwagen, der unbemerkt in den Hof der Festung gerollt war. Die Pferde waren schweißgebadet, die Männer, die sie gelenkt hatten, staubbedeckt. Der größere der beiden sprang herab und schritt auf uns zu.

Er war ein Riese; seine ungeheure Körpergröße erinnerte mich an Ajax, den Sohn Telamons, der nun schon seit so vielen Jahren bei den Schatten weilte. Ein schwarzer, eckig geschnittener Kinnbart reichte bis zur Brust des Hünen, die ein bronzenes Schuppenhemd umspannte. Aus dem breiten, silberbeschlagenen Ledergurt ragte der edelsteinbesetzte Griff eines Dolchs. Mit spöttischer Stimme sagte er:

»Es wäre doch traurig, sollte der hochbegabte Heerführer Elinnu hier sein Leben unter dem Schwert eines Fremden verhauchen. Unser wackerer Festungsbefehlshaber dürfte diesem Recken ebensowenig gewachsen sein wie unsere Krieger, die nur in der Schenke tapfer zu sein scheinen! Aber es wäre auch eine Schande, sollte sich überhaupt kein Assyrer zu diesem Waffengang bereitfinden. Ich bin offenbar zur rechten Zeit gekommen.«

»Kilischu!« rief der Festungshauptmann entgeistert und streckte ehrerbietig seine Hände aus. »Was für eine Überraschung! Lasse dich von deinem Diener mit Dankbarkeit begrüßen. Die Rosse des Sonnengottes selbst müssen dich von der Hauptstadt hierhergetragen haben!«

»Ich komme genau aus der anderen Richtung«, lächelte der hochgewachsene Mann, »denn ich war als Kundschafter in den Bergen von Alzi und in den Ländern zwischen dem Silbergebirge und dem Oberen Meer.«

»So bist du ganz allein im Reich der Hethiter gewesen?« staunte Elinnu. »Ich werde den Göttern sogleich ein fettes Schaf zum Dank für deine glückliche Heimkehr opfern. Ich hoffe, du bist mein Gast, solange deine Pflicht dir dazu Zeit läßt.«

»Die Zeit ist knapp«, antwortete der Riese nachdenklich, »große Dinge stehen bevor, aber darüber will ich nachher berichten. Zuerst werde ich versuchen, dein Leben vor diesem Fremdling zu schützen, denn immerhin sind wir Vettern aus gleichem Geschlecht.«

Dann wandte sich der Fremde Diomedes zu und sagte: »Ich habe mit

Scham vernommen, wie unsere Soldaten hier immer neue Ausflüchte erfinden, um sich deinem Schwert zu entziehen. Glaube deshalb jedoch nicht, daß alle Assyrer Feiglinge sind. Ich trage dir den Zweikampf mit Vergnügen an. Du kannst dich aber auch ohne jeden Verlust an Ehre zurückziehen; denn deine Herausforderung hast du ausgesprochen, bevor ich dir gegenüberstand.«

Diomedes wußte wohl, daß ihm jetzt ein Kämpfer erwuchs, der seiner würdig war. »Ich freue mich, daß du mehr Mut beweist als diese Krieger«, lächelte er, »aber du bist eben erst angekommen und mußt nach deiner langen Reise müde und hungrig sein. Stärke dich daher erst einmal und salbe deine Glieder mit Öl. Am Mittag wollen wir dann beginnen.«

»Dann magst du das gleiche tun«, versetzte der andere. »Elinnu wird dafür sorgen, daß du in seinem Hause mit den besten Speisen verköstigt wirst. Denn ich will, daß dir aus deiner edlen Gesinnung kein Nachteil erwachse.«

Mit mürrischem Gesicht folgte der Festungshauptmann dem Befehl des riesigen Mannes, in dem Diomedes und ich einen hohen Heerführer Assyriens vermuteten. Wie bedeutend die Stellung Kilischus in Wirklichkeit war, sollten wir erst später erfahren. Jetzt sprachen wir von dem bevorstehenden Kampf, und ich sagte:

»Es wird von Vorteil sein, wenn du nicht allzu hastig angreifst. Laß den Streit ruhig lange dauern, ich glaube nicht, daß deine Kräfte es sind, die als erste erlahmen; denn dein Gegner scheint große Strapazen hinter sich zu haben.«

»Von mir aus kann er stundenlang auf meinen Schild dreschen«, antwortete Diomedes, »ich halte mich zurück und ziele nur nach seiner Kehle. So habe ich damals vor Troja sogar den mächtigen Ajax bezwungen, der mir bei den Wettspielen zur Leichenfeier des Patroklos entgegentrat. Ich traf ihn am Hals, nachdem er meinen Schild durchstoßen hatte, und ich hätte ihn getötet, wenn die anderen Griechenfürsten nicht dazwischengetreten wären.«

Diomedes speiste gelassen, während ich seine Waffen vom Streitwagen holte. Ich bewunderte die Ruhe meines Freundes; mir selbst war der Hals eng und ich konnte kaum einen Bissen hinunterwürgen, denn ich ahnte, daß der hünenhafte Assyrer ein furchtbarer Gegner sein würde. Und wenn ich es mir auch nicht eingestand, zitterte ich doch um das Leben meines Gefährten.

Schließlich leerte Diomedes seinen Becher, gürtete das Schwert um, hob den hohen, halbrunden Schild, den sieben Stierhäute bespannten, und nahm den Wurfspeer aus Eschenholz. Sein Gegner erwartete ihn mitten im Festungshof, in dem, gerüstet und bewaffnet, Elinnus Krieger versammelt standen.

»Bevor du beginnst, laß deinen Gegner schwören, daß seine Männer keinen Hinterhalt bereiten werden, wie der Kampf auch ausgehen mag«, riet ich Diomedes.

Der aber antwortete: »Solange Kilischu am Leben ist, wird er ein solches

Verbrechen niemals dulden. Ich weiß, wann ich einem Mann von Ehre gegenüberstehe. Stirbt er aber, so stirbt mit ihm auch sein Befehl. Dann müssen wir uns schleunigst zur Flucht wenden; ich hoffe, du wartest dann schon reisefertig auf einem Wagen, die Zügel in der Hand!«

Der riesige Assyrer stand gegen die Sonne wie ein vorzeitlicher Gott; sein Schild war viereckig und ganz aus Erz, mit dem fein modellierten Kopf eines Löwen in seiner Mitte. Auch die Lanze des Riesen schien mir ganz aus Eisen zu sein, als ob sie nicht zum Wurf, sondern zum Stoß gedacht wäre.

Das sagte ich Diomedes, doch er hatte es schon bemerkt. Gemessen schritt er zur Mitte des Innenraums, verharrte zwanzig Schritte vor seinem Gegner und sagte:

»Du mußt ein mutiger Krieger sein, daß du es wagst, mit mir zu kämpfen. Ehe wir die Schwerter heben, nenne mir deinen Namen und dein Geschlecht, damit ich den Göttern den Regeln entsprechend das Dankopfer darbringen kann, wenn ich dich getötet habe.«

»Es mag dir genügen zu wissen, daß ich Kilischu bin, der Sohn der Fürstin Imhota«, antwortete der Assyrer. »Doch da deine Worte edel sind wie deine Gestalt, gelobe ich dir, daß ich deinen Leichnam nicht den Hunden zum Fraß vorwerfen werde, wenn ich dich besiegt habe. Ich werde dir vielmehr ein ehrenvolles Begräbnis bereiten und hoffe, du vergiltst mir gleiches mit gleichem, sollten die Götter nicht mir, sondern dir den Triumph gewähren.«

»So sei es«, sagte Diomedes, »doch nun laß uns nicht weiter schwatzen wie alte Weiber, sondern endlich unsere Kräfte messen.« Mit diesen Worten schüttelte er den Speer in seiner mächtigen Faust und schleuderte ihn mit solcher Wucht gegen seinen Feind, daß dieser erst im letzten Augenblick den Schild hochreißen konnte. Der Aufprall war so stark, daß der Assyrer rückwärts taumelte. Er ließ den Schild sinken und stürzte seitwärts in den Sand.

Wie ein Blitz sprang Diomedes zu ihm, während die Soldaten entsetzt aufschrien. Doch als mein Gefährte zum tödlichen Streich ausholte, riß sein Gegner plötzlich die eiserne Lanze hoch. Denn er hatte seinen Sturz nur vorgetäuscht, um Diomedes in die Falle zu locken. Wäre der Tydeussohn allzu siegessicher vorwärtsgestürmt, hätte das spitze Eisen seinen Magen durchbohrt.

Doch zum Glück hatte Diomedes die List durchschaut und sich noch rechtzeitig zurückgehalten. Kilischu erhob sich wieder und drang nun mit der Lanze in der Linken auf Diomedes ein, laut von seinen Kriegern angefeuert.

Diomedes wich langsam zurück, denn solange sein Gegner den Spieß besaß, war der Tydeussohn unterlegen. Das wußte auch der Assyrer, und langsam trieb er meinen Gefährten mit der Lanzenspitze vor sich her, bis dieser mit dem Rücken an die Mauer stieß. Doch bevor Kilischu zum tödlichen Stoß ausholen konnte, sprang Diomedes seitwärts und schleuderte seinen Schild mit solcher Gewalt gegen den Hals den Feindes, daß dieser zum zweiten Mal taumelte und die Lanze fahren lassen mußte, um nicht zu stürzen.

Jetzt hatten beide nur noch die Schwerter, und wie zwei wütende Eber rannten sie gegeneinander an. Von den Mauern tönte der Widerhall ihrer Hiebe zurück; bald schien der eine, bald der andere im Vorteil zu sein.

Den Sieg aber konnte auf solche Weise keiner von beiden erringen, denn sie waren sich an Stärke und Geschicklichkeit ebenbürtig. Trotzdem schienen mir die Hiebe des Assyrers kraftvoller zu sein, während Diomedes gezielter schlug und seinen Gegner einmal am Oberschenkel traf.

Da gelang es Kilischu, den Schild des Diomedes, der immer noch neben der Mauer lag, aufzuheben und die Linke schnell unter die Riemen zu schieben. Auch seine eiserne Lanze ergriff er wieder. Diomedes aber riß die Deckung des Assyrers an sich.

Zum dritten Mal prallten nun die Kämpfer aufeinander. Die assyrischen Soldaten, Elinnu und auch ich verfolgten gebannt das Geschehen; einen solchen Kampf hatten wir noch nicht gesehen. Die eiserne Lanze des Assyrers durchstieß sogar den ganz aus Erz gehauenen Schild, hinter dem sich Diomedes verbarg, und verletzte den Sohn des Tydeus am Unterarm, daß dunkles Blut über seine Rüstung spritzte. Mein Gefährte aber drehte seinen Eschenspeer zwischen die Füße des Gegners, daß Kilischu zum zweiten Mal dröhnend in den Sand stürzte.

Schon wollte ich jubeln, als Diomedes wie ein Panther auf den Gefallenen zusprang; aber dieser entrollte sich schnell dem Schwerthieb des Tydeussohns, wie ein Fisch im flachen Teich den zupackenden Händen des Knaben entschwindet, und stand gleich wieder auf den Füßen. Ein lauter Schrei stieg aus den Reihen der Assyrer auf, als sie sahen, daß ihr Feldherr der gefährlichen Lage entronnen war und jetzt vor dem Sieg stand.

Denn er besaß noch immer den Schild des Diomedes, während dieser den des Assyrers hatte sinken lassen müssen, nachdem der schwere Eisenspieß in ihn gedrungen war. Mit gewaltigen Schlägen drang nun Kilischu auf den Tydeussohn ein, der Schritt um Schritt zurückweichen mußte. Zweimal schien es mir, als ob mein Gefährte die Spitze seines Schwertes in die Kehle des Gegners stoßen könnte, doch jedesmal duckte Kilischu sich unter den Schildrand und schützte seinen Hals. Bald schon stand Diomedes wieder mit dem Rücken an der Mauer; mit der Linken versuchte er, einen losen Brocken zu finden, den er dem Gegner an den Helm schmettern konnte.

Aber die Mauersteine waren festgefügt. Da bückte sich Diomedes blitzschnell unter einem Hieb seines Feindes und schleuderte dem Assyrer eine Handvoll Sand ins Gesicht. Kilischu, in vielen Wüstenschlachten erfahren, kannte diese List und schloß die Augen. Den Schwung seines Armes aber konnte er nicht mehr rechtzeitig hemmen; sein Schwert schlug so gewaltig gegen die Mauer, daß es klirrend zerbrach.

Entsetzt sahen die Assyrer ihren Feldherrn waffenlos. Ich bemerkte, wie einer von ihnen einen Pfeil auf die Sehne seines Bogens legte, und schlug ihm mein Schwert in den Nacken. Kilischu aber rief mit lauter Stimme: »Fluch über jeden, der die Achäer hinterhältig überfällt! Denn die Assyrer sind Krieger, keine Mörder!« Dann warf er Diomedes den Griff des zerbrochenen Schwertes vor die Füße und erwartete den Todesstreich.

Diomedes lehnte schweratmend an der Mauer; er blickte seinen schweißüberströmten Gegner an und sprach:

»Du bist ein gewaltiger Gegner, Kilischu; und wenn die Götter mir heute den Sieg geschenkt haben, so sicher nur deshalb, weil die Unsterblichen Mitleid mit mir haben als einem Mann, der schon seit vielen Jahren fern von seiner Heimat leben muß. Ist mir doch vorherbestimmt, daß ich mein ganzes Leben lang durch fremde Länder ziehen soll, wo niemand meine Sprache kennt! Darum bist du glücklicher als ich, und dein Tod würde nichts daran ändern. Um der Götter und meiner Ehre willen schenke ich dir das Leben.«

Damit ließ er die Waffen sinken und streckte die Rechte vor. Kilischu umfaßte seine Handwurzel und antwortete:»Vielleicht war es der Wille der Götter, der dich siegen ließ, vielleicht aber auch nur die Leichtfertigkeit eines königlichen Waffenschmieds. Denn ein gutes Schwert müßte auch einen Hieb gegen Stein überstehen, ohne gleich zu zerbrechen. Aber du hast mich ehrlich bezwungen. Komm mit mir in die Hauptstadt! Ein Held, wie du es bist, ist für Charran zu schade. Der König braucht deine Dienste für Kriege, die wirkliche Männer erfordern, und nicht für Plänkeleien mit stockbewehrten Hammeltreibern, wie es die Amurru sind.«

Dann wandte sich der riesige Assyrer zu mir und sagte:»Ich danke dir, daß du diesen Verräter gehindert hast, meinem Gegner tückisch aus dem Hinterhalt einen Pfeil zuzusenden. Mit deinem Schwert hast du die größte Schande von mir abgewehrt.«

Kilischus Gefährte, der vorher die Zügel des Streitwagens gehalten hatte, fügte spöttisch hinzu:»Und überdies braucht sich deshalb nun auch unserer wackerer Elinnu keinen Eidbruch vorzuwerfen. Hat er nicht vorhin geschworen, daß der Kampf nicht enden soll, ehe einer tot am Boden liege? Nun, diesem Jüngling hat er es zu verdanken, daß er sein Wort halten kann, wenn auch auf andere Weise, als er es erwartete.«

»Bei Assur!« gab der Festungshauptmann schwitzend zu, »meine Augen scheinen alt und schwach geworden zu sein, daß ich diese mutigen Kämpfer für fußkranke Bettler hielt und auch als solche beschimpfte.«

»Immerhin, du hast nicht wenig Mut bewiesen, daß du dich mir selbst entgegenstellen wolltest«, sagte Diomedes, den Elinnus Worte versöhnlich gestimmt hatten, »ich will dir daher deine Unhöflichkeit verzeihen.«

»Begraben wir diese Feindschaft«, schlug Kilischu vor, »heute abend wollen wir uns im Palast des Statthalters zu einem großen Festmahl versammeln, zu dem ich euch, Achäer, bitte; denn ich begehre, mit euch über die Vergangenheit und über die Zukunft zu reden, über eure Erlebnisse und eure Pläne, besonders aber über eure Heimat und euer Begehr in Assyrien.«

»Ich danke dir, Fürst«, antwortete Diomedes, »doch sind wir heute abend schon zu Gast geladen. Die edle Perisade wünscht uns zu sehen, so daß wir nicht wissen, wem wir folgen sollen; denn wir wollen nicht unhöflich sein und niemanden beleidigen.«

»So laßt uns das eine mit dem anderen verknüpfen«, rief Kilischu freudig aus, »im Palast des Statthalters ist noch für mehr Menschen Platz!« Sein Gefährte aber, dessen Antlitz mir seltsam bekannt erschien, fügte lächelnd und mit seltsamer Betonung hinzu: »Perisade wird gegen unseren Besuch kaum etwas einzuwenden haben.«

4 Charran liegt in der Steppe von Aram im äußersten Westen des Chanigalbat genannten Landes, in dem noch vor nicht langer Zeit Menschen lebten, die hellhäutig und gelbhaarig waren wie die Achäer; sie nannten sich Mitanni und herrschten von den Rändern des Oberen Meeres bis zu den Schwarzen Bergen des Ostens. Selbst die Assyrer waren ihnen einst untertan, bis sie sich gegen ihre Bezwinger erhoben und sie an der Seite der Hethiter in sieben großen Schlachten so schrecklich schlugen, daß von diesem geheimnisvollen Volk kaum jemand am Leben blieb. Die Erde dieses Landes ist mit Blut gedüngt, und der Sand seiner Wüste deckt die Gebeine von zahllosen Toten, die um seinetwillen starben.

Wo sich die großen Handelsstraßen kreuzen, auf denen reiche Karawanen von Ugarit nach Ninive, von Chattuscha, der Hauptstadt der Hethiter, bis nach Babylon, von Amedi in den Schwarzen Bergen bis nach der grünenden Oase Tadmur ziehen, dort hebt sich die heilige Stadt des Mondgottes aus dem Gras der Steppe. Der göttliche Sargon selbst, der sich Herrscher aller vier Weltteile nannte, und vor dem die Völker zwischen Magan und Zypern erbebten, soll sie gegründet haben, vor mehr als dreißig Menschenaltern. Schamschiadad, der einst den Thron Assyriens raubte, unterjochte Charran, und ebenso der größte König Babyloniens, Hammurabi. Aber so oft die Männer von Charran, die äußerst kunstfertige Handwerker und sehr geschickte Kaufleute sind, auch von fremden Eroberern unterdrückt wurden, keiner der neuen Herrscher wagte es, die Stadt zu zerstören und in Flammen aufgehen zu lassen; denn Charran ist dem Gott des Nachtgestirns geweiht, der zu den höchsten Himmelsbeherrschern des Zweistromlands zählt und den man dort den Herrn der Hörner nennt.

Bei Assyrern und Babyloniern heißt dieser Gott Sin; sein älterer Name ist Nanna. Ein riesiger Tempel dient seiner Verehrung. Die Priester darin tragen seltsam geformte, spitze Hüte und preisen ihren Gott als den Herrn der Lichtfülle, den Gärtner der Pflanzen, den Hüter der Zeit und als den, der Stall und Hürden fettmache. Sie erzählen von ihm, daß er vor undenklichen Zeiten in seiner Bogenbarke den Menschen fünf alter Städte die Schätze der Natur gebracht habe: Bäume, Pflanzen und Tiere.

Die erste Stadt, in die er fuhr, hieß Ur; sie ist schon lange verschollen, und nur noch Legenden erzählen von ihr. Später erst, durch die Hilfe mächtigen Zaubers, habe ich ihre Trümmer gefunden und durch den Schutt unzähliger Jahre ihre Kräfte gespürt. Die zweite Stadt war Larsa, dann folgten Uruk und Nippur im Zweistromland, und auch diese drei sind längst in Asche gesunken. Die fünfte und letzte aber war Charran.

Im prächtigen Festsaal des Statthalters warteten wir, bequem auf weiche Kissen gestreckt und versorgt mit erlesenen Genüssen, auf Perisade. Es gab fettes Hammelfleisch mit frischem Lauch nach Art der Jannina, der Söhne des Südens; Hühner mit Früchten aus der Hochsteppe Eden, und Stierschulter mit gestampften Kräutern aus dem Gebirge Basar; dazu stark gewürzten Wein aus dem Meerland und wohlschmeckendes Hirsebier. Dennoch erschienen mir die Speisen der Assyrer längst nicht so kunstvoll zubereitet wie die der Ägypter, wenngleich durchaus nicht weniger wohlschmeckend für unsere Zungen, wie überhaupt der Krieger oft die herzhafte Nahrung höher schätzt als den ausgesuchten Gaumenkitzel. Wir aßen große Mengen und berichteten von unseren Abenteuern, über die vor allem Muttakil, der Statthalter des Königs, zu hören wünschte.

Muttakil war ein hagerer, kleinwüchsiger Mann mit dem flinken, glatten Haupt eines Vogels; ein silberdurchwirkter Mantel umschloß seine zierlichen Glieder, seine Augen leuchteten blau wie Blumen im Kornfeld aus seinem gebräunten Gesicht, und seine Stimme war kräftig und fest, als er uns begrüßte: »Ihr seid also die Männer, die Perisade vor dem Ungeheuer beschützten, als ihre Diener feige entflohen. Die Fürstin wird sogleich erscheinen; laßt mich euch für diese Tat danken! Ihr müßt gewaltige Kämpfer sein.«

Neben ihm saß der mächtige Kilischu, der seine bronzene Rüstung mit einem einfachen, aber aus wertvollem Tuch gefertigten Kleid vertauscht hatte. Der Feldherr sagte: »Wahrlich, Statthalter, deine Worte sind treffend wie je! Ich selbst habe die Kraft dieses Helden am eigenen Leibe verspürt. Hätte ich gewußt, daß er zuvor fast ganz allein den wilden Elefanten niederstach, ich wäre dem Kampf mit ihm gewichen. Das hätte ich jedoch nicht aus Angst getan, die ich, wie ihr wißt, nicht kenne, sondern, um den Mann nicht zu gefährden, der das Leben der unvergleichlichen Perisade erhielt.«

Sein Gefährte, der so groß war wie ich, von schlanker, ebenmäßiger Gestalt und ebenso hellhäutig wie Perisade, lächelte spöttisch und bemerkte: »So wahr ich Naramsin heiße, Freund Kilischu, das wäre ein großer Fehler gewesen; er hätte dich nämlich um die Gelegenheit gebracht, den Schreiberlingen und Schranzen des Königs wieder einmal ordentlich das Fell zu gerben. Denn ohne diesen Kampf hättest du wohl kaum bemerkt, daß dein Schwert so schlecht geschmiedet war. Daß es so leicht zersprang, ist doch nur ein Zeichen dafür, daß man in den Waffenschmieden des Königs das Eisen mit unreinen Stoffen vermischt, um das Übriggebliebene heimlich zur Seite zu schaffen. Diesen Betrug hättest du ohne den Kampf mit dem Griechen wohl frühestens in den Schwarzen Bergen entdeckt, im Gefecht mit den Kudmuchi, wo es zu spät gewesen wäre; denn diese Barbaren schenken bekanntlich den höfischen Sitten des Zweikampfs nur wenig Beachtung, und es ist ihnen völlig gleichgültig, ob sie einen bewaffneten oder einen wehrlosen Mann niederhauen.«

»Recht hast du, Naramsin!« gab Kilischu zurück, und sein Antlitz verdüsterte sich. »Gleich nach unserer Rückkehr will ich diese ungetreuen Schmiede mit den Köpfen in flüssiges Eisen tauchen, damit sie das, was sie dem König stehlen, auch mit allen Sinnen genießen können!«

»In den Schwarzen Bergen, Naramsin?« fragte Diomedes. »Bei den Kudmuchi, sagst du? Ist das der Name jener Stämme, die diesen wilden Landstrich bevölkern? Habt ihr gegen sie schon Krieg geführt? Wisse, daß auch wir in jene Berge reisen wollen und uns jedem Heer anschließen würden, das sich dorthin auf den Feldzug begibt.«

»Dann sind eure Schafe in die richtige Hürde gesprungen«, antwortete der Feldherr Kilischu lächelnd für seinen Gefährten, »denn was ihr in euren Herzen begehrt, ist zugleich der Wille des Königs, der schon im nächsten Frühjahr die klaffenden Schluchten emporziehen möchte, um die wilden Völkerschaften dort zu unterwerfen; denn seit langem schon überfallen die Kudmuchi räuberisch von ihren Höhlen aus unsere Dörfer, erschlagen die Bauern und führen die Weiber geschändet hinweg. Die Kudmuchi sind nur eines von diesen bösen Völkern in den Ländern des Sommerschnees. Mächtiger noch als sie sind die schrecklichen Gutäer, die zahllos sind wie die Sterne am Himmel, obwohl der große Salmanassar, der Vater unseres Königs, sie erst vor zehn Jahresläufen bekriegte, ihr Leben wie Wasser ausrinnen ließ und die hohen Bergweiden mit ihren Leichen bedeckte. Furchtbare Kämpfer sind auch die Uqumeni, ebenso wie die Bewohner der Länder Sarida, Elchulia und Mechri. Dahinter erstrecken sich die Reiche von Alzi und Naïri im Norden und die Gebiete der Turukku und der Lullubäer im Sonnenaufgang; der mächtigste Feind Assyriens in jenen Bergen am Dach der Welt aber ist das starke Urartu am Oberen Meer, in dem die tapferen Churriter wohnen.«

»Und gegen diese kargen Länder will Tukulti-Ninurta, vor dessen Namen ich mich verneige, jetzt ziehen?« mischte sich der Festungshauptmann ein. »Dorthin, wo es nichts gibt als lumpenbedeckte Beerensammler und stinkende Schweinehirten, die sich von Exkrementen nähren? Jetzt, wo die Länder des Westens endlich vor uns liegen, wo es nur noch wenige Tagesreisen sind bis zum Großen Meer, an dessen Küsten die reichsten Städte aufgereiht liegen wie Perlen an einer kostbaren Kette?«

»Wenige Tagesreisen, jawohl, du großer Feldherr«, höhnte Naramsin, »aber Tagesreisen durch die Gebiete so kriegerischer Völker, wie es die Hethiter und Ägypter sind! Auch eine Mauer aus gebrannten Ziegeln ist nur wenige Handbreit dick; aber um sie zum Einsturz zu bringen, rennt man besser nicht mit dem Schädel dagegen, sondern benutze den Kopf zum Denken.«

Ich mußte bei diesen Worten Naramsins, der den anderen Assyrern so wenig ähnlich schien, lächeln. Der Festungshauptmann schwieg beleidigt. Diomedes wandte sich erneut an Kilischu: »Am Oberen Meer, sagst du? Ist das der Ozean, an dem sich auch Achäa und Ägypten, Asien und Phönizien erstrecken? Von Schwarzen Bergen und einem Reich Urartu habe ich dort noch niemals etwas gehört, obwohl ich viel auf diesem Meer umherfuhr und auch die Inseln Kreta und Zypern besuchte.«

»Das Meer, das ich meine, ist längst nicht so groß wie das eure«, erklärte Kilischu, »es ist aber dennoch ein riesengroßes Gewässer, von schneebedeckten Gipfeln umschlossen. Ein heiliges Eiland liegt in seiner Mitte, auf dem der berühmteste Tempel jener Sonnengottheit steht, die bei allen Menschen dieser Gebirge die größte Verehrung genießt. Sogar die Hethiter schicken alljährlich reiche Geschenke in dieses Heiligtum. Denn die schwarzgepanzerten Barbaren stammen ja ebenfalls aus diesen öden Ländern und sind nicht klüger als ihre früheren Nachbarn, auch wenn sie schon vor vielen Sommern nach Westen zogen und dort Gründer eines mächtigen Reichs wurden.«

Naramsin setzte die Weinschale ab und bemerkte: »Immerhin, uns einige Male schmerzhaft die Zehen zu quetschen, als unsere Heere gerade an anderen Grenzen Assyriens in Kämpfe verwickelt waren, dazu waren die barbarischen Hethiter leider klug genug.«

»Ja«, sagte Elinnu, der Festungshauptmann, eifrig, »schlechte Krieger sind sie nicht; das habe ich auch den Achäern gesagt, als sie mir von ihren Erlebnissen erzählten. Deine heimliche Kundfahrt ins Hethiterland, Kilischu, gibt mir neue Hoffnung, daß der König bald auch selbst nach Charran kommt, um uns gegen die Schwarzgepanzerten zu unterstützen. Die Amurru wie auch die Achlamu halte ich ohne eure Hilfe im Zaum, aber wenn die Hethiter gegen unsere Mauern rasen, wird Charran schnell verloren sein!«

»Aber nicht, solange du hier bist, Elinnu«, spöttelte Naramsin wieder. »Hast du nicht heute nachmittag selbst behauptet, daß sich die Schlachten eigentlich nicht durch den Kampfeseifer der einfachen Krieger entscheiden, sondern durch die Geschicklichkeit der Feldherrn? Und davon müßtest du doch überreich besitzen, von deinem hochgerühmten Vater her, dem es gelang, in den Gebirgen siebzehn Dörfer niederzubrennen, voller Beerensammler und Schweinehirten, wie du sie vorhin selber genannt hast.«

»Siebzehn befestigte Städte in den Bergen, Adlerhorsten gleich, hat mein Vater erobert!« schrie der Festungshauptmann wütend. »Tapfere Männer verteidigten sie! Bist du gekommen, um mich zu beleidigen?«

»Haltet Frieden!« mahnte Kilischu. »Assur liebt keinen Streit unter seinen Dienern. Aber ich kann dich beruhigen, Elinnu: Die Hethiter haben genug im eigenen Land zu tun. Sie werden sich so bald nicht wieder in die Fremde wagen! Aufstände brennen überall in Kleinasien; unbekannte Völker aus dem schneereichen Norden strömen herbei und pochen ungestüm an Chattuschas Pforten. Wir brauchen nur zu warten, dann stürzen die Schwarzgepanzerten auch ohne unser Zutun von den Mauern. Darum verfolgt Tukulti-Ninurta, der König, auch schon ein ganz anderes und viel wichtigeres Ziel.«

»Wohin sollen sich die Krieger von Assyrien wenden?« fragte Elinnu neugierig. »Du als der oberste Heerführer des Reichs, der rechts zu Seiten des Königs sitzt, weißt doch bestimmt schon seit langem, wo wir neuen Ruhm erlangen dürfen!«

»Ich sagte dir ja schon, daß große Ereignisse bevorstehen«, antwortete Kilischu, »Taten, die des mächtigen Assur wahrlich würdig sind; nie war unser Gott mächtiger als jetzt. Die Feinde im Umkreis erzittern vor uns, und die uns einst vor Zeiten unterdrückten, strecken jetzt flehend die Hände zu uns empor und wollen gern unsere Freunde sein. Doch Assur vergißt keine Kränkung; Rache will er an allen nehmen, die sein Volk einst geknechtet haben; er wird nicht eher die eisernen Lider zur Ruhe schließen, als bis alle Reiche auf der Welt vor ihm zu Schutt zerfallen sind.«

»Rache ist auch unser Ziel«, warf Diomedes ein, »deshalb fragte ich nach jenen Völkern in den Schwarzen Bergen. Wir wollen einen Fürsten bekriegen, der dort über einen sehr gefährlichen Räuberstamm gebietet. Sein Name ist Pithunna; die Krieger, die ihm dienen, heißen Kaschkäer und reiten auf Pferden. Hast du von ihnen gehört?«

Erstaunen malte sich auf die Züge Kilischus; der große Assyrer blickte uns nachdenklich in die Augen. Auch Naramsin, sein Gefährte, schaute uns nicht mehr spöttisch, sondern mit großer Aufmerksamkeit an. Kilischu sagte:

»Assur hat mir, wie stets, das Rechte gewiesen, als er mir tief in meinem Inneren befahl, dich in die Hauptstadt mitzunehmen. Denn du scheinst Kenntnis von zahlreichen Dingen zu besitzen; so werden unsere Gespräche nicht nur unterhaltsam sein, sondern auch mein Wissen bereichern. Tatsächlich, es ist, wie du sagst. Die Kaschkäer sind ein Volk von Kriegern, das in enger Nachbarschaft zu den Hethitern lebte, bis es von diesen besiegt und vertrieben wurde. Pithunna, den Assur zerstampfen möge, führte sie nach Osten in die zerklüfteten Berge; dort ziehen sie nun umher und bereden die anderen Völker, die Hethiter und uns mit unverhofften Beutezügen anzugreifen. Wie ein Sturzbach nach starkem Gewitter ergießt sich ihr Haufen aus den Schluchten der Schwarzen Berge und fügt unseren Dörfern im Norden viel Unheil zu. Kommt dann unser Heer herbeigeeilt, dann verstecken die Räuber sich schnell wieder auf ihren steilen Felsen.«

»Und werfen von der Höhe Steine nach uns«, ergänzte Naramsin und fuhr ohne die geringste Ehrfurcht fort: »Wahrlich, das hat Assur schon manche Beule am Schädel eingebracht.«

Kilischu und Elinnu blickten nach dieser Bemerkung wie Väter, wenn sie mit ihren Kindern Nachbarn besuchen und ihr Söhnchen unbeobachtet kostbares Geschirr zerbrochen hat. Muttakil aber, der alte Statthalter, lachte schallend und rief: »Naramsin, du weißt ja erstaunliche Dinge von den Göttern! Warum bist du nicht Priester geworden? Gewiß wären die frommen Diener Assurs beim Opferdienst besonders entzückt, wenn du ihnen solcherart geheime Neuigkeiten über ihren Herrn verrietest.«

»Würde Naramsin je wagen, einen Tempel zu betreten«, erklang nun die kräftige Stimme Kilischus, »würden die heiligen Männer ihm wohl sogleich die Zunge abschneiden.« Der riesige Assyrer seufzte und fügte hinzu: »Allein, er ist mein Gefährte, und ich nehme ihn als Strafe der Götter für meine Siege. Für mich ist er eine lebende Mahnung des Himmels, daß auch der Glückliche niemals vergessen soll, daß es den Kummer gibt, und daß der hellste Sonnenstrahl stets den schwärzesten Schatten verursacht.«

»Ich mühe mich doch nur«, entgegnete Naramsin lächelnd, »so schlecht und lästerlich wie möglich zu erscheinen, damit dein Glanz, Kilischu, neben mir noch heller leuchte!«

»Das gelingt dir aber gut!« sagte nun Diomedes, der es nicht gern hörte, wenn jemand in seiner Gegenwart Götter verspottete, auch wenn es fremde waren. »Dir aber, edler Kilischu, will ich erklären, daß ich mit meinen Gefährten an deiner Seite fechten möchte, wenn du Pithunna und seine Horden in den Schwarzen Bergen ausrotten willst.«

»Aber ein Feldzug in die nördlichen Gebirge kann doch wohl kaum das Ziel sein, das der König deinen Worten nach erreichen will«, meinte Muttakil zweifelnd. »Seit Bestehen der Welt sind Assurs Diener doch immer wieder auf das Dach der Erde gezogen, um dort die Völker zu bekriegen; Tukulti-Ninurta muß das gleiche tun und alle Räuber in Angst und Schrecken vor seiner Macht halten. Aber das scheint mir doch eher eine lästige Pflicht zu sein und kein besonders ruhmvolles Werk.«

»Die größten Helden unseres Volkes haben, wie du weißt, seit ungezählten Menschenaltern vergeblich versucht, die Springflut aus den Schwarzen Bergen einzudämmen«, gab Kilischu zur Antwort. »Wäre das, wenn es endlich gelänge, denn keine große Tat, eines Unsterblichen würdig? Aber du hast Recht, Muttakil: Die Aufgabe, die sich der König stellt, ist weit bedeutender. Zwar sollen zuerst noch die Völker im Umkreis befriedet werden, damit sie uns nicht von hinten die Rippen durchstoßen, wenn Tukulti-Ninurta die besten Waffenträger des Reichs auf den gewaltigsten Feldzug der Menschheit führt. Das Ziel dieser Kriegsfahrt aber liegt tatsächlich nicht in den Schwarzen Bergen, sondern in einem fruchtbaren, überreichen Land, dessen Kostbarkeiten unsere Truhen füllen sollen.«

»So sage uns doch endlich, gegen welchen Feind Assyrien jetzt zieht«, sagte der Statthalter in höchster Spannung. »Ist es Retennu oder das Land der Syrer, Chalpa oder Upe? Oder sind es Gebiete im Osten, Namri oder gar das mächtige Elam?«

»Wären das denn Ziele, um derentwillen ein so ruhmvoller König wie Tukulti-Ninurta alle seine Kräfte zusammenfassen müßte?« fragte Kilischu zurück, während die Zuhörer gebannt an seinen Lippen hingen. »Nein, das Reich, das es jetzt zu erobern gilt, ist mächtiger als alle, die du nanntest; und alle Länder, deren Namen ich jetzt hörte, sind dagegen nur wie zerfallene Hütten gegen den turmreichen Fürstenpalast. Die Stadt, deren Tore Tukulti-Ninurta mit eherner Faust aufbrechen will, ist reicher und mächtiger als alle anderen Städte auf der Welt, und ihren Namen kennt jeder Mensch unter der Sonne, ob er ein König oder nur ein bresthafter Tagelöhner ist. Ja, wir ziehen gegen die älteste und berühmteste Burg der Welt, den Hort der gewaltigsten Schätze, die Quelle aller Wissenschaften, den Mittelpunkt des Handels und der Künste. Wir ziehen gegen die Königin der Städte: Wir ziehen gegen Babylon!«

»Babylon!« riefen die Assyrer wie aus einem Mund. In ihren Stimmen lagen Begeisterung, Ehrfurcht, Staunen und Haß zugleich. Denn diese Krieger sind Männer, denen der Glanz der gewaltigen Nachbarstadt im Süden schon immer in die Augen stach. Zwar verachteten sie die Krieger Babylons, die Weisen dieser Stadt aber bewunderten sie umso mehr, und sie empfanden geheime Scheu vor ihren geheimen Mächten. Darum rief Elinnu voller Hoffnung: »Der Kriegsgott selbst möge dieses Schlangennest zerreißen!« Der Statthalter des Königs aber wiegte bedächtig sein Vogelhaupt und erklärte:»Ich hätte nicht gemeint, daß ich das noch erleben dürfte, und glaube es auch erst, wenn Assurs Zeichen wirklich auf den Mauern Babylons errichtet wird.«

Kilischu atmete tief, sodaß sich sein Gewand an seinen breiten Schultern straffte; der Feldherr sagte laut:»Ja, Babylon heißt unser Ziel; schon seit zwei Sommern suche ich den König für den schnellen Angriff zu gewinnen. Jedoch, Tukulti-Ninurta vergißt nicht das Unwägbare und meidet gern die Überraschung. Darum wünscht er zuvor erst noch die Zahl der Bergbewohner blutig zu verringern, damit diese nicht etwa im gleichen Moment mordend aus ihren Tälern hervorstürzen, in dem unsere Heere vor Babylon lagern und nur noch schwache Truppen Assurs Hauptstadt schützen.«

»Krieger, Blut und Morden«, tönte da eine helle Stimme dazwischen; »gibt es nichts anderes, Kilischu, wovon du meinen Gästen erzählen könntest? Das Fest, zu dem die Achäer geladen sind, ist das meine, und ich wollte mich eigentlich über angenehmere Dinge unterhalten!«

Es war Perisade, die unbemerkt in den Saal getreten war; wir erhoben uns höflich und verneigten uns vor ihr, und es war, als wäre eine Göttin erschienen. Kostbare Edelsteine funkelten von ihrem Gewand, ihr Haupt umrahmte ein feingewebter Schleier, goldene Bänder schmückten ihr Haar, und sie verströmte den Duft von zehntausend Rosen. Ein tiefer Seufzer entrang sich der Brust des Tydiden, als er die schöne Fürstin sah, und ich wußte, daß er blutenden Herzens an seine Gemahlin im fernen Argos dachte.

Lächelnd ergriff Perisade die Hand des Tydiden und sagte mit ihrer wohltönenden Stimme:»Setze dich an meine Seite, mein wagemutiger Lebensretter! Wir wollen gemeinsam die Tänze meiner Sklavinnen genießen und dem Spiel der achlamischen Musikanten lauschen. Danach begehre ich mehr über dich zu erfahren, und über dein fernes, unbekanntes Land.«

Diomedes gehorchte ihr gern; auch auf mir ruhte für einen Herzschlag Perisades Blick, und als sie mir zulächelte, eilte mein Blut schneller durch die Adern. Dann stürmten mit zierlichen Sprüngen wohlgestaltete Mädchen in den festlich geschmückten Saal und boten ihre Künste dar, zu denen nicht allein die des Tanzes gehörten, wie ihre Bekleidung verriet; Muttakil, der Statthalter, und der Festungshauptmann Elinnu schauten mit allen Zeichen hohen Genusses auf die jungen Frauen, deren weiße, braune und schwarze Haut selbst an Brüsten und Scham nur winzige Bänder höchst unzureichend verhüllten. Ich hatte aber kein Auge für die Tänzerinnen, sondern blickte immer nur auf Perisade, die sich angeregt mit Diomedes unterhielt.

»Verüble es mir nicht, mein König«, sagte sie, »wenn ich vorhin euer Gespräch unterbrach. Ich weiß ja, daß die Männer aller Völker am liebsten über Kriege oder Kämpfe reden, von Helden und großen Taten erzählen und in Erinnerungen an blutige Schlachten schwelgen. Die Assyrer machen darin durchaus keine Ausnahme; im Gegenteil, ich glaube oft, kein anderer Menschenschlag ist so begierig nach Grausamkeiten wie der unsere.«

»Der eure?« fragte ich, bevor ein anderer etwas sagen konnte. »Gehörst du wirklich zu diesem Volk? Du ähnelst den Assyrern so wenig wie der schimmernde Alabaster dem grauen Granit und bist ganz anders, als man uns über die Frauen an den Ufern des wasserreichen Idiglat erzählte.«

Perisade und Naramsin wechselten einen Blick des Erstaunens, und plötzlich fiel mir die große Ähnlichkeit auf, die diese beiden miteinander verband. Nun wußte ich, warum mir Naramsins Züge so bekannt erschienen waren, als ich ihn im Festungshof vor dem Zweikampf zwischen Kilischu und Diomedes zum ersten Mal gesehen hatte; denn er glich Perisade, wie ein Bruder seiner Schwester gleicht. Der schwarzbärtige Kilischu musterte mich und sagte:

»Nicht alle, die Assyrien dienen, stammen auch von seiner Erde, Jüngling. Denn schon viele fremde Völker folgen heute unserem Zeichen, beten zu dem gleichen Gott und kämpfen für denselben König.«

»Für Tukulti-Ninurta, der uns den Sieg über unsere Feinde verschafft«, rief Elinnu voller Begeisterung aus, »denn Assurs Dienern ist vorherbestimmt, die Weltenscheibe zu beherrschen, wie es die Wahrsager und Leberschauer schon seit langer Zeit verkünden. Welk und schwach wie das Gras des Herbstes sind alle Länder um uns, und unsere Heere werden sie durchstürmen wie lodernde Brände.«

»Ich glaube fast, ihr würdet statt der hübschen Mädchen, denen ich vor euch zu tanzen befahl, lieber kräftige Krieger mit eisernen Äxten aufeinander einschlagen sehen«, sagte die schöne Perisade seufzend. »Ist denn keiner unter euch, der daran denkt, daß nicht der Krieg, sondern allein die Liebe jene Kraft ist, die die Welt verändern kann?«

»Darüber haben wir schon so oft miteinander gestritten, Perisade«, entgegnete Kilischu, der an der linken Seite der schönen Fürstin lagerte, »und noch immer schuldest du mir den Beweis für deine Behauptung. Hat sich das Volk Assyriens denn durch Schwert und Feuer aus seiner Knechtschaft befreit oder etwa durch Küsse und Zärtlichkeiten? Ich weiß, wieviel die Liebe vermag, denn schließlich habe ich ihre Macht am eigenen Leibe verspürt. Aber nur der Haß verleiht die Kraft zu siegen; Liebe ist eine Schwäche.«

»Wer sagt, daß Aphrodites Gaben nichts vermögen?« wandte Diomedes ein. »Die stärksten Helden sind vor ihrem Zaubergürtel erlegen, den sie ihrer schönsten Schülerin, der göttergleichen Helena, verlieh! Weil Paris, der Trojanerprinz, sich einst in dieses edle Weib verliebte, haben die größten Kämpfer meines Erdteils zehn Jahre lang miteinander gerungen; davon kann ich deshalb so genau berichten, weil ich selbst dabeigewesen bin.«

»Nun, daß es zwischen Liebe und Kampf oft keinen Unterschied gibt«, warf Naramsin ein, »wird wohl kein Mann leugnen. Wie oft hörte ich altersschwache Weiberhelden, deren Kräfte schon allmählich zu erlahmen drohten, nach langer Nacht vom ›Bettgefecht‹ sprechen!«

»Naramsin«, tadelte Kilischu, »was sollen denn unsere Gäste von uns denken!«

»Wollt ihr schon wieder streiten?« fragte Perisade, »wie eingebildet müßt ihr Männer sein, euch selbst stets für das Wichtigste zu halten! Gäbe es nur Männer auf der Welt, so würde wohl ein jedes Volk, so wie das unsere, mit allen Nachbarn stets in Zank und Hader liegen; jedoch zum Glück höchstens ein Menschenalter lang, denn ohne Frauen würden den ruhmsüchtigen Schlachtenlenkern keine neuen Krieger geboren!«

»Ganz ohne Zweifel ist die Liebe für den Menschen äußerst wichtig«, gab der dickliche Elinnu zu, »doch wahren Helden gilt sie nichts. Hat nicht der große Gilgamesch, der stärkste Held der Menschheit, selbst Ischtars Liebe verschmäht, als die Göttin hitzig um ihn buhlte? Einen Wagen aus Gold und Lapislazuli, mit Rädern aus Gold und Hörnern aus Edelsteinen, gezogen von den Dämonen des Sturms, dazu ein Haus mit dem Geruch von Zedernholz versprach sie ihm, und Könige als Diener; dennoch hat der gewaltige Gilgamesch ihre kosenden Hände von seinem Nacken genommen, denn sein Herz begehrte nicht nach Fleischeslust, sondern nach weiteren Kämpfen, um Unsterblichkeit zu erringen.«

»Vielleicht hatte er auch nur Angst vor ihr«, entgegnete Muttakil, der alte Statthalter, lächelnd, »denn sagte er zu der Göttin nicht, den alten Mythen zufolge: ›Du liebtest den Löwen, den wunderbar starken, und grubst ihm sieben und noch einmal sieben Fanggruben! Du liebtest das Roß, das herrliche im Kampf, und bestimmtest ihm Peitsche, Sporn und Geißel! Du liebtest den Hirten der Herde und hast ihn geschlagen und in einen Wolf verwandelt! Seine eigenen Söhne machen jetzt Jagd auf ihn, und seine Hunde zerbeißen ihm die Beine. Wenn du mich liebst, wirst du mich wie jene behandeln!‹? Das scheinen mir weniger die Worte eines furchtlosen Helden zu sein, sondern die Ausreden eines Mannes, der zur Schüchternheit neigte.«

»Nun, Frauen, die ihren Männern zu Peitsche, Sporn und Geißel wurden, hat es oft genug gegeben«, bemerkte Naramsin, »dazu brauchten sie nicht Göttinnen zu sein.«

»Ja«, sagte Diomedes düster, »wertvoll ist eine liebende Frau, und segenbringend wie ein fruchtbarer Acker. Schleicht sich aber Haß in ihr Herz oder wird dieses durch einen Nebenbuhler verhärtet, dann wandelt sich ihr blühender Leib zu einer vergifteten Frucht, und ein grausamer Tod ereilt den Mann, der ihr dann noch vertraut. Das mögt ihr mir glauben, denn ich bin ein Mann, der selbst dieses Schicksal ertrug.«

Perisade ergriff von neuem die Hand meines Gefährten und sagte voller Mitleid: »Schon als ich dich zum ersten Mal sah, Diomedes, verrieten mir deine Augen, daß du viel Leid gesehen hast und die Erinnerung an bitteres Unglück deine edle Seele bedrückt. Darum bitte ich dich, diese Last mit uns zu teilen und uns davon zu berichten; von deinen Abenteuern, deiner Heimat und deinem Schicksal, das dich so weit in die Ferne führte. Erzähle uns davon, denn wir sind Menschen, die dich besser verstehen lernen und noch lange mit dir zusammensein wollen.«

»Sprich uns auch von den Kriegen, die du erlebt, und von den Völkern, gegen die du gekämpft hast«, fügte Kilischu hinzu, »denn deine Taten sind es gewiß wert, Fürsten und Heerführer zu unterhalten.«

Da schilderte Diomedes unsere Erlebnisse seit dem Untergang Trojas, sprach von unseren kretischen und zyprischen Tagen und von Ägypten. Er erzählte den staunenden Assyrern von unserem Feldzug in das Land der Schwarzverbrannten und schließlich auch von unserer Fahrt durch Kanaan und Syrien. Zum Schluß sagte er, während die anderen ihn mit noch größerer Ehrerbietung anblickten:

»Ich habe nicht gezählt, wieviele Länder ich durchquerte, wieviele Völker ich besuchte, wieviele Städte ich bereiste; und vielleicht werde ich noch ganz andere Teile der Weltenscheibe sehen, dem Willen der Unsterblichen folgend, deren gehorsamer Diener ich bin. Eines aber werde ich auch in der fernsten Fremde nicht aus meinen Sinnen lassen: Die Erinnerung an meine geliebte Heimat, die man Achäa nennt.

Denn wer einmal die reine Luft Griechenlands atmete, dem kühlt kein anderer Wind mehr die Schläfen. Wer einmal aus den klaren Quellen Ätoliens trank, dem löscht kein anderes Wasser den Durst. Wer einmal Brot aus dem reifen Getreide der Argolis aß, dem stillt keine andere Nahrung den Hunger. Die Pyramiden Ägyptens sind armselig und gering gegen die wolkenumkränzten Berge Thessaliens, die mächtigen Ströme des Nil und Purattu nur Rinnsale gegen die breite Schiffsstraße der Ägäis, und selbst die reichen Zedernforste Phöniziens sind nur bescheidene Haine gegen die wuchernden Wälder der Peloponnes. Kein anderes Volk hat so viele Helden hervorgebracht wie das unsere, kein anderes besitzt mächtigere Götter, und hätte ich heute nicht Perisade gesehen, würde ich sagen, kein anderes besitze ein so schönes Weib wie Helena. Ach, daß die Himmlischen mich nun so lange schon in fremden Ländern prüfen! Vielleicht wird mein Fuß nie wieder die kostbare Erde Achäas betreten, so sehr mein Herz sich auch danach sehnt. Aber selbst wenn ich nie mehr heimkehren darf, wenn ich für immer unter fremden Völkern umherirren soll; das Bild meiner schönen Stadt Argos wird niemals aus meinem Herzen schwinden, und stets will ich der Zeit gedenken, in der ich dort König war.«

So sprach er; Tränen schimmerten in seinen Augen, und der Kummer eines schwergeprüften Mannes klang aus seiner Stimme. Doch bald hatte er sich wieder in der Gewalt und fuhr fort:

»Hätte ich zu wählen zwischen Goldstücken und einer Handvoll Gestein aus der Mauer von Argos, ich würde auf alles Geschmeide verzichten, nur um noch einmal die glatten, kühlen Felsen zu fühlen, mit denen meine Ahnen ihre Heimatburg umwehrten. Selbst das Leben wollte ich ohne Zögern wagen, um noch einmal die hohen Türme meines Königshauses zu sehen, in denen Falken und Sperber wohnten. Allein, mir ist von den Göttern bestimmt, noch viele Taten auf der Weltenscheibe zu vollbringen, und ihr Wollen ist mir heilig. Darum kehre ich nicht nach Achäa zurück, sondern folge den Orakeln und heiligen Zeichen, die mir die Pläne der Unsterblichen verraten. Aber ihr sollt wissen, Assyrer, daß kein Mann seine Heimat mehr liebte als ich.«

Da schwiegen alle erschüttert, und erst nach langer Zeit sagte Kilischu: »Nur wer seine Heimat liebt, ist großer Taten fähig, auch im Krieg. Gern will ich dich als Gefährten in das Heer des Königs führen, Diomedes, und deine Männer dazu, sofern du nur gelobst, nichts zu tun, was Assyrien schadet. Sonst fordern wir den Fremden stets den heiligsten aller Eide ab, so wie wir selbst ihn vor dem Thron des Königs schworen; du aber bist selbst ein König, und dein Wort genügt.«

»Das sollst du haben«, sagte Diomedes, »aber du hast mir noch nicht verraten, welches hohe Amt im Reich Assyriens dir gehört, Sohn der Fürstin Imhota. Bist du von königlichem Blut? Und wo liegt deine Heimat?«

Kilischu lächelte, dann sagte er: »Nein, ich stamme nicht aus den Lenden Tukulti-Ninurtas oder seines hehren Vaters Salmanassar. Königlichem Blut entsprossen sind dagegen jene, von denen dein Gefährte Aras nicht glauben mochte, daß sie Assyrer seien: die Fürstin Perisade, deren Gast du bist, und ihr Bruder Naramsin.«

Die Überraschung traf uns wie ein Guß kalten Wassers den müden Schläfer. Diomedes öffnete den Mund, ohne sprechen zu können, und auch ich, der ich die große Ähnlichkeit zwischen der schönen Fürstin und dem hellhäutigen Wagenlenker doch schon bemerkt hatte, wußte nicht, was ich sagen sollte. Nun sprach Perisade:

»Ja, ich bin eine Tochter des großen Salmanassar, und Tukulti-Ninurta, der über Assyrien herrscht, ist mein Bruder, genauso wie Naramsin; aber Naramsin und ich wurden von einer anderen Mutter geboren als der König. Werte dein Verdienst darum noch höher, Diomedes, daß du mich gerettet hast. Man wird dir in Assur jeden Wunsch erfüllen.«

Endlich erwachte Diomedes aus seiner Erstarrung und gab zur Antwort: »Frage mich lieber nicht nach meinen Wünschen, schöne Perisade! Daß du die Tochter eines Königs bist, habe ich längst vermutet, aber daß du einem so machtvollen Herrschergeschlecht angehörst, wäre mir nicht in den Sinn gekommen, und ich muß jetzt noch darüber staunen, daß du mit nur so wenigen und noch dazu so feigen Wächtern durch das öde Land streiftest, wo dich der wütende Elefant fast verschlang.«

»Ich plante eigentlich nicht, mich so weit von den schützenden Mauern zu entfernen«, erklärte die Fürstin, »aber dann verlor ich den Weg und geriet immer weiter in die Wildnis. Gegen böse Menschen schützt mich das Amulett des Sin, dessen Dienerin ich bin; jeder kennt es in unserem Land, und kein Räuber würde es wagen, die Hand gegen mich zu erheben. Aber dieses Ungeheuer ließ sich nicht von Zauberkräften schrecken, und wenn du nicht gekommen wärst, hätte auch der Mondgott mir nicht helfen können.«

»So bist du nach Charran gekommen, um hier das Heiligtum der nächtlichen Himmelsgottheit zu besuchen?« fragte ich Perisade, nachdem ich diese Worte vernommen hatte, und gab ihr mit den Fingern das geheime Zeichen, an dem sich Zauberer erkennen. Sie aber verstand nicht und antwortete:

»Du hast es erraten, Jüngling; was weißt du darüber? Wahrscheinlich hat man euch in Ugarit erzählt, daß wir Assyrer Sin als einen der höchsten Götter verehren. Sein Tempel in Charran ist der größte des Reichs, und er steht schon seit Urzeiten hier. Von Kindheit an bin ich seine Priesterin; von Assur kam ich jetzt in diese Stadt, um an den heiligen Bauten zu prüfen, wie man Sin auch in der Hauptstadt Assyriens bald einen ebenso herrlichen Tempel errichten könnte.«

Diomedes fragte mit seltsam heiserer Stimme: »Hast du dich ganz dem Dienst an diesem Gott verschrieben, Perisade? Darf es nichts anderes in deinem Leben geben? Gehört deine ganze Liebe dem Priesteramt?«

Perisade lächelte und gab zur Antwort: »So grausam ist der Mondgott nicht, daß er die Menschen, die ihm dienen, ganz zu Sklaven macht. Nein, auch als Priesterin darf ich einen Mann lieben und Kinder gebären wie jede andere Frau.«

Diomedes lächelte wie von einer schweren Last befreit. Naramsin schien das beobachtet zu haben, denn er sagt schnell: »Nun, Freund Kilischu? Willst du unseren Gästen nicht auch ein wenig von dir erzählen?«

»Gewiß«, gab Kilischu zur Antwort. »Hört also, ihr Achäer: So wie du, Diomedes, ein König bist und du, Aras, von königlichem Blut, so bin ich der Sohn einer Fürstin aus Nuzi, aus eben jener Gegend, in deren Bergen der berühmte Vater Elinnus einst stolze Siege errang.«

»Über siebzehn stark befestigte Städte«, fügte der wohlbeleibte Festungshauptmann hinzu und warf dem spöttisch lächelnden Naramsin Blicke wie glühende Pfeile zu.

»Von dort sind wir auch Vettern aus dem gleichen Geschlecht«, berichtete der hünenhafte Feldherr, »denn Elinnus Vater Tikaltep herrschte über das eroberte Land, zusammen mit seiner Schwester Imhota, die meine Mutter wurde. Das war noch zur Zeit des gewaltigen Adad-Narari, des Großvaters unseres Herrschers, der die Turukku und Kudmuchi, Achlamu, Sutu, Iauru und Mitanni besiegte, seine Feinde im Norden und Süden, im Westen und Osten verjagte und ihre Länder unter seine Füße nahm.«

Das Lächeln in Perisades Gesicht erstarrte, als der Name dieses Königs fiel, der nun doch schon seit dreiunddreißig Jahresläufen tot war; und als ich von den Mitanni hörte, ahnte ich, warum die schöne Fürstin plötzlich so traurig auf Kilischu blickte. Denn ich erinnerte mich, daß die Mitanni noch vor kurzer Zeit das ganze Land um Charran bis weit nach Osten beherrscht hatten und ein Volk von hellhäutigen Menschen gewesen sein sollten, hellhäutig wie die Achäer, hellhäutig wie auch Naramsin und Perisade. Auch der hünenhafte Assyrer schien den plötzlichen Ernst der schönen Fürstin bemerkt zu haben, denn er sprach hastig weiter:

»Nun, Adad-Narari war König und eroberte viele Länder; auch ich habe die Heerscharen Assurs schon oft über die Grenzen geführt, aber ein König bin ich nicht. Ich bin nur ein Diener des Herrschers, freilich einer, der zur Rechten des Throns stehen darf. Seit fünf Jahren gebietet Tukulti-Ninurta über Assyrien, und er besitzt nicht seinesgleichen unter den Herrschern der

Welt. Darf das nicht auch seine Diener mit Stolz erfüllen? Seit unser Gebieter seinen glorreichen Vater bestattete, bin ich sein oberster Heerführer, der aber nicht nur in den Schlachten befiehlt, sondern zugleich auch die ständige Übung der Krieger beaufsichtigt, ihre Bewaffnung und Besoldung prüft, ihre Verwaltung und Versorgung regelt und alle sonstigen Pflichten erfüllt, die der Vorbereitung eines Feldzugs dienen.«

»Vergiß nicht das Wichtigste, mächtiger Kriegsherr«, spottete Naramsin ohne Respekt, »daß du nämlich auch die Kupferstücke nachzählen darfst, die deine Krieger erhalten, auch mit Nadeln die Käfer aus ihrem Fladenbrot stechen und täglich nachschauen, ob die Latrinen sauber sind.«

Ein Trommelwirbel der Musikanten verschluckte Kilischus Antwort, dann beendeten die Tänzerinnen ihr Spiel und eilten herbei, um sich zu uns zu gesellen. Fröhlich nahm der alte Muttakil gleich zwei der reizenden Mädchen in seine Arme und gab ihnen Wein zu trinken; Elinnu und Naramsin taten ihm gleich. Doch als eine schlanke, goldhaarige Elamiterin sich neben Diomedes niederließ und ihn mit ihren bronzenen Armen umfing, schob der Tydide das Mädchen unwillig zur Seite und sagte:

»Mich gelüstet nicht nach deinen Zärtlichkeiten, Fremde! Es mag zwar wohltuend für den Körper sein, mit Sklavenmädchen der Wollust zu pflegen; mein Herz jedoch sehnt sich nach der Liebe einer ebenbürtigen Gefährtin, die allein jene Wunden versiegeln kann, die mir ein grausames Schicksal zugefügt hat.«

Das Mädchen erhob sich verschüchtert und legte sich neben mich. Ich reichte der Elamiterin meine Schale, damit sie sich am Wein erfrische, denn mich dauerte ihre Schönheit, die bei meinem Gefährten so wenig Beachtung gefunden hatte. Diomedes ergriff unterdessen die schmalen, zierlichen Hände der Fürstin und sprach:

»Berge und Täler habe ich durchquert, Flüsse und Meere durchschwommen; ich bin durch Wälder und Wüsten gezogen, von einem zum anderen Ende der Welt, Perisade. Die größten Städte aller Küsten kenne ich, und alle Königsburgen von Achäa, doch nirgends, nicht einmal in den reichen Palästen Ägyptens, fand ich eine Frau, die dir glich. Ja, deine Schönheit ist die einer Göttin; aber nicht nur dein Antlitz weckt meine Bewunderung, auch nicht allein deine königliche Haltung und Gestalt, sondern ebenso dein edles Gemüt und die Schärfe deines Geistes, so daß ich fast glauben möchte, die schaumgeborene Aphrodite selbst sei mir erschienen, um meinen Verstand zu verwirren.«

Dabei blickte er ihr in die Augen wie ein Mann, der sehnsüchtig hinter der trennenden Hecke die Tochter des Nachbarn umwirbt. Perisade lächelte ihn an, aber es war kein glückliches Lächeln, auch wenn Diomedes das nicht zu bemerken schien; sie zog ihre Hände aus seinem Griff und gab leise zur Antwort:

»Auch du, Diomedes, bist ein Mensch, für den ich größte Bewunderung empfinde, und ich bin stolz darauf, daß du an meiner Seite weilst. Die Götter können nicht wollen, daß ein so edler Fürst, wie du es bist, sein Leben lang einsam sein soll; sicherlich wirst du schon bald wieder eine Gefährtin deinem Lager zuführen, die deiner würdig ist.«

Das goldhaarige Mädchen aus Elam streichelte sanft meine Schultern, aber ich achtete nicht darauf, sondern schaute unverwandt zu Diomedes und Perisade; es schien mir, als ob plötzlich Schatten über das kühne Gesicht des Königs zogen wie düstere Wolken über das strahlende Firmament. Dann aber wich seine Nachdenklichkeit über Perisades Worte neuer Begeisterung, und er rief aus:

»Nur die Löwin kann sich mit dem Löwen vermählen, und der starke Hirsch begehrt allein die königliche Hindin. Wahrlich, wäre es nicht unschicklich, bei einem Fest der Fröhlichkeit so ernste Worte auszusprechen, ich wüßte wohl, zu wem ich nun den Eid der Liebe schwören würde! Mein Herz ist lange genug einsam gewesen; die Frauen, die ich sah, bedeuteten mir nichts, und keine konnte meine Sehnsucht löschen. Meine Seele ist einsam wie ein kranker Vogel, den seine Gefährten im Herbst allein seinem Schicksal überließen und der nun frierend die bitterste Winterkälte durchleidet. Jetzt aber wärmen schon wieder die Strahlen der Frühlingssonne mein Herz, und ich kann neue Hoffnung schöpfen, vielleicht bald wieder gesund zu werden und neue Freude am Leben zu empfinden.«

»Freude am Leben?« wiederholte Naramsin mit geschärfter Wachsamkeit; er blickte sinnend auf seine Schwester, dann sagte er mit plötzlichem Eifer, wie ein Mann, der sich müht, ein Gespräch in unverfängliche Bahnen zu lenken: »Das Leben? Was ist das? Das Leben ist nichts anderes als eine Krankheit mit tödlichem Ausgang!«

Da lachten alle; die Musikanten begannen wieder zu spielen, Elinnu aber ließ seine Tänzerinnen nicht gehen, sondern drückte sie nur noch fester an sich und erklärte: »Das Leben? Das Leben ist wie der Flug eines Pfeils. Kraftvoll wie ein Jüngling schnellt er von der Sehne, ausdauernd wie ein Mann durchmißt er die Lüfte, doch erst ganz zum Schluß weiß man, ob er auch in sein Ziel getroffen hat.«

»Das Leben?« suchte der alte Statthalter ihn mit bereits vom Wein beschwerter Zunge noch zu übertreffen. »Das Leben ist wie ein Trunk aus einem bemalten Becher; man erkennt seinen Grund umso besser, je mehr man daraus gekostet hat.«

Ich sah Diomedes an, der mich nachdenklich musterte, und erklärte: »Das Leben ist ein Labyrinth mit vielen blinden Pfaden. Nur wer den Geist als Fackel nimmt und keinen Fehler zweimal macht, ist darin gut beraten!«

»Du sprichst wie ein Sänger!« versetzte Kilischu erstaunt. Auch in den Augen meines Gefährten erschien Verwunderung; aber wie das Bild des fliegenden Kranichs im Spiegel des ruhenden Teiches erscheint und sogleich wieder verschwindet, so glättete sich auch alsbald die gerunzelte Stirn des Tydiden, denn er verstand nicht, was ich mit diesen Worten sagen wollte. Erneut hob er seine Schale zu Perisade empor und erklärte:

»Das Leben ist ein Kampf, in dem es keine Pause gibt, sondern nur ständig neue Schlachten. Die Feldherrn aber, die sich gegenüberstehen, heißen Gut und Böse, Mut und Feigheit, Tugend und Laster, Liebe und Haß. Ich trinke auf die Kämpfer des Guten, Perisade; auf den Mut, die Tugend und die Liebe!«

Der riesige Kilischu, der sich noch immer an den Bratenstücken labte, spülte den Mund mit einem kräftigen Schluck aus und verkündete mit feierlicher Stimme: »Das Leben ist ein Samenkorn der Götter, das es mit Frömmigkeit zu hüten und zu mehren gilt. Nur wer diesen heiligen Auftrag getreulich erfüllt, wird reiche Ernte halten; denn aus den fruchtbaren Äckern der Zeit wachsen ihm dann die Gaben des Ruhms, des Glücks und der Ehre wie reifes Korn aus den Feldern am schnellfließenden Idiglat.«

Noch immer schaute Diomedes zu Perisade, und die schöne Fürstin erwiderte seinen Blick; aber in ihren Augen lag Traurigkeit. Dann sah sie für wenige Herzschläge zu mir, und ich ahnte in ihrem ebenmäßigen Antlitz die Spur eines heimlichen Kummers, so wie der Seemann auch bei Nacht auf dunklem Wasser die Untiefe fühlt. Ihre schmalen Nasenflügel bebten, und ihre Lippen zuckten, als wollte sie sprechen. Statt ihrer aber sagte ihr Bruder Naramsin, dem dies nicht entgangen war, mit heiterer Stimme:

»Die Liebe, Diomedes? Was ist denn die Liebe, mein Freund? Die Liebe ist nichts anderes als ein schlechter Scherz des Schicksals, das die hilflosen Menschen, denen es doch auch sonst nur Kummer und Mühsal bereithält, obendrein noch zu verhöhnen sucht, mit einem Geschenk, dessen Umhüllung Freude und Glück verheißt, während seinem Inneren dann nur noch größere Plagen entfleuchen.«

»Die Liebe«, rief der Festungshauptmann freudig, während er seine Tänzerinnen übermütig umarmte, »ist ein drachenköpfiges Ungeheuer, das selbst die tapfersten Helden verschlingt; nicht einmal die Götter vermögen sich dagegen zu wehren.«

»Und du, Elinnu, willst heute wohl deine Heldenkraft erproben?« spottete Muttakil. »Vergiß nicht, daß die Liebe wie eine ansteckende Seuche ist, und auch der beste Arzt es nicht vermag, den Kranken von ihr zu heilen!«

»Nun«, sagte ich mit einem neuen, warnenden Blick zu Diomedes, »für die Armen ist die Liebe wohl wie starker Wein, denn ihr Dasein besitzt keine andere Würze. Für die Reichen ist sie dagegen wie Wasser, das sie nicht entbehren können, auch wenn sein Geschmack sie nicht mehr sonderlich reizt. Für Könige aber ist die Liebe wie Blut, das eine heilige Verbindung schafft und den Stoff des Lebens wie auch den Geruch des Todes enthält!« So sprach ich, weil ich meinen Gefährten zur Vorsicht mahnen wollte; denn wir waren Fremde unter den Assyrern und kannten ihre Gebräuche noch nicht. Diomedes achtete aber nicht auf meine Worte, sondern versetzte lächelnd:

»Die Liebe ist die Wurzel des Lebens, denn wo könnte dieses entstehen, wenn es jene nicht gäbe! Mein toter Gefährte Sthenelos, zu dessen Ehre ich diese Schale Wein leeren will, pflegte zu sagen: ›Die Liebe ist von Königen erfunden, die ihre Kriegerschar vergrößern wollen, um ihrem Haß zu frönen.‹ Ich glaube aber, das ist nur ein Teil der Wahrheit, und ihr häßlichster dazu; denn in Wirklichkeit ist die Liebe mächtig genug, allen Haß zu besiegen.«

»Was hat die Liebe mit Kämpfen und Morden, mit Krieg und Vernichtung zu schaffen?« fragte die schöne Perisade, und der Blick ihrer dunklen Augen glitt von Diomedes zu Kilischu, der ernst zur Antwort gab:

»Lieben heißt ja nicht nur, sich der Lust zu widmen; sondern sie ist zuvorderst eine heilige Pflicht, die Fruchtbarkeit der Völker abzusichern, den Göttern zu Gefallen. Ein jedes Mal, wenn ein Mann sein vertrautes Weib erkennt und sie ihm danach ein Kind gebiert, hat sich erfüllt, was uns die Schöpfung abverlangt: den Göttern ständig neue Diener zu erzeugen, die noch in fernsten Zeiten stets ihr Loblied singen, sie preisen und ihnen Gehorsam leisten, was immer von ihnen verlangt wird. Unser Gott Assur, der nicht seinesgleichen besitzt, führt seine Untertanen zum Kampf, der unsere Verpflichtung ist. In Liebe gezeugt, in Frömmigkeit erzogen, in Tapferkeit Assur geweiht, so sei jeder Mann in unserem glorreichen Volk!«

»Assurs Beil macht die Welt wieder heil!« höhnte Naramsin. »Schöne Liebe, die nur Haß und Tod hervorruft! Die grausame Erdgöttin Tiamat kann nicht anders gedacht haben, als sie die schrecklichen Ungeheuer aus ihrem Mutterschoß entließ, zum Kampf gegen den unsterblichen Marduk; als sie die wütende Viper gebar und den entsetzlichen Skorpionmenschen und all die anderen Bestien dazu. Was du, Kilischu, Liebe nennst, ist doch in Wirklichkeit für dich nichts anderes als eine Waffe aus zehntausend Leibern, so wie du alles nur mit den Augen des Kriegers ansiehst. Die Bäuche der Weiber machst du zu Webstühlen, auf denen deine Heere zusammengeflochten werden. Hörst du nicht den Spott der Götter, die sich über uns lustig machen? Weil die Menschen noch immer dumm genug sind, in der Liebe das Gute zu sehen, wo doch ihre Früchte sämtlich vergiftet sind?«

Kilischu schwieg verärgert, während Naramsin laut lachte; auch Muttakil erheiterte sich stark über dieses Gespräch und bemerkte: »Bei den Göttern der Wortkunst und Beredsamkeit, Naramsin, mit deiner Zunge kannst du noch schneller fechten als mit deinem Schwert!« Die Fürstin Perisade aber schaute ihren Bruder tadelnd an und rief zornig aus:

»Du hast genauso Unrecht wie Kilischu! Während jener bei der Liebe nur den Zweck sieht, sprichst du stets nur von ihren Schattenseiten. Die wahre Liebe aber ist wie ein Geschenk, das den Empfänger wie den Spender glücklich macht und zwischen ihren Herzen fliegt wie ein buntgefiederter Vogel zwischen zwei blühenden Bäumen. Freilich muß man einem so kostbaren Tier einen günstigen Nistplatz bereitstellen; denn wo sich nur kalte Festungsmauern erheben, schwarze Steine, glatt und fugenlos gesetzt, findet jener zarte Vogel weder Platz noch Wärme.«

Fröhlich faßte Diomedes erneut ihre Hand und erklärte: »Genau wie du fühle auch ich, Perisade! Zwar muß ich dir gestehen, daß mein Herz ebenfalls weniger einem Baum als einer Mauer gleicht, aber doch immerhin einem Steingefüge, in das ein wechselvolles Schicksal manche Bresche schlug. Wie schön wäre es, wenn der Vogel sich unversehens dorthin verirrte! Die Schmerzen würde er mit seinem weichen Gefieder lindern, und die Angst vor eindringenden Feinden vertriebe er mit seinem süßen Gesang!«

Zarte Röte flammte über Perisades Wangen; Kilischu, der Feldherr, blickte auf Diomedes und runzelte die Brauen. Plötzlich ahnte ich großes Unheil und überlegte hastig, wie ich abwenden könnte, was ich nur dunkel fühlte und nicht deutlich erkannte. Da schaute mich Naramsin an wie ein Mann, der vor schweren Aufgaben steht und einen Freund verletzen muß, um ihn zu retten; so wie ein Hirte, der seinem Gefährten den Schlangenbiß mit dem glühenden Messer aus der Wunde schneidet, um ihm das Leben zu erhalten. Nur kurze Zeit zögerte der hellhäutige Mann, dann sagte er mit einer Stimme, die, so unbefangen sie auch klingen sollte, dennoch große Besorgnis verriet:

»Selten habe ich einen so gewaltigen Kämpfer gesehen wie dich, Diomedes, aber so gut wie das Schwert versteht ihr Achäer auch die Worte zu führen. So habt ihr uns jetzt auch im Gespräch besiegt, selbst meine liebe Schwester, genauso wie vorhin im Kampf den mächtigen Kilischu, ihren Gemahl.«

Bei diesen Worten kehrte plötzlich tiefe Stille ein. Angstvoll schaute ich auf meinen königlichen Gefährten, den diese grausame Überraschung traf wie ein Pfeil aus grünem Gebüsch. Er sprach kein Wort, und sein Antlitz war wie das des aus Stein gehauenen Standbilds. Nur seine Hände zitterten, als er von neuem die Weinschale hob. Sein Blick kreuzte sich mit dem meinen, und ich las in seinen Augen die Bitterkeit eines immer wieder von den Göttern getäuschten Mannes.

»Ist dir etwa nicht wohl, mein Freund?« fragte Kilischu verwundert; noch immer schien er nicht zu verstehen, warum sein Schwager Naramsin schon seit geraumer Zeit die Unterhaltung zwischen Diomedes und Perisade mit Scherzen und Spott zu stören versuchte. Die Fürstin legte meinem Gefährten sanft die Hand auf den Arm und sagte leise:

»Ja, Diomedes, schon vor fünf Jahren haben Kilischu und ich die Zeichen der Ehe in Assurs heilige Tonscherben geritzt. Darum ist er auch nach Charran gekommen, zusammen mit meinem Bruder, nach ihrer gefährlichen Kundfahrt in das Hethiterland. Sie wollen mich von hier in die Hauptstadt zurückgeleiten. Ich weiß, daß er dir so dankbar ist wie ich, weil du mein Leben gerettet hast, als er fern von mir war.«

Diomedes schwieg; ich sah, daß seine Muskeln sich spannten wie in einem schweren Kampf. Dann setzte er die Weinschale an die Lippen und trank. Langsam fielen die Enttäuschung und die Verbitterung von ihm ab, so wie die schwarzen Wassertropfen des Sumpfes vom weißen Gefieder des Schwanes. Er erkannte, daß seine Begegnung mit Perisade nur eine weitere Prüfung der Götter war, sein Heldenherz zu versuchen, und sagte mit fester Stimme:

»Auch ich bin euch dankbar, ihr Fürsten, daß ihr einen Heimatlosen wie mich so freundlich an euren Herd genommen habt. Und wenn deine hehre Gemahlin, Kilischu, mir vorhin versprach, daß man uns in Assur jeden Wunsch erfüllen werde, so will ich dir schon jetzt sagen, was ich als einziges ersehne: Daß wir dich und dein Heer auf deinem nächsten Feldzug nach

Norden begleiten dürfen, um dort endlich Rache nehmen zu können an jenem Mann, dessen Blut unseren Haß löschen soll. Nichts anderes begehren wir von dir.«

Da hob auch Kilischu seinen Becher und sprach: »Ich selbst werde mit euch fahren, um Pithunna endlich zu erlegen und seine Mordbrenner auszurotten, wo immer sie sich auch verborgen halten mögen, das gelobe ich dir, Diomedes. Zum König selbst will ich euch führen; er wird euch zum Rachewerk noch ermuntern und uns seine besten Krieger anvertrauen. Ich will nicht eher ruhen, als bis ich deinen Wunsch erfüllt habe, denn du bist der Mann, dem ich das Kostbarste verdanke, das ich auf der Welt besitze. Assur soll mein Zeuge sein.«

So schwor er, und er hat seinen Eid nicht vergessen.

5 Zwei uralte Straßen führen von Charran zur Hauptstadt Assur. Die längere ist bequem zu befahren und vor Räubern nahezu sicher, denn an ihr stehen überall Festungen der Assyrer. Sie zieht sich vier Tagesreisen lang am Ufer des Balich nach Süden und folgt dann dem großen Purattu. Sechs Tage später gelangt man nach Terqa, dem Thronsitz des kleinen Königreichs Chana; in dieser Stadt wurde einst der große Schamschiadad geboren, der erste Großkönig Assyriens. Schon wenige Meilen dahinter ragen die Reste der altberühmten Stadt Mari aus dem Sand der Wüste, Babylons geheimnisvoller Nebenbuhlerin.

Alle Schiffe und Karawanen, die seit den ältesten Zeiten kostbare Tücher, edle Hölzer und teures Metall von den Küsten des Großen Meeres und aus Syrien hinab ins Stromland trugen, rasteten einst in den Mauern von Mari und brachten seinen Bewohnern Wohlstand. Alle Handelszüge, die aus dem Land der Schwarzköpfigen und vom Unteren Meer wertvolle Waffen, kunstvolle Krüge und allerlei Gerät nach Kleinasien oder nach Tadmur, Quatna und Phönizien führten, hielten unter den himmelhoch ragenden Türmen von Mari und mehrten den Reichtum der Stadt. Den größten Palast, den Menschen je sahen, mauerten Maris Könige sich und ihrem grausamen Gott Dagan empor; dieses Wunderwerk besaß mehr als zweihundertundfünfzig Säle und war damit doppelt so groß wie das Haus des Pharao in Ägypten; alle Gemächer des Königs von Mari waren mit herrlichen Malereien geschmückt. In anderen Räumen wohnten weitgereiste Sendboten der fernsten Völkerschaften, aus Chattuscha und dem Gutäerland, aus Elams Hauptstand Susa und der heißen Insel Tilmun, aus Kanaan und Zypern und auch aus Kreta. Nur das alte Babylon war damals ebenso mächtig, und siebenmal versuchten die Fürsten von Mari, die Rivalin am Purattu zu unterjochen. Aber die Götter wollten es anders. Der babylonische Großkönig Hammurabi zog vor zehn Menschenaltern mit einem gewaltigen Heer den Purattu stromaufwärts nach Mari und brannte die Stadt seiner Feinde zu Asche. Heute künden nur mehr riesige Haufen aus Schutt und Geröll vom einstigen Glanz der toten Stadt, und wer im Zweistromland bei einem

Freund zu Gast ist und ihn loben möchte, sagt: »Dein Haus ist prächtiger als der Palast zu Mari!«, denn das gilt immer noch als größte Ehre.

Von den düsteren Ruinen, in denen nachts die Seelen der erschlagenen Bewohner wandeln sollen, den Untergang ihres Reiches auf ewig beklagend, vergehen fünf weitere Tagesreisen bis zur machtvollen Hauptstadt Assyriens. Die Straße führt quer durch die subartäische Wüste, die sich vom Rand der Hochsteppe Eden im Süden bis an den Fuß der Schwarzen Berge im Norden erstreckt. Auch wir mußten diese Wüste durchqueren, allerdings auf dem anderen, kürzeren, aber gefährlicheren Weg nach Assur, der nur zehn Tagesreisen dauert und stets der Sonne entgegen führt, über die Flüsse Balich und Chabur hinweg zum Ufer des reißenden Idiglat.

Auch an dieser Straße liegen die Reste einer vor Zeiten hochberühmten Stadt, die angeblich so alt war wie die Welt. Es ist die Stadt Gosan, deren Bewohner den Sonnengott so sehr verehrten, daß sie keine Winkel und Ecken duldeten, sondern jedem Gegenstand nach der Sonne eine runde Form verliehen. Selbst ihre Häuser bauten sie rund, ebenso wie ihre Tische und Lagerstätten, ihre Mauern und Straßen und sogar die Furchen ihrer Äcker. Gerührt über soviel Ehrfurcht, erhob der Gott des strahlenden Tagesgestirns Gosan zu seiner heiligen Stadt und verlieh seinen frommen Dienern viele kostbare Gaben; er machte ihre Mutterschafe doppelt tragend, so daß sie stets Zwillinge gebaren, und ihre Gerste dreifach fruchtbar, so daß sie an jedem Fächer ihrer Ähren drei Körner statt einem hervorbrachten. Das wertvollste Geschenk des Gottes aber war das Rad von seinem Sonnenwagen, das er die Männer von Gosan nachbilden lehrte; denn vorher war das Rad den Menschen nicht bekannt. So konnten die Bewohner dieser Stadt als erste auf rollendem Wagen hinter schaumbedeckten Pferden durch die weite Steppe eilen; dadurch waren sie allen anderern Völkern überlegen.

»Warum aber«, fragte ich Kilischu, der mir davon erzählte, »ist diese Stadt zu Schutt zerfallen?« Der Feldherr antwortete mir:

»Nach fast unmeßbar langen Zeiten des Glücks stieg König Belsaphal auf Gosans Thron; er neidete dem Sonnengott die segenspendende Kraft und trachtete danach, diese selbst zu besitzen. ›Ich selbst will über jene Macht gebieten, die alle Pflanzen grünen und alle Blumen blühen läßt, die alle Tiere wärmt, alle Menschen erfreut und Weiden und Äcker fruchtbar macht‹, sagte er. Darum ließ der König eine große Kiste aus schwarzen Bohlen zimmern und vor den Sonnentempel stellen. Zur Mittagsstunde, als die Sonne am höchsten stand und ihre stärksten Strahlen niedersandte, ließ Belsaphal den Kasten öffnen, bis das Licht des Feuergestirns die dunkle Lade erfüllte. Dann schlug der König rasch den Deckel zu und jubelte: ›Nun bin ich selbst ein Gott und bedarf der himmlischen Mächte nicht mehr!‹

Da ergrimmte der Gott der Sonne und rief mit hallender Stimme herab: ›Ein Gott willst du sein? Ich werde dir und deinen Dienern zeigen, wie machtlos deine Kraft gegen die meine ist!‹ Darauf begann er heller zu strahlen als jemals zuvor, und schreckliche Hitze kam über Gosan und alles umliegende Land. Flüsse und Teiche trockneten aus, die Menschen hatten kein

Wasser. Gras und Getreide verdorrten, die Tiere fanden keine Nahrung mehr. In höchster Not ließ Belsaphal die Kiste wieder öffnen, um die dort eingesperrten Sonnenstrahlen freizulassen. Doch in der Lade war es dunkel wie in seinem Thronsaal. Da riß Belsaphal trauernd sein Kleid entzwei, denn er wußte, daß es für einen Mörder von Sonnenstrahlen keine Gnade gab. Nur wenige Menschen entkamen den flammenden Pfeilen der Gottheit, die Gosan und seine Gärten im weiten Umkreis zur trockenen Wüste machten; König Belsaphal aber verbrannte zu einer Säule aus schwarzem Basalt. Die wenigen Überlebenden kündeten allen Nachbarvölkern vom Untergang ihrer Heimat, und davon, daß kein Mensch es wagen soll, die Götter zu betrügen.«

So erzählte mir der Feldherr der Assyrer, und ich erschauerte, als wir die gewaltigen Trümmer der im Sand versunkenen Unglücksstadt durchfuhren. Ich blickte zum Himmel empor, aus dem das Sonnengestirn strahlte, und plötzlich war mir, als spräche diese Gottheit zu mir. Ich konnte nicht verstehen, was sie mir sagen wollte, aber ihre Gedanken schienen mich zu durchdringen und waren mir seltsam vertraut. Auch erhitzten ihre sengenden Strahlen mich längst nicht so sehr wie meine Gefährten; denn während diesen der Schweiß in Bächen von Gesicht und Körper rann, erschien mir die Luft eher kühl. Das merkte auch Diomedes, der staunend zu mir sagte: »Helios scheint dein Freund zu sein, Aras, weil er dich viel weniger quält als uns; denn während ich mich wie in einem glühenden Backofen fühle, stehst du neben mir wie ein Mann, der auf schattigem Lager ruht und sich an einem erfrischenden Quelltrunk gelabt hat.« Ich fand dafür jedoch keine Erklärung; erst viel später vermochte ich dieses Rätsel zu lösen.

Wir überquerten den Chabur auf einem Floß. Am nächsten Morgen erreichten wir die alte Stadt Gerschamin am Ufer des reißenden Dschagdscha. Dort steht eine assyrische Festung, deren Befehlshaber sogleich zu Kilischu eilte und ihm erklärte: »Lasse Vorsicht walten, Fürst, wenn du nach Osten weiterziehst. Kaufleute aus Ninive berichteten mir vor zwei Tagen, sie hätten zwischen Gerschamin und dem Gebirge Singar die verkohlten Überreste einer ausgeraubten Karawane gefunden. Vier Späher, die ich sofort durch die Wüste schickte, sind noch nicht zurückgekehrt. Mir scheint, die wilden Kudmuchi aus den Schwarzen Bergen schlagen wieder die Trommeln des Krieges.«

Aber Kilischu, dem außer uns zehn assyrische Streitwagen folgten, gab lächelnd zur Antwort: »Ich glaube nicht, daß wir uns fürchten müssen. Diese feigen Räuber mögen zwar schutzlose Kaufleute ausplündern, aber ich bezweifle stark, daß sie Sehnsucht nach den Waffen meiner Krieger verspüren.«

Wir bemerkten auch nichts Verdächtiges in den nächsten zwei Tagen, an denen wir an der südlichen Seite des Berges Singar entlang nach Osten fuhren. Von Perisade sahen wir wenig, denn sie mied die Hitze und stieg nur bei den Rasten und am Abend aus ihrem von weißen Wollbahnen umkleideten Wagen. Dann sprachen wir mit ihr, Kilischu und Naramsin über das Land der Assyrer und ihre Nachbarn, ihre Götter und Städte, ihre Kriege und ihre Geschichte, und erzählten ihnen vom Volk der Achäer.

Am dritten Tag stießen wir auf die verbrannten Wagen des Handelszugs, in denen noch die Leichen der Ermordeten lagen. Kilischu wunderte sich sehr, daß die Gefährte sich nicht auf der Straße, sondern ein gutes Stück davon entfernt befanden, und meinte: »Diese unglücklichen Männer müssen durch den Überfall gewaltig erschreckt worden sein, daß sie anscheinend ohne jede Überlegung durch das Felsengebiet zu entkommen versuchten, das doch für die Räder ihrer Wagen denkbar ungünstig ist. Wären sie auf der Straße geblieben, hätte die Schnelligkeit ihrer Pferde sie vielleicht retten können, auch wenn die Kudmuchi sehr zähe und ausdauernde Läufer sind. Wenn diese Kaufleute aber von den Wilden umzingelt waren, so daß sie ihnen nicht mehr davonfahren konnten, so wundert mich, warum sie ihre Wagen nicht zu einem Kreis geordnet haben, wie es sich für die Abwehr von Feinden empfiehlt! Sie scheinen Opfer ihrer eigenen Verwirrung geworden zu sein.«

Dann zog er einen seltsamen Pfeil aus dem Holz eines Wagens und sagte erstaunt: »Vielleicht habe ich mich aber auch getäuscht; denn dies ist kein Kudmuchi-Geschoß. Es wiegt viel mehr als die Pfeile der Bergbewohner und besitzt eine eherne Spitze, wie ich sie in den Schwarzen Bergen noch niemals gesehen habe.«

Nahe am Abhang des Singar rasteten wir zwischen Felsen; Boreas blies kalt von Norden aus dem nahen Gebirge und trieb wie ein wütender Stier Sand und Staub vor sich her. Wir schützten uns mit Decken und Fellen und zündeten ein wärmendes Feuer an. Weinkrüge gingen von Hand zu Hand; die Assyrer steckten frisches Fleisch auf spitze Zweige und brieten es in den Flammen. Kaliphon hob sein Saitenspiel in den Arm und nährte die Wehmut in unseren Herzen. Hell wie der Schrei des herbstlichen Vogels stießen seine Klänge in den Wind; sie hoben und senkten sich wie die Wellen des Meeres, schwollen an wie der mächtig steigende Fluß und schwanden wieder wie das sterbende Wasser im Sand. Er spielte vom Leid und von der Sehnsucht, von Schmerz und Entsagung, spielte die Lieder der Traurigkeit und der enttäuschten Liebe. Das dumpfe, nächtliche Brüllen des einsamen Löwen mischte sich mit dem hallenden Ruf des Fischadlers über dem bläulichen Meer, dem Flüstern der fallenden Blätter und dem kraftvollen Tosen des Wasserfalls. Es war das Lied der Männer, die ihre Heimat verloren haben und nie mehr zurückkehren dürfen; das Lied der Frauen, die ihr ermordetes Kind beweinen, das sie nie wieder lachen sehen werden; das Lied der Krieger, die in ihre letzte Schlacht ziehen und wissen, daß sie nicht wiederkehren werden; das Lied von Göttern, die sterben müssen und nach undenkbaren Zeiten Abschied nehmen von der Macht und ihren Thronen. Es war der Gesang vergessener Helden aus dem Schutt der toten Zeit; und es war der Wehlaut der namenlosen Schatten, von deren Werden und Vergehen niemand je erfuhr. So schön und stolz war dieses Lied, daß alle ergriffen schwiegen und selbst die Rosse zu seufzen schienen, bis wir, viel zu spät, erkannten, daß uns die Tiere mit ihrem Stampfen und Schnauben warnen und aus unserer Versunkenheit wecken wollten.

Der Angriff kam so schnell, daß zwei Assyrer tot auf der Erde lagen, ehe wir auch nur die Waffen erheben konnten. Wie die Dämonen des Sturms stürzten schreckliche Ungeheuer mit wildem Geheul hinter den Felsen hervor, und ihr Anblick ließ viele von uns vor Schreck erstarren. Denn jedes von ihnen schien zwei Köpfe und sechs Beine zu besitzen, einen Menschenkörper und einen Tierleib, und nur weil ich in der Steppe des Nordens aufwuchs und schon einmal einen solchen Angriff erlebte, wurde ich als erster meiner Überraschung Herr. Denn ich erkannte, daß die zentaurengleichen Ungeheuer in Wirklichkeit nichts anderes als Reiter waren, Männer, die auf Pferden saßen, so wie jene Räuber, die einst meine Eltern getötet hatten.

Die Fremden stießen laute Kampfschreie aus und hieben die verdutzten Assyrer, die wohl noch nie einen Reiter gesehen hatte, nieder wie Bauern das herbstliche Korn. Die Sonne glänzte auf ihren spitzen Helmen, ihre Schwerter durchzuckten wie Blitze die Luft, und ein Pfeil ritzte mir die Schulter. Diomedes und Kilischu hatten sich schnell gesammelt und kämpften nun Seite an Seite wie wütende Titanen. Als nächster gesellte sich ihnen Naramsin zu, dann eilten auch Polkos und Polymerios herbei, und schließlich auch die anderen Gefährten, so daß bald ein Reiter nach dem anderen in den Sand gehauen wurde und die übrigen schließlich mit gellenden Schreien die Flucht ergriffen.

»Rasch auf die Wagen!«, brüllte Kilischu voller Kampfeswut, »damit mir keiner entkomme!« Mit mächtigem Sprung stand er als erster auf rollender Achse, während sein Gefährte Naramsin die Zügel ergriff. Polkos und Polyphas rasten hinter ihm her, danach Diomedes, der meine blutende Wunde gesehen und daher Zakrops als Lenker gerufen hatte. Stigos sprang zu Kaliphon und Polymerios auf den Wagen; nur der einäugige Arzt Eurymachos und sechs Assyrer blieben bei mir und Perisade zurück. Große Wolken von Sand und Staub wallten empor, als die Gefährten den fliehenden Reitern nachsetzten; ich hielt die Hand vor die Stirn und sah, daß es noch geraume Zeit dauern mochte, bis Kilischu und Diomedes die Verfolgten in der Ebene einholen konnten. Plötzlich stand die schöne Fürstin neben mir; ihr langes Haar wehte im Wind, sie blickte mich erschrocken an und sagte: »Du bist ja verletzt, Aras! Komm in meinen Wagen, damit ich dich verbinden kann, bevor dein Leben ausrinnt!«

»Es ist nur eine kleine Wunde und für mein Leben nicht gefährlich«, versetzte ich, folgte ihr aber dennoch und ließ es gern zu, daß sie einen Streifen Stoff von einem Leinentuch riß und es mir um die blutende Schulter wickelte. Da hörte ich unversehens wieder laute Schreie aus der Nähe, und als ich durch die wollenen Bahnen aus dem Wagen schaute, sah ich zu meinem Entsetzen neue Reiter aus den Felsen stürmen. Sie waren noch zahlreicher als beim ersten Mal, und ich erkannte, daß der erste Angriff nur eine List war, um unsere Krieger hinaus in die Wüste zu locken und dann nur noch wenige Wächter an den Schätzen der Karawane vorzufinden.

Die sechs Assyrer wurden von der Übermacht der Feinde niedergemetzelt wie hilflose Schafe. Hastig ergriff ich Perisades Hand und zerrte sie nach hinten aus dem Wagen. Gebückt hinter Felsen verborgen liefen wir auf die Wände des Berges zu, und es war ein wahres Wunder, daß unsere Feinde uns nicht sogleich erspähten und niedermachten.

Sie warfen sich wie hungrige Wölfe auf die Wagen, um sie zu plündern. Die schöne Fürstin und ich stiegen wie gehetzte Tiere höher und höher in die Felsen, wohin uns kein Reiter mehr folgen konnte.

Wie vom Genist eines Turmfalken blickte ich schließlich auf unser zerstörtes Lager hinab. Tief unter uns sah ich den Führer der Räuber zwischen den brennenden Wagen umherreiten und hörte ihn mit kehliger Stimme Befehle rufen. Ich blieb überrascht stehen, dann begann ich am ganzen Körper zu zittern; denn der Mann dort unten war niemand anders als mein verhaßter Todfeind Pithunna.

Wie einen Jäger, der nach langer Verfolgung endlich einem Löwen gegenübersteht und dann voller Schrecken bemerkt, daß er bereits den letzten Pfeil verschossen hat und wehrlos ist, so befiel auch mich jetzt tiefste Verzweiflung. So sehr ich mich nun schon seit so vielen Tagen und Nächten danach gesehnt hatte, dem Mörder meiner Eltern und meines Volkes gegenüberzustehen, so sehr umfing mich nun die Furcht, ihm unterliegen zu müssen, ohne mein Rachewerk vollenden zu können. Denn ich durfte es nicht wagen, allein den Kampf mit ihm und seinen Kriegern aufzunehmen – noch weniger, da Perisade schutzlos an meiner Seite stand. Vor Haß und ohnmächtiger Wut stiegen mir Tränen in die Augen. Die schöne Fürstin bemerkte meinen Blick, aber sie schwieg. Im gleichen Moment sah uns Pithunna; er deutete mit dem Arm in die Höhe und schrie in einer unbekannten Sprache heisere Befehle. Sogleich galoppierten daraufhin zwei Reiter zum Abhang, sprangen von ihren Pferden und begannen, uns zu verfolgen.

Immer weiter drangen wir in den unwegsamen Fels, eilten mit schmerzenden Lungen über steinige Halden, erklommen die steilsten Hänge und kletterten die zerklüfteten Wände empor, immer höher in das weglose Gebirge hinein. Steine lösten sich von unseren Füßen und polterten in die Tiefe; unsere Verfolger kamen immer näher. Perisade rang keuchend nach Atem, und meine Schulterwunde begann wieder zu bluten. Da sagte die Fürstin: »Laß mich zurück, ich kann nicht mehr; die Götter werden mich beschützen! Tun sie es aber nicht, so werden sich die Räuber gewiß so lange mit mir befassen, daß du dich in Sicherheit bringen kannst.«

Ich legte den Arm um sie und sagte: »Wir wollen kämpfen; vielleicht haben die Himmlischen Mitleid mit uns.«

Dann hieß ich sie hinter einem Felsen stehenbleiben, kletterte selbst zwei Mannlängen höher, verbarg mich dort in einer Nische und nahm einen mächtigen Stein in die Hände. Es dauerte nicht lange, dann kamen unsere Verfolger heran. Sie waren rotbärtig und hochgewachsen und glichen einander wie Brüder. Mißtrauisch blickten sie sich um, als sie Perisade allein vor sich sahen; dann aber glaubten sie wohl, ich hätte meine Begleiterin im

Stich gelassen, und kamen langsam näher. Ein wildes Lächeln verzerrte ihre schweißbedeckten Gesichter. Wie Tiere stürzten sie sich auf die Fürstin, ihr die Kleider vom Leib zu reißen, sie zu mißbrauchen und dann zu töten, wie es die Gewohnheit der Kaschkäer war, wenn sie ihre Opfer nicht als Sklavin verschleppen und verkaufen wollten wie meine geliebte Schwester Baril. An sie dachte ich in diesem Augenblick, da ich den Felsbrocken von oben auf den vorderen Räuber schleuderte, so daß der Angreifer mit zerschmettertem Schädel zu Boden sank. Dann sprang ich hinab und durchbohrte den zweiten mit meinem Schwert.

Durch die Anstrengung verlor ich die Besinnung; ich erwachte erst dank Perisades Hilfe, die mir kühle Steine an die Schläfen hielt. Von Pithunna und seinen Kriegern wie auch von unseren Gefährten war nichts zu sehen; dazu waren wir schon viel zu weit in den Berg Singar eingedrungen. Die Sonne verblaßte bereits am Horizont; Wolken hüllten sie ein, und die Dämmerung stieg aus der Erde empor. Kalte Winde zerrten an unseren Gewändern, Hunger und Erschöpfung raubten uns die Kräfte. Dennoch kletterten wir weiter in das Gebirge hinein, bis sich ein schmaler Steig vor uns erstreckte. Wenige Schritte dahinter wölbte sich eine steile Wand empor, und in ihrer Mitte öffnete sich der Eingang einer kleinen Höhle.

Der grasbedeckte Platz vor der Öffnung, mit kleinen Bäumen und Büschen bewachsen, zeigte die Spuren wilder Schafe und Ziegen. Menschen hatten sich wohl noch nie in diese gefährliche Höhe verirrt. Dennoch schaute ich vorsichtig in das Innere der Grotte. Als ich weder einen Feind noch ein Raubtier entdecken konnte, sagte ich zu Perisade:

»Es ist zu gefährlich, jetzt schon zurückzugehen; die Nacht könnte uns gerade in den steilsten Felsen überraschen. Wer weiß auch, ob uns die Räuber nicht auflauern, und ob wir unsere Gefährten rechtzeitig finden. Laß uns daher hier rasten. Wir werden ein Feuer entzünden und auf den Tag warten. Am Morgen sind unsere Feinde gewiß schon wieder verschwunden.«

Perisade antwortete nicht, sondern schmiegte sich frierend in den Eingang der Höhle; ich merkte, wie sehr die Kälte ihr zu schaffen machte, und sammelte eilig trockenes Holz für ein Feuer. Vom harten Stein sprang bald ein Funke ins dürre Moos; helle Flammen züngelten empor, leise knackte das zerbrechliche Reisig, dünner Rauch stieg in die Luft und wohlige Wärme belebte unsere Glieder.

Lange verharrten wir, ohne zu sprechen. Dann sagte die Fürstin: »Du hast mir zum zweiten Mal das Leben gerettet, Aras; denn wie wäre ich ohne dich den Räubern entkommen? Das Amulett des Mondgottes hätte mir nicht viel genutzt, denn diese Männer achten die Heiligkeit des Nachtgestirns wohl kaum. Sie stammen gewiß aus einem ebenso fernen Land wie du, und ich glaube, daß du sie sogar kennst; das habe ich an deinen Blicken bemerkt.«

Ich zögerte mit einer Antwort, denn ich wollte sie nicht noch mehr verängstigen. Dann besann ich mich jedoch darauf, daß Perisade zu klug war, um nicht zu wissen, wie gefährdet unser Leben noch immer war; deshalb sagte ich zu ihr: »Du hast recht, Fürstin. Die Männer, die uns überfielen, sind die gleichen, die einstmals meine Eltern und meinen ganzen Stamm gemeuchelt haben. Auch Pithunna, ihren Führer, den ich hasse, sah ich unter ihnen. So nahe ich meiner Rache nun durch die Bestimmung der Götter war, so fern bin ich ihr nun wieder durch meine eigene Blindheit, weil ich zu spät erkannte, wer unser Gegner war. Sonst hätte ich Diomedes und Kilischu doch niemals so weit davonfahren lassen! Lobe mich also nicht, sondern tadle mich lieber, denn das habe ich eher verdient.«

So sprach ich, hüllte meinen Mantel um ihre Schultern und legte mich neben das Feuer, wo ich mit brennenden Augen zu den Sternen starrte, bis Morpheus endlich Mitleid mit mir empfand.

6 Noch vor der ersten Morgendämmerung erwachte ich durch den Schrei eines Vogels; als ich mir den Sand aus den Augen rieb, konnte ich das Tier jedoch nirgends entdecken und meinte, daß es ein Bote der Götter war, der mich aus dem Schlaf geweckt hatte. Ich rüttelte schnell Perisade wach; die Fürstin schlug erschrocken die Augen auf. Dann entsann sie sich wieder des Überfalls und unserer Flucht und sagte voller Angst und Verwirrung: »So war es also doch kein böser Traum! Was sollen wir jetzt tun, Aras? Hilflos und allein liegen wir in diesem öden Gebirge, schutzlos wie ausgestoßene Kranke vor den sicheren Toren der Stadt. Ach, wir werden nur noch kurze Zeit zu leben haben; denn der erste Feind, der uns erspäht, wird uns sogleich wie Tiere zu Tode hetzen!«

Sie begann zu weinen, und die Kälte der Nacht machte sie zittern. Rasch legte ich ihr den Arm um die Schultern und sprach tröstend zu ihr: »Verzweifle nicht, Fürstin, noch schlagen ja unsere Herzen, und die Götter haben uns nicht verlassen. Wisse, daß sie mir sogar ein Zeichen sandten, damit wir uns sogleich erheben und davoneilen sollen. Wer weiß, vielleicht warten unten im Tal schon die Gefährten auf uns!«

Perisade versuchte zu lächeln, wischte sich die Tränen aus den Augen und sagte tapfer: »Du hast recht, Aras; man soll nicht am Leben verzagen, solange man es noch in Händen hält. Ich bin ein schwaches und törichtes Weib, daß ich dich mit Jammern und Klagen behellige, anstatt dir lieber zur Seite zu stehen und deine Wunde frisch zu verbinden; denn wenn dich die Kräfte verlassen, werde ich umso schneller die Beute des Schattengottes sein.«

Von neuem ertönte der hallende Ruf des unsichtbaren Vogels; er schien aus der Schlucht zu uns emporzudringen, die wir zuvor durchstiegen hatten. Darum sagte ich rasch: »Sorge dich nicht um meine Verletzung, denn sie bereitet mir keine Schmerzen, und es gibt jetzt Wichtigeres zu tun. Schnell, wir wollen zum Lager zurückkehren; mir scheint, daß die Götter unsere Schritte dorthin zu lenken versuchen.«

»Was war das für ein seltsamer Schrei?« erwiderte Perisade, und ihre schmalen Nasenflügel bebten in neuer Furcht. »Als Wegzeichen gnädiger Götter deutest du ihn? Mir klang er eher wie der Vorbote schrecklichen Unheils. Er macht mir Angst; nie zuvor habe ich einen ähnlichen Ton vernommen, weder von Menschen noch von einem Tier, und ich kenne doch alle Arten von Lebewesen, die in meiner Heimat wohnen.«

»Komm«, sagte ich entschlossen, »wenn es meine Götter sind, die mich mit diesem Zeichen rufen, dann mag das freilich ungewohnt in deinen Ohren klingen, denn schließlich stamme ich ja aus einem weit entfernten Land. Wollen uns aber böse Dämonen in ihre Fänge locken, so könnten wir ihnen in dieser menschenleeren Wildnis ohnehin nicht entkommen, selbst wenn wir versuchten, vor ihnen zu fliehen. Unser Schicksal ist vorausbestimmt, ganz gleich, was wir auch tun. So sagte mir vor langer Zeit ein Seher an den zerbrochenen Türmen von Troja, und seither hat sich mir die Wahrheit seiner Worte mehr als einmal auf die schmerzlichste Weise bewiesen.«

So klommen wir wieder über die Felsen hinab, zogen auf einem schmalen Vorsprung über dem Abgrund dahin und drangen dann tiefer in die zerklüfteten Wände der Schlucht. Nach einiger Zeit gelangten wir wieder an jene steinerne Säule, an der ich die beiden Kaschkäer getötet hatte; der unheimliche Schrei klang uns ein drittes Mal entgegen, und plötzlich sah ich drei gewaltige Vögel vor mir, mit riesigen schwarzen Schwingen und von abscheulicher Gestalt. Schmutzig wie von Asche bedeckt war das helle Gefieder an ihren Bäuchen, ihre Hälse und Köpfe waren gelb und nackt wie die von Schlangen. Das Schrecklichste an ihnen aber waren ihre langen, gebogenen Schnäbel, mit denen sie gierig in die leeren Augenhöhlen der Erschlagenen hackten, um das tote Fleisch daraus hervorzuziehen. Dann erst erkannte ich, daß es Geier waren, wie ich sie schon in Ägypten und Nubien oftmals gesehen hatte; aber diese Vögel waren viel größer als die am Nil. Sie rissen so heftig an den Körpern der Toten, daß ihnen Blut von Kopf und Klauen troff. Stumm klammerte sich Perisade an mich; ich ergriff einen großen Stein und schleuderte ihn voller Ekel auf die entsetzlichen Tiere, so daß sie sich rauschend in die Luft erhoben.

»Die Vögel des Todes!« flüsterte Perisade erschrocken. Doch ich empfand keine Furcht, sondern sagte trotzig: »Ob es nun meine Götter oder deine Dämonen waren, Perisade, die uns hierher riefen – es war kein Fehler, ihnen zu folgen. Siehst du nicht, daß unsere Feinde noch immer ihre Waffen tragen, die uns gewiß von Nutzen sind? Oft kann man selbst im größten Unglück einen Vorteil finden. Nimm dir dort das Messer aus dem Gürtel, ich will mir Bogen und Köcher umhängen.«

Die Fürstin gab verwundert zur Antwort: »Wahrlich, daran habe ich gar nicht gedacht. Es schienen wirklich Himmelsmächte gewesen zu sein, die uns an diese Stelle führten. Auch habe ich nie zuvor solche Schreie gehört. Denn bei uns nennt man diese Vögel die Stummen Schatten. Man glaubt, daß sie keine Stimme besitzen; sie stammen aus dem Arallu, der Unterwelt, und sind die Diener Ereschkigals, der alles verschlingenden Totengöttin.«

Tiefer und tiefer stiegen wir nun den Abhang hinunter, mit großer Vorsicht, um nicht unversehens unter Feinde zu geraten. Aber wir sahen keinen Menschen, auch dann nicht, als wir unser Lager erreichten. Nur die verbrannten Wagen und die Leichen der Assyrer lagen dort; der aufgewühlte Sand erzählte noch immer vom Kampf, und nur langsam fegte der spärliche Wind die Spuren des Mordens davon.

Da befiel uns tiefste Verzweiflung, und Perisade rief aus:»So sind wir nun doch verloren, Aras; wenn uns nicht Räuber und wilde Tiere erbeuten, werden wir dem Durst und dem Hunger zum Opfer fallen. Denn wie sollen wir die unendliche Wüste durchwandern? Wie sollen wir die rettenden Ufer des Idiglat und die schützenden Tore Assurs erreichen, wenn wir nicht Pferde und Wagen besitzen? Aber ich will dich nicht von neuem mit Klagen behelligen, Aras; wenn der Tod mich sucht, soll er mich tapfer finden.«

Ich gab keine Antwort, sondern hob mein Gesicht zum Himmel empor und betete in meinem Innern:»Sende mich nicht zu den Schatten, mächtiger Zeus, bevor ich das heilige Werk der Rache vollbrachte! Stärke mein Herz, göttliche Athene, damit ich vollende, was mir das Blut meiner Eltern gebietet! Habe ich erst meiner Sohnespflicht genügt, dann mögt ihr getrost mein Leben beenden. Nichts anderes begehre ich von euch!«

Plötzlich zog neuer Mut in meine Glieder, und mir war, als ob die Götter zu mir sagten:»Noch ist dein Schicksal nicht erfüllt. Sei voller Zuversicht und erbebe nicht vor Gefahren! Säume nicht und suche, was dir vorbestimmt ist, denn dieses ist auch uns wohlgefällig.«

Ich atmete tief nach diesem göttlichen Zuspruch, den meine Seele so deutlich empfand, als wenn auch mein Ohr die Stimmen des Himmels vernommen hätte. Perisade sah mich verwundert an; ich ergriff ihre Hand und sagte:»Vom Sterben sprechen wir später, Fürstin; jetzt wollen wir ans Leben denken. Laß uns sogleich nach Osten aufbrechen; Wüste, Räuber und wilde Tiere sollen uns nicht davon abschrecken, mutig unsere Rettung zu versuchen. Wir wollen am Rand des Berges entlanggehen, damit wir uns verstecken können, wenn Feinde uns begegnen; die Straße sollten wir meiden, denn dort erwarte ich jetzt nicht mehr friedliche Kaufleute anzutreffen, sondern mordlustige Kaschkäer.«

Strahlend stand das Sonnengestirn am Firmament und leuchtete golden auf graue Felsen; die Luft erzitterte wie fließendes Wasser und tiefe Stille lastete auf dem staubigen Land. Wir wanderten schweigend durch die sengende Glut, doch wir empfanden die Hitze kaum; denn mit uns zog ein seltsamer Schatten, der die feurigen Pfeile des Tagesgestirns von uns fernhielt. Wir fanden keine Erklärung für diese wunderbare Erscheinung, denn am Himmel zeigte sich keine Wolke; dennoch wanderten wir wie unter schützenden Zweigen gewaltiger Bäume dahin, und es war, als ob der Sonnengott selbst Mitleid mit uns hatte. Die Winde schliefen, und alles um uns verharrte unbeweglich wie in einem Traum. Die Zeit selbst schien ihre rasenden Rosse für eine Weile anzuhalten; wir wagten nicht zu sprechen, denn wir fürchteten, wir könnten den hilfreichen Zauber dadurch zerstören.

Den Bogen des toten Kaschkäers ließ ich trotz meiner Erschöpfung nicht los. Erst spät am Abend rasteten wir an einem steilen Abhang. Wir hatten kein Wasser finden können und litten großen Durst. Die zierlich geschwungenen Lippen der Fürstin waren trocken und spröde; sie strich mit ihrer schmalen Hand das Haar aus ihrem schweißbedeckten Gesicht und sagte, während sie erschöpft den Kopf auf ihre Arme legte:

»Du bist ein seltsamer Mann, Aras. Deine Götter scheinen sehr mächtig zu sein, daß sie uns bisher so gütig beschirmten. Ich habe wohl gemerkt, daß du zu ihnen gebetet hast, auch wenn dein Mund dabei stumm blieb. Willst du denn nicht ein weiteres Mal die Arme zu ihnen erheben? Vielleicht führen sie uns zu einer Quelle, aus der wir neues Leben trinken können. Ich weiß nicht, wie lange mich meine Füße noch tragen. Wenn deine Götter uns heil in die Heimat geleiten, will ich ihnen dort die reichsten Opfer bringen, auch wenn diese Götter nicht die meinen sind. Sin, der Herr des Nachtgestirns, dem ich stets diente, besitzt ja keine Gewalt gegen die Sonne und kann uns daher nur in der Dunkelheit schirmen.«

Ich betete ein zweites Mal zu den achäischen Göttern, aber diesmal schienen sie mich nicht zu hören. Als sich endlich die kühle Dämmerung niedersenkte und der Mond erschien, rötlich und rund wie eine reife Frucht, hob Perisade ihr Amulett in die Höhe und sprach viele seltsame Worte, die ich nicht verstand. Aber auch ihr Schutzherr schwieg, so daß wir schließlich traurig niedersanken, um den nächsten Tag zu erwarten und ein wenig Ruhe zu finden.

Die Kälte kroch aus den Steinen in unsere Körper; ich gab der Fürstin wieder meinen wollenen Umhang, aber sie zog mich zu sich und sprach:

»Es wäre nicht recht, wenn du frieren würdest, während ich mich in deinem Eigentum wärmte. Lege dich nahe zu mir, damit wir uns den Schutz des Mantels teilen! Du brauchst keine Angst zu haben, die Schicklichkeit zu verletzen. Bedenke, daß du noch an einer Wunde trägst, die dich geschwächt hat!«

Ich schaute sie nachdenklich an; sie wiederholte ihre Bitte mit großem Ernst, faßte mich an der Hand und umhüllte mich mit der Hälfte des Mantels. So ruhten wir Seite an Seite, während die Sterne zu unseren Häupten langsam ihren nächtlichen Kreis vollführten; Perisades warmer Atem streichelte meinen Hals, und endlich schliefen wir ein.

Am zweiten Tag endete das schroffe Gebirge, und nur noch flache Hügel geleiteten uns. Durst und Hunger beherrschten unsere Sinne, während wir schweigend weiterzogen; wir stolperten über Steine, später versanken wir fast im Sand. Zweimal strauchelte Perisade; ich mußte sie eine Weile tragen und später noch lange stützen. Die Haut an unseren Gesichtern und auch an Armen und Beinen löste sich in weißen Fetzen, denn unsere Gewänder waren längst zerrissen und boten keinen Schutz mehr gegen die Sonne. Perisades Augen glänzten wie im Fieber, die Entbehrung zehrte ihre Wangen aus, ihre Lippen wurden rissig und wund; dennoch verlor sie nichts von ihrer Schönheit, die sie umgab wie ein Purpurmantel eine Königin.

In meiner Schulter tobten rasende Schmerzen; gelber Eiter floß aus der Pfeilwunde durch den Stoff, und allmählich verließen mich die Kräfte. Auch an diesem Tag hielt wieder eine unsichtbare Wolke die stärkste Sonnenglut von uns ab; dennoch wußten wir, daß wir bald Wasser finden mußten, um nicht trotz dieser göttlichen Gnade der grausamen Wüste zum Opfer zu fallen. Aber unseren suchenden Augen zeigte sich kein grünender Zweig, kein Baumwipfel ragte hinter den sandigen Dünen hervor, kein Rauschen tönte in unseren Ohren außer dem des Windes, der sich am Abend erhob; und als wir am Ende taumelnd auf den Boden einer kleinen Mulde sanken, stieß Perisade mit großer Anstrengung hervor:

»So viele Mühen hast du auf dich genommen, Aras, um mich zu retten! In den Felsen hast du mich gegen die beiden Räuber verteidigt und dabei dein Leben für mich eingesetzt, wo du doch längst hättest fliehen können. Heute hast du mich getragen und gestützt, obwohl es doch viel einfacher gewesen wäre, wenn du mich einfach im Sand zurückgelassen hättest, um dich ohne mich leichter zu retten. Niemand hätte davon erfahren; selbst ich wäre dir nicht böse gewesen. Darum will ich jetzt, daß du allein weiterziehst, um wenigstens dein Leben zu erhalten, wenn das meine nicht zu retten ist. Ja, ich bitte dich sogar darum, lasse mich hier zurück; ich spreche dich von jeder Pflicht mir gegenüber frei, denn ich will nicht, daß du um meinetwillen verdurstest.«

Da ergrimmte ich und rief zornig aus: »Die Schönheit rechtfertigt nicht Undankbarkeit; wenn ich dir auch weder Nahrung noch Wasser verschaffen konnte, verdiene ich deshalb doch wohl keine kränkenden Worte! Hältst du mich wirklich für einen so jämmerlichen Mann, daß ich dich in dieser Hölle einsam und schutzlos zurücklassen könnte? Das wäre doch wohl die schändlichste aller Taten; die Götter mögen mich mit Blindheit strafen, wenn ich an ein so gemeines Verbrechen auch nur einen Herzschlag lang denke! Schweige daher und spare deine Kraft für vernünftigere Dinge!«

Die Fürstin blickte mich ruhig an und sagte leise: »Verzeih mir, Aras, ich wollte dich nicht verletzen und habe es nur gut gemeint. Aber ich will mich gern fügen und alles tun, was du verlangst, auch wenn es mir leichter fiele, hier liegenzubleiben und auf den Tod zu warten, der uns ohnehin bald ereilen wird.«

Mit diesen Worten löste sie den vereiterten Verband von meiner Wunde, riß einen schmalen Streifen Stoff vom Saum ihres Kleides und umwickelte damit behutsam meine Schulter. Mühsam bezwang ich den Schmerz, der in meinem Körper wühlte wie ein wütender Eber im Sumpf; dann bettete sie ihren Kopf auf meinen gesunden Arm und breitete wieder den Mantel über uns, während die Kühle der nahenden Nacht allmählich die Hitze des Tages vertrieb. Wir zitterten beide vor Schwäche und preßten uns eng aneinander; mit dem Gesicht berührte ich ihre Wange, da schlug sie die Augen auf, und ich konnte in ihnen die Not und Traurigkeit ihrer Seele lesen, als ob sie ein Kind sei. Die Angst eines gehetzten Tieres stand in diesen Augen, und die Verzweiflung einer gestürzten Göttin, die alle Macht verloren hat und nackt den Feinden preisgegeben ist. Tiefes Mitleid rührte mein Herz, ich streichelte sanft ihre Schläfe und flüsterte:

»Verliere nicht den Mut, Perisade, noch sind wir nicht am Ende aller Wege. Einmal muß auch die verfluchte Wüste einem besseren Land weichen, und dann werden wir uns unter rauschenden Palmen und blühenden Tamarisken in murmelnden Bächen erquicken.«

Sie seufzte und gab leise zur Antwort:»Ach, wenn die Himmlischen doch deine Worte erhörten! Aber ich habe Vertrauen zu dir und deiner Hoffnung, denn die Götter scheinen dich zu lieben. Was bist du doch für ein eigentümlicher Mensch! Schon bei unserem Festmahl in Charran, das mir jetzt fern und unwirklich erscheint wie ein Traum meiner Jugend, habe ich gemerkt, daß du ganz anders als andere Jünglinge bist; denn du sprachst vom Leben und von der Liebe wie ein reifer Mann, der schon erfahren mußte, was anderen in diesem Alter erst noch bevorstehen mag.«

Da dachte ich an mein kummervolles Schicksal, an das, was geschehen und unwiderruflich vergangen war, an mein zerbrochenes Glück und an die zahllosen Tage der Einsamkeit, und Haß und Bitterkeit zogen in mein Herz. Perisade legte mir schnell die Hand auf die Wange und sagte:

»Habe ich dich wieder traurig gemacht, Aras? Dann bitte ich dich um Verzeihung. Ich sagte das doch nur, weil du so seltsam bist und gewiß viele Geheimnisse verbirgst. Noch nie habe ich gesehen, daß sich für einen Sterblichen die glühende Sonne verdunkelt, obwohl keine Wolke am Himmel steht. Kennst du deine Herkunft wirklich nicht? Du bist wie ein Fremder unter den Menschen, und in deinen Augen schimmern goldene Punkte. Das rätselhafteste an dir aber ist die Kette, die du trägst. Noch nie zuvor habe ich ein ähnliches Schmuckstück gesehen, obwohl unsere Kaufleute von alters her alle Kostbarkeiten der Weltenscheibe nach Assur bringen.«

»Diese Kette«, erklärte ich ihr, während der Schmerz der Erinnerung an meiner Seele nagte, »besitzen nur Männer von unserem Stamm; und weil ich der letzte aus meinem Geschlecht bin, ist sie nun auch die letzte unter der Sonne. Sie ist die Kette meines Lebens.«

Dabei fuhr meine Hand, wie von eigenem Denken getrieben, die Kette entlang bis zu jenem Splitter des heiligen Holzes, den meine Mutter mir in meinem neunten Lebensjahr gab. Ich spürte, wie das winzige Reis plötzlich in meinen Fingern zu zittern begann, und entsann mich zugleich der alten Überlieferung, daß dieses Holz ein Nothelfer bei der Suche nach versteckten Quellen sei.

»Was ist mit dir?« fragte die Fürstin erstaunt. »Du bist ja auf einmal so still!« Ich gab keine Antwort, sondern preßte meine Finger noch fester um das geweihte Holz. Es begann immer heftiger zu erbeben, wie eine aus Steinen gefügte Wand, an der ein kräftiger Mann einen Hammer erprobt. Als ich mich verwundert erhob, verstärkte sich das geheimnisvolle Zittern weiter, und ich folgte dem Zeichen.

Es waren nur wenige Schritte, dann schlug der Splitter in meiner Hand hin und her, als wollte er mir entgleiten. Ich stand auf dem untersten Grund einer Mulde; schnell ließ ich mich auf die Knie nieder und schob mit beiden Händen den Sand und die Steine zur Seite. Perisade half mir; immer tiefer wühlten wir uns in die trockene Erde. Dann spürten meine Fingerspitzen plötzlich Feuchtigkeit, ich scharrte mit blutenden Händen, und wenige Augenblicke später wußte ich, daß wir Wasser gefunden hatten, durch göttliche Fügung und das unbegreifliche Wunder des Splitters aus heiligem Holz.

Es kostete uns große Beherrschung, so lange zu warten, bis sich die kleine Vertiefung endlich mit kühlendem Naß gefüllt hatte. Dann hieß ich die Fürstin mit den Händen daraus schöpfen und trank auch selbst davon. Alle Köstlichkeiten der Erde hätte ich für diese Labsal geopfert. Wie sich die welke Pflanze plötzlich reckt und von neuem die Zweige erhebt, wenn nach der sommerlichen Dürre ein Regenguß fällt, so erfüllten auch mich nun neue Kräfte; aber nur mein Körper freute sich darüber, nicht meine Seele, die insgeheim schon viele Male den Tod ersehnt hatte.

Später sagte die schöne Fürstin zu mir: »Freue dich, Aras, die Götter lieben dich! Wann hat es jemals ein solches Wunder gegeben? Zwar hörte ich schon oft, daß erfahrene Kundschafter und auch die Führer weitreisender Karawanen das Wasser an Orten zu finden vermögen, wo es kein anderer vermutet. Aber das sind stets Männer, die in der Einöde geboren sind und sich voller Stolz Söhne der Wüste nennen, während du ein Fremder aus einem weit entfernten Land bist. Ein wundersamer Zauber scheint deiner seltsamen Kette innezuwohnen, und es müssen mächtige Götter sein, die dich schützen.«

Ich antwortete voller Bitterkeit: »Der Ertrinkende freut sich wohl über den niedrigen Ast, an dem er sich aus den wilden Strudeln emporziehen kann, und preist danach laut sein Glück. Dabei vergißt er aber allzu leicht, daß es nur Glück im Unglück ist, und daß die Fluten ihm, wenn auch nicht das Leben, so doch vielleicht das treue Weib, die Kinder, das mit Stolz erbaute Haus und seine ganze Habe entrissen. Auch mir hat das Schicksal schon so viel genommen, daß ich ob unserer Rettung keine Freude empfinde. Dazu liegt mir zu wenig am Leben, obwohl ich nicht undankbar sein will.«

Perisade musterte mich erstaunt und sagte dann voller Mitleid: »So hart ist dein Herz schon geworden, Aras, daß du die Hilfe der Himmlischen mit so schnöden Worten vergiltst? Du solltest dich schämen! Haben die Götter nicht gnädig deine Gebete erhört? Zögere nicht, ihnen dafür zu danken, damit sich ihr Wohlwollen nicht in Zorn verwandle!«

Doch die schmerzvolle Erinnerung verblendete meinen Sinn, und ich gab höhnisch zur Antwort: »Ihr Wohlwollen? Nennst du es Wohlwollen, daß sie mir schon als Knaben die geliebten Eltern nahmen? Nennst du es Wohlwollen, daß sie mir später den verhaßten Mörder meines Vaters gegenüberstellten, ohne mir dabei auch nur die geringste Aussicht auf Rache zu gönnen? Oder nennst du es Wohlwollen, daß sie mich aller Gefährten beraubten und zu Fuß durch diese mörderische Wüste schicken? Daß sie uns jetzt einen bitteren Trank aus schmutzigem Erdloch verschaffen, nachdem sie uns zwei Tage lang fast bis zum Wahnsinn quälten? So handelt wohl eher ein launiger Folterknecht, der seinem Opfer spottend einen Schwamm mit Essig in den durstigen Mund stößt!«

Erschrecken flog über die Züge der Fürstin; sie streckte abwehrend die

Hände aus und sprach: »Was redest du da, Aras? Bist du von Sinnen? Hüte dich, so von den Himmlischen zu sprechen! Auch wenn es furchtbare Erlebnisse wären, die dich zu solchen Gedanken verleiteten, auch wenn dein Gram noch so groß wäre und dein Leben zahllose Tage des Unglücks enthielte; die Götter darf man nicht hassen!«

»Was weißt du von meinem Leben!« erwiderte ich trotzig. »Was weißt du von Unheil und Gram! Hättest du, wie ich, schon als Kind deine Eltern verloren und später dazu noch den Menschen, den du am meisten liebtest, du würdest wohl anders darüber denken!«

So sprach ich in meinem Schmerz und drehte mich zornig zur Seite. Verbitterung füllte mein Herz, und traurige Erinnerungen umschlangen meine Brust mit eisernen Armen, so daß ich laut aufseufzen mußte. Der Haß tobte in meiner Seele wie stürmisches Wasser, und ich verfluchte mein Schicksal und das Unheil, das mich durch alle Länder der Welt zu verfolgen schien. Ich war so töricht, daß ich sogar wünschte, der Himmel möge auf die Erde stürzen und alles zerschmettern, damit ein Ende sei. Aber Perisade durchschaute den wahren Grund meines Kummers, auch wenn ich ihn selbst erst viel später erkannte. Sie sagte leise:

»Du bist nicht zum Krieger geboren, Aras, und das Töten ist dir nicht zum Handwerk bestimmt. Welcher Ehrgeiz treibt dich, daß du stets nur an Mord und Vernichtung denkst? Im Kampf wirst du niemals Zufriedenheit finden, denn du bist anders als dein Freund Diomedes. Jener ist zum Helden erkoren und wird gewiß noch Großes vollbringen; dein Leben aber haben die Götter anders geplant. Du panzerst dich mit Zorn und Grimm, und umgibst dein weiches Herz mit harter Schale, aber vor mir kannst du dein Inneres nicht verbergen. Du suchst nach Rache und Vergeltung; was du aber am nötigsten brauchst, ist Liebe.«

7 Am Morgen des nächsten Tages konnte ich mich nur mit größter Anstrengung erheben, denn das Wundfieber fiel über mich her, und wogende Schmerzen raubten mir fast die Besinnung. Unaufhörlich floß Eiter durch meinen schmutzigen Verband. Wir tranken ein letztes Mal aus dem Wasserloch; dann wusch die schöne Fürstin meine verletzte Schulter und legte neuen Stoff von ihrem Gewand darum. Weil ich im Fieberwahn den Weg nicht mehr erkannte, führte mich Perisade wie einen Blinden an der Hand. So taumelten wir durch die Sonnenglut, langsam wie die vom Wind getriebenen Körner des Sandes, und als Helios' Wagen am höchsten stand und meine Schritte immer kürzer wurden, gab ich alle Hoffnung auf. Da rief die Fürstin plötzlich aufgeregt:

»Sieh nur, Aras! Dort drüben stehen Bäume, Büsche und Hecken! Wir sind gerettet! Schnell, gleich sind wir geborgen und sicher. Schatten wird die Hitze mildern und kühles Wasser unseren Durst löschen!«

»Bist du dir dessen sicher?« fragte ich zweifelnd, »ich kann nichts erkennen außer den wabernden Schleiern der glühenden Lüfte. Wer weiß, ob dich nicht ein boshaftes Scheingebilde täuscht, mit dem die Dämonen der Wüste unsere Qualen noch erhöhen wollen!«

Aber Perisade löste sich von mir und eilte mit hastigen Schritten einer kleinen Oase zu. Wenige Herzschläge später erreichte auch ich den wundersamen Hain, dessen Bäume die Äste über unsere Häupter breiteten wie ein Dach, und warf mich keuchend in das flache Wasser eines kleinen Tümpels, dessen Feuchtigkeit den grünen Segen aus dem Sand geboren hatte. Wie übermütige Kinder schlugen wir mit den Händen die kostbare Flüssigkeit, gossen sie uns über Köpfe und Körper, tauchten darin wie hungrige Enten und tranken mit höchstem Genuß. Perisade fand auch Früchte, die unseren ärgsten Hunger besänftigten; sie waren von einer Form und Farbe, wie ich sie nie zuvor gesehen hatte. Die einen waren groß wie Äpfel, aber purpurrot und mit pelziger Schale bedeckt, so daß ich sie Pelzäpfel nannte; die anderen waren kleiner, glatter und dunkelblau, aber nicht weniger süß und erfrischend. Die Babylonier glauben, daß der Mondgott diese Früchte einst in seinem Nachen zu den Menschen brachte, als er ihnen in grauer Urzeit die Schätze der Natur zuführte. Aber so wohlschmeckend diese Früchte auch waren, sie verliehen uns kaum neue Kräfte, denn dazu waren wir vom Hunger schon zu sehr geschwächt.

Die Anstrengungen der langen Wanderung und die plötzliche Abkühlung nach der sengenden Hitze warfen mich endgültig nieder, und der grausame Fieberdämon setzte sich rittlings auf meine Brust, scheußlich anzusehen mit seinem Löwengesicht und den großen Eselszähnen, den Panthergliedern und den schrecklichen Schlangen in seinen Händen. Er schrie mit der Stimme des blutgierigen Leoparden; ein schwarzer Hund und ein Schwein bissen in seine Brüste, sein schrecklicher, unaussprechlicher Name hallte in meinen Ohren, so daß ich zu stöhnen und wirre Worte zu reden begann. Mein gepeinigter Geist kehrte nur selten aus den tiefen, dunklen Höhlen der Betäubung an das warme Licht der klaren Besinnung zurück; dann fühlte ich stets die kühle Hand Perisades auf meiner Stirn und hörte ihre tröstende Stimme. Aber schon wenige Augenblicke danach sank ich wieder in die wüsten Strudel des Wahnsinns und wußte nicht mehr, wer ich war.

Die Rosse des Sonnengotts sanken im gleitenden Flug schon hinter den rauschenden Bäumen hinab, da erwachte ich wieder, sah die Fürstin mit besorgter Miene vor mir knien und sagte mühsam, während ich gegen die Schwäche meines Körpers kämpfte: »Wir müssen weiter, Perisade, ich fühle mich schon besser. Laß uns nicht noch mehr Zeit versäumen, sondern noch heute versuchen, ob wir uns nicht endgültig in Sicherheit bringen können.«

Aber die Fürstin drückte mich sanft auf den Boden zurück, wobei ich bemerkte, daß ich auf einem weichen Lager aus buschigen Zweigen und losen Gräsern ruhte. Dann erklärte sie mit großer Bestimmtheit:

»Sei still! Wieviele Male soll ich dich denn noch festhalten? Du hast nun oft genug versucht davonzulaufen, obwohl du dazu gar nicht fähig bist, nach einer so schweren Krankheit. Warte lieber, bis wir den Fieberdämon ganz vertrieben haben, der nicht nur deine Glieder schwächte, sondern auch noch deinen Geist verwirrte, so daß du wie ein Tobsüchtiger um dich geschlagen und mich für deinen ärgsten Feind gehalten hast. Vor lauter Angst nahm ich dir Messer und Bogen fort!«

»Habe ich wirklich so etwas getan?« frage ich verlegen. »Ich möchte kaum glauben, daß ein Mann in so kurzer Zeit dem Wahnsinn verfallen kann!«

»Und doch war es so«, antwortete Perisade, »allerdings in längst nicht so kurzer Zeit, wie du zu glauben scheinst. Du weißt wohl nicht, daß wir nun schon seit drei Tagen in dieser Oase rasten, zu der uns gütige Götter geführt haben müssen. Hätte dich der Fieberdämon schon in der Wüste mit seinen Klauen gepackt, wären wir jetzt wohl beide nicht mehr am Leben.«

Ich schwieg überrascht. Die Fürstin schob mir süße Datteln und Feigen in den Mund; dann legte sie ihren Arm unter meinen Rücken und führte mich zum nahen Wasser, wo ich meinen Durst löschte. »So ist es einfacher, als dauernd einen nassen Lappen über deinem Mund auszudrücken, wie ich es bisher tun mußte«, sagte sie lächelnd, »auch hast du sicher mehr davon.«

Die Anstrengung machte mich schwindeln; ich sank auf den Boden und sagte schweratmend: »Ich habe dir zu danken, edle Fürstin, denn ohne dich stünde ich wohl schon längst am Ufer des Styx und hätte nicht einmal den Obolus für den Fährmann, so daß ich auf ewig zwischen Licht und Schatten umherirren müßte.«

»Wir sind dem Tod noch nicht entronnen«, versetzte die Fürstin, »denn inzwischen haben wir alles verzehrt, was in diesem kleinen Wald an eßbaren Dingen zu finden war. Darum freue ich mich sehr, dich wieder bei Kräften zu sehen.«

Ich versuchte, den Arm zu heben, und während die Schmerzen in meiner Schulter allmählich verebbten, sagte ich: »Dann wollen wir schleunigst weiterziehen, Perisade.«

Die Fürstin nickte und erklärte: »Ich fühle, daß wir dem großen Strom nahe sind, von dem ich unsere Rettung erhoffe.«

»Bist du etwa schon einmal hiergewesen, daß du so zuversichtlich bist?« fragte ich.

Sie schüttelte anmutig den Kopf, daß ihr glänzendes Haar wie das weiche Gefieder des schwarzen Schwans wallte, und gab zur Antwort: »Nein. Denn auf meiner Reise nach Charran bin ich über die Straße von Mari gefahren, und vorher hatte ich nie die großen Städte des Stromlands verlassen. Aber im Sommer, wenn Assyriens Paläste wie Backofen glühen, fahren die Männer und Frauen vom Königshof oft auf ihren reichgeschmückten Schiffen den Idiglat hinauf, um sich zu erfrischen und mit allerlei Vergnügungen zu unterhalten. Man sieht auf solchen Fahrten nicht viel vom Land, aber wenn mich die Erinnerung nicht täuscht, kann man in der Ferne oft Einöden wie diese erkennen, mit grünen Inseln durchsetzt. Darum glaube ich, daß wir nicht mehr sehr weit vom Ufer des Stromes entfernt sind. Nun aber schlafe und ruhe dich aus. Ich will an deiner Seite wachen.«

»Ich war sterbenskrank, und du hast mich in so kurzer Zeit wieder geheilt!« rief ich staunend. »Nicht einmal mein Gefährte Eurymachos, der Einäugige, der nun den Kaschkäern zum Opfer fiel, hätte das so schnell vollbracht, obwohl er ein kundiger Arzt war.«

»Die Krankheitsdämonen zu vertreiben ist eine Kunst, die ich schon vor langer Zeit erlernte«, antwortete Perisade, erfreut über mein Lob, »denn Sin, der Herr des Nachtgestirns, ist zugleich der Gott der Heilung, mit dem Schlaf und der Ruhe als seinen hilfreichen Dienern. So wie mir es einst Lehrer auf der Schule der Priester in Ninive zeigten, betete ich erst die drei reinen und dann die vier unreinen Formeln gegen die Sieben Dämonen; dann legte ich dir acht schwarze Körner vom wogenden Gras in den Mund und schüttete dreimal Wasser auf deine heiße Stirn. Weil dein Herz so schnell schlug, band ich zusammengeflochtene Wolkenhalme auf deine Brust und rieb dir die Schläfen mit Würzkraut ein, wobei ich laut die drei Sprüche des Atems, des Bluts und des Schweißes gegen Sonnenaufgang rief. Mehr kann auch der weiseste Arzt Assyriens nicht tun. Dieser Zauber verhindert, daß die ausgetriebenen Geister wieder in deinen Körper zurückkehren; so bist du gesund geworden, und niemand ist darüber mehr erfreut als ich.«

Damals wunderte ich mich sehr über diese seltsame Art der Heilkunst; heute weiß ich jedoch, daß es in anderen Ländern noch viel merkwürdigere Gebräuche gibt. So helfen sich die Elamiter gegen den Biß des giftigen Skorpions, indem sie sieben reine Weizenkörner und eine Handvoll Berggras kauen, siebenmal im Fluß untertauchen und zuletzt den Brei ins Wasser speien; damit soll auch der lebensbedrohende Saft aus dem Stachel des Tieres dem menschlichen Körper entweichen. Bei den Bewohnern von Nuzi in den Bergen des Ostens legen heilkundige Priester Kranke zwischen das Fleisch frischgeschlachteter Tiere, damit die Dämonen lieber von den bluttriefenden Stücken Besitz ergreifen und die Leiber der Menschen freiwillig verlassen. Die Roten Männer wiederum suchen die Krankheitsdämonen mit entsetzlichen Masken zu schrecken, die sie den Kranken vor die Augen halten, damit sich die Geister geängstigt hinwegheben sollen. Im Land der fünf Ströme schließlich prügelt man mit Stöcken auf die Leiber der Befallenen ein, um die Dämonen durch Schmerzen in die Flucht zu treiben. Fast jedes Volk, das ich auf meinen langdauernden Wanderungen besuchte, kannte ein anderes Mittel, aber nicht alle führten zu dem gewünschten Erfolg.

Am nächsten Morgen zogen wir weiter nach Osten; jeder Schritt wurde uns zu einer neuen Qual, und oftmals wollte mich der Wunsch übermannen, in süßer Schwäche zu Boden zu sinken und den Kampf um unser Leben aufzugeben. Aber noch vor der Mittagsstunde bemerkten wir plötzlich statt des Sandes trockenen Steppenboden unter unseren Füßen; wenig später stolperten wir über flache, spröde Salzsträucher und sahen den buschigen Windsbock über die Einöde rollen. Wolken belebten den Himmel, die ersten Gräser sprossen aus dem Boden, und noch bevor der Abend wie der schwarzgesäumte Umhang eines Opferpriesters niederfiel, machte uns ein grüner Streifen jubeln, den unsere geröteten Augen am Horizont entdeckten.

Mächtige, immergrüne Eichen standen dort, die heiligen Bäume des Göttervaters, in die er seine Blitze fahren läßt; neben ihnen wuchsen schattenspendende Ahornriesen, graue und silberne Pappeln, rotblättrige Buchen und schlaffe, meergrüne Weiden. Schwammrindige Feigenbäume und biegsame Eschen duckten sich unter ihnen, der beerenreiche Holunder wuchs neben der schlanken Haselstaude, der schwarze Maulbeerbusch neben dem fruchtbaren Brombeerstrauch, der federbewachsene Nußbaum neben der wilden Apfelranke. Auf saftigen Wiesen grünte der zierliche Bärenklau mit dem gefiederten Wiesenknopfkraut, der hundeköpfige Wegerich mit dem giftigen Pantherwürger; der Duft von Thymian und Salbei, vom Bohnenkraut und der haarigen Kalaminthe stieg auf, und ich fand auch das blutstillende Mondgewächs und die tausendblättrige Schafgarbe, die Heilerin aller offenen Wunden, die Perisade sogleich pflückte. Der Wald wurde immer dichter, seine Kühle belebte unsere Schritte, und zwischen einem wohlriechenden Oleanderstrauch und einem dornigen Bockshornbusch sahen wir schließlich die eiligen Fluten des wasserreichen Stroms, der den Assyrern heilig ist.

»Idiglat! Idiglat!« rief Perisade, und tiefe Dankbarkeit lag in ihrer Stimme. Sie ließ sich auf die Knie nieder, streckte vom flachen Ufer aus die Arme in die wirbelnden Wellen, schloß voller Glück die Augen und betete:»Demütig stellen wir uns unter deinen Schutz, mächtige Gottheit des Stroms; geleite uns gnädig an den Ort der Sicherheit! Du, der du dem Land Fruchtbarkeit bringst und den Ablauf der Jahre beherrschst, der du Reichtum und Kraft aus den Bergen zu uns trägst, neige dich uns Unglücklichen zu und entziehe uns nicht deine Hilfe!«

Da schien der wilde Fluß plötzlich milder zu fließen, seine Wellen schlugen nicht mehr ungebärdig gegen die Ufer, sondern glitten sanft an ihnen entlang, und nach wenigen Schritten erreichten wir eine seichte Bucht, an der wir uns lagerten. Die Augen fielen mir zu, und ich schlief sofort ein. Aber schon bald rüttelte Perisade an meinem Arm, und als ich hochschreckte, preßte sie mir ihre Hand auf den Mund und flüsterte:

»Still, Aras, keinen Laut! Steh auf und vergiß deinen Bogen nicht! Ich glaube, deine Götter haben uns etwas zum Essen geschickt, und mein Magen hofft sehr auf deine Treffsicherheit!«

Ich mußte über ihren Eifer lächeln; sie ließ mir kaum Zeit, vollständig zu erwachen, sondern zerrte ungeduldig an meinem Gewand und trieb mich an wie ein Hirtenkind den gleichmütigen Ochsen. Schließlich folgte ich ihr, schweigend und den großen kaschkäischen Bogen über der Schulter; wir schlichen durch dichtes Gehölz am Ufer entlang, an duftenden Tamarisken vorbei, zu einem niedrigen Azaroldornbusch, an dem leuchtend gelbe Früchte hingen. Dort zog die Fürstin mich am Arm zu Boden; ich spähte durch zottige Zweige und sah im seichten Wasser einer Tränke, noch mehr als achtzig Schritte entfernt, im fahlen Licht der Dämmerung eine weißbäuchige, dunkelgestreifte Hirschkuh stehen, anmutig und stolz wie Kerynitis selbst, das so heftig beweinte Lieblingstier der göttlichen Jägerin Artemis.

Die Lauscher der Hirschkuh spielten wie reife Ähren im böigen Wind; das königliche Tier sah aus großen, glänzenden Augen zu mir her, als habe es mich und meine böse Absicht längst bemerkt. Ja, mir war sogar, als sei diese unverhoffte Begegnung tatsächlich von helfenden Göttern herbeigeführt, die unseren Hunger stillen wollten; und wirklich habe ich auf meinen späteren häufigen Fahrten am Idiglat niemals mehr eine so schöne Jagdbeute erspäht. Die geheimnisvolle Hindin blickte mich an, als ob sie ihr Schicksal erahnte, ja, als ob sie selbst von göttlicher Herkunft sei.

Darum zögerte ich, den Bogen zu erheben, denn Scheu vor den himmlischen Mächten hielt mich zurück. Aber Perisade stieß mich ungeduldig an und flüsterte:»Was zauderst du, Aras? Wir können uns nicht noch näher an die Tränke heranschleichen, ohne von dem Tier bemerkt zu werden. Also, versuche dein Glück! Verfehlst du das Ziel, werde ich dir keinen Vorwurf machen. Denn eine Hirschkuh aus solcher Entfernung zu treffen, wäre selbst für einen gesunden Mann eine Meisterleistung.« Da dachte ich bei mir: »Wenn dieses Tier wirklich dem Jagdgehege wohlmeinender Götter entstammt, soll ich es darum verschmähen? Es wurde uns gewiß nicht ohne Grund gesandt. So lenkt denn meinen Pfeil, Artemis und Apollo, ihr beiden göttlichen Fernhintreffer; führt mein Geschoß sicher ins Ziel!«

Schnell wie der Schatten des fliehenden Vogels löste sich nun der eiserne Pfeil von der Sehne; er schnitt durch die Luft wie ein Funke, der vom Amboß des göttlichen Schmiedes Hephästos sprüht, und einen Wimpernschlag später bohrte er sich mit dem dumpfen Laut der Todes durch das Schulterblatt der Hindin. Schmerz durchzuckte meinen verwundeten Leib, ich sank ins Gras zurück und schwarze Nebel wallten vor meinen Augen. Perisade rief begeistert: »Du hast getroffen, Aras! Was für ein prächtiger Schuß! Die Macht deiner Götter macht mich staunen!«

Als wir wenig später vor der getöteten Hirschkuh standen, mischte sich geheime Trauer in meine Freude, so anmutig und wohlgestaltet zeigte sich das göttliche Wesen, das für uns gestorben war. Es lag mit weit geöffneten Augen auf grüne Gräser gestreckt, und mir war, als hätte ich nicht ein Tier, sondern einen Menschen getötet. Aber der nagende Hunger ließ mich diese Scheu rasch bezwingen; mit meinem Messer trennte ich ein schönes Lendenstück aus dem Körper der Hindin und trug es eilig zu unserem Lager, wo ich versuchte, ein Feuer zu entflammen. Es mangelte nicht an dürrem Reisig und trockenem Schilf, aber so oft ich Steine klirrend aneinanderschlug, der Funke sprang jedesmal in die falsche Richtung; in meiner Hast quetschte ich mir den Daumen und fluchte laut. Die Fürstin begann zu lachen und sprach:

»Warum verdammst du den schwarzen Stein, Aras? Als ob du ihn dadurch einschüchtern könntest! Weißt du nicht, daß er vor Zeiten sogar einem Gott widerstand, dem gewaltigen Krieger und Jäger Ninurta, worauf dieser ihn zur Strafe so spröde und scharfkantig machte? Nun, selbst danach hat der Stein seinen Trotz nicht aufgegeben, wie mir dein blutender Daumen beweist.«

»Spotte nicht, Perisade« gab ich zurück, während im losen Geflecht der

Halme nun endlich ein Feuer zu züngeln begann, »ist meine Ungeduld denn so verwunderlich? Hast du bereits vergessen, welche Anstrengungen uns bis zu diesem Ufer begleiteten? An meine letzte Mahlzeit vermag ich mich kaum noch zu erinnern, und mein Bauch erscheint mir wie ein leerer Sack, in dem der Wind schalkhaft sein Spiel treibt. Höre also auf, mich noch mit Hohn zu übergießen; der Schmerz straft mich schon hart genug für meine Ungeschicklichkeit.«

»Verzeih mir, ich wollte dich nicht verletzen«, antwortete Perisade immer noch lächelnd, »und von Ungeschicklichkeit darf man wohl kaum sprechen bei einem Mann, der den Bogen so meisterlich führt. Es war, als ob deine unbegreiflich gnädigen Götter selbst den Flug des Pfeils gesteuert hätten.«

»Du weißt«, entgegnete ich, »daß ich ein Kind der Steppe bin und einem Volk entstamme, dem der Bogen als die wichtigste von allen Waffen gilt. Schon als Knabe lernte ich, ihn zu beherrschen und seine Geschosse sicher ins Ziel zu senden. Aber ich will nicht leugnen, daß mir diesmal die Himmlischen hilfreich zur Seite gestanden haben mögen; denn ich fühlte mich ja fast noch zu schwach, das biegsame Holz gebührlich zu spannen.«

»Und doch haben dir die Götter genügend Kraft gelassen, die funkensprühenden Steine so mächtig zusammenzuschlagen, daß sich sogar die Spitze deines Daumens verbreitert hat«, rief Perisade scherzend; der köstliche Duft des Bratens und die Geborgenheit am schilfumrauschten Ufer des Idiglat machten sie froh und übermütig. »Darum versäume es nicht, ihnen auch dafür zu danken, Aras, und zwar mit erhobenen Händen, damit sie die Spuren ihres Wirkens besser erkennen!«

»Laß mich doch endlich mit den Göttern zufrieden!« rief ich ärgerlich. »Habe ich dir nicht erst vor kurzem erklärt, wie ich darüber denke, wenn die Unsterblichen einen Menschen in das tiefste Unglück stürzen und ihn dann mit Wohltaten wieder zu trösten versuchen? Gewiß, es wäre unziemlich, den Göttern nicht für jeden Gunstbeweis Dankbarkeit entgegenzubringen. Aber es besteht für mich wirklich kein Anlaß, ständig zu frömmeln, nachdem die Himmlischen mir ein so schweres Schicksal aufgebürdet haben.«

So wütete ich in meinem Grimm, mein Herz verhärtete sich, und ich vergaß, wie flehentlich ich erst kurz zuvor zu denen gebetet hatte, von denen ich nun so geringschätzig sprach. Aber es waren nicht nur Hunger und Schwäche, die mich zu solchen Frevelworten verleiteten; heute weiß ich, daß ich aus gekränktem Stolz so sprach, und aus Mitleid mit mir selbst, wie es ein schwacher Mensch stets gern empfindet. Perisade erschrak über meine Worte und sagte mit großem Ernst:

»Hüte dich, Aras, fordere die Götter nicht heraus! Sie haben uns zu sehr geholfen, als daß du jetzt mit ihnen hadern dürftest, und sie müssen ihre schützenden Hände noch eine ganze Zeit über uns halten, wenn uns die Rettung am Ende nicht doch noch mißlingen soll. Auch das größte Unheil gibt dem Menschen nicht das Recht, sich gegen die Mächte des Himmels zu stellen.«

»Was weißt du von Unglück, Perisade«, eiferte ich, »ausgerechnet du, eine

Fürstin und Schwester des Königs in einem so mächtigen Land, das alle Kriege siegreich bestand? Vom goldbestickten Polsterstuhl des schattigen Palastes aus ist es nicht schwer, dem Dürstenden in mörderischer Wüstenglut Mut zuzusprechen. Wer die lähmende Kälte eisführender Flüsse durchschwimmen muß, verzichtet gewiß recht gern auf den wohlgemeinten Ratschlag, den ihm ein anderer zuruft, der sich an Bord eines Schiffes befindet, in warme Gewänder gehüllt und gemütlich an ein Kohlebecken gelehnt.«

Unmut flog wie ein Schatten über Perisades schönes Gesicht. Ihre großen, dunklen Augen verrieten plötzlich schmerzvolle Erinnerung; dann strich sie sich eine Haarsträhne aus der Stirn und sagte leise:

»Du hast mir schon viel von deinem Schicksal erzählt, und ich weiß wohl, wieviel Unglück dich die Götter schon ertragen ließen. Kein Sterblicher kann es dir übelnehmen, daß du verbittert bist. Aber auch mir hat das Leben schon schwere Prüfungen gebracht, und ich habe darüber bis jetzt nur deshalb geschwiegen, weil ich dich nicht an dein eigenes Unglück erinnern wollte. Aber jetzt erkenne ich, daß das ein Fehler war; denn du drohst im Mitleid mit dir selbst zu versinken. Darum will ich dir sagen, daß du gewiß nicht der einzige bist, der schwere Lasten trägt.

Höre, daß ich, auch wenn mich die Menschen Assyriens ehren, dennoch eine Heimatlose bin wie du. Du könntest jedoch eines Tages nach Achäa zurückkehren oder sogar in die Steppe des Nordens, je nachdem, wohin du gehörst. Ich aber müßte, wenn ich meine Heimat wiederfinden wollte, in die Unterwelt hinabsteigen, in den lichtlosen Arallu; denn meine Heimat besteht nur noch in der Vergangenheit, in der die Toten wohnen.

Wisse, daß ich, auch wenn ich als Priesterin einer mächtigen Gottheit diene, dennoch von einem Fluch verfolgt werde wie du. Aber während du die Möglichkeit hast, den Fluch von dir zu wenden, indem du deine Abstammung enträtselst und das Rachewerk vollbringst, müßte ich, um das gleiche zu tun, ein ganzes Volk von Toten zu neuem Leben erwecken; denn auf diesem ganzen Volk ruht ein schreckliches Verhängnis, und ich bin der letzte Teil von ihm.

Schließlich sollst du auch erfahren, daß ich, auch wenn ich die Gemahlin eines hochberühmten Fürsten bin, dennoch ebensowenig glücklich sein kann wie du. Aber während du doch immerhin noch Aussicht hast, dir eines Tages ein neues, dauerhaftes Glück zu schaffen, zum Beispiel durch die Zuneigung eines Mädchens, das mit dir heilige Tonscherben ritzt, müßte ich, um das gleiche zu finden, mein Leben aufs Spiel setzen und zur Ehebrecherin werden. Denn von meinem Gemahl habe ich nicht Liebe noch Zärtlichkeit zu erwarten, sondern er ist mein Herr, und ich bin seine rechtlose Dienerin. So leide ich noch immer unter meiner Geburt, und nur Unwissende könnnen mich beneiden.«

Ich schwieg überrascht und betroffen und verwünschte meine Unbesonnenheit, mit der ich Perisades glückliche Stimmung in Trauer verwandelt hatte. Die Fürstin sah mir in die Augen und fuhr fort:

»Vor vielen Menschenaltern stieg der Vater meines Stammes, Parsatatar, der unsterblich ist, mit seinen sieben Söhnen über das Weltdach zur Erde hinunter, um das ferne Südreich zu erlangen, daß der Sonnengott ihm verheißen hatte. Denn kurz zuvor hatte der Held sein erstes Weib, die Sturmdämonin, voller Zorn verstoßen, weil sie in ihrer Wildheit ständig Zelte und Zäune brach und Mensch und Tier erschreckte. Statt ihrer wandte Parsatatar sich der zarten Morgenröte zu, der Tochter des strahlenden Tagesbeherrschers auf dem Sonnenwagen. Der flammende Gott des Himmels versprach seinem künftigen Schwiegersohn als Mitgift das reichste Land der Erde, das weit von hier im Osten liegt.

Viele Jahresläufe lang trieb der Held Parsatatar daraufhin seine Rinder und Schafe durch tiefen Schnee und glitzerndes Eis, zusammen mit seinen Söhnen, von denen ein jeder ein anderes Erbteil seiner Eltern besaß: Der erste die Weisheit seines Vaters, der zweite dessen Stärke, der dritte den Mut, der vierte die edle Gesinnung, der fünfte aber die Schönheit seiner Mutter, der sechste ihre Treue und der siebente und jüngste schließlich ihre Liebeskraft. Dadurch waren sie allen anderen Völkern überlegen; einer von ihnen aber trug den Keim des Verderbens in sich.

Als sie endlich aus den Ländern des ewigen Frostes hinab in die grünen Täler gelangten, fürchteten sich die Menschen dort sehr vor den neuen Nachbarn. Doch Parsatatar befahl seinen Söhnen, den Talbewohnern kein Leid zuzufügen, sondern ihnen nur Gutes zu tun, ein jeder, wie er es am besten vermöge. Da lehrte der älteste die Menschen das Säen und Ernten, der zweite rodete ihre Wälder, der dritte zog siegreich gegen ihre Feinde, der vierte schlug ihnen Gesetze in Stein, der fünfte webte ihnen zierliche Gewänder, der sechste zähmte Rosse für ihren Wagen. Als aber auch der jüngste Sohn seine Gaben bringen wollte, reizvolle Brusttücher für die Weiber und weiche Kissen, um die Freude am Beilager zu erhöhen, da hinderte ihn sein Vater daran; denn Parsatatar fürchtete, seine Söhne würden sich mit den Töchtern der Talbewohner vermischen und nicht mehr mit dem Vater weiter ins ersehnte Südreich ziehen.

Der jüngste Sohn, Kirta geheißen, lief daraufhin gekränkt davon; auf einem Nachen überquerte er das weite Meer inmitten der schneereichen Berge und gelangte so auf die einsame Insel der Lachenden Vögel, wo er den Rest seines Lebens zu verbringen gedachte. Doch als er dort ans felsige Ufer stieg, sah er in der Abendsonne auf dem weichen Wiesenboden eine junge Fürstin ruhen. Er trat zu ihr und bewunderte den Liebreiz ihrer Gestalt; sie aber schlief so fest, daß sie ihn nicht bemerkte. Da verliebte sich der Jüngling in die Fürstin, die Sinnenlust siegte über seine Sittsamkeit, und er wohnte der Fremden im Schlafe bei, nicht wissend, daß er die keusche Göttin der Morgenröte, die Braut seines Vaters, in den Armen hielt.

Als die Göttin erwachte und merkte, daß sie im Schlaf entehrt worden war, begann sie laut zu klagen und rief ihren Vater herbei, der sogleich auf glänzendem Wagen am Himmel erschien. Feurige Keile schleuderte er nach dem fliehenden Frevler, der sich vergeblich zu verbergen suchte. Kroch der Unglückliche in eine Höhle, polterten sogleich Steine auf sein Haupt, lief

Kirta in undurchdringlichen Wald, gingen die Zweige der Bäume über ihm in Flammen auf, tauchte er in das Wasser, trocknete sengende Hitze Meer und Teiche aus.

Nur die Nacht rettete den verzweifelten Jüngling schließlich vor dem Feuertod. Als er in die Dunkelheit entkam, schleuderte die Göttin der Morgenröte vom Gipfel des höchsten Berges einen schrecklichen Fluch über ihn: ›Die Liebe war dein Erbe und deine Gabe‹, rief sie Kirta zu, ›du aber hast sie zu einem Verbrechen mißbraucht. Darum soll sie dir fortan nur Unheil bringen. Was immer das Schicksal dir und den deinen an Glück, Macht und Reichtum verleiht, die Liebe soll es stets wieder zerstören!‹

Das Kind jedoch, das sie aus dem Frevel empfangen hatte, setzte die Göttin schutzlos im wilden Wald von Parsua aus, den Tieren zum Fraß. Schon krochen zwei mächtige Schlangen heran, um den Knaben zu verspeisen. Der Säugling aber packte die Ungeheuer mit nervigen Fäusten am Hals und würgte sie zu Tode.

Voller Bewunderung über die Heldenkraft des Kindes, das sein Enkel war, vergaß der Gott der Sonne daraufhin seinen Groll und schickte eine schwarze Bärin herbei, die den Knaben nährte, bis er groß geworden war und seine Nahrung mit Pfeil und Speer erwarb.

Der unsterbliche Held Parsatatar war längst weitergezogen, zusammen mit seinen sechs Söhnen, den Tod des siebten betrauernd, von dem er glaubte, er habe sich nach dem Streit mit dem Vater aus Verzweiflung im Meer des Gebirges ertränkt. Niemand weiß, ob die anderen jemals den Süden erreichten. Kirta jedoch, der Verlorengeglaubte, kehrte zu den verlassenen Talbewohnern zurück, und weil er der letzte von jenen Fremden war, die soviel Segen gebracht hatten, wurde er zum König gekrönt.

Jetzt durfte er dem Volk auch endlich seine Gaben überreichen, denn niemand verwehrte es ihm, den staunenden Menschen zu zeigen, wie Ehegatten stets neu in Begierde entflammen, wenn sie ihre Liegestatt mit zierlich gestickten Decken und geflochtenen Blütenkränzen schmücken; wie eine Frau mit Kräutertränken ihren liebesmüden Mann zu Zärtlichkeiten lockt und mit durchscheinenden Kleidern den Reiz ihres Körpers vermehrt. Allmählich vergaß König Kirta den Fluch der Morgenröte – aber an ihm erfüllte sich dieser Fluch schon bald zum ersten Mal.

Denn Kirta verliebte sich in das schönste Mädchen im Tal; die junge Braut erbat von ihm als Morgengabe einen warmen, schwarzglänzenden Pelz. Sogleich stieg Kirta daraufhin in das Waldgebirge von Parsua, wo es der grausame Fluch so fügte, daß der König dieselbe Bärin erlegte, die einst seinen Sohn gesäugt hatte.

Als der göttliche Jüngling vor dem Leichnam des Tieres stand, erhob er zornig seinen Bogen und durchbohrte dem fremden König, den er nicht als seinen Vater erkannte, mit einem Pfeil Rüstung und Brust. Vier Diener, die den Mord an ihrem Herrscher rächen wollten, stieß der Heldenjüngling mit dem Speer nieder; erst der fünfte bemerkte die große Ähnlichkeit zwischen dem Mörder und seinem Opfer und fiel staunend vor ihm auf die Knie. Er führte den Fremden ins Tal, wo Priester das Geheimnis enthüllten. Sie erklärten dem Volk, daß der Jüngling aus dem Waldgebirge der Sohn der Morgenröte sei und zugleich ihr Rächer. Daraufhin setzte man ihm die Krone auf das Haupt und nannte ihn Schuttarna.«

»Wahrlich, ein entsetzliches Verhängnis ruhte auf deinen Ahnen«, sagte ich erschüttert, »ihre Unglückstaten sind nur mit dem Vatermord des Königs Ödipus von Theben zu vergleichen, der danach, ohne es zu wissen, seine eigene Mutter heiratete und sich, als er von seinem Frevel erfuhr, die Augen ausstach, um für den Rest seines Lebens als Blinder umherzuirren. Nur die Atriden, deren Vorfahren doch die schändlichsten aller Verbrechen begingen, indem sie ihre eigenen Kinder zerstückelt und gekocht zum Mahl bereiteten, hatten unter einem derart verderblichen Fluch zu leiden. Jetzt verstehe ich, daß auch dein Leben wohl so manches Mal von Düsternis umschattet war.«

Die Flammen unseres Feuers loderten hell; der Duft des auf den spitzen Zweigen einer Zypresse gebratenen Fleisches erfüllte die Luft, die Dämmerung senkte sich schützend um uns, so daß wir im Lichtkreis des Flammenscheins ruhten wie auf einer einsamen Insel im nebligen Meer, und für einen Augenblick dachte ich, wir seien die beiden einzigen Menschen auf der Welt. Dann setzte die schöne Fürstin ihre Erzählung fort, und wieder sanken Mitgefühl und Trauer in mein Herz.

»Schuttarna wollte dem grausamen Fluch entgehen«, berichtete Perisade, »er verließ das Waldgebirge, in dem sein toter Vater lag, und zog hinunter in das flache Land. Die Talbewohner, die Churriter hießen, folgten ihm, und er gründete mit ihnen ein gewaltiges Reich, denn niemand konnte seiner Heldenkraft widerstehen. Vom Westmeer bis zum östlichen Gebirge reichten seine Grenzen; Chalpa und Alalach, Charran und Karkemisch im Westen, sogar Assyrien und Nuzi weit im Osten schloß es ein, und keine Mauer blieb im Sturm der Helden stehen. So schuf der Enkel der Sonnengottheit das stärkste Reich auf Erden. Er nannte es das Reich von Mitanni. Aber der Fluch der Morgenröte war seinem Volk in die Ebene gefolgt, und schon zwei Menschenalter später brach schreckliches Unheil über meine Ahnen herein.

Damals beherrschte der mächtige König Tuschratta das Land von Mitanni. Um seine schöne Tochter Taduchepa warben Könige und Fürsten sonder Zahl. Achtspännige Wagen, mit Gold und Edelsteinen gefüllt, sandten sie nach der Stadt Waschukanni. In glänzenden Rüstungen kämpften sie im ehrlichen Wettstreit um die Gunst der Prinzessin. Schuppiluliuma, der Fürst der Hethiter, und sein Freund Assur-Uballit, der die Krone Assyriens trug, waren die mächtigsten Freier. Aber die schöne Taduchepa verschmähte diese starken und kriegerischen Nachbarn und wählte statt ihrer den Pharao Amenophis aus dem fernen Ägypten, den sie liebte.

Die fürstlichen Werber Assyriens und der Hethiter aber verhöhnte Taduchepa von hoher Mauer herab. Sie nannte die Freier schwächlich und mißgestaltet, bucklig und sogar feige und lachte sie aus. Da gerieten Schuppiluliuma und Assur-Uballit in Zorn und schworen Rache. Die Völker im Norden und Süden, im Osten und Westen regten sie gegen die stolze Prinzessin und ihren Vater auf; bald stürmten Krieger ohne Zahl gegen Waschukanni und schlugen das Reich der Mitanni in Stücke. So erfüllte sich der Fluch der hassenden Göttin von neuem.«

»Auch in Troja hat der Zorn einer Göttin, der Zeusgemahlin Hera, ein machtvolles Reich in Schutt und Asche sinken lassen«, sagte ich nachdenklich, während im Osten auf der anderen Seite des Stroms die ersten Sterne blinkten. »Wie bitter mußte der Held Paris dafür bezahlen, daß er den Apfel der Eris, der Göttin der Zwietracht, nicht der Göttermutter, sondern der verlockenden Liebesgöttin Aphrodite zuwarf, sie so zur Schönsten kürend! Nun ist seine Heimat verbrannt und verödet; nicht einmal der stärkste Blitz des Himmelsherrschers könnte diesen Ort noch schrecklicher verwüsten. Aber damit war endlich auch der Fluch erloschen; denn wo nichts ist, können selbst die Götter nicht mehr strafen.«

»Weißt du noch, wo Troja liegt?« fragte Perisade, »würdest du es heute noch finden? Nun, von der stolzen Stadt Waschukanni ist kein Stein mehr übriggeblieben, und niemand kann mehr sagen, wo sich ihre hohen Mauern einst erhoben, so vollständig haben unsere Feinde sie vom Gesicht der Erde getilgt. Ja, es wäre sogar möglich, daß wir auf unserer Reise die Räder der Wagen über den Platz rollen ließen, auf dem sich einst der Königspalast meiner Ahnen erhob, und nichts davon bemerkten. Aber wenn auch aller Glanz Mitannis zerstoben ist wie Weizenspreu im Wind – der Fluch der Morgengöttin milderte sich nicht, und noch heute schwebt er über den Häuptern jener, die von Kirtas Samen stammen.

Der glücklose König Tuschratta besaß zwei Söhne; der ältere, Artatama mit Namen, bestieg nach dem grausamen Ende des Vaters den Thron und unterwarf sich feige den Feinden. Alle Schätze, die ihm geblieben waren, gab er ihnen, und er lieferte ihnen vor lauter Angst sogar seine edelsten Krieger aus, die von den grausamen Assyrern sogleich gefoltert und auf Pfähle gespießt wurden, so sehr bangte den Feinden noch immer vor der Tapferkeit der Mitanni.

Da empörte sich der jüngere Sohn Tuschrattas, Mattiwaza, gegen den älteren Bruder; in Mattiwaza lebte noch der Löwenmut des Halbgotts Schuttarna. Er sammelte die letzten Kämpfer seines Volkes, zweihundert an der Zahl, und verließ mit ihnen seine Heimat, um zu retten, was von dem glorreichen Stamm noch lebte. Viele Jahre lang zog er als Verbannter über den Erdkreis, aber nirgends fand er Schutz vor seinen Verfolgern, denn nicht einmal die mächtigen Babylonier wagten es, ihn und seine Getreuen bei sich aufzunehmen.

Da entsann Mattiwaza sich unseres uralten Fluchs; er wandte sich fort von den Ländern des Ostens, in denen die Morgenröte herrscht, und zog in die Gebiete des Westens, in denen die hassende Göttin weniger Macht besitzt. Dort warf er sich seinem Feind Schuppiluliuma, dem Fürst der Hethiter, zu Füßen. Der König nahm ihn gnädig auf, denn er hatte sich mit seinem

Freund Assur-Uballit längst schon zerstritten, so wie sich Wölfe bei der Jagd auf schmackhafte Beute stets einig sind, dann aber, wenn das Opfer zerrissen am Boden liegt, sich aus Freßgier nicht selten gegenseitig an die Kehle fahren. Darum half der Hethiter meinem Ahnen, das Reich seiner Väter zurückzugewinnen, wenn dieses nun auch sehr viel kleiner war als zuvor.

Aber noch immer wütete der Haß im Herzen der Morgengöttin, und wieder zwei Menschenalter später sann sie darauf, auch die letzten vom Stamm Kirtas zu vernichten, gemäß ihrem Fluch, der nun schon seit so vielen Jahren auf den letzten der Mitanni ruhte.«

»Wie grausam müssen deine Götter sein, Perisade«, sagte ich voller Entsetzen, »daß nicht einmal das Blut so vieler Menschen ihren Grimm besänftigt! Wenn sie die Schuldigen schon ihrer Strafe zuführten, warum müssen dann auch die Unschuldigen leiden? Freilich, der Sohn trägt stets am Erbe seines Vaters, so schwer es auch sein mag; das ist bei uns Achäern nicht anders. Aber unsere Götter können auch verzeihen.«

»Dann mag dein Volk sich glücklich preisen«, sagte Perisade, »nun aber höre weiter, denn ich bin noch nicht am Ende. Der Enkel des tapferen Mattiwaza, der gewaltige Schwertkämpfer Schattuara, besaß eine Tochter, die Giluchepa hieß; zu dieser entflammte der König Assyriens, Salmanassar, in Liebe. Doch Giluchepa wies den grimmigen Eroberer, den Sproß der alten Feinde ihres Landes, ab. Sie wollte sich nicht mit dem Mann verbinden, dessen Ahnen im Blut ihrer Väter gewatet waren. Auch Giluchepas Vater und ihre Brüder verharrten in abweisendem Stolz, obwohl sie den Untergang ihres klein gewordenen Reiches vor Augen sahen. Denn der furchtbare Salmanassar suchte sich den Liebreiz der jungen Prinzessin alsbald mit Gewalt zu verschaffen. So brachte die Liebe uns schließlich Vernichtung, und der Fluch der Göttin erfüllte sich erneut.

Vor mehr als dreißig Jahresläufen stellten meine Väter sich zu ihrer letzten Schlacht. Niemand war bei ihnen, ihre Waffen waren schlecht, und die Zahl der Assyrer überstieg die der Mitanni um das Zehnfache. Dennoch kämpften meine Ahnen vom Morgen bis zum Abend, ehe der letzte von ihnen sein Blut sterbend in den Sand von Chanigalbat goß, und der schreckliche Salmanassar die schöne Prinzessin Giluchepa in sein Frauenhaus schleppte.

Ich, Perisade, bin das ältere Kind aus dieser Verbindung; mein Bruder Naramsin ist das jüngere, und darum sind wir beide Geschwister des Königs Tukulti-Ninurta, der Salmanassars Sohn und Erbe wurde. Lange hielten meine Erzieher das Geheimnis vom Unglück der Ahnen vor mir verborgen. Heimlich las ich davon auf alten Tafeln in verborgenen Kammern des Königspalastes; später erzählte ich auch meinem Bruder davon. Alle anderen Mitanni sind in dieser letzten Schlacht gefallen. Einzig meine Mutter blieb am Leben. Erst nach unserer Geburt erlaubte ihr der grausame Salmanassar, sich an einer Schnur zu erhängen. Darum sind Naramsin und ich nun die letzten aus dem verfluchten Geschlecht, und wissen, daß der Haß der Göttin erst erlischt, wenn auch unsere Herzen nicht mehr schlagen.«

»Aber auch die grausamste Gottheit kann Unschuldige doch nicht bis in fernste Ewigkeit verfolgen«, rief ich erschüttert. »Hast du denn gar keine Hoffnung, dich von dem Fluch zu erlösen?«

»Wenn ich je eine solche Hoffnung hatte«, sagte Perisade leise, »dann habe ich sie längst begraben. Die Priester des völkervernichtenden Assur wissen, welches Unheil die letzten vom Stamm der Mitanni verfolgt, und daß der Fluch sich auch auf jene legt, die sich mit uns verbinden. Darum wollte der Sohn Salmanassars, König Tukulti-Ninurta, der größer zu werden hofft als selbst sein Vater, meinen Bruder und mich heimlich töten lassen. Aber diesmal brachte Liebe uns nicht Verderben, sondern Rettung. Allein, zu welchem Preis! Kilischu, der ein edler Mann und Freund des Königs ist, entbrannte in Liebe zu mir. Nicht um meinetwillen wurde ich seine Gemahlin, sondern um das Leben meines Bruders zu erhalten; Kilischu war mir seither stets ein ehrlicher Gatte und nahm Naramsin sogar zu seinem Gefährten und Wagenlenker. Nur darum leben wir noch, denn seinem höchsten Feldherrn zuliebe verschonte uns der König. Das ist meine Geschichte, Aras, und ich habe dir nur das Notwendigste erzählt. Nun kennst du das Volk, dem ich entstamme, und seine Helden. Wieviele tapfere Männer aber namenlos starben, wieviel Leid ihre Frauen erdulden mußten, wieviele meiner Brüder und Schwestern bereits als Kinder ihr Leben verloren, das weiß nicht einmal ich, und nur die Götter lesen es auf ihren silbernen Tafeln.«

Sie schwieg; keine Träne erschien in ihren Augen, als sie mich anblickte, aber ihre Lippen zitterten. Ich legte behutsam den Arm um ihre Schultern. Ich hätte sie gern getröstet, aber welche Worte vermögen solchen Kummer zu lindern? So ergriff ich ein Stück gebratenes Fleisch, reichte es ihr und sprach:

»Ich kann dir nichts sagen, was deinen Schmerz verringerte. Hätte ich dir doch vorhin nicht so unbedachte Worte gegeben! Jetzt schäme ich mich und hoffe nur, daß ich dir zu deiner Rettung verhelfen kann, wozu es freilich nötig ist, daß du ein wenig Nahrung zu dir nimmst.« Damit reichte ich ihr das Stück Fleisch, das auf einem Zypressenzweig stak, und erst später fiel mir ein, daß dieser Baum das Holz besitzt, aus dem auch Eros seine Pfeile schnitzt.

Sie schluckte, dann löste sich ihre Spannung allmählich und sie antwortete: »Du hast recht, Aras; nicht nur die Seele, auch der Körper besitzt seine Rechte.« Dann flog ein Lächeln über ihre schönen Züge, und sie fügte hinzu: »Übrigens hätte ich diese Hirschkuh niemals erspäht, wenn du nicht sogleich eingeschlafen wärst und ich diese Gelegenheit nicht zu einem heimlichen Bad benutzt hätte. So ist im Grunde auch das dein Verdienst!«

Wir aßen mit dem Hunger von Wölfen im Winter, und der Saft des fetten Fleisches rann mir über Wange und Kinn. Besser als alle teuren Speisen der Ägypter mundete mir dieser Braten, und ich aß so viel davon, daß ich bald befürchtete, ich müsse mich übergeben. Dann tauchten wir Gesicht und Hände in den Fluß, um uns zu reinigen; Perisade zupfte verstohlen an ihrem Gewand, das ihren schönen Körper nur noch unzureichend verhüllte, und sagte seufzend: »Wahrlich, eine echte Assyrerin würde lieber im Schmutz erstarren, als sich einem Fremden so zu zeigen; von meinem Kleid ist nicht viel übriggeblieben.«

»Ich werde wegsehen«, sagte ich höflich mit abgewandtem Gesicht, »damit ich deine Schicklichkeit nicht verletze; denn ich kenne die Sitten der Assyrer noch nicht.«

»Nun«, antwortete Perisade lächelnd, »mich trieb ja nicht Schamlosigkeit, daß ich mich so entblößte. Was mir an dem Gewand jetzt fehlt, benötigte ich als Verband für deine Wunde, und hätte ich den Stoff nicht geopfert, wäre deine Schulter wohl kaum so schnell geheilt, und ich hätte jetzt auch keinen Anlaß, mir die Hände zu waschen.«

»Dafür will ich dir stets dankbar sein«, antwortete ich, und Perisades Erzählung hatte soviel Bescheidenheit in mein Herz gepflanzt, daß ich hinzufügte: »Allein, es war nicht mein Verdienst, daß wir die Hindin erlegten, sondern die Gunst des Glücks, das uns vielleicht von jetzt an folgen wird.«

»Glück!« lachte die schöne Fürstin, und wieder klang Bitterkeit in ihrer Stimme. »Was ist das für eine seltsame Pflanze! Mancher Edle sucht sie sein Leben lang vergeblich, während sie nebenan im Garten des Unwürdigen wie Unkraut wuchert! Aber soll ich deshalb verzweifeln? Noch atme ich, und das Leben des Sklaven ist fröhlicher als der Tod eines Königs.«

»Nie bin ich einem Menschen begegnet wie dir«, sagte ich voller Bewunderung, »und ich verstehe jetzt, warum du vorhin so zornig warst. Wahrlich, du hast viel mehr Leid erlebt als ich, so daß ich dich nur um Verzeihung bitten kann.«

»Warum?« fragte Perisade und legte sacht ihre Hand auf meine Schulter. Unsere Gesichter waren sich ganz nahe; ihre Augen suchten die meinen, und ich wagte kaum zu atmen, so schön war dieser Augenblick; eine Welle der unbeschreiblichsten Gefühle brandete über mich hinweg. Ich sah die feinen Härchen an ihren Schläfen, die gleichmäßigen Brauen über ihren gebogenen Wimpern, die sanft geschwungenen Lippen, und spürte den sanften Druck ihrer Finger auf meinem Nacken.

Noch einmal versuchte ich mich aus dem Bann ihrer nachtdunklen Augen zu lösen und rief lächelnd: »Weißt du eigentlich, Perisade, daß ich, als ich dich zum ersten Mal sah, eifersüchtig auf Diomedes wurde? Ach, wie habe ich ihn darum beneidet, dich in den Armen halten zu dürfen!«

Aber die schöne Fürstin legte mir den Finger auf die Lippen und flüsterte: »Schweig jetzt. Hörst du nicht das Rauschen des Flusses? Der mächtige Idiglat selbst beschützt uns und entrückt uns der Not und allen Ängsten. Laß uns den Zauber nicht zerstören; wer weiß, ob er uns noch ein zweites Mal geschenkt wird.«

Ich atmete den Duft ihrer glatten, weichen Haut, und plötzlich durchstürmten mich Stolz und Freude, der schönen Fürstin so nahe sein zu dürfen. Zögernd glitt meine Hand an ihre Wange, ich streichelte sie wie ein Kind. Sie lächelte mich an, und ich vergaß allen Schmerz, vergaß das Geschehene und empfand keine Furcht mehr vor dem, was mir noch bevorstehen mochte. Nie fühlte ich soviel Leben in mir wie in diesem Moment, da ich meine Lippen an die ihren führte.

»Oh, Aras«, seufzte sie, »ich liebe dich schon so lange, und erst jetzt hast du es bemerkt!« Aber ich antwortete nicht, sondern grub meine Hände in ihr weiches Haar, und sie nahm mich auf wie trockene Erde den Regen.

Was ist Recht, was Unrecht? Die Götter lassen vieles geschehen, was der natürlichen Ordnung widerspricht; soll man sie deshalb als mitschuldig tadeln? Die Menschen suchen sich oft ein Glück, das außerhalb aller Gesetze liegt; sind sie deshalb allesamt Frevler? Das Schicksal verbindet und trennt, führt Menschen zusammen und reißt sie wieder auseinander. Nur wenige Augenblicke des wirklichen Glücks sind uns vergönnt, kurz wie jener Moment, in dem sich zwei Wagen, die in schneller Fahrt einander auf einer Straße begegnen, für das Auge vereinen. Nur selten erleben wir Menschen, daß alles um uns versinkt, und dann sind wir am glücklichsten.

VI
TUKULTI-NINURTA

Der Glaube und die Hoffnung, zwei von den ältesten Geistern der menschlichen Seele, besaßen eine wunderschöne Tochter: Ihre Augen strahlten wie Frühlingssterne, und sie hob ihr königliches Haupt furchtlos auch unter Feinden und Neidern empor; ihr reiches Haar fiel liebreizend nieder wie das Gefieder des Schwans, und die Anmut ihrer Gestalt weckte in Jünglingen wie in Greisen sehnsuchtsvolles Verlangen. Der Name des Mädchens aber war: Zuversicht.

Viele Freier zogen vor die Burg ihrer Eltern, darunter auch zwei mächtige Brüder: Der wilde, grobschlächtige Zorn und der ruhige, kraftvolle Mut. Sie waren die Söhne des Stolzes, der bei der Schöpfung als erster und ältester Geist in die Herzen der Menschen gezogen war.

Den Zorn, seinen erstgeborenen Sohn, hatter der Stolz vor Zeiten mit der feuerumkränzten, geißelbewehrten Wut gezeugt, der schrecklichen Dämonin, die aus der Welt der Tiere zu den Menschen kam.

Den Mut aber hatte die stille Standhaftigkeit geboren, die aus dem Reich der Himmlischen stammt und sich dem Stolz als dessen zweites Weib vermählte, damit sein Same den Menschen auch Gutes bringe.

So verschieden wie ihre Mütter waren auch die beiden Söhne. Blitzten die Augen des Zorns wie sprühender Funkenregen bei Nacht, so strahlte das Antlitz seines Bruders ruhig und unerschütterlich wie der einsame Morgenstern am Firmament. Schrie der Zorn mit eiserner Stimme angriffslustig den Kampfruf hinaus, so daß seine Feinde sich zitternd verbargen, erhob sich allein der Mut unerschrocken gegen den rasenden Bruder und schirmte die, die vor ihm flohen. Haderte der ungebärdige Zorn gar trotzig mit den Göttern, suchte der standhafte Mut neue Kraft im stillen Gebet.

Eines aber hatten die ungleichen Brüder gemeinsam: Sie waren in Liebe zu der holden Zuversicht entflammt.

Zuerst trat der Zorn vor den Thron der Brauteltern. Riesig erhob sich sein ungeschlachter Titanenleib, schwarz zuckten seine Fäuste vom Himmel herab, wie rollender Donner hallte es aus seinem Mund. Mit ungestümer Kraft riß er den größten Baum aus dem Erdreich, so daß die Länder weithin erbebten, und schleuderte den Stamm krachend zu Boden. »Wähle mich, Göttliche«, rief er der Zuversicht zu, »Macht und Stärke verspreche ich dir! Die Welt wird vor uns erzittern, die Menschheit soll sich unter unseren Füßen krümmen, und niemand wird es dann noch wagen, sich uns entgegenzustellen!« Den Eltern des Mädchens aber, dem Glauben und der Hoffnung, graute vor diesem schrecklichen Freier.

Danach kam der Mut in den weiten Saal des herrlichen Schlosses. Seine Arme waren kraftvoll wie die seines Bruders; seine ebenmäßige Gestalt jedoch enthielt der Schöpfung höchste Harmonie, und seine Worte verrieten sein edles Gemüt. Mit nervigen Händen packte er einen tobenden, mächtigen Stier, band ihm die Füße mit Stricken zusammen und brachte ihn als seine Gabe dar. »Wähle mich, Göttliche«, sprach er dann zu dem Mädchen, »nicht als ein Werkzeug der Vernichtung bist du vom Schicksal auserkoren, sondern als eine treue Helferin des menschlichen Geschlechts, dem wir gemeinsam die Seele erfüllen sollen, dem Himmel zur Freude und den Sterblichen zum Ruhm.«

Da lächelte die holde Zuversicht und reichte dem Mut die Hand, um ihm für immer als sein treues Eheweib anzugehören. Der Zorn aber stampfte enttäuscht davon; sein Grimm ließ die Meere brodeln und die Gebirge wanken. Der Hochzeit seines Bruders blieb er fern, und er verbarg sich lange im Haus seiner schrecklichen Mutter. Diese führte ihm die verderbliche Göttin der Eifersucht zu, mit der er sich alsbald verband, und aus beider Lenden entsprossen zwei Söhne und eine Tochter: Zuerst der grausame Haß, danach der hinterhältige Neid und schließlich die mitleidlose Rache.

Auch der Mut und die Zuversicht wurden von den Göttern mit einem Kind beschenkt. An seiner Wiege versammelten sich alle Geister der Menschenseele, um das Neugeborene nach heiliger Sitte zu beschenken. Die buntgekleidete Fröhlichkeit stand neben der aschgrauen Trauer, die golden geschmückte Hoffart neben der unscheinbaren Demut, die strahlende Weisheit neben der blinden Torheit. Herrlich trat die göttliche Liebe zwischen ihren schönen Töchtern hervor, der edlen Treue und der verlockenden Leidenschaft. Düster folgte dahinter, hager und bleich, der bei Menschen und Göttern verhaßte Kummer mit seinem Weib, der schwarzen Not, und ihren Töchtern, der Sorge und der Verzweiflung. Die Angst und die Furcht, die Zwillingsschwestern mit den ewig verhüllten Häuptern, verbargen sich hinter dem weißen Gewand der heiligen Würde; der dürre Geiz hielt die rothaarige Gier im Arm; verführerisch stand die reizvolle Sünde neben der bescheidenen Geduld.

Der Ehrgeiz, angetan mit einem glitzernden Mantel aus Perlen und Edelsteinen, sprach als erster. »Ich gebe dir«, sagte er zu dem Kind, »meine goldene Peitsche, damit du die Rosse noch schneller vorantreiben kannst, zum Kampf gegen deine Feinde.«

Lächelnd folgte die Treue mit einem kunstvoll geschmiedeten, ehernen Schild und verkündete: »Ich gebe dir eine Wappnung, die dich vor Pfeilen und Speeren beschütze.«

Die Frömmigkeit trat als nächste aus dem Kreis der festlichen Gäste vor. Sie legte himmlischen Nektar in einer goldenen Schale vor die Wiege hin und sagte ernst: »Von mir erhältst du die göttliche Nahrung, aus der du stets neue Kraft schöpfen magst.«

Da sprengte ein mächtiger Stoß die hölzernen Türen auf, und furchterregend stand dort der Zorn mit seiner Tochter, der Rache. »Auch ich habe eine Gabe für dich!« rief er mit hallender Stimme, während die anderen Geister angstvoll vor ihm wichen. Weit holte der schreckliche Dämon aus; dann schleuderte er eine seltsam geformte Klinge in die Mitte des Saals.

Alle schwiegen; nur der Mut wagte es, das Geschenk vom Boden zu erheben. Da floß plötzlich Blut über seine Hand, und verwundert erkannte er, daß er ein Schwert umklammert hielt, das keinen Griff besaß, sondern am hinteren Ende ebenso scharf geschliffen war wie an seiner Spitze.

Mit dröhnendem Lachen verschwand der Zorn; krachend schloß sich hinter ihm die Pforte. Noch immer starrte der Mut auf die Waffe, deren Bedeutung ihm keiner zu erklären vermochte; da endlich ergriff als letzte aus dem Kreis der Gäste die göttliche Weisheit das Wort und sprach ernst:

»Blut fließt von dem doppelschneidigen Schwert, ihr habt es wohl alle gesehen. Es ist das Schwert des Zorns. Wie sein Besitzer damit die Herzen der Feinde durchbohrt, so fügt er sich mit dem gleichen Stoß auch selbst gefährliche Wunden zu. Das Schwert des Zorns ist von den Göttern verflucht, und es bringt Unheil über alle, die es führen!«

Erschrocken blickten die Gäste einander an. Der Mut runzelte die Brauen, selbst der heiteren Zuversicht flog ein dunkler Schatten über das Antlitz. Da fuhr die göttliche Weisheit fort:

»Fünf Gaben sind, so fordert es der Brauch, dem Neugeborenen zu schenken; die meine soll die letzte sein. Ich kann den Fluch nicht lösen, aber lindern. Darum wird mein Geschenk der Spiegel sein, in dem sich euer Kind stets selbst erkennen soll, um zur Besonnenheit und Einsicht zu gelangen. Solange es alle fünf Gaben zugleich in seinen Händen trägt, wird euer Kind den Göttern und den Menschen immer wohlgefällig sein. Doch wehe, wenn es mein Geschenk achtlos zerbricht! Dann werden Himmlische und Sterbliche es gleichermaßen hassen.«

So endete die Feier im Palast des Mutes und der Zuversicht. Ihr Kind jedoch, daß seit diesem Tag die Peitsche des Ehrgeizes und den Schild der Treue, den Nektar der Frömmigkeit und das Schwert des Zorns und schließlich den Spiegel der Weisheit in seinen Händen zu tragen hat, dieses Kind nannten sie: Tapferkeit.

1 Zwei viel zu kurze Tage des Glücks und der Liebe waren uns an den Ufern des schwellenden Idiglat vergönnt. Wir zogen in den feuchten Niederungen des Stromes, die reich sind an allen jagdbaren Tieren, nach Süden. Als wir uns im flachen Wasser einer kleinen Bucht erfrischten, schlang Perisade die Arme um meinen Nacken und sagte: »Nun ist es wohl nicht mehr weit bis zu den schützenden Mauern von Assur; morgen sind wir vielleicht schon in Sicherheit. Ach, ich wünschte mir, das Heute würde nie vergehen! Was wird geschehen, wenn wir wieder bei unseren Freunden weilen? Wird es für uns dann noch einmal so glückliche Stunden geben? Wer weiß, was von unserer Liebe bleibt, wenn uns erst Pflichten trennen! Vielleicht wirst du dann gar nicht mehr an mich denken.«

Sie seufzte traurig, und auch mir wurde das Herz schwer. Schließlich antwortete ich, mehr mich selber als die Fürstin tröstend: »Nein, meine göttliche Geliebte, ich werde dich niemals verlassen. So oft es das Schicksal erlaubt, will ich in deine Arme kommen, wo du auch immer sein magst. Denn ich liebe dich, Perisade, und nichts kann dieses Gefühl aus meinem Herzen verbannen.«

»Das sagt sich so leicht«, entgegnete die Fürstin, »weißt du denn überhaupt, welchen Gefahren du dich aussetzt, wenn du mit mir in die Hauptstadt kommst? Ehebrecher pflegen die Assyrer grausam zu bestrafen. Die Männer setzen sie auf Pfähle, die sich langsam und qualvoll durch ihre Körper bohren; den Frauen aber zerstören sie das Antlitz mit kochendem Asphalt! Wenn wir dennoch nicht voneinander lassen wollen, so kann es nur Wahnsinn sein, der unsere Gedanken verwirrt, so daß wir nicht mehr wissen, was wir tun.«

»Wahnsinn oder Liebe! Sind diese einander nicht ähnlich?« rief ich, und wieder durchwogte mich ein mächtiges Gefühl. Ich schwor bei meiner Seele, meine Geliebte niemals aufzugeben und mit meiner ganzen Kraft um unser geheimes Glück zu kämpfen. Darum faßte ich sie an den Händen, zog sie an mich und sagte: »Weißt du nicht, daß der Zweig, an dem ich dir das Fleisch der wundersamen Hirschkuh reichte, von einem Zypressenbaum stammte? Dieses Gewächs aber ist es, aus dem der geflügelte Eros, der Sendbote der Aphrodite, seine Liebespfeile schnitzt. Wie anders könnte man dies verstehen, als so, daß uns die Götter selbst zusammenführten! Darum empfinde ich keine Angst. Selbst wenn ich der Liebe zu dir entsagen wollte, könnte ich doch dem Zauber der Schaumgeborenen niemals entrinnen. Darum fasse Mut, Perisade! Die Himmlischen sind uns wohlgesonnen, und der Zypressenzweig wird stets das Sinnbild ihrer Gnade und das Pfand unserer Liebe bleiben.«

»Wie schön«, flüsterte die Fürstin unter Tränen, »ich möchte so gern daran glauben! Ich will diese Worte niemals vergessen, Aras, und die Erinnerung daran soll mein Trost sein in der Einsamkeit, die mich bald umfangen wird, wenn du fern von mir weilst. Wenn aber deine Liebe zu mir eines Tages erlischt, sollst du mich nicht belügen, sondern mir einen zweiten Zypressenzweig senden, diesmal als Zeichen dafür, daß alles zu Ende ist. Und auch, wenn du den Tod nahen fühlst, vielleicht auf einem Feldzug in der Fremde, sollst du mir noch einmal ein Reis vom Baum der Liebe schicken, damit ich weiß, daß du an mich gedacht hast.«

»So soll es sein«, antwortete ich und beugte mich zu ihr herab. Im gleichen Moment bohrte sich neben meinem Kopf ein starker Pfeil in das Holz einer mächtigen Ulme, in deren Schatten wir ruhten. Erschrocken riß ich Perisade zur Seite. Der Schütze stand kaum dreißig Schritt hinter uns, zusammen mit drei anderen Männern, wie ich sie nie zuvor gesehen hatte.

Sie waren große, muskelstarke Krieger mit dunkler Haut und fast vollständig nackt. Um ihre Lenden hatten sie Felle wilder Tiere geschlungen, ihre Körper waren mit grellbunten Streifen bemalt. Federn von Adlern und Geiern hingen von ihren Häuptern. Ihre Haare und Bärte waren zottig und verklebt, und ihre Schreie klangen wie das Heulen kampflustiger Wölfe, als sie mit erhobenen Lanzen und Speeren auf uns zustürmten.

»Kudmuchi!« rief Perisade entsetzt; ich sah, daß uns kein anderer Ausweg blieb, als uns in die Fluten des Flusses zu stürzen. Rasch zog ich die Fürstin hinter mir her, und so entkamen wir den Spitzen der Spieße, während unsere Feinde wütend und enttäuscht am Ufer stehenblieben, weil sie wohl fürchteten, im reißenden Wasser des Stroms zu ertrinken. Denn als Bewohner kahler Gebirge und trockener Einöden kannten sie nicht die Kunst, sich im flüssigen Element an der Oberfläche zu halten. Selbst Perisade vermochte nicht gut zu schwimmen, und ich mußte sie festhalten, damit sie mir in den Strudeln des Wassers nicht entglitt.

Der Führer der Wilden ließ seinen Bogen sinken, denn unsere Köpfe boten ihm in den schäumenden Wogen des Flusses nur ein zu schwieriges Ziel. Während wir uns stromabwärts treiben ließen, rannten die bemalten Krieger am Ufer entlang und sprangen manchmal auf große Felsen, die im Bett des Stroms lagen, um uns von dort mit ihren Lanzen aufzuspießen. Schließlich verschwanden sie, und wir hofften, ihnen entkommen zu sein. Vorsichtig schwammen wir im brusttiefen Wasser dem Dickicht am Ufer entgegen. Kein Zweig rührte sich in der undurchdringlichen grünen Wand. Die Strömung warf Perisade aus dem Gleichgewicht. Ich hielt sie mit einer Hand, während ich mit der anderen den starken Ast einer Eiche umklammerte, der sich unter diesem Zug mächtig nach hinten bog. Im gleichen Moment sprang hinter dem breiten Stamm des Baumes einer der Wilden hervor, die lange Lanze zum tödlichen Stoß erhoben und brüllend vor Freude, uns überlistet zu haben. Aber als er mir eben die Brust durchbohren wollte, ließ ich den Ast fahren, so daß er den Kudmuchi wie ein Geißelhieb in das Gesicht traf und der Krieger mit einem Schrei der Überraschung von der Böschung stürzte. Ich drückte sein Haupt so lange unter Wasser, bis er tot war. Dann wand ich den Speer aus seiner verkrampften Faust und stieg zusammen mit Perisade ans Ufer, wo wir uns im Gebüsch verbargen.

Nur kurze Zeit verging, dann eilte ein zweiter Kudmuchi herbei. Er hatte wohl die Schreie des ersten vernommen und rief nun in einer unbekannten Sprache nach seinem Gefährten. Die Frische der Jugend lag noch auf seinem bartlosen Gesicht; er konnte kaum mehr als vierzehn Sommer zählen. Aber seine Augen besaßen bereits den Ausdruck eines Mannes, der Hunger und Not kennt, denn diese Bergvölker sind arm, und im Winter müssen sie häufig viele Monde lang darben. Suchend stach der Jüngling mit seinem Spieß in die Blätter der Hecken. Als ich auf die Lichtung trat, war er zu überrascht, um sich schnell genug zu wehren. Der Speer, den ich seinem Gefährten geraubt hatte, durchfuhr die Luft und schlug ihm in die nackte Brust. Röchelnd sank der junge Kudmuchi nieder; im Sterben blickte er mich an wie ein ratloses Tier.

Ich hatte keine Zeit mehr, die Waffe zurückzuholen, denn im gleichen Augenblick traten die anderen beiden Wilden aus dem Wald. Ich ergriff Perisade bei der Hand und rannte mit ihr davon, wie ein Rehbock mit seiner Ricke den Pfeilen des Jägers entflieht. Unsere Feinde kamen jedoch immer näher, ihre abgehackten Schreie gellten wild durch den Wald, und wir wären ihnen wohl kaum entkommen, wenn wir vor uns nicht plötzlich ein vierspänniges Fuhrwerk gesehen hätten, das langsam am Waldrand entlangrollte, von sechs schwerbewaffneten Männern begleitet.

Unsere Verfolger blieben unschlüssig stehen, als sie den kleinen Handelszug entdeckten. Sie schienen einzusehen, daß sich ihnen keine Hoffnung bot, den Kampf gegen sechs Wächter erfolgreich bestehen zu können. Enttäuschung malte sich auf ihre Gesichter; dann verschwanden sie im Gebüsch, als ob sie Geister gewesen wären. Wir atmeten erleichtert auf und liefen zu dem Wagen. Auf dem Kutschbock hinter den abgezehrten Pferden saß ein kleinwüchsiger, dürrer Kaufmann mit grauem, schon schütterem Bart und zusammengekniffenen Augen. Er sah uns mißtrauisch entgegen und rief mit der hohen Stimme des Greises:

»Treiben sich die Grasfresser schon wieder so weit im Süden herum? Assur sollte diese Wilden endlich zerstampfen, mein Dankopfer wäre ihm gewiß! Sind noch mehr Kudmuchi in den Wäldern oder nur diese beiden? Schnell, gebt Antwort, Fremdlinge, ich habe keine Zeit zu vergeuden!«

»Es sind nur noch zwei«, versetzte ich keuchend. Schützend legte ich meinen Arm um Perisade, an deren Blöße sich der Blick des alten Händlers festzuklammern schien. »Zwei!« wiederholte ich ärgerlich. »Zwei weitere habe ich schon zu den Schatten geschickt.«

»Zu den Schatten«, kicherte der Alte erfreut, ohne die Augen von der Fürstin zu wenden, »wahrlich keine sehr angenehme Reise, vor allem wo das Leben dem Kundigen doch so viele schöne Dinge bereithält! Auch ihr wart wohl schon auf dem Weg zur Unterwelt, wie? Aber nun braucht ihr keine Angst mehr zu haben, ich habe euch ja gerettet, was mich vor allem deinetwegen mit Befriedigung erfüllt, mein schönes Stutenfohlen!«

Er beugte sich lächelnd vor und streckte die knochigen Finger nach Perisades Kinn aus. Ich riß den Greis mit einer Hand vom Sitz, packte ihn am Genick und setzte ihm mit der anderen Faust das Messer an die Kehle. »Kennst du die Fürstin Perisade nicht?« rief ich zornig, während die Krieger des Kaufmanns uns hastig umringten. »Was fällt dir ein, die Gattin des Schlachtengewinners Kilischu, die Schwester des völkervernichtenden Königs so frech betasten zu wollen? Den Kopf wird man dir dafür in Assur abschneiden, sofern ich dies nicht bereits hier erledige, wozu ich gezwungen sein werde, wenn du nicht sogleich deine Wächter zurückrufst!«

Erschrocken begann der Alte zu wimmern: »Erbarmen! Verschone mich, Herr, was habe ich denn getan? Vergebt einem alten Mann, meine Freunde, dessen Verstand bereits zu erlahmen beginnt! Nehmt meinen Wagen, meine Pferde, meine ganzen Güter, aber laßt mir das Leben!« So bettelte er, seine Knechte aber beschimpfte er als Mörder und Verräter und fluchte: »Wollt ihr wohl sogleich zurückweichen vor meinen lieben Gästen, ihr blutrünstigen Verbrecher? Seht ihr nicht, daß ich sie in Frieden bei mir aufnehmen möchte? Wollt ihr mein Leben noch länger gefährden, nachdem ihr in eurer Dummheit und Geldgier schon längst alle Freude daraus vertrieben habt? Packt euch, wenn ich euch nicht den Stock zu kosten geben soll!«

Die Wächter gehorchten verwirrt; der Alte streckte seine gichtigen Hände flehend nach Perisade aus und bat, halb erstickt, denn ich schnürte ihm noch immer die Kehle zu: »Rette mich aus den Händen dieses entsetzlichen Mannes, hochedle Fürstin, er wird mir das Genick wie dürres Holz zerbrechen! Vergib mir, daß ich dich jetzt erst erkannte, königliche Herrin; ich konnte doch nicht ahnen, einer so berühmten Herrscherin gegenüberzustehen, wo du doch nicht mehr am Leib trägst als eine ... ich wollte sagen ...«

Verzweifelt rang er nach Atem und Worten; Perisade mußte lachen, löste meinen Griff und sprach: »Du brauchst keine Angst zu haben, Fremder, mein Gefährte wird dir nichts zuleide tun. Wir werden jedoch schon so lange von Feinden gehetzt, daß er jeden töten wird, der sich uns in den Weg stellt. Wir sahen das Ende zu oft vor unseren Augen, als daß wir noch Furcht empfinden könnten; auch deine Knechte könnten uns kaum davon abhalten, mit deinem Wagen bis nach Assur weiterzufahren. Aber es wäre mir lieber, du nähmst uns aus freiem Willen mit dir. Deine Schätze sollst du getrost behalten; Gold und Geschmeide sind Dinge, die wir jetzt am wenigsten benötigen. Dagegen wären wir für Kleider und warmes Essen dankbar.«

Erleichtert klatschte der graubärtige Kaufmann darauf in die Hände, und seine Diener brachten wollene Decken und prächtige Gewänder herbei. Wir wuschen und salbten uns, wobei der Händler für Perisade eigens sein Zelt aufschlagen ließ, um sie vor neugierigen Blicken zu schützen. Danach labten wir uns an gesalzenem Fleisch, würzigem Fladenbrot und erhitztem Wein, der die Kühle der hereinbrechenden Nacht aus unseren Gliedern vertrieb. Wir erzählten dem Greis unsere Abenteuer seit unserer Ausfahrt von Charran. Er staunte sehr, und am meisten darüber, daß wir noch lebten.

»Seit mehr als vierzig Jahresläufen durchquere ich in jedem Frühling, Sommer und Herbst zweimal die Einöde zwischen Assyrien und Chanigalbat«, berichtete er, »aber noch niemals zuvor habe ich von Menschen gehört, die dieses mörderische Land zu Fuß durchschritten. Ich sah nur immer die Knochen von jenen, die es erfolglos versuchten!«

Wir fragten ihn auch nach seinem Namen, und er antwortete uns: »Man nennt mich Narmur, den Sohn Narmurs, denn Narmur heißt in meiner Familie stets der älteste Sohn. Ich wurde im Reich von Eschnunna geboren, dessen Bürger ich noch heute bin, wenn ich auch schon seit frühester Jugend in Assur wohne, wo ich dereinst auch mein Leben zu beschließen gedenke.« Danach sprach er viel von seinen weiten Handelsfahrten, die ihn bis in die Hethiterhauptstadt Chattuscha und nach Amedi in den Schwarzen Bergen führten, und sogar nach Tuschpa, der Hauptstadt des Reiches Urartu am Meer des Gebirges. Selbst die sagenumwobene Insel Tilmun im Unteren Meer, die auch ich noch betreten sollte, hatte Narmur bereist. Der Kaufmann brachte sich von dort ein Weib mit, das ihm aber nur wenig Freude bereitete; denn Narmur behauptete, von seiner Ehegefährtin häufig mit Schimpfworten, oft auch mit Schlägen empfangen zu werden, und zeigte uns als Beweise einige Flecken und Kratzer. Diese waren jedoch noch so frisch, daß ich eher glaubte, er habe sie sich beim Liebeskampf mit einer gekauften Beischläferin in einer Herberge von Karkemisch zugezogen, woher er gerade kam. Nach seiner Heimkehr mag er freilich von seinem Weib noch weitere Striemen erhalten haben, und wohl nicht ohne Grund.

Bei unserer letzten Rast vor der Stadt Assur nahm Perisade mich zur Seite, umarmte mich und sagte leise: »Nun trennen sich unsere Wege bald, Aras. Aber so oft du zu mir kommst, werde ich glücklich sein. Viele Tage lang war es, als lebten auf der Welt keine anderen Menschen außer uns beiden. Nun aber werden uns wieder viele umgeben, und die Stunden der Zweisamkeit werden selten sein. Aber auch wenn ich es dir nicht immer zeigen kann, wenn wir uns im Königspalast oder bei höfischen Festen begegnen, darfst du trotzdem nie daran zweifeln, daß ich dich über alles liebe.«

Ich konnte ihr keine Antwort geben, denn der Kummer verschloß meinen Mund. Ich küßte Perisades dunkle Augen und legte zum letzten Mal die Hände auf ihre Lenden. Zwei Stunden später durchfuhren wir die mächtigen Tore Assurs, und so gewaltig die Mauern der Hauptstadt auch sind, so hoch ihre zinnengekränzten Kronen auch ragen und so ehrfurchtgebietend die Flügelstiere an ihren Pforten auch drohen, ich hatte für all diese Wunder kein Auge, sondern blickte immer nur auf Perisade, die heimlich meine Hände in den ihren hielt.

Der alte Narmur geleitete uns bis vor den Königspalast, und selbst die strahlende Pracht dieses wundersamen Bauwerks bedeutete mir nichts. Perisade stieg von dem Gefährt und schritt an den grüßenden Wachen vorbei in den Teil, der den königlichen Verwandten vorbehalten ist. Ihr Abschied war kurz, und sie drehte sich nicht mehr um. Ich schaute ihr lange nach; dann dankte ich Narmur, der sein Fuhrwerk weiterlenkte, und schritt auf der anderen Seite des Platzes zum Gästehaus des Königs, aus dem ich laute Worte schallen hörte. Die Männer, aus deren Mund sie stammten, bemühten sich nicht, leise zu sein, sondern lärmten mit voller Kraft, und die Sprache, in der sie durcheinanderschrien, war die der Achäer.

Durch die geöffnete Tür sah ich Zakrops und Polkos wie wütende Stiere miteinander um die Würfel hadern; der kleine Stigos schrieb mit einem Griffel auf tönernen Tafeln. Kaliphon und Polymerios hielten zwei käufliche Dirnen im Arm und lachten lauthals über einen Scherz, von dem ich nur das Ende zu hören bekam, welches äußerst unanständig war. Polyphas stärkte sich indessen an einem mächtigen Krug voller Wein. Ich hatte meine Gefährten wiedergefunden, aber ich fühlte nur wenig Freude in meinem Herzen, so traurig hatte mich der Abschied von Perisade gemacht. Alle meine Gedanken flogen noch immer zu ihr, und meine eigene Rettung bedeutete mir nichts. So trat ich in das Haus zu meinen Freunden.

Polyphas sah mich als erster; er starrte mich mit offenem Mund an, brachte aber kein Wort, sondern nur ein heiseres Krächzen hervor. Aufgeregt zupfte er seinen riesigen Bruder am Ärmel; Polkos versuchte ihn erst abzuschütteln wie lästiges Ungeziefer; dann drehte er sich schließlich um, ungehalten über die Störung, und begann, als er mich erkannte, eine Anzahl unverständlicher Worte zu brüllen. Zakrops, Kaliphon und Polymerios fuhren erschrocken zusammen; dann wandten sie endlich die Köpfe nach mir und rannten auf mich zu. »Aras!« schrie der junge Kaliphon, »bist du es wirklich?« Der kräftigere Polymerios packte mich am Arm, als wolle er mir die Glieder ausreißen, küßte mich schmatzend auf die Stirn und rief begeistert: »Aras! Du mußt aus dem Bauch der Unterwelt zurückgekehrt sein! Wir hielten dich schon lange für tot!« Polkos riß mich aus den Armen des Rothaarigen und preßte mich an sich, so daß meine Rippen bedrohlich knackten. »Daß du wieder da bist!« brüllte er unter Freudentränen. »Du weißt nicht, wie sehr wir um dich getrauert haben!« »Doch«, antwortete ich, »mit würzigem Wein, Weibern und kurzweiligem Würfelspiel.«

Da lachten sie fröhlich; Polymerios schob schnell die Dirnen zur Türe hinaus und versteckte die Würfel, bevor Diomedes hereinkam, vom Lärm der Gefährten gestört. Mit riesigen Schritten eilte er auf mich zu, faßte mich an den Handgelenken und umarmte mich wie einen Bruder. Dann sagte er voller Dankbarkeit: »So haben die Götter meine Gebete erhört! Mit den reichsten Opfern will ich den Unsterblichen dafür danken, daß sie meine Hoffnung nicht ein weiteres Mal enttäuschten. Aber im Grunde, Aras, habe ich immer gewußt, daß wir uns wiedersehen würden.«

Übermütig fügte Zakrops hinzu: »Freilich, Fürst; denn der Blitz fährt stets nur in die mächtige Eiche, und der Landmann schneidet allein das fruchtbare Korn. Das Unkraut aber widersteht Göttern und Menschen; so kann es niemals vergehen.«

Kurz darauf kam Kilischu. Der große Feldherr legte mir seine schwere Hand auf die Schulter und sagte tiefbewegt: »Soeben erfuhr ich von meinem Glück. Die göttliche Perisade, die ich durch meine eigene Schuld verloren glaubte, sie lebt und ist heimgekehrt, und das verdanke ich dir. Viele Tage lang haben wir euch im Gebirge und in der Wüste gesucht, aber wir konnten keine Spur von euch entdecken und glaubten am Schluß, daß euch die Feinde verschleppt oder getötet hätten. Ich werde dir niemals zurückgeben können, Achäer, was ich dir seit heute schuldig bin.«

Aber ich konnte seinem Blick nicht standhalten, sondern sank auf einen Stuhl und verbarg mein Gesicht in meinen Armen. Meine Gefährten hielten das für ein Zeichen der Erschöpfung und brachten mir eilends Fleisch und Wein. Die Spannung löste sich von mir wie eine zerrissene Bogensehne, die Anstrengung fiel von meiner Brust wie ein aufgeschnürter Eisenpanzer, und Tränen traten in meine Augen. Meine Gefährten bemerkten es wohl, und sie ließen mich nicht allein.

2 Groß und prachtvoll ist der Palast des Königs von Assyrien; er wetteifert glanzvoll mit denen der Pharaonen Ägyptens. Zwar erstreckt sich die Hauptstadt Assur längst nicht so unüberschaubar dahin wie das volkreiche Memphis; aber die Mauern, die sich um die Stadt am Idiglat ringen, ragen höher als zehn Manneslängen empor und besitzen neunhundert Türme. Die Häuser Assurs sind wie Burgen; nach außen hin zeigen sie keine Fenster und nur eine einzige Tür in den sonst kahlen Wänden. Innen aber quellen sie vor Reichtum über; in prunkvollen Höfen sprudeln kostbar gefaßte Quellen im Grün erlesener Pflanzen, und herrliche Bildwerke zieren den Stein. Überhaupt scheint es in Assur weniger Armut zu geben als in allen anderen Städten der Welt. Denn seit die unüberwindlichen Krieger des alles zerstampfenden Gottes die Völker im Kreis unterjochen und ihnen die Schätze entreißen, häufen sich Gold, Zinn und Silber, Kupfer und Blei in den Kammern des Königs und auch in den Truhen seiner Streiter.

Das Königshaus steht, ganz aus gebrannten Ziegeln errichtet, inmitten der Stadt wie ein Berg. Drohend überschatten seine Zinnen die niederen Bauten ringsum; nur der heilige Tempelturm, den die Assyrer Zikkurat nennen, ragt noch höher dem Himmel entgegen. Überall an den Mauern des großen Palastes erheben sich furchterregende Tiergestalten, aus weißem Kalkstein geschnitten, als ewig schlaflose Wächter. Das Dach wölbt sich ganz aus kostbarem Zedernholz und ist mit goldenen Platten verkleidet, so daß es erstrahlt wie die gleißende Sonnenscheibe. Ehrfurchtgebietend säumen die stummen Hüter des Tores den Eingang, kraftstrotzende Stiere, größer als Elefanten, mit den behelmten Häuptern von Königen und den breiten Schwingen von Adlern. Sie schienen mich aus ihren starren Augen wachsam zu mustern, als ich ihre langen Reihen durchschritt, zusammen mit Diomedes, Kilischu und Naramsin vom König zur Feier des sterbenden Jahres gerufen.

Dieses Ereignis gilt als das zweithöchste Fest der Assyrer; sie danken dabei fromm für den Segen der Ernte und betrauern zugleich das Ende des fruchtbaren Jahres mit bittenden Gesängen, reichen Opfern und den heiligen Weihespielen, in denen sie von den Großtaten ihrer Götter erzählen. Alles Volk aus der Hauptstadt wird dazu in den Palast und in den Tempel geladen; die beiden Bezirke der Macht liegen nebeneinander, nur durch kunstvoll bepflanzte Gärten getrennt. Der Raum zwischen ihren Mauern reicht so weit, daß alle Bewohner Assurs darin Platz finden können; zu den heiligsten Handlungen aber, die nur der König und die obersten Priester vollziehen dürfen, sind stets nur die Edlen des Reiches, die Fürsten und hohen Verwalter des Landes, die Heerführer und weisen Ratgeber des Königs sowie unterworfene Fürsten mit ihren höchsten Götterdienern zugelassen, so daß der Ruf des Königs für uns eine hohe Ehre bedeutete.

Darum hatten wir uns, den Rat des Feldherrn Kilischu befolgend, sorgsam gereinigt und mit kostbaren Ölen gesalbt, dann mit unseren prächtigsten Rüstungen umhüllt und nur die Helme zurückgelassen, an deren Stelle wir ein goldenes Band um unsere Häupter wanden. Mit hallenden Schritten durchquerten wir die langgestreckten Gänge und Hallen des äußeren Palastes, wo Diomedes und ich voller Staunen die reiche Vielfalt der bunten Wandbilder bewunderten, die aus farbigen Ziegeln kunstfertig zusammengesetzt waren und von den wichtigsten Geschehnissen im Leben des Königs kündeten. Sie wirkten in Form und Buntheit so echt, daß uns manchmal war, als blickten wir durch eine Mauerlücke auf die Wirklichkeit. Diese herrlichen Bilder erzählten meist aus Schlachten und Feldzügen des Königs Tukulti-Ninurta. Sie zeigten zum Beispiel, wie die tapferen Assyrer eine turmreiche Festung anfielen, den massigen Sturmbock kraftvoll gegen die hölzernen Tore rammten, Ketten über die Zinnen schleuderten, um sich daran emporzuziehen, und auf mächtigen Leitern die ragenden Mauern erklommen. Auf anderen Bildern wurde dargestellt, wie die Eroberer in einer niedergeworfenen Burg mit Brecheisen und spitzer Hacke das Mauerwerk zerstörten, die Brandfackel in die Gebäude warfen und die Verteidiger gefesselt in die Gefangenschaft führten. Aber auch Bilder der mannhaften Jagd waren häufig zu sehen, so etwa, wie der Herrscher vom rasenden Wagen herab die brüllenden Löwen mit Pfeilen durchbohrte, oder wie er gar eines der mächtigen Raubtiere mit den bloßen Händen ergriff und zu Tode würgte. Ich glaubte jedoch nicht, daß wirklich jemals ein König der Assyrer versuchte, mit Löwen zu ringen. Denn kein sterblicher Mensch kann einen Löwen allein durch die Kraft seiner Arme bezwingen; dem gewaltigen Herakles gelang dies nur, meinte ich zu Diomedes, weil er der Sohn des Zeus und daher ein Halbgott war. Diomedes stimmte mir zu; ihm war jedoch anzusehen, daß er einen solchen Kampf gern selber einmal gewagt hätte.

Aus dem Thronsaal, vor dem sechs riesige Wächter mit langen, wollenen Mänteln, spitzen Helmen, gebogenen Schwertern und viereckigen Schildern standen, klangen uns leise die Töne von Harfen, Leiern und Zithern entgegen, gemischt mit dem dumpfen Schlagen fellbespannter Trommeln. In dem riesigen Raum standen in verschiedenartigste Gewänder gehüllte Gäste aus allen Völkern des Königs auf zwölf erhöhten Stufen entlang der vier Wände, welche die weite Fläche des mit breiten Steinplatten ausgelegten Herrschergemachs begrenzten: Grobschlächtige Bergbewohner aus Nuzi mit gelben Bärten und rötlicher Haut sahen wir neben kleinwüchsigen Städtern aus Opi und Samarra in goldbestickten Prunkgewändern; hagere, weißgekleidete Stammesfürsten der Nomaden aus der subartäischen Wüste mit zierlich geflochtenen Haaren und kurzgeschorenen Bärten standen bei wohlbeleibten Höflingen aus den Palästen von Assur und Ninive, die ihre Bäuche mit breiten Schärpen stützten. Die vornehmen Frauen hatten sich oft mit weißem, zerriebenem Bohnenmehl die dunklen Gesichter erhellt und mit gelbem Alhenna die Haare gebleicht. Manche trugen blaue Nägel an Fingern und Zehen, gefärbt mit der schwarzbraunen Waidwurzel; andere kauten den heilsamen Bleiwurz, aber nicht etwa nur, weil dieser die Schmerzen entzündeter Kiefer zu lindern vermag, sondern weil er zugleich die Zähne und das Fleisch des Mundes grünlich schillern läßt, was die Blicke der Männer anzieht. Viele hatten sogar blutrote Lippenpomade aus der seltenen Wurzel Anchusa aufgetragen. Die Kleider der Frauen bestanden aus weichen, schmeichelnden Stoffen, reich mit Perlen und Edelsteinen bestickt, und bedeckten oft selbst Füße und Hände der Assyrerinnen; auf den Häuptern trugen sie durchscheinende Schleier aus feinsten Tüchern. Denn Schleier gelten in diesem Land als Zeichen der vornehmen Abkunft und dürfen nur von Frauen hochgestellter, freier Männer getragen werden. Maßt sich aber eine Sklavin oder gar eine Dirne an, sich das Gesicht zu verhüllen, und wird sie dabei ertappt, so versetzt man ihr fünfzig Stockhiebe und übergießt ihren Kopf mit schwarzem Pech. So gebieten es die strengen Gesetze dieses Volkes, das grausamer als alle anderen ist.

Mitten in dem gewaltigen Saal, an dessen Wänden die kostbarsten Bilder funkelten, stand König Tukulti-Ninurta einsam vor seinem goldglänzenden Thron. Er trug den schwarzsilbernen Königsmantel und zugleich den heiligen Netzrock des obersten Priesters. Die Zopfbinde des Schlachtenlenkers umschlang seine Stirn. Kühn und kräftig wie der tötende Schnabel des Adlers entsprang die gekrümmte Nase seinem edlen Antlitz mit den großen, weit offenen Augen; unter den breit geschwungenen Lippen seines Mundes, der Lustbegier und Grausamkeit verkündete, wuchs ein schwarzlockiger, eckig geschnittener Bart; bis auf die Schultern wallte das dichte Haar seines Hauptes. Er war kaum älter als dreißig Sommer und stand in der Kraft seiner Jahre. Mächtige Muskeln hoben sich aus dem Stoff seiner Kleider, und er übertraf die meisten seiner Krieger an Größe. Ein sichelförmiges Schwert steckte in seinem glitzernden Gürtel; er trank Wein aus einer großen, grünfunkelnden Schale und ließ sie dann auf dem Boden zerschellen.

Im gleichen Moment verstummten die Musikanten. Ein Tor zur Rechten des Königs öffnete sich, und fünf hochgewachsene Männer mit silbernen Masken traten daraus hervor. Der erste trug einen goldenen Mantel und eine aus Gold und Edelsteinen gefaßte Krone; ein goldener Hirtenstab stützte ihn. Der zweite trug auf seinem blauen Gewand dreiunddreißig mit Silberfäden gestickte Sterne; mit der Hand hielt er eine eiserne Lanze. Der dritte war unbewaffnet und nur in einfache, weiße Tücher gekleidet; er umfaßte mit der Rechten eine tönerne Tafel. Der vierte war nackt bis auf ein golden glänzendes Fell an seinen Lenden, trug als einziger einen Helm, aus seinen kräftigen Armen schienen goldene Federn zu wachsen, und er führte eine gezackte Säge mit sich. Der fünfte schließlich war ganz mit schwarzem Stoff umhüllt und hob eine silberne Sichel empor.

Tiefes Schweigen breitete sich in der weiten Halle aus. Neugierig fragte ich: »Was soll das bedeuten?« Kilischu legte warnend den Finger auf seine Lippen; dann antwortete er leise:

»Die ihr hier vor euch seht, sind Sklaven in der Gestalt der fünf hohen Götter, die in diesem heiligen Spiel die Mächte des Himmels verkörpern. Zuvorderst steht An, der König der Oberwelt, der die Krone trägt. Ihm folgt sein Sohn Enlil, der Weltenschöpfer und mitleidlose Lenker des Schicksals. Enki ist der nächste, der Lehrer der Künste. Der mit den Flügeln ist Schamasch, der Herrscher der Sonne und Gott des Rechts und der Weissagung, der mit der Säge die Sphären von Licht und Dunkelheit scheidet. Sin, der Mondgott, folgt am Schluß, der Herr der Hörner, der uns die Geräte des Ackerbaus und viele andere wertvolle Dinge brachte.«

Der König faßte die fünf Göttergestalten mit einem langen Blick; dann schritt er gemessen auf sie zu. Atemlos verfolgten alle seinen Weg. Der Herrscher verharrte nur kurz vor der Sichel des Sin, auch nicht länger vor Schamaschs Säge und Enkis Tontafel. Die eiserne Lanze Enlils jedoch, des stärksten der alten Götter, riß er mit mächtigem Schwung an sich, und jubelnd riefen die Assyrer: »Töte, Ninurta! Zerstöre den Damm und erbaue den Wall! Gib uns das Leben!« Dann wandte der König sich um und lenkte die Füße langsam zurück in die Mitte des Saales. Der Jubel verhallte, Kilischu aber erklärte uns flüsternd:

»Ihr seht das Weihespiel des Kriegsgotts Ninurta, nach dem der König seinen Namen trägt. Ninurta war der Sohn Enlils; sein älterer Name ist Nimrud. Der Weltenschöpfer gab ihm, daran soll dieses Spiel erinnern, die eiserne Lanze zu einem Kampf, der jetzt gleich geschildert werden wird. Wenn er gelingt, erinnert der König nicht nur an seinen göttlichen Schirmherrn, sondern beweist zugleich, daß ihm die Himmlischen noch immer gnädig sind.«

Der laute Ton eines Schlagbeckens erklang; wieder öffnete sich die Pforte zur Rechten des Throns, und ein kräftiger, vollständig nackter Krieger trat ein. Er trug einen ehernen Leibgurt und breite Lederbänder um Hals und Handgelenke. An einer langen Kette zerrte er hinter sich ein seltsames Wesen einher, und ich erkannte erst nach einiger Zeit, daß dieses grausige Geschöpf aus drei Männern bestand, die mit Hölzern und Stricken so eng aneinandergefesselt waren, daß sie ihre Arme und Beine nicht einzeln, sondern nur immer zugleich zu bewegen vermochten. Ihrer Hautfarbe und Gestalt nach waren sie Kudmuchi aus den nördlichen Bergen, und die Assyrer hatten sie zusammengeflochten wie ein Bündel Stroh. Der vorderste trug eine blinde, hölzerne Maske vor seinem Gesicht; die Augen der anderen waren mit schwarzen Tüchern umhüllt. Flecken von grüner und brauner Farbe bedeckten ihre entblößten Körper wie Schuppen, und der dritte zog hinter sich als letzten Teil der Verkleidung einen langen Schwanz aus zusammengeflochtenen Tüchern und Lederstücken über den Boden.

Die Zuschauer versanken in gespanntes Schweigen. »Wer sind diese Männer?« fragte ich, doch diesmal gab mir Kilischu keine Antwort. Gebannt starrte er auf den König, und auch Naramsin wandte kein Auge von dem Herrscher, der jetzt auf die seltsame Gruppe zuschritt, den eisernen Speer in der Faust. Der nackte Krieger ließ die Kette zu Boden gleiten und kniete sich demütig auf den Boden. Die Wilden mit den verbundenen Augen, vom Zug der Kette plötzlich befreit und ohne Führer, tasteten überrascht mit den gefesselten Händen in der Luft umher und drehten sich langsam im Kreis wie eine unförmige Raupe. Lautlos umschlich sie Tukulti-Ninurta, bis er gerade vor ihnen stand. Dann holte er mit dem Spieß mächtig aus und stieß die schreckliche Waffe mit solcher Wucht durch die ungeschützte Brust des vordersten Mannes, daß die eiserne Spitze durch alle drei Leiber drang und aus den Schultern des hintersten ragte.

Wie von einem Blitz niedergeschmettert, brüllend vor Schmerzen und Qual, sanken die Gefangenen nieder. Vergeblich suchte der vorderste, den eisernen Schaft der Waffe mit den Händen zu erfassen; die Fesseln erlaubten es nicht, und so bewegten sich die drei Unglücklichen wie ein Skorpion, der sich verzweifelt im Feuer windet, oder wie eine gestürzte Schildkröte, die sich vergeblich wieder aufzurichten versucht. Es war ein schrecklicher Anblick, die Assyrer aber brachen in lauten Jubel und mächtiges Beifallsgeschrei aus. »Töte, Ninurta!« riefen sie wieder und wieder. »Zerstöre den Damm und erbaue den Wall!«

Der König packte den Spieß nun erneut mit beiden Händen und drückte die wehrlosen Opfer gnadenlos auf die steinernen Platten. Immer tiefer bohrte er den Schaft durch die Leiber der schreienden Männer, bis er ihn schließlich hinter dem Nacken des letzten erfassen und ganz durch die Leiber der Opfer hindurchziehen konnte. Röchelnd hauchten die Gemordeten ihr Leben aus; Blut floß aus ihren Leibern wie Wasser aus einer Quelle und färbte den Boden der Halle mit der Farbe des Lebens und Todes. Die Jubelrufe der Zuschauer wollten kein Ende nehmen, und auch Kilischu rief immer wieder: »Töte, Ninurta, töte!« Naramsin aber schwieg, und in seinem Gesicht zeigten sich, wie auch im Antlitz des Diomedes, nur Widerwillen und Abscheu.

Nun löste der König Assyriens einen Beutel von seinem Gürtel. Als er den Inhalt in die Hand schüttete, blitzten wie Augen von Göttern große Smaragde, schwere Rubine und leuchtende Saphire auf. Der König warf die Edelsteine auf die Leichen der Toten, während er sie dreimal umschritt; der Jubel hallte dabei immer gewaltiger auf. Dann packte der nackte Krieger die Kette und schleifte die Geopferten mit allen Juwelen hinaus.

Kilischu atmete tief und wandte sich Diomedes zu: »Was ihr gesehen habt, Achäer«, erklärte er, »war das Spiel vom Sieg des Gottes Ninurta, in dem wir uns der ältesten Zeiten erinnern. Damals waren die Wasser noch unter der Kruste der Erde gefangen, bewacht von dem schrecklichen Drachen Kur; keine Pflanze konnte erblühen, kein Tier Nahrung finden, solange die Flüsse im Erdreich gefesselt lagen. Da tötete Ninurta den Drachen, durchbohrte ihn mit einem einzigen Stoß seiner eisernen Lanze und öffnete dadurch den fruchtbarkeitsbringenden Fluten den Weg. Damit sie jedoch in ihrer Wut nicht sogleich die ganze Erde verheerten, häufte der Gott schnell noch Steine auf den Körper des Drachen, die Wogen so in feste und geordnete Bahnen lenkend. Dieser glorreiche Sieg brachte uns die Gaben der Fruchtbarkeit. Ninurta aber verschaffte er die Liebe der großen Erdmutter, wie ihr sogleich sehen werdet.«

Laut erschallten nun verborgene Hörner, und zum dritten Mal öffnete sich die heilige Tür. Die Freudenschreie wichen wieder einer ehrfürchtigen Stille. Vier starke Männer in Purpurgewändern trugen eine kostbare Sänfte herein, mit Vorhängen aus gold- und silberdurchwirkten Stoffen. Boden und Dach bestanden aus schwarzem Zedernholz, und vier Hörner aus Elfenbein bildeten die vier Pfosten. Aus dieser Trage stieg eine wahrhaftig königliche Gestalt, beträchtlich größer noch als Tukulti-Ninurta; ein Weib, mehr einer Göttin gleich als einem Menschen. Ihre Züge waren starr wie die einer Statue; siebenfach umhüllten schwere Gewänder ihren Körper; ihre Schritte waren langsam und klein, als ob sie mit der größten Vorsicht liefe, und ich entdeckte, daß sie unter ihren Gewändern auf wenigstens kniehohen Stützen einhergehen mußte, um die übermenschliche Größe einer Göttin zu erreichen. Sie streckte dem König die Hände entgegen; der trat lächelnd auf sie zu und erfaßte sie mit seinen blutigen Fingerspitzen. Lange standen sie sich so gegenüber; immer noch herrschte Schweigen im Saal. Unter den Armen des göttergleichen Paares hindurch eilten lachend bildhübsche Mädchen, die Töchter des Königs und der höchsten Würdenträger, mit geflochtenen Körben voller Kräuter, Weintrauben, Apfelzweigen und Ähren, mit Fellen von Schafen, Rinderhörnern und lebenden Vögeln in hölzernen Käfigen. Kilischu erklärte uns flüsternd:

»Die Frau dort ist Belit, die höchste Priesterin Ischtars aus dem Tempel von Ninive. Nur sie allein darf die Göttin Ninhursag in diesem heiligsten Teil des Spiels um Ninurta vertreten. Nach seinem Sieg über den Drachen entbrannte, so künden es die heiligen Legenden, die Mutter der Erde in Liebe zu dem göttlichen Helden und blickte mit dem Auge der Leidenschaft nach ihm. Er antwortete mit dem Auge des Lebens, und aus der Vereinigung der beiden Himmelsbeherrscher entstanden die Pflanzen und Tiere. So hat Ninurta vor undenkbaren Zeiten den Menschen die Fruchtbarkeit beschert, und wir danken ihm dafür besonders am Ende des Erntemonats, beim Fest des sterbenden Jahres, wenn Schober und Scheuern, Ställe und Hürden gefüllt sind mit allen Schätzen des Landes.«

Inzwischen hatte sich die Dunkelheit herabgesenkt; Diener liefen an den Wänden entlang und steckten harzige Fackeln in die bronzenen Ringe, ohne sie aber schon zu entflammen. In dem fensterlosen Saal wurde es schließlich so dunkel, daß man den König vor seinem Thron nur noch schwach und undeutlich zu erkennen vermochte; die Priesterin war wieder in ihrer Sänfte verschwunden. Plötzlich glitt der kostbare Mantel von den breiten Schultern Tukulti-Ninurtas; er trug darunter ein schlichtes, graues Leinengewand. Wenige Herzschläge später bewegte sich etwas im Dunkel vor der geheimnisvollen Tür, als ob sie sich wieder geöffnet hätte; dann traten aus dem Schatten düstere Wesen hervor, deren Anblick uns erschauern ließ.

So abstoßend und häßlich waren diese Gestalten, daß sie dem Alptraum eines Wahnsinnigen entstammt zu sein schienen, der wuchernden Phantasie eines gotteslästerlichen Menschen; ja, ihre Körper schienen vom Weltenschöpfer selbst auf mutwillige und besonders boshafte Weise verformt und zerstückelt zu sein. Manche besaßen den Kopf und die Schwänze von Fischen, schillernd in meergrünen Farben. Anderen sprossen mächtige Hörner aus den Schläfen, und Federn wuchsen aus ihren Schultern. Wieder andere schienen zur Hälfte in Bäume verwandelt und trugen die Arme, von rissiger Borke umgeben, als seien diese zu Ästen geworden, die sich in höchsten Qualen um den Körper schlangen. Die nächsten hatten Gesichter von Fröschen und scheußlichen Kröten. Die Gestalten jedoch, die aus menschlichen Körperteilen bestanden, waren auf eigentümliche Weise entstellt und verwachsen; manche trugen die Ohren in der Mitte ihrer Gesichter, den Mund auf der Stirn und die Augen am Kinn. Wieder andere hatten das Antlitz auf der Brust oder am Unterleib. Schließlich gab es auch welche, die nur aus Knochen zu bestehen schienen und aus schwarzen Augenhöhlen in die Menge der Zuschauer starrten. Die letzten schließlich trugen ihre Häupter, vom Rumpf getrennt, in ihren ausgestreckten Händen. Ich merkte bald, daß sie gleichfalls geschickt verkleidete Sklaven waren. Sie liefen schweigend im Kreis um den König, der reglos in ihrer Mitte stand, bedrängten ihn mit schauerlichen Gesten und reckten drohend die Fäuste gegen ihn. Die Dunkelheit machte die Farben grau, der Glanz erstickte wie unter Staub, und von den Gästen des Festes hörte man keinen Laut. Da hallte die tiefe Stimme des Königs klangvoll durch den weiten Saal, und er sprach die uralte, heilige Formel der Auferstehung, wie jeder sie im Stromland kennt:

»Erlöse mich, meine Schwester! Ich bin nicht mehr ein Mann, der den Anblick des Lichts genießt; ich schlafe in Ängsten; ich verberge mich unter den Feinden. Ich bin nicht fähig, mich selbst zu befreien!«

So rief er dreimal in das lastende Schweigen. Gespannt spähte ich in die Dunkelheit, als dort plötzlich ein Lichtschein aufblitzte. Ich erkannte acht kleine, helle Flammen auf einem silbernen Leuchter, und diesen Leuchter hielt Belit, die Priesterin Ischtars, in ihrer Hand, immer noch unter dem Schleier und den sieben Überwürfen. Nur die erhöhenden Schuhe fehlten nun, so daß sie dem König nur mehr bis zur Schulter reichte und Wissende jetzt in den beiden das heilige Paar der Zeugung erkannten.

Die Priesterin trat neben Tukulti-Ninurta, wandte ihm aber den Rücken zu und sagte dann mit einer hellen Stimme, die, obwohl leise, doch deutlich in jeden Winkel des Thronsaals drang:

»Um den Fernen erhebe ich Klage, und klagend geht mein Herz in die

Steppe. Klagend geht mein Herz an den Ort, an dem mir das Schaf das Lamm gab, und zum Gott dieses Ortes, dem Fernen!«

Beide beschritten danach feierlich einen halben Kreis, bis sie sich Auge in Auge gegenüberstanden. Wieder ertönte die Stimme des Königs; er sprach die überlieferten Worte der Bitte um Erlösung: »Ich bin der Ferne, weitab von allen Blüten und Früchten, den Tieren und Häusern der Menschen. Ich bin der Ferne; niemand ist bei mir. Meine Augen sehen nur Finsternis; nimm mich mit dir, meine Schwester!«

Murmelnde Stimmen begannen sich nun zu erheben, von allen Seiten waren laute Gebete zu hören, und schließlich klangen Zurufe auf. »Gib ihn uns zurück, den Lebensspender, du göttliche Herrin!« forderten die Gäste des heiligen Spiels; andere verlangten: »Befreie uns von den Qualen, Lichtkönigin; Angst peinigt uns und raubt uns den Atem!« Ein kleiner, kahlköpfiger Mann im weißen, wollenen Umhang, geschmückt mit den Zeichen des Priesters, sank in heiligem Wahn zu Boden und schrie mit Schaum vor den Lippen: »Vereinige dich mit dem Fruchtbaren, Himmelsbeherrscherin, damit du uns aus Not und Kälte errettest!« Die schweren Düfte verbrannter Kräuter zogen durch den Saal, und der nach Art der Ägypter mit Nepenthes gewürzte Wein tat ein übriges zu der eifernden Verzückung der Assyrer. Sie riefen voller Inbrunst: »Laß uns nicht sterben!« und stöhnten, auf die Knie fallend: »Befreie uns! Befreie uns!«

Ich staunte sehr darüber, wie flehentlich diese Männer die Götter anriefen, denn ich hatte niemals geglaubt, in diesem Land so fromme Menschen anzutreffen; denn die Assyrer sind doch gemeinhin nur als grimmige, herzlose Krieger bekannt. Die Priesterin vollführte neben dem Königsthron mit den flackernden Lichtern nun die heiligen Zeichen der kettenbrechenden Befreiung, der glücklichen Heimkehr und der empfangenden Liebe, und alle im Saal verstummten. Sehnsüchtig streckte der König die Hände nach den leuchtenden Flammen aus; die fünf alten Götter traten durch die Menge der schrecklichen Spukgestalten und stellten sich rings um das heilige Paar. Noch einmal beschritten der große Tukulti-Ninurta und die zierliche Priesterin Ischtars den Kreis; dann hob Belit lächelnd den Leuchter empor und reichte ihn mit geschlossenen Augen dem Herrscher.

Kein Laut war mehr zu hören; die Gesichter der Assyrer zeigten tiefe Frömmigkeit und höchste Ehrfurcht, unerschütterliches Vertrauen in die Gnade ihrer Götter und die uneingeschränkte Bereitschaft, diesen zu dienen. Langsam nahm Belit, die Herrin von Ninive, den weißen Schleier vom Haupt; darunter trug sie die steinalte Hörnerkrone des Stromlands, in deren Mitte der schreckliche Imdugud thronte, der grausame Vogel der Schlachten. Reich quoll ihr blauschwarzes Haar darunter hervor; es fiel in zahllosen Wellen bis über die Hüften. Die blutroten Lippen der Priesterin, der wilde Schwung ihrer Brauen, die festliche Bemalung der Lider und Wangen auf ihrer dünnen, durchscheinenden Haut verliehen ihr einen dämonischen Reiz. Nacheinander löste sie ihre sieben Gewänder; darunter trug sie die Brüste entblößt, die Spitzen von zwei großen Rubinen bedeckt.

Goldene Nägel zierten ihre Hände, daß sie erschienen wie die Krallen einer Löwin; Perlenschnüre glänzten zwischen den langen, glatten Schenkeln, ein goldener Gurt umschlang ihre flachen Lenden, und hauchfeine Tücher zierten allein ihre Unterarme und ihre schlanken Beine zwischen Füßen und Knien.

Angestrengt spähte ich durch den Saal, um mehr von der göttergleichen Gestalt zu erhaschen, die der Schein des Leuchters der Dunkelheit nur unzureichend entriß. Da verspürte ich plötzlich den Druck langer Fingernägel, die sich schmerzhaft in meinen Arm bohrten. Es war Perisade, die unbemerkt zwischen Kilischu und mich getreten war. »Ist sie denn soviel schöner als ich, daß du sie mit aufgerissenen Augen anstarrst wie ein Tagelöhner den Goldklumpen vor seinen Füßen im Staub?« flüsterte sie. »Hast du mich denn schon vergessen?«

»Aber nein, Perisade«, antwortete ich hastig, »ich sehe dieses Weib ja nicht wegen seines Liebreizes an, der zweifellos beträchtlich ist, sondern allein, weil ich wünsche, die Sitten der Assyrer besser verstehen zu lernen.« »Lügner!« wisperte meine schöne Geliebte und preßte verstohlen meine Hand. Dann ließ sie mich ebenso schnell wieder los und sagte leise: »Aber wenn dich wirklich soviel Wißbegier peinigt, will ich dir dieses Spiel gern erklären. Im ersten Teil hast du den Mythos des göttlichen Helden Ninurta gesehen, wie er den Drachen erschlug und die Wasser zur Erde brachte.«

»Ich weiß«, erwiderte ich, »Kilischu hat uns davon berichtet.«

»Um so besser«, versetzte Perisade. »Nun, im zweiten Teil wird die Geschichte der Göttin Ischtar und ihres Geliebten Tammuz erzählt. Tammuz, der Gott der Fruchtbarkeit, lag in der Unterwelt gefangen, und auf der Erde erstarb alles Leben, so wie es auch jetzt vor dem eisigen Hauch des Winters erlischt. Doch schließlich befreite ihn seine Gefährtin durch die Kraft ihrer Liebe, und im Frühling wird nun neues Glück erblühen. Wir nennen es das Spiel der heiligen Hochzeit; im Herbst feiern wir es, um uns zu trösten und daran zu erinnern, daß bald wieder neue Blumen aus dem kahlen Boden sprießen werden. Im Frühling aber spielt es der König zum Dank an die segnende Göttin von Ninive.«

Nun liefen buntgekleidete Diener die Wände entlang und entflammten die Fackeln, so daß sich der düstere Saal mit Helligkeit füllte. Der König in unserer Mitte ließ den Leuchter achtlos zu Boden gleiten. Mit beiden Händen umfaßte er Schultern und Hüften der fast nackten Priesterin, hob sie wie eine Feder empor und trug sie unter den Augen der betenden Gäste langsam zur Sänfte, wo das göttergleiche Paar hinter den dichten Vorhängen verschwand.

Da ertönte lauter Jubel; viele Assyrer begannen mit kräftiger Stimme die Stärke des Königs zu loben, wohl in der Hoffnung, daß dieser sie hören und später für ihre Schmeicheleien belohnen würde. Neugierig fragte ich Perisade: »Was geschieht denn nun zwischen der Priesterin und dem König hinter den Wänden der Sänfte?«

Die schöne Fürstin sah mich mißtrauisch an und versetzte ärgerlich:

»Willst du mich nur in Verlegenheit bringen oder bist du wirklich so dumm?« Dabei errötete sie; Kilischu trat zu uns und erklärte an ihrer Stelle:

»Zweimal im Jahr verkehrt der König, der das Volk der Assyrer vertritt, auf dem Beilager mit der herrlichen Göttin Ischtar in der Gestalt ihrer obersten Dienerin. Wie Mann und Frau umarmen sie sich beim Akt der heiligen Hochzeit, und früher ist dies vor den Augen aller Gläubigen geschehen. Heute aber nehmen nur noch die Vornehmsten an dieser frommen Festlichkeit teil, und das zeugende und empfangende Paar verbirgt sich hinter den Tüchern der göttlichen Sänfte Ninives.«

»Doch wer genau hinsieht, bemerkt trotzdem, wie fromm der König seine Pflicht verwaltet«, warf der junge Naramsin spöttisch ein, »wahrlich, es ist ja, als ob in der Sänfte ein kräftiger Schmied den Hammer mit Eifer auf den Amboß schlüge!«

»Lästerst du schon wieder die Götter?« fragte Kilischu unmutig, während die schöne Perisade ihren Bruder voller Empörung ansah. »Gib acht, daß dich nicht noch andere hören, die deine schlechten Scherze nicht gewohnt sind! Ein anderer als ich würde dich für solche Frevelworte beim König anklagen.«

»Der wäre doch nur hocherfreut ob solchen Lobs«, entgegnete Naramsin unerschrocken, »zumal die Sitte, sich beim Liebesakt schüchtern hinter dunklen Tüchern zu verstecken, wie wir wohl alle wissen, vor noch gar nicht langer Zeit von einem Herrscher ersonnen wurde, der leider nicht mehr in der Lage war, zum heiligen Gefecht mit strammer Lanze anzutreten.«

Perisade flüchtete vor diesen lästerlichen Worten, die Hände auf beide Ohren gepreßt; Kilischu starrte seinen Gefährten wütend an, und auch auf der Miene des Diomedes zeigte sich Unwillen, der sich noch verstärkte, als ich zu lachen begann. Daher verstummte ich schnell wieder, Kilischu aber gewann die Fassung zurück und erklärte seufzend:

»Wenn du auch gottlos bist, Naramsin, wie der schwarze Rabe, der sich nach der großen Flut von den Leichen der Ertrunkenen nährte, statt zur Arche seines Herrn zurückzukehren, so laß doch wenigstens jene in Frieden, die sich im Herzen Frömmigkeit bewahren und bei diesem Weihespiel die Seelen stärken wollen. Nun, das Fest ist ohnehin zu Ende; die Gäste verlassen den Thronsaal, um sich in den Gärten bei Speisen und Wein zu vergnügen. Wir aber sollen nachher den König in seinen Gemächern aufsuchen; er wünscht mit euch, Diomedes und Aras, zu sprechen.«

Wir verließen die steinerne Halle und warteten, bis ein hoher Diener des Königs erschien; dieser geleitete Kilischu, Perisade, Naramsin, Diomedes und mich aus dem äußeren Palast in den innersten Teil, den nur der Herrscher bewohnt. Die vielen Gänge, Zimmer, Wände und Biegungen verwirrten mich, so daß ich mich fühlte wie im Labyrinth der Minoer; doch endlich gelangten wir in einen kleinen Saal, in dem auf zwei prunkvollen Ruhebetten König Tukulti-Ninurta und Belit, die Priesterin, lagen.

Wie flüssige Perlen tropften die Klänge wohltönenden Saitenspiels in den Raum; die sie erzeugten, kauerten hinter Vorhängen verborgen und waren in Felle von Tieren gekleidet. Zwischen dem Herrscher und seiner geweihten Gefährtin stand auf einem niedrigen Tisch ein Brett mit grausamen Schlachtenbildern; darauf lag in der Mitte ein achtstrahliger Stern, daneben befanden sich ein Fünfeck aus Gold und verschiedene Steine mit seltsamen Kreuzen. Einen davon hielt der König gerade rätselnd zwischen den Fingern; dann setzte er ihn auf das Spielbrett, wandte sich uns zu und musterte uns lange und schweigend. Der Diener, der uns geführt hatte, war verschwunden. Kilischu legte die Arme um Diomedes und mich und erklärte:

»Ruhm und Ehre mögen dich immer begleiten, König; treulich folgte ich deinem Befehl. Dies sind die beiden tapferen Helden, von denen ich dir berichtet habe. Zu meiner Rechten steht der gewaltige Diomedes, der mich im Schwertkampf bezwang, wofür ich mich nicht zu schämen brauche. Er ist König von Argos im Land Achäa und hat schon viele Völker siegreich bekriegt. Der andere ist sein Gefährte Aras; ihm verdanke ich das Leben meiner geliebten Gemahlin.«

Der König schaute uns aufmerksam an, und es war, als ob ich in die Augen eines Löwen sah; sein Blick schien mein Innerstes zu durchdringen, und sein Antlitz zeigte sich dabei so düster und drohend, daß ich Furcht zu verspüren begann. Dann erhob er sich von seinem Lager und trat auf uns zu; er war selbst dem Hünen Kilischu an Größe fast ebenbürtig. Ein einfaches, weißes Gewand umschloß seinen Körper; nur sein geflochtener Gürtel und das geheiligte Stirnband waren aus Gold. Als er vor uns stand, begann er zu sprechen; auf Akkadisch sagte er:

»Das also sind die Männer, denen ich zu verdanken habe, daß du dich endlich meiner Meinung anschließt, Kilischu, und einsiehst, daß wir Babylon erst dann angreifen dürfen, wenn wir die Schwarzen Berge wenigstens für ein paar Jahre befriedet haben. Tretet näher, Achäer; ich muß gestehen, daß ich von eurem Land bisher nur wenig hörte. Aber hält uns die Weltenscheibe nicht stets neue Wunder bereit, je weiter unsere Heere dringen? Manchmal möchte ich glauben, daß wir noch nicht einmal einen Bruchteil von dem enträtselt haben, was unseren Augen fernliegt und sich bisher nur dem hohen Schamasch auf dem Sonnenwagen zeigte. Euer fernes Land jedoch, Fremdlinge, wird wohl bald aus dem Schatten der Unbekanntheit treten, wenn es so furchtlose Krieger hervorbringt, wie ihr nach dem Bericht meines Feldherrn zu sein scheint.«

Wir verneigten uns höflich und voller Freude über diese lobenden Worte; Kilischu gab zur Antwort: »Du weißt sehr gut, mein König, daß ich immer für den schnellen Sturm auf Babylon eintrat und meine Meinung nicht geändert habe. Ein Krieg im Bergland wird uns viele Jahre kosten; wer weiß, ob sich die alte Stadt im Süden unterdessen nicht weit stärker als bisher mit Kriegern wappnet? Jetzt stehen ihre Mauern leer, und die Festung gleicht einer hölzernen Hütte, die schon der erste kraftvolle Stoß des Fußes in morsche Trümmer sinken läßt. Warten aber erst wieder Kämpfer in großer Zahl auf Babylons Zinnen, die kochendes Pech auf uns gießen und uns mit Wolken von Pfeilen bedrängen, dann wird in deinem Heer viel Blut fließen, bevor du siegst. Daß ich dennoch zugestimmt habe, im nächsten Frühling erst gegen die Naïriländer zu ziehen, hat einen ganz anderen Grund. Ich hoffe nämlich, dort den Räuber Pithunna zu finden. Danach sehne ich mich um unserer achäischen Freunde willen, die sein Blut schon seit langer Zeit zu vergießen wünschen.«

»Ich weiß, ich weiß«, versetzte der König und fügte stirnrunzelnd hinzu: »So bedurfte es also eines gefährlichen Ausflugs meiner verehrten Schwester und des Besuchs zweier Fremder, um Assyriens obersten Heerführer endlich dem Willen des Königs gefügig zu machen. Wahrlich, ihr kamt im rechten Augenblick, Achäer! Wer weiß, sonst hätte ich vielleicht noch allein gegen die Schwarzen Berge fahren müssen, während meine Krieger grollend in der Stadt zurückgeblieben wären.«

»Was sagst du da, König?« sagte Kilischu. »Niemals wäre es mir eingefallen, dir den schuldigen Gehorsam zu verweigern; ich folge dir, wohin du gehst, das weißt du! Aber mein Treueid enthält auch die Verpflichtung, dir ehrlich Rat zu geben, auch und besonders dann, wenn mein Denken deinen Plänen widerspricht.«

Wie Gegner standen sich König Tukulti-Ninurta und sein höchster Heerführer nun gegenüber. Diomedes und ich schwiegen voller Spannung, auch von Perisade und Naramsin hörte man keinen Laut; Belit jedoch, die Priesterin Ischtars, lächelte. Da lachte auch der König, und Spott lag in seiner Stimme, als er sagte:

»Immer so ernsthaft, Kilischu! Keinen Scherz durchschaust du, stets unterliegst du der Täuschung. In der Tat, ich kann mir keinen treueren Gefolgsmann wünschen als dich. Nun aber sollen deine neuen Freunde selbst erzählen, was sie von mir begehren.«

Diomedes schilderte zuerst mein Schicksal und dann die Ereignisse seit unserer Abfahrt von Troja und endete mit den Worten:»An alldem wirst du erkennen, König, daß wir uns nicht als Bittsteller oder Schutzlose zu dir geflüchtet haben, sondern deine mutigen Gefährten sein wollen, wenn du uns gestattest, mit dir in die Schwarzen Berge zu ziehen. Wie Kilischu werde auch ich stets deinen Befehlen gehorchen, wenn ich auch selbst ein König und dir daher im Rang ebenbürtig bin. Ich bin noch keinem Feind erlegen und habe sogar mit den Göttern gekämpft. Dir aber will ich treu sein, so wie ich einst vor Troja dem Feldherrn der Griechen, dem mächtigen Agamemnon, die Treue hielt.«

Der König schwieg. Ich fing einen Blick der schönen Priesterin auf, die aber ihre Augen sogleich wieder auf Diomedes richtete, den sie mit kaum verhohlener Bewunderung betrachtete. Dann sprach Tukulti-Ninurta, und seine Stimme war weit weniger freundlich als zuvor:

»Fremdling, du bietest mir an, was ich ohnehin von dir verlange. Wie anders könnte ich das hohe Vermächtnis erfüllen, die Völker im Kreis zu besiegen und endlich die Weltenscheibe für unseren mächtigen Gott zu erobern, als so, daß ich Gewalt über alle anderen besitze und keinen Widerstand hinnehme? Daß muß jedoch nicht nur für meine Feinde gelten, sondern mehr noch für meine Diener. Schenke mir also nichts, was du mir ohnehin schuldest! Dir bleibt wohl keine Wahl, als dich zu unterwerfen; wir sind hier nicht in Argos, wie du deine Stadt wohl nanntest; und die Assyrer hier in der Hauptstadt und im Palast haben vor deinen Waffen bestimmt nicht soviel Angst wie jene Feiglinge in Charran.«

Die Rede des Königs machte mir bange, den Tydeussohn aber reizte sie nur zu einer noch schärferen Antwort. »Ich habe von den Königen Assyriens schon viel gehört«, entgegnete Diomedes kühl, »vornehmlich von den Greueltaten, die sie an wehrlosen Opfern begingen, und von ihrer Grausamkeit. Ich weiß, daß sie Unschuldige foltern, Städte mit ihren Bewohnern verbrennen und ganze Völkerschaften in die Fremde verschleppen. Nur zu, lasse uns Wehrlose niederhauen, König, wenn du dich unter so schrecklichen Vorfahren noch hervortun willst! Denn von diesen ist mir jedenfalls nicht bekannt, daß sie sogar das geheiligte Gastrecht mit Füßen traten.«

Kilischu nahm erschrocken die Hand von der Schulter meines Gefährten, der dem Herrscher gegenüberstand, wie ein kraftvoller Stier ruhig den Angriff des Leittiers erwartet. Ich bewunderte die Gelassenheit des Tydeussohns, während mein Herz rasend zu schlagen begann; mehr noch als alle anderen staunte König Tukulti-Ninurta selbst.

Er trat auf Diomedes zu, so daß sich die Gesichter der beiden Helden fast berührten, und faßte ihn lange ins Auge. Dann sagte der Herr der Assyrer:

»Du bist ein stolzer Mann, Diomedes; sonst liegen Fremde vor mir gewöhnlich demütig mit den Gesichtern im Staub. Es würde mich wohl reizen zu versuchen, ob ich nicht auch deinen Mut zerbrechen könnte. Allein, dem Mächtigen können die Schmeicheleien der Schwachen nur Langeweile bereiten, und wer sich vor dem Thron allzu gefügig duckt, zieht auch in der Schlacht das Haupt am schnellsten hinter den schützenden Schild, statt dem Feind mutig entgegenzustürmen. Darum will ich dir deine Worte verzeihen; fordere mich aber nicht ein zweites Mal heraus!«

Damit wandte er sich um und nahm von einem buntbemalten Tisch an der roten Ziegelwand ein prächtiges, eisernes Schwert. Der Griff dieser kostbaren Waffe war ganz aus Gold geschmiedet und mit Edelsteinen eingefaßt. Dieses herrliche Kunstwerk reichte der König dem Tydeussohn nun und sagte dazu: »Ich nehme dich in meine Dienste, König von Argos; von mir erhältst du die Waffe, die du gegen meine Feinde führen sollst. Hüte sie gut und richte sie nie gegen mich! Das sollst du mir geloben.«

»Das will ich gern tun«, entgegnete Diomedes und ergriff das wertvolle Schwert erfreut mit beiden Händen. Sein herrlicher Ring blitzte auf, und Tukulti-Ninurta sagte erstaunt:

»Was besitzt du da für ein prächtiges Schmuckstück? Wahrlich, noch niemals habe ich etwas ähnliches gesehen. Es ist noch schöner als mein eigener Siegelring!«

Schnell sagte Kilischu, um diese Wendung zum Guten zu nutzen: »Ja, kunstvoll geschmiedet ist dieser Ring, Diomedes. Willst du ihn nicht dem König schenken, zum Dank für die Gunst, die er euch erwies?«

Diomedes blickte lächelnd auf seine Rechte; noch immer hielt er das Schwert des Assyrers umfaßt. Dann antwortete er: »Kein Herrscher wird mir dieses Schmuckstück abverlangen, wenn er erst seine Bedeutung kennt. Denn das ist der Ring meines Vaters Tydeus, den mir seine Mörder einst übersandten, um mich stets an ihre Macht zu erinnern. Sie wußten nicht, daß sie mich damit nur noch stärker an die Pflicht der Rache gemahnten, und wirklich habe ich sie später auch mit Hilfe der Götter vernichtet. Darum ist mir dieser Ring heilig; nur einem toten Diomedes wird man ihn vom Finger streifen!«

Tukulti-Ninurta hob erstaunt die Brauen; Kilischu schwieg voller Unbehagen, und auch mich beschlich wieder ein Gefühl der Spannung, das Perisade und Naramsin zu teilen schienen. Da brach Belit, die Priesterin Ischtars, die lastende Stille. Lächelnd trat sie auf Diomedes zu und erfaßte seine mächtige Hand. Dann sagte sie zu Tukulti-Ninurta:

»Sieh diese Hand, mächtiger König! Wie viele solcher Hände dienen dir schon? Nicht nur der eigene Schmuck erhöht einen Fürsten, sondern mehr noch der seiner Gefährten, denn ihre Pracht ist sein Reichtum und ihre Stärke seine Macht.«

Diomedes sagte daraufhin: »Der König Assyriens gab mir eine Waffe mit der Bedingung, sie niemals gegen ihn zu erheben. Ich will dir, Herrscher, etwas schenken, was dich noch besser als ein Eid vor solchem Unbill schützt.«

Mit diesen Worten löste er die ledernen Riemen seiner herrlichen goldenen Rüstung, die er einst vor Troja von dem tapferen Lykier Glaukos eingetauscht hatte, obwohl sie damals auf einander feindlichen Seiten gekämpft hatten, und reichte sie dem Herrscher. Der schwarzbärtige König schaute voller Bewunderung auf diese herrliche Gabe, die eines Gottes würdig gewesen wäre, und sagte erfreut:

»Wenn ich den Worten Kilischus nicht Glauben geschenkt hätte, wüßte ich spätestens jetzt, daß ich einem Mann von edler Gesinnung gegenüberstehe. Darum nehme ich dein Geschenk an und werde es dir zu Ehren in der nächsten Schlacht tragen. Ihr aber sollt bleiben und mit uns speisen. Eines muß ich dir allerdings noch erklären, Diomedes, damit du besser verstehst, was du vorhin als Grausamkeit bezeichnet hast. Ja, es ist wahr, daß wir unsere Feinde in ihrem eigenen Blut ersäufen, ihre Frauen und Kinder verschleppen und ihre Städte verbrennen. Aber wie könnte ein Gärtner die blühenden Beete anders bewahren, als daß er das Unkraut darin ständig tilgte? Ein Volk, das wir nach einem Sieg verschonen, hat sich stets schon nach wenigen Jahren von neuem gegen uns gewandt. Wenn wir den Gegner jedoch mit eiserner Sohle zerstampfen, so daß in seinem Land sich nicht einmal ein Halm mehr regte, dann erreichten wir endlich den Frieden, den wir uns wünschten.«

Ein Blick des jungen Naramsin traf mich, und ich sah ihm an, wie er darüber dachte; aber er schwieg. Kilischu rief jedoch begeistert: »So ist es, und schon im nächsten Frühjahr sollst du es selber sehen, Diomedes. Sobald der Schnee geschmolzen ist, wollen wir den Feldzug beginnen, damit ich meine

Dankesschuld an euch abtragen kann. Ich werde nicht eher ruhen, bis die Rache an den räuberischen Kaschkäern und ihrem Fürsten Pithunna vollendet ist!« So sprach er, und sein König nickte lächelnd.

Aber bis ich meinem Todfeind Pithunna zum zweiten Mal gegenüberstand, sollten dennoch mehr als sechs Jahre vergehen.

3 Es geschah sehr viel in dieser Zeit, und manches wäre besser niemals geschehen. Aber alles war vom Himmel gewollt, auch wenn ich das erst viel später erkannte. Denn dem Menschen erscheinen die Wege des Schicksals oft wie ein verschlungener Pfad, von dem sie nicht Richtung und Ziel, ja nicht einmal Anfang und Ende herausfinden können, und den zu beschreiten sich ihr Verstand oftmals sträubt, während die Frömmigkeit sie dazu antreibt.

Wir lernten die Sprache der Assyrer, damit wir uns auch mit den einfachen Kriegern verständigen konnten, die des Akkadischen nicht mächtig waren, und übten uns auch mit ihren Waffen, dem Sichelschwert, dem Kriegsbeil und der geschnitzten Keule. Auch die Streitwagen dieses Volkes lernte ich lenken, die um vieles größer und schwerer sind als die der Ägypter oder Achäer. Denn während bei jenen immer nur zwei Männer auf der rollenden Achse stehen, der Zügelhalter und der Speerkämpfer oder Bogenschütze, sind es im Zweistromland stets vier Krieger, nämlich noch zwei Schildträger dazu, die ihre Herren im Hagel der Pfeile beschirmen. Darum sind die assyrischen Streitwagen auch kaum aufzuhalten, denn es gehören sehr viel Mut und Treffsicherheit dazu, so stark gedeckte Krieger oder ihre mit mächtigen kupfernen Platten gepanzerten Pferde ernsthaft zu verwunden.

Ich trat auch zu einem Wettrennen gegen Naramsin an, und unsere Pferde aus Ugarit liefen mit den Rossen meines Gegners lange Zeit Seite an Seite, fast um die ganze Stadtmauer Assurs. Zuletzt aber fiel ich zurück, und Naramsin verriet mir hinterher lächelnd, daß seine Zugtiere wie fast alle Schlachtenrosse der Assyrer aus den berühmten Gestüten von Urartu stammten, in denen schon seit den ältesten Zeiten die schnellsten und stärksten Hengste der Welt gezüchtet werden. Aber auch aus dem östlichen Zagrosgebirge kommen sehr kräftige, unerschrockene Tiere, wie überhaupt die Pferde aus den Ländern, in denen rauhe Winter herrschen und es auch im Sommer nicht zu heiß wird, mutiger und ausdauernder sind als Hengste und Stuten, die das Wohlleben in der fruchtbaren Ebene verwöhnte. Am kostbarsten sind die weißen Rosse, die man bei festlichen Umzügen im Stromland vor die Prunkgefährte spannt. Diese Tiere werden nur an einem einzigen Platz in der Welt, in Charsamna im Land der Hethiter, gezüchtet.

Wenn wir die weiten Feldzüge unternahmen, die stets mit den ersten Strahlen der Frühlingssonne begannen und erst im Wirbel der weißen Flocken auf der gefrorenen Erde endeten, mußte ich Perisade viele Monde lang entbehren. Kehrte ich aber dann wieder zurück, genoß ich in ihren Armen den Zauber der Liebe, und alles war wie zuvor. Meine schöne Geliebte wischte mir die Erinnerung an blutige Schlachten und grausames Morden mit zärtlichen Händen aus den Gedanken und gab meiner Seele Wärme und Trost. Im Sommer, wenn das weite Land ergrünt war und die Bauern weithin die fruchtbaren Äcker bestellten, dann fror mein Herz in der Einsamkeit des Heerlagers wie ein Fisch im Wasser des eisbedeckten Teichs. Im Winter aber, wenn die Dämonen des Frosts heulend über die Schneefelder rasten, dann erblühte von neuem die Liebe für uns, und wir vergaßen alle Gefahren, von denen es so viele gab.

Am Anfang des ersten Jahres schenkte mir Perisade ein kleines, gebogenes Horn aus Silber, dem schwindenden Monde gleich. Es war das heilige Zeichen ihres Gottes, den sie mit reichen Opfern bat, mich immer schützend zu geleiten. »Nun mußt du bald von mir gehen«, sagte sie traurig. »Wer weiß, ob ich dich wiedersehen werde. Schrecklich ist der Krieg in den Schwarzen Bergen, die tapfersten Männer verschlingt er. In jedem Herbst brennen die Leichenfeuer vor unserer Stadt, und viele Frauen verhüllen die Häupter. Wann werde ich um dich weinen? Wann wird der Bote deines Todes mir den Zypressenzweig bringen? Ach, Aras, daß es so wenig Hoffnung für uns gibt, und keine Zukunft ohne Furcht und Angst auf uns wartet!«

Das Herz wurde mir schwer, als ich sie so sprechen hörte, und ich vermochte sie nicht zu trösten, auch dann nicht, als ich sie zärtlich in die Arme nahm. Denn das Verhängnis umlauerte uns stets wie eine mordlustige Schlange und überschattete unser verbotenes Glück wie ein drohend überhängender Felsen. Nur mit größter Vorsicht durften wir es wagen, uns zu wenigen kurzen Stunden der Zweisamkeit zusammenzufinden, und das konnte nur an einsamen Stätten geschehen. Aphrodite selbst, in ihrer assyrischen Gestalt der Ischtar, mußte, so glaubte ich damals, ihre göttliche Hand schirmend über uns gehalten haben, daß niemand durchschaute, was wir verbargen.

Nur Naramsin überraschte uns einmal in einem Gehölz, als er zwei Wegstunden nördlich der Stadt am Ufer des Idiglat Fasanen jagte. Verwundert fragte er uns nach dem Grund unseres Ausflugs. Ich suchte verlegen nach einer unverfänglichen Antwort, denn ich wußte nicht, ob wir ihm Vertrauen schenken durften. Da sprach Perisade zu ihrem Bruder:

»Nur wenn du mir schwörst zu schweigen, Naramsin, will ich dir verraten, daß uns ein Gelübde an die Gottheit des Stroms verpflichtet, ihm alljährlich ein Opfer zu bringen, an einem Ort, an dem wir ebenso einsam und schutzlos sind wie damals, als er uns rettete. Das soll ein Zeichen des Dankes sein und des Vertrauens zu dem segenbringenden Fluß. Erführe Kilischu davon, würde er uns wohl kaum gestatten, daß wir uns von neuem den Gefahren der Wildnis aussetzten, und dann könnten wir unser Gelöbnis nicht mehr erfüllen. Darum vergiß, daß du uns hier gesehen hast, wenn du nicht Götterzorn auf unser Haupt herabbeschwören willst.«

Naramsin nickte schweigend und lenkte seinen Wagen davon, aber ich sah in seinen Augen, daß er seiner Schwester nicht glaubte. Das hatte auch

Perisade gemerkt, und sie sagte: »Er wird uns zwar niemals mit Absicht verraten, aber er besitzt eine vorlaute Zunge, und die bereitet mir Sorge. Du weißt ja selbst, Aras, wie weit er sich manchmal aus reinem Übermut mit Worten wagt. Es wird wohl besser sein, wenn er in nächster Zeit mit Kilischu nicht allzuoft zusammentrifft, bis er nicht mehr an unsere unverhoffte Begegnung denkt.«

»Wie willst du das erreichen?« fragte ich. »Die beiden fahren doch fast jeden Tag gemeinsam zu den Waffenübungen.«

»Ich weiß schon einen Weg«, antwortete die schöne Fürstin. »Kilischu selbst hat mir vor kurzer Zeit erzählt, daß sich der Fürst von Karind aus dem Land von Elam sehr der Gunst des Königs zu versichern wünscht und ihm daher seine Tochter zur Ehe anbot. Nun besitzt Tukulti-Ninurta in seinem Palast zwar schon mehr als achthundert Frauen, aber er nahm den Vorschlag gern an; nicht um seine Fleischeslust zu befriedigen, sondern um sich einen weiteren Bundesgenossen für den Kampf gegen Babylon zu sichern. Daher plant der König die fremde Fürstentochter mit den größten Ehren aufzunehmen und ihr sogar einen der Edlen des Reichs nach Karind entgegenzuschicken, der dort als sein Werber auftreten soll. Wer das sein wird, ist noch nicht entschieden; wäre mein Bruder dafür nicht besonders gut geeignet? An Mundfertigkeit fehlt es ihm nicht, und die Elamiter sind überdies Barbaren, die seinen versteckten Spott, der ihm noch einmal sehr gefährlich werden wird, nicht verstehen dürften. Ich will Kilischu bitten, Naramsin für dieses Ehrenamt beim König vorzuschlagen; die Reise wird wohl mindestens vier Wochen dauern, und danach denkt mein Bruder gewiß nicht mehr daran, wen er heute am Ufer des Idiglat so überraschend traf.«

Das schien mir ein guter Einfall zu sein; noch am selben Tag ging Perisade zu Kilischu, und schon am nächsten Morgen fuhr Naramsin, erfreut über die unverhoffte Ehre, mit prächtigem Gefolge südwärts. Perisade aber bat im Tempel des Gottes Sin um Schutz für ihren Bruder, nicht wissend, daß sie ihn durch ihre List selbst in die gefährlichsten Abenteuer verstrickte.

Das Mädchen, das Naramsin seinem König zuführen sollte, hieß Scherua; sie schritt erst in ihr dreizehntes Lebensjahr, bot aber bereits einen äußerst entzückenden Anblick, weil bei ihr die knospende Blüte der jungen Frau noch mit dem zarten Reiz eines Kindes verschmolz. Hochgewachsen und goldhaarig wie alle edlen Mädchen von Elam, konnte sie das Herz eines jeden Mannes erquicken. Erst später erfuhr ich, daß Naramsin dieser Verlockung nicht widerstand. Der Mitanni verliebte sich sogleich in die Fürstentochter, die in der Farbe ihrer blauen Augen und ihrer hellen Haut seinen toten Ahnen glich. Nur kurz kämpften Pflicht und Liebe in seiner Brust; dann besiegte das Gefühl den Verstand, und schon drei Tage nach ihrem Aufbruch aus Karind verführte er das Mädchen an den Ufern der reißenden Dyala. Als ich viele Monde später davon erfuhr, war ich über soviel Torheit sehr erbost, bis ich erkannte, welche Ähnlichkeit Naramsins frevlerisch erworbenes Glück mit meiner eigenen Liebe besaß.

Der junge Mitanni wußte, wie nahe er dem Henker stand. Denn die Sitten Assyriens sind streng, und für den, der buhlerisch in die Rechte des Königs dringt, gibt es keine Gnade. So viele Weiber der Herrscher Assurs auch besitzt, er läßt sie alle voll Argwohn bewachen, denn seine Frauen sind ein Teil seiner Würde. Darum wohnen die königlichen Gemahlinnen stets in einem verschlossenen Teil des Palastes, beaufsichtigt von ergebenen Männern, denen man schon in frühester Jugend die Geschlechtslust nahm, indem man sie verschnitt. Als Feldherr war Kilischu der erste Gefolgsmann des Herrschers; der zweithöchste war Tukulti-Ninurtas oberster Berater in friedlichen Dingen. An dritter Stelle aber folgte bereits der Verwalter des Königspalastes, den man den Schamuchi nannte und der die Verantwortung für die Ehre des Hofes trug. Nicht einmal einer der entmannten Diener durfte sich allein in die Gemächer des Frauenhauses wagen. Wenn er einer Königsgefährtin begegnete, mußte er sieben Schritte vor ihr stehenbleiben. Wurde er von einem der Mädchen gerufen und sah, daß dieses nicht vollständig bekleidet war oder gar den Lendenschurz nicht trug, so durfte er es nicht ansprechen, und ebenso durfte er nicht Zeuge eines Streits oder von Schimpfworten unter den Frauen werden, wenn er nicht mit hundert Stockhieben dafür büßen wollte.

Die höchste unter den Haremsfrauen war stets die Mutter des Königs; dieser gebührte auch nach den Söhnen und Brüdern des Herrschers der vierthöchste Rang, noch vor den Königinnen, von denen es häufig mehrere gab. Tukulti-Ninurta hatte nur zwei zu seinen Gattinnen erhoben; ihnen folgten neunzehn tiefer gestellte Gemahlinnen, danach seine anderen Frauen und schließlich die Gefährtinnen, die allein seiner Sinnenlust dienten. Viele von ihnen besucht der assyrische König nur einmal im Jahr; manche verbringen sogar ihr ganzes Leben im Frauenhaus, ohne dem Herrscher auch nur ein einziges Mal beiwohnen zu dürfen. Tukulti-Ninurta wählte seine Beischläferinnen überdies niemals nach eigenem Augenschein aus, weil er dazu täglich viele Stunden benötigt hätte, sondern nach kunstvollen, farbigen Bildern, auf denen der alte Samuas, sein babylonischer Hofmaler, die nackten Körper aller Frauen des Hauses nach ihrer wahren Beschaffenheit dargestellt hatte.

Eifersucht wogte in Naramsins Brust, wenn er daran dachte, daß seine reizvolle Geliebte, die er dem König gestohlen hatte, bald auch Tukulti-Ninurta zu Willen sein mußte. Denn Scheruas Schönheit war so groß, daß der König sie gewiß gleich am ersten Abend an sein Lager bestellt hätte. Tukulti-Ninurta, im langen Winter dem Müßiggang ergeben, war schon so neugierig, daß er den alten Maler seiner Braut entgegenschickte, damit Samuas so schnell wie möglich ein Bild von der elamitischen Prinzessin vorweisen könne. Der König wollte bei aller Ungeduld nicht seine alten Gebräuche vergessen, weil das in der Schar seiner Frauen Zwietracht und Neid hervorrufen konnte.

Der kunstreiche Samuas begegnete Naramsin und Scherua in der kleinen Stadt Tikrit. Da faßte Perisades Bruder einen verwegenen Plan. Er gab dem Maler eine große Menge Gold aus dem Brautschatz der Fürstentochter und sagte: »Das ist alles für dich, mein Freund, wenn du mir versprichst, Scheruas Abbild so zu verfälschen, daß sie dem Betrachter als das häßlichste aller Mädchen erscheint. Denn ich wünsche nicht, daß der König sie beschläft. Wenn dein Werk so gut gelingt, wie ich hoffe, wird es Tukulti-Ninurta niemals nach ihr gelüsten. Keiner wird je die Wahrheit erfahren, denn die Prinzessin trägt ja stets einen Schleier. Ihr Bild wiederum darf, wie du selbst am besten weißt, außer dir nur der König selbst sehen, so daß auch der Palastverwalter den Betrug nicht entdecken kann. Handle also, wie ich es dir befohlen habe; tust du nicht, was ich verlange, so schlage ich dir auf der Stelle den Kopf ab. Ob ich nun wegen meines Treuebruchs vom König hingerichtet werde oder noch wegen Mordes dazu, kann mir gleichgültig sein.«

Aber die letzte Bemerkung wäre nicht nötig gewesen, denn die Geldgier des Malers hatte seine Furcht bereits verdrängt. Zurück in der Hauptstadt, trat Samuas zu Tukulti-Ninurta, während die junge Prinzessin tiefverschleiert vor dem Throne stand, und reichte dem erschrockenen Herrscher ein so abstoßendes Bild, daß Tukulti-Ninurta schweratmend sagte:

»Es ist eine hohe Ehre für mich, liebreizende Scherua, daß dein hoher Vater, der tapfere Fürst von Karind, dich mir als Gemahlin anvertraute. Sende ihm sogleich die Botschaft, daß deine Reise glücklich ihr Ende fand, und daß du einen Gemahl angetroffen hast, der dich nicht rücksichtslos und ohne jedes Gefühl sogleich mit plumpen Händen antasten wird, sondern zärtlich und verständnisvoll genug ist, dich erst dann mit Wonne zu umarmen, wenn auch in dein Herz die Liebe eingezogen ist.«

So wohnte die schöne Scherua lange Zeit vom König unbehelligt im Palast, und heimlich wurde sie dort immer wieder zur Nachtzeit von dem tollkühnen Naramsin besucht, der im Schutz der Dunkelheit gebückt durch die streng bewachten Gärten schlich und todesmutig die hohen, steinernen Mauern erklomm. Hätte ihn das Auge eines Wächters erspäht, wäre der junge Mitanni am nächsten Tag grausam zu Tode gefoltert worden, und weder sein königliches Blut noch die Fürsprache Kilischus hätten ihn retten können. Denn es gibt keine strengeren Gesetze als die der Assyrer; sie vergelten den Übeltätern stets gleiches mit gleichem. Hat ein Mann einem anderen das Auge ausgeschlagen, so muß er auch sein eigenes hergeben; hat er dem Gegner ein Bein gebrochen, so knicken die Henker auch ihm den Schenkel, und ausgenommen von dieser Vergeltung ist nur, wer lediglich einen Sklaven verletzte; in diesem Fall genügt es, wenn der Täter eine bestimmte Menge Silber als Strafe bezahlt.

Schon für geringe Vergehen lassen die Richter Assyriens den Verurteilten ohne Erbarmen Nase und Ohren, Finger und manchmal sogar den Weibern die Brüste abschneiden. Auf Mord und Raub, Diebstahl und Hehlerei, Verleumdung und falsches Zeugnis aber steht der Tod. Auch die Tötung eines ungeborenen Kindes gilt als Mord, denn die Assyrer hegen ihre Nachkommenschaft mit der größten Sorgfalt, wie es sich ja auch für ein Volk empfiehlt, das sich auf allen Seiten mit so vielen Feinden umgeben hat. Daher muß bei ihnen ein Mann, der bei einer Frau durch allzu heftige Schläge oder

Tritte eine Fehlgeburt hervorruft, mit seinem Leben dafür bezahlen, auch wenn die Schwangere nur eine Sklavin oder Dirne war. Treibt sich eine Frau selbst die Leibesfrucht ab, so pfählt man sie, und ihrem Leichnam wird das Begräbnis verweigert.

Nicht bestattet zu werden, ist für Assyrer die schwerste Strafe. Denn sie glauben, daß Sterbliche im Totenreich ein elendes Los erwartet, daß sie dort nur schmutziges Wasser trinken dürfen und sich von Staub ernähren müssen, ganz gleich, wieviele Sünden sie im Leben begangen haben. Nur ein reiches Begräbnis kann ihnen Erleichterung bringen. Darum bestatten die Menschen im Zweistromland ihre Toten zwar nur in einfachen Särgen aus Ton oder in schlichten Schilfmatten, aber sie geben ihnen viele Krüge mit Wasser und Wein in die Gräber und reichlich Speisen dazu. Die jedoch, denen dieser letzte Dienst verweigert wird, wandeln sich nach dem Glauben der Assyrer und Babylonier und auch der anderen Völkerschaften an Purattu und Idiglat nach einiger Zeit zu schrecklichen Dämonen, die unstet über die Erde schweifen, sich an allen Menschen rächen und Unglück auf Unglück hervorrufen. Diese Geister können jedes Aussehen annehmen, in jeden Körper eindringen und sich überall unsichtbar bewegen; am meisten lieben sie Wüsten, dunkle, öde Orte, Ruinen und Friedhöfe. Aber es gibt noch andere Dämonen, die das Erbe der alten Ungeheuer des Abgrunds in sich tragen und aus der Rinde der Erde stammen; und schließlich gibt es noch die Dämonen der Krankheit. Zwar glauben die Menschen im Zweistromland nicht, diesen schrecklichen Geistern vollkommen hilflos ausgeliefert zu sein. Denn sie meinen, daß in ihren Körpern ein Schutzgott wohnt. Wer aber eine Sünde begeht, den soll dieser Wächter zornig verlassen, worauf sein Leib den Dämonen wehrlos zum Opfer fällt. Ich glaubte das aber damals schon nicht, denn nicht alle Kranke, die ich sah, können so schwere Schuld auf sich geladen haben; andererseits kannte ich auch unverbesserliche Sünder, die sich der schönsten Gesundheit erfreuten.

Die Völker des Zweistromlands, und unter diesen besonders die Assyrer, sind so abergläubisch, daß sie beständig in Furcht vor Geistern und Schattenwesen leben und diese schon dann in ihrem Haus vermuten, wenn sie nur ein nächtliches Poltern hören oder unvermutet einen Luftzug spüren. Ja, sie meinen sogar, daß es bestimmte Tage des Glücks und des Unglücks gebe, die man mit Hilfe der Gestirne vorhersagen könne. Auf allen Tempeltürmen, deren höchster die berühmte Zikkurat von Babylon ist, stehen kunstvolle Beobachtungsgeräte, mit denen die Priester Nacht für Nacht in den Himmel schauen und den Willen der Götter zu erraten versuchen. Aber nur die Geweihten wissen, welchen Gesetzen der Lauf von Sonne, Mond und Wandersternen unterliegt. Die niederen Priester dagegen halten jeden Sternenblitz für ein göttliches Zeichen; dennoch befolgen ihre Gläubigen jeden Befehl eines heiligen Mannes so unterwürfig, als wären sie seine Sklaven.

Denn Priester besitzen im Zweistromland große Macht. In Assyrien sind die Diener des Kriegsgotts Assur, nach dem sich das Volk seinen Namen gab, die reichsten an Einfluß und Besitz. Sie verehren ihren zerstampfenden

Himmelsbeherrscher so innig, daß sie sogar die heiligen Legenden vom Kampf mit Tiamat verfälschten und behaupteten, der Gott, der dieses Ungeheuer besiegte, sei nicht der babylonische Marduk, sondern ihr Herr Assur gewesen, obwohl doch die Schrifttafeln in den ältesten Tempeln Babylons das Gegenteil künden.

Tiamat hieß jene Göttin der Urzeit, die nach dem Glauben der Zweistromleute einst die Welt und auch alle anderen Götter gebar. Dann aber wollte sie diese der Reihe nach wieder vernichten, und keiner der Himmlischen wußte ein Mittel, dem schrecklichen Wesen zu widerstehen. Nur der mächtige Marduk wagte den Kampf. Auf dem Wagen des Sturms hinter vier Rössern mit Namen »Zerstörend«, »Schonungslos«, »Niederwerfend« und »Verjagend« fuhr er gegen die grausame Göttin und ihre Schreckensgeschöpfe und spaltete schließlich Tiamats Herz mit einem Pfeil. So berichten es die Priester Babylons; über den Gott Assur aber lachen sie und spotten: »Ein feiner Gott muß das sein, der einem Mächtigeren die Verdienste stehlen will!« Darum hassen die Diener Assurs den Gott Marduk und seine Priester, und dieser Umstand brachte Tukulti-Ninurta Jahre später noch sehr in Bedrängnis.

Von meinen Gefährten gibt es aus dieser Zeit des Wartens nur wenig zu berichten. Diomedes fuhr nach Ninive, um dort den Tempel Ischtar-Aphrodites zu besuchen und ihr zu opfern; er blieb viele Tage fort, und als er zurückkehrte, war er zwar schweigsam, aber gelöster und friedvoller als zuvor; er erklärte mir:

»Seit unser Feldzug nach Troja begann, lag ich mit der Liebesgöttin in Fehde, und wie du weißt, habe ich ihr auf dem Schlachtfeld sogar mit dem Speer die ambrosische Haut an der Handwurzel verletzt, so daß ihr unsterbliches Blut hell auf den Rasen sprang und sie weinend vor mir floh. Wie grausam sie sich später für ihre Niederlage rächte, indem sie die Liebe meiner königlichen Gemahlin von mir abwendete und sie einem Buhlen zuführte, der mich bei meiner Heimkehr nach Argos tückisch ermorden wollte, hast du sicher noch nicht vergessen. Belit, die Priesterin, hörte von mir die Geschichte meines Streits mit der Göttin und erbot sich, ihn beizulegen oder es wenigstens zu versuchen. Ich stimmte zu, denn ich begehre nicht ewigen Hader mit einer Unsterblichen. Die Göttin hat mein Opfer dank der Hilfe Belits gnädig angenommen, und vielleicht ist damit nun endlich die alte Zwietracht begraben.«

Ich freute mich über diese Nachricht, denn ich selbst glaubte mich ja in meiner Liebe zu Perisade der Gnade Aprodites ausgeliefert und hoffte, die Göttin würde uns nun umso lieber behüten. Diomedes reiste danach immer wieder einmal nach Ninive und blieb manchmal für längere Zeit fort, so daß ich zu glauben begann, daß ihn nicht nur seine Frömmigkeit zu Ischtars Tempel zog, sondern auch der Liebreiz der Priesterin Belit.

Kurz darauf erschlug Polkos einen Assyrer im Streit um die Würfel und wurde sogleich in den Kerker geworfen. Nur weil sein Opfer kein Bürger, sondern ein rechtloser Sklave war, durfte der Hüne sein Leben behalten.

Diomedes kaufte ihn mit einer großen Menge Silber frei und tadelte ihn dann mit harten Worten: »Du bist ein rechter Schlagetot, Polkos! Schon in Kreta und Ägypten hätte dich das fast den Kopf gekostet, und du hast nichts daraus gelernt! Wahrlich, ich hätte gute Lust, dich in den Verliesen des Königs bei Ratten und Spinnen verschimmeln zu lassen, und keiner der Gefährten könnte mir wohl einen solchen Entschluß verübeln. Aber weil dein Opfer zuvor ein Messer gegen dich schwang und du daher in Notwehr handeltest, habe ich dich nun doch wieder gerettet. Halte dich aber in Zukunft zurück; ein weiteres Mal wird sich meine Güte nicht mehr von dir mißbrauchen lassen! Um in der wilden Prügelschlacht den Gegner zu besiegen, bedarf es nur eines kundigen Fausthiebs, der den Feind in das Land der Träume versetzt; man muß seinem Widerpart doch nicht immer gleich den Schädel an steinerner Mauer zerschmettern!«

Der Hüne gelobte unter Tränen Besserung. Diomedes aber, der in Zeiten der Ruhe stets mit besonderer Strenge auf die Ordnung unter den Gefährten achtete, schickte ihn dennoch für drei Wintermonde in das bewachte Arbeitshaus, wo Polkos schwere Kisten und Steine schleppen mußte, um seine Schulden abzutragen, die ihm durch die Strafe entstanden waren. Der Hüne empfand das jedoch nur als gerecht; er wurde erst ungehalten, als er endlich als freier Mann zurückgekehrt war und Stigos ihm bei einem fröhlichen Willkommenstrunk eifrig vorrechnete, wieviele Fronjahre Polkos noch ableisten müsse, um auch seine Spielschulden zu begleichen. Denn der Troßverwalter ermittelte für die Menge von zwei Wagenladungen Gold, die Polkos den tönernen Tafeln zufolge verloren hatte, eine Arbeitszeit von mehr als achthundert Sommern und Wintern.

Kurz darauf erkrankte der kleine Troßverwalter, sein Körper magerte zusehends ab, seine Haut wurde blaß, seine Augen glänzten fiebrig und er vermochte keine Nahrung mehr bei sich zu behalten. Die assyrischen Ärzte, die wir ihm fürsorglich schickten, wies er jedoch eigensinnig zurück, denn er fürchtete sich vor ihren Zauberkünsten noch mehr als vor den Krankheitsdämonen und schrie zuletzt im Wahn immer wieder nach Eurymachos, dem einäugigen Arzt, dessen Schicksal im Überfall der räuberischen Kaschkäer uns allen noch in trauriger Erinnerung war. Dann wurde Stigos plötzlich zu einem Kind, weinte und berichtete in verstümmelten, kaum verständlichen Worten von seiner glücklichen Jugend in Myloi am Strand des argolischen Meeres, so daß wir erkannten, wie sehr er sich nach seiner Heimat sehnte.

Schließlich holten wir den längsten und dürrsten Arzt, den wir in Assur finden konnten, versteckten sein linkes Auge hinter einer schwarzen Binde und führten ihn als Eurymachos zu dem Kranken, während ich hinter dem Rücken des Assyrers die Stimme unseres verlorenen Gefährten nachahmte. So gelang es schließlich, Stigos verschiedene Kräutertränke und viel heißen Wein einzuflößen, worauf er endlich wieder genas. Als er wieder bei Sinnen war, erklärte er staunend:

»Ein Wunder ist geschehen! Die Götter selbst haben mich gerettet, Gefährten, weil ich ihnen gelobte, allen Gewinn aus dem frevlerischen Glücksspiel zu vergessen und meine sämtlichen Schuldner sogleich von ihrer Zahlungspflicht zu entbinden, die Lebenden und auch die Toten. Daraufhin stieg nämlich unser armer Freund Eurymachos, der ja, wie ihr wißt, am Berge Singar von uns ging, aus der Unterwelt empor, trat an mein Lager und heilte mich zum Dank mit seiner kundigen Hand. Wie froh bin ich, daß ich den Ärzten der Assyrer nicht vertraute, denen ihr mich ausliefern wolltet! Dann hätten mir die achäischen Götter gewiß gezürnt und nicht den Eurymachos als Lebensretter zu mir geschickt, sondern mich als Toten zu ihm hinunter in die Unterwelt.«

Zakrops, der beim Würfelspiel noch mehr als Polkos an den Troßverwalter verloren hatte, meinte daraufhin:»Ein weiser Entschluß, Freund Stigos, auf den Lohn des sündigen Würfelspiels zu verzichten! Wahrlich, wir müssen deine Frömmigkeit loben!«

Auch die anderen freuten sich sehr, daß unser gutes Werk, dem kleinen Mann mit List zu helfen, nun auch ihnen Früchte trug. Denn wenn die auf vielen tönernen Tafeln aufgezeichneten Summen auch ohnehin niemals bezahlt werden konnten, war es den Gefährten auf diese Weise doch wieder einmal gelungen, den Schein zu wahren.

Bereits im ersten Herbst verliebte sich Polymerios in ein stämmiges Bauernmädchen aus einem Dorf nahe der Hauptstadt; es hatte auf dem Markt saftige Äpfel, gelbes Korn und schmackhaftes Fladenbrot, Kürbisse und Pelzfrüchte feilgeboten, worauf unser tüchtiger Spießjäger sein gesamtes Kupfer opferte, nur um dem Mädchen alles abzukaufen. Schließlich verriet ihm die junge Assyrerin mit einem schüchternen Lächeln ihren Namen, gerade bevor ihr mißtrauischer Vater herbeieilte und die Unterredung beendete. Im Winter beschloß Polymerios, die Eltern des Mädchens, von dem er jede Nacht zu träumen behauptete, um ihre Tochter zu bitten und diese als Ehegemahlin zu sich zu nehmen. Den Gefährten, die ihn beschworen, keinen unbedachten Schritt zu unternehmen, erklärte er:»Was ist euch? Bin ich zum Heiraten etwa noch nicht alt genug? Bedenkt lieber, daß wir dann wenigstens jemand haben werden, der in unseren Räumen für Ordnung und Sauberkeit sorgt. Denn unsere Gemächer ähneln ja zu Zeiten einem Schweinestall.« Die anderen rieten ihm dennoch auf jede erdenkliche Weise von seinem Vorhaben ab, nur der schnellzüngige Polyphas nicht, denn diesen hatte Polymerios zum Brautwerber bestellt und auf seine Seite gezogen, indem er ihm einen kostbaren Armreif aus seiner zyprischen Beute als Lohn für das Gelingen der Werbung versprach.

Diomedes lieh Polymerios zu diesem Zweck seinen prächtigen Streitwagen, denn der König war froh, daß er nicht selbst mitkommen mußte, wie sein Gefährte es von ihm als seinem Herrn hätte verlangen können. So rollten die beiden Freunde, gut versorgt mit warmem und gesüßtem Wein für die Reise durch die Winterkälte, in das kleine Dörfchen. Als sie ankamen, müssen sie schon erheblich betrunken gewesen sein, denn Polymerios hatte den Namen seiner Braut vergessen und fand sie nur durch einen Zufall, weil das Mädchen nämlich, durch das Schreien und Lallen der Gefährten aufgeschreckt, neugierig aus dem Hoftor spähte.

Polyphas fand die Gestalt dieses Bauernkindes so reizvoll, daß er vor dem Vater des Mädchens sogleich mit geschickten Worten seinen Freund als den fleißigsten, tüchtigsten und begütertsten Mann unter allen Fremden in Assur pries. Der Bauer gab schließlich hocherfreut sein Einverständnis zu der geplanten Hochzeit, überwältigt von dem großzügigen Brautpreis, den Polyphas ihm zugesichert hatte, während Polymerios seinem Gefährten ärgerlich von hinten in die Rippen stieß, denn jener versprach weit mehr, als dieser zu zahlen gewillt war. Polyphas ließ sich davon jedoch nicht beirren, sondern redete sich immer mehr in Eifer, und schließlich geriet sein Blut so in Wallung, daß er vergaß, wer er war. In seiner Trunkenheit wünschte er nämlich nicht mehr nur der Werber, sondern selbst der Bräutigam zu sein, und faßte das Mädchen am Ende mit lüsternem Griff, um es heftig abzuküssen. Eifersüchtig packte Polymerios darauf seinen ungetreuen Freund am Gewand, und die beiden Betrunkenen prügelten sich mit lautem Gebrüll in der Stube des Bauern, bis der wütende Assyrer sie schließlich von seinen Knechten auf den Misthaufen werfen ließ, unter dem Spottgelächter der herbeigeeilten Dorfbewohner.

Stinkend, durchnäßt und ernüchtert kehrten Polyphas und Polymerios zurück; wir lachten sehr, als sie von ihrem Unglück erzählten. Diomedes rief:»Wahrlich, selbst die schöne Helena erreichte nicht, daß sich Argiver ihretwegen mit Fäusten schlugen. Dieses assyrische Bauernmädchen aber bewirkte solchen Streit im Handumdrehen. Ihr gebührt wohl auch in Wahrheit der ehrende Apfel der Eris, welcher der Schönsten zugedacht war.« Ich fügte hinzu:»Ich wundere mich nur über eines, daß nämlich dieser Assyrer nicht sogleich bemerkte, daß es nicht edle Ritter waren, die um seine Tochter warben, sondern betrunkene Schürzenjäger. Nun, er kann wohl einen Schwan nicht von der Ente unterscheiden.«

Ein paar Tage später, als Diomedes gerade in Ninive weilte, traten Polyphas und Polymerios in mein Gemach, redeten erst vom Wind und vom Regen und dann von der Heimat, wo das Wetter viel angenehmer sei, und Polyphas sagte schließlich mit allen Zeichen der Verlegenheit:

»Wahrlich, wenn man schon so lange in der Fremde umherirrt wie wir, dann tut es doppelt gut, wenn man wirkliche Freunde besitzt, auf welche man sich stets verlassen kann. Allerdings gibt es auch Dinge, die man nicht einmal von jenem Gefährten zu erhoffen wagt, dessen Edelmut und Güte einen noch am meisten dazu ermuntern.«

»Was meinst du damit?« fragte ich freundlich. »Sagt, was habt ihr auf dem Herzen?«

»Du vertrittst heute Diomedes«, fuhr Polyphas nach kurzem Zögern fort, »denn wenn der Fürst abwesend ist, sollst du an seiner Stelle befehlen, das hat er selbst so bestimmt. Glaube nun aber nicht, daß wir auch nur entfernt daran dächten, sogleich etwas Unbilliges von dir zu erbitten.«

Nun begann mich die Neugier zu plagen. Ungeduldig rief ich:»Was versteckst du hinter solchen Worten, Polyphas? Willst du deinen Zähnen nicht endlich entfleuchen lassen, was du mir mitzuteilen hast? Sonst bist du doch auch kein solcher Langeweiler! Also heraus damit, was gibt es?«

»Nein, Polyphas«, mischte sich Polymerios ein, »das können wir von Aras nicht verlangen. Laß uns die Sache lieber vergessen, auch wenn ein unschuldiges Mädchen darunter zu leiden hat; es hilft nichts, wir können dem armen Kind ja doch nicht helfen.«

»Gut, gut!« versetzte ich. »Ihr wollt mich also mit der Ungewißheit foltern. Erfreut es euch, wenn ich euch sage, daß euch dies bereits gelungen ist? Wenn man den Bogen aber überspannt, zerbricht er leicht und von der schlaffen Sehne kann sich dann kein Pfeil mehr lösen.«

»Nun, wenn du es unbedingt wissen willst«, sagte daraufhin Polyphas, obwohl er doch zu mir gekommen war und ich keineswegs zu ihm, »wollen wir es dir verraten. Zürne uns aber nicht, wenn unser Wunsch dir vielleicht zu gewagt erscheint.«

»Nein«, entgegnete ich, »nur mir selber werde ich zürnen, wenn ich euch jetzt nicht sogleich die Treppe hinunterwerfe, falls ihr nicht endlich zur Sache kommt.«

»Dann wollen wir also auf deine edle Gesinnung vertrauen«, antwortete Polymerios unsicher, »und dir zunächst erklären, daß wir nicht etwa um unser selbst willen vor dich treten, Fürst, sondern wegen eines jungen Mädchens, das uns flehentlich um Hilfe bat.«

»Eines Mädchens?« fragte ich erstaunt und voller Argwohn, denn nie zuvor hatte mich Polymerios »Fürst« genannt. »Und dieses benötigt Hilfe? Was braucht ihr mich dazu? Jungen, hübschen Frauen beizustehen, ist doch eure Stärke!«

»Nein, Aras«, ergriff Polyphas wieder das Wort, »es ist ganz anders, als du vielleicht denkst. Dieses Mädchen ist die Tochter eines reichen Kaufmanns aus Chanaquin im Land der Lullubäer und befand sich gerade mit einem großen Handelszug auf dem Weg nach der heiligen Stadt Ninive, um dort die Priesterschule aufzusuchen; denn es handelt sich um ein Mädchen von großer Frömmigkeit. Leider fielen Räuber auf der anderen Seite des Stroms über die Karawane her; dem Mädchen allein gelang die Rettung; es verbarg sich im Uferschilf. So kam es nach Assur; da es jetzt aber nicht mehr die geringsten Mittel besitzt, will es hier auf neues Gold von seinem Vater warten, dem es bereits Boten sandte. Danach hofft dieses fromme Mädchen, die Fahrt nach Ninive fortzusetzen. Nun hat es aber nach dem schrecklichen Unglück natürlich auch nichts mehr, womit es eine Unterkunft bezahlen könnte, und nur auf Treu und Glauben geben hier die Wirte nichts.«

»Aus gutem Grunde, wenn ich euch betrachte«, erwiderte ich, »aber was hat das alles mit mir zu tun?«

»Siehst du«, sagte da Polymerios gekränkt zu seinem Gefährten, »ich habe dir ja gleich gesagt, Polyphas, es hat keinen Sinn! Wir wollen lieber nicht mehr darüber reden.«

»Schweig!« fuhr der ihn an. »Willst du unseren lieben Aras noch ernstlich erzürnen? Gewiß bedauert er das Schicksal dieses Mädchens ebenso sehr wie wir, und er hat auch noch keinem Gefährten die Bitte um Hilfe abgeschlagen.«

»Hilfe?« fragte ich, »wie könnte ich dem armen Mädchen helfen? Unser Besitz reicht wohl kaum aus, um alle Bedürftigen von Assur zu versorgen. Selbst wenn es hier weniger Bettler gibt als in anderen Ländern – würden wir sie alle mit unserem Gold versehen, sähe man uns bald selbst zerlumpt am Straßenrand hocken.«

»Es geht ja gar nicht um Gold«, erklärte Polyphas beschwichtigend, »sondern nur um ein Nachtquartier für dieses schutzlose Kind. Soll man es etwa ganz allein draußen in der Dunkelheit lagern lassen, wo Spitzbuben und Lüstlinge es sogleich überfallen und notzüchtigen würden? Nein, das wäre den Göttern kaum wohlgefällig. Wir haben uns daher überlegt, die Arme bei uns aufzunehmen, bis ihr Vater Hilfe schickt. Aber in unseren Räumen ist nicht genug Platz, denn wir wohnen zu sechst in nur zwei Gemächern, während du hier oben einen ganzen Saal belegst, wie es dir ja auch ob deiner edlen Herkunft gebührt.«

»Und darum dachten wir«, fügte Polymerios mit hoffnungsvoller Miene hinzu, »daß du vielleicht dieses bedauernswerte Kind bei dir aufnehmen könntest. Es soll ja nur für wenige Tage sein; und das Mädchen wird dir auch keinerlei Ungelegenheiten bereiten, da es sich ständig nur frommen Gebeten widmet.«

Da mußte ich lächeln und sagte: »Nun, wenn ihr weiter nichts verlangt. Diesen Gefallen will ich euch gerne tun; ich weiß ja selbst, wie einsam und verzweifelt man sich in einer fremden Stadt fühlen kann, noch dazu in einer so großen wie Assur. Seid unbesorgt, ich will mich eures Schützlings gern annehmen.«

»Wirklich?« rief Polymerios begeistert. Sein Freund zupfte ihn jedoch am Ärmel und sagte dann zu mir:

»Bedenke aber freundlichst, Aras, daß es sich um ein junges und noch gänzlich unerfahrenes Mädchen handelt, dessen Unberührtheit eine Voraussetzung für das hohe Priesteramt ist, das sie anstrebt.«

»Willst du mich beleidigen?« entgegnete ich unmutig. »Wer bin ich, daß ihr anzunehmen scheint, ich würde mich sogleich auf dieses hilflose Kind stürzen wie ein wollüstiger Ziegenbock? Noch dazu, wo es sich um ein Mädchen handelt, das unverschuldet in so große Not geraten ist.«

»Verzeih uns, wir kennen dein edles Herz«, versetzte Polyphas hastig, »sonst hätten wir dich ja nicht um Hilfe gebeten. Die Götter mögen dich für deine übergroße Güte belohnen!«

»Eines Dankes bedarf es nicht«, sagte ich geschmeichelt, »ich handele nur, wie es sich für einen anständigen Menschen geziemt.«

Erfreut verschwanden die beiden, und erst spät am Abend kehrten sie zurück, mit einem sehr anziehenden, freundlich lächelnden Mädchen in ihrer Mitte. Die Fremde war schlank und mit hübschen Körperformen versehen. Zwar trug sie Hals und Schultern entblößt und bewegte sich auch nicht so scheu, wie ich es erwartet hatte; aber ich dachte bei mir, daß Mädchen aus einem so fremden Land wie dem der Lullubäer, das ich noch nie gesehen hatte, wohl auch nach Sitten lebten, die ich nicht kannte, und daß ich daher kein Recht hätte, sie zu tadeln. Ich verstand ja nicht einmal ihre Sprache, und ebenso wenig konnte sie wiederum Akkadisch oder Assyrisch sprechen. Polyphas aber beruhigte mich:»Das wird wenig hinderlich sein, Aras. Auch wir haben mit ihr zwar nur durch die Hilfe eines Übersetzers sprechen können; dieser aber hat ihr dann alles erklärt, was sie wissen muß, so daß du ihr keine weiteren Weisungen zu geben brauchst.«

»Dann ist es gut«, erwiderte ich; als meine Gefährten gegangen waren, zeigte ich der Fremden das Lager, das ich für sie hatte herrichten lassen. Ohne weitere Umstände ließ sie sich darauf nieder und begann ihre Gewänder abzustreifen.

»Warte, nicht so eilig!« rief ich und rannte an den Wänden entlang, um die Fackeln zu löschen, weil ich ihre Schicklichkeit nicht verletzen wollte. Da erhob sie sich wieder, rief einige Worte in ihrer unbekannten Sprache zu mir und kam auf mich zu. Ganz nahe stand sie vor mir, so daß ihre festen Brüste meinen Körper berührten; dann sagte sie wieder fragende Worte in ihrer Heimatsprache, die ich nicht verstand. Daher antwortete ich begütigend auf Akkadisch:

»Hab' keine Angst, wenn ich die Fackeln löschte; das geschah nur deinetwegen, damit du dich nicht von meinen Blicken gestört fühlen mußt.«

Sie lächelte mich an, redete wieder ein paar Worte und schlang mir dann plötzlich die Arme um den Nacken. Überrascht wich ich einen Schritt zurück und erklärte:»Gewiß bist du verwirrt von dem schrecklichen Überfall; das kann ich gut verstehen. Hier aber gibt es keine Räuber, du befindest dich unter Freunden.«

Doch so weit ich auch rückwärts schritt, sie folgte mir und drängte mich schließlich so eng an die Wand, daß ich ihr nicht zu entkommen vermochte. Ich glaubte schon, sie hätte vor Schrecken den Verstand verloren; da entblößte sie plötzlich ihre Brüste, ergriff meine Hand und führte sie heftig an ihr nacktes Fleisch.

Wie die Morgendämmerung nach dem Dunkel der Nacht kam mir nun in meiner Verwirrung der Gedanke, daß sie mich als ihren Retter vielleicht mit dem einzigen zu belohnen versuchte, was sie besaß. Darum sprach ich beruhigend zu ihr:

»Es rührt mich, schönes Kind, daß du mir deine Dankesschuld begleichen willst. Aber was ich für dich tat, bedarf wirklich keiner Bezahlung; außerdem würde es mir mein Edelmut verbieten, deine Jungfräulichkeit ohne die Absicht der Heirat zu genießen. Lege dich darum getrost auf dein Lager und schlafe.«

Zu meiner größten Verwunderung ließ sich die Fremde dadurch jedoch nicht abschütteln, sondern sie schien nun ihrerseits in Verwirrung und dann sogar in Wut zu geraten, denn sie stampfte zornig mit dem Fuß auf und begann mit großer Lautstärke auf mich einzureden. Nun glaubte ich erst recht, daß sie durch den Überfall den Verstand verloren habe. Daher nahm ich sie mit festem Griff an den Händen, zerrte sie zu ihrer Ruhestätte und breitete sorgsam die Decke über sie. Sie ließ das mit plötzlicher Ruhe geschehen und lächelte mich an. Als ich mich jedoch dann wieder entfernte und meinem eigenen Lager zustrebte, sprang sie empor wie ein Hund, der sich versehentlich auf stachelige Disteln gesetzt hat, und warf sich mit geballten Fäusten auf mich. Dann überschüttete sie mich mit einem Schwall von Worten und streckte mir schließlich fordernd die geöffneten Hände entgegen. Kopfschüttelnd sagte ich da:

»Was willst du denn, du armes Mädchen? Wenn ich dich doch nur verstehen könnte! Warte, ich werde zu Polyphas gehen, vielleicht kann er seinen Dolmetscher holen, damit wir den Grund deines sonderbaren Verhaltens erkennen.«

Da stürzte die Fremde zu dem hölzernen Kasten auf dem kleinen Tisch neben meinem Bett, in dem ich Kupferringe und Silberstücke für meine Bedürfnisse verwahrte, faßte mit beiden Händen hinein und raffte die wertvollen Scheiben zusammen. Eilends rannte sie dann an mir vorbei zur Tür, und ich erholte mich von meiner Verblüffung eben noch schnell genug, um rechtzeitig einen Schritt vorzutreten und ihr den Weg zu versperren. Bei dem Zusammenprall stürzten wir beide zu Boden, während Kupferringe klirrend über den Steinboden rollten; als diese Klänge verhallten, war mir, als hörte ich von draußen seltsame Geräusche: Mir schien, als ob Wasser glucksend in einen tiefen Krug rann oder Pferde schnaubend und wiehernd auf der Weide umhertollten.

Ich ergriff das Mädchen mit beiden Händen und richtete es wieder auf. Kaum stand die Fremde auf den Füßen, als sie mir mit blitzenden Augen schmerzhaft die Fingernägel in den Arm krallte und versuchte, mich in den Hals zu beißen; unversehens sah ich mich in einen wilden Kampf mit diesem merkwürdigen Mädchen verstrickt, und schließlich stürzten wir ein zweites Mal, diesmal durch die geöffnete Tür hinaus auf die Treppe.

Der Anblick, der sich meinen Augen bot, machte mich auf das höchste erstaunen; denn ich sah dort meine sämtlichen Gefährten versammelt, aber alle seltsam verkrümmt, als ob sie plötzlich krank geworden wären und heftige Schmerzen ertragen müßten. Der riesige Polkos kniete stöhnend auf dem Boden, den Kopf in seine Armbeuge gebettet, während ein gewaltiges Zittern seine mächtigen Schultern erbeben ließ. Sein Bruder Polyphas wand sich wie in Krämpfen, gebückt wie ein Mann, der einen schmerzhaften Tritt in den Leib erhalten hat, und preßte keuchend die Hände auf seinen Bauch. Kaliphon und Zakrops hatten Tränen in den Augen, und ihre Gesichter waren wie vom Fieber gerötet. Stigos zeigte ächzend mit dem Finger auf mich, während Polymerios mit den Fäusten gegen die Wand trommelte und lauthals schwor, er werde diesen Anblick niemals vergessen. Jetzt erst erkannte ich, daß sie nicht etwa krank waren, sondern aus vollem Hals lachten, und zwar so heftig, daß es schon fast wie Weinen, Jammern und Heulen klang; und der, über den sie so lachten, war niemand anders als ich.

»Da kommt Aras, der große Frauenverführer aus der nördlichen Steppe«, stieß Stigos wie unter größten Qualen hervor, während er schwer nach Atem rang. Zakrops fügte mit halberstickter Stimme hinzu:»Seht nur unseren erfahrenen Liebeskünstler, welche ausgefallenen Spiele er sich zur Steigerung der Sinnenlust erdachte! Wahrlich, ich beneide ihn um seine unwiderstehliche Männlichkeit!« »Hüte dich, keusche Artemis«, brüllte Polkos, »diesem ungestümen Liebhaber wirst selbst du nicht widerstehen können!« So schrien sie durcheinander und wollten sich vor Lachen schier ausschütten, und erst nach und nach erfuhr ich nun, auf welche geschickte Weise mich Polyphas und Polymerios getäuscht hatten.

Denn zwischen stets neuen Anfällen brüllenden Gelächters erzählten mir die Gefährten, die ich in diesem Moment freilich nicht mehr als solche, sondern als Lügner, Betrüger und hinterlistige Verbrecher bezeichnete, daß das fremde Mädchen zwar tatsächlich aus dem Lullubäerland stammte, aber keineswegs die Tochter eines reichen Kaufmanns war, sondern eine käufliche Dirne, die Polyphas und Polymerios mir listig als vornehmes Edelfräulein untergeschoben hatten. Mit Bedacht wählten sie dazu ein Mädchen aus, das weder Akkadisch noch Assyrisch verstand, damit sich ihr hinterhältiger Plan nicht zu früh enthülle. Dem Mädchen versprachen sie viel Kupfer und erklärten ihm, es solle dafür einen besonders schüchternen Jüngling zum Mann machen. Sie trugen der Lullubäerin auf, mich mit all ihren Künsten zu verführen, weil ich noch niemals im Leben einer Frau beigewohnt habe und meine Freunde sich deshalb um mich sorgten. Den Lohn ihrer Liebesmühe aber sollte sie sich hinterher von meiner Habe nehmen. Dann hatten Polyphas und Polymerios mir das ahnungslose Mädchen zugeführt und sich mit den anderen Gefährten hinter der Türe versteckt, wo sie jedes meiner Worte hörten und durch die Ritzen sehen konnten, wie ihr Spiel zu immer neuen, ungeahnten Höhepunkten trieb.

Sie wälzten sich vor Lachen auf den Treppenstufen, als sie mir das erzählten. Schließlich gaben sie dem wütenden Mädchen seinen versprochenen Lohn und schickten es mit überschwenglichen Dankesbezeugungen davon. Dann sagte Polyphas:»Ich hoffe, du nimmst uns diesen kleinen Scherz nicht übel, Aras; wir meinten es doch nur gut mit dir. Wir haben dich schon seit langer Zeit nicht mehr mit einem Mädchen gesehen; da wollten wir dir helfen, endlich wieder einmal das Glück der Liebe zu genießen. Weil wir aber deine Empfindlichkeit kennen, entschlossen wir uns zu dieser List; denn hättest du von vornherein gewußt, daß dieses Mädchen eine Dirne ist, hättest du es wohl gar nicht erst in dein Gemach gelassen.«

Ich glaubte ihm aber kein Wort, denn er grinste dabei allzu schadenfroh und fügte auch noch hinzu, während er Polymerios in die Rippen stieß:»Ja, schwer ist die Kunst, die Ente von dem Schwan zu unterscheiden, besonders wenn einem die Wollust die Augen verschleiert!«

Polkos aber sorgte auf seine Weise für einen krönenden Abschluß; denn als er meine zweifelnde Miene sah, erklärte er treuherzig:

»Doch, Aras, genauso ist es gewesen! Wir hofften, dir mit diesem Mädchen große Freude zu bereiten, und haben uns dabei solche Mühe gemacht! Ja, wir haben dieses gute Kind sogar, um auch ganz sicher zu gehen, zuvor erst alle noch der Reihe nach geprüft.«

4 Am Ende des Schneemonats näherte sich im Licht der ersten Morgendämmerung ein hochgewachsener, hellhäutiger Mann, gekleidet und bemalt wie ein Krieger der Uqumeni, der Festung Schemschar am schnellen Fluß Zab und rief den mißtrauischen Wächtern zu:»Assur wird seine Feinde zerstampfen!« Vor den Befehlshaber der Burg gebracht, nannte er die Namen der drei jüngsten Königstöchter Assyriens. Daraufhin gab der Kommandant dem Fremden sein schnellstes Gespann und seine zwei tapfersten Krieger mit und schickte ihn ohne Verzug nach Süden. Sechsmal wechselten die drei Männer in rasender Eile die Pferde. So erreichten sie noch am gleichen Abend die Hauptstadt, wo der bemalte Fremde sich dem Herrscher vor die Füße warf und sagte:

»Möge Assur dir viele Siege verleihen, mächtiger König der Könige! Ich komme aus den Eisgebirgen des Gutäerlands und bringe dir die Nachricht, die du wünschtest, als du mich losschicktest in der Zeit der fallenden Blätter. Hohe Feuer brennen in allen Lagern der Uqumeni; die Krieger trinken Hirsebier und schärfen ihre Waffen. Fremdartige Männer sind bei ihnen; sie reiten auf Pferden und tragen spitze Helme aus Eisen. Sie nennen sich Kaschkäer, ihr Fürst heißt Pithunna, und keiner weiß, woher sie gekommen sind. Sie wollen die Stämme der Berge zum Kampf gegen Assur vereinen und bringen Aufruhr in alle Schluchten des Nordens.«

»Die Uqumeni sind also die ersten«, versetzte Tukulti-Ninurta, und in seinen Augen erglühte die Kampfeswut, wie schwelende Glut sich durch einen Windstoß unter der grauen Asche entzündet. »Sie dürfen meine Pfeile und Lanzen gern versuchen! Du bist wahrlich mein bester Späher, Tekeb, und sollst dafür viel Gold, dazu auch Wein und Speise im Palast erhalten, bevor du wieder ins Bergland zurückkehrst. Was hörst du aber von den anderen Völkern, den Kudmuchi und den Lullubäern, den Stämmen in Namri, Naïri, Turukku?«

»Die anderen Völker verhalten sich ruhig«, antwortete Tekeb,»sie haben noch nicht vergessen, wie dein hoher Vater Salmanassar ihnen einst die Sintflut in die Dörfer brachte und als ein rollender Felsen durch ihre Länder zog. Die Uqumeni aber haben von dem Kaschkäer Pithunna das süße Getränk der Hoffnung gekostet. Abulli, ihr König, glaubt, reiche Beute machen zu können, wenn er gleich nach der Schneeschmelze die Dörfer zwischen Nuzi und Arrapcha plündert. Ja, er will sich sogar auf die Stadt Tikrit stürzen, um danach in das Gebirge von Chanaquin zu entweichen. Wenn du jedoch frühzeitig den reißenden Zab hinaufziehst, wirst du Abulli und Pithunna überraschen, bevor sie ihre Scharen geordnet haben.«

»Frühzeitig?« antwortete Tukulti-Ninurta mit grimmigem Lächeln. »Sobald der Mond sich rundet, werde ich das Uqumeniland durchpflügen, so daß sich dort das Oberste zuunterst kehrt. Die Wälle seiner Städte werde ich zerreißen, und ihre Städte werde ich niederbrennen wie Garben von nutzlosem Stroh. Bis zu den Rändern ihrer Täler will ich Leichen meiner Feinde schichten, und das Blut der Räuber soll in breiten Bächen in die Ebene rinnen.«

Ich erschauerte bei dieser furchtbaren Drohung, denn der König der Assyrer war kein Mann, der nur Worte machte. Kilischu fügte voller Ungeduld hinzu: »Warum noch warten, König? Am liebsten würde ich schon morgen neben dir in die Schlacht fahren, mag uns der Schnee auch meinethalben kalte Füße bereiten. Ich will dein Heer sogleich versammeln.«

»Du weißt, Kilischu«, sagte der König, »wie schwierig und gefährlich dieser Feldzug sein wird, selbst wenn sich der Wettergott uns wohlgefällig zeigt. Wenn Enlil sich aber als ungnädig erweist, wenn unsere Streitwagen bis zu den Achsen in feuchter Erde versinken und wir sie am anderen Morgen mit Äxten aus dem gefrorenen Schlamm hauen müssen; wenn man das Trinkwasser aus dem Eis schmelzen muß und der Fieberdämon meine Scharen überfällt, wie will ich dann noch siegen? Ich verstehe deine Ungeduld, verstehe auch du meine Vorsicht. Ich will, daß uns zuerst der Seher aus der Zukunft berichtet. Dann werde ich entscheiden. Kadasman soll kommen und uns den Willen der Götter erklären.«

Kadasman war der höchste Priester Assyriens und ist es wohl noch heute, obwohl sich seither mehr als vierzig Jahresläufe rundeten. Er herrscht über die altberühmte Schule der Priester zu Ninive und war schon damals ein Mann hohen Alters, den Würde und Weisheit über die anderen Assyrer erhoben. Niemand, nicht einmal der König, vermag ihm zu befehlen, und so, wie Tukulti-Ninurta damals die Treue der Assyrer besaß, so stützte sich der Priesterfürst auf ihre Frömmigkeit und war dadurch ebenso mächtig wie der Herrscher. Denn die Assyrer sind ihren Göttern ergeben wie furchtsame Sklaven dem strengen Herrn und versuchen, in all ihrem Tun zuvor zu ergründen, ob sie auch nach dem Willen der Himmlischen handeln. Darum steht die Kunst der Wahrsagerei bei ihnen in hoher Blüte. Vor allem die Leber der Schafe verrät ihnen, glauben sie, wichtige Götterbefehle; aber auch andere Eingeweide von Tieren betrachten sie zu diesem Zweck, auch den Flug der Vögel und schließlich sogar die Geburt von Kindern. So glauben sie, daß der König alle seine Gegner niederwerfen werde, wenn in seinem Volk ein Kind geboren wird, dem das linke Ohr fehlt. Besitzt ein Säugling aber kein rechtes Ohr, so steht dem Thron der Untergang bevor. Ich selbst habe auf erstaunliche Weise erlebt, wie dieses Schicksalszeichen seine Gültigkeit bewies.

Der Gott der Weissagung ist Schamasch, weil sich vor seinem strahlenden Auge nichts verbergen kann. Darum ist die Farbe der Propheten stets das reine, schattenlose Weiß. Hell wie die Federn der Schwäne waren die siebenfach geworfenen Gewänder der Priester, die zwei Tage später feierlich in den Thronsaal schritten, mit spitzen Mützen und siebensaitigen Leiern, von denen im stetigen Gleichmaß die heiligen Töne des Opfergebets erklangen.

Vier von ihnen trugen einen hohen Stuhl; auf diesem thronte, ganz von purpurnen Tüchern umhüllt, der Diener Schamaschs aus Ninive, der greise Kadasman. Wie aus den Augen eines Blinden glitt sein Blick über uns hinweg; unsere Gesichter bedeuteten ihm nichts, denn er war es gewohnt, ins Innere der Menschen zu schauen. Ruhig vollzog er die vorgeschriebenen Waschungen, während der Sonnenwagen gleißend emporstieg. Als die glänzende Scheibe am höchsten Himmelspunkt stand, verließ Kadasman seinen prächtig geschnitzten, von Götterbildern umgebenen Stuhl und trat zum Altar, an dem seine Diener in bronzenem Becken ein Feuer aus Kohle entzündet hatten. Sie streuten das trockene Harz einer Zypresse darüber, so daß duftende Nebel den Saal erfüllten; gemahlenes Korn und schäumendes Bier waren die ersten Geschenke an den feurigen Gott der Seher. Dann rief der alte Prophet feierlich mit hallender Stimme:

»Möge es uns gelingen, dich durch diese Gaben günstig zu stimmen, strahlender Schamasch, damit uns deine Gnade die Zukunft erahnen läßt. Möge es deiner Gottheit gefallen, uns durch das Lamm die Augen zu öffnen. Mögest du uns vergönnen zu lesen, was uns das Schicksal bereithält.«

Tiefes Schweigen lag über den Menschen im Saal; gespannt beugte sich der König vor. Auch mich ergriff plötzlich Erregung, denn ich hatte diese geheimen Riten des Stromlands noch niemals gesehen. Das Antlitz des Diomedes ließ starke Zweifel erkennen, wie sie ein Fremder hegt, der neben seinen eigenen Göttern keine anderen duldet. Tukulti-Ninurtas Miene wiederum verriet die Sorge eines Mannes, der die Verantwortung für Völker kennt. Kilischu blickte auf Kadasman mit der vorbehaltlosen Frömmigkeit des wahren Gläubigen, Naramsin aber mit dem trotzigen Mißtrauen des Gottlosen, Perisade schließlich mit der Sorge einer Frau, die von der Zukunft nur Unheil erwartet. Der greise Priester aber zeigte in seinem Gesicht die Anspannung eines Geweihten, der sich der Menschlichkeit entrückt, um mit den Göttern zu sprechen.

Lange währte die Stille, während wohlriechende Schwaden uns immer dichter umhüllten. Dann erklang von neuem Kadasmans Stimme, und diesmal kam sie wie aus weiter Ferne. Seine Diener führten ein schneeweißes Lamm zum Altar, und von den Lippen des Magiers erklangen die Sätze der uralten Formel:

»Verhüte, daß etwas Unreines den Ort der Wahrsagung berühre!« begann der alte Wahrsager. Mit heiligem Wasser benetzte er seine knochigen Hände.

»Verhüte, daß das Lamm, in dem sich uns die Zukunft enthüllen soll, untauglich oder mangelhaft sei!« fuhr Kadasman fort. Gemessen schritt er auf das Schlachttier zu, hob es an den Beinen empor und legte es auf die steinerne Opferplatte.

»Verhüte, daß beim heiligen Opfer ein unreines Gewand die Beschwörung unwirksam mache!«

»Verhüte, daß etwas Unreines, das einer der Diener gegessen hat, uns den Blick auf das Künftige verwehre!«

»Verhüte, daß etwas Unreines, das einer der Priester getrunken hat, deinen Zorn auf uns lenke!«

»Verhüte, daß die Antwort dem Mund deines Propheten voreilig entschlüpfe!«

So lauteten die ersten sechs Teile des alten Gebets. Den siebenten und letzten Satz aber bildete die Frage des Königs, die dieser durch den Mund des Magiers an die Gottheit richtete:

»Sage uns, Schamasch, großer Herr, werden Assyrien und sein Heer siegreich sein?«

Der laute Klang einer bronzenen Scheibe dröhnte nun durch den Saal. Funkelnd erschien ein scharfgeschliffenes Messer in Kadasmans Hand. Rasch und geschickt führte der alte Priester den heiligen Stich in die Halsschlagader des Lamms; schweigend umstanden ihn seine Diener im Kreis, während das Blut des Opfertiers in das bronzene Becken floß. Dann durchtrennte Kadasman mit wenigen Schnitten die Haut des Lamms, öffnete den Leib und betrachtete lange das Innere. Zuletzt löste er die Leber aus den Eingeweiden und holte sie langsam hervor.

Duftende Räucherstäbe brannten nun auf dem Altar. Ruhig richtete sich Kadasman auf, die ausgeblutete Leber in beiden Händen. Die niederen Priester umringten ihn hastig und redeten miteinander.

Wieder verstrich lange Zeit; dann ertönte zum zweiten Mal der Klang der verborgenen Bronzescheibe. Feierlich wandte sich Kadasman dem König zu, der voller Spannung auf seinem Thron saß, das Kinn in die Hand gestützt. Eilig säuberten Diener die blutigen Hände des Sehers, der seinen hohen Stuhl erklomm und mit erhobenem Haupt zu sprechen begann:

»Schamasch hat unser Opfer gnädig angenommen; er enthüllte uns in seiner Güte einen Teil dessen, was vor uns liegt und was dir und dem Reich beschieden ist. Drei Dinge sind es, die ich dir zu künden vermag: Rund und ungespalten wie der Huf des Hengstes war die Leber des Lamms; du wirst also deine Feinde vernichten. Dreieckig war der untere Fortsatz; deine Diener stehen also treu zu deinem Thron. Weit und mächtig waren die Adern des Lebens und der Kraft; viele ruhmvolle Jahre warten also noch auf dich. Deine Taten werden herrlich sein, zu deinem Ruhm und zu dem Assyriens.«

Tief sog der König Atem in die Lungen. Voller Triumph blickte er noch eine Weile auf Kadasman; dann drehte er sein Haupt zu den Heerführern, die ihm zujubelten, und zu den Edlen des Reichs, die seinen Thron umstanden und ihrem Herrscher Lobpreisungen ausbrachten. Auch ich spürte, daß ich den Anfang großen Geschehens erlebte und Zeuge war von Dingen, die den Erdkreis erschüttern sollten.

Bald bebte der Boden Assurs unter den stampfenden Tritten der Krieger, die aus allen Teilen des Reichs zusammenströmten. In den Waffenkammern des Königs rüsteten sie sich; auf allen Straßen und Plätzen der Stadt ertönten die barschen Befehle der Heerführer, Väter schlossen ihre Töchter in die Häuser ein, und die Kaufleute versteckten ihre Waren. Diomedes und ich wurden in den Palast gerufen, als Tukulti-Ninurta den Plan seines Feldzugs entwarf, und was ich dort sah, zeigte mir, daß die Assyrer nicht nur kampftüchtig, befehlsgewohnt und ehrlich sind, sondern auch abergläubisch und grausam. Wie Krieger, die den Tod an jedem neuen Tag vor Augen sehen, sich oft die seltsamsten Gebräuche angewöhnen, so verließ sich auch Tukulti-Ninurta nicht allein auf Kadasmans heiliges Wort, sondern ließ in seinen Verliesen wahnsinnige alte Weiber mit großen Messern auf gefesselte Kriegsgefangene einstechen, damit man auch aus deren Blut die Zukunft errate. Krieger, die auch nur geringfügig gegen die strenge Zucht des Heeres verstießen, wurden unnachsichtig mit Stöcken geprügelt, bis sie starben. Den Weg in die Berge wählte der König nach Karten, die nicht etwa in Ton geritzt oder auf Stoff gemalt, sondern in die Haut von Sklaven eingestochen waren, was nach Ansicht der Assyrer den Vorteil bringt, daß man solche Zeichnungen nicht mit sich ins Feld tragen muß, sondern neben sich herlaufen lassen kann.

Vor der Mauer der Hauptstadt opferte König Tukulti-Ninurta zum Aufbruch dem Reichsgott Assur. Fünf Manneslängen dick sind die Wälle der Stadt, bei keinem anderen Volk habe ich stärkere Festungen gesehen; aber so ungeheure Mauern sind nicht nur Beweise der Macht, sondern mehr noch Zeichen der Angst, zu der die Assyrer auch allen Grund haben mögen, denn sie werden von mehr Feinden umlagert, als Fliegen eine bluttriefende Hammelkeule umschwirren. Wein, Bier, Milch und Honig opferte Tukulti-Ninurta dem Gott Assur; mit siedendem Öl verbrannte er auf hölzernen Scheiten Lämmer und Zicklein in großer Zahl. Von den Resten stärkten sich die höchsten Führer des Heeres; nur Diomedes wies die Gabe zurück. Dann zogen wir viele Tage lang durch die Ebene.

An der Spitze, gleich hinter den Kundschaftern, rollte der Streitwagen des Königs, mit einem prächtigen Schirm zum Schutz gegen Sonne und Regen versehen. Vier prächtig gezäumte Pferde zogen ihn, geschmückt mit bunten Riemen um Hals und Schultern und zierlichen Federbüscheln zwischen den Ohren. Auch trugen sie bunte Decken, wie ich sie bei Pferden nie zuvor sah; schwere Panzer für sie wurden im Troß mitgeführt. Die Krieger, die mit Schwertern und Schilden kämpften, trugen Gewänder bis zu den Knöcheln und darüber einen eisernen oder bronzenen Leibschutz. Es waren hochgewachsene, kraftvolle Männer mit sehnigen Armen und wilden, bärtigen Gesichtern. Andere, die Speer und Bogen benutzten, waren in kürzere Waffenröcke gekleidet und auch weniger stark gepanzert, weil es bei ihnen vornehmlich auf Beweglichkeit ankommt. Die meisten trugen spitze Helme. Einzelne aber waren auch barhäuptig und hatten die Stirn mit farbigen Binden umwickelt, dem Schutz eines Zaubers vertrauend. Andere waren mit Äxten und Beilen, Keulen und Schleudern bewaffnet. Die Anführer besaßen Stöcke und Peitschen, um den Feiglingen damit Mut einzuflößen und die Säumigen zu bestrafen.

Als Kundschafter dienten ausnahmslos Bergbewohner, die sich für Gold ihren Feinden verschrieben hatten, weshalb sie von ihren Stammesbrüdern noch mehr gehaßt wurden als die Assyrer selbst. Fiel ein solcher Späher den

Gegnern in die Hände, folterten sie ihn sogleich qualvoll zu Tode, indem sie ihm mit dem Messer die Männlichkeit nahmen und ihn am Ende zwischen schnaubenden Rossen zerrissen. Als wir die Schluchten der Uqumeni erreichten, grinste uns am Wegrand ein aufgespießter Schädel entgegen; es war das abgeschlagene Haupt des Kundschafters Tekeb, den sein Schicksal gleich nach seiner Rückkehr aus Assur ereilt haben muß.

Der König ließ die Reste seines Dieners sorgsam in eine hölzerne Kiste legen und zu den Schiffen bringen, die uns den Idiglat und Zab entlang begleitet hatten, beladen mit Rammböcken, Ketten und schwerem Belagerungsgerät, dazu mit Zelten, Tischen und Stühlen, Backöfen, Küchen und vielen anderen nützlichen Dingen. Nun kehrten die Boote um und ließen ihre Fracht zurück. Schwerbeladen zogen wir mit Rossen und Wagen durch das Land, wie ein eisernes Rad, das alles zermalmt, was in seine Nähe gerät.

Das traurige Ende des Kundschafters Tekeb hatte die Kampfeswut der Assyrer aufgestachelt. Aber vorerst fand sich keine Gelegenheit, dem Feind seine Grausamkeit zu vergelten. Denn unsere Gegner ließen Städte und Dörfer im Stich, um sich in ihre starke Königsburg zu flüchten, die sich, dem Nest eines Raubvogels gleich, auf einer riesigen Felsensäule erhob. Vier Tage und Nächte lang berannten die Assyrer diese Festung vergeblich, und viele tapfere Männer starben dabei. Es waren schließlich unsere achäischen Gefährten, die das starke Tor brachen. Mit einem Rammbock liefen sie, mit dem Riesen Polkos an der Spitze, brüllend gegen das Hindernis und stießen das Gerät so heftig durch die Balken, daß das dicke Holz zusammenstürzte wie ein Haufen dürrer Rindenstücke und das Heer sich wie ein Sturzbach in die Stadt ergießen konnte.

Tukulti-Ninurta lobte nach dem Sieg Polkos und die Gefährten für diese Tat sehr und gab Diomedes einen großen Teil der Beute, den dieser aber sogleich an die Argiver weiterreichte, wobei er zu mir sagte:»Nicht Gold noch Silber will ich auf dem Feldzug ernten, sondern, wie du, meine Rachsucht befriedigen an dem Mann, den mein Haß wie der deine verfolgt.«

Der König der Assyrer lächelte, als er das hörte, und sagte:»Ich sehe wohl, Diomedes, daß Gold und Silber dein Heldenherz nicht verlocken; denn du bist ein Fürst, der mehr an seine Gefährten denkt als an sich selbst. Nun, wir wollen sehen, ob ich nicht dennoch etwas finde, was dich zu erfreuen vermag.«

Er gab den Höflingen, die ehrerbietig hinter ihm standen, mit der Hand einen Wink. Daraufhin traten zwei der Assyrer vor. Mit ihren Armen stützten sie die ausgemergelte, in zerschlissene Fetzen gehüllte Gestalt eines Mannes, der sich nur noch mühsam auf den Beinen halten konnte. Der Kopf des Unglücklichen war auf die Brust gesunken, graue Haarsträhnen hingen auf seine Stirn, und seine nackten Arme waren mit Kot und Unrat verschmiert. So stand er schwankend zwischen den Dienern.

»Diesen Mann haben meine Krieger in der zerstörten Stadt gefunden«, erklärte Tukulti-Ninurta.»Er ist weder ein Kaschkäer noch ein Uqumeni, und ich glaube, daß er für dich das wertvollste Geschenk sein dürfte.«

»Wie?« fragte der Sohn des Tydeus erstaunt und mit gerunzelten Brauen. »Dieses stinkende Lumpenbündel willst du mir schenken, König?« Und der riesige Polkos fügte grollend hinzu:»Da hätte ich etwas anderes für dich erwartet, Diomedes! Mit einer solchen Gabe könnten wir höchstens einmal unser Lager ausräuchern, denn selbst das hartnäckigste Ungeziefer wird durch den Gestank dieses wandelnden Abfallhaufens angstvoll die Flucht ergreifen.«

Da hob der Fremde den Kopf, funkelte uns aus seinem einzigen Auge zornig an und rief auf achäisch:»Das ist der Lohn der Treue, ihr undankbares Gesindel, daß ihr mich, weil ich schwach bin und mich nicht mehr wehren kann, mit derben Worten verspottet?! Wahrlich, wenn ich noch bei Kräften wäre, Polkos, würde ich dir jetzt die Rückenhaut so tüchtig mit der Peitsche gerben, daß man sich daraus haltbare lederne Stiefel zurechtschneiden könnte! Kommt mir nicht zu nahe, wenn ihr nicht die Reste meiner früheren Stärke zu spüren wünscht; denn meine Wiedersehensfreude hat sich in Haß gewandelt und ich sehne mich danach, euch die geifernden Mäuler zu stopfen!«

Laut rief Stigos, der sich als erster gefaßt hatte:»Eurymachos!« Denn der zerlumpte Gefangene war niemand anders als unser einäugiger Arzt von der Insel Amorgos, den wir seit dem Überfall Pithunnas am Berg Singar für tot gehalten hatten. Eilig lief Diomedes auf seinen Gefährten zu und nahm ihn in die Arme; Polkos ergriff die Füße des Kampfgenossen, und gemeinsam betteten sie den Arzt auf ein bequemes Lager.

»Ja, ich bin es«, krächzte Eurymachos mit heiserer Stimme, wobei seine Rede große Bitterkeit verriet,»und an euren Worten habe ich wohl gemerkt, daß sich keiner von euch freut, mich wiederzusehen, bis auf Stigos, und dieser ist auch nur deshalb beglückt, weil ich bei ihm noch Schulden aus dem verfluchten Würfelspiel habe!«

»Nicht doch, mein Freund«, beruhigte ihn der kleine Troßverwalter aus Myloi,»die alten Tafeln habe ich längst zerbrochen, und daß du doch noch nicht hinunter zu den Schatten fahren mußtest, bedeutet mir soviel, daß ich darüber alles andere vergesse, nur eines nicht: daß du mir damals als Geist erschienen bist, um meine schwere Fieberkrankheit zu heilen, wofür ich dir ewig dankbar sein werde.«

Wir hüteten uns, etwas zu sagen, denn sonst hätten wir am Ende auch noch Stigos gegen uns empört; Eurymachos verstand von den Worten des Troßverwalters ohnehin nur die Hälfte. Er begann nämlich sogleich wieder zu jammern und zu klagen. Diomedes erklärte schließlich:

»Du hast ja recht, Eurymachos, aber wie konnte ich wissen, daß du es warst, als Tukulti-Ninurtas Diener dich vor uns schleppten! Du wirst mir zugeben müssen, daß deine jetzige Kleidung nicht der achäischen Mode entspricht; und auch der Geruch deines Körpers ist anders als der eines Mannes aus der meerumspülten Heimat, in der es dazu noch Flüsse und Seen und weitere Badegelegenheiten gibt.«

Da sagte Eurymachos versöhnt:»Jetzt weiß ich, Fürst, daß ich wieder zuhause bin. Denn du bist ja unsere Heimat, so fremde Länder wir auch durchqueren. Die sieben Monde aber, die ich fern von meinen Gefährten weilen mußte, würde ich nicht für den Preis von zwei Wagenladungen Gold ein zweites Mal auf mich nehmen.«

Danach erzählte er uns, daß er bei dem Überfall am Berg Singar von den Kaschkäern mit Seilen eingefangen wurde wie ein wildes Tier. Nur seines seltsamen Aussehens wegen ließen die Räuber ihn leben; später, als er ihnen begreiflich gemacht hatte, daß er Arzt war, nahm ihn Pithunna als Feldscher an seine Seite. Dennoch konnte mir Eurymachos nicht viel von meinem Todfeind berichten, denn er durfte die Sprache der Kaschkäer nicht lernen und wußte nicht, was um ihn geschah, weil er Tag und Nacht stets gefesselt gehalten und in dunkle Hütten gesperrt wurde. So zog unser Gefährte mit den Kaschkäern kreuz und quer durch die Berge und sann vergeblich auf Flucht. Erst in der Burg der Uqumeni, als unser Angriff begann, konnte Eurymachos seinen Entführern entkommen und sich in einem Ziegenstall verbergen, aus dem ihn später die Assyrer ans Tageslicht zerrten. »Erst da habe ich erfahren, daß auch ihr in der Nähe weilt, Gefährten«, schloß der Einäugige seinen Bericht, »denn als ich in meiner Todesangst Achäisch zu reden begann, ließen die Schwarzbärtigen ihre Krummschwerter sinken, stießen einander an und nahmen mich lebend mit sich. Sie erinnerten sich wohl daran, daß sich Landsleute von mir in ihrem Heer befanden, und auch ich war überzeugt, nun bald einen von euch wiederzusehen. Denn wer anders aus dem schönen Griechenland könnte sonst in eine so mörderische Gegend verschlagen worden sein, als wir Unglücksraben?«

So zeterte er, und wir bedauerten ihn laut, bis er schließlich versetzte: »Doch selbst jetzt bin ich noch nicht sicher, ob ihr wirklich meine geliebten Gefährten oder nur Spukgestalten aus der Unterwelt seid. Denn würden wahre Achäer wohl einen wiedergefundenen Freund, dem es dazu noch so schlecht ergangen ist, unnötig lange ohne Nahrung und Trank liegenlassen? Mein Magen fühlt sich wie ein leerer Sack, durch den die Winde wehen, und meine Kehle droht zu versagen, wenn nicht alsbald belebende Flüssigkeit durch sie rinnt!«

Da brachten wir eilends Speise und Wein herbei, wobei wir auch ein Dankopfer an die Götter nicht vergaßen, die dem Eurymachos eine so glückliche Rettung beschert hatten. Der Einäugige aß und trank so maßlos, daß wir uns wunderten, wie ein Arzt so unvernünftig sein konnte; denn diese sind es doch, die dem Ausgehungerten stets raten, Nahrung nur langsam und vorsichtig in einen geschwächten Leib aufzunehmen. Eurymachos aber scherte sich nicht darum, sondern begann zu heulen und zu fluchen, als wir ihm das gebratene Fleisch nach einer Weile wegnehmen wollten, und wirklich hat sein abgemagerter Körper auch diese letzte Folter glimpflich überstanden.

Abulli, der König der Uqumeni, war mit seinen Kriegern aus der gefallenen Festung entkommen. Hoch von der steilsten Felsenwand herab schmähte er die Assyrer und warf voller Zorn mit Steinen nach ihnen. Vergeblich spähten wir nach einem Pfad, die Flüchtigen zu erreichen, und schließlich rief Kilischu wütend:»Ach, würden mir doch Flügel wachsen, ich wollte mich allein zum Gipfel schwingen und den feigen Hund herunterholen, der so stark mit Worten ist! Allein, wir sind weder Adler noch Kletterziegen und können nichts anderes tun, als zu warten, bis der Hunger den Uqumeni die Bäuche zerreißt.«

»Wenn du das willst, magst du das gerne tun«, versetzte Tukulti-Ninurta, »mir aber fehlt es dazu an Geduld. Zwar ist Abulli uns mit den besten seiner Krieger entkommen, aber seine Weiber und Töchter sind im Palast gefangen. Wir wollen sie dem Vater zeigen, vielleicht lockt das den Geier aus dem Horst!«

So sprach er und ließ die unglücklichen Frauen kommen. Sie warfen sich dem Assyrer jammernd zu Füßen. Tukulti-Ninurta ließ ihnen jedoch ohne Gnade die Kleider vom Leib reißen und spannte Königinnen und Prinzessinnen nackt vor seinen Streitwagen. Dann schlug er ihnen mit der Peitsche auf die weißen Rücken, so daß sie weinend und wehklagend ihren Feind auf dem steilen Weg entlangzogen und schließlich keuchend und erschöpft ins Gras sanken, wo sie dann zu schwach waren, um sich noch gegen die Lüsternheiten der assyrischen Krieger zu wehren. Der König aber rief seinem Feind in der Höhe herausfordernd zu:»Nun, Freund Abulli? Siehst du die munteren Rößlein, die mich so hurtig ziehen? Wahrlich, es ist ein hübscher Anblick, diese stolzen Tiere so zahm und gefügig zu sehen. Meine Krieger werden sie dafür gewiß reichlich belohnen!«

Da hielt es die Uqumeni nicht länger auf ihrem sicheren Platz. Rasend vor Wut stürzten sich Abulli und seine Getreuen auf unsere Streitmacht. Der Kampf dauerte zwei Stunden; dann lagen die Uqumeni sämtlich erschlagen am Boden. Den Leichnam des Königs Abulli jedoch band Tukulti-Ninurta an seinen Wagen und schleifte ihn nach Assur.

Der König befahl in diesem Jahr noch drei weitere Züge in das Gutäerland, aber wir konnten Pithunna nicht finden. Später hörten wir, daß er vom Angriff der Assyrer eben noch rechtzeitig erfahren hatte, um tags zuvor aus Abullis Palast zu entfliehen. Mit seinen Kaschkäern verließ er das dem Untergang geweihte Land der Uqumeni und folgte dem zurückweichenden Frost nach Norden.

5 Auch im nächsten Jahr jagten wir Pithunna vergeblich. Diesmal hatten Späher ihn im Land Elchulia gesehen. Wir rotteten die Bewohner dieses Reichs aus und machten es öde vom Osten zum Westen. Wir metzelten die Krieger nieder, zerstörten ihre Häuser und verbrannten ihre Frauen und Kinder in ihren Dörfern. Aber Pithunna konnte uns wieder entfliehen.

Im dritten Jahr erhielten wir Nachricht, daß mein Feind die Stämme Saridas aufwiegeln wolle. Wie ein Erdbeben zog Tukulti-Ninurta daraufhin gegen diese Völker. Er ließ ihr Leben wie Wasser ausrinnen und bedeckte die bergige Steppe mit den Leichen ihrer Krieger. Die tiefen Täler und Bäche waren mit den Körpern der Erschlagenen gefüllt. Die Überlebenden aber wurden nach dem Kampf vor ihren Städten auf spitze Pfähle gesteckt und starben, umhüllt von den Rauchwolken ihrer brennenden Heimat.

Im vierten Jahr zogen wir in die Berge von Mechri, im fünften durchstreiften wir die Täler der Turukku, und wieder sanken die Feinde vor uns nieder wie das reife Getreide vor der Sichel des Schnitters. Wieder band König Tukulti-Ninurta besiegte Fürsten an seinen Wagen, wieder schichteten die Assyrer die Köpfe der Hingeschlachteten wie Kornhaufen auf, aber wieder kamen wir zu spät, um Pithunna und seine Kaschkäer zu ergreifen.

Tod und Verderben begleiteten König Tukulti-Ninurta auf seinem Weg durch die Länder des Nordens, und die Bewohner der Schwarzen Berge zitterten vor dem Klang seines Namens. Aber wie jeder Schlag mit dem Hammer das Kupfer nur fester zusammenschmiedet, so schlossen sich auch unsere Feinde nach jedem Feldzug immer enger zusammen, und im sechsten Jahr kam nach Assur die Kunde, daß uns Pithunna nun in offener Schlacht entgegentreten wolle, gefolgt von den gefürchteten Kudmuchi, dem Herrscher von Alzi und nicht weniger als vierzig Fürsten der zerklüfteten Länder Naïris.

Länger als vor jedem anderen Feldzug zuvor hob König Tukulti-Ninurta die Hände zu seinem Gott Assur. Reicher als jemals zuvor waren die Opfer der Priester, lauter als jemals zuvor die angstvertreibenden Lieder der Krieger, sorgenvoller als jemals zuvor die Gesichter der zurückbleibenden Frauen. Mehr als siebenundzwanzigtausend Assyrer sammelten sich auf dem weiten Feld vor den Toren der Hauptstadt, und bis tief in die Nächte hinein sah man ihre lodernden Feuer erglühen, ehe sich dieses gewaltige Heer wie ein ungeheurer Drache rasselnd und stampfend nach Norden wälzte, dem Ufer des rauschenden Idiglat bis in die Schneeländer folgend.

Kurz war mein Abschied von Perisade, die traurig meinen Kopf in ihre Hände nahm und sagte: »So wenig Glück ist uns vergönnt, mein Geliebter, und mit soviel Angst müssen wir dafür büßen. Versprich mir, daß du immer an mich denken und deine Liebe zu mir nie vergessen wirst.«

Ich legte zärtlich den Arm um ihre Schultern, starrte nachdenklich in die wirbelnden Fluten des fruchtbaren Idiglat und gab zur Antwort:

»Der Fluß steigt und fällt, Perisade; hoch schäumen seine Wogen im Frühjahr, spärlich nur rinnt sein Wasser im Herbst. Aber meine Liebe zu dir wird sich niemals verändern; jede Nacht will ich zu den ewigen Sternen aufsehen und von dir träumen.«

Da bewegte sich plötzlich der blühende Ginsterstrauch hinter uns, und zwischen den gelbverschleierten Zweigen trat Naramsin hervor, den Bogen um seine Schulter gehängt und mit einer prächtigen Fasanenhenne in der Hand. Verwundert blieb er stehen, als er uns so eng umschlungen sah. Verzweifelte Gedanken rasten durch mein Gehirn, denn ich hatte kein Vertrauen zu seiner Verschwiegenheit und dachte in meiner Furcht, es wäre für Perisade und mich das sicherste, den Zeugen unseres Treffens auf der Stelle niederzuhauen. Die schöne Fürstin aber schien zu spüren, was in mir vorging, denn sie klammerte sich mit allen Kräften an meinen Arm, so daß ich nicht nach meiner Waffe greifen konnte.

Ihr Bruder sah uns mit undurchdringlicher Miene an und sagte dann mit merkwürdiger Betonung: »Ach, ihr seid es? Was für eine Überraschung! Ich hörte ein Rascheln im Laub und glaubte, ein turtelndes Taubenpärchen anzutreffen, das meinen Beutekorb bereichern sollte. Habt ihr schon wieder geopfert, ihr frommen Gläubigen! Eure Gottesfurcht erfüllt mich mit Bewunderung.«

Wütend versuchte ich mich zu befreien, aber Perisade hielt mich fest, um eine Bluttat zu verhindern, die sie mit Recht befürchten mußte. Denn ich war so erbost, daß ich wohl kaum gezögert hätte, das Geheimnis meiner Liebe mit dem Schwert zu schützen. In Naramsins Augen las ich versteckten Spott; da sagte ich voller Zorn:

»Und du, mein neugieriger Freund? Seit wann verfolgst du Tauben in der Wildnis, wo dich im Frauenhaus des Königs doch eine noch viel edlere Beute erwartet?«

Bestürzung zeigte sich auf Naramsins Gesicht, denn er hatte nicht geahnt, daß es für seine frevlerische Liebe zu der schönen Scherua außer dem Maler einen zweiten Zeugen gab. »Es ist noch gar nicht lange her«, fügte ich deshalb hinzu, »daß ich dich heimlich um den Palast des Herrschers schleichen sah. Soll ich dir auch noch sagen, welches Fenster du beim edlen Waidwerk kühn erstiegen hast?«

Der Blick des jungen Mitanni flog erst zu meinem Schwert, dann auf seinen Bogen. Mordlust erschien in seinen Augen, und ich wußte, daß er das gleiche wünschte wie ich: Daß Perisade nicht bei uns wäre und er versuchen könne, das wie durch einen starken Regen plötzlich freigespülte Kleinod seines Glücks mit meinem Blut neu zu verdecken.

»Was sagst du da?« fragte mich Perisade verwundert, während Naramsin und ich uns wie hungrige Berglöwen gegenüberstanden, die um ihre Beute streiten. »Mein Bruder soll in das Königshaus gedrungen sein?«

»Ich täusche mich nicht«, entgegnete ich. »Durch Zufall sah ich nach einem späten Besuch mit Diomedes bei König Tukulti-Ninurta deinen Bruder geduckt durch die Gärten schleichen. Die goldhaarige Fürstentochter aus Elam ist es, für die er schon seit langem sein Leben wagt. Aber was erzähle ich dir, Perisade, du weißt es doch selber schon längst.«

»Du hast bestimmt geträumt, Aras«, erwiderte meine Geliebte mit großer Bestimmtheit, und ich merkte, daß sie nach einem Ausweg suchte, um einen Kampf zwischen Naramsin und mir zu verhindern. »Wer würde einen solchen Frevel wagen? Schon damals, als du mir zum ersten Mal davon erzähltest, glaubte ich kein Wort davon, aber ich wollte dich nicht kränken. Jetzt aber muß ich dir wohl sagen: Naramsin ist kein Mann, der eine solche Schuld auf sich laden würde, und überdies fehlte es ihm dazu wohl auch an Mut. Er sucht sich die Gefährtinnen doch lieber bei den hübschen Dienerinnen aus, wo Liebesstunden leichter und viel ungefährlicher vonstatten gehen.«

»Recht hast du, Perisade!« versetzte der junge Mitanni lauernd. »Ich weiß tatsächlich nicht, wie ich so in Verdacht geraten konnte. Aber wir wollen derartige Dinge lieber nicht länger erörtern, sonst kommen sie noch einem zu Ohren, der solchen Unsinn leichter glaubt als meine kluge Schwester. Gerede über nächtliche Spukgestalten im Palast könnte Mißgünstige ebensoschnell zu falschen Schlüssen verleiten wie Berichte über heimliche Opferhandlungen an abgelegenen Stellen.«

»Wer weiß, vielleicht war es wirklich nur ein Trugbild, das meine Augen verwirrte«, log ich, um einzulenken. »Ich bin daher bereit, alles Gesagte zu vergessen, wenn du mir das gleiche gelobst!«

Da teilte ein Lächeln das angespannte Gesicht des Mitanni, und er rief erleichtert aus: »Wie kann ich denn vergessen, was ich gar nicht gesehen habe? Vielleicht seid auch ihr nur Scheingebilde und befindet euch in Wahrheit gar nicht an diesem Platz! Jedenfalls werde ich mich hüten, darüber zu sprechen, denn für einen Mann meines Alters wäre es wohl beschämend, wenn er sich eingestehen müßte, daß seine Sinne nichts mehr taugen.«

Damit verschwand er im Wald. Wir aber eilten zur Hauptstadt zurück, um unser Glück nicht noch einmal herauszufordern, und Perisade sagte zu mir: »Der Weise stolpert nicht zweimal über denselben Stein. Wir aber waren töricht genug, uns bei unserem Abschied von demselben Mann überraschen zu lassen, dessen Mißtrauen wir schon einmal weckten. Ach, nur die Götter wissen, wie sehr es mich quält, daß ich mich dir nur im Geheimen hingeben darf und dann wie eine Verbrecherin fortschleichen muß. Aber das Schicksal hat es nicht anders gewollt, und jeder Augenblick mit dir ist den Verzicht auf Stolz und Ehre wert.«

Ich schwieg und fühlte große Traurigkeit in meinem Herzen, und in dieser Stunde empfand ich zum ersten Mal in meinem Innern den bösen Wunsch, den großen Kilischu sterben zu sehen.

An diesem Abend trank ich soviel gewürzten Wein, daß ich meine Gedanken nur mit Mühe zusammenzuhalten vermochte. Meine Gefährten schwankten schon bald wie die Rohre des Schilfs im launischen Wind. Doch während sie immer lauter wurden und schließlich aus vollem Halse zu singen und johlen begannen, wurde ich nur immer stiller und spürte nicht Fröhlichkeit, sondern nur Schmerz.

»Was ist mit dir, Aras?« fragte mich Zakrops daher nach einer Weile. »Willst du nicht mit uns feiern, daß es schon bald wieder Ruhm und Beute zu gewinnen gibt im Land der Schwarzen Berge? Ich will nicht glauben, daß du Angst vor jenen Kämpfen hast, die uns dort bevorstehen mögen, denn bisher hast du dich nicht als Feigling gezeigt.«

»Was wird es schon sein, das ihn jetzt so betrübt macht?« rief der kleine Troßverwalter Stigos. »Weißt du das wirklich nicht? Freilich, du hast dir ja schon in der Jugend das wilde Seeräuberlos erkoren und weder Vater noch Mutter gekannt. Darum kennst du vielleicht nicht jenes Gefühl, das in der Fremde jeden jungen Mann einmal überwältigt und das auch mich jetzt traurig stimmt. Es ist die Sehnsucht nach vergangenem Glück, nach dem sicheren Hort der Kindheit, nach alten Freunden und Vertrauten; man nennt es Heimweh.«

»Heimweh?« fragte der einäugige Eurymachos erstaunt, »ausgerechnet Stigos spricht von Heimweh? Als Arzt kann ich nur sagen, daß dir der Wein wohl die Sinne vernebelt. Heimweh empfindest du jetzt, wo du doch aus Myloi gar nicht hättest auszufahren brauchen? Wo du dich doch nur auf die Strohmatte deiner begüterten Eltern legen mußtest, um deine Sklaven für dich arbeiten zu lassen? Jeder von uns hätte mit Freuden genossen, was du so schnöde ausgeschlagen hast. Doch wie sagtest du in Ägypten? ›Was soll ich denn in diesem Drecknest?! Wer einmal im Meer seine Füße wusch, der wünscht sich auch, darauf sein Leben lang zu fahren!‹ So hast du damals gesprochen; erinnerst du dich nicht mehr?«

»Ich weiß«, entgegnete Stigos ernst, »mit harten Worten habe ich vor Zeiten oft meine geliebte Heimat geschmäht, und wollte in der Ferne finden, was ich zu Hause zu vermissen glaubte. Doch je mehr Wunder ich in allen Ländern auf der Weltenscheibe sah, desto kostbarer erscheint mir heute, was ich einst in Myloi zurückließ; denn dort ruht die Wurzel meines Lebens, wenn dieses sich später auch wild und ziellos wand wie eine Efeuranke.«

Die anderen schwiegen nachdenklich, und Zakrops war es, der schließlich sagte:»Wahrlich, als wir von Troja nach Argos zurückkehrten, ihr wißt es wohl noch alle, trat ich vor Diomedes und bat ihn, mich vorher zu entlassen, damit ich mit meinem Gold nicht meinem gierigen Eheweib in die Klauen geriete. Ach, mit welch häßlichen Namen habe ich meine kleine Gefährtin damals bedacht! Doch nun denke ich schon seit vielen Tagen immer häufiger daran, wie es wohl wäre, wieder in ihren Armen zu liegen und ihre Stimme zu hören, die, wenn sie auch im Streite schrill und unerträglich wird, manchmal doch auch sehr weich und zärtlich klingen kann. Auch meine Kinder würde ich gern einmal wiedersehen, um die Muskeln meiner wackeren Söhne zu prüfen und mich an der Anmut meiner Töchter zu freuen.«

Lange tranken die Gefährten aus ihren buntbemalten Schalen. Selbst der schnellzüngige Polyphas vergaß das Spotten und sagte leise zu seinem Bruder:»Wie lange schon, Polkos, haben wir nicht mehr am Grab unseres Vaters gebetet? Ohne Halt, wie ein vom Ast gerissenes Blatt, treiben wir über die Erde, der Willkür des Windes folgend, nach Süden und Norden, nach Osten und Westen, und haben doch nirgends einen Ort gefunden, der uns die Heimat vergessen ließ.«

»So ist es«, fügte Eurymachos hinzu, »nichts schätzt der Mensch geringer ein als das, woran er längst gewöhnt ist. Nichts wiederum vermißt er mehr als das Gewohnte, wenn er es einmal verlor.«

»Wenn ich«, seufzte Polymerios nach langem Sinnen, »nur noch ein einziges Mal die schattigen Wälder Messeniens durchwandern dürfte, nicht Gold noch Edelsteine würden mich glücklicher machen.«

»Ja«, fügte Stigos hinzu, »wenn unser Kampf zu Ende ist und Diomedes uns aus seinem Dienst entläßt, dann will ich in die Heimat wiederkehren und meine Eltern stützen, die mich schon so lange entbehren mußten.«

»Wer weiß, ob in der Heimat überhaupt noch einer lebt, der sich an uns erinnert«, sprach Polkos und starrte düster in seinen Wein. »Neun Jahre sind nun schon vergangen, seit wir die Strände von Argos zum letzten Mal sahen, und damals weilten wir nur für wenige Stunden dort. Vielleicht sind unsere Freunde schon alle tot, und wir sind die letzten des verratenen Volkes von Argos! Einsam wandeln wir über die Weltenscheibe und gleichen wohl bereits den rätselvollen leeren Burgen, die nutzlos und verlassen auf den Bergen stehen und deren Herren längst vergessen sind.«

So redeten sie voller Traurigkeit und Zweifel. Nur der junge Kaliphon sagte nichts, sondern spielte gedankenverloren auf seiner Harfe, und Wehmut schlich sich in unsere Herzen.

6 Wir zogen den Idiglat aufwärts, auf jener alten Straße, die sich von Susa tief im Süden nordwärts bis ins Land Urartu windet. Am dritten Tag hatten Diomedes und ich dort eine seltsame Begegnung. Wir rasteten im Wald, als eine kleine, braune Antilope vor uns aus den Büschen brach und über eine Lichtung hetzte. Wir folgten ihr enttäuscht mit den Augen, denn wir führten keinen Bogen mit uns; als das schöne Tier gegenüber am Waldrand verschwand, entdeckten wir zwischen den Bäumen eine Gestalt, in der ich den alten Narmur zu erkennen glaubte, den weitgereisten Kaufmann aus Eschnunna.

»Narmur!« rief ich überrascht. »Welch ein Zufall, daß wir uns hier wiederfinden! Komm zu uns, ich will meinem Freund Diomedes den hilfreichen Retter zeigen, der Perisade und mich einst vor den mörderischen Kudmuchi bewahrte!«

Während ich das sagte und mich im Kreis umsah, bemerkte ich plötzlich, daß wir genau an der Stelle standen, an der unsere Flucht damals vor sechs Jahren ihr glückliches Ende gefunden hatte. Nebel wallten zwischen den Stämmen empor, obwohl die Mittagssonne hell am Himmel stand; dann hörte ich Narmurs Stimme, die aber seltsam verändert klang.

»Zufall ist nur, was der Mensch nicht versteht«, sagte er mit hallenden Worten, »doch alles ist vom Schicksal vorbestimmt. Der Himmel plante, daß sich unser Weg an diesem Orte kreuzen sollte. Sein Wollen magst du daraus selbst erkennen.«

»Ist das der Mann, von dem du mir damals erzählt hast, als du glücklich nach Assur gelangt warst?« fragte Diomedes und trat einen Schritt vor. Da sprach der Alte wieder:

»Bleibt, wo ihr seid! Mir fehlt die Zeit, euch zu begrüßen, und ich muß sogleich weiterziehen. Nur soviel sollt ihr hören: Himmlische weisen euch den Weg, aber es liegt an euch, ihre Zeichen zu deuten und ihnen zu folgen. Enträtselt die geheimen Male und handelt nach dem Glauben eurer Seele!«

»Was sagen uns die Schicksalslenker?« rief ich aufgeregt. »Kannst du uns helfen, ihren Willen zu ergründen? Wer bist du? Bist du wirklich Narmur, den ich kannte, oder bist du selbst ein Gott?«

»Du sollst nicht fragen, sondern hören«, antwortete der Greis, »denn die Botschaft der Himmlischen ist flüchtig wie die Wolke vor dem Wind und das Treibholz vor den Wellen des Meeres. Der Adler flieht zu den Lachenden Vögeln, und saures Wasser wird den Durst des Blinden löschen. Die Sonne zeigt dem Suchenden den Weg, doch sehend wird er erst am Tor der Götter.«
»Wo wohnen die Lachenden Vögel? Wo steht das Tor der Götter?« rief ich voller Erregung. Doch der Alte hob nur noch einmal grüßend die Hand, dann war er verschwunden. Eilig liefen wir über die Lichtung, aber wir fanden keine Spur von ihm; weder ein niedergetretener Grashalm noch ein geknickter Zweig verriet, ob hier ein Mensch gegangen war, und Diomedes sagte zweifelnd zu mir:
»Das soll der alte Kaufmann gewesen sein, der dich einst vor den Kudmuchi rettete? Mir ist eher, als hätte ein Unsterblicher zu uns gesprochen. Ja, ich glaube fast, es war der Götterbote Hermes, der uns dieses seltsame Orakel gab.«
»Ja«, sagte ich bebend, »auch ich spüre in meinem Herzen den Hauch des Unerklärlichen; es ist, als ob einer glatten und fugenlosen Mauer in meinem Rücken plötzlich ein kalter Luftzug entronnen wäre. Was hat er uns mit seinen Worten sagen wollen? Wo sollen wir nachforschen, um das Vorbestimmte zu erahnen?«
»Wenn die Zeit gereift ist, werden wir es wissen«, gab Diomedes zur Antwort, und tiefe Frömmigkeit klang aus seiner Stimme. »Nun aber laß uns erst den Göttern reiche Opfer bringen, zum Dank für ihre Hilfe, auch wenn wir den Sinn der Botschaft erst noch verstehen lernen müssen.«
Einen Mond später erreichten wir die feste Stadt Amedi, die dem König Assyriens seit alters her treu ergeben war. Ihr Herrscher, der kluge und tapfere Fürst Tuglub, hatte sich hartnäckig allen Ränken Pithunnas erwehrt und seine Tore geschlossen, als die Kaschkäer und Kudmuchi vor die Mauern zogen. Aber er wäre der feindlichen Übermacht wohl bald erlegen, wenn sich seine Gegner nicht auf die Kunde vom Anmarsch der Assyrer rasch zurückgezogen hätten; denn Pithunna wollte die Schlacht nicht mit einer feindlichen Stadt im Rücken wagen. Tukulti-Ninurta versprach seinem treuen Gefolgsmann für seine Standhaftigkeit reichen Lohn. Dann folgte er dem Gegner, der sieben Tagesmärsche nördlich an einem Quellfluß des Idiglat auf uns wartete.
Dort, in einem sumpfigen Tal auf der anderen Seite des Flusses, glänzten die eisernen Waffen und Schilde der zahllosen Völker im Sonnenlicht wie die Sterne am nächtlichen Himmel. Die Scharen der Feinde breiteten sich unübersehbar aus, und schon von weitem hörten wir ihr wildes Kriegsgeschrei, so daß sich selbst die kampfgewohnten Assyrer dichter als sonst zusammendrängten und ihren Anführern nur widerwillig folgten. Wir überschritten den Strom auf einem hölzernen Steg. Als der letzte aus unserem Heer darüber gegangen war, ließ König Tukulti-Ninurta die Stricke durchhauen und alle Bohlen ins Wasser werfen. Erschrocken begannen die Krieger zu jammern, der König aber sprach mit erhobener Stimme zu ihnen:

»Nun ist es vorbei mit dem ruhigen Schlaf und dem sorglosen Wandern! Mordlustig lauert der Feind auf uns, und er wird euch nicht Zeit zum Prassen und Faulenzen lassen. Auch wird er nicht scheu vor euch weichen, wie ihr es bisher von den Völkern der Schwarzen Berge gewohnt wart; sondern er wird sich im Gegenteil voller Kampfeseifer auf euch stürzen und nicht eher nachlassen, als bis er im Triumph eure Häupter auf hölzerne Stangen spießen kann. Das wird ihm auch ohne Zweifel gelingen, sofern ihr töricht genug seid, in feiger Flucht nach hinten zu streben und ihm eure ungeschützten Rücken zuzuwenden, ängstliche Drückeberger, die ihr allesamt seid! Wahrlich, Pithunna dürfte sich glücklich schätzen, denn er verfügt ausschließlich über wackere und furchtlose Krieger, im Gegensatz zu mir unglücklichem Narren, der sich mit zitternden Krüppeln und weinenden Kindern in die gefährliche Fremde wagt!«

Die Assyrer verstummten beschämt; ihr Herrscher fuhr fort:

»Aber ihr mögt euch immerhin damit trösten, daß ihr ja einen klugen und kampferprobten Fürsten besitzt, der zwar ein besseres Kriegsvolk anzuführen verdiente, als ihr es seid, der euch aber dennoch voller Mitleid und Verständnis zur Seite stehen wird. Ich bin es, hinter dem ihr euch verstecken dürft, wenn die Feinde zu zahlreich werden und ihr nach euren Müttern ruft. Und ich bin es, der euch rät, euer Heil nicht etwa im Rückzug zu suchen, so verlockend dieser Gedanke euch auch erscheinen wird, wenn erst einmal die schrecklichen Kudmuchi gegen euch rasen. Damit ihr meinen Ratschlag aber bestimmt nicht vergeßt, habe ich diese kleine Brücke dem Stromgott geschenkt. Wir werden ihrer ohnehin nicht mehr bedürfen. Obsiegen wir, werden wir Zeit genug haben, eine neue zu errichten. Geht aber diese Schlacht durch euren Wankelmut verloren, dann braucht ihr euch nicht weiter um den Weg zu kümmern, denn dann werdet ihr sogleich hinunter zu den Schatten wandern, versehen mit dem gerechten Lohn für eure Feigheit.«

Nun begannen die Krieger Assyriens verdrossen zu murren; man hörte Rufe wie: »Feiglinge sind wir noch niemals gewesen!« und »Führe uns endlich zum Angriff, König, dann wollen wir sehen, wer am Ende die Klüfte des Arallu füllt!« Tukulti-Ninurta lächelte; dann fuhr er fort:

»Genug, ich sehe, daß ihr willens seid, euch nicht der Schande auszusetzen. Denkt immer daran, wer es ist, der eure Scharen leitet! Dem Kriegsgott gleiche ich in meiner Macht, und niemals werden meine Feinde mich besiegen. Wahrlich, wenn ihr so kämpft, wie es der Männer von Assyrien würdig ist, dann brauchen wir keine neue Brücke zu errichten, sondern wir werden diesen Fluß auf den Leibern der Erschlagenen mit trockener Sandale überqueren!«

Da brüllten die Krieger begeistert auf und drängten nach vorn. Tukulti-Ninurta ließ jedoch nicht sogleich die Angriffshörner blasen, wie wir nun erwarteten, sondern er rief seine Heerführer zu sich und sagte:

»Ihr habt sicherlich bemerkt, was Pithunnas Grund war, dieses Tal als Ort der Schlacht zu wählen. Bäche und Wasserrinnen stürzen hier in großer

Zahl von den Bergen in die Ebene herab und durchziehen das Land dicht und vielfältig wie das Geäst eines buschigen Baums. Tümpel und Weiher blinken dazwischen wie Augen des hundertköpfigen Drachen. Der Boden muß hier weich und morastig sein, und unsere Wagen werden im Schlamm versinken, wenn wir unser Kriegsvolk jetzt zu siegessicher in den Angriff treiben. In den starken Schlangenarmen dieses Sumpfes wird mein Heer ersticken, hält uns nicht die kluge Vorbedacht zurück. Es ist ein schlauer Plan, mit dem Pithunna dieses Tal für uns zum Grab machen möchte. Doch Assur gab mir einen göttlichen Gedanken, wie ich die Arglist meines Feindes zu meinem Vorteil nutzen kann.

Ich will zunächst mit wenigen Kriegern ein Vorgefecht beginnen, um die Feinde abzulenken und die Kampfeswut der Männer weiter anzustacheln. Du aber, Kilischu, sollst am Abend mit dem dritten Teil des Heeres um die Berge gegen Sonnenaufgang ziehen und im Schutz der Nacht auf ihre Gipfel steigen. Im ersten Morgenlicht stürzt du dich dann wie ein Wildbach hinab und treibst die Feinde aus dem Schutz der festen Hänge in den Sumpf. Du, Diomedes, wirst das gleiche auf der linken Seite tun. Im Schein der Morgenröte mag das Kämpfen dann beginnen. Legt eure Eisenpanzer ab und wikkelt Stoff um eure Schwerter, damit euch keiner von den Wächtern höre, mit denen sich Pithunna wohl vor solcher Überraschung schützen will. Hat erst die Schlacht begonnen, dann braucht ihr keine Rüstung mehr; denn dann werdet ihr nicht zu fechten, sondern zu schlachten haben.«

So geschah es. Die mutigsten Wagenkämpfer führte Tukulti-Ninurta ins Vorgefecht, wobei er sich auch selbst ins heftigste Getümmel wagte. Aber sobald die Räder der assyrischen Streitwagen im weichen Morast zu versinken drohten, wandten die Krieger Assurs ihre Pferde und zogen sich wieder auf festen Boden zurück. Die Kudmuchi verfolgten die Gegner dann stets mit wildem Geheul, aber auch sie blieben stets in weiter Entfernung von den Bogenschützen der Assyrer stehen, so daß dieser Tag nur mit unbedeutenden Kämpfen verging. Als sich endlich die Dämmerung senkte und das Licht der Sterne zu leuchten begann, lösten Kilischu und Diomedes die Panzer; wir hüllten unsere Schwerter und Speere in Tücher und schlichen davon.

Der ungestüme Boreas trieb graue Wolkenschleier über das Firmament, und wir begannen zu frieren. Aber die Anstrengung verjagte schnell die Kälte aus unseren Gliedern, und wir eilten lautlos durch die Dunkelheit, mordlustig wie die menschlichen Wölfe des Lykaeus.

Zweimal sahen wir gegen den hellen Himmel die Umrisse von Wächtern, die zwischen Felsen standen. Dem ersten stieß Polymerios seinen Spieß von hinten zwischen die Schulterblätter; dann hielt er sein Opfer so lange gegen die steinerne Bergwand gepreßt, bis wir hinzueilten und den eisengepanzerten Toten ohne Geräusch zu Boden gleiten ließen. Dem anderen Wächter preßte der starke Polkos die Hand aufs Gesicht, während sein Bruder Polyphas dem Überfallenen das spitze Eisen seines Dolches zwischen den Platten der Rüstung in die Gedärme bohrte. Beim ersten Dämmerlicht des Morgens stiegen wir dann von den steilen Hängen hinab in das Tal, und als vom anderen Ende her plötzlich Waffenlärm erschallte, wußten wir, daß König Tukulti-Ninurta jetzt seine geordneten Scharen zum Angriff befahl. Diomedes rief mit dröhnender Stimme:

»Jetzt gilt es, Gefährten; keiner weiche zurück! Zeus und Athene mögen unsere Waffen lenken. Rache für Aras und Tod dem Mörder Pithunna!«

Laut schrien die Gefährten auf, und wie sich die Strömung des Nilflusses schäumend über die Wasserfälle ergießt, stürzte die Flut unserer Krieger nun brüllend den Feinden entgegen. Fern auf der anderen Seite des Tals sahen wir die Waffen Kilischus und seiner Krieger blitzen, und von rechts hörten wir das schrille Wiehern der kampferprobten Rosse Assurs, denn auf beiden Seiten hatte der König erfahrene Streitwagenkämpfer vorausgeschickt, um den Feind zusammenzuquetschen wie eine reife Frucht zwischen den eisernen Gliedern der klobigen Schmiedezange. Der Wagen des Königs war selbst aus der Ferne funkelnd und prachtvoll anzusehen, und der Schlachtenlenker darin erschien uns in seiner goldenen Rüstung herrlich wie ein Gott.

Auch die Kudmuchi und ihre Verbündeten kämpften erbittert und ohne Furcht; aber so viele Wagen die Fürsten von Alzi und Naïri auch besaßen, vor der Wucht der Assyrer zerstoben ihre Reihen wie Sandkörner unter den wirbelnden Hufen der Rosse. Nur einen sah ich unter ihnen, der stark und heldenhaft dem wilden Angriffssturm standhielt: Das war der König von Alzi, der tapfere Echli-Teschup.

Der Fürst war nur von mäßiger Größe, aber er kämpfte mit großer Kraft und Geschicklichkeit. Eine schwarzglänzende Rüstung umschloß seinen breiten, gedrungenen Körper. Er focht ohne Helm, und mir war, als hätte ich sein Gesicht vor sehr langer Zeit schon einmal gesehen.

Als erster fuhr der junge Naramsin gegen den Recken aus Alzi. Der Mitanni warf schon von weitem seinen Speer. Doch wie sich der tüchtige Hirtenhund achtsam den stampfenden Hufen des tobenden Stiers entzieht, wich Echli-Teschup dem sausenden Wurfgeschoß aus und hieb dem überraschten Naramsin seine Streitkeule über das Haupt, so daß unser Gefährte besinnungslos aus seinem Wagen stürzte und schwer zu Boden schlug.

Schnell eilte der König von Alzi herbei, um dem Besiegten Waffen und Rüstung zu rauben und ihm den tödlichen Streich zu versetzen. Aber noch rascher als der Sieger erreichte der tapfere Tuglub, der Fürst von Amedi, den liegenden Recken und deckte ihn mit seinem Schild gegen die wütenden Hiebe des Siegers. Dann spülten die Wogen des Kampfes den zornigen Echli-Teschup hinweg, und der treue Tuglub konnte Naramsin auf seinem Wagen in Sicherheit bringen. Die Kudmuchi faßten bei diesem Anblick neuen Kampfesmut; viele von ihnen waren allmählich zurückgewichen und schon an den Rand der gefährlichen Sümpfe gelangt, die eigentlich doch uns zur Todesfalle hatten werden sollen. Ich blickte zur anderen Seite, ob sich Kilischu dort nicht endlich siegreich zeigte. Da sah ich, daß sich dort noch viele feindliche Krieger zum Widerstand zusammenschlossen, und mit pochendem Herzen erkannte ich unter ihnen die spitzen Eisenhelme der Kaschkäer, und in ihrer Mitte meinen verhaßten Todfeind Pithunna.

Seine Rüstung war blutüberströmt, aber es war nicht sein eigenes Blut, das hell über das schwarze Eisen rann, sondern das der Assyrer, die er in dieser Schlacht niedergehauen hatte. Wie ein Felsblock im reißenden Strom teilte Pithunna die Scharen Kilischus, und schließlich stand er dem obersten Heerführer gegenüber. Wie zwei wütende Eber prallten die Kämpfer gegeneinander, und keiner von ihnen wankte, so mächtig die Hiebe auch trafen.

»Diomedes«, rief ich meinen Gefährten, »siehst du, wohin mein Schwur mich ruft? Folge mir, damit uns der verfluchte Mörder nicht entrinne!« Da packte der König von Argos einen der umgestürzten Wagen, hob ihn mit gewaltiger Anstrengung wieder auf seine Räder, warf mir die Zügel zu und sprang, während die Rosse schnaubend davoneilten, zu mir auf die schwankende Achse.

Nur kurz sahen wir Tukulti-Ninurta, der sich wie ein Habicht an uns vorbei auf den tapferen König von Alzi stürzte. So machtvoll sich dieser auch bislang zur Wehr gesetzt hatte, den gewaltigen Hieben des höchsten Assyrers vermochte er nicht länger standzuhalten, denn er blutete bereits aus vielen Wunden. Darum drehte der König von Alzi am Ende verzweifelt sein Fahrzeug und brach in verwegener Flucht durch die Reihen der Feinde. Wir kümmerten uns nicht um ihn, sondern hielten in rasender Fahrt auf Pithunna zu.

Der Kaschkäer hörte durch den Schlachtenlärm das Donnern des eisernen Wagens, der wie ein Gewitter gegen ihn tobte, und wandte überrascht den Kopf. Einen Herzschlag lang sah er mir in die Augen; in seinem hageren, schwarzbärtigen Gesicht las ich Haß, Wut und Enttäuschung, und wie ein Blitz durchzuckte mich der Gedanke, daß dieser Mann, der Mörder meiner Eltern, gar nicht wissen konnte, wem er gegenüberstand. Dann fiel Pithunnas Blick auf Diomedes, der mit wehenden Haaren und glühenden Augen wie ein schrecklicher Dämon der Rache neben mir stand, und ich sah, wie Furcht das Herz des Kaschkäerfürsten erfüllte. So mutig er bislang dem wütenden Ansturm Kilischus entgegengestanden hatte, so angstvoll wandte er sich nun vor Diomedes zur Flucht; er schwang sich auf das gepanzerte Roß, das seine Gefährten ihm brachten, und lenkte das kraftvoll hochsteigende Reittier mit schmerzvollem Zügelzug in die Flucht.

»Stehe, Pithunna!« schrie Diomedes zornig. »Wehre dich, damit ich dein Blut vergießen kann!« Doch der Fürst der Kaschkäer, von seinen Kriegern umringt, drehte sich nicht nach ihm um, sondern spornte sein Pferd nur noch zu schnellerem Lauf.

»Stehe, Pithunna!« hörte ich meinen Gefährten ein zweites Mal rufen. »Du wirst meiner Rache nicht entgehen!« Doch mein Todfeind beugte sich nur noch tiefer über den Rücken des rettenden Rosses, das stampfend und schnaubend durch die dichten Reihen der Assyrer brach.

Da rief Diomedes voll Wut und Verachtung: »Bis heute, Pithunna, haben die Söhne der Berge dich an ihren Feuern als Helden verehrt. Jetzt aber werden sie deinen Namen als den eines Feiglings verfluchen!«

Mitten durch die Scharen Tukulti-Ninurtas strebte der Fürst der Kaschkäer dem Ausgang des Tales entgegen. Die ihn aufzuhalten versuchten, hieb er nieder wie trockenes Stroh. Da stellten sich ihm der mutige Speerkämpfer Stigos und der kampferprobte Polymerios mit eisernen Spießen in den Weg. Doch schnell wie ein Hase den Fängen des niederstürzenden Adlers entrinnt, entwich Pithunna der schweren Waffe des starken Messeniers; dem tapferen Troßverwalter aus Myloi jedoch stieß er sein gebogenes Schwert in die Brust, so daß Stigos zu Tode verwundet niedersank.

Ein wilder Schrei entfuhr meiner Kehle. Wild peitschte ich meine Pferde, und Diomedes schlug mit dem Schaft der Lanze auf ihre Rücken, aber wir konnten das enge Getümmel der Kämpfenden nicht schnell genug durchstoßen, um den fliehenden Reiter noch zu erreichen. Ein letztes Mal flackerte Hoffnung in meinem Herzen empor, als ich am Ende des Tals den jungen Kaliphon entdeckte. Ruhig hob dieser den mächtigen Bogen seines Vaters empor, lange und sorgfältig zielte er sein gefiedertes Geschoß. Ich rief Athene an und bat Apollo, den göttlichen Fernhintreffer, den Pfeil in sein Ziel zu lenken. Aber das Schicksal wollte es anders. Glänzend im Sonnenlicht flog die eherne Spitze dem Kopf des Kaschkäers entgegen, aber Pithunna entkam.

7 Nun begann ein schreckliches Gemetzel. Die Krieger Assurs wüteten wie Wölfe unter den hilflosen Feinden, die, ihrer höchsten Anführer beraubt und in den tückischen Sumpf gedrängt, bald fielen wie dürre Halme in einem lodernden Brand. So schrecklich war das Schlachten, daß sich alle Bäche des Tales rot färbten und Berge von Leichen den Abfluß der Gewässer versperrten. Wo immer sich noch ein Kudmuchi regte, stieß ihm sogleich ein Assyrer das spitze Eisen in Brust oder Nacken oder preßte den Unterlegenen mit dem Fuß in den Sumpf, daß er gurgelnd erstickte. Wer von den Feinden ringsum in die Berge entkommen wollte, wurde sogleich von Kilischus Leuten niedergehauen, und nicht einmal jene, die ihre Waffen von sich warfen und flehend die Hände ausstreckten, fanden Gnade. Am schlimmsten von allen wütete König Tukulti-Ninurta selbst, so daß es mir schließlich grauste und ich Mitleid mit den Besiegten empfand.

Wie ein Landmann den hindernden Wald mit Axt und Feuer rodet, damit nichts als Asche zurückbleibt und dort nie wieder ein Baum in die Höhe sprieße, so grausam vernichteten die Assyrer das Kriegsvolk der Schwarzen Berge. Selbst den Getöteten hieben sie noch die Köpfe ab und schichteten die blutigen Schädel frohlockend zu riesigen Haufen. Mehr als zwanzigtausend Leichen zählten die Führer des Heeres zum Schluß für die Siegesschrift des Herrschers, die König Tukulti-Ninurta noch am selben Tag von seinen Bildhauern in die Wand des Tals schlagen ließ, sich selbst zum Ruhm und künftigen Geschlechtern zur Mahnung.

Wir Achäer aber fühlten über diesen Sieg keine Freude, denn tiefe Trauer um Stigos umfing unsere Herzen. Wir standen im Kreis um den Todgeweihten, der röchelnd vor uns im Gras lag und aus weit geöffneten Augen zum Himmel starrte wie ein erschrocknes Kind. Diomedes schöpfte mit meinem Helm Wasser, um das Antlitz des Gefährten zu kühlen, und sprach dabei mit schmerzerfüllter Stimme:

»Nun wirst du nie wieder nach Myloi heimkehren, mein edler Gefährte, und nie mehr wirst du deine altgewordenen Eltern umarmen. Aber in unseren Herzen wirst du weiterleben, und führen uns unsere Wege doch einmal zur Heimat zurück, so will ich allen, die dich kannten, künden, daß du hier als Held gestorben bist.«

Stigos öffnete seinen von Qualen verzerrten Mund, aus dem ein Schwall von rotem Blut hervordrang, und griff nach den starken Armen des Tydeussohns. »Die Würfel!« flüsterte er kaum vernehmbar. »Gebt mir meine Würfel!«

»Du kannst den Tod nicht besiegen, Stigos«, antwortete Diomedes voll Mitleid und Schmerz, »denn er ist stärker als dein Glück und siegt am Ende jeden Spiels!«

»Die Würfel!« stieß Stigos keuchend hervor, während der Schleier der anderen Welt schon seine Blicke umflorte. »Gebt mir die Würfel, schnell!«

Da nahm Diomedes die beinernen Knöchel aus der mächtigen Faust des weinenden Polkos, schob sie dem Sterbenden in die Hand und schloß seine kraftlosen Finger. Ein Zucken durchschüttelte danach den schmächtigen Körper unseres Gefährten, er bäumte sich noch einmal auf, dann war sein Todeskampf zu Ende.

Wir verbrannten den Leichnam mit reichen Opfern und baten für Stigos bei Hades, dem Gott der Schatten. Der Verlust dieses tapferen Mannes bedrückte uns so sehr, daß wir uns weder über den Sieg freuen konnten, noch darüber, daß wir in dieser furchtbaren Schlacht das Leben gerettet hatten. Wir sprachen kein Wort miteinander und waren tief in schmerzvolle Gedanken versunken. Kaliphon trat neben mich und sagte leise:

»Ich habe deinen Feind Pithunna nicht verfehlt, Aras, das weiß ich genau, auch wenn du mir vielleicht nicht glauben wirst. Ein mächtiger Zauber muß diesen Fürsten schützen, ein unsichtbarer Schild, den mein Pfeil nicht zu durchdringen vermochte, obwohl ich ihn doch seinem Ziel zufliegen sah wie einen mordgierigen Habicht. Ich bin wahrhaftig ein unglücklicher Schütze, daß mir die Götter den Lohn meiner Treffkunst versagten und so das Leben deines Feindes erhielten, der den Tod mehr als einmal verdiente.«

»Hadere nicht mit dem Geschick, mein Gefährte«, gab ich zur Antwort, »denn alles ist vom Schicksal vorbestimmt. Gewiß werden wir eines Tages erfahren, welche Macht deinen Pfeil aus der Bahn lenkte und warum.«

Die Assyrer feierten nach ihrem Sieg die ganze Nacht; sie entzündeten riesige Feuer und labten sich reichlich mit Wein und gebratenem Fleisch. Ein Bote holte Diomedes und mich zu König Tukulti-Ninurta, der auf seinem prächtigen Wagen im Kreis seiner Heerführer saß, um seine tapfersten

Krieger für ihre mutigen Taten im Kampf zu belohnen. Er ließ ihnen wertvolle Geschenke und die schönsten Waffen der erschlagenen Feinde überreichen, darunter herrlich verzierte Rüstungen und Schilde, edelsteinbesetzte Dolche und rassige Pferde. Als die Reihe an Tuglub kam, den Fürsten Amedis, sagte der Herrscher Assyriens mit erhobener Stimme:

»Du warst der treueste meiner Krieger, Tuglub; darum soll dein Lohn den aller anderen übersteigen. Nenne mir also den Wunsch, dessen Erfüllung dich am meisten erfreute! Vor meinem ganzen Heer gelobe ich, daß ich dir nichts verweigern werde – sofern du nicht etwas verlangst, das gegen die Gesetze Assyriens verstößt.«

»Dein Lobeswort ist mir der schönste Dank, göttlicher König!« antwortete Tuglub, ein großer, gelbhaariger Mann mit schon vom Alter gebeugten Schultern, aber noch immer sehr kräftigen Armen. Er strich sich den langen, gelockten Bart, der weit über seine silberbeschlagene Lederrüstung reichte, und fügte hinzu: »Aber es gibt in der Tat etwas, das ich schon seit langem ersehne. Ich hoffe nur, daß ich damit nicht allzuviel von dir verlange, denn ich möchte dich nicht erzürnen.«

»Heraus damit!« rief Tukulti-Ninurta, während er seinen funkelnden Königspokal erhob und seinen Statthalter mit gerunzelten Brauen anblickte. »Was dir als viel erscheinen mag, wird mir wahrscheinlich nur wenig bedeuten, und es soll dir nicht gelingen, die Grenze meines Großmuts auszuloten.«

»So wisse denn, großer König«, sagte Tuglub ermuntert, »daß ich mir schon seit langem wünsche, mit dir noch enger verbunden zu sein. Ich will dir bis ans Lebensende stets getreulich dienen; und solange noch das Blut durch meine Adern rollt, wird meine Stadt Amedi deine Festung sein. Aber wenn mich einst die Götter abberufen und der schreckliche Arallu meiner harrt, wer soll dann hier die Feldzeichen Assyriens bewachen? Freilich, meine jungen Söhne werden sich wacker bemühen, den Spuren ihres Vaters zu folgen. Aber wäre es von ihnen nicht zuviel verlangt, sich in der Menge räuberischer Nachbarn ganz allein zu behaupten und vielleicht sogar Feinden Widerstand zu leisten, denen selbst ich ohne deine Hilfe erlegen wäre? Amedi wäre nicht mehr meine Stadt und ich dein toter Diener, wärst du nicht so schnell den Idiglat heraufgezogen! Doch rufen dich einmal Gefechte nach Süden und Osten, wer soll uns dann retten?«

»Nun, ich verstehe deine Sorge«, antwortete Tukulti-Ninurta, »doch fürderhin wird allein der Hall meines Namens genügen, um die Schar deiner Feinde in Angst und Furcht zu versetzen und sie von den Mauern deiner Stadt für immer fernzuhalten. Liegt nicht die Blüte der Unbotmäßigen dort im Sumpf begraben, allen kommenden Kriegsvölkern dieses Landes zur Warnung? Die meine Krieger heute hingeschlachtet haben, werden nie mehr auferstehen!«

»Gewiß, göttlicher König«, sagte Tuglub eilfertig, »doch wenn ein Kornfeld im Herbst öde und kahl vor deinen Augen liegt, im nächsten Sommer regt sich darauf doch wieder wogendes Getreide in der Sonnenglut.«

»Auch in den Schwarzen Bergen werden neue Kämpfer wachsen«, stimmte ihm der König zu, »aber um das zu verhindern, müßte ich der Gott der Schöpfung selber sein. Kann ich die Weiber dieses Landes unfruchtbar machen wie den Sand der Wüste und die Männer samenlos wie einen verdorrten Strauch? Was begehrst du, damit ich deine Stadt und dich vor Unbill bewahre?«

Da faßte Tuglub seinen sämtlichen Mut zusammen und sprach: »Amedi wird für alle Zeiten sicher sein, mächtiger König, wenn es von einem Mann beherrscht wird, der sich nicht nur zu deinen Freunden, sondern zu deinen Verwandten zählen dürfte, und dessen Söhne deine Enkel wären.«

Staunend sah König Tukulti-Ninurta den bittenden Fürsten an; steile Falten durchschnitten plötzlich die Stirn des Herrschers, aber dann erinnerte er sich wieder an seine aufmunternden Worte zu Anfang dieses Gesprächs, und er sagte in freundlichem Ton:

»Wahrlich, mein treuer Diener, kühn ist dein Begehr! Mein Schwiegersohn wünschst du zu werden? Vermesse dich nicht, deinen Rang zu sehr erhöhen zu wollen! Die Töchter eines assyrischen Königs können niemals einem Mann gehören, der niedriger geboren ist als sie. Nur Söhne von Königen dürfen meine weiblichen Nachkommen als Gemahlinnen heimführen. Aber damit du erkennst, daß ich dir wohlgesonnen bin, will ich deine Hoffnung auf andere Weise erfüllen, indem ich dir eine Frau aus meinem eigenen Hause schenke. Mit dieser magst du dann Söhne zeugen, deren Ruhm und Namen Angst unter deinen Feinden verbreiten werden. Dann wirst du zwar nicht soviel wie ein Sohn des Königs gelten, aber wenigstens doch soviel wie ein jüngerer Bruder. Das sei mein Dank an dich und deine Sippe.«

Überglücklich warf sich Fürst Tuglub vor den König hin und küßte die Füße des Herrschers. Naramsin, vom Sturz vor Echli-Teschup noch blaß und geschwächt, aber war schon wieder spottlustig, hob den mit weißen Binden umwickelten Kopf von den weichen Kissen und höhnte: »Danke dem König nicht zu früh, mein Lebensretter, sondern erst, wenn du gesehen hast, womit er dich beschenkt! Wer weiß, vielleicht erfüllt er deinen Wunsch nur, um die Häßlichste von seinen vielen Frauen loszuwerden!«

Da fingen die Heerführer an, lauthals zu lachen. Verdutzt schaute Tuglub zu König Tukulti-Ninurta, der den Mitanni verdrossen musterte, dann aber gleichfalls zu lachen begann und schließlich versetzte: »Nun, ich glaube, Amedis Fürst sucht nicht Schönheit, denn diese fände er wohl in seiner eigenen Stadt. Sondern es ist der Glanz der edlen Abkunft, der ihm wohl am Herzen liegt, nicht wahr, Tuglub, mein treuer Diener? Wer also wäre besser geeignet, die Sehnsucht meines tapferen Gefolgsmanns zu stillen, als jenes Mädchen, das du selbst, Naramsin, vor Zeiten als Werber in meinen Palast geführt hast? Ihr Vater ist, die Götter wollten dieses Unglück, im letzten Jahr gestorben. Er war der Fürst von Karind im bergreichen Elam. Diese Prinzessin, Tuglub, die ich schon seit vier Jahren zu meinen Gemahlinnen zähle, sei dir zugesprochen. Heute noch will ich Boten zum Palast entsenden. Deine neue Gefährtin wird dir starke Söhne gebären. Ihr Name ist Scherua!«

Erschrocken starrte ich auf Naramsin. Der junge Mitanni war bleich wie ein Mann, der die Sonne nicht kennt. Feuer loderten in seinen dunklen Augen, und seine Hände begannen zu zittern. Aber niemand außer mir kannte den Grund dafür, wenn ich auch anfangs einen Herzschlag lang glaubte, König Tukulti-Ninurta habe vielleicht durch Zufall von der Untreue der Elamiterin und des Mitanni erfahren und wolle auf diese Weise grausame Rache vollziehen, ohne daß die Schande bekannt würde. Haß und Schmerz lagen in Naramsins Augen, als er daran dachte, auf welch unvorhersehbare Weise er seiner eigenen List zum Opfer gefallen war. Denn hätte er den König nicht so geschickt über die Schönheit der jungen Scherua getäuscht, hätte Tukulti-Ninurta die Elamiterin niemals an seinen Diener gegeben. Diesen und noch viele andere Gedanken las ich in Naramsins Antlitz; aber er bezähmte seine Verzweiflung und sagte:

»Die edle Scherua willst du dem redlichen Tuglub schenken, König? Wahrlich, eine gute Wahl!« Dann wandte er sich dem Fürsten von Amedi zu und sprach gelassen:

»Ich freue mich für dich, mein Retter, daß dir solche Ehre angetragen wird. Aber weil ich dir mein Leben verdanke, will auch ich etwas für dich tun: An meiner eigenen Hand will ich die herrliche Prinzessin in dein Lager führen, so wie ich sie einst als Brautwerber des Königs im fernen Karind bei ihren Eltern holte. Vergönne mir«, bat Naramsin zum Schluß König Tukulti-Ninurta, »daß ich dem Gefährten diesen Dienst erweise, um wenigstens einen geringen Teil meiner Schuld bei ihm abzutragen.«

»Wenn du die Folgen deines Sturzes überwunden hast«, versetzte der Herrscher heiter und ohne Mißtrauen, »will ich dir diese Bitte nicht verweigern, allein schon aus dem Grund, weil ich hoffe, euch bald wieder etwas fröhlicher zu sehen, Naramsin, Tuglub und Kilischu! Sind etwa meine Feinde siegreich geblieben, bin ich in der Schlacht unterlegen und habe es nur noch nicht bemerkt? Oder was sonst ist der Grund für eure freudlosen Mienen? Auch ihr Achäer seht nicht eben aus wie Krieger, die in schwerer Schlacht siegten, sondern eher wie Männer, denen die schmerzvolle Niederlage die Freude am Leben vergällt!«

»Wahrlich, König, dein Auge hat richtig gesehen; es wohnt keine Freude in meinem Herzen«, antwortete Diomedes, »denn ich mußte den Sieg zu teuer bezahlen. Stigos, mein treuer Begleiter, liegt tot auf dem Scheiterhaufen, und nur noch wenige Gefährten sind mir geblieben, so daß ich nicht zu frohlocken, sondern nur unter Tränen zu trauern vermag.«

»Nicht Jubel, sondern Zorn und Enttäuschung wohnen auch in meinen Gedanken«, fügte Kilischu mit düsterer Miene hinzu, »weil mir erneut der verhaßte Pithunna entkam, den ich zu erlegen gelobte. Dreimal bin ich in dieser Schlacht gegen ihn vorgedrungen, aber er konnte mir stets widerstehen, und als seine Kräfte endlich erlahmten und ich zum vierten Mal gegen ihn stürmte, da rettete ihn seine verfluchte Kunst, wie ein Dämon auf Pferden zu reiten. Verübele es mir daher nicht, König, wenn ich mich nicht zu freuen vermag, sondern nur schwarzen Zorn in meinem Herzen hege.«

»Das kann ich gut verstehen«, erwiderte Tukulti-Ninurta, »auch mir blieb die Enttäuschung nicht erspart, daß der höchste Fürst der Feinde, der mein Gegner werden sollte, seinen Wagen vor mir wandte und in feiger Flucht sein erbärmliches Leben erhielt. Ihr wißt, wen ich meine: den einst ruhmreichen Echli-Teschup, den König von Alzi, den man in den Schwarzen Bergen den Adler nannte, bis ich ihm jetzt die Schwingen stutzte.«

»Den Adler?« riefen Diomedes und ich wie aus einem Munde. »Das ist sein Name unter diesen Völkern?«

»Wußtet ihr das nicht?« fragte Kilischu erstaunt. »Freilich, ihr seid ja Achäer! Laßt euch sagen, daß der Fürst von Alzi sich dem Wettergott zubenennt, der in den Nordländern Teschup heißt und nach dem Glauben dieser Völker an der Spitze aller Himmlischen steht. Als sein Bote gilt der breitgefiederte Adler Scharumma, der schwebend die Sonnenscheibe verdunkelt. Da die Bergbewohner den König von Alzi wegen seiner Tapferkeit von allen Fürsten am meisten bewundern, huldigen sie ihm auch als oberstem Diener des mächtigen Teschup, indem sie ihn mit dem Namen des göttlichen Vogels preisen.«

»Der Adler flieht zu den Lachenden Vögeln«, sagte ich leise, »und saures Wasser wird den Durst des Blinden löschen.«

»Was redest du da, Achäer?« fragte König Tukulti-Ninurta mißtrauisch. »Weißt du etwa, wo sich Echli-Teschup verbirgt?«

»Nein«, gab Diomedes statt meiner zur Antwort, »was du aus dem Mund meines Gefährten hörtest, sind die Worte einer seltsamen Weissagung, die uns vor einigen Tagen in einem Wald am Idiglat zuteil wurde. Ein alter Mann rief sie uns durch den Nebel zu. Später haben wir keine Spur mehr von ihm gefunden, so daß wir ihn für einen Boten der Götter hielten. Erst jetzt scheint sich uns wenigstens der Anfang dieses Rätsels zu erklären. Wo aber hausen diese Lachenden Vögel? Habt ihr schon jemals von solchen Wesen gehört?«

»Schon in Charran, als wir uns vor sechs Jahren zum ersten Mal begegneten, erzählte ich euch von einem großen Meer im Nordgebirge«, sagte Kilischu nach einer Pause. »In seinem Wasser schwimmt, so künden es alte Legenden, eine Felseninsel, auf der unbekannte Geister hausen sollen. Man soll dort zuweilen weithin hallendes Gelächter hören. Vielleicht sind in eurem Orakel diese Dämonen gemeint? An den Ufern dieses Oberen Meeres wohnen die kriegerischen Männer Urartus, und es ist gut möglich, daß Echli-Teschup nach der verlorenen Schlacht zu diesen starken Nachbarn flüchtete.«

Da fiel mir plötzlich die Geschichte der Mitanni ein, von der mir Perisade einst berichtet hatte, an jenem Abend, an dem unsere Liebe begann. Ich entsann mich ihrer Erzählung von Kirta, dem Vater ihres unglücklichen Volkes, der vor zahllosen Jahren auf einer Insel der Lachenden Vögel die Göttin der Morgenröte im Schlaf überfiel und ihr Schande zufügte, sich selbst und seinen Nachkommen zum Fluch. Ich hörte wieder die Worte meiner schönen Geliebten, mit denen sie damals das einsame Meer inmitten schneebedeckter Berge beschrieb. Aber ich schwieg, aus Furcht, zuviel über Perisade und unsere Zweisamkeit zu verraten; Diomedes erklärte:

»Ist es wirklich so, wie du sagst, Freund Kilischu? Dann wollen wir uns rasch an Echli-Teschups Fersen heften, denn dieses und nichts anderes ist uns von den Göttern aufgetragen. Nur so können wir hoffen, den Sinn der Prophezeiung zu verstehen. Weit kann der Fliehende nicht sein, und gibst du uns einen kundigen Führer zur Seite, werden wir ihn wohl bald ergreifen.«

»Solange der König von Alzi noch lebt, wird im Land der Schwarzen Berge niemals Frieden herrschen«, sprach König Tukulti-Ninurta nachdenklich. »Rollt aber sein Kopf in den Staub, dann können auch die Ränke Pithunnas diese Völker nicht mehr gegen mich vereinen. Denn er ist ein Fremder unter ihnen und besitzt nur durch die Freundschaft des mächtigsten Fürsten Macht. Folgte ich aber Echli-Teschup mit meinem Heer, so würde mir in Urartu ein neuer Gegner erwachsen. Ein Feldzug gegen dieses starke Reich aber würde gewiß lange dauern, und wir müßten von neuem viele Jahre lang auf das stolze Ziel im Süden, Babylon, warten. Darum will ich euch als meine Racheboten nach Urartu senden, Diomedes. Als Achäer habt ihr dort keine Feindschaft zu befürchten, wie sie dagegen jeder Assyrer am Meer des Gebirges erwarten muß, selbst wenn er nur ein Kaufmann ist. Ziehe also mit deinen Gefährten dorthin und bringe mir Echli-Teschups Kopf nach Assur. Ich will dich dafür mit meinen wertvollsten Schätzen belohnen.«

»Nur Aras und ich werden gehen«, sagte Diomedes entschieden, »denn zwei Männer kommen schneller voran und lassen sich weniger leicht ertappen. Wir werden uns als Händler ausgeben und sagen, daß wir aus dem fernen Ugarit kommen, das auch die Urartäer kennen dürften. Finden wir Echli-Teschup, wird ihn mein Schwert auf der Stelle durchbohren. Wer weiß, vielleicht stöbern wir dabei auch Pithunna auf! Auf jeden Fall aber wollen wir den Götterspruch entschleiern, von dem ich euch berichtete und der uns jetzt den Weg weisen soll.«

Schon am nächsten Morgen brachen wir in aller Frühe mit einem assyrischen Kundschafter nach Norden auf, während König Tukulti-Ninurta sein siegreiches Heer zurück ins Stromland führte und der junge Naramsin den letzten Teil seines verwegenen Spiels um die schöne Scherua begann. Diomedes und ich erfuhren erst später davon, denn wir waren schon weit vom Lager der Assyrer entfernt, als Boten dem König die Nachricht von dem Frevel brachten, mit dem der letzte Mitanni das Haus Tukulti-Ninurtas geschändet hatte.

Denn wie von bösen Dämonen gehetzt hatte sich Naramsin auf seinen Wagen geschwungen und hinter schaumbedeckten Rossen als erster die Hauptstadt Assyriens erreicht. Dort zeigte Naramsin dem Palastverwalter das heilige Siegel Tukulti-Ninurtas und dessen auf tönerne Tafel geritzten Befehl, dem Boten Scherua zu übergeben. Mit dem Mädchen und vier Wächtern fuhr er danach auf der anderen Seite des Idiglat wieder nach Norden, sorgsam das Zusammentreffen mit der heimkehrenden Heerschar vermeidend. Kurz hinter Ninive ermordete er nachts die Begleiter. So schrecklich veränderte die Liebe den jungen Naramsin, der Blutvergießen sonst doch stets verabscheut hatte.

Wie Aphrodites Gewalt selbst den unsterblichen Herakles seiner Kraft beraubte und ihn zum Sklaven der schönen Omphale machte, und auch sonst schon viele kampferprobte Männer in weibische Lüstlinge verwandelte, so läßt die Macht der Liebe andererseits auch nicht selten schwache und hilflose Menschen zu wilden, unüberwindlichen Kämpfern werden, die im Ringen um ihr Glück zu allem fähig sind. Naramsin aber, der sonst über alle menschlichen Gefühle spottete, wurde selbst von einem solchen Gefühl besiegt; und obwohl er Gewalt verabscheute, machte er sich zum Mörder. Danach entführte der junge Mitanni die schöne Fürstentochter in ein unbekanntes Land.

Groß war das Entsetzen im Königspalast über Naramsins Verbrechen. Heulend warf sich der Hofmaler Samuas vor die Füße Tukulti-Ninurtas, nachdem die Palastverwalter dem überraschten Herrscher von der Schönheit der Entführten berichtet hatten und die Verschwörung des ungetreuen Künstlers mit dem Mitanni offenkundig war. Grausam war die Vergeltung des Königs, als er erkannte, wie sein Diener ihn getäuscht und belogen hatte. Zwei Tage und Nächte lang folterten Henkersknechte den schreienden Samuas mit glühenden Zangen, scharfgeschliffenen Messern und langen, geflochtenen Peitschen. Dann rissen sie ihm Augen und Zunge heraus, schnitten ihm Finger und Zehen ab und warfen ihn in kochenden Asphalt. Von Naramsin und seiner jungen Geliebten aber hat in Assyrien niemand je wieder etwas gehört; und nur ich, der ich noch viele Länder der Weltenscheibe durchwandeln sollte, habe den letzten Mitanni viele Jahre danach noch einmal wiedergesehen und seine Geschichte erfahren. Doch davon habe ich später noch zu berichten.

Diomedes und ich ließen uns in der größten Herberge von Tuschpa nieder, gaben uns als mykenische Kaufleute aus und taten, als wollten wir Handelswege von Ugarit nach den Schwarzen Bergen und weiter nach Sonnenaufgang erkunden. Dabei merkten wir zu unserem großen Erstaunen, daß sich das Land Urartu längst nicht am Rand der Weltenscheibe befindet, wie die Assyrer und alle anderen Völker des Südens und Westens glauben, sondern daß in diesem Reich oft reiche Karawanen aus noch viel weiter im Osten gelegenen Städten eintrafen, geführt von kleinwüchsigen, bartlosen Männern auf zottigen Ochsen und niedrigen, struppigen Pferden. Diese Fremden führten Stoffe, Schmuck und wohlschmeckende Kräuter mit sich. Ihre Waren tauschten sie am liebsten gegen eiserne Waffen aus den rußigen Schmieden des Berglands. Ihre Berichte von den mächtigen Reichen des Ostens, denen sie entstammten, von gefrorenen Wüsten, kahlen Hochflächen und der gewaltigen Himmelsmauer, die sie auf ihrem Weg nach Tuschpa überwinden mußten, mochten wir damals kaum glauben.

Denn überall auf der Welt sind es vor allem die Händler, die stets die wunderlichsten Geschichten erfinden; sei es, weil sie sich und damit auch ihr

Geschäft noch anziehender machen wollen, oder weil sie hoffen, durch solche Lügen die Wahrheit über ihre Heimat und die Herkunft ihrer Waren vor anderen tüchtigen Kaufleuten zu verschleiern.

Urartu ist ein Land, das die Schöpfung als Festung erstellte, und niemals ist es einem Fremden gelungen, dieses Reich zu unterwerfen. Unübersteigbare Berge schließen Urartu auf allen Seiten ein; in ihrer Mitte erstreckt sich die wasserreiche Ebene um das salzige Meer, das einst auch das ›Meer von Naïri‹ hieß; früher wurde überhaupt alles, was nördlich des Idiglat lag, mit diesem Namen bezeichnet. Große Herden von Rindern und Pferden weiden auf Urartus grasreichen Steppen, aber auch Gerste und Spelz, Roggen und Weizen, ölreicher Sesam und süßer Wein wachsen dort.

Besonders berühmt sind die bunten Obstgärten von Tuschpa; sie werden durch kunstreich gefertigte Gräben mit segenbringendem Wasser gespeist. Für Trockenzeiten besitzen die Menschen Urartus geräumige Speicher und aufgestaute Teiche, aus denen sie das fruchtbarkeitspendende Naß entnehmen, wann immer es ihnen beliebt. Geschickt sind sie auch im Handwerk des Webers: Die Tücher aus diesem Land wärmen ihren Träger auch in den kältesten Winternächten, noch besser als selbst die Felle von Tieren. Den höchsten Ruhm erwarb dieses Volk jedoch durch die hohe Kunst seiner Schmiede, die Eisen und Gold, Silber, Kupfer und Bronze und jedes andere Erz unübertroffen beherrschen, als sei es ein Teil ihrer selbst. Darum werden ihre Waren überall auf der Welt zu den höchsten Preisen gehandelt.

Die Kaufleute bringen Waffen und Schmuck aus Urartu entlang der Küste des Oberen Meeres und durch das Gebirge bis nach Achäa und auf der anderen Seite bis in das ferne Elam, ja, sogar noch weiter bis in die heißen Länder der Arya. Der Herrscher Urartus, Menua, nannte sich, ebenso wie Tukulti-Ninurta, den König der ganzen Gesamtheit, so stolz war er auf sein mächtiges Reich; und wenn Tukulti-Ninurtas Vater, der siegreiche Salmanassar, dereinst behauptete, das Land Urartu bezwungen und unterjocht zu haben, so tat er dies mit der gleichen Unaufrichtigkeit, mit der sich der Pharao von Ägypten im Säulentempel bei Karnak als Sieger der Völkerschlacht von Kadesch feiern ließ. Denn Salmanassar konnte damals nur ein paar abgelegene Täler im Süden Urartus gewinnen.

In einem dieser fruchtbaren Täler lag jedoch das große Heiligtum der Sonnengottheit von Arinna, zu der damals schon seit mehr als vierhundert Jahren die Boten aller Könige des Nordlands kamen und reiche Geschenke aus ihrer Kriegsbeute, Gold, Silber, Bildwerke fremder Götter und schöne Sklavinnen, brachten. Salmanassar ließ die in Stein gehauene Stadt, den heiligsten Hort der Schwarzen Berge, grausam zerstören; zuvor aber flohen die Priester Arinnas mit ihren gesamten Schätzen nach Tuschpa und erbauten ihrer Gottheit dort einen neuen Tempel. Seitdem waren schon fünfundzwanzig Jahre vergangen; das neue Haus der Sonnengottheit von Arinna stand, so hörten wir in Tuschpa, auf jener Insel im salzlosen Meer, die wir für die Insel der Lachenden Vögel hielten.

Am dritten Tag nach unserer Ankunft in Tuschpa wanderten wir, die

Waffen im wollenen Umhang verborgen, zum Hafen, um vorsichtig nach dem König von Alzi zu fragen. Denn überall sind es die Märkte bei den Schiffen, an denen man am leichtesten Nachricht von Freunden oder Feinden, die man sucht, erhalten kann. Wir kosteten von den roten, schmackhaften Früchten, die jetzt im Herbst in großer Zahl von gedrungenen, astreichen Bäumen gepflückt und in großen, geflochtenen Körben zum Kauf angeboten wurden. Plötzlich sah ich hinter einem Felsen ein stattliches Boot auf den See hinausfahren, mit weißen Segeln, silberbeschlagenen Rudern, einem mächtigen Rammsporn am Bug, goldenen Königszeichen und einem purpurnen Stoffstreifen am Mast.

Bärtige Männer mit spitzen, umwickelten Hüten standen auf seinen Planken; laut schallten ihre frommen Gesänge zu uns herüber, und große glänzende Scheiben, die auf ihre hellen Gewänder genäht waren, wiesen sie als Priester der Sonnengottheit aus, auf heiliger Fahrt zu der verbotenen Insel.

Diomedes und ich bewunderten die festliche Pracht des Nachens, der uns ebenso reich und kostbar erschien wie die prunkvollen Schiffe der Pharaonen auf dem göttlichen Nil. Schweigend verharrten alle Kaufleute und Besucher des Marktes. Selbst die Leute aus fernen Ländern verhielten sich still, denn die Männer Urartus sind sehr gottesfürchtig und bestrafen auch Fremde hart, wenn sie es an Ehrerbietung gegenüber den Göttern fehlen lassen.

Die Zeit schien stillzustehen, als das heilige Boot an uns vorüberglitt, hinaus auf das ruhige Meer. Ich fühlte Ehrfurcht und eine seltsame Beklemmung, wie damals vor Delos, bevor Diomedes dort sein Orakel empfing. Es war, als ob mich der Hauch einer Gottheit streifte, und meine Seele erschauerte. Da spürte ich plötzlich an meiner Schulter schmerzhaft die Finger des Tydeussohns, der mit glühenden Augen rief:

»Sieh dorthin, Aras! Dort, neben den vorderen Mast! Wir haben den Adler gefunden!«

Ich folgte seinem ausgestreckten Arm mit den Augen, und die Überraschung packte mich wie der Marder das schlafende Huhn. Denn zwischen den Priestern standen auf diesem Schiff, bis zu den Hüften von schrägen Segeln verdeckt, zwei prunkvoll gekleidete Krieger. Der vordere, in einen fußlangen Mantel aus kostbaren, silbernen Fellen gehüllt und mit schweren, goldenen Ketten geschmückt, war König Menua, der Herrscher des Reiches Urartu. Hinter ihm aber stand, bekleidet mit einem farbig bestickten Gewand und mit einem Silberreif um die noch vom Blutschorf bedeckte Stirn, Fürst Echli-Teschup, der Adler von Alzi.

Ich sah ihm geradewegs in die Augen, und wieder war mir, als hätte ich sein Gesicht in ferner Vergangenheit schon einmal gesehen. Auch er erkannte uns wohl, denn er stieß den König der Churriter an und deutete mit der Rechten auf uns. So starrten wir einander an, nahe genug, uns mit hassenden Blicken zu mustern, aber zu weit voneinander entfernt, den Gegner zu töten.

Der Tydeussohn stürzte zum Strand hinunter. Dort lagen die Schiffe der Händler, die bei ihren Reisen nach Westen die Güter lieber dem schwankenden Boden von Schiffen über das salzlose Meer anvertrauen als den wackligen Rücken von Eseln auf dem gewundenen, steinigen Pfad durch die Berge entlang der zerrissenen Küste. Dem ersten der Kaufleute, einem jungen Churriter mit stark gekrümmter Nase und kräftigem, schwarzgelocktem Bart, rief Diomedes mit lauter Stimme auf Akkadisch entgegen: »Schnell, kundiger Steuermann, löse die Leinen! Folge mit uns dem Schiff dieser Priester, es soll dir zum Vorteil gereichen!«

Der Angesprochene rührte sich nicht, sondern schaute uns nur stumm und verwundert an. »Was glotzt du wie ein Schaf und zauderst?« schrie ich voller Erregung. »Verstehst du unsere Sprache nicht oder bist du schon von Geburt an mit Taubheit geschlagen?«

Da öffnete der Churriter den Mund und erklärte: »Eure Sprache verstehe ich wohl, Fremdlinge, denn ich war schon oft als Händler unten im Stromland, wenn meine Ziele heute auch öfter im Sonnenuntergang liegen und meine Wege mich nun häufiger in die Gefilde der Hethiter führen. Euren Wunsch aber kann ich nicht erfüllen; es wundert mich sehr, daß ihr überhaupt so ein Ansinnen stellt!«

Diomedes, der glaubte, daß der Seefahrer unsere Not ausnutzen und den Preis erhöhen wollte, versetzte hitzig: »Willst du erst lange mit uns feilschen? Ich bin kein Bettler, dem nur Staub zwischen den Fingern hervorquillt! Gold und Edelsteine werde ich dir schenken, soviel, wie deine beiden Hände mit einem Griff fassen können, wenn du uns sogleich dein Schiff überläßt!«

»Ich sagte euch schon, Fremdlinge«, antwortete der Churriter geduldig, »ich kann euren Wunsch nicht erfüllen; die heiligsten Gesetze hindern mich daran. Wißt ihr denn nicht, daß dieses Meer den Göttern geweiht ist, genauso wie jenes herrliche Schiff? Es fährt zur verbotenen Insel hinüber, auf der die Sonnengottheit wohnt, und nur die höchsten Priester dürfen sich an jenes Heiligtum wagen. Einfachen Männern jedoch, wie ich einer bin, oder gar Fremden wie euch ist es bei Todesstrafe verboten, sich Aktamar zu nähern!«

Diese Worte und sein Lächeln brachten mich in solche Wut, daß ich ihn heftig an der Kehle packte und hervorstieß: »Eure Gesetze gelten nicht für mich, Schwarzbärtiger, und eure Götter sind nicht die meinen! Bringst du uns nicht auf der Stelle zur Insel hinüber, so schnüre ich dir auf der Stelle das Leben ab und werfe deinen Leichnam den Hunden zum Fraß vor!«

»Was würde dir das nützen?« keuchte der Churriter halb erstickt. »Selbst wenn ich euch zu der verbotenen Insel brächte, ihr könntet sie niemals betreten. Schwerbewaffnete Krieger bewachen die felsigen Strände und töten ohne Erbarmen jeden Fremden, noch bevor er das heilige Ufer mit seinen Füßen entweihen kann.«

»Laß ihn«, rief Diomedes, »es hat keinen Sinn, ihn zu quälen. Seine Furcht vor den Göttern übersteigt die Angst um sein Leben, und ich glaube ihm, was er uns über dieses Eiland erzählt. Außerdem werden die anderen schon auf uns aufmerksam und werden wohl gleich die Stadtwächter auf uns hetzen, weil wir ihr gottesfürchtiges Schweigen so rücksichtlos durchbrachen. Komm mit zu den Pferden, Aras; vielleicht öffnet sich uns noch ein Weg zum Ziel.«

Wir eilten zur Herberge zurück, stiegen auf unseren Wagen und rollten in eiliger Fahrt am Ufer des Meeres entlang. Lange Zeit verging, ehe wir neue Hoffnung schöpfen konnten; schließlich gelangten wir auf eine felsige Landzunge, die sich weit in die Wasser erstreckte und wie die Spitze eines Pfeils auf die verbotene Insel zeigte. Wir rollten auf ihrem Rücken bis an ihr Ende. Vor uns erhob sich Aktamar wie eine moosbewachsene Muschel aus den klaren, blauen Fluten, unwirklich und schier unerreichbar wie ein Traumgespinst. Der Sonnenwagen tauchte zu unserer Linken schon hinter die wie von Titanenklauen zerrissenen Berge hinab; die sterbenden Strahlen des Tagesgestirns ließen die schneeigen Gipfel blutig erglühen. Die Nebel des Herbstes wallten empor, als wollten sie das verbotene Eiland unseren Blicken entrücken. Das leise Rauschen der flachen Wellen riß uns schließlich aus der Verzauberung, die unser Denken gefangenhielt; wir besannen uns wieder auf unser Ziel und Diomedes sagte zu mir:

»Die Entfernung von hier zur Insel scheint noch immer groß zu sein, aber dabei täuscht uns wohl das schwache Licht der untergehenden Sonne. Ich kann nämlich schon recht deutlich die Segel des Priesterschiffes erkennen, das dort am Ufer liegt; und zwischen den Felsen am Strand vermeine ich sogar Gestalten von Männern zu unterscheiden, die lange Spieße oder Lanzen tragen. Das alles verrät mir, daß diese Strecke von einem guten Schwimmer wohl zu bewältigen ist. Also, herunter mit den Gewändern! Auch unsere Waffen wollen wir hier verbergen und nur die Dolche in die Gürtel stecken.«

Wir legten unsere Kleider ab und tauchten nackt in das Meer. Kalt schlug es über unseren Rücken zusammen, als wir es mit kräftigen Stößen durchpflügten, und seine niedrigen Wellen hinderten unser Fortkommen nicht. Als Wasser jedoch mein Gesicht benetzte und an meinen Gaumen drang, bemerkte ich zu meinem Erstaunen, daß es weder süß wie das eines Flusses schmeckte, noch salzig war wie das des Meeres, sondern sauer wie verdünnter Essig.

Da entsann ich mich wieder der Prophezeiung im Wald am Idiglat; auch Diomedes bemerkte das Wunder und sagte erfreut: »Wir folgen dem richtigen Weg, mein Gefährte, und darum nahe ich dieser Insel nun ohne Sorge, denn unsere Götter begleiten uns.«

Wir schwammen sehr lange Zeit, bis die Dunkelheit über das Meer fiel und meine Arme schon fast erlahmten. Auf den Felsen der Insel loderten mächtige Feuer, kreisrund geformt wie flammende Kränze; sie tauchten den herrlichen Tempel in flackerndes Licht. Riesig und schier unerreichbar hob sich das Heiligtum der Sonnengottheit auf dem höchsten Gipfel Aktamars empor. Höher als zwanzig Manneslängen ragten seine Mauern in den nachtdunklen Himmel, erbaut aus gewaltigen, steinernen Blöcken; sie schienen wie von Zyklopenhand aufeinandergetürmt. Düster und drohend wie eine gefährliche Höhle klaffte die Pforte des Tempels zwischen den mächtigen Säulen; darüber glänzte dunkel die schwere, goldene Scheibe, das heilige Zeichen der Sonnengottheit von Arinna.

Ich dachte an Kerikkaili, den schwarzgepanzerten Hethiter, der uns vor so vielen Jahren in Paphos von der höchsten Gottheit der Schwarzen Berge berichtet hatte; und ich dachte auch an Kilischu, der uns davon einst in Charran erzählte. Da fiel mir der dritte Teil unserer Weissagung ein, und ich raunte meinem Gefährten zu:

»Wie sagte Narmur, Diomedes? ›Die Sonne zeigt dem Suchenden den Weg!‹, so hieß es doch in seinen Worten. Siehst du da vorne das Zeichen des Tagesbeherrschers? Es scheint uns dort in den Tempel lenken zu wollen; zögern wir also nicht, diesem Hinweis zu folgen!«

»Du hast recht«, flüsterte der furchtlose Tydeussohn. Wir stiegen langsam zwischen den schroffen Felsen des Strandes empor, sorgfältig nach den bewaffneten Wächtern spähend, die aber nur in der Nähe der Feuer zu stehen schienen. »Auch ich bin schon seit langer Zeit der Meinung, daß Helios, der Sonnengott, uns ganz besonders wohlgesonnen ist«, erklärte Diomedes dabei leise, »das erstaunt mich einigermaßen, denn ich habe ihm niemals eigene Opfer gewidmet, weil meine Schutzgöttin allein die herrliche Athene ist. So mag die Güte des Sonnengottes hauptsächlich dir zugedacht sein, wofür ich mir mittlerweile auch einen Grund denken kann. Aber wir wollen nicht schwatzen, sondern versuchen, die Wände des Tempels zu erklimmen, so wie ich einst mit Odysseus die Mauern von Troja erstieg.«

Ich schwieg und dachte an mein seltsames Erlebnis mit Perisade in der subartäischen Wüste, als rings um uns die größte Hitze herrschte, die Glut der Sonne sich aber über uns so stark verminderte, daß es war, als ob wir stets im Schatten gingen. So begann auch ich allmählich zu erkennen, daß mich eine göttliche Gnade umsorgte, wenn ich auch noch nicht wußte, warum.

Wir schlichen gebückt zwischen knisternden Feuern hindurch, als plötzlich schallendes Lachen ertönte. Es hallte von allen Seiten auf uns hernieder, laut und in immer höheren Tönen, so als ob Hunderte von Feinden uns plötzlich umzingelt hätten und nun, erfreut über ihre Beute, Hohn und Spott auf uns ergössen. Ich blieb erschrocken stehen und drehte den Kopf rasch nach allen Seiten, aber ich konnte niemanden entdecken. Angst und Furcht lähmten meine Glieder, ich begann zu zittern, da sagte Diomedes beruhigend zu mir:

»Lasse dich nicht verwirren, Aras! Das scheinen die seltsamen Geister zu sein, die man uns als die Lachenden Vögel geschildert hat. Nun, mögen diese Dämonen ruhig die Lüfte mit ihrem Geschrei erfüllen, uns sollen sie nicht stören. Solche Wesen bereiten mir weniger Sorge, als wenn ich jetzt plötzlich einem Haufen wohlgepanzerter Krieger gegenüberstünde.«

Da faßte ich mich wieder; nebeneinander erklommen wir nun die Mauern des riesigen Tempels und zogen uns an den schmalen Simsen und kantigen Vorsprüngen höher. Immer wieder erschallte das grausame Lachen der Geister, so daß ich zu frieren begann und mein Herz immer heftiger schlug.

Tief unter uns sahen wir plötzlich behelmte Krieger heraneilen, aufgeschreckt durch das Lärmen der unsichtbaren, geflügelten Wächter; die Männer stocherten mit Lanzen im schäumenden Wasser zwischen den Felsen des Ufers herum. Sie bemerkten uns nicht, und wir kümmerten uns nicht mehr um sie, sondern kletterten immer höher, bis wir endlich eine schwarze Felsenhöhlung erreichten, aus der uns das flackernde Licht einer Fackel entgegenstrahlte.

Wir schoben unsere Köpfe vorsichtig über die steinernen Platten der Öffnung und schauten in einen weiten, schier endlosen Saal, dessen Grenzen undurchdringliche Dunkelheit verhüllte. Auf riesige, zottige Felle gelagert und in glitzernde Kleider gehüllt, spielte auf dem Boden des düsteren Raums ein schlankes, hellhäutiges Weib mit seltsam bemalten Hölzern. Die junge Frau schleuderte ihre geschnitzten Stöckchen immer wieder wirbelnd in die Luft und ließ sie dann klappernd auf den Steinboden fallen; mit zitternden Händen las sie die Zeichen dann auf; die Lider ihrer geschlossenen Augen zuckten dabei, und ihre zarten, geschwungenen Lippen bebten. Sie besaß noch die Anmut und Biegsamkeit der Jugend; aber das Haar, das ihr bis zu den Knöcheln reichte, glänzte grau, und in ihr Antlitz, das ebenmäßig geformt war wie das eines Standbilds, hatten sich tiefe Falten gegraben. Ich schrie auf, als ich sie erkannte, und wäre wohl von der hohen Mauer zu Tode gestürzt, hätte mich nicht Diomedes mit nervigen Armen gehalten.

»Was ist mit dir?« fragte der Tydeussohn erschrocken, aber ich war nicht fähig, ihm eine Antwort zu geben; Tränen schossen in meine Augen, und meine alten Wunden brachen auf. Denn die Frau, die ich vor mir sah, war niemand anders als meine verschollene Schwester Baril.

VII
GATHASPAR

»Die Zahl der Geweihten beträgt stets sieben mal siebzig«, sagte mir einst der Magier Gathaspar in den düsteren Grüften unter der Riesenstadt Babylon, »diese allein besitzen verborgenes Wissen und reden in der geheimen Sprache. Als Priester dienen sie Gott, als Zauberer folgen sie ihrem eigenen Willen; unter ihnen sind Gute und Böse.«

»Aber es gibt doch weit mehr als sieben mal siebzig Priester in allen Tempeln der Ägypter und Hethiter, der Syrer und Phönizier, Achäer, Babylonier und aller anderen Völker!« rief ich verwundert. Der König der Magier gab mir zur Antwort:

»Längst nicht alle, die in den Heiligtümern ihrer Götter beten und opfern, gehören zu den Geweihten. Die Geweihten aber können acht Reiche der Zauberkunst durchwandern, und in jedem erwerben sie größere Macht.

Die untersten der Zauberer bemeistern nur die unbelebten Dinge; man nennt sie Beter. Sie herrschen über Steine und Sand, über Salze und alle anderen Stoffe der Erde: über das dem Schiffsbauer nützliche Pech, das leicht entzündliche Naphta, und auch über alle Metalle. Sie besitzen den Zauberspiegel, der Menschen in ewigen Schlaf versetzt, und den Unhörbaren Bogen, mit dem sie ihren Feinden von fern Krankheiten in den Leib senden können. Ihnen gehören die Trommeln der Angst, bei deren Klängen Menschen erblinden, und der glänzende Wunderstein, in dessen spiegelnden Flächen diese Zauberer ferne Ereignisse verfolgen.

Über den Betern stehen die Meister der belebten Dinge, die man auch die Beschwörer nennt. Andere sagen Reiniger zu ihnen, weil sie die Krankheiten aus dem Körper vertreiben; denn sie sind Herren über Pflanzen und ihre geheimen Säfte, über die Kräuter und Gräser, die Büsche und Hecken und über die Bäume des Waldes. Sie besitzen den stachligen Apfel, mit dem sie Menschen den Verstand rauben können, und das rötliche Nabelkraut, dessen Saft die Opfer wieder zur Vernunft zurückkehren läßt. Aus den Wurzeln der Halbmenschpflanze bereiten sie Liebestränke; ihr kostbarster Besitz ist die schwarze Mandragora, die ihren Träger unsichtbar macht.

Ihre Feinde töten die Beschwörer mit bitterem Mandelwasser aus Naxos oder herbstblühendem Kolchiskraut. Ihren Freunden aber geben sie schwarzen Lauch, der vor Wunden im Kampf bewahrt, und fünfblättriges Eisenkraut zum Schutz gegen Zauberkräfte. Mit Engelswasser aus Myrtenblüten holen sie Weibern vergangene Schönheit zurück; mit zierlichem Unschuldskraut machen sie Huren wieder zu Jungfrauen, und das sind nur ihre einfachsten Künste.

Das dritte Zauberreich gehört den Meistern der unbeseelten Wesen; sie heißen auch Hexer und gebieten über alle Tiere auf der Welt. Sie können Menschen in Tiere verwandeln, so daß aus Kriegern plötzlich zähnefletschende Wölfe, aus Fürsten fauchende Leoparden, aus Königen brüllende Löwen werden. Die gelbhäutigen Todesmönche aus dem Sand der gefrorenen Wüste verzauberten einen Elefanten in einen stummen Riesen, der seither wachsam ihre Burg umwandelt; aus winzigen Mäusen formten sie daumengroße Zwerge, um sie als Kundschafter in die Paläste ihrer Feinde zu entsenden.

Höher als die Hexer stehen die Meister der beseelten Wesen, die man die Wissenden nennt; denn sie sind Herrscher über alle Menschen, weil sie deren Gedanken kennen und zu lenken vermögen. Auf wilden Gelagen an schauerlichen Plätzen nähren sie sich vom Fleisch geschlachteter Frauen, und sie saugen nachts das Blut ihrer schlafenden Opfer, bis diese sterben. Die Guten unter ihnen aber lassen Tote auferstehen, so daß die Angehörigen mit den Verstorbenen sprechen können; aber berühren dürfen sie diese nicht. Nur mit der Kraft ihrer Hände machen sie Blinde sehend, Lahme gehend, Taube hörend, und ebenso vermögen sie abgehauene Hände und Füße nachwachsen zu lassen, denn die Körper der Menschen sind ihre Altäre.

Den Wissenden folgen die Meister der Geister und Seelen, die sich selbst Zauberpriester nennen; andere bezeichnen sie oft als falsche Magier, weil sie zwar übermenschlichen Wesen befehlen, aber dennoch nur einen geringen Teil von den Geheimnissen der Oberwelt kennen. Als Nekromanten beschwören sie Seelen von Toten, und sie beherrschen alle niederen Geister in Flüssen und Sümpfen, in Teichen, Bäumen und Häusern. Ihren Feinden schicken sie solche Geister nachts in furchterregender Gestalt ans Lager, so daß die Armen vor Schreck ihr Leben verlieren. Anderntags findet man die Bedauernswerten tot auf dem Bett, mit aufgerissenen Augen und grausig verzerrtem Gesicht, und nur selten wird die wahre Ursache ihres Hinscheidens bekannt. Darum bezeichnen diese Zauberpriester sich als Stille Töter.

Höher als jene stehen die Meister der Dämonen, die man auch die Hüter ruft; manche nennen sie auch Mittler, weil sie zwischen den Menschen und den Geistern stehen. Sie herrschen über die Elemente, die Dämonen der Luft und des Feuers, des Wassers und der Erde, und halten so nicht allein die Geschicke einzelner Menschen, sondern das Los ganzer Völker in ihren Händen. Mit ihren Zauberkräften können sie selbst noch aus nacktem Felsengestein goldenes Korn emporsprießen lassen. Sie machen das Kahle bewachsen und das Unfruchtbare schwanger. Sie lassen im Sand der Wüste Blumen erblühen, und die von ihnen gesegneten Schafe werfen drei Lämmer zugleich. Ihren Feinden aber schicken sie die alles verzehrende Dürre, den Sturm und den Hagel, das blitzdurchzuckte Gewitter und das eisige Totenhemd des frühen Schnees.

Nun bleiben nur noch zwei Arten von Magiern zu nennen, die sind von allen die höchsten. Die einen heißen die Hohen Priester. Sie sind die Meister der Zeit, denn sie besitzen Wissen von der Vergangenheit und von der Zukunft, weshalb man sie auch die Propheten, die Wahrsager oder die Überlieferer nennt. Sie enträtseln nicht nur Gottes Willen, sondern tragen auch zu seiner Verwirklichung bei; so führen sie oft die mächtigsten Reiche wie

Ochsen am Seil, indem sie das Denken der Könige steuern wie ein schwankendes Schiff. Kator, der Diener der Schlange von Memphis, ist einer von ihnen; ein anderer ist der namenlose Einsame vom schwarzen Berge Torimptah. Yuggoth, der König der Todesmönche, ist der dritte; Kadasman von Ninive der vierte, Nabonet in Babylon war der fünfte, die anderen findest du am Gelben Fluß und bei den Roten Menschen.«

»Wer aber bist du?« fragte ich voller Verwunderung.

Gathaspar antwortete:

»Über alle anderen Zauberer herrschen drei Magier, die unsterblich sind. Sie leben, handeln und denken wie Götter; sie sind Meister des Schicksals und sollen für lange Zeit auf Erden Stellvertreter des Einzigen sein. Ihre Pflicht endet erst dann, wenn der gefunden ist, den der Allmächtige als Erlöser auf die Erde senden will. Die Verheißung lehrt uns, daß der Himmel selbst die Ankunft dieses Mannes anzeigen wird, mit flammenden Malen, wie er es einst auch bei uns dreien tat. Dieser Mann wird ein Sohn des Himmels sein; er kommt erst, wenn die Menschen reif sind, alle Wahrheit zu erfahren.

Bis dahin aber ziehen die drei Magierkönige rastlos über die Weltenscheibe, um die vom Ewigen gewollte Ordnung zu erhalten, wie es unsere Aufgabe ist als Hirten der Menschheit. Ich, Gathaspar, bin der älteste dieser drei Weisen. Die anderen sind Melikhor und Baltasarzan.«

1 Ich krallte meine blutenden Finger in das rauhe Mauergestein, und in meinem Innern durchlebte ich noch einmal die Trauer und Qual, die ich empfand, als die Kaschkäer mir vor zwölf Jahren in Kolchis meine geliebte Schwester entrissen und sie an jenen fremden Fürsten verkauften. Ich hörte das Rauschen des salzlosen Wassers tief unter uns und spürte wieder die Einsamkeit, die ich als hilfloses Opfer meiner Entführer durchlitt; als mich Pithunna entlang des nördlichen Meeres bis nach Pamphylien schleppte, von all meinen Freunden getrennt, um mich dem Kreter aus Tauris für ein paar Silberstücke zu überlassen. Zorn und Bitterkeit erfüllten mein Herz, und Haß fiel mich an wie eine heiße Woge. Endlich fand ich in die Wirklichkeit zurück, stieg mit Diomedes durch die Höhlung des Fensters und lief auf meine Schwester zu, sorgsam darauf bedacht, sie nicht zu erschrecken. Denn ich wußte nicht, ob sie mich nach so langer Zeit sogleich wiedererkannte. Ja, ich war sogar entschlossen, mich auf sie zu werfen und ihr mit Gewalt die Lippen zu verschließen, wenn sie bei unserem Anblick etwa in plötzlicher Furcht um Hilfe schrie. Aber als Baril unsere Schritte auf dem steinernen Boden vernahm, wandte sie uns ruhig ihr Antlitz zu und zeigte kein Zeichen der Angst. Ihre hellen Augen glänzten unergründlich; sie schien uns nicht zu sehen, sondern schaute an uns vorbei wie in weiteste Ferne. Ihre schönen, schlanken Hände spielten weiter mit den geschnitzten Hölzern, und ihre Lippen bewegten sich in fremden, fast unhörbaren Gebeten.

Als Diomedes nun von mir erfuhr, wen wir auf diese wunderbare Weise im Tempel der Sonnengottheit gefunden hatten, war er weit weniger überrascht, als ich erwartete. Er blieb hinter mir stehen, um das Wiedersehen nicht zu stören; ich rief voller Freude:

»Baril! Ich bin es, Aras, dein Bruder. Endlich fand ich dich wieder! Dank sei den Göttern, daß sie mich zu dir führten! Wie oft habe ich in all den Jahren an dich gedacht, meine geliebte Schwester. Komm, laß dich umarmen!«

Aber Baril gab keine Antwort, und ich bemerkte zu meinem Erstaunen, daß sie mich nicht zu verstehen schien, obgleich ich in der alten Sprache meines Stammes redete.

»Baril«, sagte ich daher ein zweites Mal und streckte die Hand nach ihr aus, »ich bin es, Aras, dein Bruder! Erkennst du mich nicht?« Aber als ich sie berühren wollte, hielt sie mir abwehrend ihre Fingerspitzen entgegen, blickte mir in die Augen und sagte mit einer Stimme, die seltsam verändert klang:

»Wer bist du, Fremder, daß du es wagst, dich heimlich der höchsten Dienerin Chepats zu nähern? Segnend wärmen die Strahlen der Gottheit jene, die ihr wohlgefällig sind. Die aber Bosheit und Sünde im Herzen tragen, vernichtet das flammende Himmelsauge mit feurigen Pfeilen!«

»Erkennst du mich denn nicht, meine Schwester?« rief ich erschrocken, und Beklemmung legte sich auf mein Herz, so daß es heftig zu schlagen begann. »Ich bin es doch, dein Bruder, der mit dir im Gras der nördlichen Steppe aufwuchs! Am Rande des großen Waldes stand unser Zelt, und davor weideten unsere herrlichen Rosse auf dem wogenden Grasland; der Gott des Windes behütete uns, bis eisengepanzerte Männer erschienen. Kannst du dich daran nicht mehr erinnern?«

»Nur eine einzige Gottheit wohnt in meinen Gedanken«, antwortete Baril, und Gleichgültigkeit klang aus ihren Worten, während die seltsamen Stäbe von neuem aus ihren Händen klirrend zu Boden fielen, »unüberwindlich ist ihre Macht, und ich brauche vor Feinden nicht mehr zu erzittern. Denn ich bin ihr Werkzeug, durch das sie den himmlischen Willen kundgibt, und ihr Wächter unter den Menschen.«

Erregt wollte ich meine Schwester in die Arme schließen und sie mit kräftigen Händen rütteln, damit die Erinnerung endlich in ihren Geist wiederkehre. Da fühlte ich die Hand des Tydiden auf meiner Schulter und hörte ihn leise sagen: »Beruhige dich, Aras, damit uns kein anderer höre, der vielleicht in diesem Tempel weilt. Ist diese Frau wirklich deine Schwester? Bedenke, es sind zwölf Jahre vergangen, seit du sie zum letzten Mal sahst!«

»Ich täusche mich nicht!« gab ich verwirrt zur Antwort. Baril achtete nicht mehr auf uns, sondern bewegte murmelnd die Lippen in heiliger Zwiesprache mit ihrem Gott. Ich trat ganz nahe zu ihr und beugte mich vor ihr Gesicht. In ihren Augen schimmerten goldene Punkte. Verzweifelt suchte ich nach einer Spur des Erkennens; sie aber schaute mich nur fragend an und sagte, während sie von neuem ihre seltsamen Hölzer ordnete, mit brüchiger Stimme:

»Heilige Götterzeichen weisen dem Menschen die Heimat der Seele; selbst aus der äußersten Ferne fliegen die Vögel zurück in ihr Nest. Der Wanderer kehrt an seinen Herd zurück, der Held zum Ort der ruhmvollen Erinnerung, der Mörder zur Stätte des ruchlosen Frevels, so ist es von den Himmlischen gewollt.«

Ich schüttelte verwundert den Kopf, während Diomedes drängend sagte: »Sie versteht dich nicht, Aras. Laß uns lieber weitersuchen, ob wir nicht endlich Echli-Teschup finden, den Adler, dem unser Kommen gilt. Wer weiß, vielleicht kann er das Rätsel lösen, das uns die Götter gaben.«

Aber ich wehrte seinen Griff ab und starrte wieder in Barils golden glänzende Augen, die auf einmal klarer wurden und mich endlich mit ihrem Blick zu erfassen schienen. Langsam bewegte sie ihre Lippen, dann hörte ich sie tonlos sagen:

»Der Adler floh zu den Lachenden Vögeln; wer vermochte ihn aus seinem Horst zu vertreiben?« Dabei begann sie zu zittern; ihre Hände verkrampften sich um die geschnitzten Hölzer, auf denen ich heilige Zauberzeichen erkannte; sie schaute mich fragend an wie ein ratloses Kind.

»Laß sie«, forderte Diomedes, »du vergeudest unsere Zeit. Ihr Geist gleicht einer winzigen Flamme, die nur noch schwach aus der verbrannten

Asche züngelt und bald ganz verlöschen wird, so traurig das auch für dich sein mag. Ein Wahn hält sie gefangen; du kannst sie nicht heilen!«

»Vielleicht doch«, gab ich zur Antwort, »eben sprach sie von dem Adler, der zur den Lachenden Vögeln entschwand. Darum glaube ich, daß meine Schwester Baril es war, zu der uns die Götter eigentlich führen wollten, als ihr Bote uns in der Gestalt Narmurs die Weissagung überbrachte. Hier soll ich endlich meine Herkunft enträtseln, die ich nach dem Willen der Himmlischen kennen muß, ehe sich mein Racheschwur erfüllen darf. Glaubst du etwa, Pithunna wäre uns aus der Bedrängnis der Schlacht anders entkommen als mit der Hilfe der Götter, die ihn vor Kaliphons Pfeil bewahrten? Die Unsterblichen wünschen nicht, daß sich unser Schicksal anders erfülle als auf dem vorgezeigten Pfad. Darum sandten sie uns hierher. Denn wer könnte mir das Geheimnis meiner Geburt eher entschleiern als meine Schwester?«

»Wie willst du von diesem armen Wesen etwas erfahren?« fragte Diomedes. »Siehst du denn nicht, daß sie nicht mehr Herr ihrer Gedanken ist? Wenn einmal solches Wissen in ihr war, so ist es schon lange verschüttet, und vielleicht geschah auch das nach dem Willen des Himmels.«

Ich antwortete nicht, sondern beugte mich wieder über Baril, die mich von neuem fragend musterte. »Baril«, sagte ich leise, »Baril«. Sie schwieg; endlich legte sie ihre Zauberstäbe auf ein blutrotes Kissen, streckte die Hand nach mir aus und fuhr mir langsam über Gesicht und Nacken.

Schnell löste ich meine Lebenskette und drückte sie ihr in die Hände. Diomedes atmete überrascht auf. Baril ließ ihre Finger langsam über die geweihten Talismane gleiten. Wir schwiegen und sahen ihr in äußerster Spannung zu. Schließlich blickte Baril mir sinnend in das Gesicht und sagte leise:

»Der Pfeil fliegt zum Bogen zurück, der Baum krümmt sich seiner Wurzel entgegen und der mächtige Strom kehrt sich rückwärts zur Quelle. Das fallende Blatt schwebt wieder empor zum kahlen Ast, der starke Stier sucht das Euter der Mutter, der Felsblock rollt den steilen Hang hinauf. Aras? Aras? Der Wind heult über das öde Land und treibt den losen Samen davon. Wie kann das Korn je wiederkehren? Mache mich sehend, Chepat, erhöre meine Bitte! Wasser, Fels und Stürme können deiner Kraft nicht widerstehen, denn du herrschst flammend am Himmelsgewölbe, und vor deinem Auge gibt es keine Dunkelheit!«

»Baril!« sagte ich wieder, denn ich war noch immer nicht sicher, ob sie mich mit ihrem armen, verwirrten Verstand endlich erkannte. »So viele, lange Jahre rätselte ich über dein Schicksal und glaubte nicht mehr, dich jemals wiedersehen zu dürfen. Was ist das für ein Zufall, der uns hier zusammenführt? Sind deine Götter es gewesen, die meine Schritte lenkten? Und wie bist du hierher gekommen?«

Baril sah mich lange und nachdenklich an; ihre Augen suchten in meinem Gesicht, wie ein verirrter Schiffer im aufgewühlten Meer nach vertrauten Landmarken forscht; schließlich sagte sie mit ihrer seltsamen Stimme:

»Wer nicht die Sprache der Götter versteht, wie kann der von sich etwas wissen? Nur Himmlische haben die Macht, sich selbst zu erkennen; die

Menschen jedoch bedürfen dazu der Hilfe des Ewigen. Ach, hilflos ist der Sperling, der zu früh aus dem Nest seiner Eltern fällt, und selbst das kräftigste Fohlen verdirbt, trinkt es nicht lange genug die Milch der Stute. Deinen Durst aber – hat ihn nicht schon das saure Wasser gelöscht? Schaue dich um und grabe in deiner Seele!«

Ich blickte mich um; langsam gewöhnten sich meine Augen an das unstete Licht der rauchenden Fackeln, und ich entdeckte an den dunklen Wänden seltsame Bilder, kunstvolle Zeichen und Zierden, in den Fels gehauene Schriften und Zaubermale; und plötzlich war mir, als hätte ich alles schon einmal gesehen. Verwundert berichtete ich meinem Gefährten davon und erklärte ihm auch Barils Worte. Da sprach der Sohn des Tydeus zu mir:

»Der Adler flieht zu den Lachenden Vögeln, und saures Wasser wird den Durst des Blinden löschen! Schon zum zweiten Mal sagte deine Schwester Worte des seltsamen Götterspruchs, den uns der Alte im Wald am Idiglat gab. Ist sie vielleicht gleichfalls ein Bote des Himmels? Die Sonne zeigt dem Suchenden den Weg, doch sehend wird er erst am Tor der Götter, so hieß es doch. Frage sie, ob sie nicht weiß, wie wir den Sinn dieser Botschaft verstehen sollen.«

Ich wandte mich meiner Schwester zu und sagte ihr, was ich zu wissen begehrte. Wir warteten gespannt auf ihre Antwort. Baril schaute eine Weile sinnend zu Diomedes. Dann erklärte sie langsam:

»Wer kennt die Wege eines Fremden, wenn ihn fremde Götter schützen? Nur denen, die ihre gläubigen Diener sind, geben die Himmlischen Zeichen. Ich bin die Dienerin der Sonne, die dem Suchenden die Pfade weist; auch wenn er erst am Tor der Götter sehend wird, ist doch der Pfeil zum Bogen zurückgekehrt, der Baum zu seiner Wurzel und der Strom zu seiner Quelle. Konnte der Sperling sein Nest nicht erkennen?«

Ich staunte sehr über diese Worte und konnte sie mir nicht erklären. Als ich den Tydeussohn danach fragte, sah er mich prüfend an und versetzte: »Du bist noch sehr jung, Aras, und es fehlt dir an Weisheit, im Versteck der Worte die Wahrheit zu finden. Höre, wie ich darüber denke: Deine Schwester hat den fliehenden Adler gesehen, und dieses rührte ebenso wie dein Gesicht eine sehr alte Erinnerung in ihr. Freilich, ihr Wahnsinn hindert sie, dies alles mit Verstand zu erkennen, und ich zweifle, daß sie selbst begreift, was sie jetzt zu uns sagt. Aber ihre rätselvollen Worte gründen sich auf das, was tief verschüttet in ihrem Herzen ruht, und an uns liegt es nun, das Richtige zu erkennen. Der Wanderer, der an seinen Herd zurückkehrt, kann niemand anders sein als du. Denn der Held, der zum Ort der ruhmvollen Erinnerung strebt, ist Echli-Teschup, der Adler, der nach dem alten Fürstenbrauch des Berglands nach jedem Sieg das kostbarste Beutestück der Sonnengottheit schenkte, so daß der Tempel seine Ruhmeshalle wurde. Der Mörder aber, den es zur Stätte des ruchlosen Frevels zurückzieht, kann nur der verhaßte Pithunna sein, den wir hier vielleicht noch antreffen werden, wenn er nicht schon weitergeflohen ist.«

»Wie aber soll ich es verstehen, ein Wanderer zu sein, der an seinen Herd zurückkehrt?«, fragte ich. »Und warum hast du keinen Platz in ihren Worten?«

»Ich bin der Fremde, den die fremden Götter schützen und dessen Wege deine Schwester nicht kennt«, antwortete Diomedes, »du aber bist der Pfeil, der zum Bogen zurückgeschleudert wird, der sich krümmende Baum, der zurückfließende Strom, das emporschwebende Blatt, der Stier und der Felsblock. Du bist auch der Sperling und das Fohlen. Kommt es dir nicht vor, als hättest du die Zeichen an den Wänden schon einmal gesehen? Nun, dies alles kann nichts anderes bedeuten, als daß du in diesem Tempel geboren bist!«

Ich starrte meinen Gefährten an; mein Mund wurde trocken, die Gedanken stoben durch mein Gehirn, wie herbstliches Laub im starken Wind durch die Lüfte wirbelt; meine Hände begannen zu zittern, und ich fühlte plötzlich unbestimmbare Sehnsucht in meinem Herzen. Mühevoll suchten meine Lippen neue Worte zu formen, aber meine Zunge war wie gelähmt, und erst nach einiger Zeit konnte ich wieder sprechen.

»Jetzt erst erkenne ich, daß es ein gütiges Schicksal war, das mich auf diese Insel führte, auch wenn ich das ersehnte Wissen mit Schmerzen bezahle«, sagte ich zu Diomedes. Dann wandte ich mich wieder Baril zu und fragte, während ich ihre Hand in die meine nahm, was sie ruhig geschehen ließ:

»Sage mir doch endlich, Baril, was ist das Geheimnis meiner Herkunft? Schweige nicht länger, ich flehe dich an! Mein ganzes Schicksal hängt davon ab, daß ich es endlich erfahre!«

»Einmal endet jede Dunkelheit«, versetzte meine Schwester sinnend, und plötzlich sah ich sie zum ersten Mal lächeln; aber es war kein fröhliches Lächeln, sondern es zeigte Traurigkeit und Schmerz. Sie seufzte, dann sprach sie weiter: »Die Nacht weicht dem Morgen, die Furcht weicht dem Mut, die Torheit dem Wissen. Die Strahlen des Sonnengestirns vertreiben die Nebel in der Niederung und schützen den Wanderer vor seinem Irrtum. Ich bin die Dienerin der Sonne, ich weise Suchenden den Weg.«

Wir schwiegen gespannt; Baril tastete wieder mit ihren Fingern über mein Gesicht und fuhr mit leiser Stimme fort: »Ich bin die Dienerin, die Tochter der Dienerin. Ich bin die Herrin, die Tochter der Herrin. Ich bin die Seherin, die Tochter der Seherin. Ich bin, was sie war, die mich gebar, die höchste Priesterin Chepats, die dem flammenden Himmelsgestirn heilige Opfer bereitet und fromme Gebete zum feurigen Auge spricht. Sie, deren Schoß ich entstamme, erfüllte schon in der frühesten Jugend dieses heilige Amt, keusch und rein, wie es die Gottheit befiehlt.«

»In diesem Haus hat unsere Mutter gelebt?« fragte ich aufgeregt. »Durch diesen Saal ist sie gegangen? Priesterin Chepats war sie wie du? Warum habe ich davon niemals erfahren? Warum habt ihr mir stets erzählt, ich sei in der Steppe geboren?«

»Schweig doch!« fuhr Diomedes dazwischen. »Bist du wirklich noch so töricht, daß du nicht weißt, wann du zuhören sollst und wann reden? Beherrsche deine Zunge! Ich bin begierig, dein Schicksal zu erfahren, das mit dem meinen auf so wundersame Art verbunden scheint.«

Baril schaute den König von Argos verwundert an, obwohl sie ihn doch nicht verstehen konnte. Dann wanderten ihre Blicke wieder zu mir, und sie sagte:

»Glücklich lebe ich heute, wo sie einst lebte, die mich gebar. Glücklich erfülle ich die Pflichten und verwalte treulich ihr Erbe; ich, die ich Chepats Dienerin bin und für sie die gläubigen Scharen beherrsche, wie eine irdische Sonne, der Herrscher und Fürsten gehorchen. Aber die irdische Sonne strahlte nicht alle Zeit.«

Sie verstummte und rieb sich mit den Händen die Schläfen; die goldenen Punkte in ihren Augen funkelten noch stärker als zuvor, und sie begann plötzlich heftig zu atmen: »Was ist mit dir, Schwester?« fragte ich besorgt. Sie gab mir zur Antwort: »Die Gottheit greift wieder nach mir. Ja, Chepat, erfülle mich mit deiner Kraft! Lieben und empfangen will ich dich. Komm zu mir, ich bin bereit!«

»Baril!« rief ich verzweifelt, denn ich fühlte, daß ihr verirrter Verstand uns nun ganz zu entgleiten begann. »Baril! Wer war mein Vater? Welchem Stamm bin ich entsprossen?« Dabei packte ich sie an den Schultern und schüttelte sie, bis Diomedes mit sorgenvoller Miene meine Hände von ihr löste.

Baril wand ihren Körper nun auf den kostbaren Fellen wie eine Schlange; das lange Haar umhüllte sie wie Federn einen Vogel, sie keuchte halberstickt, und Schweißtropfen perlten auf ihrer Stirn. »Wer eine Wahrheit sucht, findet oft zwei«, stieß sie unter heftigsten Anstrengungen hervor; ich merkte deutlich, wie ihr Geist sich wehrte, nun für immer in die grundlosen Strudel des Wahnsinns hinabgezogen zu werden. Sie preßte die Fäuste an ihre Schläfen, deren feine Adern heftig bebten, und von ihren verzerrten Lippen hörte ich die Worte:

»Wer kennt seinen Vater? Wer kennt ihn nicht? Wer ist ein Vater? Der, den das Kind kannte, bei dem es aufwuchs? Der, den es seinen Vater rief? Der, der es zeugte, von dessen Samen es Leben erhielt? Die Räuber der Steppe erschlagen, wen sie finden; doch finden sie stets, was sie suchen? Mögen die Menschen auch noch so mitleidlos ihresgleichen vertilgen, gegen die Gottheit vermögen sie nichts und können ihr nicht schaden.«

Schweratmend wälzte sich Baril nun über die glatten Steine am Boden des riesigen Saales. Hastig stürzte ich zu ihr und hielt sie in meinen Armen, während ich dem staunenden Diomedes ihre Worte erklärte. »So ist der Mann, den du kanntest, nur dein Ziehvater gewesen«, meinte der Tydeussohn nach kurzem Besinnen, »der aber, der dich erzeugte, ist nicht gestorben, sondern er lebt, und ich glaube auch zu wissen, wer er ist.«

Mehr konnte er nicht sagen, denn Baril begann plötzlich laut zu schreien; Schaum trat auf ihre Lippen und sie umklammerte meine Hand, wie ein Ertrinkender das rettende Treibholz erfaßt. »Töte den fliehenden Adler!« rief sie. »Räche das grausame Geschick! Vernichte die Feinde Chepats, der strahlenden Gottheit; töte sie alle!«

Erschrocken sagte ich: »Still, Baril, gleich werden die Wächter sich auf uns stürzen! Was willst du ihnen sagen, wenn sie uns bei dir finden, wo es Fremden doch bei den strengsten Strafen verboten ist, sich deinem Tempel auch nur zu nähern?«

Doch meine Schwester hörte nicht auf mich, sondern riß sich das Gewand entzwei, umfaßte mit ihren Händen ein kleines Amulett von einer Kette zwischen ihren entblößten Brüsten und rief mit schrecklich verzerrtem Antlitz:

»Chepat! Chepat! Hörst du deine Dienerin? Mächtig durchglühst du die Weltenscheibe; vor dir sinken selbst die tapfersten Krieger nieder, und ihre Könige sind deine Sklaven! Gib uns deine Kraft, Chepat, gib uns deinen Mut! Heilig ist deine flammende Krone, du bist der Herr über Leben und Tod, über das Recht und das Unrecht, über Wahrheit und Lüge!«

Ich versuchte, sie aufzuheben; aber sie wehrte sich, und plötzlich zerriß das goldene Amulett an ihrem Hals. Funkelnd drang sein gleißendes Licht in meine Augen; ich ergriff es verwundert mit der Hand. Da packte mich Diomedes mit festem Griff und zerrte mich zum Fenster. »Schnell, Aras, weg von hier«, keuchte er, »ich höre schon die Schritte der Wächter.«

»Laß mich!« rief ich und versuchte, mich zu befreien. »Ich muß zu ihr! Baril! Wer war mein Vater? Sage es mir, ich muß es wissen! Baril! Baril!«

Doch meine Schwester hörte mich nicht mehr; sie wand sich zuckend am Boden. Ihr blasses Gesicht war von ungeheurer Anstrengung gezeichnet, und ihre Zähne leuchteten in der Dunkelheit. »Dein heiliges Zeichen, Chepat, soll den beschützen, der deine Diener an deinen Feinden rächt!« rief sie. »Hilf ihm in den Gefahren, wie du auch mich stets behütest! Heilig ist dein Herrschername, Gottheit des Lichts, unüberwindlich deine Macht, unmeßbar deine Weisheit. Komme zu mir, damit ich dich empfange!«

Ich wollte zu ihr, doch Diomedes hielt mich mit eisernem Griff und sagte entschlossen: »Du kannst ihr nicht mehr helfen, Aras! Ihr Geist gehört jetzt den Göttern, und die Flamme ihres Verstandes durfte nur für kurze Zeit noch einmal im Dunkel des heiligen Wahns erglühen. Ja, es scheint mir fast, als hätte sie sich nur deshalb so viele Jahre dagegen gewehrt, endgültig in der Nacht zu versinken, weil sie ahnte, daß du einmal kommen würdest und sie dir dann noch etwas sagen müßte. Nun aber ist der menschliche Teil ihres Geistes erloschen, und wenn du versuchst, ihn von neuem zum Leben zu erwecken, wirst du nur deinen eigenen Tod heraufbeschwören.«

»Ich habe keine Angst vor den Wächtern!« schrie ich wie von Sinnen. »Baril! Baril!« Doch Diomedes schleppte mich mit Gewalt zum Fenster und drohte: »Steigst du jetzt nicht freiwillig mit mir über die Mauer hinab, so schleudere ich dich auf die Felsen, damit du endlich schweigst!«

Da erkannte ich endlich die Gefahr, in der wir beide schwebten, und kletterte mit Diomedes über den Mauersims hinaus. Noch einmal schaute ich zu Baril, die mir jetzt wie eine Fremde erschien. Mitleid erfüllte mein Herz, aber bald kamen Zorn und Haß dazu, und meine Seele war traurig. Die Wächter, die in den Saal polterten, sahen uns nicht. Ehrfürchtig betrachteten sie die schreiende Baril, ließen dann ihre Waffen sinken und raunten einander Worte in ihrer fremden Sprache zu, wobei ich nur den Namen »Chepat« verstand. Die Churriter schienen dabei große Furcht zu empfinden. Das war das letzte, was ich sah, ehe wir die riesige Mauer wieder hinunterstiegen und uns in der Dunkelheit davonschlichen.

Ich zitterte vor Erregung; wilde Gedanken durchrasten mein Hirn wie ein Rudel fliehender Pferde die Steppe; ich sagte zu Diomedes: »So verwirrt war ich noch niemals im Leben. Ich weiß keinen Ausweg mehr und bin wie ein hölzerner Stab, der haltlos auf schäumendem Wasser dahintreibt. Welche Götter sind es, die mein Schicksal lenken? Und wie soll ich Barils Worte deuten? Was war Wahrheit und was Wahn?«

»Ich kann es mir nur so erklären«, antwortete mein Gefährte, »daß eure Mutter einstmals ebenfalls Priesterin dieser Gottheit war und euch in diesem Tempel gebar. Vielleicht brach sie damit Chepats Gebot und mußte deshalb die heilige Stätte verlassen? Der König, bei dem du in der Steppe aufgewachsen bist, wäre dann nur dein Ziehvater gewesen. Dennoch haben die Götter dir aufgetragen, seinen Tod zu rächen. Wo das Tor der Götter steht, kann ich noch nicht ergründen. Deine Feinde jedoch, Aras, sollen die meinen sein, so wie ich es dir einst gelobte.«

»Dann laß uns gehen, dieses Göttertor zu suchen«, gab ich zur Antwort, »damit wir das Rätsel endlich lösen.«

»Ja«, sagte Diomedes, »aber vergiß bei alldem nicht, daß wir noch Echli-Teschup finden müssen. Das wollen wir nicht nur für die Assyrer tun, sondern mehr noch deiner Schwester zuliebe. Diese hat uns ja gleichfalls befohlen, den Adler zu töten, wenn ich mir auch nicht denken kann, aus welchen Gründen sie das tat.«

2 Die Feuer der Wächter waren schon niedergebrannt, denn mehr als die Hälfte der Nacht war bereits vergangen. Die Sterne funkelten am Firmament, aber den Mond verbarg eine düstere Wolke. Wie Mörder in einer fremden Stadt schlichen wir durch die Finsternis und warteten auf das erste Dämmerlicht. Als der Morgen endlich graute, traten wir in die fellbehangenen Zelte vor der Pforte des Tempels, in denen die frommen Besucher ruhten; aber wir konnten Echli-Teschup nicht unter den Schlafenden finden. Diomedes sagte zu mir: »Vielleicht ist er unten auf dem Schiff geblieben, wo es wohl auch bequemer sein mag als hier. Wir wollen dort nach ihm suchen; hier oben können wir uns ohnehin nicht mehr lange verstecken, wenn sich die Wächter erst einmal den Schlaf aus den Augen gerieben haben.«

Wir kletterten zwischen den Felsen zum Meeresgestade hinunter. Erst sahen wir auch auf dem prunkvollen Schiff keinen Menschen. Dann aber entdeckten wir eine Gestalt, die reglos auf dem Vorderdeck stand, das Gesicht den Wellen zugewandt. Es war die Gestalt eines Mannes von mittlerer Größe, gehüllt in ein bunt besticktes Gewand und mit einem silbernen Reif um die Schläfen. Wir zogen uns lautlos auf die Planken und traten von hinten zu ihm. Diomedes sagte mit kühler Stimme in die Stille des Morgens:

»Ich grüße dich, Echli-Teschup, den man den Adler nennt! Seit Amedi verfolgen wir dich schon. Jetzt haben wir dich endlich gefunden.«

Überrascht wandte sich der Angesprochene um. Seine Hand fuhr an die Hüfte. Dann aber entsann er sich, daß er waffenlos zum Tempel gekommen war, wie es die Frömmigkeit befiehlt. Frische Wunden bedeckten seine Stirn. Ich las Verwunderung in seinem Antlitz, aber keine Furcht, und er antwortete auf Akkadisch:

»Ihr seid es, Assyrer! Wie Diebe schleicht ihr durch die Nacht. Nun, ihr habt wohl allen Grund, euch zu verbergen, denn wenn mein Freund Menua euch ertappt, wird er euch töten. Was wollt ihr? Gebt Antwort, ehe ich die Wächter rufe!«

»Wir sind keine Assyrer, sondern Achäer«, versetzte Diomedes, »und du wirst nicht um Hilfe rufen, wenn mein Dolch dir nicht die Kehle durchschneiden soll. Baril, die Priesterin Chepats, befahl uns, dich zu töten. Glaubst du, daß ihre eigenen Wächter uns daran hindern werden?«

»Baril!« sagte Echli-Teschup erstaunt. Um seinen Mund traten tiefe Linien hervor, auf seinem Antlitz waren Entschlossenheit und Kampfesmut zu lesen. Ich dachte angestrengt nach, wo ich dieses Gesicht schon einmal gesehen hatte, aber noch fand ich die Lösung nicht.

»Ja, Baril!« sprach Diomedes. »Sie wünscht deinen Tod, Echli-Teschup, aus welchen Gründen auch immer. Warum bist du auf diese Insel geflüchtet, wenn dein Name hier verdammt wird?«

Der König von Alzi starrte uns nachdenklich an. Bilder aus lange vergangenen Zeiten zogen in meinem Inneren vorbei, als ich ihm in die Augen blickte. Und dann traf mich wie der furchtbare Hieb einer Keule die schreckliche Erkenntnis, wo ich ihn schon einmal gesehen hatte, und ich wußte plötzlich mit grausamer Deutlichkeit, warum er mir so bekannt erschien. Denn er war kein anderer als jener Fürst, dem mein Todfeind Pithunna einst Baril als Sklavin verkaufte.

Wie ein feuriger Blitz schlug die Erinnerung in meine Brust; ich schluckte bitteren Speichel. Voller Haß faßte ich den Fürsten von Alzi ins Auge und sagte dann zu Diomedes:

»Du konntest nicht wissen, mein Gefährte, wie recht du getan hast, mich an Echli-Teschup zu gemahnen. Jetzt erst erkenne ich, was er mir bedeutet. Auch er ist ein Mann, dessen Blut mein Rachedurst sich schon seit langem ersehnt. Denn er war es, der meine geliebte Schwester Baril vor zwölf Jahren als seine Lustsklavin erwarb und in sein Frauenhaus sperrte. Er ist der Grausame, der mir die Schwester entriß, als ich auf dieser Welt keinen Menschen mehr hatte. Er ist der Wollüstige, der sie gegen ihren Willen mißbrauchte, genauso wie die Krieger der Kaschkäer, während ich gefesselt danebenlag!«

»Du also bist Aras«, antwortete der Adler ruhig, »unsere Späher haben mir schon berichtet, daß bei den Assyrern Fremde sein sollen; Fremde aus einem fernen Land, die sich an Pithunna rächen wollen, für einen Überfall, den er vor Zeiten in der nördlichen Steppe vollführte. Aber weder er noch ich konnten uns denken, auf welchem von seinen vielen Raubzügen er sich diese Feinde machte.«

»Ja, ich bin Aras«, stieß ich voller Erbitterung hervor, »und heute ist der Tag meiner Rache gekommen!«

»Baril!« sagte der Adler nachdenklich, und noch immer entdeckte ich in seinen Augen nicht das geringste Zeichen von Furcht. »Ich habe ihre Schönheit nicht lange gekostet, denn die Götter mißgönnten sie mir. In meiner Fürstenburg Alzi verdunkelten sie Barils Verstand, so daß sie stets zu schreien begann, wenn ich ihr nahte, selbst wenn das in friedvoller Absicht geschah. Glaube es mir oder glaube mir nicht, damals habe ich in meinem Herzen Liebe für sie empfunden, und ich hätte sie gern zu meiner Gemahlin gemacht, denn sie ist schön und trägt goldene Punkte in ihren Augen. Aber sie konnte mein Werben nicht mehr verstehen, so sehr hatten die Unsterblichen ihren Geist bereits verwirrt. Darum brachte ich sie nach Aktamar, in das höchste Heiligtum unserer Völker, und bat die Himmlischen um ihre Heilung.«

»Willst du dein Leben mit Lügen erkaufen?« fragte ich zornig. »Wie konnte Baril denn die Hohepriesterin des Tempels werden, wenn du sie als Kranke brachtest? Willst du vielleicht noch behaupten, daß sie dir eine Wohltat verdankt?«

Echli-Teschup schaute mir gelassen ins Gesicht und versetzte: »Es wundert mich, daß du nichts davon weißt, Jüngling. Hat dir denn noch niemand gesagt, daß Baril ein Kind der Hohepriesterin Sebarit ist, die vor mehr als fünfundzwanzig Jahren in diesem Tempel wohnte? Sie war die heiligste Dienerin des strahlenden Tagesgestirns, bis aus dem fernen Babylon ein Mann kam, dem sie ihre Liebe schenkte. So verletzte sie das höchste Gebot ihrer Gottheit und zog mit ihrem Buhlen in ein unbekanntes Land. Dich und deine Schwester nahm sie mit sich, denn ihr wart beide bereits geboren.«

»Lügen!« rief ich in höchster Erregung. »Wie hätte unsere Mutter uns in einem Tempel zur Welt bringen können, ohne das strenge Gesetz der Jungfräulichkeit zu verletzen, und das Gelübde der Reinheit, das doch das oberste Gebot für eine Dienerin der Sonnengottheit ist?«

»Denke darüber, was du willst«, versetzte der Adler unerschrocken, »ich brauche dich nicht zu belügen, denn ich empfinde keine Furcht vor dir, so sehr du auch toben und rasen magst. Niemals soll sich die Priesterin Chepats mit einem Sterblichen verbinden, so heißt es in den ehernen Gesetzen von Arinna und Aktamar. Ich selbst habe erst viel später von Barils Herkunft erfahren. Damals, als ich deine Schwester als eine Wahnsinnige nach der heiligen Insel brachte und auf ihre Heilung hoffte, entdeckten die Priester die goldenen Punkte in ihren Augen, lasen in alten Schriften und erkannten Barils Abstammung. Sie nahmen sie mir, kleideten sie in ihre prächtigsten Gewänder und huldigten ihr als Chepats neuer Stellvertreterin auf Erden; als oberster Dienerin der Sonnengottheit auf dem goldenen Thron, der seit Sebarits Flucht verwaist war. Ich kehrte allein nach Alzi zurück; mein Herz war traurig, Baril verloren zu haben, das magst du mir glauben!

Darum besuchte ich den Tempel immer wieder, und jetzt, da ich mein Reich verloren habe, ist dies der einzige Ort, an dem ich noch leben möchte.«

»Wer war jener Mann aus Babylon, von dem du uns erzähltest?« fragte Diomedes. Der König von Alzi antwortete:

»Sein Name war Nabonaras, und er war ein heiliger Mann; mehr weiß ich nicht von ihm. Ist das für dich so wichtig? Er kann nicht der Vater deines Gefährten gewesen sein, warum also forscht ihr nach ihm? Er weilt schon lange bei den Schatten. Pithunna selbst hat ihn getötet, wie er mir damals erzählte. Habt ihr auch das nicht gewußt? Warum verfolgt ihr mich? Um mich zu töten, wie du vorhin sagtest, oder nur, um mich mit Fragen zu behelligen?«

»Hättet ihr nicht meine Schwester so grausam gequält, daß sich am Ende ihr Verstand verdunkelte, so müßte ich jetzt nicht über die Weltenscheibe irren, um meine Herkunft zu enträtseln«, versetzte ich voller Erbitterung, »aber ihr sollt mir dafür büßen, du und Pithunna, mögen ihn auch noch so mächtige Dämonen schützen wie damals in der Schlacht bei Amedi!«

»Nun, so unbeschadet, wie ihr meint, ist der Kaschkäer nicht davongekommen«, antwortete Echli-Teschup, »denn während seiner Flucht schoß einer eurer Bogenschützen ihm das rechte Auge aus. Freilich, dennoch galt ihm die Gunst mächtiger Götter, daß er seinen Feinden trotz dieser schweren Verletzung entrann.«

»Wo ist er?« schrie ich erregt. »Sprich, bevor ich dich töte!«

Der Adler blickte mich gelassen an und entgegnete: »Er ist schon wieder weit von hier; wo sein Zelt jetzt steht, werde ich dir nicht sagen, denn ich bin kein Verräter. Auch habe ich keine Angst vor einem Jüngling, wie du es bist, und du vermagst mir nicht zu drohen. Hätte ich damals geahnt, daß ich dir noch einmal begegnen würde, so hätte ich dich schon als Knaben unter meinen Sohlen wie eine Laus zertreten. Aber ich glaubte Pithunna, der mir versprach, dich zu töten. Nur seiner Geldgier verdankst du dein Leben!«

»Warum hätte er Aras auch umbringen sollen?« fragte Diomedes verwundert. »Was wußtest ihr damals von ihm? Ist etwa Pithunna ausgesandt worden, Aras und seine Familie dort in der Steppe zu töten? Bisher habe ich stets geglaubt, es war nur Zufall, daß er mit seiner Räuberhorde auf die wehrlosen Diener des Windgottes traf.«

»Der Windgott«, antwortete der Adler, und ein leichtes Lächeln flog über seine Züge, »genug, ich habe schon zu lange mit euch geplaudert. Der Tod wartet auf euch, ich sehe am Berg schon die Wächter erscheinen.«

»So stirb!« rief ich voller Wut und stürzte mich auf meinen Feind. Der sah mir ruhig entgegen, griff mich mit mächtigen Armen und rang mit mir. Ich nahm alle Kräfte zusammen, schloß meine Hände um seinen Hals und versuchte, ihm die Kehle zu zerdrücken. Er aber widerstand mir wie ein knorriger Eichbaum, und er hätte mich wohl am Ende besiegt, wäre nicht Diomedes zu uns getreten.

Da war der König von Alzi verloren. Sein Gesicht wurde rot wie Purpur, als der Tydeussohn mit mächtigen Händen seinen Kopf nach hinten bog;

stark wie Stränge schwollen die Adern am Hals des Adlers, mit übermenschlicher Anstrengung wehrte er sich gegen die ungeheuren Kräfte meines Gefährten. Dann hörte ich sein Rückgrat zerbrechen, und der König von Alzi fiel tot auf die Planken.

Ich löste rasch die Halteseile des Bootes, während die Wächter von der Höhe herab schreiend ihre Speere nach uns warfen. Ein leichter Wind erfaßte das Segel und trieb uns rasch von der Insel hinweg. Zornig blieben unsere Verfolger am Ufer zurück, denn sie hatten keine Aussicht, uns schwimmend erreichen zu können, und schleuderten vergeblich ihre Lanzen hinter uns her. Diomedes kniete unterdessen über dem leblosen Körper des Adlers und trennte ihm mit seinem Dolch das bärtige Haupt vom Rumpf.

Gerade als Echli-Teschups kopfloser Leichnam ins Wasser rollte, schob sich die Morgensonne über die zackigen Berge empor, und von der unheimlichen Insel tönte ein so furchtbares Lachen, daß ich vor Entsetzen erstarrte. Es war der wahnsinnige Ruf der tödlichen Vögel, und ich spürte, in welcher Gefahr wir schwebten, obwohl ich erst Jahre später ihre Geschichte erfuhr. Denn diese schrecklichen Wesen sind in Wahrheit verzauberte Menschen, die vor undenkbaren Zeiten für furchtbare Greuel bestraft worden sind. So steht es, nur dem Geweihten zu lesen, auf den geheimen Tafeln in den Tempeln Babylons.

Nahe dem Dach der Welt erhob sich einst eine Stadt namens Lo, deren Bewohner von allen Göttern verlassen waren, denn sie mordeten jeden Wanderer, der sich dorthin verirrte, plünderten ihn aus und stürzten dann seinen Leichnam über die Felsen hinab. Schamasch, der Herrscher der Sonne, der Weisheit und des Rechts, wollte die Leute von Lo für ihre Verbrechen bestrafen. Um aber nicht auch Unschuldige büßen zu lassen, indem er ohne Prüfung die ganze Stadt vernichtete, ging der Gott in der Gestalt eines Bettlers nach Lo, ließ sich von dem Mördervolk ergreifen und sprach dann mit ruhiger Stimme:

»Ich bin der Gott der Sonne und will euch richten. Wer unschuldig an euren Verbrechen ist, möge es sagen. Die anderen aber sollen ihre Untaten bereuen, damit sie wenigstens im Schattenreich Ruhe vor Rache finden!«

Aber die gottlosen Menschen von Lo dachten nicht an ihre Sünden, denn sie glaubten dem Bettler nicht, daß er Schamasch sei. Sie brachen in lautes Gelächter aus und höhnten: »Seht nur den flammenden Tagesbeherrscher, wie machtvoll er uns die Lider versengt!« Und keiner war unter ihnen, der vorgetreten wäre zu sagen: »Ich bin unschuldig« oder »Ich bereue«.

Da ergrimmte Schamasch sehr, und er brannte die Stadt mit feuriger Lohe zu Asche. Ihre Bewohner aber verwandelte er in häßliche Vögel mit schauriger Stimme und sprach: »Zur Strafe für eure Gottlosigkeit sollt ihr bis in alle Ewigkeit eure menschliche Gestalt verlieren und als Tiere ein klägliches Dasein fristen. Wenn ihr aber einen Menschen seht und bei seinem Anblick Trauer über euer Geschick empfindet, dann soll mein Zauber euch zwingen zu lachen, als ob ihr fröhlich wärt; das soll euch stets an euer Schicksal erinnern!«

So schuf der gerechte Schamasch die Lachenden Vögel und verbannte sie auf seine Insel, als Wächter gegen alle Feinde. Denn wer ihr schreckliches Lachen hört, verliert den Verstand, sofern er nicht unter dem Schutz der Sonnengottheit steht. Uns konnten diese Dämonen nicht schaden, und wir entkamen ihnen. Wenig später standen wir wieder vor unserem Wagen und holten die Waffen aus dem Versteck. Diomedes hüllte das ausgeblutete Haupt des Adlers in wollene Tücher. Da fragte ich ihn:

»Heute hast du ein weiteres Mal dein Leben für das meine gewagt und mich aus großer Gefahr errettet. Nie werde ich dir zurückzahlen können, was ich dir heute schon schulde, und ich weiß nicht, warum du das alles für mich tust, wo du doch ein berühmter Held bist, ich aber nur ein heimatloser Jüngling.«

Der Sohn des Tydeus schaute mich prüfend an; sein Blick drang tief in mein Herz, und er antwortete:»Du hast goldene Punkte in deinen Augen, Aras, wie deine Schwester; und was ich heute hörte, sagt mir, daß richtig ist, was ich schon seit langem vermute. Du bist kein Achäer und weißt daher nicht, was das alles bedeutet. Lasse dir darum erklären, daß auf der Weltenscheibe schon seit ältesten Zeiten immer wieder einmal Kinder von Göttern leben. Die Nachkommen des Zeus erheben sich unter den Menschen durch ihre Kraft, wie Herakles und Dionysos, die selbst zu Göttern wurden. Die Söhne des Meeresbeherrschers Poseidon zeichnen sich durch ihren Mut aus, wie Kygnos, der Fürst von Tenedos, der vor Troja den Kampf mit Achilles wagte. Kunstfertigkeit ist das Zeichen der Kinder Apolls, Schönheit das der Nachkommen Aphrodites. Die Nachkommen des strahlenden Helios aber besitzen vor allem die Wahrheit; und diese sind es, die man an goldenen Punkten in ihren Augen erkennt.«

3 Seit es Menschen gibt, hat es Kriege gegeben. Haß und Rachedurst, Not und Armut, Gier und Beutelust treiben die Völker zum Kampf, und oft auch das Wort eines Gottes. Um den frevlerischen Raub des Paris zu vergelten, stürmten die Achäer gegen Trojas Mauern. Hunger treibt die Stämme der Chabiru stets von neuem gegen Syriens Städte. Gold lockt Libyer nach Ägypten, und König Tukulti-Ninurta vernichtete seine Nachbarn allein nach dem Willen des alles zerstampfenden Gottes, der den Assyrern die Herrschaft über die Weltenscheibe versprach. Kein Jahr hat sich in meinem Leben gerundet, in dem nicht die Völker einander bedrängten, reiche Städte verbrannten und zahllose Menschen unter den Schwertern blutgieriger Feinde das Leben verloren.

Die Menschen sind an Kriege gewöhnt wie an Ebbe und Flut; der Kampf erscheint Männern und Frauen so unabwendbar wie der tobende Sturmwind, der über Länder und Meere hinwegbraust. Kriege gelten den Sterblichen als vom Schicksal gewollt, wie Krankheit oder Tod; und die Menschen leben hinterher weiter, als sei nichts geschehen, so wie die Schafe sich nicht darum kümmern, wenn eins von ihnen dem Schlächter zugeführt wird.

Darum sind Kämpfe und Morden rasch wieder vergessen; nur selten gräbt sich die Erinnerung an eine große Schlacht für immer ins Gedächtnis der Völker ein. Nur dann, wenn die Geschicke eines ganzen Erdteils oder gar der Weltenscheibe sich entscheiden müssen, horchen die Menschen im Umkreis auf und starren gebannt auf den Ort der blutigen Taten.

Der Adler erbeutet das Lamm, der Wolf reißt das Schaf, der Leopard schlägt den gehörnten Widder, wie es der göttlichen Ordnung entspricht, und schon ein paar Herzschläge später fressen die anderen Tiere ruhig weiter ihr Gras. Kämpft aber der mächtige Löwe mit dem gefleckten Panther, der starke Stier mit dem feuerspeienden Drachen, der riesige Elefant mit dem brüllenden Wasserroß, dann bebt die Erde, und alle Wesen ringsum verharren in Furcht.

Oft balgen sich Kinder auf der Straße, Jünglinge schlagen sich um die Gunst eines Mädchens, Räuber überfallen ein Gehöft, und schon nach wenigen Tagen spricht niemand mehr davon. Stellen sich aber zwei ruhmvolle Helden mit ihren ehernen Waffen zum Zweikampf, dann wird ein Mann, der dies mitangesehen hat, noch seinen Enkelkindern davon erzählen.

Das stolze Ägypten focht gegen armselige Schasu, das starke Assyrien bezwang die Kudmuchi, die schwarzgepanzerten Hethiter besiegten verweichlichte Zyprer, und in den großen Städten der Welt hörten die Menschen nur mit geringer Neugier, was von diesen Kämpfen an Berichten kam. Manchmal aber messen sich die Riesen unter den Völkern nicht mit den Zwergen, sondern ziehen gegen ihresgleichen, und dann erstarrt die Welt und schaut voller Spannung zu, wie damals bei der berühmten Kadeschschlacht zwischen dem Pharao von Ägypten und dem Großkönig der Hethiter. Einige Male habe ich selbst ein solches titanisches Ringen erlebt: Ich war in Troja, als die Helden der Achäer Ilions Mauern stürmten, und ich zog mit den Assyrern gegen Babylon.

Schon seit den ältesten Zeiten liegen diese beiden Reiche des Zweistromlands miteinander in grausamer Fehde. Voller Erbitterung entsinnen sich die Krieger Assurs jener Zeit vor zehn Menschenaltern, als Babylons machtvollster Fürst Hammurabi mit seinem Heer dreimal nach Norden zog, das Land am Idiglat verwüstete und die Assyrer zu Sklaven machte. Seitdem herrscht Haß zwischen den beiden glorreichen Völkern, obwohl sie doch in der gleichen fruchtbaren Erde des Südlands geboren sind, als wären sie zwei Brüder aus dem Schoß derselben Mutter. Es erscheint wie eine grausame Laune des Schicksals, daß diese beiden kraftvollen Mächte so nahe nebeneinander entstanden; Babylon und Assyrien gleichen Titanen, die einander tödlich hassen und dennoch für immer zusammengeschmiedet sind; die beiden fruchtbarkeitbringenden Ströme Purattu und Idiglat sind ihre Ketten.

König Tukulti-Ninurta saß in seinem Thronsaal; er hatte den silbernen Mantel des Herrschers um seine Schultern gelegt und die weiße Kopfbinde des Schlachtenlenkers um seine Stirn geschlungen, denn er beriet mit seinen Heerführern den Kriegszug gegen das volkreiche Babylon. Kilischu stand zur Rechten des Herrschers; im Antlitz des Feldherrn leuchtete Freude, als er uns eintreten sah. Der König bemerkte uns nicht, denn er lauschte mit großer Aufmerksamkeit den Worten des obersten Assurpriesters. Wir schwiegen daher und warteten. Es war der Tag, an dem sich auch der letzte Teil des seltsamen Orakels offenbarte; der Tag, an dem wir staunend erfuhren, was mit dem Tor der Götter gemeint war.

Neben Kilischu sahen wir Kadasman, den heiligen Propheten aus Ninive. Ihm gegenüber stand Sarpon, der höchste Diener Assurs. Er war von mäßiger Größe; der heilige Netzrock bedeckte seine hagere Gestalt, und auf dem Haupt trug er den spitzen Priesterhut. Er schritt mit gekrümmten Schultern zum Thron und rief mit durchdringender Stimme:

»Lange genug hat Babylon sein stolzes Haupt erhoben, König! Zerschmettere die alte Feindin endlich mit deinen Scharen! Hat dir nicht Assur selbst das deutlichste Zeichen gesandt, daß du schon bald als Sieger im Purattu baden wirst, indem er jenen verstümmelten Säugling zur Welt kommen ließ? Mögen unsere Gegner die Hände auch noch so oft zu ihrem Gott Marduk erheben: Assur, der Zerstampfende, führt seine Diener auch gegen die mächtigsten Zauberer Babylons zum Sieg!«

Tukulti-Ninurta schwieg; in seinem Antlitz stand Sorge zu lesen. »Soll der Kampf gegen Babylon endlich beginnen?«, fragte Diomedes flüsternd Kilischu, während die beiden Helden sich freundschaftlich an den Handwurzeln erfaßten. »Was hat das mit einem verstümmelten Knaben zu tun?«

»Aus Babylon kam die Nachricht«, antwortete Kilischu ebenso leise, »daß dort ein Knabe geboren sei, dem das rechte Ohr fehlt. Das bedeutet den baldigen Sturz des königlichen Throns. Wir dürfen keine Zeit mehr verlieren, wenn wir unsere Beute nicht an einen anderen verlieren wollen.«

Ich staunte über diesen Aberglauben; mehr noch verwunderte mich indessen, daß König Tukulti-Ninurta so düster und freudlos blickte. Er schaute Sarpon lange an und versetzte schließlich:

»Seit vielen Jahren drängst du mich schon zum Krieg gegen Marduk, Priester, und erst jetzt hat mir Assur diese Verheißung gesandt. Warum mußte ich so lange warten? Jetzt bin ich wie ein Löwe, dessen Opfer schon ein anderer umschleicht! Wisse, daß heute morgen Späher zu mir kamen, die mir kündeten, daß der starke Untasch-Gal, der König Elams, gegen den Purattu zieht, um jene Hirschkuh zu erlegen, die doch meinem Pfeil versprochen war!«

Überrascht schauten wir zu Kilischu. Der Feldherr erklärte uns: »Ja, ein Rivale trat uns in den Weg; jetzt müssen sich Assyriens Heere vielleicht auch noch mit den Elamitern messen. Untasch-Gals Krieger sind mutig und geschickt. Sie drangen bereits über den Idiglat vor und raubten die Dörfer und Städte im südlichen Babylonien aus. Wer weiß, vielleicht wird Elams Herrscher sogar die Hauptstadt erstürmen und seinem Reich einverleiben, wenn wir ihm nicht zuvorkommen.«

In diesem Augenblick sagte der Priester Sarpon, während seine Augen unter den schwarzen, buschigen Brauen in eifernder Leidenschaft glühten: »Assur sprach seinen Dienern die Herrschaft über alle vier Weltteile zu; wer könnte seiner Macht widerstehen? Seine sieben eisernen Sohlen werden auch die Elamiter wie den Auswurf eines Bettlers im Staub zerreiben und das stolze Babylon zertrümmern wie eine morsche Tür aus faulem Holz, wenn du nur endlich deine schlachterprobten Heere aufbrechen läßt!«

»Wahrlich, Sarpon, das magst du mir glauben: Auch ich sehne mich danach, die Mauern Marduks endlich siegreich zu erklimmen«, antwortete König Tukulti-Ninurta, »aber kann ich dafür Assurs eigene Behausung schutzlos lassen? Noch immer sind die Völker in den Schwarzen Bergen nicht befriedet, und von den zwei Achäern, die Echli-Teschups Spur verfolgen, habe ich nichts mehr gehört. Solange noch der Adler zwischen diesen Felsen schwebt, bin ich nicht sicher.«

Damals konnte ich mir diese Worte nicht erklären, denn ich verstand nicht, wie ein so mächtiger Herrscher so lange zögern konnte, die Frucht zu pflücken, die er begehrte und die das Ziel seines Lebens sein mochte. Ja, es erschien mir fast, als sträubte sich König Tukulti-Ninurta, Babylon anzugreifen; und wenn ich mir damals auch keinen Grund dafür denken konnte, habe ich doch später erfahren, daß ich mich nicht getäuscht hatte. Diomedes trat vor und sagte:

»Du hast uns offenbar noch nicht bemerkt, König. Wir sind zurückgekehrt, und nicht mit leeren Händen. Die Völker aus dem Norden werden dir jetzt wohl für eine Weile Ruhe lassen; denn ihren höchsten Fürsten habe ich deinem Befehl getreu getötet. Hier ist das Haupt des Adlers, das ich dir als mein Geschenk zu Füßen lege!«

Mit diesen Worten löste der Tydide die wollenen Tücher und ließ den Schädel Echli-Teschups auf die Steinplatten rollen. Tukulti-Ninurta beugte sich überrascht vor. Die Heerführer, die seinen Thron umstanden, stießen laute Rufe der Verwunderung und Freude aus. Ich blickte auf das verzerrte Antlitz des Adlers, in dem sich schon die Spuren der Verwesung zeigten, und Übelkeit quälte meine Gedärme. Die anderen aber begannen erfreut, Lobesworte zu rufen, und König Tukulti-Ninurta sprach:

»Wahrlich, Diomedes, hättest du Echli-Teschup nicht endlich erlegt, es wäre besser gewesen, du wärst nie wieder nach Assur gekommen. So aber sieht dich mein Auge voller Dankbarkeit an, und ich will deine Beute in Gold aufwiegen.«

Er lächelte dabei aber nicht, wie man es gemeinhin tut, wenn man etwas Erfreuliches erlebt hat, sondern zeigte weiterhin großen Ernst, während er fortfuhr:

»Jetzt weiß ich, daß ich unbesorgt an den Purattu ziehen kann; mein größter Feind aus den Schneeländern liegt tot vor meinem Thron, und es werden viele Sommer vergehen, ehe seine Söhne nachgewachsen sind. Kilischu! Ordne meine Heere! Jetzt will ich sie gegen Babylonien führen, mag sich mir neben König Kastilias meinethalben auch noch der freche Untasch-Gal entgegenstellen; ich wage den Kampf auch mit beiden zugleich!«

»Babylon wird fallen, das ist gewiß!« jubelte der schwarzbärtige Feldherr. »Endlich ist der Tag gekommen, den ich schon seit so vielen Jahren ersehne;

der Tag, an dem ich meinen größten Sieg erringen werde, für Assur und meinen König!«

Sarpon, der Assurpriester, schrie in wilder Besessenheit: »Endlich! Zerschmettere die Burgen, Häuser, Tempel Babylons, reiße seine Mauern ein und vernichte seine Bewohner! Öde und leer soll sich das Land erstrecken, wenn deine Scharen heimwärts kehren, König; und kein Stein soll noch vom Heiligtum des Marduk zeugen!«

Da brauste Jubel wie eine schäumende Woge durch den Saal. Die Heerführer griffen nach ihren Waffen und riefen begeistert: »Ja, König, wir wollen den Erdkreis für dich erobern! Führe uns, wohin du auch immer zu ziehen wünschst, unser Leben gehört dir!« Da hob der weise Kadasman von Ninive die Hand, und alle verstummten.

»Die Götter wünschen Assurs Sieg«, sagte der heilige Ischtarpriester mit lauter, wohltönender Stimme, »aber Marduks Diener dürfen nicht ermordet werden. Erobere die Stadt, König; hüte dich aber, sie zu verbrennen und das Blut Unschuldiger zu vergießen! Babylon sei ewig, so wollen es die Götter, und jeder fremde Eroberer, der Herr der Akkader wie der Gutäerfürst und auch der König der Hethiter, der diese Stadt zuletzt bekriegte, hat das heilige Gesetz der Himmlischen beachtet. Raube die Schätze Babylons, mache seinen Herrscher zu deinem Sklaven, füge das ganze Land deinem Reiche hinzu – doch frevle nicht gegen Marduk, wenn du die Gunst der Götter nicht in Unmut wandeln willst!«

Nachdenklich musterte König Tukulti-Ninurta den heiligen Seher. Sarpon, der Assurpriester, sprach voller Haß: »Assur allein ist der höchste der Götter. Niemand vermag ihm zu trotzen, selbst wenn alle anderen Unsterblichen zugleich gegen ihn kämpfen wollten! Mißgönnst du dem König den höchsten Triumph, Kadasman, daß du ihn hindern willst, das Nötige zu tun? Wie alle anderen Länder im Kreis muß auch Babylonien sterben, damit Assyrien lebe!«

Kadasman maß den Assurpriester mit wissendem Blick; dann gab er zur Antwort: »Babylon ist von den Himmlischen für die Ewigkeit gegründet; erst, wenn die Götter sterben, wird es untergehen. Die Assyrer, Sarpon, sind wie jüngere Brüder der Babylonier, denen wir vieles verdanken, selbst wenn sie unser Volk vor Zeiten einmal unterjochten und uns drei Menschenalter lang zu ihren Knechten machten. Bedenke, daß in alten Tagen vom Purattu auch so manches Gute kam! Denn Babylon ist der heilige Ort der göttlichen Gaben, und die Himmelsbeherrscher schenkten dort vor undenkbarer Zeit den Menschen des Stromlands die Sprache, die Weisheit und Kunst, den Glauben und die Frömmigkeit, die Gedanken des Kopfes und die Geschicklichkeit der Hände, die Liebe und das Recht und viele andere Dinge, damit diese von dort zu allen anderen Völkern getragen würden. Das alles reichten die Götter und ihre Diener den Sterblichen auf der Zikkurat von Babylon, durch dieses Tor, das den Himmel von der Erdenwelt trennt; und dieses Tor der Götter darf sich niemals schließen, wenn nicht das Ende aller Tage anbrechen soll.«

»Das Tor der Götter!« riefen Diomedes und ich wie aus einem Munde, und jetzt erkannten wir endlich auch die Bedeutung des letzten Teils jener seltsamen Prophezeiung aus dem Wald am Idiglat. Der Tydide ergriff Kilischu am Arm und stieß aufgeregt hervor: »Laß uns sogleich mit dem Heer nach Babylon ziehen, Feldherr! Mich und meine Gefährten wirst du dort stets im Vorkampf sehen. Nichts begehre ich mehr, als die Wälle des Göttertors zu erklimmen und dort mein Schicksal zu finden!«

Da lächelte König Tukulti-Ninurta zum ersten Mal, und er sprach: »Wahrlich, die kluge Belit, die Priesterin Ischtars, bewies einen scharfen Blick, als sie mir deine Rechte vor die Augen führte und mich fragte, wieviel solcher Hände mir schon dienten, Diomedes. Du bist ein Fremder und stehst meinem Herzen doch nahe; ich freue mich über deine Kraft und deinen Mut. Mit solchen Kämpfern fahre ich gern gegen die stärkste Festung der Welt. König Kastilias wird bald seinen Nacken unter meine Füße beugen und mein Schemel sein. Den Elamiter aber werde ich wie lästiges Gewürm in seine Steinhaufen jagen.«

»So wollen wir nicht länger warten«, sagte Diomedes voller Freude über dieses Lob. »Daß noch ein anderer dasselbe Ziel verfolgt wie wir, soll uns nicht ärgern, sondern freuen. Denn es bedeutet ja nichts anderes, als daß die Heere der Verteidiger sich teilen müssen. Mag sich der Elamiter also ruhig fern im Süden mit den Feinden schlagen; so werden wir es leichter haben und das Göttertor wohl ohne großen Widerstand erobern.«

»Recht hast du!« rief Kilischu erfreut. »Babylon und Elam sind ja nicht etwa Freunde, die sich uns gemeinsam entgegenstellen, sondern Feinde, die einander das Blut aus den Adern saugen, bis sie beide schwach genug sind, nacheinander deinen Heeren zu erliegen, edler König. Eile tut indessen dennoch not, damit nicht etwa Untasch-Gal noch vor uns die Stadt erstürmt. Sind wir aber erst einmal in ihre Mauern gelangt, dann mag der Elamiter sich mit seinen gelbhaarigen Kriegern meinethalben auf dem Vorfeld lagern und uns Böses wünschen!«

Der König erhob sich, legte die Hand auf den Griff seines Schwertes und schwor: »So soll es sein, Gefährten; schon morgen wird der Kriegszug beginnen. Daß ich nicht unfromm gegen die Götter sein und nicht gegen ihr Gebot freveln, sondern ihrem Willen getreulich folgen will, so wie du, Kadasman, es mir rätst, das gelobe ich bei meinem Schwert und meinem Leben. Weder soll der Rauch des Feuers in die Lüfte steigen noch das Blut wehrloser Feinde die Flüsse anschwellen lassen, wie es in meinen Schlachten sonst stets geschah. Nur die Mauern, nicht die Häuser sollen stürzen; nur die Krieger, nicht die Unschuldigen sollen sterben. Nur den König, nicht das Volk will ich besiegen, und danach soll Babylon als meine eigene Stadt neu erblühen. Das Land soll das meine sein bis hinab zum Unteren Meer, in dem sich die Sonnenscheibe erhebt. Marduk aber, den mächtigen Gott, will ich von seinem Thron aufstehen lassen und zu uns an den reißenden Idiglat führen, wo ich ihm einen neuen Tempel erbauen werde. So will ich die Schmach der Vergangenheit von meinem Volk abwaschen und mein Versprechen erfüllen. Assur, der zerstampfende Herrscher der Schlachten, Enlil, der mitleidlose Herrscher der Länder, und Schamasch, der strahlende Herrscher des Rechts und der Rache, diese drei mächtigen Götter sollen meine Zeugen sein.«

Am nächsten Tag, während die Hörner das Heer zusammenriefen, zeigte ich Perisade das goldene Schmuckstück, das ich auf Aktamar von Baril genommen hatte. Erstaunt faßte meine schöne Geliebte die glänzende Scheibe mit ihren Händen, schaute voller Bewunderung auf seinen spiegelnden Glanz und sagte schließlich, während sie mich forschend ansah:

»Das ist ein sehr wertvolles Götterzeichen, Aras, und ich kann mir nicht denken, wo du es bekommen haben magst. Du hast doch um seinetwillen nicht etwa Blut vergossen? Wisse, daß dieses goldene Mal das heilige Abbild des Schamasch ist, des strahlenden Tagesbeherrschers, und daß nur die höchsten Priester dieses Gottes sein Zeichen besitzen dürfen. Siehst du nicht die Hörnerkrone, das faltenreiche Himmelsgewand, den wolkenumschlungenen Thron und die Säge in seiner Hand, mit der er Licht von der Dunkelheit scheidet? Unermeßlichen Wert besitzt dieses geweihte Bild, mein Geliebter; denn in all seiner gleißenden Macht ist der Sonnengott Menschen stets gnädig gestimmt. Die Männer mit dem gefährlichsten Handwerk beten zu ihm um seinen Schutz: die Flößer auf dem reißenden Idiglat, die Wegführer in der subartäischen Wüste, die Tierbändiger, Bauhandwerker und auch die Heiler der Seuchen. Auch den kreißenden Frauen verweigert er seine Hilfe nicht. Gerechtigkeit und Weissagung sind sein Teil an den ewigen Besitztümern der Götter. Sein herrlicher Tempel Ebabbar, das Haus des Glanzes, wurde einst im alten Larsa erbaut. Doch auch im stolzen Babylon besitzt Schamasch seinen heiligen Platz.«

»Ja, ich kenne diesen Gott«, erwiderte ich; dann erzählte ich Perisade, was Diomedes und ich auf der fernen Insel der Lachenden Vögel erlebten und wie ich an diesem einen Tag meine geliebte Schwester wiedergefunden und dann für immer verloren hatte. Perisade schaute mir voller Mitgefühl in die Augen und sagte leise:

»Wie bist du doch zu bedauern, mein armer Geliebter, daß du so Schreckliches erfahren mußtest und die Götter dir dennoch das Rätsel deines Lebens nicht enthüllten! Wie lange wirst du noch suchen müssen, bis in deine Seele endlich Ruhe einziehen darf? Ach, Aras, grausam ist das Spiel der Götter!«

Ich schmeckte Bitterkeit in meinem Mund; der Kummer bohrte sich in mein Herz wie ein vergifteter Pfeil, und ich dachte, daß ich wohl zu jenen Menschen gehörte, denen das Schicksal nur Trauer und Schmerz bereithielt.

»Einmal«, sagte ich schließlich, »wird alles ein Ende haben. Einmal werde ich wissen, wer ich bin, und erfüllen, was die Himmlischen von mir fordern. Dann, Perisade, werden wir nur noch einander gehören, mögen um uns auch die Welten zu Asche verbrennen.«

Aber ich vermochte selbst nicht an meine Worte zu glauben, denn ich hatte kein Vertrauen zu meiner Zukunft und ahnte die Vergänglichkeit unseres Glücks. Als Perisade mich ansah, wandte ich mein Gesicht von ihrem Blick, und sie sprach:

»Nein, Aras, wir werden niemals so zusammensein, wie wir es immer erhofften. Zuviele Mächte haben sich gegen uns verschworen, und mir bangt vor dem, was noch geschehen mag. Nimm mich in deine Arme, damit wir wenigstens heute noch einmal Liebe und Zärtlichkeit genießen. Wer weiß, vielleicht wird mir schon bald ein Bote vom Schlachtfeld deinen Zypressenzweig bringen. Dich zwingt die Pflicht der Rache, unablässig dein Leben zu wagen. Mich aber hindert der grausame Zorn der Morgenröte, mit dir glücklich zu sein. Denn so, wie sie einst mein ganzes Volk ins Verderben stürzte, sinnt sie nun wohl darauf, mich zu vernichten. Naramsin, mein Bruder, ist verschollen; vielleicht sank er schon zu den Schatten. Ich bin die letzte der Mitanni; erst mit meinem Tod wird der grausame Fluch der Göttin erlöschen.«

Wir nahmen Abschied, und zum zweiten Mal wünschte ich mir, den großen Kilischu sterben zu sehen, damit niemand mehr zwischen mir und meiner schönen Geliebten stünde. Noch am gleichen Tag brachen wir auf; ich fuhr mit Diomedes an der Spitze des Heeres, neben König Tukulti-Ninurta und seinem obersten Feldherrn. Oft wanderten meine Blicke verstohlen zu meinem Rivalen, ich maß seine hohe Gestalt, und wenn er sonst häufig gelächelt hatte, wenn unsere Augen sich trafen, so blieb er diesmal ernst und verschlossen. Ich habe niemals erfahren, ob er von meiner Liebe zu Perisade ahnte, oder ob er vor seiner wichtigsten Schlacht zum ersten Mal daran dachte, daß auch er, der größte Held Assyriens, sterblich war. Am Abend, als wir lagerten und die Heerführer sich im prächtigen Zelt Tukulti-Ninurtas versammelten, sagte der Feldherr mit leiser Stimme:

»Nun steht der schwerste Kampf bevor, und viele der Gefährten werden sterben, ehe wir den Sieg erringen. Laßt uns daher zu allen Göttern beten, daß sie Assyrien nicht allzu große Opfer abverlangen. Viel Blut wird fließen; ich rieche den Rauch von lodernden Leichenfeuern und sehe die Tränen der Witwen und Waisen. Der Tod zieht mit fünffach geschärfter Sichel zum Schlachtfeld; zahllose Schatten werden vor Nergals Thron treten, um dem Gott der Unterwelt für immer zu dienen, in düsterer, freudloser Stille.«

»Wie sprichst du, Kilischu?« fragte Tukulti-Ninurta verwundert. »Noch niemals hörte ich dich vor einem Kampf so reden! Wenn es je einen gab, der fröhlich und guten Mutes das Schlachtfeld aufsuchte, so warst du es, und immer fuhrst du als zweiter nach mir ins Gefecht. Noch nie dachtest du schon vor dem Treffen an die Toten!«

»Im Traum sah ich letzte Nacht eine schwarze Blume blühen«, berichtete Kilischu, »auf ihrem Kelch lag weißer Reif, und sie leuchtete in der Dunkelheit wie der bleiche Schädel eines Gefallenen unter den wuchernden Gräsern des Flußlands. Vielleicht bin ich es selbst, dem dieses Todeszeichen gilt; aber das stimmt mich nicht etwa um meinetwillen traurig, König, sondern vielmehr deshalb, weil ich dir und deinem Thron dann nicht mehr länger dienen könnte.«

König Tukulti-Ninurta antwortete: »Einmal ist jede Fahrt zu Ende; der Fluß ergießt sich schließlich ins Meer, das Blatt der Eiche fällt wirbelnd zu Boden, der rollende Fels kommt im Tal zur Ruhe. Auch ich denke manchmal an meinen Tod; aber dann tröstet es mich zu wissen, daß alle Assyrer um ihren Herrn wie um einen Vater trauern werden. Acht weiße Rosse werden dann meinen geschmückten Leichnam auf einem blumenbekränzten Wagen nach Assur ziehen, und ich will im Palast meiner Ahnen bestattet werden, wo fromme Menschen noch in fernsten Tagen meines Ruhmes gedenken werden.«

Die anderen schwiegen nachdenklich; schließlich sprach Diomedes: »Wenn mich mein Schicksal einst ereilt, wem sollte dann der Todesbote seine Nachricht überbringen? Mein Reich und meine Stadt habe ich längst verloren. Nur die Gefährten sind mir geblieben, und diese werden neben mir auf dem Schlachtfeld stehen, wenn der Tod nach meinem Herzen faßt. So werde ich denn dem Treuesten unter ihnen meinen Ring zu Händen geben, damit er ihn zu den Apollopriestern auf die ferne Insel Delos bringe und alle Achäer erfahren, wie der Sohn des Tydeus in der Fremde starb. Du aber, Aras, sollst der Mann sein, der mir diesen letzten Dienst erweist, sofern du dann noch lebst.«

Der Held schaute mich voller Zuneigung an, und sein Blick machte mich so verlegen, daß ich ohne langes Nachdenken sagte: »Du bist ein berühmter Fürst, Diomedes, und jedermann in Achäa kennt deinen Namen. Wenn ich aber sterbe, besitze ich nicht einmal eine Heimat, in der von meinem Tod berichtet werden könnte. Freilich, hätte ich ein Zuhause, Eltern oder ein Weib, das mich liebte, so würde ich ihr von meinem Totenlager einen Zweig vom Zypressenbaum senden, zum Zeichen dafür, daß ich in der letzten Stunde an sie dachte; denn die Zypresse ist der Baum der Liebe.«

Kaum waren diese Worte ausgesprochen, ärgerte ich mich auch schon darüber, soviel verraten zu haben. Aber dann beruhigte mich der Gedanke, daß ja niemand etwas von dem, was Perisade und mich verband, wissen konnte. Kilischu wandte sich zu mir und versetzte: »Zypressen sind selten in diesem Land, aber das ist vielleicht eben der Grund, warum mir dein Gedanke so gut gefällt. Für uns Assyrer ist die Zypresse der Baum des Lebens; was könnte die trauernden Angehörigen eines Kriegers besser trösten als der Duft ihres heiligen Holzes und das Wissen, daß er im Kampf für sie gefallen ist?«

»Schon seit meiner ersten Schlacht«, berichtete Tirkap, der Führer der Wagenkämpfer, ein grauhaariger Mann mit leuchtenden Augen in einem wettergegerbten, narbenbedeckten Gesicht, »trage ich einen Tonscherben in meinem Gürtel. Er stammt von der geweihten Tafel, in die ich einst mit meinem Weib den Eheschwur ritzte. Wenn ich sterbe, so soll mein Wagenlenker diese Scherbe nach Assyrien bringen, damit die, die ich liebe, weiß, daß ich bis zuletzt in Treue an sie dachte.«

Kardu, der seit Naramsins Flucht Kilischus Streitwagen lenkte, meinte lächelnd: »Nun, da ich unverheiratet bin und meine Eltern schon vor langer

Zeit starben, brauche ich glücklicherweise für niemanden eine so schlimme Nachricht vorzubereiten. Ich hatte jedoch einst einen Gefährten, der sich sterbend die Hand abschlug, damit seine Frau ganz sicher sein sollte, keinem Irrtum zu erliegen. Ich selbst habe diesen grausigen Gruß überbracht und werde diesen Tag niemals vergessen.«

Danach erzählten auch andere von seltsamen Bräuchen und auch von ihren Familien und tranken Wein, den sie aber mit Wasser verdünnten, denn sie erwarteten auf ihrem Feldzug große Strapazen und wollten nicht vorschnell erlahmen. Als die Dunkelheit niedersank, gingen wir alle zur Ruhe, aber es dauerte lange, ehe sich Morpheus gnädig erwies und ich einschlafen konnte.

4 Mit dreißigtausend Kriegern schritt Tukulti-Ninurta über den unteren Zab, an dem sich die Grenze der beiden Reiche erstreckte, bemächtigte sich dort der festen Städte Turscha und Arman, brachte die Ebene von Sallu bis Lupti in seinen Besitz und überquerte danach den schnellen Radana. Am Fuß des steilen Berges Kamulla, der sich wie ein Eselsrücken aus der flachen Steppe erhebt, schlug der König sein Feldlager auf. Von dort sandte er dem babylonischen König Kastilias diese Botschaft:

»In Frieden haben die Völker Assyriens und Babyloniens nebeneinander gelebt, ein jedes für sich, fromm das Gebot der Himmlischen befolgend, das den Kampf zwischen Brüdern verbietet. Vergessen war der Haß, vergeben eure Feindschaft; Assyrien wünschte Frieden und nicht Krieg.

Du aber, Kastilias, hast nicht gerastet, andere Stämme mit List und Täuschung gegen mich aufzuwiegeln. Heimtückisch hast du Gold in das Land der Schwarzen Berge geschickt, um dort Kämpfer gegen mich zu kaufen; und auch Subartus Wüstenvölker ließen sich von dir zu bösen Taten gegen mein Land verleiten. Meine Wächter ertappten deine Kundschafter, die in der Maske harmloser Kaufleute durch meine Länder zogen; und sie fingen auch deine Boten an die Bergvölker mit deinem Brief, in dem du den Kudmuchi große Reichtümer verspracht, wenn sie mir, deinem Bruder, Leid und Unrecht zufügen würden.

War dies brüderlich? Handelt so ein Mann von Ehre? Schamasch selbst hat meine und deine Sache gewogen und meine für Recht, deine aber für Unrecht erkannt. Darum will ich nicht länger tatenlos deinen Ränken zuschauen, sondern dir deine Krone entreißen und einen besseren als dich auf den Thron Babyloniens setzen. Wenn du dein Leben erhalten und die Vernichtung deines Reichs abwenden willst, so komme zu mir und unterwerfe dich. Zögerst du aber, so fällt das Blut aller Toten aus deinen Verbrechen allein auf dein Haupt!«

Ich wußte damals nicht, was an diesen Vorwürfen wahr war, und glaubte, daß König Tukulti-Ninurta nur eine Rechtfertigung für seinen plötzlichen Angriff auf einen Nachbarn suchte, der sich doch in all den Jahren stets friedfertig gezeigt und keine Schuld auf sich geladen hatte. Im Heer der Assyrer herrschte große Empörung, als Kilischu dieses Schreiben vorlesen ließ, und die Nachricht von der vermeintlichen Tücke des Königs von Babylon steigerte die Kampfeswut der Krieger sehr.

Wir zogen weiter südwärts; vier Tage später, im flachen Land zwischen den Flüssen Idiglat und Dyala, sahen wir vor uns im Schein der aufgehenden Sonne das Heer der Babylonier stehen. Die Zahl ihrer Krieger schien unermeßlich wie die der Sandkörner in der Wüste, und ihre Waffen funkelten im Licht wie ein Teppich aus kostbaren Perlen. Wir staunten sehr darüber, daß Kastilias noch so viele Krieger um sich versammeln konnte. Später erfuhren wir, daß Untasch-Gal, der König der Elamiter, der nicht nur tapfer, sondern auch klug war, auf die Kunde vom Vorstoß Tukulti-Ninurtas mit seinen Scharen umgekehrt war. Denn er hatte im Süden des Stromlands, das man auch das Meerland nennt, schon so reiche Beute erstritten, daß er in einem Kampf gegen die Assyrer nichts Wertvolleres mehr gewinnen, sondern nur das schon Erreichte wieder verlieren zu können glaubte. Darum konnten die Babylonier nun all ihre Truppen nach Norden führen, und die gewaltige Schlacht an der reißenden Dyala dauerte auf diese Weise zwei volle Tage von Morgen bis Abend. Die größten Taten vollbrachten dabei Kilischu und Diomedes.

Der Tydeussohn kämpfte mit den drei Söhnen des Fürsten von Isin, denen der Ruhm ihrer Waffen wie eine leuchtende Wolke vorausgeeilt war, denn sie hatten für ihren König die sagenumwobene Insel Tilmun erobert. Usur, der älteste dieser drei Brüder, rollte als erster in seinem Streitwagen gegen uns. Er sandte seinen hölzernen Speer kraftvoll nach der Weiche meines Gefährten, doch Diomedes duckte sich rasch und stieß dem babylonischen Krieger von unten die Lanze durch den Kiefer, so daß Usur die Augen über die Füße hinabrollten und er sterbend ins Steppengras sank.

Schnell eilten darauf die Brüder des Toten, Nadin und Balat, heran, um den Leichnam des Gefallenen zu bergen. Wütend bedrängten sie mit ihren Schwertern den Tydeussohn, der von meinem Wagen gesprungen war, um dem Toten die Rüstung zu rauben. Ich zielte mit meinem Speer nach Balat und durchstieß seinen Schild. Zornig wandte der Held sich mir zu, da fuhr ihm das Schwert des Tydiden durch Leib und Leben. Nadin, der letzte der drei Heldensöhne aus Isin, warf sich wie ein Panther auf Diomedes, und die beiden Kämpen rangen lange Zeit miteinander. Doch dann hob der Tydeussohn einen mächtigen Feldstein vom Boden und schleuderte ihn mit solcher Gewalt an den Helm seines Gegners, daß der Babylonier bewußtlos niedersank. Ein paar Herzschläge später floß sein Blut auf die weiche Erde, und Diomedes nahm ihm Waffen und Wappnung.

Noch viele andere namhafte Kämpfer sanken in dieser Schlacht vor Diomedes zu Boden. Aber auch in die Reihen der Assyrer riß der Kriegsgott furchtbare Lücken. Zum Schluß trieben Assurs Krieger ihre Feinde in die feuchten Niederungen am Ufer der Dyala und hatten den Sieg schon vor Augen, da schoß aus dem Sumpf eine riesige Schlange hervor und verbiß sich geifernd in der Ferse des Diomedes.

Der Held von Argos schrie zornig auf und hieb mit seinem Schwert das giftige Tier in Stücke. Dann stieg er wieder zu mir auf den Wagen und fuhr aus der Schlacht, um sich die Wunde von Ärzten des Königs mit glühenden Scheiten ausbrennen zu lassen und so sein Leben zu retten.

Nun schöpften die Babylonier neuen Mut und drängten mit Macht wieder vor. Laut rief Tukulti-Ninurta seinen Kriegern zu, daß Assur selbst an ihrer Spitze kämpfe. Aber König Kastilias, ganz in Bronze gerüstet und mit einem goldenen Kriegshelm geschmückt, führte sein Heer mit verzweifeltem Mut wieder aus dem zähen Morast, und schon schien sich das Schlachtenglück den Babyloniern zuzuneigen, als Kilischu plötzlich dem feindlichen Herrscher gegenüberstand.

Beide schleuderten ihre Speere zugleich. Die Waffe des Assyrers durchbohrte den Schild des babylonischen Königs. Dieser aber hatte noch besser gezielt, denn sein Wurfgeschoß traf Kilischu am Arm, so daß das Blut des Feldherrn durch die schwarzen Panzerringe rann.

Schnell drehte Kardu, Kilischus Lenker, den Streitwagen um. Zum zweiten Mal rasten die Kämpfer gegeneinander. Diesmal flog der erste Speer aus der Faust des Babyloniers. Kilischu fing ihn mit dem Schild auf und stieß danach mit seiner Lanze den Wagenlenker des Königs nieder.

Eilig sprang Kastilias aus seinem stürzenden Gefährt und riß das Schwert aus dem Wehrgehenk. Kardu hielt die schnaubenden Rosse zurück, so daß auch Kilischu vom Wagen steigen konnte, um den Kampf zu Fuß fortzusetzen. Wie zwei gereizte Löwen prallten die Helden nun aufeinander, während um sie das Schlachtgetümmel tobte wie die wirbelnde Flut eines reißenden Wildbachs.

Funken entsprangen dem schwarzen Metall, so mächtig hieben die beiden Kämpfer aufeinander ein. Die Verzweiflung verlieh Kastilias Kräfte, aber der riesenhafte Assyrer bedrängte ihn immer stärker, und schließlich begann der Fechtarm des Babyloniers zu erlahmen. Angst zeigte sich auf seinem Gesicht; er wandte sich suchend um, ob ihm nicht jemand beistehen wolle, und rief schließlich mit lauter Stimme um Hilfe. Endlich eilte ein Streitwagen heran; hastig sprang Kastilias auf das schwankende Fahrzeug, ehe sein Gegner ihn daran zu hindern vermochte. Das Schwert des babylonischen Königs, sein Schild und sein goldener Helm blieben auf dem Schlachtfeld zurück, so eilig floh Kastilias nach Süden.

Damit war der Kampf entschieden. Die Babylonier warfen ihre Waffen davon und stürzten sich in den Fluß, um wenigstens ihr Leben zu retten. Noch viele von ihnen starben unter den Hieben der Assyrer, die meisten aber entkamen unversehrt. König Tukulti-Ninurta erwies seinem tapferen Feldherrn die größte Ehre, indem er noch auf dem Schlachtfeld zu ihm sagte: »Wahrlich, Kilischu, diesen Sieg verdankt Assyrien dir allein. Alle meine Krieger haben wacker gekämpft, du aber erschienst mir wie der Zerstampfende selbst. Nie werde ich dir diese Tat vergessen!«

Sechs Tage später stand das Heer vor Babylon.

Wir schlugen unser Feldlager gegenüber der Stadt am anderen Ufer des

Flusses Purattu auf. Trotz seines Sieges glaubte Tukulti-Ninurta nicht, daß es ihm früher als in zwei Monden gelingen werde, die riesige Festung zu nehmen. Er ließ daher seine Palastverwalter, die obersten Diener und auch einen Teil seines Frauenhauses auf Schiffen nach der kleinen Stadt Kutha kommen, die zwei Wegstunden nördlich von Babylon liegt. Und auch Kilischu und andere hohe Heerführer der Assyrer befahlen ihre Familien dorthin; denn diese Würdenträger waren dazu bestimmt, nach der Eroberung Babylons ein bis zwei Jahre lang im Auftrag König Tukulti-Ninurtas die Geschicke des eroberten Landes zu verwalten.

Niemals werde ich den wunderbaren Anblick vergessen, den die volkreiche Riesenstadt am Purattu unseren staunenden Augen bot. Ich stand in vielen prachtvollen Palästen, sah das goldene Troja und das hunderttorige Theben, das heilige Memphis und das kraftvolle Assur, das reiche Ugarit und die marmorgefügte Ramsesstadt, aber keine von diesen Städten war so gewaltig wie das uralte Babylon.

Höher als zehn Manneslängen türmte sich an den Ufern des Königsflusses die breite, schier unüberwindliche Mauer empor; wer sie mit Booten oder zu Fuß umrunden wollte, benötigte dazu einen ganzen Tag. Der Wall war aus Myriaden im Feuer gebrannter, gelber und rötlicher Steine gefügt und an seiner Krone mit zahllosen Zinnen geschmückt, in denen dichtgedrängt die ledergepanzerten Bogenschützen der Babylonier standen. Höher noch als diese Riesenmauer hoben sich die mächtigen Türme, jeder vom nächsten nicht weiter als dreißig Schritte entfernt. Starke hölzerne Wurfwerkzeuge, mächtige Schleudern, mit schweren Steinen beladen, und riesige Kessel mit siedendem Asphalt standen zur Wehr auf ihnen bereit. Kriegsboote, prächtig bemalt und mit spitzem Rammsporn versehen, wachten über die Wasser des Flusses. Auf dem Land aber standen in dichten Reihen die Streitwagen des babylonischen Heeres, das König Kastilias mit seinen unermeßlichen Schätzen wieder vollständig ausrüsten und bewaffnen konnte, so daß es fast war, als hätte nicht er, sondern König Tukulti-Ninurta die Schlacht an der Dyala verloren.

Hinter den Titanenmauern erstreckten sich bis zum Horizont das Meer der aus Ziegeln gemauerten Häuser, das enge, unübersehbare Gewirr zahlloser Gassen und die grünenden Wipfel der Palmen in bunten Gärten. Prächtig wie Edelsteine ragten dazwischen die prunkvollen Tempel und herrlichen Königspaläste hervor; und bei diesem Anblick erkannte ich, warum alle Völker der Welt die Babylonier so sehr um ihre Stadt beneiden, warum schon so viele Könige ausgezogen waren, um sie zu erobern, und warum dort schon so viele Krieger ihr warmes Blut in den Sand gießen mußten.

Größer und gewaltiger aber als alles andere, was wir vom erhöhten Westufer des Purattu aus sahen, erhob sich das unfaßbar hohe Göttertor, die himmelberührende Zikkurat, die ihre Erbauer den Turm Etemenanki nannten. Das göttliche Bauwerk, das mächtigste, das Menschenhände je schufen, überragte die Mauern der Stadt und ihre Türme um mehr als das Zehnfache. Sein viereckiger Sockel maß im Umfang tausend Schritt. Seine Teile türmten sich achtfach übereinander, jeder ein wenig schmaler und niedriger als der vorhergehende, bis ganz hinauf zu dem herrlichen Tempel, der mit seinem goldenen Dach die Wolken berührte. Zahllose Treppen führten an diesem göttlichen Turm in die Höhe. Die Menschen auf ihnen erschienen uns aus der Ferne wie die Ameisen des Waldes. Von Süden her reichte ein riesiger, schräger Aufgang bis zur Mitte des unvergleichlichen Bauwerks, mit Stufen, die kein Mensch ersteigen konnte; das war die Treppe, die dem Gott Marduk gehörte. Wie verzaubert schauten wir auf dieses wundersame Gebäude, und ich vermochte kaum den Blick von ihm zu lösen, denn ich mußte immer daran denken, daß sich auf seiner Spitze das Rätsel meines Lebens enthüllen sollte.

Die Scharen der Assyrer begannen nun ohne Furcht die gewaltige Festung zu stürmen. Sie füllten den Fluß mit ihren hochbordigen Schiffen, verjagten die zierlichen Kriegsboote der Babylonier oder versenkten sie, so daß viele Seeleute ertranken. Aus riesigen Schleudern warfen sie schwere Felsbrocken, die Tukulti-Ninurta auf Flößen aus den Gebirgen des Nordens herbeischaffen ließ, gegen die Mauern. Mutige Krieger schwangen Ketten mit breiten Ringen über die Zinnen und versuchten, daran emporzuklettern. Von den Schiffen aus schossen Bogenschützen ihre Pfeile nach den Verteidigern, und viele Assyrer versuchten schwimmend über den Fluß zu gelangen, indem sie Luft in die Häute von Tieren füllten und diese mit Pech verschlossen, um sich davon in voller Rüstung wie von einem Boot tragen zu lassen. Auf dem Land erhob sich alsbald die zweite Schlacht zwischen Assyrern und Babyloniern, in der mit noch viel größerer Erbitterung gerungen wurde als an der Dyala, und wieder war es der tapfere Kilischu, der in diesem Kampf die größten Heldentaten vollbrachte.

Wie ein Sturmwind im dürren Gehölz wütete er unter den Feinden, und die Götter verliehen ihm so gewaltige Kraft, daß ich ihn die Streitwagen der Babylonier mit bloßen Händen umwerfen und die Kämpfer darin wie Hasen erwürgen sah. Wie sich ein Wildbach mit Macht den Weg durch das Geröll der Steine bahnt, so durchbrach Kilischu die Reihen der Feinde. Er wagte sich so weit in die Mitte der Babylonier, daß selbst seine treuesten Gefährten ihm nicht zu folgen vermochten, und suchte überall nach Kastilias, dem König, der an der Dyala vor ihm geflohen war. Mit lauter Stimme, furchterregend wie der Kriegsgott selbst, schrie er ihm seine Herausforderung zu. Aber der Fürst der Babylonier scheute den Zweikampf mit einem so schrecklichen Gegner. Angst schlich in sein Herz, er ließ sich von seinen Leibwächtern decken, von denen viele ihr Leben unter Kilischus Hieben verloren, und flüchtete mit dem Rest seiner Scharen hinter die hohen Mauern der Stadt.

In rasender Wut fuhr Kilischu mit seinem Wagen unter die ragenden Wälle und schmähte den König mit vielen verletzenden Worten. »Wer wird jetzt noch deinen Befehlen gehorchen, Kastilias«, schalt er ihn, »wenn du deinen Feinden furchtsam den Rücken zuwendest und dich unter dem Rocksaum deiner Mutter verkriechst? Komm heraus und kämpfte mit mir, damit du wenigstens einen ehrenvollen Tod erleidest, denn deine Tage sind ohnehin gezählt!«

Kastilias aber antwortete von den sicheren Zinnen: »Ein andermal, Assyrer, will ich mich von neuem mit dir messen. Warte morgen bei Sonnenaufgang vor dem Ischtartor auf mich, dann will ich die Wahrheit deiner Worte prüfen!«

Dabei gab er einem Bogenschützen, der zehn Schritte weiter im Schatten der mächtigen Steinblöcke stand, mit der Hand ein heimliches Zeichen. Dieser hob, langsam und unbemerkt von Kilischu, der in blindem Zorn von unten mit seinem Speer auf den König zielte, seine gebogene Waffe und richtete seinen Pfeil auf den Rücken des Feldherrn. Schnell riß auch ich meinen Bogen empor, um dem Gegner zuvorzukommen; da verblendeten die Götter meinen Sinn, und ich sah plötzlich Perisade vor mir stehen, schöner als jemals zuvor. In meinem Inneren hörte ich dabei eine Stimme zu mir sagen: »Was würde es dir nützen, wenn du Kilischu das Leben erhieltest? Könnte sein Dank wertvoller sein als die Liebe der herrlichen Perisade? Nur Kilischu ist es doch, der zwischen dir und deinem Glück steht. Wenn ihn das Schicksal endlich abberuft, willst du das töricht wie ein Narr verhindern?«

Ein paar Herzschläge vergingen, bevor ich die Versuchung überwand und mein Auge von neuem nach dem babylonischen Mordschützen wandte. Diomedes, der ebenfalls bemerkte, in welcher Gefahr sein Freund Kilischu schwebte, rief voller Erregung: »Schieß doch endlich, Aras, was zauderst du noch?« Da löste sich mein Pfeil von der Sehne, durchschlug mit dumpfem Ton Rüstung und Brust des Feindes und riß ihn zu den Schatten hinab.

Aber es war zu spät: Im gleichen Moment hatte auch der Babylonier sein Geschoß abgeschickt, und er traf nicht schlechter als ich. Der hölzerne Schaft seines Pfeils bohrte sich zwischen die Schulterblätter Kilischus, und mit einem Schrei der Überraschung stürzte der Feldherr aus seinem Wagen.

Wir eilten zu ihm, um ihn mit den Schilden zu decken. Noch ehe wir ihn erreichten, warf sich der treue Kardu auf ihn und barg ihn unter seinem eigenen Leib. Aber auch er konnte den Helden nicht retten; die Spitze des Pfeils war dem großen Kilischu mitten ins Leben gedrungen.

Blut rann aus dem Mund des Feldherrn, und obwohl der Tod schon nach ihm griff, raste er weiter vor Kampfeswut und wollte erst König Kastilias, dann sogar den Herrscher der Schatten zum Schwertkampf fordern. Sterbend umklammerte er seine Waffe, und jetzt erst sahen wir, wieviele Wunden er zuvor schon erlitten hatte. »Zeige dich, Tod«, rief er mit schon erlöschender Stimme, »zeige dich, wenn du es wagst, dich mit mir im Zweikampf zu messen!« Dann brachen seine Augen, und sein Leben entschwand.

Wir legten seinen Leichnam auf den Streitwagen, während uns Wolken von Pfeilen umschwirrten, und brachten ihn in das Lager zurück. Furchtbarer Schmerz grub sich in König Tukulti-Ninurtas Herz, als er seinen tapfersten Helden vor sich liegen sah; er raufte sich das Haar, weinte und rief: »Hättest du mir doch niemals geraten, Babylon anzugreifen, Kilischu! Nicht der Besitz aller Städte der Welt kann mir ersetzen, was ich heute verlor!«

Kardu jedoch, in einen schwarzen Umhang gehüllt, brach nach Kutha auf, um Perisade vom Tod ihres Gatten zu künden. Ach, hätten die Götter mich doch wissen lassen, was er in seinem Mantel verbarg!

»Warum hast du mit deinem Pfeil so lange gewartet?« fragte mich Diomedes später. »Wärst du nicht so langsam gewesen, könnte der edle Kilischu noch leben.« Aber ich wagte nicht, ihm die Wahrheit zu sagen, und antwortete: »Die Sonne stach mir ins Auge, und Tränen trübten meinen Blick; ich mußte sie erst trocknen. Glaube mir, niemand bedauert es mehr als ich, daß ich den größten Helden der Assyrer nicht zu retten vermochte!«

So log ich, weil ich zum Mörder geworden war, um meiner verbotenen Liebe willen; und Diomedes glaubte mir. Er hat die Wahrheit niemals erfahren, denn ich habe keinem Menschen davon berichtet und breche erst jetzt mein Schweigen darüber, weil keiner mehr lebt, der Rache an mir nehmen könnte. Die Götter aber ließen sich nicht täuschen, und ihre Vergeltung war furchtbar.

Ich wartete bis zum Abend, und immer stand Perisades Bild vor meinen Augen. Die Sehnsucht nach ihr zog mich zu meinem Wagen, ich vergaß allen Anstand und griff nach den Zügeln, um meine schöne Geliebte endlich für immer in meine Arme zu schließen. Mein Herz jubelte, wenn ich an unsere Zukunft dachte, und hastig trieb ich meine Rosse zu immer schnellerem Lauf. So erreichte ich Kutha schon nach kurzer Zeit und stand noch vor der Abenddämmerung an dem Haus, in dem die Familie des toten Feldherrn wohnte.

Am Brunnen vor der Pforte wusch ich mein staubbedecktes Gesicht; dann trat ich in das Innere ein. Mir kam es seltsam vor, daß ich kein Trauern und Wehklagen hörte, wie es doch in den Häusern der Assyrer und aller anderen Völker üblich ist, wenn der Herr zu den Schatten gerufen wurde. Auch kreuzte kein Diener meinen Weg, und kein Laut drang an mein Ohr.

Verwundert öffnete ich alle Türen und rief nach Perisade. Doch nirgends konnte ich einen Menschen entdecken. Plötzlich drang Angst in mein Herz, und mein Gewissen begann mich zu quälen. Ich wollte zu den Göttern beten, aber mir war, als hätten sie sich von mir abgewandt und betrachteten mich nicht mehr wie einen Menschen, sondern wie einen stummen, leblosen Klumpen Lehm. So kam ich schließlich in den innersten Teil des Hauses, der allein der fürstlichen Familie vorbehalten war, und dort fand ich Perisade.

Sie lag, das blasse Gesicht von der Flut ihrer herrlichen Haare umrahmt, auf den blauen Steinen des Bodens, gehüllt in ein gelbes Gewand, das ihr Herzblut rötlich verfärbte. Sie war tot, und aller Schmerz der Welt lag auf ihrem lieblichen Antlitz. Ihre Hand hielt noch den kostbaren Dolch umklammert, den sie sich in die Brust gestoßen hatte, und neben ihr lag ein Zypressenzweig.

5 Warum bist du nicht vom Himmel gestürzt, gleißendes Sonnengestirn, an diesem verfluchten Tag und hast mich erschlagen? Warum hast du dich nicht unter meinen Füßen geöffnet, du schweigende Erde, und mich für immer verschlungen? Warum erhob sich kein Sturm, der mich hinweggefegt hätte vom Angesicht dieser Welt; warum ertränkten mich nicht die Fluten des Meeres? So haderte ich mit meinem Schicksal, zerkratzte mir mit den Nägeln das Gesicht und schlug mit der Stirn gegen die steinernen Wände, so daß mir das Blut in die Augen rann. Da hörte ich ein leises Schluchzen, und an einer Säule des düsteren Saales sah ich Kardu, den Wagenlenker, stehen, der weinend das Haupt im Ärmel seines Gewandes verbarg und, als ich ihn anrührte, mich aus tränennassen Augen wie einen Fremden ansah.

»Was willst du von mir?« stieß er würgend hervor, als er mich endlich erkannte. »Störe mich nicht in meinem Schmerz! Ach, ich bin wohl der Unglücklichste unter der ewigen Sonne, daß ich so Entsetzliches mit ansehen mußte!«

»Wie ist das geschehen?« fragte ich mit gepreßter Stimme. »Welcher Wahnsinnsdämon hat hier seinen grausamen Reigen getanzt? Perisade ist tot; nichts gibt ihr das Leben zurück. Was trieb sie zu einer so schrecklichen Tat? Warum hast du sie nicht daran gehindert?«

»Wie hätte ich das denn tun können?« antwortete Kardu mühsam. »Als ich in diesen Saal kam, angetan in das schwarze Gewand, wie es dem Todesboten geziemt, da schaute die Fürstin mich zwar erschrocken an, aber sie blieb gefaßt wie eine wirkliche Heldin. Doch als ich den Zypressenzweig, den mein Herr Kilischu erst gestern für den Fall seines Todes zu seinem Abschiedsgruß bestimmte, unter dem Tuch hervorzog und seiner Gemahlin reichte, da schrie sie plötzlich auf und stieß sich den Dolch in die Brust, noch bevor ich etwas zu sagen oder sie aufzuhalten vermochte. Wie sehr hat sie ihren Gatten geliebt, daß sie ohne ihn das Licht der Welt nicht mehr schauen und ihm lieber sogar in das Schattenreich nachfolgen wollte! Nun muß Assyrien nicht nur um seinen größten Feldherrn trauern, sondern auch um die schönste seiner Frauen!«

So sprach er, ich aber stand wie versteinert. Rote Nebel wallten vor meinen Augen, meine Hände begannen zu zittern, und langsam wie eine kalte Schlange kroch die Erkenntnis in mein Hirn, daß ich selbst es gewesen war, der dieses furchtbare Unheil verschuldet hatte. Denn nur, weil ich Kilischu im Kreis der Heerführer so leichtfertig von dem Zypressenzweig erzählte, kann in ihm der Wunsch entstanden sein, das Reis dieses Baumes zu seinem eigenen Todeszeichen zu wählen. Perisade aber hatte, als sie den grünen Ast in Kardus Händen erblickte, nichts anderes glauben können, als daß ich, Aras, auf dem Schlachtfeld verblutet sei und ihr von dort meine letzten Grüße sandte. So hatte die Göttin der Morgenröte meine Torheit benutzt, um ihre Rache an dem Geschlecht der Mitanni zu vollziehen, und der uralte Fluch hatte sich nun auch an Perisade erfüllt. Mir aber hatten die Götter für mein Verbrechen noch am gleichen Tag die schwerste Strafe gesandt. Denn als ich an dem edlen Kilischu zum Mörder wurde, indem ich den tödlichen

Pfeil zu spät von ihm fernzuhalten versuchte, habe ich im gleichen Augenblick nach dem grausamen Willen des Schicksals auch das Leben meiner Geliebten vernichtet.

Es gibt keinen Trost für einen Mann in einer solchen Stunde. Es gibt keine Rechtfertigung nach einer solchen Tat. Ich fühlte weder Zorn noch Schmerz, nur eine ungeheure Leere, als wenn mein Körper, losgerissen von der Seele, in einem dunklen Meer von Eis versänke. Mein Herz war tot wie der verdorrte Strunk des umgehauenen Baumes, Verzweiflung erfüllte meine Gedanken, und Tränen des Zorns auf mich selbst schossen in meine Augen, als ich meine schöne Geliebte bleich und leblos auf dem Steinboden sah, aus Liebe zu mir gestorben, durch meine eigene Schuld.

Warum liebtest du mich, Perisade? Ich habe nicht das geringste deiner Gefühle verdient. Einen Unwürdigen hast du geküßt, einem Narren dein Herz geschenkt, einem Mörder dein Leben geopfert. Ach, könnte ich den Fluß der Zeit nur einmal stehen machen! Könnte ich auf ihm mit einem Kahn in die Vergangenheit zurückgleiten und diesen schrecklichen Tag ein zweites Mal beginnen, um dich, Perisade, vor dem Tod zu bewahren! Wieviel lieber hätte ich für immer auf deine Nähe verzichtet, hätte ich damit dieses Schicksal von dir wenden können! Nun habe ich dich für alle Zeit verloren.

Solche Gedanken durchströmten mich in meinem Kummer; ich empfand tiefste Verachtung vor mir selbst, und bitter sagte ich in meinem Inneren zu meiner toten Geliebten:

»Du hast mir alles gegeben, herrliche Perisade; wie leichtfertig habe ich alles verspielt! Ich habe stets nur an mich selbst und an meine Rache gedacht, nicht aber an deine Liebe, die kostbarer war als alles andere auf dieser Welt. Jetzt erst erkenne ich, wie blind ich war. In all den Jahren, seit unsere Liebe begann, habe ich immer nur meine eigenen Nöte betrauert. Eigensüchtig und rücksichtslos, wie ich stets gegen dich war, habe ich es nicht anders verdient, als daß ich nun das schwerste Unheil ertragen muß.

Du aber, Perisade, bist wie eine edle Blume, die der achtlose Tritt eines Betrunkenen zerstörte; wie ein kostbares Bild, das ein Wahnwitziger tobend vom Sockel stürzte; wie eine wunderbare, leuchtende Wolke, die ein brüllender Sturmwind mitleidlos vom Himmel riß. Warum ließen die grausamen Götter dich für meine Torheit büßen? Allen Menschen, denen ich nahe stand, brachte ich immer nur Unglück, weil mich der Fluch der Rachegeister seit Tauris überallhin verfolgt. Ich will niemals mehr Liebe empfinden oder empfangen, denn ich habe kein Recht, jemals glücklich zu sein. Ach, wäre ich doch niemals geboren!«

Als ich so mein Schicksal beklagte, flammte wilder Haß in mir auf, und es war tödlicher, unversöhnlicher Haß auf mich selbst. Ich verfluchte jeden Tag meines Lebens und empfand solchen Ekel vor mir und meinen Verbrechen, daß ich beschloß, mich selbst in den Hades hinunterzustürzen, damit endlich ein Ende mit dem Unheil wäre, das mir durch alle Länder folgte. Immer heftiger loderte Wut auf mich und meine Freveltat in mir auf; ich schlug mit den Fäusten gegen die steinerne Säule, bis Blut über meine Hände lief, und fühlte Freude über den Schmerz. Dann befiel mich rasender Zorn, weil mein Körper immer noch lebte; ich stürzte hinaus, packte die Zügel und jagte in wilder Fahrt nach Babylon zurück, um dort den Tod zu finden.

Wie ein Wahnsinniger hieb ich mit der Peitsche auf die schweißnassen Rücken der Pferde ein, die voller Entsetzen dahinflogen wie die schwarzen Dämonen der nächtlichen Stürme und vor Schmerzen aufschrien wie gepeinigte Frauen. Krachend durchbrach mein Streitwagen die hinteren Pfahlreihen des assyrischen Lagers vor der eingeschlossenen Stadt. Diomedes und die anderen Heerführer, die aufmerksam zu den Feinden hinüberspähten, um die günstigsten Plätze für ihren nächsten Angriff zu wählen, wandten verwundert die Köpfe. Aber ich achtete nicht auf sie, sondern fuhr mit schlagenden Rädern an ihnen vorbei auf die Mauer von Babylon zu.

Von fern hörte ich Diomedes laut rufen, doch ich verstand seine Worte nicht. Die Babylonier schickten mir eine Wolke von Pfeilen entgegen. Meine gepeinigten Rosse stürzten tot zu Boden; ich sprang aus dem Wagen und rannte gegen das Marduktor, hieb mit meinem Schwert gegen das eisenbeschlagene Holz und verfluchte die Götter, weil ich noch immer am Leben war.

Plötzlich stand Diomedes neben mir und deckte mich mit seinem Schild vor den Pfeilen und Speeren der Babylonier. Polkos und Polyphas, die beiden Brüder, folgten ihm, dann eilte der junge Kaliphon herbei, der den Wagen des Tydiden gelenkt hatte; bald sammelten sich auch die anderen Gefährten um uns, und schließlich auch die Assyrer. Denn das ungestüme Vorwärtsdringen meiner achäischen Waffenbrüder, die doch nichts anderes als meine Rettung im Sinn hatten, versetzte die verwunderten Assyrer in neue Begeisterung und wilde Kampfeswut; da sie nicht verstanden, was vorging, meinten sie wohl, daß wir Griechen es nun allein gegen die mächtige Festung versuchten, und wollten sich nicht von uns beschämen lassen. Fast das gesamte Heer König Tukulti-Ninurtas brandete wenig später gegen die gewaltigen Mauern der Stadt, nun auch von den assyrischen Heerführern zum Angriff aufgestachelt. Riefen meine Gefährten einander zu: »Rettet Aras!«, so wurden sie von den assyrischen Kriegern überschrien, die brüllten: »Rache für Kilischu!«, und der Name des toten Feldherrn drang bald als machtvoller Schlachtruf über das blutige Toben, über den donnernden Schall der Waffen und das Schreien der Sterbenden vor der riesigen Stadt.

Die Babylonier waren von der Wucht dieses plötzlichen Angriffs überrascht, denn sie hatten geglaubt, daß König Tukulti-Ninurta seine Scharen erst nach dem feierlichen Totenopfer für seinen Feldherrn wieder gegen die Burg führen würde. Sogleich eilten aus allen Häusern neue Verteidiger auf die Mauern; aber die Zahl dieser Kämpfer blieb doch weit geringer als beim ersten Ansturm der Assyrer am Morgen. Mit ungeheuren Kräften schob Polkos, der Hüne vom Berg Kithairon, dreimal im Kreis der Gefährten den riesigen Rammbock gegen das Tor, während die tapfersten Krieger Assurs die Schilde über sie hielten. Andere Assyrer kletterten schon auf langen Leitern die Mauern empor, schleuderten ihre eisernen Ketten nach den hochragenden Zinnen, warfen mit Lanzen und Speeren nach den Babyloniern und schossen auch viele von ihnen mit Pfeilen herab, so daß die belagerte Stadt schließlich auf zwei Seiten in höchste Bedrängnis geriet. Denn auch auf dem Fluß begann nun der Sturm der Assyrer; soviele von ihren Schiffen auch unter feindlichen Feuerbränden entflammten, die Männer vom Idiglat stießen dennoch über den Fluß bis an die Mauern vor und versuchten dort mutig, sie zu ersteigen.

Das alles sah ich nur mit halbem Auge, denn mich kümmerte es nicht, wer am Ende den Sieg davontragen würde, und ich hoffte nur endlich den Tod zu finden. Herrlich und unbezwingbar kämpfte Diomedes an meiner Seite; sein Schlachtruf hallte zwischen den Türmen von Babylon wie der Schrei eines Falken vom hohen Genist.

Zum vierten Mal stürmte Polkos nun, schweißüberströmt, mit dem gewaltigen Stamm einer lullubäischen Eiche gegen das Marduktor. Da brachen endlich splitternd die hölzernen Platten, die Flügel wurden nach innen geworfen, und wie ein alles vernichtender Strom ergoß sich das Heer der Assyrer in die Stadt.

Diomedes und ich durchstießen vor allen anderen die dichtgedrängte Schar der Verteidiger, die nun aus allen Straßen und Gassen zusammengelaufen kamen, um den Einbruch zurückzuschlagen. Weit hinter uns vernahm ich den Ruf Tukulti-Ninurtas, der schrie:»Vorwärts, Krieger Assurs, heute wird uns kein Babylonier entfliehen!« Fackeln flogen in die Häuser. Polymerios führte die Gefährten nach. Dann stürzte das schon durchbrochene Tor krachend im Rauch der züngelnden Flammen zusammen, und über die Trümmer hinweg rollte König Tukulti-Ninurta mit Tirkap, dem Führer der Wagenkämpfer, zum Endkampf.

König Kastilias, der im Tempel des Marduk gebetet hatte, raste auf seinem Streitgefährt heran, um sein Reich zu retten. Er trug keine Rüstung, sondern nur ein wollenes Gewand mit roten und blauen Streifen; sein lockiges, schwarzes Haar wehte auf seinem helmlosen Haupt wie ein Wimpel der Trauer. Für einen Augenblick schlich sich Bewunderung für seine wiedergewonnene Tapferkeit in meine Gedanken. Denn so furchtsam er vor Kilischu gewichen war, so mutig rollte er jetzt dem assyrischen König entgegen. Tukulti-Ninurta aber stürzte sich wie ein wütender Löwe auf seinen Feind. »Endlich, Kastilias!« frohlockte er; was er weiter rief, konnte ich im Lärm der Schlacht nicht verstehen. Ich sah nur, wie König Tukulti-Ninurta die eiserne Lanze zwischen die Speichen des babylonischen Kampfwagens stieß, so daß dieser stürzend gegen die steinerne Mauer prallte, und sich dann auf den besinnungslosen Kastilias warf, wie ein Adler im fallenden Flug seine wehrlose Beute schlägt, so daß er ihn mit bloßen Händen lebend fing.

Nur auf dem Etemenanki, der riesigen Zikkurat, wehrte sich noch eine Zahl babylonischer Krieger mit großer Tapferkeit. Dorthin wandte ich mich; ich eilte die Stufen empor, gefolgt von Diomedes, der mein Leben ebenso entschlossen zu schützen versuchte, wie ich es zu verlieren trachtete.

Mehr als einmal hieb er Feinde nieder, die mir leicht den tödlichen Streich hätten versetzen können; aber ich war so verblendet, daß ich keine Dankbarkeit empfand. Höher und höher kämpften wir uns auf den steilen Treppen des göttlichen Turmes empor. Die wenigen Feinde, die sich uns entgegenstellten, fegte das Schwert des Tydeussohns wie einen Haufen trockener Spreu hinweg. Dann versuchten Priester uns mit erhobenen Händen den Weg zu versperren. Doch als wir näherkamen, wichen sie furchtsam zur Seite, und so dauerte es nicht lange, bis wir den heiligen Tempel des Marduk auf Etemenankis Spitze erreichten.

Ich bahnte mir keuchend einen Weg durch die schweren Vorhänge am Eingang und drang in das Innere des göttlichen Hauses ein. Diomedes schritt neben mir, dahinter folgten Polkos und Polyphas. Auch Kaliphon und Polymerios, der stark aus einer Schulterwunde blutete, waren uns gefolgt. Durch das westliche Fenster der weiten Halle drangen die letzten Strahlen des untergehenden Tagesgestirns und färbten unsere Gesichter rot wie Blut. Der Saal war fast vollständig leer. An seinem südlichen Ende erhob sich, riesig und furchteinflößend, über und über mit funkelnden Edelsteinen besetzt, das Standbild Marduks, des höchsten Gottes von Babylon. In der Mitte stand ein prunkvolles goldenes Bett, und in ihm sahen wir einen Greis mit eingefallenen Wangen und wie im Fieber glänzenden Augen. Vier weißgekleidete Diener harrten betend an den aus Elfenbein geschnitzten Pfosten. Der aber, den sie bewachten, war Nabonet, der höchste Priester des südlichen Stromlands, und einer der sieben Propheten, der im Sterben lag.

Langsam traten wir näher; er sah uns ruhig entgegen. Die unbewaffneten Diener traten uns mutig in den Weg, und der älteste von ihnen sprach voller Empörung: »Seht ihr nicht, daß dies ein heiliger Ort ist? Seht ihr nicht, daß unser Herr, der heilige Nabonet, mit dem Tode ringt? Macht euch davon, damit euch nicht der Fluch Marduks vernichte!«

Nabonet aber sprach mit leiser Stimme: »Was schiltst du die Fremdlinge, Marabal! Sie sind Nichtswissende; welches Leid sollen sie mir noch zufügen, der ich doch schon auf dem Weg in die Unterwelt bin!«

»Lasse nicht alle Hoffnung fahren, Herr«, rief der alte Diener bittend, »seit Tagen flehen wir die Götter um dein Leben an. Vielleicht werden sie sich dir ein weiteres Mal gnädig erweisen!«

Nabonet antwortete: »Habe ich nicht genügend Gunst der Götter gekostet, die mich mehr als einhundert Jahre Mond und Sonne sehen ließen? Ich fürchte mich nicht vor dem Tod; jeder Mensch muß einmal zurückgeben, was er sich lieh, als er geboren wurde!«

Ein Zittern schüttelte dabei seinen geschwächten Körper, und er schloß müde die Augen. Der Atem hob seine flache Brust unter den golden schimmernden Tüchern nur noch sehr langsam, und wir erkannten, daß Thanatos, der die Seelen hinwegführt, neben dem Todgeweihten stand.

»Laß uns gehen«, sprach Diomedes mit rauher Stimme, »ich will in einem Tempel nicht zum Mörder werden. Wenn ich auch schwor, die Babylonier zu töten, weil mein edler Freund Kilischu von ihnen so feige gemeuchelt wurde – in einem heiligen Haus soll mein Schwert kein Blut vergießen, auch wenn der Gott mir fremd ist, der hier waltet. Unten in der Stadt tobt noch immer die Schlacht; dort werden unsere Waffen wohl nötiger gebraucht als hier unter Priestern und heiligen Männern, die sich nicht wehren können.«

Damit wandte er sich um und schritt zur Treppe zurück, gefolgt von den Gefährten. Ich ging als letzter hinaus. Als ich den freien Himmel wieder sah und auf das Gewimmel der Kämpfenden unter mir schaute, traf mich plötzlich ein Schlag, und ich stürzte zu Boden.

Die Rücken meiner Gefährten und der funkelnde Kriegshelm des Diomedes waren das letzte, was ich sah. Als ich wieder erwachte, wußte ich nicht, wieviel Zeit vergangen war und wo ich mich befand.

Ich lag auf weichen Fellen in einem düsteren Zimmer, dessen Wände kein Fenster durchbrach. Bläuliche Flammen züngelten aus kleinen, kupfernen Schalen und tauchten den Raum in ein seltsames, wechselhaftes Licht.

Vor mir saß ein uralter Mann mit mächtigem, über die breite Brust wallendem Bart. Sein Haar war weiß wie jungfräulicher Schnee auf unbestiegenen Gipfeln Thessaliens; seine nachtdunklen Augen glänzten wie schwarze Perlen. Zahllose Falten durchzogen sein Antlitz, doch seine Stimme war kraftvoll wie die eines Jünglings, als er zu mir sprach:

»So bist du nun endlich gekommen, Aras. Fürchte dich nicht! Du hast mich nicht gesucht, denn noch weißt du nicht, wer ich bin. Aber du wirst das, wonach du immer forschtest, bei mir finden. Ich bin Gathaspar.«

Alles, was ich von diesem Tag an erlebte, schien unwirklich und unerklärbar wie ein zauberischer Traum, und doch schien alles wahr. Manchmal war mir, als sähe ich mir selber zu, und ich hörte meine eigenen Worte oft, als ob es die eines Fremden wären. In dieser Zeit geschah, was zu erzählen mir schwerfällt, denn allzuoft muß einer, der Wundersames zu berichten hat, sich von den Zuhörern für einen Lügner halten lassen. Selbst Diomedes sagte, als ich ihm viele Jahre später von dieser seltsamen Zeit erzählte: »Wer weiß, Aras, vielleicht war das alles nur ein Gespinst deiner Einbildungskraft, oder ein Trugbild der Götter. Vielleicht auch verwirrte der Schlag, der deinen Kopf so heftig traf, deine Sinne.«

Ich weiß darauf keine Antwort. Ich weiß nur, daß vieles in meiner Erinnerung haftet, das anderen Menschen unverständlich erscheint, und daß ich in diesem blauen Gemach im Turm Etemenanki endlich das Geheimnis meiner Herkunft erfuhr.

6 Ich war sehr verwundert darüber, daß der Fremde mich mit meinem Namen ansprach und auch sonst viel von mir zu wissen schien, obwohl ich ihn noch nie gesehen hatte. Daher fragte ich voller Mißtrauen: »Wer bist du Greis, der du mich hier erwartet haben willst, wo ich doch vor kurzem selbst noch nicht wußte, daß meine Schritte mich auf diesen Turm führen würden? Dein Name sagt mir nichts; woher kennst du den meinen? Wohin habt ihr mich verschleppt, nachdem ihr mich von hinten angefallen habt?«

So sprach ich, denn ich glaubte nicht, daß mich dieser alte Mann allein überwältigen konnte. Ich meinte vielmehr, Diener hätten ihm dabei geholfen und würden auch jetzt, vielleicht hinter einem dunklen Vorhang verborgen, auf den Befehl ihres Meisters warten, um sich von neuem auf mich zu stürzen. Ich lauschte angestrengt auf ein verräterisches Geräusch; aber in dem seltsamen Gemäuer herrschte tiefe Stille, und ich hörte auch nichts mehr von dem Getöse der Schlacht, die draußen immer noch toben mochte. Es war, als wäre ich plötzlich in ein fernes Land geraten, ungezählte Tagesreisen weit. Der alte Mann berührte meine Schulter, so daß ich auf die weichen Kissen sank, und sprach mit sanfter Stimme:

»Beruhige dich! Niemand plant, dir etwas Böses anzutun; daß ich dich betäubte, geschah allein deshalb, weil du mich nicht kennst und mir daher wohl kaum freiwillig gefolgt wärst. Nein, du hättest im Gegenteil wohl sogleich nach deinem gewaltigen Freund Diomedes gerufen und mir dadurch mein Vorhaben erschwert. Sei beruhigt – du bist bei mir so sicher wie auf dem Grund des Meeres, wohin kein Sturm, kein Brand, kein Pfeil zu dringen vermag.

Auf alle deine Fragen wirst du hier die Antwort finden. Ist dir nicht einst verheißen worden, daß du am Göttertor die Wahrheit über dich erfahren wirst? Nun ruhst du hier, im Turm Etemenanki, denn die Zeit deines Suchens ist abgelaufen, und die Zeit des Erkennens soll folgen. Nun wirst du endlich hören, wer du bist, und welche Verpflichtung nach göttlichem Willen auf deinen Schultern ruht.«

»Du weißt von meiner Herkunft?« rief ich aufgeregt. »Hast du vielleicht gar meinen Vater gekannt? Ich habe schon gehört, daß er dieser Stadt entstammte. Schnell, sprich! Was weißt du von ihm? Warum mußte er sterben? Wann darf ich ihn rächen? Wer bist du, Greis, der du mich so genau zu kennen scheinst?«

»Das alles«, antwortete Gathaspar, »ist nicht mit wenigen Worten zu sagen. Denn das Geheimnis deines Lebens, Aras, wirst du erst verstehen, wenn du auch das Geheimnis dieser Welt und aller Menschen kennst. Nur wenn du die Geschichte allen Daseins weißt, wirst du dein eigenes begreifen. Hat man dir je gesagt, daß es in Wirklichkeit nur einen Gott im Himmel gibt, der aber in verschiedenartigster Gestalt verehrt und angebetet wird, so daß man meinen könnte, die Zahl der Himmlischen übersteige die der Könige auf Erden? Könntest du mir glauben, wenn ich dir verriete, daß ich schon mehr als achtzig Menschenalter zähle und noch vor jener Zeit geboren bin, in der die große Flut das Land bedeckte? Diese und noch andere seltsame Wahrheiten habe ich dir zu erklären. Fasse dich also, ordne deinen Geist und lasse dich nicht zu sehr von der Neugierde drängen!«

»Du sprichst von Dingen, die ich nicht verstehen kann«, versetzte ich staunend. »Mir ist, als schwärmten Bienen oder Fliegen in meinem Kopf, und meine Gedanken sind wie die wechselhaften Strudel am Ufer des eriträischen Meeres. Darum will ich lieber schweigen. Erzähle mir, was du willst, ich werde dich nicht mehr stören.«

Gathaspar sprach: »Geduld ist stets die beste Freundin eines Suchenden. Am Anfang sollst du hören, wie die Welt erschaffen wurde und die Menschheit in Sünde fiel; wie der Kampf zwischen Schlange und Adler begann, und wie drei unsterbliche Magier die Ordnung der Erde erhalten. Danach werde ich dir von deinem Vater berichten, von seinem Leben und seinen Taten. Zum Schluß aber sollst du erfahren, wer du bist und was die Gründe für dein wechselvolles Schicksal waren. Du wirst nicht alles glauben wollen, was ich dir erzähle; aber jedes Wort aus meinem Mund ist wahr, und wenn du sorgfältig nachdenkst, wirst du das bald erkennen.«

Ich schaute in sein verwittertes Antlitz; die Kraft seiner Augen zog mich in ihren Bann. Wie das Rauschen eines mächtigen Stroms drang seine Stimme an mein Ohr, und vor meinem Blick eröffneten sich nun so viele Geheimnisse unserer Welt, daß mein Geist am Ende die ungestümen Fahrwasser des Lebensfrühlings verließ und den ruhigen Tiefen der Weisheit zustrebte. Die Zweifel fielen von mir ab wie trockene Klumpen aus Lehm, und meine Seele hob sich aus den sumpfigen Niederungen der Ungewißheit empor, wie eine Taube in strahlender Morgensonne das Dunkel des Dickichts hinter sich läßt. Heiliges Wissen strömte mir zu, und vor meinen Augen lichteten sich die Nebel der Ängste und Zweifel.

»Wisse«, begann der uralte Magier, »daß seit Erschaffung der Welt zwei Mächte miteinander ringen: Himmel und Erde sind ihre Heimat, Licht und Finsternis ihre Natur, Gut und Böse ihre Formen, Adler und Schlange ihre Gestalt. Sie kämpfen miteinander ohne Unterlaß, und die Menschen stehen zwischen ihnen. So leicht der Einzige Gott auch das Böse vom Antlitz der Erde vertilgen könnte, er tut es nicht; denn er wünscht, daß die Menschen ihm diese Aufgabe abnehmen, um zu beweisen, daß sie es wert sind, seine Kinder zu sein.

Zu Anbeginn der Zeiten ähnelten die Menschen noch in vielem den Tieren. Sie gingen nackt und nährten sich von Gras. Gegen die tückische Schlange waren sie hilflos. Der Schöpfer schenkte ihnen Weizen, Gerste und Hanf, dazu die nützliche Dattelpalme, auch Rinder, Schafe, Ziegen, Pferde und den treuen Hund. Er lehrte die Menschen, Häuser aus gebranntem Lehm und Betten aus gebündeltem Schilf zu bauen; er zeigte ihnen, wie man Worte in Tontafeln ritzt und mit den Fingern die Zahl der Herdentiere mißt. Das Wichtigste aber, das er ihnen gab, waren Waffen für den Kampf gegen die Schlange und das Unheil, das von ihr kommt: Gegen die Stürme, die alle fruchtbaren Krumen davonwehten, pflanzten die Menschen Büsche und Hecken. Gegen die Dürre zogen sie wasserführende Gräben, in denen die lebenspendende Flüssigkeit auch in der größten Sommerhitze zu den dürstenden Feldern rann. Und gegen die tobende Flut schütteten die Menschen mächtige Dämme empor.

Bald sah das Auge Gottes bis zum Himmelsrand wogendes Grün; in den Scheuern häufte sich gelbes Korn, und bunte Früchte lagen dort in schier unerschöpflicher Fülle. Dann aber öffnete die gewaltige Schlange ihr Maul; daraus drangen Schlechtigkeiten wie üble Winde hervor und fuhren in die

Seele der Menschen: Neid und Eifersucht, Habgier und Geiz, Dummheit, Lüge und Gottlosigkeit, Sünde und Laster, Hoffart, Haß und Streitlust.

Bald herrschten Mord und Brandschatzung im Stromland. Denn überall, wo Reichtum und Armut einander begegneten, zeugten sie Haß und gebaren den Hader. Der Starke trank das Blut des Schwachen, und am Ende wandte der Schöpfer zornig sein Antlitz von den Menschen ab und beschloß, sie zu vernichten. Er regte die Wellen des Meeres und die Wolken des Himmels gegen die fruchtbaren Länder auf und schickte eine gewaltige Flut, die das Land der zwei Ströme verschlang.«

»Vor wievielen Jahren«, fragte ich, »ist das geschehen? Lebtest du damals schon? Wie bist du dieser Flut entkommen?«

»Was können dir Jahre bedeuten«, antwortete Gathaspar, »wenn ich dir sage, daß dies am Anfang des menschlichen Daseins geschah? Ägypten nicht und nicht Assyrien, und keines von den Reichen, die du kennst, war damals schon errichtet. Ich aber lebte und entrann der großen Flut, weil ich Gott ehrte wie kein zweiter.

Man nannte mich damals Ziusudra und kannte mich als den König und obersten Priester Schuruppaks, der Stadt am Purattu, die heute längst vom Sand begraben ist. Einst war sie reich und mächtig; sie stand ebenbürtig neben den anderen alten Städten des Stromlands, dem heiligen Ur, dem stolzen Uruk, dem kunstreichen Lagasch, dem schönen Eridu am Meer, dem volkreichen Isin, dem sieghaften Larsa und schließlich dem herrlich mauerumwehrten Nippur. In meinen Schatzkammern häuften sich Gold aus Meluchcha, bläuliches Edelgestein aus Badachschan, kostbares Silber aus den Gebirgen am Oberen Meer, Kupfer aus Magan und wertvolles Holz von den schneereichen Hängen im Osten. Mitten in Schuruppak aber erhob sich, wie in allen anderen Städten, die heilige Zikkurat, die uns mit dem Himmel verband.

Die anderen Städte und auch meine eigenen Mitbürger aber vergaßen des Himmels bald und brachten ihre Opfer der Schlange dar. Nur ich tat weiter meine Pflicht: Niemals aß ich verbotene Nahrung, niemals gebrauchte ich unreine Worte, und niemals übertrat ich Gebote. Ich lebte fromm und ohne Hoffart, gab dem Himmel seinen Anteil von meinem Besitz und speiste die Armen. Ich verabscheute den Haß und verachtete den Streit.

Deshalb beschloß der himmlische Vater, mich und die Meinen vor der großen Flut zu erretten; er sandte mir einen Traum, in dem er mir befahl, sogleich ein gewaltiges Schiff zu erbauen und es mit Saatgut und Erntevorräten, mit Vieh und den Tieren des Feldes zu füllen.

Ich gehorchte der Weisung; danach ließ Gott viele Monde lang Wasser auf die Welt fallen, so daß am Ende die beiden mächtigen Ströme über die Ufer traten und alles davonschwemmten bis in das Untere Meer. Die Menschen zwischen Idiglat und Purattu mußten jämmerlich ertrinken, und nur wenige entkamen, gleich mir, dank göttlicher Hilfe diesem Geschick.

Viele Tage und Nächte lang fuhr ich auf meinem Schiff durch die treibenden Wasser bis weit gegen Sonnenaufgang zu der fruchtbaren Insel Tilmun, die wie ein Fisch im Unteren Meer schwimmt. Erst als die Fluten davongeströmt waren, kehrte ich wieder in das verwüstete Flußland zurück, zusammen mit wenigen anderen, die gleich mir gerettet worden waren. Damit nicht von neuem der Fluch der mordenden Schlange die Herzen der Menschen verderbe, setzte Gott mich als Hüter der Sterblichen ein und schenkte mir ewiges Leben.«

Jetzt erst merkte ich, daß Gathaspar die Sprache meines Stammes benutzte, die ich seit jenen schrecklichen Tagen nur von meiner unglückseligen Schwester gehört hatte, sonst aber von keinem Menschen. »Woher kennst du meine Vatersprache?« fragte ich daher erstaunt. »Hast du etwa unser Volk gekannt? Nur einmal in meinem Leben habe ich einen Mann getroffen, der von meinem gemordeten Stamm in der Steppe zu wissen schien; doch das war fern von hier, tief in den Kämpfenden Wäldern. Er war ein Magier wie du; sein Name war Baltasarzan, und er besaß große Macht.«

»Ich weiß«, versetzte der Alte ruhig, »er hat mir davon berichtet. Versuche nicht, jetzt zu enträtseln, was dir als Wunder erscheinen muß. Du wirst gleich sehen, welchen Grund es hat, daß Baltasarzan und ich wie Brüder sind und einander häufig begegnen. Die Sprache, in der ich zu dir rede, ist viel älter als dein toter Stamm – sie ist die uralte Sprache der Geweihten.

Damals, in ferner, verlorener Zeit, war sie die einzige Sprache der Menschen. Aber nach der großen Flut wurde sie nur noch von heiligen Männern als ihr Geheimnis bewahrt; die anderen Menschen mußten neue Sprachen erlernen. Warum dein Stamm, wie du ihn nennst, die geheimen Worte gebrauchte, wirst du bald wissen. Einstweilen soll es dir genügen zu hören, daß es in allen vier Weltteilen nicht mehr als sieben mal siebzig Menschen gibt, die in dieser Sprache zu reden vermögen.

Viele Jahrhunderte lang wandelte ich über die Erde, sah Städte entstehen und Reiche versinken, Berge ergrünen und Flüsse versanden. Später gab mir Gott zwei Gefährten zur Seite. Der erste war Melikhor, der Magier aus dem Fünfstromland und Beherrscher des Ostens. Vor vierzig Menschenaltern wurde er geboren, als Bruder des Helden Gilgamesch. Du wirst ihm eines nahen Tages gegenüberstehen; dann mag er dir selbst aus seinem Leben erzählen. Der zweite war Baltasarzan, der den Süden der Erde bewacht; er kam zur Welt, als der Welteroberer Sargon alle Länder niederwarf, als Mord und Verzweiflung die Städte durchrasten und die grausame Schlange frohlockte.

Drei sind wir also, die gegen die Ränke der Schlange kämpfen. Wir sind unsterblich und unbezwingbar, aber wir können auch nicht siegen, denn noch ist der vierte in unserem Kreis nicht gefunden. Noch warten wir auf den Erlöser, der alle Leiden und Sünden der Menschen hinwegnehmen soll.

Eine uralte Prophezeiung verkündete uns, die Schlange werde erst dann im Staub zertreten sein, wenn Not und Sünde besiegt und die Menschen von allem Irdischen erlöst sind, und das kann erst geschehen, wenn ein Sohn des Himmels die vier Weltteile unter seine Füße nimmt. Bei der Ankunft dieses Erlösers wird ein Zeichen am Nachthimmel leuchten wie eine Sonne.

Schon manches Mal glaubten wir, daß diese Prophezeiung bald erfüllt werden könne. Aber so tapfer und klug die Männer auch waren, die wir als Söhne des Himmels erkannten, keiner von ihnen meisterte die Aufgabe, die ihm gestellt war, und alle erlagen am Ende den Ränken der schlauen Schlange. Nun ruht unsere Hoffnung auf dir. Denn auch du bist von himmlischer Herkunft, und in der Nacht deiner Geburt flammte am Himmel ein Feuer auf.«

Gedanken flogen durch meinen Kopf wie böige Winde in einem engen Tal, und ich begann zu verstehen, was der Sinn des ewigen Kampfes war, den die Völker seit Anbeginn gegeneinander führen, obwohl es doch genug Platz auf der Welt gibt und nicht der Krieg, sondern allein der Frieden Menschen glücklich machen kann. Die Worte des Magiers nahmen den Schleier der Unwissenheit von meinen Augen, und ich erkannte den göttlichen Plan einer besseren Welt, als wäre vor meinem Gesicht ein Bild aus vielen bunten Steinen, das seit unzähligen Jahren unter dem Sand der Wüste begraben lag, plötzlich durch die Kraft eines starken Sturms freigelegt. Ich las Freundschaft in Gathaspars Blick, und der Schmerz meiner Seele schwand wie ein Guß Wasser unter der Sonne. Mein Herz fühlte sich wie ein Vogel, der frei in die Lüfte steigt und vom Himmel aus die Sorgen und Nöte der Menschen so klein und bedeutungslos sieht, wie sie auch in den Augen des Einzigen Gottes erscheinen mögen. Denn der sperrige Felsblock, der sich dem hilflosen Erdenbewohner oft als riesig und unüberwindlich darstellt, ist für den schwebenden Adler nicht mehr als ein Sandkorn, das keine Beachtung verdient; und das weite Meer, das der dürstende Seefahrer in der Verzweiflung manchmal als endlos empfindet, gilt dem Himmel nicht mehr als ein Tümpel. Schon vom Gipfel eines hohen Berges herab erscheinen die Menschen wie kleine Kinder; von den Gewölben des Firmaments aus sind sie an Größe jedoch nicht einmal kriechenden Ameisen gleich, die geschäftig durcheinanderlaufen und nicht wissen, was hinter dem nächsten Stein ihrer harrt. So gering ich aber in diesem Moment über die Menschen dachte, zugleich erfüllt mich auch eine tiefe Zuneigung für jene, denen vielleicht ebenso Schlimmes bevorstehen mochte, wie ich es durchlitt. Daher beschloß ich in meinem Herzen, soviel Unglück von meinen Brüdern abzuwenden, wie meine Kräfte es erlaubten.

Gathaspar lächelte, als ich so dachte, denn er las in meiner Seele wie auf einer tönernen Tafel, und es gab in meinem Innern kein Geheimnis vor ihm. »Ich weiß, was dich in deinem Herzen bewegt«, sagte er, »und würdest du nicht so empfinden, wärst du wohl des großen Ziels nicht würdig, zu dem dich Gottes Ratschluß lenkt. Lasse dich aber warnen! Viele schon dachten so edel wie du und waren bereit, alles, sogar ihr Leben, zu opfern; aber die Schlange gibt niemals auf. Soviel Göttliches in dir ist, Aras, soviel besitzt du auch von den Menschen; und der Kampf zwischen Gut und Böse in dir wird sich erst dann entscheiden, wenn die Prüfungen beginnen. Ach, wie oft wurde diese Schlacht schon verloren! Auch der Mann, den du als deinen Vater kanntest, der Priester Nabonaras, war zu höchsten Taten bestimmt.«

»Mein Vater?« fragte ich aufgeregt. »Wirst du mir jetzt von ihm berichten?«

»Warte noch«, antwortete der Magier, »stärke dich erst mit Speise und Trank. Dann sollst du das zweite Geheimnis erfahren, das ich dir zu eröffnen habe, das, welches Leben und Tod des unglückseligen Nabonaras enthält.«

Er gab mit seinen hellen, schlanken Fingern die Zauberzeichen der Kraft und Fruchtbarkeit, indem er die Handwurzeln gegeneinanderstieß. Einen Wimpernschlag später standen plötzlich duftende Braten und würziges Brot, schimmernde Früchte und blutroter Wein in glänzenden Goldgefäßen vor mir. Ich zügelte meine Ungeduld und folgte Gathaspars Rat, denn ich verspürte Hunger. Ich aß mit großer Begierde, und das Mahl schmeckte köstlicher als selbst bei den Gelagen in den Palästen Ägyptens. Danach wusch ich meine Hände in einer silbernen Schüssel, und Gathaspar fuhr fort:

»In Ägypten herrscht die Schlange schon seit langer Zeit. Von dort versucht sie ihre Macht über alle anderen Länder auszudehnen. Kator, dem du im Tempel unter dem Merwersee begegnet bist, wirkt als ihr oberster Diener. Die Pharaonen hören auf seinen Rat und sind die willigen Helfer seiner verderblichen Pläne. Denn sie träumen davon, die ganze Welt zu besitzen, und vergessen dabei, daß sie als Sklaven der Schlange ja nicht einmal die Herren ihres eigenen Willens sind.«

»Der Mann mit der Sternennarbe«, entfuhr es mir, »weißt du auch, welche Greuel ich an dieser schrecklichen Stätte erlebte? Du wolltest mir Geheimnisse enthüllen, jedoch der Rätsel werden immer mehr!«

»Geduld«, mahnte mich der Magier, »du wirst bald alles erfahren. Verirre dich nicht in Grübeleien, du wirst mich leichter verstehen, wenn du dich damit zufriedengibst, meinen Worten zu lauschen. Verschlungen und undurchschaubar sind oft die Ränke der Schlange, und viele kluge und tapfere Menschen hat sie schon ins Verderben gestürzt. Nur den göttlichen Adler vermag sie nicht zu bezwingen. Das Land aber, das sich mit diesem gefiederten Himmelsboten am engsten verband, ist das Reich der Hethiter.

Hast du nicht gesehen, wie oft auf den Bildern ihrer Könige ein Adler zu sehen ist? Sie nennen ihn Scharumma und glauben, daß er ihren Herrschern die Krone verleiht. Wie die Schlange und der Adler liegen daher auch ihre Länder, das Nilreich und das Königtum der Schwarzgepanzerten, seit Urzeiten in Fehde. Viele Heere führten die Pharaonen nach Norden, um die Eisengewappneten zu besiegen. Ebensooft aber gaben die Könige des Nordens den Angreifern eine blutige Antwort, und keines der beiden mächtigen Reiche vermochte den Sieg zu erringen.

Als auch die gewaltige Kadeschschlacht beendet war, ohne daß einer der beiden Rivalen darin einen Vorteil errungen hätte, versuchten Kator und Ramses mit List zu erreichen, was im offenen Kampf nicht gelang. Sie sandten Gold an das räuberische Volk der Kaschkäer, das seit vielen Menschenaltern nördlich der Hethiter lebt, und verlockten es damit zum Krieg gegen ihre Nachbarn. Pithunna, ursprünglich nur einer von vielen kaschkäischen

Fürsten, stieg mit dem Gold der Ägypter zum Herrscher aller zwölf Stämme seines Volkes empor. Gleich ihm war auch sein Bruder Chuzzija, der Priester, ein Diener der Schlange, so daß du, als du ihn damals auf Tauris erschlugst, zwar den falschen, aber dennoch einen Feind getötet hast.«

»So hast du auch von meiner Freveltat erfahren«, sagte ich voller Bitterkeit, »aber wie sehr ich darunter litt, kann nur der Himmel wissen.«

»Die Kaschkäer«, fuhr Gathaspar fort, »verwüsteten das Land der Hethiter und griffen sogar ihre Hauptstadt Chattuscha an. Nur mit äußerster Mühe konnten die Schwarzgepanzerten sich ihrer neuen Feinde erwehren, aber sie mußten zu diesem Zweck all ihre Heere von anderen Grenzen des Reiches abziehen und fortan tatenlos zusehen, wie daraufhin Phönizien und dann auch Syrien bis Ugarit schnell in den Machtbereich Ägyptens und der Schlange gerieten.

Im Westen fanden Kator und Ramses weitere Gegner für die Hethiter. Denn in den Tälern des Nebelgebirges, am mächtigen Isterfluß und in der bergummauerten Steppe wohnen wilde, kriegerische Völker, die schon lange nach einem Weg in die reichen Meerländer suchten. Die einzige Festung, die sich diesen gefährlichen Stämmen viele Jahrhunderte lang entgegenstemmte, war die hochragende Stadt Troja, die seit alter Zeit mit den Hethitern verbündet war.

Wieder öffneten Habgier und Beutelust Kator die Tore. Paris, den du als den Sohn des Königs Priamos kanntest, nahm den gefährlichen Sold der Schlange arglos an. Geblendet vom Reichtum des Nillands und von falschen Schwüren getäuscht, wurde er zum Diener Ägyptens. Frech fuhr er zum Raubzug nach Sparta, denn er durchschaute nicht den schlauen Plan, der ihn ins Haus des Menelaos sandte, damit er dort die schöne Helena entführe. Doch selbst wenn er ahnte, daß diese Freveltat sogleich alle Achäer gegen Troja empören und seine Heimat in größte Gefahr bringen würde, ließ Paris sich dadurch nicht abhalten, so sehr vertraute er auf Kators Versprechen und das ägyptische Gold. Der schlaue Schlangenpriester aber wußte, daß die Achäer nach einem solchen Überfall nicht ruhen konnten, bis die Feindesstadt am Hellespont in Schutt und Asche sank.«

»Paris begann seinen Raubzug nach Sparta auf den Rat Ägyptens hin, das Trojas Untergang wünschte?« fragte ich überrascht. »Aber hat Ramses denn nicht den Trojanern dann seinen eigenen Sohn Memnon zu Hilfe geschickt?«

»Die Schlangengottheit vernichtet schonungslos selbst ihre eigenen Diener«, sprach der uralte Magier, »wenn es ihren Plänen entspricht oder sie ihrer Sklaven nicht mehr bedarf. In Troja erreichte der verschlagene Kator auf diese Weise zwei Ziele zugleich: Die Hethiter, die wohl Schlimmes ahnten, konnten der bedrängten Stadt nur wenig Hilfe leisten, denn sie standen immer noch im Abwehrkampf gegen Pithunna und seine Kaschkäer. Penthesilea, die schließlich aus Chattuscha an den Hellespont eilte, war eine hohe Priesterin, und sie gehörte zu den Geweihten. Aber sie kämpfte mit nur wenigen Gefährtinnen; hätte sie damals ein Heer besessen, hätte sie Troja wohl noch gerettet. So aber sank die stolze Stadt in Trümmer. Mit ihr starb auch Ägyptens edler Memnon, mit Wissen seines Vaters Ramses in den Tod geschickt, weil er ein Feind der Schlange war und darum nicht den Thron des Nillands erben sollte.«

»So wie Sesostris, der durch den Verrat seines Bruders Merenptah in den Kämpfenden Wäldern sein Leben verlor«, rief ich erregt. Gathaspar legte mir sanft seine Hand auf die Schulter und berichtete weiter:

»Ja, die Achäer haben, ohne es zu wissen, der Schlangengottheit bei ihrem tückischen Plan geholfen. Seit Trojas Festung verbrannte, zogen viele kriegerische Völker aus den Nordländern nach Kleinasien, die Scherden und Schekler, Zeker und Lykier, Pulusatu und Turscha, und noch andere mit anderen Namen. Ungestüm pochen sie nun an die Tore des wankenden Hethiterreichs, und schon bald wird das stolze Chattuscha in Feuersbrünsten untergehen. Aber ich will dir von Nabonaras erzählen; er lebte, als das Reich der Schwarzgepanzerten noch stark und mächtig war und nur die Kaschkäer es bedrohten, während die anderen wilden Völker noch fern in den Schneeländern hausten.

Melikhor, Baltasarzan und ich durchschauten Kators schlaues Spiel und wußten, daß seine Ränke die starke Festung des Adlers bald in tödliche Umklammerung geraten lassen würden. Die beiden anderen Mächte in diesem Teil der Welt, Assyrien und Babylon, standen unentschlossen zwischen den Kämpfenden, und ihre Könige wußten nicht, mit wem sie sich verbünden sollten. Assurs Krieger fochten einst als Kampfgenossen der Hethiter bei der Vernichtung der unglücklichen Mitanni. Die Babylonier wiederum liegen, wie du wohl weißt, schon seit Menschengedenken mit den Assyrern in Fehde.

Nachdem Mitanni geschlagen war und kein Stein mehr an seine Pracht erinnerte, fürchteten die Babylonier, ihr Land werde nun bald das nächste sein, das die Krieger Assurs angreifen würden. Denn solange die Assyrer mit dem Hethiterreich in Freundschaft lebten, stand es ihnen frei, ungestört nach Süden bis an den Purattu vorzudringen. Darum bemühte sich Nabonet, der Diener Marduks und höchste Priester von Babylon, die Sieger von Waschukanni zu entzweien. Seine tapfersten Männer drangen, als Hethiter verkleidet, von Westen her in das Gebiet Assyriens ein und steckten dort sechs Dörfer in Brand. Seitdem herrscht zwischen Assur und Chattuscha bittere Feindschaft.

Dem König von Alzi, Echli-Teschup, den man den Adler nannte, sandte Nabonet heimlich Waffen und Edelsteine, damit er von Norden her mit seinen Völkern aus den Schwarzen Bergen die Grenzen Assyriens verletze und Assurs Heere hindere, unbekümmert gegen Süden und das reiche Babylonien zu ziehen. So erkaufte der weise Nabonet für seine Heimat den Frieden ebenso listig, wie Kator, der Schlangenpriester tückisch die blutigsten Kriege beschwor.

Um gleichzeitig auch den bedrängten Hethitern zu helfen und sie vor der Vernichtung zu bewahren, die auch für Babylon verderblich sein konnte, beschloß Nabonet, seinen fähigsten Priester nach Norden zu senden, wo in der Steppe weit hinter den Ländern der Kaschkäer noch viele andere kriegerische Völker hausen. Diese sollte der Sendbote Babylons zum Krieg gegen Pithunna bewegen, um die Kräfte der Kaschkäer zu lähmen und das Hethiterreich zu stützen, zum Schaden Assurs. Der Zauberer aber, den Nabonet auf die gefahrvolle Reise entsandte, war sein eigener Sohn Nabonaras.«

»Dann war der alte Mann, den ich vorhin auf diesem Turm im Sterben sah, mein Großvater!« rief ich überrascht. Gathaspar hob abwehrend die Hand und versetzte:

»Nein, Aras; denn Nabonaras war nicht dein wirklicher Vater. Doch lasse mich weiter erzählen. Der Sohn Nabonets hatte seine Kindheit und Jugend in strengster Zucht und Abgeschiedenheit verbracht. Viele Jahre lang erlernte er das geheime Wissen, die verborgene Sprache und viele magische Künste. Er übte sich darin, die Gedanken anderer Menschen zu lesen und ihren Willen zu lenken; er lernte, wie man allein mit der Waffe des Geistes den stärksten Krieger besiegt, und er erfuhr am Ende auch die verbotenen Geheimnisse des Lebens und des Todes. Nabonet selbst führte Nabonaras zu den tiefsten Weisheiten der Seele, und der junge Priester wetteiferte in seiner geistigen Kraft bald mit den höchsten Geweihten. Wir, Melikhor, Baltasarzan und ich, die wir unsterblich sind, sahen ihn wie einen strahlenden Stern aufsteigen unter den Großen der Welt, und wir hätten ihn gern als vierten in unser Bündnis genommen. Allein, er war nicht von göttlicher Abkunft, und das Menschliche seines Körpers hat ihm am Ende auch das Verhängnis gebracht. Denn so herrlich seine Begabung auch war, er vermochte sich nicht von der Erde zu lösen, und von dem Fleisch, in dem er geboren war.

Mit achtundvierzig heiligen Männern und Priesterinnen aus Babylon, die allesamt Geweihte waren, wenn auch von niedrigeren Graden, zog Nabonaras nach Norden, um seine Aufgabe getreu dem Befehl seines Vaters zu erfüllen. Diese Menschen, Aras, waren jene, die du als deinen Stamm kanntest. Darum empfandest du auch als deine Vatersprache, was in Wahrheit die verborgene Sprache war, die nur von Geweihten benutzt werden darf. Die Babylonier taten das, damit die Kaschkäer nicht merkten, wer das kleine Volk war, das sich bei ihnen in der Steppe ansiedelte. Deshalb beteten die Babylonier auch nicht zu ihren heimischen Göttern, sondern erfanden neue Gebräuche und sogar einen neuen Gott, den sie den Herrscher der Winde nannten.

Du hast nur deshalb nicht früher davon erfahren, weil du damals noch ein Knabe warst und man dich durch deine Unwissenheit schützen wollte. Darum hat auch deine Schwester Baril über deine Herkunft geschwiegen, als sie sich in Kolchis von dir trennen mußte. Denn hättest du deine Abstammung geahnt, damals beim Überfall der Kaschkäer, wärst du heute nicht mehr am Leben.

Nabonaras, den du deinen Vater nanntest, hätte bereitwillig alles getan, seine Pflicht zu erfüllen, so wie er es seinem Vater beim Aufbruch gelobte. Aber auf dem Weg in die Steppe zog er durch das Reich von Urartu am Meer des Gebirges und betete auf der Insel der Lachenden Vögel im Tempel der Sonnengottheit, die in diesen Ländern als Chepat, in Assyrien und Babylon als Schamasch, in Ägypten als Rê und in anderen Ländern unter noch anderen Namen verehrt wird. In diesem Heiligtum sah er die Hohepriesterin Sebarit, die deine Mutter war. Ja, Aras, du warst damals schon geboren. Als schreiender Säugling lagst du, jünger noch als ein Jahr, in einer hölzernen Wiege, behütet von deiner Schwester. Beide wart ihr Kinder des Himmels und zu den größten Taten bestimmt; doch deine Mutter, die Hohepriesterin, entflammte in Begierde nach dem jungen Nabonaras. Sie vergaß ihre heiligen Pflichten, wie jener die selbstgewählten Gebote der Reinheit vergaß, und gemeinsam fielen sie in Sünde.

Da ergrimmte Gott und wies deine Eltern aus seinem Tempel. Gemeinsam zog Nabonaras mit Sebarit und den Gefährten, die von alldem nichts wußten, nach Norden weiter. Doch ihre verbotene Liebe trug den Keim des Verderbens in sich.

Denn Echli-Teschup, der Adler von Alzi, war so erzürnt über den Frevel des Babyloniers in Chepats Tempel, der als das höchste Heiligtum sämtlicher Völker in den Schwarzen Bergen gilt, daß er die schöne Sebarit und ihren Geliebten an seinen Nachbarn Pithunna, den Diener der Schlange, verriet, der bis dahin sein Todfeind gewesen war. Als Preis für seinen Verrat forderte Echli-Teschup, daß ihm die sündige Hohepriesterin lebend gebracht werden solle, denn er begehrte sich grausam an ihr zu rächen und wollte sie in den düsteren Kammern seines steinernen Schlosses langsam zu Tode foltern.

Es dauerte mehr als zehn Jahre, ehe Pithunna die Babylonier in der weiten Steppe aufspüren konnte; denn in diesem Land gibt es, wie du wohl selbst am besten weißt, nicht Norden noch Süden, nicht Osten noch Westen; auch führen kein Weg und keine Straße durch das endlose Grasland, und auf den grünen Wellen der sprießenden Halme sind nicht nur die Menschen, sondern auch ihre Städte ständig auf Wanderschaft. Denn die Völker dort bauen sich ihre Heimstatt nicht etwa aus Holz oder Steinen, sondern aus Fellen von Tieren, und wenn es sie gelüstet, heben sie ihre Häuser hoch und ziehen davon. Schließlich aber fanden die Kaschkäer doch, was sie suchten. Sie vermochten deine Eltern nicht lebend zu fangen, sondern mußten sie töten, wie alle ihre Gefährten. Dich und deine Schwester jedoch schleppten sie mit sich in die Fremde. Die unglückliche Baril ließen sie leben, um sie Echli-Teschup als Ersatz anzubieten, damit er seine grausamen Gelüste, wenn nicht an der Mutter, so doch an der Tochter zu stillen vermochte. Dich aber nahmen sie mit sich, weil die Schlangengottheit es so befahl; denn Kator wußte von deiner göttlichen Abkunft und hoffte, dich, weil du so ahnungslos warst, zu seinem Helfer erziehen zu können. Hättest du damals nur das geringste von deiner Geburt gewußt, hätte er dich sogleich ermorden lassen. So aber kamst du zu jenem kretischen Zauberer nach Tauris, obwohl Echli-Teschup, der Adler, verlangt hatte, dich auf der Stelle zu töten.

Der Kreter, der dich angeblich als Spielgefährten seines Sohnes kaufte, war gleichfalls ein Diener der Schlange. Er lehrte dich insgeheim seine verbotenen Künste und ließ dich dabei in dem Glauben, daß du dieses Wissen nur zufällig und durch die Laune seines Sohnes erwarbst. In Wahrheit aber wollte dich Kator von Memphis zu seinem Faustpfand gegen den göttlichen Adler und gegen Babylon machen.«

»So viel ist um mich gewesen, und ich habe nichts davon bemerkt«, sprach ich erschüttert. »Wer weiß, wie mein Leben sonst verlaufen wäre. Sage mir doch, Gathaspar, warum ich ein solches Schicksal erleiden mußte, und verrate mir, was du von meiner Zukunft weißt!«

»Das will ich tun«, entgegnete der uralte Magier, »nun aber ruhe dich erst etwas aus. So, wie es schädlich ist, zuviel Speise auf einmal zu verzehren, und der Magen den allzu hastigen Esser mit Schmerzen bestraft, so fordert auch der Kopf des Menschen nach großer Anstrengung Ruhe, um die rasenden Rosse ungewohnter Gedanken besser im Zaum zu halten.«

7 Gathaspar verließ mich nun für kurze Zeit und verschwand aus dem seltsamen Zimmer, wobei die blauschimmernden Lichter zu flackern begannen, obwohl ich keinen Luftzug verspürte. Allein inmitten des riesigen Turms, empfand ich die Stille bald wie eine drückende Last, und mir war, als ob ich die unvorstellbaren Mengen gebrannter Steine des Bauwerks alle zugleich auf meiner Brust liegen fühlte. Dann aber drangen wundersame Klänge an mein Ohr, ohne daß ich erraten konnte, woher sie stammten. Es hörte sich an wie eine fremdartige Musik, wie ich sie nie zuvor in meinem Leben vernommen hatte, und sie besänftigte mich in meiner Unruhe und Ungeduld wie eine weiche, kühlende Hand. Ich weiß nicht mehr, wie lange ich zu warten hatte, bis Gathaspar aus dem Dunkel wieder an meine Seite trat. Er sah mich aufmerksam an, so wie ein Arzt den Zustand eines Kranken mit wissendem Auge prüft, und sagte dann:

»Ich sehe, du bist gerüstet, nun auch das dritte Geheimnis zu erfahren, das ich dir offenbaren will und das von deinem merkwürdigen Schicksal handelt. Seit du geboren wurdest, warst du stets ein rastloser Wanderer. Als Wiegenkind kamst du von Aktamar in die nördliche Steppe, wuchsest unter den Priestern aus Babylon auf und mit deren eingeborenen Dienern, die keine Schwerter benutzten, sondern allein mit dem Bogen kämpften und auf dem Rücken ihrer Pferde noch besser zu reiten vermochten als selbst die Kaschkäer. Dort lerntest du die verborgene Sprache, aber auch, wie man den fliehenden Hengst mit dem Wurfseil fängt und mit dem Pfeil sogar den hoch am Himmel kreisenden Falken erlegt. Dann kamst du nach Tauris, nach deinem eigenen Glauben einem Zufall zufolge, in Wahrheit aber nach dem Befehl der Schlange und ihres obersten Dieners. Kator ließ dich von dem kretischen Zauberer in der achäischen Sprache erziehen, weil er plante, dich später nach Griechenland zu entsenden, wo du wohl die Stämme zwischen Mazedonien und der Peloponnes zu einem Krieg gegen die Hethiter auf Zypern oder gar in Kleinasien verleiten solltest. Kann er nicht Ähnliches mit dir geplant haben wie einst mit dem unglückseligen Paris, der, ohne es zu bemerken, den Untergang seiner Heimat heraufbeschwor, weil er den Versprechungen Kators vertraute? Schließlich gelangtest du nach Ägypten. Wieder in Ränke der Schlange verstrickt, kamst du in die Kämpfenden Wälder, dann nach Assyrien, wo du sechs Jahre lang lebtest; am Ende zogst du hierher nach Babylon. Du hast fast alles von diesem Teil der Welt gesehen, Aras, und doch weißt du von deinem Schicksal nicht mehr als ein Blinder von seinem Antlitz.«

»Nun, nachdem ich erfuhr, wer du bist«, gab ich zur Antwort, »verwundert es mich nicht mehr, daß du soviel von meinem Leben weißt, obwohl ich dich noch nie gesehen habe. Darum glaube ich deinen Worten und bin begierig, noch mehr zu erfahren.«

»Du irrst, Aras«, versetzte der uralte Magier lächelnd, »wir standen uns schon einmal gegenüber, vor gar nicht langer Zeit. Aber davon sollst du später hören; jetzt würde es dich zu sehr verwirren.

Wisse, daß ich nach dir forschte, gemeinsam mit Melikhor und Baltasarzan, seit wir von dem traurigen Geschick Sebarits und ihres Geliebten erfuhren. Denn auch wir wußten, daß du von göttlicher Herkunft bist, und als wir die Stunde deiner Geburt errechneten, erkannte ich staunend, daß sich in dieser Nacht zwei von den leuchtenden Wandersternen des Himmels zu einem mächtigen Zeichen vereinten, wie es seit Anbeginn der Schöpfung nur bei elf Menschen geschah: Bei jedem von uns drei Unsterblichen; bei Gilgamesch, dem größten Helden des Stromlands; bei Sargon, welcher der mächtigste Herrscher aller vier Weltteile wurde; bei Kator, der mit seinen herrlichen Gaben zum Unglück der Menschen der Schlange verfiel; bei drei namenlosen Knaben, die als Säuglinge starben, ehe wir zu ihnen eilen konnten; bei Nabonaras, und jetzt bei dir.

Ich erzählte dir von dem Orakel, in dem uns einst geweissagt wurde, wann der Erlöser kommen würde. Du, Aras, wecktest unsere Hoffnung wie schon andere zuvor. Darum versuchten wir in allen Ländern, dich aufzuspüren; aber wir wußten nicht, in welchem Versteck Pithunna und seine Kaschkäer dich nach dem Geheiß der Schlange verbargen.

Nabonet, der Hohepriester Babylons, wandte, enttäuscht vom Versagen seines Sohnes und verbittert über dessen frühen Tod, sein Antlitz vom Geschehen der Welt und lebte nur mehr für die heiligen Riten im Tempel des Marduk, wo er in Gebeten Vergebung für Nabonaras zu erlangen versuchte. Was außerhalb seines heiligen Hauses geschah, kümmerte Nabonet nicht mehr, und so konnte es am Ende geschehen, daß Kator seine Fäden unbemerkt auch um den Königsthron von Babylonien spann und Kastilias langsam in den Bann der Schlange zog, die seither die Geschicke des Reiches am Purattu lenkte.«

»Und du?« fragte ich verwundert. »Warum hast du das nicht verhindert mit deinen göttlichen Kräften? Wäre es dir denn nicht möglich gewesen, Babylon vor diesem Ungeheuer zu bewahren?«

Sinnend blickte Gathaspar mich an, dann gab er zur Antwort: »Stünde mir einzig Kator entgegen, in der Zeit eines Wimpernschlags könnte ich sein Leben vernichten, denn seine Künste sind nutzlos gegen meine Macht. Die Schlange selbst aber ist, wie ich dir sagte, die Gegnerin Gottes, und nur alle Menschen zugleich könnten sie bändigen und für den Rest aller Tage vom Angesicht der Welt verbannen. Melikhor, Baltasarzan und ich können nur gegen ihre Diener kämpfen.

Babylons König Kastilias entschied sich, überhäuft mit Gold aus Ägypten, für das Böse. Aber er mußte dafür mit seiner Krone bezahlen. Denn König Tukulti-Ninurta, der Herrscher Assyriens, hält mit seinem Heer zu dieser Stunde Babylon schon in der Faust; du hast ihm dabei geholfen.

Erst vier Jahre nach dem grausamen Tod deiner Eltern hörten wir wieder von dir. Ein zyprischer Kaufmann brachte mir Nachricht, daß er vor dem Haus eines Kreters auf Tauris einen Knaben von deinen Jahren mit goldenen Punkten in den Augen beobachtet habe. Sogleich sandte ich zwei Boten nach Norden; aber sie kamen zu spät: Kator hatte bemerkt, daß wir dein Versteck kannten, und schickte den Kaschkäer Chuzzija, seinen Vertrauten in diesem Weltteil, zu dem Kreter, um dich an einen neuen, unbekannten Ort bringen zu lassen. Weil du den Priester jedoch mit seinem Bruder Pithunna verwechselt und ihm, um den Tod deiner Eltern zu rächen, ein Messer in die Kehle gestoßen hast, bist du zwar deinen Feinden entkommen, hast dich damit aber auch unserem rettenden Zugriff entzogen.

Es dauerte ein Jahr, bis ich erneut von dir hörte. Du weiltest bereits in Ägypten. Was du in der Zwischenzeit erlebt hast, weiß ich nur zum Teil. Ich erfuhr es von Baltasarzan. Berichte mir also, was es noch zu erzählen gibt; vielleicht weiß ich die Antwort auf weitere Fragen von dir.«

Ich schilderte ihm meine Abenteuer in Troja, auf Delos und in Argos, auf Kreta und Zypern. Ich schilderte ihm, was mir einst Kalchas im Schiffslager der Achäer weissagte und was Apolls Orakel auf Delos enthielt; ich berichtete von meinem Erlebnis im Labyrinth von Knossos und beschrieb den unheimlichen alten Mann, dem ich dort begegnete. Zum Schluß erzählte ich auch von dem tapferen Kerikkaili, den wir vor Paphos besiegten, und fragte: »Kannst du mir vielleicht noch weiter erhellen, was Kalchas mit seinem Gleichnis von dem Landmann meinte, der sein Saatgut verbrennt, um seine Hände zu wärmen? Und weißt du, wer die Männer unter dem Palast des Kreterkönigs waren? Warum hatte ich diesen seltsamen Traum, in dem ich glaubte, verbrennen zu müssen? Und wo war die seltsame Trommel, deren Töne ich so deutlich hörte und die ich dennoch nirgends entdecken konnte? Viele Nächte dachte ich darüber nach, fand aber keine Erklärung.«

»Dabei ist alles einfach genug«, antwortete Gathaspar, und der Schatten eines Lächelns flog über sein verwittertes Antlitz. Er trank einen kleinen Schluck Wein, wie um sich zu wärmen; dann faßte er mich ins Auge und sprach: »Du hast das Rätsel des Labyrinths wohl deshalb nicht gelöst, weil du zu erschrocken und verängstigt warst. Nein, widersprich mir nicht! Angst ist keine Schande; selbst die tapfersten Helden kennen sie. Höre nun, was ich dir sagen will.

In deiner Seele, Aras, ringen Himmel und Erde; beide versuchen, dich an sich zu ziehen. Der Traum, in dem du jenen Mann sahst, den du damals noch für deinen Vater halten mußtest, war ein Versuch deiner göttlichen Hälfte, deinen Verstand erkennen zu lassen, wer du in Wirklichkeit bist. Aber du konntest das Zeichen nicht deuten – war es nicht klar genug, als das Gesicht des Nabonaras plötzlich in der Helligkeit der Sonnenscheibe strahlte? Konntest du nicht erraten, was es bedeuten sollte, daß dir das Traumgesicht vertraut erschien und dann doch wieder fremd? Nein, du warst damals wohl zu jung, um diesen Wink recht zu verstehen. Die Trommel aber, die du zu hören meintest, entsprang dem Sterblichen in dir, der Angst deines menschlichen Körpers, der sich vor den Geheimnissen der Oberwelt fürchtet. Der Mann schließlich, den du in jenen finsteren Grüften trafst, war dir bekannt, und doch konntest du ihn nicht erkennen. Er war kein anderer als jener Zauberer von Tauris!«

»Der Kreter?«, rief ich, in höchstem Maß erstaunt,»aber wie hätte ich das nicht merken sollen, wo ich doch vier Jahre lang in seinem Haus lebte! Zwar habe ich ihn nicht besonders häufig zu Gesicht bekommen, aber soviel ist sicher, daß er viel jünger war als jener alte, der sich Gott der Angst nannte.«

»Als du Chuzzija getötet hattest und verschwunden warst«, berichtete Gathaspar, »fürchtete sich der kretische Zauberer sehr vor der Strafe der Schlange, denn diese zieht ihre Diener grausam zur Rechenschaft. Hätte dein Herr besser auf dich geachtet, wäre es kaum zu der blutigen Tat in seinem Haus gekommen, und wirklich sandte Kator aus Memphis Mörder nach dem Kreter aus. Aber der Magier entkam seinen Häschern, denn er bleichte sich Bart und Haare, fügte mit besonderen Wassern die Falten des Alters in sein Gesicht, ließ seinen Sohn zurück und floh zu Schiff nach Kreta, der Heimat seiner Ahnen.

Vor langer Zeit besaß die Schlange auch auf dieser Insel Tempel. Als die Achäer Kreta eroberten, wich der böse Kult. Aber noch heute sieht man das Abbild der Schlange auf zahlreichen Bildern in Grüften unter den Palästen der Minoer. Dorthin verkroch sich der Flüchtende und verbarg sein Antlitz unter einer silbernen Maske, damit ihn niemand erkenne, nicht einmal ein Fremder, der sich aus Zufall zu ihm verirrte. Mir scheint sogar, daß dieser Mann in seiner Furcht am Ende den Verstand verlor. Wer die Qualen kennt, die einen ungetreuen Diener der Schlange erwarten, weiß, daß der Tod dagegen eine Gnade ist.

Wie du wohl erfahren hast, hausen in den unentwirrbaren Gängen unter dem Knossospalast viel Verbrecher und verirrte Bettler, die sich der Kreter wohl untertan machte; denn auch in völliger Dunkelheit und selbst ohne seine geheimen Mittel, die er bei seiner eiligen Flucht in Tauris zurücklassen mußte, war seine Zauberkraft noch mächtig. Es wird wohl so gewesen sein, daß du im schwankenden Licht deiner Fackel den Kreter für einen Fremden hieltst; die menschliche Stimme wird stark verändert, wenn sie durch eine Maske aus Metall erschallt. Und auch der Kreter hat dich mit seinen verwirrten Sinnen nicht wiedererkannt – oder aber zu spät, so daß er seine Diener nicht mehr schnell genug herbeibefehlen konnte. Das war dein Glück; sonst hätten sie dich wohl in Stücke gerissen und auf der Stelle verspeist. Denn diese Menschen finden nur Nahrung, wenn ein entlaufenes Schaf durch ein verborgenes Loch zu ihnen in die Tiefe fällt; bei Tageslicht sehen die Menschen des Labyrinths nur sehr schlecht, denn sie verbringen ihr ganzes Leben in ewiger Dunkelheit. Darum verlangte der Kreter von dir, die Fackel zu löschen. Danke dem Himmel, daß du den Händen seiner Männer entkommen konntest.«

Ich atmete tief auf, als ich das hörte, und erinnerte mich an die Geräusche, die ich in dieser Nacht später unter meiner Kammer vernahm und die wohl entstanden waren, als die Krieger des Königs Idomeneus dem Kreter und seinen furchtbaren Gefährten den Weg nach oben versperrten. Gathaspar fuhr fort:

»Was das Orakel des Kalchas bedeutet, vermag ich dir nicht zu erklären. Denn wenn es mir auch möglich ist, die Zukunft Sterblicher zu sehen, bei dir versagt meine Kunst, denn du bist ja zum Teil von göttlicher Herkunft. Soviel aber ist gewiß, daß auf dich noch weitere schwere Prüfungen warten, und das weiß ich deshalb so genau, weil ich dich selbst zu diesen Proben führen werde. Nun lasse dir erzählen, was weiter geschah.

Kerikkaili, der Fürst der Hethiter, berichtete dir auf Zypern, daß sein Volk in sieben großen Schlachten die Kaschkäer besiegte und vertrieb. Pithunna floh in die Schwarzen Berge, zu Echli-Teschup, der sich inzwischen gleichfalls ganz der Schlange zugeschworen hatte. Gemeinsam führten sie Krieg gegen die Assyrer, mit Gold und Waffen Babylons, damit die Kräfte Tukulti-Ninurtas gebunden seien und er keine Zeit finde, südwärts an den Purattu zu ziehen. Deine Schwester, Aras, lebte damals längst auf Aktamar. Durch die Foltern des Königs von Alzi, die zu hören ich dir erspare, hatte sich ihr Verstand verwirrt. Echli-Teschup, der Adler, brachte sie schließlich zum Heiligtum Chepats auf jene Insel der Lachenden Vögel, um dort seine Rache an ihr zu vollenden. Er plante, Baril an dem gleichen Ort zu töten, an dem einst ihre Mutter gegen die Völker jener Berge frevelte. Aber Gott zeigte sich gnädig, denn er ist Hüter der Gerechtigkeit und straft nicht unschuldige Menschen. Die Priester Chepats nahmen deine Schwester, deren Herkunft sie erkannten, bei sich auf und machten sie zu ihrer Herrin. Baril ist bei ihnen sicher bis ans Ende ihres Lebens, wenn sie auch niemals wieder einen menschlichen Verstand besitzen wird.«

»Baril!« stöhnte ich gepeinigt. »Echli-Teschup hat uns also belogen, als er Diomedes und mir auf jener Insel erzählte, er habe meine Schwester nach Aktamar gebracht, um sie dort heilen zu lassen! Dem Himmel sei Dank, daß ich wenigstens an dem Adler meine Rache vollziehen durfte, wenn auch Pithunna, dessen Blut ich noch stärker begehre, mir wieder entkam.«

»Ja«, sprach der uralte Magier, »vielleicht wird sich deine Sehnsucht eines Tages doch erfüllen; jetzt aber denke daran, daß es Wichtigeres gibt. Ich hörte erst wieder aus Ägypten von dir; der Mann, der mir die Nachricht sandte, war ein Priester der Sonnengottheit, die dort unter dem Namen Rê verehrt wird. Er sah dich in Pi-Ramesse und erkannte dich gleichfalls an den goldenen Punkten in deinen Augen.

Wieder schickte ich Boten zu dir, doch wieder kamen sie zu spät. Denn inzwischen warst du schon zum Feldzug nach Punt aufgebrochen, der in den Kämpfenden Wäldern sein schreckliches Ende nahm. Im Tempel der Schlangengottheit unter dem Merwersee hast du, auch das erfuhr ich, großen Mut bewiesen, als du jenem armen Mädchen helfen wolltest, das dem Dämon zum Opfer diente. Bias, der Mann aus Ätolien, rettete euch; aber auch er wäre damals machtlos gewesen, hätte nicht Kator selbst, der Priester der Schlange, dich und deinen Gefährten Diomedes zur Vernichtung des edlen Sesostris benötigt.«

»So waren wir beide Werkzeuge dieses Verbrechers?« fragte ich entsetzt. »Wie sehr habe ich damals den Tod dieses Helden betrauert! Wie ein Gott verteidigte der Tydeussohn das Leben des Prinzen, aber Merenptahs Verrat trug dennoch seine giftigen Früchte.«

»Bias«, erklärte der Magier, »war schon seit langem ein Diener der Schlange, der er sich bereits als Jüngling zugeschworen hatte. Ihr hätte er alles gegeben. Doch seine Dankbarkeit für Diomedes, der ihn vor Troja aus der Not errettete, hinderte den blassen Mann daran, euch zu hintergehen. Darum bewahrte er euch im Tempel der Schlange vor unbedachten Taten. Kator aber ließ euch aus einem einfachen Grund unbeschadet davonkommen: Er konnte nicht mehr hoffen, Aras, daß du je sein Diener werden würdest; hätte er dich aber getötet, hätte er auch Diomedes umbringen müssen. Das hätte Sesostris gewarnt. Außerdem wußte der Priester der Schlange, wie sehr Sesostris gerade auf deinen Gefährten vertraute. Kator hoffte, diese Freundschaft werde den Blick des Prinzen für die Umtriebe Merenptahs trüben, und so ist es dann ja auch wirklich gekommen. Dich, Aras, sollte in den Kämpfenden Wäldern der Tod ereilen, und tatsächlich wärst du wohl von den Schwarzverbrannten erschlagen worden, hätte dich nicht mein Gefährte, der unsterbliche Baltasarzan, gefunden.

Er, der die Bewohner der Kämpfenden Wälder gegen den Feind aus Ägypten vereinte und später im Auftrag des Allmächtigen das Nilreich mit den Plagen peinigte, um seine Kraft zu brechen, erkannte dich nicht sogleich. Aber als du ihm von deinem Schicksal erzähltest, wußte er, wer du warst; er wußte von deiner Geburt und auch, daß ich dich schon so lange suchte. Was nach deiner Flucht aus Tauris geschah, hörte er dann von dir selbst, und er beschloß, dich, von zuverlässigen Männern beschützt, zu mir nach Babylon zu senden. Aber bevor er diese Absicht in die Tat umsetzen konnte, kam dein Gefährte Diomedes, der meine höchste Achtung genießt; er befreite dich aus dem Gefängnis, und du warst von neuem für mich verloren.

Über deinen Vater, Aras, wollte Baltasarzan dir nichts sagen; denn er wußte nicht, ob ich das jetzt schon für geraten hielt. Er war danach sehr ärgerlich, weil deine Flucht sein Vorhaben zunichte machte, und auch darüber, daß deine achäischen Freunde zwei seiner besten Diener getötet hatten. Du weißt vielleicht nicht, daß diese schwarzhäutigen Zwerge, die den dunkelsten Wäldern des Südens entstammen, als unüberwindliche Krieger gelten und von ihren Nachbarn gefürchtet werden wie der Tod. Denn niemand versteht so gut wie die Kleinwüchsigen jene gefährliche Kunst, unbemerkt einen Menschen zu beschleichen wie ein scheues Wild und ihn dann zu ermorden, ohne daß er sich zu wehren vermag. Niemand kann sich vor diesen stillen Tötern sicher fühlen, und die Schwarzverbrannten, die dich fingen, ängstigen sich vor diesen seltsamen Männern mehr als vor allem anderen in der Welt. Sie wollten daher ihren Augen kaum trauen, als sie am Morgen nach eurer Flucht zwei der berühmten Kämpfer tot im Staub vor eurer Hütte fanden.

Aus dem Ramsespalast hörte ich später, daß du mit Bias und Diomedes noch einmal vor den Thron des Pharao tratest, um Merenptah seines Verbrechens anzuklagen. Damit begabt ihr euch in größte Gefahr, ohne die geringste Aussicht, Sesostris zu rächen. Denn Ramses hatte seinen Sohn ja wissentlich und kalten Blutes in den Tod geschickt, genauso wie zuvor den tapferen Amenophis; das aber wußte der Herrscher Ägyptens vor seinen Leuten geschickt zu verbergen.«

»Wie hast du bewirkt, daß ich nach Babylonien kam?« fragte ich. »Woher konntest du wissen, welchen Weg ich einschlagen würde?«

»Zum dritten Mal«, berichtete Gathaspar, »fand ich dich durch Narmur wieder, jenen Kaufmann aus Eschnunna, dessen du dich sicherlich entsinnen wirst, weil er dir und deiner Gefährtin im Wald am Idiglat das Leben rettete. Er ist ein frommer Diener des Adlers und bringt mir von seinen weitführenden Reisen stets viele Nachrichten mit. Als er mir erzählte, daß ein Jüngling mit einer assyrischen Fürstin auf seiner Flucht vor Pithunna allein die glühende Wüste durchquerte und mir dann dein Äußeres beschrieb, wußte ich, daß nur du dieser Fremde sein konntest. Wem, wenn nicht seinem eigenen Sohn, hätte der Himmel sonst solche Gnade erwiesen, daß er seine glühenden Pfeile zurückhielt und dich Wasser finden ließ, wo man nur Sand sah? Ich reiste selbst nach Assur, um mich davon zu überzeugen, daß du gefunden warst. Du hast mich nicht bemerkt, als ich bei der Feier des sterbenden Jahres unter den Gästen Tukulti-Ninurtas im Thronsaal seines Palastes hinter dir stand. Dabei erkannte ich – und Belit wie auch Kadasman von Ninive bestätigten es mir –, daß du noch viel zu sehr von deiner Sehnsucht nach Rache an Pithunna getrieben warst, als daß du dich davon hättest abbringen lassen. Darum kehrte ich nach Babylon zurück. Aber ich ließ dich nicht mehr aus den Augen, und wartete geduldig auf die Zeit, in der du endlich erkennen würdest, was dir schon Baltasarzan sagte: Daß du vor der Rache erst deine Herkunft enträtseln solltest.

Noch einmal vergingen fünf Jahre. Dann wurde ich ungeduldig und trat dir, in die Gewänder Narmurs gehüllt, im Wald am Idiglat in den Weg, um dich endlich auf den rechten Pfad zu lenken. Damals, Aras, der du mich noch nie gesehen zu haben glaubst, sind wir uns zum zweiten Mal begegnet. Ich verkleidete mich, weil ich Diomedes und dich glauben machen wollte, daß euch ein göttliches Orakel verkündet worden sei. Denn ich kannte die große Frömmigkeit deines Gefährten und wußte, daß er einen Götterspruch sogleich befolgen würde. Darum redete ich auch in so seltsamen Worten. Ihr habt das Rätsel richtig gelöst, Baril gefunden, den Adler getötet und euch auf den Weg zum Tor der Götter gemacht, in dem du jetzt weilst. Und ich konnte dir, Aras, endlich sagen, worin deine wahre Verpflichtung besteht.«

»Ja«, sagte ich bitter, »aber welchen Preis mußte ich dafür bezahlen! Grausam straften mich die Götter für meine Liebe; Perisade, die mein alles war, starb durch meine Schuld und ich werde sie niemals wiedersehen!«

»Vielleicht mußte das alles geschehen«, antwortete Gathaspar leise, »um dein Herz für künftige Taten zu härten. Du bist durch ein Bad aus flüssigem Eisen gegangen. Um zu erfüllen, was ich von dir verlange – und was dir die Unsterblichkeit erringen soll –, mußt du die Stärke besitzen zu töten, und die Tapferkeit, dein Leben zu wagen; mußt du vom Schmerz soviel wissen wie von der Freude und vom Glück ebensoviel wie vom Leid; mußt du das Gute lieben und das Böse hassen; vor allem aber mußt du die Weisheit besitzen, beides zu erkennen.«

»Du stellst mir ewiges Leben in Aussicht?« fragte ich traurig. »Bin ich denn nicht auf diesen Turm gekommen, um zu sterben? Was kann mir denn noch Schlimmeres widerfahren als das, was ich bereits erleiden mußte? Das Unglück klebt an mir wie das Harz des verwundeten Baumes. Nicht einmal die Schattenwelt kann mich noch schrecken; ich bin bereit, für alle Zeit das Licht der Sonne aufzugeben und freiwillig in den Arallu zu steigen. Noch vor nicht langer Zeit versuchte ich, vor Babylon den Tod zu finden; Thanatos aber wollte mich nicht und warf sich auf andere. Wenn ich mich jetzt nicht selbst in mein Schwert stürze, so nur deshalb, weil ich nach allem, was du mir erzähltest, nun doch nicht eher sterben will, als bis ich meiner Rachepflicht genügte.«

»Du willst in den Arallu hinab?« fragte Gathaspar. »Nun, so erhebe dich denn, damit wir dorthin gehen können. Denn eben das ist schon seit langem mein Plan. Du glaubst nicht, daß es Schlimmeres gibt als dein Unglück? Nun, so lasse mich es dir beweisen! Du fürchtest dich nicht vor den Schrecken der Schattenwelt? Nun, ich werde sie dir zeigen! Ich führe dich vor den Thron Ereschkigals, der Dunklen, und Luzifers, ihres Gemahls, des Herrschers des Bösen. Dort darfst du deine kühnen Worte wiederholen!«

Ich starrte ihn ungläubig an, und plötzlich drang Furcht in mein Herz. Gathaspar sprach: »Zweifle nicht, Aras: es liegt durchaus in meiner Macht, mit dir in düstere Paläste der Unterwelt hinabzusteigen; und das wird noch in dieser Nacht geschehen. Aber ich bringe dich nicht nur deshalb dorthin, um dir vor Augen zu führen, wie eigensüchtig du bist – schon am ersten Tor Arallus wirst du merken, wie dünkelhaft und kindisch deine Worte waren –, sondern weil ich dich nun endlich deiner wahren Bestimmung zuleiten will. Denn von heute an darfst du nicht mehr nur an dich selbst denken, sondern mußt für alle Menschen leben, die unseres Schutzes bedürfen, und für das große Ziel, das es jetzt zu erreichen gilt. Nicht in der Rache besteht deine heiligste Pflicht, sondern du sollst deine göttliche Herkunft für das Werk des Friedens nutzen. Wieviel mehr Ruhm als selbst der tapferste Held würdest du auf dich häufen, Aras, wenn du mit uns der Welt endlich die Erlösung von Haß und Zwietracht, Mord und Krieg beschertest! Um nichts anderes lohnte es sich mehr zu kämpfen.

Damit du aber keine Schuld verspürst, wenn du meine Wünsche befolgst und deine Rache vergißt, sollst du deine Eltern befragen. Ja, ich will dich zu Sebarit und Nabonaras bringen, und du wirst auf unserer Reise noch vielen anderen Toten begegnen und ihre Worte hören. Dann urteile selbst! Ich weiß, du wirst dich richtig entscheiden.«

So sprach er zu mir; ich war zu erregt und verbittert, um ihm zu glauben. Später aber, als ich in den schrecklichen Klüften der Unterwelt stand und die gepeinigten Seelen der Toten vor mir erblickte, erkannte ich die Wahrheit seiner Worte: Nichts ist so kostbar wie das Leben.

VIII
GILGAMESCH

Unsterblichkeit galt den Menschen seit jeher als wertvollstes aller Geschenke, die der Himmel zu geben vermag. Denn alle Erdgeborenen ängstigen sich vor dem Tode und sehnen sich nach dem ewigen Leben. Aber nur wenige wissen, daß Unsterblichkeit nicht nur eine Gabe ist, sondern zugleich eine Last.

Denn wer den Himmlischen gleichen möchte, darf kein schwacher, sündhafter Mensch wie die anderen sein; Stärke und Opferbereitschaft, Weisheit und Aufrichtigkeit, Tapferkeit und Güte müssen als Tugenden in seiner Seele wohnen; den Wünschen des Leibes jedoch muß er entsagen und mit dem Geist sein Fleisch bezwingen.

Wenn der Tod einen Menschen meidet, nimmt er ihm aber doch seine Lieben, und der Schmerz eines Mannes, der den Leichnam seines Sohnes oder seines treuen Weibes in den Armen hält, übersteigt oft die Qual des eigenen Sterbens. Wer so lange lebt, daß ihm Jahrhunderte erscheinen wie anderen Tage, der muß auch das Leid aller Zeiten ertragen, und das ist ein hoher Preis. Das größte Opfer eines Unsterblichen aber besteht darin, daß er niemals müde werden und für immer schlafen darf.

Darum werden jene, die nicht sterben, nur von Narren als glücklich gepriesen. Der Weise erkennt den Gleichwert von Freude und Leid in einem ewigen Leben. Ein Mensch, den der Himmel bis an das Ende der Zeit leben läßt, soll Liebe für seine sterblichen Brüder empfinden. Ein Mensch aber, dem der Tod nicht erspart bleiben soll, darf nicht mit seinem Schicksal hadern. Er soll so handeln wie Gilgamesch, der mächtigste Held des Zweistromlands, der mir ein Beispiel gab und versuchte, mir zu helfen, obwohl ich viel geringer war als er.

1 Ich stärkte mich noch einmal mit Speise und Trank; auch Gathaspar nahm von den Gerichten. Dann versank der Magier in tiefes Schweigen. Zuerst dachte ich, daß er sich auf diese Weise gegen die Schrecken der Erdentiefe wappnen wolle; aber bald erkannte ich, daß er nicht die geringste Furcht vor den Ausgeburten der Unterwelt empfand, sondern nur aus Sorge um mich soviel Zeit für die Vorbereitung dieser gefährlichen Reise verwandte, und wohl auch, weil er zuvor die Festigkeit meiner Seele erproben wollte. Ich trieb nicht zur Eile, so sehr mich nun auch die Spannung ergriff; sondern ich schwieg und bezähmte meine Ungeduld, die an mir zerrte wie die Sehne des hölzernen Bogens an den Fingern des Jägers. Gathaspars Worte hatten mich gelehrt, daß es vornehmlich Ungeduld und Unbeherrschtheit waren, die mich so oft zu Fehlern verführten; nun wollte ich mein Leben der Unbesonnenheit und dem Zufall entreißen, um es in meine Hände zu nehmen.

Lange verharrten wir schweigend, und ich bestand die Probe. Gathaspar blickte mich freundlich an; dann erhob er sich, nahm eine Fackel aus Eibenholz, reichte mir eine zweite und winkte mir mit seiner schlanken Hand, ihm zu folgen. Durch enge, verwinkelte Gänge gelangten wir aus dem Innern des Turms nach draußen. Vor einer niedrigen, meisterhaft verborgenen Tür, die auf den weiten Tempelhof führte, sahen wir, daß der Kampf zwischen den Babyloniern und den Assyrern noch immer andauerte und die Bewohner dieser großen Stadt, obgleich sie längst den Tod vor Augen sahen, noch immer tapfer fochten. Die Nacht war schon hereingebrochen; gewaltige Brände loderten auf der riesigen Mauer. Der Gestank verbrannter Leiber und das Stöhnen der Verwundeten erfüllten die Luft; aber noch immer rangen im flackernden Licht der Feuersbrünste Angreifer und Verteidiger miteinander wie tolle Hunde, die erst voneinander lassen, wenn einem von ihnen die Kehle zerbissen ist. Die Wohnhäuser und die geweihten Tempelbezirke blieben, wie König Tukulti-Ninurta geschworen hatte, von seinen Kriegern verschont; der Königspalast aber stand in Flammen, und von den riesigen Befestigungen der Stadt waren nur Haufen geborstener Ziegel und schwarzer, verkohlter Balken übriggeblieben.

Furchtlos schritt Gathaspar durch das Getümmel der Kämpfer, dem großen, mauerumwehrten Friedhof entgegen, in dem die Babylonier ihre Toten in kleinen, prächtig geschmückten Gräbern zu bestatten pflegen. Mehr als einmal sausten ein Pfeil, eine Lanze oder ein Wurfspeer an uns vorüber, aber ich empfand keine Furcht, so groß war die Sicherheit, die ich allein durch die Nähe des Magiers verspürte – ich fühlte mich neben ihm wie hinter einem aus Eisen gehämmerten Schild. So heftig das blutige Metzeln um uns auch tobte, Gathaspar schenkte diesem Geschehen keinen Blick.

Kurz bevor wir die ehrfurchtgebietende Stätte der Toten erreichten, sah ich zwei stämmige Assyrer, die sich mit erhitzten Gesichtern und blutigen Armen wie wütende Löwen auf einen großen, einäugigen Babylonier stürzten; ihr Feind besaß als Waffe nur einen schweren Tonkrug. Damit verteidigte sich der hochgewachsene Mann jedoch so geschickt, daß er den Gegnern Leben und Waffen zu rauben vermochte. Denn er duckte sich schnell unter dem Schwerthieb des ersten Assyrers und schlug ihm dann seinen Krug so heftig auf den Schädel, daß der Angreifer leblos niedersank. Rasch entriß der Einäugige dann dem Besiegten das Schwert und spaltete damit dem zweiten Assyrer das Haupt. Aber der Babylonier konnte sich seines Triumphs nicht lange erfreuen, denn plötzlich flog aus der Dunkelheit ein rotgefiederter Pfeil auf ihn zu und bohrte sich in seine Kehle, so daß der Einäugige röchelnd sein Leben verhauchte. Das war das letzte, was ich von dem mörderischen Kampf um die Riesenstadt sah, bevor wir in die heilige Stille der Gräber drangen.

Als hätte sich hinter uns unversehens ein mächtiges Tor geschlossen, so plötzlich verhallten Lärm und Geschrei der männermordenden Schlacht, und die tiefe Ruhe des geweihten Orts umfing uns wie ein wollenes Tuch. Gathaspar schien den gefahrvollen Weg in die Schattenwelt schon viele hundert Male gegangen zu sein; denn wie ein Landmann selbst mit verbundenen Augen alle Pfade auf seinen Feldern zu finden vermag, auf denen er sein Leben lang säte, so schritt auch der uralte Magier ohne Zögern auf ein unscheinbares, halb verfallenes Mauerwerk zu. Dieses erhob sich inmitten der großen Totenstadt und erschien wie das bescheidene Grab eines nicht sonderlich reichen Mannes. In ihm verbarg sich der Eingang zum dunklen Arallu.

Wie sich oft auf dem Meer nach einem starken Sturm plötzlich tiefste Stille ausbreitet, so daß die schäumenden Wogen sich glätten und eben werden wie ein Tisch, so schien auch um uns die Welt zu erstarren, als wir das kupferbeschlagene Tor durchschritten und in die schwarze Finsternis der alten Grabstätte traten. Darin zeigte sich uns im Licht der Eibenholzfackeln die breite, steinerne Treppe, die in die Tiefe der Erde führt; und als wir auf sie zugingen, packte uns plötzlich ein mächtiger Luftstrom und zog uns in die Welt der Schatten hinab.

Wie die Wasser des rätselvollen Alpheus in Arkadien, die nach ruhigem Lauf plötzlich in der Erde verschwinden und dabei in wilden Strudeln und Strömungen Menschen und Tiere mit sich in die Tiefe reißen, so zerrte nun der zauberische Wind der Unterwelt an unseren Kleidern. Obgleich wir lebende Wesen waren, konnten wir uns nur mit Mühe aufrecht halten. Die Seelen der Toten aber trieben hilflos an uns vorüber wie fallende Blätter im herbstlichen Wind. Es verging lange Zeit, bis wir die schier endlose Treppe hinuntergestiegen waren, und ich vermaß mich nicht, ihre Stufen zu zählen. Mit großer Sorge schaute ich auf meine Fackel und fürchtete, daß sie verlöschen könne; erst später, als ich die verborgensten Geheimnisse der Zauberkunst erlernte, erfuhr ich, daß ich mich ohne Grund geängstigt hatte, denn Fackeln aus Eibenholz trotzen nicht nur den heftigsten Stürmen, sondern auch den Dämonen der Tiefe. Sehr lange Zeit schritten wir durch einen ebenen, lichtlosen Gang, der sich am Ende zu einer breiten Höhlung erweiterte. Als wir heraustraten, standen wir am Rand einer riesigen Grotte, die so groß war, daß ich weder ihre Decke noch ihr Ende zu sehen vermochte. Mächtig wie der Himmel spannte sich ihr Gewölbe in die Höhe, und ihre Weite erschien mir endlos wie der Horizont, der vor dem Wanderer zurückweicht wie die Dunkelheit vor dem Licht. Mich schauderte und ich wollte in die Enge des Gangs zurückweichen, aber Gathaspar hielt mich am Arm und sprach: »Dies, Aras, ist die Unterwelt. Dies ist, was die Assyrer den Arallu, die Achäer den Hades, die Kanaanäer den Scheol, die Ägypter das Ialu, die Phönizier den Mot, die Arabi die Dschehenna und andere die Hölle nennen. Jedes Volk hat einen anderen Namen für dieses Reich – die Toten aber nennen sie ihre Ewige Heimat.«

Ich starrte hinaus in die ungeheure Höhle, deren Grenzen die Schwärze immerwährender Nacht für alle Zeiten verhüllte, und ein Frösteln durchfuhr mich. Weit zu meiner Linken sah ich einen anderen Eingang, dahinter noch einen dritten und vierten, und ebenso zu meiner Rechten; aus all diesen Gängen zogen in unablässigem Strom die Seelen der Toten heran, getreu den ewigen Vertrag erfüllend, den das Leben zu Beginn der Schöpfung mit dem Tode schloß. Hier mündeten im Rund die vielen Pforten in die Unterwelt:

Jene, die sich im Hain der Rachegöttinnen zu Athen öffnet und durch die einst der blinde Ödipus stieg; jene bei Tainaron auf der Peloponnes, durch die vor Zeiten die Gefährten Theseus und Peirithoos drangen, bei ihrem frevlerischen Versuch, die Gemahlin des Hades zu rauben; jene bei Troizen in der Argolis, durch die der unsterbliche Herakles einst den grausigen Kerberos schleppte; jene von Luxor, der Stadt der ägyptischen Toten, und jene von Suggoth, der Geierfestung der Arya; jene von Assur und jene von Ur in der Steppe Eden; jene vom Gelben Fluß und jene von der Stadt der Roten Menschen, und noch viele andere dazu. Aus allen Weltteilen wehte es Tote in diese gewaltige Höhle; sie traten aus dunklen, gewundenen Gängen hinaus auf die graue, neblige Fläche und strömten von allen Seiten auf eine riesige Totenburg zu, die sich inmitten der riesigen Grotte erhob.

Achtfach waren die Teile dieser schrecklichen Festung übereinander gebaut, so daß sie erschien wie der Turm Etemenanki, aber ungleich größer und gewaltiger. Sie ragte in solche Höhen empor, daß ich den Kopf in den Nacken legen mußte, um ihre oberste Spitze zu sehen, obwohl ihre äußersten Wälle noch fast eine halbe Tagesreise entfernt lagen. Schreckliche schwarze Vögel mit mächtigen, breitgefiederten Schwingen umflatterten ihre Zinnen. Von ihren Mauern drang kein Licht, kein Schein, kein Glühen oder Glimmen. Kein lauter Ton schallte über das weite Land unter dem schier unendlichen Höhlengewölbe, und nur das klagende Flüstern der Toten floß an meinen Ohren vorüber wie das gleichförmige Rauschen eines mächtigen Stroms.

Voller Furcht schaute ich auf diese schreckliche Burg und das grausige Wimmeln der Seelen vor ihren Toren. Soviele Schatten auch aus allen Gängen traten, aus unserem kamen weitaus die meisten, denn in der Schlacht um Babylon hielt der Tod reiche Ernte. Plötzlich erkannte ich neben mir unter den Schatten der Gefallenen auch jenen großen, einäugigen Babylonier, der sich am Friedhof so tapfer zur Wehr gesetzt hatte. Wütend rangen die Seelen der beiden toten Assyrer mit ihm, denn die Erbitterung der Kämpfenden war so groß, daß sie nicht einmal in der Unterwelt voneinander ablassen wollten. Erst als sie uns bemerkten, fuhren sie erschrocken auseinander, denn sie erkannten, daß wir Lebende waren, und empfanden, wie alle gewöhnlichen Schatten, große Furcht vor Menschen aus Fleisch und Blut. Sie flohen vor uns und liefen der schwarzen Burg entgegen, hastig das weite Feld durchquerend, das sich zwischen den Wänden der mächtigen Grotte und den Mauern der Totenstadt erstreckte.

Dies ist das Land der Ruhelosen, deren Leichname kein Grab gefunden haben. Ihnen bleibt der Eintritt in die Ewige Heimat für immer verwehrt. So wandeln die Geister dieser Unglücklichen hungrig und dürstend in den schwarzsandigen Weiten vor den unübersteigbaren Wällen umher, essen Staub und trinken aus schmutzigen Pfützen, und verfolgen die Schatten der anderen Toten mit grausamem Haß, um an diesen ihr eigenes Schicksal zu rächen. Manche stehlen sich auch durch die steinernen Gänge zur Lichtwelt zurück und schleichen dort nachts als Dämonen umher. Die meisten sind von menschlicher Gestalt. Aber ich sah auf der riesigen Ebene vor der Ewigen Heimat auch Geister von Toten, die nichts Menschliches an sich hatten und deren Anblick mir das Blut in den Adern stocken ließ. Die fürchterlichen Titanen sah ich dort umherirren, die einst vom Himmel stürzten, und die grauenvollen Giganten. Ich sah Peloros, dessen Füße zwei riesige Schlangen waren und der drei Seelen besaß, so daß er auch in dreifacher Gestalt das Land der Ruhelosen durchstampfte. Ich sah Ephialtes mit seinen feurigen Augen, groß wie Wagenräder, dazu Eurytos, Alkioneus, Klytios und all die anderen, die in der Schlacht um den Olymp vor langer Zeit erschlagen worden waren. Noch furchterregender erschienen die Schatten der Ungeheuer, die Tiamat einst gegen Marduk aussandte; auch diese sah ich über die schwarze Ebene ziehen, auf ihrer Suche nach menschlichen Seelen, die sie verschlingen könnten: die wütende Schlange, den großen Löwen, den Skorpionmenschen und den grauenerregenden Ziegenfisch. Noch viele andere Schreckenswesen sah ich dort, Geschöpfe zwischen Mensch und Tier, die mit Seelen beschenkt worden waren und darum nicht zu Asche zerfallen konnten, sondern für immer durch das Zwielicht der zwei Welten wandeln mußten: die nervenlähmende Gorgo, die alles verschlingende Hydra, den dreigezähnten Meliphast aus dem Land der Arya und den blinden Rüttler, dessen Anblick einst Menschen vor Furcht sterben ließ, ehe ihn der mächtige Magier Yagnavalkya an den See Xoma lockte und ihm durch sein Spiegelbild listig das Leben entriß. Ich sah den achtäugigen Viermann von Jot, der einst die Wanderer im Berg von Tinsan zwang, ihre eigenen Weiber und

Kinder zu essen; ich sah den blutigen Taumler von dem Kristallfluß am Rand der gefrorenen Wüste, der ungezählten Menschen die Lebenssäfte auspreßte und sich ein Haus aus Schädeln seiner Opfer baute. Ich sah den gierigen Kulbu, der in den Kämpfenden Wäldern Müttern die neugeborenen Kinder entriß, und Pochtar, den schwarzen, klauenbewehrten mit den drei Schlünden. Noch viele andere Dämonen erblickte ich, die sich mit gierig gefletschten Zähnen auf die Seelen der Toten stürzten. Blind vor Angst eilten die Schatten zwischen diesen Verfolgern hindurch, in einem verzweifelten Wettlauf bis zu den Mauern der Festung, und sie entkamen den grausigen Kiefern, den scharfen Krallen und gierigen Tatzen der furchtbaren Wesen. War den Dämonen dann ihre Beute enteilt, so wandten sie sich geifernd gegeneinander und hieben sich in ihrer Wut und Enttäuschung furchtbare Wunden. Das alles geschah ohne Laut, in tiefer, unwirklicher Stille.

Auch wir durchquerten die Reihen der Ruhelosen, uns aber griffen die Ungeheuer nicht an, sondern sie wichen vor Gathaspar furchtsam zurück, und nach der Hälfte des ersten Tages standen wir an den Ufern des mächtigen Stroms, der die Burg der Toten umspült und den man den Fluß des Vergessens nennt. Die Babylonier heißen ihn Chubur, die Achäer Styx, Acheron oder Lethe, und andere Völker haben noch andere Namen für ihn. Langsam wie der Leib einer Schlange glitt eine schwarze, zähflüssige Flut an uns vorüber; sie war glatt wie Öl. Hastig drängten die Seelen zum Boot des riesigen Fährmanns, der sie unermüdlich zum äußersten Wall der Ewigen Heimat übersetzte. Angstvoll wich der Hüne zurück, als er Gathaspar sah, und hob wie zur Abwehr das schwere Ruder gegen den Magier. Da ertönte vom anderen Ufer ein scharfer Ruf, und als ich hinüberschaute, sah ich dort Namtar stehen, den höchsten Diener und obersten Wächter des Todes. Widerwillig gehorchte der ungeschlachte Riese seinem Befehl und brachte uns wortlos über den Strom.

Acht Tore führen in die Reiche der Totenstadt. Das erste ist das Tor der Nimmerwiederkehr; das zweite heißt das Tor der Tränen; das dritte nennt man das Tor der Rache; das vierte wiederum das Tor des Zorns. Das Tor des Schweigens ist das fünfte, das Tor des Stolzes folgt als sechstes. Das siebente heißt Tor des Ruhms, das achte schließlich Tor der Ewigkeit.

Die Namen der acht Länder, die sich dahinter verbergen, lauten: Land der Trauer, Land der Furcht, Land der Reue, Land der Qualen, Land der Ruhe, Land des Friedens, Land des Glücks und Land der Seligkeit.

Durch diese Länder wandern die Seelen der Toten, bis sie dorthin gekommen sind, wo ihr gerechter Platz ist, nach ihren guten und bösen Taten. Drei ewige Richter urteilen über sie; sie heißen in der achäischen Sprache Minos, Rhadamanthys und Aeakos. Ihr Thron erhebt sich am Eingang des dritten Landes, denn die beiden äußersten Reiche der Totenburg stehen außerhalb aller Gesetze und ihre Bewohner werden nicht gewogen noch gemessen.

Namtar, der Diener des Totengottes, schwarzhäutig und übergroß, stand an der äußersten Pforte. Mit einem mächtigen Stab trieb er die wilde, ungehemmte Schar der Seelen beiseite und bahnte sich einen Weg zu Gathaspar. Schweigend begrüßten sich die beiden Unsterblichen. Dann wandte der stumme Wächter sich um und führte uns durch das erste Tor, das sich höher emporhebt als selbst der gewaltige Etemenanki. Auf einer Tafel aus schwarzem Holz stehen über ihm in mannshohen Lettern die Worte: »Durchschreite dieses Tor, Mensch ohne Leben! Demütig sollst du sein und der Erinnerung entsagen.«

Das ist das Tor der Nimmerwiederkehr.

In den zahllosen Straßen und Plätzen dahinter, im Land der Trauer, wohnen die Seelen von Menschen, die nicht gerichtet werden können, weil sie in ihrem Leben nicht die Herren ihrer Taten waren. Es sind die namenlosen Kinder, die als unmündige Säuglinge für immer entschliefen, ehe ihr Verstand erwachen konnte; die Sklaven, die ohne das Recht der freien Entscheidung nach dem Willen ihrer Herren lebten; die Wahnsinnigen, deren verwirrter Geist das Werk ihrer Hände nicht zu lenken vermochte. Das Land der Trauer ist der große Rastplatz aller, die den Namen von Menschen trugen, ohne eigentlich solche zu sein; aller, die sich nur durch ihre Geburt von seelenlosen Tieren unterschieden; aller, die starben, ohne wirklich gelebt zu haben.

Gelbhäutige Dämonen mit flammenden Augen und hageren Leibern von doppelmenschlicher Größe, die man die Galla nennt, wandelten zwischen ihnen und trugen Sorge, daß alle die hilflosen Seelen zum Trank und zur Speise erhielten, was ihnen von den Opfern der Lebenden zugedacht war. So gab es auch hier Arme und Reiche, Hungrige und Satte wie oben in der Lichtwelt. Mitten unter den Schatten sah ich vor einem schönen säulengeschmückten Haus auf purpurbezogenen Bänken jene drei Kinder, von denen mir Gathaspar im Turm Etemenanki berichtet hatte; jene, deren Sterne bei ihrer Geburt mit denen der Unsterblichen gewetteifert hatten. Himmlische Zeichen hatten ihnen bei ihrer Menschwerdung höchste Ziele in Aussicht gestellt. Aber sie hatten niemals die Prüfungen auf sich nehmen dürfen, denn das Schicksal hatte ihr Leben gefordert, ehe es wirklich begann.

Dann kamen wir zum Tor der Tränen. In braunem Ton waren an ihm die Worte eingebrannt: »Durchschreite dieses Tor, Mensch ohne Leib! Bezeuge Frömmigkeit und füge dich dem Schicksal!«

Dahinter lag das Land der Furcht, der Platz für alle Menschen, die das Gericht der Toten erwarten. Schwache und Mächtige sah ich dort, Toren und Weise, Gute und Böse, und nichts unterschied sie voneinander, denn vor dem Tod sind sie alle gleich. Vor den drei ewigen Richtern gibt es keine Stufen der Herkunft oder des Ansehens, und selbst der Reichste kann sich ihrem Urteil nicht entziehen.

Minos ist der erste der Richter. Er führt die goldenen Tafeln, auf denen alle Taten jedes Sterblichen verzeichnet sind; er befragt die Seelen und rechnet ihre Sünden gegen ihre guten Werke auf. Rhadamanthys, der zweite, hält die goldene Waage, auf der die sieben geheimen Worte der Rache, der Vergeltung, der Sühne, der Buße, der Strafe, des Lohns und der Erlösung stehen. Aeakos schließlich, der dritte, füllt die Kugeln aus weißem Elfenbein und schwarzem Obsidian in die goldenen Schalen; er beobachtet ihren Lauf und mißt jedem zu, was er verdient.

Auch diese Unsterblichen grüßte Gathaspar stumm und nur mit Zeichen seiner Finger, denn er wünschte nicht, sie mit Worten zu stören. Danach gelangten wir ans dritte Tor, das Tor der Rache, und traten in das Land der Reue ein. Die Inschrift an dieser Pforte, mit mächtigen Lettern in grauen Stein gehauen, mahnte: »Durchschreite dieses Tor, Mensch ohne Licht! Die Reue sei dein Trank, die Buße deine Speise.«

Dahinter wohnten jene, die für Sünden und Vergehen büßen mußten. Sieben Strafen gibt es für diese Seelen, grausam und qualvoll, und jähes Entsetzen faßte mein Herz, als ich die Unglücklichen sah, ihre Schmerzensschreie hörte und den schrecklichen Folterknechten begegnete, den weißen Dämonen mit schwarzen Augen und fahler, durchscheinender Haut, die ihre Opfer ohne Unterlaß peinigten und die man Udug, die Unerbittlichen, nennt.

Die Lügner und Heuchler schleudern diese Dämonen unbarmherzig in große Gruben, in denen sich giftige Schlangen winden, gemischt mit anderem, ekelhaftem Gewürm. Den Kaufleuten, die mit falschen Gewichten wogen, und allen anderen Betrügern stoßen sie Nägel durch Lippen und Ohren und hängen schwere Steine daran. Die ihre Eltern mißachteten, müssen auf spitzen Speeren gehen, und die ihre Kinder verleugneten, werden von den Dämonen mit glühender Asche bedeckt, so daß ihr Stöhnen und Wimmern die Lüfte durchdringt. Den Geizhälsen nehmen die Udug alle Nahrung fort, so daß sie ohne Unterlaß hungern und dürsten müssen und in wahnsinniger Gier die Augen rollen, wenn ihre Peiniger zum Hohn vor ihnen goldene Becher mit Wein oder Milch in den schwarzen Sand gießen. Denen, die in ihrem Leben faul oder feige waren, jagen im Land der Reue riesige schwarze Hunde mit geifernden Rachen, aber auch riesige Ratten, widerwärtige Spinnen und rasselnde Skorpione nach, so daß die Bedauernswerten in steter Hast vor ihren Verfolgern fliehen müssen und niemals ausruhen dürfen. Tun sie es dennoch, werden sie sogleich schmerzhaft geweckt. Verrätern schließlich binden die weißen Dämonen schwere Silberbarren auf die Arme, so daß sie unter dieser schweren Last ewig keuchen und stöhnen. Das ist die Strafe dafür, daß sie zu Lebzeiten ihre Ehre verkauften.

Mich schauderte an diesem Ort des Grauens, und ich war froh, als wir ihn durchmessen hatten und Namtar uns zur nächsten Pforte führte. Doch hinter dem Tor des Zorns, im Land der Qualen, erwarteten mich weit größere Schrecken, und noch heute packt mich das Entsetzen, wenn ich an die Bilder denke, die ich dort sah. Denn dieses Land ist der Ort, an dem die Strafen für die sieben schweren Sünden folgen, und diese sind so fürchterlich, daß ich um meinen Verstand zu bangen begann und das Grauen mir die Brust abschnürte wie mit einer eisernen Kette. In eine Tafel aus rotem Kupfer sind dort an den Eingang die Worte geschlagen: »Durchschreite dieses Tor, Mensch ohne Liebe! Mit Schmerzen sollst du deine Sünden büßen.«

Schweiß floß mir auf Stirn und Brust, als ich die Greuel dieser Höllenwelt sah, und angstvoll schlug ich die Finger vor mein Gesicht, denn ich vermochte den Anblick nicht zu ertragen, als sich vor uns der schwarze Azathot aufrichtete, der Gehörnte mit dem goldschimmernden Auge, der grausamste aller Dämonen. Die Diebe schlägt er mit Peitschen und Geißeln, so daß sie sich weinend am Boden winden. Die Wucherer werden von Azathots buckligen Helfern in große Kessel mit flüssigem Gold getaucht und spottend geladen zu trinken, was ihnen im Leben so wertvoll erschien. Kochendes Pech schütteten Azathots Helfer in die Gesichter der Ehebrecher; Männer, die in ihrem Leben wehrlose Frauen geschändet hatten, werden von Azathot selbst auf spitze Pfähle gespießt. Wie das Brüllen tollwütiger Tiere hallten die klagenden Rufe dieser Unglücklichen in meinen Ohren, so daß ich die Fäuste an meinen Kopf preßte, um mein Gemüt vor diesem fürchterlichen Kreischen zu bewahren. Aber das Jammern und Wehklagen der Gefolterten drang dennoch in mein Innerstes, und meine Seele erbebte in nie gekanntem Entsetzen.

Die Räuber und Mörder hingen hilflos über einem grausigen Abgrund, in dessen schwärzlicher Tiefe kein Ende zu sehen war. Den einzigen Halt dieser armen Seelen bildeten scharfe, glühende Schwerter, die aus der glatten Wand ragten und an die sich die Gepeinigten verzweifelt klammerten, bis ihre verkrampften Fäuste zu formlosen Klumpen geschwollen waren. Ich blickte in ihre verzerrten Gesichter, und plötzlich erkannte ich unter ihnen das blasse Antlitz des tapferen Bias, der damals in der Ramsesstadt Diomedes und mir durch sein Heldenopfer das Leben gerettet hatte.

»Bias!« rief ich überrascht und stürzte auf meinen toten Gefährten zu, um ihn mit den Händen von dieser schrecklichen Wand zu befreien und zurück auf sicheren Boden zu führen. Da traf mich der stumme Namtar mit seinem Stab, und plötzlich war mir, als wären meine Glieder in Felsen verwandelt, denn ich vermochte mich nicht mehr zu rühren.

Wenig später löste Gathaspar den Zauber und sprach:

»Wage es nicht, die Rache der ewigen Richter zu hemmen! Selbst ich dürfte das nicht versuchen. Härte dein Herz und entsage deiner Gefühle, Aras, wenn du auf dieser Reise das Wahre erkennen willst, und lasse dich nicht von den Netzen der menschlichen Schwächen umfangen.«

»Dieser Mann hat einst für mich sein Leben gegeben«, antwortete ich, »soll es mir nicht vergönnt sein, Mitleid mit ihm zu empfinden? Darf ich denn nicht versuchen, sein Opfer zu vergelten, auch wenn auf seiner Tafel manche Sünde aufgezeichnet ist?«

»Es mag dich trösten«, versetzte der unsterbliche Magier, »daß dein Freund schon bald von seinen Qualen erlöst sein wird. Schon in sehr kurzer Zeit wird er hinüber in das Land des Friedens wandeln, denn wenn er auch ein Diener der Schlange war, hat er durch seinen Edelmut und seine Tapferkeit schon sehr viel Schuld beglichen. Nun aber folge mir, Aras, und beschleunige deinen Schritt! Unsere Zeit im Totenreich ist knapp bemessen, und wir haben noch nicht vollbracht, was den Zweck der Reise bildet.«

Traurig gehorchte ich ihm und riß meinen Blick vom Antlitz des blassen Mannes los, dessen Schatten mich noch lange mit seinen Augen verfolgte. Ich schritt mit Gathaspar weiter durch dieses wüste Gewitter göttlicher Strafen, vorbei an den zahllosen Sündern, die dort für ihre Verbrechen büßten. Denen, die vor Gericht falsches Zeugnis gaben oder ein erlogenes Orakel verkündeten, zieht der furchtbare Azathot mit seinen schwarzen Klauen die Haut von den Leibern und schüttet ihnen salziges Wasser auf das bloße Fleisch, so daß die Gequälten heulend vor Schmerz ihre eigenen Hände und Arme zwischen die Zähne nehmen und im Wahnsinn die eigenen Knochen zerbeißen. Die schlimmste Strafe aber trifft jene, die sich gegen die Götter versündigten. Ajax, den wilden Lokrer, sah ich unter ihnen, und Tantalos, den unseligen Stammvater der Atriden, der den Himmlischen einst seinen eigenen Sohn Pelops, gekocht und zerstückelt, zum Mahle vorsetzte. Ich sah Lugalzagesi, den König von Umma, der vor dreißig Menschenaltern frevelnd die heiligen Tempel von Larsa zerstörte, und Kalibur, Herrscher Harappas, der die Priester Indras hinschlachten ließ, weil sie sich weigerten, den König als Gott anzubeten, und noch viele andere dazu. Sie alle werden in glühende Öfen geworfen und kriechen auf Händen und Füßen über die lodernden Scheite unvorstellbarer Glut, gekrümmt und sich windend in schrecklicher Qual, während Azathot und seine Helfer die Brände mit schwarzem Öl immer ärger entfachen.

Ich fühlte mich mehr wie ein Toter denn wie ein Lebender, als wir auch dieses entsetzliche Land hinter uns ließen, auf den steinernen Treppen der Totenburg höher und höher stiegen und schließlich in das Land der Ruhe kamen. Am Tor des Schweigens stand davor, in helle Bronze gegossen: »Durchschreite dieses Tor, Mensch ohne Leid! Vergiß der Wünsche und Begierden, so lebst du fortan ohne Pein.«

Dahinter lagerten sich im schwarzen Sand unter kahlen, grauen Mauern die Schatten der Toten, die für ihre Sünden gebüßt hatten, aber ohne Lohn blieben, weil sie ihr kurzes Leben nicht wie ein Geschenk genutzt, sondern wie ein billiges Fundstück vertan hatten. Es waren die Seelen von Menschen, die auf der Welt wie faule, unnütze Gäste lebten und keine ihrer natürlichen Gaben gebrauchten. Die, deren Tage für Himmel und Erde wertlos waren und die deshalb in Staub und Finsternis auf ewig ein freudloses Dasein führen. Groß ist ihre Zahl, aber ich kannte keinen von ihnen, denn Menschen ohne Taten haben kein Gesicht.

Nur einer von ihnen wird mir stets in Erinnerung bleiben. Das war ein Mann, zu dem mich Gathaspar für eine Weile führte. Er saß, die dichtbehaarten Glieder um den Leib geschlungen, einsam an unserer steinernen Treppe und blickte uns aus stumpfen Augen müde an. Sein Leib war kräftig und gedrungen, sein kleiner Schädel saß auf einem breiten Hals, die starken Muskeln seiner Arme waren, wie der ganze Leib, von Haaren überwuchert, so daß es schien, als wüchse ihm ein Fell. Man konnte nicht den Bart von seinem Haupthaar unterscheiden. Er ähnelte fast so sehr einem Tier wie einem Menschen; in seinem Blick glomm nicht der Funke eines Geistes, sondern nur eine Leere längst vergessener Gedanken. So saß er hier, reglos und stumm, seit Anbeginn der Zeit, und Gathaspar erklärte:

»Das ist A Dam, der älteste der Menschen. Er besaß nur einen Leib wie wir, nicht den Verstand dazu. Seit seinem Tod sitzt er im Staub und weiß nicht, wer er war noch wo er ist. Er war nur eine Hülle, die nie ein bewußtes Leben barg; und doch besaß er eine Seele. Betrachte ihn, Aras, und versuche zu erkennen, was uns von ihm trennt; dann wirst du lernen, daß es nicht der Körper ist, an dem man Menschen mißt, sondern allein die Kraft des Geistes.«

Scheu sah ich den Uralten an, und von neuem stieg Mitleid in mein Herz, als unsere Blicke sich trafen. Dann verließen wir das Land der Ruhe und kamen zu den Gefilden des Friedens. Dieser sechste Teil des gewaltigen Turms von Arallu beginnt hinter dem Tor des Stolzes und ist dem tapferen Kämpfer, dem strebsamen Händler, dem fleißigen Handwerker und dem eifrigen Priester bestimmt, und allen anderen Menschen, die nur ihre niedere Herkunft daran hinderte, zu Königen emporzusteigen. Am Eingang steht, in dunkles Eisen gehämmert:»Durchschreite dieses Tor, Mensch ohne Tadel! Der Lohn der guten Taten sei der Frieden.«

Hier sah ich viele vertraute Gesichter, und Schmerz erfaßte meine Seele, als ich an die Tage zurückdachte, die ich mit ihnen in froher Gemeinschaft verlebt hatte, auf meinen Reisen durch die Länder der Welt. Modeus, den treuen Troßverwalter des Diomedes, erkannte ich im Gewimmel der Schatten, den tapferen Mann, der in Argos sein Leben für seinen König gab, und Pulu, den Scherden, der neben mir in den Kämpfenden Wäldern unter den Speeren der Leopardenmänner starb. Wehmütig sah ich den alten Bogenschützen Agenor, der im Tal der blutigen Wände gefallen war, neben dem heldenmütigen Stigos, dem Speerkämpfer aus Myloi, den Pithunna, mein Todfeind, einst in der Schlacht von Amedi erschlug. Neben ihnen standen noch andere wackere Krieger. Das Herz wurde mir schwer, als ihre Schatten mich umdrängten, zurückgehalten von Namtars Stab, und sie flehend ihre Arme nach mir ausstreckten. Ihre Lippen flüsterten Worte, die ich nicht hören konnte, doch ich verstand den Blick ihrer Augen und wußte, wie sehr sie ihr Schicksal beweinten und sich nach dem Licht der Sonne sehnten. Gathaspar legte den Arm um meine Schultern und sprach:

»Zeige Tapferkeit und Stärke, Aras, auch wenn dich das Schicksal deiner toten Gefährten noch so sehr dauert. Niemand vermag ihnen zu helfen, denn die Gesetze des Todes kennen kein Erbarmen. Denke daran, daß auch du eines Tages in einem dieser Länder umherirren wirst, wenn es dir nicht gelingt, die Prüfungen zu erfüllen und Unsterblichkeit zu erringen.«

»Aber diese Männer waren meine Gefährten, die mich vor allen Gefahren beschützten und denen meine Dankbarkeit gehört«, antwortete ich. »Gibt es denn gar nichts, womit ich ihnen meine Liebe bezeugen könnte?«

»Du magst«, versetzte Gathaspar, »den Freunden reiche Opfer bringen, wenn du in die Lichtwelt zurückgekehrt bist. Das ist das einzige, was sie von dir empfangen dürfen. Nun aber eile dich! Der erste Tag der Reise geht zu

Ende. Wir wollen rasten, wenn wir das siebente Tor der Ewigen Heimat erreichen. Dann hast du morgen umso länger Zeit, mit denen zu sprechen, denen diese Fahrt gilt: deinen Eltern.«

So trennte ich mich schweren Herzens von meinen toten Gefährten und eilte weiter zum Tor des Ruhms, an dem eine Inschrift in gleißendem Silber verkündet:»Durchschreite dieses Tor, Mensch ohne Furcht! Die Götter sollen deine Nachbarn sein.«

Dahinter liegt das Land des Glücks, das in Wahrheit gleichfalls düster und traurig ist, in dem die Seelen der Toten jedoch ein weit besseres Dasein erwartet als in den Ländern darunter. Viele berühmte Helden, Fürsten und Könige sah ich dort, und ich begegnete meinen Eltern und meiner geliebten Schwester. Dort, im siebenten Teil des Arallu, enträtselte ich am zweiten Tag unserer Wanderung endlich den wirklichen Sinn meines Lebens und erkannte, was meine Verpflichtung war.

2 Im Land des Glücks ist die Heimstatt der Toten, die im Leben treu und ehrlich, tapfer, mutig, fromm und gottesfürchtig waren. Es ist der Ort der Seelen, die den Göttern wohlgefällig sind. Dort sah ich die edelsten Männer und Frauen, Menschen, deren Namen einst wie neue Sonnen aufgegangen waren und die jetzt als graue Schatten durch die dunkle Tiefe schritten. Sie leben in großen, prachtvollen Häusern und speisen an reichgedeckten Tischen; Friede herrscht unter ihnen, selbst wenn sie im Leben einander erbittert bekämpften. Denn im Land des Glücks werden Feinde zu Freunden, die im brüderlichen Zwiegespräch Erinnerungen pflegen und die Taten ihrer Gegner preisen. Es fehlt ihnen weder an köstlichem Braten noch an glutvollem Wein. Die toten Helden tragen kostbare Gewänder und werden von anmutigen Dienerinnen umsorgt. Nur die Götter der Unterwelt stehen noch über diesen Seelen. Dennoch leben die Schatten im Land des Glücks nicht etwa fröhlich und zufrieden, sondern voller Trauer und Gram. Denn sie müssen das Schönste entbehren, was es für das Auge des Menschen gibt: Die Strahlen der lebenspendenden Sonne.

Darum hört man in diesem Land kein Lachen, sondern nur kummervolle Stille. Mir wurde schwer ums Herz, als ich durch das Tor des Ruhms in diesen Bezirk der Unterwelt eintrat und die verwelkte Blüte des Menschengeschlechts vor mir sah; die ruhmvollsten Erdensöhne längst vergangener Zeiten, gewaltige Krieger, weise Könige und heilige Propheten, die einst in Macht und Herrlichkeit unter den Menschen erstrahlten und nun, als leblose Schatten, nicht einmal mehr Träume besaßen. Es war ein Trauerhaus menschlichen Stolzes, das ich mit Gathaspar durchschritt, und seine Öde mahnte mich, daran zu denken, wie schnell alles vergeht, was auf Erden von Bedeutung ist. Das Land des Glücks war eine Weihestätte fleischgewordenen Göttertums, das sich aus seinem Erdenleib nicht lösen konnte, in den es ein himmlischer Wille einstmals verpflanzte, und das deshalb am Ende für die Ewigkeit verlorenging und so der Sterblichkeit anheimfiel.

Der alte Magier nannte mir viele große Namen aus der Frühzeit des Stromlands, als ich mit ihm durch die Reihen der Heldenseelen schritt. Im Kreis der ägyptischen Pharaonen sah ich den Geist des edlen Prinzen Sesostris, der einst vor meinen Augen im Tal der blutigen Wände fiel, neben dem seines Bruders Memnon, den sein Schicksal vor Troja ereilte; Memnon sprach mit dem Schatten des Deïphobos, des letzten Helden aus dem trojanischen Königsgeschlecht, der einst mit dem Ägypter auf das Schlachtfeld am Skamander zog. Der mächtige Hektor stand neben ihnen, in ernste Gespräche vertieft mit den Geistern des Patroklos und des Achilles, deren Schicksale mit dem seinen auf so seltsame Weise verflochten waren. Ajax von Salamis, Telamons Sohn, saß auf einer hölzernen Bank im prächtigen Fürstengewand, das seine hohe Gestalt wie ein Königsmantel umhüllte und fast vergessen machte, daß auch er, der männermordende Riese, jetzt nur mehr ein kraftloser Schatten war. Neben ihm ruhte, das königliche Antlitz in beide Hände gestützt, Agamemnon, der grausam gemeuchelte Feldherr der Griechen und Fürst der mykenischen Länder. Jason, den Argonauten, sah ich und seine Gefährten; Theseus, den blonden Hünen von Athen; Telamon, der einmal sogar den Halbgott Herakles im Kampf übertraf; und Peleus, den Vater Achills. Auch Meleager, der Jäger des kaledonischen Ebers und Onkel des Diomedes, stand bei ihnen; daneben sah ich Oïleus, den Vater des lokrischen Ajax, und Neleus, den Vater Nestors, zusammen mit dem ehrfurchtgebietenden Ödipus, dessen Schicksal selbst den Himmel weinen machte. Noch viele andere Helden trafen wir an, und sie wichen nicht furchtsam vor uns zurück wie alle anderen Schatten, sondern sie traten zu uns, betrachteten uns mit ruhiger Würde und sprachen mit uns.

Sesostris, der verratene Feldherr, mahnte mich mit bewegter Stimme, seiner nicht zu vergessen und seinem Sohn Amenmesses das Geheimnis seiner Herkunft wie auch die Wahrheit über das Schicksal seines Vaters zu enthüllen. Agamemnon berichtete seufzend von seinem traurigen Ende und sagte zu mir:

»Hätte ich doch nur Kalchas geglaubt, als er dich im Rat der Fürsten als Zeugen benannte. Dann würde ich heute noch leben und mich an den grünenden Wäldern, den blauen Flüssen und goldenen Feldern Mykeniens erfreuen. So aber habe ich mich durch meine Ungeduld selbst ins Verderben gestürzt. Grausam strafen die Götter den, der ihre Zeichen mißachtet!«

Hektor und Deïphobos, die beiden tapferen Königssöhne von Troja, kamen herbei und nickten traurig, als sie die Worte ihres einstigen Feindes vernahmen; auch sie hatten einst ihre Seher verlacht, die ihnen den Untergang Trojas weissagten. Meleager, kraftstrotzend und unerschütterlich selbst noch als Schatten, fragte mich nach dem Schicksal des Diomedes, und ich berichtete ihm davon. Denn die Toten erfahren von den Geschehnissen in der Lichtwelt nur, was andere Tote, die später gestorben sind, ihnen erzählen. Als ich dem Geist des ätolischen Helden Auskunft gab, kam auch Tydeus herbei, der Vater des Diomedes, zusammen mit dem wilden Kapaneos, dem Vater des Sthenelos, und beide begrüßten mich freundlich. Ich schilderte ihnen unsere Abenteuer in Assyrien und Babylon, und sie freuten sich sehr, die jüngsten Heldentaten des Königs von Argos zu hören. Da klang in meinen Ohren plötzlich eine vertraute Stimme, die ich schon viele Jahre lang nicht mehr vernommen hatte, und als ich mich überrascht umdrehte, sah ich den Geist des tapferen Sthenelos nahen.

»Sthenelos!« rief ich erfreut. »Bist du es wirklich? Daß ich dich noch einmal wiedersehen darf! Vieles ist in der Zeit seit unserer Trennung geschehen; wir haben viele Länder durchstreift und in vielen Schlachten gefochten. Niemals aber sah ich einen Helden den Tod eines Freundes so tief und so lange betrauern wie Diomedes den deinen. Berichte mir, was geschehen ist, als wir aus Argos flohen und du allein zurückbliebst.«

»Das ist nun schon so lange her«, versetzte der Geist des toten Fürsten mit leiser Stimme, »daß ich fast nicht mehr weiß, ob es auch wahr ist. Schau mich doch an! Einst war ich der Gefährte eines großen Helden; heute bin ich nur ein Schatten ohne Blut und Kraft. Du bist bei Diomedes an meine Stelle getreten, Aras. Warte, vielleicht wirst auch du bald so sprechen wie ich.«

Dabei legte er mir seine Hand auf die Schulter; sein Vater Kapaneos sagte indessen stolz: »Wahrlich, niemals hat Argos einen mutigeren und stärkeren Kämpfer in seinen Mauern gesehen als meinen Sohn! So groß die Überzahl der Feinde auch war, er wich nicht vor ihnen, solange noch Leben in ihm pulste. Sthenelos hat seinem ruhmvollen Geschlecht Ehre gebracht.«

»Du kannst zufrieden sein, Sthenelos«, sagte ich, »weil deine Ahnen solchen Stolz auf dich empfinden. Dein Name klingt ebenbürtig neben denen größter Helden. Niemals wird man dich in deiner Heimat vergessen, und obwohl du einen so berühmten Kämpfer zum Vater hattest, stehst du nicht hinter ihm zurück.«

Sthenelos aber blickte mich traurig an und gab zur Antwort: »Was redest du da, Aras! Glücklich soll ich sein, ich, der ich jetzt nur noch ein graues Schattenbild bin, ein blutleeres Gespenst in einer sonnenlosen Höhle? Wenn ich oben in der Lichtwelt auch als Held verehrt werde, was nützt mir das in dieser schrecklichen Tiefe? Lieber wäre ich der ärmste von allen verachteten Tagelöhnern unter den wärmenden Strahlen des Himmels, als hier unten selbst der ruhmvollste unter den Schatten! Ach, du weißt ja nicht, wie gleichförmig und trostlos jeder Tag im Reich der Toten ist. Es gibt nicht Morgen noch Abend, nicht Mond noch Sterne. Kein warmer Wind bläst mir durchs Haar wie einst in den Bergen Thessaliens; kein frischer Wasserguß erquickt mich wie vor Zeiten an Böotiens Quellen; kein frohes Lied, kein Lachen dringt mehr an mein Ohr wie vordem in den Feldlagern vor Theben oder Troja. Wäre ich doch niemals geboren, hätte ich doch das Leben niemals genossen! Dann wüßte ich nicht, was ich verlor, und könnte glücklicher sein!«

So sprach er; und alle anderen, die ich dort traf, sagten das gleiche zu mir. Da erkannte ich, wie unersetzlich jeder Atemzug des Daseins ist, und wie schmerzvoll die Ewigkeit nach dem Tode. So wie ich in den Ländern der Reue und Qualen gelernt hatte, daß man das Böse verabscheuen und das

Gute lieben muß, so spürte ich nun den unschätzbaren Wert des Lebens und sah ein, wie töricht ich war, es zu verachten.

Gathaspar führte mich weiter durch das Land des Glücks, um meine Eltern zu finden. Ich traf Kerikkaili, den tapferen Heerführer der Hethiter, den Diomedes vor Paphos besiegte. Neben ihm schritt Penthesilea, die Königin der Amazonen, die Kerikkaili so sehr geliebt hatte und mit der er nun, wenn nicht im Leben, so doch wenigstens im Tod vereint war. Ich sah die Fürsten der Churriter und Mitanni, der Assyrer und Akkader, Babylonier, Syrer und Phönizier; viele von ihnen kamen herbei, um Gathaspar zu begrüßen. Ich begegnete dem Geist des mächtigen Sargon, der einst die Welt vom Oberen bis zum Unteren Meer eroberte und dabei die Unsterblichkeit verspielte. Lange sprach er mit dem uralten Magier, und auch mich begrüßte er freundlich. Dann aber durchfuhr mich ein furchtbarer Schreck, als ich plötzlich dem Schatten des toten Assyrers Kilischu gegenüberstand.

Entsetzt wich ich zurück; meine Hände begannen zu zittern, ich spürte, wie das Blut in meinen Adern schneller floß und mein Herz zu schlagen begann wie eine Trommel vor einer Schlacht. Angstvoll suchte ich mich hinter Gathaspar zu verbergen, denn ich dachte nicht anders, als daß mein Rivale sich sogleich auf mich stürzen würde, um seinen Tod an mir zu rächen. Der Schatten des toten Feldherrn aber blickte mich nur voller Bitterkeit an; Enttäuschung und tiefe Traurigkeit lagen auf seinen Zügen. Dann wandte sich der Geist ab und verschwand ohne ein Wort in der Dunkelheit. Gathaspar sagte:

»Du brauchst mir nicht zu erklären, wer dieser Mann war und warum du solche Furcht vor ihm empfandest. Denn auch dieses Geheimnis blieb mir nicht verborgen. Weil es jedoch der Wille der Götter war, die alles auf diese Weise geschehen ließen und dich nur als ihr Werkzeug benutzten, sei dir deine Sünde verziehen. Auch Kilischu hegt keinen Groll mehr gegen dich, seit er die Wahrheit erfuhr. Doch Perisade darfst du nicht sehen, und auch nicht Hermione – das soll die Strafe sein.«

Noch lange Zeit zogen wir nebeneinander durch diese wüste Welt, der unsterbliche Magier und ich, höher und höher empor auf dem düstern Turm, so daß die neblige Ebene der Ruhelosen unter uns bald wie ein fernes Gewebe von weißen Schleiern erschien, und die riesigen Ungeheuer darin wie Käfer in den Furchen des Ackers. Schon war die Hälfte des zweiten Tages vergangen, da gelangten wir an ein schönes Haus mit zierlich geformten Säulen; Gathaspar pochte laut an die hölzerne Pforte, und als sie sich öffnete, sah ich den Geist einer schönen Frau mit langen, blonden Haaren, edel geschwungenen Brauen, dunklen, freundlichen Augen und einem lächelnden Mund vor mir. Sie war von hoher, schlanker Gestalt und überirdischer Anmut; ein schlichtes Leinengewand umschloß ihren Körper. Sie blickte mir freundlich in die Augen, und Gathaspar sagte zu mir: »Das, Aras, ist Sebarit, deine Mutter.«

Aber ich hatte sie längst erkannt, so viele Jahre auch seit ihrem Tod verstrichen waren. Ein hilfloser Knabe war ich, als ich sie damals verlor; als ein vom Schicksal gehärteter Mann fand ich sie wieder, aber ich fühlte keinen Unterschied in meiner Liebe zu ihr. Tränen stiegen in meine Augen, als ich sie umarmte; ich fühlte mich wieder in meine Kindheit versetzt und zuhause, als wäre seither nur ein einziger Tag vergangen. In dem Haus sah ich Nabonaras, den Mann, den ich als meinen Vater kannte. Er umfaßte meine Handgelenke, und sein Antlitz leuchtete auf. Nabonet, sein Vater, der Hohepriester Babylons, den ich auf dem Etemenanki sterben sah, saß an einer mit Speisen beladenen Tafel. Neben ihm entdeckte ich den Geist Barils, meiner geliebten Schwester, und ein Strom verworrener, seltsamer Empfindungen durchraste mein Herz.

Gathaspar begrüßte Nabonet mit großer Herzlichkeit. Dann ließen wir uns auf silberne Stühle nieder, aßen schweigend von den Speisen und vergaßen auch das Opfer nicht. Oft trafen sich meine Blicke mit denen meiner Eltern und meiner Schwester. Ich mußte mich bezähmen, das ernste Schweigen zu achten und nicht vorlaut mit einer der zahllosen Fragen zu stören, die sich in meine Sinne drängten. Denn unter den Geweihten, auch wenn sie einander noch so nahe stehen, gelten besondere Regeln. Endlich war das Mahl beendet. Gathaspar, der Unsterbliche, ergriff als erster das Wort:

»Ich grüße dich, Nabonet«, sprach er, »Hohepriester Babylons, der du mit klugen Werken den Menschen am Rand des Purattu so lange den Frieden bewahrtest. Ich grüße dich, Nabonaras, der du im Kampf mit der Schlange dein Leben gabst. Ich grüße dich, Sebarit, Dienerin der Sonne, die du soviel um deiner Liebe willen ertrugst, und dich, Baril, die du schon so früh hinunter zu den Schatten mußtest. Ich bringe euch Aras, euren Enkel, Sohn und Bruder, der überdies ein Jüngling ist, von dem wir Großes erhoffen.«

Die anderen schauten mich an, und obwohl sie nur Schatten waren, lag soviel Liebe in ihren Blicken, daß ein Gefühl des Friedens und der Geborgenheit mein Herz erwärmte und meine Seele froh machte wie nie zuvor. Gathaspar fuhr fort:

»Was du, Nabonet, einst vergeblich von deinem Sohn erhofftest, nämlich, daß er der vierte im Kreis der unsterblichen Magier werde und mit uns die Schlange besiege, kann sich nun in deinem Enkel erfüllen. Wie seine Himmelszeichen waren, weißt du selber; die wandernden Sterne des Lebens und des Todes vereinten sich in der Nacht seiner Geburt im Bild des großen Himmelsstiers zu einem flammenden Mal, so wie es die geheimen Tafeln prophezeiten. Freilich, vor vielen Jahren erhofften wir von Nabonaras das gleiche. Ein grausames Schicksal hat ihm den Sieg verweigert. Damit sich bei Aras nicht wiederhole, was unsere Pläne so oft zerstörte, geleitete ich ihn in den Arallu. Denn ich wünsche, daß er die Geheimnisse von Leben und Tod enträtseln, die wirklichen Werte und Wahrheiten erkennen, die Notwendigkeiten einsehen und seine Verpflichtung allen anderen Wünschen voranstellen soll. Sagt ihm also, was ihr ihm als seine nächsten Verwandten zu sagen habt: Ob ihr die Rache wünscht, die er schon oft an eurem Todfeind zu vollbringen suchte, oder die Erlösung, nicht nur zu eurem eigenen Wohl, sondern zu dem aller Menschen, der Lebenden und der Toten.«

Danach erzählte er alles, was ich in den Jahren zuvor erlebt und erlitten hatte, und ich las Mitleid in den Gesichtern meiner Eltern und meiner unglücklichen Schwester. Schließlich erhob sich der weise Nabonet, faßte mich freundlich ins Auge und sprach:
»Das also war es, was mir in der Todesstunde solche Rätsel aufgab! Du bist auf den Turm Etemenanki gedrungen, als ich dort im Sterben lag. Ich sah die goldenen Punkte in deinen Augen, aber ich erkannte dich nicht, obwohl ich doch wußte, daß Sebarits Sohn noch lebte. Nun kommst du an diesen traurigen Ort, und ich empfinde Dankbarkeit dafür, daß dich Gathaspar beschützte. Vielleicht war es doch nicht umsonst, was mein Geschlecht im Kampf gegen die fluchwürdige Schlange an Opfern brachte. Vielleicht wirst du erreichen, was die Götter mir und meinem Sohn verwehrten. Diese Hoffnung macht mich froh. Was wir dir geben können, ist der Rat derer, die scheiterten, und deren Fehler du nicht wiederholen darfst.«

Ich atmete tief und schaute zu Gathaspar, der mir mit einem Lächeln Mut gab; dann sprach ich:
»Ich wäre glücklicher, meine geliebten Eltern, wenn ich euch nicht verloren hätte und mich noch heute zusammen mit euch am Licht der Sonne erfreuen könnte. Wie einsam war ich ohne euch, und wie verzweifelt! Aber ich will nicht länger mit meinem Schicksal hadern, nachdem es mir nun wenigstens vergönnt war, euch noch einmal wiederzusehen, wenn auch an einem so traurigen, freudlosen Ort. Ich hatte nur eine einzige Frage; jetzt aber, da ich euch vor mir sehe, wurden viele daraus. Sagt mir also zuerst: Wie endete Barils Leben? Noch vor kurzer Zeit sah ich sie im Tempel Chepats auf der Insel der Lachenden Vögel. Wie fügte es sich, daß sie jetzt hinunter zu den Schatten sank?«

Baril ergriff meine Hand und antwortete leise: »Ich trauere der Welt nicht nach, die mir nur Schmerz und Qualen gönnte. Der göttliche Vater selbst hat Aktamar, sein Heiligtum, vernichtet, aus Zorn über die ungetreuen Völker, die nunmehr auch im Land der Churriter die Schlange anzubeten beginnen. Mein göttlicher Herr ließ die Erde erbeben und Stürme vom Dach der Welt herbeirasen. Er regte das Meer des Gebirges auf und befahl dem Tag, zur Nacht zu werden. Am Ende rüttelte er mit seiner alles vermögenden Kraft an den Gipfeln der Berge und schlug die heilige Insel in Stücke, die alle bis auf eines im Wasser versanken. Seither steht dort nur mehr ein nackter Felsen, auf dem noch immer die Lachenden Vögel wohnen; vom Tempel Chepats aber findest du nichts mehr. In seinen Trümmern tief unter dem Wasser liegt auch mein Leichnam. Als ich den Willen Gottes erfuhr, bat ich ihn, sein Heiligtum zu meinem Grab zu machen, denn ich begehrte nicht länger zu leben. Er schlug mir diesen Wunsch nicht ab, denn ich war ihm nicht nur eine fromme Tochter, sondern auch in all den Jahren stets eine treue Dienerin.«

Ich schwieg erschüttert, als ich das hörte. Nabonaras, mein Pflegevater, ergriff nun das Wort; er schilderte seine Jugend und seinen Aufbruch von Babylon und erzählte, wie er auf der Insel Aktamar der schönen Sebarit begegnet war. Danach legte meine Mutter ihre schmale Hand auf meinen Arm und sprach:

»Du bist, wie Baril, zu höchsten Taten geboren. Wäre ich nicht aus Liebe in Sünde gefallen, würdest du vielleicht schon jetzt über Länder und Völker gebieten. Aber selbst das wäre nur wenig gegen die Aussicht, zum Retter der Menschen zu werden. Nach diesem Ziel sollen von jetzt an alle deine Sinne trachten; nichts anderes sollst du mehr anstreben, auch um unseretwillen. Denn wenn die Schlange bezwungen ist, wird dieser schlimme, trostlose Ort wieder zu jenem Paradies, zu dem der Schöpfer ihn am Anfang aller Zeit bestimmte. Denn der Arallu, Aras, wird nicht für ewig diese schreckliche Gestalt behalten. Gott schuf ihn einst als fruchtbaren Garten mit prächtigen Blüten in zahllosen Farben, prallen Früchten, dichten Gräsern und murmelnden Quellen, als einen Rastplatz der Menschen nach ihrem Leben. Erst die Schlange hat den Arallu zu einer Folterkammer der Seelen gemacht, und Gott ließ es geschehen, um die Menschen für ihre Sünden zu strafen. Erst nach dem Sieg über das Böse, zu dem du soviel beitragen kannst, Aras, wird auch die Unterwelt wieder erblühen wie Eden.«

»Darum kannst du nicht nur den Lebenden, sondern noch mehr den Toten helfen«, sprach der weise Nabonet, »aber nur dann, wenn du dich nicht beirren läßt und stets das Rechte tust. Wir alle hoffen auf dich, und darauf, daß dir glückt, was uns verweigert wurde.

Darum darfst du fortan nicht mehr nur für deine Rache leben, so sehr du sie dir auch ersehnen magst. Ich spreche dich frei von jeder Verpflichtung ob unseres Blutes. Kehre zurück in die Lichtwelt und folge allein dem Willen der Götter; suche das hohe Ziel zu erreichen und lasse dich durch nichts von diesem Weg abbringen. Wenn du an uns denkst, sollst du fortan nicht mehr den Drang nach Vergeltung verspüren, sondern den Wunsch, uns zu erlösen und diese trostlose Welt des Todes endlich in ein wahres Land des Glücks zu wandeln.«

»Ihr wollt nicht, daß ich Pithunnas Blut um euer und meiner eigenen Ehre willen vergieße?« rief ich erstaunt. »Begehrt ihr nicht, daß ich als euer Sohn die edle Pflicht der Rache auf mich nehme, getreu dem heiligen Gesetz? Soll ich die göttlichen Gebote nicht mehr achten? Ist das wirklich euer Wille?«

Meine Eltern wechselten besorgte Blicke; dann sprach meine Mutter:»Ja, Aras, du hast uns richtig verstanden. Nichts ist wichtiger als der Kampf gegen das Böse, selbst wenn wir deshalb ungerächt bleiben. Ja, selbst wenn wir ewig durch das Land der Ruhelosen irren müßten, würde ich dich um keinen Dienst für uns bitten; denn alle anderen Taten sind gegen das, was wir von dir jetzt erhoffen, so wenig bedeutsam wie ein verlassener Einsiedlerhof gegen die volkreiche Hauptstadt, wie ein vertrockneter Bachlauf gegen den mächtig anschwellenden Strom und wie der schwächliche Hauch eines Kranken gegen den tobenden Sturmwind. Nicht Haß und Rache, sondern Liebe und Vergebung müssen die Welt regieren, wenn wir und alle anderen Menschen erlöst werden sollen. So will es Gott, und es ist jetzt an dir, dieses Ziel zu erreichen.«

Ich schaute die anderen nachdenklich an und fühlte Verwirrung in meiner Seele, denn ich vermochte noch nicht zu begreifen, daß alles, wofür ich bisher gekämpft hatte, plötzlich so wenig wichtig sein sollte gegen das, was mir nun von den Eltern aufgetragen war. So flehentlich meine Mutter mich auch bei ihrer Bitte angeschaut hatte, ich konnte mich doch nicht entschließen, meiner Rache ganz zu entsagen, nach der ich mich seit so vielen Jahren sehnte. Gathaspar sah mich mit dem wissenden Blick eines Mannes an, der selbst die heimlichsten Gedanken eines Menschen an dessen Miene erkennt; aber er schwieg. Statt seiner sagte Nabonet, der weise Hohepriester:

»Du bist gewiß verwirrt, Aras, daß du von deinen Eltern solches hörst, und meinst vielleicht sogar, wir Tote seien nicht mehr Herren unserer Sinne. Nein, sage nichts! Ich kann dich gut verstehen. Doch du wirst anders denken, wenn du von mir erfährst, wieviel Götter von dem Menschen fordern, der sich Unsterblichkeit erringen will. Wenn sich bei deiner Geburt, wie auch bei der meines Sohnes, die Sterne des Himmels zu verheißungsvollen Bildern formten, so war dies nur ein Zeichen, kein Versprechen; es ist noch längst nicht entschieden, ob du das Ziel erreichen wirst. Es gab mehr Menschen, die an dieser Aufgabe scheiterten, als solche, die sie erfüllten, und mein Sohn Nabonaras war wohl der Unglücklichste unter ihnen.

Darum will ich dir sagen, was du stets beherzigen sollst, wenn du nicht auf die gleiche Art versagen willst: Löse dich von dem, was in dir menschlich ist! Werde Herr über alle Wünsche deines Leibes! Überwinde Angst und Schwäche deiner Seele! Furcht mußt du besiegen, und den Haß. Dann wirst du frei und unverwundbar sein.

Nabonaras stürzte über die Liebe seines Herzens, denn in Sebarits Umarmung vergaß er seine Bestimmung und verstrickte sich in Sünde. Sargon, der einst über alle vier Weltteile herrschte, versagte durch seinen grausamen Haß; denn er verfolgte seine Gegner bis zum Rand der Welt und vergaß im Kampfeseifer seinen vorbestimmten Weg, bis es zu spät war und er sterben mußte. Wieder andere scheiterten aus anderen Gründen, aber eines war ihnen allen gemeinsam: Sie hatten nicht die schwerste Forderung erkannt, die der erfüllen muß, der uns erlösen soll: Der Mensch, der wünscht, den Willen Gottes zu erfüllen, muß einen Menschen töten.«

»Einen Menschen töten?« fragte ich. »Nun, das Schicksal führte mich in viele Kämpfe, und mehr als einer meiner Feinde hat sein Leben unter meinem Schwert verhaucht. Mir scheint es leicht, diese Bedingung zu erfüllen.«

Der Alte antwortete ernst: »Du hast mich nicht verstanden, Aras. Es ist durchaus nicht leicht, sondern viel schwerer als du glaubst. Denn mit dem Menschen, den du töten sollst, bist du selbst gemeint. Ja, dich selbst mußt du töten, bis in deiner Seele nichts mehr von einer menschlichen Schwäche zurückbleibt. Du darfst nicht länger Sklave von Haß, Wut, Rachsucht, Leidenschaft, Angst, Freude und Begierden bleiben; sondern du mußt diese Gefühle überwinden und aus deinem Herzen brennen wie das Unkraut aus dem Feld. Nur Liebe zu den Menschen darf in deiner Seele bleiben.«

»Nun weißt du genug«, sprach Gathaspar, »wir müssen dieses Land verlassen. Die Göttin des Todes wünscht uns morgen an ihrer Tafel zu sehen, und unsere Zeit ist knapp. Denke nach über das, was du hier hörtest, und ziehe deine Schlüsse daraus! Am Throne Luzifers werden wir darüber sprechen, und vielleicht wird Gilgamesch dir dort sogar einen Teil deiner Zukunft enthüllen und weiteren Ratschlag erteilen.«

Er umarmte den Geist Nabonets, der einst sein guter Freund gewesen war; Sebarit, meine Mutter, lächelte traurig, als ich nach ihren Händen griff, und in Barils Augen sah ich Tränen. So nahm ich Abschied von meinen Eltern und von meiner geliebten Schwester, die mir noch nach ihrem Tod so viel Hilfe gegeben hatten, und deren Liebe zu mir nie erlosch.

Dann führte mich der Magier zum Tor der Ewigkeit.

3 Die Spitze des Turms im Arallu ist ganz aus blanken, silbernen Ziegeln gemauert. In ihrem Innern sah ich Pracht und Schönheit wie noch nie zuvor in meinem Leben. Golddurchwobene Purpurstoffe bedeckten den Boden, Smaragde und Saphire funkelten an den Wänden, und die Decke glitzerte in reinem, rotem Gold. Hochgewachsene, kostbar gekleidete Diener von göttlicher Schönheit, sechshundert an der Zahl, die man die Annunaki nennt, die Gottheiten der Tiefe, empfingen uns mit den schmeichelnden Klängen von Harfen, Flöten, Schlagbecken und Kitharen. Es duftete köstlich nach Weihrauch und Myrrhe, Luban und Olibanum, Balsam, Bdellion und Thuriferen. Das goldene Schild an der Pforte verkündete in gewaltigen Lettern:»Der du hier eintrittst, lasse fahren, was an dir noch menschlich ist!«

Die wohlgestalteten Diener des Totengottes führten uns in einen riesigen Saal, in dem es glitzerte und glänzte, als wären wir in die Mitte des Mondes gedrungen. Sieben Stühle standen im runden Bogen vor uns. Ehrfürchtig hob Gathaspar die Arme. Ich verbarg mein Gesicht erschrocken zwischen den Händen, denn ich vermochte die gleißende Helligkeit nicht zu ertragen. Erst nach einiger Zeit gewöhnten sich meine Augen an dieses unirdische Licht; neugierig spähte ich zwischen den Fingern hindurch. Da sah ich die mächtigsten Fürsten der Unterwelt vor mir.

Auf dem mittleren Thron, gefügt aus schwarzen Perlen und mattglänzendem Obsidian, sah ich das riesige Standbild des Herrschers der Hölle. Es war das Abbild des größten und schrecklichsten Dämons, des schlimmsten aller Gottesfeinde, dessen schreckliche Erscheinung die der Schlange ist. Das Antlitz des Götterbildes weckte Furcht in mir, denn aus ihm strahlte die unbesiegbare Macht des Todes, gepaart mit Mitleidlosigkeit und Härte, Mordlust und dem Willen zur Vernichtung. Zehnmal höher als ein Mensch erhob sich das steinerne Abbild des Dämons, so daß ich vor seiner ungeheuren Größe erschauerte; seine Augen aber waren geschlossen, denn der Fürst der Tiefe weilte zu dieser Stunde nicht in seinem Tempel.

Daneben saß auf einem hohen Stuhl aus weißem Muschelstein und Diamanten die bleiche Dämonin Ereschkigal, die gefürchtete Gemahlin des Schattenfürsten, die sich als Totengöttin verehren läßt; ich erbebte vor ihrer schrecklichen Schönheit. Weiß blitzten spitze Zähne in ihrem purpurnen Mund, als sie Gathaspar begrüßte; ihre weißen Wangen spannten sich, während sie sprach, reizvoll und verführerisch wie die einer liebeshungrigen Frau, die begehrlich ihren Gatten umwirbt. Die langen, feingliedrigen Finger mit den blau bemalten Nägeln glitten langsam über ihren schlanken, hellhäutigen Leib, den golden schimmernde Schleier verhüllten. Kunstvoll geschmiedeter Schmuck aus Gold und Rubinen bedeckte ihre Brüste und schmiegsamen Lenden, und ihr schwarzschimmerndes Haar reichte bis zu den weich geschwungenen Hüften. Lange faßte sie mich mit einem Blick ihrer nachtdunklen Augen, und ihr reizvolles Antlitz mit den schmalen Nasenflügeln, der feingeformten Stirn und den vollen, dunkelblauen Lippen, zwischen denen eine träge und doch wache Zunge Worte formte, fesselten mich so, daß ich sie kaum verstand, als sie zu Gathaspar sagte:

»Willkommen, Erdgeborene, im Kreis der Himmelsfeinde! Luzifer, mein flammenäugiger Gemahl, er weilt zur Stunde fern von hier, zu eurem Glück. Denn dieser Jüngling, den du zu uns brachtest, Gathaspar, er könnte seinen Anblick kaum ertragen.«

»Luzifer?« fragte ich verwundert. »Diesen Namen hörte ich noch nie. Heißt der Fürst der Unterwelt nicht Nergal? Oder Hades bei den Griechen, Osiris bei den Ägyptern, und in Phönizien Mot?«

»Diese Namen«, antwortete Gathaspar, »bezeichnen den Herrn des Todes, wie man ihn oben in der Lichtwelt kennt. Jedoch, er ist nur eine Erscheinungsform eines Mächtigeren, der in Wahrheit der Einzige Gott ist. Er ist allmächtig und allwissend, und es gibt keine fremden Götter neben ihm.«

»Schon im Etemenanki sagtest du mir, es gebe nur einen einzigen Gott«, antwortete ich, »damals wagte ich nicht zu fragen – nun aber sage mir: Ist das wirklich wahr? Es werden doch seit Anbeginn der Zeit so viele Götter auf Erden verehrt!«

Gathaspar lächelte und erklärte: »Es ist eines der Geheimnisse der Religion, daß sie von einfachen Gemütern am schnellsten in ihrer schwierigsten und unklarsten Form verstanden wird, daß es jedoch eines sehr gebildeten Geistes bedarf, um sie auch in ihrer leichtesten, wirklichen Form zu begreifen. Die Menschen der Vorzeit besaßen nicht solchen Verstand und hätten sich Gottes Allmacht nicht vorstellen können – aber ihre Fähigkeiten reichten aus, um vielerlei verschiedene Erscheinungsformen desselben und einzigen Gottes anzubeten. Der hochentwickelte Geist eines Weisen jedoch vermag sich nicht damit abzufinden, daß es so viele Götter geben soll, die noch dazu im Himmel wie Menschen zanken und hadern. Die besten Priester und Philosophen aller Völker wissen daher schon seit langem, daß Himmel und Erde von einem einzigen Schöpfer aus dem Nichts erschaffen wurden, der ewig ist. Darum: Je einfacher und klarer Gott sich offenbart, desto mehr Geist und Glauben benötigen die Menschen, um ihn zu erkennen. Auch du mußt noch warten, bis dein Geist gereift und ausgebildet ist, um das Mysterium des Einzigen zu fassen. Dann werde ich dich im wahren Glauben unterweisen; doch dies wird erst in Harappa geschehen.«

»Und Luzifer?« fragte ich atemlos, »ist auch er eine Erscheinungsform dieses Gottes?«

»Nein«, sagte Gathaspar, »Luzifer, der Fürst der Hölle, ist der höchste der Dämonen. Einst führte er im Himmel die guten Geister Gottes an, die man auch Engel nennt; dann aber empörte er sich gegen den Einzigen, denn er neidet Gott seine Allmacht, und wurde zur Strafe hinab in die Hölle gestürzt. Dort herrscht er nun, unglücklich und verbannt, und rächt sich für sein Schicksal an den Menschen. Das Böse auf der Welt ist seine Tat, die Schlange eine seiner Gestalten. Er herrscht in der Unterwelt, so wie der Einzige Gott im Himmel und auf Erden herrscht. Der Totengott aber, wie er auf Erden von allen Völkern in verschiedener Gestalt und unter vielen Namen angebetet wird, ist als Erscheinungsform Gottes nicht böse, sondern barmherzig, und keineswegs grausamer als das Leben. So fügte es Gott, weil sich die Menschen nicht allzu sehr vor dem Tod ängstigen sollen. Die anderen, die du hier siehst und die auf der Erde als Götter der Unterwelt verehrt werden, sind in Wirklichkeit ebenfalls nur Dämonen; dennoch besitzen sie große Macht. Sie sind Luzifer untertan, aber sie wissen, daß auch ihnen einmal die Erlösung winkt, so wie auch ihrem Fürsten selbst. Aber du sollst jetzt nicht zuviel erfahren, damit dein Geist nicht überfordert wird, das neue Wissen richtig einzuordnen. Denn nur der geschulte Verstand vermag das Geheimnis des Glaubens zu ergründen.«

Der Stuhl neben Ereschkigal, aus weißem und rotem Zedernholz geschnitzt, stand leer – es war der Platz Dummuzis, des fruchtbarkeitbringenden Geistes, der im achäischen Adonis, im babylonischen Tammuz, manchmal auch Urukagina, Gudea oder Siniddina genannt wird und Pflanzen und Tiere behütet. Dummuzi hilft dem Samen zu sprießen, dem Keim zu grünen, dem Mutterschaf zu werfen, aber in jedem Jahr muß er, wie ich schon in Assur erfuhr, die Erde verlassen und drei Monde lang in der Unterwelt wohnen. Dann verlischt unter der Sonne das Leben, und es beginnt die Zeit, die man den Winter nennt. Viele Legenden und Göttersagen sind in den Jahrhunderten um dieses Wunder gewachsen, das in Wirklichkeit nur den Sinn hat, daß nicht nur die Menschen, sondern auch der Boden, die Felder und alle nützlichen Lebewesen in Ställen und Hürden einmal ausruhen sollen.

Neben dem verlassenen Thron dieses Geistes saß auf einem Sitz aus schwarzem Ebenholz eine alte, weißhaarige Frau mit blauen, leuchtenden Augen und dunkel glänzender Haut; sie war gleichfalls von übermenschlicher Größe, trug ein weißes Leinengewand und war mit einer schwarzen Schlangenhaut umgürtet. In ihrem Schoß hielt sie silberne Tafeln, auf denen die Namen der Lebenden und der Toten standen; die Dämonin ritzte mit goldenem Griffel die Zeichen der Zeiten darein, denn sie war die Schreiberin des Todes, die unbetrügbare Geschninna.

Der Dämon, der die Seelen aus der Lichtwelt zu den Schatten holt, Namtar, der Stumme, der uns am Tor der Nimmerwiederkehr empfangen hatte – er saß am anderen Ende des Tisches, den kahlen Schädel in seine knochigen Hände gestützt und den lähmenden Stab auf den Knien. Seine schrägen, gelbschimmernden Augen ruhten lauernd auf uns wie die eines nächtlichen Raubtiers. Denn der Diener des Todes ist niemals müde und giert stets nach Leben wie ein Löwe nach frischem Fleisch. Die Achäer nennen ihn Thanatos; sein entsetzlicher Thron ist aus den gebleichten Schädeln von Menschen gezimmert, in deren leeren Augenhöhlen ich von der Vergänglichkeit des Lebens las.

Gathaspar, der unsterbliche Magier, sagte ehrerbietig: »Ich grüße dich, Ereschkigal, und verneige mich vor deiner Weisheit wie vor deiner Schönheit. Erlaube mir, daß ich am Anfang deine Zweifel kläre: Der Mann, den du neben mir siehst, ist wahrhaftig zu Großem berufen, und daß er beim Eintreten sein Antlitz in den Händen verbarg, entsprang nur dem Menschlichen in ihm, das sich vor dem Überirdischen fürchtet. Aber wir hoffen, das Menschliche schon sehr bald aus seiner Seele zu roden.«

»Die Hoffnung ist süß und billig wie Wein«, antwortete eine kräftige, klangvolle Stimme, »leider zerplatzt sie auch ebensoleicht wie ein Traum aus dem wärmenden Traubengetränk! Von vielen schon hörte ich, die das hohe Ziel anstrebten. Doch nur den wenigsten war es vergönnt, die Prüfung zu bestehen, an der ich, Gilgamesch, einst scheiterte.«

Ich wandte mich überrascht um, als ich diesen Namen hörte, und starrte auf den Platz zur Rechten des mächtigen Nergalbildes. Dort lehnte ein riesiger Krieger in goldener Rüstung auf einem Stuhl aus Elfenbein und Lapislazuli. Wie die Mähne eines nubischen Löwen wallte das dichte, tiefschwarze Haupthaar auf seinen Nacken, ein lockiger Bart umhüllte ihm Gesicht und Hals bis zu den gewaltigen Schultern, die breit waren wie die eines starken Stiers. Kühn funkelten schwarzglänzende Augen aus seinem narbenreichen Gesicht, und an seinen nackten Armen schwollen Muskeln wie steile Berge, als er seinen ungeheuren Leib emporstützte, sich erhob und langsam auf uns zuschritt. Er überragte uns wie ein Widder die Lämmer. Das Schwert an seiner Seite war groß wie ein zyprisches Ruder. Jeder Ring seines Panzerhemds erschien uns breit und schwer wie ein urartäischer Armreif. Sein Helm wölbte sich mächtiger als der Rücken eines argolischen Bootes. Auch wenn er seinen Namen nicht genannt hätte, hätte ich nun erkannt, daß ich vor Gilgamesch stand, dem stärksten Helden aller vergangenen Zeiten.

Gilgamesch war der Sohn des weisen Königs Lugalbanda und nach seinem Vater Herrscher des neunhundertürmigen Uruk am Fluß Purattu; er umgab seine Stadt mit einer sechsfach mannshohen und zwölftausend Schritt langen Mauer, vor mehr als vierzig Menschenaltern. Danach besiegte er den kriegerischen Fürsten Aka von Kisch, vertrieb die Dämonin Lilit mit ihrer greulichen Schlange und dem Sturmvogel Zu aus dem Chulippubaum der Göttin Ischtar, überwand selbst den von den Göttern geformten Tiermann Enkidu, der später sein Freund und Gefährte wurde, und tilgte am Ende sogar das entsetzliche Ungeheuer Chuwawa im fernen Zedernwald vom Angesicht der Welt. Nie wieder vermochte ein Wesen aus Fleisch und Blut solche Taten zu vollbringen. Doch die Unsterblichkeit, die vor ihm Gathaspar als erster erhielt, blieb Gilgamesch dennoch verwehrt.

Enkidu, der Tiermann, den die Götter formten, weil sie Gilgameschs Stärke erproben wollten, aber keinen menschlichen Gegner mehr für ihn fanden, ist der letzte der sieben Herrscher Arallus. Er saß neben seinem einstigen Feind; der Kopf eines Stieres ruhte auf seinen muskelschweren Schultern. Enkidus Arme endeten in den Klauen eines Löwen, seine Füße in den Fangstößen eines Adlers. Schuppig wie die Hülle eines Drachens war seine unverletzliche Haut, und seine Stimme dröhnte tief wie das Brüllen des Sturmwinds, als er erklärte:

»Seit langem hat kein Menschenauge diesen Saal erblickt, und Lebende waren stets nur selten Gäste der Herrscher der Toten. Ach, wie lange wohnen Gilgamesch und ich schon hier, wo wir doch beide ebenso unsterblich hätten werden können! Hast du vergessen, edler Utnapischtim, wie mein mächtiger Gefährte keinen Feind mehr zu fürchten hatte, aber am Ende dennoch dem Tode anheimfiel? Du selbst hast damals versucht, ihn davor zu bewahren, doch deine Zaubermacht versagte ebenso wie seine Heldenstärke. Nun soll der Jüngling neben dir erreichen, was einem Gilgamesch verwehrt blieb?«

»Utnapischtim?« fragte ich erstaunt. »Was soll dieses Wort bedeuten, Gathaspar? Wenn es akkadisch ist, so heißt es nichts anderes als ›Tag des Lebens‹, aber ich kann seinen Sinn nicht verstehen.«

»Ja, ›Tag des Lebens‹ nannte er mich«, antwortete der alte Magier, »denn das ist einer von meinen Namen. Die Schwarzköpfigen von Sumer nannten mich so, als ich nach der göttlichen Sintflut zu ihnen kam und meinen alten Namen Ziusudra ablegte; und auch der große Gilgamesch sprach mich so an, als er mich vor langen Zeiten auf der Insel Tilmun besuchte. Aber das ist nun ohne Bedeutung, und es gibt anderes zu bereden, was für dich wichtiger ist. Darum höre gut zu und wäge jedes Wort mit Sorgfalt, damit wir die kostbare Zeit nicht verschwenden.«

Danach wandte sich Gathaspar Gilgamesch zu und sagte: »Wahrlich, mein Freund, keines Mannes Schicksal habe ich mehr bedauert als das deine, denn niemand besaß jemals bessere Gaben als du. Die Welt kannte deinen Namen, nicht Bosheit noch Tücke, sondern Liebe und Edelmut wohnten in deinem Herzen, und deine Kraft war so groß, daß selbst die Schlange dich nicht im offenen Kampf zu überwinden vermochte, sondern dir am Ende listig stehlen mußte, was du so sehr begehrtest. Wärst du ebenso vom Glück begünstigt gewesen wie dein Bruder Melikhor, so hätte alle Qual ein Ende, und die Menschen wären längst erlöst.«

»Melikhor?« fragte ich verwundert, »erzähle mir mehr davon, Gathaspar. Ich kenne manche Göttersage der Akkader, doch das, wovon du sprichst, ist mir auf keiner der alten Tafeln in Tempeln oder Palästen begegnet.«

»Gilgamesch sollte nach mir der zweite im Kreis der unsterblichen Magier werden«, antwortete Gathaspar, in schwere Erinnerungen versunken. »Ich wohnte damals noch auf Tilmun, hoch im Gestein des Berges Niser, von dem ich alljährlich zu meinen Fahrten über die Weltenscheibe aufbrach. Ich hatte schon viel von dem Helden aus Uruk gehört; da prüfte ich die Sterne seiner Geburt und fand zum erstenmal die strahlenden Zeichen der Prophezeihung. Alles schien von den Göttern wohlvorbereitet; mein Herz jubelte vor Freude, weil mir auf meiner einsamen Wanderung endlich der erste Gefährte zugedacht schien. Allein, in der letzten Prüfung erlag Gilgamesch der Schlange. Sie stahl ihm die Unsterblichkeit, die er schon in den Händen hielt, und das konnte nur geschehen, weil Gilgamesch dem Erdgeborenen in sich erlag und sorglos schlief, als der Entscheidungskampf begann. So scheiterte der Held an seiner übergroßen Sicherheit, am allzu großen Vertrauen auf seine eigene Kraft. Wer gegen die Schlange kämpft, darf keinen Augenblick lang schwach und unaufmerksam sein. Mehr darf ich dir nicht sagen; die Schlüsse daraus mußt du selber ziehen.«

»Ja, Utnapischtim«, sagte der riesige Mann, »das war mein Fehler; ich beging ihn, obwohl ich doch zu zwei Dritteln göttlicher Herkunft war und nur zu einem Drittel ein Mensch. Glaubst du, daß jener Jüngling besser handeln wird als ich? Oft schon wählte er den falschen Weg; was gibt dir den Mut, bei ihm an ein besseres Ende zu glauben?«

»Du sagst die Wahrheit, Gilgamesch«, sprach Ereschkigal, »doch sind es nicht die Fehler, aus denen Menschen am meisten lernen? Denke an Melikhor, deinen Bruder, der am Anfang so unbedeutend gegen dich schien und am Ende ein höheres Ziel erreichte als du.«

»Die Mythen des Stromlands«, fügte Enkidu mit seiner tiefen Stimme hinzu, »verehren dich, Gilgamesch, heute noch als ihren größten Helden, und daran wird sich niemals etwas ändern. Von Melikhor wissen nur die Geweihten, und sein Ruhm ist gering gegen deinen. Er aber lebt, während wir nur Schatten sind, auch wenn wir jetzt zu den Herrschern der Totenwelt zählen.«

»Denke daran, Gilgamesch«, sagte Gathaspar, »daß es nicht nur für dich und deinen Gefährten, sondern für alle Wesen des Erdenreiches, die Lebenden wie die Toten, endlich die ersehnte Erlösung bringt, wenn unser Kreis sich schließt. Wen kümmert es, wer sich den Ruhm auf seine Schultern lädt, wenn nur das hohe Ziel erreicht wird! Selbst Luzifer, der Fürst dieser Hölle, wäre dann befreit, wenn diese Welt endlich enden würde und damit auch seine Feindschaft mit Gott.«

»Genug!« sprach der goldgepanzerte Riese und runzelte unwillig seine Stirn. »Ich habe euch verstanden. Was fordert ihr von mir? Ich hege keinen Groll gegen diesen Jüngling, der anscheinend soviel glücklicher werden soll als ich. Doch, wie vermag ich ihm zu helfen? Was mich versagen ließ, weißt du, Utnapischtim, ohnehin besser als ich und darfst doch nicht mehr davon preisgeben, als du bereits gesagt hast. Von meinen Heldentaten mag euch Enkidu erzählen, der mich auf so vielen Fahrten begleitete und mein edelster Zeuge ist. Was aus mir wurde, seht ihr selbst: Geehrt und geachtet, reichlich mit Opfern versehen und angebetet von den Menschen, throne ich unter den Herrschern der Unterwelt zur Rechten des Höllenfürsten als sein höchster Ratgeber, und doch bin ich nicht mehr als ein Schattengespenst, das niemals zur Lichtwelt zurückkehren darf. Was wollt ihr noch von mir wissen?«

Gathaspar und die anderen schwiegen; sie schauten mich aufmunternd an, und ich erkannte, daß es nun an mir war, die Frage zu stellen. Denn wenn auch die Unsterblichen stets sehr bemüht waren, mich an mein Ziel zu geleiten, mußte ich meine Prüfungen doch allein bestehen, und sie durften mir nicht zuviel verraten.

Nach einer Weile überwand ich meine Scheu und fragte: »Sage mir, Gilgamesch – was ist der Sinn meines Lebens?«

Der Held runzelte unwillig die Stirn und versetzte: »Du bist doch wohl nicht in die Unterwelt gekommen, um das von mir zu hören? Hast du nicht schon längst erfahren, welchen Zweck dein Leben hat und wo du im alten Kampf zwischen Gut und Böse stehen sollst? Weißt du denn noch immer nicht, was das größte Hindernis auf dem Weg zur Unsterblichkeit ist? Dann wäre deine Reise zu uns ja ohne Sinn. Gathaspar! Wie konnte das geschehen?«

Ich dachte an das, was mir der Magier im Turm Etemenanki berichtet hatte, an das, was ich in den Ländern der Reue und der Qualen gesehen hatte, und endlich auch an die Worte Nabonets im Land des Glücks. Da sagte ich hastig: »Nein, göttlicher Gilgamesch, ich habe es nicht versäumt oder vergessen. Ich habe gelernt, das Gute zu lieben und das Böse zu hassen, und weiß, daß es der Sinn eines jeden Lebens ist, beides zu erkennen und danach zu handeln.«

»So ist das Leben selbst die erste Prüfung«, sagte Gilgamesch, »und nur, wenn deine Werke stets den Göttern wohlgefällig sind, wirst du dein hohes Ziel erreichen. Nicht allein Mut und Tapferkeit können dir dabei helfen, sondern vor allem Weisheit und Geduld. Auch wenn es dich verwundert, daß ich als Kämpfer in so vielen Schlachten so etwas zu dir sage, es ist die Wahrheit: Nicht nur der Krieg kann Schauplatz großer Taten sein. Oft ist es edler, Blutvergießen zu vermeiden, und nichts ist wertvoller als das Leben.«

»Ja«, antwortete ich, »auch ich habe das im Arallu erfahren. Ach, noch vor so kurzer Zeit war ich versucht, mein Leben zu verschleudern, weil mich so häufig Unheil traf. Nur Gathaspar und Diomedes danke ich, daß ich noch atme.«

»Das Unglück«, sagte Gilgamesch, »ist oft die zweite Prüfung, denn nur in schweren Zeiten erweist sich die Stärke der Seele. Die Menschen, die sogleich verzweifeln, wenn sie Eltern oder Kinder durch den Tod verlieren, besitzen nicht die Kraft, um in Ewigkeit zu leben. Wie könnten sie denn auch so einen Kummer immer wieder, ungezählte Menschenalter lang, ertragen? Was glaubst du, wie viele Söhne, Enkel und andere Nachkommen Gathaspar schon ins Grab sinken sah? Wie viele Frauen, die er liebte, er verlor? Wie viele Freunde und Gefährten?«

»Die Liebe«, sprach Ereschkigal, »war zu allen Zeiten das größte Hindernis des Glücks und der Zufriedenheit. Denn sie ist so vergänglich wie der Hauch des Windes, und kein Mensch, ja nicht einmal ein Gott, vermag sie festzuhalten. Doch auch die anderen Gefühle machen Menschen schwach und unvollkommen.«

»Auch das habe ich gelernt«, antwortete ich. »Nabonet, mein Großvater, erzählte mir davon im Land des Glücks. Er riet mir, alles Menschliche in mir zu töten, damit mich nichts mehr von meinem Weg ablenken könne.«

»Der Tod«, erklärte Gilgamesch, »ist dann die dritte Prüfung, und die letzte; im Kampf mit der Vergänglichkeit muß sich das Unvergängliche bewähren. Fürchte dich nicht davor! Habe den Mut, deinen erdgeborenen Leib aufzugeben, wenn es das Schicksal erfordert, und zögere nicht zurückzulassen, was nur aus Staub und Ton ist. Das ist der Rat, den ich dir gebe; ach, hätte ich ihn selbst befolgt! Allein, ich liebte die Stärke meiner Arme zu sehr und war so stolz auf meinen Menschenleib, so daß ich nicht merkte, wie hinderlich und fehlerhaft er in Wirklichkeit war. Und alles, was ich noch tun kann, ist hier mit Luzifer zu sitzen und zu versuchen, das Schlimmste von den Menschen abzuwenden. Tue stets das Rechte, Jüngling, lasse dich auch im Unglück niemals verwirren und empfinde keine Furcht vor dem Tod! Dann wirst du besser und geschickter handeln als ich.«

So sprach der goldene Riese, und Enkidu, sein Gefährte, nickte mit seinem Stierhaupt. Namtar und Geschninna blieben stumm; Ereschkigal jedoch sprach in plötzlicher Hast: »Ihr müßt uns nun verlassen, Erdgeborene; denn mein Gebieter Luzifer kehrt jetzt zurück; er wird gleich hier erscheinen. Eilt euch, damit ihr nicht von seinem Antlitz Schaden leidet! Rasch, kehrt zurück zur Lichterwelt! Was ihr zu wissen wünschtet, habet ihr nun doch wohl erfahren?«

Dabei sah sie mich zweifelnd an, und auch die anderen betrachteten mich, als ob sie auf ein Wort von mir warteten. Aber ich vermochte noch immer nicht, das Hindernis in meinem Inneren zu überwinden, das mir verbot, jene Frage zu stellen, die mich in meinem Herzen am meisten bewegte. So verstrichen kostbare Augenblicke ohne Nutzen; schon spürte ich Gathaspars Hand drängend auf meinem Arm und las Enttäuschung in seinen Augen. Da seufzte der große Gilgamesch und sprach zu mir:

»Für eine Frage ist noch Zeit, Jüngling! Sie liegt dir wohl schon lange auf der Seele. Willst du sie mir nicht endlich stellen?«

Ich starrte ihn verwundert an, denn er hatte meine geheimsten Gedanken erraten. Endlich überwand ich mein Zögern und leise sprach ich zu ihm: »Man weiß, daß du selbst in die fernste Zukunft blicken kannst. So sage mir: Was wird mein Schicksal sein? Soll ich unsterblich werden?«

Der goldgepanzerte Held gab zur Antwort: »Endlich! Ich glaubte schon, es fehlte dir vielleicht der Mut, dich deinem Schicksal zu stellen. Nun höre! Vergänglich sind alle Werke des Menschen; die höchsten Mauern zerfallen einmal zu Staub und Geröll, die Städte werden zu flachen Hügeln, als wären sie niemals gebaut, in den Kanälen sammelt sich Erde an. Ewig aber sind die Werke des Schöpfers; zu diesen Werken zählen auch die drei Unsterblichen, von denen du erfahren hast. Auch du besitzt ihre Gaben, Jüngling.

Eines aber sehe ich, das mir große Sorge bereitet: Zwei Männer begegnen sich, sie haben beide goldene Punkte in den Augen und gleichen einander wie Brüder. Du, Aras, bist einer von ihnen, und es ist, als stündest du vor einem Spiegel. In diesem Augenblick wird sich dein Schicksal entscheiden. Handelst du richtig, gewinnst du, wonach du strebst. Tust du jedoch das Falsche, dann ist alles verloren.«

Im gleichen Moment hörten wir ein gewaltiges Rauschen; es klang wie das brüllende Tosen der Wasserstürze am Nil. Lauter und lauter bedrängte es unsere Ohren, die Helligkeit wuchs und drohte mir die Augen zu verbrennen. Das Haupt der riesigen Statue glühte auf, denn der Totenfürst drang in sie ein. Da zog mich Gathaspar am Ärmel und führte mich schnell aus dem silbernen Saal.

Es dauerte wieder zwei Tage, bis wir durch die acht Länder der Toten und durch die acht Tore, über den Fluß des Vergessens und durch das Land der Ruhelosen, durch den schier endlosen Gang und schließlich auf der gewaltigen Treppe wieder die Lichtwelt erreichten. Der helle Strahl der Morgensonne blendete meine Augen, und ich sah in Babylon keine Kämpfenden mehr, sondern nur friedliche Bürger, die ohne Furcht und Eile durch die breiten Straßen wanderten.

Kaufleute standen an hölzernen, reichbeladenen Tischen; lange Handelszüge mit Waren aus allen Ländern durchzogen, wie früher, die Stadt, und als ich mir verwundert die Augen rieb, erkannte ich, daß sich unter all diesen Menschen kein einziger Assyrer befand, obwohl dort doch erst fünf Tage zuvor ein blutiges Gemetzel tobte und das Heer des zerstampfenden Gottes die Stadt erstürmte. Rasch wandte ich mich um und hielt nach Haufen geborstener Ziegel und zertrümmerter Balken Ausschau, die von der gewaltigen Stadtmauer übriggeblieben wären; da sah ich, wie in einem Traum, daß sich die Mauer scheinbar völlig unversehrt erhob, als wäre sie niemals zerstört worden. Auch die Häuser neben ihr und selbst der mächtige Königspalast standen dort, wie eben erst errichtet, und ich war versucht, an Zauberei zu glauben.

Da raste plötzlich ein Streitwagen durch die Straßen; die beiden Männer, die auf ihm standen und die sich nur mit Mühe an den Halteseilen festzuklammern vermochten, trugen die Rüstungen der Babylonier und riefen mit lauten Stimmen: »Rettet euch, die Assyrer kommen!«

»Was ist geschehen, Gathaspar?« fragte ich verwundert und ergriff den Magier, der sich gerade mit zwei graubärtigen Kaufleuten besprach, am Gewand. »Es scheint fast, als wären wir in die Vergangenheit zurückgewandert. Habe ich etwa geträumt, als ich vor fünf Tagen sah, wie fürchterliche Brände auf der Mauer loderten und zahllose Leichen die Straßen bedeckten? Als ich mit den Assyrern diese Stadt erstürmte und auf den Etemenanki drang? Mir ist fast, als wäre das alles niemals geschehen; aber ich kann doch auf meinen Armen noch Narben von Wunden erkennen, die ich in dieser Schlacht erlitt!«

Furcht war auf den Gesichtern der Menschen um uns zu lesen. Hastig rafften die Händler ihre Habe zusammen, schreiend zerrten die Treiber der Karawanen ihre Tiere herbei, Angstrufe von Frauen und Kindern mischten sich in das Gebrüll der Ochsen und das Wiehern der Pferde. Gathaspar sagte:

»Nein, Aras, du hast nicht geträumt, und auch jetzt täuscht dich kein Truggebilde, sondern beides ist Wirklichkeit. König Tukulti-Ninurta eroberte diese Stadt damals mit seinen Heeren, und du warst dabei einer der tapfersten Kämpfer. Auch die große Mauer wurde dabei zerstört, und der Palast in Brand gesteckt. Doch alles, was die Eroberer vernichteten, ist in der Zwischenzeit längst wieder aufgebaut, so daß man kaum noch Spuren der Verwüstungen erkennt. Die Krieger der Assyrer verließen Babylon damals schon bald und kehrten an den Idiglat zurück, nachdem ihre Feinde den Schwur der Unterwerfung und der treuen Gefolgschaft geleistet und sich zu hohen Zahlungen an ihre Überwinder verpflichtet hatten. Jetzt aber kam es von neuem zum Streit, und die Krieger des zerstampfenden Gottes werden bald zum zweiten Mal gegen die Mauern Babylons rasen.«

»Wie?« fragte ich, auf das höchste erstaunt, »das alles soll in den fünf Tagen geschehen sein, die wir im Arallu verbrachten?«

Da legte Gathaspar den Arm um meine Schultern, lächelte und versetzte: »Fünf Tage? Nun, dir muß es wohl so erscheinen, denn ich habe dir etwas verschwiegen, und du magst mir glauben, daß ich dafür gute Gründe besaß. Nun aber sollst du es erfahren: Dort unten in der Schattenwelt verläuft die Zeit ganz anders als hier oben. Sie verrinnt weitaus langsamer; denn während die Zeit unter den Lebenden Tage und Nächte, Taten und Ruhe, Jugend und Alter ordnet, hat sie im Arallu gegen die Ewigkeit zu kämpfen. Es mag dir wohl so sein, als wären auf unserer Reise nur fünf Tage vergangen. In Wirklichkeit aber waren es fünf Jahre.«

4 Wir verließen die Unglücksstadt am Purattu, denn Gathaspar befürchtete, daß die Assyrer diesmal in ihren Mauern keinen Menschen mehr am Leben lassen würden. In einem Strom zahlloser Flüchtlinge trieben wir sechs Tage lang nach Süden. So tapfer und heldenmütig die Babylonier vor fünf Jahren gegen die Krieger Tukulti-Ninurtas gekämpft hatten, so angsterfüllt und hastig flohen sie nun vor den gleichen Feinden. Alle Straßen und Wege waren mit vierrädrigen Karren, hochbordigen Wagen und einem unüberschaubaren Gewimmel verzweifelter Menschen erfüllt; die Menge schob sich vorwärts wie der vielgliedrige Leib eines endlosen Wurms. Tiere schrien vor Angst, und unter den Flüchtlingen sah ich Arme und Reiche, Junge und Alte, Schwache und Starke und selbst prächtig gerüstete Krieger, die ihre Waffen fortgeworfen hatten, um schneller fliehen zu können. In diesem Chaos durchquerten Gathaspar und ich die fruchtbaren Ebenen Edens mit ihren weitverzweigten Wassergräben, auf denen sich große und kleine Boote in nie gesehener Zahl zusammendrängten, beladen mit dem Besitz flüchtender Stadtbewohner und behütet von grimmigen Wächtern. Wir liefen durch endlose Palmenhaine, durch riesige Schilfländer, in denen Fischer und Vogelfänger ihre Netze fallen ließen und sich uns anschlossen; durch wogende Gerstenfelder und unübersehbare Herden von Rindern und Schafen, bis hinunter zur Küste des Meeres. Und in der Nacht sahen wir, wenn wir uns umwandten, einen gewaltigen Flammenschein am Himmel, der uns verriet, daß Babylon brannte.

Erst viele Jahre später habe ich erfahren, was in der Zeit geschah, die ich im Arallu zubrachte: Nach der ersten Eroberung Babylons hatte König Tukulti-Ninurta seinen Feind Kastilias hingerichtet und sich des gesamten Landes von Sumer und Akkad bemächtigt. Die neue Grenze Assyriens setzte der siegreiche Herrscher am Unteren Meer fest. Im Norden schlug er die Gebiete Mari, Chana, Rapiqu und die Gebirge der Achlamu seinen Ländern zu und zog Tribute vom reichen Arrapcha und fünfzehn anderen Städten im Osten ein, die ihre Abgaben zuvor den Babyloniern dargebracht hatten. Dreißigtausend Bewohner Babylons, meist junge und kräftige Männer, machte der Löwe von Assur zu seinen Sklaven, führte sie aus ihrer Heimat fort und siedelte sie in Kar-Tukulti-Ninurta an, der neuen Stadt, die der König zu seinem ewigen Ruhm am Idiglat erbauen ließ.

Zum Schluß ließ Tukulti-Ninurta, wie er es einst versprochen hatte, den Gott Marduk von seinem Thron aufstehen und brachte ihn nach Assur, wo für das riesige Standbild des Tiamattöters neben dem Heiligtum Assurs ein neuer Tempel errichtet wurde. Damit wollte der Herrscher der Welt beweisen, daß er den Babyloniern nicht nur die Macht und ihren König, sondern selbst ihre höchste Gottheit nehmen konnte. Marduk wurde von König Tukulti-Ninurta dabei stets mit großer Ehrfurcht behandelt und mit so reichen Opfern bedacht, daß die neidischen Assurpriester bald zu murren begannen.

Die Babylonier waren tief betroffen von ihrem Unglück und gelobten, nie wieder die Schwerter gegen Assur zu erheben und ihrem Überwinder stets die gehorsamsten Diener zu sein. So erweichten sie schließlich das Herz Tukulti-Ninurtas und gewannen sein Vertrauen. Weil er neue Kriege in den Bergländern, vor allem aber in der subartäischen Wüste gegen die Achlamu zu führen gedachte, zog der König bald seine Krieger von Babylon ab. Als seinen Verwalter setzte er Enlil-Nadin-Schumi, den ältesten Sohn des gestürzten Königs, auf den Thron.

Doch Enlil-Nadin-Schumi lebte nur noch kurze Zeit; nach seinem überraschenden Tode hörte man Gerüchte, daß dem Unglücklichen ein Becher Gift zum Trank gereicht worden sei. Die Krone ging an seinen Bruder Kadasman-Charbe über, doch schon nach wenigen Monden ereilte diesen ein ähnliches Schicksal: Bei der Löwenjagd traf ihn der schlecht gezielte Pfeil eines Bogenschützen, von dem es später hieß, er habe nicht etwa schlecht, sondern im Gegenteil sogar sehr gut gezielt. Er selbst konnte dazu nichts mehr sagen, weil er noch am gleichen Ort vom jüngsten der drei Königssöhne, dem tapferen Adad-Schuma-Usur, im Zorn niedergehauen wurde. Dieser mutige und verwegene Prinz bestieg danach den Thron und rottete als erstes seine Gegner aus, die ihm den raschen Aufstieg mißgönnten und nicht müde wurden zu behaupten, daß er selbst der Urheber der beiden Mordanschläge sei. Danach erneuerte Adad-Schuma-Usur vor König Tukulti-Ninurta den Treueeid, begann aber, heimlich Bündnisse mit den Elamitern, den starken

Achlamu und den Gutäern anzustreben, um sein Land aus der Knechtschaft zu befreien.

Es verstrich viel Zeit, bevor der König in Assur von dieser Verschwörung erfuhr und beschloß, sich furchtbar zu rächen. Selbst der weise Kadasman von Ninive vermochte den empörten Herrscher diesmal nicht mehr zu überreden, seinen Feinden nochmals Schonung zu gewähren. Mit einem noch größeren Heer als bei seinem ersten Kriegszug stürzte sich König Tukulti-Ninurta auf seinen Gegner und besiegte ihn, wie ein Hund einen Hasen zerreißt. Dann machten die Assyrer Babylon dem Erdboden gleich. Wer von den Bewohnern der unglücklichen Stadt nicht rechtzeitig floh, wurde von den Eroberern grausam getötet; selbst Kinder, Krüppel und alte Frauen schonten die Männer vom Idiglat nicht. Die Flüchtlinge, die von den Kriegern des zerstampfenden Gottes eingeholt wurden, mußten umkehren und wurden als Sklaven nach Norden verschleppt. Die heiligen Schätze des Etemenanki luden die Knechte Tukulti-Ninurtas auf starke Lastkarren und brachten sie nach Assur, und das gleiche geschah mit allen Kostbarkeiten der vielen ehrwürdigen Tempel. Die Zikkurat selbst wurde, wie auch die Mauer, der Königspalast und alle anderen Häuser, bis auf die Grundmauern geschleift. Nichts blieb von der herrlichen Stadt. Wo einst geschäftige Handwerker ihren Beruf ausübten, gruben nun Mäuse und Eidechsen ihre Höhlen. Wo vordem reichgekleidete Priester zu Ehren der Götter wohlduftendes Räucherwerk verbrannten, bauten nun Schwärme weißer Wasservögel ihre Nester im Schilf. Wo ein mächtiger König einst seine Völker lenkte, nagten nun wilde Hunde an den verwesenden Leichen der Toten.

So verschwand das stolze Babylon vom Antlitz der Erde. Adad-Schuma-Usur jedoch, sein letzter König, verbarg sich mit nur wenigen Getreuen fern im Sumpf des Meerlands, bei schweigsamen Fischern zwischen Land und Wasser, verborgen durch den tückischen Morast und geschützt durch die Treue seiner Gefährten. Eines Tages sollte er aus der Vergessenheit zurückkehren und seinem mächtigen Todfeind von neuem den Kampf antragen, um seine tote Stadt zu neuem Leben zu erwecken und das Reich seiner Väter wieder erblühen zu lassen.

Diomedes, mein Freund und Gefährte, hatte sich, wie ich viel später erfuhr, diesem zweiten Kriegszug nicht mehr angeschlossen. Er wanderte zu dieser Zeit bereits durch andere Länder, denn er hatte die Dienste Tukulti-Ninurtas aufgekündigt, als ich verschwunden war und er glauben mußte, daß mich bei den Kämpfen in Babylons Straßen das Todesschicksal getroffen habe. Der Held von Argos meinte, mein Leben habe sich nun endgültig von dem seinen gelöst; er wußte nicht, daß unser beider Geschicke noch immer untrennbar verbunden waren.

Ich glaubte, Gathaspar würde sich damit begnügen, die Gebiete von Erech und Kazallu, vielleicht auch die von Ur oder von Eridu zu erreichen, wohin selbst Tukulti-Ninurta in seinem schrecklichen Zorn den Babyloniern kaum hätte folgen können. Doch der unsterbliche Magier führte mich noch viel weiter. Zwei Tage lang zogen wir am Ufer des Unteren Meeres nach Süden und ließen selbst die einsamsten Ansiedlungen der Fischer weit hinter uns, bis wir an eine kleine Bucht gelangten. Dort lag hinter einer mächtigen Düne im Schilf ein schönes, hohes Schiff versteckt, mit rötlichen Planken und hohem Mast, prächtig geschnitzten Rudern und dem Kopf eines wilden Drachen am Bug. Gathaspar bestieg es ohne Zögern und winkte mir, ihm zu folgen.

Heute erscheint mir längst nicht mehr so wunderbar, was ich nun erlebte; damals aber erschrak ich sehr vor solcher Zauberkraft und meinte, dem seltsamsten Wahn zu erliegen. Denn obgleich sich außer uns niemand an Bord dieses eigentümlichen Bootes befand, begannen sich sogleich die Ruder von selbst zu bewegen, wie von unsichtbaren Händen geführt. Die Segel aber füllten sich so prall wie in dem stärksten Sturmwind, obwohl ich nicht den mindesten Luftzug verspürte und sich unter uns auch keine Welle kräuselte. Gathaspar sprach lächelnd zu mir:

»Fürchte dich nicht, Aras, wenn dir auch jetzt und wohl ebenso später so manches unverständlich erscheinen mag. Dieses Boot ist mein eigenes Schiff, das ich mit meinen Zauberkräften lenke, seit ich auf ihm der schrecklichen Sintflut entrann. Ich brauche keine Diener, keine Sklaven! Die Geister der Lüfte selbst treiben uns voran, und die des Wassers tragen uns auf ihren Häuptern. Noch ehe die Sonne untergeht, sind wir in Tilmun, der fernen Insel, zu der ein gewöhnliches Schiff nicht in weniger als zehn Tagen zu reisen vermag.«

Das Boot glitt wie ein Vogel über das Meer; unablässig drehten sich die langen Ruder, und das lederne Segel ächzte und knarrte. Am Abend sah ich den flachen Rücken der Insel vor mir, die vor Zeiten den Menschen als der Ort des Paradieses galt – damals, als sie noch glaubten, daß das Elysium sich auf der Erde befinde. Tatsächlich besitzt dieses Land so viel Schönheit und Reichtum, daß es sich mit Recht den Garten Gottes nennen durfte.

Tilmun liegt weit jenseits der Mündung der beiden Ströme, dort, wo man einst den Eingang und Ausgang der Sonne suchte; die Menschen auf dieser Insel leben in Wohlstand und Frieden. So heftig das strahlende Tagesgestirn dort vom Himmel niederbrennt – riesige, grünende Wälder mit Bäumen verschiedenster Arten bedecken überall weithin das Land und spenden den Menschen Schatten. Murmelnde Bäche rinnen zwischen den flachen Hügeln entlang und vereinen sich zu breiten Flüssen, an denen die steinernen Häuser der Bauern, Fischer und Jäger stehen, prächtiger oft als in anderen Ländern Wohnungen selbst von Heerführern oder Fürsten. Der größte Überfluß herrscht in der Hafenstadt, die sich an einer stillen, langgestreckten Bucht ausbreitet und seit den ältesten Tagen der Welt als wichtiger Rastplatz und Sammelpunkt für alle Handelsschiffe zwischen dem Zweistromland und den reichen Küsten von Magan, Gubin und Meluchcha dient. Goldstaub aus dem Land der Arya, Silber aus Kilikien, kostbare Steingefäße aus den Gebirgen Elams, Kupfer vom Westrand des Unteren Meeres, Lapislazuli aus Badachschan und Edelhölzer aus Tilmun selbst und von seinen Nachbarinseln, aber auch von Gubin und den Gebirgen von Masch stapeln sich dort in den Scheuern, so daß die Lagerhallen dem Fremden erscheinen wie der Nil, wenn das Wasser hoch steht. Wie steile Berge türmen sich die kostbarsten Waren aus allen Ländern am Hafen in die Höhe. Von allen Dingen jedoch, die aus Tilmun in das Zweistromland kamen, gilt als das wertvollste die schlanke Dattelpalme mit ihren wohlschmeckenden Früchten. Heute nährt diese nützliche Pflanze zahlreiche Menschen am Idiglat und Purattu, seit sie die kundigen Seefahrer der Sumerer über das Meer in ihre Heimat brachten; ebenso wie die Schwarzköpfigen auch den Weizen, die Gerste und den Hanf erst aus den östlichen Gebirgen holen mußten, um sie in Babylonien heimisch zu machen, das in der Urzeit ein armes Land gewesen sein muß und seinen Bewohnern nur wenig Nahrung bot.

Der höchste Gott Tilmuns ist Enki, der hilfsbereite Lehrer der Menschen und segenbringende Herr der Wassertiefe. Noch heute fahren die meisten Schiffe von Tilmun hinauf nach Eridu an die Lagune des süßen Wassers, wo Enkis heiliger Tempel Eapsu steht, und bringen ihm dort auf jeder Fahrt reiche Opfer dar. Die mächtigsten Herrscher des Zweistromlands versuchten schon oft, diese schöne und fruchtbare Insel für sich zu erobern; doch in den meisten Jahren lebten die Männer von Tilmun frei und gehorchten nur ihrem eigenen Fürsten.

So herrlich die Gaben sind, mit denen der Himmel die Insel beschenkte, so eigensüchtig und lasterhaft sind die Menschen auf ihr. Nicht Zucht und Anstand, sondern Völlerei und Verschwendung erstreben sie als ihr höchstes Ziel; langdauernde, wüste Gelage bereiten ihnen das höchste Vergnügen, und ihr Reichtum erlaubt ihnen selbst die ausgefallensten Genüsse. Sie bevorzugen den ägyptischen Wein aus der saphirblauen Rebe von Imit, den die Winzer des Nillands in glänzenden Kufen aus Schiefer oder Granit nur von den schönsten Mädchen keltern lassen. Dann gärt das Getränk in Krügen aus Stein und wird schließlich in spitze Amphoren gefüllt, die man sorgfältig versiegelt, damit kein Hauch des würzigen Duftes entweiche. Diesen schwarzen, verführerischen Saft verstärken die Männer von Tilmun noch mit Nepenthes, Myrrhe oder sogar mit dem Samen des Hanfs, so daß sie davon noch viel schneller und ärger berauscht werden als von allen anderen Getränken, die ich kenne. Den Hanfsamen, den sie Molok nennen, genießen sie auch in Zuckerwaren gebacken; sie gewinnen ihn, indem sie Sklaven in Ledergewändern schnell durch die Pflanzungen treiben, so daß das klebrige Harz an ihnen haften bleibt und nur noch abgeschabt werden muß. Diesen Stoff halten sie für die größte Kostbarkeit und nennen ihn den Vermehrer des Vergnügens, den Erreger der Begierden, den Mörtel der Freundschaft und den Gelächtererwecker. Aber ich sah auch viele, die durch den übermäßigen Genuß dieser gefährlichen Speise wahnsinnig wurden oder im Starrkrampf darniederlagen, mit furchtbaren Körperqualen und schließlich der völligen Zerrüttung ihres Geistes geschlagen.

Die höchste Lust bereiten den Männern von Tilmun ihre zahllosen Liebesmädchen, die sie oft für schwere Summen Goldes aus den fernsten Ländern herbeischaffen lassen, wobei die Fremdartigkeit der Rasse stets den

Preis bestimmt. In den Palästen der Reichen, aber auch in öffentlichen Häusern, die jeder gegen ein Entgeld betreten darf, sah ich herrlich geschmückte Liebesgemächer mit den schönsten Mädchen und jungen Frauen aus allen Ländern, die ihre Blöße in der aufregendsten Weise zur Schau stellten und selbst die ältesten Besucher zu langdauerndem Liebesvergnügen aufreizen konnten. Dunkelhäutige, kraushaarige Mädchen mit Körpern, wie aus Ebenholz geschnitzt, schweren Brüsten und kräftigen Schenkeln, wie man sie nur in Nubien findet, lagen dort neben zierlichen, hellbraunen Frauen aus Ägypten mit schmaler, sorgsam rasierter Scham und kleinen, spitzen Busen; gelbhaarige, hochgewachsene Mädchen mit apfelrunden Hüften und hellen, flaumbewachsenen Lenden, wie sie in Elam und den Nordländern wohnen, spielten mit gelbhäutigen Frauen aus dem Osten, die schrägstehende Augen, sanfte Schultern, pechschwarze Haare und glatte Schenkel wie Marmorstatuen besaßen, die sich aber warm und lebendig um ihre Liebhaber schlangen. Rothaarige Sklavinnen mit alabasterfarbener Haut und überlangen, gefeilten und gefärbten Nägeln kamen aus Babylon und Phönizien; sonnengebräunte mit hellen Augen und weißen Fingerspitzen, in den geheimsten Künsten der Liebe bewandert, aus den Ländern der Arya. In den Gebirgen von Badachschan kauften die Händler für Tilmun zierliche, kindliche Mädchen mit hübschen, kurzen Nasen und vollen, empfindsamen Lippen, in den syrischen und ägyptischen Wüsten stolze Beduinentöchter mit funkelnden, tiefschwarzen Augen und großen, weichen Brüsten; langbeinige, schlanke Hethiterinnen, hellhaarig und mit blauen Augen, wechselten mit üppigen, vollippigen Mädchen aus Syrien, und schmalhüftige, bronzehäutige Zyprerinnen mit rassigen, langhaarigen Frauen aus Magan, so daß die Lusthäuser Tilmuns erschienen wie ein Spiegel der Völker.

Die wahrhaft Lüsternen unter den Reichen der Insel wünschten jedoch nicht nur mit käuflichen Dirnen auf dem natürlichen Weg die Liebe zu pflegen, sondern ersannen stets von neuem ausgefallene Spiele, mit denen sie ihre Sinne noch stärker zu reizen und ihre Freude weiter zu erhöhen vermochten. So zahlten sie den höchsten Lohn, wenn sich vor ihren Augen zwei Mädchen miteinander vergnügten und ihre Hitze ohne männliche Hilfe kühlten, indem sie sich wechselseitig an den geheimsten Körperstellen streichelten und küßten. Andere Männer zogen es vor, wenn ihre Geliebten sie nicht nur in das Tal ihrer Schenkel luden, sondern sie auch mit Zunge und Lippen liebkosten, um ihnen auf diese unnatürliche Weise Lust zu spenden. Andere Männer umwarben gern hübsche Knaben, mit denen sie alle Höhen der Leidenschaft durcheilten, wieder andere scheuten sich nicht, mit jungen Eselinnen, ja sogar mit Enten und Gänsen zu verkehren, wovor ich große Abscheu empfand. Auch die vornehmsten Frauen von Tilmun paarten sich gern mit Tieren; ohne Scham gaben sie sich großen Hunden und kräftigen Böcken hin; und auf einem Fest sah ich einmal die einzige Tochter eines reichen Kaufherrn, ein hübsches, dunkelhaariges Mädchen von kaum siebzehn Jahren, sich stöhnend unter ein starkes Hengstfohlen beugen.

Die größte Menge Goldes aber geben die Männer von Tilmun, wenn sie ein mit Gewalt entführtes, noch jungfräuliches Mädchen, das vielleicht in einem fremden Land die Tochter eines vornehmen Mannes oder gar eines Fürsten war, gegen seinen Willen mißbrauchen können. Denn nichts lieben sie mehr, als den Stolz eines solchen unschuldigen Kindes mit ihrer Männlichkeit zu brechen und sie zu ihrer gefügigen Beischläferin zu machen, und sie tun das nicht, wie die Phönizier, aus Frömmigkeit, sondern allein aus Begierde am Bösen. Bei den Reichsten von Tilmun sah ich verborgene Gemächer, in denen sechs oder acht edle, junge Frauen aus den verschiedensten Ländern der Welt nackt mit gespreizten Schenkeln auf hölzerne Betten gekettet waren, noch ungebeugt in ihrem Trotz und dennoch selbst an ihren keuschesten Körperstellen jedem Fremden hilflos preisgegeben. Andere waren so geschickt gefesselt, so daß sie sich wehrlos auf Hände und Knie stützen mußten und weder den Kopf noch ihren Leib zu bewegen vermochten. Viele von ihnen hatten zuvor als reiche Töchter von Kaufleuten oder Fürsten in vornehmen Häusern oder Palästen gewohnt, ehe sie der List eines Räubers erlagen und gefangen davongeschleppt wurden, hilflose, weinende Eltern zurücklassend, die niemals erfuhren, wohin ihr unglückliches Kind verschwunden war. In den verschlossenen Lustkammern Tilmuns mußten diese armen Mädchen, die einst von edler, reiner Liebe geträumt haben mochten oder vom Glück mit einem geliebten Mann, für den sie sich aufzubewahren gedachten, nun dulden, daß Fremde gegen ihren Willen schamlos in ihren Leib eindrangen; daß gierige, unersättliche Männer sie auf schändliche, entartete Weise in Besitz nahmen; daß sie ihre stolzen, zarten Brüste, ihre rosenhäutigen, glatten Wangen, ihre haarlosen, duftenden Achseln und selbst ihre glänzenden Lippen, die vielleicht einst selbst herrische Befehle ausgesprochen haben mochten, für ihre widernatürlichen Gelüste mißbrauchten. So ein verderbtes Volk waren die Männer von Tilmun, daß sie einander dabei gern zusahen, wenn einer ein solches schutzloses Mädchen wie eine billige Dirne demütigte und manchmal sogar zwei oder drei Männer zugleich ihr weinendes Opfer erniedrigten, wobei sie stets neue Quälereien ersannen und nicht einmal davor zurückschreckten, die bedauernswerten Mädchen an ihren verborgensten Stellen zu foltern, weil ihre Schmerzensschreie die Lust ihrer Peiniger noch erhöhten.

Auch ich pflegte auf Tilmun die Liebe mit käuflichen Mädchen und widmete mich auch sonst den Genüssen, die jene Insel bereithielt, und Gathaspar hinderte mich nicht daran, sondern riet mir dazu. Denn neben der Seele ist es der Verstand, der den Menschen vom Tier unterscheidet. Die Triebe der Vernichtung und Vermehrung, der Erhaltung des eigenen Lebens, des Essens und Trinkens, des Schlafens und alle anderen aber sind allen Lebewesen im gleichen Maße gemein. Darum erheben sich Männer, die nur den Wünschen ihres Körpers leben, nur wenig über das Vieh, und ihre Seele nimmt Schaden. Wer aber alle Regungen des Leibes unterdrückt, gerät oft in Gefahr, an seinem Körper Nachteil zu erleiden, denn dieser darf nicht das Notwendige entbehren. Der Leib ist in seinem Drängen wie ein Jagdhund, der stets die richtige Menge von Nahrung erhalten muß. Läßt man ihn allzusehr darben, so wird er kraftlos und unnütz. Füttert man ihn jedoch allzu ausgiebig mit fettem Fleisch, so wird er faul und kümmert sich nicht mehr um das Wild. Die Triebe des Leibes sind wie die Hufe von Pferden: Nützt man sie zu stark ab, so bereiten sie den Tieren Schmerzen und Pein, und die Rosse werden krank und hilflos. Wenn man sie jedoch zu sehr schont, dann wuchern sie bald und schwellen an, und der Schaden ist der gleiche. Darum wird ein kundiger Fuhrmann stets dafür sorgen, daß seine Zugpferde weder zuviel noch zuwenig laufen.

Gathaspar wünschte, daß ich die Begierden meines sterblichen Leibes besser erkennen lernen und in die Hand bekommen sollte. Darum führte er mich fast jeden Tag zu den Reichen der Stadt, die uns stets mit großer Ehrerbietung empfingen, denn sie empfanden große Furcht vor dem mächtigen Magier. Viele Nächte verbrachte ich auf schier endlosen Gelagen und lernte dabei den fruchtigen Wein aus der Mareotis schätzen und den schweren, honigsüßen von Samos; den herben, strengen Rebensaft von Tauris und den lieblichen, milden aus Kilikien; den blumig sanften aus Mysien und den würzigen aus Kreta. Ich genoß die erlesensten Speisen, völlerte mit gebratenen Tauben, praßte mit Enten und Gänsen, im Stück geröstet oder auch gewürfelt, und verwöhnte meinen Gaumen mit äußerst wohlschmeckenden Amseln, Krähen und Wachteln, die in Ägypten mit Netzen gefangen und für viel Gold nach Tilmun verkauft wurden. Ich genoß die würzigen Eier von Pelikanen und Nachtigallen, aß das auf vielerlei Arten gewürzte Fleisch fetter Ochsen, auf eisernen Rosten gebraten, und auch die Schenkel von Ziegen und Schafen, eingerieben mit Knoblauch und Zwiebeln; dazu wurden Lauch, Radieschen, Erbsen, Bohnen und auch der köstliche Lattich gereicht, der die Männer verliebt macht, und Frauen empfänglich. Danach gab es stets große Weintrauben und süße Feigen aus Magan, einheimische Datteln, rotglänzende Granatäpfel aus Urartu, Brustbeeren aus Ägypten, Kuchen, reichlich mit Honig gewürzt, und zahllose Leckereien mehr, bis die Haut über meinem Bauch gespannt war wie das Fell einer nubischen Trommel und ich am Ende die Lust am Gelage verlor; so hatte Gathaspar das gleiche erreicht wie ein Bäcker, der seinen Lehrling so lange naschen läßt, bis dieser sich den Magen verdorben und für alle Zeit den Appetit auf süßen Teig verloren hat.

Mein Geist blieb während dieser Zeit nicht untätig. Gathaspar führte mich durch die sieben Reiche der Magie und machte mich mit zahllosen Zauberkünsten vertraut. Ich lernte, Zahlen noch schneller als bisher zusammenzuzählen und wieder zu trennen, sie miteinander zu vervielfältigen und durcheinander zu teilen und größere Ziffern zu benutzen, als selbst die Weisen an Ägyptens Königshöfen kennen. Ich lernte, daß die Eins der Wert des Verstandes und der Einsicht ist, der Vater der Zahlen, der in jeder anderen Zahl enthalten ist, und zugleich die Ziffer der Ordnung, des Ruhms und der Männlichkeit. Die Zwei wiederum ist die Zahl der Fruchtbarkeit und des Segens, die Mutter der Zahlen, weil sie die Urform der Vielfalt ist. Die Drei ist die Zahl der Schöpfung, denn in ihr sind Mann und Frau vereint und sie birgt die Zukunft in sich; die Vier wiederum ist die Zahl der Kraft, denn in ihr verbindet sich die Zukunft mit der Macht. Die Fünf ist die Zahl des Glaubens, die Sechs die Zahl der Prüfung und des Gleichgewichts, die Sieben die Zahl des Himmels, die Acht die Zahl der Gerechtigkeit, die Neun die Zahl des Propheten, die Zehn die Zahl der Magie, die Elf die Zahl des Kampfes, die Zwölf die Zahl des Kreises, die Dreizehn die Zahl des Todes und der Geburt, die Vierzehn die Zahl der Verschmelzung und der Einheit, die Fünfzehn die Zahl der Frömmigkeit, die Sechzehn die Zahl der Tempel, die Siebzehn die Zahl der Liebe, die Achtzehn die Zahl der Geheimnisse, die Neunzehn die Zahl des Lichts und so fort. Ich lernte ihre offenen und heimlichen Zeichen schreiben und lesen, und ich erlernte das doppelgesichtige Geheimnis ihrer Reihe.

Ich erfuhr auch von der Beschaffenheit des Erdreichs und des Felsgesteins, der Salze und Metalle und aller Stoffe des Bodens, vom dickflüssigen Asphalt, Pech und Naphta bis zu den funkelnden Kristallen, Edelsteinen und Juwelen, Diamanten und Brillanten; ich lernte, wie man aus Sand Gold machen kann und verborgene Schätze aufspürt, wie man verstecktes Wasser findet, so wie es mir damals mit Perisade in der subartäischen Wüste gelang, und wie man sich mit Kreide und Silberstaub gegen Dämonen schützt. Schließlich zeigte mir Gathaspar auch, wie man in die verbotenen Grotten gelangt, in denen die uralten Tafeln liegen, mit all ihrem heiligen Wissen allein dem Kundigen zugänglich.

Ich übte mich im Gebrauch der Zauberpflanzen, der segnenden und der tötenden, auch derer, die allein der Magier zu nutzen versteht. Ich lernte die sieben Kräuter der Wandersterne, vom weißen Asphodil, der dem Kronos geweiht ist und den der Geweihte zum Zeichen der Trauer trägt, bis zum winzigen Artemiskraut, das Wanderern die Füße belebt und sie gegen Giftschlangen schützt. Ich erfuhr, daß der Ginster als Pflanze des Tartaros gilt, weil die Dämonen daraus ihre Geißeln binden, und daß die Mistel den magischen Zweig Ereschkigals bildet, so daß man damit leicht den Eingang zur Unterwelt findet; ich hörte, daß der rote Granatapfel der Großen Mutter geweiht ist und sie ihn zum Symbol der Fruchtbarkeit bestimmte; daß das fünfspaltige Eisenkraut, der Isis zugeschworen, schutzflehenden Priestern hilft. Ich erprobte mich darin, die Gifte des Pantherwürgers und des Bilsenkrauts, des fünfblättrigen Schwalbenkrauts, des Schierlings und der Wolfsmilch zu trennen und zu erkennen. Ich hörte von vielen Heilpflanzen, die ich schon zuvor gekannt hatte, vom blutstillenden Wiesenknopfkraut, der wundenverschließenden Schafgarbe, der giftheilenden Flockenblume und dem eitervernichtenden Frauenmantel. Aber ich erfuhr auch von Gewächsen, von deren segenbringender Wirkung ich noch nichts gewußt hatte: von der schwarzen Nikong und dem Parsuabaum, deren Säfte man gegen den Wahnsinn und die Raserei verwendet; von der glockigen Gentiane, die gegen die Pest hilft; vom Steinwurz, der die Leber gesund macht, und vom Habichtskraut, das schwache Augen stärkt. Die wichtigsten Zauberpflanzen sind der Mohn, den man die Morpheusblume nennt, und der schwarze

Lauch, der gegen böse Geister hilft und davor bewahrt, verwandelt zu werden; außerdem das Hexenkraut der Kirke, das unsichtbar macht; die dickblättrige Fettpflanze, die gegen die Blitze des Himmels schützt; das buschige Telephionkraut, das die verlorene Liebe zurückbringt; die blaurote Kreuzblume, welche die Milch der Kühe vermehrt; schließlich das Lorbeerholz, mit dem der Kundige weissagen kann. Brennt es nämlich ruhig und mit gleichmäßiger Flamme, so stehen böse Zeiten bevor; knistert und kracht es jedoch im Feuer, dann wird die Zukunft glücklich.

Auch über die Tiere lernte ich viel; beispielsweise vermag das verbrannte Gehirn eines Bären, vermischt mit Wasser, dem Menschen, der es trinkt, die Kraft und Wildheit dieser Tiere zu verleihen. Die Knochen, besonders aber die Zähne des Elefanten machen Frauen fruchtbar und fördern ihre Empfängnis; dasselbe erreicht man mit den Sehnen einer Hyäne, wenn man sie trocknet, zu Staub zermahlt und schließlich mit Weihrauch vermischt. Das Fleisch dieser seltsamen Tiere hilft gegen den Biß tollwütiger Hunde, in der gleichen Weise wirkt auch der Schwanz einer Spitzmaus, die aber lebendig sein muß, wenn man ihn abschneidet. Ein gerupfter Entenbalg, fein zerrieben und auf Schweinefett gestreut, hilft gegen die Gicht; Drachenfleisch wiederum nützt gegen Fieber, weil es das Blut des Menschen kühlt; und ein Eulenherz, zusammen mit dem scharfschmeckenden Bleiwurz genossen, kann Stumme sprechend machen. Gegen Kälte und Erfrieren hilft die doppelköpfige Amphisbacna. Für die wichtigsten Tiere halten die Zauberer den Raben, der im Schädel einen Stein verbirgt, mit dem ein Mensch die Sprachen aller Wesen versteht; und die Kröte, die einen Stoff besitzt, der Esser vor allen Giften zu warnen vermag. Das kostbarste und seltenste Tier aber ist der Basilisk, der einen Menschen mit einem Blick zu töten vermag und den sich hohe Zauberer darum in ihren Zimmern zum Schutz gegen Diebe und andere Eindringlinge halten.

Ich darf nicht alles erzählen, was ich auf Tilmun erfuhr; manches, was ich über Tiere und Pflanzen weiß, muß ich verschweigen, und mehr noch, was ich von den Geistern und Dämonen hörte, die ich bald zu beherrschen lernte. Denn ich wünsche nicht, daß junge und unerfahrene Menschen, die später vielleicht diese Aufzeichnungen lesen, sich gleichfalls in diesen Künsten erproben und dabei in große Gefahr begeben. Ich lernte, Hexen und Zauberer zu erkennen und die Abbilder Verstorbener vor mein Antlitz zu rufen, wenn es auch unmöglich ist, mit ihnen dabei zu sprechen, weil ihre Seelen trotz aller Beschwörungen in der Unterwelt bleiben müssen. Ich übte mich darin, die Krankheitsdämonen in den Leibern von Männer und Frauen zu finden und wieder daraus zu vertreiben. Auch den niederen Geistern der Flüsse und Seen, der Bäume und Häuser lernte ich befehlen, und desgleichen den Dämonen der Luft und des Wassers, des Feuers und der Erde. Ich konnte Regen und Sonnenschein, Stürme, Schnee und Hagel der kommenden Tage bestimmen und erfuhr, was man der schlechten Erde beimengt, um sie fruchtbar zu machen. Zum Schluß lehrte mich Gathaspar auch, wie man die Zukunft von Menschen enträtselt: durch die Eingeweide von Tieren, durch den Flug von Vögeln, durch die Zeichen von Wolken am Himmel, durch geworfene Hölzer oder Perlen, durch herbeigerufene Geister und durch den Lauf der Gestirne.

Gathaspar zeigte mir die sieben wandernden Himmelslichter und nannte mir ihre Namen. Ich erfuhr, daß die Sonne selbst das wichtigste unter ihnen ist, denn sie bestimmt die Geburt jedes Menschen. Ihr kleinster und engster Begleiter, der vor ihrem Licht nur selten sichtbar wird, heißt Stern des Nabu, des göttlichen Schreibers und Boten, den die Achäer Hermes nennen; er regelt die Jahre der Jugend und des Lernens. Der glänzende Planet, der abends als erster sichtbar wird und morgens als letzter verschwindet, wird Stern der Ischtar oder der Aphrodite genannt; er herrscht über die Jahre des Erwachsenwerdens und der ersten Liebe. Der Ischtarstern strahlt fast so hell wie der Mond, der Sin oder Nanna, bei den Achäern jedoch Selene und in der Sprache anderer Völker noch anders heißt und der die Jahre der höchsten Lebensblüte regiert. Der rote Stern dagegen ist Nergal, dem Totengott, heilig, der zugleich der Herr des Krieges ist; bei den Achäern heißt er Stern des Ares. Mit ihm kommen Kämpfe und Enttäuschungen ins menschliche Leben. Ohne Hast und Geschäftigkeit, mit wahrhaft göttlichem Schritt, umrundet der Stern Marduks, des Tiamattöters, den Himmel; er ist zugleich der Stern Ans, des Königs der Götter, den die Achäer Zeus nennen, und sein Gebiet im menschlichen Leben ist das reife Alter. Das Greisentum schließlich regiert der letzte der sieben wandernden Sterne, der fern und blaß in jedem Menschenleben nur ein einziges Mal durch den Kreis der elf wichtigsten Sternbilder zieht und Ninurta, dem Jagdgott, geweiht ist, dem die Erfahrung am wichtigsten gilt.

Nach ihrer Stellung in den elf Gebieten des himmlischen Jahres lesen Propheten in allen Ländern die künftigen Ereignisse ab und irren sich dabei nur selten. Der erste Himmelsabschnitt, das Zeichen des Taglöhners, erhielt seinen Namen, weil zu der Zeit, in der es von der Sonne durchschritten wird, überall im Zweistromland die Felder bestellt werden. Ihm folgt erst das Bild des fruchtbaren Himmelsstiers; dann kommen die Großen und Kleinen Zwillinge; danach erscheint der Krebs, in dem die Sonne rückwärts zu gehen beginnt und die hellen Tage wieder kürzer werden. Die nächsten Sternzeichen sind die des gewaltigen Löwen, der Ähre als Sinnbild der Erntezeit und der Waage als Zeichen des Handels mit den Garben und Früchten des Feldes. Zum Schluß folgen die drei Sternbilder der nassen Jahreszeit: Ziegenfisch, Wassermann und Fische.

Mondfinsternisse künden stets Schlimmes an, vor allem, wenn dabei Ostwind weht. Der Tod eines Königs steht bevor, wenn sich der Mars dem roten Skorpionstern nähert. Große Brände sind zu befürchten, wenn alle Planeten im Zeichen des Krebses zusammentreffen; mächtige Überschwemmungen kündigen sich an, wenn eine solche Zusammenkunft im Zeichen des schrecklichen Ziegenfischs geschieht. Ist Ischtars Stern sehr lange sichtbar, so verlängert sich auch das Leben des Herrschers, der ihr Opfer bringt. Kinder leben glücklich und lange, wenn sie geboren werden, während der

Mond aufgeht; steigt aber bei der Geburt eines Kindes der Nergalstern am Firmament empor, dann wird der Säugling bald krank und stirbt.

Dieses und vielerlei anderes Wissen gab mir der uralte Magier in seinem schönen, zederngetäfelten Haus auf dem Berg Niser, in schattiger Kühle vor plätschernden Brunnen zwischen den duftenden Rosensträuchern des Gartens. Ich übte mich in der lauten und in der stillen Sprache der Geweihten, erprobte die unsichtbaren Kräfte meines Willens, und es gelang mir bald, die Gedanken einfacher Menschen zu erraten und zu beeinflussen, ohne daß sie es wußten. Doch je mehr ich erlernte, desto stärker erschauerte ich vor Gathaspars unbegreiflicher Macht und Gewalt. Denn je weiter ich in die Geheimnisse seiner Weisheit eindrang, umso deutlicher erkannte ich ihre Größe und Vollkommenheit, wie ein Mann, der mit einer Fackel die Tiefe einer Höhle zu ermessen versucht und niemals ihr Ende erreicht.

In meine Lebenskette flocht ich die Symbole der fünf Wandersterne ein, von denen ich bisher noch kein Zaubermal besessen hatte: den silbernen Griffel des kunstreichen Nabu, die goldene Ähre der fruchtbaren Ischtar, das bronzene Schwert des mordenden Nergal, das diamantene Zepter des Weltenbeherrschers An und den ehernen Speer des starken Ninurta, den man auch Nimrud nennt.

Nach zwei Jahren sagte Gathaspar zu mir:

»Nun, Aras, hast du fleißig gelernt und dir manches Wissen verschafft, das die meisten Menschen nie und selbst viele Geweihte erst nach langer Zeit erwerben. Ja, du übertriffst jetzt schon an Macht die meisten Magier und durftest in sehr kurzer Zeit erfahren, was anderen erst nach vielen Jahren der Beständigkeit anvertraut wird. Aber ich lehrte dich nicht etwa deshalb so viel, weil ich dich bevorzugen wollte; jeder weiß, daß eine solche Bevorzugung oft mehr schadet als nützt und überdies meist sehr ungerecht ist. Nein, ich ließ dich nur deshalb so schnell und so weit in die magischen Reiche vordringen, weil ich ungeduldig bin. Denn mich quält die Ungewißheit, ob du die Prüfung bestehen wirst. Wahrlich, nichts wünsche ich mir sehnlicher, als endlich im Kreis von vier Unsterblichen der Schlange entgegenzuziehen und diese böse Macht zu tilgen, wie die Prophezeiung es uns nun schon so lange verspricht! Ach, gewänne ich doch endlich Klarheit, wann wir dieses Ziel erreichen! Aber es ist wohl kaum klug, schwierige Pläne mit allzu großer Hast verwirklichen zu wollen; die Eile verdirbt oft mehr, als sie nützt.«

»Auch mein Herz brennt vor Ungeduld«, gab ich zur Antwort, »das Leben auf Tilmun ist mir schon schal und öde geworden, und alle Genüsse, die mir anfangs Freude bereiteten, erfüllen mich jetzt nur noch mit Langeweile und Überdruß. Wenn du meinst, daß ich genügend Wissen besitze, so würde ich nichts heftiger begehren, als diese Insel sogleich zu verlassen und mich so bald wie möglich dem zu stellen, was mir das Schicksal bereithalten mag.«

Da lächelte der Magier und erklärte: »Nichts anderes habe ich von dir zu hören erhofft, Aras! Ja, mir scheint wirklich, du hast bereits alle Begierden deines Körpers ausgemessen, alle Schwächen, die man kennen muß, wenn man sie überwinden will. Sie sind ein Teil des Menschlichen in dir, und du mußt jetzt beherrschen, was an dir noch sterblich ist. Wohlan, laß uns die Prüfungen beginnen! Daß du nicht dem Wohlleben erlagst, sondern den Wunsch, das hohe Ziel zu erreichen, noch immer in dir verspürst, ist schon ein erster Sieg. Folge mir nun zu den letzten Geheimnissen dieser Welt! Du sollst erfahren, was du noch nicht weißt, und meinen unsterblichen Gefährten begegnen, die dich zu sehen wünschen. Aber das wird nicht auf Tilmun geschehen, sondern im fernen Harappa, wohin wir schon morgen aufbrechen wollen. Denn wir drei Magier, die wir unsterblich sind, treffen uns alle zehn Jahre in einer anderen Stadt, und diese Zeit läuft ab, wenn sich der Mond wieder rundet. Diesmal werden wir uns in den heißen Ländern der Arya versammeln, und unser Wirt wird Melikhor, der Herr des Ostens, sein.«

5 Zwei Tage später bestiegen wir Gathaspars Zauberschiff und steuerten auf eine fremde See hinaus. Die Fluten des Unteren Meeres sind so warm, daß man auf der Haut keinen Unterschied zwischen Luft und Wasser verspürt, wenn man die Hand oder den Fuß ins Nasse taucht; darum bringt dieses Meer dem Badenden keine Kühlung. Schillernde Schwärme vielfarbiger Fische wohnen darin und füllen Seefahrern die Netze. Manche dieser seltsamen Wasserbewohner besitzen Flügel wie Vögel und können damit sowohl durch das Wasser als auch durch die Lüfte schweben; über dieses Wunder staunte ich sehr. Wir segelten an der unwirtlichen Küste von Magan entlang, an der schroffe, schwarze Gebirge aufragen. Drohend und abweisend zeigen sie sich dem Fremden, wie eine von Riesen erschaffene Mauer, und verbergen ihre Geheimnisse vor allen Menschen. Wieder schlugen unsere lebenden Ruder im Takt, und das Segel wölbte sich wie ein praller Weinschlauch aus Samos, diesmal aber spürte ich einen kühlenden Wind und genoß seine Frische. Wir fuhren nur wenige Tage lang, dann landeten wir an der Mündung eines gewaltigen Stroms, der mir so groß und wasserreich erschien wie der ägyptische Nil; Gathaspar sagte zu mir:»Das, Aras, ist der Fluß, der die Länder der Arya wässert. Die alten Städte am Ufer des wandernden Stroms, der diesen Namen trägt, weil er seinen Lauf fast alle Jahre verändert, übertrafen einst selbst Babylon und auch alle Burgen Ägyptens. Das Volk, das damals hier lebte, erlag jedoch schon vor sehr vielen Menschenaltern dem Ansturm der kriegsstarken Arya und ihres Herrn Parsatatar. Doch ihre toten Städte stehen noch fast unversehrt im Tiefland und trotzen dort der Zeit bis zum heutigen Tag.«

Seine Worte rührten eine schmerzliche Erinnerung in mir, denn ich mußte an Perisade denken, meine tote Geliebte aus dem unglücklichen Volk der Mitanni, das ja einst zu Parsatatars Stämmen gehört haben soll. Die anderen sechs waren also ins Fünfstromland gezogen! Nachdem wir ein Stück stromaufwärts gefahren waren, vertäute Gathaspar das Boot am Ufer, stieg auf das feste Land und sprach:

»Erkläre mir nichts, Aras; ich weiß, was dich in deinem Herzen bewegt.

Trauer erfüllt deine Sinne und macht dich mutlos und müde. Aber ich will diese Traurigkeit nicht von dir wenden und nicht versuchen, dich zu trösten, auch wenn ich Mitleid mit dir empfinde. Denn kummervolle Gedanken an leidvolle Tage bewirken oft eine heilsame Reinigung des Herzens. So sehr die Trauer die Seele auch schwächt, am Ende geht der Mensch doch gekräftigt davon, wenn die Zeit seine Wunden geheilt hat. Schwermütige Gedanken soll man nicht vertreiben, denn das hieße nichts anderes, als vor ihnen zu fliehen; man soll sich ihnen vielmehr stellen und versuchen, sie zu überwinden. Darum will ich dich jetzt eine Weile allein lassen. Ohnehin habe ich dort hinten in den Hügeln ein Vermächtnis zu erfüllen, von dem ich dir später vielleicht erzählen werde. Du magst jetzt nur soviel erfahren, daß dort drüben die geborstenen Mauern einer uralten Stadt zu finden sind, für deren vergessene Bewohner ich ein Opfer darbringen möchte. Warte hier also bis zu meiner Rückkehr. Danach hoffe ich dich gestärkt und voller neuer Zuversicht wiederzufinden.«

Freundlich legte er mir seine Hand auf die Schulter; dann wanderte er, ohne sich noch einmal umzusehen, mit der sinkenden Sonne davon. Ich begann Steine über die spiegelnde Fläche des Wassers zu schleudern, und während ich dabei über mein Leben nachdachte, lösten sich allmählich Groll und Bitterkeit in mir. Ich beschloß, wenn ich das Geschehene schon nicht zu vergessen vermochte, so doch wenigstens nicht länger mit meiner Bestimmung zu hadern und mich durch die Erinnerung nicht von meinem vorgezeichneten Weg abbringen zu lassen. Ich dachte auch an Diomedes und meine Gefährten aus Argos, die jetzt in fernen Ländern umherschweifen mochten und mich längst für tot halten mußten. Ich dachte an meine Kindheit und Jugend, und an Hermione, die in Ägypten gestorben war, ohne daß ich die Ursache ihres Todes erfahren hätte, und wieder überfielen mich die heftigsten Gewissensqualen. Da fiel ein Schatten über mich, und als ich aufblickte, sah ich vier kräftige Krieger mit dunkel glänzender Haut und narbigen Gesichtern vor mir.

Die Fremden trugen schwere Rüstungen aus Bronze und Leder, darüber buschige, gelbliche Felle von Wölfen, als Waffen lange, scharfgeschliffene Schwerter und kreisrunde, grob verzierte Schilde mit Häuptern von Löwen und Bären darauf. Sie redeten in einer Sprache, die ich nicht verstand, die aber so ähnlich klang wie die der schwarzgepanzerten Hethiter. Sonst schienen diese Männer mit den Schwarzgepanzerten aber nichts gemein zu haben, denn sie waren viel kleiner und längst nicht so hellhäutig wie die eisernen Männer Chattuschas, und sie besaßen auch nicht den Edelmut dieser tapferen Krieger, die nur den ehrlichen Zweikampf schätzen und feigen Raub verachten; sondern sie fielen ohne Umschweife über mich her, obwohl ich keine Waffe besaß. Sie waren, wie ich später erfuhr, Krieger der Arya und ausgesandt worden, um in den verlassenen Städten nach Beute zu forschen. Nur wenige Männer fanden sich zu solchen Zügen bereit, denn die meisten ängstigten sich vor alten, vergessenen Göttern.

Ich spähte vergeblich nach einem Ausweg und sah mich schon zu den

Schatten sinken, wehrlos gemeuchelt, da hörte ich plötzlich ein schreckliches Brüllen. Es klang so unnatürlich und grausam, daß es weder von einem Menschen noch von einem Tier stammen konnte, und sein entsetzlicher Klang ließ das Blut in meinen Adern stocken. Erschrocken wandte ich mich um und sah, daß auch die vier Räuber innegehalten hatten; namenloses Grauen malte sich auf ihre Züge, und ihre starren Augen weiteten sich, als ob sie den schrecklichsten Anblick ertragen müßten. Schaum trat auf ihre zerbissenen Lippen, ihre Finger verloren die Kraft, und ihre Schwerter fielen klirrend zu Boden. Dann stürzten die Arya auf die Knie und begannen wie Hunde zu winseln. Sie verbargen ihre verzerrten Gesichter in ihren zitternden Händen und wollten sich mit den Fingernägeln in den festen Boden graben, so daß ihnen das helle Blut über die Hände floß. Sie waren wie wahnsinnig in ihrer Angst und wälzten sich am Ende geifernd und schreiend in unbeschreiblicher Furcht auf der Erde, die Augen auf eine Gestalt gerichtet, die langsam aus den sanften Hügeln auf uns zutrat. Diese aber war niemand anders als mein Gefährte Gathaspar; seine Augen leuchteten wie Sterne, seine Hände bewegten sich wie Schlangen, und seine Finger malten schreckliche Zauberzeichen.

Später, an den Leichen der vier Unglücklichen, die schließlich vor Schreck und Grauen gestorben waren, fragte ich den Magier verwundert: »Wie konnte es geschehen, Gathaspar, daß diese Fremden solches Entsetzen vor deiner Erscheinung empfanden? Sie haben dich und deine Macht doch gar nicht gekannt! Das schauerliche Brüllen kann solche Todesangst doch nicht allein bewirkt haben; was war das für ein Tier?«

Gathaspar antwortete ernst: »Die Männer, die dich überfielen und mein Schiff rauben wollten, sahen etwas anderes als du. Denn ihren Augen erschien ich in einer anderen Gestalt, als ich sie gewöhnlich besitze. Du selbst hast doch gelernt, die Gedanken der Menschen zu lenken und sie Dinge sehen zu lassen, die in Wahrheit gar nicht vorhanden sind. Du selbst kennst die Geheimnisse der Wandler, die sich das Aussehen von Tieren und Ungeheuern geben können. Nun, was diese Männer zu erkennen glaubten, war fürchterlicher als alle Schreckensgestalten der Welt. Denn ich wählte die Erscheinung eines Zwielichtwesens aus der Rinde der Erde, dessen Anblick selbst du nur schwerlich ertragen könntest. Eines späteren Tages wirst du erfahren, wie man sein Abbild beschwört. Nun aber laß uns nach Harappa eilen. Schon übermorgen beginnt die Zusammenkunft, und wir werden endlich Melikhor und Baltasarzan treffen.«

Harappa war vor langer Zeit die größte und glänzendste Stadt im Land der fünf Ströme, das so genannt wird, weil sich dem wandernden Fluß an seinem Oberlauf vier kräftige Brüder zugesellen. Heute liegt diese Stadt schon seit langem verlassen, und es wohnen keine Menschen mehr in ihr. Parsatatar, der erste Fürst von Arya, fand sie bereits entvölkert, als er seine Scharen gegen ihre Mauern führte, denn ihre Bewohner hatten die Heimat zuvor feige verlassen und ihren Feinden schutzlos preisgegeben. Die Eroberer suchten in allen Häusern nach Beute, aber sie konnten nur wenig Wertvolles finden. Warum sie die Stadt nicht zerstörten, sondern unversehrt ließen, während sie weiter in das Innere des Landes zogen, weiß niemand. Ich glaube aber, daß sie sich vor den Geistern und Dämonen dieser Ebene fürchteten. Die Arya sind nach den Kaschkäern das abergläubischste Volk, und selbst niedere Geister vermögen ihnen große Furcht einzuflößen.

Als Gathaspar und ich durch die breiten Straßen der leeren Stadt wanderten, über die ein ewiger Wind Staub und Blätter trieb, vorbei an prächtigen Häusern, die aus kunstreich gefertigten Ziegeln errichtet waren, vorüber an Tempeln und prächtigen Heiligtümern, staunte ich sehr über den Reichtum und das Wohlleben, das die Bewohner Harappas einst genossen. Die Straßen waren nicht eng und gewunden wie in Theben oder Ugarit, sondern zogen gerade wie gespannte Schnüre durch die Stadt, stets in Richtung der Winde, so daß die Luftströme ungehindert zwischen den Häusern hindurchfahren und allen Gestank und Unrat wie unsichtbare Besen davontreiben konnten. Aus Ziegeln gemauerte, tief im Boden verborgene Rinnen führten die Abwässer aus dieser Stadt; kunstvolle Becken fingen den Regen auf und verteilten die lebenspendende Flüssigkeit über weitverzweigte Leitungen in die Häuser der Vornehmen, von denen die Armen das kostbare Naß dann ohne Entgeld erhielten. Überall standen herrliche Bäder und Brunnen. Die Hauptstraßen waren mit Tonscherben und kleinen Ziegeln gepflastert, zum Schutz gegen Staub und Schlamm, die beiden allgegenwärtigen Geißeln Asiens. Manche Häuser erschienen, als wären sie noch immer bewohnt; denn ihre Schränke, Stühle und Tische standen unversehrt in den Zimmern, und in den Küchen entdeckte ich viel Gerät und Geschirr, das allerdings von Staub und den Geweben der Spinnen bedeckt war. Die Wände der Tempel waren mit kunstvollen Bildern eigentümlicher Tiere geschmückt, von denen ich das unbesiegbare Einhorn, den langgezähnten Elefanten, den kraftvollen Auerochsen, eine seltsam gestreifte Löwin und schließlich eine Schlange mit wundersam geblähtem Hals erkannte. In den Räumen der Priester fand ich kostbare Weihgeräte aus Speckstein und feinem, lackiertem Ton, bemalt mit rotem Ocker und schwarzem Mangan, geziert mit Pfauen und Fischen, Steinböcken und Vipern, gefüllt mit Khol und grünem Malachit, mit denen sich die heiligen Männer Harappas einst die Augenlider färbten. Bronzene Schaber zum Entfernen der Haare, Schmucknadeln und kleine Krüge, die einstmals wohlduftende Salben enthielten, sah ich in den prächtigen Gemächern der Gottesdienerinnen. Niemand hatte gewagt, diese Kostbarkeiten an sich zu nehmen, vor den Angesichtern der schrecklichen Götter, die nach dem Glauben der Arya hier noch immer ihre Heimstatt besaßen.

Ich sah den grausamen Gott mit den tausend Namen, den Menschenverschlinger; und Lakschmi, die gehörnte Dämonin. Ich stand vor dem Bild der Löwengöttin mit dem gestreiften Körper und der tödlichen Schlange mit dem geblähten Hals. Sie hüteten ihre uralte Stadt als ewige Wächter durch alle Zeit, und nur den Kräften des Sturms und des Regens, des Windes und der Fluten des wandernden Stroms hatten sie nicht zu wehren vermocht.

Darum waren schon weite Teile der Stadt versunken und in Trümmer gefallen. Die Sonnenhitze glühte die Ziegel aus und ließ sie bersten; der Wind drückte schließlich die kraftlos gewordenen Mauern ein. Aber noch immer kauerte über dem flachen, baumarmen Land die düstere Drohung unsichtbarer Mächte einer vergangenen Zeit.

Wir lagerten vor dem westlichen, äußeren Tor, entzündeten große Feuer und erwarteten den Morgen, an dem Melikhor und Baltasarzan kommen sollten. Im weiten Kreis um uns hatten wir kleine Stöße aus geweihtem Holz entflammt, das wir auf Gathaspars Schiff mitgebracht hatten; aber die Dämonen hätten uns auch ohne diesen Zauber gemieden, denn sie fürchteten Gathaspars Macht. Kein Tier wagte sich in unsere Nähe; ein kalter Wind von den fernen, finsteren Bergen zerrte an unseren Haaren und machte uns frösteln. Ich hüllte mich in das warme Wolfsfell, das ich vom Führer der toten Arya genommen hatte, und lauschte den Worten meines Gefährten, der mir zum Ende meiner Lehrzeit vom Einzigen Gott, dem Namenlosen, erzählte, von seinen Zeichen und seiner Gestalt, von seinen Reichen und seiner Macht, und von den vielen Gestalten, die er sich in grauer Vorzeit gab, um sich den Menschen leichter verständlich zu machen. Dann vertraute mir Gathaspar seine letzten und heiligsten Geheimnisse an und sagte zum Schluß:

»Nun bist du am Ende des Wissens angelangt, Aras, und hast erfahren, was von der himmlischen und allen irdischen Mächten zu berichten war. Ich lehrte dich, was für dich wichtig ist, und zeigte dir alle Künste, die du beherrschen mußt, um die Prüfungen zu bestehen. Hüte dich vor allzu großer Zuversicht! Denn um Unsterblichkeit zu erringen, ist mehr als bloßes Wissen nötig. Erst die Weisheit bringt den Sieg.«

»Wissen? Weisheit?« fragte ich, während die Dunkelheit sich langsam um uns senkte und uns umhüllte wie die Flügel eines großen, schwarzen Vogels, während weiße Nebelschleier vom Ufer des wandernden Stroms über das weite, öde Land krochen und sich auf dem Boden wanden wie gefiederte Schlangen. »Sind diese beiden Dinge denn nicht untrennbar miteinander verbunden? Wie wäre es einem Nichtswissenden möglich, weise zu sein? Und könnte man einen, der vieles erlernte, je für einen Toren ansehen?«

Gathaspar lächelte; die hellen Finger der Flammen zuckten über sein bärtiges Antlitz. Dann antwortete der Magier:

»Nein, Aras. Wissen und Weisheit sind nur miteinander verwandt, aber nicht ein und dasselbe; sie gleichen sich eher wie Vater und Sohn. Was beide voneinander trennt, nennt man Reife oder Erfahrung, und daran mangelt es dir. Das Wissen ist wie eine Waffe, die ihrem Besitzer Gewalt verleiht. Ebenso wichtig jedoch ist es, dieses Schwert richtig zu gebrauchen, und das kann dich nur die Erfahrung lehren. Erst mit ihr gewinnt der Mensch die Weisheit, die ihn über alle anderen erhebt.«

Traurigkeit war plötzlich auf dem Gesicht des Magiers zu lesen; in seinen Augen erschienen Nachdenklichkeit und Schwermut. Mit einem Seufzen sprach er weiter:

»Erfahrungen, ja! Wie viele dieser spitzen Scherben sammelte ich schon!

Schmerzhaft stechen sie die Füße derer, die allzu ungestüm vorwärtsdringen, und hemmen immer wieder ihren Lauf. Ach, wie viele Jahre häufen sich nun schon in meiner Erinnerung! Viele neiden mir meine Unsterblichkeit, aber ich empfinde sie nicht mehr als Gnade, sondern nur als Last. Wieviel habe ich erlebt und erlitten, wie viele Glücksfälle und Enttäuschungen wechselten sich ab, in dieser langen Zeit! Müde bin ich geworden, und darf doch nicht schlafen. Überdruß an meinem Leben überkommt mich manche Nacht, und doch kann ich nicht von mir werfen, was mir Gott einst schenkte. So bin ich verurteilt, für immer zu wandeln, im Zwielicht zwischen Leben und Sterben; ich halte Ewigkeit in meinen Händen und muß dafür doch mit dem Tod bezahlen, der zwar nicht mich, doch dafür jene trifft, die ich von Herzen liebe. Wie oft bin ich schon an den Gräbern edler Männer und Frauen gestanden, die Namtar, der Stumme, aus meinen Armen riß! Wie viele Tränen habe ich geweint, wenn Tod und Krankheit Ernte hielten! Jeder Mensch muß manchmal Schmerzliches erdulden; ich aber trage Gram und Kummer aus achtzig Leben in mir. Nein, Aras, ich wollte dir lieber ersparen, auch ein so unglückliches Wesen zu werden wie ich. Aber wenn dir gelingt, was wir erhoffen, und du gleich mir unsterblich wirst, dann werden damit auch Leid und Trauer von dieser Erde verschwinden. Denn dann sind alle Menschen von dem Fluch befreit, den uns die Schlange brachte, und werden fürderhin in Frieden leben, ohne Not und Mühsal, ohne Haß und ohne Tränen.«

So sprach er, und ich spürte die Bitterkeit seiner Worte. Ich schwieg, denn ich wußte nicht, wie ich ihn trösten konnte. Gathaspar erzählte mir danach noch manches andere, er berichtete von seiner Kindheit und Jugend, von seinen Eltern und seiner Heimat, von vielen Ereignissen, über die er nie mit mir gesprochen hatte und die außer mir nur wenige kennen. Er erzählte vom Glück und vom Leid, schilderte Reichtum und Armut, Hunger und Überfluß, Stärke und Schwäche, Liebe und Haß, denn er hatte von allem schon viele Male erfahren. Er sprach von Melikhor und Baltasarzan und berichtete mir von ihrer Herkunft, und die Nacht vor Harappa verging so schnell wie ein Wimpernschlag.

Am nächsten Morgen stieg eine kraftvolle Sonne hell wie ein jubelnder Schrei am Himmel empor. Wir begrüßten sie mit frommen Opfern, indem wir Mehl, Honig und Trauben verbrannten. Dabei blieb es im Land um uns sehr still. Ich staunte darüber sehr, denn gewöhnlich beginnen am Morgen die Vögel zu zwitschern, die Bienen und anderen Flügeltiere zu summen, und die Rinder hungrig zu brüllen. Vor den Mauern Harappas jedoch lag die Ruhe wie in einem Grab. Die Sonne stieg höher und höher, die Feuer im Umkreis waren längst niedergebrannt. Die lastende Schwüle des heißen Tages umhüllte uns wie ein Gewand aus klebrigen Federn und machte mir die Lider schwer. Dann begann die Luft plötzlich wie kochendes Wasser zu zittern, und in der Ferne erhob sich ein leiser, dumpfer, gleichförmiger Ton, der in das Innerste meiner Seele drang und mich vor Spannung erbeben ließ. Gathaspars faltige Wangen zuckten; seine Augen begannen zu leuchten, er erhob sich und beschattete sein Gesicht mit der Hand. Dann sagte er freudig: »Es ist soweit.«

Ich starrte auf das flache Land hinaus, aber zuerst vermochte ich nichts zu entdecken. Dann stach mir von weit unten am Fluß ein goldener Blitz in die Augen, der grell wie das Licht der Sonne strahlte. Auf der anderen Seite jedoch, in der kahlen Ebene, stieg eine Säule aus Staub empor, wie sie nur ein sehr schnell fahrender Wagen erzeugt.

Die beiden seltsamen Erscheinungen kamen näher und näher, aber ich konnte sie erst nach geraumer Zeit erkennen und deuten. Das gleißende Leuchten am Fluß war nichts anderes als der Widerschein eines dreieckigen goldenen Segels, das sich am Mast eines großen, schlanken Schiffes spannte. Die mächtigen Planken des Fahrzeugs waren mit silbernen Nägeln beschlagen; starke Wanten aus golddurchwirktem Hanf hielten den hohen, geschnitzten Mast; Ruderblätter aus Kupfer und Zinn hoben und senkten sich in das schlammige Wasser des wandernden Stroms, auf dem das Boot lautlos dem Ufer entgegenglitt. Ein bunter Schirm mit blauen und roten Stoffstreifen warf kühlen Schatten auf das Heck. Dort erkannte ich, zwischen kräftigen, schweißnassen Schwarzverbrannten und den unheimlichen Zwergen aus der grünen Nacht der Kämpfenden Wälder, den Hüter der südlichen Weltenscheibe, den unsterblichen Baltasarzan.

Aus der Staubwolke hinter uns lösten sich vier schwarzschimmernde Hengste, mit rotem und goldenem Zaumzeug gerüstet, die mir herrlicher erschienen als selbst die berühmten Rosse des Helden Äneas, die ich einst für Diomedes auf der Seereise nach Argos gepflegt und gehütet hatte. Sie zogen einen ehernen Wagen mit vier kupferbeschlagenen Rädern; darauf entdeckte ich die hohe Gestalt des Magiers Melikhor.

Er erreichte uns als erster. Seine Diener, hochgewachsene, bartlose Männer mit gelblicher Haut und schmalen, geschlitzten Augen, die auf vier weiteren Wagen kamen, lenkten die Fahrzeuge zu einem Kreis und spannten dann die Pferde aus. Ihr Gebieter schritt uns entgegen und umarmte Gathaspar mit großer Herzlichkeit. Er war weit größer als der alte Magier und von wahrhaft königlicher Gestalt; die Muskeln seiner entblößten Arme verrieten ungeheure Kräfte, sein Gang war schwer und fest, und in jeder Bewegung erkannte ich seine übermenschliche Stärke. Bei seinem Anblick fühlte ich mich an seinen Bruder, den Helden Gilgamesch, erinnert. Melikhor trug jedoch den Bart sorgfältig geschoren. Der Magier aus dem Osten begrüßte auch mich voller Freundlichkeit; dann warteten die beiden Unsterblichen auf den dritten in ihrer Gemeinschaft.

Baltasarzan ließ sein kostbares Schiff neben Gathaspars Boot auf dem Wasser vertäuen; die Schwarzverbrannten stellten am Ufer des Stroms sieben Zelte aus Stierhäuten auf. Dann stand auch der dritte Unsterbliche vor mir, der Magier aus den Kämpfenden Wäldern, mit seiner dunkel glänzenden Haut und den hellen Augen, die mich von neuem in ihren Bann zogen. Er begrüßte Gathaspar und Melikhor wie Brüder. Dann wandte er sich zu mir und sprach:

»Nun sehen wir uns endlich wieder! Wie bist du einst in den Kämpfenden Wäldern aus deinem Gefängnis entronnen? Ich kann nicht glauben, daß das dir und diesem wilden Wüstenkrieger ganz allein gelang. Nicht einmal zehn von eurer Art hätten meine Wächter überrumpeln können!«

Seine Worte weckten Unruhe in mir, obwohl ich nicht glaubte, daß er mir Böses wollte. Gathaspar antwortete für mich und erklärte dem schwarzen Magier, was sich in jener Nacht zutrug, als Diomedes und Bias in das Dorf schlichen, um mich zu befreien. Dann sagte Melikhor, während er mich freundlich anblickte:

»Das also ist der Jüngling, Gathaspar, auf den du solche Hoffnung setzt. Nun, wir wollen tun, was wir vermögen. Zuvor aber will ich euch von einem göttlichen Zeichen berichten, das uns vielleicht den Weg erhellen kann. Vor vier Monden schickte mir der Himmel einen Traum, den ihr wohl ebenso deuten werdet, wie ich es tat.

Der Fürst der gelben Todesmönche in der gefrorenen Wüste, der grausame Yuggoth, dessen Name bis in alle Ewigkeit verflucht sei, sandte Boten zu mir, die von Frieden und Versöhnung sprachen. Es schien, als wollten sie mich glauben machen, ihr Herr habe sich nach so vielen bösen Taten endlich besonnen und wolle sich von den Werken der Schlange abkehren. Er lud mich sogar in sein Schloß und hofft, daß ich bereits im nächsten Frühjahr dort erscheine. Es klang, als wünsche er am Ende gar der vierte unter den Unsterblichen zu sein, und als treuer Diener des Himmels in unser Bündnis einzutreten.«

Baltasarzan lächelte spöttisch; Gathaspar blickte Melikhor nachdenklich an. Wir ließen uns auf hölzerne Sessel nieder, während die schwarzen und gelben Diener eilfertig Zeltwände um uns erstellten und zierlich gewebte Stoffe unter unsere Füße breiteten. Dann fuhr der Magier des Ostens in der geheimen Sprache der Geweihten fort:

»Ihr wißt, wie gern ich das Leben dieses Verbrechers auslöschen würde, der seine Zauberkraft stets nur zu bösen Werken nützt. Allein, die Schlange selbst beschützt den Todesmönch, und Luzifer entzieht ihn meinem Zugriff. Solange Yuggoth in den Mauern seiner Festung weilt, kann ich ihn nicht vernichten. Nun aber sah ich im Traum, wie ein geschickter Jäger einen wilden Löwen zu erlegen suchte. Er folgte ihm durch Wälder, Berge und Wüsten, aber er konnte ihn nicht mit seinen Pfeilen treffen; denn das Tier entfloh dem Jäger immer wieder und spottete über ihn. Da band der Verfolger ein munteres Zicklein an einen Baum und legte sich in seinen Ästen auf die Lauer. In dunkler Nacht schlich sich das Ungeheuer an, vom Duft des Opfers, das ihm nicht entfliehen konnte, angelockt, und sprang mordlustig in die Falle: Denn als er mit der Pranke zuschlug, stieß der kluge Jäger seinem Feind die Lanze in den Leib.«

»Du hast doch schon oft vergeblich versucht, den Fürsten der gelben Mönche aus seinem Schloß zu locken«, sagte Baltasarzan. »Luzifers Diener sind zu schlau, um eine solche Gefahr nicht zu erkennen! Schon seit vielen Jahren liegst du mit Yuggoth in blutiger Fehde; hast du seine Zauberfestung je erstürmen können? Solange er im Kreis des Schlangenbluts weilt, versagen alle unsere Künste. Darum kann er auch nicht selbst zu dir, der Veruchte, der plötzlich reuevoll vom Frieden spricht. Der Himmel allein kennt seine verwerfliche Absicht; wärest du nicht unsterblich und unbesiegbar, würde ich glauben, daß er ebenfalls plant, dir eine Falle zu stellen. Von einem Mann, der Macht erstrebt, kann nur ein Narr Gutes erhoffen.«

»Wie willst du unseren Feind seinem schützenden Zauber entreißen?« fragte nun auch Gathaspar. »Yuggoth ist nicht töricht wie ein Tier, dessen Blutgier oft die Vorsicht überwindet. Doch selbst wenn er für ein ersehntes Ziel wirklich bereit wäre, seine Burg zu verlassen – welcher Köder wäre stark genug, ihn zu dem Wagnis zu verleiten?«

Baltasarzan fügte hinzu: »Du deutest deinen Traum vielleicht zu hoffnungsvoll, mein Bruder. Ich vermag mir jedenfalls nichts zu denken, was den König der gelben Mönche dazu verführen könnte, den sicheren Hort seiner Festung auch nur für ein paar Tage aufzugeben.«

»Ich habe noch nicht alles berichtet«, antwortete Melikhor und blickte mich dabei prüfend an. »Das wichtigste wißt ihr noch nicht, und das ist jene Merkwürdigkeit, in der ich ein Zeichen des Himmels vermute. Ja, es ist oft schwierig, den Willen Gottes zu erkunden, selbst uns enthüllt er sich oft nur in Rätseln. Dieses Traumbild aber war deutlich: Das Zicklein, das der Jäger als Lockmittel nahm, schnaufte und zitterte nämlich nicht in Todesangst, wie diese Tiere es gewöhnlich tun, wenn sie in der Nähe ein Raubtier wittern; sondern es blieb ruhig und ohne Furcht auf seinem Platz. Seine Augen aber leuchteten, als wären sie aus purem Gold.«

Gathaspar und Baltasarzan beugten sich erstaunt vor, wechselten Blicke der Überraschung und schauten mich an, bis auch ich verstand, was Melikhor meinte. Freude und Erschrecken flossen gleichzeitig durch meine Adern; nun wußte ich, was meine erste Prüfung sein sollte.

Melikhor erfaßte mich am Arm und sagte: »Mut, Aras! Die goldenen Punkte in deinen Augen lassen erhoffen, daß du ein Sohn des Himmels bist; erweise dich deiner Abstammung würdig! Ich werde dich beschützen, als wärst du mein eigenes, einziges Kind.«

Nachdenklich sagte Gathaspar: »Es ist vorherbestimmt, daß Aras nunmehr die Prüfungen seiner Seele ablegen soll. Heute nacht befahl mir ein Traum, ihn dir, Melikhor, beizugeben, damit du ihn mit dir in deine Länder nimmst. Wie weit Aras noch nach Osten vordringen soll, weiß niemand – aber mir ist verheißen worden, daß er sein Ziel erreichen wird, wenn er der Sonne näher kommt als alle anderen Menschen.«

»Das hieße ja nichts anderes, als ihn zum Sonnenaufgang selbst zu senden, durch die weiten Länder Asiens, ja, auch durch den Sand der Eiswüste und das Land der gelben Todesmönche!« rief der dunkle Baltasarzan. »Könnte es nicht sein, daß auch Yuggoth so denkt? Vielleicht hat er dich, Melikhor, nur deshalb zu sich geladen, weil er hoffte, daß du Aras mitbringen würdest, den Jüngling, den die Schlange jetzt zu fürchten hat!«

»Dann wäre«, antwortete Gathaspar, »unser Gefährte wahrhaftig ein sehr verlockender Köder für unseren Feind. Ja, Melikhor, ich glaube, du hast recht. Doch ehe wir den Plan beschließen, wollen wir Gott um Rat bitten und um Auskunft über künftiges Geschehen nachsuchen.«

Danach beteten sie lange Zeit, wuschen sich sorgfältig die Gesichter und Hände, kleideten sich in frische Gewänder aus weißem Leinen, ließen ihre Füße salben und aßen mit mir die heiligen Speisen aus Mehl, Salz und Fett reiner Tiere. Schließlich schlachteten sie ein Schaf und beschauten seine Leber; auch ich durfte einen Blick darauf tun und erkannte, was fortan mein Leben bestimmen sollte. Für einen Moment erinnerte ich mich an Kalchas, den Seher, und an sein Orakel vor Troja, dachte an seine zwei Traumbilder, die schon so schmerzvolle Wirklichkeit wurden, und an das dritte, das mit dem Bauern, der frierend sein Saatgut verbrannte, und meine Seele schwankte zwischen Furcht und Zuversicht.

Es war eine sehr schöne Leber, glatt, dunkelrot und voller Blut; aber die Galle war häßlich entzündet und schwärzlich verfärbt. Sorgfältig löste Gathaspar den Bauchfellüberzug, und wir betrachteten die beiden großen Tafeln. Die Höfe der Ehren, des Glücks, der Dämonen und des Lebens zeigten keine Auffälligkeit. Erst im Hof des Samens entdeckten wir eine seltsame Narbe, die wir aber nicht zu erklären vermochten. Aber ich ahnte schon damals einen Zusammenhang zwischen diesem Merkmal und dem dritten Traumbild des Kalchas.

Die drei Magier empfanden drei andere Dinge als wichtig. Der Sehnenhöcker im Hof des Krieges war seltsam gebogen und mit vielen rätselvollen Zacken versehen, so daß er erschien wie eine Säge. Im Hof des Friedens wiederum, am Dornenvorsprung, entdeckten sie ein Geschwür, das länglich gekrümmt wie ein Saatkorn war. Im Hof des Todes schließlich, am unteren Schwanzlappen, schwang der Rand sich wie eine Bucht nach innen, so daß er geformt war wie eine Sichel.

Wieder beteten die drei Zauberer lange zum Einzigen Gott und baten ihn, ihre Gedanken zu führen und sie vor falschen Schlüssen zu bewahren. Dann besprachen sie sich. Gathaspar sagte als erster:

»Wahrlich, der Himmel ist uns gnädig. Bedeutet die Säge im Hof des Lebens nicht, daß Melikhor richtig vermutete, als er in Aras den besten Verbündeten für den Kampf gegen den Todesmönch sah? Die Säge ist das Zeichen der Sonne, des Symbols Gottes in seiner Erscheinung als Leben; sie ist aber auch das Werkzeug des fleißigen Siedlers, der den Wald rodet und das Unkraut vernichtet, um das Land urbar zu machen. So zeigt uns dieses Mal, daß Melikhor und Aras bald zum Kampf gegen Yuggoth aufbrechen sollen, und daß Aras, wie ich schon vorhin sagte, der Sonne länger entgegengehen muß als alle anderen Menschen, wenn er sein Ziel erreichen soll.«

Dann sprach Melikhor: »So wie die Säge das Werkzeug darstellt, um ein Land urbar zu machen, so steht das Saatkorn als Zeichen der Fruchtbarkeit. Wir sahen es im Hof des Friedens. Also werden Aras als zweite Prüfung die unblutigen Werke des Lehrens und Helfens, der Wissenschaft und der Künste auferlegt sein.«

Baltasarzan fügte hinzu: »Wir sahen die Sichel im Hof des Todes, das Zeichen der Ernte aus schwarzem Blut. So kann sich erst in der dritten Probe entscheiden, ob Aras der vierte in unserem Kreis werden wird. Viel Blut wird an diesem Tag fließen, doch wenn es nicht sein eigenes ist, gewinnt er den höchsten Preis.«

»Roden, säen und ernten«, sprach Gathaspar zum Schluß, »das sind die Taten, Aras, die du zu vollbringen hast; Säge, Saatkorn und Sichel sind deine heiligen Zeichen. Mit der Säge scheidet die Sonne die Sphären des Lichts und der Dunkelheit. Die Sichel ist im Besitz des Mondes, das Saatkorn jedoch gehört beiden Gestirnen; denn wie die Sonne es bei Tag durch seine Wärme wachsen läßt, so beschert ihm der Mond bei Nacht den Regen. Darum sollen Sonne und Mond fortan deine Begleiter sein.«

Melikhor schritt zu seinem Wagen und holte aus einer hölzernen Truhe Säge, Saatkorn und Sichel, alle aus rotem Gold gehämmert. Jeder der drei Magier band eines dieser Schmuckstücke an meine Kette. Die letzten Strahlen des Tagesgestirns brachen sich in den Symbolen, und ich empfand Freude und Stolz.

Am Abend erzählten die Magier einander, was sie in den vergangenen Jahren getan und erfahren hatten; vieles aus ihren Berichten verstand ich erst später. Ich hörte auch manches aus dem Leben der Unsterblichen: Melikhor schilderte mir seine Kindheit im Stromland und wie er erst nach dem Tod seines Bruders Gilgamesch erkannt hatte, daß die Götterzeichen, die bei der Geburt der beiden königlichen Knaben am Himmel aufgeflammt waren, in Wirklichkeit nicht dem älteren, hochberühmten gegolten hatten, sondern ihm, der bis dahin stets in Gilgameschs Schatten stand. Ich erfuhr von seinen Prüfungen und hörte, wie er den Kampf gegen den schrecklichen Menschenverschlinger Pochtar bestand, den schwarzen, klauenbewehrten Sohn der Schlange, der drei Schlünde besaß und jetzt für alle Zeit im Land der Ruhelosen wandelt. Ich hörte, wie Melikhor dann die Länder des Ostens unter seine Füße nahm, um dort Gutes zu tun und das Böse zu vernichten, zum Segen aller Menschen. Baltasarzan wiederum berichtete mir von seiner Kindheit im Nilland zur Zeit des großen Pharao Chephren, und wie er vor diesem König nach Akkad fliehen mußte, das damals der unbesiegbare Sargon beherrschte. So erfuhr ich vieles aus dem Leben der Unsterblichen, hörte von ihren Freuden und Enttäuschungen und spürte den Hauch längst vergangener Zeiten, ungewohnt, aber lebendig, reizvoll und doch nicht zu greifen, so wie der warme Atem einer schönen, fremden Frau, der man nur zufällig und nur für einen kurzen Augenblick sehr nahe war.

6 Die Zusammenkunft der Magier dauerte drei Tage. In dieser Zeit brachten sie zahlreiche Opfer dar, stärkten ihre unsterblichen Seelen mit heiligen Handlungen nach den alten Geboten und erneuerten mit gemeinsamen Gebeten ihren ewigen Bund. Dann trennten sie sich, um wieder ihre Pflichten in den Weltteilen aufzunehmen. Als erster schied Baltasarzan von uns; er lenkte das Schiff mit dem goldenen Segel den wandernden Strom hinab, um rasch nach Äthiopien zurückzukehren, das seit zwei Jahren neuen Feldzügen des Pharao ausgesetzt war. Denn so sehr die Seuchen und Plagen des Einzigen Gottes Ägypten damals auch schwächten, die Schlangenpriester vom Merwersee versuchten doch immer wieder von neuem, das reiche Goldland von Punt zu gewinnen. Wir schauten dem schwarzen Magier lange nach; er wandte sich nicht um, sondern stand unerschütterlich und reglos wie ein Götterbild am Heck seines prächtigen Bootes, das langsam in nebliger Ferne verschwand.

Danach umfaßte Gathaspar meine Handgelenke und sprach: »Nun ist auch für uns die Stunde des Abschieds gekommen, Aras, und wir müssen uns trennen; vielleicht für immer, gewiß jedoch für eine lange Zeit. Gehe mit Melikhor, wie wir beschlossen, und suche deine Aufgaben getreu dem Willen des Himmels zu erfüllen! Wandere der Sonnenscheibe entgegen, bis dein Geschick vollendet ist, und vollbringe die Werke des Krieges und des Friedens, wie es das Orakel der Leber gebot, in den Ländern, nach denen Gott nun deine Schritte lenkt. Vergiß nicht, daß wir uns beim nächsten Mal in Meroë, der fernen Stadt am Oberlauf des Nil, versammeln wollen, in zehn Jahren, am fünfzehnten Tag des Monats Sivan. Wo du dann auch immer sein magst, eile pünktlich zu unserem Treffen, wenn die Zeit gekommen ist! Ich werde zu den Göttern beten, daß dann unser letzter, siegreicher Kampf gegen die Schlange beginnen kann.«

Einen Herzschlag später dachte ich an den Prinzen Sesostris, mit dem ich einst durch Meroë zog, und Trauer umfaßte mein Herz. Dann aber vertrieb ich die trüben Gedanken, und neue Zuversicht erfüllte mich, als ich zu Melikhor auf den Streitwagen stieg und mit ihm, gefolgt von seinen gelbhäutigen Dienern, nach Norden aufbrach.

Viele Monde lang fuhr ich mit dem Unsterblichen dem Himmelspol entgegen, durch eine grüne, schier endlose Ebene, an wolkenhoch ragenden Bergen entlang, bis wir an eine riesige Felsenmauer gelangten, deren abschüssige Wälle uns den Weg versperrten. Nur ein schmaler gewundener Pfad führte in dieses Gebirge empor, verschlungen wie ein achtlos vom Knäuel gerollter Faden, durch steinerne Bögen und Schneefelder bis an den Rand des Himmels empor. Unser Atem schwebte wie Nebel über unseren Häuptern, und die Kälte färbte uns die Haare weiß. Nur wenige Menschen begegneten uns auf dieser gefahrvollen Straße; sie gehörten zu den fremdartigen Handelszügen, die weit aus den Ostländern kamen, und wichen stets mit großer Scheu vor uns. Endlich waren wir so hoch emporgefahren, daß wir keine Bäume, ja nicht einmal mehr Sträucher sahen, und die Stille umgab uns wie ein wollenes Tuch. Nach einer Biegung kamen wir an einen mächtigen schwarzen Berg aus härtestem Fels, auf dem sich eine düstere Burg mit doppelt gespaltenen Zinnen erhob, errichtet aus übermannshohen Quadern und Blöcken, wie ich sie nie zuvor gesehen hatte. Das war die Festung Torimptah, der Horst, in dem der namenlose Einsame hauste.

Niemand kennt sein Alter, niemand weiß um seine Herkunft, und kein

Sterblicher hat je sein Antlitz gesehen. Er ist einer von den gewaltigsten Zauberern dieser Welt und gehört zu den sieben Hohen Priestern, die sich die Meister der Zeit nennen und in ihrer Macht selbst Könige übertreffen. Von allen Händlern fordert der Einsame hohen Tribut, wenn sie sein Land durchqueren; und wer sich ihm zu widersetzen wagt, verschwindet für immer in finsteren Grüften unter seinem schwarzen Palast; keins seiner Opfer konnte ihm jemals entrinnen. Wie eine tödliche Spinne im Netz beherrscht er den Pfad vom Land der fünf Ströme in die gefrorene Wüste, hinter der sich die reichen Länder des Sonnenaufgangs erstrecken. Er quält und peinigt alle Wanderer schon seit sehr vielen Menschenaltern, obwohl er nicht unsterblich ist. Viele können sich dieses Wunder nicht erklären, Melikhor aber berichtete mir:

»Die Lösung dieses Rätsels ist leicht. In Wirklichkeit hat es in all den Jahren nicht nur einen Mann gegeben, der sich den Einsamen nannte, sondern derer schon viele. Denn der Herrscher des Schwarzen Berges vererbt seine Macht stets auf seinen Sohn. Weil aber die Könige Torimptahs ihren Opfern immer in der gleichen Gestalt und Kleidung entgegentreten und ihr Gesicht unter einer silbernen Maske verbergen, glauben die meisten Menschen, es wäre noch immer derselbe schreckliche Zauberfürst. Der Gründer dieses Geschlechts sank schon vor vierzehn Menschenaltern zu den Schatten, doch den Menschen scheint es, als wäre er noch immer am Leben.«

Ich rätselte in meinen Gedanken, wie die Gestalt wohl aussehen mochte, wenn die sonst so unerschrockenen Händler, die alle Gefahren und Anstrengungen jener riesigen Bergwelt ohne Klagen auf sich nahmen, schon bei Erzählungen über den Namenlosen furchtsam zu zittern begannen. Näher und näher kamen wir nun der schmalen Schlucht, die hinter dem schwarzen Schloß wie der Schnitt eines Messers den dunklen Rücken des Berges spaltete und den gewundenen Pfad zum Sand der gefrorenen Wüste hinüberführte. Oft spähte ich an den steilen Felsen empor, ob ich den Einsamen dort entdecken könnte, und mein Herz begann heftig zu schlagen. Die spitzen Zinnen hoben sich drohend und furchterregend über unseren Köpfen, und die Spannung in meinem Inneren mischte sich mit einem leisen Bangen, obwohl ich doch glaubte, in Melikhors Nähe nichts befürchten zu müssen. Dann rollte unser Wagen um eine enge Biegung; die Pferde stiegen plötzlich schnaubend in die Höhe, und der Magier hatte Mühe, sie mit den Zügeln zu bändigen: Vor uns stand auf einem glatten Stein, nahe dem klaffenden Abgrund, an dem der Weg vorüberführte, die schreckliche Gestalt des Namenlosen.

Er war ebensogroß wie Melikhor, aber hager wie der Tod und mit einem langen, geschnitzten Stab bewehrt, auf dem ich die Symbole des abstoßenden Aussatzes, des mordgierigen Wahnsinns und der mitleidlosen Gewalt erkannte. Ein schwarzes glänzendes Kleid aus den Fellen wilder Tiere umhüllte seinen dürren, gekrümmten Körper und ließ nur seine überlangen Arme frei, die er uns gebieterisch entgegenstreckte. Sein Antlitz bedeckte, wie Melikhor es mir vorausgesagt hatte, eine aus Silber gehämmerte Maske, die ein grausames Lächeln trug und seine Stimme hallen ließ wie die eines Gottes, als er zu uns sprach:

»Schon wieder durchquerst du mein Reich, Melikhor? Und wieder vertraust du auf deine Unsterblichkeit? Es gibt nur drei auf dieser Welt, die ohne Zagen, ohne Zoll an meinem Schloß vorüberfahren können, weil sie das ewige Leben besitzen und die Schlange es mir nicht gestattet, sie zu ergreifen. Wer aber ist der Fremde neben dir? Ich kenne ihn nicht und lasse ihn nicht ungeprüft ziehen.«

Melikhor antwortete ruhig und voller Entschlossenheit: »Du wagst es, dich mir in den Weg zu stellen, Namenloser? So oft es mir beliebt, durchfahre ich dein Zauberreich, und alle deine bösen Kräfte werden mich nicht hindern! Der Mann jedoch, der mich begleitet, wird bald nicht mehr meines Schutzes bedürfen. Es ist Aras, der unter den flammenden Zeichen des Himmels geboren ist und bald schon als Erlöser die Schlange vernichten wird!«

Der Mann mit der silbernen Maske wandte sich zu mir, und seine gelblichen Augen begannen zu leuchten wie die eines Raubtiers, das sich bei Nacht zum Feuer des schlafenden Hirten schleicht. »Der Erlöser?« sagte der Einsame dann, »die Geheimen Mythen versprechen ihn euch schon seit so langer Zeit, und doch sind alle gescheitert, die sich bisher an diesem Ziel vermaßen. Die Schlange gibt die Herrschaft niemals auf!«

Während er das rief, überkamen mich plötzlich Ängste und Zweifel. Ich mußte an die Schicksale der tapferen Männer denken, die vor mir auserkoren waren, die Unsterblichkeit zu erringen, die sich dem Bösen mutig entgegengestellt hatten, aber am Ende doch unterlegen waren. In meinem Herzen hörte ich eine Stimme flüstern: »Wie töricht ist es doch von dir, Aras, zu glauben, daß du besser und tapferer, glücklicher und geschickter sein könntest als selbst der gewaltige Gilgamesch oder der Weltenbeherrscher Sargon!« Ich schämte mich plötzlich ob meines frevlerischen Übermuts und empfand große Furcht vor der Strafe des Schicksals. Am liebsten hätte ich mich in einem dunklen Winkel verkrochen. Da stahl sich der Gedanke in meine Seele, daß es für mich wohl das beste sei, wenn ich mich ohne Zögern in den nächsten Abgrund stürzte, um wenigstens der Schmach der Niederlage zu entgehen. Schon beugte ich mich über die Brüstung des Wagens und starrte hinab in die Tiefe; es zog mich wie mit hundert Seilen in die tödliche Gefahr.

Weil ich auf Tilmun soviel über Zauberkunst erfahren hatte, erkannte ich im letzten Moment, wer es war, der mich zu diesem verderblichen Schritt verleiten wollte. Aber es war schon zu spät, um mich dem Willen des Namenlosen noch zu widersetzen. Wie eine Puppe stieg ich aus unserem Fahrzeug und schritt dem steilen Absturz entgegen. Schon bröckelten lose Steine unter meinen Sandalen, da löste sich plötzlich der Zwang, ich warf mich mit aller Kraft rückwärts und klammerte mich mit beiden Händen ans Rad unseres Wagens. Melikhor aber packte mit eisernem Griff mein Gewand und kämpfte mit der gebündelten Macht seines Geistes gegen die böse Willenskraft des Einsamen an.

Funken sprühten aus den Augen meines Gefährten, als er den Namenlosen mit seiner ungeheuren Stärke bedrängte. Melikhors Stirnadern schwollen wie Bäche im Frühjahr, und sein Antlitz war wie aus Stein gemeißelt. Ich spürte seine fürchterlichen Gedanken, denen kein Mensch, nicht einmal ein so mächtiger Zauberer, zu widerstehen vermochte; sie bohrten sich in den Schädel seines Gegners wie eiserne Pfeile. Die Gegenwehr des Namenlosen wurde schwächer, plötzlich spürte ich Furcht und Entsetzen in seinem Geist. Dann blendete ein greller Blitz meine Augen, und als ich sie wieder öffnete, war unser Feind verschwunden. Dort, wo die schreckliche Gestalt gestanden hatte, erstreckte sich ein See aus geschmolzenem Eis, und weiße Nebel wallten darüber.

Erleichtert atmete ich auf und sagte: »Ich danke dir, Melikhor; du hast mir das Leben gerettet, als ich es schon verloren glaubte, und unseren Feind getötet!«

»Nein«, antwortete mein Gefährte ernst, »er ist nicht tot, er ist vor mir geflohen, bevor ich ihn vernichten konnte. In seinem Schloß ist er vor mir sicher. Nun, er wird uns nicht so schnell wieder behelligen, und wir können ohne Gefahr weiterziehen.«

»Warum haben wir uns in diese bedrohliche Lage begeben?«, fragte ich, »um ein Haar wäre ich in den tödlichen Abgrund gestürzt. Wäre es nicht einfacher gewesen, du hättest mich für einen deiner Diener ausgegeben?«

Da lächelte Melikhor und gab zur Antwort: »Nicht nur Vorsicht ist in einer Schlacht nötig, sondern auch Mut; und nicht nur die Stärke entscheidet, sondern oft auch die List. Glaubst du nicht auch, daß nun der Namenlose seinem Freund, dem Fürsten der Todesmönche, sogleich Boten senden wird? Es ist doch ganz gewiß, daß alle Schlangendiener jetzt versuchen müssen, dich zu töten. Das Zicklein steht am Baum; der Löwe riecht das Blut. Es wird nicht lange dauern, dann kann ich diesem Raubtier meine Lanze in den Nacken stoßen.«

Zwei Monde später, nach einer langen Fahrt durch glänzende Schneefelder und dunkle Schluchten, vorbei an nadelspitzen Bergen, so hoch, wie ich sie niemals zuvor gesehen hatte, vorüber an reißenden Flüssen und rätselvollen Seen gelangten wir in ein Land, das sonderbarer und seltsamer als alle anderen Länder war. Es breitete sich so flach aus wie ein gescheuerter Tisch und besaß weder Bäume noch irgendein anderes Gewächs, auch keine Wasserläufe und keinen Weg. Von einem Himmelsrand zum anderen dehnten sich nur weite Flächen von Sand, der aber nicht lose und von der Sonne ausgeglüht war wie in den öden Ländern der Libyer oder Arabi, sondern hart und fest, und kalt wie Eis. Es war der Sand der gefrorenen Wüste.

Mitten in dieser Einöde, in der kein Mensch, ja nicht einmal das genügsamste Tier zu leben vermag, erhob sich eine riesige Burg. Sie war ganz aus durchsichtigen Steinen erbaut und mit Kristallen gepanzert. Auf ihren Türmen blinkten fünfeckige Spiegel, und ihre Tore bestanden aus glänzendem Zinn. Die Männer, die sie bewohnten, waren gelbhäutig wie Melikhors Diener und kahlgeschoren; sie trugen gelbe Gewänder, die mit silbernen Fäden durchwirkt und mit Perlen und Diamanten besetzt waren. Sie nannten sich die Todesmönche, und Yuggoth war ihr König.

Als wir an die einsame Festung gelangten, schwangen die Tore auf, wie von unsichtbaren Händen gelenkt. Ein stummer Riese von dreimal mannshoher Gestalt starrte uns regungslos an; seine mächtigen Fäuste umklammerten eine Keule, die aus dem Stamm einer Eiche geschnitzt war und die vier gewöhnliche Männer nicht tragen konnten. Mächtige Bögen, sechsfach gebündelt, aus weißen, leuchtenden Steinen wölbten sich hoch über uns, als wir in den Saal der Lichter traten, in dem der Fürst der Todesmönche uns empfing. Schimmernd wie Sonnenstrahlen auf glattem Wasser erstreckte sich vor uns die spiegelnde Fläche der marmornen Platten am Boden; die Wände waren aus funkelndem Eis, die Säulen mit hellen, knisternden Schleiern behängt. Ein Windhauch von lähmender Kälte trieb uns Rauhreif und körnigen Firn entgegen; in meinen Ohren erklang die schrille Musik der weißen Dämonen, die in den Frostländern hausen und die knirschenden Abschläge wandernder Gletscher als ihre Trommeln, die singenden Säulen aus klirrendem Eis als ihre Schlegel, die grollende Flut der stürzenden Schneefelder als ihre Harfen benutzen. Die strenge Kälte biß in unsere Wangen und färbte unsere Hände rot. Auf einem Tisch aus weißem, gehämmertem Gold aber flackerte wild ein wärmendes Feuer, an dem für uns zwei hohe Stühle bereitstanden, geformt aus funkelndem Glas.

»Ich grüße dich, Melikhor«, sprach eine helle, durchdringende Stimme, »endlich bist du gekommen. Die Tage des Wartens vergingen nur langsam, doch meine Geduld widerstand der Ungewißheit wie das kühlende Wasser dem hitzigen Feuer. Ich habe dir viel zu sagen: Friede soll zwischen uns herrschen, denn ich begehre nicht länger mit dir zu kämpfen.«

Es war Yuggoth, der Todesmönch, der so zu Melikhor sprach. Er saß, in goldschimmernde Kleider gehüllt, auf einem Thron aus funkelnden Kristallen; seine Hände steckten in den weiten Ärmeln seines hochschließenden Mantels, dessen Schultern scharf wie die Spitzen von Speeren aufragten und dessen glänzender Saum sich auf den spiegelnden Stufen des Herrschersitzes wie der Leib einer silbernen Schlange wand. Sein bartloses Antlitz war bleich wie Schnee; tiefe Falten furchten seine Stirn und Wangen; seine schwarzen Brauen wölbten sich wie die Krallen des Adlers, und aus dem fahlen Gelb seiner schmalen Augen drang sein Blick mit dem matten Glanz dunklen Eisens zu uns. Ein hoher Halsschutz aus schimmerndem Perlmutt umgab seinen Nacken; um seinen haarlosen Schädel schloß sich ein seltsam gebogener Reif mit den unheilverkündenden Zeichen Seths und Tiamats. Im Kreis um seinen Thron zog sich ein dünner Streifen geronnenen Bluts; es war der Schutz der Schlange, der ihn gegen alle Künste Melikhors feite.

»Ich kam, um zu hören, was du mir mitteilen möchtest«, antwortete mein mächtiger Gefährte, »denn deine Boten haben mir berichtet, daß du dich endlich vom Bösen lossagen willst. Nun aber sehe ich, daß du noch immer dem Schutz der Schlange vertraust und dich mit ihrem Zauber wappnest. Willst du versuchen, mich zu täuschen?«

Der Fürst der Todesmönche lächelte; dann sagte er: »Wenn ich die Vorsicht je mißachtet hätte, glaubst du, ich wäre dann noch hier, mit dir zu sprechen? Nein, längst schon hätte ich mein Leben eingebüßt, bei so mächtigen Feinden, wie ich sie besitze. Noch weiß ich nicht, ob ihr Unsterblichen gewillt seid, mir alle Taten zu verzeihen und mich nun zu eurem Freund zu nehmen. Vertrauen ist ein schlechter Stellvertreter der Wachsamkeit. Aber ich sehe, daß du nicht allein gekommen bist, sondern einen Gefährten mit dir führst. Wer ist der Mann an deiner Seite? Kam er auf seinen eigenen Wunsch zu mir und weiß er, wer ich bin?«

Er beugte sich vorwärts und musterte mich mit einem Blick voller gespielten Argwohns und geheimer Freude, denn er wußte schon längst, wer ich war. Auch seine beiden Nachbarn betrachteten mich mit größter Aufmerksamkeit. Zur Rechten Yuggoths saß Farnifer, der bucklige Fürst der Wölfe, der mit seinen dürren, knochigen Fingern die reifbedeckte Mähne eines gewaltigen, scharfzähnigen Ungeheuers liebkoste. Das Tier zeigte uns knurrend seine mörderischen Reißer; in seinen Lichtern glommen Mordlust und Blutgier wie schwelende Glut in der Asche. Sein Herr war von abstoßender Häßlichkeit; seinen verkrüppelten Leib umschlangen buschige, gelbliche Felle unbekannter Tiere, und sein Antlitz war roh und widerwärtig wie das eines Leichenfressers. Zur anderen Seite des Todesmönchs aber kauerte Kella, der menschenvernichtende Fürst der Frostdämonen, der mit seinem eisigen Atem die einsamen Wanderer in den Einöden der Schneeberge qualvoll erstickt und ihre Körper gierig verschlingt, um sie nie wieder freizugeben. Laster und Ausschweifung hatten sein faltiges Antlitz zerfressen, ein weißes, wollenes Gewand umschloß seinen aufgeblähten Körper, und seine Hände erschienen wie eherne Klauen.

Melikhor legte mir schwer seine Hand auf die Schulter, und sogleich verflog die Furcht, die mich beim Anblick dieser schrecklichen Wesen befallen wollte. »Das ist Aras«, sagte mein Gefährte, »der mein Freund ist und vielleicht schon bald der vierte in unserem Kreis sein wird. Schon morgen wird er nach Anyang an den Gelben Strom weiterziehen, wo er Ruhm auf seinen Namen zu häufen und gottgefällige Taten zu vollbringen hofft.«

»Dann habt ihr noch einen weiten Weg vor euch«, antwortete Yuggoth lauernd, »wollt ihr euch nicht zuvor stärken? Alle Köstlichkeiten, die es an Getränken und Gerichten gibt, sollen euch sogleich von meinen Sklaven gebracht werden. Denn Gastfreundschaft ist mir ein heiliges Gebot, und ich würde es mir nie verzeihen, ließe ich euch hungrig weiterfahren, auf einer so langen Reise.«

»Du irrst, Yuggoth«, versetzte Melikhor, als hielte er mit einem guten Freund ein Plauderstündchen, »ich werde Aras nicht nach Anyang begleiten, denn meine Wege führen mich jetzt dem Nordstern entgegen. Im Dunkel der schweigenden Wälder, die heute mehr und mehr vom Lärmen neuer Völker erfüllt sind, warten Aufgaben auf mich. Aber wir nehmen deine Einladung gern an; ich bin neugierig, was deine Diener uns vorzusetzen haben.«

Erfreut klatschte der Todesmönch in die Hände, und ich bemerkte dabei, daß seine Fingernägel länger waren als Dolche und ebenso spitz. Sogleich eilten von den Wänden des Lichtersaals prächtig gekleidete Frauen und Männer herbei, mit goldenen Schüsseln und Bechern, gefüllt mit fremdartigen Gerichten und Getränken von grüner und gelber Farbe. Vor meinen Augen, für unseren Gastgeber unsichtbar, ließ mein Gefährte geweihten Staub aus den sieben giftzehrenden Pflanzen in unser Mahl gleiten. Die Speisen, kalt wie Eis, schmeckten nach nie gekosteten Gewürzen und unerklärlichen Stoffen; sie erfreuten meinen Gaumen auf eigentümliche Weise und weckten rätselvolle Wünsche in mir, die ich erst dann aus meinen Gedanken zu verbannen vermochte, als ich mit den Fingern verstohlen die heiligen Zauberzeichen der Wahrheit und der Abwehr fremden Willens formte. Dann sprach Melikhor mit gespielter Herzlichkeit:

»Friede soll zwischen uns herrschen, wie du es sagtest, Yuggoth; und meinen unsterblichen Gefährten will ich sogleich Nachricht über unseren neuen Pakt senden. Die Völker in diesem Weltteil sollen nicht länger unser Schlachtfeld sein! Nichts kann mir größere Freude bereiten, als zu wissen, daß die Menschen Asiens bald keine Furcht mehr haben müssen, durch unsere Kämpfe Schaden zu erleiden.«

Yuggoth antwortete lächelnd: »Welche Eide verlangst du von mir? Bei den Mächten, denen ich zu dienen gewillt bin, schwöre ich, daß ich zum Zeichen meiner Ehrlichkeit bald den schützenden Blutkreis verlassen werde, wenn du mir nur schwörst, das Vergangene zu vergessen und mich nicht zu versehren.«

»Ich werde niemals Hand an dich legen, das gelobe ich bei Gott«, antwortete Melikhor voller Freude, und ich war sehr verwundert ob dieses Schwurs, denn ich dachte doch, daß mein Gefährte plante, Yuggoth endlich zu vernichten, als Strafe für die schrecklichen Untaten, die er seit so langer Zeit in Diensten der Schlange beging. Erst später erkannte ich die List des Magiers, der auf die Tücke seines Feindes mit einer noch schlaueren Täuschung geantwortet hatte.

Melikhor und sein Feind sprachen noch lange, tranken sich zu, als ob sie die besten Freunde seien, und tauschten Berichte und Erzählungen aus vielen Ländern dieses Weltteils aus. Er ist größer als die drei Stromländer zusammen, beherbergt aber nur wenige Menschen, so daß die gewaltige Ebene in seinem Innern vollständig unbewohnt ist und sich dort nur Leoparden und Wölfe begegnen. Ich merkte aber, daß die beiden Magier nur noch mit gespieltem Eifer redeten, denn die Worte, die ihnen am Herzen lagen, waren gefallen. Yuggoth, der Diener der Schlange, hatte mich, den Mann, den er für seine Gottheit töten sollte, gesehen. Melikhor wiederum, mein Gefährte, hatte dem schlauen Gegner die Falle gestellt. Lange bevor der Abend aus den Bergen des Ostens herabstieg, verließen wir, reich mit Geschenken bedacht, die glitzernde Burg aus Kristall. Melikhor sandte mich mit den vier Wagen seiner gelbhäutigen Diener nach Sonnenaufgang; er selbst richtete sein Gefährt nach Norden. Bevor wir uns trennten, sprach er zu mir:

»Siehst du den Raben dort am Himmel? Er wird dir folgen und seinem

Herrn berichten, wie lange ich noch bei dir bin und wann du schutzlos sein wirst. Darum wende ich mich nun von dir. Sobald die Nacht auf dem Land liegt, wird der Todesmönch dich finden. Dann halte aus! Ich werde in deiner Nähe sein.«

Ich bezwang meine Angst, nickte ihm zu und fuhr rasch davon.

Höher und höher führte der Weg nun wieder in die hochragenden Berge, die als die letzte Hürde den Weg in die reichen Ostländer versperrten. Zwischen steilen Schneewänden wand sich ein enger Pfad dem schmalen Einschnitt entgegen, in dem ich bald tröstlich den strahlenden Ischtarstern aufleuchten sah. Plötzlich stürzte tiefste Dunkelheit auf uns herab, und ich beschleunigte die Fahrt, um einen Lagerplatz zu finden. In einem riesigen Tal, von zerklüfteten Wänden umschlossen und gänzlich bedeckt von der leuchtenden Fläche des Eises auf einem gefrorenen See, stellten wir unsere Zelte auf und entflammten die wärmenden Feuer. Aus den schroffen Abgründen flogen heulende Winde heran; körniger Schnee rieselte von übermannshohen Wächten auf uns herab; der gefesselte See kämpfte ächzend gegen seinen Panzer. Die verwitterten Felsen stießen wie Säulen hinauf in den Himmel; Wolkenfetzen trieben wie zerrissene Schleier vor den Sternen vorbei. Melikhors Diener nannten den Ort das Tal der verlorenen Seelen und gruben flüsternd ihre stärksten Zauberzeichen in den Schnee vor meinem Zelt. In ihrem Schutz legte ich mich zur Ruhe, aber ich vermochte nicht zu schlafen. Denn ich wußte, daß der Sturm die schützenden Zeichen schon bald verwehen würde, und wartete auf die Entscheidung.

7 Plötzlich hörte ich vom Eingang des Tals her ein wildes, grausiges Heulen. Ich erhob mich, umgürtete mich mit dem Schwert, ergriff ein brennendes Holzscheit und trat hinaus. Ich wußte, daß es Farnifers furchtbarer Wolf war, der mich mit seiner schrecklichen Stimme rief. In der Dunkelheit sah ich schon wenige Herzschläge später den Schein seiner gelben Augen und das Leuchten der weißen Reißzähne in seinem Maul. Mit drohendem Knurren stürzte er auf mich zu. Ich schlug mit der Fackel nach ihm, denn Wölfe scheuen gemeinhin das Feuer; der Tierdämon aber empfand keine Angst vor den Flammen, sondern schnappte mit seinem vielzähnigen Maul blutgierig nach meinem Arm. Nur meine eiserne Waffe, die ich zuvor mit neun heiligen Schwüren besprochen hatte, vermochte ihn aufzuhalten. Wieder und wieder sprang er mich an; ich wich langsam zurück und hieb ihm dabei viele klaffende Wunden in sein blutloses Fleisch.

So hätte er mir nur wenig anhaben können, wenn mich nicht zugleich sein buckliger Herr angegriffen hätte. Dieser umfaßte mit knochigen Händen eine schwere, eherne Lanze und zielte damit auf meine Brust, so daß ich mich nun vor zwei Feinden zugleich hüten mußte und zwischen den beiden Dämonen wie zwischen zwei großen Mühlsteinen stand. Auf einmal fühlte ich Furcht, daß Melikhor nicht rechtzeitig zurückkommen würde, und spähte in den wenigen Augenblicken, in denen der Kampf mir Zeit dazu ließ, hinüber zum Paß, ob mir von dort nicht bald der Magier zu Hilfe eilte. Doch Melikhor war nicht zu sehen.

Als meine Kräfte allmählich erlahmten, streifte mich Farnifer mit seinem Speer an der Weiche; Blut schoß aus der Wunde; der Schmerz brannte wie Feuer in meinem Körper. In höchster Not vollführte ich mit meinem brennenden Holzscheit die neun Bewegungen des heiligen Lichts; aber meine Gegner ließen sich davon nicht abhalten, denn die Schlange hatte sie selbst gegen diesen mächtigen Zauber gefeit. Ja, es gesellte sich sogar ein dritter Feind hinzu, den ich erst bemerkte, als sich eine eisige Hand von hinten in meine Schulter krallte und mit ihrer Kälte meinen linken Arm und meinen Rücken lähmte. Es war Kella, der Fürst der weißen Dämonen; sein frostiger Atem umhüllte mich wie mit einer unsichtbaren, tödlichen Wolke und biß mir schmerzvoll in Kehle und Brust. Ich stolperte, ließ die Fackel sinken und wehrte mich nur mehr mit dem geweihten Schwert. Kraftlos hing meine Linke herab, ich taumelte und stürzte schließlich in den Schnee. »Melikhor!«, schrie ich voller Angst und Verzweiflung. Der schwarze Wolf warf sich auf mich, um mir die Kehle zu zerreißen.

Wie ein Fisch, der, auf den Sand geschleudert, in größter Todesnot versucht, das Wasser wieder zu erreichen, wandte ich mich nun zur Seite, packte den Griff meiner Waffe und bohrte sie dem Untier in den riesigen Leib. Ein schauriges Gebrüll ertönte, und röchelnd wälzte sich der Wolf auf dem gefrorenen Boden. Klirrend durchstieß Farnifers Lanze das Eis an der Stelle, an der ich eben noch gelegen hatte; ich umklammerte seine eherne Waffe mit beiden Händen und rang mit dem Dämon, während Kellas eisige Hände von hinten meinen Hals umspannten.

Der König der Wölfe besaß übermenschliche Kräfte; den neun Geboten der Erlösung aber war er nicht gewachsen. Sein häßliches Gesicht wurde noch fahler, als ich ihm die geheimen Formeln zurief, die man nur in der höchsten Not gebrauchen darf. Auch Kella lockerte plötzlich den Griff, als er die Worte hörte, die keiner menschlichen Sprache entstammen und alle Dämonen mit Furcht und Entsetzen erfüllen. Dazu formte ich mit meinen Händen die vernichtenden Zeichen der Oberwelt, wie sie mich Gathaspar einst in Harappa lehrte. Ich stieß mit den Fingern nach Farnifers Augen, so daß er erschrocken aufschrie und vor mir zurückwich wie ein Hund vor einer angreifenden Natter. Kella, der Frostdämon, flüchtete mit schrillem Geheul, als ich meine Fackel vom Boden erhob und das Feuer zischend seinen eisigen Körper traf. So hätte ich meine Feinde doch noch aus eigenen Kräften besiegt, wären nicht plötzlich meine Hände erstarrt, wie mit Ketten gefesselt, und aller Mut und Kampfeswille aus meinem Herzen geschwunden wie Schnee in der Sonne. Erschrocken wandte ich mich gegen diesen neuen Zauber, diesmal aber vergeblich; mit all meinen Künsten vermochte ich mich nicht daraus zu befreien. Denn der Feind, der mir nun gegenüberstand, war Yuggoth selbst, der Fürst der Todesmönche.

Wie ein rächender, böser Gott stand er plötzlich vor mir; aus seinen Augen flogen Blitze, und ich sah ihn an wie das hilflose Lamm seinen Schlächter; wie ein waffenloser Krieger den feindlichen Fürsten, der eisengepanzert auf schnellem Wagen herbeirollt; wie ein eben geborenes Rehkitz den streifenden Löwen. Langsam hoben sich mir Yuggoths überlange Hände entgegen; die sorgsam gefeilten Nägel an seinen Fingern schimmerten wie Messer, und ihre Macht zwang mich wie einen Sklaven auf die Knie. »Stirb, Aras!« rief der gewaltige Zauberer mit einer Stimme wie hallender Donner. »Stirb und sei verflucht bis in die Ewigkeit, Nichtwürdiger, der du dir die Unsterblichkeit erhofftest! Die Schlange wirst du nie besiegen!«

»So hast du endlich deinen Blutkreis verlassen!«, erklang da auf einmal die ruhige Stimme Melikhors. »Ich danke dir, Gott, daß du es so lenktest! Nun sollst du meiner Rache nicht entgehen, Yuggoth, und deine Taten mit dem Tode büßen!«

Wie von einem Skorpion gestochen, fuhr der gelbe Todesmönch herum; Haß und Enttäuschung, Mordlust und geheime Furcht erschienen nun auf seinem Antlitz. Melikhor stand nur wenige Schritte vor ihm, die Arme über der Brust verschränkt und mit einem grimmigen Lächeln auf seine Zügen. »Du hast mich getäuscht!« stieß Yuggoth hervor. »Was hat mich so blind gemacht? Hilf mir, göttliche Schlange, verleihe mir deine unbezwingliche Kraft!«

Er malte mit seinen Krallenhänden rasch die schrecklichen Male Seths in die Luft und sprach hastig die gottlosen Formeln der Vormenschenzeit, der selbst die Schreckenswesen aus der Rinde der Erde gehorchen. Grollend öffnete sich der Boden neben ihm, und grauenvolle, fürchterliche Dämonen, wie ich sie nie zuvor gesehen hatte, erschienen. Zähnefletschend und brüllend wie Drachen traten sie aus Tiamats gespaltenem Leib zu dem Zauberer, der sie gerufen hatte, und schritten ihm voran. Ay-Aga war der erste, mit seinen vier armdicken Rüsseln, den messerscharfen Krallen und den alles zerstampfenden Füßen. Ihm folgte der dreiäugige Khor, aus dessen zottigem Leib giftige Vipern wuchsen. Yärlok mit den Adlerklauen und dem Löwenkopf, aus dessen Maul flüssiges Feuer strömte, erschien als nächster. Zuletzt kam der entsetzliche, schuppenbedeckte Wanderer, den tödlicher Schleim wie eine schützende Rüstung umgab und der als der mächtigste Kämpfer der Schlange gilt.

Wie rollende Felsen stürzten die grausigen Wesen meinem Gefährten entgegen. Melikhor aber wählte sich gegen sie nur einen einzigen Verbündeten, und dieser war der unsagbar abscheuliche Ctor, dessen Gestalt Gathaspar in Harappa angenommen hatte, um damit die räuberischen Arya zu Tode zu erschrecken. Der Anblick dieses Ungeheuers, den Gathaspar mir damals noch ersparte, ließ mir nun das Blut in den Adern gefrieren, und ich begann in nie zuvor gekannter Furcht zu zittern, als Melikhor dieses uralte, stumme, mund- und augenlose Geschöpf in die Lichtwelt befahl, mit der machtvollen Formel der sieben Qualen, die als einzige genügend Kraft besitzt, um Ctor an seinem fernen Schlummerort zu wecken.

Der Dämon war dreimal so groß wie ein Mensch. Seinen Rumpf bildete ein formloser Klumpen aus scheußlichen, ekelerregenden Würmern, die sich wanden wie Maden in faulendem Fleisch. Ctor besaß weder Arme noch Beine; sein riesiger Schädel war von seildicken, tiefhängenden, rötlichen Fühlern und Greifschnüren umkränzt, die sich zitternd den Feinden entgegenreckten und sie mit peitschenden Schlägen empfingen. Ich erstarrte vor Grauen und wäre gewiß eine leichte Beute für Farnifer und Kella geworden, die sich jetzt erneut auf mich stürzten, aber Melikhor sandte mir einen starken Gedanken der Beruhigung und Zuversicht. Da hob ich meine eherne Waffe und schwang sie mit aller Kraft im Kreis. Als ersten erlegte ich den geifernden Riesenwolf, der trotz seiner grausigen Wunde von neuem auf mich zusprang. Wie alle Dämonen konnte er nur durch einen Stich in die Leber getötet werden, denn dort wohnt bei diesen Schattenwesen das Leben – Herzen besitzen sie nicht. Es gelang mir nicht, die Bestie so glücklich zu treffen; aber ich vermochte ihm schließlich mit einem Hieb den scheußlichen Kopf abzuschlagen, so daß sein Körper blind und hilflos vor mir floh.

Danach schleuderte ich Kella, den Frostdämon, zu Boden, preßte seinen faltigen Hals mit meinem Fuß auf das Eis und stieß ihm so lange die brennende Fackel in das Gesicht, bis sein gefrorenes Haupt zu einer Pfütze schmolz. Schließlich entwand ich Farnifer die Lanze und stach ihm damit durch die Leber, so daß der Bucklige röchelnd zu Boden stürzte und starb. Dann drehte ich mich eilig meinem Gefährten und der Schlacht der anderen Dämonen zu.

Ay-Aga lag hilflos am Boden, die stampfenden Füße und scharfen Krallen durch Ctors entsetzliche Kräfte zerbrochen. Der dreiäugige Khor mit dem schlangenbewachsenen Leib bäumte sich hilflos im Griff seines Gegners auf, umwunden von den lebendigen Schnüren, die gnadenlos das Leben aus seinem Körper preßten. Vergeblich spie Yärlok aus seinem Löwenhaupt Feuer auf den stummen Dämon; ein Knäuel giftiger Würmer löste sich alsbald aus dem Leib des Augenlosen und überdeckte das Antlitz seines Feindes mit einer abscheulichen Maske aus wimmelnden Leibern, so daß Yärlok blind im Kreis lief.

Nur der unheimliche Wanderer konnte Ctor widerstehen; sein grünlicher Schleim tötete die ekelerregenden Würmer des Stummen, und sein schuppengepanzerter Leib hielt auch den Greifschnüren stand.

Melikhor kämpfte indessen schweigend mit Yuggoth. Die Augen starr aufeinander gerichtet, standen die beiden Zauberer sich gegenüber und fochten allein mit der Kraft der Gedanken. Ich hoffte voller Zuversicht, daß mein Gefährte in diesem unsichtbaren Ringen bald die Oberhand gewinnen würde, denn niemand vermag den Willen eines Unsterblichen zu zerbrechen. Aber plötzlich spürte ich, daß sich ein dritter Geist in das Kräftemessen der beiden Gegner zu schieben begann, erst mit nur geringer Macht, dann aber immer stärker, bis der neue Feind schließlich zusammen mit Yuggoth meinen Gefährten mit äußerster Wut und Heftigkeit bedrängte. Besorgnis und noch stärkere Anspannung malten sich nun auf Melikhors Züge, und ich merkte, daß auch er von dem neuen Gegner überrascht war. Verwundert schaute ich mich um, aber ich konnte niemanden entdecken. Erst nach einer Weile hörte ich weit entfernt das Schnauben gehetzter Rosse, und als ich genauer hinsah, entdeckte ich in der Ferne ein Pferdegespann, das sich uns in rasender Eile näherte. In dem Wagen erblickte ich die hohe Gestalt des namenlosen Einsamen vom Schwarzen Berg Torimptah, der einen zweiten Kampf gegen meinen Gefährten begann und dessen übernatürliche Kraft umso stärker wurde, je näher er uns kam.

Melikhor kämpfte mit ungeheurer Stärke; aber ich wußte, daß er allein zwei so mächtige Zauberer zugleich nicht zu besiegen vermochte. Ctor, sein schrecklicher Helfer, rang immer noch mit dem Wanderer, und die Lüfte waren erfüllt von grausigem Brüllen. Da warf ich mein eigenes Leben in unseren Teil der Waage, die das Schlachtenglück entscheidet, und stürzte mit meinem Schwert dem mächtigen Yuggoth entgegen.

Dieser wandte sich überrascht um, als er mich bemerkte; meine Kühnheit schien ihn sehr zu erstaunen, denn ich konnte gegen ihn ja nicht mehr vollbringen als ein Windhauch gegen einen Berg aus Fels und Eisen. Feurige Strahlen flogen aus seinen Augen durch die Luft auf mich zu und verbrannten mir die Haut; nur weil ich hastig das geweihte Schwert vor meine Stirn hielt, rettete ich meine Sehkraft. Der winzige Augenblick aber, in dem ich Yuggoth ablenken konnte, genügte meinem unsterblichen Freund, den Zauberer zu besiegen: Mit größter Entschlossenheit und seiner ganzen Kraft durchbrach Melikhor die Abwehr des Todesmönchs, drang mit seinem stählernen Willen tief in die Seele des Feindes und lähmte ihn wie mit einem Blitz, so daß Yuggoth hilflos zu Boden sank.

Der Fürst von Torimptah riß seine Rosse zurück, als er das sah; er war nur noch hundert Schritte entfernt und doch zu spät gekommen. Rasch drehte er sein Gefährt und jagte davon, voller Furcht vor der Rache Melikhors, dem allein entgegenzutreten der Namenlose nicht noch einmal wagte. Wütend grollte der Wanderer, als er die Flucht des Einsamen sah und erkannte, daß die Schlacht für die Schlange verloren und er der letzte ihrer Kämpfer war. Er bäumte sich auf, riß sich mit ungeheurer Kraft aus der Umklammerung Ctors und fuhr mit dumpfem Brüllen in die Erde zurück, aus der er gekommen war, gefolgt von seinem Gegner.

Yuggoths Antlitz war von Haß und Schmerzen verzerrt, als sich sein Todfeind über ihn beugte. »Du hast mich in eine Falle gelockt, Melikhor«, stieß er mit halberstickter Stimme hervor, »aber du darfst mich nicht töten. Du hast es bei deinem Gott geschworen!«

»Du versprachst mir, deinen schützenden Kreis aus Schlangenblut schon bald zu verlassen«, antwortete der Unsterbliche, »und du hast dein Wort gehalten, wenn auch aus einem ganz anderen Grund, als du mich glauben machen wolltest. Nun, ich werde dir gleiches mit gleichem vergelten und meinen Schwur nicht vergessen, den ich auch sonst nicht gebrochen hätte, denn meine Eide sind heilig. Darum werden meine Hände dich nicht berühren, Yuggoth, und ich werde nichts mit deinem Tod zu schaffen haben.«

Damit nickte er mir zu und wandte sich um. Ich wußte längst, was ich zu tun hatte. Mit meinem heiligen Schwert durchbohrte ich das Herz des Todesmönchs und löschte damit sein Leben aus. So vollendete ich Melikhors List, damit er sein Ziel erreichte, ohne seinen Eid zu mißachten, und bestand den ersten Teil meiner Prüfung, der hieß: Mut zu beweisen und gerecht zu handeln.

8 Melikhor führte mich dann nach Anyang im Tal des Gelben Stroms; dort blieb ich zwei Monde lang, bis meine Wunde geheilt war und neue Kräfte meinen Körper erfüllten. So grausam die Schlacht der Dämonen im Tal der verlorenen Seelen auch war, die Prüfung des Krieges war dennoch die leichteste meiner drei Proben. Denn wenn die Könige und Fürsten der Völker sich auch am liebsten ihrer Kampftaten rühmen – die Werke des Friedens sind doch ungleich schwerer zu vollbringen. Stärke, Mut und Tapferkeit zeichnen den Helden aus; Kinder nehmen ihn gern zum Vorbild, sehen zu ihm auf wie zu einem Gott, bewundern ihn und eifern ihm nach. Dem Weisen aber gelten Mord und Blutvergießen wenig. Denn um Menschen zu töten, bedarf es allein der Kraft und der Waffengeschicklichkeit. Um aber Menschen das Leben zu erhalten, ihnen zu Nahrung, Wohlstand und Glück zu verhelfen, dazu erfordert es jene Kräfte des Geistes, die weitaus seltener und schwerer zu erlangen sind. Darum sollten die Völker der Erde nicht nur gewaltige Krieger verehren, sondern mehr noch die Priester, Ärzte und Lehrer, die mit ihrer Kunstfertigkeit und ihrem Wissen den Menschen Segen bringen. Auch mir war es bestimmt, solche edlen Werke zu vollbringen, als ich der Spur der Sonne bis zu ihrer Wohnung folgte und die Roten Menschen fand.

Anyang liegt auf einem großen, flachen Felsen, der sich hoch über eine weitschweifende Biegung des Gelben Flusses erhebt; erst vor vier Menschenaltern wurde diese prächtige Stadt gegründet, von einem mächtigen König, in dessen herrlichem Grabmal kostbare Steine aus allen Weltgegenden die verschiedenen Länder darstellen, und Rinnsale aus ewig flüssigem Silber die Ströme und Meere dazwischen. In diesem reichgeschmückten Totenhaus leuchteten Fackeln, die nach den Worten der Wächter schon länger als einhundertfünfzig Jahre ununterbrochen brannten; zum Schutz gegen Diebe und Plünderer lauerten dort in verborgenen Nischen nimmermüde Geister aus Ton mit schußfertigen Bogen. Unermeßliche Schätze ruhten, sorgsam versteckt, in den Gräbern des Königs und seiner Erben; denn auch bei den Gelben Menschen ist es Sitte, dem toten Herrscher seinen Streitwagen, seine zierlich gezäumten Rosse und glockenbehangenen Jagdhunde, seine Reichtümer und Waffen in die Unterwelt mitzugeben, darüber hinaus aber auch seine Frauen und seine gesamte Dienerschaft. Dabei zerbrechen die Priester mit großer Sorgfalt die Beine der Toten, ehe sie die Grabstätte versiegeln; denn sie glauben in ihrer abergläubischen Furcht, daß jene sonst aus dem Schattenreich zurückkehren und sich grausam an ihnen rächen könnten.

Gegen die wilden Steppenbewohner schützen sich die Männer von Anyang mit einer großen Mauer, die sie im Kreis um ihre Stadt gezogen und mit den Zauberzeichen des Drachen und Büffels versehen haben. Weil sie nicht genügend Krieger besitzen, um sich gegen die Horden des Nordens und Westens in offener Schlacht behaupten zu können, richten sie zahlreiche wilde Tiere, mächtige Elefanten und stampfende Ure, gestreifte Löwen und grimmige Leoparden, scharfzähnige Wölfe und riesige Vögel zum Kampf gegen ihre Feinde ab. Ihre Vorräte verbergen sie in großen Höhlen, die sie tief in die fruchtbare Erde graben. Dort ruhen in Töpfen aus Ton und Bronze, bewacht von schrecklichen Götterbildern aus grüner Jade, weißem Kalkstein und gelblichem Marmor, Speisen und Nahrungsmittel, die alle Bewohner von Anyang viele Monde lang sättigen können.

Trotz ihrer Klugheit und Tüchtigkeit vertrauen die Gelben Menschen sich selbst nur in sehr geringem Maße. Sie suchen in allen Dingen zuvor ihre Götter zu befragen, und tun dies auf sehr eigentümliche Art. Ihre Wahrsager ritzen nämlich die Fragen, die ihnen vielleicht ein Feldherr vor einem Gefecht, ein Jäger vor einem Beutezug, ein Vater, der einen Sohn zeugen möchte, ein Kranker vor dem Besuch eines Arztes oder ein Kaufmann vor einer weitführenden Handelsreise zu stellen wünscht, mit geheimnisvollen Zeichen auf einen Knochen, vornehmlich in das Schulterblatt eines Stieres oder in den Panzer einer Schildkröte; dann halten sie das Orakelstück über ein heiliges Feuer, bis sich darin Risse zeigen. Nach der Art, wie sich diese Sprünge mit den Zaubermalen kreuzen, hoffen sie dann die Zukunft erraten zu können. Danach werden diese Knochen in die Tempel gebracht und dort für immer in der geweihten Erde vergraben. Bei Tao, der einer der sieben Hohen Priester ist und den Melikhor und ich im Tempel des Sonnengottes besuchten, bedeckt heiliges Orakelgebein die Erde zehn Manneslängen hoch.

An einem warmen Frühsommertag, vier Tage vor der Sonnenwende im vierunddreißigsten Jahr meines Lebens, verließ ich Anyang, um meiner nächsten Aufgabe entgegenzuziehen. Getreu dem Rat Gathaspars lenkte ich meine Schritte der Sonne entgegen, bis ich an den Strand eines endlosen Meeres gelangte, an dem keine Menschen wohnten. Dort betete ich zum göttlichen Vater und warf die heiligen Hölzer. Sie wiesen mir den Weg nach Norden, und ich zog Tage, Wochen und Monde lang in immer kältere Länder. Zahllose Wunder sah ich auf meiner Wanderung; ich begegnete wilden Menschen, die auf Pferden ritten, und später fellbekleideten Jägern, die ihre Pfeilspitzen aus Knochen anfertigten und damit ein Wassertier verfolgten, das einem Hund ähnlicher war als einem Fisch und das sie den Löwen des Meeres nannten. Weiter und weiter zog ich dem Nordstern entgegen, bis ewiger Schnee unter meinen Sohlen knirschte und das Tagesgestirn mir nur noch als blasse Scheibe am Ende des Himmels leuchtete. Keinen Herzschlag lang zweifelte ich, daß mein Weg der richtige war.

Ich durchquerte endlose, schweigende Wälder, bestieg weißhäuptige Berge und fuhr über mächtige Ströme, an denen seltsame, fremde Völkerschaften hausen. Ihre Priester bewillkommneten mich wie einen Bruder, und ihre Jäger geleiteten mich auf radlosen Wagen, die nicht von Pferden, sondern von riesigen Hunden gezogen wurden, immer weiter nach Norden, durch Gärten aus Eis, über glitzernde Wege und gläserne Brücken. Als das frierende Land zu Ende ging und sich vor uns ein schneebedecktes Meer erstreckte, stieg ich in einen Nachen aus Fischgebein und haarlosen Fellen und ließ mich von den Fremden nach Osten rudern, wo bald ein anderes Land begann, das dem ersten wie ein Zwillingsbruder glich. Dort wandte ich mich wieder nach Süden, Tage, Wochen und Monde lang, vorbei an den Säulen des Himmels, den Tempeln der Frostdämonen und den Müttern der Wolken. Die Sonne begann wieder wärmer zu strahlen, und mir wurde, als ob ich wie ein verlorener Sohn heimkehrte, nach vielen langen Jahren in der Fremde.

Ich sah Bäume, die bis zu den Sternen reichten und so starke Stämme besaßen, daß sie nicht von zwanzig Männern umspannt werden konnten. Ich nährte mich von Fischen, die größer waren als anderswo Lämmer und Kitze. Ich erlegte mit meinen Pfeilen gewaltige Vögel, die mühelos einen Menschen davonzuschleppen vermochten; ich speerte Stiere, die groß wie Elefanten waren, und tötete Bären, die stark genug gewesen wären, einen Ochsen im Maul davonzutragen. Ich stand vor Strömen aus Silber und Gold, schritt über Berge aus Kupfer und Zinn und wanderte an Stränden entlang, an denen Juwelen und Edelsteine lagen wie anderswo billige Kiesel, so reich war dieses Land. Die Menschen darin aber hatten keine Augen für diese Schätze, sondern begehrten nur Nahrung und wärmende Kleidung, und ihre Zahl war gering. Sie vermögen den Wert der Metalle nicht zu erkennen und diese darum auch nicht zu ihrem Nutzen zu gebrauchen. Sie sind ganz arme Völker, die in Hütten aus Baumrinde wohnen, Brot aus dem bitteren Mehl zerstampfter Eicheln essen und die Muscheln des Meeres für ihre größten Kleinode halten. Die Männer lassen das Haar bis auf die Schultern wachsen; die Frauen sind allesamt kahlgeschoren, denn aus ihrem Haar werden bei diesen Menschen die Schnüre und Seile der Jäger und auch die Netze der Fischer geflochten. Die Götter dieser Stämme, die weit verstreut in tiefen Wäldern leben und oft nicht einmal die nächsten Nachbarn kennen, sind ausnahmslos von der schrecklichsten Gestalt und zeigen sich den Sterblichen stets mit furchteinflößenden Fratzen, so daß ihre Diener große Angst vor ihnen haben. Das eigentümlichste an diesen Menschen aber ist ihre rötliche Haut, die aussieht wie aus babylonischer Erde gebrannt.

Ich zog immer weiter südwärts und wartete auf ein Zeichen des flammenden Gestirns, das mir sagen sollte, wo ich meine zweite Prüfung ablegen sollte. Ich wanderte durch Wüsten und Sümpfe, durch Ebenen und Gebirge, durch kahle Einöden und wuchernde Wälder. Bald erhitzten die Strahlen der Sonne mein Antlitz immer stärker; ich legte die schützenden Pelze ab und kleidete mich fortan nur in dünne Tücher, die ich von Bauern an meinem Weg gegen Felle tauschte. Endlich wurden die Menschen zahlreicher, die verstreuten Hütten einsamer Jäger mehrten sich zu hübschen Dörfern fleißiger Siedler und schließlich sogar zu kleinen Städten, deren rothäutige

Bewohner weder am Kinn noch am Körper Haare besaßen, sondern allein auf dem Kopf, weshalb ich sie anfangs die Bartlosen nannte. Sie selbst bezeichnen sich als die Söhne der Sonne und wiesen mir eifrig den Weg in ihre Hauptstadt, die in einem langgezogenen, steilwandigen Tal liegt, umsäumt von rauchenden Bergen. Diese sind nach dem Glauben der Roten Menschen die Schlünde der Unterwelt.

In dieser Stadt, deren Name von einer achäischen Zunge nicht ausgesprochen werden kann, weil er einer Mundart entstammt, die schwieriger und eigentümlicher ist als alle anderen auf der Welt, gab mir die Vorsehung endlich den ersehnten Wink, daß ich ans Ziel gekommen sei und mich dort niederlassen solle. Das geschah, als ich zu einem Tempel schritt, der hoch aus Erde aufgeschüttet war und in seiner Form ägyptischen Grabmälern glich. Die Menschen auf dem weiten Platz davor wichen scheu aus meinem Weg, als ich durch ihre Reihen trat, die alten Gebete des Lichts und des Schattens auf meinen Lippen. Die Priester in ihren bunten Gewändern empfingen mich mit heftiger Erregung, rieben und kratzten an meiner Haut, als ob sie glaubten, daß diese angemalt worden sei, und sagten in ihrer zischenden Sprache viele ehrfurchtsvolle Worte zu mir, die ich erst später verstand und die den Lobsprüchen entstammten, mit denen die Roten Menschen ihre Götter begrüßen. Ich schritt auf der breiten Treppe des Tempels empor, höher und höher, bis zu der obersten Plattform, auf der ein kreisrunder Stein lag, bemalt mit den heiligen Zeichen des strahlenden Tagesgestirns. Vor der glatten, sorgsam geschliffenen Scheibe trat mir ein alter, kleinwüchsiger Mann entgegen, dessen Haupt und Leib von zahllosen farbigen Federn umhüllt waren: Tlalpec, der Hohe Priester der Roten Völker; er sank vor mir in die Knie. Da brachen die Wolken am Himmel entzwei, und ein Strahl der gleißenden Sonnenscheibe schoß auf den runden Stein hernieder, so daß er glänzte wie lauteres Gold. Ein jubelnder Schrei ertönte aus zahllosen Kehlen, und Tlalpec gab mir als dem Sohn seines Gottes den Priesterstab und alle Macht über sein Volk. Da wußte ich, daß ich den Ort gefunden hatte, an dem ich die Werke des Friedens vollbringen sollte, und meine zweite Prüfung begann.

Acht Jahre lang lebte ich in diesem Land als König und oberster Priester, als Heiler und Verkünder, als Opferer mit dem steinernen Messer, als Lehrer und als Erzieher, und ich gab diesem Volk all mein heiliges Wissen. Die Zauberer, die ihren Mitmenschen bei lebendem Leib die blutigen Herzen aus den Leibern schnitten, um damit ihre grausamen Dämonen zu erfreuen, vertrieb ich aus ihren Tempeln, und ihre schrecklichen Herren bannte ich. Allen Streit zwischen den Städten schlichtete ich, und ich stiftete Frieden zwischen den Mächtigen und den Hilflosen, den Reichen und den Armen, den Starken und den Schwachen. Ich schuf ein Reich aus den verstreuten Ländern des Sonnengottes und machte seine Heimat zu der meinen. Wie die drei Unsterblichen ihre Weltteile verwalteten, nahm ich dieses fremde Land in meine Obhut, und meine Werke gerieten wohl, denn der Himmel half mir.

Damals kannten die Roten Menschen noch nicht das geschriebene Wort; ich aber lehrte sie lesen und schreiben. Sie wußten nichts von den Zahlen; ich aber lehrte sie rechnen. Sie lebten ohne Zeit; ich aber befahl ihnen, Tage, Monde und Jahre aufzuzeichnen, wie es bei den alten Völkern längst Gewohnheit ist, weil dadurch der Landmann die Zeit des Säens und Erntens, der Jäger die fruchtbaren und die unfruchtbaren Tage des Wildes, der Priester die glücklichen und die unglücklichen Stunden erkennen und vorausberechnen kann.

Damals kämpften die Roten Menschen noch mit Waffen aus Stein; ich aber zeigte ihnen, wie Kupfer und Zinn in der Hitze der Feuersglut schmelzen und sich am Ende zu Bronze verbinden. Sie fertigten Gefäße aus geflochtenem Bast und den schnelltrocknenden Säften seltsamer Bäume; ich aber brachte ihnen Töpferscheibe und Blasebalg. Sie fischten stets nur an den Ufern der Meere und Seen; ich aber ließ sie Boote aus Schilfbündeln bauen. Dieses Land war fruchtbar und angefüllt mit vielen göttlichen Gaben, und es bedurfte nur des Wissens, um sich seiner Reichtümer zu bedienen.

Damals wohnten die Roten Menschen noch in Hütten aus hölzernen Stangen und Blättern von Palmen; ich lehrte sie, Steine zu behauen und zu festen Häusern zusammenzufügen. Den Schmuck ihrer Frauen formten sie aus Knochen und Tiergeweihen; ich half ihnen, Gold und Silber zu finden. Sie beteten zu schrecklichen Dämonen und zu den Geistern der Elemente; ich aber sprach zu ihnen, und die Angst vor den nächtlichen Schreckensgestalten, die sie bis dahin gequält hatte, fiel von ihnen ab wie der lastende Schnee von den stacheligen Zweigen eines wintergrünen Baums.

Sie bauten nun Getreide, Kürbisse und Bohnen an, auch Obst und Agaven, jagten die Hirsche und Antilopen des Urwalds und wagten sich selbst an den gefleckten Panther, vor dem sie bisher stets in atemloser Furcht geflohen waren. Sie pflasterten ihre Straßen mit Steinen wie einst die toten Bewohner Harappas, damit ihre Lasttiere nicht im Schlamm der Regenzeit versanken. Ich unterrichtete ihre Weisen in der Heilkunst und in der Magie, sprach ihnen heilige Gebete vor und zeigte ihnen die Gebräuche des reinen Opfers. Ich herrschte über diese Völker nicht mit Strenge, sondern mit Güte, und so bestand ich am Ende, nach vielen Tagen voller Anstrengung und zahllosen Nächten ohne Schlaf, die zweite meiner Prüfungen.

Nach acht Jahren näherte sich der Tag, an dem sich die Unsterblichen in Meroë versammeln wollten, und ich beschloß, nach Ägypten aufzubrechen. Da kamen meine Diener aufgeregt zu mir und berichteten mir, daß sie am Ufer des östlichen Meeres ein mächtiges Schiff mit unbekannten Männern gesehen hätten, die von weither gekommen seien und wünschten, mit meinem Volk Handel zu treiben. Ich eilte unverzüglich zum Hafen. Da lag ein prächtiges Boot, das ich sogleich als phönizisch erkannte; sein Segel war mit dem heiligen Rundbild der Sonnengottheit geschmückt. Ich sah das als ein günstiges Zeichen an; wie hätte ich wissen können, daß mir das Schicksal neue Bitterkeit bereithielt!

Gastfreundlich bat ich die Fremden in meinen Palast und erlaubte ihnen, alle Waren auf dem Markt zu tauschen, die sie von so weit her zu meinen Roten Menschen brachten. Der Schiffsherr stammte aus Gebal und war sehr erstaunt darüber, daß ich ihm nicht nur in der Hautfarbe glich, sondern auch seine Sprache verstand; voller Verwunderung sagte er:

»Viele seltsame Ereignisse habe ich schon auf meinen Fahrten über die Meere der Welt erlebt, aber dieses ist doch das allergrößte Wunder, daß ich in solcher Ferne, in die mich der wütende Atem eines gewaltigen Sturmwindes verschlug, einen Mann antreffe, mit dem ich mich zu unterhalten vermag, als säße ich zuhause! Wie kamst du in dieses Land, König? Ich selbst gelangte nur selten über jene Berge hinaus, die bei euch Griechen die Säulen des Herakles heißen; diesmal befand ich mich auf einer Handelsreise zu jenen reichen und fruchtbaren Eilanden, die man in Achäa Inseln der Hesperiden nennt. Da packte mich der Windgott mit eisernem Griff und trieb mein gequältes Schiff auf haushohen Wogen immer weiter hinaus, so daß ich mich schon verloren wähnte und glaubte, niemals mehr Land unter meinen Füßen spüren zu dürfen und bald über den Rand der Weltenscheibe hinunterzustürzen. Daß ich dem wütenden Meer dennoch entrann und meinen Kiel unversehrt auf den Strand dieses seltsamen Weltteils zu setzen vermochte, kann ich mir nur so erklären, daß ich den Göttern stets reiche Opfer brachte und sie mir deshalb wohlgesonnen waren. Daß ich aber mit meinen Männern hier nicht einsam unter lauter fremden Menschen bin, sondern einen König antreffe, der einem nachbarlichen und freundlichen Volk wie dem achäischen entstammt und uns nach alter Sitte Gastfreundschaft erweist, das ist schon fast zuviel an himmlischer Gnade.«

Diese schmeichelnden Worte hätten mich warnen sollen, denn in Wirklichkeit sind Phönizier und Griechen längst keine freundlichen Nachbarn, sondern bekämpfen sich in fast allen Häfen des Meeres und jagen einander die Schätze ab, wo immer sie es vermögen. Aber ich schenkte diesem Umstand keine Aufmerksamkeit, sondern war nur darüber erstaunt, daß er behauptete, von Osten zu kommen, wo ich doch selbst von Ägypten, Assyrien und Babylon aus stets nach Osten, der Sonne entgegen, gewandert war und das Nilland wie auch Phönizien folglich im Westen von uns liegen mußten. Aber ich glaubte, daß die Angst im Sturm die Sinne des Schiffsherrn verwirrt hätte und er selbst nicht mehr wußte, wo er sich wirklich befand. Daher sprach ich zu ihm:

»Du trägst auf dem Segel deines Fahrzeugs das heilige Zeichen der Sonnengottheit, deren Diener ich bin; das zeigt mir, daß du ein frommer Mann bist, dem ich helfen möchte. Wisse, daß ich beschlossen habe, mich nach Ägypten aufzumachen, aus Gründen, die du nicht verstehen würdest, selbst wenn ich sie dir anvertraute. Wenn du es wünschst, werde ich dir selbst den rechten Weg in deine Heimat weisen. Auch mir wird dadurch die Reise etwas leichter werden, denn auf hölzernen Planken die Meere zu überfliegen, ist längst nicht so mühsam, wie Berge und Wüsten auf Füßen oder im Wagen zu überwinden, und obendrein drängt mich die Zeit. Es soll dein Schaden nicht sein: Ich werde dich reichlich belohnen, denn Gold und Silber bedeuten mir nichts, und ich besitze Berge davon.«

Bei diesen Worten leuchteten die Augen des Phöniziers auf, er strich sich nachdenklich den Bart und versetzte:

»Eine größere Gunst könntest du mir nicht erweisen, König, als mir zu erlauben, dir meine Dankbarkeit zu zeigen. Deine Schätze magst du getrost in den Bauch meines Schiffes bringen lassen; ich werde sie hüten, als wären sie meine eigenen. Schon in zwei Tagen wollen wir diesen Strand wieder verlassen, denn meine Männer fürchten sich in solcher Fremde und haben Sehnsucht nach ihrer Heimat. Stünde mir selbst der lohnendste Handel bevor, ich würde sie nicht mehr lange zurückhalten können. Aber bis dahin haben wir unsere Waren längst getauscht, denn deine Diener scheinen meine phönizischen Purpurstoffe sehr zu schätzen. Ich werde also auf dich warten!«

Ich mißtraute ihm nicht, denn ich war meiner zu sicher, um glauben zu können, daß er mir etwas antun könne, selbst wenn er und seine Männer keine friedlichen Kaufleute, sondern Räuber und Sklavenjäger waren. Denn welches Schwert vermag einen Zauberer zu verletzen, wenn nicht ein geweihtes, und welche Fessel einen wissenden Priester zu binden, der über die Künste der Unsterblichen verfügt? Daher rief ich am nächsten Morgen meine Diener zusammen und sprach zu ihnen:

»Die Zeit ist gekommen, an der ich euch verlassen muß, meine Brüder. Gehorcht den Geboten, die ich euch gab, und verzagt nicht! Bald schon werde ich aus den fernen Ländern über dem Meer, in die mich heilige Pflichten rufen, zurückkehren. Bis dahin lebt in Frieden!«

Sie weinten und wollten mich nicht gehen lassen; aber ich hörte nicht auf sie, sondern folgte Gathaspars Ruf und meinem Versprechen. Arglos bestieg ich das Schiff, beladen mit einer hölzernen Truhe voller Gold und Edelsteine für meine weitere Wanderung; die Phönizier lösten die Leinen und segelten mit mir davon.

Das Land der Roten Menschen war kaum hinter dem Himmel verschwunden, als ich auf den Schiffsherrn zutrat und erklärte: »Nun mußt du das Ruder zur Linken bewegen, um auf dem Ozean nach Westen zu segeln, das ist der richtige Weg in dein Land!«

Er aber antwortete: »Nach Westen? Wir kamen doch von Osten!«

»Nein, du irrst dich«, versetzte ich, »zögere nicht, ich befehle es dir!«

Da lachte er, und plötzlich traf mich von hinten ein furchtbarer Schlag, so daß ich auf das Deck stürzte und die Besinnung verlor.

Ich habe oft von Männern gehört, die durch einen starken Hieb ihr Gedächtnis verloren und, wenn sie erwachten, andere Menschen waren als zuvor. Sie wußten dann nichts mehr von dem, was ihnen vordem selbstverständlich war, und handelten zuweilen wie neugeborene Kinder. Diese Krankheit zu heilen, ist selbst für den kundigen Arzt eine schwierige Arbeit, die nur sehr selten gelingt, und meist nur dann, wenn etwa der Kranke plötzlich seine Eltern oder sein geliebtes Weib wiedersieht und sich seines früheren Lebens dadurch auf einmal erinnert. So erging es auch mir: Als meine Sinne zurückkehrten, hatte ich meinen Namen und meine Herkunft vergessen; ich wußte nicht mehr, wer ich war und woher ich stammte, wo ich mein Leben verbracht hatte und wieviele Jahre ich zählte; ich wußte nichts mehr von Diomedes und Gathaspar, von meinen Erlebnissen und meiner glücklichen Zeit bei den Roten Menschen. Ich saß festgekettet auf einer Ruderbank zwischen den Sklaven, die mit kräftigen Armen das Boot über die Wogen trieben, und wußte nichts mehr von den Kräften meines Geistes. Ja, ich hatte so viel vergessen, daß ich nicht einmal Haß gegen den Mann empfand, der mich getäuscht, beraubt und erniedrigt hatte, sondern meinte, daß ich schon als Sklave geboren worden sei und es nicht anders verdiente. Der Phönizier, der das rasch bemerkte, sprach darum auch kein weiteres Wort zu mir und verhöhnte mich nicht, sondern er verkaufte mich nach einer glücklichen Meerfahrt von fast sechzig Tagen an einen Sklavenhändler in Tarschisch. Dieser brachte mich mit zwei Dutzend anderer Sklaven weiter nach Thapsos, einer achäischen Stadt auf der schönen Insel Sikulien. Dort trat auf dem Markt ein in Eisen und Leder gekleideter Krieger zu uns und sprach auf Achäisch:

»Ein unerfreuliches Los ist euch beschieden, ihr Fladenbrotfresser! Wollt ihr euch nicht auch einmal an einem saftigen Braten erquicken? Wünscht ihr nicht statt fauligem Wasser spritzigen Wein zu kosten und statt der harten Rudergriffe weiche Frauenlenden zu umfassen? Diese Dinge, die euch wohl als unerfüllbare Träume erscheinen, stellen für mich nur kleine, alltägliche Freuden dar, und ich genieße sie mit Behagen. Das kann ich aber nicht deshalb, weil ich etwa viel stärker wäre als ihr; auch ihr besitzt prächtige Muskeln, und eure Leiber sind von schwerer Arbeit gehärtet. Nein, ich vermag mir diese Vergnügungen nur deshalb zu gönnen, weil ich klüger bin als ihr. Denn ich setze meine Kraft nicht dazu ein, ein schweres, hölzernes Schiff gegen widrige Winde über die Meere zu ziehen. Da könnte ich auch gleich wie ein blinder Esel um das Schöpfrad laufen! Nein, ich habe mir einen anderen Beruf erkoren, den ihr mir gewiß auch ansehen könnt, wenn die Winde euch nicht den Verstand verweht haben. Denn ich bin ein Kriegsmann und rate euch, mir nachzueifern; die Gelegenheit dazu ist günstig. Mein Herr, der ein gewaltiger Fürst ist, sucht mutige Männer, die ihm auf einen Beutezug folgen. Er hat mir so viel Kupfer gegeben, daß ich euch alle freikaufen kann, wenn ihr nur bereit seid, meinem Herrscher unverbrüchliche Treue zu schwören. Also sagt mir, wer hat von euch schon einmal Kriegsdienst geleistet?«

Fast alle Sklaven traten vor, hoben ihre mit Ketten gefesselten Arme und riefen grimmig:»Binde uns los, Fremder, dann werden wir dir schon beweisen, daß wir zu kämpfen vermögen! Selbst in die Unterwelt wollen wir mit dir gehen, wenn du nur dein Versprechen hältst und wir endlich wieder unsere Leber und Lenden erquicken dürfen!«

Der grauhaarige Krieger lächelte erfreut. Dann fiel sein Blick auf mich, er trat auf mich zu und sagte:»Und du? Du bist von stattlicher Gestalt, und dein Leib ist von Narben bedeckt. Hast du nicht auch schon einmal in einer

Schlacht mitgefochten? Bist du nur zu feige, um mir zu folgen, oder hast du dich etwa in das hölzerne Ruder verliebt?«

»Ich weiß es nicht«, gab ich zur Antwort. Der Sklavenhändler versetzte: »Mit diesem Mann wirst du nicht viel Freude haben. Denn er weiß nichts von sich und kennt nicht einmal seinen Namen. Der Mann, der ihn mir verkaufte, ein phönizischer Händler aus Gebal, erzählte mir, daß er auf seiner letzten Fahrt vom Mast aufs Deck gestürzt sei und sich dabei den Schädel so zerschlagen habe, daß alle Sinne daraus wichen und sich der Unglückliche seither an nichts mehr zu erinnern vermag. Er besitzt nur eine wertlose Kette mit allerlei Götterzeichen, die sein früherer Herr für ihn aufbewahrte und mir in diesem Leinenbeutel gab, weil er die Himmlischen nicht zu verletzen wünschte. Er nannte diesen Mann ›Niemand‹, weil er keinen Namen besitzt, und gab ihn mir zu einem billigen Preis. Auch ich will nichts an ihm verdienen; für eine Mine Kupfer kannst du ihn haben.«

»Eine Mine Kupfer für ›Niemand‹?« lachte der Krieger, »das ist ein gutes Geschäft! Allein, meine Gefährten lieben solche Scherze; sie werden gewiß fröhlich lachen, wenn ich ihnen davon erzähle. Binde ihn los; ich nehme ihn mit, ihn und diese sechs, die künftig statt Fladenbrot saftiges Fleisch verzehren wollen!«

Sie handelten noch eine Weile über den Preis, dann führte der Krieger uns aus der Halle des Händlers; mit geschorenen Häuptern, damit man uns als Sklaven erkennen konnte und jede Flucht unmöglich war, folgen wir dem Fremden. So trat ich als namenloser Söldner in die Dienste eines unbekannten Herrn.

IX
DIOMEDES

Welchen Weg ein Mensch auch einschlägt, es wird stets derjenige sein, der ihm vom Schicksal bestimmt ist. Zwar meinen viele, in ihrer Entscheidung frei zu sein und ihren Pfad wählen zu können. Aber in Wirklichkeit wandeln auch sie, wie alle anderen, dorthin, wohin sie die Vorsehung lenkt.

Wenn ein Mann, vor zwei Möglichkeiten gestellt, sich für eine entscheidet und ihm danach ein Weiser sagt, sein Entschluß sei vorgezeichnet gewesen, wird dieser Mann vielleicht zur Antwort geben: »Aber ich hätte doch auch das andere tun können!« Wer das sagt, erkennt nicht, daß er doch nicht das andere, sondern das eine gewählt hat, so wie es ihm vorbestimmt war, und mißt sich eine Freiheit zu, die er in Wahrheit nicht besitzt. Auch das törichte Schaf mag glauben, daß es beim Grasen aufs Geratewohl nach links oder rechts laufen darf, während es doch in Wirklichkeit stets vom wachsamen Hirten gelenkt wird, ohne es selber zu merken, ganz gleich, ob sein Weg in fruchtbare Futtergründe führt – oder zum Schlachter.

So ist alles Glück, das ein Mensch empfängt, nicht sein Verdienst, sondern stets eine Gabe des Himmels. Alles Gute, das ein Mann tun kann, ist in Wahrheit das Gute, das Gott bewirken will.

Dennoch ist niemand aller Verantwortung für seine Taten ledig. Denn ebenso, wie ein Mensch die Früchte und den Lohn guter Werke genießen darf, so muß er auch für seine Schuld bezahlen. Nur eines kann den Menschen aus diesem Zwang erlösen: Das ist die Kraft, die eines Tages das Böse aus der Welt vertreiben und die Seele des Menschen von allen Übeln und Schwächen des Staubgeborenen befreien wird.

Darum wandle auf deinem vorgezeigten Pfad! Bete fromm zu Gott, daß er dein Los erleichtere, doch nimm das Schwere zuversichtlich auf die Schultern! Denn dies ist die Pflicht deines Lebens, das dir nur einmal geschenkt ist. Denn das Schicksal ist mehr als nur ein zierlich gesponnener Faden, den am Ende ein scharfes Messer durchschneidet – es ist vielmehr das Band, das Gott und die Menschen verbindet, und der Beweis dafür, daß Sterbliche eine ewige Seele besitzen.

Ohne es zu wissen, tötete Ödipus seinen Vater und brachte Schande über sich, seine Mutter und sein ganzes Volk. Als er schließlich von seinem Verbrechen erfuhr, stach er sich die Augen aus. Doch seine unsterbliche Seele war stärker als sein schwaches Fleisch: Sie erkannte, daß alles vorherebestimmt war, und ertrug, was der Verstand nicht hinnehmen wollte. Darum ehrten die Menschen Ödipus, und bis heute spricht man stets mit Achtung von ihm.

Diomedes von Argos, der Sohn des Tydeus, war zum Helden geboren; sein Name stieg in Achäa empor wie ein Stern. Er tat niemals Unrecht. Dennoch hielt ihm die Vorsehung ein leidvolles Schicksal bereit; sein Leben bestand aus Mühsal und Enttäuschung. Aber weil Diomedes sein Los stets mutig auf sich nahm, wird sein Ruhm unsterblich sein.

Vor tausend Jahren schrieb Ägyptens Pharao Achtoes, der dritte seines Namens, in einem Lehrbuch für seinen Sohn und Nachfolger Merikarê: »Es nützt einem Mann nichts, wenn er wieder aufbauen will, was er zerstört hat, und vernichten will, was er aufgebaut hat, und verbessern will, was er gut gemacht hat. Jeder Schlag wird mit seinesgleichen vergolten. Das ist die Aufeinanderfolge aller Taten.«

Der du ein Mensch bist, kämpfe nicht gegen das Schicksal! Stärkere, als du es bist, haben schon mit den ewigen Mächten gerungen. Im Dunkel der Zeiten schimmert ihr Gebein.

1 Der Krieger, ein mäßig großer, wohlbeleibter Mann, führte uns auf dem kürzesten Weg zur Burg des Herrschers von Thapsos, die sich am Hafen auf einem Hügel erhob. Sie war ganz aus steinernen Blöcken errichtet, aber längst nicht so groß wie die Königshäuser von Argos oder Ugarit und ärmlich im Vergleich zu den Palästen Babylons und Ägyptens. Wir traten in einen kleinen Raum, in dem wir uns mit frischem Wasser reinigen durften, warmes Öl und duftende Salben erhielten und unsere verschlissenen Lumpen gegen neue Gewänder tauschten. Das erfüllte uns mit Freude, denn wir hofften, uns nun im Besitz eines Herrn zu befinden, der nicht allein mit Strenge, sondern auch mit Güte und Verständnis über sein Gesinde wachte. Nach einiger Zeit führte uns der Krieger in einen großen Saal, in dem fünf weitere Recken an einer üppig mit Speisen beladenen Tafel saßen und sich mit Wein aus großen Krügen labten. Unser Führer blieb vor einem hochgewachsenen Mann mit silbern durchwirkter Rüstung stehen, zeigte auf uns und erklärte fröhlich:

»Das sind deine neuen Diener, König. Ich habe nur die Stärksten genommen und hoffe, daß du mit meiner Wahl zufrieden bist. Bei den Göttern, ich habe lange feilschen müssen, denn der Händler ist ein gewissenloser Betrüger, der mir gewiß auch einen Lahmen als Melder und einen Blinden als Scharfschützen angeboten hätte, und sogar seinen eigenen Vater als Ruderknecht sowie seine leiblichen Töchter als Beischläferinnen, wenn ich mit deinem Kupfer nicht so sparsam umgegangen wäre. Denn ich entstamme, wie du weißt, nicht dem Leib einer Eselin, sondern bin von meinen Eltern zur Vorsicht erzogen worden und ließ mich von diesem Schalk nicht täuschen. Ja, ich habe sogar einen besonders guten Kauf gemacht, bei dem ich nur eine einzige Mine Kupfer bezahlen mußte.«

»So?« fragte sein Herr und beugte sich aufmerksam vor. »Wer ist es denn, den du zu einem so geringen Preis erwarbst?« Da klatschte der Krieger fröhlich in seine Hände und rief: »Du wirst es kaum glauben. Es ist ›Niemand‹!«

Seine Gefährten musterten ihn überrascht, dann begannen sie wie Betrunkene zu brüllen und zu johlen; sie hieben sich auf die Schenkel und wollten sich schier ausschütten vor Lachen. Der Größte von ihnen, ein ungeschlachter Riese mit gespaltener Nase, warf ein abgenagtes Hammelbein hinter sich und schrie: »Er muß von Sinnen sein! Er hat niemand gekauft, aber eine Mine Kupfer bezahlt, und glaubt noch, das beste Geschäft gemacht zu haben! Wahrlich, mein Freund, die lange Zeit des Müßiggangs bekam dir übel! Du warst noch nie der Klügste, jetzt aber sind wohl auch die letzten vernünftigen Sinne aus deinem Schädel verdunstet. Dich kann man ja noch nicht einmal mehr allein zum Einkaufen schicken, ohne daß du die Habe des Königs sinnlos in die Gosse schleuderst. Vielleicht müssen dich deine Gefährten künftig sogar noch stützend zum Abtritt geleiten, damit du nicht in deiner Notdurft ausrutschst und dir den Hals brichst!«

Neben dem Hünen saß ein kleiner, flinkäugiger Krieger, auch er schon an Bart und Haaren ergraut; er versetzte: »Auf unseren zahllosen Fahrten habe ich schon viele Narren gesehen, aber du bist doch von allen der dümmste! Wenn du schon das Kupfer in der erstbesten Schenke vergeuden mußtest, trunksüchtig wie du nun einmal bist, so hätte dir hinterher wenigstens eine vernünftige Ausrede einfallen sollen!«

»In der Schenke vergeudet?« fragte sein Nachbar, ein dürrer, einäugiger Mann, voller Hohn. »Ach was! Zu den käuflichen Dirnen hat er das wertvolle Kupfer geschleppt, weil ihm die Wollust schon seit langem die Sinne umnebelt und er vor Geilheit kaum mehr aus den Augen schauen kann! Denn um ein anständiges Mädchen zu betören, dazu reichte es bei ihm ja noch nie, zumal sich seine Dummheit auch noch mit Häßlichkeit paart!«

Ein alter, kräftiger Krieger, dem das rechte Bein fehlte, entgegnete trokken: »Nein, Gefährten, zum Liebesspiel, und sei es auch nur mit käuflichen Weibern, ist dieser schlappe Wallach ja längst nicht mehr in der Lage. Wahrscheinlich stolperte er, als er sein Wasser abschlug, gegen die Mauer und schlug sich dabei den Schädel an, so daß er bewußtlos niederstürzte und die leichte Beute räuberischer Gassenjungen wurde.«

Da lachten sie wieder alle, und der Einäugige erstickte dabei fast an einem Knochensplitter, der in seinen Hals geraten war; der Riese mit der gespaltenen Nase hieb ihm jedoch so kräftig auf den Rücken, daß der Einäugige den gefährlichen Span glücklich wieder herausspie und befreit zu rülpsen begann. Der Krieger, der uns geführt hatte, war indessen über die kränkenden Worte seiner Gefährten keineswegs empört, sondern lachte fröhlich und erklärte dann: »Ihr seid allesamt auf den Leim gekrochen wie hungrige Vögel, wenn listig verstreute Körner sie vom Himmel zur Rute des Fängers locken. Denn ich habe das Kupfer keineswegs töricht vergeudet. Der ›Niemand‹, von dem ich sprach, besitzt nämlich zwei Arme und zwei Beine und einen Kopf wie ihr, nur daß er etwas klüger zu sein scheint, obwohl er nicht einmal seinen Namen weiß, und auch nicht, wer er ist und woher er kommt. Darum schweigt er lieber, was immer noch besser ist, als sich, so wie ihr, durch törichtes Gefasel lächerlich zu machen!«

So verspottete er sie, und seine Gefährten schauten sich an wie Schafe, wenn der Leitwidder plötzlich unbemerkt hinter einem Felsen verschwindet. Ihr Heerführer aber, ein kraftvoller Recke mit edlem Gesicht und muskelstarken Armen, musterte mich und fragte mit tönender Stimme:

»So nennst du dich ›Niemand‹, Fremdling? Fürwahr, ein seltsamer Name; jetzt erst verstehe ich seinen Sinn. Immerhin, deine Arme sind nicht schwächlich, und viele Narben zieren deinen Leib; gewiß hast du schon mehr als einmal in männermordender Schlacht gekämpft! Wie konnte es geschehen, daß du dich weder an deinen Namen noch an deine Herkunft erinnerst?«

Ich starrte ihn an wie einen Gott, und seine Stimme schien mir auf seltsame Weise vertraut, aber ich fand dafür keine Erklärung, denn ich konnte meine Sinne nicht ordnen. »Ich weiß nicht«, gab ich schließlich zur Antwort. Der kleine, untersetzte Krieger, der uns hereingeführt hatte, erklärte statt meiner: »Der Händler, von dem ich ihn kaufte, erzählte mir, daß dieser Fremde ein Ruderknecht sei, der bei einem unglücklichen Sturz vom Mast auf die Planken die Sinne verlor und seither unwissend sei wie ein neugeborenes Knäblein. Darum ließ er ihn mir auch zu einem so günstigen Preis. Ich sah seine Narben und glaube, daß er beim Waffendienst seinen Mann stehen wird, denn dazu braucht man keinen Namen und kann sich im Gegenteil sogar einen neuen erwerben!«

»Nun, ›Niemand‹«, sprach der fremde Heerführer lächelnd, »wer weiß, vielleicht wirst du schon bald wieder etwas besitzen, woran du dich erinnern kannst, und zwar mit Stolz und Freude; und das werden hoffentlich deine tapferen Kriegstaten sein. Gelegenheit dazu wirst du schon bald bekommen, denn ich führe euch auf einen Feldzug in ein fernes Land voller Schätze, wo ich reiche Beute zu erwerben hoffe. Stärkt euch daher jetzt mit Fleisch und Wein, damit die Kräfte wiederkehren und ihr auch Freude am Waffendienst empfindet. Denn der Hunger ist der Feind der Treue, und eine schwache Hand vermag den Speer nicht zu schleudern.«

Ich setzte mich mit den anderen Söldnern an den unteren Teil des langen Tisches und stillte Hunger und Durst. An den Wänden der steinernen Halle brannten rauchende Fackeln, denn die Dämmerung war bereits niedergesunken. Später kamen noch weitere Männer hinzu, die ein anderer Krieger, jünger als seine Gefährten und mit hellem Haar, hereingebracht hatte. Auch diese lud der fremde Fürst mit freundlichen Worten ein, zu trinken und zu speisen. Wir staunten darüber sehr, denn Sklaven sind gemeinhin solche Gaben nicht gewohnt, und einige von uns bekamen große Angst, weil sie als Preis für das unverhoffte Glück Schlimmes erwarteten. Denn so sind nun einmal die Menschen, daß sie alles, was ihnen ungewohnt oder neu erscheint, stets mit größtem Mißtrauen anschauen, selbst wenn es sich um etwas Gutes handelt. Hätte der fremde Heerführer seine Sklaven sogleich geprügelt und mit Füßen getreten, so hätten sie wohl weniger Furcht empfunden, denn ein solches Verhalten hätte der allgemeinen Gepflogenheit entsprochen. Vor einem freundlichen Herrn aber bangte ihnen, und ich hielt sie deshalb für Narren; denn ich selbst empfand nicht die geringste Furcht. Das lag wohl daran, daß ich in dieser finsteren Zeit meiner Verwirrung nicht genug vom Leben wußte, um dem Tod entfliehen zu wollen, und mich daher in Wirklichkeit töricht verhielt, während die anderen weise waren. Denn ich sah allem, was kommen sollte, mit äußerster Gleichgültigkeit entgegen und machte mir über die Zukunft keinen Gedanken. Nach einer Weile ließen sich die anderen von meinem seltsamen Mut anstecken, und als sie genügend Wein getrunken hatten, begannen sie sogar, sich fröhlich zu unterhalten und hoffnungsvoll von ihrer Zukunft zu sprechen. Der eine wollte mit Gold und Silber seine Familie zurückkaufen, seine Frau und seine Töchter, die als rechtlose Beischläferinnen im Haus eines reichen Kaufherrn in Ugarit lebten. Der andere prahlte, er werde an der Spitze einer bewaffneten Schar nach Orchomenos in Böotien heimkehren und die Einwohner mit Geißelhieben dafür bestrafen, daß sie ihn vor Jahren wegen einer ekelerregenden Krankheit aus ihrer Stadt verstoßen hatten. Der dritte träumte von einem großen Landgut, auf dem er in Frieden leben wollte; der vierte hoffte auf Abenteuer, Liebesglück und Wohlleben ohne Arbeit. Auch unter den Kriegern, die um ihren Fürsten saßen, herrschten Witz und Fröhlichkeit. Schließlich nahm der zuletzt gekommene, der jüngste von ihnen, der aber gleichfalls schon ein Mann von Jahren war, ein Saitenspiel zur Hand und begann, mit klangvoller Stimme ein Kriegslied zu singen, dessen Verse ich niemals vergessen werde:

»*Wir fürchten die Götter und sonst nichts auf dieser Welt,*
Wir eisengepanzerten Krieger!
Wer immer sich uns im Kampf entgegenstellt,
Wir bleiben doch jedesmal Sieger.

Wir lieben die Freiheit, wir lieben die Gefahren,
Denn wir sind für das Schlachtfeld geboren.
Wir haben uns schon vor vielen langen Jahren
Den Tod zum Gefährten erkoren.«

Wehmut und eine seltsame Sehnsucht schlichen sich in mein Herz; auch die anderen ließen Braten und Becher ruhen und lauschten den süßen Tönen der Leier, während der Krieger weitersang:

»*Jeden Wall, jede Mauer, jede Burg und jede Festung*
Haben wir im Sturm überwunden.
Darinnen haben wir in Truhen und in Kästen
Stets die herrlichsten Schätze gefunden.

Und wenn wir glücklos sind und die Beute nur gering bleibt
Auf dem Land oder auf dem Meere:
Zwei Dinge, die man immer nur mit seinem eig'nen Blut schreibt,
Sind stets treu uns: Der Ruhm und die Ehre.«

Jubel brandete unter seinen Gefährten auf; sie faßten nach den Krügen und füllten ihre Becher so verschwenderisch, daß der rote Wein in Strömen über die Tafel floß und dunkel auf ihre Gewänder spritzte. Dann lehnte sich der Hüne mit der gespaltenen Nase in seinem Stuhl zurück und sang mit seiner tiefen Stimme, die nachdenklich und bitter klang:

»*Ich hatte einst ein Haus, und ich hatte eine Heimat,*
In dem Land mit den rauschenden Bäumen.
Doch alles gab ich auf, wenn's mir auch manchmal leid tat
Und ich traurig war in meinen Träumen.

Ich liebte eine Frau, die hing mir an in Treue,
Dennoch habe ich sie einst verlassen.
Ich denke oft an sie, und oft sogar voll Reue.
Doch sie wird mich verachten und hassen.«

Plötzlich spürte ich tiefe Traurigkeit in meiner Seele. Der süße Schmerz der Einsamkeit übermannte mich, und auf einmal sehnte ich mich danach, zum Kreis dieser Krieger gehören zu dürfen, und sei es nur, um endlich einen Platz zu finden, an dem ich mich geborgen fühlen konnte. Der Riese sang weiter:

»Ich habe keinen Sohn, und ich habe keinen Erben.
Hätt' ich einen, was sollt ich ihm geben?
Ich hab' nur die Erinnerung, ich habe nichts als Scherben,
Denn ein Kriegsmann besitzt nur sein Leben.

Und doch bin ich glücklich, bin fröhlich und zufrieden,
Denn ich bin niemals einsam auf Erden.
Denn eines ist dem Tapferen im Kampfe stets beschieden:
Die Freundschaft seiner treuen Gefährten.«

Alle schwiegen; die Krieger blickten einander an, und es war, als ob eine unsichtbare Kette sie miteinander verband. Feierlich hoben sie ihre Becher und tranken einander zu. Gemeinsam sangen sie nun weiter, während sie stolz zu ihrem Fürsten blickten:

»Der tapferste Held, der je auf Erden lebte,
Ist unser Herr Diomedes!
Er focht so gewaltig, daß selbst der Kriegsgott bebte,
und tat stets nur Gutes und Edles.

Er siegte gegen Theben, und er stürzte Trojas Mauern;
Keiner hat ihm je widerstanden.
Sein Ruhm wird das fernste Jahrhundert überdauern
Und erstrahlen in zahllosen Landen.

Der Name des Heerführers rührte eine seltsame Erinnerung in mir. Aber ich erkannte nicht, was er für mich bedeutete, so sehr ich auch in meinem Inneren suchte. Die merkwürdigsten Gefühle durchdrangen mich, und es war mir, als hörte ich wohlbekannte Stimmen durch eine dichte Mauer, die mich daran hinderte, mit den Augen zu erkennen, was meine Ohren längst zu wissen schienen. Der Fürst sagte:»Laßt uns nicht jene vergessen, die heute nicht mehr unter uns sein können; denn ihre Taten ehren sie über den Tod hinaus, und wir wollen nicht versäumen, ihrer in Ehrfurcht und Trauer zu gedenken.«

Da sang der Riese mit tiefer Stimme, während die anderen schweigend lauschten:

> »*Die Männer, die für uns Blut und Leben tapfer gaben,*
> *Die werden wir niemals vergessen.*
> *Sie sollen stets den Ehrenplatz in uns'ren Herzen haben,*
> *Und wir wollen nach ihnen uns messen.*
>
> *Agenor war einer, der kämpfte ohne Tadel;*
> *Niemand traf so wie er mit den Pfeilen.*
> *Die Moiren durchschnitten ihm am Nil den Schicksalsfaden;*
> *Nur der Stolz kann den Schmerz um ihn heilen.*«

Wie warmes Wasser rieselte es mir über den Rücken, und plötzlich mußte ich weinen, ohne zu wissen, warum. Die Krieger schauten mich verwundert an, und ihr Heerführer fragte mitleidig:

»Was ist mit dir, ›Niemand‹? Bist du dem Helden Agenor etwa früher einmal begegnet, vielleicht schon vor sehr langer Zeit? Oder trägst du an einem anderen Schmerz, der dich traurig oder verzweifelt macht? Du brauchst nichts zu fürchten, wenn du dich uns offenbarst, selbst wenn du unserem toten Gefährten einst feindlich gegenübergestanden haben solltest.«

Ich antwortete leise: »Ich weiß es nicht, edler König. Die Götter haben mir alle Erinnerung geraubt, und so sehr ich mich auch bemühe, ich vermag meine Gedanken nicht zu ordnen. Darum laß mich weinen, es kann mir doch keiner helfen.« Da zuckte der Fürst mit den Achseln, sein Gefährte zur Linken griff wieder in seine Leier und sang:

> »*Einer, dessen Treue fester war als Eisenketten,*
> *Das war Bias, der Mann mit dem Messer.*
> *Er gab sein Leben hin, um seinen Herrn zu retten;*
> *Niemand zeigte je Tapferkeit besser.*
>
> *Stigos war der nächste, er wußte es schon vorher,*
> *Den die Himmlischen uns dann entrissen.*
> *Die Würfel liebten ihn, doch den letzten Wurf verlor er;*
> *Seinen Speer werden wir stets vermissen.*«

Wie Sturmwinde brausten nun neue Gedanken durch mein Herz. Ich begann zu schluchzen und preßte die Fäuste vor mein Gesicht. Mein Kopf dröhnte wie eine Trommel, auf die Aschakku mit eisernen Klöppeln einschlägt, und mir erschien, als begännen die Schleier vor meinen Gedanken sich endlich zu lösen. Der Fürst blickte mich von neuem aufmerksam an und fragte mit großem Nachdruck:

»Wer bist du, Namenloser? Fast scheint es mir, als hätte ich dich schon einmal gesehen, in einer Zeit, in der ich glücklicher war; allein, wer vermag das zu sagen, bei so vielen Ländern, die ich durchschritt, bei so vielen Schlachten, in denen ich kämpfte, bei so vielen Menschen, denen ich begegnet bin! Sieh mir einmal in die Augen! Gibt es denn keine Hilfe für dich?«

Aber ich schüttelte traurig den Kopf und verbarg voller Scham mein Gesicht.

Nun erklangen die letzten Verse:

»Sein Name war Aras, und golden war sein Blick.
Denn er kam als ein Bote vom Himmel.
Er war ein tapf'rer Mann, doch er hatte niemals Glück,
Starb in Babylons Schlachtengetümmel.

Soviel wir auch verloren, und so oft wir Tränen weinen,
Wir tun unser Werk ohne Klagen.
Und will uns der Tod in der Schattenwelt vereinen,
Werden wir es wie Männer ertragen.«

Da endlich fiel die Unwissenheit von mir ab, meine Betäubung löste sich und die Erinnerung kehrte wieder wie das grüne Gras nach dem kalten Winter. Als ob eine Binde von meinen Augen genommen wäre, erkannte ich mit einem Mal wieder, wer ich war und wie ich nach Thapsos gekommen war, ich entsann mich aller Geschehnisse in der Vergangenheit so deutlich, als hätten sie sich erst gestern ereignet. Ich erinnerte mich an alle Erlebnisse in den vergangenen Jahren, in der Steppe und auf Tauris, in Troja und in Argos, auf Kreta und auf Zypern, in Ägypten und in den Kämpfenden Wäldern, in Ugarit und Charran, Assur und Babylon, im Land der Arya und in der gefrorenen Wüste, am Gelben Strom und bei den Roten Menschen. Wie eine mächtige Woge des Meeres trieb mich die Freude voran, ich trat auf die überraschten Krieger zu und rief:

»Nein, ich bin nicht tot, Gefährten! Seht mich doch an. Erkennt ihr mich nicht? Ich bin Aras!«

Der riesige Polkos und sein Bruder Polyphas sprangen zugleich in die Höhe, als hätten sie sich aus Versehen auf spitzige Nägel gesetzt. Eurymachos, der einäugige Arzt, warf vor Erschrecken seinen Becher um, musterte mich und sprach als erster: »Wahrlich, wären nicht sechzehn Jahre vergangen, seit wir Aras zum letzten Mal sahen, würde ich diesen Mann für einen abgefeimten Lügner halten. So aber muß ich zweifeln, selbst wenn dieser Fremde nur geringe Ähnlichkeit mit dem Mann, den wir einst kannten, besitzt.«

»Vergiß nicht, Eurymachos«, versetzte Kaliphon, der Sänger mit der Leier, »daß ihm als Sklaven das Haupt geschoren wurde und die Anstrengung wer weiß wie vieler Fahrten alles Fleisch aus seinem Antlitz schwinden ließ.« Der einbeinige Zakrops aber trat auf mich zu, starrte mir mitten ins

Gesicht und sagte mit seltsamer Betonung: »Aber seht doch – er hat goldene Punkte in den Augen!«

Ich lief zu Polymerios, denn kein anderer als er war es gewesen, der mich und die anderen Sklaven bei dem Händler erworben hatte; ich riß ihm den Leinenbeutel aus der Hand und zog meine Kette daraus hervor. »Seht selbst!« rief ich und warf sie vor Diomedes auf den Tisch.

Der König von Argos runzelte prüfend die Stirn. Dann flogen Erstaunen und Erkennen über seine Züge. Er erhob sich und trat auf mich zu. Lange sah ich sein Antlitz dicht vor dem meinen, und ich las darin die Sorgen und Entbehrungen aus vielen Jahren. Er streckte seine Hände nach mir aus, und unter dem Jubel der Gefährten umarmte er mich schweigend wie einen Bruder.

2 Die menschliche Erinnerung gleicht dem Wein, der umso besser mundet, je länger er schon in den Kellern liegt. Denn fast jeder Sterbliche ist so beschaffen, daß er, wenn er an das Vergangene denkt, das Unglückliche und das Schlechte leicht vergißt und sich lieber nur mit dem Schönen und Guten befaßt, bis er am Ende meint, in seinem Leben nur wenig Kummer, aber viel Freude empfunden zu haben, während es doch in Wirklichkeit meistens umgekehrt war.

Aber dieses eigentümliche Verhalten liegt in dem Bedürfnis der Seele begründet, den reinen Götterhauch des menschlichen Geistes vor den Schwächen und Nachteilen eines fleischlichen Körpers zu schützen. Denn würde sich im Innern eines Menschen alles häufen, was ihm im Leben an Widrigkeiten begegnet, müßte er bald verzweifeln. Niemand vermag solche ungeheuren Lasten zu tragen, ohne darunter schließlich zu zerbrechen. Darum bemüht sich die Seele, das Böse, das sie quält, nach einiger Zeit zu vergessen und sich nur des Guten zu erinnern, das sie stärkt; so betrügt der Mensch sich selbst, um nicht zu verzweifeln. Nur Weisen und Helden ist es gegeben, solcher Selbsttäuschung zu entsagen und stets die Wahrheit zu ertragen.

Obwohl ich um dieses Geheimnis wußte und längst gelernt hatte, im Rückblick nicht Leid zum Genuß, Hunger zum Spaß und Mühsal zum Vergnügen zu verfälschen, gedachte ich nun doch voller Sehnsucht der zurückliegenden Zeiten und unserer gemeinsamen Fahrten durch so viele Länder der Welt. Voller Freude wandte ich mich meinen Gefährten zu, erinnerte mich in ihrem Kreis an das Vergangene, und fast erschien es mir, als wären inzwischen nicht sechzehn Jahre, sondern nur sechzehn Tage verstrichen. Wenn ich die Männer von Argos jedoch näher betrachtete, sah ich, wie alt sie geworden waren.

Diomedes trug die Spuren ungezählter Mühen, Entbehrungen und Enttäuschungen wie Narben von Hieben scharfer Schwerter in seinem königlichen Antlitz. Graue Streifen durchzogen sein Haar und ebenso seinen breiten, lockigen Bart, der nicht mehr sorgsam gestutzt war wie einst, sondern ungebändigt wie stürzendes Wasser auf seine breite Brust fiel. Die silberdurchwirkte Rüstung, die er trug, war mit Sorgfalt und Eifer gepflegt, aber schon abgenutzt und an vielen Stellen ausgebessert. Nur seine Augen und sein Schwert waren noch wie früher. Sein Blick faßte mich scharf und klar und verriet den ungebrochenen Mut meines Freundes. Die Waffe in seinem Wehrgehenk aber glänzte im Schliff wie Eis und an ihrer Spitze wie Feuer.

Polkos und Polyphas hatten sich am stärksten verändert. Den Riesen entstellte die Spur einer schlimmen Verletzung an seiner Nase; das Alter hatte ihm Bart und Haupthaar gebleicht, und um seinen schmalen Mund zogen sich tiefe Falten. Sein kleinerer Bruder verbarg die ersten Blößen des Kopfes unter sorgsam zur Seite gekämmten Strähnen; seine Wangen waren vom übermäßigen Weingenuß rötlich verfärbt, und seine Gelenke von der Gicht verdickt. Eurymachos, nach Zakrops der älteste unter uns, hatte schon sämtliche Zähne verloren, so daß er nicht mehr das würzig gebratene Fleisch zu verzehren vermochte, sondern sich mit Körnern und Samen begnügen mußte, die er zuvor in einem Teller mit Milch aufweichte. Zakrops, der riesige Steuermann, hatte sein hölzernes Bein gegen eines aus einem zierlich geschnitzten Fischknochen vertauscht, das aus der Werkstatt eines kunstfertigen Bildhauers in Ugarit stammte. »Auf den Wellen des Meeres schlich sich stets ungesunde Feuchtigkeit in das Holz«, erklärte Zakrops, »so daß es mir an manchen Tagen äußerst ungemütlich wurde. Das ist nun für immer vorbei. Ein Seefahrer soll sich eben, ganz gleich, was er braucht, stets an die Früchte des Meeres halten!«

Kaliphon, der Bogenschütze, unterschied sich nur gering von dem Bild, das ich von ihm in meiner Erinnerung trug. Selbst sein Saitenspiel war noch dasselbe wie das, mit dem er uns einst in Ägypten und Assyrien so oft erfreute. Erst später bemerkte ich, daß an seiner Linken zwei Finger fehlten; sie waren ihm in Ätolien abgehauen worden, bei Kämpfen, von denen mir Diomedes später berichtete. Polymerios schließlich, der Spießjäger aus Messenien, war dick wie ein bauchiger Krug; seine Kräfte und sein Kampfeseifer aber waren unverändert.

Sechzehn Jahre sind eine lange Zeit; Kinder werden darin zu Erwachsenen und Männer zu Greisen, Liebende lernen einander hassen und Hassende einander lieben. Es ist eine Zeit, in der Feinde zu Freunden werden können und Freunde zu Feinden; eine Zeit, in der man eine Stadt erobern und verlieren, ein Königreich gründen und vernichten, die ganze Welt bereisen und wieder vergessen kann – und eine Zeit, in der selbst Götter manchmal verzeihen.

Der König von Argos erzählte mir lange von seinen Erlebnissen in diesen Jahren. »Drei Tage haben wir in Babylon nach dir gesucht«, begann er, »denn wir glaubten, daß du in diesem Kampf erschlagen worden wärst. Wir vermochten dich aber nirgends zu finden und dachten am Ende, du lägst vielleicht unter den Steinen der Mauer oder in den Trümmern eines niedergebrannten Hauses begraben. Darum brachten wir dir ein Totenopfer dar, wie es unser Pflicht war, und schieden aus den Diensten der Assyrer. Denn nur die Verknüpfung deines Schicksals mit dem meinen führte uns in jenes ferne Land. Nach Babylon hielt ich den Götterwillen für erfüllt und machte mich zu neuen Taten in den Westen auf. Wir kamen über Ugarit nach Zypern, und meine Schätze hatten sich vervierfacht, durch den reichen Lohn, den uns der König der Assyrer zumaß.

Im Phönizierland kaufte ich zwölf schöne Schiffe und warb viele tüchtige Seefahrer an. In Salamis, der Zyprerstadt, verteidigte sich Teuker eben gegen eine Übermacht von wilden Völkern aus dem Norden, die schon seit Jahren räuberisch die Meere durchpflügen. Gemeinsam schlugen wir die Fremden in die Flucht. Danach erzählte Teuker mir, was er von Menelaos wußte, dem König der Spartaner, und der schönen Helena.«

»Menelaos? Ist er denn noch am Leben?« fragte ich begierig. »Was erfuhrst du von ihm? Seit unserer mißglückten Ausfahrt von Kreta, damals, als die Götter deinen Rachezug verdarben, habe ich ihn nicht mehr gesehen. Soweit ich mich entsinne, berichtete Teuker uns später, daß der Atride uns mit seiner Gemahlin nach Ägypten gefolgt sei.«

»Du erinnerst dich recht«, antwortete Diomedes. »Aber nachdem uns Menelaos auch in Ägypten nicht finden konnte, kehrte er wieder nach Zypern zurück. Inzwischen war dorthin die Kunde gekommen, daß Kalchas, der weise Seher, nach dem Untergang Trojas gleichfalls nicht in seine mykenische Heimat zurückgekehrt war, sondern sich in Kilikien angesiedelt hatte, dem fruchtbaren Land an der südlichen Küste Kleinasiens.«

»Kalchas!« entfuhr es mir, »die seltsamsten Erinnerungen verknüpfen sich mit diesem Namen für mich.«

»Seltsam war auch das Verhalten des Sehers«, schilderte mir der Tydeussohn weiter, »denn als er hörte, wer ihn besuchen wollte, flüchtete er vor Menelaos, als sei der Spartaner sein Feind. Das tat er jedoch nicht etwa, weil er Angst vor dem Atriden hatte, sondern weil er befürchtete, man würde ihn sonst verhöhnen. Denn wie du wohl noch weißt, weissagte Kalchas in Troja, er werde keinen der griechischen Fürsten jemals wiedersehen; so überzeugt war er davon, daß der Zorn der Götter alle Könige Achäas vernichten würde, wenn sie ohne langdauernde Sühnopfer in ihre Heimat zurückkehren wollten. Nun, es kam anders. Ajax und Agamemnon mußten sterben, Odysseus und andere sind verschollen, aber manche hatten Glück, und die Götter halfen ihnen. Darum ist Kalchas, als er davon hörte, wohl auch nicht zurück nach Achäa gereist, sondern in ein so fernes und fremdes Land wie Kilikien, denn nichts kränkt den Sehenden so tief wie der Spott der Ungläubigen.

In Kilikien aber lebt seit geraumer Zeit ein neuer, mächtiger Seher; sein Name ist Mopsos. Dieser verhöhnte Kalchas ob seiner trojanischen Prophezeiung und sagte zu ihm: ›Ich höre, Kalchas, daß Menelaos soeben sein Schiff im Hafen vertäut, um dich zu besuchen!‹ Da flüchtete Kalchas in das Gebirge, um sich nicht Lügen strafen zu lassen. In einer Schlucht biß eine giftige Schlange Kalchas in die Ferse; so starb Achäas berühmtester Seher nach göttlichem Willen als Opfer seines Eigensinns, doch jedenfalls unwiderlegt, denn wirklich sah er keinen von uns wieder.

Menelaos lebte danach noch eine Weile in Ugarit und Gebal, denn er verspürte keine Sehnsucht nach der Heimat. ›Mein toter Bruder Agamemnon befahl mir im Traum, sein Blut nicht zu rächen, um nicht dem Mann vorzugreifen, der von den Göttern zur Vergeltung auserkoren ist‹, sagte er zu Teuker, ›aber wenn ich jetzt nach Sparta zurückkehre, übermannt mich am Ende der Grimm, und ich vergesse das Wort meines Bruders. Darum will ich lieber warten, bis die Zeit meine Wunde heilt und ich nicht mehr befürchten muß, den Götterwillen zu mißachten!‹ So sprach Menelaos, der, wie du weißt, ein sehr frommer und gottesfürchtiger Mann ist.«

»Ja«, sagte ich, »damals, als Teuker uns von diesem Traum des Atriden erzählte, konnte ich mir jedoch nicht vorstellen, wer an Stelle von Menelaos das heilige Rachewerk ausführen sollte. Denn Phrixos, der Mann aus Mykene, berichtete uns damals doch, daß mit Agamemnon auch alle seine Gefährten grausam getötet worden seien.«

»Alle seine Gefährten«, antwortete Diomedes, »aber nicht alle seine Verwandten. Denn Agamemnon besaß einen Sohn: Orestes. Der Junge war zwölf Jahre alt, als das Verbrechen geschah. Elektra, seine kluge Schwester, rettete den Knaben heimlich aus dem Palast, denn seine Mutter Klytämnestra hätte nach dem Gattenmord wohl nicht davor zurückgeschreckt, auch noch den Sohn zu erdolchen. Orestes entkam nach Phanote in Phokis. Der edle König Strophius zog ihn dort auf wie seinen eigenen Sohn. So hörte ich es jedenfalls von Teuker, den ich nun schon seit zehn Jahren nicht mehr sah. Ich hoffe, ihn aber jetzt bald zu treffen, aus Gründen, die du gleich erfahren wirst. Wenn man bedenkt, daß fünfundzwanzig Jahre vergangen sind, seit Troja in Asche sank, scheint es gut möglich, daß Orestes seinen Vater schon gerächt hat; aber aus Achäa dringt nur selten Kunde in diesen Teil der Welt, und ich selbst bin in der Zwischenzeit nur ein einziges Mal in meiner Heimat gewesen.«

»Wie?« rief ich überrascht. »Du bist nach Argos zurückgekehrt? Was tust du dann in Thapsos? Verweigern dir die Himmlischen etwa noch immer, Rache an denen zu nehmen, die dir soviel Leid zufügten?«

»Nein, ich war nicht in Argos«, antwortete Diomedes, und ein bitteres Lächeln flog über sein dunkles Gesicht, »die Götter gestatteten es mir nicht, die Heimat zurückzugewinnen, denn sie gedachten, mir immer weitere Prüfungen aufzuerlegen. Aber ich war in Ätolien, der Heimat meiner Väter, und dort war mir das Glück einmal hold. Aber ich will der Reihe nach erzählen. Teuker vermochte mir nämlich nicht nur von Menelaos zu berichten, sondern noch von einem anderen Griechenfürsten, den das Schicksal noch härter traf, und dieser war kein anderer als der tapfere Idomeneus.«

»Idomeneus!« rief ich verwundert. »Wo sahst du ihn wieder?«

»Ich fand nicht ihn«, antwortete Diomedes, »aber ich fand seine Spur, und zwar in dem Palast, in dem du jetzt sitzt.«

»Hier?« fragte ich, auf das höchste erstaunt, »dann stimmte also, was Teuker uns einstmals von jenem alten, unbekannten Fürsten der Achäer am Rand des nebligen Westmeers erzählte?«

»Ja«, sprach der Tydeussohn ruhig, »dieses schöne Haus, in dem wir wohnen, ist nicht mein Besitz, obwohl ich hier ein- und ausgehe, als wäre ich der Eigentümer. Die Burg gehört vielmehr dem Sohn des Kreterkönigs, der in diesen Mauern wie ein Held starb, nachdem er auf Sikulien ein neues Reich erworben hatte.

Du weißt wohl noch, daß Idomeneus, als die Kreter ihn vertrieben, nur ein einziges Schiff und wenige treue Gefährten besaß. Drei Jahre später aber herrschte er schon über diese Stadt.

Früher wohnten hier die Sikaner, ein wildes, ungebärdiges Volk, das vormals in den Schneeländern lebte und erst vor wenigen Menschenaltern nach dem Süden zog. Danach landeten die kampftüchtigen Krieger der Schekler, die sich selbst Sikuler nennen, an dieser Küste und drängten die Sikaner in das Innere zurück, wo sich dichte Wälder und unzugängliche Gebirge erstrecken. Seither heißt dieses Land Scheklerinsel oder Sikulien, ebenso wie eine große Insel nördlich von hier, auf der sich vor kurzem einige Stämme der Schirdana niederließen, heute Scherdeninsel oder Schardinien heißt. Ja, die fremden Völkerschaften, die wir einst als Söldner in Ägypten kennenlernten, fahren sehr häufig über das Westmeer und sehen es als ihre Heimat an. Die Tyrsener aus Kleinasien, die in ihrer eigenen Sprache Turscha heißen, haben sich noch weiter im Norden ansässig gemacht, im Land Hesperia; sie behaupten auch, daß die Bewohner von Tarschisch ihre Brüder seien. Aber das müßtest du eigentlich besser wissen als ich, denn du kommst doch gerade von dort; ich dagegen bin niemals so weit nach Westen vorgedrungen.«

»Nein, Diomedes«, erklärte ich, »von der Stadt Tarschisch und ihren Bewohnern habe ich nur sehr wenig gesehen, denn ich weilte nur einen einzigen Tag dort, und diesen Tag verbrachte ich, an andere Sklaven geschmiedet, im dunklen Käfig eines Händlers, der mich am gleichen Abend auf ein Schiff nach Thapsos führte. Tarschisch oder Tartenos, wie es neuerdings heißt, scheint aber eine sehr große und reiche Stadt zu sein, denn ich sah zahllose Schiffe in der Mündung des Tarscherflusses. Von den Inseln, die du mir eben nanntest, hörte ich noch nie, und die Stämme, die sie bewohnen, kenne ich nur aus meiner ägyptischen Zeit.«

»Nun, wie dem auch immer sein mag«, fuhr Diomedes fort, »jedenfalls erfuhr Teuker, der auf seiner meerumspülten Insel stets mit vielen Kaufleuten und Handelsfahrern zu tun hat, daß Idomeneus drei Jahre nach seiner Ankunft in Thapsos zum Herrscher dieser Stadt emporgestiegen war, die damals allerdings viel kleiner als heute war. Der Kreterkönig besiegte den Fürsten der Schekler im Kampf und vermählte sich mit dessen Tochter, die ihm einen Sohn schenkte. Bald erhoben sich die unterdrückten Schekler gegen ihren neuen Herrn, und Idomeneus fand hier im Palast sein Ende, nicht weit von dem Platz, auf dem du jetzt sitzt; denn hier befand sich früher der Thronsaal. Als mir Teuker von den Kämpfen in Thapsos berichtete, eilte ich nach Sikulien, um meinem fürstlichen Freund zu helfen; aber ich kam zu spät. Die Empörer hatten seinen Leichnam schon ins Meer geschleudert, wo ihn Poseidon gnädig aufgenommen haben mag, denn Idomeneus war stets der frömmste Diener des Erderschütterers. Ich kam, als in der Stadt ein blutiger Bürgerkrieg tobte; mit meinen Schiffen gelang es mir, die Schekler zu überwinden und dem Sohn meines treuen Freundes, der nach dem Stammvater Kretas Minos genannt wird, den Thron zu erhalten. Der Knabe zählte damals erst fünf Jahre; ich bezwang seine Feinde, wie der Löwe die Wölfe des Waldes vernichtet, und seither hüte ich Minos, als wäre er mein eigenes Kind.

Aber ich lebte während dieser Zeit nicht immer nur in Thapsos, sondern zog aus, um zu erlangen, was die Götter mir einst versprachen. Denn wie du wohl noch weißt, verhieß mir Apollos Orakel auf Delos vor Zeiten ein grünendes Land, eine Halbinsel, auf der einst meine Söhne herrschen sollten. Ach, wie grausam wurde ich damals getäuscht!«

»Ja«, sagte ich voller Mitgefühl. »Wie glücklich waren wir damals alle. Denn wie waren die Worte der Prophezeiung anders zu deuten, als so, daß dir und deinen Erben die fruchtbare Peloponnes zum ewigen Besitz übergeben sei. Erst als wir den Verrat in Argos fanden, erkannten wir, wie sehr dieses Orakel trog.«

»Doch das war nicht die einzige Enttäuschung«, sagte der Tydeussohn bitter, »denn die Himmlischen lockten mich noch ein zweites Mal auf einen Irrweg. Wie Teuker mir vor Zeiten schon geraten hatte, suchte ich eine andere Halbinsel irgendwo zwischen den Meeren, getreu dem Versprechen, daß ich ein Land finden sollte, das Wellen auf drei Seiten umspülten und auf dem die Söhne jenes Mannes herrschen sollen, der die schwarzen Rosse lenkte. Endlich erreichte ich das schöne Hesperia, nicht weit von hier; an seiner östlichen Küste erbaute ich sieben Städte. Die Bewohner dieses Landes nennen sich Italer. Sie sind kriegerisch und mutig, aber dumm und ungebildet. Sie kennen noch kaum die Metalle und kämpfen meistens mit steinernen Äxten und ledernen Schilden. Darum gelang es mir schon bald, dort die Völker zu beherrschen; sie verehrten mich als Gott, und ich sah mein Reich mit Wohlgefallen wachsen. Da erfuhr ich, daß auch auf der anderen Seite der Halbinsel, an ihrer westlichen Küste, ein Reich im Entstehen sei, gleichfalls von einem Helden aus der Fremde begründet, aber bereits viel größer und mächtiger als das meine.

Sogleich versammelte ich meine Gefährten und zog mit ihnen der Sonne nach, durch stickige Sümpfe und dichten Wald, bis ich vor meinem Nebenbuhler stand. Nun höre, was ich dort feststellen mußte: Der fremde König war durchaus kein Unbekannter, sondern niemand anderes als Äneas, der verschollene Trojanerfürst!«

»Äneas!« rief ich voller Erstaunen, und im gleichen Augenblick erkannte ich, was geschehen sein mußte und mit welcher Grausamkeit die Götter meinen edlen Freund ein zweites Mal enttäuscht hatten. Denn bevor Diomedes die schwarzen Hengste erkämpfte, hatten die göttlichen Tiere dem Trojaner Äneas gehört.

Der Tydeussohn schaute mich müde an. Es war nicht schwer für ihn, meine Gedanken zu erraten, und er fuhr fort: »Ja, Aras, nicht meinen Söhnen, sondern den Erben des Trojaners ist Italien versprochen. Das ist die Wahrheit, die in meinem Götterwort verborgen lag, und die ich viel zu spät erkannte. Ich raste voller Wut und Zorn und hob die Waffen gegen den Feind. Aber Äneas flüchtete vor mir, wie er auch am Skamander stets vor mir floh, damals, als sich die göttliche Aphrodite selbst schützend vor ihn stellen mußte und dafür meinen ritzenden Speer an ihrer Handwurzel spürte. Obwohl die kriegerischen Turscha, mit Äneas verbündet, dem Trojaner unverzagt zu Hilfe eilten – sie sind allesamt mutige, furchtlose Männer –, schloß ich den Feind in seiner Burg ein, und ich hätte sein Geschlecht ausgerottet, wäre nicht Zeus, der Donnerer selbst, dazwischengetreten. Mit seinen Blitzen drohte er mir, nicht dem Beschluß der Moiren zu trotzen, und ich beugte mich seiner Gewalt. So kehrte ich zurück, um mich mit dem zu bescheiden, was mir das Schicksal übrigläßt. Ich gründete noch vier weitere Städte im Osten des Landes Italien und gab drei fruchtbaren Inseln im ionischen Meer meinen Namen. Jedes Frühjahr aber reiste ich nach Thapsos, um dem Jüngling Minos zur Seite zu stehen; so hielt ich zusammen, was vom Erbe der unglücklichen Sieger über Troja übrigblieb.

Ja, Aras, Götterworte täuschen uns oft; aber nur, weil wir so selten fähig sind, den Sinn der Prophezeiung richtig zu erfassen. Auch du erhieltst, wie ich mich jetzt entsinne, von Kalchas ein Orakel; auf welche Weise erfüllte es sich?«

»Wie die beiden ersten Teile seines Traumes Wirklichkeit wurden«, antwortete ich, »hast du selbst miterlebt; damals in Paphos, und später auch in Ägypten. Doch was das Bild des Bauern bedeuten soll, der sich an seinem Saatgut die Hände wärmte, das hat sich mir noch nicht enthüllt. Aber sage mir, wie trug es sich zu, daß die Himmlischen dich wieder nach Achäa gelangen ließen?«

»Ich zögerte lange, meine Heimat aufzusuchen«, sagte Diomedes, »und ließ mich erst überreden, als Mopsos, der neue kilikische Seher, mir riet, nicht den Ort meiner eigenen Geburt, sondern das Land meiner Väter als meine eigentliche Heimat anzusehen und also nicht nach Argos, sondern nach dem waldreichen Ätolien zu fahren, wo mein Großvater Oineos lebte.

Ich segelte nach Kalydon, und diesmal führten mich die Götter meinem Glück entgegen: Gerade als ich die Peloponnes an ihrem Nordrand umschiffte, begegnete mir mein Großvater in einem Ruderboot; er war aus seinem Haus vertrieben worden. Ich staunte über diese Fügung sehr. Als ich Oineus erkannte und fürsorglich aus seinem zerbrechlichen Fahrzeug auf die festen Planken meines Schiffes hob, pries er laut die Himmlischen und berichtete mir, sein Land und seine Hauptstadt Kalydon seien von wilden Scharen aus den Nordwäldern erstürmt worden. Seine Diener lägen erschlagen umher, sagte er; seine Krieger seien in alle Winde verstreut und im Dickicht verborgen; er sei als einziger über das Meer entkommen. Da betete ich zu meiner göttlichen Schutzherrin Pallas Athene und fiel mit meinen Gefährten über die Feinde her, so daß sie wehklagend flohen, obwohl sie weit in der Überzahl waren. Dann machte ich meinen Großvater wieder zum Herrscher über das Land am Acheloosfluß. Er ist ein hochbetagter Mann, gewiß schon über hundert Sommer alt; wenn er einst in den Hades niedersteigen muß, will ich an seine Stelle treten und Ätolien verwalten. Nun weißt du, was geschah. Erzähle mir jetzt, was dir widerfuhr, und vor allem, wie du damals in Babylon am Leben bliebst!«

Da berichtete ich ihm alles, was ich in diesen sechzehn Jahren erlebt hatte, und meine Gefährten staunten darüber sehr. Ja, sie begannen, ungläubig die Köpfe zu schütteln und miteinander verstohlen zu flüstern; vor allem, als ich von Gathaspar und den anderen Unsterblichen erzählte, von meiner eigenen Zauberkunst, von meiner Reise in die Unterwelt und meinen Kämpfen gegen die Dämonen, von meinen Fahrten zu den Gelben und den Roten Menschen und von meiner Gefangenschaft auf dem Schiff des Phöniziers. Einen Herzschlag lang sann ich darüber nach, ob es nicht besser gewesen wäre, vor Diomedes über Zauberkraft zu schweigen. Der Tydeussohn runzelte die Stirn, dann sagte er zweifelnd:

»Wahrlich, Aras, noch niemals hörte ich eine solche Erzählung, und wärst du nicht mein treuer Gefährte, müßte ich glauben, daß du versuchtest, mich zu belügen. Aber ich vermag mir keinen Grund für eine solche Absicht vorzustellen und kenne dich überdies als einen Mann von Ehre und Aufrichtigkeit. Auch scheinst du nicht scherzen zu wollen, wozu das Thema im übrigen auch zu ernst wäre. Daher bleibt mir nur der Schluß, daß sich vorübergehend dein Verstand verwirrte. Ich sah das oft bei Männern, die durch ein Unglück bei der Arbeit oder einen Keulenhieb in der Schlacht so heftig am Kopf getroffen wurde, daß ihre Sinne schwanden und sie nicht mehr wußten, wo sie waren. Manche überstanden diese schwere Verletzung sehr rasch und waren schon Tage später wieder dieselben wie zuvor. Andere aber blieben wochenlang, manchmal auch Monde und Jahre hindurch in ihren Gedanken gestört, und die Unglücklichsten erwachten sogar überhaupt nicht mehr aus der Betäubung. Ich weiß von deiner göttlichen Abkunft, seit wir damals die Insel der Lachenden Vögel verließen, und ich habe selbst schon mit dir die seltsamsten Abenteuer erlebt. Aber von dem, was du uns jetzt berichtest, vermag ich kein Wort zu glauben.«

»Ja, ich wurde von hinten niedergeschlagen, damals auf dem Turm Etemenanki«, sagte ich, »und dennoch habe ich alles, was ich dir schilderte, wirklich erlebt. Fünf Jahre vergingen mir wie fünf Tage; du sagst, daß wir uns sechzehn Jahre nicht mehr sahen, ich aber durchlebte in dieser Zeit nur elf Sommer und Winter. Am Ende traf mich der Hieb des Phöniziers, und ich verlor ein weiteres Mal die Besinnung. Jetzt ist meine Erinnerung jedoch zurückgekehrt, und ich vermag mit dir vernünftig und ohne Verwirrung zu reden!«

»Trotzdem«, versetzte Diomedes, »weißt du denn nicht, daß es nur einem einzigen Helden gelang, die Unterwelt gegen den Willen des Hades zu betreten und ihr unbeschadet wieder zu entkommen? Das war der mächtige Herakles, der ein Halbgott und der Sohn des Himmelsvaters ist. Daß dir in deinem Gedächtnis fünf Jahre fehlen, scheint nicht verwunderlich bei einem Mann, der, wenn auch nur für einige Zeit, seine sämtlichen Erinnerungen verlor. Wärst du wirklich von Babylon aus stets der Sonne entgegengewandert, wie du behauptest, so hättest du doch schließlich über den Rand der Weltenscheibe in den Abgrund stürzen müssen! Aber selbst wenn dein göttlicher Vater dich vor diesem Sturz bewahrte, wovon du freilich nichts gesagt hast, dann wärst du doch am Ende niemals in Tarschisch an Land gekommen; denn auch dein phönizischer Entführer ist, wie du mir sagst, stets nach Osten gesegelt, Tarschisch aber liegt im Westen von hier und erst recht westlich von Babylon! Oder meinst du etwa, die Weltenscheibe sei wie ein Kreis, auf dem jeder Weg zum Ausgang zurückführt?«

»Das nicht«, entgegnete ich beschämt, denn wirklich wußte ich für dieses seltsame Wunder keine Erklärung und dachte, daß der heftige Schlag auf dem phönizischen Schiff meinen Verstand wohl ärger in Mitleidenschaft gezogen habe, als ich erst zugeben wollte. »Ich weiß«, sagte ich daher, »daß an meiner Geschichte vieles unglaubwürdig klingt. Aber ich schwöre dir bei allen Göttern, daß ich dich nicht belüge. Welchen Grund sollte ich dafür auch haben?«

»Das glaube ich dir gern«, sprach der Tydide mit freundlichem Lächeln, »schließlich bist du ja an dem Geschick, das dich getroffen hat, unschuldig. Wer weiß, vielleicht warst du wirklich in so wundersamen Ländern. Vielleicht aber verbrachtest du auch viele Jahre in lichtloser Dämmerung, in denen nur dein Leib am Leben war, dein Geist jedoch im tiefen Schlaf lag und jetzt, plötzlich aufgeweckt, mit Träumen auszufüllen sucht, was er versäumte. Vielleicht glaubst du selbst felsenfest daran, das alles so erlebt zu haben. Ich kannte einmal einen Krieger, der mit ungewöhnlichem Starrsinn behauptete, einstmals König von Gebal gewesen zu sein. Als er seinen Göttern vor dem Zederntor der Stadt geopfert habe, sei er von Feinden überfallen worden und habe mit seinen Frauen und Töchtern fliehen müssen. Alle lachten darüber, denn er war weder in Gebal noch je verheiratet gewesen. Später erfuhren wir, daß dieser Mann vor einer schlechten Hafenkneipe mit einem Ruder niedergeschlagen worden war, als er gerade sein Wasser abschlug. Im Sturz hatte er dabei eine Ansammlung von Amphoren umgerissen. In seinem wirren Geist hielt er später das Ruder, das ihn traf, für ein Schwert, die Tür der Schenke aber für das Tor von Gebal, denn das Ruder war aus Zedernholz. Daß er gerade seine Notdurft verrichtete, war für ihn ein ›Opfer‹, und seine ›Frauen‹ und ›Töchter‹ waren nichts anderes als eine ferne Erinnerung an die dickbauchigen Krüge, gegen die er fiel. Ich will dich nicht kränken, Aras; aber vieles an deiner Erzählung scheint mir so seltsam, daß ich glauben muß, dich hat ein ähnliches Unglück getroffen. Aber wir wollen nicht länger darüber reden. Es ist in solchen Fällen stets am besten zu schweigen; der Geist wird von selber am schnellsten wieder gesund. Nun will ich dir berichten, warum ich hoffe, Teuker, den Fürsten von Salamis, wiederzusehen. Denn wir planen, uns einem großen Kriegszug anzuschließen, den die Libyer, Tehennu und Maschwesch zusammen mit vielen anderen Völkerschaften gegen ein Land führen, in das mich eine alte Verpflichtung ruft.«

»Nach Ägypten?« fragte ich, und plötzliche Spannung belebte mich wie einen Jagdhund, der das blutende, pfeilwunde Wild vor sich im Waldgebüsch wittert.

»Ja, Ägypten!« gab Diomedes zur Antwort. »Das hast du richtig geraten. Aber du wirst nie darauf kommen, wer es ist, der diese starken Wüstenvölker und auch uns zum Nilstrom führen wird. Es handelt sich um einen Mann, den du vor vielen Jahren als tapferen Krieger kanntest und der jetzt als höchster Fürst die Libyer und alle anderen Stämme westlich des Nillands beherrscht: Maraye, der Sohn des Did!«

»Maraye!« stieß ich entgeistert hervor, denn ich hatte niemals geglaubt, daß ich von dem jungen Libyer, mit dem ich vor einem halben Menschenalter in den Kämpfenden Wäldern gefangen lag, noch einmal hören würde.

»Ja, Maraye«, rief Diomedes, der mein Erstaunen wie einen Schluck kühlen Wassers in der Mittagshitze genoß, »und das dürfte für dich zumindest ebenso verwunderlich sein, wie deine Geschichte es vorhin für uns war. Allerdings bin ich im Gegensatz zu dir nicht mit dem Kopf auf Schiffsplanken gefallen. Nun, höre also: Maraye war, wie du weißt, ein Bastard des Libyerfürsten Did. Als wir in der Verwirrung der Sklavenflucht aus dem Ramsespalast stürzten, damals nach unserer glücklichen Rückkehr aus Kusch, konnte auch unser Gefährte entkommen. Er gelangte nach mancherlei Abenteuern in seine Heimat zurück; weil er Schlauheit, dazu großes Geschick im Kampf und schließlich auch im reichen Maße Mut besitzt, wurde er bald zum Lieblingssohn seines Vaters. Did nahm sogar Marayes Mutter zur Frau, um die Geburt unseres Gefährten dadurch zu erhöhen und um Maraye schließlich zu seinem Erben bestimmen zu können. Did starb im letzten Jahr; Maraye gelobte am ersten Tag seiner Herrschaft, daß er so bald wie möglich gegen Pi-Ramesse ziehen werde, um endlich den alten Schwur zu erfüllen, den er einst in den Kämpfenden Wäldern ablegte. Darum sandte er Boten zu mir, denn er kennt die Verpflichtung, die ich damals vor dem sterbenden Sesostris einging. Teuker will sich uns anschließen, denn die Ägypter bedrängen Zypern schon lange, und er hofft, sie mit unserer Hilfe zu besiegen oder ihnen wenigstens so nachhaltig zu schaden, daß sie nicht mehr so begierig nach dem reichen Zypern greifen können. Auch die Schekler und Scherden, die Zeker, Turscha und Pulusatu, die sich selbst Philister nennen, auch zahlreiche Kreter und andere Achäer und schließlich Seeräuber von der südlichen Küste Kleinasiens werden sich uns anschließen. Niemals kann Ägypten einer solchen Streitmacht widerstehen! Haben wir aber die Scharen des Pharao erst davongeschwemmt wie der reißende Wildbach das lose Erdreich, dann wird jeder von uns soviel Gold und Silber gewinnen, daß er es nicht mit beiden Händen zugleich davonzuschleppen vermag.«

Da jubelten die Gefährten auf, und ich sah Kampfeslust in ihren Augen leuchten; wenn sie auch gealtert waren, ihr Mut war ungebrochen, und sie dürsteten noch immer nach Ruhm und Waffenklang, als ob sie noch Jünglinge wären. Darum sagte ich voller Freude:

»Wie ich euch schon berichtet habe, führt mein Weg mich ohnehin nach Ägypten. Ich will euch darum in den Kampf gegen eure Feinde, die auch die meinen sind, folgen.«

Da stießen die Gefährten einander an, lächelten und zwinkerten sich verstohlen mit den Augen zu. Zakrops sagte: »Dank sei den Göttern! Aras ist so gnädig, uns zu helfen. Wer soll uns dann noch widerstehen, wenn ein so mächtiger Zauberer unter uns weilt, der ganze Heere mit einer Handbewegung in die Flucht schlägt und Mauern mit dem bloßen Nicken seines Kopfes einstürzen läßt?«

Diomedes blickte seinen Steuermann mit strenger Miene an, so daß Zakrops nicht weiterzureden wagte. Dann versetzte der Fürst der Argiver: »Wir haben beschlossen, darüber zu schweigen. Ich dulde nicht, daß einer von euch Aras verspottet! Er ist den Göttern nahe, und wenn seine Rede auch oft rätselhaft erscheint, so ist er doch nicht fähig, zu lügen. Nur an uns liegt es, zu erkennen, was seine Worte für uns bedeuten! Also hütet eure frechen Zungen!«

Da mußte ich lächeln und sagte beschwichtigend: »Nicht doch, edler Diomedes, gib den Gefährten nicht so harte Worte! Sie verstehen es nicht anders und meinten es gewiß nicht böse. Erzähle mir mehr über den geplanten Feldzug, mit dem wir endlich die Schlange in ihrer Höhle aufsuchen wollen, und ihren Diener Ramses aus seinem Palast verjagen!«

Da musterte mich Diomedes voller Erstaunen und sagte schließlich: »Wahrlich, Aras, dein Verhalten erscheint mir immer seltsamer, und jetzt weiß ich bald keine Erklärung mehr dafür. Denn was sich in Ägypten vor kurzem ereignet hat, kann dir doch nicht entgangen sein; die Völker im ganzen Umkreis reden ja von nichts anderem! Aber wenn du es wirklich noch nicht weißt, will ich es dir sagen: Ramses ist längst nicht mehr Pharao von Ägypten. Er starb schon vor vier Jahren als uralter Mann. Sein Erbe auf dem Thron ist unser beider Todfeind: Merenptah!«

3 Wir blieben zwei Monde in Thapsos, denn der Feldzug gegen das Nilland sollte zur Erntezeit beginnen, wenn die meisten Ägypter auf den Feldern arbeiten mußten und der Pharao nur über wenige Krieger gebot. Ich erholte mich schnell von der Auszehrung meiner Sklavenzeit, denn die Gefährten pflegten mich mit großem Eifer und fütterten mich dauernd mit Braten und Kuchen, so daß ich bald schon bei dem bloßen Anblick ihrer Leckereien Überdruß empfand und sie am Ende schalt: »Soll ich etwa mit angeschwollenem Bauch wie eine feiste Kröte hinter euch herkriechen, wenn endlich das Zeichen zum Angriff erschallt und ihr gegen die Feinde stürmt? Wollt ihr mich zum Gespött der alten Weiber beim Troß machen, wenn selbst die Lahmen mich auf ihren Krücken überholen, weil ich hilflos auf meinem aufgeblähten Wanst liege, kurzatmig wie ein Greis und langsam wie eine Schnecke wegen der verfluchten Völlerei? Weg mit den Köstlichkeiten und Genüssen! Bringt mir lieber ein Schwert, damit ich meine Muskeln erprobe!«

So sprach ich, obwohl ich nicht beabsichtigte, auf diesem Feldzug als Krieger zu kämpfen. Denn fast alle meine Zauberkräfte waren zurückgekehrt, und ich hätte nicht Eisen noch Bronze benötigt, um meine Feinde zu vernichten. Aber ich zögerte, meinen Gefährten davon zu berichten.

In dieser Zeit sammelten sich viele Schiffe im Hafen von Thapsos, den eine schmale Halbinsel gegen die Wogen der See schützt. Auf langen Booten reisten wilde, langbärtige Krieger aus den verschiedensten Völkerschaften zur Insel Sikulien, meistens Scherden und Schekler, aber auch Turscha, die sich in Hesperia Etrusker nennen, und Pulusatu, Zeker und viele andere andere Stämme von den verstreuten Inseln des Meeres. Sie alle wollten mit uns gegen das Nilreich ziehen und stellten sich freudig unter den Oberbefehl des Tydiden, den sie wie einen Halbgott verehrten. Denn so wenig Achäa um diese Zeit von den Taten seines großen Sohns wußte, so ruhmbedeckt war sein Name bei den Bewohnern der westlichen Länder, und die mächtigsten Fürsten der jungen Völker in dieser Weltgegend sprachen von Diomedes mit größter Ehrfurcht und Bewunderung.

Eines Abends fragte ich Polkos: »Wo hast du eigentlich deine Nasenverletzung erlitten, mein Freund? Du siehst ja aus wie ein borkiger Baumstamm, den ein kräftiger Holzfäller wuchtig mit seiner Axt kerbte. Gewiß stammt diese Wunde aus einem glorreichen Kampf, den du gegen starke Feinde wacker ausgefochten hast.«

Entgegen seiner sonstigen Gewohnheit, Kriegstaten sogleich voller Stolz und Freude zu schildern, hob der Riese abwehrend die Hände und sagte verlegen: »Ach, das ist nicht so wichtig. Laß uns von etwas anderem reden.«

Die Gefährten begannen zu lachen und riefen: »Warum so bescheiden, Polkos? Berichte Aras doch ruhig von deinen Ruhmestaten, er wird sich sicherlich darüber freuen!«

Polkos blickte zum Fenster hinaus und meinte: »Ob es wohl morgen Regen geben wird, Freunde? Der Mond sieht wässerig aus, und vorhin sah ich am Himmel die Schäfchen des Äolus grasen.«

Da lachten alle noch lauter, und Zakrops versetzte: »Nein, lieber Polkos, so kommst du nicht davon. Aras möchte gewiß mehr über deine Nase als über das morgige Wetter erfahren. Sollten wir seine Neugier nicht zufriedenstellen? Es wäre doch Unrecht, würden wir ihm vorenthalten, was wir alle wissen und was uns seither schon so viele fröhliche Stunden bereitete. Du weißt doch, wie gern auch unser Aras einmal lacht und von Herzen vergnügt ist!«

Der Riese gab dem Steuermann einen finsteren Blick; Zakrops fuhr unbeirrt fort: »Ja, die Liebe ist wohl die seltsamste Macht auf der Welt; sie macht den Stärksten schwach und den Weisesten zum Narren. Befällt sie aber einen Toren, dann wird dieser nicht etwa klüger, sondern nur noch viel dümmer als je zuvor.«

»Was willst du damit sagen?« begehrte Polkos auf und musterte seinen Gefährten mit drohender Miene; Zakrops legte ihm besänftigend die Hand auf die Schulter und erklärte mit friedvoller Stimme: »Laß doch, mein lieber Freund, das waren doch nur ganz allgemeine Redensarten, wie man sie wohl in jeder belanglosen Plauderei einmal zu hören bekommt. Deine Geschichte aber, Polkos, ist nicht etwas Alltägliches, sondern sie zeigt auf wohl einmalige Weise von der schicksalhaften Verstrickung eines großen Helden in den Ränken der Liebesgöttin. So wie Herakles, den selbst die Götter um seine Kraft beneideten und daher durch die Zaubermacht Aphrodites für drei Jahre zum willfährigen Sklaven der liebreizenden Omphale in Mäonien machten, wurdest auch du ein Opfer himmlischen Trugs, dem wohl kein Irdischer widerstanden hätte.«

»Ja«, warf Polymerios, der Messenier, dazwischen, »Männer sind stets die leichteste Beute der Liebe, denn bei ihnen gilt der Spruch: Wenn's unten hart wird, wird's oben weich!«

»Du scheinst darüber gut Bescheid zu wissen!« verteidigte sich Polkos gereizt. »Wer war denn der liebestolle Hochzeiter, der sich einst in Assyrien von groben Bauerntölpeln auf den Mist schleudern ließ?«

»Daran war nur dein Bruder Polyphas schuld!« rief Polymerios zurück, »die Geilheit hielt ihn gepackt, so daß er nicht mehr nüchtern zu denken vermochte und sich für den Bräutigam hielt. Aber es scheint bei euch in der Familie zu liegen, daß euch sogleich rote Nebel vor den Augen wallen und euch die Brunst übermannt, sobald ihr ein Weib vor euch seht, und sei es selbst eine zahnlose Greisin!«

Sie stritten sich eine Weile und gaben einander unschöne Worte; endlich berichtete Zakrops weiter: »Wie dem auch immer sein mag, eines vermagst du doch nicht zu leugnen, Polkos: Dieses Mädchen hatte deine Sinne so stark verwirrt, daß du ohne Bedenken unseren ganzen Silberschatz aufs Spiel gesetzt hast. Und das, obwohl doch selbst der Dümmste wissen müßte, daß alles, was man in die Finger einer Frau gelangen läßt, sogleich auf Nimmerwiedersehen verloren ist.«

»Sie gelobte mir ewige Treue!« eiferte Polkos, Polymerios aber höhnte: »Weiber und Treue! Was ließe sich schlechter vereinen? Betrügerinnen sind sie und nur darauf erpicht, uns das Wertvollste wegzunehmen, was wir besitzen!« Da fragte ich schließlich: »Soll ich nun endlich die Geschichte hören, oder wollt ihr mir lieber langweiliges Zeug über das Leben und eure Ansichten dazu erzählen?« Sogleich verstummten die Gefährten; Zakrops erklärte:

»Die Sache ist schnell berichtet. Vor zwei Jahren begegnete Polkos am Hafen von Gorgo, einer hesperischen Stadt, einem Mädchen, das bei seinem Anblick so geschickt stolperte, daß unser Freund nicht anders konnte, als das arme Kind fürsorglich aufzuheben.«

»Sie war gestürzt«, rief Polkos dazwischen, »und hatte sich schmerzhaft den Knöchel verdreht. Außerdem war sie so hübsch, daß jeder von euch sie mir sogleich aus den Armen gerissen hätte, wäre ich nicht an diesem Tag zufällig einmal allein gewesen!«

»Unglücklicherweise!« versetzte der breitschultrige Steuermann, »sonst wäre dir manches erspart geblieben. Denn wenn diese Schöne sich auch als Tochter eines hochberühmten Selenepriesters und mächtigen Zauberers ausgab, war sie doch nichts anderes als eine ausgekochte Hafendirne, die in unserem Freund ein besonders lohnendes Opfer erblickte. Daß für eine Frau der schnellste Weg zum Gold stets durch das Lager eines Mannes führt, war ihr längst bekannt. Allein, sie trachtete nicht nur nach dem üblichen Liebeslohn, sondern gedachte unseren Gefährten, dessen Güte und Milde sie sogleich erkannte ...«

»Güte und Milde, sagst du?« ließ sich Polymerios spöttisch vernehmen. »Blindheit und Torheit meinst du wohl!« Wütend holte Polkos aus, um dem Lästerer seinen Weinkrug an die Schläfe zu schmettern, aber Kaliphon und Polyphas klammerten sich gemeinsam an seine Rechte, und Zakrops erzählte weiter:

» ... durch List und Täuschung um seinen gesamten Besitz zu bringen; mehr noch: ihn sogar zu verleiten, ihr auch noch die Habe seiner Freunde zu übereignen, wobei Polkos freilich die löblichste Absicht verfolgte. Denn dieses Weib hatte ihm erzählt, ihr zauberkundiger Vater vermöge Silber in Gold zu verwandeln. Das gelbe Metall aber ist, wie du vielleicht weißt, Aras, in den meisten Ländern neunmal soviel wert wie das weiße. Polkos war immerhin so vorsichtig, der Betrügerin, die ihn mit ihrem Liebreiz verwirrte, zunächst nur einen silbernen Armreif zu übergeben. Aber als er am nächsten Tag einen goldenen zurückerhielt, raffte Polkos sogleich unser sämtliches Silber zusammen und schleppte es zur Wohnung des fremden Zauberers, der, wie du dir gewiß schon dachtest, Aras, in Wahrheit ein gefährlicher Verbrecher war. Gemeinsam mit dem Mädchen, das nicht etwa seine Tochter, sondern seine Geliebte war, plante er nämlich, unseren zutraulichen Freund so tüchtig auszuplündern, daß Polkos am Ende wohl nur mehr sein wollenes Hemd übriggeblieben wäre.«

»Wer konnte das ahnen?« murmelte Polkos verdrossen und tastete mit den Fingern über sein verunstaltetes Gesicht. »Das Mädchen sprach in meinen Armen stets von Liebe und Vertrauen, und ihre Stimme klang süßer als selbst das Zwitschern von Nachtigallen. Außerdem besaß es blaue Augen, in denen ich Treue und Ehrlichkeit las.«

Die Gefährten lachten erneut, hieben sich auf die Schenkel und riefen: »Treue blaue Augen! Süßer als eine Nachtigall!« Eurymachos schrie mit seiner hellen Stimme: »Wahrlich, so habe ich nicht mehr gelacht, seit meine Großmutter auf der Flucht vor meinem Vater nackt durch das Dorf rannte und in den Brunnen fiel!« Polkos brummte: »In deiner Familie herrschten ja saubere Sitten, du hirnloser Milchbrei-Zyklop!« Zakrops fuhr fort:

»Glücklicherweise merkten wir noch am selben Abend, daß unser Silber verschwunden war. Polyphas, der, wie du weißt, der bei weitem geizigste und habgierigste unter uns ist und unsere Truhe jeden Tag zu überprüfen pflegt, entdeckte zu seinem großen Erstaunen, daß plötzlich sämtliches Silbergerät fehlte. Kostbare Opferschalen aus Karchedon waren darunter, und kunstvoll gefertigtes Altargerät aus den Tempeln der Latiner, auch schön gehämmerte urartäische Ringe und allerlei Schmuck aus Knossos und Tarschisch. Als Polyphas nun ›Diebe‹ schrie und uns aufrief, die Räuber rasch zu verfolgen, sagte sein Bruder: ›Was brüllst du denn wie ein Ochse, Polyphas? Hast du den Verstand verloren? Morgen schon wird die Truhe wieder gefüllt sein, dann aber mit dem Wertvollsten, was es gibt! Kein Fremder war an unserem Schatz, sondern ich selbst; ich trug das Silber davon zu eurem Wohl, das mir am Herzen liegt. Denkt euch, ich fand einen Zauberer, der Silber in lauteres Gold zu verwandeln vermag!‹ Nachdem wir aber sämtlich vernunftbegabte Männer sind, die nicht an törichtes Blendwerk glauben, sondern allein an das, was wir mit Augen erkennen und mit Händen ergreifen können, vermuteten wir sogleich einen Schwindel. Wir verlangten von Polkos, daß er, wenn er schon sein eigenes Hab und Gut so sinnlos verschleudern wolle, wenigstens das unsere sogleich zurückholen solle. Ich kann mich gut daran erinnern, daß er uns kopfschüttelnd anschaute und geheimnisvoll sagte: ›Ihr undankbaren Besserwisser verdient es nicht, daß man euch Gutes tut. Nun, meinethalben mögt ihr euer Silber ängstlich zwischen den Hinterbacken verstecken; ich aber werde schon bald in goldenen Gewändern einhergehen und gelbglitzernden Staub vor meine Füße streuen, ihr ungebildeten Narren!‹ So schimpfte er auf uns, die wir ihn doch nur vor einer Torheit bewahren wollten.«

»Ihr habt mir noch viel ärgere Worte gegeben«, wehrte sich Polkos, »einen Weibersklaven nanntest du mich, Polyphas; einen alten, nimmersatten Ziegenbock; einen verliebten Gockel, der nicht merke, daß der Schlächter schon sein Messer wetze; einen brünstigen Wildesel, einen hirnlosen Rammler und noch schlimmeres, an das ich mich jetzt nicht erinnern möchte, damit mein Zorn nicht gegen euch entflamme!«

»Nun, die berechtigte Empörung der Gefährten äußerte sich in einer etwas deutlichen Weise«, beschwichtigte Zakrops, »immerhin machte sich unser vertrauensseliger Freund sogleich auf, unseren Besitz von diesem ›Zauberer‹ zurückzuholen, nicht ohne uns zuvor noch ein wenig mit Spott zu übergießen, in der sicheren Erwartung, daß wir ihn anderntags um sein Gold beneiden und uns über unser Mißtrauen krank ärgern würden.«

»Ihr Götter!« ächzte der einäugige Eurymachos, vor Lachen halb erstickt, »wir waren ja sogar bereit, ihn bis zum Haus des fremden Priesters zu geleiten, der übrigens ein ganz gewöhnlicher phönizischer Beutelschneider war und nur deshalb in die Fremde zog, weil ihn selbst seine eigenen Landsleute wegen seiner krummen Taten nicht mehr unter sich haben wollten; und das, obwohl in Phönizien ansonsten die Ehrlichkeit ja nicht gerade die am meisten verbreitete Tugend darstellt. Polkos weigerte sich jedoch, uns mitzunehmen, und erklärte, sein ›künftiges Eheweib‹ könne durch unser Mißtrauen gekränkt sein; er wolle seine Geliebte nicht mit solchem peinlichen Argwohn vergrämen.«

»Das kostete ihn fast das Leben«, erzählte Zakrops. »Denn als er ins Haus des ›Zauberers‹ trat und seiner ›Verlobten‹ gestand, daß er gekommen sei, um den weitaus größten Teil des Schatzes wieder abzuholen, da beschlossen die beiden Betrüger sogleich, unseren Polkos heimtückisch zu ermorden und seinen Leichnam den Fischen des Meeres zum Fraß vorzuwerfen. Der Phönizier blickte das Mädchen nämlich bedeutungsvoll an und sagte: ›Ich habe das Silber schon in das heilige Zimmer gebracht. Laß es mich holen! Deinen Teil aber, Polkos, will ich jetzt sogleich in Gold verwandeln, damit du deine ungläubigen Gefährten noch heute mit Scham erfüllen kannst.‹ Damit verschwand er in den benachbarten Räumen. Seine ›Tochter‹ schlang ihre entblößten Arme um unseren Freund, der dabei vermutlich das letzte Restchen Verstand verlor, und flüsterte: ›Willst du nicht einmal dabei zusehen, mein Geliebter, wenn mein Vater sein Zauberwerk vollbringt? Ich habe ihn schon manches Mal dabei beobachtet, aber ich verstehe nichts von solchen Dingen, denn ich bin ein unerfahrenes Mädchen und längst nicht so vieler Sprachen und Sitten kundig wie du, mein kluger und weitgereister Gefährte. Vielleicht vermagst du den Zauber zu durchschauen und danach selbst das gleiche zu tun! Wie werden deine Freunde dann erst staunen, wenn du das Silber vor ihren Augen zu Gold werden läßt! Aber du mußt vorsichtig sein, denn mein Vater wird dir das Geheimnis freiwillig nicht verraten. Dort drüben in der Mauer ist ein Spalt, dicht über dem Boden; wenn du hindurchsiehst und den Kopf nach links wendest, siehst du den Altar der Göttin Tanit genau vor dir!‹ So sprach sie und versuchte, unseren Gefährten ohne Mitleid in den Tod zu schicken. An sich hätte Polkos schon deshalb mißtrauisch sein müssen, weil vor dem Haus des ›Zauberers‹ ein schwerbeladener Karren stand. Gewiß wollten die Phönizier in der schützenden Dunkelheit mit ihrer Beute verschwinden, und am Morgen hätte Polkos statt des versprochenen Goldes nur den Staub eines verlassenen Hauses gefunden. Ach, wer als Mensch dem Menschen vertraut, lebt gefährlicher als unter Schlangen!«

»Woher wißt ihr so genau, was sich in diesem Haus ereignete?«, fragte ich erstaunt, »wenn Polkos wirklich so tief in die Netze der Liebesgöttin verstrickt war, konnte er euch doch darüber kaum so ausführlich berichten!«

»In der Tat, Polkos schilderte uns das alles später ein wenig anders«, gab Zakrops zur Antwort, »aber zu seinem Glück war ihm damals sein Bruder Polyphas heimlich gefolgt. Er spähte unbemerkt zum Fenster herein und wußte erst nicht, was das alles zu bedeuten hatte. Erst als er sah, wie sich sein Bruder auf die Erde kniete und seinen großen Kopf durch den Mauerspalt steckte, erkannte Polyphas die Gefahr. Mit einem Fußtritt zerbrach er die Tür, sprang ins Innere und riß Polkos an den Haaren zurück, gerade als an der anderen Seite der Mauer das scharfgeschliffene Beil des Phöniziers niedersauste. Fast hätte der schreckliche Hieb seinem Bruder den Schädel gespalten; so aber fuhr die Schneide der Axt nur durch die Nasenspitze unseres Gefährten, was ihm eine zwar schmerzhafte, dafür jedoch umso deutlichere Lehre war. Denn eines weiß Polkos seitdem: Einer Frau kann man erst trauen, wenn sie alt und häßlich ist, und oft nicht einmal dann.«

»Was geschah dann mit den Phöniziern?« fragte ich. Zakrops warf Polkos einen verstohlenen Blick zu und antwortete:»Nun, unser Hüne verlor durch den Hieb für kurze Zeit die Besinnung. Polyphas stürzte mit seinem Schwert in den ›heiligen Raum‹ des Übeltäters und schlug ihm den Kopf ab. Als er zurückkehrte, war das Mädchen verschwunden. Polkos kam wieder zu sich; aber weil er noch immer benommen war, setzte ihn Polyphas auf den Karren, lud unser Silber dazu und brachte ihn heim. So ist es damals gewesen.«

Später, als Polkos nicht zuhörte, gestand mir Polyphas leise, daß er damals in seiner Wut nicht nur den Phönizier, sondern auch das Mädchen getötet hatte. »Das habe ich Polkos verschwiegen«, sagte er mir, »denn mein Bruder liebte diese Frau so sehr, daß er mich vielleicht um dieser Tat willen hassen würde. Den Gefährten aber sagte ich die Wahrheit, denn die Last auf meiner Seele war zu groß, und viele Nächte lang konnte ich den Blick nicht vergessen, den mir ihre schönen blauen Augen gaben, als mein Schwert ihr Herz durchbohrte.«

4 Im Monat der Hitze verließen wir Thapsos. Mit mehr als dreihundert Schiffen segelten wir über das libysche Meer zur Bucht der Skorpione, die nur drei Tagesreisen westlich von der kanopischen Nilmündung liegt. Dieser Meerbusen wird seit der ältesten Zeit von allen Seefahrer und Wanderern gemieden, denn sein Strand ist von schuppigen Schlangen, giftigen Spinnen und anderem gefährlichen Gewürm übersät, und diese todbringenden Tiere sind dort häufiger anzutreffen als anderswo selbst die geschäftig wimmelnden Emsen. Die abergläubischen Libyer erzählen, daß sich an dieser Bucht von Zeit zu Zeit die Dämonen der Wüste versammeln und das Ungeziefer deshalb dort in so großer Zahl wohnt, damit die Geister nicht fürchten müssen, von Menschen belauscht zu werden. In Wahrheit bedürfen Dämonen natürlich nicht niederer Tiere, um Sterbliche von ihren Wohnplätzen fernzuhalten. Auch dem schlauen Maraye bangte nicht vor Geistern und Gespenstern. Weil er um den angsteinflößenden Ruf dieses Ortes wußte, bestimmte er ihn zu seinem Lagerplatz und Sammelpunkt, denn er wünschte nicht, daß seine Pläne den Ägyptern vorzeitig bekannt wurden, und hoffte, an einer so menschenverlassenen Küste lange unentdeckt bleiben zu können. Damit seine Krieger an Giftspinnen und Skorpionen nicht Schaden nahmen, ließ Maraye viele hundert Männer tagelang mit Feuerbränden Felsen und Erdspalten reinigen, wobei mancher mutige Libyer durch einen Stich oder Biß der Vipern und Panzertiere sein Leben verlor.

Wir staunten sehr, als wir die Bucht erreichten und unsere Schiffe am Ufer vertäuten. Denn vor unseren Augen erhoben sich zehntausend Zelte, und jedes war von wenigstens fünfzehn Kriegern bewohnt, so daß sich das Lager Marayes vor uns erstreckte wie eine ausgedehnte, volkreiche Stadt. Die meisten seiner Gefolgsleute waren Wüstenbewohner, schwarzbärtige, hagere, halbnackte Männer mit sehnigen Armen; sie waren mit Bogen und Schleudern, steinernen Äxten und hölzernen Speeren bewaffnet, besaßen jedoch nur wenige Schwerter, denn die Libyer sind arm an Metallen. Noch kärglicher waren ihre Brüder gekleidet, die Maschwesch und die Tehennu, die oft ihre Blöße nur mit einem Schurz aus zusammengeflochtenem Bast verdeckten. Sie leben noch weiter vom reichen Ägypten entfernt als die Libyer und sind noch ärmer als alle anderen Völker der Erde; bei ihnen geschieht es nicht selten, daß ein Mann für ein Stück Brot seine Eltern erschlägt. Ihre Waffen waren aus rohem Holz; in verknoteten Bändern schleppten sie faustgroße Felsen mit sich, die sie mit großer Geschicklichkeit zu schleudern verstanden. Wir entdeckten auch die furchteinflößenden Stierhelme der weißhäutigen Zeker, die bunten Fellumhänge der Scherden und Schekler, die federgeschmückten Häupter der Turscha und Pulusatu, sahen auch Lykier und Krieger noch anderer Stämme, so daß uns dieses Feldlager erschien, als habe der Kriegsgott in einer plötzlichen Laune die tapfersten und wildesten Kämpfer aus allen Völkern zu einem großen Fest des Mordens und der blutigen Gewalt geladen. Nach so langen Jahren des Friedens, wie ich sie bei den Roten Menschen erlebt hatte, spürte ich Abscheu vor dem Blutvergießen, das dem Nilland bevorstand, und hätte meine Schritte am liebsten von diesen kampfdurstigen Männern fortgelenkt. Diomedes und die Gefährten jedoch freuten sich an dem Anblick so vieler bewaffneter Männer wie Fische, wenn ihr schon fast ausgetrockneter Bachlauf durch starken Regen plötzlich zum reißenden Fluß wird.

Vor den Zelten der Krieger standen Händler an hölzernen Tischen. Die einen boten Wein, Braten und junge Beischläferinnen feil, andere hatten nur ein paar bunte Matten auf den Sand geworfen und suchten darauf allerlei Nichtigkeiten und Tand gegen den ersten Sold der Krieger zu tauschen. »Wollt ihr etwa ohne den Schutz der mächtigsten Götter in die Schlacht ziehen?« rief uns ein alter, scheeläugiger Tyrer zu und hielt Diomedes ein kleines Standbild, schwarz bemalt und mit rötlichen Augen, entgegen. »Glaubt mir, Fremdlinge, nichts kann den Tapferen besser vor Wunden im Kampf bewahren als der unüberwindliche Zauber Anats, der unbesiegbaren Göttin, deren Lanze sogar den Totengott überwand! Wer ihr heiliges Abbild mit sich trägt, den kann kein Pfeil, kein Speer, kein Schwert versehren, und er bleibt selbst im dichtesten Schlachtgetümmel ungefährdet wie bei einem heiteren Spaziergang. Eigentlich wären meine geweihten Statuen nicht mit Gold aufzuwiegen; allein, ich würde sie euch zu einem äußerst billigen Preis überlassen, denn alles Streben nach Gewinn ist mir jetzt fremd, und ich wünsche nur das verhaßte Ägypten endlich am Boden zu sehen.«

»Plunder!« sprach Zakrops verächtlich, »beim ersten Sturz, beim ersten Zusammenprall zerbricht dieses wertlose Zeug wie dürres Holz!«

»Du weißt nicht, was du redest, verehrter Held!« entgegnete der Händler eifrig. »Aus eisenhartem Obsidian sind sie gemeißelt, meine Zauberstatuen, und selbst einem sehr starken Mann wird es nur schwerlich gelingen, sie zu zerstören!«

»Ach?« fragte Polkos neugierig, packte das größte der Götterbilder mit seinen klobigen Händen und brach ihm mit einem Ruck den Kopf ab. Da lachten die Umstehenden. Der Tyrer brüllte vor Überraschung und Wut und hielt die Scherben der Statue anklagend vor Diomedes, der ihn aber mit einem Tritt zur Seite scheuchte, weil er für Krämer nichts als Verachtung empfand.

Maraye, der König der Libyer, empfing uns in seinem schönen, aus kostbaren Fellen genähten Zelt, das Platz für mehr als hundert Menschen bot und mit prächtigen Matten ausgelegt war. Der feingekämmte Filz, der den Eingang gegen Wind und Sonne schützte, war sorgsam mit geriebenem Knochenmehl gebleicht; bunte Stoffstreifen wehten von den geschnitzten Stangen, und von den geflochtenen, rotgefärbten Schnüren hingen Gehörne und Hufe seltener Tiere herab, die seine Jagdbeute waren. Ich hätte den Fürsten wohl kaum erkannt, wäre ich auf seinen Anblick nicht durch Diomedes vorbereitet gewesen; denn Maraye war längst nicht mehr der schlanke, muskelstarke Jüngling, als den ich ihn vor so vielen Jahren im Gefängnis der Schwarzverbrannten kennengelernt hatte. Sein Leib war fett und unförmig, seine Muskeln verbargen sich unter dichten Wülsten von Speck und einem schier undurchdringlichen Vlies schwarzer Körperhaare. Dennoch bewegte er sich erstaunlich schnell und behende, umarmte uns lachend und brüllend vor Fröhlichkeit, musterte uns mit wachen Augen aus einem breitflächigen, vom Wohlleben gezeichneten Gesicht und schwor, niemals in seinem Leben solche Freude empfunden zu haben wie bei diesem Wiedersehen. Lange umfaßte er die Handwurzeln des Diomedes, lobte die Taten des Tydiden und bot ihm im Überschwang Krone und Zepter der Libyer an, weil er, wie er sagte, nicht als der weitaus Geringere von beiden den Feldzug befehligen wolle. Diomedes wehrte jedoch mit einem Lächeln ab und versetzte: »Wir werden uns wohl kaum streiten, Maraye; dazu ist unser gemeinsames Ziel doch zu wichtig, und ich bin kein Achilles, der nur den eigenen Weg beschreitet und nicht an das Gemeinsame denkt. Darum behalte deinen Herrschermantel. Deine Libyer werden mir wohl kaum so treu gehorchen wie dir als einem der ihren; die Seevölker wiederum folgen nur mir allein. Dabei wollen wir es belassen.«

Danach wandte sich Maraye zu mir, drückte mich an seine breite Brust und rief: »Aras! Daß ich dich noch einmal wiedersehen darf, beweist mir, daß die Götter es gut mit mir meinen. Ein günstigeres Zeichen konnte ich mir kaum wünschen, als so überraschend dem Mann wieder gegenüberzustehen, mit dem ich einst aus tödlicher Gefahr errettet wurde.«

Neben dem Libyerfürsten stand Teuker, der Prinz von Salamis und Herrscher der Zyprer, der sechs Tage vor uns gekommen war und vierzig Schiffe mit tausendzweihundert kriegstüchtigen Männern anführte. Er begrüßte uns, als wären wir seine Brüder; sein Antlitz erschien mir fast unverändert, aber das Alter hatte manche Falte hineingegraben, und wir lasen in Teukers Gesicht auch Sorge um sein kleines Reich, das er schon seit so vielen Jahren gegen den gierigen Zugriff der mächtigen Könige der Hethiter und der Ägypter verteidigen mußte. »Darum habe ich mich diesem Feldzug angeschlossen«, erklärte er. »Die Schwarzgepanzerten von Chattuscha sind heute für die Kupferinsel zwar keine Drohung mehr, denn sie haben im eigenen Land genug zu kämpfen. Die Pharaonen des Nillands jedoch, erst Ramses und nun Merenptah, versuchen immer häufiger, mein Reich an sich zu reißen. Wenn uns die Götter gnädig sind, dann wird Ägyptens Macht für alle Zeit gebrochen, und meine Völker werden endlich Frieden finden.«

Maraye geleitete Diomedes auf den Ehrenplatz zu seiner Rechten, nahm Teuker und mich zur Linken, winkte die Führer der anderen Völker zu seinem Bruder Mosre und anderen Verwandten, Zakrops und die Gefährten aus Argos schließlich in den Kreis der vornehmen Libyer, bis sein großes Zelt gefüllt war wie ein Sack mit Fischen. Dann klatschte er fröhlich in die Hände und von draußen stürmten kunstreiche Spielleute und wohlgewachsene Tänzerinnen herein. Auf niedrigen Tischen trugen braunhäutige Sklaven vielgestaltige Speisen und Früchte sowie nach Art der Libyer bemalte Tonkrüge herbei. »Stärkt und erfrischt euch!« rief Maraye seinen Gästen zu, »denn vor dem Kampf soll man nicht darben!«

Während die Flöten, Saitenspiele und Trommeln erklangen und die nackten Füße der Mädchen im Takt dazu stampften, erzählte der Libyerfürst uns, was er in den vergangenen Jahren erlebt hatte. »Eigentlich wollte ich damals zu euch auf den Streitwagen springen«, berichtete er, »als ihr wie die Gazellen der Wüste aus dem Palast des Pharao eiltet. Jedoch, ihr wart zu schnell für mich, und ich sah nur noch eine Wolke aus Staub. Deshalb versteckte ich mich hinter einer Säule und wartete, bis die Vorhut der Ägypter abgefahren war. Ich gesellte mich dem letzten ihrer Krieger zu, stieß ihn dann von der Achse, wendete das Gespann und entkam unbehelligt nach Westen, wo ich drei Tage später vor meinem sehr erstaunten Vater stand. Meine zwei älteren Brüder waren über meine plötzliche Rückkehr nicht sehr erfreut, denn sie hatten mich vor Zeiten als Bastard davongejagt, in der bösen Hoffnung, daß ich in der Fremde den Tod finden würde. Nun, statt meiner hat das Schicksal sie selbst abgerufen, denn sie hatten das Pech, bei der nächsten Jagd zwischen meinen Pfeilen und dem Wild zu stehen. Ich brachte unseren Göttern reiche Opfer dar, um diese beiden Unglücksfälle zu sühnen, und glaube, sie haben mir verziehen; hätte ich sonst den Thron der Libyer geerbt? Mein Vater gewann mich plötzlich sehr lieb, als ich ihm den erbeuteten Streitwagen schenkte und ihm auch verriet, wo man an der ägyptischen Grenze am ehesten einen Überfall auf ein reiches Dorf oder eine kleine Stadt wagen kann. Darum setzte er mich am Ende zu seinem Nachfolger ein; er sagte, daß in einem Rudel von Löwen immer der klügste und stärkste der Anführer sein müsse. Was gibt es Traurigeres und Erbärmlicheres als einen hungrigen Räuber, der in der Wüste im Kreis herumläuft und schließlich qualvoll verdurstet, weil er den Weg zum tierreichen Bauerngehöft in der nahen Oase nicht findet? Ich hingegen sah in meiner Zeit als Söldner des Pharao mehr als genügend günstige Plätze für einen ergiebigen Raubzug. Darum empfinden meine jüngeren Brüder auch keinen Haß gegen mich, sondern lieben mich wie einen Vater, wenn sie es auch bei der Jagd sorgsam vermeiden, zwischen mir und dem Wild zu stehen.«

So erzählte Maraye; dann sprach er über den Feldzug und sagte: »Merenptah, den die Götter verfluchen mögen, ahnt gewiß, was ihm bevorsteht. Denn er ist vorsichtig und schlau. Meine Wächter entdeckten allein in den letzten zwei Monden mehr als zwanzig Kundschafter des Pharao in meiner Wüste; ich muß also damit rechnen, daß wenigstens die doppelte Anzahl von Spähern mit Nachrichten heil und unversehrt zur Ramsesstadt zurückgelangte. Denn wie jeder weiß, kommen auf jeden gefangenen Spion stets zwei, die ungeschoren entrinnen. Aber selbst wenn Merenptah meine Absicht kennt, kann er nicht wissen, wann und wo er meinen Angriff zu erwarten hat. Das möchte ich nämlich erst jetzt mit euch besprechen. Es hat ja auch der Wolf gegenüber dem Hirten den Vorteil, daß er den Hüter samt der Herde leicht durch Rauch und Widerschein des Feuers finden kann, während er selbst, der zähnefletschende Räuber, im schützenden Dunkel des Waldes unerkannt bleibt.«

»Wieviele Kämpfer befehligt Merenptah, und wo sind seine stärksten Burgen?« fragte Diomedes. »Ich bin schon lange nicht mehr in diesem Weltteil gewesen, und in fünfundzwanzig Jahren hat sich gewiß manches geändert.«

»Der Herrscher des Nillands befehligt kein Heer«, antwortete Maraye, »sondern er überläßt die Kriege seinem Sohn, dem Prinzen Sethos, den du wohl noch als Knaben in Erinnerung hast. Ich weiß nicht, ob es Feigheit ist, die Merenptah davon abhält, an der Spitze seiner Krieger in die Schlacht zu ziehen, oder ob sich seine Behinderung verschlimmert hat; jedenfalls hat man ihn schon seit zehn Jahren nicht mehr in einer Rüstung gesehen. Er verbringt seine Tage lieber in seinem bequemen Palast, wo ihn Höflinge umschmeicheln und mit teuren Prassereien feiern, während das Volk draußen murrt und vor Hunger geblähte Bäuche umherträgt. Das ist das Werk des Syrers Bai, den du gewiß noch kennst, Diomedes. Schon zur Zeit des großen Ramses zählte dieser Ränkeschmied zu den wichtigsten Ratgebern des Throns, und seine Macht hat sich seitdem weiter erhöht.«

Maraye trank einen Schluck Wein, dann fuhr er fort: »Die mächtigste Burg der Ägypter heißt ›Festung des Westens‹; Merenptah ließ sie an unserer Wüste erbauen. Vierhundert Türme säumen diese Zitadelle, und ihre Mauern übersteigen zwanzig Männerlängen. Siebenundzwanzigtausend Nubier und Kuschiten wohnen darin; sie bilden die gefürchtete Heerschar Ammons, die von dem Kronprinzen Sethos geführt wird und seit Kadesch unbesiegt blieb. Der Sohn des Syrers Bai, Irsu, der zu den engsten Gefährten des Thronfolgers zählt, befehligt die Streitwagen dieses Heeres, zusammen mit Jasion, einem jungen Griechen gänzlich unbekannter Herkunft.«

»Jasion?« fragte Diomedes. »Was für ein seltsamer Name! Hieß so nicht jener Zeussohn, der seine Augen in Liebe zur Göttin Demeter erhob und ob dieser Kühnheit von seinem Vater mit einem Blitz erschlagen wurde? Sein Bruder Dardanos soll, wenn die alten Legenden nicht lügen, später Stammvater der Trojaner geworden sein. Gewiß besitzt es eine geheime Bedeutung, daß uns die Götter einen Mann dieses Namens entgegenschicken.«

Ich fügte hinzu: »Wenn das so ist, dann wollen wir der Schlacht mit Zuversicht entgegensehen; Dardaner sind ja schon einmal vor dir erlegen, Diomedes!«

»Wer hat mich jemals besiegt?« fragte Diomedes stolz. »Selbst mit dem Kriegsgott kämpfte ich, und die unsterbliche Aphrodite ritzte ich an der Handwurzel, so daß ihr ambrosisches Blut hell auf den Rasen sprang! Allerdings vermag ich mir kaum vorzustellen, daß der Pharao nicht mehr als siebenundzwanzigtausend Krieger besitzen soll.«

»Du hast recht, Diomedes«, antwortete Maraye, »wir müssen noch mit dem zweiten Heer Ägyptens rechnen, das Rê, der Sonnengottheit, zubenannt und in On beheimatet ist. Ebenso stark an der Zahl wie das erste, besteht es fast ausschließlich aus Ägyptern und Nubiern, von denen die meisten Bogenschützen, viele aber auch Speerkämpfer sind. Diese Streitmacht befehligt kein anderer als Amenmesses, der schon als Jüngling ein hochberühmter Heerführer war und einst dem Prinzen Sesostris mit uns auf jenen unglücklichen Zug in die Kämpfenden Wälder folgte.«

»Amenmesses!« entfuhr es Diomedes, und Überraschung spiegelte sich auf dem Antlitz des Tydeussohns. »Ist er noch am Leben? Freilich kenne ich ihn, den jungen Helden, der nichts von seiner schicksalshaften Herkunft ahnte! Doch warum hat er sich nicht längst an Merenptah gerächt? Hast du ihm denn noch nicht berichtet, Maraye, was sich damals im Tal der blutigen Wände zutrug und was uns der edle Sesostris anvertraute, als er im Sterben lag?«

»Ich habe es versucht«, versetzte der Libyer, »mehrere Male sandte ich Boten zu Amenmesses. Aber er glaubte wohl, ich wolle ihn täuschen; denn die Ägypter und die Libyer sind von altersher die ärgsten Feinde. Der Jüngling dachte gewiß, daß ich versuchte, ihn mit einer Lüge auf meine Seite zu ziehen, so wie ein Räuber den treuen Hirtenhund mit einem schmackhaften Stück Fleisch besänftigt, um ihm danach umso leichter die friedlich grasende Herde zu entreißen. Darum ließ er meine Boten töten und sandte mir ihre abgeschnittenen Zungen.«

Der Tanz ging zu Ende; die hübschen Mädchen gesellten sich nun mit allerlei schelmischen Worten zu den Gästen, um mit ihnen zu scherzen. Maraye nahm die Schönste von ihnen auf den Schoß, kniff ihr derb in die Brüste und duldete es lächelnd, daß seine Gespielin ihn heiter am Bart zog und dabei mit gespieltem Erstaunen sagte: »Wie grau dein Kinnhaar ist, König! Nur spärlich und schütter wachsen die Strähnen auf deinem Haupt! Hast du nicht noch woanders einen Bart, der vielleicht noch schwarzglänzend wäre und kraftvoll mit Locken geziert? Dort würde ich dich lieber einmal streicheln!«

Vor dem Herrschersitz zeigte ein buntgekleideter Zauberer seine Künste, aber er war nur ein mäßig geschickter Betrüger, der wohl zufällig ein paar von den Geheimnissen der Stoffe und Flüssigkeiten aufgeschnappt hatte und sich nun durch fingerfertige Taschenspielereien den Anschein übernatürlicher Fähigkeiten zu geben versuchte. Dann trat ein kahlköpfiger Riese mit schwellenden Muskelgebirgen auf seinen entblößten Armen herein; er hob eine daumendicke Stange aus Eisen über seinen Schädel und bog sie mit ungeheuren Kräften zusammen, so daß sie sich am Ende krümmte wie das Gehörn eines Widders. Prahlerisch rief der Hüne in die Runde, ob ihm einer nachtun könne. Da erhob sich Polkos, der sich nur noch schwankend auf seinen Beinen zu halten vermochte, und bog das verformte Metall unter den lauten Zurufen seiner Gefährten scheinbar spielerisch und ohne sichtbare Anstrengung wieder gerade, als wäre der Stab nur aus Wolle gewirkt oder aus Leder geschnitten. Die Libyer staunten sehr; Maraye zog einen prachtvollen Ring von seinem Finger und warf ihn Polkos als Zeichen seiner Bewunderung zu.

Der Riese vom Kithairon reichte das königliche Geschenk sogleich an ein dunkelhäutiges Mädchen aus Dongola weiter, weil er die Gunst dieser hübschen, kraushaarigen Tänzerin zu erlangen wünschte. Polyphas, dessen Sinne gleichfalls schon vom starken Wein umnebelt waren, den aber nicht zusätzlich noch der Zauber der Liebe umfing, schalt seinen Bruder heftig für dessen verschwenderische Großzügigkeit und wollte der schwarzhäutigen Schönen das Kleinod mit Gewalt entreißen. Darauf begann die Tänzerin mit dem Angreifer kreischend zu ringen und stürzte schließlich auf einen niedrigen Tisch, an dem ein Dutzend gelbbärtiger Scherden lagerte. Diese empörten sich sehr darüber, daß ihnen Wein aus umgestürzten Bechern die Festgewänder verdarb, und erhoben sich zornig gegen die beiden Brüder, um ihnen die Fäuste zu kosten zu geben. Gleich griffen auch Kaliphon, Zakrops, Eurymachos und Polymerios in das Gefecht ein, und in dem Zelt des Fürsten balgten sich die Gäste bald wie Hunde neben einem Abfallhaufen. Erst die hallende Stimme des Diomedes brachte die Kämpfenden wieder zur Besinnung; der Tydeussohn trat in seiner silberdurchwirkten Rüstung ehrfurchtgebietend zwischen die Streitenden und schalt mit herben Worten:

»Haben die Götter mir etwa den Verstand verwirrt? Bin ich versehentlich unter Strolche und Tagediebe geraten, die nichts Vergnüglicheres kennen, als sich in einer übel beleumdeten Hafenschenke gegenseitig die Knochen zu zersplittern? Sind wir ruhmbeladene Krieger, die sich zu einem glorreichen Feldzug gegen das stärkste Reich der Welt versammelt haben, oder ein Haufen betrunkener Bauerntölpel, denen auf dem Weg vom ländlichen Tanzfest die Notdurft zwischen den Beinen hervorquillt? Wahrlich, wenn ihr nicht sogleich Ruhe gebt und die Würde unseres königlichen Gastgebers noch länger mißachtet, werde ich euch eigenhändig hinaus in die Wüste prügeln, wo ihr das Fest mit Mäusen und Asseln fortsetzen mögt, wenn ihr euch der Gesellschaft edler Helden nicht anzupassen wißt!«

Da wagte es keiner mehr, den Streit fortzusetzen. Im Gegenteil, die Achäer wie auch die Scherden nickten einander nach einem furchtsamen Blick auf Diomedes mit großer Höflichkeit zu, baten sich gegenseitig um Verzeihung und redeten allerlei Artigkeiten. Wenn sie den Gegner zuvor mit Füßen getreten hatten, sagten sie nun: »Habe doch bitte Nachsicht mit mir, edler Freund, wenn ich vorhin versehentlich über dein Gesicht gestolpert bin!« Und wenn sie dem Feind während des Kampfes mit kräftigen Schlägen die Kiefer verbeult hatten, meinten sie jetzt: »Habe ich etwa unachtsam dein Kinn verletzt, als ich vorhin taumelnd nach einem Halt suchte?« Zakrops, der einen hochgewachsenen Scherden fast bis zur Bewußtlosigkeit gewürgt hatte, ließ seinen Feind zu Boden sinken, verbeugte sich gesittet und sprach: »Entschuldige bitte, wenn ich meine Verehrung für das tapfere Scherdenvolk vielleicht etwas zu heißblütig zeigte und dich ungebührlich lange umarmte! Es geschah nur aus Freundschaft und Zuneigung.« Der Nordmann erhob sich, holte tief Luft und versetzte mit freundlicher Stimme: »Nicht doch, wackerer Gefährte, mache dir deshalb keine Gedanken! Ich bin es, der deine Verzeihung erbitten muß, nachdem ich wohl auf einem Stück Bratenfleisch unglücklich ausgerutscht bin und meine Füße erst in deinem Unterleib wieder Halt gefunden haben.« So geleiteten sich Argiver und Scherden gegenseitig mit großem Anstand wieder zu ihren Plätzen zurück, tranken einander mit sittsamen Gesten zu und benahmen sich wie die ältesten Freunde, so daß Maraye schließlich lachen mußte und auch Diomedes keinen Zorn mehr empfand, sondern mit einem Lächeln zu seinem Sitz zurückschritt.

Das Fest des Libyerkönigs dauerte bis tief in die Nacht, und je höher sich das Perseusbild dem Himmelspol entgegendrehte, desto enger schmiedeten gemeinsame Erinnerungen die Helden zusammen. Wir gedachten der Toten von Troja und Ägypten, der Schwarzen Berge und Babylons, sprachen viel von den vergangenen Zeiten, und wenn wir auch anfangs oft lachen mußten – zum Beispiel, als wir von Marayes Abenteuer mit der thebanischen Gastwirtstochter sprachen, oder von Polkos' Kampf gegen die Osirispriester von Abydos –, so überwanden uns doch schließlich Traurigkeit und Schwermut. Süße Bitterkeit zog in unsere Herzen, und von neuem gelobten wir einander Treue, so wie es unter Männern üblich ist, die jeden Tag den Tod erwarten.

5 Zum Schluß erfuhr ich noch etwas anderes; etwas, das mir verriet, daß mir eine weitere Prüfung der Götter bevorstand; etwas, das mich bestürzte und zugleich mit Mordlust erfüllte; etwas, das ich schon vergessen glaubte und das nun von neuem Besitz von meinen Gedanken ergriff.

Diomedes und Maraye kamen mit Teuker überein, schon am nächsten Morgen aufzubrechen, aber nicht an der Küste entlang gegen die Festung des Westens zu ziehen, wo wir die Ägypter nur unter größten Verlusten besiegen konnten, sondern quer durch die sonnendurchglühte Wüste nach Memphis, der Waage der beiden Reiche. »Haben wir diese Stadt erst einmal erobert«, sprach Diomedes, »und die Naht zwischen dem Oberen und dem Unteren Reich zerrissen, dann können wir den Süden vom Norden trennen, und es wird für uns sein, als ob wir statt eines schweren Steins nur zwei leichte aufheben müssen.«

»So ist es«, antwortete Maraye, »lasse dir aber gesagt sein, Diomedes, daß auch in Memphis ein starkes Heer der Ägypter steht, dem Gott Ptah zugeordnet und von einem sehr tapferen Mann geführt, der gleichfalls noch ein

Knabe war, als wir im Nilland weilten. Es ist Setnachte, der Sohn des Puti, der am Hof des Pharao erzogen wurde und sich nach dem Tod des Prinzen Sesostris eng an Amenmesses angeschlossen hat.«

»Setnachte? Hieß so nicht jener Knabe, der in der Wüste einst Sesostris vor den Pranken zweier Löwen schützte?« fragte Diomedes.

Ich antwortete: »Ja. Aber sage mir, Freund Maraye, war es nicht immer so, daß sich die Streitmacht der Ägypter in vier Teile spaltete, und nicht nur in drei? Was ist mit der Heerschar des Seth, die zu meiner Zeit in der Ramsesstadt aufgestellt war?«

»Du hast recht, Aras«, bestätigte Maraye. »Ja, wie damals wird Pi-Ramesse auch heute von einer starken Streitmacht geschützt, und wie damals auch sind es vornehmlich fremde Söldner, die für Seth kämpfen. Sie stammen aus allen asiatischen Ländern; Merenptah holte alle zurück, die sein Vater vertrieb; er sammelte Syrer und Chabiru, Phönizier und Zyprer, Amurru und Achlamu, selbst Babylonier und Assyrer unter seinen Feldzeichen. Der Führer dieser Streitmacht entstammt einem Volk von Kriegern, die sich Kaschkäer nennen und noch hinter dem Hethiterreich in einem fernen Bergland hausen sollen. Er gilt als äußerst gefährlicher Mann. Sein Name ist Pithunna, er besitzt nur noch ein Auge, und man erzählt sich von ihm, daß er zu den einflußreichsten Dienern der Schlange gehört.«

»Pithunna!« rief ich überrascht aus. Kaliphon sagte leise: »So habe ich ihn damals doch nicht verfehlt, und der Adler von Alzi hat nicht gelogen. Ach, welche seltsamen Götter lenkten meinen Pfeil, daß sie mich zwar treffen, den Gegner aber dennoch entkommen ließen!«

Die wildesten Gedanken schossen durch meinen Kopf, und ich fragte Maraye mit zitternder Stimme: »Pithunna? Bist du sicher! Wie kommt es, daß er in Ägypten wohnt, wo er doch aus so weiter Ferne stammt? Wie lange weilt er schon im Nilland?«

Auch Diomedes schaute den Fürsten der Libyer aufmerksam an; leise erklärte der Tydeussohn Teuker die Gründe meiner Erregung. Maraye antwortete: »Ist dein Schicksal etwa mit diesem Mann verbunden? Dann hüte dich vor ihm! Es heißt, er sei schon als Jüngling ein Sklave der Schlange geworden und habe in ihrem Namen viele grausame Verbrechen begangen. Er wurde, wie man mir berichtete, schließlich von den Assyrern vertrieben, in einer großen Schlacht, in der er sein rechtes Auge verlor. Daraufhin zog er nach Ägypten, denn er konnte nirgends eine andere Heimstatt finden, und Kator, der Priester der Schlange, benötigte Pithunnas Dienste gegen uns und die Schasu. Das muß jetzt schon fünfzehn Jahre her sein. Seitdem zählt der Kaschkäer zu den Edlen Ägyptens und zu seinen mächtigsten Kriegern.«

Ich fand in dieser Nacht keinen Schlaf mehr; viele Stunden lang lag ich wach und grübelte über mein Schicksal nach, bis ich am Ende meinte, daß es göttlicher Ratschluß sein mußte, der mich meinem Todfeind von neuem entgegenführte. Dieser Mann, der mir soviel Unglück und Leid gebracht hatte, erschien mir wie eine Verkörperung des Bösen auf der Welt. Alles Schreckliche, alles Verderbliche, das ich erlitten oder selbst verursacht hatte, stand auf rätselvolle Weise im Zusammenhang mit diesem Fürsten, der mich seit meiner frühesten Jugend wie ein schrecklicher Fluch begleitete; dessen dunkle Seele mir immer wieder wie ein grausamer Dämon in den Weg trat. Ich wußte nicht, ob ihn die Götter mir nun zu meinem oder zu seinem Verderben sandten. Wie Diomedes stets der gute Geist in meinem Leben war, so folgte der Fürst der Kaschkäer mir als eine Kraft des Unheilvollen, das an mir haftete wie ein Gewand aus Pech.

Am nächsten Morgen fuhr Diomedes mit Teuker an der Spitze des riesigen Heerzuges, der sich als machtvoller Strom wimmelnder Leiber durch die Wüste wand. Kaliphon lenkte das Fahrzeug des Polymerios; Polkos fuhr, wie stets, mit seinem Bruder Polyphas; ich reiste mit Zakrops und Eurymachos beim Troß, in dem die Libyer zahlreiche Schafe und Rinder, auch Pferde und Esel mit sich führten, dazu Händler und käufliche Weiber, Zelte, große Wasserfässer, Hausrat und allerlei Kriegsgerät und sogar ihre Ehefrauen, denn viele von ihnen hatten die Absicht, sich nach dem Sieg für immer im Niltal niederzulassen. Auch Marayes sechs Hauptfrauen zogen mit. Fünf Tage lang wanderte unsere Streitmacht durch das von der Sonne verbrannte Land; dann erreichten wir bei der Stadt Pi-yer Ägypten und fielen in das grünende Tal ein wie ein Schwarm von Heuschrecken, die das fruchtbar bewachsene Feld zur kahlen Öde machen, den rauschenden, schattenspendenden Wald zum toten Gehölz, die satte, fette Wiese zum grauen Leichentuch und den beerenreichen Busch zum nackten Gestrüpp.

Die Libyer, Maschwesch und Tehennu begingen dort schreckliche Greuel gegen die wehrlosen Dörfler, die von dem unvermuteten Angriff aus der Wüste vollständig überrascht wurden; denn tatsächlich hatte Merenptah, so wie der kluge Maraye es ahnte, den Angriff an der Küste erwartet und nicht geglaubt, daß sein Gegner es wagen würde, mitten durch die wasserlosen Sanddünen zu ziehen. Überall im Umkreis brannten bald die schutzlosen Gehöfte, denn die Krieger des Pharao standen sämtlich wenigstens drei Tagesreisen nördlich von uns und vermochten Marayes Männer an ihrem furchtbaren Zerstörungswerk nicht zu hindern. Mehr als alle anderen Menschen lieben es die Wüstenkrieger, Grausamkeiten an wehrlosen Opfern zu verüben, denn wegen ihrer eigenen Armut hassen sie die satten Bewohner fruchtbarer Länder und quälen sie zur Vergeltung für ihre eigene Pein. Darum hängten sie die unglücklichen Ägypter an den Ohren oder Füßen auf, vergewaltigten Frauen und Töchter vor den Augen verzweifelter Väter und Brüder und schlugen den Knaben die Hände ab, damit sie später nicht als Krieger einen Rachefeldzug unternehmen konnten. Diomedes verachtete diese Art, Krieg zu führen, und machte Maraye deshalb Vorwürfe. Der Libyer antwortete:

»Meine Männer sind wie verwilderte, halbverhungerte Hunde, die viele Jahre am Hof des reichen Bauern bettelten und winselten und dennoch keinen Knochen erhielten, sondern mitleidlos dem Hungertod überantwortet wurden. Viele Jahre lang haben sie aus der Ferne mit Neid und Haß den Überfluß des Nillands betrachtet. Wenn sie jetzt dank meiner Hilfe endlich das Gatter durchdringen können, das sie von den prall gefüllten Fleischtöpfen Ägyptens trennte, wen wundert es da, daß sie sich nicht mit Abfall begnügen, sondern fröhlich den Hühnern die Hälse zerbeißen und das feiste Schaf unter sich teilen? Wenn man Steine schlägt, sprühen Funken! Freilich, auch mir sind solche Greueltaten nicht angenehm, wenn auch aus einem ganz anderen Grund: Denn wenn Krieger plündern, denken sie bald nicht mehr an Kampf, sondern nur noch daran, wie sie sich und ihre Schätze schnell in Sicherheit bringen können. Aber selbst ich könnte sie jetzt nicht vom Morden und Rauben abhalten; denn sie empfinden im Blutrausch wie wilde Tiere und würden sich selbst gegen ihre eigenen Führer wenden.«

Bald aber vergaßen die Wüstenkrieger das Raffen und Foltern, rotteten sich zusammen wie Schafe vor einem Gewitter und gehorchten den Anführern wieder wie fromme Kinder dem Lehrer. Das geschah, als eine gewaltige Säule aus Staub im Norden das Nahen der Streitmacht Ägyptens verkündete, gerade an dem Tag, an dem wir den Merwersee erreichten, jenes schlammreiche Gewässer, dessen Tiefen den Tempel der Schlange verbergen.

Wir stellten uns an das westliche Ufer des Sees, dessen Wasser man nicht von einem Ende zum anderen überschauen kann. Achäer, Scherden, Schekler und Zyprer mit Diomedes und Teuker standen zur Rechten des Heeres am Strand; die Libyer, Tehennu und Maschwesch bildeten unter Maraye die Mitte; die Turscha, Lykier, Zeker und Pulusatu schließlich kämpften zur Linken in der Wüste, befehligt von Mosre, dem edelsten unter den vierzehn Brüdern Marayes. Niemals sah man eine größere Schlacht; unsere Streitmacht zählte zweihunderttausend Männer, und die der Ägypter war nicht geringer.

Denn Merenptah hatte, nachdem er von der Größe unseres Heeres erfahren hatte, in großer Eile alle waffenfähigen Männer seines Reiches nach Süden geschickt. Er gab seinem Sohn Sethos nicht nur die Krieger aus den vier Heeren des Nillands mit, sondern auch alle Ägypter, die früher einmal Waffendienste geleistet hatten, auch wenn sie alte Männer waren. Aus den Dörfern am Meer eilten Fischer mit Spießen herbei, aus den Wäldern Jäger mit ihren Pfeilen, aus den Gebirgen Hirten mit ihren Keulen; die Knechte verließen die Höfe, die Schmiede ihre Essen, die Gerber ihre Bottiche und die Zimmerleute ihre Gerüste. Aus den Städten kamen Bronzegießer und Bildhauer, Goldschmelzer und Sichelschmiede, Töpfer und Kürschner, Weber und Fuhrleute, Drechsler und Wagenmacher; selbst Kämmerer und Diener aus seinem Palast schickte der Pharao gegen uns; sie reisten auf Ochsenkarren und waren mit schweren Leuchtern, Steinen und Stöcken bewaffnet. Alles, was sich im Nilland zu wehren vermochte, zog in die titanische Schlacht, die sechs Stunden lang währte und in der ich die Tapfersten der Tapferen sterben sah.

Unter unseren Kriegern entstanden Unruhe und Besorgnis, als die gewaltige Streitmacht Ägyptens auf uns zurollte wie ein alles zermalmendes Rad. Die Heerführer liefen vor den Reihen unserer Krieger auf und ab; die einen scherzten, als ob ein Fest bevorstünde, die anderen aber stießen wilde Drohungen aus, zum Beispiel, daß sie dem ersten Flüchtenden das Haupt von den Schultern schlagen und mit Füßen über das Feld rollen würden. So suchten die einen ihren Männern die Furcht zu zu nehmen, die anderen aber, ihnen noch mehr Angst zu machen.

Dann drangen die Heere gegeneinander wie Eber und Leopard, wie Schlange und Wasserroß, wie Wolf und Hund, und mit schrecklichem Tosen erhob sich die männermordende Schlacht.

Am Anfang stürzten sich wie wütende Hornissen die Streitwagenkämpfer des Pharao auf uns. Denn was sie in den verbrannten Dörfern gesehen und von ihren ausgeplünderten Landsleuten gehört hatten, erfüllte ihr Blut mit Hitze und ihre Gedanken mit Haß. Sethos, der Kronprinz, warf sich mit der Heerschar Ammons gegen Maraye und seine Libyer, gefolgt von Setnachte und dem Heer des Ptah. Gegen Diomedes brandete wie eine Meereswoge die Streitmacht des Amenmesses unter dem Zeichen des Rê. Pithunna focht mit den Kriegern des Seth weit auf der anderen Seite gegen den jungen Mosre und seine Seevölker. Meine Gedanken aber wanderten zu dem geheimen Tempel tief unter dem See, in dem der Hohepriester Kator zu dem Götzen um den Sieg Ägyptens beten mochte.

Von allen Schlachten, die ich in meinem Leben sah, war diese die bei weitem opfervollste; nicht vor Trojas Mauern, nicht in den Schwarzen Bergen und nicht in Babylon fielen so viele edle Männer wie an den schlammigen Ufern des Merwer. Von wessen Heldentaten soll ich zuerst berichten, wessen Tod zuerst vermelden? Große Taten wurden an diesem Tag getan, und der Ruhm gehörte uns wie auch den Edlen unserer Feinde.

Diomedes und Teuker rollten hinter schnaubenden Rossen als erste in das Getöse des Vorkampfs. Die Pfeile der ägyptischen Schützen umschwirrten sie, wie eine Wolke von Fliegen an einem heißen Sommertag den Stier umhüllt, aber die Geschosse prallten von den glänzenden Rüstungen der achäischen Helden ab, als wären sie aus weichem Wachs. Links von Diomedes fochten Kaliphon und Polymerios, der Messenier; die beiden Brüder Polkos und Polyphas fuhren zur Rechten des Tydeussohns. In der Ferne erspähte ich Maraye, der trotz seiner Leibesfülle mit großer Wucht die Speere warf und die Ägypter vor seinem Streitgefährt niedermähte wie reifendes Korn. Sethos, den Kronprinzen, erkannte ich an seiner goldenen Rüstung, und ich entdeckte auch Jasion, den achäischen Jüngling mit dem rätselvollen Namen. Irsu, der Sohn des Syrers Bai, kämpfte mit großem Eifer gegen die Zwillinge Perscha und Pelset vom Stamm der Schirdana. Setnachte, der mutige Knabe aus dem Löwenkampf, jetzt hochgewachsen und kräftig, lenkte seine Scharen bald von Maraye davon und gegen Mosre, den jüngeren Libyerprinzen, der sich mit dem Mut der Verzweiflung nun gegen zwei Heere zugleich zur Wehr setzte. Das Schreien der Sterbenden und Verwundeten schallte zum Himmel wie das Rauschen des stürmischen Meeres; ich aber verharrte schweigend auf meinem Stab gestützt in Gedanken an die Schlange, der ich nun so nahe war.

Teuker von Salamis! Unter allen Achäern war deine Pfeilkunst berühmt. Selbst Paris und Philoktetes zielten vor Troja nicht besser! Du trafst die Helden Areton und Gorgythion tödlich; durchbohrtest Imbrius, Mentors tapferen Sohn, mit dem Speer; verwundetest auch die edlen Lykier Glaukos und Sarpedon, und kämpftest sogar mit dem Helden Hektor, den du getötet hättest, hätte nicht Zeus selbst dein Geschoß abgelenkt. Die Göttin Thetis schenkte dir dann die herrliche Rüstung des Troilos, und du bist auch vor den gewaltigen Atriden, Agamemnon und Menelaos, nicht gewichen, als sie deinem Halbbruder Ajax das Ehrenbegräbnis verweigern wollten. Fern deiner Heimat, in Zypern, beschütztest du die Völker, siegtest bei Paphos über die Hethiter und schufst ein machtvolles Reich, das länger als ein Menschenalter alle Bewohner in Glück und Frieden erfreute. Nun aber mußtest du fern auf Ägyptens Erde sterben, nach einem Leben, das deinen Namen erstrahlen ließ wie einen Stern.

So dachte ich bei mir, als ich den Kampf zwischen Amenmesses und Teuker sah, in greller Mittagssonne am Ufer des Merwersees, als Diomedes die Scharen der Nilsöhne wie einen Schwarm Sperlinge vor sich hertrieb und der edelste seiner Gefährten es ihm gleichtat.

Als erster stellte sich der starke Neferhoteb den Achäern in den Weg, ein Sohn des Fürsten von Buhen, der stets im Vorkampf stritt. Er vermochte seine zwei bronzenen Speere mit beiden Armen zugleich zu schleudern. Der erste fuhr über den Tydeussohn hinweg; der zweite durchbohrte seinen Schildrand. Rasch stieß der König von Argos nun seine Lanze nach dem Nubier und durchstach ihm von unten den Kiefer, so daß Neferhoteb die Augen vor die Füße rollten und er sein Leben verhauchte, noch ehe er zu Boden fiel.

Das erregte den starken Senenmut aus Semne, einen Vetter des Toten; er rief seinem Wagenlenker Amenmose zu: »Wollen wir den Gefährten etwa ungerächt lassen? Zögere nicht! Wer dieser schreckliche Kämpfer auch sein mag, Ammon wird uns helfen, ihn zu vernichten.« Amenmose schrie durch das Schlachtengetöse: »Umgebe dich lieber noch mit weiteren Kampfgenossen, edler Jüngling! Du weißt nicht, wem du gegenüberstehst, denn du bist jung an Jahren. Dieser furchtbare Recke ist niemand anders als Diomedes, der Achäer, der einstige Kampfgenosse des Helden Sesostris!« Da sammelte Senenmut die beiden Brüder Pneb und Amosis um sich, ruhmreiche Schwertkämpfer aus Merimde am westlichen Nilarm. Zu viert drangen sie nun auf Diomedes und Teuker ein; doch der Tydide rief seinem Gefährten wohlgemut zu: »Freue dich, Telamonier; je dichter die Feinde kommen, desto öfter treffen unsere Hiebe, und wir brauchen keine Zeit zu verschwenden, um uns neue Gegner zu suchen!«

Mit diesen Worten sandte er zwei Speere gegen Pneb und Amosis; er verfehlte die beiden Brüder zwar, durchbohrte jedoch ihren Schildträger Suti. Zornig sprangen die zwei Ägypter von ihrem Gefährt; der Tydide aber wandte sich schon dem tapferen Senenmut zu. Statt seiner nahm Teuker nun das Gefecht mit den Merimdern auf. Dem älteren der beiden Schwertkämpfer, Pneb, zerschnitt er mit seiner Waffe die Sehnen am Arm, so daß ihm das Blut bis über die Knie spritzte und seine Rechte kraftlos herunterhing. Mutig erfaßte Pneb nun sein Schwert mit der Linken; Teuker aber duckte sich unter seinem Hieb und stieß dem Ägypter das Eisen durch die Leber. Schmerzvoll schrie Amosis auf, als er den Bruder verröcheln sah; er traf den Zyprer mit der Schwertspitze an der Weiche. Teuker aber rief lachend: »Wenn du mein Herz suchtest, Jüngling, dann hast du schlecht gezielt!« Mit diesen Worten stach er seine Waffe dem vorwärtsstürmenden Feind zwischen Helm und Schildrand in den Hals, so daß der Unglückliche auf seinen Bruder stürzte und sie gemeinsam zu den Schatten wandeln mußten.

Inzwischen riß Diomedes mit seiner Lanze den Wagenlenker des Semners, Amenmose, von der Deichsel und erwürgte ihn mit seinem eigenen Helmband, ehe der mächtige Senenmut das rasende Rossegespann anhalten und dem Gefährten zu Hilfe eilen konnte. Meriones, ein achäischer Söldner aus Jolkos in Thessalien, und Hor, der berühmteste aller nubischen Bogenschützen, zielten mit ihren Pfeilen um die Wette nach dem Tydiden. Das Geschoß des Achäers verfehlte den Tydeussohn und traf stattdessen den tapferen Kaliphon in der Schulter. Der Pfeil des Nubiers aber traf Diomedes am Hals, so daß helles Blut über seinen Bart sprühte.

Wütend stürmte der Tydeussohn vorwärts; die beiden Bogenschützen sahen ihn kommen und spähten besorgt nach einer Deckung, hinter der sie sich verbergen konnten. Da trat der Held Amenmesses vor sie und sprach mit hallender Stimme: »Fürchtet ihr euch vor den Barbaren? Denkt ihr nicht an eure Frauen und Kinder, und daran, was ihnen geschehen wird, wenn sich die Feinde, die wilden Wüstensöhne, über unser Land verbreiten wie eine stürmische Flut? Auf, verzagt nicht und winselt nicht feige wie Hunde! Nur Tapferkeit bringt uns heute den Sieg!«

So sprach er und feuerte Meriones auch auf Achäisch an; Teuker, der seinen Opfern soeben die Rüstungen abziehen wollte, freute sich, als er das hörte, und sprang auf den ägyptischen Heerführer zu wie ein Löwe, der im Tal eine Herde Gazellen erspäht. »Wohlgesprochen, Amenmesses!« rief er dabei, »und Dank dafür, daß du Achäisch redest, um mein Herz noch weiter zu ermuntern, denn des Ägyptischen bin ich nicht allzu gut mächtig!«

Doch eben als er das Schwert erhob, um dem Sohn des Sesostris den Schädel zu spalten, schoß Meriones von der Seite seinen Pfeil auf den Prinzen von Salamis ab, so daß das Geschoß zitternd in Teukers Nacken steckenblieb und der tapfere Achäer bebend in die Knie sank.

»Diomedes!« rief er mit qualvoller Stimme, während Amenmesses auf den Wehrlosen eindrang. »Diomedes, rette mich!« Das hörte der Tydide, der eben mit Senenmut rang. Die Not des Gefährten verlieh ihm doppelte Kräfte. Er packte einen gewaltigen Feldstein und schmetterte ihn so heftig auf die Schläfe seines Gegners, daß dieser tot in das spärliche Gras stürzte. Dann stürmte Diomedes zu seinem sterbenden Freund, wie ein Falke sich im stürzenden Flug den Jungen der Häsin nähert.

Amenmesses graute vor einem so mächtigen Gegner; zwar verzagte er nicht, aber er rief mit lauter Stimme nach seinem Gefährten Setnachte. Dieser fuhr von weitem herbei und stellte sich an die Seite des Freundes. Aber selbst zu zweit vermochten sie dem wütenden Anprall des Tydeussohns nicht standzuhalten. Außerdem eilten Polkos und Polyphas ihrem Fürsten zu Hilfe, ebenso wie Kaliphon, trotz seiner Wunde, und der tapfere Spießjäger Polymerios. Doch bevor die Argiver Teuker erreichten, hatte die Seele des edlen Helden schon seinen Körper verlassen.

Zornig stieß Polymerios dem Bogenschützen Meriones seine schwere Waffe durch Brust und Schultern, so daß er zu Boden fiel wie ein zum Braten gespießter Hammel. Dabei fuhr dem Argiver jedoch ein Pfeil des Nubiers Hor durch den Hals. Ich sah, wie Polymerios sich in entsetztem Staunen umblickte; ungläubig schüttelte er seinen Kopf, dann stürzte er auf die feuchte Erde und starb.

Erschrocken starrte Kaliphon auf seinen toten Gefährten; wie ein Sturmwind brauste Setnachte heran. Zweimal schoß der ruhmreiche Sohn Agenors mit Pfeilen auf den ägyptischen Helden. Aber seine Schulterverletzung hinderte ihn, und er fehlte. Setnachte erreichte Kaliphon und stieß ihm triumphierend den Speer in den Leib, so daß dem Sänger Blut aus Mund und Nase schoß und er in Krämpfen starb.

Noch immer deckte Diomedes Teukers Leichnam gegen die Flut der Ägypter. Menpethire, der Sohn des Fürsten von Elephantine, starb unter dem Schwert des Tydiden; den Lanzenkämpfer Hapu verwundete Diomedes so schwer, daß dieser von Gefährten aus der Schlacht getragen werden mußte. Polkos und Polyphas, die schon vierzehn vornehme Ägypter im Wagenkampf bezwungen hatten, verließen ihr Gefährt und stellten sich an die Seite des Königs von Argos, der nun Amenmesses und auch Setnachte vor sich hertrieb wie ein Hirte die Schafe.

Zu unserer Linken kämpfte Sethos, der Kronprinz, mit Maraye. Zweimal fuhren die rollenden Wagen der beiden Heerführer gegeneinander. Beim dritten Mal schob der schlaue Wüstenkrieger seine Lanze durch die Speichen des Ägypters, so daß dieser das Gleichgewicht verlor und krachend in den Sand rollte. Wie ein Adler fiel der Libyer über seinen Gegner her, doch Irsu, der Syrer, deckte den Kronprinzen mit seinem Schild und wehrte den Ansturm des Wüstenkönigs ab. »Diomedes!« schrie Maraye zu uns herüber. »Eile dich, das königliche Wild liegt schon vor meinem Speer, und es bedarf nur deiner Hilfe, dann ist die Schlacht gewonnen!« Da schoß ihm Hor, der Nubier, einen Pfeil in die Schulter, so daß der Libyer vor Wut und Schmerzen laut aufbrüllte und in seinen Streitwagen zurücklief, um das Blut von den Ärzten stillen zu lassen.

So tobte der Kampf, und hüben wie drüben fielen tapfere Krieger in den Sand, spien Blut auf den Boden und gaben ihre Seelen auf. Amenmesses und Setnachte wichen vor Diomedes, wie die Jäger im Wald vor einem Löwen fliehen, der ihnen auf der Suche nach einer angeschossenen Hirschkuh unvermutet grollend aus dem Gebüsch entgegentritt. Die Ägypter fuhren eilends hinüber zur anderen Seite, wo sie sich vereint mit Pithunna auf den Libyer Mosre stürzen wollten. Sie hofften, unseren linken Heeresteil zu vernichten und uns dann am Wasser des Sees umzingeln zu können. Vergeblich rief der Tydeussohn den Flüchtenden höhnische Worte nach. Dann lud Diomedes den Leib seines toten Gefährten auf seinen Wagen, wendete die Pferde und brachte Teuker zum Troß, um ihn nach der Schlacht ehrenvoll bestatten zu können. Polkos und Polyphas geleiteten ihn, und so war ich plötzlich allein.

Das Getümmel der Schlacht war nach Westen gewichen, weiter in die Wüste hinaus. Reglos stand ich am Ufer des Merwer, und der unheimliche Tempel unter dem See band meine Gedanken. Da rollte plötzlich ein ägyptischer Streitwagen auf mich zu, auf dem zwei prächtig gerüstete Männer standen. »Was ist mit dir, Barbar?« rief der größere von beiden übermütig. »Kannst du es nicht erwarten, vor unseren Waffen dein Blut zu vergießen? Wehre dich, wenn ich dich nicht hinter meinen Rossen als einen von Göttern und Menschen verachteten Feigling zu Tode schleifen soll!«

Ich hörte diese Stimme voller Verwunderung, und als ich das Gesicht des Mannes sah, erkannte ich, was mir gleich so vertraut erschien. In meinem Herzen brachen vernarbte Wunden auf, und die Erinnerung an leidvolle Tage machte mich schwindeln. Denn der Krieger in der ägyptischen Rüstung war niemand anders als Naramsin, der letzte Mitanni, der vor langer Zeit aus Liebe zu der schönen Scherua aus dem Assyrerland geflohen war.

6 Das Gesicht des Mitanni war von der Hitze des Kampfes gerötet; Schweißtropfen glänzten in seinem Bart, und Blut troff von seiner Rüstung, denn er hatte unter den Libyern gehaust wie ein Iltis unter den neugeborenen Hasen, wenn er mordgierig in das verborgene Nest der Jungtiere dringt und seinen wehrlosen Opfern im Rausch des Tötens die Kehlen zerbeißt. Wilde Kampfeswut blitzte in Naramsins Augen, aber ich las in seinem Antlitz auch schon die Spuren des Alters. Denn wie Sonne und Regen die blanke Fläche des sorgsam geglätteten Ziegelsteins zerstören und mit der Zeit selbst mächtige Mauern mürbe und rissig machen, so graben sich die Jahre in das Gesicht jedes Menschen und machen welk, was blühend war, häßlich, was schön, und schlaff, was frisch war, so daß die Haut am Ende der vielfach gesprungenen Borke eines wetterumtosten Eichbaumes gleicht. Verborgen unter der Angriffslust und dem ungezügelten Kampfeseifer zeigten sich auf Naramsins Zügen, nur einem kundigen Auge sichtbar, Müdigkeit und Überdruß, Bitterkeit und Enttäuschung, wie sie ein Mensch nach einem langen Leben in der Fremde empfindet. Denn seit er ein Jüngling war, hatte der tapfere Mitanni sein Heimatland nicht mehr gesehen, wenn er überhaupt jemals eines besessen hatte, als einziger Überlebender eines längst untergegangenen Volkes. Ich fürchtete mich nicht vor ihm, aber noch weniger begehrte ich mit ihm zu kämpfen, der er doch Perisades Bruder war; darum rief ich ihm laut entgegen:

»Ich grüße dich, Naramsin, Erbe des großen Mitanni! Welcher Zufall führt uns an diesem schrecklichen Ort nach so langer Zeit wieder zusammen? Aber sei es ein Scherz launischer Götter oder auch eine bedeutsame Fügung des Schicksals – Freude durchströmt meine Seele, daß ich dich wiedersehe! Weißt du noch immer nicht, wer vor dir steht? Ich bin Aras, der Mann aus Achäa, der einst neben dir mit König Tukulti-Ninurta die Völker der Schwarzen Berge bekriegte!«

Überrascht brachte Naramsin seinen bronzenen Wagen zum Stehen; seine dunklen Augen suchten in meinem Gesicht, und endlich erkannte er mich. »Aras«, sagte er leise und im Ton größten Staunens, »ich dachte, du lägst schon lange tot in Babylon begraben! Welche Dämonen retteten dein Leben? Welche lügnerischen Boten täuschten mich mit deiner Todesnachricht? Keinen Herzschlag hätte ich in all diesen Jahren in meiner Brust zugelassen, ohne an dich zu denken; keinen Tag müßig verschwendet, ohne dich zu suchen; keine Stadt gemieden, um dich zu finden, wäre ich nicht in all dieser Zeit deines Todes so sicher gewesen! Wahrlich, ich weiß nicht, ob ich nun mit den Göttern hadern soll, daß sie dich so lange vor mir verbargen, oder ihnen danken, daß sie dich mir am Ende doch noch einmal entgegenführten.«

Ich trat auf ihn zu, breitete fröhlich die Arme aus und rief: »Gemeinsam wollen wir den Himmlischen opfern, mein Freund, weil sie uns wieder vereinten! Unentwirrbar wie die verknoteten Arme der schwimmenden Meeresgräser, unerfindlich wie die vom Wind zugewehten Spuren unter dem Wüstensand, seltsam wie das Sonnendunkel und der Sommerschnee sind oft die Rätsel des Schicksals; aber ich will gern der Lösung entbehren, bringt es mir solches Glück!«

Naramsin aber riß zornig sein Schwert aus dem Wehrgehenk, schwang die funkelnde Waffe hoch in die Luft und schrie mit haßerfüllter Stimme:

»Willst du mich noch einmal täuschen, du elender Mörder? Du allein trägst die Schuld am Tod der herrlichen Perisade! Du warst es, der meiner unglückseligen Schwester so grausam das Leben zerstörte und ihr dieses schreckliche Ende beschwor! Glaubst du vielleicht, ich hätte nicht bemerkt, wie du sie rücksichtslos und nur um deines Vergnügens willen in die gefahrvollsten Leidenschaften verstricktest, aus Eigensucht, die du wohl ›Liebe‹ nanntest? Mir blieb nicht verborgen, was der treue Kardu in Kutha mitansehen mußte, als er Perisade die Kunde vom Tod des großen Kilischu bringen wollte und ihr den Zypressenzweig reichte! Bis nach Ägypten fuhr dieser getreue Diener, um mir den Tod meiner Schwester zu melden, und ich erkannte schnell dein Spiel, du herzloser Verbrecher! Meinst du, ich sei zu dumm, fünf Finger einer Hand zu zählen? Ich will deinen Leichnam hinter meiner Achse durch die Wüste bis nach Memphis schleifen und ihn dort den Vögeln und Füchsen zum Fraß vorwerfen, damit deine Frevlerseele auf ewig ungetröstet durch das Land der Ruhelosen ziehen muß!«

»Halte ein!« rief ich erschrocken. »Du tust mir Unrecht! Ja, um meinetwillen ist Perisade gestorben, aber die Götter fügten es so, nicht meine eigenen Hände! Gern hätte ich meine Seele darum gegeben, die ihre wieder zurückzuerlangen, denn nichts war grausamer für mich, als nach diesem Unglück weiterleben zu müssen!«

»Lügner!« stieß der Mitanni voller Verachtung hervor. »Willst du dein erbärmliches Dasein mit neuem Betrug verlängern? Glaubst du im Ernst, daß du meiner Rache jetzt noch entfliehen kannst? Wehre dich, wenn ich dich nicht wie einen tollen Hund in Stücke hauen soll!«

Er gab seinem Wagenlenker, dem Kuschiten Kuha aus der Stadt Napata am vierten Nilwasserfall, einen kräftigen Stoß und fuhr hinter schnaubenden Rossen auf mich zu. Ich erhob meinen Stab, um mich zu wehren, da hörte ich hinter mir eine hallende Stimme, die rief:

»An meinem waffenlosen Gefährten willst du dich erproben, Naramsin? Hast du denn auch den Mut, dich gegen mich zu wagen? Oder beliebst du etwa bei der Jagd nur der schutzlosen Hirschkuh nachzustellen und den wehrhaften Löwen lieber ängstlich zu meiden, du feiger Frauenräuber?«

»Diomedes!« stieß der Mitanni wütend hervor. Verwundert wandte ich mich um und sah auf schlagenden Rädern den König von Argos herbeieilen, mit dem treuen Zakrops als neuen Lenker. Drohend wie ein zerklüfteter Fels, der sich dunkel und kalt vor dem einsamen Wanderer weit in den Himmel erhebt, ragte die silbergepanzerte Heldengestalt des Tydiden in der Menge der Kämpfenden empor. Zähne und Augen leuchteten weiß in seinem düsteren Antlitz, und er war schrecklicher anzusehen als Ares, der bluttrinkende Gott des Krieges. Naramsin aber, der edle Mitanni, zagte nicht vor diesem furchtbaren Gegner, sondern schrie zornig: »Feige nennst du mich, Diomedes? Du hast mich immer gehaßt, weil ich nicht, wie deine Gefährten, stets in Ehrfurcht vor dir erbebte! Grollst du mir aber noch so sehr ob meines Spotts über deine Götter, ich fürchte dich ebensowenig wie sie. Möge Sin mir den Sieg verleihen, denn ob ich im Heer der Assyrer kämpfe oder in dem Heer der Ägypter, ich kämpfe doch stets nur für mich!«

So rief der hellhäutige Fürst und fuhr Diomedes entgegen, wie sich wohl auch ein Wolf in seiner eigenen Höhle selbst dem um vieles stärkeren Eber entgegenwirft, wenn dieser ihm drohend den einzigen Ausweg versperrt.

Da verharrten Ägypter und Libyer, Nubier, Kuschiten und Syrer auf der einen, Meermänner und Wüstenkrieger auf der anderen Seite, und alle sahen staunend dem gewaltigen Kampf der beiden Helden zu.

Diomedes warf schon von weitem seinen hölzernen Speer auf den anstürmenden Mitanni, denn die Muskeln seines Armes waren stärker als die aller anderen Kämpfer, und er vermochte die schwere Waffe weiter als fünfzig Schritte zu schleudern. Naramsin aber kannte die Wurfkraft des Tydeussohnes und hielt zur rechten Zeit seinen Schild in die Höhe, so daß die Lanze zwar fünf von den bronzenen Platten durchschlug, in der sechsten jedoch zitternd steckenblieb und keinen Schaden anrichtete. Bis auf wenige Manneslängen führte der furchtlose Kuha aus Kusch das Gefährt seines Herrn an die Griechen heran; dann erst verließ auch die Lanze Naramsins seine Hand. Rasch drückte nun Diomedes das spitzige Eisen mit seinem Schild in die Höhe, so daß es vorüberflog, ohne ihn zu verletzen. Zakrops aber stach im Vorbeifahren mit seinem Speer dem Mitanni in den Schenkel, so daß Naramsins Blut hell über Knie und Wade sprang.

Rasch wandten die Kämpfer die Streitwagen um; Kuha fuhr nun der Wüste entgegen, Zakrops auf den spiegelnden See zu, und beide kniffen die Augen zusammen, um nicht geblendet zu werden. Wieder warf Diomedes als erster; diesmal zielte er nicht auf Naramsin, sondern auf den Kuschiten. Zu spät erkannte der Mitanni die List des Tydiden und rief seinem Wagenlenker eine Warnung zu. Schneller als Naramsins Worte durchflog die Lanze des Königs die Luft und bohrte sich in Kuhas Brust.

Der unerschrockene Mitanni versuchte nun jedoch nicht, wie es ein unerfahrener Kämpfer getan hätte, sogleich selbst die Zügel zu ergreifen, denn auf diese Weise wäre er wohl dem Stoß des lauernden Zakrops zum Opfer gefallen, der sich schon voller Freude aus dem Wagen lehnte. Statt dessen ließ Naramsin die Pferde führerlos rasen und kümmerte sich auch nicht darum, daß sein Gefährt schon umzustürzen drohte, sondern packte seinen bronzenen Spieß mit beiden Händen und stach ihn dem überraschten Zakrops wie einem schlachtreifen Stier mitten durch das Gedärm.

Laut schrie Diomedes auf, als er seinen Freund und Gefährten sterben sah. Mit nerviger Hand packte er die ledernen Riemen, um den Lauf der Hengste zu hemmen; dann wandte er sich nach dem Gegner. Naramsins Wagen war umgeschlagen, aber der Mitanni hatte ihn zuvor in kühnem Sprung verlassen und eilte jetzt auf Diomedes zu wie ein mordgieriger Räuber, dem mitten im einsamen Forst ein wehrloser Wanderer begegnet.

Der König von Argos war indessen nicht müßig, sondern riß gleichfalls sein Schwert vom Gürtel, und bald erklangen die Hiebe, als ob Hephästos, der Herr der Schmiede, mit seiner Götterkraft ein gewaltiges Werkstück zerschlüge. Zweimal drang Naramsin mit großer Tapferkeit bis zum Helm seines Gegners vor; Diomedes aber ließ, als wäre er müde, die Zahl seiner Hiebe seltener werden und wartete wie einst in Charran beim Kampf gegen Kilischu ab, bis sein Gegner im Angriffseifer den Hals zwischen Kinnband und Schildrand entblößte. Dann stieß er dem Mitanni von unten das Schwert in den Kiefer, so daß Naramsin röchelnd zu Boden stürzte und sein Leben verhauchte.

Ich empfand Trauer beim Tod dieses Mannes, und zugleich ein seltsames Gefühl neuer Schuld, obwohl Naramsin doch selbst den Kampf gewünscht hatte, in dem er sein Ende fand. Langsam schritt ich zu seinem Leichnam; seine aufgerissenen Augen starrten mich an, doch ihr Blick war leer und längst ohne Leben. Ich strich ihm die Lider zu und steckte mir sein Schwert in den Gürtel. Diomedes aber ergriff mich am Arm, zerrte mich auf seinen Wagen und schrie:

»Worauf wartest du noch, Aras? Fast alle meine treuen Gefährten sind schon getötet, nur du kannst mir jetzt noch den Wagen lenken. Wahrlich, mit Überlegung habe ich dich vorhin nicht gefragt, ob du wieder mit mir in die Schlacht fahren willst, wie in alten Zeiten. Denn wenn du mir zugestimmt hättest, hätte ich das als sehr günstiges Zeichen empfunden; hättest du dich aber geweigert, wäre das ein um so schlimmeres Orakel gewesen. Und wenn ich auch keine Furcht vor dem, was geschehen mag, verspüre, hast du uns doch in Thapsos so viele merkwürdige Dinge erzählt, daß ich mir deiner nicht mehr sicher war.«

Da umfaßte ich seine Handgelenke, schaute in sein edles Gesicht und erklärte: »Du tatest mir nicht Unrecht, Diomedes, als du an mir zweifeltest. Jetzt aber weiß ich, was zu tun ist. Fahre mit mir dem verhaßten Pithunna entgegen! Sein Blut zu vergießen, war das Ziel, für das wir unsere größten Siege erfochten, und bis dahin will ich nicht von deiner Seite weichen, das gelobe ich.«

Da flog ein Lächeln über das Antlitz des Tydiden; ich schlug die Zügel auf die schweißnassen Rücken der Pferde. Wir brachten den Leib des toten Zakrops zu Eurymachos. Dann stürzte sich Diomedes von neuem in das Getümmel wie ein reißender Wildbach, der mit seinen stürzenden Wassern Felsen und Büsche, ja selbst starke Bäume davonspült.

Als erster begegnete uns der berühmte Speerwerfer Thuti aus Sin am pelusischen Nilarm; er fuhr mit seinem Sohn Achtoy, der sich als Sieger zahlreicher Wagenrennen trotz seiner Jugend schon einen glanzvollen Namen erworben hatte. Dem Vater zermalmte der Tydeussohn mit einem glücklich geworfenen Felsen die Sehnen und Bänder der rechten Schulter, so daß Thuti seine weittragende Waffe nicht mehr zu schleudern vermochte; dem Sohn durchstach Diomedes danach mit dem Schwert die Kehle, so daß dem Vater nur Gram und hastige Flucht blieben. Pepinacht, einem der unteren Heerführer, der aus Abydos, der Osirisstadt, stammte, trieb der König von Argos seitlich den Speer durch beide Schläfen; dem dunkelhäutigen Horchuf aus Ombos, der Sandsteinstadt, der schon auf Zypern und in Kanaan stets einer der tapfersten Ägypter war, durchtrennte der Tydide den Nacken und zog ihm die prächtige Rüstung aus; Intef und Henenu, zwei Vettern aus Koptos am großen Nilbogen, besiegte Diomedes mit seinem Schwert, indem er die Waffe erst Intef in die Weiche stieß und zur gleichen Zeit seinen Schild mit großer Macht gegen den anstürmenden Henenu schlug, so daß dieser ohne Besinnung zu Boden stürzte und seine Kehle schutzlos vor der Schwertspitze des Tydeussohnes lag. Tapfer kämpfte der Scherde Kelgo, der aus seiner lemnischen Heimat wegen eines Unglücks bei der Bärenjagd geflüchtet war und für den ägyptischen Pharao in der syrischen Wüste viele Siege erfochten hatte. Er war sieben Fuß groß und stark wie ein kretischer Stier; Diomedes aber ließ Schwert und Schild fallen, umschlang den gelbhaarigen Scherden mit seinen Armen, riß ihn zu Boden und brach ihm dort das Genick; denn die Kraft des Tydiden war größer als die aller anderen Helden, die damals noch lebten. Nur Achilles und Ajax, der Telamonier, waren Diomedes je ebenbürtig.

Vor unserem Angriff wichen die Scharen des Pharao zurück wie Straßenkinder, wenn sie den Sohn eines Bettlers verspotten und plötzlich dessen muskelstarker Bruder aus der Tür tritt. Jubelnd entdeckte ich zu unserer

Linken Polkos und Polyphas, die durch die Schlachtreihen der Ägypter fuhren wie durch Garben von Getreide auf einem abgeernteten Feld. Dem als Jäger hochgerühmten Rechmire, der ein unebenbürtiger Bruder des Fürsten von Faras in Nubien war, hieb der Hüne vom Kithairon mit seiner Axt den Schädel entzwei, bevor sein Gegner mit seinem Schwert die Brust des Argivers zu treffen vermochte. Polyphas wiederum schoß, während sein Bruder zu Fuß mit zwei nubischen Speerträgern kämpfte, dem Jüngling Nepenter aus Sakkara einen Pfeil durch Oberarm und Brust, so daß dieser verwundet fliehen mußte.

Als nächster wagte sich Nebunenef, ein hochgewachsener Fürstensohn aus Tasa, zusammen mit seinem Wagenlenker Abana gegen die Brüder aus Argos. Nebunenef, trotz seiner Jugend schon unter die ersten Helden Ägyptens gezählt, hatte drei Jahre zuvor die sechs Söhne des Königs von Gezer erschlagen und mit nur wenigen Gefährten zwei Burgen in Charu erobert. Er kämpfte nach Art der Dongoler mit einer Sichel, während sein Kampfgenosse Speere und Schleudern besaß. Beim ersten Zusammenprall ritzte der Fürstensohn Polkos am Arm, worauf dieser die Lanze verlor; Polyphas aber fing Abanas Speer mit dem Schild auf und gab'ihn rasch seinem Bruder zum zweiten Treffen. Diesmal hatte der wackere Nebunenef kein Glück: Seine scharfgeschliffene Waffe glitt an der Rüstung des Polkos ab, die Axt des Hünen aber spaltete dem Taser das Gesicht bis zu den Ohren, so daß Nebunenef niederstürzte wie ein vom Sturm umgerissener Baum. Rasch wendete Abana sein Gespann und versuchte zu fliehen, Polyphas aber schickte ihm flugs einen Pfeil in den Nacken, so daß der Wagenlenker, in den Zügeln verfangen, von den erschreckten Rossen davongeschleift wurde.

Doch auch im Heer des Pharao kämpften Helden von großer Kraft. Sethos, der Kronprinz, wich zwar vor Mosre zurück, dann aber eilte Setnachte herbei und bezwang Marayes tapferen Bruder samt sechs seiner engsten Gefährten, so wie ein niederstürzender Adler den Fuchs vor dem Kaninchenbau bezwingt, wohin sie beide zu rauben gekommen sind. Amenmesses prallte wie ein gereizter Löwe auf die scherdischen Zwillinge Perscha und Pelset, doch er vermochte sie nicht allein zu bezwingen und rief deshalb nach Jasion, dem Achäer. Den Scherden kam ihr Oheim Kelb mit seinem Wagenlenker Kerik zu Hilfe. Dreimal fuhren die vier Gespanne gegeneinander an, doch keiner der Helden vermochte einen der anderen zu bezwingen, bis schließlich Setnachte erschien und den starken Kelb mit seiner Lanze vom Wagen stach. Da wichen die anderen Scherden zurück, und der äußere Teil unseres Heeres wäre nun wohl unter dem Ansturm der Ägypter in die Flucht getrieben worden, wäre nicht Maraye selbst trotz seiner Verwundung auf das Schlachtfeld zurückgekehrt, um die Seinen neu zu kräftigen und mit neuem Mut zu erfüllen.

Der König der Libyer tötete erst den Syrer Akizzi aus Quatna und seinen Wagenlenker Ribaddi; dann den als Bogenschützen gerühmten Phönizier Abmilki aus Gebal und den Wagenkämpfer Labaja aus Sichem, der schon seit dreißig Jahren im Heer des Pharao focht und mit Maraye, der ihn jetzt mordete, einst im Schilf des Nil oftmals den Weinkrug leerte. Asko, ein Schekler aus Kos, der für Ägypten kämpfte, tötete seinen eigenen Vater Attaras, bevor er ihn erkannte. Dolath, ein furchtloser Scherde aus Lemnos, riß seinem besiegten Gegner den Helm vom Haupt und wollte ihm schon die Kehle durchschneiden, als er im letzten Moment erkannte, daß sein eigener Bruder Skaal vor ihm lag, der sieben Jahre zuvor mit den Pulusatu gegen Tyros gezogen und seitdem verschollen war. So heftig rangen die Völker, daß Männer einander erschlugen, die einst die besten Freunde waren, und daß selbst die Bande des Blutes die Kämpfenden nicht mehr zügeln konnten.

Viele berühmte Männer sah ich an diesem Tag sterben, und ihre Tapferkeit war Himmel und Menschen wohlgefällig. Doch den Kaschkäer Pithunna verbarg das Schicksal vor meinem Blick – wo immer wir nach ihm suchten, wir fanden ihn nicht.

7 Zur sechsten Stunde des Kampfes begannen die Schlachtreihen der Ägypter zu wanken. Denn zu dieser Zeit erreichten der König von Argos und ich den äußeren Teil der Streitmacht Marayes, und Diomedes vereinigte seine tapfersten Männer mit denen des Libyers. Polkos und Polyphas kämpften bei uns, auch Perscha und Pelset, die beiden Scherden, und Sabni, der von den Kriegern der Libyer seit langem schon als der tapferste galt und Marayes ältester Sohn war. Keiner von ihnen aber wütete schrecklicher unter den Feinden als der unbesiegbare Tydide.

Der König von Argos erschlug den Schwertkämpfer Amenchatapa aus Thinis, der uralten Königsstadt, der sich rühmte, mit dem Geschlecht der ersten ägyptischen Pharaonen verwandt zu sein. Danach stieß Diomedes den tapferen Hekanacht aus Korosko nieder, der das Kind eines schrecklichen Frevels war, denn sein Großvater hatte ihn mit seiner Mutter gezeugt, während sein Vater in Asien gegen die Schasu kämpfte, und war nach der Rückkehr seines Sohnes von diesem zur Strafe samt seiner Geliebten gesteinigt worden. Auch Kebsy aus Amrah, der nur der Sohn eines einfachen Taglöhners war, aber seiner Tapferkeit wegen eine bessere Herkunft verdient gehabt hätte, erlag vor dem starken Tydiden; und ebenso Neschi aus Serra in Kusch, der mit den Worten besser zu kämpfen verstand als mit den Waffen, denn er verhöhnte Diomedes als einen Barbaren, bis der erzürnte Tydide den Spottenden zu dessen Schande mit seinem Leibgurt erwürgte.

Maraye tötete indessen den mächtigen Amenemhet, den ältesten Sohn des Fürsten von Herakleopolis, der einst geschworen hatte, seinem greisen Vater den abgeschlagenen Kopf des Libyerkönigs zum Geschenk zu machen; nun rollte sein eigenes Haupt in den Sand, und mit ihm starb sein Wagenlenker Sesene. Wenamun, ein namhafter Speerkämpfer aus der Stadt Buto am dritten westlichen Nilarm, erlag vor dem riesigen Polkos. Paser, der stärkste Krieger Dongolas, wurde von Polyphas niedergehauen. Nebunachte, Träger eines hochberühmten Namens und Enkel des Heerführers Idi aus Koptos, stürzte vor Perscha, dem Scherden. Pelset, der Zwillingsbruder des Nordmanns, hieb Nesamun nieder, der mit einer Tochter des Fürsten von Semne verlobt war und die Geliebte nie mehr in die Arme schließen durfte. Vor Sabni, dem Libyer, starb der weitgereiste Hethiter Putchepa, und vor anderen erlagen andere, so daß sich das Heer der Ägypter zu lichten begann und unsere Krieger schon den Sieg vor Augen sahen.

Schließlich stellte sich mir der starke Setnachte selbst in den Weg; Diomedes und ich hatten eben den Wagen verlassen, denn wir näherten uns nun wieder dem sumpfigen Ufer des Merwer. Während der Tydeussohn sieben Anführer syrischer Truppen bekriegte, darunter den ruhmreichen Kerib aus Alalach, dessen Vater einst in der gewaltigen Kadeschschlacht mitgekämpft hatte, lief ich zusammen mit Polkos und Polyphas auf einen Haufen asiatischer Söldner zu, unter denen ich meinen Todfeind Pithunna zu finden hoffte. Da trat mir wie ein starker Löwe der junge Setnachte entgegen, schüttelte drohend die Lanze in seiner Faust und rief: »Bist du nicht Aras, der Mann aus Achäa, den ich vor so vielen Jahren als einen Freund Ägyptens kannte? Warum dringst du nun als Feind zu uns ein, läßt unsere Dörfer brandschatzen und die wehrlosen Bewohner foltern? Wahrlich, du wirst deiner Strafe nicht entgehen. Nimm diesen Speer als Dank der Ägypter für eure Greuel!«

Damit schleuderte er mit mächtigem Schwung seine Lanze nach mir, und wenn ich mich nicht rechtzeitig gebückt hätte, wäre die bronzene Waffe wohl durch meinen Schild wie auch durch meine Rüstung gefahren. So aber schlug sie hinter mir harmlos in den tiefen Sand, und ich frohlockte:

»Nicht den Ägyptern wollen wir Schaden zufügen, sondern allein der grausamen Schlange, die euer Land schon seit langem beherrscht! So wie dein Wurf mich verfehlte, werden all eure Waffen unschädlich sein, denn heute steht der Himmel auf unserer Seite!«

Damit schleuderte auch ich meinen Speer, der zwar Setnachte verfehlte, dafür aber dem unerschrockenen Hor, dem trefflichen Bogenschützen und Mörder des Polymerios, mitten durch die Brust drang, so daß der gefährliche Nubier röchelnd verstarb.

Setnachte schwang nun sein Schwert durch die Luft, und seine Hiebe schlugen dichter als Hagelkörner in einem tobenden Unwetter. Aber er konnte mich nicht versehren, denn mein Schild war mit Schichten aus Bronze und Zinn belegt und hielt den Schlägen des Helden stand. Ich aber stach ihm zweimal mit dem Schwert in die Lenden, so daß er vor Schmerz aufschrie und Blut durch die Ringe seiner Rüstung lief. Wie ein wütender Eber warf er sich schließlich auf mich, doch so, wie ihm die Kraft der Jugend gehörte, besaß ich die Erfahrung des Alters: Ich kniete mich unter seinen Ansturm und durchtrennte ihm mit meiner Klinge die Muskeln an Schenkel und Wade, so daß er hilflos auf die Erde stürzte und auf seinem Antlitz bereits die Blässe des Todes erschien.

Schnell sprang ich auf ihn zu, um ihm für immer den Atem zu rauben; da warfen sich Irsu, der Syrer, und Sethos, der Kronprinz selbst, meiner Waffe entgegen. Laut rief ich nach Diomedes, doch ehe der Tydeussohn bei mir erschien, blutbefleckt und keuchend in der Hitze des Kampfes, hatten die Anführer der Ägypter Setnachte schon aus dem Getümmel geborgen und zu ihren kundigen Ärzten gebracht, um sein Leben zu erhalten. Ich war darüber sehr zornig und haderte in der Enttäuschung schon wieder mit meinem Geschick; da tröstete mich Diomedes und sagte:

»Kränke dich nicht, Aras, daß du den hochberühmten Setnachte noch nicht zu den Schatten senden konntest; vielleicht wird sich dazu ein andermal Gelegenheit ergeben. Immerhin durftest du dank deiner Tapferkeit einen glanzvollen Sieg über einen der tapfersten Helden Ägyptens erringen; du hast heute Taten vollbracht, wie sie dem Sohn des Sonnengottes geziemen. Immer schon wünschte ich mir, Aras, daß du dereinst ein Held gleich mir werden würdest und nach meinem Tod das Geschlecht der Tydiden fortsetzen könntest, an Stelle des Sohnes und Erben, den mir die Götter verweigern. Schon als ich dich damals in Troja zum ersten Mal sah, spürte ich, daß du zu Großem berufen bist. Glaubst du, ich hätte dich sonst so rasch vom Sklaven zu meinem Gefährten erhoben? Heute ernte ich die Früchte meiner Voraussicht, und dein frisch gewonnener Ruhm ist meine größte Freude!«

Da wurde mir warm ums Herz, und ich empfand plötzlich Stolz, als wäre ich noch ein törichter Jüngling gewesen, der nicht weiß, daß ein glorreicher Name zwar Freuden, aber noch mehr Mühsal und Pflichten bringt.

Polkos rang unterdessen mit dem gewaltigen Thotnacht aus Anibe an der Grenze Dongolas, der in ganz Oberägypten für seine Stärke berühmt war. Als ob zwei stattliche Eichbäume bei einem Sturm entwurzelt und zusammengeprallt wären, so lehnten sich ihre schweißnassen Leiber gegeneinander, und ihre Arme waren zusammengefügt wie die Sparren des Schiffes. Keiner vermochte den anderen zu bezwingen, denn sie waren einander an Kräften gleich, und was allein die Stärke der Muskeln betrifft, so sah ich niemals einen Mann, der diese beiden übertraf. Zum Schluß aber drückte der riesige Polkos dem Nubier listig von hinten die Ferse in das Kniegelenk, so daß Thotnacht taumelnd rückwärts stürzte und schwer auf den Boden schlug, eine leichte Beute für den schnell zustoßenden Dolch des Achäers.

Das erspähte der Held Amenmesses, und rachesuchend stürzte sich der Ägypter auf die beiden Brüder. Irsu, der Syrer, folgte ihm, und schließlich auch Jasion, der achäische Söldner. Polyphas hob rasch den Bogen und schoß Irsu einen gefiederten Pfeil durch das Schlüsselbein, so daß der Syrer sein Streitgefährt wandte und verwundet von dannen zog. Laut rief ihm unser Gefährte höhnend Schimpfworte nach. Da schleuderte Jasion seinen aus dem Ast einer Eiche geschnitzten Speer auf Polyphas und traf ihn so unglücklich, daß die Spitze der Waffe dem Mann vom Kithairon unter dem Arm in die Achsel drang und seine Lunge zerriß.

Schmerzvoll schrie Polkos auf, als er den Bruder sterbend vom Streitwagen sinken sah. Mit furchtbarer Wucht schleuderte er seine Streitaxt nach Jasion, so daß dieser betäubt zu Boden sank, obwohl die schreckliche Waffe nur seinen Schild getroffen hatte; der Schwung des gewaltigen Wurfes war so heftig, daß der obere Schildrand krachend gegen den Kiefer des jungen

Achäers prallte. Wie ein Löwe warf sich der riesige Polkos nun auf seinen Feind, um ihm mit seinen Händen den Atem zu rauben und seinen toten Bruder zu rächen; aber das Schicksal wollte es anders. Die Nebel schwanden eben noch rechtzeitig von Jasions Sinnen, und der Gestürzte vermochte sich im letzten Moment vor dem Ansturm des Riesen zur Seite zu winden. Dann stellte sich der große Amenmesses neben den Waffenlosen und deckte ihn mit seinem Schild.

Polkos wollte sich die Vergeltung nicht nehmen lassen; schnell wappnete er sich mit einem Schwert und drang mit gewaltigen Schlägen gegen den feindlichen Heerführer vor. Hell klangen seine mächtigen Hiebe gegen die Wehr des Ägypters, doch die Wut und der Gram über Polyphas' Tod hatten seine Gedanken so schmerzvoll erfaßt, daß er nicht mehr mit der kühlen Überlegung des schlachtenerfahrenen Kriegers focht, sondern mit dem blinden Zorn des reizbaren Stiers. Amenmesses wich langsam zurück, bis endlich der rechte Moment für ihn kam; dann stieß er sein Schwert von unten mit der Kunst des geübten Fechters in den Leib des Achäers. Laut wie der Ruf von hundert Männern schallte der schmerzvolle Todesschrei des Riesen über das Feld; dann sank Polkos blutüberströmt in die Knie und starb, nur sechs Schritte vom Leichnam des Bruders entfernt.

»Amenmesses!« schrie Diomedes, als er das sah, »wahrlich, ich wünschte nicht, mit dir die Waffen zu kreuzen, denn ich war einst deinem Vater in Treue verpflichtet. Nun aber muß es sein, soll ich seine Bitte und meinen Schwur erfüllen!«

Die Ägypter, die bei dem Sieg ihres Heerführers über den mächtigen Polkos schon neue Hoffnung geschöpft hatten, wichen erschrocken zurück, als der Tydeussohn nun mit doppeltem Eifer gegen sie stürmte. Kukkuli, ein Achlamu aus Quedem, starb als erster unter dem Schwert des Argivers. Dann fiel der listenreiche Biridja, der älteste Sohn des Königs von Megiddo, der in ganz Charu ob seiner Schlauheit berühmt war; denn er hatte vor Zeiten einmal seine Männer, in große Tonkrüge versteckt, als Weinhändler in die von seinen Kriegern lange vergeblich belagerte Festung von Sichem geschmuggelt und die Burg so mit geringem Verlust erobert. Pinhasi, ein Vornehmer der Kuschiten, und Abimil, ein ruhmreicher Söldner aus Tyros, erlagen vor dem zurückgekehrten Libyer Maraye; ich selbst tötete Aitakama aus Kadesch, den ich noch von meiner Söldnerzeit in Ägypten kannte, denn damals waren die Syrer im Kriegslager unsere Nachbarn, und wir hatten häufig zusammen die Würfel gerollt. Dann kämpfte ich gegen Arischa und Seko, zwei Scherden, die für den Pharao stritten, und bezwang beide. Doch auch die ägyptischen Helden schlugen manche Lücke in unsere Reihen. Sethos, der Kronprinz, erschlug den Fürsten der Schekler, Kordu, und Poltor, den Führer der Pulusatu. Jasion kämpfte gegen Assirja, den tapfersten der Tyrsener, und verwundete ihn schwer. Der Nubier Hesir schoß Perscha, dem Scherden, einen Pfeil in die Ferse, so daß der Held hilflos davonhinken und seinen Bruder allein in der Schlacht zurücklassen mußte. Dann endlich erreichte der König von Argos den Heerführer Amenmesses, und die Krieger in weitem Rund ließen staunend die Waffen sinken, um den beiden mächtigsten Kriegern der beiden Heere zuzusehen in ihrem göttergleichen Gefecht.

»Was willst du von mir, Diomedes?« rief der Ägypter dem Tydeussohn zu. »Meinen Vater willst du kennen, wo ich doch selbst nicht weiß, wer er war? Welche tückische List planst du gegen mich? Willst du mein Herz mit Schwachheit und Zutrauen erfüllen, damit ich um so leichter die Beute deiner Waffen werde?«

Diomedes gab mit dröhnender Stimme zur Antwort: »Glaubst du im Ernst, daß ich der Täuschung bedürfe, um dich zu bezwingen? Weißt du nicht, daß ich schon mit dem Kriegsgott kämpfte und der göttlichen Aphrodite die Handwurzel durchstach, so daß ihr helles Blut rot auf den Rasen sprang? Nein, ich sagte die Wahrheit; aber du wirst bald mehr erfahren. Vorher will ich deine Wehr zerschmettern, damit dein Leben in meiner Hand liegt und du vielleicht eher geneigt bist, mir Glauben zu schenken. Lasse uns also nicht mit Worten hadern wie alte Weiber auf dem Markt, sondern den Kampf beginnen, wie es mutiger Männer würdig ist!«

Mit diesen Worten drang Diomedes machtvoll auf Amenmesses ein; der Speer des Tydiden durchstieß den eisenbedeckten Fürstenschild des Ägypters, prallte dann aber an der Rüstung ab, und der feindliche Heerführer konnte ihn aus seiner Wappnung reißen. Kraftvoll flogen die Schwerthiebe des Amenmesses danach auf Diomedes ein; der aber fing sie mit dem Schildarm auf und schlug seinerseits nach dem Haupt des Gegners, so daß diesem Nebel vor Augen wallten, und ihm das Blut im Schädel dröhnte. Laut jubelten die Libyer und anderen Völker unseres Heeres auf, als Diomedes Amenmesses tiefer und tiefer in das schlammige Wasser des Merwersees trieb. Schwächer und schwächer wurde die Gegenwehr des Ägypters, bis der Tydeussohn ihm schließlich mit einem letzten, gewaltigen Streich das Schwert aus der Hand schlug und dem Besiegten die Spitze seiner Waffe gegen die Kehle drückte.

Hilflos sah Amenmesses dem Tod entgegen; nicht Furcht, sondern Traurigkeit spiegelte sich auf seinem edlen Antlitz, denn er wähnte nicht nur sein Leben, sondern zugleich die Schlacht für Ägypten verloren. »Stoß zu, Achäer«, sagte er finster, »mache ein Ende und quäle mich nicht! Wenn dir die Götter den Sieg über mich schenkten, sollen sie mich jedenfalls nicht feige und angstvoll sehen!«

Diomedes aber antwortete: »Nein, Amenmesses, ich will dich nicht erschlagen; aber ich werde dich zwingen, zu hören, was dir Maraye, der Libyer, schon seit vielen Jahren vergeblich zu sagen versuchte. Kannst du dich nicht erinnern, daß er schon häufig Boten zu dir sandte, die du jedoch in deiner Dünkelhaftigkeit sämtlich ermorden ließest? Nun sollst du mit der Schmach der Niederlage dafür büßen. Dein Leben aber werde ich schonen, denn dein Vater war mein Freund und du sollst nicht länger mein Gegner, sondern von jetzt an mein treuer Verbündeter sein.«

»Niemals«, keuchte Amenmesses erbittert, »soll ich etwa zusehen, wie die grausamen Räuber aus der Wüste mein blühendes Land verbrennen? Wie meine Freunde getötet, meine Frauen geschändet, meine Kinder geblendet und in die Sklaverei geführt werden? Ich schätzte dich stets, Diomedes, und konnte es nicht glauben, als mir Merenptah berichtete, du habest diesen gemeinen Anschlag auf den edlen Sesostris verübt, damals in den Kämpfenden Wäldern, als mich ein irriger Befehl vom Schlachtfeld fernhielt. Denn nichts rühmte Sesostris höher als deine Treue und Aufrichtigkeit, deine Tapferkeit und Stärke. Jetzt aber fällt es mir schwer, dir Glauben zu schenken, wenn du ein solches verwerfliches Ansinnen stellst.«

»Dein Hals liegt nackt vor meinem Schwert«, versetzte Diomedes zornig, »wie kannst du da noch glauben, daß ich einer List bedarf, um dich und ganz Ägypten zu besiegen? Aber ich zog nicht in diese Schlacht, um meine Truhen zu bereichern, sondern um einen Schwur zu erfüllen, den ich vor vielen Jahren Prinz Sesostris leistete, als er im Tal der blutigen Wände starb. Ja, du hast richtig gehört, Amenmesses! Vorhin sprach ich von einer Pflicht gegenüber deinem Vater, jetzt berichte ich dir von meinem Eid vor Sesostris; denn er ist es, dessen Blut du entstammst!«

Ungläubig weiteten sich die Augen des Ägypters; voller Staunen und Verwirrung starrte er Diomedes an, ein heiseres Krächzen kam aus seinem Mund und schließlich stammelte er in höchster Verwunderung:

»Ich? Ich bin ein Sohn des Sesostris?«

»Ja«, antwortete der Tydide und ließ seine Waffe sinken, »der edle Sesostris war dein Vater, deine Mutter aber war Tachat, die Tochter des Pharao. Später, als König, wollte der Kronprinz diese Verbindung vor allen Menschen offenbaren, denn unter den Herrschern des Nillands ist es, wie du wohl besser weißt als ich, durchaus nichts Ungewöhnliches, wenn der Bruder die Schwester freit. Bis zu dieser Zeit aber wollten sie dich, die Frucht ihrer Liebe, verbergen; deshalb berichtete Tachat damals ihren Eltern, du seist auf einem Binsenboot vom Strom herbeigeschwemmt worden.«

»Sesostris! Tachat!« rief Amenmesses, und die Ägypter, die diese Namen verstanden, unterhielten sich staunend und dachten nicht mehr an das Kämpfen. »Wie hast du davon erfahren, Diomedes?« fragte der Heerführer schließlich, »und warum höre ich erst heute davon? Die Boten der Libyer ließ ich ermorden, ohne sie vorher zu hören, denn aus dem Mund eines Feindes kommt stets nur Lüge. Du aber warst mir niemals ein Feind, auch wenn ich heute gegen dich kämpfte. Ich achtete dich stets als den Freund des Sesostris, den ich wie einen älteren Bruder verehrte, ohne zu wissen, wie nahe er mir in Wirklichkeit stand!«

»Er selbst berichtete mir davon«, schilderte Diomedes, »damals während der Schlacht in den Kämpfenden Wäldern, als Schekel, der Scherde, und ich sein Leben gegen die Schwarzverbrannten verteidigten und ihn doch nicht zu retten vermochten. Er bat uns, dir deine Herkunft zu erhellen und auch zu berichten, wer der Verräter war, der dem edlen Sesostris die tödliche Falle stellte: Niemand anders als Merenptah, dem du jetzt in Treue dienst, wurde damals zum Mörder deines Vaters! Er schickte dir heimlich einen falschen Befehl; dann verschwand er unbemerkt in den Wäldern, während wir fochten und seine Hilfe ersehnten. Ach, wie lange wartete ich auf diesen Tag, an dem ich das alte Vermächtnis endlich erfüllen darf!«

Da faßte Amenmesses nach den Handwurzeln des Tydiden und sprach: »So also war es damals! Ich zweifle nicht an deinem Wort. Merenptah soll die Untat mit dem Leben büßen, das gelobe ich. Ich selbst bin der rechtmäßige Erbe des Throns; denn wäre Prinz Sesostris nicht durch den Verrat ermordet worden, hätte er die Macht erlangt, und ich nach ihm! Dennoch will ich die plündernden Horden der Libyer nicht zu Verbündeten nehmen; denn das Wohl Ägyptens, meiner geliebten Heimat, steht über allem.«

Während die beiden Helden wieder aus dem schlammigen Wasser traten, sprach Diomedes: »Lasse mich mit Maraye beraten. Vielleicht beendet er den Kampf aus freiem Willen, wenn du ihm Nahrung für die Hungernden schickst und versprichst, die Rache an Merenptah zu vollziehen. Denn auch er ist ein Todfeind des Pharao.«

Freudig stimmte Amenmesses zu; doch bevor er die anderen Heerführer zu sich rufen konnte, um Sethos, den Kronprinzen, in Fesseln zu legen und mit den ägyptischen Scharen gegen Ramsesstadt zu ziehen, hallte plötzlich ein furchtbarer Schrei über das Schlachtfeld, und erst beim nächsten Herzschlag erkannte ich, daß dieser entsetzliche Ruf aus der Brust des Tydeussohn stammte.

Denn als er den Fuß auf das trockene Land setzen wollte, schoß aus dem Schlamm plötzlich eine mächtige Schlange hervor und biß Diomedes in geifernder Wut in die Ferse. Schmerzerfüllt wandte sich der Tydide und hieb das bösartige Tier mit seinem Schwert wie rasend in Stücke. Aber das Gift der scheußlichen Viper hatte den Keim des Todes in seinen Körper gelegt.

Angsterfüllt stürzte ich zu Diomedes, schlug meine Zähne in seinen Fuß und suchte mit Lippen und Zunge den tödlichen Saft aus seinen Adern zu saugen. Aber seine Haut verfärbte sich unter meinen Händen, der Held stürzte zu Boden, und schreckliche Qualen verzerrten sein Antlitz.

Der Fall des Tydiden entschied die Schlacht. Denn die Ägypter, die eben der Niederlage des Amenmesses noch mit der höchsten Verzweiflung zugeschaut hatten, faßten jetzt wieder Mut und stürmten mit neuem Eifer voran. Wie eine mächtige Meereswoge die Burgen aus Sand überspült, die spielende Kinder am Ufer errichteten, so drangen die Scharen des Pharao nun durch die Reihen der Libyer und töteten die überraschten Krieger Marayes, wie Schlächter zum Fest des Frühlingsbeginns die wehrlosen Schafe mit Messern und Beilen metzeln. Wütend versuchte der König der Libyer mit Schwerthieben und lauten Scheltworten seine fliehenden Krieger zum Stehen zu bringen; die Ägypter, die zuvor schon sämtlich bis in das flache Wasser des Merwersees zurückgewichen waren, sahen in dem tückischen Angriff der Schlange ein günstiges Zeichen ihrer Götter und jubelten: »Auf, ihr Söhne des Nil, die Himmlischen stehen uns bei und kämpfen an unserer Seite!« Die Wüstenkinder aber riefen in Todesangst: »Wehe, wir sind verloren; selbst die Tiere Ägyptens fechten jetzt gegen uns, wie sollen wir da siegen?«

So, wie sich Furcht und Hoffnungslosigkeit der Pharaonenkrieger plötzlich in Zuversicht und Siegesgewißheit wandelten, so verkehrte sich auf der anderen Seite der Kampfeseifer unserer Männer in Angst und Entsetzen; denn die Libyer hatten den unüberwindlichen Diomedes stets als den Gewährsmann und Bürgen des Sieges verehrt und niemals daran gedacht, einmal ohne die Hilfe des Helden von Argos bestehen zu müssen. Wie schreckhafte Hasen des Feldes, vor denen das kräftige Horn des Jägers erschallt, flohen die Krieger der Wüste nun vor ihren Feinden hinaus in das öde Land; ihre Verfolger schossen mit Pfeilen um die Wette nach den Flüchtenden und hieben sie nieder, wo immer sie ihrer habhaft werden konnten.

Ich aber kümmerte mich nicht darum, sondern kniete bei Diomedes und hielt sein schweres Haupt in den Händen. »Aras!« klagte der Tydeussohn. »Aras! Was sind das für Götter, die mir nicht offen entgegenzutreten wagen, sondern sich einer giftigen Natter bedienen, um mich zu bezwingen? Hinterlist und Täuschung sind die verderblichen Waffen der Schlange, die mich feige und hinterhältig um meinen ehrlichen Sieg betrog! Ach, vorbei sind wohl die Tage, an denen noch Ehre und Mannhaftigkeit den Sieger des Kampfes bestimmten. Jetzt greifen Götter nach dem Zepter dieser Welt, die Bosheit und Tücke, betrügerische Schläue und verborgene Arglist lieben und sich nicht scheuen, Helden den ehrlich erworbenen Lorbeer zu stehlen! Schon Achilles starb durch einen tückischen Pfeil; der mächtige Ajax erlag der von Göttern gesandten Verblendung, Agamemnon schließlich dem feigen Verrat. Muß nun auch ich dahinscheiden, unbesiegt im ehrlichen Kampf, bezwungen durch ehrlose Hinterlist?«

»Ja, Diomedes«, antwortete ich unter Tränen, »kein anderes Mittel gab es, den Edelsten unter den Edlen zu morden, als feigen Betrug und tückische Arglist! Doch können dir die Unsterblichen nur das Leben entreißen, nicht deinen unvergänglichen Ruhm!«

»Ich werde sterben«, flüsterte Diomedes, »ich weiß es. Schon spüre ich in meinen Gliedern die Kälte des Todes. Doch ich empfinde keine Furcht vor der freudlosen Schattenwelt. War nicht auch mein Leben auf Erden stets glücklos und bitter, wie es nun auch für immer mein Dasein im düsteren Hades sein wird? Nein, ich trauere nicht um den Verlust meines Lebens, sondern allein um die Taten, die ich nun nicht mehr vollbringen darf. Darum höre, mein Freund und Gefährte: Du sollst mein Sohn und Erbe sein und auf dich nehmen, was von meinen Pflichten noch offensteht. Töte Pithunna, den ich einst für dich töten wollte! Bringe Vergeltung zu Merenptah, wie ich es vor Zeiten dem edlen Sesostris gelobte, und künde von meinem Tod in der Heimat, damit sich Achäa stets ehrfurchtsvoll meiner entsinne!«

»Ich werde alles tun, was du von mir verlangst, Diomedes, und koste es mein Leben«, sagte ich leise. »Ich werde keine Lüge auf deinem Namen dulden; das Andenken der Völker soll dich ewig ehren. Nichts von dem, was du geschehen lassen willst, soll ungeschehen bleiben, denn ich will deine Taten für dich tun; der Himmel soll mein Zeuge sein.«

Da streifte Diomedes den herrlichen Tydeusring von seinem Finger, legte ihn mir in die Hand und sagte zum Abschied: »Eile dich, Aras, rette dein Leben! Bete zu den Himmlischen, daß sie dir helfen mögen, deinen Schwur zu erfüllen. So wie ich selbst einst dieses kostbare Schmuckstück erhielt und es mich stets an meine Pflichten gemahnte, so soll es fortan auch dich stets an das erinnern, was du mir gelobtest. So wie dieser Ring vor Zeiten von meinem Vater auf mich als seinen Sohn überging, so reiche ich ihn nun dir als meinem Erben, mit allem Stolz und aller Kraft, die er beherbergt, mit der Tapferkeit, dem Mut und der Ehre. Wenn du jedoch vollbracht hast, was ich dir auferlegte, dann fahre nach Delos und weihe den Ring dort den heimischen Göttern.«

Dann brachen seine Augen, der Atem fuhr aus seiner mächtigen Brust und der Tod führte seine herrliche Seele davon. Ich blieb bei seinem Leichnam und weinte, bis Amenmesses tröstend den Arm um meine Schultern legte und zu mir sprach: »Bleibe bei mir, Aras, damit dich nicht noch am Ende einer von meinen Kriegern versehre! Du mußt mir noch vieles berichten, und ich begehre alles über meinen ruhmreichen Vater und den Verrat, dem er erlag, zu erfahren. Deinen toten Freund, der auch der meine war, will ich mit reichen Opfern und allen Ehren bestatten, als wäre er mein Vater. Denn Diomedes war ein Mann, der die höchste Achtung auch seiner Feinde verdiente.«

Ich hörte seine Worte kaum; Trauer und nie gekannter Schmerz erfüllten mein Herz, und mir war, als besäße ich nun keinen Freund mehr auf der Welt, ja, als gäbe es im Himmel keinen Gott mehr, als sei das Firmament verwaist und die Menschheit nur mehr eine Herde mörderischer Tiere. »So also vollendete sich dein Schicksal, Diomedes«, dachte ich kummervoll, »in einem fremden Land mußtest du sterben, nach einem Leben voller Kämpfe und Entbehrungen, grausam geprüft von den Göttern, und am Ende doch nicht mit dem ersehnten Glück gesegnet! Die Menschen werden nie mehr einen Helden sehen, wie du es warst, unglücklicher Tydide, und als der letzte Göttergleiche einer verlorenen Zeit nimmst du mit dir, was einst die Sterblichen um dich den Hauch des Ewigen und Unvergänglichen spüren ließ: deinen Edelmut und deine Stärke, deine Furchtlosigkeit und deinen Stolz. Wen mag es verwundern, daß dich die Himmlischen ob solcher herrlicher Gaben beneideten und dir soviel Mühsal aufluden, um dich immer und immer wieder zu prüfen und stets von neuem dein Heldenherz zu versuchen! Aber du hast selbst die schwersten Lasten getragen und niemals versagt. Du warst der letzte aus dem Titanengeschlecht der Menschen, die es wagten, selbst mit Unsterblichen zu fechten! Hell wie ein Stern wird dein Name stets über den Menschen erstrahlen, und keine Wolke kann deinen göttlichen Ruhm verdunkeln. Möge dir nun endlich Friede beschieden sein!«

Schweigend betete ich zu Gott und empfahl ihm traurig die Seele des toten Gefährten. Da hörte ich plötzlich achäische Worte, und als ich mich überrascht umwandte, sah ich den jungen Jasion und meinen Todfeind Pithunna auf den Leichnam des Diomedes zueilen, um ihm nach dem Brauch des Siegers die silberdurchwirkte Rüstung zu rauben.

Der Grieche hob sein Schwert, um dem toten Tydiden die Hand abzuhauen, wie es die Ägypter stets tun, um die besiegten Feinde zu zählen. Bei diesem Anblick ergriff mich rasender Zorn; ich entriß mich den Armen des Amenmesses und stürzte dem überraschten Achäer entgegen. »Wage es nicht, den Leichnam dieses Mannes anzutasten, vor dem ihr im Leben furchtsam geflohen seid!« rief ich ihm zu. Der Jüngling aber lächelte höhnisch und antwortete: »Mag uns Diomedes auch in der Schlacht vor sich hergetrieben haben wie Schafe, nun ist das Leben aus ihm gewichen, und nichts wird mich hindern, ihn zu meiner Beute zu machen!« Da sprang ich ihn an, so wie die Hündin dem Wolf an die Kehle fährt, um ihre Jungen vor seinen mordenden Zähnen zu retten, und riß ihn zu Boden.

Ich sah aus den Augenwinkeln, wie der verhaßte Pithunna fröhlich den Tydeusring aufhob, den ich bei meinem Angriff verloren hatte, und die Wut verdoppelte meine Kräfte. Jasion zog seinen Dolch aus dem Gürtel, doch ich entriß ihm die Waffe und stieß sie ihm durch die Ringe der Rüstung tief in das Herz.

»Was hast du getan?« schrie Amenmesses und riß mich heftig zurück. Pithunna hob drohend sein Schwert, doch der Ägypter streckte abwehrend die Hand gegen ihn aus und erklärte: »Fort von hier, Kaschkäer; dieser Mann gehört mir allein!« Da gab ihm mein Todfeind einen verwunderten Blick und schritt achselzuckend davon, um sich andere Opfer zu suchen.

Ich stand langsam auf; mein Atem ging schwer, und ich schaute den Jüngling an, den ich getötet hatte. Er starrte mit leerem Blick in den Himmel, und in seinen Augen schimmerten goldene Punkte. Da erinnerte ich mich an Gilgameschs Prophezeiung und entsann mich der Worte, die er einst im Arallu zu mir sprach: »Eines aber sehe ich, das mir große Sorge bereitet. Zwei Männer begegnen sich, sie haben beide goldene Punkte in ihren Augen und gleichen einander wie Brüder. Du, Aras, bist einer von ihnen, und es ist, als stündest du vor einem Spiegel. In diesem Augenblick wird sich dein Schicksal entscheiden. Handelst du richtig, gewinnst du, wonach du strebst; tust du jedoch das Falsche, dann ist alles verloren.«

Angstvoll fragte ich mich: Habe ich richtig gehandelt, den Jüngling zu töten? Nachdenklich öffnete ich meine Faust und starrte auf die blutbefleckte Waffe, die meine Finger noch immer umschlossen. Da durchfuhr mich der Schreck wie eine glühende Nadel, und ein Schrei des Entsetzens entrang sich meiner Brust. Denn der Dolch, den ich in zitternder Hand hielt, war das fluchbeladene Schlangenmesser des Bias.

8 Die Ägypter rächten sich an ihren Feinden grausam für die Untaten und Verbrechen, die Marayes Krieger zuvor an den wehrlosen Bauern des Niltals verübt hatten. So weit der Blick reichte, war der Boden des Schlachtfelds mit den zerstückelten Leibern erschlagener Libyer bedeckt. Neuntausend Gefangene führten Pithunna und Sethos gefesselt nach Memphis, ließen sie dort vor der Stadt auf spitze Pfähle spießen und riefen den Sterbenden höhnisch zu: »Freut euch doch, Freunde, daß ihr nun doch noch das Ziel eurer Wünsche erreichtet und die volkreichste Stadt Ägyptens endlich mit eigenen Augen sehen dürft!« Und während die Gefolterten in höchster Qual und Pein mit Armen und Beinen zuckten, spotteten ihre Bezwinger: »Worauf wartet ihr noch, liebe Nachbarn? Seid ihr etwa zu müde zu laufen? Auf, geht doch hin nach dem herrlichen Memphis; schmackhafte Speisen, kühlender Trank, reizende Frauen und reiche Schätze erwarten euch dort!« So unbarmherzig ließ Pharao Merenptah die Besiegten bestrafen. Maraye aber, der König der Libyer, entkam mit schweren Wunden in die unwegsame Wüste, einsam und allein, gemieden selbst von den engsten Gefährten, denn ein Mann besitzt oft nur so lange Freunde, wie ihn Glück und Erfolg begleiten.

Amenmesses ließ Diomedes, wie er es versprochen hatte, mit allen erdenklichen Ehren auf einem gewaltigen Scheiterhaufen verbrennen, gab ihm sein Schwert und seine Rüstung mit, auch seinen Streitwagen, seine Rosse und seine toten Gefährten, Polkos und Polyphas, Zakrops und Polymerios, Kaliphon und auch Eurymachos, den die Ägypter erschlagen hatten, als sie den Troß der Libyer erbeuteten. Priester, die mit achäischen Söldnern aus Griechenland nach Ägypten gekommen waren, brachten Zeus und Athene reiche Opfer dar, und alles geschah so, wie es eines Königs würdig ist. Die Diener des Pharao, die ihn daran zu hindern versuchten, schalt Amenmesses zornig: »Soll ich euretwegen mein Gelöbnis mißachten, ihr Feiglinge, die ihr euch im Palast des Herrschers verborgen habt, während wir gegen die schrecklichen Gegner kämpften? Dieser Mann war einst mein Freund und der Gefährte des edlen Sesostris! Damals tat er für Ägypten mehr, als ihr in zehn Leben vollbringen könntet.«

»Und doch war er unser Feind und verdient keine Gnade«, murrten die Boten aus Pi-Ramesse, »sein Leib soll den wilden Tieren zur Nahrung dienen, und seine Seele soll niemals Ruhe finden!« Da antwortete Amenmesses voller Verachtung: »Es ziemt sich nicht, daß sich die Hunde um den Leib des toten Löwen balgen! Auch als Gegner steht Diomedes in meiner Achtung weit über euch.« Daraufhin zogen die Diener des Pharao unwillig von dannen und führten am Königsthron bittere Klage gegen den edlen Fürsten.

Am nächsten Morgen brachen Amenmesses und ich nach der Ramsesstadt auf. Zwei Tage später führte er mich in seinen Palast, der sich, ganz aus weißen Steinen erbaut, prachtvoll am Ufer des Nilstroms erhebt. Sklaven wuschen und salbten dort meinen Leib; kundige Ärzte pflegten meine Wunden mit warmem Öl und duftenden Kräutern; dann stärkte ich mich mit Speise und Trank und fiel in den tiefen Schlaf der Erschöpfung.

Als ich erwachte, standen drei Frauen an meinem Lager, die ich zuerst nicht erkannte. Die älteste war klein und von sehr zierlicher Gestalt; das schwarze Haar, mit goldenen Bändern umschlungen, umrahmte ihr reizvolles Antlitz, wie dunkle Wolken an einem gewittrigen Tag die liebliche Abendröte umgrenzen; die schmale Nase, die hochgeschwungenen Brauen und die edel gewölbte Stirn verrieten ihr vornehmes Blut. Neben ihr stand eine hochgewachsene, goldhaarige Schönheit mit milchfarbener Haut und blauen Augen; sie trug ein Gewand aus silberdurchwirktem Leinen, das ihre edle Gestalt umschmeichelte wie ein lauer Wind die segelbespannten Masten eines schlanken Schiffes. Die dritte war noch sehr jung, Ägypterin wie die erste und ihr so ähnlich wie eine Schwester; ihre bronzene Haut schien weich und glänzend wie Frühlingsgras unter der Sonne, und auf ihren Lippen lag ein trauriges Lächeln. Da wußte ich plötzlich, wer die drei Frauen waren. Die herrliche Esenofre, die hohe Gemahlin des Pharao; die schöne Scherua aus Elam, die einst mit Naramsin aus Assur floh; und Merenptahs Tochter Twosre, die ich in einer glücklicheren Zeit als Kind auf meinen Knien geschaukelt hatte.

Ich erhob mich voller Ehrerbietung und sprach: »Esenofre! Freude durchströmt mich bei deinem Anblick, aber zugleich auch Traurigkeit, denn du gemahnst mich an längst vergangene Tage, an denen ich heiter und fröhlich sein durfte. Ach, wie jung und voller Hoffnung war ich damals; jetzt fühle ich Scham vor dir, alt und der Lebenskräfte beraubt, wie ich bin, als ein Besiegter vor deinen Augen! Niemals empfand ich Feindschaft gegen dich. Aber nun hat uns das Schicksal dennoch zu Gegnern gemacht, und das erfüllt mein Herz mit Bitterkeit; warst du doch einstmals die treue Gefährtin meiner geliebten Hermione, an die mich dein Antlitz nun schmerzvoll erinnert.«

Die Königin legte ihre schmalen Hände auf meine Schultern, blickte mir in die Augen und sagte: »Auch ich fühle keinen Haß gegen dich, Aras, obgleich du mit jenen schrecklichen Räubern gegen uns zogst, die unser Land so grausam brandschatzten. Aber bevor ich dir sage, weshalb ich gekommen bin, will meine Freundin Scherua mit dir sprechen, über den edlen Naramsin, dessen Tod wir beklagen.«

»Ach, Scherua, unglückliche Fürstentochter!« sprach ich betrübt zu der schönen Elamiterin. »Welche Verblendung befiel deinen edlen Gemahl, daß er mich erschlagen wollte, obwohl ich doch gar nicht begehrte, mit ihm zu kämpfen; und daß er sich am Ende sogar vermaß, dem unbezwinglichen Diomedes selbst gegenüberzutreten! Vielleicht berichtete er dir schon früher einmal, daß ich vor Zeiten seine Schwester liebte, die unvergleichliche Perisade, und Schuld an ihrem Tod trage. Darum haßte mich Naramsin, und wohl auch den großen Tydiden, der mein Gefährte und Beschützer war. Nun liegt sein Leichnam im Haus der Toten, wie du wohl weißt, um nach ägyptischer Sitte gereinigt und auf die rückkehrlose Reise ins Jenseits vorbereitet zu werden. Soviel aber kann ich dir künden: Der letzte Mitanni starb als Held, seiner glorreichen Abkunft geziemend, und hat die ruhmvolle Geschichte seines unglücklichen Volkes würdig beschlossen.«

Tränen glänzten in den Augen der schönen Scherua; sie seufzte: »Nichts anderes hoffte ich zu hören, Aras; denn das Reich der Mitanni, so lange es nun auch schon verweht und verloschen ist, war doch stets die wahre Heimat meines geliebten Mannes, so viele Jahre er auch mit mir in Ägypten lebte und so große Verdienste er sich auch um das Nilland erwarb. Damals, als er mit mir aus Assyrien floh, wußten wir nicht, was aus uns werden sollte und wo wir endlich Ruhe finden würden, um unsere Liebe zu genießen, die uns gegen alle Gesetze und den strengen Willen des Königs Tukulti-Ninurta verband. Aber der Pharao nahm uns gnädig auf, und Esenofre wurde meine treue Gefährtin, die ihre Hände über uns hielt. In siebzehn Schlachten wagte Naramsin später sein Leben für die Ägypter und gewann hohe Ehre dabei. Nun starb er gar für dieses Land, das ihm im Grund seines Herzens doch stets fremd blieb.«

Weinend wandte sie sich von mir ab, und die junge Twosre legte ihr schützend den Arm um den Nacken, damit sie ihre Trauer besser verbergen könne. Ich sagte zu Esenofre:»Verzeihe meine Ungeduld, Königin, wenn ich dich frage, was dich zu mir führt. Nicht Neugier treibt mich dazu, sondern der Wunsch, dir zu helfen, was immer du auch begehren magst.«

Da begann auch Esenofre zu weinen, zog mich neben sich auf die ledernen Polster und sagte:»Ach, Aras, du bist wohl der Unglücklichste unter den Menschen! Welche Götter sind es, die dich mit so schrecklichem Zorn verfolgen? Weißt du denn wirklich noch immer nicht, was damals geschah, als du mit dem Heer der Ägypter, mit Merenptah und Sesostris in den Kämpfenden Wäldern weiltest? Hat dir mein Bote, den ich dir damals in Theben sandte und der seitdem verschollen ist, nicht meine Nachricht zugetragen?«

Ich sah in meiner Erinnerung wieder das angstverzerrte Gesicht des Ägypters vor mir, den ich am Hafen von Theben erwürgte, weil ich den Schmerz über Hermiones Tod nicht zu ertragen vermochte, und sagte mühsam:»Ich habe deinen Diener damals getötet, denn Trauer vernebelte meine Gedanken, und furchtbare Qualen des Herzens verwandelten mich in ein reißendes Tier. So konnte er mir den Grund ihres Todes nicht nennen. Ich aber erwachte erst viele Tage später aus der flammenden Pein meiner Seele und mußte Ägypten dann fliehend verlassen. Erneuere nicht meine Folter, Königin, ich bitte dich! So viele Jahre auch seitdem vergingen – wenn ich an Hermione denke, befällt mich doch stets tiefste Trauer, und ich sehne mich danach, endlich zu erfahren, wie sie starb.«

Die Tränen auf Esenofres Wangen zeichneten glitzernde Muster; endlich gab sie zur Antwort:»Unglückseliger Aras, ich weiß kaum, wie ich dir sagen soll, was du zu wissen begehrst, und wünschte, wir wären uns niemals begegnet. Aber weil ich es einst Hermione gelobte, will ich dir nun verraten, was damals geschah. Wisse, daß deine Gemahlin dir kurz nach eurer Abfahrt nach Punt einen Sohn gebar. Im Kindbett erlag sie dem tückischen Fieber. Das war es, was mein Diener dir mitteilen sollte, als ich dich so unverhofft in Theben traf. Ach, wärst du damals doch nicht so voreilig und unbeherrscht gewesen! Vieles wäre dann ungeschehen geblieben.«

»Einen Sohn?« rief ich überrascht aus, und plötzliche Freude mischte sich in meinen Schmerz. »Ich habe einen Sohn? Oh, gnädiger Gott, wie gütig tröstest du mich in meiner Verzweiflung! Jetzt weiß ich auch, warum mir Hermiones Körper damals so füllig und seltsam verändert erschien; und ich Törichter habe sie deshalb gescholten! Nun ist Hermione mir doch nicht für immer verloren; in unserem Kind wird sie weiterleben! Wo ist mein Sohn, und wie ist sein Name? Ich sehne mich danach, ihn in die Arme zu schließen.«

Da schaute die Königin mich voller Trauer und Mitgefühl an und sprach: »Preise nicht die Götter, Aras, ehe ich geendet habe! Wahrlich, niemals haben die Himmlischen einen Mann grausamer für seine Unwissenheit und Torheit bestraft. Ich selbst zog deinen Sohn auf, wie ich es Hermione am Sterbelager schwor. Mein Ehegemahl, der Pharao, nahm ihn später in seine Dienste; Ägypten wurde seine Heimat und sein Gemach liegt nicht weit von diesem Saal. Dennoch wirst du deinen Sohn nie mehr umarmen können, obwohl du ihn kennst und ihn bereits gesehen hast. Ja, Amenmesses berichtete mir davon, und seine Worte ließen mich den Haß der Götter ahnen, der dich überallhin verfolgt. Denn dein Sohn, Aras, war kein anderer als der Jüngling Jasion, den du selbst auf dem Schlachtfeld am Merwer erschlugst!«

Der Schmerz dieser grausamen Überraschung traf mich wie ein Schlag aus dem Dunkel; es war, als ob mir ein treuer Gefährte plötzlich mit flammendem, unerklärlichem Haß entgegentrat; wie der mordgierige Angriff eines Kampfgenossen, der sich plötzlich, mitten im Schlachtengetümmel, vom Wahnsinn getrieben gegen den eigenen Freund wendet. Blutrote Nebel wallten vor meinen Augen; undeutlich sah ich Amenmesses vor mir, der in das Zimmer trat und mich schweigend und mit versteinerten Zügen anstarrte. Ich meinem Innern hörte ich wieder die alte Weissagung des Kalchas vor Troja und wußte, daß ich nun auch der seltsame Landmann geworden war, der auf dem Feld sein Saatgut verbrannte. Denn ich hatte meinen Samen vertilgt und meinen eigenen Sohn ermordet, unwissentlich zwar und hilflos gegen das Schicksal, aber aus freiem Willen und durch eigene Schuld, weil ich das Verhängnis nicht erkannte und mich von Zorn treiben ließ. Ich hörte noch einmal die Worte des unsterblichen Baltasarzan, der mir einst im fernen Harappa, die Schafsleber in den Händen, verkündete:»Wir sahen die Sichel im Hof des Todes, das Zeichen der Ernte aus schwarzem Blut. So kann sich erst in der dritten Probe entscheiden, ob Aras der vierte in unserem Kreis werden wird. Viel Blut wird an diesem Tag fließen, doch wenn es nicht sein eigenes ist, gewinnt er den höchsten Preis.«

»Ja«, sprach ich in höchster Verzweiflung zu mir, »mein eigenes Blut ist vergossen, von meiner eigenen Hand! Nun ist alles verloren, grausamer Schicksalslenker, der du mich ein Leben lang mit falscher Hoffnung verspottet hast, um mich dann um so schrecklicher zu enttäuschen und mir alles Glück, alle Liebe zu rauben!« Wie das stürzende Wasser der sprudelnden Quelle hoch oben im Fels zogen rasend schnell die Bilder aus meinem unglücklichen Leben vorbei; Ekel drang in meine Kehle, und meine Zunge schmeckte Blut. Wie plötzlich in ein finsteres Nest sich windender Schlangen geschleudert, empfand ich Abscheu und Entsetzen, aber es war Abscheu vor mir selbst, und ich wünschte nicht länger den Glanz der Sonne zu schauen. Wütende Schmerzen fuhren durch meinen Leib, Stürme tobten in meinen Sinnen, namenloses Grauen ließ meine gepeinigte Seele erstarren; ich haßte mich und mein Leben, haßte die Erde, das Licht, Gott und die Menschen; ich stürzte auf Esenofre zu, die erschrocken vor mir zurückwich, riß ihr die goldenen Spangen vom Busen und stieß sie mir rasend und schreiend in beide Augen.

9 Alles war nun entschieden, und endlich verstand ich mein Schicksal. Die Erde bezwang in meiner Seele den Himmel, die Dunkelheit überwand das Licht in mir, das Menschliche besiegte, was an mir einst göttlich gewesen sein mag und nun für immer entschwunden war. So, wie ich einst im Fleisch geboren wurde, werde ich nun den Weg des Fleisches nehmen; die Tore zur Unsterblichkeit bleiben mir für immer verschlossen.

Die Welt um mich war kalt und öde, und ich war leer und nutzlos wie die hohle Hülle, die der Schmetterling nach seiner zauberischen Verwandlung zurückläßt. Alle Gefühle, Sehnsüchte, Hoffnungen und Qualen starben in meinem Herzen, und es war endlich vollendet, was ich mein Leben nannte. Nur eines noch gab es zu tun, eine einzige Aufgabe stand noch bevor – ihr Name war: Rache.

Amenmesses ließ mich von seinen Ärzten pflegen, bis die Schmerzen gewichen waren. Dann trat er an mein Lager, und ich erzählte ihm alles, was ich von seinem Vater Sesostris und dem Verrat des blutigen Merenptah wußte. Auch von meinem eigenen Leben berichtete ich ihm, und von der Verpflichtung, die mir geblieben war. Am Ende sprach er zu mir:»Ich fühle mit dir, Aras, und will dir gern helfen, dich an Pithunna zu rächen. Trägt er nicht noch immer den Ring des Diomedes? Nun, leider kann ich dem Kaschkäer nicht offen entgegentreten, denn Pharao Merenptah hegt ohnehin großen Argwohn gegen mich, und ich muß meinen eigenen Racheplan mit größter Vorsicht verfolgen.«

Ich antwortete:»Nein, Amenmesses, ich bitte dich nicht um Hilfe; meine letzte Tat will ich allein vollbringen, und sie wird mir gelingen. Du magst mich als einen Blinden vielleicht für hilflos ansehen. Doch soviel Unheil mir der Himmel auch sandte, die Rache wird er mir jetzt nicht mehr verwehren.«

Da schenkte mir der Ägypter eine Truhe voller Gold und Edelsteine, dazu vier kräftige Sklaven und einen Papyrus, in dem er mich als seinen Freund und Schützling auswies und alle, die mir ein Leid zufügten, mit grausamen Strafen bedrohte. »Gehe nun, Aras, wohin deine Schritte dich lenken«, sprach er zum Abschied, »wenn du zurückkehren willst, wird bei mir stets ein Platz für dich sein.«

Ich kaufte ein abgelegenes Haus ohne Nachbarn am nördlichen Rand der Ramsesstadt; zwei Jahre lang lebte ich dort, bis ich gelernt hatte, mich auch ohne die Hilfe der Augen überall zu bewegen, und bis ich fühlte, daß die Zeit gereift war. Dann hieß ich meine Diener, durch alle Straßen zu laufen und zu verkünden, daß sich in der Hauptstadt ein berühmter Wahrsager niedergelassen habe, der allen Menschen die Zukunft zu entschleiern vermöge. Denn ich wußte, daß es kaum ein abergläubischeres Volk gibt als das der Kaschkäer, und daß die Männer des Berglands besonders darauf erpicht sind, sich ihr Schicksal aus den Linien der Hand lesen zu lassen.

Viele Tage lang kamen Ägypter und Fremde zu mir, Männer und Frauen, Arme und Reiche, Glückliche und Unzufriedene; ich befühlte die schwieligen Hände der Lastträger ebenso wie die glatten, mit Honig und Balsam gepflegten Finger der vornehmen Damen und wartete geduldig auf den Tag meiner Rache. Endlich führten meine Diener einen Krieger in mein Gemach, dessen Ägyptisch mir verriet, daß er aus einem entfernten Land stammte. Mein Herz begann, schneller zu schlagen, und nur mit Mühe bezwang ich meine Erregung, als ich an der kräftigen Rechten des Fremden den Ring des Tydiden erfühlte und wußte, daß ich meinem Todfeind gegenübersaß.

Ich betastete seine Hand lange mit meinen Fingern und spürte, wie Unruhe in ihm aufstieg und er mich aufmerksam musterte. Aber er wußte nicht, wer ich war, denn er hatte mich ja niemals besonders beachtet, wenn ich in seiner Nähe gewesen war; und überdies hatte ich mir in der Zwischenzeit weder den Bart noch das Haupthaar geschoren. Schließlich sprach ich zu ihm: »Wer bist du, Fremder, und wie ist dein Name? Große Dinge habe ich dir zu künden, Dinge, die mich mit Staunen und Ehrfurcht erfüllen. Sage mir, bist du ein Fürst oder König? Verstellst du nur deine Stimme und bist du am Ende der mächtige Pharao selbst?«

Pithunna lachte geschmeichelt und antwortete: »Nein, Blinder, ich bin nicht Ägyptens glorreicher Herrscher, wohl aber einer von seinen obersten Dienern. Ich stamme aus einem fernen Land, wo ich einst die Geschicke eines großen Volkes lenkte.«

Erneut fuhr ich mit den Fingern über die Linien seiner Hand, aber ich vermied es, den Tydidenring noch einmal zu berühren, um nicht Pithunnas Mißtrauen zu wecken. Dann sagte ich geheimnisvoll: »Aus einem fernen Land? Wo lag es? Schroffe, düstere Berge sehe ich in seinem Innern, aber auch schäumende Wellen eines warmen Meeres. Ich höre die Hufe von Pferden und rieche den rußigen Rauch von Eisenschmieden.«

Überrascht zog der Kaschkäer seine Hand zurück. »Wie konntest du davon erfahren?« fragte er voller Argwohn. »Dein Wissen ist groß, und du bist ein sehr seltsamer Mann!« Dann aber siegte, wie ich es erwartet hatte, die Neugier in ihm, und er fuhr versöhnlich fort: »Wenn du jedoch meine Zukunft ebensogut kennst wie meine Vergangenheit, werde ich es nicht bereuen, daß ich dir soviel Kupfer gab!«

Ich ergriff wieder seine Rechte, tat so, als ob ich angestrengt nachdächte, und sagte schließlich: »Deine Vergangenheit, Fremder? Wahrlich, sie liegt offen vor mir! Viele Schlachten sehe ich darin, und eisengepanzerte Männer mit spitzen Helmen setzen sich auf die Rücken von Pferden, um ihre Feinde mit ihrem Anblick zu erschrecken. Ich sehe auch eine mächtige Schlange, die mit ihrem schuppigen Körper die Welt umspannt und ihre Diener zu höchsten Ehren führt. Sage mir deinen Namen! Vielleicht verspürt meine

Sehergabe bei seinem Klang schon den hallenden Beifall der Völker, die sich später voller Bewunderung und Ehrerbietung vor dir verneigen werden!«

Stolz antwortete der Kaschkäer darauf: »Wahrlich, deine Weisheit ist groß, Blinder, und ich glaube dir, was du sagt; denn deine Kenntnis von meinem Leben hat mich überzeugt. Obwohl du ein Fremder bist, sprichst du so, als ob wir uns seit vielen Jahren kennen würden. Die Götter müssen dich sehr schätzen, daß sie dir eine so machtvolle Gabe verliehen. Mein Name ist Pithunna, und ich führe die Heerscharen Seths. Verrate mir, wann ich noch weiteren Ruhm auf meine Schultern häufen und der Schlange endlich zum Sieg über ihre Feinde verhelfen werde!«

»Pithunna«, antwortete ich in gespieltem Erstaunen, »Pithunna! Wahrlich, wie Stürme durchtosen jetzt neue Erkenntnisse mein Inneres! Niemals war es mir wichtiger, die Zukunft eines Mannes zu bestimmen, als bei dir, das magst du mir glauben! Du bringst Glück und Freude in mein Haus.«

»Sprich schon!« drängte der Kaschkäer ungeduldig. »Was siehst du in meinem Schicksal? Was wird noch weiter in meinem Leben geschehen? Foltere mich nicht mit Ungewißheit, Blinder; der reichste Lohn wird dein sein, das gelobe ich dir!«

»Ich glaube dir, Pithunna«, sprach ich zu ihm, »dennoch vermag ich dir nicht sogleich die ersehnte Antwort zu geben. Wärst du ein unbedeutender oder gewöhnlicher Mann, würden die Worte jetzt sehr schnell und ungehindert meinem Mund entströmen. Aber du bist ein so edler und ruhmvoller Fürst, daß ich es nicht wagen darf, auch nur den kleinsten Fehler zu begehen. Wahrlich, die Ehrfurcht vor dir macht mich zittern, und deine Gegenwart erfüllt mich mit solcher Achtung, daß ich kaum meine Sinne zusammenzuhalten vermag. Was ich eben noch deutlich vor mir sah, entgleitet jetzt immer mehr meinen Gedanken. Aber es wird wiederkehren. Gib mir drei Nächte Zeit, bis der Mond ganz vom Himmel verschwunden ist; denn dann ist die Macht meines Geistes am größten, und ich kann dir alles enthüllen, was du zu wissen begehrst.«

»Gut«, sagte der Kaschkäer, »aber ich warte nicht einen Tag länger! Wenn du mich betrügen willst, werde ich dich zu finden wissen, wo immer du dich dann verbergen magst!«

Als er gegangen war, wies ich meine Diener an, keine weiteren Besucher mehr einzulassen, und verschloß sorgfältig die Tür meines Hauses. Dann ließ ich die Sklaven im Innern gleich hinter der Schwelle eine mehr als doppelmannstiefe Grube ausschaufeln und in ihren Boden angespitzte Pfähle einschlagen, wie es die Hethiter in den Gräben vor ihren Burgen zu tun pflegen. »Was bezweckst du damit, Herr?« fragten mich die Diener. »Unsere Rücken schmerzen, und wir verstehen den Sinn unserer Arbeit nicht.« Ich aber antwortete: »Jammert nicht! Was wißt ihr schon vom Schicksal und seiner Deutung? Tut, was euch befohlen ist, und schichtet, wenn ihr die Grube ausgehoben habt, in das Zimmer dahinter alle Steine, die ihr finden könnt. Denn diese benötige ich zu einem gewaltigen Zauber.«

Als die dritte Nacht begann, schob ich einen schmalen Holzkeil unter die

Tür, so daß sie bei flüchtiger Berührung verschlossen erscheinen, bei heftigem Anstemmen aber leicht nachgeben mußte. Dann wartete ich, und in meine Ungeduld mischte sich Angst, daß mein Todfeind meiner Falle noch entgehen könne. Ich sorgte dafür, daß kein Lichtschein, nicht einmal der schwächste Sternenstrahl, von draußen in mein Haus dringen konnte; und selbst als Blinder empfand ich die Dunkelheit wie eine schwere, drückende Last. Endlich hörte ich Schritte vor meiner Tür, und dann die Stimme Pithunnas, der rief: »Öffne mir, Blinder! Oder bist du etwa doch mit meinem Kupfer entflohen?«

Ich antwortete: »Tritt ein, Fürst, ich habe nicht abgeschlossen.«

Kratzend tastete seine Hand nach der Pforte, dann sprach der Kaschkäer: »Hier ist es finster wie im Arallu; ich hätte eine Fackel mitnehmen sollen in dieser mondlosen Nacht. Die Tür ist ja verschlossen. Du nennst dich einen Wahrsager und belügst mich, noch bevor ich eingetreten bin?«

»Nein«, rief ich hastig, »die Tür ist wirklich unversperrt, sie klemmt nur ein wenig. Tritt kräftig dagegen, dann wird sie sich öffnen!«

Mein Herz klopfte bis zum Halse; endlich drang der heftige Aufprall eines Körpers gegen dröhnendes Holz laut an mein Ohr, und einen Augenblick später Pithunnas überraschter Schrei. Der Kaschkäer hatte die Tür mit der Schulter eingedrückt und war durch den Schwung seines Ansturms sogleich in die Grube gestürzt, wo die Pfähle seinen Leib durchbohrten.

Ich wartete eine Weile; dann verriet mir ein schmerzvolles Stöhnen, daß mein Todfeind noch lebte und wieder bei Besinnung war. Mit beiden Händen ergriff ich einen der großen Steine, die hinter mir lagen, und schleuderte ihn, sein Stöhnen zu meinem Wegweiser nehmend, mit mächtigem Schwung auf ihn herab.

»Warum tust du das, Blinder?« rief Pithunna in höchsten Qualen. »Wer bist du? Was habe ich dir getan?«

»Ich bin Aras!« gab ich zur Antwort. »Ich bin der Mann, dessen Eltern du einst in der nördlichen Steppe erschlugst. Viele Jahre lang folgte ich deiner Fährte, doch immer wieder hinderte der Himmel mich an meiner Rache. Jetzt kann ich endlich meinen Schwur erfüllen; ich werde dich töten, und wäre es die letzte Tat meines Lebens.«

»Aras!« röchelte Pithunna sterbend. »Ich habe immer gewußt, daß ich dir noch einmal begegnen würde. Wie aber konntest du mich in einem so fernen Land finden?«

»Diese Frage soll dich noch in der Unterwelt quälen«, rief ich, »wenn deine verfluchte Seele dort auf ewig durch das Land der Ruhelosen wandelt. Sühne deine Verbrechen, du Ungeheuer! Niemals mehr sollst du Unschuldige verderben!« Dann warf ich Steine auf ihn, bis ich keinen Atem mehr hörte.

Später verließ ich das Haus und kehrte erst nach drei Tagen zurück. Der süßliche Gestank der Verwesung drang in meine Nase. Ich stieg auf einer Leiter in die Grube hinab, räumte die Steine beiseite, bis ich die Rechte meines Todfeinds in den Händen hielt, und streifte ihm den Tydeusring vom

Finger. Im Hafen warb ich drei achäische Söldner als Wächter an und bestieg mit ihnen und meinen Schätzen ein Schiff nach der Peloponnes. So verließ ich Ägypten für immer.

Ich reiste nach Argos, um dort den Tod des Diomedes zu melden, wie es der Tydeussohn mir aufgetragen hatte. Dabei erfuhr ich, daß in den vergangenen Jahren vieles geschehen war, was meine Pläne ändern mußte.

Denn schon vor Jahren hatte Orestes, der Sohn Agamemnons, seinen erschlagenen Vater gerächt, indem er seine Mutter, die untreue Klytämnestra, und ihren Buhlen Aigisthos tötete. Danach verfolgten ihn die Erinnyen, und er entfloh.

Menelaos, sein Onkel, hatte Orestes vor Zeiten die Hand seiner einzigen Tochter versprochen, die Hermione hieß, wie meine unglückliche Gemahlin. Nach ihrer Rückkehr aus Ägypten vermählten Helena und Menelaos Hermione dann aber mit Neoptolemos, dem Sohn des Achilles. Als Menelaos starb, folgte ihm sein Schwiegersohn auf Spartas Thron. Bald aber kehrte Orestes, vom Fluch der Rachegöttinen erlöst, wieder heim; er bestieg den Thron von Mykene und zog danach gegen Sparta, um sich dort Braut und Krone zu holen. Mit eigener Hand erschlug der Sohn Agamemnons den Sohn Achills; dann kehrte Orestes mit Hermione heim und herrschte glücklich mit ihr über beide Länder.

Zu diesem Fürsten ging ich nun, erzählte ihm von Diomedes und bat ihn um Hilfe. Orestes versammelte sein Heer, fiel in das stolze Argos ein und rächte den Tydeussohn an seiner Gattin und ihrem Verführer. Dann setzte er sich auch diese Krone aufs Haupt und herrschte so über ein Reich, das größer war als das seines Vaters und Onkels zusammen. Inmitten der eroberten Stadt ließ Orestes eine herrliche Säule aufstellen, in die kunstfertige Steinmetze Bilder von den Taten des Diomedes schlugen.

Danach sprach der Sohn Agamemnons zu mir: »Wohin willst du nun gehen, Aras? Wo ist deine Heimat? Bleibe bei mir, ich will dich ehren, als wärst du mein eigener Vater! Denn du bist jetzt der letzte, der die große Zeit unserer Helden erlebte, und Griechenland braucht dich für seinen Stolz.«

Aber ich antwortete: »Nein, edler Atride, an diesem Ort quälen mich zu viele Erinnerungen. Ich will lieber in ein fernes Land ziehen, in dem ich noch niemals gewesen bin und in dem mich niemand an mein gluckloses Schicksal gemahnt.«

So fuhr ich nach Rhodos, wo ich seitdem mein Leben verbringe. Das Messer des Bias, das mein Sohn Jasion erst ein paar Monate vor seinem Tod von Merenptah zum Geschenk erhalten hatte, verwahre ich in meiner Truhe, damit es keinem Menschen mehr Schaden zufügen kann. Ich selbst habe von seinem Zauber nichts zu befürchten, denn mich kann kein Unheil mehr treffen. Den Ring des Tydiden aber weihte ich auf Delos den Göttern, die Diomedes so liebte.

Die drei weisen Magierkönige aber, Gathaspar, Melikhor und Baltasarzan, werden dereinst wohl einem anderen Flammenstern folgen, um den Erlöser zu finden, dessen göttlicher Teil den menschlichen überwinden, der nicht Rache, sondern Vergebung, nicht Haß, sondern Liebe predigen und die Welt vom Bösen befreien wird. Dieser Erlöser wird ein Kind des Himmels sein, der gewaltigste aller Propheten, ja vielleicht sogar ein Sohn des Einzigen Gottes selbst. Er wird vielleicht in hundert, vielleicht in tausend, vielleicht in zehntausend Jahren erscheinen; vielleicht im Land der Arya, vielleicht in den Wüsten der Arabi, vielleicht auch in dem Land, in dem die »Auserwählten« siedeln, denn diese sind dem Einzigen Gott heute näher als alle anderen Völker. Dieser Erlöser wird mit Gottes Hilfe die Schlange besiegen. Dann werden die drei weisen Magier endlich am Ziel sein. Ich habe nie wieder von ihnen gehört.

10 Die Könige und Fürsten, die ich kannte, die Helden, denen ich begegnete, die Männer, die ich meine Freunde und Gefährten nannte, wo sind sie geblieben? Im Schutt der Zeit ruht ihr Gebein und ist mein Wegweiser in der Erinnerung. Das Rad der Geschichte dreht sich stets weiter und mahlt aus der Gegenwart das feine Schrot der Vergangenheit, in dem nur Wissende die Wahrheit finden können. Was geschehen ist, ist geschehen und kann nicht mehr ungeschehen gemacht werden, weder von einem Menschen noch von einem Gott. So bleibt am Ende nur, vom Leben und Sterben jener zu erzählen, deren Weg ein Stück lang auch der meine war.

Mehr als zwanzig Sommer sind seit meiner Rache vergangen, und einer war wie der andere, seit ich auf deiner lieblichen Roseninsel, Fürst Aristides, mein einsames Haus bewohne. Ich zähle die Jahre nicht mehr, denn sie bedeuten mir nichts.

Von den alten Helden Achäas lebt schon lange keiner mehr.

Nestor, der greise König von Pylos, und Philoktetes, der berühmte Bogenschütze aus Meliböa, der nach der Rückkehr aus Troja ein Jahr lang verschollen war, starben längst eines friedlichen Todes, denn sie waren alt, als ich noch jung war. Meriones aus Pharai am Nordrand der Peloponnes wurde beim Jagen von einem Löwen zerrissen. Eurypylos, König von Orchomenos, stürzte bei einer Wettfahrt und brach sich das Genick. Epeios, der einst das hölzerne Pferd erbaute, ertrank in einem Unwetter vor der Küste Kytheras. Odysseus, der nach vielen Abenteuern im Westmeer doch noch nach Hause zurückkehrte, zehn Jahre nach Trojas Sturz, und der auf seinen Reisen Zyklopen und Lotophagen, Lästrygonen und Sirenen und vielen anderen seltsamen Wesen begegnet sein will, starb als hochbetagter Mann am Strand seiner Insel Ithaka, so wie es ihm der Seher Teiresias einst in der Unterwelt vorausgesagt hatte. So brauchte Odysseus den Untergang der achäischen Städte nicht mitzuerleben.

Denn bald nach seinem Tod stürmten aus den Nordländern neue, unbekannte Völker herbei; sie nannten sich Dorer und schlugen die griechischen Burgen in Stücke. Niemand vermochte ihnen zu widerstehen, und die Söhne und Enkel der tapfersten Helden Achäas starben im Feuerschein ihrer brennenden Heimat. Argos, Mykene und Sparta zerfielen zu Asche. Orestes, der tapfere Sohn Agamemnons, fiel vor seinem Königspalast. Die schöne Helena, die nach dem Tod ihres edlen Gemahls Menelaos allein auf einem Landgut lebte, wurde von den Eroberern am Webstuhl wie eine Hündin erschlagen. Theben, Pylos, Orchomenos, sogar das mächtig befestigte Tiryns und fast alle anderen Städte wurden zur Heimat von Unheil und Tod.

Dann griffen andere Nordvölker auch das Hethiterreich an und häuften Staub auf die Festungen der Schwarzgepanzerten. Chattuscha, die stark bewehrte Hauptstadt, fiel in Trümmer, und in ihren Mauern starb auch der unglückliche König Madduwatta. Auch Zypern wurde von den Fremden erstürmt; das reiche Ugarit, Gebal und Tyros gingen in Flammen auf. Überall zwischen Kilikien und Kanaan brannten die Dörfer, und unter den Menschen herrschte große Furcht. Die Nordmänner zogen bis an die Grenzen Ägyptens; sie waren die Brüder und Vettern der lange vor ihnen nach Süden gefahrenen Scherden und Schekler, der Pulusatu, Zeker und Tyrscher, und niemand vermochte sie aufzuhalten.

In Ägypten mußte der edle Amenmesses sechs Jahre lang warten, ehe er seinen Vater Sesostris endlich zu rächen vermochte. Denn der Pharao schickte den tapferen Heerführer gleich nach der Merwerschlacht von seinem Hof und ließ ihn danach nie mehr vor sein Antlitz treten. Ja, Merenptah empfand vor Amenmesses solche Furcht, daß er ihm am liebsten hätte ermorden lassen. Aber der Pharao wagte nicht, Amenmesses auch nur ein Haar zu krümmen, so hoch stand der Held im Ansehen aller ägyptischer Bürger. Von Tjel aus, der Festung des Ostens, spann der Sesostrissohn heimlich sein Netz um den Pharao. Endlich, als er seines Sieges sicher war, zog er mit seinem Heer nach Ramsesstadt, erschlug den Verräter mit eigener Hand und setzte sich die Kronen der beiden Reiche auf, die ihm rechtmäßig gehörten.

Die Schlange und ihre Diener aber haßten Amenmesses und suchten ihn zu verderben. Sethos, Merenptahs Sohn, wurde ihr Pfand. Als der neue Pharao in Theben weilte, riefen die Gefolgsleute des toten Herrschers dessen Sproß in Ramsesstadt zum Gegenkönig aus, und unter den Ägyptern begann ein blutiges Morden. Das Oberste wurde zuunterst gekehrt; die Feindschaft trennte den Sohn vom Vater und den Bruder vom Bruder, denn während die einen dem Amenmesses anhingen, jubelten die anderen dem Sethos zu, und es waren plötzlich zwei Länder in einem Land. Es gab keine Ordnung mehr in Ägypten, so wurde berichtet, und alle Werte wurden umgedreht wie eine Töpferscheibe. Die Vornehmen waren voller Trauer und die Geringen voller Freude. Gold und Lapislazuli, Silber und Malachit waren um den Hals der Dienerin gehängt, die Herrin aber klagte: »Ach, hätte ich nur etwas zu essen!« Die einst Kleider besaßen, gingen in Lumpen, wer aber zuvor nicht einmal für sich selbst hatte weben können, der besaß auf einmal feines Leinen, und manches arme Mädchen, das früher sein Antlitz nur im Wasser betrachten konnte, wurde jetzt reich und kaufte sich einen bronzenen Spiegel. So blieb es, bis Amenmesses in Theben dem Fieber erlag. Sethos vermochte sich darüber jedoch nicht lange zu freuen. Um seine Würde zu erhöhen und auch jene zu gewinnen, die ihn nicht mochten, heiratete er seine Schwester Twosre, die im Volk sehr beliebt war. Bald darauf aber wurde auch Sethos vom Totengott abgerufen, und sein Sohn Merenptah-Siptah, den ihm eine Nebenfrau geboren hatte, wurde König.

Merenptah-Siptah war noch ein Knabe, als er den heiligen Thron des Nillands bestieg. Hinter seinem Rücken stritten Twosre und der Syrer Bai um die Macht. Schließlich ließ der tückische Asiate dem kindlichen Pharao Gift ins Essen mischen. Twosre aber erkannte seine Schuld, ging unter das Volk und sagte: »Soll ein grausamer Mörder Ägypten beherrschen, ein Mann, der sich nicht vor den gemeinsten Verbrechen scheut?« Da folgten die Menschen ihr in den Palast, rissen dem Syrer die Kleider vom Leib und stürzten ihn vom Dach des Königshauses, so daß er mit zerschmetterten Gliedern sein Leben verhauchte.

Danach setzte Twosre sich die rote und die weiße Krone selbst auf das Haupt, band sich einen Bart um das Kinn und nannte sich König von Ober- und Unterägypten. Der Sohn des getöteten Syrers, der tapfere Irsu, der gleichfalls am Merwer mitgekämpft hatte, sammelte Krieger um sich und überfiel die Herrscherin zwei Jahre später auf einem Jagdzug. Nach grausamen Foltern ließ er seine Feindin töten und raffte selbst die Macht an sich.

Nun aber erhob sich der edle Heerführer Setnachte, der den Kämpfen zuvor schon seit langem mit großem Unwillen zugeschaut hatte, und rief seinen Heerscharen zu: »Wollen wir einen Fremdling auf Ägyptens Thron dulden? Sollen uns fortan die Syrer beherrschen, wie einstmals die Hyksos? Auf, wir wollen die geraubte Krone wiederholen, ehe es zu spät ist!«

In einer blutigen Schlacht besiegte er den Syrer, und endlich herrschte wieder Ruhe im Land am fruchtbaren Nil, das unter Setnachte immer noch das stärkste Reich der Erde ist.

Auch in Assyrien ereigneten sich viele weitere Kämpfe. Der Haß der Assurpriester auf die Diener Marduks war groß, und sie sahen König Tukulti-Ninurta seine Ehrfucht vor dem Gott von Babylon so übel an, daß sie das Volk erst im geheimen, dann aber ganz offen gegen den Herrscher aufwiegelten. Am Ende verleitete Sarpon den Jüngling Assurnadin, den ältesten Sohn des Königs, seinen Vater im Bad mit einem Dolch zu erstechen und selbst den Thron zu besteigen. Der Prinz konnte sich seiner ruchlosen Tat jedoch nicht lange erfreuen, denn sein jüngerer Bruder Assurnarari rächte den Vater und erstickte Assurnadin, als dieser krank auf seinem Lager lag, mit einem Kissen. Um die Götter zu versöhnen, herrschte Assurnarari danach nicht allein über das Reich, sondern teilte den Thron mit seinem jüngeren Bruder Iluchadda, und so herrschen beide noch heute. Was König Tukulti-Ninurta für die Krieger des zerstampfenden Gottes bedeutete, merkten sie erst nach seinem Tod; denn seitdem unterlagen die Assyrer den Babyloniern schon in vier Schlachten und sanken zu Dienern derer herab, die sie einst zu ihren Sklaven machten.

Denn der Sohn des unglücklichen Königs Kastilias, Adad-Schuma-Usur, der nach dem Untergang seiner Heimat in das unwegsame Meerland geflüchtet war, kehrte nach dem Tod Tukulti-Ninurtas zurück und sammelte neue Heere, die er siegreich nach Norden führte. So gewann er ein größeres Reich, als sein Vater verloren hatte. Darum ist Babylon heute wieder die mächtigste Stadt des Stromlands, und die alternden Krieger von Assur knirschen mit den Zähnen.

So vergeht, was unvergänglich erscheint; selbst der harte Fels wird mürbe, und der Rost zerfrißt das Eisen. Das ist es, was ich in meinem Leben lernte: Gewalt zeugt Gewalt. Das Ringen zwischen Adler und Schlange hört niemals auf, solange die Menschen nicht erkennen, daß wahres Glück nur in Liebe und Frieden gedeiht.

Die Zeit ist weggegangen und nahm die Helden fort. Und ich? Oft sehe ich in meinen einsamen Nächten das edle Antlitz des Diomedes vor mir, höre den riesigen Polkos kraftvoll brüllen, erkenne das lächelnde Gesicht des listigen Polyphas und das ernste des blassen Bias. Während der Nachtwind das Haus bedrängt, nickt mir der unglückliche Stigos freundlich zu; auch Polymerios, der rothaarige, erscheint mir, dazu der bärtige Steuermann Zakrops und auch Eurymachos, unser einäugiger Arzt. Agenor sehe ich dann, den alten Bogenschützen, und lausche dem wehmütigen Saitenspiel des Amazonensohnes Kaliphon. Ein Mann braucht seine Träume; sie sind das Salz des Lebens. Die Wirklichkeit ist wie ein grausames Tier, das alles zerfleischt, was Glück und Frieden bringt. Träume jedoch, so vergänglich sie uns auch erscheinen, sind in Wahrheit ewig.

Wenn der Tod zu mir kommt, morgen oder in zwanzig Jahren, werde ich an die Worte denken, die ich einst auf einem Grab im fernen Theben las:

»*Der Tod steht heute vor mir, und es ist wie der Duft von Myrrhen, wie wenn man an windigen Tagen unter dem Sonnensegel sitzt.*

Der Tod steht heute vor mir, und es ist wie der Duft von Lotosblumen, wie wenn man mit Freunden am kühlen Ufer lagert.

Der Tod steht heute vor mir, und es ist, wie wenn jemand Sehnsucht nach seiner Heimat hat, der viele Jahre in Gefangenschaft weilte . . .«

ZEITTAFEL

Griechenland und Kleinasien	Ägypten	Mesopotamien
		1300 Der assyrische König Adadnarari (1307–1275) besiegt das Mitanni-Reich
	1285 In der Schlacht von Kadesch zwingt der Hethiterkönig Muwatalli (1315–1285) den ägyptischen Pharao Ramses II. (1290–1224) zum Rückzug aus Nordsyrien	
		1270 Der assyrische König Salmanassar (1274–1245) besiegt Schattuara II. und vernichtet das Mitanni-Reich
	1269 Ramses II. schließt mit Muwatallis Nachfolger Chattuschili einen Friedensvertrag	
1250 Mykenische Krieger erobern und zerstören Troja VII a (frühere Historiker legten den Trojanischen Krieg in die Jahre 1194–1184). Aus dem Norden der Balkanhalbinsel wandern die „Seevölker" in die Ägäis und nach Kleinasien ein	1250 Die Israeliten ziehen aus Ägypten nach Sinai	
	1230 Die Israeliten dringen in Kanaan ein, unterstützt durch bereits dort lebende hebräische Stämme.	1235 Der assyrische König Tukulti-Ninurta (1244–1208) besiegt König Kastilias IV. (1242–1235) und erobert Babylon
	1220 Pharao Merenptah (1224–1214) siegt bei Memphis über die Libyer unter König Maraye und die mit Maraye verbündeten „Seevölker"	
1200 Die aus dem Norden nach Griechenland einwandernden Dorer zerstören die mykenische Zivilisation. Die von der Donau stammenden Phryger vernichten das Hethiterreich. Andere „Seevölker" erobern Zypern und Phönizien	1200 Die XIX. Dynastie endet in völliger Anarchie: Teilweise gleichzeitig regieren Sethos II. (1214–1208), Amenmesses (1214–1208), Merenptah-Siptah (1208–1202), Twosre (1202–1194) und Irsu	1205 König Adad-Schuma-Usur (1218–1189) befreit Babylon aus assyrischer Abhängigkeit. König Tukulti-Ninurtas Nachfolger Assurnadin (1207–1204), Assurarari (1203–1198) und Iluchadda werden zu Vasallen Babylons

Ein bedeutender Aspekt der römischen Geschichte: die Gladiatoren

Josef Nyáry
Die Gladiatoren
Zum Töten erzogen,
zum Sterben bestimmt.
288 Seiten, 8 S. Abb.,
geb., 34 DM

Von der feinen Gesellschaft Roms wurden sie verachtet und bewundert, vom Pöbel gehaßt und beweint, von den Frauen verabscheut und begehrt: Die Gladiatoren waren Helden und Ausgestoßene.
Bis ins 5. Jahrhundert nach Christus boten diese Männer einen heute kaum mehr vorstellbaren Nervenkitzel. Römische Gladiatoren kämpften gegen die stärksten Krieger fremder Völker und gegen wilde Tiere; an manchen Kampftagen standen sich bis zu 10.000 Männer in der Arena gegenüber.
Die Gladiatoren sind aus der Geschichte Roms nicht wegzudenken. In vielerlei Beziehung sind sie charakteristisch für den sittlichen und geistigen Zustand des Weltreiches, für dessen Größe und Großartigkeit sie den besten Maßstab bilden.
Josef Nyáry schildert die Bedeutung der Gladiatoren für die antike Kulturgeschichte und macht die Widersprüche und Zusammenhänge deutlich zwischen hochstehender Zivilisation und blutigstem Vergnügen.

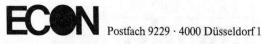

ECON Postfach 9229 · 4000 Düsseldorf 1

In jeder Buchhandlung!

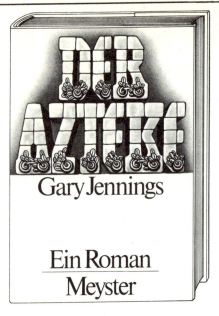

Gary Jennings
Der Azteke. Ein Roman
2. Auflage, 865 Seiten, Karten, geb. DM 39.80

„Seit Eduard von Stucken seine 'Weißen Götter' geschrieben hat, gab es ungezählte Romane und Geschichten, die sich mit der Invasion der Spanier in Mexiko, mit der Kultur und Geschichte der Azteken befaßten.
An Gary Jennings riesigen Roman 'Der Azteke' kommt jedoch mit Sicherheit nichts heran, was in den vergangenen 60 Jahren über die versunkene Welt des später Neuspanien genannten Landes zu Papier gebracht wurde." –
DIE PRESSE, Wien

In Ihrer Buchhandlung

Meyster Verlag, 8000 München 19

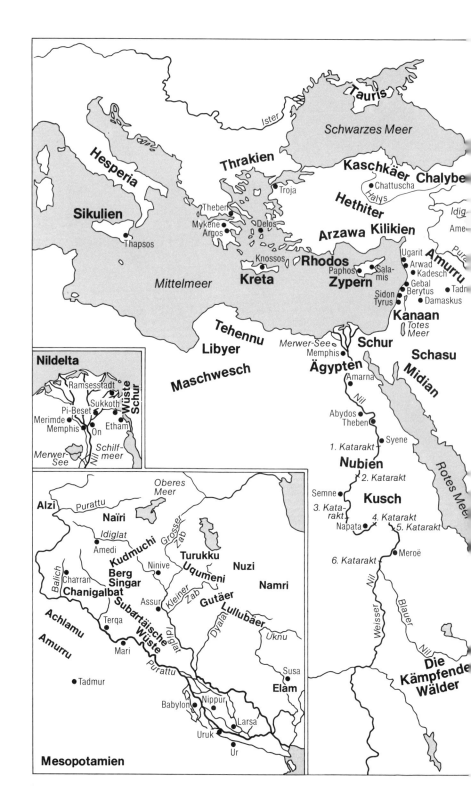

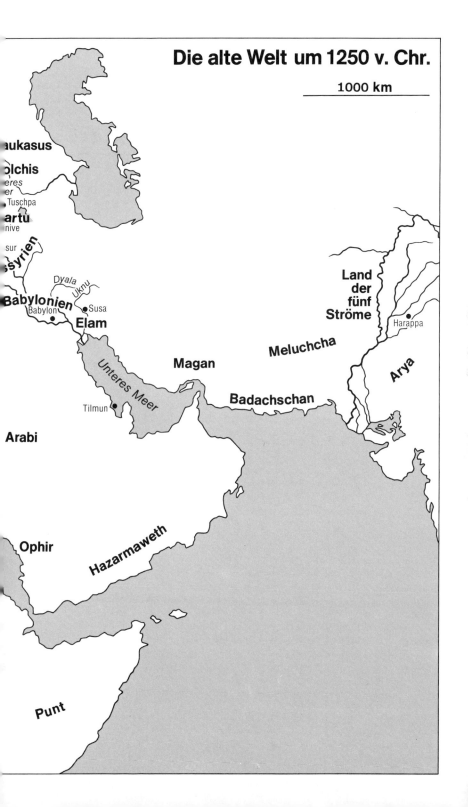

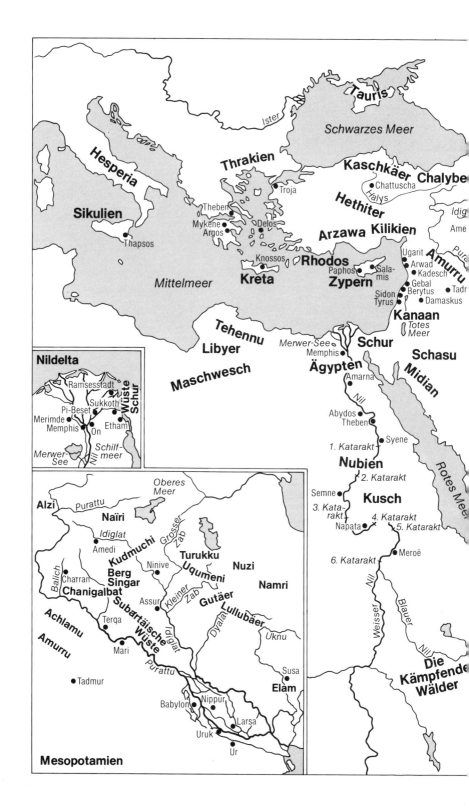